传记文库

特立，不独行

唐浩明 著

曾国藩·血祭

新星出版社 NEW STAR PRESS

图书在版编目（CIP）数据

曾国藩/唐浩明著.—北京：新星出版社，2017.1
（传记文库）
ISBN 978-7-5133-0308-8

Ⅰ.①曾… Ⅱ.①唐… Ⅲ.长篇历史小说－中国－当代 Ⅳ.①I247.5

中国版本图书馆CIP数据核字（2016）第199506号

传记文库

曾国藩
唐浩明 著

| 策　　　划：彭明哲
| 责任编辑：李文彧
| 责任印制：李珊珊
| 装帧设计：苏艾设计

出版发行：新星出版社
出 版 人：谢　刚
社　　址：北京市西城区车公庄大街丙3号楼　　100044
网　　址：www.newstarpress.com
电　　话：010-88310888
传　　真：010-65270449
法律顾问：北京市大成律师事务所

读者服务：010-88310811　　service@newstarpress.com
邮购地址：北京市西城区车公庄大街丙3号楼　　100044

印　　刷：北京汇瑞嘉合文化发展有限公司
开　　本：660mm×970mm　1/16
印　　张：78.25
字　　数：1000千字
版　　次：2017年1月第一版　2017年1月第一次印刷
书　　号：ISBN 978-7-5133-0308-8
定　　价：158.00元

版权专有，侵权必究；如有质量问题，请与印刷厂联系调换。

目 录

第一章 奔丧遇险 /1

一 湘乡曾府沉浸在巨大的悲痛中 …………………………………… 1
二 波涛汹涌的洞庭湖中，杨载福只身救排 ……………………… 4
三 摆棋摊子的康福 ………………………………………………… 9
四 康家围棋子的不凡来历 ………………………………………… 16
五 喜得一人才 ……………………………………………………… 21
六 把这个清妖头押到长沙去砍了 ………………………………… 23
七 哭倒在母亲的灵柩旁 …………………………………………… 30
八 蟒蛇精投胎的传说 ……………………………………………… 35
九 刺客原来是康福的胞弟 ………………………………………… 37

第二章 长沙激战 /40

一 城隍菩萨守南门 ………………………………………………… 40
二 康禄最先登上城墙 ……………………………………………… 43
三 今日周亚夫 ……………………………………………………… 46
四 欧阳兆熊东山评左诗 …………………………………………… 52
五 计赚左宗棠 ……………………………………………………… 60
六 巡抚衙门里的鸿门宴 …………………………………………… 63
七 药王庙里出了前明的传国玉玺 ………………………………… 69
八 左宗棠荐贤 ……………………………………………………… 74

第三章 墨绖出山 /76

一 谢绝张亮基的邀请 ……………………………………………… 76
二 世无艰难，何来人杰 …………………………………………… 80
三 接到严惩岳州失守的圣旨，张亮基晕死在签押房里 ………… 85
四 陈敷游说荷叶塘，给大丧中的曾府带来融融喜气 …………… 89
五 郭嵩焘剖析利害，密谋对策，促使曾国藩墨绖出山 ………… 98

第四章　天王定都 /110

一　江宁失守，洪秀全称王……………………………………………110
二　天王开国的三件事：定都、朝拜、开科取士……………………113
三　东王揽权，翼王献策………………………………………………117

第五章　初办团练 /122

一　乱世须用重典………………………………………………………122
二　曾剃头………………………………………………………………125
三　宁愿错杀一百个秀才，也不放过一个衣冠败类…………………133
四　鲍超卖妻……………………………………………………………142
五　拿长沙协副将清德开刀……………………………………………147
六　大闹火官殿…………………………………………………………154
七　停尸审案局…………………………………………………………165
八　逼走衡州城…………………………………………………………167

第六章　衡州练勇 /170

一　王鑫挂出"湘军总营务局"招牌，遭到曾国藩的指责……………170
二　忍痛杀了金松龄……………………………………………………174
三　从钓钩子主想到办水师……………………………………………181
四　接受船山后裔赠送的宝剑…………………………………………185
五　一个钟情的奇男子…………………………………………………193
六　把筹建水师的重任交给彭玉麟杨载福……………………………203
七　湘江水盗申名标……………………………………………………206

第七章　靖港惨败 /210

一　为筹军饷，不得不为贪官奏请入乡贤祠…………………………210
二　出兵前夕，曾国藩亲拟檄文………………………………………213
三　青年学子王闿运的一番轻言细语，使曾国藩心跳血涌…………218
四　曾国藩踌躇满志，血祭出师；一道上谕，使他从头寒到脚……221
五　定下引蛇出洞之计…………………………………………………224
六　利生绸缎铺来了位阔主顾…………………………………………228
七　曾国藩紧闭双眼，跳进湘江漩涡中………………………………234
八　左宗棠痛斥曾国藩…………………………………………………238

| 九　白云苍狗 | 245 |
| 十　兄才胜我十倍 | 249 |

第八章　攻取武昌 /251

一　青麟哭诉武昌失守	251
二　湖北巡抚做了彭玉麟的俘虏	253
三　薛涛巷的妓女蚕儿真心爱上造反的长毛头领	257
四　康福挥刀砍杀之际，一眼看见弟弟康禄	264
五　一律剜目凌迟	267
六　来了个满人兵部郎中	269
七　明知青麟将要走向刑场，曾国藩却满面笑容地说：我将为兄台置酒饯行	275
八　康福的绝密任务	279
九　一颗奇异的玛瑙	282
十　一箭双雕	284
十一　曾国藩身着朝服，隆重地向湘勇军官授腰刀	289
十二　曾国华率勇来武昌，王璞山请调回湖南	295

第九章　田镇大捷 /301

一　周国虞横架六根铁锁，将田家镇江面牢牢锁住	301
二　三国周郎赤壁畔，美人名士结良缘	304
三　从蕲州到富池镇，太平军和湘勇在激战着	319
四　彭玉麟洪炉板斧断铁锁	326
五　委托东征局办厘局	330
六　康福带来朝廷绝密	333

第十章　江西受困 /347

一　浔阳楼上，翼王挥毫题诗	347
二　水陆受挫，石达开一败曾国藩	354
三　水师被肢解，石达开二败曾国藩	359
四　湘勇厘卡抓了一个鸦片走私犯，他是万载县令的小舅子	362
五　参掉同乡同年陈启迈的乌纱帽	371
六　塔死罗走，曾国藩感到从未有过的空虚	374

3

七 樟树镇受辱，石达开三败曾国藩……………………378
八 在最困难的时候，曾氏三兄弟密谋筹建曾家军………386
九 邹半孔出卖奇计………………………………………392
十 大冶最憎金踊跃，哪容世界有奇材……………………397
十一 重踏奔丧之路…………………………………………404

第一章　奔丧遇险

一　湘乡曾府沉浸在巨大的悲痛中

湘乡县第一号乡绅家，正在大办丧事。

这人家姓曾，住在县城以南一百三十里外的荷叶塘都。荷叶塘位于湘乡、衡阳、衡山三县交界之地，崇山环抱，交通闭塞，是个偏僻冷落、荒凉贫穷的地方，但矗立在白杨坪的曾氏府第，却异常宏伟壮观：一道两人高的白色粉墙，严严实实地围住了府内百十间楼房；大门口悬挂的金边蓝底"进士第"竖匾，门旁两个高大威武的石狮，都显示着主人的特殊地位。往日里，曾府进进出出的人总是昂首挺胸，白色粉墙里是一片欢乐的世界，仿佛整个湘乡县的幸福和机运都钟萃于这里。现在，它却被一片浓重的悲哀笼罩着，到处是一片素白，似乎一场铺天盖地的大雪过早地降临。

大门口用松枝白花扎起一座牌楼，以往那四个写着扁宋体黑字——"曾府"的大红灯笼，一律换成白绢制的素灯，连那两只石狮颈脖上也套了白布条。门前大禾坪的旗杆上，挂着长长的招魂幡，被晚风吹着，一会儿慢慢飘起，一会儿轻轻落下。禾坪正中搭起一座高大的碑亭，碑亭里供奉着一块朱红销金大字牌，上书"戊戌科进士前礼部右堂曾"。碑亭四周，燃起四座金银山，一团团浓烟夹着火光，将黄白锡纸的灰烬送到空中，然后再飘落在禾坪各处。

天色慢慢黑下来，大门口素灯里的蜡烛点燃了，院子里各处也次第亮起灯光。曾府的中心建筑黄金堂灯火通明。黄金堂正中是一间大厅，两边对称排着八间厢房。此时，这间大厅正是一个肃穆的灵堂。正面是一块连天接地的白色幔帐，黑漆棺材摆在幔帐的后边，只露出一个头面。幔帐上部一行正楷："诰封一品曾母江太夫人千古"。中间一个巨大的"奠"字，"奠"字下是身穿一品命服的老太太遗像。只见她端坐在太师椅上，慈眉善目，面带微笑。幔帐两边悬挂着儿女们的挽联。上首是："断杼教儿四十年，是乡邦秀才，金殿卿贰。"下首是："扁舟哭母二千里，正鄱阳浪恶，衡岳云愁。"左右墙壁上挂满了祭幛。领头的是一幅加厚黑色哈拉呢，上面贴着四个大字："懿德永在"，落款：正四品衔长沙知府梅不疑。接下来是长沙府学教授王静斋送的奶白色杭纺，上面也有四个大字："风范长存"。再下面是一长条白色贡缎，也用针别着四个大字："千古母仪"，左下方书写一行小字：世侄湘乡县正堂朱孙贻跪挽。紧接县令挽幛后面，挂的是湘乡县四十三个都的团练总领所送的各色绸缎绒呢。遗像正下方是一张条形黑漆木桌，上面摆着香炉、供果。灵堂里，只见香烟袅袅，不闻一丝声响。

过一会儿，一位年迈的僧人领着二十三个和尚鱼贯进入灵堂。他们先站成两排，向老太太的遗像合十鞠躬，然后各自分开，缓步进入幔帐，在黑漆棺材的周围坐下来。只听见一下沉重的木鱼声响后，二十四个和尚便同时哼了起来。二十四个声音——清脆的、浑浊的、低沉的、激越的、苍老的、细嫩的混合在一起，时高时低，时长时短，保持着大体一致。谁也听不清他们究竟在哼些什么：既像在背诵经文，又像在唱歌。这时，一大捆一大捆檀香木开始在铁炉里燃烧。香烟在黄金堂里弥漫着，又被挤出屋外，扩散到坪里，如同春雾似的笼罩四周的一切。整个灵堂变得灰蒙蒙的，只有一些质地较好的浅色绸缎，在附近的烛光照耀下，鬼火般地闪烁着冷幽幽的光。换香火、剪烛头、焚钱纸、倒茶水的人川流不息，一概浑身缟素，蹑手蹑脚。灵堂里充满着凝重而神秘的气氛。

灵堂东边一间厢房里，有一个六十二三岁、满头白发的老者，面无表情地颓坐在雕花太师椅上，他便是曾府的老太爷，名麟书，号竹亭。曾家祖籍衡州，清初才迁至湘乡荷叶塘，一直传到曾麟书的高祖辈，由于族姓渐多略有资产而被正式承认为湘乡人。麟书的父亲玉屏少时强悍放荡，不喜读书，三十岁后才走入正路，遂发愤让儿辈读书。谁知三个儿子在功名场上都不得意。二子鼎尊刚成年便去世，三子骥云一辈子老童生，长子麟书应童子试十七次，才在四十三岁那年勉强中了个秀才。麟书自知不是读书的料，便死了功名心，以教蒙童糊口，并悉心教育儿子们。麟书秉性懦弱，但妻子江氏却精明强干。江氏比丈夫大五岁，夫妻俩共育有五子四女。家中事无巨细，皆由江氏一手秉断。江氏把家事料理得有条有理，对丈夫照顾周到，体贴备至。麟书干脆乐得个百事不探，逍遥自在。他曾经自撰一副对联，长年挂在书房里：有子孙，有田园，家风半耕半读，但将箕裘承祖泽；无官守，无言责，世事不闻不问，且将艰巨付儿曹。现在夫人撒手去了，曾麟书似乎失去了靠山。偌大一个家业，今后由谁来掌管呢？这些天来，他无时无刻不在巴望着大儿子回来。曾府有今日，都是有这个在朝廷做侍郎的大爷的缘故。丧事还要靠他来主持，今后的家事也要靠他来决断。

就在曾麟书坐在太师椅上，独自一人默默思念的时候，一个三十出头的男子，身着重孝，轻手轻脚地走了进来。这是麟书的次子，名国潢，字澄侯，在族中排行第四，府里通常称他四爷。

"爹，夜深了，您老去歇着吧！哥今夜肯定到不了家。"

"江贵已经回来五天了，"老太爷睁开半闭着的双眼，眼中布满血丝，"他说在安徽太湖小池驿见到你哥的。江贵在路上只走了十六天，你哥就是比他慢三四天，这一两天也要赶回来了。"

"爹，江贵怎好跟哥比！"说话的是次女国蕙。她双眼红肿，面孔清瘦，头上包着一块又长又大的白布，正在房中一角清理母亲留下来的衣服，"江贵沿途用不着停。哥这样大的官，沿途一千多里，哪个不巴结？这个请吃饭，那个请题字，依我看，再过半个月，哥能到家就是好事了。"

麟书摇摇头说："你们都不知你哥的为人。这种时候，他哪会有心思赴宴题字，莫不是出了什么意外吧！"麟书无意间说出"意外"二字，不免心头一惊，涌出一股莫名的恐惧来。

"哥会遇到什么意外呢？虽说长毛正在打长沙，但沅江、益阳一路还是安宁的呀！江贵不是平安回来了吗？"国潢没有体会到父亲的心情，反而把"意外"二字认真地思考了一番。

"你们不知道，江贵对我说过，他这一路上，胆都差点吓破了。"接话的是个二十七八岁的青年，他是麟书的第四子，名国荃，字沅甫，在族中排行第九，人称九爷。他也是一身纯白，但却不见有多少戚容。国荃放下手中账本，说："江贵说，他从益阳回湘乡的途中，遇到过两起裹红包头巾，拿着明晃晃大刀的长毛，吓得他两腿发抖，急忙躲到草堆里，直到长毛走过两三里后才敢出来。"

"团勇呢？团勇如何不把那些长毛抓起来？"国潢是荷叶塘都的团总，他对团勇的力量估计很高。

"四哥，益阳还没有办团练哩！"搭腔的是麟书的第三子国华，族中排第六。这位六爷已出抚给叔父为子，他虽然也披麻戴孝，但却跷起二郎腿在细细地品茶，与其说是个孝子，不如说是个茶客。他略带鄙夷地说："四哥总是团勇团勇的，真正来了长毛，你那几个团勇能起什么作用？省城里提督、总兵带的那些吃皇粮的正经绿营都打不赢，长毛是好对付的？我看长沙早晚会被长毛占领。"

曾府少爷们的这番对话，把挂名为湘乡县团练总领的老太爷吓坏了。他离开太师椅，在房子里踱着方步，默默地祷告："求老天保佑，保佑我的大儿子早日平安归来。"老太爷喃喃自语多时，才在大女儿国兰的搀扶下，心事重重地走进卧室。

二　波涛汹涌的洞庭湖中，杨载福只身救排

就在曾麟书默默祷告的第二天午后，岳阳楼下停泊了一只从城陵矶划过来的客船，船老大对舱里坐着的一主一仆说："客官，船到了岳州城。今天就停在这里，明天一早开船。现在天色还早，客官要不要上岸去散散心？"

舱中那位主人打扮的点点头，随即走出舱外，踏过跳板上岸，仆人在后面紧跟着。走在前面的主人约莫四十一二岁年纪，中等身材，宽肩厚背，戴一顶黑纱处士巾，前额很宽，上面有几道深刻的皱纹，脸瘦长，粗粗的扫把眉下是两只长挑挑的三角眼，明亮的榛色双眸中射出两道锐利、阴冷的光芒，鼻直略扁，两翼法令长而深，口阔唇薄，一口长长的胡须，浓密而稍呈黄色，被湖风吹着，在胸前飘拂。他身着一件玄色布长袍，腰系一根麻绳，脚穿粗布白袜，上套一双簇新的多耳麻鞋，以缓慢稳重的步履，沿着石磴拾级而上。此人正是曾麟书焦急盼归的长子，早些天尚官居礼部右侍郎，兼署

吏部左侍郎的曾国藩。一个多月前，曾国藩奉旨离京赴赣，充任江西乡试正主考官。行抵安徽太湖小池驿，突然接到江贵送来的母死凶信，便立即改道回家，火速由水路经江西到湖北，昨天又由湖北进入湖南。跟在后面的仆人名唤王荆七，近三十岁，人生得机灵精神。

"大人。"王荆七轻轻地喊一声。

"又忘记了！"曾国藩威严地打断他的话，"我现在已不是侍郎，而是回籍守制的平民，懂吗？"

"是！"荆七一阵惶恐，连忙改口，"大爷，前面就是岳阳楼，您老上去吃点东西吧！这些天来，您老没有好好吃过一餐饭。"

曾国藩没有作声，只是轻轻地点一下头。自从见到江贵后，曾国藩就处于极度悲痛之中。昨天船进洞庭湖后，心情才开始平静下来。但当他抬头凝望眼前这座号称"天下楼"的岳阳楼时，不禁又双眉紧皱起来。前次游历，是在道光十九年初冬。那时的岳阳楼，是何等的雄伟壮观，气概不凡！登楼游览，酒厅里高挂的是范仲淹传诵千古的《岳阳楼记》，楼下是烟波浩渺的八百里洞庭。散馆进京的二十九岁翰林曾国藩，反复吟诵着"先天下之忧而忧，后天下之乐而乐"的警句，豪情满怀，壮志凌云：此生定要以范文正公为榜样，干一番轰轰烈烈、名垂青史的大事业！而眼下的岳阳楼油漆剥落，檐角生草，黯淡无光，人客稀少，全没有昔日那种繁华兴旺的景象。曾国藩感到奇怪。他心里想，或许是今日的心情大异于先前了吧！

曾国藩上了二楼，拣一个靠近湖面的干净座位坐下，荆七坐在对面。刚落座，酒保便满面堆笑地过来，一边擦着桌面，一边客气地问："客官，要点什么？"不等回答，又接着说，"小楼有新宰的嫩黄牛，才出湖的活鲤鱼，池子里养着君山的金龟、螺山的土八，还有极烈极香的'吕仙醉'。李太白当年喝了此酒，在小楼题诗称赞：'巴陵无限好，醉杀洞庭秋。'……"酒保正滔滔不绝地说得高兴，荆七不耐烦地摆摆手："你在嚼些什么舌头！看看这个。"说罢，扬起系在腰上的麻绳。

酒保一看，立即收起笑容："小的不知，得罪，得罪！"随即又说，"客官不吃荤的，小楼也有好素菜：衡山的豆干，常德的捆鸡，湘西的玉兰片，宝庆的金针，古丈的银耳，衡州的湘莲，九嶷山的蘑菇。"

这些菜名，曾国藩听了很觉舒畅。寓居北京十多年，常常想起家乡的土产。他对酒保说："拣鲜嫩的炒四盘来,再打一斤水酒。"

"好嘞!"酒保高声答应,兴冲冲地走下楼去。很快便端上四大盘:一盘油焖香葱白豆腐,一盘红椒炒玉兰片,一盘茭瓜丝加捆鸡条,一盘新上市的娃娃菜,外加金针木耳蘑菇汤。红白青翠、飘香喷辣地摆在桌上。曾国藩喝着水酒,就着素菜,吃得很是香甜。喝完酒,酒保又端来两碗晶莹的大米饭,曾国藩吃得味道十足。不仅是这些日子,他仿佛觉得自从离开湖南以来,就再也没有吃过这么好的饭菜了。"还是家乡好哇!"曾国藩放下筷子,感慨地说。刚放下碗,酒保又殷勤地端来两碗热气腾腾的茶,说:"客官看来是远道而来,不瞒二位,这茶是用地道的君山毛尖泡的。"见曾国藩微笑地望着自己,酒保心中得意,"客官有所不知,君山上有五棵三百年的老茶树。当中一棵,是给皇上的贡茶,左右两边两棵是抚台大人和知府老爷送给亲戚朋友的礼品。左边第二棵是茶场老板的私用,右边第二棵则是小楼世代包下的。不是小的吹牛,这碗茶在京城,怕是出一百文也买不到。小楼规矩,每位客官用完饭后,奉送一碗地道的君山茶。"酒保边说边利索地收拾碗筷,擦干净桌面,下楼去了。

曾国藩呷了一口茶,虽比不上京师买的上等毛尖,但也确实使人心脾清爽。他没有想到,破败的岳阳楼上却有这样好的饭菜和能说会道的酒保,心情舒畅多了。他端起茶碗,向窗外的湖面眺望。阳光照在湖水上,泛起点点金光。远处,一片片白帆在游弋。极目处,有一团淡淡的黑影。曾国藩知道,那就是君山。近处,沿湖岸停泊着一个接一个木排。这些木材大半出自湘南山区,扎成排后顺着湘江漂流,越过洞庭湖,进入长江,再远漂武昌、江宁、上海等地。放排的人叫作排客。排客们终年在水面漂浮,把家也安在排上。排上用杉树皮盖成小棚子,家眷就住在里面。曾国藩正颇有兴趣地看着楼下几个排上人家的生活,不料湖面陡然起风,满天乌云翻滚,像要下雨的样子。刚才还是明镜般平静的湖面,顿时波浪翻卷。风越刮越大,波浪也越卷越高,湖面上的木排随着波浪在上下起伏,几个离岸边不远的木排在迅速向湖边靠拢。大雨哗哗而下,雨急风猛,温顺的洞庭湖霎时变成一条狂暴的恶龙。曾国藩坐在楼上,浑身感到凉飕飕的。他有点担心,这座千年古楼,会不会被这场暴风雨击垮?

正在胡思乱想之际,他看到离岸边约百来丈远的湖面上,一个小排被风浪打得左右摇晃,却一步也不能前进。一个汉子死死地扶着排后舵把,另一个汉子急得这边跑到那边。猛地一个大浪打来,木排上低矮的杉树皮屋垮了,一个木箱被水冲到湖里。两边跑的汉子纵身跳到水中去抓木箱。木排上一个十来岁的小女孩吓得蹲在排上,紧紧地抓着一根缆绳。一个四十余岁的妇人急得在排上前后乱窜。又一个大浪打过来,小女孩被卷进了湖中。"不得了!"曾国藩喊了一声,放下茶碗,猛地站起。荆七也赶紧站起,紧张地倚着窗口观望。正在这危急时刻,湖边木排上跳下一个年轻人,冒雨迎浪向湖中游去。只见那青年一个猛子扎入水底,刚好到排边又露出头来。他轻捷地游到手脚乱抓的小女孩身边,把她高高托出水面,游到排边。曾国藩到这时才舒了一口气。那青年上了木排,用手指指点点,排上的汉子拿来一大捆粗绳。青年接过绳子,走到排头,将绳子一头系在排上,另一头系在自己腰上,复跳入湖中,用自己一人之力在前面水中拉排。那木排居然跟着年轻人前进起来,湖边观看的人一齐喝彩。曾国藩被眼前这一幕惊呆了。木排缓缓地向岸边移动,平安地来到岳阳楼脚下。排上那两个汉子上得岸来,扶住年轻人,纳头便拜。

曾国藩对那个年轻人见义勇为的品德和罕见的神力感慨不已,对荆七说:"你去请那位壮士来,我要见见他。"

一会儿,荆七带上一个人来。曾国藩见来人身穿一套粗布衣裤,头上包着一块黑布,四方脸,粗黑的眉毛,大而有神的眼睛,鼻梁端正,两颊丰满,心中甚是高兴。他站起来,伸手指着对面一方座位说:"壮士请坐!"

"在下与老爷素不相识,岂敢冒昧。"

"壮士刚才救人救排的举动,乃英雄豪杰的作为,令鄙人钦佩不已。壮士不必客气,坐下好叙话。"

曾国藩待年轻人坐下后,又盼咐荆七:"叫酒保速来几盘荤菜,外加一斤'吕仙醉'。再上一盘素菜,半斤水酒。"

须臾酒保端上酒菜来。曾国藩叫荆七满满地给客人倒一杯酒,然后自己举起酒杯来,说:"鄙人因重孝在身,不能用烈酒荤腥,借这水酒素菜,聊陪壮士喝两杯。"

年轻人并不多谦让,将杯中酒一饮而尽。

"好!壮士真乃豪侠之士。"曾国藩又叫荆七筛酒,问:"请问壮士尊姓大名，何处人氏？青春几何？"

"在下姓杨名载福，字厚庵，长沙县人，今年三十岁。"

曾国藩频频颔首，不待杨载福发问，便自报了姓名，说："鄙人在武昌一官员家教公子读书，上月老母不幸去世，现回湘乡为母亲办理后事。"

"原来是位饱学先生，载福失敬了。"杨载福说着站起来重施一礼。

曾国藩连忙叫他坐下，又劝他喝了一杯酒。

"杨壮士舍己救人，品德高尚，且气力之大，鄙人从未见过第二人，壮士能赏光应邀，鄙人很是感激。请问壮士，你这般神力是如何练出来的？"

"承老先生夸奖，实不敢当。"杨载福放下杯筷，恭敬地答道，"载福生在放排人家。家父经营一辈子排业，只因生性仗义疏财，家中并未落下积蓄。载福小时，家父曾请了一位先生教我读书识字。怎奈载福不上进，所爱的是跑马射箭、使枪弄棒。家父想到排上常年要请武师保镖，不如干脆让我弃文就武，于是请来南北武林高手，教我武功。我在师傅们的指教下，略有长进，十八岁便开始随父闯荡江湖，见过一些世面，也会过不少强盗英雄。前年家父弃世，便自己单独放起排来。"

曾国藩一边听杨载福讲话，一边细细地端详他。见他双眼乌黑发亮，正应相书上所言"黑如点漆、灼然有光者，富贵之相"。左眉上方一颗大黑痣，又应着相书上所言"主中年后富贵"。对于相书，曾国藩既相信又不全信。他喜欢相人。一方面将别人的长相去套相书上的话，另一方面，他又看重这人的精神、气色、谈吐举止，尤重其人的为人行事。将两方面结合起来，去判断人之吉凶祸福。眼前这位杨载福，凭着他多年的阅历和相人的经验，两方面都预示着前程远大，只可惜埋没在芸芸众生之中，得不到出人头地的机会。应当指点他。曾国藩待杨载福说完后，问："目今兵戈已起，国家正要的是壮士这等人才。不知壮士肯舍得排业，去投军么？"

杨载福答："家父从小就跟载福说过：学成文武艺，货与帝王家。我也常想，倘若这点能耐能被在位者赏识，为国家效力，今后求得一官半职，也能告慰先父在天之灵了。"

"好！有志气！"曾国藩高兴地说，"鄙人与湖南巡抚有一面之交，我为你写封荐书，你可愿去长沙投奔骆大人？"

"愿意！"杨载福站起来，爽快地回答，"尽管长毛正在围攻长沙，别人都说长毛厉害,但载福不相信,我偏要在炮火之中进长沙。"

荆七从酒保处借来纸笔,曾国藩写了几句话,用信封封好,交给杨载福。杨载福郑重地接过信,藏在贴身衣袋里,然后对曾国藩倒身一拜:"老先生在上,受载福一拜。今生若有个出头之日,定然不忘老先生的大恩大德。载福这就到排上去料理一番,三五天之内即赴长沙投奔骆大人。"

说罢昂首下楼而去。曾国藩即命荆七与酒保会账,然后也离开了岳阳楼。

三　摆棋摊子的康福

曾国藩从岳阳楼上下来,想起无意间结识一位本事出众的江湖好汉,又给他指引了出路,心中甚是快乐,一个多月来丧母的悲戚暂时淡忘一些。看看离天黑尚有个把时辰,便信步来到岳州城的闹市区。只见三街六市,人来人往,百行百业倒也齐全。十字路口一家当铺门前围着一堆人,地上摊开一张纸,纸上画着横竖交叉的格子,上面布着几颗黑白棋子。原来是街头对弈!曾国藩年轻时有两个嗜好:一个是吸水烟,一个是下围棋。后来,水烟戒了,对围棋的兴趣却始终不减。只是在公事忙时,尽量克制着少下。自从六月份离京以来,两个多月没有下围棋了,今日一见,如同故友重逢,饶有兴趣地驻足观看。荆七看不懂围棋,见旁边有人在耍蛇,便挤进去看热闹。

棋局上首坐的那人,在二十三四岁左右,脸色苍白,满脸胡须犹如一丛茅草,衣裤皱皱巴巴的,像有半年未曾换过。他的脚边用石块压着一张纸,上书:"康福残局。胜一局收钱十文,败一局送钱二十文。"原来是个摆棋摊子的。曾国藩正想走开,却想起看了这样久,却一直不见二人动过一子,感到奇怪。再细看一眼,只见康福执黑,执白的人一枚子举在半空多时,不知将它定在何处。曾国藩替那人着想。他越想越惊异,这黑子居然无从攻破!他开始对这位摆棋摊子的康福另眼相看:棋艺不错,看来自己也不是他的对手。正思忖间,人圈外有人在大喊大叫:"谁敢在我的地盘上逞威风,赶紧识相点滚开!"说着便分开众人,冲了进来,后面跟着三个恶狠狠的打手。康福抬起头来,望了来人一眼,说:"相公,你不认识了?前天在桥边你还跟我对弈了一局。"说罢站起来。围观的人见势头不对,都纷纷散开。

曾国藩这时才看见康福的布鞋头上缝了两块白布,这是沅江、益阳一带的风俗：为死去的父母服丧。

"谁跟你下过棋？不要胡扯！"闯进来的人一脸凶恶，"你也不看看这是什么地方！你在我的地盘上做了半天买卖，居然可以不经过我的允许，好大的胆子！"

"好，好！既然相公不允许，我这就走，这就走。"康福弯下腰，收拾棋子，准备走。

"好轻松！说走就走？"凶汉子卷起袖子，拦住康福。

"不走怎的？你说！"康福并不示弱。

"拿出一百两银子来，我放你走！"

"岂有此理！我今天一天在这里还没有赚到半两银子。你不是存心讹人吗？"康福小心地将棋子装进布袋，从容地说。

"没有银子，就拿棋子作抵押。"凶汉一挥手，"弟兄们，给我抢棋子！"

打手们一哄而上。康福左手护着布袋，只用右手对付他们。就这一只手，四条汉子也拢不了边。曾国藩暗暗称奇，心想："又是一条好汉！"一个打手火了，顺手抄起旁边一条板凳，就要向康福头上砸来。正在这时，人圈外猛地响起一声雷鸣："住手，你们这一群混蛋！"

喊声刚落，人便来到圈内，一手夺过板凳。那人圆睁豹眼，指着凶脸汉子骂道："好个不知廉耻的家伙，欺侮外乡人，你还算得个男子汉吗？"

那凶脸汉子立时软下来，赔着笑脸说："师傅，这小子在我的铺子前面摆摊子，也不跟我打个招呼，是他先欺侮我呀！"

"人家一个人，你三四个，你先动手，到底是他欺侮你，还是你欺侮他？"来人完全是一副长辈训斥晚辈的口气。

"今天看在师傅的分上，饶了你。你滚吧！"那汉子对他的师傅拱拱手，带着其他三人，悻悻地钻出人圈。康福向来人行了一礼，说声"多谢"，也便转背走了，走出几步远后，他又回头望了一眼。

曾国藩将这一切都看在眼里，默不作声，这时才喊了声："小岑兄，久违了！"那人掉过脸来，兴奋异常地答道："哎呀！原来是涤生兄！你怎么会在这里？真正是巧遇。"说着，连忙走过来，紧紧拉住曾国藩的手，一眼看见他腰间的麻绳，惊讶地问："这是怎么回事？"

"家母六月十二日去世了。"曾国藩轻轻地回答。

"伯母仙逝两个多月了,我却一点都不知道,真对不起!"小岑叹息着。

"这里不是说话处,我们找个酒楼去喝两杯吧!"

"好!就到前面酒店去吧!"

小岑是欧阳兆熊的表字。欧阳兆熊,湘潭人,比曾国藩大四岁,家资饶富,为人最是仗义疏财。道光二十年,是曾国藩散馆进京的第一年,家眷尚未到,寓居果子巷万顺客店。一日,他突然大口大口咯血,两颊烧得通红,不久便昏迷不省人事。恰好欧阳兆熊那年进京会试,与他同住一店。兆熊精于医道,为之尽心医治。有十天之久,曾国藩水米不沾牙,兆熊整整在他身边坐了十天十夜。曾国藩那时手头拮据,病中所有费用,全由兆熊承担。病好后,曾国藩问他花了多少钱,他始终不说。从那以后,曾国藩视之如同亲兄长。怎奈兆熊官运不济,四次会试均不售,于是打消了做官的念头。兆熊从小拜武林高手为师,有一手好功夫,家中又有钱,便常年云游四海,广结天下朋友。两人一直书信密切。后来曾国藩官位日隆,兆熊觉得彼此地位相差悬殊,回信渐疏;曾国藩也听说兆熊所交太滥,三教九流,无所不有,也怕受牵连,信也写得少了。慢慢地,两人便失去了联系。今日在岳州城邂逅,二人都感到意外地高兴。

"小岑兄,你这次来岳州,是路过,还是长住?"喝了一口酒后,曾国藩问。

"三个月前,我应一个朋友之约,到大梁去游览。前些日子听说长毛打到了湖南,我便急着离开大梁回家。在汉阳盘桓了三天,大前天到了岳州,准备住几天,看看吴南屏,再回湘潭。"

"南屏还在岳州?不是说到浏阳去做教谕去了?"南屏是吴敏树的字,是个颇有名望的古文家,曾国藩的老朋友。他每次上京应试,都住在曾家。

"上个月回来的。他那性格,受不得半点约束,教谕还能当得久?"欧阳说着,猛地将杯中的酒一口喝完。荆七连忙拿起酒壶给他斟满。

"还是那样放任不羁么?我以为岁月总要打磨些他的棱角哩!"

"打磨?这一世怕改不了啦!酒照旧无限制地喝,牢骚照旧无穷尽地发。"

"南屏本是栋梁之材,可惜时运不济,这一生怕只能做个郑板桥了。"曾国藩不无惋惜地说。

"正是这话，南屏现在已是岳州四怪之一了。"

"哪四怪？说出来也让我长长见闻。"十多年未回乡了，一踏入湖南，曾国藩便想一下子什么都知道。

"这岳州人也会联扯，竟把南屏跟那些个下作人扯起来，道是：怪妓何东姑，怪丐李癫子，怪僧空矮子，怪才吴举人。更怪的是，南屏居然不恼。"欧阳兆熊说完苦笑一声，曾国藩也跟着摇头苦笑。他想起前年吴南屏进京，带来一本诗集，很使自己倾倒。这样的奇才，竟然被人目为妓丐僧一流的人，怎不令人浩叹！若不是重孝在身，明天真应该去看看他。二人相对无语。沉默片刻后，曾国藩换了一个话题："河南情形如何？那里也还安宁吗？"自从道光二十三年出任过四川主考官外，将近十年未出京城一步。这次经直隶到山东到安徽，见到的都是一片乱世景象，比在京城里听到的要严重得多。京中都说柏贵治理河南政绩显著，曾国藩想从兆熊这里打听些实情。

"河南的事提不得。"兆熊说，"官场中的腐败并不亚于湖南。现在正是秋收季节，但从开封到临颍一带饥民络绎不绝，道旁时见饿殍，令人目不忍睹。"

"河南也是这样？京中还盛传柏贵治豫有方哩！竟跟山东、安徽差不多。"深深的忧虑从曾国藩瘦长的脸上现出，他无心喝酒了。

"怪不得长毛造反。官逼民反，自古皆然。"兆熊的话中分明带着满腔激愤。

"各省吏治，弊病均甚多，皇上早已虑及，实为用人不当所致，朝廷自会严加整饬。长毛造反，罪大恶极，那是天地所不容的。"曾国藩对兆熊的偏激不能赞同。兆熊也意识到刚才失言，便不争辩，喝了几口酒后，说："长毛围长沙城好些天了，想必湘潭已受蹂躏。我有意结交些江湖朋友，请他们到我家乡去训练团练，保境安民。"

"小岑兄识见高远。"曾国藩知他已预见乱世将到，早作防范，的确比一般人高出一筹。

"我和朋友们都以为，保卫乡里要靠自己，依靠官府是不中用的。危急时候，靠得住的只有荆轲、聂政那样慷慨捐躯的热血壮士。不过，识人不易呀！昨日一个朋友给我引荐一个人，我见他还像个样子，便收他做了个徒弟，这人便是刚才那小子。没想到竟是这样一个欺人霸物的混账东西！"

二人边谈边喝酒，看看太阳快要落山了，曾国藩想到明天一早船就开，晚上要在船上过夜，便对兆熊说："小岑兄，今日就此告别。我这次回湘乡，至少有三年住，今后见面的机会还多，过两个月我到湘潭来会你。南屏那里，这次也不去了，下次再专程拜访。"兆熊为人最是爽快，也不挽留，说："不劳你来湘潭，待我回家料理几天后，便到荷叶塘来祭奠伯母大人。"

　　二人走出酒店，拱拱手分别了。

　　返回湖边的路上，曾国藩心想：自己过去结交的多属文人，现在干戈已起，大乱将至，要像小岑那样，多交一些武功高的朋友才是。想到这里，他庆幸在岳阳楼上认识杨载福。又想起摆围棋摊子的康福，棋下得好，武功也不错，他一只手，居然使四个大汉不能近身，看来是个沦落风尘的英雄。只可惜不知他下榻何处，不然真要去见见他。边走边想，很快到了湖边。船老大客气地把曾国藩主仆二人接进舱里，又端上两碗香茶。刚才喝了不少酒，正口渴得很，曾国藩端起碗，大口喝了起来。一边望着早已风平浪静的湖水，想到今夜可以看到范仲淹笔下"静影沉璧，渔歌互答"的洞庭夜景，心中甚觉舒畅。他告诉船老大，长沙被长毛围住了，明天改道到沅江。正说着闲话，只听见舱外有人问："船老大，请问你的船明早开哪里？"

　　船老大赶紧出舱，说："明早开往沅江。"

　　"太好了！我搭你的船到沅江去，船费照付。"

　　"客官，船费付不付倒不碍事，只是我的船是另一位大爷包的。"

　　"那就请你代我求求那位大爷。"

　　荆七走出舱，说："不搭不搭，你找别的船吧！"

　　"大哥，帮帮忙吧，我问了许多船，他们都不去沅江。"

　　曾国藩在舱里听到说话声，似觉耳熟，便走出来。这一见，真把他乐坏了。原来问话的人，正是摆棋摊子的康福。康福一见也惊了：想不到这位大爷竟是帮他解围那人的朋友！曾国藩的三角眼里射出喜悦的光芒，连忙招呼："这位兄弟，快进舱来，我们一道到沅江去！"

　　待康福进了舱，坐下，曾国藩说："我正想找你，你却来了，真是巧事！下午我见你棋摊上写着'康福残局'，想必足下就是康福了。"

　　"大爷说得对，在下正是康福。今天在街上，多蒙大爷的朋友出面解围，不然就麻烦了。"

船老大见他们很熟，又端来一碗香茶。曾国藩问："兄弟，听你的口音，像是沅江、益阳一带的人，你这是回家去吗？"

"在下是沅江县下河桥人。本想在岳州再待些时候，今天下午遇到那几个无赖搅了我的场子，又不愿意和他们再纠缠，便临时决定立刻回沅江，真是天幸，正好遇见大爷。请问大爷尊姓大名，何处人氏？"

"鄙人名叫曾国藩，字涤生，湘乡人。"

康福一听，惊疑片刻，连忙跪下拜道："您老就是湘乡曾大人？！小人有眼不识泰山，刚才多多冒犯。"

曾国藩没料到一提起名字，康福便什么都知道，早知如此，还不如不告诉他真名。忙叫荆七将他扶起，和气地问："兄弟，请问台甫？"

"回大人的话，小人贱字价人。"康福恭恭敬敬地回答。

曾国藩见他这样，赶忙说："我现在回籍奔母丧，已向朝廷奏明开缺一切职务，不再是侍郎，而是普通百姓，你不要再叫我大人，也不要过分讲究礼节，你就叫我涤生吧！若是不便，就叫我一声大爷也行。"

听到这几句话，康福心里很是感动，眼下这位已被乡民神化的侍郎大人，竟然是如此的平易、谦和。喝了几口茶后，曾国藩说："我素日也喜欢下围棋，今日见足下棋艺，自愧不如。"

"大爷快不要提这事了。"康福显出一副惭愧的神情，"小人这几天万般无奈，才在街头摆摊卖艺，实在有辱棋道，也有辱康氏家风。"

"也不能这样说。足下这是摆下一个擂台，以会天下棋友，怎能说'有辱'二字。"自从看出康福的棋艺武功以后，曾国藩对他摆摊卖艺之事也改变了看法。康福苦笑一下说："尧帝亲手制围棋，当初原是为了陶冶太子丹朱性情，教他去掉骄狂习气而走正道，故史书上有'尧造围棋，丹朱善弈'的话。几千年来，围棋为熏陶我炎黄子孙雅洁舒闲之性情，发挥了益智、养性、娱乐的功用，历朝历代，凡是善弈的人，莫不是情趣高洁、才智超俗的君子，哪有将围棋与金钱混在一起的。"

曾国藩听了康福这番议论，频频点头称是。康福继续说下去："但康福不幸，穷困蹇滞，逼得无路可走，只得靠卖残局糊口，说来真羞愧。"

"足下有何难处，能否对我叙说一二？"曾国藩觉察到康福胸中似有难言之隐。

"只要大爷想听，康福愿向大爷倾吐。"初见面时的惶恐已经消除，能与曾大人同坐一船，真是三生有幸，且眼前这位红得发紫的大人物又是这等平和，康福恨不得将心中事全部向他倾吐，"小人命苦，十五岁那年父亲去世，母亲带着我们兄弟二人守着父亲留下的几亩薄田艰难度日。前年，母亲因积劳落下重病，我跟弟弟商量，就是卖田卖屋，也要给母亲治病。背着母亲，我们卖尽了祖遗田产。钱用完了，母亲也闭眼了。无法，兄弟俩又借钱为母亲办了丧事。为还债，我留下弟弟在家，独自一人出门做生意。好容易赚了五十两银子，谁知在岳州被贼人全部盗走，当时我简直气昏了。不要说店钱、回家旅费没有，连吃饭的钱都没有了。身上一无所有，惟一的就是一盒围棋。"

说着，康福从包袱里将围棋取出，双手递给曾国藩。曾国藩喜下围棋，对棋子也很有兴趣，家中收藏着十余副名贵棋子。他打开包布，露出一个紫红色檀香木盒，一股淡淡的清香从木盒里透出。盒面上用银钉钉出一朵朵随风飘游的白云，云中奔腾着一条金光四射、张牙舞爪的蛟龙。曾国藩微微一惊，暗想：这不大像民间用物。他小心打开盒盖，里面分成两格，一边放着黑子，一边放着白子。黑子乌黑发亮，犹如婴儿眼中的眸子；白子洁白晶莹，就像夜空中的明星。曾国藩又是一惊。自思所见围棋子不下千副，宫中的御棋也见过不少，还从没有见到过这样质地精美纯净的棋子。他随手拿出一枚黑子，觉得它比一般棋子都压手。时正初秋，天气还热，但这棋子却凉飕飕的，拿在手里很舒适。他将棋子轻轻叩在桌子上，立时发出铿锵的声响，十分悦耳动听。曾国藩又拿出一枚白子，感觉一样，又一连拿出十数枚，枚枚如此，心中甚是惊奇，嘴里连声赞道："好子！好子！"抬起头来望着康福说："足下方才说到康氏家风，此棋莫非是祖上所传？"

"正是。"康福眼望着棋子说，"这副棋子，是在下先人传下的，到我们兄弟手里，已经是第八代了。正因为是祖上所传，康福今天才同那几个无赖搏斗。"

曾国藩点点头，说："我看那几个人，说你占了他的地盘是假，借此勒索你这副棋子是真。"

"大爷说得一点不错。"康福随手拿出一枚黑子在手中摩挲，"他们要的就是我的棋子。两天前，那个为头的家伙在桥头与我对弈了两盘。当时，我就看出那人生的是两只贪婪的眼睛。他识货，知道这棋子非比一般，正经得不到，便纠合人来抢。不是我夸口，我是让他几分，真的要打，那几个人不是我的对手。"康福平淡而缓慢地说着，并无半点惊人之态。

凭着曾国藩多年的阅历，他知道眼前的这位青年不仅不是夸夸其谈之辈，或许还有更多令人刮目相看的隐秘没有说出来。他请康福收起棋子，诚恳地说："鄙人尽管在朝廷做了十多年官，平生又酷爱下围棋，却从来没有见过足下这等棋子。我想它定然出身不凡。若足下不嫌我冒昧，这船上没有外人，舟子亦早已安睡，足下是否可对我讲一讲这副棋子的来历？"

"当然可以。"康福毫不犹豫地点了点头。

于是，在渔火点点、星月满天的洞庭湖面上，在安谧狭窄、微微晃动的船舱里，康福将从来不对外人言的祖传之宝的来历告诉曾国藩。

四　康家围棋子的不凡来历

那还是康熙初年的时候，康福的先祖康慎赴京会试。在一个大雪纷飞的傍晚，来到直隶安肃县地面一座古庙边，准备进庙稍避风雪。康慎刚要推开庙门，却突然发现门边雪堆里躺着一个人，这人差不多已全被雪掩埋了。康慎大吃一惊，急忙弯下腰来，手放在此人的鼻孔边，感觉到尚有一丝气在冒出。他把这人身上的雪扫开，双手将人抱进庙里。这是一座破旧的小庙，除一间安放泥菩萨的厅堂外，旁边尚有一间小房。房子里有一张床和一些简陋的用具，像是有人在住，但又不见人。康慎想，或许此人就住在这里，他进门或是出门时病倒在门口。康慎将那人放在床上，拿被盖好，又往灶里塞一把干草，点着火，烧了一碗开水，给那人灌下两口，然后坐在床边，仔细端详。这是个年约五十岁的男子，但嘴巴四周一根胡须都没有，瘦骨嶙峋的，衣衫既单薄又陈旧，是个穷苦人。过一会儿，那人醒过来，康慎将自己随身带的"风寒散"给他服了两粒。那人用手撑着床板坐起来，发出一种女人般的尖细声音："相公，是您把我从雪地里背进屋里来的吧！谢谢您的救命大恩。"说着又要挣扎着起来给康慎磕头。康慎制止他，说："大爷，您是不是就住在这里？"

那人点点头，用手指指灶边的瓦罐子。康慎看那瓦罐里放的是半罐包谷粉。那人说："相公，麻烦您将它煮了，您今晚就在我这吃两碗包谷糊糊吧！"

这时天色已完全黑下来，外面风雪更紧，附近又没有一户人家，康慎想今晚只得在此过夜了。当康慎将包谷粉煮出一锅粥来时，那人精神好多了，下床来找着几块咸萝卜，又煎了四个鸡蛋。正要吃饭时，他又猛然想起什么，忙跑出门外，从雪地里摸出一只葫芦来。他将葫芦泡在热水中，然后从里面倒出白酒，便和康慎一口一口地对饮起来。那人知道康慎是湖南进京会试的举人后，格外高兴，说："我叫纽序轩，在前明宫中做了十多年的公公。""哦！原来是位太监，怪不得声调像女人。"康慎心里想。纽公公继续说下去："明朝亡后，我便回到原籍安肃。因不男不女的，也不愿意住在亲戚家，于是一人住进这座旧庙，靠原来的一点积蓄和给人帮工度日。今日午后到镇上去买酒，回家途中便觉不舒服，又遇上大风雪，勉强走到家门口，便晕倒了。倘若不是遇到相公，这条命就到今天为止了。"说着，纽公公起身高举酒杯，"康相公，权借这杯酒，感谢您的救命大恩。"

康慎慌忙站起说："纽公公太客气了。今天遇见您，也是我的缘分。您在前明宫中十多年，见多识广，今夜就给我讲点前明皇宫轶事吧！"

纽公公很兴奋，一边喝酒喝糊糊，一边和康慎从洪武帝扯到崇祯帝，又细说了崇祯帝的周后、田妃、袁妃之间争宠吃醋的故事，并极有兴趣地谈起宫女和太监如何结菜户的事。这些宫中秘闻，使康慎大饱耳福。直到深夜，康慎才在纽公公的炕上睡下。

次日上午，康慎醒来时，只见纽公公正坐在灶边生火，手里拿着一本书，房内已做清扫，比昨天整洁多了。窗外，红日高照，风也住了，雪也停了，阳光照耀着人间的玉树琼枝、银山蜡原，显示出一派娇艳壮美的气象。

纽公公今天精神大好了，见康慎醒来，笑容满面地说："康相公，昨夜歇得可好？"

"歇得好。自离家来就没有睡过这么安稳的觉了。您起得早！"

"我是起早惯了的，没有睡早觉的福分。"

康慎穿好衣服，对纽公公说："您读书的劲头真大，大冷的天，读的什么书？"

"这种书，你们正经读书人怕是不会看的。"说着将书递给康慎。康慎接

17

过一看，是一本题为《古棋谱》的旧书。书皮用黄绫裱就，虽显得陈旧，并有污损，但仍可看出，黄绫的质量和当初裱糊的工艺都是相当高的。康慎笑着说："纽公公，不瞒您说，我虽是个读孔孟之书的举人，但平生最喜欢的，倒并不是'四书''五经'，而是琴棋书画一类的闲事。"

"这么说来，康相公于围棋一艺必有深研。今日虽放晴，但大雪封门，行路不易，不如干脆就在我家住几天，我们围几局如何？我已经十多年找不到下棋的对手了。"纽公公说到这里，眼中流露出一种悲凉的神色来。一瞬间，又笑着说，"平时没有人和我下，我便自己和自己下，一手执黑，一手执白，自得其乐，来个当年东坡居士的'胜也不喜，败亦无忧'。"

康慎觉得很有趣，他本不急着进京，离春闱还有两个多月，时间有的是，遂欣然同意。又从包袱里拿出五两银子来，说："纽公公，我看您的日子过得艰难，我也不是个富裕的人，这点钱，权当我这几天的食宿费吧！"

"康相公说哪里的话。我因为家贫，不能用丰盛的酒席款待你，已觉惭愧难堪，哪能收你的钱！"

"纽公公，不要客气了，四海之内皆兄弟，你不收下，我也不能在这里安生住。"

纽公公想想也是，家徒四壁，饭菜全无，留下康相公，拿什么来招待呢？于是收下康慎的银子。吃过早饭，纽公公说："康相公，你就在这里温习温习功课，我这就拿相公的钱去买点酒肉菜蔬来，回头我们好好围几局。"

纽公公走后，康慎拿起《古棋谱》来翻看。书中所载棋谱并不多，打头一篇是尧帝教丹朱弈棋局图，接下是文王拘羑里自弈棋局图、管仲与桓公对弈棋局图、庄周与惠施对弈棋局图、范蠡与西施对弈棋局图、李斯与韩非对弈棋局图、张良与陈平对弈棋局图、孔明与周瑜对弈棋局图等等。这些棋局名称，康慎大部分没有听说过，见过的几个棋局图，又与平日的围法大相径庭。这真是本奇书！康慎如获至宝，聚精会神地看起来。看了半天，慢慢地终于看出些门路来。

午后，纽公公回来。吃完饭后，二人对弈。康慎一向以善弈在朋辈中出名，谁知连下三局，局局败北。纽公公下子出神入化，常常一子落盘，使康慎目瞪口呆，很久想不出一个对子。三局下来，康慎自知棋艺与纽公公相比，有天壤之别。于是他整整衣冠，离开座席，双膝跪在纽公公面前，说：

"公公，您的棋艺非人世间所有。如果您认为康慎尚可教化的话，就请受此一拜，收下我这个徒弟。康慎宁愿不要功名，今生就住在此庙内，侍奉公公，钻研棋艺。"

纽公公哈哈大笑，一把扶起康慎，快乐地说："相公何须如此郑重。想我纽序轩乃天地间一废人，空有围棋绝艺，却不能养活一身。相公若真要弃功名而专研棋艺，那我倒不敢与你谈棋了。"纽序轩收敛笑容，变得庄重起来，"然相公此语，却使纽某大为感动。几局棋后，我已知相公根底不浅，思路灵活，只要稍加指点，有三五个月，便可胜过纽某。况且相公乃我之救命恩人，我昨夜自思一夜，惭愧无法报谢，故今早拿出棋书来，以察相公是否有兴趣。既然如此，那我就平生所知，全部告诉相公。此去京师不过三百里，只有五天的路程，离试期尚有两个多月，相公在我这儿住一个月，估计尚不会误事。"

从那天起，康慎便虚心拜纽公公为师，以《古棋谱》为课本，苦学各种棋局，果然棋艺日进，半个月后便脱离流俗，进入一种全新境界。康慎心中好不欢喜。

转眼一个月已到。次日早晨，康慎就要告别纽公公，启程进京了。这天夜晚，纽公公捧出一盒围棋放在桌上，对康慎说："这是一盒我珍藏二十多年的围棋子，现在送给相公，作为我们之间这段难忘日子的纪念。"

康慎激动地接过紫檀木盒，先看盒面上那银云金龙，便已觉来头不凡，再看里面那两堆黑白棋子，真可谓棋中神品，喜不自胜，赶忙深施一礼："谢公公厚赐！"

"坐下，坐下。"待康慎坐下后，纽公公缓缓地说，"这盒围棋，乃崇祯帝东宫田娘娘房中的宝贝。"康慎听后，心中猛地一震。"田娘娘是崇祯爷最宠爱的妃子，不仅国色天香，更兼冰雪聪明，琴棋书画，样样精绝，后宫佳丽无一人可及。崇祯爷待她，远胜过正宫周后。偏偏崇祯爷坐江山十七年，无一日安宁。皇爷宵衣旰食，勤于政事，没有多少娱乐的时间。田娘娘深知皇爷肩上担子的沉重，遇到皇爷驾幸东宫时，田娘娘总是百般殷勤，想尽法子让他宽心一会。崇祯爷爱下围棋，田娘娘陪他下。论棋艺，皇爷自然不及田娘娘，但田娘娘每次都不露痕迹地有意让皇爷取胜。宫中苦无好棋子，田娘娘就叫她的父亲田弘遇去设法谋一副好棋子来。田弘遇派他的儿子到了云南永昌府。"说到这里，纽公公停住，向火坑里添了几块干柴，屋子里暖和多了。他继续说，"相公知道，云南永昌府出的棋子，世称云子，工精艺绝，历来誉满海内。也是田娘娘这番心意感动了天地，这一年，永昌府东北三十里外的金鸡山里，挖出两块千年难遇的好石头：一块纯白，无半点瑕疵；一块乌黑，无丝毫杂质。知府为讨好田国丈，亲自选派最好的窑工，不惜工本，烧制一盒围棋子。棋子烧好后，谁见谁叫绝。这盒棋子比其他所有的云子都显得更古朴浑厚，色泽分外的纯净柔和，白的胜过和阗玉，黑的极似徽州墨，更兼质地坚实，落盘声铿锵悦耳，拿在手里，冬温夏凉，有一股说不出的舒适之感。田弘遇重重地赏了永昌知府，又叫专为宫中做器具的工匠做了一个精巧的盒子，遂献给崇祯帝。皇爷很是喜欢，就把这副棋子放在田娘娘宫中。从那以后，皇爷到田娘娘宫中的次数更多了。皇爷对田娘娘的宠爱，令周后、西宫袁娘娘和后宫所有妃子们嫉妒；田弘遇也仗着女儿而显赫京师。我因为一直服侍田娘娘，便也受娘娘的影响，酷爱围棋。田娘娘也常为我们讲棋艺，为讨娘娘喜欢，我也就拼命地学，并偷偷地拜当时京中名弈瘸子郎三为师，因而棋艺也慢慢提高了。有一天，皇爷高兴，和田娘娘下完棋后，还在盒子底板上亲自写了几句话。"纽公公把盒子倒转过来，康慎见上面写着："君子以之游神，先达以之安思，尽有戏之要道，穷情理之奥秘。右录梁武帝《围棋赋》。崇祯十二年冬。"

"后来，"纽公公接着说，"李闯王带兵打进北京，崇祯帝命周后等人自尽后，自己也吊死煤山。宫中一片混乱，大家各自逃命，我也收拾衣服出宫，路过田娘娘旧宫，见这盒围棋和那本《古棋谱》放在窗台边。那时，大家眼里只有金银财宝，谁都不要这些东西。我便顺手将这盒围棋和《古棋谱》塞进包袱，回到了老家。一晃二十多年过去了。我很高兴这次结交了你这位心肠好又爱下棋的朋友。我身子日渐不济，将不久人世，这盒棋子连同这本《古棋谱》就送给相公，也算是没有辱没它们。"说罢，双手将棋及书送到康慎手边。康慎重新跪下，恭敬地接过。纽公公望着康慎，庄重地说："昔唐明皇与宰相张说对弈，时邺侯李泌年方七岁，在旁戏玩。张说对着围棋随口念了四句诗：'方如棋盘，圆如棋子，动如棋生，静如棋死。'邺侯应声对了四句：'方如行义，圆如用智，动如逞才，静如遂意。'邺侯不愧古今无双之神童，小小年纪便能从下棋联想到治世为人。这棋道和世道、人道本是相通的。梁朝名臣沈约说得好：'弈之时义大矣哉！体希微之趣，含奇正之情，静则合道，动必适变。'愿相公日后慢慢体味这些弈中精微，做一个有德有才之君子。"

纽公公说到这里，心情显得异常激动，而康慎，则早已是两眼饱含泪水了。

五　喜得一人才

"原来这副棋子竟是前明崇祯帝的爱物。"曾国藩说。当康福讲到崇祯帝题字时，曾国藩果然从盒子的底板上看到那两行字。崇祯的字迹，曾国藩见过不少，一眼就看出确是真迹。

"是的。这副棋子传到我们兄弟手上，已经在康家度过将近两百年，只可惜那本《古棋谱》在我爷爷手上遗失了。我们兄弟没有继承康氏家风，无德无才，棋艺也平平。今日在下流落岳州城，说来真愧煞先人。"康福羞愧地低下头。

"足下何必如此自责。自古以来，因时势不到，英雄受困的事多得很。秦叔宝也有卖马的时候，那时谁能料到他日后会辅佐唐太宗打天下。且足下不仅棋艺出色，武功也出众，望好自为之，出人头地的一天总会有的。"

通过半天来的观察与交谈，曾国藩知道康福孝母爱弟，正直诚实，颠沛流离却并不走入邪途。现在听了他讲叙这副棋子的来历以后，更知他家风纯良，祖德深厚，很喜欢这个年轻人，心想：若得此人长随身边，真可谓得一人才！康福受到曾国藩的鼓励后，心里也在想：倘若今生能跟着这位侍郎大人，必能大有长进，康氏家庭可望复兴。他对曾国藩说："大爷，今日听到您老的这番话，康福以后再不自暴自弃，定要奋发努力，为康氏先祖争光。"

曾国藩亲昵地拍拍康福的肩膀，说："足下只要有这分志气和抱负，何愁没有前途！夜深了，你先睡吧，明天我们一起对弈几局，借以消除舟中枯乏。"

翌日，曾国藩与康福在舟中一连下了五局棋，都输了；又下了三盘残局，也输了。每局完毕，康福都详尽地给曾国藩分析失误的原因。曾国藩自觉这一天来棋艺进展很大，与康福真有相见恨晚之感。第三天下午，船到沅江县。康福请曾国藩主仆二人到他家做客,曾国藩欣然同意,安排好船老大在码头边等着,便和荆七一道上岸。

下河桥离沅江码头只有十里路,半个时辰便到了。来到家门,康福惊呆了。原来自家的三间土墙茅屋已全部倒塌,隔壁邻居家的屋也都圮倒,一家家在废墟边支起一个个棚子。康福问他们,才知十天前湖水暴涨,将这一带的房屋冲垮不少,弟弟康禄和另外两个年轻人寻求生路去了。康禄走之前,请邻居转告哥哥,说不必为他担心,两三年后混出个人样来再回家。曾国藩见此情景,对康福说:"看来足下一时难以在家安身,如果不嫌弃的话,请到我家住段时间,我也好朝夕向足下请教棋艺。"

曾国藩此话,正中康福下怀,便也不推辞,爽快地答应了。当即三人又返回船上。次日凌晨,船进入资江,当晚到了益阳。荆七付过船费,打发了船老大。

为便于沿途与康福谈话,也因为连续十多天的船坐得手脚发麻,曾国藩不坐轿,三人从益阳开始步行回湘乡。这天中午,来到宁乡境内稽茄山脚下。

走了两三天的路,曾国藩感到劳累。荆七看到前面一棵老松树下,有一块平坦的石板,便对曾国藩说:"大爷,我们在这里歇息下吧!"曾国藩点点头。康福说:"大爷,我有个表姐住在这里不远,我们到她家去坐坐,就在她那里吃午饭!"

曾国藩说:"我已经累了,再说这样凭空去打扰别人也不好,前面有家小饭铺,我们到那里去吃饭。你一人到表姐家去如何?"

"这样也好,我到表姐家坐会儿就来。"

康福抄小路走了。曾国藩主仆二人顺着大路向小饭铺走去。

这是家乡村马路边常见的饭铺,两张小桌子,一个店主,一个小伙计。见有人来,店主连忙招呼,小伙计立刻端上两碗茶来。荆七知道曾国藩向来节俭,也不大多喝酒,便随便点了三四个素菜,要了半斤水酒。

刚吃完饭,店主就笑嘻嘻地走上来,对曾国藩说:"老先生,我看您老这个模样,便知是个知书断文的秀才塾师。小店开张半个多月了,店门口连个对联也没有,今日就请老先生给小店写一副,酒饭钱就不要付了,算是对您老的一点酬谢。"

曾国藩最爱写对联，也自认长于此道，友朋亲戚之间，几乎是有求必应，并以此为乐事。今日店主人这样诚恳，他当然不会敷衍推辞，便笑着说："好哇！你想要副什么样的对联呢？是想发财，还是想求平安？"

店主人见曾国藩满口答应，很是快活，说："老先生，小店别的都不想，只想叫别人见了，不好意思向我赊账就行了。"

曾国藩大笑起来，说："就是有副不准赊账的对联贴在这里，他要赊也会赊。"

店主人憨厚地说："总要好点。老先生，您老不知，小店开张半个多月来，天天都有人赊账，都是些熟人，还有三亲六戚。他来赊账，又不白吃，怎好不给他赊呢？但小店本小利微，天天如此，怎垫得起？不瞒您老说，半个多月来，小店不但分文未赚，还倒欠了肉铺几千钱。"

望着这个可怜巴巴的店主人，曾国藩很同情他的难处，说：

"好！我给你写副口气硬点的对联贴起。"

小伙计赶紧拿出笔和纸，又磨起墨来。店主人和荆七都站在旁边看。曾国藩略微思考一下，援笔写道："富似石崇，不带银钱休请客；辩如季子，说通王侯不容赊。"写好后，又看了一遍。正在自我欣赏时，忽然耳边响起一个外乡人的口音："韦卒长，你找了几天找不到读书人，这不就在眼前吗？"

立时就有好几个人围上前来，七嘴八舌地说：

"这个先生的字不丑！"

"是的，不难看！"

"就找他吧！"

曾国藩扭过头去，看是些什么人在说话。这一看不打紧，直把他吓得三魂飞掉两魂，七魄只留一魄！

六　把这个清妖头押到长沙去砍了

原来，围在曾国藩身旁的是一群年轻汉子，一个个头上缠着红包巾，拦腰系一条大红带子，带子上斜插着一把明晃晃的大砍刀，衣裤杂乱无章，一律赤脚草鞋，脸上满是烟土灰尘。虽然脸上都带着笑容，但在曾国藩看来，那笑容里却充满了杀气。他心里暗暗叫苦不迭：这不就是一路来常听人说起的长毛吗？真正冤家路窄，怎么会在这里碰到他们！

一个头上包着黄布头巾的人过来，在曾国藩的肩上重重一拍，操着一口广西官话说："伙计，帮我们抄几份告示吧！"

曾国藩愣住了，不知怎样回答才好，心想：这怕就是他们的头目韦卒长了。包黄布的人继续说："不要怕！你是读书人，我们最喜欢。你若是肯归顺我们，包你有吃有穿，仗也不要你打，日后我们天王坐了江山，给你一个大官当如何？"那人边说边瞪着两只大眼望着曾国藩。果然是一群长毛！曾国藩迅速安定下来，脑子里在盘算对策。包黄布的人见他不作声，又说："如果你不愿意，帮我们抄完告示就放你回去。"

曾国藩料想一时不得脱身，便对荆七说："你在这里等康福，天晚还没回来，你就去找我。"

荆七一听为难了：如果真的没回来，我到哪里去找呢？还不如现在就跟着去："大爷，我和你一道去吧！缓急之间也有个照应，康福来后，就烦老板告诉他一声。"

包黄布的大声说："好，一起走，一起走！"

说着，便指挥手下的士兵连拥带押地将曾国藩主仆二人带走了。

曾国藩心里这时正是十五个吊桶打水——七上八下的不得安宁。到何处去？抄什么样的告示？倘若被别人知道，岂不是在为反贼做事？此中原委，谁能替你分辩？脑子里一边想，脚不由自主地向前走着。看看方向，却又是在向长沙那边走去，离湘乡是越来越远了。快到天黑时，这队士兵将他们带到一个村庄。

村庄里的人早走光了。士兵们将他们安置在一间较好点的瓦屋里。过会儿，一个十五六岁的童子兵端一大碗热气腾腾的狗肉进来，摆在桌子上，又放上两双筷子。小家伙脸上油汗混在一起，兴高采烈地说："你们真有口福，刚才打了几只肥狗。韦卒长说，优待教书先生，要我送来两碗，趁热吃吧！只可惜没有酒。"曾国藩闻着狗肉那股臊味就作呕，何况炎暑天吃狗肉，是湖南人的大忌。他紧皱双眉，直摇头。荆七对童子兵说："小兄弟，我们不吃狗肉，你拿去吃吧！请给我们盛两碗饭，随便夹点菜就行。"

童子兵一听这话，高兴得跳起来："这么好的东西都不吃，那我不客气了。"

小家伙出去后不久，便端来两碗饭，又从口袋里掏出十几只青辣椒，说："老先生，饭我弄来两碗，菜却实在找不到。听说湖南人爱吃辣椒，我特地从菜园子里摘了这些，给你们下饭。"曾国藩看着这些连把儿都未去掉的青辣椒，哭笑不得。既无盐，又无酱油，如何吃法！湖南人爱吃辣椒，也没有这样生吃的本领呀！无奈，只得扒了几口白饭，便把碗扔到一边。包黄头布的人进来，手里抓着一张写满字的纸，大大咧咧地坐到曾国藩的对面，说："老先生，吃饱了吧！今天夜里就请你照样抄三份。"说罢，将手中的纸展开。曾国藩就着灯火看时，大吃一惊，心扑通扑通地急跳。抄这种告示，今后万一被人告发，岂不要杀头灭族吗？他直瞪瞪地看，头上冷汗不停地冒出。黄包布并不理会这些，高喊："细脚仔，拿纸和笔墨来！再加两支大蜡烛。"

刚才送狗肉的童子兵进来，一只手拿着几张大白纸、两支洋蜡烛，另一只手拿着一支毛笔、一个砚台，砚台上还有一块圆墨。黄包布说："老先生，今夜辛苦你了。抄好后，明早让你走路。"

待兵士们走后，曾国藩将告示又看了一遍，只见那上面写着：

太平天国左辅正军师领中军主将东王杨、太平天国右弼又正军师领前军主将西王萧奉天讨胡檄

嗟尔有众，明听予言：予惟天下者，上帝之天下，非胡虏之天下也，衣食者，上帝之衣食，非胡虏之衣食也。子女民人者，上帝之子女民人，非胡虏之子女民人也。概自满洲肆毒，混乱中国，而中国以六合之人，九州之众，一任其胡行而恬不为怪，中国尚得为有人乎？妖胡虐焰燔苍穹，淫毒秽宸极，腥风播十四海，妖氛惨于五胡，而中国之人，反低首下心，甘为臣仆。甚矣，中国之无人也！

曾国藩读到这里，气愤已极，拍桌骂道："胡说八道！"再看下面，檄文还长得很，足有千余字之多，他不想看下去，只用眼扫了一下结尾部分，见是这样几句：

予兴义兵，上为上帝报瞒天之仇，下为中国解下首之苦，务期肃清胡氛，同享太平之乐。顺天有厚赏，逆天有显戮，布告天下，咸使闻知。

"这些天诛地灭的贼长毛！"曾国藩愤怒地将告示推向一边，又骂了一句。

"大爷，若是我能写字就好了，我就给他们抄几份去交差。您老是决不能抄的。"荆七跟着曾国藩久了，也略能识得些字，但却不能写。

"你也不能抄！你抄就不杀头了么？"曾国藩眼中的两道凶光使荆七害怕。

"大爷，若是不抄，明天如何脱身呢？"荆七战战兢兢地说，"长毛是什么事都做得出的，听说他们发起怒来，会剥皮抽筋的。"

曾国藩全身颤抖了一下。他微闭双眼，颓丧地坐在凳上。"看来只有装病一条路。"盘算许久，他才在心里拿定了主意。

这时，屋外突然一片明亮。曾国藩看到几十个长毛打着灯笼火把朝这边走来，叽叽喳喳的，不知说些什么。快到屋门口，火把灯笼里走出一个人来。他一脚迈进大门，便高声问："谁是韦永富带来的教书先生？"

韦永富——缠黄包布的人忙向前走一步，指着曾国藩说："这个人就是。"又转过脸对曾国藩说："老先生，我们罗大纲将军来看你了。"

曾国藩坐着不动，以鄙夷的眼光看着罗大纲，见他年约四十岁，粗黑面皮，身躯健壮，头缠一块黄绸包布，身穿一件满绣大红牡丹湖绸绿长袍，腰系一条鲜红宽绸带，脚上和士兵一样地穿一双夹麻草鞋。罗大纲并不计较曾国藩的态度，在他侧面坐下来，以洪亮的嗓门说："老先生，路上辛苦了吧！兄弟们少礼，你受委屈了。"

曾国藩心想，这个长毛长得还算英武，说话也还文雅。他不知如何回答，干脆不作声。罗大纲定睛望了曾国藩一眼，说：

"老先生，我看你的样子，是个饱学秀才，我们太平军中正缺你这样的人，你留下来吧！我向天王荐举，你就做我们的刘伯温、姚广孝吧！"

曾国藩心里冷笑不止，这个长毛"罗将军"，怕是从戏台上捡来这两个人名吧。他想试探一下罗大纲肚子里究竟有几多货色，便开口道："刘基辅助朱洪武打江山，道衍却是朱棣篡侄儿位的帮凶，这二人怎能并称？"

罗大纲哈哈笑起来，说："老先生，你也太认真了。刘伯温、姚广孝都是有学问、有计谋的好军师，如何不能并称？至于是侄儿做皇帝，还是叔叔做皇帝，那是他们朱家自己的事，别人何必去管！方孝孺不值得效法。我看成祖也是个雄才大略的英明之主，建都北京便是极有远见的决策。老先生若是对此有兴趣，以后我们还可以在一起商榷，只是今夜没有时间了。"

曾国藩心想，看来长毛中也有人才，并非个个都是草寇。见曾国藩不再说话，罗大纲站起来，准备走了。临走时，又对曾国藩说："委屈老先生今夜抄几份告示，明天我们要用。"

王荆七赶快说："我们大爷病了，今夜不能抄。"

罗大纲伸出手来，摸了下曾国藩的额头，果然热得烫手，便吩咐韦永富："老先生既然病了，就让他歇着，叫个医生来看看，明天我带他去见天王。老先生有学问，天王一定会重用。"

说着便带着兵士们出了门。曾国藩心里叫苦不已。

过一会，韦永富急匆匆地走进来，板着面孔对王荆七说："把你背的那个包袱给我！"

曾国藩和王荆七立时一惊。那包袱里放的银子倒不多，重要的是有一份朝廷文书，那上面载明曾国藩的身份官职，以便沿途州县按仪礼接待。通常曾国藩都不拿出来，他不愿意过多惊动地方长官。这下糟了，让长毛知道自己的身份，就再也莫想脱身了。王荆七不肯交，但事情来得仓促，现在连藏都无法藏了。韦永富不等王荆七自己交，一把从他身上扯下来，风风火火地走了。主仆二人傻了眼：难道有人认得么？

原来，跟着罗大纲进来的一群太平军中，有一个湘乡籍士兵粟庆保。十多年前，粟庆保在湘乡城里见过曾国藩一面。曾国藩当时是新科翰林，从北京回到湘乡，县令和城里一批有头面的绅士天天轮流宴请。小小的湘乡县城，谁不知出了个曾国藩！粟庆保那时正在一个绅士家做短工，那一天，他亲眼看见曾国藩坐在主人家的筵席上。尽管十多年过去了，曾国藩脸上有了皱纹，嘴上留着长长的胡须，身体发福了，但粟庆保仍然能认出。粟庆保将这个发现告诉罗大纲。为了核实清楚，避免误会，罗大纲叫韦永富将王荆七随身带的包袱拿来。

"清妖头曾国藩站起来！"一声炸雷震得曾国藩发蒙，他看见韦永富带着四个手执大刀的士兵已站在他的身边。他不由自主地站了起来。一个士兵过来，将他的双手紧紧捆绑着。曾国藩出生四十多年来，从没有被人这样对待过，这十多年来的官宦生涯，更习惯了人们的恭敬尊重。他觉得受到了奇耻大辱。在一瞬间里，他想到不如触柱而死，但又太不甘心了。他脸色铁青，三角眼里的目光凶狠狠、阴森森。旁边的荆七也同样被捆了。

韦永富将曾国藩押到另一间屋里。这里灯火通明，罗大纲杀气腾腾地坐在上面，见曾国藩进屋，便忽地站起来，双眼死死地盯着他，突然吼道："你原来是个大清妖头，险些被你骗了！你不在北京做咸丰的狗官，为何跑到这里来了？"

在押解的路上，曾国藩想：千万不能向反贼乞求饶命，大不了一死罢了。这样一下决心，反倒平静下来，他缓缓地回答："本部堂奉旨典试江西，为国选才，只因途中闻老母去世之讯，改道回籍奔丧。"

罗大纲拍着桌子喝道："你的老娘死了，你晓得悲痛。你知不知道，天下多少人的父母妻儿，死在你们这班贪官污吏之手？！"

"本部堂为官十余年，未曾害死过别人的父母妻儿。"曾国藩分辩。

"住嘴！你看看这是什么地方，岂容你在这里放肆，口口声声自称'本部堂'。再称一声'本部堂'，本将军先割下你的舌头。"第一声"本部堂"已使罗大纲气愤，这一声"本部堂"，更使罗大纲怒不可遏了。

曾国藩向四周扫了一眼，只见满屋子人个个横眉怒对，紧握刀把，那架势，恨不得立即一刀宰了他。他一阵心跳，迅速将目光收到自己的双脚上。

"曾妖头，"罗大纲继续他的审问，"不管你本人害未害人，我来问你，全国每年成千上万的人死于病饿灾荒，不由你们这班人负责，老百姓找谁去！"

曾国藩不敢再称"本部堂"，也便不再分辩了。他心里在自我安慰：不回话是对的，一个堂堂二品大员，岂能跟造反逆贼对答！

罗大纲见曾国藩不开口，心想，再审下去亦无用，无非是骂骂他出口气而已。便对韦永富说："先带下去关起来，明天将这个清妖头押到长沙去砍了，也好借此激励前线将士。"

重新回到原来屋子里，曾国藩想起明天将要不明不白地被砍头，心里懊恼不已；万不该到饭铺去吃饭，万不该写对联，倘若不是碰到这伙千刀万剐的长毛，再过三四天就要到家了。

正在曾国藩胡思乱想之际，荆七忽然发现从窗口上跳下一个黑影。他紧张地推了一把曾国藩。那黑影直朝他们走来，轻轻地说：

"大爷，我是康福。"

"康福！"荆七又惊又喜。康福连忙制止他，抽出刀来，割断绑在曾国藩和荆七手上的绳子。曾国藩紧紧拉着康福的手，生怕他又要走似的，激动地说：

"贤弟，你怎么找到这里来了！"

"是饭铺老板告诉我的。"康福小声说，"我一路追踪而来，访得他们今夜在此宿营，就一间屋一间屋地找寻。大爷，虎穴不可久留，我们赶快走！"

说完，康福纵身跳上窗台。荆七蹲下，曾国藩踩着他的双肩，康福将曾国藩拉上窗台，自己先跳出屋外，然后双手将曾国藩接住，荆七也跟在后面，从窗口跳下来。在前屋一片喧闹声中，康福领着曾国藩、荆七悄悄地离开了村庄。

三人高一脚低一脚地向西奔去，约走了十来里路，荆七忽然惊叫一声："不好，包袱还在长毛手里！"

"包袱里有什么贵重东西没有？"康福问。

"别的都不要紧，只是有一份朝廷文书，不能落在长毛手里。"曾国藩说。

"我去拿来！"康福说着就要回头，曾国藩一把拉住他，说："去不得，你看后面！"

康福和荆七扭过头去，只见后面点点火把，正跳跃着向他们奔来。荆七急了："长毛追来了，怎么办？"

"我们先找个地方躲躲。"

康福指着前面一个黑堆说："那边有一堆茅草，委屈大爷到那里暂避避，我去打发他们。"

曾国藩二人慌忙钻到茅草堆里躲下，康福大摇大摆地回头走去。

"伙计们，这么黑的天，找什么呀？"

"看到两个慌慌张张赶路的人吗?"

"是不是一个满脸大胡子,一个瘦瘦精精的?"

"正是。他们往哪里去了?"

"往北去了。"

"看清楚了吗?北边追不到,我们回头来要你的脑袋!"

"看清楚了,快点去吧!去迟了,追不到,就怪不得我了。"

火把人群都向北边吵闹着去了。康福走到茅草边,问荆七:"包袱放在哪间屋里?"

"就在长毛议事的前屋。"

"大爷,你们在这里再等等,我去把包袱取来。"

曾国藩拉住康福:"贤弟,不必去了吧!包袱不要了。"

"朝廷文书落在长毛手里总不好,我马上就回来。"

曾国藩的手松了,康福很快消失在黑夜中。将近一个时辰后,康福背着包袱回来了。他递给荆七:"看看是不是这个?"

"是的,是的。"荆七连声说。

曾国藩打开包袱,见朝廷文书还在,一块石头落地了,心里对康福无比感激。康福说:"大爷,我们走吧!"

七 哭倒在母亲的灵柩旁

经过这次虎口逃生之后,曾国藩再也不敢徒步行走了。他雇了一顶小轿抬着,康福、荆七一前一后地紧挨着轿。路过湘乡县城,已是黄昏,为避免应酬再耽搁时间,曾国藩特地选择南门外一家小小的伙铺落脚。次日凌晨悄悄离开,当天傍晚到了歇马镇,正碰上前来迎接的江贵。

"哎呀,我的大爷!您老终于回来了,老太爷和爷们姑们个个都望穿了眼。"歇马离荷叶塘只有七十里,江贵没有走多远就接到了,心里很快活。

"老太爷还好吗?"江贵是曾国藩母亲江氏娘家的远房侄儿。见到江贵,几天来暂时忘记的母丧之悲立刻涌上心头,曾国藩胸中一阵发闷,语音也变得凄苦。

"老太爷身体倒还好,就是天天盼望着您老,巴望您老快到家,生怕有什么意外。"江贵服侍着曾国藩歇下后,说,"大爷,您老今夜在这里安生歇着,这就算到家了,我现在就赶回去告诉老太爷。"

"天这么黑了,你明天一早走吧!"

"家里得早做准备。夜路走惯了,这几十里算得什么。"

曾国藩拿出一两银子给江贵,说:"这些日子辛苦你了,前些天跑到安徽送信,今天又到歇马来接我,难为了。"

乡下人平时用的是吊钱,难得见到银子,江贵接过一两白花花的银子,欢天喜地,扒两口饭,便连夜赶回荷叶塘去了。

第二天傍晚,曾国藩到了贺家坳。九弟国荃、满弟国葆早已在这里迎候,见到腰系麻绳的大哥从轿中走出,两个弟弟一齐痛哭起来,曾国藩也落下眼泪。国荃自道光二十二年离京后,兄弟再未见面,国葆则是分别整整十二年了。曾国藩见两个弟弟都已长成大人,又喜又悲。寒暄一番后,便携手步行回白杨坪。

远远地看到家门口素灯高挂,魂幡飘摇,曾国藩悲痛万分,他三步并作两步朝大门口奔去。三道大门早已全部打开,曾府老少数十人一律站在中门两旁。曾国藩一眼看见父亲拄着拐杖站在正中,便不顾一切地跑上前去,双膝跪在父亲面前,语声哽咽地说:"不孝儿来迟了……"

话未说完,眼泪早已一串串流下来。姐姐国兰、妹妹国蕙国芝、弟弟国潢国华一齐走过来,将他扶起。曾国藩重新向父亲及叔父叔母请安,吩咐国葆好好照顾康福后,便在弟妹们簇拥下,进了大门。穿过第一进房屋,曾国藩看见黄金堂里烛光辉映下的白色幔帐,顿时眼前天旋地转,一反平时稳重克制的常态,跌跌撞撞地向灵堂奔去,慌得国潢等紧紧追随着。在母亲遗像前,曾国藩双膝跪下,一声"娘呀"喊后,只觉得眼睛发黑,便什么都不知道了。阖府上下慌成一团。堂叔东阳懂得点医道,对麟书说:"不碍事。这是连日劳累,加上方才悲痛过度引起的,慢慢就会醒过来的。"

他指挥众人把曾国藩抬到床上,掐着人中,用冷毛巾敷着他的额头,然后撬开牙,灌下一匙姜汤。曾国藩慢慢醒过来了。他满脸是泪,又挣扎着走到灵柩边,要见母亲最后一面。

江氏虽然早已大殓入棺,因为要等大儿子回来,棺盖一直未钉死。众人移开棺盖,曾国藩就着烛光,最后看了一眼母亲。只见母亲十分清瘦,双目紧闭，神态安详，他心内如万箭在穿射。众人把他架开，棺盖很快又盖上，并立即钉死。曾国藩抚着棺盖，想起母亲一生为家庭的操劳，对自己的疼爱；想起母亲重病中，自己居然没有侍奉过一天汤药，也没有聆听到母亲的临终嘱咐，又想起早两天的惊吓，差一点就没命回家了。一时间，他肝肠寸断，心胆俱裂，积压在胸中一个多月来的悲伤和这几天的恐惧，一齐奔涌出来。他再也不能控制了，便索性在灵柩边放声痛哭。大爷这么一哭，惹得曾府上下一齐大哭起来，尤其是国兰姊妹，更是一声娘一声妈地叫喊着。过了好一阵，麟书拉起扶在棺木上的儿子，说：

"宽一，"尽管儿子已官居侍郎，麟书仍习惯用乳名叫他，"你连日劳累，不要太悲伤了。"麟书劝着儿子，自己已是老泪纵横。

自从道光二十一年春天，曾国藩送别护送眷属来京的父亲后，十二个年头过去了，父子再未见面。今夜，曾国藩看着满头白发、一向懦弱的父亲，心中充满着怜悯。

"父亲大人，母亲她老人家这次得的是什么病？"

"心气痛，又加发黑脑晕。"

"她老人家的病情，以往的家信里，您老和弟弟们为何总不见说呢？"曾国藩疑惑地问。

"我是想告诉你的，你娘总不肯，怕影响你为皇上办事……"麟书似乎有满肚子苦水要向儿子倾吐，但他生性言语迟钝，且心中又甚是凄怆，一时气闷语塞，话接不上来了。国兰忙给父亲拿来水烟壶，麟书吸了两口，用手擦着壶嘴，把它递给儿子。曾国藩摆摆手："我已经戒了八年了。"听了父亲这句话，知道母亲在重病之中还这样体贴他，曾国藩心中愈加难受。他望着从幔帐里伸出头面的黑漆棺材，泪水又流了出来。家里老人的几副寿器，是他专门从京里付回银子，托叔父置办的，当时一共办了四具，还招呼每年为四具寿器加漆一次，并按时寄回漆银。他还特地告诉弟弟，湘潭漆好，但要向内行多打听，因为国漆真假难辨，不要和别人一起去买，以防奸弊；加漆时，不要多用瓷灰、夏布，恐与漆不相胶粘，历久而脱壳。又关照弟弟不要叫黄二漆匠来漆，此人奸诈，办事不可靠。他知道家里几位老人迟早要用，因而格外用心。但现在想着躺在里面永别的母亲，不禁又悲从中来。

一向能言快语的国蕙见爹一个劲地抽烟，知道爹的老毛病又犯了：越是有满肚子话要说，越是不知怎样说才好，最后便是默默地吸烟。她于是接过爹的话头，对哥说：

"三个月前，接到哥的信，得知哥放了江西主考，又蒙皇上恩赏一个月的假期省亲，全家都高兴，娘更欢喜，病都好了几分，也间或可以下床走动了，吩咐家里做准备，迎接哥回来。又是粉刷房子，又是做新衣——全家人每人做一套。孙儿们读书不长进，就骂他们：'过几天大伯回来，看你们有脸见？'儿子们哪件事没做好，就教训：'等你大哥回来后，我要告诉他！'好了半个月，又因兴奋过头，躺倒在床上。口里整天念叨：'不要让我就走了，我宽一就要回来了，让我再看看宽一吧！'"曾国藩忍不住又小声抽泣起来，国蕙也伤心得说不下去。家人送来两杯热茶，兄妹接过。喝一口茶后，国蕙继续说："到了六月初十上午，娘的病突然恶化，痰涌上喉，不能开口，满弟赶紧到镇上请来金太爷。金太爷也没办法，只让灌参汤。灌下一碗参汤后，又拖了两天。十二日点灯时分，看看不济，爹把全家人叫到娘跟前。娘这个望望，那个瞧瞧，一双眼瞪得大大的，死劲用手指柜子。大家都不明白她老人家的意思。我想，娘是不是要看看她平素爱穿的衣服，连忙从柜子里把娘的几件好衣拿出来，送到娘的面前。她用手轻轻推开。四弟妹以为娘要把家里的钥匙亲手交给哪位媳妇，急忙从柜子里捧出一大串钥匙来，娘死命摇头。还是爹懂得娘的心思，他知道全家人都在，唯独缺了哥，娘见不到哥，想再摸摸哥寄回来的家信。爹亲手从柜子里取出哥这些年寄回来的一大捆家信，放到娘的枕边，娘双手摸着摸着，慢慢地咽了气……"

曾国藩听到这里，再也忍不住了，双手捂着脸，又失声痛哭起来。他想起与母亲诀别的那一天——

那是道光十九年十月初二日，曾国藩散馆进京。天尚未明，在"哇哇"的啼哭声中，次子纪泽降临人世，他心里高兴极了。长子桢第二月因痘夭折，夫人欧阳氏一直心里难受，现在她有了安慰。尤其是母亲，抱孙心切，见添的又是一个孙子，笑得合不上嘴。吃罢早饭，全家人送他上路。母亲不顾劝阻，一定要送他。老人家牵着他的手，沿着山路，顶着北风，一直送出十里之外。他那时已经二十九岁，做父亲了，而母亲却仍把他当作小孩子，像以往每年送他到衡州城里读书一样，一路叮咛不止。母亲噙着眼泪，嘱咐他要爱惜身体，好好在京城做官，今后遇到机会，要回家来看看老父老母。他走出两三里外,回过头来一看,母亲仍站在路边小山头上,北风吹动着老人的花白头发,两眼直直地望着前方……

多少年来,这情景总在曾国藩脑中萦绕,牵动着他的无穷无尽的乡愁。今天,儿子特意回来看母亲了,母亲却已不能睁开双眼,看一看做了大官的儿子。老天爷呀!你怎么这样狠心,竟不能让老母再延长三四个月的寿命,由远归的游子陪伴她老人家在人世间的最后一段日子呢?!一刹那间,曾国藩似乎觉得位列卿贰的尊贵、京城九市的繁华,都如尘土烟灰一般,一钱不值,人生天地间,惟有这骨肉之间的至亲至爱,才真正永远值得珍惜。他泪如泉涌,痛不欲生,不顾一切地扑向棺材,喊道:"娘呀!儿子回来晚了!儿子对不起您老人家呀!"

整个灵堂又是一片哭声,曾国藩的弟妹们哭倒在棺材旁边。大家思念老太太生前的盛德,更为国藩的纯孝所感动。极度的悲恸,乌云般地罩住曾府灵堂,一大滴一大滴泪珠雨水似的洒在棺木旁,洒在遗像前……

叔父骥云过来,把国藩扶起,大家也跟着站起来,止住眼泪。厨子进来禀告,夜饭已准备好。大家簇拥着国藩来到另一间房子。待他坐定后,一家人重新施礼。

麟书招呼大家坐好,吃个团圆饭。曾国藩刚落座,突然想起康福来,连忙打发荆七去请。康福进来,见是曾氏家人团聚,高低不肯坐。曾国藩拉着他,说:"贤弟,今天这餐饭一定请你和我全家一起吃。"

待康福坐下后,曾国藩将如何在岳州城结识他,后来又如何被长毛抓去,多亏他搭救之事简单说了一遍,家人无不感慨唏嘘。九弟国荃满斟一杯酒,走到康福面前说:"好汉,你是我们曾家的救命恩人,我以全家人的名义,敬你这杯薄酒。"

康福慌忙站起,连声说:"不敢当!这要折了小人寿的!"说着,将杯中酒一饮而尽。

吃罢饭,大家劝大爷去休息。曾国藩说:"十多年来,我未在母亲跟前尽一天孝,病中,我也没有侍奉过一天汤药。这两个月来,都是你们在操劳。我今夜回来,怎么能不守灵就去睡觉呢!你们置我于何地?就不怕我遭乡亲们耻笑吗?"

大家见他说得有道理,又已到三更天了,于是留下满弟和其他几个仆人在灵堂，其余的便都各自去睡觉。

重新出现在灵堂的时候，曾国藩已经换了孝服，裹着白包布，通体素白。他恭恭敬敬地在母亲遗像前磕了三个头，然后洗净双手，给每个香炉插上香，给每根蜡烛剪去烛芯。然后在灵堂四壁前走了一圈，看看这些挽联祭幛是哪些人送的，又细细地看了看各种挽幛的料子如何，用手摸摸搓搓。看过后，把国葆喊过来，要他指挥仆人们，把自己沿途带回的署江西巡抚陆元烺、江西学政沈兆霖、湖北巡抚常大淳的挽联高高挂在显眼的地方。

曾国藩手捻胡须，认真地欣赏这三副地位最高的人送的挽联。无论文字书法，都可名列前茅。尤其是常大淳的那副，用苍劲的魏碑体写就，墨色光润，笔力饱满。曾国藩看着，禁不住念出声来："星使从柴桑归来，闻慈母一笑登天，想岳轴千寻，魂依苍昊；皇诰自阙前颁下，忆家门屡蒙异数，怅烟云万里，望断青山。"

"真不愧衡阳才子，意好，字好，堪称双绝。"他在心里称赞不已。

他在灵桌边坐下来，望着眼前母亲的遗像，呆呆地想着，仿佛母亲就坐在对面，自己还是三十年前的小书生，在书房里用功累了，跑到厨房，一边帮母亲剥豆子，一边听母亲讲故事。母亲最爱讲的故事，就是生自己那夜的情景。

八　蟒蛇精投胎的传说

那是嘉庆十六年的时候，曾国藩的曾祖父竟希公还健在。这年十月十一日深夜，竟希公忽然看见一条巨蟒在空中盘旋，慢慢地靠近家门，然后降下来，绕屋宅爬行一周，进入大门。竟希公清楚地看到这条蟒蛇身子有吊桶般大，头进到院子里很久了，才见尾巴渐渐收入，浑身黝黑有光，斑纹耀眼，长长的信子从嘴里伸出来，上下颤动，嘶嘶作响，盘在院子里，两只晶亮透红的眼睛直瞪瞪地望着他。竟希公吓得出了一身冷汗，猛地醒过来，却原来是南柯一梦！竟希公感到蹊跷，睡意全无，遂披衣走出屋。但见明月在天，秋风飒飒，四周阒静。他信步走着，突见空坪上分明爬着一条大蛇，居然左右蠕动，似要前行，竟希公又吓了一跳。再定睛看时，并不是蛇，而是白果树边那株老藤的影子。竟希公从藤影又联想到刚才的梦，越发觉得稀奇。正在凝思时，老伴喜滋滋地走过来，说："孙子媳妇生了，是个胖崽！"

竟希公这一喜非比寻常，赶快走进长孙的堂屋。儿媳妇正抱着长曾孙。红烛光下，婴儿白里透红，头脸周正，眼睛微微闭着，似笑非笑的，煞是逗人喜爱。他猛然醒悟了：这孩子莫不就是刚才那条蟒蛇投的胎！他立即把这个不寻常的梦告诉全家，又领着他们去看院子里的藤影。大家都说蟒蛇精进了家门。竟希公喜极了，对身旁儿子玉屏、孙子麟书说："当年郭子仪降生那天，他的祖父也是梦见一条大蟒蛇进门，日后郭子仪果然成了大富大贵的将帅。今夜蟒蛇精进了我们曾家的门，崽伢子又恰好此时生下。我们曾氏门第或许从此儿身上发达了。你们一定要好生抚养他。"

从那时起，院子里那株老藤也受到了格外的保护……

就在黄金堂门外的大坪中，借着烛光，曾国藩看见那棵分别十二年之久的古藤，依然青翠如故，心中甚是欣慰。他记得母亲还给他讲过一个故事——

七岁那年的正月，母亲带着他到外婆家去拜年。小小的渔划子里坐着母亲、他和妹妹国蕙，远道来接的江贵打着双桨，在清澈见底的涓水上，慢悠悠地划着。天气很好，两岸山坡上树叶枯落、茅草发黄，草木丛中时见一闪而过的羚羊、麂子和野兔，水中一群群游鱼历历可数。他第一次出远门，心里特别高兴，一会儿目不转睛地看着岸边的山坡，追寻着野物；一会儿又把手伸到水中，试图捉起一两条小鱼。每当他的小手接触水面时，母亲就显得很紧张，惟恐他掉到河里去。行到一段急流处，船头扬起的水花，在阳光照耀下，如同珍珠般发光。曾国藩很欢喜，伸手去抓水珠。正在这时，母亲看到一条大蛇向船边游来。"蛇！"她惊叫一声，脚一滑，倒在船边。船猛然一歪，国藩掉进水中。母亲惊呆了，立刻就要往水里跳，江贵赶忙拦住。江贵正要下河，却见国藩两手死命地抓住一根树干，急得哇哇大叫。船划过去，毫不费力地就将他拉了上来。江贵说："表弟福大命大，将来必定大有出息。"

母亲疑惑地说："明明看见一条大水蛇游来，怎么会是一段树干呢？一定是那条水蛇变成树干来救宽一的命，宽一本就是蟒蛇精投的胎。"

到了外婆家，母亲将这段险情一说，大家都说母亲讲得有道理，并恭贺她今后一定会得到皇上的诰封。

九　刺客原来是康福的胞弟

远处几声鸡叫唤起曾府雄鸡的共鸣，天快要亮了，曾国藩披衣走出黄金堂。黎明前的夜空，显得更加黑暗。土坪古藤下，一个黑影在跳跃。那是康福在练拳。康福步法灵活，拳脚有力，曾国藩看着，心中很是羡慕：能像康福这样有些武功在身就好了，平日可以用来强身，缓急之间还可以自卫。正在遐想时，康福猛然喊道："大爷低头！"

曾国藩赶紧把头低下，只听见头顶上"嗖"的一声，一样东西飞过，接着便是"嚓"的一声，身后木柱上牢牢钉住一把明晃晃的飞镖。康福说声"有刺客"，便一个箭步奔来，从柱子上拔出飞镖。借着黄金堂里射出的烛光，他看到雪白的飞镖上刻着一个"禄"字，心里猛地一惊："糟糕，难道是弟弟来了！"荆七和灵堂里另外几个家人闻讯赶出，忙将曾国藩扶进屋。康福纵身跃上墙头，只见远处一个黑影在奔跑。他跳下墙，向黑影追去。约摸跑出四五里路远，康福追上那人。这时天已渐渐发亮。康福看清了，刺客果然是自己的胞弟康禄！康福非常惊奇，便在后面喊道："兄弟，你停下来，我是你哥康福！"

康禄在前面边跑边答："哥，我早就看出是你了。这里不能说话，曾家的人会追上来。前面拐弯处有一大片树林，我们到里面去。"

又跑出四五里路远，康禄、康福一先一后进了树林。兄弟二人停下，在林中对坐。康福问："兄弟，这是怎么回事？你为何要谋刺曾大人？"

"我慢慢跟哥细说吧！"康禄借着熹微的晨光，凝视着阔别多时的兄长说，"哥离家一个多月后，洞庭湖涨大水，屋也垮了。我不知哥在何处，便和另外两个邻居结伴离家外出谋生。在外打短工，卖苦力，也难得一饱。有时想起自己空有一身本事，真冤枉了。莫说做一个顶天立地的男子汉，就是求得温饱都做不到，这样活着真受罪。半个月前，我在浏阳城外遇到一支人马，个个背刀拿枪的，威风凛凛，头上包着红黄包布。我想：这几天风传长毛打过来了，这不就是长毛吗？看他们挺胸昂首多神气！我有武功，只要参加进去，定然会比别人立的功劳多，日子过得会比现在舒心。不过我转念一想，爹一向教导我们，为人要堂堂正正，不义之财不能取，损人之事不能为，假若长毛真如官府所说的杀人放火，强抢掳掠，即使日子过得再好，我也不能和他们同流合污。为了试一下他们,我装病躺在路旁。这时又一支队伍过来,立时有几个长毛走出队伍,来到我身边说长道短。有的说这人病了,有的说这人或许是饿的。一会,从队伍中走出一个四十来岁的汉子,看装束,像是他们的头领。那人从腰间取出一个小小的扁瓷瓶子,从瓶子里倒出几粒黑丸子,放到我的口里。又从身旁一个小长毛手上拿过葫芦,将葫芦中的水倒进我口中。说也奇怪,我本没病,但吞下这几粒黑丸子,觉得心里蛮舒服。那人和气地问我:'小兄弟,好些吗?'我点点头。他又说:'小兄弟,如果你能走路,最好和我们一起走段路,我们今晚就宿在前面不远的屋场里,在那里埋锅做饭,你吃点热汤热饭,病就会好的。'我心里想:都说长毛凶恶,这个长毛为何这样和善可亲?我跟他们一起向前走。旁边一个和我一般年纪的小长毛对我说:'这是我们的金一正将军罗大纲。'我说:'罗将军真好!'他说:'我们太平军中的好人多得很。'我同那个小长毛聊天,得知他是全家投奔太平军的,太平军要杀掉贪官污吏,推翻朝廷,让人人有饭吃,有衣穿;太平军中凡男子都是兄弟,凡女子都是姊妹,大家都信上帝,都是上帝的儿女,人人平等。这些话说得我心痒痒的,心想:倘若天下今后是这样的,那岂不是真正的太平了吗?这样的军队好,我决定投靠他们。我从他那里懂得许多新道理。到了宿营地,我见他们不抢不烧,也不威吓当地百姓。吃完饭,我找到罗将军,要跟他们一起干。罗将军爽快地答应了,问我有什么本事。我说棍棒刀枪,样样都会,并当场表演几手,罗将军见了哈哈笑,立即说:'好小子,你的本事很高,你这几天暂时跟着我,等立了功,我升你做旅帅、师帅。'我们到达长沙,先头部队已经包围好些天了。罗将军要我送封信给浏阳征义堂。五天后我回来了。罗将军说他这几天到益阳、宁乡去了一趟,在路上捉了清妖一个大头头,名叫曾国藩。我忙说:'曾国藩我知道,是个大官。'罗将军问:'你认识他?'我说:'没见过面,只听说过他。他现在哪儿?'罗将军说:'可惜,他已逃走。他死了娘老子,一定回湘乡老家去了。我现在忙着打仗,没有空;若有空,我要追到湘乡去杀了他,也算是一个大功劳。'我自思这是立功的好机会,便向罗将军讨了这桩差事。昨晚我来到白杨坪,打听到曾国藩也是昨天到的,正在灵堂上守灵。灵堂里灯火通明,人来人往,不便动手。我一直匍匐在高墙上,等待时机。好不容易等到曾国藩出了灵堂,我赶忙放出一镖。谁知镖一出手,便发现了哥哥你！我心里很纳闷，哥怎么在这里？既然是哥哥在此，我便不发第二支镖。倘若不是因为哥哥在，曾国藩今天就没命了。哥，你怎么来到曾府的？"

康福便把这一路来的经过大致说给弟弟听，并劝告弟弟："兄弟，我看曾国藩不是那种残民害国的贪官污吏，他是一个有学问、会识人的好官，你和我一起投靠曾国藩如何？"

康禄正色道："哥，你这话差了。曾国藩是贪官是清官，你也不清楚，姑且不谈。这满人所建的清王朝，却是一个道道地地的坏朝廷。这点，哥以前也对我说过。曾国藩替满人效力，压迫我们汉人，你说该杀不该杀？我看哥还是就此和我一道投奔太平军，到罗将军麾下去杀贼立功。以哥的本领，要不了几年，就可以在太平军中当将军、总制。"

兄弟俩争来争去，谁也说服不了谁。康福担心时间一久，会引起曾府的怀疑，便说："自古以来，兄弟不同道的多得很，既然为兄的不能劝说你，那我们就各走各的路吧！只是有一点，不论在哪边，我们都要谨遵父命，不做伤天害理、辱没康氏清白家风的事。"

"哥说的是。我走了，哥多珍重，后会有期。"

说罢，兄弟分手。康福直到看不见弟弟的背影后，才转身跑回曾府。

旅途劳累悸栗，加之熬了一夜，又添上这一番惊吓，曾国藩病倒了。就在曾国藩病卧床上的时候，省垣长沙已陷于猛烈的炮火之中。

第二章　长沙激战

一　城隍菩萨守南门

　　咸丰二年二月，从永昌突围出来的太平军将士，在天王洪秀全"上到小天堂，凡一概同打江山功勋亲臣，大则封丞相、检点、指挥、将军、侍卫，至小亦军帅职，累代世袭，龙袍角带在天朝"的诏命鼓舞下，北上荔浦、阳朔、桂林、兴安，从全州出广西境，一路惊天动地地杀进湖南。两个多月时间里，相继攻克永州、道州、江华、永明、宁远、蓝山、嘉禾、桂阳州、郴州等府州县，驻守在永州堵防的湖南提督余万清、游击瞿我谦，在太平军未到之前便弃城逃命。道州知州王揆一、永明知县常连亦仓皇出逃。江华知县刘兴桓、训导欧阳高，桂阳州知州李启诏被活捉杀头。巨大变动，震动湖南全省，也震动了朝廷。咸丰帝急命钦差大臣大学士赛尚阿、钦差大臣原广西提督向荣火速追击。待到太平军攻下郴州后，赛尚阿才赶到永州，而向荣又与赛尚阿意见不合，称病居桂林按兵不动。湖广总督程矞采则奉命进驻衡州。朝廷又调广东高州镇总兵福兴带兵三千协助程矞采。为了要福兴卖命，又赶紧提拔他为广西提督。清廷料定太平军会从衡州北上，准备在衡州与郴州一带采取南北夹攻的战术，将太平军消灭在湖南。

　　天王洪秀全、东王杨秀清洞察清廷阴谋，改道走永兴、安仁、茶陵、攸县一路，七月底的一个夜晚，在攻克醴陵后，西王萧朝贵、翼王石达开率领五千先锋队，神不知鬼不觉地一举全歼驻长沙城外二十里的石马铺一千官军。次日清晨，军威凌厉的太平军将士来到长沙城下。仅在太平军来到城墙边一顿饭工夫前，城里才得到消息。因丢失数州县被革职尚未卸任的前巡抚骆秉章，火速下令紧闭七门。长沙城在明代曾有九门，由北向东向南向西依次为：湘春门、新开门、小吴门、浏阳门、黄道门、德润门、驿步门、潮宗门、通货门。清初新开门、通货门堵死，便只剩下七门了。其中湘春门俗称北门，黄道门俗称南门，德润门俗称小西门，驿步门俗称大西门，潮宗门俗称草场门。这时，萧朝贵、石达开来到了南门外。一年多以前尚是紫荆山烧炭佬，今天已坐太平军领袖群第三把交椅的三十二岁汉子萧朝贵，伫马察看南门外地势。见妙高峰拔地而起，林木繁茂，如同一座巨大的营垒扎在南门外，但山上却无一兵一卒。朝贵心里冷笑："清妖用兵如此，岂有不败之理！"他命亲兵传令，将大营设在妙高峰上，立即构筑炮台，加紧攻城部署。

就在这个时候，位于长沙城北又一村附近的巡抚衙门里，紧急军事会议正在召开。骆秉章虽被革职，但新巡抚张亮基刚卸下署云贵总督的职位，尚奔走在昆明至长沙的路上，他只得照旧管事。骆秉章在官场中浮沉二十来年，知道倘若长沙城保不住，那就不只是革职的事，而是要杀头的。他深恨太平军来得太快，若晚来十天半月，张亮基进了长沙，他就可以避开这个是非之地了，现在只得硬着头皮来应付。参加会议的有布政使潘铎、按察使岳兴阿、长沙知府梅不疑、长沙县令陈必业、善化县令王葆生。还有一位罗绕典，安化人，本是湖北巡抚，现丁忧在籍。因这几个月多事，罗绕典又是有名的干员，骆秉章便请他到长沙来帮忙。另外还有一个重要人物，就是接替余万清任提督的鲍起豹。派人去请，却不知到哪里去了。骆秉章不能等他。先分析长沙城里的兵力：老弱病残全加在一起尚有八千，另有江忠源的五百楚勇，号称劲旅，但可惜人太少。

"虽说有八千多人，怕也不是长毛的对手。"骆秉章忧虑地说。这段时间，骆秉章被长毛吓虚了胆，当了二十来年的官，还是第一次遇到大仗。从清晨到现在，惊魂未定。

"中丞不必忧虑。"说话的是善化知县王葆生，向来以知兵自命，他以为施展才能的机会到了，"现在就打开府库，一面发放刀枪，一面发放银钱。凡男子五十岁以下，十五岁以上的一律编排起来，分成几班，轮流守城。以长沙城居民之多，募三万五万不成问题。卑职愿承办此事。"

骆秉章对王葆生危急时刻能慷慨任事,甚是感激:"王明府主意很好。不过,民众平日未加训练,临危集中,毕竟只是乌合之众。"

"乌合之众也好,可以壮兵丁之胆。"潘铎很赞赏王葆生的建议。

"王明府的办法立即照办,但还有更重要的一手,"这是罗绕典在发言,大家都转而听他的,"火速派人出城到湘潭去,调邓绍良带兵来救援。邓绍良的三千镇筸兵才是真正的精兵。"大家都说好,骆秉章立即叫巡捕派人出城。

"成天说堵长毛,堵它个鸜鹉!"一个粗野的声音从门外传来。"哐啷"一声,门被推开,一阵风似的闯进一个五大三粗的黑汉子,"长毛到了眼皮底下还不晓得,都是些混蛋!"

这就是刚接任的新提督鲍起豹,是个凶蛮粗俗、不通文墨的武夫。大家都知他的为人,也不计较。骆秉章请他坐下,他一屁股坐在骆秉章的身边,一边"呼哧呼哧"地出大气。

"还有,"翰林出身的罗绕典很瞧不起毫无教养的鲍起豹,按理这时应请这个水陆提督先说,但他还是继续未完的话题,"再派人到衡州禀告程制台,叫福兴将军火速带兵北上护省垣。"

"福兴的兵不能动。"鲍起豹见罗绕典无视他这个提督,心中很是恼怒,他急不可耐地打断罗绕典的话,"福兴的兵应驻在衡州防长毛。长毛兵多,还有不少在衡郴一带。衡州兵一撤,就为长毛开了一道门。"

"鲍提督的话有道理。"骆秉章说。受到骆秉章的称赞,鲍起豹说得更起劲:"各位不要惊慌,长沙不是永州,我鲍某人也不是余万清!长毛想在我这里讨便宜,真是瞎了眼!各位不要怕,现在长沙城里的驻兵都已上了城墙。长沙城墙又高又厚,长毛是绝对攻不破的。我今天一早到了城隍庙求签,求得一个上上吉签。各位就放心好了,长沙由我鲍某人担保。"鲍起豹说得唾沫四溅,众人却不敢相信。

"鲍某人尚有一奇策,早就想好了,现当危急,正可大用。"众人不知他肚里有什么好主意,全都聚精会神地听他讲下去。"不知各位知道不,长毛信的是上帝邪教。每临阵作战,总有天父天兄暗中庇护,故一路攻城略地,连连得手。鲍某人想,长毛的上帝邪教,岂能敌我中华圣教!我早就听说过,长沙城隍菩萨向来灵验,有求必应,法力无边。长毛若攻破长沙,菩萨也要蒙难，他如何会连自身都不顾？我早想好了，长毛若来长沙，我就搬请菩萨大驾。所以我今天一早就到城隍庙去，恳请菩萨保佑。菩萨已赐上上吉签，就是明明白白地答应了。菩萨驾临南门，必可以正驱邪，使上帝失灵，长毛败阵。"

鲍起豹说得神乎其神，罗绕典等听了冷笑不止，但都不反驳他。一则他们知道这个莽提督一贯骄悍跋扈，不能得罪，更何况战火已烧到眉毛，正要靠他出力。再则神道设教，自古来便是愚民的好办法，既然长沙士民都信城隍菩萨，说不定真的把泥菩萨抬上城门，能给守城军民增强信心，岂不大好！于是大家都点头称是。

鲍起豹回到提督衙门，煞有介事地作了布置，又命厨房不送荤菜，当天夜晚也不跟姨太太睡在一起，另铺一张床放在平时供打牌用的房子里。第二天早起，洗了澡，换上一身干净布衣，带着一百名兵士，燃着香火来到贾太傅祠旁的城隍庙，吩咐摆上蜡烛供果，鲍起豹跪在菩萨泥像面前，口中念道："弟子鲍起豹为使长沙全城百姓免于兵火之灾，特恭请菩萨大驾光临城南，施展法力，消灭长毛。功成后，弟子将重建庙宇，再塑金身，令长沙军民常年供奉，香火不绝。"

祝毕，鞭炮轰鸣，百名兵士一声吆喝，将菩萨抬出庙门，浩浩荡荡地向南门走去。惹得沿途百姓都走出屋来，站在街两旁观看，有的赶紧从家里抬出桌子，点上香烛，跪拜叩头。到了南门口，又小心翼翼地抬上城楼，菩萨面南而坐，两眼睁睁地望着妙高峰。鲍起豹恭恭敬敬地带着将士们又跪下磕头后，便下了城楼，单等太平军攻城时，菩萨施无边法力，救阖城生灵。

二　康禄最先登上城墙

南门外的妙高峰，其实并不高，准确地说，它只是一个土堆罢了，就和城东郊的马王堆一样。但它比马王堆的命好，它紧靠南门，处于长沙城热闹的地方。在闹市区有这么一座地势稍高，又林木葱郁的山丘，更显得难能可贵。历代文人雅士，都喜欢在这里登高赋诗。当年吴三桂占据长沙时，陈圆圆已经老了，八面观音、四面观音成为他的爱妾。吴三桂常常携带两个观音在妙高峰上游憩。峰顶药王庙前的坪中，至今还留下为吴三桂造的石桌石凳。传说吴三桂与八面观音、四面观音，时常在此对弈，石桌上刻的棋盘还清晰地保留着。这几天，药王庙已成为太平军攻城指挥部。现在，萧朝贵、石达开、罗大纲、林凤祥和李开芳等人，就坐在石桌四周，商讨攻城的策略。

朝贵说："长沙是我们起义来攻打的最大一座城池，地位远在桂林之上，打下长沙，意义非同小可。不过，长沙城墙高大而坚固，现在城门紧闭，防守森严，强攻不易。各位有何意见，尽管讲。"

达开说："长沙自古为军事要地，今日一看，果然名不虚传。打下长沙，将会震动清妖朝廷，鼓舞全军士气，影响很大。但现在长沙已处于戒备之中，当以正面强攻和侧面挖墙相结合。此次在郴州，幸得刘代伟以千名矿工兄弟前来聚义，这是天授我们攻破长沙以妙法。明日我们率兄弟攻城，主要任务不在攻破，而是吸引城上官兵的注意力，并以此试探城内兵力虚实。刘代伟率领土营兄弟在城墙脚下挖洞，待洞挖好后，再放置地雷火药，炸开城墙，猛冲进去。"

刘代伟站起来大声说："翼王这条计策最好，开洞打眼，是我们本行，原以为当兵用不上，这次可起大作用了。我今日就从土营中挑选一百五十名强壮的年轻人，分五个地方，轮班开洞，天亮之前埋好炸药，明天保证让大军进城。"

众人都拍手称好。金官正将军李开芳说："听说清妖提督鲍起豹只一味贪婪凶狠，其实并不会治军，众人也不很服从指挥。城里官多兵少，调度不灵。目前正是攻城的良好时机。"

达开说："鲍起豹不足畏，但楚勇头目江忠源极为狡悍，全州蓑衣渡之战，证明他的实战能力不在你我之下。况且骆秉章老成稳重，也不可轻视。"

朝贵说："就按翼王的安排，今日先分兵佯攻，天黑下来后，刘代伟便去挖洞，明早全力以赴。"

正商量间，远处传来一阵噼噼啪啪的鞭炮声，亲兵指着南门方向说："各位王爷、将军请看，清妖在城楼上耍花招了。"

萧朝贵等人站起来，手搭凉棚朝北边望去。此时正是鲍起豹跪在菩萨面前磕头的时候。大家都莫名其妙，忽听得石达开一阵哈哈大笑，说："清妖已黔驴技穷，请来泥菩萨守城。"一句话提醒，众人都一齐笑起来。

　　下午，土官正将军林凤祥、金官正将军李开芳等人率领三千人分别从南门、浏阳门、小吴门、金鸡桥等处攻打，不断向城中投射火箭、火弹，长沙城内凡能打仗的士兵全部上了城墙，老百姓也有许多被驱赶上战场，全城惶恐不安。仗打得很激烈。到天黑时，太平军停止攻城。这时，刘代伟已从南门到小吴门一带布下五个开挖点，正在紧张地挖洞。城墙上的官兵对此一无所察。

　　卯正，军营中吹起嘹亮的军号，接着鼓声四起，火炮齐发，太平军五千名将士，威风凛凛地对长沙城再次发起进攻。南门到小吴门一带城墙边架起无数云梯，留着长头发、扎着红丝线的勇士们一手拿刀，一手扶梯，像猿猴般敏捷地爬上去。但可惜，所有爬到城墙上的太平军士兵都被守兵砍倒，从墙头摔下来；后面的人接着上去，又很快从云梯顶端处掉下来。石达开坐在马上，看到这个情景，一阵阵心痛。突然，他看到一个瘦小的兄弟爬到云梯顶端，一个清兵挺起丈八长矛向那人戳去。那人手一扬，清兵"哇"的一声扑倒。那人异常灵敏地跳上城墙，抢起手中大刀，边砍边前进，慢慢靠近了城隍菩萨。他从背上取下两个特大的竹筒，将竹筒里的油向菩萨身上泼去，然后又抢过一个飞上城楼的火弹，掷向菩萨。霎时间一片火起，烈焰腾空，城隍菩萨已坐在烈火之中了。旁边的清兵吓得目瞪口呆，正在攻城的太平军高声欢呼，军威猛振，趁此机会，数百名兵士冲上城墙。石达开将这一切看在眼里，暗暗叫了声"英雄"。此时，城墙脚根响起一阵闷雷似的爆炸声，石达开立即策马奔向那里。

　　五个城墙洞都炸响了，但有二个并没有炸开人的缺口，很快便被清兵堵上，只有靠近小吴门的两个炸开了三四丈宽的口子。太平军在林凤祥指挥下，呐喊着涌向这两个缺口，双方在这里展开白刃格斗。有几百名士兵已冲过缺口进到城里，后边的士兵也喊着向里冲。尸首堆积在缺口边，挡住通道，鲜血把墙砖和泥土染成暗红色。太平军眼看就要大批冲进城里，忽然，后面杀过来一股强大的人马，战斗的重心很快就由阵头转向阵尾。

　　原来，这是骆秉章从湘潭搬回的救兵。由云南楚雄协副将邓绍良率领的三千镇筸兵，日夜兼程，在战斗最紧张的时刻赶到了长沙。萧朝贵和石达开没有料到南边的救兵会来得这样快。双方激战一场，邓绍良带兵冲进城。萧朝贵传令收兵。

吃过晚饭后，石达开命人查找到了今天冲上南门城楼，火烧城隍菩萨的勇士。亲兵把他带进药王庙时，石达开仔细地看了看他：这人约莫十八九岁，五官端正，面皮白净，中等个子，单薄的身材。看着石达开盯着自己，那人有点不好意思。石达开亲热地问："小兄弟，今天是你放火烧了那个烂菩萨吗？"

"回禀翼王殿下，是小的烧的。"那人虽面容腼腆，但回话清晰。看得出，他心中并不甚惧怕这位指挥三军的王爷。

"你叫什么名字？哪个地方人？"

"小的叫康禄，湖南沅江人。"

"今年多大年纪了？担任什么职务？"

"小的今年十九岁，在金一正将军罗大纲手下当一名圣兵。"

这样智勇双全的英雄，居然只是普通士兵，太可惜了。达开把康禄着实夸奖一番，说他今天为攻城立下了大功，鼓励他好好干，日后前程远大。最后对他说："康禄，从现在起，你就是卒长了。"

康禄没有想到，一瞬间便连升三级，由普通圣兵成为一个统领上百人的军官。他跪下磕头，异常激动地说："谢翼王殿下恩赏。康禄为天国事业，虽肝脑涂地，矢志不渝！"

三　今日周亚夫

邓绍良进城不久，绥宁镇总兵和春也从广西抽调来长沙。接着，贵州镇远镇总兵秦定三、河南河北镇总兵王家琳、副都统衔头等侍卫开隆阿等都相继调进长沙。张亮基也赶到了长沙，接替骆秉章当起湖南巡抚来。长沙城里又增加四五千兵，阖城官绅稍微舒了一口气。但这些兵都是仓促间从各地调来的，纪律松弛，调度不灵。更令张亮基担忧的是，一时间进来这么多的军队，军饷从哪里开支？这些奉调进城的绿营兵，一来就公开扬言："老子是拿性命来守城的，你当官的不拿银子出来，老子就不给你守。长沙城丢了关我屁事！"

为了稳定军心，张亮基与潘铎等商量，决定守城兵士每人由原来的每日三钱银子增加到每日五钱，军官则加倍发放。细算一下，新增的饷银和军火、马匹、甲杖供应等费用，每天要增加五千两银子。这些银子从哪里来呢？张亮基一上任便遇到难题。他终日愁眉苦脸，却无良策，只好将藩库里凡能动用的银子都拿出来，先兑现十天半月再说。

银子关下去后，各地救援长沙的绿营兵劲头有点提高：上城墙的兵多了，巡逻值勤的脚步也加快了。围城的太平军这几天也停止了攻击。萧朝贵派人把城内救兵增加的消息，告诉正率领大队人马前往长沙的天王和东王，要求速派一万兄弟兼程前来增援。在援兵未到之前，太平军战士们抓紧时间构筑工事，搬运粮草。长沙城的战事出现暂时的平静。

战事一旦停下来，城里那些从各地征调来的兵士们便要无事生非了。接连几天，城内抢劫案、强奸案、凶杀案不断发生，大部分都是那批拿了银子不打仗的外省兵干的。张亮基除一再请求将官们严厉钤束部下外，拿不出任何有实效的办法来。他不是不能严惩肇事者，但在这种时候，他能那样办吗？一旦激起兵变，后果岂堪设想！张亮基、罗绕典、潘铎只得天天分头亲自巡逻，希冀以此稍减城里的骚动。

这天，张亮基从巡抚衙门出来，穿过又一村，来到贡院街。贡院街本是长沙城里最热闹的一条大街，往日店铺栉比鳞次，各方商贾云集，但眼下大部分店门紧闭，街上人行走匆匆，生怕走慢了，会冷不防被人刺上一刀似的。常常扑入眼帘的，是那些醉眼蒙眬、斜挎佩刀，操着贵州、河南、陕西、湖北口音的援兵。人们见到这些老总们，犹如见到瘟神，老远就避开了。张亮基看在眼里，禁不住两眉紧锁。

贡院街的尽头是东止街，东止街的尽头是小吴门。张亮基来到小吴门，忽然眼前一亮，看到的完全是另一番景象。但见这里市井秩序井然，城头上旗帜鲜明。小吴门守兵对进进出出的人盘查仔细。张亮基想起，小吴门一带原来是陕西候补知府江忠源率领的楚勇在守卫。他如同在这里看到史书上所写的细柳营，心中感叹道：江忠源真是个将才！

还是在署理云贵总督任上，张亮基就多次听说过在广西打仗的江忠源的名字，于是留心打听。知道江忠源是湖南新宁人，字岷樵，早年是个喜爱狭邪行的风流荡子，后来改邪归正中了举，为人极讲信义。在京城参加会试

47

时，曾两次护送友人灵柩回原籍，不畏千里长途，雨露风霜，善始善终。那时，曾国藩在京城也爱周济贫困，尤好为人撰写挽联。故京师士人中流传两句打油诗："代送灵柩江岷樵，包写挽联曾涤生。"因为这，曾国藩与江忠源结为好友，并预言他日后会以功名立天下，最后将以节烈死。曾国藩在咸丰帝登位时，向朝廷推荐六个人才，江忠源便是其中之一。正因为江忠源有这个名气，当金田事起，赛尚阿奉命以钦差大臣督办广西军务时，便请他出来赞襄军务。这时，江忠源正由浙江秀水知县任上丁父忧住在新宁。于是江忠源在新宁募勇五百，号为"楚勇"，隶属于副都统乌兰泰。

咸丰元年十一月，赛尚阿指挥十营清兵围永安。广西提督向荣统北路，乌兰泰统南路。向荣的幕僚建议："自古围城，当缺一隅，否则困兽之斗不可当。"向荣听从幕僚的话，在北面的包围圈中空出一门。江忠源听说，急忙派人送信给向荣，力谏围师缺隅之非，请向荣合围。向荣不听，结果太平军从永安北门突围而去。待向荣明白过来时，已悔之晚矣。二月，洪秀全攻下全州，乘湘水上涨之机，从水路进入湖南。江忠源率楚勇赶到全州蓑衣渡。此地湘水狭窄，两岸多林木，江忠源伐木作堰，横江拦断，使太平军在蓑衣渡一战损失惨重，船只几乎全部被焚，南王冯云山中炮阵亡。这一仗，是清廷与太平军作战以来所取得的第一个大胜利，使得江忠源之名传遍全国，也使曾国藩得知人之美名。

"我来到长沙已半个月，居然没有早点来拜见江忠源，真是昏聩。"张亮基在心中说。

在张亮基将到小吴门时，江忠源早已由亲兵报告，亲自到东正街尾迎接。

"中丞大人驾到，卑职有失远迎！"江忠源恭恭敬敬地问候。

"江将军客气了。亮基久闻将军威名远播，今日一睹丰采，平生之愿足矣。"张亮基微笑着打量江忠源，见他约四十来岁年纪，堂堂一表，从心底里喜欢。

"卑职不过湘中一寒微，谬承大人奖励，不胜赧愧！"

"亮基一早从又一村到东正街，所到之处，混乱不堪。独到将军治下，气象一新，仿佛来到细柳营，会晤了周亚夫。"张亮基说罢，拉着江忠源的手，哈哈大笑。

"大人过奖！请进屋喝茶。"

江忠源把张亮基请进一家南杂店改建的营房。江忠源早就听说过，张亮基是个当今官场中罕见的清官。当年林则徐因烧鸦片事谪襄河务，那时张亮基正以中书从王鼎治河工。某河弁悄悄地送三千两银子给张亮基。张亮基拒绝接受，不过也并未声张出去。但此事林则徐却知道，暗中记在手册上。后来张亮基升为永昌知府，林则徐恰由新疆召回，授云贵总督。路过永昌，张亮基拜谒林则徐。林则徐见到张亮基非常高兴，特地把手册拿出来，告诉张，某年某月某日，拒绝河弁私送之银三千两。张大惊，对林尤为敬佩。后来林向道光帝竭力推荐张。从此张亮基步步高升，不数年而位至督抚。江忠源很敬重这位上司。他请张亮基上坐，并亲手献上一杯茶："大人不辞劳累，亲到各处巡查，楚勇官兵极受鼓舞。"

张亮基想，正好趁此机会跟江忠源商讨下一步的战事。于是他以极为诚恳的态度说："亮基初来贵乡，情况不熟，且承平日久，未历兵事。今日局势万分危殆，将军不独湘人之翘楚，也是海内稀见之将才。亮基欲与将军长谈，务望将军以破贼之方，不吝赐教。"

江忠源欠身答道："保卫桑梓，乃卑职义不容辞之责任。大人于此危难之际来到长沙，三湘士民，莫不感激忭跃。今日垂询，卑职岂有不竭尽所知而献刍荛之理。"

张亮基说："目今伪西王萧朝贵、伪翼王石达开以五千余人马扎于城南，几次攻城，虽赖城高墙厚、将士用命，暂未得手。然长毛增援部队即将来到，扬言定要攻下长沙，城内人心汹汹，兵士们亦内心恐惧，若不思良策，长沙城破，恐为期不远。"

江忠源对道："长毛造反，已近两年，朝廷为此糜饷至两千万之多，然从广西到湖南，人无固志，地罕坚城，朝野莫不失望。卑职这一年来厕身戎间，深为绿营将不良、兵不精、法不严、令不一、心不齐、战术低劣，遂使长毛坐大气势猖獗而痛心疾首。卑职以为，长毛并不足灭，但酿成今日之局面，除诸多原因之外，带兵将帅举止失措，实为其中重要原因。兵志曰：'不知地利不可行师。'地利者，非仅图史所载山川一定之险地也，视贼出入之踪而先为之防，察贼分合之势而遥为之别，虽渐车之浍、数仞之冈，形势在所必争，机会不可偶失。但两年来，我军要地之疏防，机宜之坐失，实已

49

指不胜屈。全州蓑衣渡之战，贼锋已挫，本应连营河东，断贼右臂。道州之役，贼势本孤，宜分屯七里桥，扼贼东窜。苟此两役地利不失，长毛一入湖南，便可将其置于死地。此次长沙被围，亦因失地利之故。若在长沙东面榔梨市至回龙塘一带设重兵堵防，长毛就不会出现在长沙城下。若在妙高峰上驻有一支人马，南门外的制高点便不会被长毛夺去。此两地利一失，局面则由主动而变被动。"

江忠源这番话，使得张亮基既觉很有道理，又更添忧愁。江忠源见张亮基满脸阴云，于是掉转话头："不过，大人亦不必忧虑。长毛气焰虽嚣张，但卑职料他们一时难破长沙。"

张亮基精神一振，忙说："请将军明析。"

江忠源说："自接仗以来，我军处于不利，非实力不足，乃指挥失误。卑职以为，只要改变目前敌攻我守之被动局面，战事即有转机。卑职建议，只留少数兵力守城，大部分精锐人马拉出城外，在城外乃至城郊与长毛决战。如此，则城内压力可大大减轻。长沙现有兵力一万三四千，当率一万人出城。和总兵兵力最强，以他的三千精兵扎营东门外，秦总兵率两千人扎营西门外，开隆阿将军率两千人扎营北门外，卑职愿自率五百楚勇和两千五百名绿营兄弟一起正面挡贼锋。"说罢，江忠源走到悬挂在墙上的长沙地形图边，指着地图说，"大人请看，这是城南天心阁，乃长沙城的另一制高点，此处当布置强大火力，控制南门外。长沙城内那座五千斤重的炮王须在近日内移来。天心阁对面为蔡公坟，与天心阁对峙，可以屏蔽东南两面。此处即孙子所谓的'争地'。妙高峰亦为争地，惜已被长毛占去，此处再不能丢了。卑职将扎营蔡公坟，挖壕筑垒，与长毛决一死战。区区刍献，仅供大人参考。"

张亮基听江忠源说出这番话来，心中十分敬佩，说："将军用兵，远胜吾侪。适才听将军高筹硕画，亮基茅塞顿开，连日忧虑为之一扫。来日就召开军事会议，按将军的设想部署，局面必定会有改观。亮基还想到，从出城的这四支人马中尚需抽出数千兵力，截住长毛增援部队，不使他们靠近长沙。"

"大人想得很周到，截击援师，此招最好。"

"将军调遣兵力，善从全局着眼，实在高明。亮基想古之诸葛亮，处于今日地步，其筹谋部署亦不过如此。"

"大人言重了。卑职何等样人，岂敢与诸葛亮比。不过，经大人一提，卑职倒想起有人跟我说过，湖南有三亮，得一亮，三湘可治。不知大人可曾听说？"

"实不曾听说，请将军详言。亮基虽比不得当年刘玄德，亦愿效法前贤，重金相聘。"

江忠源缓缓地说："这三亮之说，虽在湖南士人中流传，然多不相信，卑职亦不尽信。三亮即老亮、小亮和今亮。老亮者，罗泽南也，他目前正在湘乡练勇。小亮者，刘蓉也。刘蓉是湘乡一处士，淡泊名利，然对经济之学钻研甚深。今亮者，湘阴左宗棠也。"

江忠源一提起左宗棠，张亮基就想起一到长沙时，便收到贵州黎平知府胡林翼的来信，信中竭力推荐左宗棠。张亮基记得信中有这样的话："此人廉介刚方，秉性良实，忠肝义胆，与时俗迥异。其胸罗古今地图兵法，本朝国章，切实讲求，精通时务。访问之余，定蒙赏鉴。即使所谋有成，必不受赏，更无论世俗之利欲矣。"如真像胡林翼所说的，那左宗棠也算是当今奇士。但胡林翼和左宗棠是姻亲，怕有点言过其实。访不访左宗棠，尚未拿定主意，现在正好听听江忠源的意见。他说："湘阴左季高，此人我早就听说过，请将军继续说下去。"

"卑职对老亮、小亮虽然佩服，但窃以为，此乃人们饰美之词，究不可与古亮相比。独有这今亮左宗棠，卑职敬佩至极。左宗棠真可谓人中之龙，其功名虽只一举人，然经纶满腹，才华横绝，当世少有。尤可奇者，此人长期潜心舆地，埋首兵书，天下山川，了如指掌，古今战事，如数家珍。为人倜傥耿介，意气豪迈。当今天下纷扰，正是此人建功立业之时。"江忠源想到自己正在向当政者推荐一个可以扭转乾坤的英雄豪杰时，很觉自豪，禁不住声气高昂，精神振奋，"道光二十九年，林文忠公自云南引疾还闽，路过长沙，特地遣人至柳庄，招来左宗棠。那夜湘江舟次，文忠公与左宗棠畅谈今昔，通宵不眠，直到鸡鸣天晓，才依依惜别。文忠公为之倾倒，诧为绝世奇才。"

张亮基平生最为佩服感激林则徐，听说林则徐如此器重左宗棠，不禁对左宗棠肃然起敬。他说："这样看来，左宗棠确有真才实学，但不知比起将军来差了几多？"

江忠源答道："左宗棠平生所学，乃真正经邦济世的学问，绝不是那些寻章摘句、惟务雕虫之辈所可比拟。至于卑职与宗棠比，这可以套用徐庶的一句现成话，真是以驽马比骐骥、寒鸦配鸾凤，百不及一也。"

"将军竟然如此推崇，日前胡林翼来信也全力荐举，既然文忠公都诧为绝世奇才，亮基岂能不为国家百姓着想，礼聘左宗棠！"

江忠源说："左宗棠为人狷介高傲，怕的是非金帛所能动。"

"然则奈何？"

"动此人者，乃大人之诚心也。卑职有个小计策，大人不妨试试。"说罢，江忠源移过身，附着张亮基的耳边，如此这般地说了一通。

四　欧阳兆熊东山评左诗

傍晚，长沙城内戥子桥陶公馆门前，来了一队士兵，为首的戈什哈对门房说：

"相烦转告陶公子，抚台大人有一封急信给他。"

门房不敢怠慢，把来人迎进客厅，献茶后，立即把信送进内室，交给陶桄。

陶桄是前两江总督陶澍的独生儿子，左宗棠的女婿，原籍安化小淹，这时正寓居长沙。说起陶、左两人结儿女姻亲这桩事来，真是一段佳话。

陶澍少年得志，功名顺遂，二十五岁便中进士，以后历任地方要职，晚年做到两江总督。在任期间，救荒治淮、疏浚河湖，首开海运、改革盐政，是道光年间一代名宦。他多次微服私访民间，秉公处理命案。在湖南老家，士人对陶澍极为崇拜。与陶澍比起来，左宗棠的地位就差得太远了。左宗棠二十一岁中举后，会试蹭蹬。第一次报罢。第二次已被取为第十五名，但因湖南多中了一名，便把他的名字刷了下来，补上湖北一名，仅把他取为誊录。左宗棠不屑于当个区区抄写员，拂袖南归，在家努力钻研史地、荒政、盐政等经世之学。道光十七年，左宗棠主讲醴陵渌江书院。这一年，陶澍总督两江，到江西阅兵，顺路回家省墓，经过醴陵。县令请左宗棠为陶澍下榻之处撰写楹联。左宗棠笔走龙蛇，瞬时挥就："春殿语从容，甘载家山印心石在；大江流日夜，八州子弟翘首公归。"这副对联，既表达故乡人对陶澍的景仰和欢迎，又道出陶澍一生中最引为得意的一段经历：道光十五年十一月底，道光皇帝在乾清宫十四次召见陶澍，并亲笔为其幼年读书的"印心石屋"题匾。这件事，陶澍认为是旷代之荣。当时陶澍见了这副对联，激赏不已，立即把左宗棠请来，满口称赞。左宗棠本仰慕陶澍，他一肚子经世济民的想法，平日恨无处倾吐。这下见了陶澍，巴不得全部倒出。于是半是请教，半是显示，从学问谈到国事，从盐政谈到海运，足足与陶澍畅谈一夜。陶澍为家乡有这样的不凡之材而十分高兴。那年陶澍五十九岁，左宗棠才二十六岁。陶澍认定左宗棠日后的前程会超过自己，竟不顾相差三十几岁而与之订忘年交。

第二年，左宗棠第三次会试报罢。陶澍时已重病在身，一再邀请他到江宁去，要以大事相托。南归时，左宗棠绕道到了江宁。陶澍知自己不久人世，以尚在髫龄的独子陶桄托付左宗棠，并主动提出与之联儿女姻。左宗棠认为自己无论从地位，还是从辈分来说，都不能与陶家联姻，坚执不肯。陶澍握住左宗棠的手，说："三十年后，你的地位必在我之上。我宦游大半生，还没见过超越你的人，请再莫推托。我死之后，桄儿便如同你的亲生儿子，若能教之成才，不辱陶氏家风，则我在九泉之下也就瞑目了。不独桄儿托付给你，内子不敏，我的家事也全托付给你。"

左宗棠异常感激陶澍的知己之恩，说："制台放心。既然如此，左宗棠今生当为教公子成才而竭尽心力。我已经会试三次，看透了考场弊病，从此以后，再不赴京会试，读书课儿，躬耕柳庄，以湘上农人终世。"

不久，陶澍去世。左宗棠把陶公子接到安化老家，在小淹一住八年，将全部所学悉心教与他。以后，又亲自主办陶桄的婚事。陶桄也一直把左宗棠视同自己的亲生父亲。

这时，陶桄拆开信来，粗粗一看，惊得半晌回不过气来。原来信中说，近来长沙危急，全体官绅士民为保卫长沙，有力出力，有钱出钱。陶家为湖南有名富户，世受国恩，当此危难之际，应为官民之榜样。特请陶公子在五日内筹办十万银子，以供军需云云。

门房见公子呆坐不作声，弄得丈二金刚摸不着头。他站在一旁轻声提醒说："公子，外面等着回信哩！"

陶桄仿佛惊醒过来，慢慢地说："你去告诉他们，就说我不在家，请他们先回去。"

待来人走后，陶桄立即打发家人陶恭，带着张亮基的这封信，骑一匹快马，火速出了湘春门，向北奔去。

湘阴城东六十里外，有一大片逶迤相连的山岭，群峰错互，山谷深幽。湘阴人泛指这一带为东山。自从太平军围攻长沙，离长沙只有百来里的湘阴，早已人心惶惶。城里有些财产的人，纷纷把金银细软、眷属迁避到东山。

左宗棠这时也带着全家老少隐居这里，住在白水洞。左宗棠二十一岁成亲，因家贫，入赘于湘潭岳父家。夫人周诒端，字筠心，自小受过良好的家庭教育，颇有才气，诗词歌赋，不亚宗棠。夫妇俩暇时以诗词唱和，有时相与谈史。左宗棠遇有记不起的地方，周夫人随即取出藏书，翻到某函某卷，十之八九不错。左宗棠曾花一年时间，亲手画了一张全国分省地图，周夫人为之影绘。琴瑟之趣，颇近古时易安居士夫妇。周夫人体弱，虑子息不繁，于是左宗棠在二十五岁那年，又纳副室张氏。道光二十三年，左宗棠用积年脩脯，在柳庄买下七十亩水田。第二年，举家从湘潭迁到柳庄。柳庄离东山三十里。左宗棠虽多住东山，但也常到柳庄去看看。

这天，他刚从柳庄回来，乡人告诉他，湘潭欧阳兆熊先生来访了。左宗棠一听大喜，三步并作两步赶回白水洞。

"小岑兄！"还未进门，左宗棠便高声喊道。

欧阳兆熊与左宗棠是多年的老朋友，过去又同住在湘潭，过从甚密，周夫人、张氏也不回避他。这时，他正坐在书房翻看左宗棠写的诗文，猛听得外面喊叫，连忙站起来，已见左宗棠大步流星地跨进了屋。

"稀客！稀客！有一年多没有见到你了。"左宗棠拍着欧阳的肩膀，像小孩子似的高兴。

"你躲到这大山里来住，也不给我一封信，叫我往哪里找你。"欧阳紧紧地握住宗棠的手，好像分别了几十年。

"你莫误会，我到白水洞才一个多月。上半年我到长沙，往十里香找你三次，连个影子也没见到。问问你的侄儿，他也说不准。你真是浪迹江湖，行踪不定。"

"上半年到匡庐转了一转，特地在浮梁给你买了一篓茶叶。真是好茶。

怪不得香山老人作诗,道是'商人重利轻别离,前月浮梁买茶去'。你品尝品尝。"欧阳指了指放在书桌上那个用细青篾织成的小篓子。

"送茶叶给我,多多益善。泡一杯浮梁茶,读几首渊明诗,我可就是真正的隐者了。"左宗棠打开篾篓,用鼻子嗅了嗅,"哦!不错。"

"你这就说错了,读陶公诗,要斟一杯白鹤液才是。"兆熊笑着说。

"小岑兄,看来你于诗道还不甚通。你只知道陶公诗中多酒,那是陶公常于酒后作诗之故。这写诗要酒。元好问说得好:'明月高楼燕市酒,梅花人日草堂诗。'有酒才有诗。至于读诗嘛,就不能要酒,而要茶。你难道不记得陆放翁的名句:'候火亲烹顾渚茶,焚香细读《斜川集》'吗?我们现在就来烹茶谈诗吧!"左宗棠立即要张氏烹两杯好茶来。

对于左宗棠的辩才,欧阳兆熊一向自愧不如,于是顺着左宗棠的话头说:"季高,刚才你不在家,我看了你的《四十自定稿》。你何不将它付梓呢?"

"小岑兄,你也太把诗文看重了。付梓如何?付梓就可以流传下去了?自古以来,诗文写得好的,何止千千万万,但唐宋以后的文人,传名的有几个呢?传名者中,又有几个真正是因诗文作得好的缘故呢?所谓人以文传,文以人传,实际上,只是文以人传。就如我的祖父、父亲,还有令尊大人,诗文都是一时之俊杰,也刻了几个集子,但后世有几个人知道呢?刻与不刻又有多大的差别呢?"左宗棠说到这里,显得很激动,欧阳频频点头。略停片刻,左宗棠以极其认真的口气说:"日后待我封侯拜相再付梓吧!"

这句话要是从别人口中吐出来,说者和听者都会当作一句笑话,现在他们都没有笑,似乎封侯拜相对左宗棠来说,只是早迟而已。

"好吧!就暂不付梓吧!就诗谈诗,我尤其喜欢《癸巳燕台杂感八首》和《二十九岁自题小像八首》,其忧国忧民之意态、苍凉悲壮之风格,足可以和老杜《秋兴八首》媲美,而其间那股郁闷不解之气,更能使诸多怀才不遇的士人引起共鸣。"

"曹写《石头记》,自题'字字看来都是血'。其实,他那些东西算得什么!我的这些文字,才真正是血和泪的凝结。这本自定稿,还是这两天才编成的。筼心是第一个读者,你是第二个。我很想听你谈谈,看你和筼心,谁真正是我的诗中知己。"

"诗中知己，自然要推嫂夫人。"欧阳边说边翻开《四十自定稿》，"我刚才讲过，两个八首我最喜欢，另外还有感春四首也很好。从全篇立意、用字来看，又以这两首最佳。"欧阳指着《癸巳燕台杂感八首》中的第一首和第五首念了一遍：

> 世事悠悠袖手看，谁将儒术策治安。
> 国无奇政贫犹赖，民有饥心抚亦难。
> 天下军储劳圣虑，升平弦管集诸官。
> 青衫不解谈时务，漫卷诗书一浩叹。
> 西域环兵不计年，当时立国重开边。
> 橐驼万里输官稻，沙碛千秋此石田。
> 置省尚烦它日策，兴屯宁费度支钱。
> 将军莫更纡愁眼，生计中原亦可怜。

赞道："这才是真正的廊庙之音，可惜不达天听！就个别句子来说，'书生岂有封侯想，为播天威佐太平'，气魄雄豪；'和戎自昔非长算，为尔豺狼不可驯'，识见超迈……"

"你呀！尽说好听的，什么气魄雄豪，识见超迈。"左宗棠打断欧阳的话，"'群公自有安攘略，漫说忧时到草莱'。肉食者自能谋之，我辈有何用？"左宗棠开始愤愤不平了。

"肉食者鄙，未能远谋。他们若真有安攘之策，我今天怎么会到东山来找你。"

"东山可是个好地方呀！安得东山谢安石，为君谈笑静胡沙。湘阴东山也有谢安石，恨无桓温相邀。"左宗棠气愤得站起来。

"天生我材必有用。季高，你不要太气恼了。听说新来的张抚台是个干才，我看他迟早会用你的。"

"这些老爷们，无事时威风十足，有事时束手无策，都不是共事的人。胡润芝来信说，已向张亮基作了推荐，劝我莫老死柳庄。我已经死心了，今生今世，长做湘上老农。我今年春上给贺仲肃回了一封信，我念两句给你听听。"左宗棠反背着手，在书房里边走边念，"'东作甚忙，日与佣人缘陇亩。

秧苗初苗，田水琤琤，时鸟变声，草新土润，别有一段乐意。安得同心数辈来吾柳庄一晤谈乎！'只要你们常来我这里走走，一起饮酒赋诗，煮茗论文，长此一生，岂不甚好。"

"好是好，但这些好处只能让与别人。你难道忘记令兄的期望吗？'青毡长物付诸儿，燕颔封侯望予季。'听说，这还是伯母大人的意愿。"

"大丈夫不封万户侯，枉此一生。但宗棠生在今世，时运不佳呀！"

欧阳最清楚左宗棠的志向，知道刚才无意间触动了他心中最大的遗憾，弄得本来谈笑风生的气氛骤然冷落下来，不免有点失悔。恰好，周夫人过来添茶，欧阳立即笑着对周夫人说："嫂夫人，我给你说段故事吧！"

"好啊！难得你兴致高，我成年缩在闺房里，耳目闭塞，正要听你讲点新闻故事开开心。"周夫人很高兴，挨着宗棠的身边坐下来。

"那一年，我和一个朋友乘舟北上，进京应会试。舟过洞庭湖，在一个小渡口边停下，天色已晚。那个朋友在伏几作书，我问他写给谁，他说给内子写封家信。正在这时，舟子呼他上岸去玩玩。信放在几上，匆忙间未封缄。我那时年轻，好奇心强，想看看人家的情书是怎么写的。开头几句写些别后情事，与常人无异。唯中间一段使我感到惊奇。"欧阳停了一下，看到宗棠和周夫人都在聚精会神地听着，"信中这样说：有一夜，舟停在僻静处。到半夜时，忽然水盗十余人，皆明火执仗入舱，以刀尖启开我的帐子，我奋起大呼，仗剑与这些水盗搏斗。众盗不支，相继败走，退至舱外。我又大呼追赶，盗贼吓得纷纷坠于水中，恨不能游水，眼睁睁地看着他们逃走了。"

"季高，小岑讲的那个朋友是你吧？我记得道光十三年，你从洞庭湖托人带回的信上，写的正是这桩事，你那次也是与小岑同舟的。"

左宗棠看了看周夫人，没有回答。

"嫂夫人，此人正是季高。我今天要当面戳穿他。他杜撰这个英勇的故事，其实完全是捏造。季高，你今天要向筠心赔罪，你骗了她整整二十年。"欧阳笑起来。

"我当时真的完全相信。一方面为他担心，一方面又为他骄傲。我那时想，季高真是个英雄。今天才知道，原来是假的。"周夫人嗔了左宗棠一眼。

左宗棠闲闲地说："你这个人真怪，你当时又未跟我同梦，安知我所为耶？"

"做梦？"兆熊惊奇地问，"你说你信上所写的都是梦境吗？"

"是的，一点不假。"左宗棠诡谲地笑着。

"你把梦境写得历历如真事，闺阁之中，也能这样大言欺人吗？"兆熊很不能理解左宗棠的这种做法。

"哎！小岑，你真是个痴得可爱的人。"左宗棠叹了一口气，正正经经地说，"那夜睡觉前，我偶读《后汉书·光武纪》，见范晔所叙昆阳之战，王寻、王邑陈兵昆阳城下，包围数十重，列营百余座，旌旗蔽野，埃尘连天，钲鼓之声闻数百里，而光武以三千敢死队终破寻、邑百万之众。适逢大雷电，屋瓦皆飞，雨下如注，河水暴涨，溺死者数以万计，水为之不流。细思古来数不清的战役，哪一仗能与昆阳之役相比？光武真英雄也。如此神飞意动，不觉睡去，当夜即梦水盗来犯。自思光武亦人也，面对百万虎狼尚且不惧，我左宗棠还怕几个跳梁小丑不成！瞬时胆气倍增，便挥刀与之搏斗，一如当年光武败莽军样，杀得水盗鬼哭狼嚎，片甲不留，心中有一股从未有过的畅意。醒来后，我看着无边无涯的湖水，头脑开始清醒，心想：昆阳之役真有此事吗？三千兵卒真可以打败百万之众吗？光武帝怕是和我一样，也在做梦吧！又想到前史所载淝水之战、赤壁之战、长勺之战、城濮之战、牧野之战，怕也都是梦境吧！前人说梦，后人当真。一部二十四史，或许有一半是左宗棠舟中斗水盗的故事。小岑兄，"宗棠拍拍兆熊的肩膀，笑道，"范晔可以杜撰昆阳之役，前人可以杜撰二十四史，左宗棠就不可以杜撰一个小小的英雄故事吗？我这也是左传呀，左某人写的传！你这样大惊小怪，诚如古人所说的：痴人不可以说梦。"

兆熊本想揶揄下宗棠，现在反而被他揶揄一顿，觉得有点扫兴，继而一想，宗棠的话寓意极深，看来那信中所言不是一时的率尔操觚，而是心中情绪的借机发泄。想到这里，兆熊也会心地笑了。

喝一口茶，兆熊又说："好了，往事过矣，不再谈它，我的评诗还没完哩，还有几句我也喜欢：'蚕已过眠应作茧，鹊来绕树未依枝'，耐人寻味；'赌史敲棋多乐事，昭山何日共茅庵'，情趣高洁……"

"哈哈哈，"左宗棠听到这里，发出一阵爽朗的笑声，"小岑兄，你与筠心是英雄所见略同。但恕我说一句直话，你们都还算不得我的诗中知己，最好的诗你们都没看出。"

"你自己说说,哪一首?"

"你读读这首。"左宗棠翻了几页,指着《催杨紫卿画梅》说。

兆熊看时,也是一首七律:

> 柳庄一十二梅树,腊后春前花满枝。
> 娱我岁寒赖有此,看君墨戏能复奇。
> 便新寮馆贮琼素,定与院落争妍姿。
> 大雪湘江归卧晚,幽怀定许山妻知。

"你看看,我像不像林逋?"

望着左宗棠那副得意的样子,欧阳兆熊觉得十分有趣。他想,自己与左宗棠交往二十余年,竟没有完全了解他。原先总以为他是管仲、乐毅一流人物,却不知他也有陶渊明、林和靖的胸襟。真是一位可人!兆熊说:"像是像,不过,有最重要的一点不像。人家和靖居士是梅妻鹤子,你却是妻儿成群。"说罢,二人都开心地笑起来。

隔一会,兆熊猛然想起一件事,说:"季高,我这次由大梁回湘潭,在岳州城里意外遇见一位老朋友。你猜猜是谁?"

"谁?莫不是吴南屏?"

"不是。吴南屏是岳州人,遇到他不算意外。"

"郭筠仙?他前向去了趟岳州。"

"也不是。"

左宗棠想了想,实在想不出,笑道:"你的朋友,三教九流、天上地下的都有,我哪里想得出!"

"曾涤生。"兆熊轻轻地说。

"涤生!你怎么会在岳州城里见到他?"左宗棠很惊奇。

"他是奔丧回来的。伯母去世了。"

"老太太什么时候去世的?我们一点音讯都不知。他自己还好吗?"

"他自己还好,就是老了点。这次去江西主考乡试,在途中得到讣告。本已蒙皇上恩准,乡试完毕,就回湘乡省母。谁知竟不能如愿。"

"是呀!再大红大紫的人也不能事事如愿。"左宗棠又来感慨了,"涤生这些年也算是青云直上，比我只大得一岁，侍郎都已当了四五年。论人品学问是没得说的，但论才具来说，不是我瞧不起他，怕排不得上等。"

欧阳兆熊知道，左宗棠和曾国藩之间曾有过一段有趣的互相讥讽。那是道光十九年冬，曾国藩散馆离湘乡赴京，途中路过长沙住了几天。一日，左宗棠与郭嵩焘及弟郭崑焘、江忠源等人一起去拜访曾国藩。大家议论国是，兴致很高。左宗棠爱发表一些标新立异的观点，又最会讲话，口若悬河，滔滔不绝。曾国藩总是说不过他，心中略有点不快。临到客人们告辞时，曾国藩笑着对左宗棠说："我送你一句话：季子自称高，仕不在朝，隐不在山，与人意见辄相左。"

话中嵌着"左季高"三字。左宗棠听后微微一笑，说："我也送你一句话：'藩臣当卫国，进不能战，退不能守，问你经济有何曾？'"

也恰好嵌着"曾国藩"三字。曾国藩惊叹左宗棠的才思敏捷。二人一笑作别。虽是一段笑话，但左宗棠对曾国藩不服气的心情，便为朋友们所周知了。在这点上，欧阳兆熊与左宗棠看法一致。他听了左宗棠的感慨后，点头说："涤生官运是好，要说才能，别省不说，就拿我们湖南一批出头露面的读书人来讲，像涤生那样的人，少说也有十个八个。"

二人正闲扯着，张氏进来，说长沙陶公馆来人了。

五　计赚左宗棠

门外站的正是陶府的家人陶恭，左宗棠出门亲迎。陶恭随着左宗棠来到客厅，只见客厅两边楹柱上一副联语甚是引人注目："文章西汉两司马，经济南阳一卧龙。"陶恭出入过不少诗书官宦之家，还没有见过气魄这样大的联语，心中暗暗称奇。坐定后，陶恭将陶桄的信交给左宗棠。陶恭虽然早闻公子丈人的大名，但见面还是第一次。他趁着左宗棠拿着信边走边看的机会，悄悄地仔细打量了一眼。见左宗棠四十来岁年纪，五短身材，背厚腰粗，面白略胖，眼圆鼻直，下巴饱满。陶恭想起别人议论左宗棠时，常说他燕颔虎背，今日一见，果然如此。再转眼看客厅，尽管是避难寓居，陈设简陋，但四壁整整齐齐地堆着书箱。正面墙壁上挂一幅题为《隆中对》的水墨画，画上诸葛亮正指着地图侃侃高谈，刘备在一旁洗耳恭听。画的两边是左宗棠自撰的对联："身无半文，心忧天下；读破万卷，神交古人。"对联左边，悬挂着一把斑斓古剑。剑柄的丝绦上系着一块晶莹的玉佩，仔细看时，是一只龇牙踢腿的麒麟。陶恭正在左顾右盼之时，猛听得一声怒吼："这张亮基真是岂有此理！"

左宗棠平时本声音洪亮，这一声吼，声震屋瓦，吓得周夫人和张氏急忙从内室走出，欧阳兆熊也忙由书房走进客厅。

"季高，什么事这样大怒？"周夫人身体素来虚弱，这时更面色惨白，气喘吁吁。

"你们看，你们看，这张亮基真是欺人太甚！"

周夫人接过信看着，张氏扶着宗棠坐下，又把茶杯端来。陶桄的妻子孝瑜是周夫人所生，她看完信后泪如雨下，喃喃地说："这如何是好呢？"顺手把信递给欧阳兆熊。

"陶公子虽然年幼，还有我哩！只要我活着一天，就不能容许有人欺负他。不怕他张亮基是抚台，我到长沙跟他评理去！陶文毅公为官清廉，两袖清风，朝野上下谁人不知？他张亮基要陶家捐十万银子，分明是勒索！"任何时候，左宗棠提到陶澍，都是一口一声的"陶文毅公"，今天盛怒之下，亦不改常态。

左宗棠越说越气，把袖一拂，高声喊道："备马！我即刻就到长沙去。"并对欧阳说："小岑兄，实在对不起，我左某人咽不下这口气。你在这里宽住两天，待我回来后再接着谈诗。"

"你放心去，不要着急，先把事情弄清楚。"欧阳说，"我正要到筠仙家里去一趟。我在筠仙家里等你。"

"也好，我打发人送你到梓木洞去。"

左宗棠和欧阳拱手一别，随即和陶家仆人骑两匹快马，星夜直奔长沙。第二天上午，左宗棠进了长沙城，来到陶公馆。门房见是公子的丈人来到，立即打开大门。左宗棠还未进屋，就问："公子呢？"

门房流着眼泪说："昨日下午，一群兵士把公子绑架走了。"

左宗棠一听，立即策马来到又一村旁边的巡抚衙门，怒气冲冲地向里面闯。守门的卫兵也不阻拦他。左宗棠径直上了大厅，里面走出一位师爷，笑着说："来的是左老先生吗？张大人已在此等候多时了。"

说毕，从签押房里走出巡抚张亮基，他对左宗棠一拱手："左先生，鄙人在此恭候已久。"

左宗棠怒气并未消除，一脸的不高兴，问："陶公子呢？请抚台大人立即释放陶公子！公子年幼，家事是我替他料理。天大的事找我左宗棠，不要为难公子。"

张亮基哈哈大笑，说："左先生息怒，'释放'二字从何谈起！岂有陶文毅公之子、左季高之婿被绑架的道理，我昨天是请公子来舍下叙谈叙谈的。亮基一向慕陶老先生的高风亮节，也喜左先生的豪放倜傥，昨夜听公子谈陶公和先生往事，不觉心驰神往。公子正在后花园赏花。"他转身对师爷说："请陶公子。"

左宗棠听说并不是绑架陶桄，气消了些。

"左先生，请到签押房坐。"

左宗棠并不谦让，和张亮基一起走进签押房，仆人献茶。左宗棠说："张大人，您知道陶文毅公生前为官廉洁，家里何曾拿得出十万两银子，这不是有意叫陶公子为难吗？"

张亮基又是哈哈一笑："左先生，亮基久闻陶公廉正，今日所谓捐银之事——"正说着，签押房里进来一人。左宗棠一见，忙站起身来，说："岷樵兄，久违了。"

"季高兄，什么风吹来的？幸会，幸会！"

"我为陶公子的事而来。岷樵兄，你说说，陶家眼下能拿得出十万两银子吗？张大人此举太欠思量。"

江忠源大笑，说："莫怪张大人，此事是我向大人建议的。"

"你？"左宗棠没有想到多年老友会出这样的馊主意。

江忠源拍着左宗棠的肩膀，说："季高兄，你让我慢慢说给你听。"

于是江忠源把张亮基如何敬慕，自己如何推荐，如何献计，说了一遍。最后，江忠源颇带感情地说："季高兄，公卿不下士久矣。张大人之举，近世罕闻，望我兄玉成其美。"

此时，左宗棠心情已平复。他对江忠源说："你不应该献这样的计，我几天劳累奔波不说，陶公子受了一场恐吓，内人在家，至今尚以泪洗面。你不觉得害苦了我们吗？"

江忠源笑道："仁兄素来身强体壮，骑几天快马不算什么。陶公子那边，昨日张大人亲自与他说明了。小小年纪，经受点风险，亦是一番磨炼。至于嫂夫人嘛，忠源知罪，改日一定去赔罪问安。然不如此，仁兄怎能来长沙？又怎能进衙门？我和张大人又怎能见到你？"

正说着，陶桄进来。左宗棠确知陶桄在此备受礼遇后，完全平静下来。他问张亮基和江忠源："不知二位要宗棠到此何干？"

"特请先生协佐鄙人，保全长沙。"

左宗棠微微一笑，说："宗棠乃一平民，长沙城内，文武官员如云，岂容左某插手其间？"

"先生高才，前有胡润芝极力称赞，昨又蒙江将军竭力推荐，鄙人对先生十分钦慕。长沙文武虽多，岂可与先生相比！"

左宗棠爱以诸葛亮自比，书信末尾常自署"今亮"，又对人说"今亮或胜古亮"。他早就盼望能像诸葛亮一样干一番大事业。今见张亮基如此诚意，又是江忠源一手推荐，哪有不答应之理？但左宗棠并不急于表态，他对张亮基说："承蒙大人错爱，宗棠荣幸已甚。但宗棠脾气不好，遇事又好专断，恐日后不好与群僚相处，亦难与大人做到有始有终。"

张亮基答道："先生放心，鄙人今后大事一任先生处理，决不掣肘。既以先生为主，群僚亦不会为难，请先生释怀。我明日就打发人去接宝眷来长沙。"

左宗棠连忙摆手，说："大人既然如此信任，不容宗棠不来。但目前长沙乃兵凶战危之地，内人还是住湘阴为好。只是有一点需要事先说明：宗棠乃湘上一农人，不惯官场生涯，若与大人及诸公同僚相处得好，则在长沙多住几天，若相处不好，宗棠会随时拂袖而去。请大人到时莫见怪。"

张亮基已从别人那里得知左宗棠的怪脾气，对他的这番话一点也不介意，满口答应，并吩咐摆宴，为他接风。

六　巡抚衙门里的鸿门宴

左宗棠为人最是忠直，不避嫌疑，不答应则已，既已答应，便把保卫长沙视为当然责任，好像半个巡抚似的，有关守城的一切事务，都往自己肩上压。他事事过问，桩桩关心，凡他经办的事，无论巨细，没有一件不是有条不紊、妥妥帖帖的，且主意甚多。在他面前，几乎没有难事。有这样一个好帮手，张亮基大大地松了一口气。张亮基对江忠源、左宗棠依畀甚重，计划谋略，无一不跟他们商量；守城的军务，明以鲍起豹为首，实际上，已全部委托给江、左了。从此，长沙城里的混乱阶段便成过去，代之而起的是一派调度有方、忙而不乱的新气象。

这天夜晚，张亮基忧郁地对左宗棠说："藩库的银子已用得差不多了，朝廷的饷银又一时不能来。倘若银子接不上手，军心便会涣散。这如何是好？"

左宗棠沉吟半晌，说："中丞所忧虑的，也正是宗棠这几天所考虑的大事，我思来想去，别无法子，只有向长沙的几家巨富名绅借钱，以救燃眉之急。"

"鄙人来贵乡不久，民情不熟，不知哪几户有钱，能拿出多少来？"

左宗棠说："长沙首富，当推黄冕。黄冕字服周，号南坡，其父黄博曾任过岷州知州。南坡当年以两淮盐运使委办淮阳赈务，受知于时任江苏巡抚的陶文毅公。陶文毅公提拔他当江都知县，又调上元知县，后又升为常州府、镇江府知府。那年夷人打到东南沿海，镇海陷落，裕谦殉国，南坡以随员谪戍西域。后朝廷赐他回籍，并赏六品顶戴。南坡回籍后，不过问官场事，一心经商，在八角亭开办永泰金号。据说南坡为官不太廉洁，家中积蓄有好几十万。凭着这份财力，永泰金号成了长沙城首家富户，每年获利都在五六万之多。"

"哦！"张亮基轻轻地喊了一声，他没想到，长沙城里居然有这等财力雄厚的商人。

"第二个要数普济药店贺瑷。他是贺长龄的侄儿、山东道监察御史贺熙龄的二公子。"

"贺长龄家还开药店？"贺长龄历任封疆，勋名赫赫，是道光年间的名宦，张亮基知道。不过，他不知道贺家也经商。

"贺公子从小锦衣玉食，本不懂经商营业，只是读书不成器，家里怕他学坏，也为着要磨炼他，有意开了这爿药店，让他当个少老板。药店出息不大，但贺家的财产，少说也有三四十万。第三户是利生绸缎铺的老板孙观臣，号灵房。"

"是侍读学士孙鼎臣的弟弟吗？"

"正是。孙鼎臣是其大哥，二哥孙颐臣现在兵部职方司任员外郎。孙观臣仗着两个哥哥的势力，在城中心红牌楼开一家利生绸缎铺，一年也有三四万的收入。这三个富户，每户借出三四万，就可以得十来万，可以对付半个月二十天。待长毛一退，再申报朝廷，还给他们。"

"这个主意好是好。"张亮基摸着下巴上几根稀疏的胡须，迟疑地说，"不过，这些个老板商贾，向他们借银子，就好比要他们身上的肉一样，他们肯借吗？"

"中丞说得不错，是难得很。"左宗棠边走边思考。突然，他停住脚步，"再请一个人来，事情就好办了。"

"谁？"

"十里香酱园的老板欧阳兆熊。"

"一个酱园能有多大的收入，他即使愿借也借不了多少。"

"中丞，这欧阳兆熊不比别的经商牟利者，此人最是古道热肠、仗义疏财，颇有当年鲁肃指仓借谷之气概。他是湘潭人，十里香酱园只是他在长沙的落脚点。此人来了，不容他们不借。中丞，你且放心，明天看我的安排。"

次日下午，又一村巡抚衙门花厅里，摆下了一桌丰盛的酒席。出席的客人为黄冕、孙观臣、贺瑗和欧阳兆熊。主人为巡抚张亮基，作陪的有前湖北巡抚罗绕典、布政使潘铎和幕僚左宗棠。客人们为新巡抚的礼遇而感动，兴致勃勃地喝酒谈天。酒过三巡，张亮基起身说：

"诸公乃三湘贤达，亮基承乏贵乡，今日能借此相识，实生平之幸。"

黄冕起身答礼：

"张中丞危难之际来到长沙，率我全城军民共抗发逆，令我等敬重感佩。"

张亮基微笑说："多谢诸公厚爱。老先生请坐。"

待黄冕坐下，张亮基接着说："亮基奉皇上圣旨巡抚湖南，自应誓死守城。只是战事尚无转机，诸公和阖城百姓受惊不少，亮基心中有愧。"

孙观臣说："中丞说哪里话来，守土抗贼，乃是我们分内之事。中丞已尽力了，战事无转机，岂能怪中丞一人。"

黄、贺、欧阳均随声附和。

张亮基激动地说："诸公如此明达，亮基为长沙数十万生灵免遭涂炭，就是粉身碎骨，亦心甘情愿。然亮基才疏学浅，深恐有负重托，今日邀请各位光临，敢请诸公遗我以度危济困之良策。"

黄、孙、贺等人平日于守城之事想得不多，一时也无良策出来，只好默默喝酒。左宗棠拿眼瞟了下欧阳兆熊。兆熊会意，大声说："中丞，你有何为难之处，尽管说吧！兆熊不才，但南坡兄、灵房兄和贺公子都是胸藏奇策、腹有良谋的能人，他们可以为中丞排难分忧。"

兆熊这两句话说得黄、孙、贺心里高兴，齐声说："中丞有何困难，只管说吧！"

张亮基顺势说："有诸公这等慷慨仗义，亮基有何困难不可克服？今有大事一桩，恳请在座诸公帮忙。大家知道，自从发逆围城以来，朝廷急调了七八千人马到长沙，饷银却一时供应不上。这些人马和其他费用，每天约增加五千两银子的开支。潘大人竭尽全力，勉强支撑了二十余天。眼下藩库枯竭，再过几天，就要断银了。一旦断银，军心就会涣散，其后果不堪设想。亮基为此事，连日来忧心如焚，千思百虑，无计可施，只有请诸公前来共商。诸公均三湘大富，又素抱忠义之心，亮基以湖南巡抚名义向诸公借十万银子，待长毛撤退，难关渡过，亮基即申报朝廷，表彰诸公爱国之心，并连本带息偿还。"

张亮基话一出口，客人们立时傻了眼。常言道说到钱，便无缘，酒席桌上刚才那股热乎气氛即刻冷下来。各人低头望着筷子，默不作声，心里怀着鬼胎：悔不该来吃这顿酒席。倘若长沙守不住，张亮基革职杀头，谁来还债！冷了好长一段时间，孙观臣掏出手绢揩揩油晃晃的嘴脸，说："国难当头，匹夫有责。借银助军饷，在下本不应推辞。只是敝号手头拮据，拿不出银子来。往年这个时候，湖南四方都到敝号来定买绸缎，准备秋后的婚嫁和年节的贺礼。眼下给长毛一闹，连个登门问价的人都没有。敝号十多个伙计要过日子，每日里没有进钱，只有出钱。唉，再这样下去，利生号要关铺门了。"

孙观臣说到这里，现出垂头丧气的样子，似有倾吐不尽的苦楚。话音刚落，黄冕就接着说："永泰金号和利生绸缎铺一样。这个时节，谁还有心打金银器皿。一个月来，敝号没有做一笔生意，我头发都急得全白了。"

"敝号也差不多。"接话的是贺瑷,一副纨绔子弟的打扮,"长毛一包围,连买药的人都少了。你们说怪不怪!"

张亮基见他们一个个叫苦连天,心里很是着急,担心酒席就会这样散了,半两银子也借不到。他一双眼睛老瞅着左宗棠。只见左宗棠悠闲自在地边喝酒吃菜,边听老板们的诉苦。待贺瑷一说完,他端起酒壶,走到客人们身边,边给他们倒酒边说:"这个把月来,各位老板生意的确是萧条些,可是各位的家底都很厚啊。俗话说,饿死的骆驼比马大,再苦,拿出几万银子也不成问题。"敬到欧阳兆熊身边,轻轻地用脚踢了他一下。兆熊大声说:"张中丞为保长沙,苦心孤诣,令湘人感动。刚才各位老板说的也是实情。十里香酱菜园是个小买卖,不能和各位的宝号相比,这些日子生意也清淡。不过,古人说得好,为人当公而忘私,国而忘家。处今日之际,除守住长沙,打退长毛外,别无选择。鄙人家底本薄,又不善经营,也拿不出许多银子来,我就先借一万吧!杯水车薪,不足为济。真正起作用的,还是各位财主。"

"欧阳先生真是个爽快人。"处在尴尬局面中的张亮基见欧阳兆熊有如此豪侠之举,无限感慨地说,"事平之后,亮基一定为先生向朝廷请封,并在八角亭铸一铜钟,上镌先生大名,名扬三湘,永垂不朽。"

但欧阳兆熊的举动并没有引起连锁反应,巡抚的话一完,酒席上又是一片沉寂。张亮基、罗绕典、潘铎坐立不安。左宗棠看看情形不对头,端起酒杯,霍地站起来,走到欧阳兆熊身边,说:"欧阳先生,你不是长沙人,田产家业都不在长沙,能有如此侠义举动,宗棠敬佩不已。宗棠从不敬人酒,今日却要为了长沙数十万生灵,敬你这一杯。先生不愧为三湘父老之肖子、孔孟程朱之贤徒、朝廷官府之良民、士林商界之楷模。"

欧阳兆熊站起来说:"不敢当,不敢当。"

左宗棠把酒杯举到欧阳兆熊的嘴边,说:"你一定要把这杯酒喝了,我还有话说。"

欧阳兆熊只得把酒喝了,依然坐下。黄、孙、贺等人早就听说湘阴左宗棠厉害过人,现在见他这副模样,听他这几句掺了骨头的话,已知来者果然不善,都一齐规规矩矩坐在凳子上,恭听他的下文。

"左某论家世,累代耕读;论功名,不过一举人。今日是中丞大人请各位来共商守城大事，按理，无左某置喙之地。且长沙守与不守，与左某亦无干，万一长沙攻破，左某一走了事。湘阴东山白水洞，有我的妻室老小，我可以仍在那里过隐居生活，僻山野岭，谅长毛不至来犯。左某今日多嘴，实是一为长沙数十万生灵着想，二为各位老先生着想。在座各位，不是曾做过朝廷之官员，便是显宦名吏之子弟，世受国恩，身被荣泽。试想想，没有朝廷，各位能有今日这份家业吗？当前国家有难，各位袖手旁观，置之不理，对得起自己的良心吗？对得起父祖兄长吗？且长沙城一旦被长毛攻破，玉石俱焚，金银财宝，悉被长毛所房；富户财主，一个个被长毛肢解杀头。与其眼睁睁地看到那一天的到来，为何不设法保住长沙呢？各位可以比较一下，是让长毛攻破长沙，人死财亡好呢，还是借银发饷，打退长毛，渡过难关好呢？"

说到这里，左宗棠瞟了一眼黄、孙、贺等人，见他们头上流汗、面带忧愁，知他们内心斗争激烈。左宗棠心想，一不做，二不休，干脆给他们点颜色看看。他把身旁的亲兵唤过来，悄悄地吩咐几句，然后提高嗓门说："欧阳先生，你可以回去了，门外已备好轿子。南坡兄、灵房兄和贺公子，暂时委屈一下，在这里还坐一坐。"

黄、孙、贺三人大吃一惊，不由地向门口一望。只见门口站立一排手拿大刀、满脸杀气的兵士。三人心怦怦乱跳，没想到刚才还是觥筹交错的欢聚，忽然化作刀枪相见的鸿门宴。大家面面相觑，唬得说不出话来。左宗棠继续说："今日事不关张中丞和罗、潘两位大人，全是左某一人所为。左某斗胆代表长沙数十万生灵挽留一下各位。各位心中若有委屈之处，尽可以上告朝廷。不过，"左宗棠目光威厉，露出一副凛不可犯的神态，"左某也会将各位的态度宣告长沙全城，让父老乡亲们来评说评说。"

黄冕老练，知道今日局面，不拿出银子来，无论在朝廷，还是在百姓面前都会过不去，且自己的银子来路也不是那么干净的，于是硬硬心说："张中丞的苦心，鄙人深知。鄙人两代受朝廷恩泽，岂有不思报效之理，且又何忍眼看长沙城破，乡亲蒙难。只是敝号近来生意不景气，拿不出太多罢了。鄙人竭尽全力，借出四万两来，如何？"

张亮基高兴地说："多谢老先生资助。亮基担保，一定偿还。"

阔少爷贺瑗从小便不知爱惜银子，拿出几万两来，他看得并不重。现在见门口站着荷枪持刀的兵士，知道要留他作人质。他想起今夜已约好要和三姨太打牌听曲，心里正急得不得了。这时只要拿得出，随便拿多少他都愿意。贺瑗赶忙说："敝号也借四万！"

"好个识大体、顾大局的贺公子！"罗绕典、潘铎一齐称赞。

孙观臣掏出手绢来，擦了擦头上的汗，说："敝号店小财薄，不能跟南坡兄和贺公子相比，就借三万吧！"

"好！"十二万两银子已到手，张亮基喜出望外，他站起身说："多谢诸公慷慨解囊，亮基代表长沙阖城老少，给诸公作揖。"

说罢，张亮基整整衣冠，抱拳，并弯下腰去，慌得全体来客都站起答礼。张亮基高举酒杯，说："各位贤达，亮基誓与长沙共存亡。耿耿此心，皇天后土共鉴！"

七　药王庙里出了前明的传国玉玺

就在长沙城里张、江、左等人为守城精心筹划的时候，太平天国北王韦昌辉、天官正丞相秦日纲奉天王洪秀全之令，率领一万人马，倍道兼程，赶到长沙南门外。萧朝贵、石达开、韦昌辉、秦日纲等人商量，决定再发动一次全面进攻。

这天清晨，东起小吴门，西到小西门，太平军一万五千人马向长沙南城发动了猛烈进攻。长沙城内城外，经过江忠源、左宗棠等人的重新部署，防守也更加严密。岳麓书院、城南书院一部分士子也参与防守，有的居然持刀上了城墙。每天五千两银子按时发下去，对稳定军心也起了些作用。这次双方争斗，比上次更显得激烈。天心阁附近的拼搏尤其残酷。江忠源的楚勇在对面蔡公坟占住制高点，天心阁上又安放那座五千斤的炮王，火力强大。太平军一时没有占到上风。但在其他地方，他们都取得了胜利。战士们靠近墙根架设云梯，正在一个接一个地登墙。他们接受上次的教训，离墙头还有丈把远时，就抛出带有铁钩的软绳，钩子挂住墙头清兵的衣裤，用力一拖，就连人一起拖了下来，然后收起绳子，抽出腰刀杀上去。这些清兵，大部分因朝廷常常欠饷，官长又克扣，积了一肚子怨气，虽说这几天多领了几两银子，但到底不愿意拿命去换，见势不对，便纷纷逃窜。太平军这方面正是出山之虎，以一当十，士气高昂，一段又一段城墙被他们所占领。

在地面上两军肉搏之际，有一条地道正在紧张地堆放炸药和地雷。这条地道，不仅穿过城墙，而且已到达城内天妃宫边。

天妃宫里，邓绍良和一批大小头目们正在开怀畅饮。他们以功臣自居，根本不理睬外面的战斗。宫里的人大都喝得七八分醉了，嘴里却仍在喊着："哥俩好呀！三星照呀……五魁首呀！"邓绍良搂着一个唱曲的姑娘，要把一杯酒硬灌给她喝。一个亲兵轻轻走上前，说："大人，外面炮声响得厉害，弟兄们醉成这样，怕会误事吧！"

"不要紧，我们是在城内，不攻破城，他们能进来吗？弟兄们援救有功，不要坏了他们的兴头。"说罢，重重地掐一下唱曲姑娘的粉脸，痛得那姑娘尖叫，邓绍良乐得大笑。

突然，一声巨响，城墙炸开一个大缺口。康禄率领一批兵士穿过缺口，直奔天妃宫来。邓绍良还未弄清发生什么事，康禄一刀捅进他身边那个亲兵的胸膛，邓绍良急忙抽出佩剑抵挡，边战边退，在门口跨上一匹马，顺着南正街往城中逃去。那些烂醉的大小头目，大部分被太平军战士像割韭菜似的割去了脑袋。

天妃宫被占领后，南城魁星楼侧又一声巨响，天崩地裂，砖石横飞，城墙被炸开五丈多宽。清兵慌了神，纷纷往城里奔去。左宗棠骑马过来，喝令清兵返回堵住。但这些逃兵都不认识他，继续向前跑。左宗棠气愤已极，命令亲兵就地斩首为头的几个逃兵，这才把他们震慑住。左宗棠叫清兵把火药桶、油桶往缺口抛掷，然后点燃火。霎时，在缺口周围烧起一道火墙，阻挡城外太平军兵士的进攻。左宗棠又令赶紧用石块填缺口，不管是谁，向缺口抛一块石，赏钱一千文。一时间，石块从各处飞来，不但太平军兵士被砸伤砸死很多，正在搏斗的清兵也有不少被砸。一个亲兵对左宗棠说："左师爷，石头打死我们许多人，传令不抛了吧！"

左宗棠双眼怒睁，喝道："胡说！是几条命要紧，还是长沙城要紧？先投石，打死的以后再抚恤。"

天心阁下，萧朝贵冒着火石，跨马挥刀冲向前，他真想飞到墙头，亲手砍翻城墙上的妖头。忽然，一颗炮子射过来，萧朝贵感到眼前一黑，从马背上栽下。亲兵们急忙围过来，但见朝贵满头是血，已经不能说话了。城墙上的清兵们狂呼乱叫："打死萧朝贵了！打死萧朝贵了！"

正在进攻的各队将士，一听萧朝贵阵亡，顿时乱了阵脚，清兵乘机猛攻。康禄等冲进城里的兵士们，也不得不又从缺口冲出来。石达开见状，急令鸣金收兵。

这天夜晚，太平军将士人人悲愤填膺。为着防备清军劫营，只得草草安葬朝贵，并立下一块暗石，好日后寻找，再隆重礼葬。第二天凌晨，东王杨秀清带着三千人马来到妙高峰下，并告诉大家，天王率领大队人马已驻扎在石马铺。东王的到来，使军心为之一振。

妙高峰药王庙里，东王杨秀清主持的高级将领军事会议即将结束。经过一个下午的热烈讨论，杨秀清开始作总结，全体将领的眼睛都望着他。这位广西紫荆山的烧炭工，今年三十二岁，粗眉大眼，身材不高，强壮精干，浑身似乎有永远使不尽的力气，眼睛闪出两道光芒，既威严又狡黠，既深峻又热情。他用洪亮的广西官话说道：

"西王殿下死在长沙城下，我们与湖南清妖不共戴天，此仇一定要报。但我们的进军目标是金陵。长沙只是路过站，易取即取，若以牺牲数千将士的代价来换长沙城，则大可不必。刚才翼王殿下的意见很对，我们一面佯装全力攻城，另一方面派出得力人员到河西打粮。待全军粮食足够后，便直下岳州，取道洞庭湖，进入长江。明天便由翼王带三千人马渡湘江而西，这边由北王和天官正丞相负责攻城。天王陛下过两天就到。待天王陛下到后，我们再定北进日期。"众将齐声拥护。

第二天，翼王石达开率领三千人马渡过湘江。过江的时候，石达开要康禄带五百人埋伏在水陆洲上，并面授机宜。渡江后，石达开顺利占领龙回潭、阳湖，控制通往宁乡、湘阴的大路，并从岳麓山下的地主们手中轻易地得到了七八万斤新粮。

消息传到城内，巡抚衙门又是一阵惊慌。张亮基连夜与左宗棠商量对策。左宗棠说："石达开带人在河西掠粮，可见贼对短期破城没有把握。以宗棠看来，洪秀全、杨秀清下步的打算不出两条：一为长期屯兵城外，与我抗衡；一为掠足粮草，准备远飏。这一年多来，他们一路陷城略地，并不久留，桂林围而未破，则绕道陷全州。从贼之一贯行事看，放弃长沙远飏他处的可能性较大。"

张亮基说："但愿如先生所分析，长毛早日离开湖南境内。然则洪杨未走之前，如何对付呢？"

"目前不管他们走还是不走，先要歼灭石达开一股。石达开只有三千人马，且离开贼之老巢。我们选调五千人，分成三部分，以一千人驻扎水陆洲，堵其归路；另外四千分两队南北包抄。将这股人马歼灭后，贼军心必乱。但这三路人马分别由谁来带领呢？"左宗棠捻着胡须，像问张亮基，又像是自问。

张亮基说："我看驻水陆洲一军，由广西提督向荣带领，他一路尾追长毛，经验最丰富。包抄两路则由绥宁总兵和春、河南河北总兵王家琳分别带领。你以为如何？"

左宗棠沉默一会，缓缓地说："宗棠刚来，对诸将才能性情尚不甚了解。大人既然定了，就这样办吧！"

次日，向荣、和春、王家琳分别带领各自人马，离城过江。

向荣从朱张渡口过浮桥，杀气腾腾地带着一千人马来到水陆洲，却被太平军的一把火烧了个呜呼哀哉，一千人马，被烧死杀死八九百。

南北包抄的两支人马听说水陆洲向荣全军覆没，都吓虚了胆；交战不到一个时辰，便大败而逃，为争夺浮桥，又在湘江中淹死几百人。

左宗棠站在天心阁上，看到水陆洲火起，三路人马全部败逃，不觉长叹，心里说道："当年诸葛亮初出茅庐，便在博望坡以火攻取胜而使关、张心服，想不到我左宗棠初出，却中了别人的火攻之计。今亮就这样不如古亮吗？"继而又想："这班绿营官兵真是一群饭桶，即令水陆洲全军失败，南北两路尚有四千人马，何以如此不中用！"左宗棠从心里鄙夷这班酒囊饭袋。他暗暗决定，今后必须亲自选择一批将官，重新招募一支新兵，严格训练，一扫绿营积习。否则，纵有诸葛之谋，也不能在战场上取胜。

石达开在河西的胜利，极大地鼓舞了围城的将士，不少将领向杨秀清提出：趁此机会，再次攻城。杨秀清没有立即答应，他要和洪秀全商量。

将近黄昏，洪秀全带着一班侍卫，悄悄来到妙高峰上。他屏退左右，与杨秀清闭门密谈了半夜。

第二天中午，一桩天大的喜事在太平军将士中传开。原来，杨秀清的几个亲兵在药王庙的神座下发现一颗前明的传国玉玺。这玉玺四寸见方,上镌五龙交纽,刻着"天地齐寿,日月同辉"八个篆字,装在一个檀香木匣内,用金锁锁着。经随军的博学文人鉴定,的确是真正的国宝。他们纷纷猜测,不能理解明朝的传国玉玺何以藏在药王庙的神座下。后来,还是杨秀清解释得最好,众皆钦服。杨秀清说:"当年吴三桂引清兵入关,原是想借满人的力量自己做皇帝,故在明朝宫中搜得这颗传国玉玺,秘密保存。后满人称了帝,封他为平西王,他心中不服,但兵力单薄,无可奈何。吴三桂到云南后招兵买马,扩大实力。康熙十二年,与靖南王耿精忠、平南王尚可喜之子尚之信发动叛乱。吴三桂从云南打到湖南,占领了长沙。他原想在长沙称帝,后来时局不利,便撤退到衡州,匆忙之中,将这颗玉玺藏在药王庙神座下。吴三桂虽然兵败,但是想过皇帝的瘾,于是在衡州称起帝来。当时清兵已围住衡州,他一时无法到药王庙取玉玺。不久,吴三桂一命归天,藏玺的人也都战死了,谁也不知道这颗玉玺的下落。今天,天父天兄将这颗传国玉玺赐给我们。我们的天王陛下是真正的真龙天子。"

杨秀清的解释与历史事实很相符合,这颗传国玉玺的真实性是不容怀疑的。全体将士兴奋至极,尤其是那些广西过来的老兄弟们,自觉地焚香祷告,眼中流出无限激动的泪水,感激天父天兄将清妖的江山赐予天国,决心一举攻克长沙。

当天夜晚,洪秀全召开全体高级将官会议。在庄严隆重的气氛中,洪秀全出来和大家见了面。因为玉玺的发现,天王在众人眼中俨然已是登基的天子,全体将官自觉地跪在洪秀全的脚下,山呼万岁。在大家的无限虔诚之中,杨秀清给洪秀全递来一个诡谲的微笑。这个微笑,只有洪秀全心中明白。

洪秀全今年三十九岁,身材高大魁梧,面孔英俊,留着淡茶色胡须。他与人突出的不同是耳小而圆。现在,他端坐在临时铺就的龙椅上,威严地说道:"天父天兄将明朝的传国玉玺赐予我们,是清妖朝廷的结束,汉人重坐江山的象征。我已命令工匠将前明的玺文磨去,刻上'天父天兄天王太平天国'十个大字。"脚下欢声雷动。待大家的心情平静下来后,洪秀全继续说:"诸位兄弟在长沙城下围攻两个多月,给湖南清妖以沉重打击。清妖目前是坐困危城,一筹莫展。我们在攻克道州时,便制定了'直前冲击,循江而下，略城堡，舍要害，克复武昌，号令天下'的大计。目前我军士气正盛，粮草充足，连日江水暴涨，正是我军浮江北下的大好时机。各军今夜做好准备，搜集船只，明早登船，撤离长沙。另林凤祥带五千人从陆路出发，扫除障碍，到王家坪上船，出临资口，到湘阴与大队人马会合。李开芳带一千人连夜南行，布下疑阵，引诱清妖南下，务使大军安然北进。"

洪秀全说完后，杨秀清又站起来强调了两句。他说："北进的水陆两军都要连夜悄悄做好准备，不让清妖得到一点风声。南下的一支人马，则要大造舆论，大张旗鼓，把清妖引诱得越远越好。待把清妖引出百余里之后，再从小路间行往北，与大队会合。"

翌日上午，当数千清兵尾随李开芳南下时，五万太平军将士，已分别从水陆两路浩浩荡荡向岳州进发。

八　左宗棠荐贤

太平军撤离长沙，阖城官绅大大地舒了一口气，穷苦百姓却深感惋惜。他们巴不得大军进城来，多杀掉几个贪官劣绅，为穷人出气申冤。听说药王庙里出了明朝的传国玉玺，长沙城内和四乡的百姓，都认为今后的江山是太平军的，对将来的日子有了指望。许多家中无牵挂的年轻人随着太平军走了。他们要跟着洪杨去打天下，建新朝。

张亮基以巡抚名义大摆宴席，犒劳这两个多月来为守长沙城出力的全体官绅，并特地请黄冕、孙观臣、贺瑗和欧阳兆熊坐在第一席上，并保证立即申报朝廷，偿还他们借的十二万两银子。又封那座立了功的炮王为"红袍大将军"。又循鲍起豹之请，为城隍菩萨重新塑像，封它为"定湘王"。又要左宗棠赶紧起草奏章，题目就叫作"长沙大捷贼匪败窜北逃折"，向朝廷邀功请赏。

左宗棠却不像张亮基那样喜形于色，他在深思。这些年来，左宗棠以一个旁观者的身份，对朝廷的腐朽、官场的龌龊、绿营的窳败，看得非常清楚。他知道洪杨起事，是由于走投无路而被逼上梁山，其战斗力非同小可，况且又得到百姓的拥护。长沙城能守住，并非是由于官军的力量，而是因为洪杨志不在此。天下从此将要大乱，不可乐观过早。河西之役失败后，他就想到今后与洪杨作战，不能指望绿营。看来只能仿照过去与白莲教打仗的样子，组织团练，从团练中练出一支劲旅来。现在，长毛已退，必须赶紧筹办这事。他向张亮基建议，各县都要像湘乡、新宁、湘潭等地那样建团练，省里由一人统领。谁来筹办此事呢？他首先想到了罗泽南。

罗泽南是个出名的理学家，但他并不空谈性理，而注重经世致用，他的弟子中能人不少。从去年以来，他在湘乡主办团练，集合了一千多人。由于练勇有功，已被保举候补训导。不过，罗泽南虽然办团练有经验，但毕竟位卑人微，长沙不是湘乡，他难以在此站住脚。自己出面吗？也觉资望尚浅，恐别人不服。这个大任，由谁来担负呢？他想起江忠源，但长沙城防离不开他。郭嵩焘呢？他是个典型的书生，不堪烦剧。欧阳兆熊呢？此人太不讲法规，不能充当领袖人物。想来想去，无一人合适。左宗棠在房间里踱来踱去，突然把脑门一拍，大喜道："我怎么一时忘了此人！"

他急忙走到签押房，以少有的兴奋情绪对张亮基说："中丞，这主办省团练的人有了。"

"谁？"张亮基高兴地问。

"中丞看，正在湘乡原籍守制的曾涤生侍郎如何？"

"涤生侍郎的什么人亡故了？"

"他的母亲在六月间就已去世。他由江西主考任上折转回籍奔丧，回家已有两个来月了。"

"这段日子给长毛冲得六神无主，也不知道涤生兄回籍来了，真正对不住。要是由他来主办，那当然是太好不过的事。"略停一下，张亮基说，"不过，听说曾涤生为人素来拘谨，最讲名教，他正在服丧期间，能出山办事吗？"

"这点我也虑及了。墨绖从戎，古有明训。涤生重名教，但更重功名事业。只要大人作书恳请，一面上报朝廷，请皇上下诏，我看他会出山的。"

"好，我这就修书，请你拟个折子。"

第三章　墨绖出山

一　谢绝张亮基的邀请

湖南乡下有躲生的习俗。

十月十二日，是曾国藩四十三岁的生日。自从道光十九年冬散馆进京，他已经十二个生日没有在家过了。父亲和弟妹们暗暗在准备为他热热闹闹办一场生日酒。远近的亲朋好友早就在打听消息。他们中间有真心来祝贺的，但更多的是借此巴结讨好。

曾国藩童稚时期，正是家境最好的时候，后来弟妹渐多，父亲官运常不佳；叔父成家后亦未分爨，叔母多病，药费耗去不少。到他十多岁后，家境大大不如前，因而从小养成俭朴的生活作风。回家来，他看到家里的房屋建得这样好，宅院这样大，排场这样阔绰，又惊异又生气。母亲的发丧酒办了五百多桌，惊动四乡八邻，也是曾国藩不曾想到的。他把几个弟弟重重地责备了一顿，为着表示对他们这种讲排场、摆阔气的不满，他决定不办生日酒，并到离家十五里路远的桐木冲南五舅家去躲生。

南五舅对此很感动。外甥回家两个月来，不知有多少阔亲朋来接他去住，他都谢绝了，唯独看得起自己这个穷舅父，一住便是几天，给老娘舅很增了光彩。

曾国藩也的确敬重这个既无钱又无才的南五舅。南五舅是国藩母亲的嫡堂兄弟。他也读过几年私塾。后来父亲死了，家道中落，他辍学在家种田，过早地肩负起家庭重担。南五舅为人忠厚朴讷,从小起就对国藩好,人前人后,总说国藩今后有出息。国藩两次会试落第,心里不好受,南五舅都接他到桐木冲,一住就是半个月,常鼓励他:宝剑锋从磨砺出,梅花香自苦寒来。不要怕挫折,多几番磨炼,日后好干大事业。

丁酉年冬,曾国藩第三次进京会试。家中七拼八凑,总共只有二十千钱,向人借贷,一个铜子也没借到,曾国藩心里难受极了。忽然,南五舅喜冲冲地跑来:"宽一,我这里有十二千钱,凑起那二十千,就有三十二千了,节省点用,也可以到达京师。"

曾国藩高兴得直流泪,一把收下,当时也没问:南五舅怎么一下子会有这么多钱。到了京师才想起,写信问家里,才知道南五舅把仅有的一头小黄牛卖了!

曾国藩始终记得南五舅的大恩。那年从四川主考回来,得了三千两银子的程仪。他寄回家一千两,特别指明从中分出一百两给南五舅。以后升了侍郎,俸金多了,他每年都送二十两银子年礼。

这几天,他和南五舅谈年景,知道荷叶塘种田人这些年来日子过得很艰难,田里出产不多,捐派却年年增加。遇到天灾人祸,有的甚至家破人亡,几年来减少十多户。自从四月来,又增加办团练的捐派,每户见人捐五百,百姓怨声载道。南五舅还悄悄告诉国藩,荷叶塘还有人希望长毛成事,好改朝换代,新天子大赦天下,过几天好日子。这些都使国藩大为吃惊。

南五舅家人客少,清静。一早起来,曾国藩按惯例临了半个时辰的帖后,开始给京师的朋友写信。随后,又给儿子写了一封长长的家信。长子纪泽今年虚岁十四,该让他慢慢学习办事了。曾国藩将家眷离京回籍前应在京师办的事,一一写给纪泽,写好了,又细细地从头至尾看一遍,数一数,一共有十七条。正准备封缄时,又拿出一张纸来,补充三件事:一是告诉儿子如何处理家里的三车三骡,大骡子小骡子当初买时用了多少银子;二是家具都送给毛寄云一人,不要分散了,因为家具少,送一人则成人情;三是要儿子做一套新衣服,以便在祖父面前叩头承欢。

他将这张纸连同刚才写好的六大张纸一起折起来,放进信套里,小心地封好。正要提笔写封面,江贵进门来:"大爷,巡抚张大人来了一封信,老太爷请您老回家去。"

曾国藩忙与南五舅告辞，和江贵回家。刚进家门，四弟便喜滋滋地说："哥，听说是张大人的亲笔信！"

说着，把一个尺余长的大信套递给国藩。由于曾国藩的身份和地位，使得他在诸弟中有着崇高的威望。对大哥，弟弟们敬若神明。尽管信使说信中讲的是张大人请大哥晋省办团练事，荷叶塘都团总曾国潢急于知道内中的详细，却没敢私拆哥哥的信。

曾国藩拆开信封，果然是张亮基的亲笔。巡抚的信写得很亲热，先是对国藩丧母表示沉痛哀悼，说自己当时远在昆明，不能前来吊唁，后在战火中来到长沙，又抽不出身，心里很觉得对不住，只好明年清明再到荷叶塘来扫墓；继而又把自己如何敬慕的心情说了一番。最后讲到此次长沙被围，好不容易才打退长毛，请国藩为桑梓父老着想，出山来长沙办团练。信的末尾这样写道：

亮基不才，承乏贵乡，实不堪此重任。大人乃三湘英才，国之栋梁，皇上倚重，百姓信赖，亟望能移驾长沙，主办团练，肃匪盗而靖地方，安黎民而慰宸虑；亮基也好朝夕听命，共济时艰。

曾国藩将信细细地看了两遍，又重新放进信套里，锁进柜子中。这几天和南五舅扯家常，越扯越对湖南吏治的印象坏。早就听说湖南官场腐败，两个多月来的所见所闻，果然如此。这种环境怎能办事！何况对张亮基、潘铎等人都不熟。练勇在几十年前平白莲教造反时，为朝廷立了大功。白莲教事毕，练勇也就全部撤了。近十几年来，云贵一带地方不靖，又相继在各州县办了一些团练，但鲜有成效。听南五舅的口气，百姓似乎并不拥护。为验证南五舅的话，国藩将四弟唤进内室。

一听哥哥召唤，曾国潢便进来了。在曾氏五兄弟中，国潢天分最低，但偏又最爱出风头。罗泽南要他当个都团总，他便如同做了一品大员，得意扬扬，在乡民面前拿大装腔，趾高气扬的。曾国藩有点看不惯，回来这么久了，有意不问他办团练的事。国潢想在哥哥面前卖弄，见哥对此毫不感兴趣，几次话到嘴边又咽下去了。现在哥主动来问他湘乡办团练的事，这下正搔到他的痒处。他兴致勃勃地告诉哥："今年四月，长毛攻破广西永安，窜至全州，逼近楚境，朱明府即在我县举办保甲，并令练族练团，互相保护。一族议定族长、房长，或四族、或五族合为一团。团议定团长、练长。各家各户男子年满十五以上、五十以下的一律入团练。每人自制号褂一件、器械一件。早晚在家操演，一遇贼警，由团长、练长、族长、房长带赴有事之处。平日无事，各安本业。团长、练长等每月会议两次。"

"经费怎么来？"曾国藩问。

"团练一切由各家自己开销，不要多少经费。"

"总要点钱吧！团长、练长每月聚会两次，在谁家吃饭？"

"当然是要点经费。各团各族自己规定，有的按人口出，一人一百文、两百文的，有的则由几户殷实人家出。"

"你说一人出一百两百，南五舅说他们一人出五百，怎么相差这样远？"

"有的族长黑心，想趁这机会捞一把。"

"澄侯，看来这团练中有弊端。刚建不久，就有人想从中谋私利。再办些时候，会干更多坏事。"

"是的，有的团丁还借机做坏事。如借禁赌行敲诈，借查夜行奸淫。听说添梓坪就发生了几起。"

"你说早晚操演，我回来两个来月了，怎么没见过你们操演？"

"刚成立时，操演过几回，后来渐渐懒散了，再加上长毛又没来，有两三个月没练了。说早晚操演，那是写在纸上的规定。"

"也有操演得好的吗？"

"有。县城附近几个都，由罗山带着璞山、希庵兄弟等亲自指挥，据说蛮像个样子。"

"澄侯，你说团练办好，还是不办好？"

"我看还是办好，至少可以对付小股土匪、抢王。不过，按现在这样办下去，可能怕只是神气了几个长字号，百姓得不到多少实惠，大家也不齐心。弄不好，过几个月就会散伙。"

"要怎样才会真正起作用？"

"依我看要起作用，就得专练一支队伍，也要吃粮吃饷，那样才练得好，免得心挂两头。"

"粮饷从哪里来呢？"

"就是因为粮饷无出路，才办不起来呀！"

兄弟俩就团练一事扯了大半夜。待国潢走后，国藩摇摇头，心里想：看来这个团练没有办头。再说，自己乃朝中堂堂正二品侍郎，又热孝在身，若仅因一巡抚之相邀，便出山办事，既有失自己的身份，又招致士林的讥嘲。这事如何办得！

曾国藩给张亮基写了封回信。诸多原因不能写，唯一可以拿得出的理由，是要在家守制。在一大通客气话之后，他写道：

国藩自别家乡，已历一纪，思亲之情，与日俱增，几欲长辞帝京，侍亲左右，做一孝子贤孙而终此生。岂料今日游子归来，王父王母，墓有宿草，慈母弃养，远驭仙鹤。百日来，忧思不绝，方寸已乱，自思负罪之深，虽百死亦不能赎也。

明公雅意，国藩再拜叩谢。然岂有母死未葬，即办公事之理耶？若应命，不独遭士林之讥，亦己身所深以为耻也。国藩此时别无他求，惟愿结庐墓旁，陪母三年，以尽人子之责，以减不孝之罪。乌鸟之私，尚望明公鉴谅。晚生曾国藩顿首。

二　世无艰难，何来人杰

过几天，湘乡县团练副总罗泽南召集全县四十三都团长、练长会议，特地请曾国藩光临指导。国藩、国潢兄弟俩一起到了县城。拜会县令朱孙贻后，国藩出席了县城团练的比武大会，亲眼看到罗泽南和他的弟子王鑫、李续宾、李续宜所训练的三营一千余名团丁，已初成规模，心里很有感慨。夜晚，又与罗泽南通宵长谈，听他讲按戚继光练兵法挑选将官、招募勇丁以及平时操练的体会。罗泽南竭力怂恿曾国藩出山办团练，并表示愿将这一千团勇交给曾国藩，他和他的学生都情愿在其帐下听令。曾国藩听后，更是激动不已。他深感自己无论在识见方面，还是在能力方面都不如罗泽南，自己只看到吏治腐败、绿营腐朽的现象，弄得心灰意冷，却不曾想到可以用自己的力量，按自己的想法去重新开创一个局面。如果下定决心来办好团练，也很有可能像当年戚继光创建戚家军那样，练就一支今日的曾家军。古人能做到的事，今人为什么做不到呢？

从县城一回到家，曾国藩就看到由湖南巡抚衙门转递来的四封信。其中三封是儿女亲家的。一是安徽池州府知府陈源兖的，国藩的二女纪耀许给他的儿子远济。二是詹事府右赞善郭嵩焘的，他的女儿许给国藩的次子纪鸿。三是翰林院侍讲学士袁芳瑛的，国藩的大女纪静许给他的儿子秉桢。这三封都是亲戚之间的慰问信，全是客套话。国藩看后，也就扔到一边了。另外一封，则给他带来意想不到的喜讯，使得他的心情激动起来，并且久久不能平静。这封信是唐鉴从北京寄来的。

唐鉴，字镜海，湖南善化人，道光二十一年，由江宁藩司任上进京任太常寺卿，道光帝在乾清门接见他。这一天，曾国藩恰好随侍在旁。道光帝奖谕唐鉴治程朱之学有成就，并躬自实践，是个笃实诚敬的君子。道光帝对唐鉴的称赞，激发曾国藩对这位乡贤的敬意，他决定拜唐鉴为师。

几天后，曾国藩到了碾儿胡同，以弟子之礼拜谒唐鉴。年过花甲的唐鉴，已知这位同乡后辈勤奋实在，见他如此谦卑，自投门下，很乐意收下这个新门生。

"先生，请问检身之要、读书之法究在何处？"曾国藩十分恭敬地向唐鉴请教。

"当以朱子全书为宗。"唐鉴抚摸着垂在胸前一尺有余的银须，腰板挺得笔直，不假思索地回答，"此书最宜熟读，即以为课程，身体力行，切不可视为浏览之书。检身之要，我送你八个字。即检摄在外，在'整齐严肃'四个字；持守于内，在'主一无适'四个字。至于读书之法，在专一经；一经果能通，则诸经可旁及；若遽求专精，则万不能通一经。比如老夫，生平所精者，亦不过《易》一种耳。"曾国藩听了镜海先生这番话，有昭然若发蒙之感。

"古今学问，汪洋若大海，弟子在它面前，有如迷路之孩童，不知从何处起步。"关于检身、读书，曾国藩思索多年而不得要领，唐先生居然八个字就为其提纲挈领了。在唐鉴面前，曾国藩深觉自己学问浅陋，他继续请教，"先生，请问这为学之道？"

"为学只有三门。"国藩的提问刚落，唐鉴便以明快简捷的语言作了回答，"曰义理，曰考核，曰文章。考核之学，多求粗而遗精，管窥而蠡测；

文章之学，非精于义理者不能至。"

"经济之学呢？"一心想要经邦济世的曾国藩急着问。

"经济之学即在义理中。"唐鉴的答复明确而肯定。

"请问先生，经济宜如何审端致力？"

"经济不外看史。古人已然之迹，法戒昭然。历代典章，不外乎此。"

经唐鉴逐一指点，曾国藩于学问之道和修身之法似乎一下子全明朗了。唐鉴又告诉他，读朱子全书重在践行。践行的要点在五个字：诚、敬、静、谨、恒。不欺人，不自欺。这是诚字的要义。以恭肃之心待人待物。这是敬字的要义。用志不纷乃凝于神。这是静字的要义。不妄语，不大言。这是谨字的要义。持之以恒，有度有节。这是恒字的要义。每天用这五个字对照自身，切实反省。最好的自我督促，就是写日记。唐鉴对他说，借日记来三省吾身这方面，用功最笃实的是倭仁。倭仁每日自朝至寝，一言一行，坐作饮食，皆有札记，或心有私欲不克，外有不及检者皆记出。又说自己记日记一一如实，决不欺瞒，夜晚与老妻亲热，亦记于日记中。曾国藩听后心中暗自发笑，也佩服老头子诚实不欺的品德。

自从跟着唐鉴研习程朱之学后，曾国藩开始对自己的一言一行严加修饬，并立下日课，分为主敬、静坐、早起、读书不二、读史、写日记、记茶余偶谈、日作诗文数首、谨言、保身、早起临摹字帖、夜不出门十二条。又作《立志箴》、《居敬箴》、《主静箴》、《谨言箴》、《有恒箴》各一首，高悬于书房内。朋友们见了，无不钦服。

这一天，曾国藩带着日记，又去碾儿胡同谒见唐鉴。唐鉴审读他的日记，见满纸都是痛骂自己不成器的话，很是满意。翻到二十二日的日记，看上面写道："自今日起改号涤生。涤者，取涤其旧染之污也；生者，取明袁了凡之言'从前种种，譬如昨日死，以后种种，譬如今日生也'。"唐鉴称赞："有志气！涤生，望你今后涤旧而生新。"

唐鉴翻到二十八日那一页，见上面写着："昨夜梦人得利，甚觉艳羡。醒后痛自惩责。谓好利之心至形诸梦寐，何以卑鄙若此。真可谓下流矣。"唐鉴面露欣色说："好！就要这样不讲情面地痛骂，方才改得掉恶习。"说罢，转过脸来审视曾国藩，问："足下昨夜所梦何事？"

"昨夜梦见何绍基放广东正考官，考完回来，得程仪五千两，皇上又赏他一千两，私心甚是羡慕。"曾国藩红着脸嗫嚅。

"这是好利之心未全然涤除之故。"唐鉴一本正经地说，"《中庸》上讲：'莫见乎隐，莫显乎微，故君子慎其独也。'君子之可贵，就在于慎独。'独'尚能审察，世人能见之不善岂敢为乎？涤生，你今日回去，就作一篇《君子慎独论》，下次带给我看。"

曾国藩满口答应着。临走，唐鉴又送他一本自著《畿辅水利》，一张亲笔楷书条幅："不为圣贤，则为禽兽。只问耕耘，不问收获。善化唐鉴。"

跟了唐鉴一段时期，尤其在通读了他的《畿辅水利》一书后，曾国藩看出这位理学名臣并不是埋首故纸、空谈心性的书呆子，而是关心民瘼、留意经济、不乏谋略、可办实事的能吏。同样，唐鉴也知道曾国藩是老成持重、极有心计的干才。以后，师生之间的话题更多地转向历史上的兴衰治乱、鼎革隆替，眼下的时政得失、地方利弊等等。唐鉴从江宁来，又多年历任地方官，深知民生疾苦。他觉察到大乱将至，常在密室中鼓励曾国藩以天下为己任，多读史书，浏览舆地图册，钻研兵法，以备来日大用。曾国藩将唐鉴视为黄石老人，而唐鉴也以张良期待曾国藩。

道光二十六年，唐鉴致仕。回善化老家住了一年之后，应友人之邀，到江宁主讲金陵书院，很快名震江南，甚受士子们的敬重。咸丰二年七月，唐鉴奉召入京。两个月内，咸丰帝召见十五次，极耆儒晚遇之荣。在第十五次召见时，咸丰帝向唐鉴垂询对付太平军的事。唐鉴鉴于江忠源的楚勇，在全州蓑衣渡获胜及保卫长沙的战功，向咸丰帝提出各省仿嘉庆朝办团练的成法组建团练，并提出先在湖南举办。同时向咸丰帝力荐曾国藩可大用，请皇上任命曾国藩为湖南团练大臣，授予他便宜行事之权。出于对曾国藩的深刻了解，唐鉴对咸丰帝说，曾国藩翰林出身，久任京官，对地方事不熟悉，刚开始时会有不顺利，请皇上自始至终信任他。唐鉴以自己一生名望向皇上担保，曾国藩必可成大事。

老夫子认认真真地用蝇头小楷写了一封长长的信，语气极为亲热，极为诚恳。他把这次由江宁入京，皇上所给予的破格隆遇详细地介绍一番，特别把最后一次陛见，皇上的垂询及自己的密荐写得更为生动。最后，老先生用动情的语言，回忆当初四合院内，师生切磋学问、砥砺品性的情景。结尾尤使曾国藩感动：

涤生吾弟，当年在京都时，老夫即知贤弟乃当今不可多得之伟器。此番进京，凡所见之昔日朋友，说起贤弟道德学问、文章政绩，莫不交口称誉。老夫行将就木，亲见贤弟已成参天大树，私心喜慰之情，岂众人所可比拟！老夫满腹话欲与贤弟倾吐，讵料伯母仙逝，贤弟已回湘上，奈何！

眼下洪杨作乱，三湘涂炭。南望家山，不胜悲念。常言说"时势造英雄"，正因祸乱并发乃英雄崛起之时，故老夫才向皇上竭力推荐，并以一生薄名为贤弟担保，所幸皇上已简记在心矣。

孟子曰"天将降大任于斯人也，必先苦其心志，劳其筋骨"，贤弟数十年来，已备尝人世艰苦，现正当年富力强，担当大任之时，况贤弟素有澄清天下之志，此为老夫所深知。老夫往日与贤弟，一起读圣贤之书，讲经世之学，所为何事？岂不正是为今日拯黎民于水火之中，挽狂澜于既倒之时！虽然，老夫亦知，今日办事，千难万难。但古人说得好：世无艰难，何来人杰？此中道理，吾弟自明。老夫已矣，一生庸碌无为，而今衰朽残阳，虽有报效之心，实乏济世之力。此系老夫常以晚年得遇贤弟而自慰也。酬皇上厚恩，展生平怀抱，正当其时，望吾弟好自为之。切切。

曾国藩拿着唐鉴的这封信，反复看了几遍，心潮澎湃，起伏不安。当年在先生安静的四合院内，师生之间不知多少次探讨过前人的经世济民之术，对张良、陈平、诸葛亮、王猛、谢安、魏征、房玄龄、范仲淹、司马光、张居正等人的辉煌相业，神往不已。也曾暗暗下了决心，今生一定要入阁拜相，干一番轰轰烈烈的事业，让史官将自己的业绩记在青史上，激励后世读书人。他想起谢绝张亮基相邀之事。正是要自己办大事的时候，为何如此瞻前顾后、顾虑重重呢？世无艰难，何来人杰？唐鉴的话像闷雷一样，在耳边沉重地响起：涤生啊涤生，平素漫自矜许，当时机来到之时，你却畏葸不前，害怕困难，这不是懦弱无能吗？曾国藩捧着唐鉴的来信，在椅子上正襟危坐，对自己提出了严厉的责问。

三　接到严惩岳州失守的圣旨，张亮基晕死在签押房里

正当曾国藩在罗泽南的感染和唐鉴的激励下，对办团练跃跃欲试的时候，太平军的一次大捷，震撼了湖南全省九府四州，也狠狠地给曾国藩当头一瓢冷水。

太平军撤出长沙后，由宁乡进入益阳，从临时搭成的浮桥上渡过资江，在桃花仑迎击向荣所统率的尾追清军，大获全胜，阵斩清总兵纪冠军，杀死兵勇七八百人。向荣败退宁家铺。

这时，资江水大涨。洪秀全下令全军集中一切船只，将所有粮草辎重装在船上，浮江而下。另由翼王石达开率七千人马，由陆路护船前进，取道三里桥、兰溪市、西林港至王家坪上船，最后，全体人员由临资口进入湘江。

在益阳动身之前，洪秀全派遣两名拜上帝会的老兄弟，悄悄潜入岳州城，与巴陵人晏仲武接上头。晏仲武是当地渔民中的头领，为人有心计，有胆量。一年前，广西拜上帝会的重要成员杜子婴，在巴陵购地建房，暗中从事反清活动。晏仲武与之联系密切，后一同随往广西，加入拜上帝会。永安建制时，晏仲武被封为岳州军帅。他在岳州积极发展会员，许多渔民参加了拜上帝会，形成一股不小的势力。

在临资口江面上，洪秀全命令绕过湘阴县城，直接挺进岳州府。当太平军围攻长沙的时候，湖北巡抚常大淳害怕太平军北上武汉，派提督博勒恭武驻防岳州。临湘知县张开霁急忙驻防羊楼司，吴南屏之弟、巴陵绅士吴士迈强募渔民两千人组建水营驻防土星港。这两千渔民中有晏仲武手下三百多个兄弟，在太平军的战船驶进土星港时，这三百兄弟一齐哗变，土星港水营顷刻土崩瓦解。博勒恭武和岳州知府廉昌、巴陵知县胡方榖、参将阿克东阿闻讯仓皇逃走。晏仲武乘机在城里起事，击败清军副将巴图，夺得仓库中三万两银子军饷，并一举拿下梁夫岘、隆奉庵、黄福滩等要地。太平军顺利进驻岳州城。

太平军在岳州缴获大批饷糈、火药、枪械，并意外地发现三十门吴三桂留下的铜炮。这批铜炮封存在武库中，从来没有人过问，擦去锈迹灰尘后，依然锃亮耀眼，十分令人喜爱。装上火药一试，效果极佳。这三十门大炮的发现，和药王庙明朝传国玉玺的发现一样，极大地鼓舞了全军的士气。大家

都认为，这是上帝为太平军打天下所保存的武器。几天之间，岳州城内城外投靠太平军的人络绎不绝，队伍迅速由五万扩大到十万。洪秀全又任命近日投靠的、原停泊在岳阳楼下的祁阳商船主唐正财为典水匠，职同将军，正式建立水营。水师也由五军扩为九军，共一万五千人。这时，太平军从诸王到普通士兵，人人喜气洋洋，军威大振。全军在岳州城休整十天，然后在一片鞭炮锣鼓声中，顺流向武昌进发。

岳州失守的奏折以日行六百里的速度报告朝廷，咸丰帝大为震怒，立即命军机起草，颁布上谕：一、巴陵知县胡方榖、参将阿克东阿即行处斩；二、岳州知府廉昌监候秋后处决，博勒恭武革职拿问；三、任命两广总督徐广缙为钦差大臣、署理湖广总督，即赴武昌防守，原湖广总督程裔采革职。

张亮基拜读上谕后，两眼呆滞，双手冰凉，仿佛眼前摆着的不是煌煌圣旨，而是胡方榖、阿克东阿、廉昌血淋淋的头颅。一整天，他茶饭不思，六神无主，像木偶似的坐在签押房里。岳州失守的凶讯沉重地压在巡抚衙门的上空，衙门内外死一般的沉寂，庆贺长沙解围的欢乐气氛，已被彻底扫荡干净。张亮基眼前浮现出几天前长沙城激战的惨象，幸亏长毛主动撤走，否则，长沙城的命运会和岳州城一样。但长毛用兵狡诈，说不定哪天又会突然挥师南进，攻下长沙。那时自己的这颗头颅不是被长毛砍下，便是被朝廷砍下。张亮基想到这里，眼前一黑，从太师椅上摔了下来……

"好了，终于醒过来了！"当张亮基睁开双眼时，看见夫人正垂泪守候在他的身旁。他这才发现自己已躺在卧房里。天已黑了，烛光下，依稀看见潘铎、江忠源、左宗棠等人站在卧榻四周。张亮基招呼他们坐下。

"岳州失守，皇上震怒，诸位都已看到上谕，真令人痛心啊！"喝下一口参汤后，张亮基的精神好多了。

"胡方榖等弃城逃命，上负朝廷之寄托，下违大人之军令，杀头不足恤；请大人不必忧伤，务望保重。"江忠源很鄙夷胡方榖等人的行为。他心里想，这样的人，如在我的手下，不待朝廷下令，早就先把他杀了。

张亮基点点头，说："我并不是怜恤他们。身为一城之主，临阵脱逃，理应斩首，以肃国法军纪。我是在想，将士们如何这般不中用，任长毛横冲直撞。现在长毛并未撤离湖南，保不定他们哪天又回过头来打长沙。湖南境内的兵祸何日是了啊！"

"长沙的戒备不能松。"潘铎和张亮基有同感。

左宗棠没有作声。对岳州失守、守城文武出逃一事，他认为不屑一提。在他的心目中，那些人不过是一班酒囊饭袋而已，本来就不够资格担此重任。是谁把这批废物提拔上来，安置在这个重要的位子上呢？还不是朝廷的决定！现在出事了，杀他们来出气，有什么用呢？第一个该谴责的，是中枢那些决策者们。无用之辈占据要津，自己满腹经纶，连个进士都没取中。他越想越气，干脆紧闭双唇，不发表意见。

又喝下两口参汤，张亮基的精神全恢复了。他想，正好趁着大家都在这里，谈谈省里办团练和请曾国藩出山的事，便把一份禀报递给潘铎，说："今天浏阳县来了一份禀报。最近，县里又闹出一桩大案。征义堂堂长周国虞杀了狮山书院廪生王应苹，封存粮仓，强迫有钱人打造武器，准备造反。长毛已闹得天翻地覆了，再加上这些土寇又吵得各地不得安宁，我们纵有三头六臂，也不能应付。前向，我跟诸位商量过团练的事，大家也认为全省都可以仿照湘乡、新宁等县的样子，把团练办起来。一则可以抵御发逆的入侵，二则可以镇压当地土寇，三则还可以清除奸细，整肃民风。这次岳州失守，关键原因是奸细在内部作乱，地方失察。倘若没有晏仲武做内应，岳州城绝不可能陷落。"

"晏仲武的事，早一个月前就有人告发过，我也札饬廉昌严加查访。谁知廉昌禀报说，晏仲武办理水营卖力，一贯襄助官府，忠诚可靠，请求平息诽谤，奖励晏某，勿寒忠良之心。真真糊涂昏庸，忠奸不辨！"潘铎气愤地说。

张亮基说："各县办团练，全省要有一个人来总管。前向我们议定请曾涤生侍郎来主持。早几天，他回信说要在家终制，不能出山。不知那是客气，还是真的不愿出？"

潘铎说："曾涤生要在家终制，也是实情。人同此心，不可强求，那就再请别人吧！"

"你看请谁呢？"左宗棠望着潘铎问。

"如果没有更合适的人，还是请罗泽南到长沙来吧！"

"罗泽南威望浅了，不合适。"张亮基不同意。

江忠源说："此事非涤生不可，别人谁都办不好。"

"也不是说除涤生外就没有第二人了。不过，目前从资历、地位和才具几个方面来看，还只有曾涤生比较合适。"左宗棠一边浏览浏阳县的禀报，一边说，"关键是要弄清涤生不愿出山的原因。依我看，潘大人刚才说的，尚不是主要原因，那只是推辞的理由。"

"你看真正的原因在哪里？"张亮基问。

"我看真正的原因，是涤生对自己办好团练一事没有信心。这也难怪，他虽然兼过兵部左堂之职，其实并没有亲历过兵事。涤生为人，素来胆小谨慎，现在要他办团练，和兵勇刀枪打交道，他不免有些胆怯，要找个人给他打打气才行。"

"季高说得对！要能找到一个涤生平素最相信的，又会说话的人去说动他，他是会出山的。我了解他。他虽胆小谨慎，但也不是那种只图平平安安，怕冒风险的人。"江忠源说。

"能够把涤生说动当然好，谁去当说客呢？"潘铎问。

"我倒想起一个人。"左宗棠故意放慢语调。

"谁？"张亮基迫不及待地问。

"他是我的同乡，目前正丁忧在家，隐居东山梓木洞……"

"哦！我知道了，你说的是我的同年郭筠仙。"江忠源打断左宗棠的话。

"对！就是郭嵩焘。涤生与他的交往，又胜过与我和岷樵的交往。他去劝说，比我们几个都合适。"

江忠源点头说："涤生朋友遍天下，最知己者莫过于二仙——筠仙和霞仙，筠仙去一定可以说动。"

左宗棠说："还有一个重要原因。郭筠仙这人事业心极重，他想匡时济世，但又无领袖群伦之才，只能因人成事。他正要依靠曾国藩做一番事业，所以他会全力相劝。"

江忠源笑道："还是季高知人论世，高出一筹，涤生和筠仙的心坎，都让你摸到了。"

"上次请朝廷诏命曾涤生办团练的奏折，朱批大概也快发下来了。先让郭筠仙去劝说，再加皇上的命令，不容他曾涤生不出山。"张亮基凄然一笑。

潘铎请张亮基好好休息一晚，便和江忠源、左宗棠一起退出卧室。当夜，左宗棠修书一封，又顺便也给周夫人写了封家信。第二天一早，便派一匹快骑送往东山去。

四　陈敷游说荷叶塘，给大丧中的曾府带来融融喜气

郭嵩焘五年前中进士点翰林，还未散馆，母亲便病逝，几个月后，父亲又跟着母亲去了，于是他母忧、父忧一起丁。太平军围长沙时，他估计马上就会到湘阴来，遂举家迁移东山梓木洞。在幽深的山谷里，郭嵩焘诗酒逍遥，宛如世外神仙。这几天好友陈敷来访，他天天陪着陈敷谈天说地，访僧问道。陈敷字广敷，江西新城人，比郭嵩焘大十余岁，长得颀长清瘦。陈敷为学颇杂，三教九流、天文地理，他都曾用功钻研过；更兼精通相面拆字、卜卦扶乩、奇门遁甲、阴阳风水，颇有点江湖术士的味道。

这天，郭嵩焘正与陈敷畅谈江湖趣事，家人送来左宗棠的信。

"这真是一句老话所说的：洞中方数日，世上已千年。"郭嵩焘看完信，十分感慨地说，并随手将信递给陈敷，"我来梓木洞才多久，就好像与世隔绝了似的。不知季高已当上巡抚的师爷，更不知涤生已奔丧回到荷叶塘。真正是神仙好做，世人难为。"

郭嵩焘说话间，陈敷已把信浏览了一遍，笑着说：

"左师爷请你当说客哩！"

"我和涤生相交十多年，他的为人，我最清楚。这个使命我大概完成不了。"

"也未见得。"陈敷头靠墙壁，悠悠和和地说，"曾涤生侍郎，我虽未见过面，但听不少人说过，此人志大才高，识见阔通，是当今缙绅中的凤毛麟角。他素抱澄清寰宇之志，现遇绝好机会，岂会放过？我看他的推辞，只是做做样子而已。筠仙此去，我包你马到成功。"

"兄台只知其一，不知其二。"郭嵩焘摇摇头说，"曾涤生虽胸有大志，但处事却极为谨慎。一事当前，顾虑甚多。这样大的事情，要说动他，颇不容易。况且他在籍守制，亦是实情。别人墨绖在身，可以戴孝办事，官场中甚至还有隐丧不发的丑闻。但曾涤生素来拘于名节，他不会做那种惹人取笑的事。再说他一介书生，练勇带兵，非其所长，能否有大的成效，他也不能

不有所顾虑。"

陈敷笑笑："你还记得他的那首古风么？"

"不知你说的是哪一首？"

"曾侍郎的诗文，海内看重，每一篇出，士人争相传诵，我亦甚为喜爱。你是他的好友，于他的诗作自然篇篇都熟。我背几句，你就知道了。"陈敷摇头晃脑地吟唱，"生世不能学夔皋，裁量帝载归甄陶。犹当下同郭与李，手提两京还天子。三年海国困长鲸，百万民膏喂封豕。诸公密勿既不藏，吾徒迂疏尤可耻。高嵋山下有弱士，早岁儒林慕正轨。读史万卷发浩叹，余事尚须效膑起。"

"知道知道，这就是那首《戒行图》了。"

"读其诗，观其人，我以为，谨慎拘名节是其外表，其实，他是一个渴望建非常之业，立非常之功，享非常之名的英雄豪杰式的人物，而不是那种规规然恂恂然的腐儒庸吏。"

郭嵩焘不禁颔首："仁兄看人，烛幽显微，真不愧为相面高手。"

说罢，二人一齐笑起来。过一会，陈敷问："你刚才提起相人一事，我问你一句，曾侍郎是否也信此事？"

"涤生最喜相人，常以善相人自居。"

"这就好！"陈敷得意地说，"在梓木洞白吃了半个月的饭，无可为报，我陪你到湘乡走一遭，助你一臂之力如何？"

郭嵩焘是个极聪明的人，立即明白他的意思，连忙说："好极了！有仁兄相助，一定会成功。"

过几天，郭嵩焘、陈敷二人上路了。他们先到长沙见过左宗棠。左宗棠拿出一封翰林院侍讲学士周寿昌的信。郭嵩焘看完信后很高兴，说："荇农这封信来得及时，正好为我此行增加几分力量。"便向左宗棠要了这封信，继续向湘乡走去。

这一天，二人来到湘乡县城，拣一家不起眼的小旅店住下。夜里，郭嵩焘将曾国藩的模样细细地向陈敷描绘一番，然后又将曾氏一家的情况大致说了说，并仔细画了一张路线图。

第二天一早，陈敷告别暂留县城的郭嵩焘，独自一人向荷叶塘走去。当天晚上宿在歇马镇。次日午后，陈敷远远地望见一道粉白色围墙，便知曾府已经到了。他缓步向曾府走去,见禾坪左边一口五亩大塘的塘埂上站满了人。十多条粗壮汉子正在脱衣脱裤,个个打着赤膊,只穿条短裤。湖南的初冬,天气本不太冷,且今天又是一个少见的和暖日子。那些汉子们喝足了烧酒,半醒半醉的,吆喝一声,毫不畏缩地牵着一张大网走向水中,然后一字儿摆开,向对岸游去。一会儿,塘里的鱼便吓得四处蹦跳。头大身肥的鳙鱼在水面惊慌地拱进拱出,机灵强健的鲤鱼则飞出水面,翻腾跳跃。站在塘埂上的观众,也便飞跃着跑向对岸。塘里打鱼的汉子们开始收网了。两边的人把网向中央靠拢,数百条肥大的草、鲤、鲢、青、鳙鱼东蹦西跳。阳光下,银鳞闪耀,生机勃勃,煞是逗人喜爱。

　　陈敷这时看见塘埂上站着一位长脸美髯、宽肩厚背、身着青布长袍的中年人,正在对人指指点点说着话,不时发出哈哈大笑声,随着渔网的挪动而移步,像个孩子似的喜笑颜开。陈敷心想:这人大概就是曾国藩了。常听人说曾国藩严肃拘谨,一天到晚正襟危坐,但眼前这人却天真毕露,纯情烂漫。难道是他的弟弟?筠仙说曾国藩有个弟弟极像他。陈敷想着,便走上前问:"请问大爷,曾侍郎的府第在这里吗?"

　　"正是,先生要找何人?"

　　"山人闻曾侍郎已回家奔母丧,特来会他一会。"陈敷见那人收起笑容后,两只三角眼里便射出电似的光芒,心中暗暗叫绝。

　　"先生会他有何事?"

　　"山人云游湘乡,见离此不远的两屏山,有一处吉壤,这块地,全湘乡县没有任何一人有此福分,唯独曾府的老太太福寿双全,可配葬在那里。故山人特来告知曾侍郎。"

　　那人面露微笑说:"鄙人正是曾国藩。"

　　陈敷忙说:"山人不知,适才多多冒犯大人。"

　　说罢,连忙稽首。曾国藩爽朗一笑:"先生免礼。国藩今日在籍守丧,乃一平民百姓,先生万勿再以大人相称。贱字涤生,你就叫我国藩或涤生吧!"

　　陈敷原以为曾国藩必定是个城府极深的人,见他如此爽快平易,不觉大喜,不待曾国藩问,便自我介绍:"山人乃江右陈敷,字广敷,欲往宝庆寻一友人,路过贵乡,闻大人,"陈敷话一出口,又含笑改口,"闻大爷已丁忧回籍。欲来拜谒,恨无见面之礼,也不知老太太已下葬否,遂在附近私下寻找四五天，昨日觅到一块绝好吉壤。故今日专来拜访。"

"难得先生如此看得起，令国藩惭愧。请先生到寒舍叙话。"

曾国藩带着陈敷进了书房，荆七献茶毕，曾国藩说："刚才先生说在两屏山觅到一吉壤，国藩全家感激不尽。实不相瞒，家母灵柩一直未下土，为的是在等地仙的消息。"

"寻常地仙，不过混口饭吃而已，哪里识得真正的佳城吉壤。"

"诚如先生所言。鄙人早先本不信地仙，家大父生前亦不信三姑六婆、巫师地仙。"

"混饭吃的油嘴地仙，固不值得相信，但风水地学却不能不信。"陈敷正色道，"当年赤松子将地学正经《青囊经》三卷授黄石公，黄石公又将它传给张良，张良广收门徒，传之四方，造福人类。其中卷《化机篇》说得好：'天有五星，地有五形，天分星宿，地列山川，气行于地，地丽于天，因行察气，以立人纪。'地气天文本为一体。人秉天地阴阳二气所生，岂能不信地学？地学传到东晋郭景纯先生，他著《葬书》，将地学大为发展，并使阴宅之学更臻完善。《葬书》上说：'占山之法，以势为难，而形次之。势如万马，从天而下，其葬王者。势如巨浪，重岭叠嶂，千乘之葬。势如降龙，水绕云从，爵禄三公。势如重屋，茂草乔木，开府建国。势如惊蛇，曲屈徐斜，灭国亡家。势如戈矛，兵死形囚。势如流水，生人皆鬼。'可见，这阴宅之学，功夫深得很，不是轻易能探求得到的。"

曾国藩听陈敷说出这番话来，知他学问渊博，遂点头说："先生之言很有道理。自从家祖母下葬七斗冲，鄙家发达之后，国藩也就相信阴宅地学了。"

"令祖母下葬七斗冲后，家里有哪些发达？"

"自从家祖母葬后，第二年，国藩便由从四品骤升从二品，后来六弟入国子监，九弟亦进了学。"

陈敷哈哈笑道："令祖母下葬的七斗冲，山人特地去看过。那里前滨涓水，后傍紫石山，出路仄逼，草木不丰，只能算块好地，够不上吉壤佳城。所以它只保佑得大爷官升二品，令弟亦只能入监进学。七斗冲何能跟两屏山相比！这两屏山葬地，"陈敷说到这里，有意停了一下，两目注视曾国藩，见他凛然恭听，便轻轻地说，"不是山人讨好大爷，这两屏山葬地，将保佑尊府家业如鲜花着锦、烈火烹油，日后将成为当今天子之下第一家。"

曾国藩两只三角眼里射出惊诧而灼热的光辉，激动地说："倘若真如先生所言，国藩将以千两银子相报！"

陈敷摇头，淡淡一笑，说："山人生计自有来路，这些小技，乃兴之所至，偶一为之。漫说千两银子，便是万两黄金，山人亦分文不受。"

曾国藩见陈敷并非为金钱而来，对他更加敬重，也更相信了，便客气地说："待先生用完饭后，我陪先生一起到两屏山去看看。"

两屏山离白杨坪只有十里路。吃完饭后，国藩带着满弟国葆，陪陈敷一起徒步来到两屏山。三个人在山前山后看了一遍，然后登上山顶。陈敷指着山势，对曾国藩说："大爷，这两屏山乃是一只大鹏金翅鸟。你看，"陈敷遥指对面山峰说，"对面是大鹏的左翼，我们脚下是其右翼。"陈敷又指着山下的一条路说，"这是大鹏的长颈。大爷看，远处那座小山是大鹏的头，后面那个山包是大鹏的尾。"

这一带，曾国藩从小便熟悉，只是从来没有站在山顶，作如此俯瞰。经陈敷一指点，他越看越像，仿佛真是庄子《逍遥游》中所描绘的那只"展垂天乌云之翼，击三千里之水，抟扶摇而上九万里"的大鹏神鸟。陈敷又指着尾部说："我昨天看到那里有一座修缮得很好的坟墓，也不知是哪位地仙看的，算是有眼力。"

曾国藩顺着陈敷的手指方向看去，说："那座坟我知道，不是哪个特意看的，而是无心碰上的。"

"无心碰上的？"陈敷惊奇地问，"怎么碰得这样好？"

"我们荷叶塘流传着这样一个故事。"曾国藩缓缓地说，"前明嘉靖年间，贺家坳有个贺三婆婆，带着一个十二岁的儿子，儿子名唤狗伢子。母子二人终年在荷叶塘一带以乞食为生。那年大年三十，风雪交加，母子俩乞讨回家途中，路过两屏山时，贺三婆婆一脚未走稳，从山上滚到山脚，摔死在一块石头边。狗伢子抱着母亲痛哭，想自己家无尺寸之地，如何埋葬呢？只好就地挖一个坑，把母亲掩埋了。狗伢子埋葬母亲后，便离开荷叶塘，远走他乡。四十年后，狗伢子在外乡发财致富，三个儿子也都得了功名。他带着大把钱衣锦还乡，乡亲们都说是贺三婆婆的坟地好。于是狗伢子将母坟修缮一新，并请人年年代他祭奠。"

"哦！原来这样。"陈敷笑着说，"这贺婆婆葬在大鹏鸟的尾巴上，保佑了后人发财致富得功名，这便是这块宝地的明证。我现在看中的是大鹏鸟的嘴口，那才是胜过尾部千百倍的好地。大爷请下山，我陪你亲自去看看。"

三人一起来到被陈敷称之为大鹏嘴口的小山边，只见此地山峰三面壁立，中间一块凹地。山不高，却林木葱茏，尤其是那块凹地，芳草丰盛，虽是冬天，亦青青翠翠。环绕四周的是一条清澈见底的小溪，溪中时见游鱼出没。曾国藩心中赞道："果然一块好地。"

"大爷看此地山环水抱，气势团聚，草木葱郁，活力旺盛。这种山、水、势、气四样俱全的宝地，世上难得。"

曾国葆这里瞧瞧，那里看看，连连点头："陈先生说得不错，这方圆百来里地面，确实再也找不出一块这样好的地来。"

陈敷说："自古以来，风水之事不能不讲。当年朱洪武贫不能葬父母，祷告上天，代为看管，用芦席将父母尸体包好，浅浅下葬。后来，扫平群雄，据有天下，打发刘伯温到凤阳老家营造皇陵。刘伯温看了看朱洪武父母的葬地，对人说：'原来皇上的双亲葬在龙口里，怪不得今日坐江山。'"

说到这里，曾国藩、曾国葆都笑起来。陈敷继续说："葬在龙口出天子，葬在凤口出皇后，葬在大鹏口里出将相。大爷，请再也不要迟疑，就将老太太的灵柩下葬此地吧！"

曾国藩高兴地说："先生说得好，过些日子，就把灵柩移来，葬在这里。"

陈敷又打开罗盘，细细地测了一番，削一根树枝插在凹地上，说："这里便是金眼的正中处，让老太太头枕山峰，脚踏流水。"

说罢，三人一起离开大鹏金翅鸟的嘴口回白杨坪。

听说来了位奇人，给老太太寻了一个绝好佳城，可以保佑曾府大吉大利，阖府上下，无不欢喜。曾麟书也过来见了陈敷，说了几句感谢话。晚饭时，曾氏五兄弟都陪着陈敷吃饭，以示谢意。晚饭后，曾国藩把陈敷请进书房，秉烛夜谈。陈敷浪迹江湖几十年，一肚子奇闻逸事，今日又因有所为而来，更是滔滔不绝。曾国藩也将朝中一些有趣味的故事，拣了一些说说。二人谈得甚是投机。

"三个月前，我住在长沙，那正是长毛围攻长沙最紧张的日子。"陈敷有意将话题扯到战事，并刺激他，"亏得张中丞居中调度，更兼左师爷出谋划策，亲临指挥，江将军率楚勇拼死抵抗，终于保住长沙几十万生灵免遭蹂躏。山人想，左师爷、江将军都只是文弱书生，何来如此胆识魄力。从左、江身上，我看到湖南士子的气概，真佩服不已。"

这几句话，说得曾国藩心里酸溜溜的，他强作笑容说："湖南士人为学，向来重经世致用，大都懂些军事、舆地、医农之学，不比那些只会寻章摘句的腐儒。"

"大爷是湖南士人的榜样，想大爷在这些方面更为出类拔萃。"

曾国藩颇难为情地一笑，说："鄙人虽亦涉猎过兵医之类，但究竟不甚深透。左、江乃人中之杰，鄙人不能与之相比。"

陈敷道："大爷过谦了。想大爷署兵部左堂时，慨然上书皇上，谈天下兵饷之道，是何等鞭辟入里、激昂慷慨；举江忠源等六人为当今将才，又是何等慧眼独具，识人于微。依山人之见，左、江虽是人杰，但只供人驱使而已，大爷才真是领袖群伦的英雄。"

"先生言重了。不过，国藩倒也不愿碌碌此生，倘若长毛继续作恶下去，只要朝廷一声令下，国藩亦可带兵遣将，乘时自效。"

说到这里，陈敷见其三角眼中两颗榛色眸子分外光亮，暗想：曾国藩动心了。陈敷有意将曾国藩谛视良久。曾国藩感到奇怪，问："先生为何如此久看？"

陈敷说："今日初见大爷时，见大爷眉目平和，有一股雍容大方、文人雅士的风度。适才与大爷偶谈兵事，便见大爷眉目之间，出现一股威严峻厉、肃杀凛冽之气。当听到大爷讲带兵遣将、乘时自效时，此气骤然凝聚，有直冲斗牛之状。"

曾国藩见陈敷说得如此玄奥，大为惊讶，暗想：这陈敷莫不就是古时吕公、管辂一类人物。曾国藩往日读书，就十分留意那些隐于占卜星相中的奇人。他细看眼前这位学问博洽、谈吐不俗，不畏旅途艰难，无偿地送来一处绝好吉壤的江右山人，心中顿起敬意。他自己喜欢看相，便趁机问道："史书上载有星相家吕公、管辂的事，断人未来吉凶，毫发不差，真是神奇。请问先生，这人之贫富寿夭，真能够从骨相上判断出来吗？"

"当然可以。"陈敷断然答道，"《孔子三朝记》上说：'尧取人以状，舜取人以色，文王取人以度。'古代圣贤选择辅佐，总先从骨相着眼，而所选不差，足可资证。璞蕴而玉，山童而金，犬马鹑鹌，相之且有不爽，何况于人。只是人心深微，机奥甚多，相准不易。"

"先生高论。"曾国藩心中欢喜，又说，"照这样说来，这相人之事可以相信了。"

"相人之事，有可信，亦有不可信。"陈敷侃侃而谈，"若是那种挂牌设摊，以此谋生之辈，其相人，或迎合世人趋吉好利之俗念，或为自己某种意愿目的，往往信口雌黄，抑或阿红踩黑，此不过是攫人银钱的骗局而已。若夫博览历代典籍、推究古今成败、参透天地玄黄、洞悉人情世态者，其平日不轻易相人，要么为命世之主指引方向，要么为辅世之才指明前途，要么为孝子节妇摆脱困境，胸中并无一丝私欲。其所图者，为国家万民造福，为天地间存一点忠孝仁义之气。这种人不相则已，相则惊天动地。如此星相家，岂可不信？"

曾国藩频频颔首，说："先生所论，洞察世情，不容鄙人不佩服。不过，鄙人心中有一段往事，其中缘故，一直不解。先生可否为我一释？"

"大爷有何不解之事，不妨说与山人听听。"

"那是二十年前的事。"曾国藩缓慢地说，"那年国藩尚未进学，一次偶到永丰镇赶集。见集上一先生，身旁竖起一块布幡，上书'司马铁嘴相命'六个大字。我那时正为自己年过二十，尚无半个功名而苦恼，便走到司马铁嘴面前，求他相一相，看此生到底有没有出息。司马铁嘴将我左瞧右看，好半天后，沉下脸说：'先生是喜欢听实话，还是喜欢听奉承话？'我心头一惊，自思不妙。但既然已坐到他的对面，便不能中途走掉，于是硬着头皮说：'当然要听实话。'司马铁嘴把我又细细端详一番，说：'不是我有心吓唬你，你这副相长得很不好，满脸凶气死气，将来不死于囚房，便死于刀兵。我说了实话，你心中不舒服。你这就走吧！我也不收你的钱，自己今后多多注意。'我听了好不晦气，一连几个月心神不定。谁知我第二年就进了学，第三年便中了举，再过几年，中进士点翰林，一路顺利。点翰林回家的那年，我特地到永丰镇去找司马铁嘴，谁知再也找不到了。别人说，司马铁嘴知我回来修谱，吓得半个月前便逃走了。陈先生，你说那个司马铁嘴的话可信不可信？"

"哈哈哈！"陈敷一阵大笑，心想：怪不得他不愿出山办团练，是怕死于刀兵之中，必须彻底打消这个顾虑。"有趣！有趣！司马铁嘴可惜走了，不然，山人倒要去见识见识这个至愚至陋的算命先生。山人想那司马铁嘴一定是多时没有生意，穷极无聊，拿大爷开心取笑罢了。大爷的长相，倘若在不得志之时，双眉紧蹙，目光无神，两颊下垂，嘴角微闭，的确给人一副苦难中人的感觉。但那个铁嘴忘记了相书上所说的'相随心转'的道理。大爷这副相，若长在心肠歹毒、邪恶多端人的脸上，或有所碍。但他不知，大爷乃堂堂正正伟男子，是忠贞不贰、疾恶如仇的志士，一颗心千金不换，万金难买。可惜他一个庸人，哪能看得透彻？何况大爷十多年来为学勤勉，为官清正，纾君主之忧，解万民之难，在刑部为百余人洗冤伸屈，在工部为数十州县修路架桥，功德广被人世，贤名远播四域。大爷面相，已早非昔日了。"

陈敷这盆米汤，灌得曾国藩喜滋滋乐融融，连声说："先生言之有理，言之有理。"

"山人从今日午后来，便留心大爷面相骨相。见大爷山根之上，光明如镜，额如川字，驿马骨起，三庭平分，五岳朝拱，三光兴旺，六府高强。此数者，若备一种，都大有出息。大爷全兼足备，前程不可限量。且骨与肉相称，气与血相应。无论从面相骨相而言，均非常人所有。看来大爷位至将相，爵封公侯，是指日可待之事。"

曾国藩连连摆手，说："先生这番话，鄙人担当不起。想鄙人出身微末，秉性愚钝，有今日之名位，亦大出意外，何敢望公侯将相之荣贵。"

"王侯将相，宁有种乎！"陈敷说，"历来农家出俊秀，大爷不必自限。我细思过，相书上所言，类似大爷骨相者，古来只有三人。即唐之郭汾阳、裴相国，明王文成公，然则三人皆以平乱之功而名垂史册。如此看来，大爷也将要从此发迹。"

曾国藩想到对张亮基邀请的推辞，一时陷于沉思。陈敷见曾国藩不语，便继续说下去："大爷，贵府昆仲，山人今日有幸得以谒见，不是山人面谀，大爷兄弟五人，个个玉树芝兰，人人官秩隆盛，尤以大爷和九爷面相最好，将来都可列五等之爵。"

"如先生之言，国藩亦可置身戎间，上马杀贼了？"

陈敷点头，说："山人这些年来夜观天象，见轸翼之间将星特别明亮，在轸星十六度处有一将星尤其耀眼。轸星十六度下应长沙府。故山人这几年一直在荆楚一带游历,广结英雄豪杰。今日一见大爷,心中暗自诧异。自思相人三十余年,足迹遍天下,从未见过大爷这等骨相的人。昨日又偶遇大鹏金翅鸟之嘴。如此看来,天意已在大爷昆仲身上,请万勿错过好时机。古人云,天赐不取,反受其咎。请大爷好自为之。山人所言实乃天机,幸勿与外人道。"

曾国藩神色庄严地点了点头。这时,曾府的报晓鸡已发出第一声啼叫,曾国藩吹熄灯,与陈敷对床而卧。

日上三竿,陈敷起床,曾国藩早已不见。曾国藩将昨夜与陈敷的一番话,择要告诉了诸弟。四个弟弟,个个欢喜。想当今满目刀兵,遍地狼烟,正是男儿争功名、猎富贵的好时候,莫不是天遣异人来指引方向?曾府上下将陈敷看得如同神仙似的。兄弟五人齐齐陪伴陈敷吃早饭。饭毕,陈敷告辞。曾国藩命荆七取出百两白银来,酬谢陈敷看地之劳。陈敷笑了笑,轻轻用手推开,说:"待大爷功成名就之后,再赏山人不迟。"

曾国藩将陈敷送出大门外二里路远,国潢、国华、国荃、国葆四兄弟又将陈敷送到贺家坳后,才彼此拱手作别。

五 郭嵩焘剖析利害,密谋对策,促使曾国藩墨绖出山

陈敷返回湘乡县城旅店,将此行经过一五一十地告诉郭嵩焘。嵩焘大喜道:"广敷兄,你不仅会看相看风水,巧舌如簧,还会察访民情,连荷叶塘死了几百年的贺三婆婆的坟都给你派上用场了。"

陈敷得意地笑道:"贺三婆婆的坟给那块风水宝地作了最好的证明。不然,我与曾侍郎素不相识,他们何以会相信我呢?"

郭嵩焘也笑道:"不是贺三婆婆给你的宝地以证明,怕是你的宝地是受贺三婆婆的启发吧!"

陈敷大笑起来。笑完后,正色道:"筠仙,你不要说风凉话。这风水地学的确不可不信。你想想看,若不是父母葬得好地,朱元璋一个要饭的和尚,怎么会做起九五之尊来呢?"

郭嵩焘点点头说:"对风水之说,我取圣人的态度,也学个子不语:既

不信，亦不贬。"

"幸好曾侍郎一家不取你的态度。不然，我这一套就吃不开了。"陈敷一边说，一边收拾行李，"筠仙，对曾侍郎，我讲的是虚，你这次去要讲实，实实在在地剖析局势，打消他的顾虑。他不是二十几岁的热血青年，不会因为我那几句空头话，就会不顾一切地出山办事。曾侍郎常对人说要实事求是。我那一番话，会对他起些作用，但关键还在于你的实话。我们就此分道扬镳。我去宝庆府寻一个方外友人。你此番去，必定会和曾侍郎一道出来。好自为之吧，前程大得很。"

"兄台不要走，我们一起办吧！"

"我是闲云野鹤，疏懒惯了，哪里耐得那种繁剧。"陈敷笑道，"贤弟珍重，后会有期！"

说罢，飘然向宝庆方向走去。郭嵩焘也急忙收拾行装，离开旅店，向荷叶塘出发。

陈敷走后的当天下午，湖南巡抚衙门遣人送来一封咨文。咨文转录兵部火票递来的上谕：

> 前任丁忧侍郎曾国藩籍隶湘乡，于湖南地方人情自必熟悉。着该抚传旨，令其帮同办理本省团练乡民搜查土匪诸事务，伊必尽力，不负委任。钦此。

曾国藩想，这是不是镜海先生密荐的结果呢？陈敷前脚走，上谕后脚便跟来了，难道真的就如这个江右山人所预言的，后半生将要由此而入阁拜相、封侯赐爵？他紧闭房门，燃起一炷清香，盘坐在床上。在袅袅香烟中，他微闭双眼，如同老僧入定般，尘世的一切都已远去，灵府深处一片澄静，思路格外地清晰。这是他十年前跟随唐鉴读书，从唐先生那儿学来的诀窍。曾国藩治学不主门户，善于贯通各家学派。唐鉴有一次告诉他："最是'静'字功夫要紧，大程夫子是三代后圣人，亦是'静'字功夫；王文成亦是'静'字有功夫，所以他能不动心。若不静，省身也不密，见理也不明，都是浮的。"

唐鉴的话指点了他。他想到老庄也主张静，管子也主张静，佛家也主张静，看来这"静"字是贯通各家学派的一根主线，正是天地间最精微的底蕴，所以各家学派都在这一点上建立自己的养性处世理论。管理国家也要这样，人们常称赞治国贤臣都是"每逢大事有静气"的人物。心静下来，就能处理各种纷乱的军国大事。从那时起，他每天都要静坐一会，许多为人处世、治学从政的体会和方法，便都在此中获得。尤其在遇到重大问题时，他更是不轻易做出决定，总要通过几番静思、反复权衡之后，才拿出一个主意来。为让气氛更宁馨些，还往往点上一炷香。每见到这种情况，家人有再大的事也不打扰他。

无论是为皇上分忧，还是为实现个人抱负，曾国藩认为都不应该推辞这个使命。十多年来，皇恩深重，皇上的江山和他自身及整个曾氏家族都早已连成一体。现在皇上要臣下临危受命，他怎能辞而不受？何况早在家乡读书时，他便立志，此生定要做出一番大事业。进了翰林院以后，他对自己的要求是，文要有韩愈的成就，武要有李泌的功绩，从而彪炳史册，留名后世。自从升授礼部侍郎以后，他便更加踌躇满志。几年来，除户部外，他遍兼五部侍郎。国家大事，他件件都能应付裕如。在兼管兵部时，他遍读历代兵书，尤爱读《孙子兵法》和戚继光的《练兵实纪》、《纪效新书》。眼看时局动乱，心中隐然以救世拯民者自居。他赋诗明志："树德追孔孟，拯时俪诸葛。"立志做孔孟诸葛亮一流的人物。现在长毛作乱，危及两湖，看来还有蔓延北去东下的危险，朝廷视之为心腹之患。拯国难，纾君忧，不正当其时吗？何况自己已与长毛结下不共戴天之仇，他恨死了这帮犯上作乱的叛逆。受命出山吧！蓦然间，又下意识地摇了摇头，他想起去年的一次朝会——

乾清宫正殿。当年的太子奕詝、现在的年轻皇上，端坐在宝座上。他登基已一年多了，改号咸丰。

在曾国藩看来，皇上好像有一股励精图治的劲头。一年多来，皇上广开言路，重用贤臣，颇思有一番作为。比起道光帝晚年来，朝中充满了生气。曾国藩因为遍兼五部，深知国事已到了难以收拾的地步。连年干旱、虫灾，有的地方几乎是颗粒无收，而各级官吏的征搜敲诈则有增无已，到处是流离失所的饥民，是赤地千里的荒土。而更可怕的是，十余年间，九卿无一人陈时政之得失，科道无一折言地方之利弊，京官办事退缩、琐屑，外官办事敷衍、颠顶。上个月,曾国藩上了一折,指出当前国家有两大病患,一是国用不足,二是兵伍不精。他建议裁汰五万绿营兵,以裕国用。奏折送上去,倒是很快地就批下来了,但只有"知道了"三个字,弄不清楚是同意还是不同意。曾国藩只有轻轻叹息而已。

今天的朝会上,有几个大臣谈到广西的战事。洪秀全扯旗造反已近一年,每当谈起这件事,满朝文武,无不变色。大家心里都清楚,八旗驻防兵和绿营加在一起,虽然将近百万,但根本不能打仗;派遣大学士赛尚阿为钦差大臣去督军,那其实也是无济于事的。

曾国藩站在朝班中,想到国家经纬万端,最终归于天子一人。对年轻的咸丰帝,他充满希望。皇上若能这样继续下去,端正圣躬,发愤图强,则国事尚可为。想到这里,他把早已准备好的几点意见重新清理一下,从队伍中走出来,跪下奏道:

"臣闻美德所在,常有一近似者为之混淆,若对此辨之不早,则流弊不可胜防。臣窃观皇上生安之美德,约有三端,而三端之近似,亦各有流弊,不可不预防其渐,请为我皇上陈之。"

两班文武听到这里,吓得一声不敢吭。这曾国藩今天变成了虎胆豹心,竟然敢说皇上的不是!有人偷眼看了下皇帝。但见"正大光明"匾下那位年方二十、瘦瘦精精的天子正在听着。或许是曾国藩的湘乡官话不大容易听得懂的缘故,皇帝的脸上并无任何表情。在曾国藩略为停顿的当儿,咸丰帝微微一怔,说:"卿只管说下去。"

曾国藩慢慢地一字一句地说:"臣每观皇上祭祀肃雍,跬步必谨,而寻常莅事,亦推求精到。此敬慎之美德也。而辨之不早,其流弊为琐碎。自去岁以来,广林、福济、麟魁、惠丰等都以小节获咎,此风一长,则群臣皆务小而失大。即为广西一事,其大者在位置人才,其次者在审度地利,又其次者在慎重军需。而此三者,筹措中都有失误。"

咸丰帝脸色已见不怿,为顾全体面,也怕堵塞言路,他没有发作,只是不大耐烦地打断曾国藩的话:"第二端呢?"

"臣闻皇上万几之暇,熙情典籍,游艺之末,亦法前贤。此好古之美德也。而辨之不细,其流弊徒尚文饰,亦不可不预防。去岁广开言路,然群臣所奏,大抵以'知道了'三字了之。间有特被奖许者,手诏以褒倭仁,未几而疏之以万里之外；优旨以答苏廷魁，未几而斥为乱道之流。是鲜察言之实意，徒饰纳谏之虚文。"

咸丰帝见曾国藩先是指责他处理广西军务失措，现又说他纳谏是虚，不觉大为恼火，本想不让他说完，但又想知道下文，于是带着怒气地指示："曾国藩奏语宜短，快说下去！"

曾国藩听到这句话，顿时感到脚腿发颤，虚汗直流。"是！"他镇静一下，决心一吐为快："臣又闻皇上娱神淡远，恭己自怡。此广大之美德。然辨之不精，亦恐厌薄恒俗而长骄矜之气，犹不可不防……"

"狂悖！放肆！"咸丰帝再也不能忍受了。一年来，臣工们也曾上过不少指责时弊、规劝皇上的奏疏，但语气都极为委婉温和。对这样的奏疏，咸丰帝看得下。尽管文字用得婉转，但用意他还是明白的，他喜欢臣下都用这样的语言奏对。他没有想到，今天曾国藩在众多文武面前，居然用"失误""虚文""骄矜"这样尖刻的语气来指责，他感到自己至高无上的尊严受到挫伤，怒火中烧。曾国藩分明是瞧自己只是刚过弱冠的年轻人，才敢于如此肆无忌惮。今日如不给他点颜色看看，怎能建立起自己的威望？他厉声喝道："曾国藩所奏纯属想象之词，并无实在内容。如此以激辞上奏而沽忠直之名，岂不虚伪？岂不骄矜？该当何罪？！"

两班文武见咸丰帝盛怒，莫不战栗异常。慌得大学士祁隽藻忙出班叩首奏道："曾国藩所奏狂悖，罪该万死。但姑念他敢于冒死直谏者，原视皇上为尧舜之君。自古君圣臣直，恳求皇上宽恕他这一次。"

左都御史季芝昌也出班担保："曾国藩系臣门生，生性愚戆，然心则最直最忠。倘蒙皇上不治其罪，今后自当谨慎。"

咸丰帝看到祁隽藻、季芝昌都来说情，又思曾国藩之言本出于忠悃，今日治罪于他，势必招来朝野议论，反为不美。于是趁他们说情的当儿，把手一挥："下去！"

曾国藩不敢再说什么，忙磕头谢恩，退了下来。他不知那天是怎样回到家里的。他在床上躺了一整天，想到即将大祸临头，心中不免有点懊悔。原以为今上会有所作为，谁知却这样的器量狭小！他设想马上会来的处分：重则削职为民，轻则降级外调。他吩咐欧阳夫人收拾金银细软；又把纪泽叫到跟前，告诫他好生念书，日后只做一个明理晓事的君子，千万不要做大官。

纪泽似懂非懂地点了点头。

曾国藩着实紧张了几天。后来听说咸丰帝气消了,只批评他"迂腐欠通",同时也肯定他"意尚可取",没有处分。一场惊恐虽已过去,但新天子的圣德,曾国藩也算体会到了。

十多年的官场生涯,使曾国藩深深懂得,当今为官,没有皇上的信任、满蒙亲贵的支持,要办大事是不可能的。现在是办团练,性质更加不同。团练若不能打仗,则不成事;不成事,则皇上看不起。若能打仗,必然会成为一支实际上的军队。满人对握有军权的汉人,一向猜忌甚深。这支军队将会招致多少嫌猜!弄不好,非徒无功,还有不测之祸。再说,湖南的吏治也太腐败了,在十八省中可谓首屈一指。从去年到今年上半年,皇上多次痛责湖南的吏治。原巡抚陆费泉、布政使万贡珍、辰永沅靖道吕恩湛,都因贪污营私舞弊、办事颠顸等原因交部严议,或撤职查办。现在巡抚、两司虽说都换了新人,但多年来的腐败习气,岂是换掉几个人就会改变的?还有一个原因隐埋在他的心底最深处,不能有丝毫流露。过去在京中做官,从奏章、塘报,以及亲友的信函中,曾国藩知道国势已败坏。这次出京南下,从直隶到山东,从苏北到淮南,所到之处皆哀鸿遍野,饿殍盈路,满目疮痍,惨不忍睹。各种事态都使他感到国家正处在人心浮动、危机四伏的时刻。曾国藩多次在心里叹息:没有想到国势竟坏到这般地步!被太平军俘虏的那半天,他亲眼看到长毛军容整齐,战斗力强,军中亦不乏人才。尤其是那晚要他誊抄的告示,以民族大义鼓动汉人起来光复国土一节,更是甚合汉人之心。看来洪杨非等闲之辈。莫非天心真的已厌倦爱新觉罗氏,要改朝换代了么?自己受皇恩深重,理应匡扶皇室。但天心既厌,人力岂能改变得了!大厦将倾,一木难支。皇上的江山,能保得住吗?

想到这些,曾国藩深深地叹了一口气:"不料欲效武乡、邺侯竟不能!"他决定不受命,至少暂不受命。曾国藩不再想了。他从床上起来,摊开纸,要给皇上写一份"恳请在籍终制折"。

经过三四天的反复修改、润色、誊抄,奏折已出来了。正拟派人送往长沙,呈请张亮基代奏,荆七进来禀报:"湘阴郭翰林来访。"

又是几年没见面了,曾国藩与郭嵩焘两位至交老友相见后分外亲热。郭嵩焘以晚辈身份,向停厝在腰里新屋的江氏老太太灵柩跪拜行礼,又拜谒老太爷曾麟书,并与曾国藩的四个弟弟一一见面。

郭嵩焘对曾国藩说:"我来荷叶塘,一来向伯母大人致哀,二来向仁兄恭贺。"

曾国藩惊道:"我有何事可恭贺?"

嵩焘笑道:"听说仁兄即将赴省垣高就,总办全省团练事务。三湘士人,识与不识,莫不欣欣然,咸谓湖南之事可为,期望仁兄慨然展郭、李之大才,一施素日澄清天下之抱负,抚境安民,拨乱反正。此等大好事,嵩焘能不恭贺?"

曾国藩听了这几句话,心中兴奋,脸上却毫无表情,说:"筠仙谬听传闻。张中丞虽来信相邀,皇上近日也有谕旨,但国藩身已不祥,何能担此重任?张中丞那里早有信婉谢,皇上谕旨,我亦不能接受。"

说着,从柜子里拿出两封信函来递给郭嵩焘。郭嵩焘看时,一封是转录兵部火票递来的上谕,一封是曾国藩刚誊正的奏折。折子的第一句写着:"臣恳请在籍终制,不能受命,仰祈圣鉴事。"郭嵩焘不再看下去,扔在一边,叹息道:"哎!可惜张中丞、左季高、江岷樵都看错了人。我郭嵩焘这二十年来自认与你最相知,看来也靠不住。'犹当下同郭与李,手提两京还天子',原来只是文人的诗句,并不是志士的心愿。"

曾国藩是个最要强的人,郭嵩焘这几句挖苦话,说得他脸一阵阵发热,极不好意思。

"筠仙,你也不理解我?我是热孝在身啦!哪有母死未葬,就出山办事的道理?"

郭嵩焘并不理睬他的辩白,继续以自言自语的口气说:"只有一人没有说错。"

"谁?"曾国藩脱口而出。

"湖南水陆提督鲍起豹。他说,曾国藩乃一介文弱书生,他有何本事办团练,别看他平日气壮如牛,到头来一定胆小如鼠。"

曾国藩扑哧一声笑了起来。他知道郭嵩焘在有意激将,反而脸不热了,平静地笑道:"好个乖巧的郭老大,我又不是周公瑾,几句话就可以激得了的。"

郭嵩焘正色道:"谁要激你?我只是为你可惜,你辜负了桑梓的厚望,更可惜的是,你使恭王、肃学士、镜海先生得了个不知人的恶名。"

曾国藩心里一惊,镜海先生向皇上密荐事,已从他的来信中得知,至于恭王、肃顺的保荐,却一点也不知。

"筠仙,此话怎讲?"

"你看看这封信吧!"

郭嵩焘从袖口里掏出周寿昌给左宗棠的那封信来。曾国藩忙一手接过,细细地看着。

周寿昌的信中讲,自唐鉴密荐后,皇上一直在考虑起用曾国藩,但未最后拿定主意。为此事,皇上分别召见恭王奕䜣和内阁学士肃顺。二人都竭力主张起用汉人来平洪杨。恭王说曾国藩是先帝破格超擢的年轻有为人才,是林则徐、陶澍一类的人物,要皇上实心依畀,予以重用。肃顺更明确提出,当前两湖动乱,请饬曾国藩在原籍主办团练,效嘉庆爷平川楚白莲教的成法,给曾国藩方便行事的权力。如此,则洪杨可早日剪灭,国家可早得平安。皇上欣然接受,并夸恭王、肃顺见识卓越,老成谋国。

曾国藩看完信,心情异常激动。自从陈敷来过以后,曾府表面上虽仍处大丧之中,内里则充满着融融喜气。国荃请了附近十多个风水先生去看那块凹地,无人不称赞这是块绝好的地,因而更加相信陈敷的话。加之又来了上谕,兄弟们都鼓励大哥晋省办团练。国华说:"李贺说得好:'请君暂上凌烟阁,若个书生万户侯?'五等之爵从来靠沙场猎取,几曾见过以文章封侯的?"

国荃说:"嘉庆年间,杨遇春不过是额勒登保手下一员武将,后竟拜陕甘总督,封一等侯。道光年间,马济胜一勇之夫而封二等男爵。靠的是什么,还不靠平叛的军功?"

弟弟们说的都有道理,但曾国藩考虑得更深。陈敷的预言给他带来激动,增加了出山的信心。不过,预言终归是预言,并不就是现实,现实却有重重困难。现在,从周寿昌的信上,曾国藩却看到了希望。他与恭王、肃顺都有过多次接触。恭王才思敏捷、器识闳达,是皇族中最有头脑的人物。肃顺是郑亲王乌兰泰尔的第六子,明练刚决,敢作敢为,不但是满族中数一数二的拔尖角色,也是阖朝文武中少有人比得上的干才。上半年在京城时,曾国藩就知道皇上将会重用肃顺,依靠他来整饬朝纲,力矫弊端。肃顺的入阁拜相，只是明后两年的事了。有恭王、肃顺的信任，有皇上爽快地接受，还怕朝中无奥援吗？这个最大的顾虑一消除，曾国藩真的动心了。但他并不明白地表示出来，只是以一种遗憾的神情对郭嵩焘说："这么大的事情，荇农居然不直接给我来信，他是还在记我的仇啊！"

周寿昌字荇农，又字应甫，长沙人，道光二十四年中顺天乡试南元，二十五年中进士入翰林院。周寿昌结交甚广，官位虽不过一翰林院侍讲学士，然交游遍及王公大臣，是湖南京官中的百事通。出自他的消息，十之八九是可靠的。但周寿昌又是个不拘小节的人，有次在妓院，与妓女饮酒赋诗弹唱，差点被人告发。曾国藩以前辈身份声色俱厉地将他责骂一通。周寿昌嫌曾国藩太拘谨，曾国藩也怕以后受周寿昌的牵累。从那以后，二人往来就不多了。周寿昌通报出这个绝密消息，使曾国藩大为感激。

"我那次说他，重是重了点，但完全是为他好。"

"荇农还是领了你的情的，从那以后收敛多了。他把这个消息告诉季高，其实也就是告诉你。他不直接给你来信，是怕你还在记恨他哩！"

"我要写封信去感谢他。我这人，有时对人脸色不好看，是有拒人于千里之外的样子。"

"涤生，你看看，如果你坚不受命，恭王和肃学士会怎么想呢？"

曾国藩低头不语，良久，轻轻地说："筠仙，我跟你说句实话，我从未跟张中丞、潘藩台他们打过交道，不知道彼此好不好相处。你也知道，湖南的情形是积重难返。我这人性子急，今后与湖南官场亦难相得。"

"要说张中丞，此人最为爱才，为人又极坦诚。他不受苞苴之事，你应该知道。"

"张中丞之清廉，的确古今少有。"

"'当文官的不爱财，再平庸亦是良吏；当武官的不怕死，再粗鲁亦是好将。'这话是你说的。凭此一端，即知张中丞的品性。涤生，你大概不知季高是怎么到的长沙吧？"

曾国藩摇摇头。

"这是个令人捧腹的故事。"

郭嵩焘将这次在长沙听到的计赚左宗棠的事，绘声绘色地讲了一通，果然令曾国藩大笑不已，说："季高此事，今后真要给他刻上墓志铭，让后世子孙都知道他左三爹爹是如何受骗当师爷的。"

"用的手法虽是骗,但心却至诚可感。"

曾国藩点头赞同。

"潘藩台为人也忠厚本分,季高、岷樵都是多年老朋友了,这个顾虑不必要。至于湖南的吏治,说来的确腐败。但是,涤生兄,眼下中国十八省,哪个省的吏治又不腐败?天下乌鸦一般黑。除非不做事则已,既要做事,就无可选择之地。东坡问贾太傅:'然则是天下无尧舜,终不可有所为邪?'嵩焘借这句话问仁兄:'然则是天下无乐土,终不可有所为邪?'"

曾国藩不觉笑起来,指着郭嵩焘说:"唐宋八大家,就只有你读得活!"

"涤生,你莫跟我兜圈子了,什么热孝在身,什么湖南吏治腐败,都不是你不出山的主要原因,我知道你的顾虑在哪里。"

"在哪里?"

"今世知你者莫过于我。"郭嵩焘狡黠地望了曾国藩一眼,"你是担心长毛不好对付,怕万一不能成功,半世英名毁于一旦。"

"哈哈哈!"曾国藩大笑起来,既不首肯,也不否定。

"涤生,我跟你打个赌:莫看眼前长毛势大,嵩焘料死他们不能成事。"郭嵩焘伸出一只手来,放到曾国藩面前,做出一个击掌的样子。国藩仍坐着不动,不露声色地问:"何以见得?"

郭嵩焘将他这些天来,苦苦思索而得出的认识搬了出来:"长毛起事有一个致命的弱点。其所依靠者拜上帝会,所崇拜者天父天兄;信耶稣异教,迷《新约》邪书;所过之处,毁孔圣牌位,焚士子学宫,与我中华数千年文明为敌,已激起天怒人怨。凡我孔孟之徒、斯文之辈,莫不切齿痛恨。就连乡村愚民、贩夫走卒,亦不能容其砸菩萨神灵、关帝岳王像之暴行。涤生,你出山之后,打起捍卫名教的旗帜,必定得天下民心。天下人都归顺你的勤王之师,长毛还能长久吗?"

郭嵩焘这番痛快陈词,使曾国藩心智大开:洪杨以民族大义争人心,我则以卫道争人心!郭嵩焘见曾国藩眼中已射出兴奋的光芒,知这几句话已打动了他,于是益发高谈阔论:"涤生兄,你说吏治腐败,国事日非,不是办事之时。仁兄熟知本朝掌故,难道忘记了当年圣祖爷平三藩之乱的壮举吗?三藩作乱时,圣祖爷亲政不久。朝臣有的说,国家根基尚未大固,吴三桂等人势力很大，不如用抚保险。圣祖爷不为所动，坚决削藩。结果不但平息了三藩之乱，且借平乱之威刷新社稷，开创康乾盛世，使我大清江山固若金汤。沧海横流，更能显现出英雄的本色。仁兄一向仰慕武乡侯、邺侯。武乡受聘，正奸臣窃命；邺侯出山，当天下乱极。今日国势，如同汉末唐衰之时，焉知不再出武乡、邺侯？"

曾国藩三角眼中的光芒越来越亮，连声叫道："好！贤弟说得好极了！"

"涤生兄，你素抱澄清天下之志，今日正可一展鸿抱。古人云：'虽有智慧，不如乘势；虽有镃基，不如待时。'又云：'难得而易失者时也，时至而不旋踵者机也。故圣人常顺时而动，智者必因机以发。'今时机已到，气运已来，上自皇上亲王，下至士民友朋，莫不瞩目于你。你若践运不抚，临机不发，不但辜负了自己的平生志向，也使皇上心冷、友朋失望。涤生兄，你还犹豫什么呢？"

"前人著书，说苏秦、张仪口似悬河，陆贾、郦生舌如利剑，适才听贤弟一番话，使国藩如拨云雾而睹青天，任铁石心肠亦不能不动心，今日方知苏张陆郦之不假！"曾国藩叹道。

嵩焘高兴地说："仁兄出山办团练，军饷是第一大事。前向长毛围城，藩库已空，料张中丞一时不易筹措，嵩焘即刻回湘阴，劝募二十万两饷银，助兄一臂之力。"

曾国藩拊嵩焘背，满怀深情地说："难得贤弟一腔热血。若朝野文武都像贤弟这样忠于皇上，忧国忧民，哪来今日的洪杨作乱！就看在贤弟分上，也不由国藩不出。只是，"曾国藩说到这里，停了一下。他想到自己一贯打着终制不出的旗号，现在收起这个旗号，也得有个转圜，"国藩今日乃戴孝之身，老母并未安葬妥帖，怎忍离家出山，且亦将招致士林指责！"

郭嵩焘心里冷笑不止，说："大丈夫办事，岂可过于拘泥！况且墨 从戎，古有明训。为保桑梓而出，为保孔孟之道而出，正大光明，何况又有皇上皇皇明谕，仁兄不必多虑，若你尚有不便之处，可由伯父出面，催促出山，家事付与诸弟。这样，上奉君命，下秉父训，名正言顺，谁敢再有烦言？且我听老九说，前几天有一江右山人，为伯母寻了一个极绝极妙之佳城，将保佑贵府大富大贵，又断定仁兄此番出山，乃步郭汾阳、裴相国之足迹，日后必定封侯拜相。看来事非偶然，天时、地利、人和一应俱备。仁兄万勿再固小节而失大义，徒留千古遗恨！"

翌日，郭嵩焘将昨夜的谈话禀告曾麟书。麟书是湘乡县的挂名团总，这几天又听说了陈敷的预言，俟郭嵩焘说完，立即满口答应。遂面谕国藩移孝作忠，为朝廷效力。恰好这时，张亮基又来一信，报告武昌失守的消息，再一次恳切敦请国藩出山晋省。于是，曾国藩将家事妥为安排，与四个弟弟分别各作一次长谈。六弟、九弟、满弟都要求大哥这次就带他们出去，曾国藩考虑再三，决定暂带国葆一人先去长沙，叮嘱国华、国荃且安心在家，不要轻举妄动，视局势的发展再定进止。然后，他来到腰里新屋，在母亲灵柩前焚烧已经誊抄尚未发出的"恳请在籍终制折"，并轻轻地对着母亲遗像说："儿子不能尽人子之孝，庐墓三年了，为酬君恩，为兴家族，已决定墨经出山！"

第四章　天王定都

一　江宁失守，洪秀全称王

正当曾国藩带着满弟国葆、康福、王荆七与郭嵩焘一起离开群山环抱的荷叶塘，向长沙走去的时候，百万太平军将士正在天王洪秀全、东王杨秀清的指挥下，借攻克武昌的巨大军威，以排山倒海之势、雷霆万钧之力，浮江东下，相继拿下九江、湖口、安庆、芜湖等沿江两岸重镇，最后以迅雷不及掩耳之势一举夺得江宁。两江总督陆建瀛被杀，江宁将军祥厚战死。小天堂敞开大门，准备迎接两年来浴血奋战、劳苦功高的天国将士。

江宁，古称金陵，清代置两江总督衙门于此，乾隆二十五年，又增设江宁布政使司，是仅次于北京的重要城市。北王韦昌辉率部最先进城，第二天，东王、翼王也进来了。在三王指挥下，江宁城内的善后事宜进展得迅速而有条不紊。积尸清除了，大火扑灭了，街道清洗了。为着防止向荣和琦善南北夹攻的队伍攻城报复，江宁十三道城门和破损的城墙也奇迹般地恢复了。只是城里人口大大减少，老百姓纷纷迁徙城外躲避战火，百万多人出走十之八九，只剩下十多万了。

两江总督衙门被定为天王宫，这两天也略加修饰。清妖的一切仪仗、匾额、字画全部焚烧，从大门口一直到天王殿，所有门墙都用黄纸裱糊。将士们清扫庭院，张灯结彩，以便恭迎天王驾到。

咸丰三年正月二十日，虽然天气清冷凛冽，却阳光灿烂。对于江宁百姓来说，这是个冬天里的好日子。一旦战火熄灭，这个六朝古都，便又显现出它气概非凡的本色来。紫金山雄踞城外，犹如一个儒雅的将军，仗剑守卫着东大门。山脚下玄武湖波光粼粼，晶莹透亮，好比一块明丽的妆镜，将紫金山的英姿尽摄镜里。小小的圆菱湖羞涩地躲在西南脚，那正是持镜美人的笑靥。长江是一匹浅黄色的练带，弯弯曲曲地铺在城北，停泊在江面上的大小战船，如同练带上镶嵌的一颗颗珍珠，熠熠闪光。练带上有一根乳白色的丝绦，蜿蜒穿过城南。这丝绦便是胭脂金粉秦淮河。从古到今，它载过多少梦幻般的画舫，水中混杂过多少公子王孙的绿酒、商女村姑的清泪！那清凉山、幕府山、雨花台、燕子矶，那莫愁湖、胜棋楼、鸡鸣寺、夫子庙，每一处风景、每一座建筑，都有着一段神奇的传说，一个动人的故事，引起人们对这个古都的无限缅怀和神往。金陵，你真是中国城镇中的瑰宝，人人向往的小天堂。今天，你千年史册掀开了崭新的一页。

从清晨开始，原来的两江总督衙门到仪凤门这段街道，便全部由两广过来的老兄弟刀枪森严地警卫着。天王就要率领天朝的文武百官进小天堂了！

留在城中的十万百姓，出于好奇、仰慕、看热闹等各色心情，吃过早饭后，全部都来到这段街道，以先睹天王威仪为快，把两旁的小街小巷堵得水泄不通。

忽然，一道严厉冷酷的命令传过来："全体原地跪下，不得走动，低头看地，不准仰视，违者斩首！"十万百姓颤颤抖抖地遵命跪下来，两眼直勾勾地看着膝前的那块小黑土，年长体弱的后悔不该来。但已迟了，来了就不能走，"违者斩首"。跪在人群中的年轻人，无论如何也抵抗不了那强大的诱惑，趁着警卫兵士不注意，常常偷眼向街中心望去。

来了！眼前是一片数不清的红、黄、白、黑、蓝军旗，从仪凤门那边走过来，尘土飞扬，旌旗蔽空。不见天王，先见一副威严不可抗拒的气派向跪在地上的百姓头上压来。长长的军旗队伍过后，接下来的是一批佩剑武官，一色的高头大马，五人一排，足足有一百排，红色褂子的前面均绣着"两司马""卒马"等黑字。跟着马队而来的是一座六十四人抬的大黄轿，轿身四面绣着四条或腾云驾雾，或翻江倒海的巨龙，轿顶上有五只用丝线、竹骨扎成的仰头朝天的丹顶仙鹤。卫兵和轿夫一色的黄风帽。轿后是十六对吹鼓手，十六对铜鼓手，有节奏地吹吹打打。偷看的老百姓心中揣测：这轿里坐的怕就是天王了。

是的，轿里坐的正是洪秀全。这几日，是他出生四十年来最痛快的日子。从岳州以来，千里长驱，势如破竹，自己几乎没有亲临过战场，没有指挥过一场战斗，小天堂就这样轻而易举地到手了。他起先还有点感到意外，但很快就意识到这是应该的事。自己是天父的次子、天兄的亲弟，有万能的天父天兄的帮助，世上哪里还有敌手呢？他坚定不移地相信，在他挥手之间，北京就可以拿下，咸丰妖头就得让位，中国的一统江山就在自己的掌握之中。昨天，他登高眺望六朝胜地，心里涌现出一股难以抑制的志得意满的情绪。这个广东花县的落选童生，长期看到的只是田园阡陌、寒山僻水，从未见过如此壮丽的江山。钟山龙蟠，石城虎踞，的确名不虚传！他想起幼时读过的李后主词，看过的孔尚任《桃花扇》。这个金粉繁华之地、温柔富贵之乡，再也不是想象中的虚无缥缈的仙境，而是实实在在已属于自己了。黄龙轿里的天王，决定从此卸甲下鞍，好好地享受，加倍地享受这人世间的幸福，方不辜负天父之子的身份，不委屈十多年来提着头颅传教造反的艰难岁月，以补足过去整整四十年的亏欠。

黄龙轿后，一匹装扮得华丽考究的白马上坐着一个漂亮的女人，她怀里抱着一个三岁孩子。这孩子身着滚龙绣袍。并排是另一匹同样装扮的枣红马。那上面也坐着一个女人，怀里同样抱着一个孩子。这孩子大概尚不满周岁，用一条黄绣龙围巾包着。

这两匹马后，是一队花花绿绿的女人，一共三十六位，全部骑马。这些女人大部分都在二十岁上下，身穿短衣长裤，不着裙，一双大脚格外显眼。每个女人后面紧跟着一个女仆。女仆手撑一把色彩艳丽的日照伞。日照伞上分别写着"赖王娘""谢王娘""韦王娘"等等。跪在地上的百姓心中明白，这是天王的后妃们。对于天王有三十六个娘娘的事，他们不感到惊讶，都认为这并不算多。住在北京紫禁城里的皇爷，据说是三宫六院七十二妃，比天王的老婆多多了。尤其令他们钦佩的是，天王的妃子个个能骑马打仗，就凭这一点，即可称巾帼英雄。天王的老婆们尚且如此，天王的本领就可想而知了。这三十六个女人过后，接下来的又是数百名步行的士兵。从天王的开路旗手算起，一直到最后一个士兵走过，足足过了半个时辰。这位开创新国的天王是多么的有气派！老百姓个个钦佩万分，以前看到总督出巡，以为是大开眼界,现在跟天王的仪仗比起来,真个是小巫见大巫。

跟在天王后面的是幼西王、幼南王,接下去是天、地、冬、夏、春、秋正(又正)副(又副)二十四丞相,再接下去是检点、指挥、将军、总制、监军等,最后是一支英姿飒爽的女兵,女兵们身着戎装,腰佩刀剑,背后背着一张花弓。举止之英武,是江宁城百姓所从未见过的。一直到日落西山,队伍才过完。老百姓们也在地上整整跪了三个时辰。但他们都不觉得累,反而得到极大的满足。原先后悔想走的也庆幸终于没有走,因为到后来,大家都抬起头来观望,也没有哪个警卫认真地执行命令,有的警卫还和百姓笑嘻嘻地说几句话,露出得意的神色。

二 天王开国的三件事:定都、朝拜、开科取士

一进天王府,洪秀全想到有几件大事,必须在近期内由他出面定下来:一是定都,二是朝拜,三是开科取士。至于稳定局面、巩固政权、管理百姓、建设小天堂乃至北征西征等军国要事,他都将全部委托东王去办理。他自己要静下心来,把生平所作的诗文,尤其是关于拜上帝会的宣传文字好好整理下,选最好的刻手,用最精美的纸刻印出来,每个拜上帝会成员人手一册。洪秀全认为这才是教化万民、惠泽子孙的千秋伟业,今后自己就将会和文、武、周公、孔、孟、天父、天兄一样,世世代代被人们奉为圣人,至于攻城略地、建设国家,毕竟是形而下之器,它是永远不能跟形而上之道相比的。"器"的事,就让清胞、昌胞、达胞他们去干吧!

定都,毫无疑问就定在金陵。这在天王看来,是天经地义之事,东王、北王也拥护。天王没有料到,临在武昌出兵时,翼王却对此发表了不同看法。翼王认为应改变永安既定方针,北进河南,再渡黄河直捣幽燕。尤其是部将罗大纲,反对定都金陵最为激烈。天王记得,罗大纲当面对他说过:

"翼王北进中州之策为上策。上策若不行,可用中策,即先定南方九省,然后分三路出师:一出湘楚,一出汉中,一出淮扬,三路会合,共猎燕都。定都金陵,诚为下策。天下未定,欲安居金陵,岂能长久!"

罗大纲的主张,无疑最具眼光。可惜,天王早已渴望进小天堂享福,他听不进纲胞这番还要他亲冒矢石的话。为了统一思想、坚定信心,在向金陵

进军的船上，天王出了一道题目，叫作《建天京于金陵论》，吩咐何震川让随军文人每人写一篇论文。昨夜何震川呈上一沓论文，同时并建议贬斥直隶和北京。洪秀全将论文数了数，共四十一篇。就像当年教私塾时批阅学生作业样，他把每篇论文都细细审读一遍。文章都写得短而有力，道理也说得扼要透彻，甚得天王之意。或许因为喜欢何震川的缘故，天王把四十一篇论文比来比去，总觉得何震川那篇写得最好，很有韩愈碑铭文的派头。他拿起何震川的论文，饶有兴致地轻声念道：

欲创非常之业，必得非常之人；欲立永久之基，必得至当之地。斯能立久而不易，亘古而常尊者也。溯自天父上帝自造天地以来，其间窃号流传，未尝不代有其人。究之人非天命之人，国非天命之国，所以弑夺频仍，纷更不一，以至于今。

惟我天王承帝命，永掌山河。金田起义，用肇方刚之旅；金陵定鼎，平成永固之基。京曰天京，一一悉准乎天命；国为天国，在在悉简乎帝心。迄今建都既成，天下大定，天王降诏，咨于群臣。诏于是，爰为之论曰：穆穆皇皇，赫赫我王，奄有四海，抚绥万方。恩覃普宇，德遍要荒，遐迩壹体，率宾归王。宜乎永奠千百代无疆之福，肇基亿万年有道之长。

"这样的满腹经纶，绝大手笔，居然连个举人都得不到。若不是天国承运而起，岂不埋没了这个人才！"洪秀全为何震川先前的怀才不遇，大大感到不平。何震川是广西象州人，秀才出身。金田起义时，全家投军，战争中他一家死了二十二人，现仅剩一弟一侄和他自己三人，是一个为天国事业满门尽忠的功臣。天王立即封何震川为恩赏丞相，调来天王府掌文书承宣事宜。何震川的建议很好。金陵既定为天京，北京和直隶就应该贬斥。天王略为思考一下，亲手写了一道诏书：

诏曰：有功当封，有罪当贬。今朕既贬北燕为妖穴，是因妖现秽其地。妖有罪，地亦因之有罪，故并贬直隶省为罪隶省。天下万廓，帝无二，京亦无二。天京而外，皆不得僭称京。故特诏清，速行告谕守城出军所有兵将，共知朕现贬北燕为妖穴，俟灭妖后方复其名为北燕。并知朕现贬直隶省为罪隶省，俟此省知悔罪，敬拜天父上帝，然后更罪隶之名为迁善省，庶俾天下万国同知妖胡为天父上帝所深谴所必诛之罪人。钦此。

建天京于金陵，看来是众望所归。天王想，幸亏当初采纳东王等人的意见，没有用罗大纲的上策、中策。不然，小天堂一下子还进不来，建都登基之事就得推迟。都城已定，下一步是群臣如何朝拜天子了。天王爱读史书，知道汉高祖得天下后，第一次在长安宫殿里大宴群臣，那些臣子是和高祖一起，身经百战艰苦打天下的功臣，他们自恃有功，酒席之间，还和战争年代一样，一点不讲礼节，有时甚至直呼高祖之名，提起高祖过去一些脸红的事，弄得高祖很不愉快。后来，叔孙通制定礼仪，群臣朝见高祖时，依职位高低排列，跪拜行礼，山呼万岁，再也不敢大声喧闹越次行动。高祖大喜，算是真正过了皇帝的瘾。还是在由安庆往金陵的船上，天王又把这段史事温习了一遍，心里非常佩服叔孙通的学问。是的，只有礼仪立，才能名位正；名位正了，权威也就建立起来了，今后谁也不能再起歹心，觊觎天王宝位，自己的子子孙孙就能无穷尽地传下去，坐稳铁打的江山。

天王设计了一幅朝拜图。

金龙殿里，自己坐在大殿台上正中。台左边空一个位子，是天父耶和华的宝座。台右边空一个位子，是天兄耶稣的宝座。台下左边摆一个矮几，是幼西王之几。台下右边同样地摆一个矮几，是幼南王之几。幼西王、幼南王年纪都小，不要他们朝拜，但为他们留两个位子，表示对为天国捐躯的西王和南王的尊崇。每当想起在最艰难的年代，南王冯云山和西王萧朝贵与自己同甘共苦的情景，天王便黯然神伤，心里很是感激这两个既忠诚又有才干的兄弟。因此决定把这两个幼王的座位摆在最前面。靠着幼西王后面的，依次为东王、翼王、天、地、春、夏、秋、冬各位正丞相，又正丞相；靠着幼南王后面的依次是北王、天、地、春、夏、秋、冬各位副丞相，又副丞相。这之后，按官职大小，两边依次排着检点、指挥、将军等等。设计好后，天王亲自绘出一幅天国朝主图。他对这幅图很满意。

再就是开科取士。一提起考试，天王就有一股冲天怒气，有时这种怒气发作起来，他恨不得杀尽天下考官。偶尔夜深人静，他想起自己为何扯旗造反，走上与大清王朝作对这条路，说到底，怕就是因为考场上屡屡受挫的缘故吧！倘若那时府试、乡试、会试节节顺利，可能就没有今天的天王了。即使做了万民之主的天王，洪秀全一旦想起那些伤心失意的往事，心里仍然会浮起一种因为被人瞧不起而产生的悲哀——

洪秀全出生在广东花县官禄布一个农民家里，父兄都以耕田为业，全家省吃俭用，供洪秀全读书。秀全从小天资聪颖，读书过目不忘。因家贫，十六岁辍学，助父兄耕田。十八岁受聘为本村塾师，第二年，他到广州参加府试，但没有考取。二十五岁那年，又去广州参加秀才考试。在广州，他认识一个名叫梁发的传教士。梁发给他一本《劝世良言》。他回到寓所细细读了一遍，觉得很有趣味。但那时他并不想洗礼做教徒，他要做孔孟的信徒，通过科举爬上去，最后当尚书，当大学士。谁知榜发，再次落选。这个打击非同小可，他当时昏厥在地。被同乡送回家后，在床上足足躺了四十天，成天发高烧讲胡话。家里为他准备了棺材，只是还有一口气，不忍心装进去。第四十一天早上，他醒过来了。二十八岁、三十二岁，他又两次到广州应试，两次皆罢黜。待到第四次名落孙山，使得心高气傲的洪秀全气得脸发白，唇发紫。他当天就烧掉家藏的全部"四书""五经"和诸如《闱墨观止》之类的书，愤然地对族弟洪仁玕说："满洲人主持的考试我再也不参加了，日后我要自己开科取士，气死那些混账东西！"后来，他索性连孔子的牌位也砸掉，出走到广西贵平一带，和冯云山、杨秀清、萧朝贵、韦昌辉、石达开六人结为异姓兄弟，将梁发送的《劝世良言》加以发挥，在广西紫荆山组织拜上帝会，发展会众，积极筹备起义。那时，六兄弟对着天父天兄起誓，日后成功了，六人坐江山，都称王。洪秀全还特别提出，每年于各人生日那天开科取士，在天下读书人面前出这口怨气……

"今日成功了，六人共坐江山的誓言可以不必兑现，但开科取士，则非实行不可！"天王在心里狠狠地说。

连日来，金陵城里摆开成千上万桌庆功酒。拜上帝会的人们在尽情地享受小天堂的幸福，虔诚地感激天父天兄的恩赐。天王宫金龙殿里，天王也摆了二十桌酒，把他当年广西传道最亲密的"袍泽"和这两年劳苦功高的高级将员们请来，他要亲自犒劳这批兄弟，并向他们宣布几项重大国策。

这批兄弟暂时还不需要山珍海味，他们最喜欢吃什么，天王清楚。每个桌上，天王特赐三大碗菜：一大碗油焖狗肉，一大碗爆炒狗内脏，一大碗狗肉炖萝卜汤。果然，入席者人人称赞天王知心贴己。山呼万岁后，便大嚼大喝起来。酒过三巡，一个个都微有醉意了。天王站起，几句祝酒词说过后，庄严宣告："天父天兄天王太平天国将都城天京定在金陵。"全体起立，高声拥护，纷纷举杯庆祝，齐声称赞天王的英明。接着天王命人将天国朝主图悬挂起来，定于二月初一日按此朝拜。金龙殿里醉醺醺的功臣们，几乎没有一个人去看它一眼，又一齐起立，高呼万岁，狂欢通过。最后，天王以洪亮的声音郑重宣告：

"从今年起，天国将在天京和各省开科取士。科试分天试、东试、北试和翼试。每年开四科，每科分别取状元、榜眼、探花一名和进士若干名，为国选贤，让天下有真才实学的读书人，都有出人头地的一天。"

又是一阵欢呼声。在醉眼蒙眬的酒席桌上，天王的三大国策，像春风吹过秧田一样，畅行无阻地通过了。天王醉了，功臣们醉了，整个金龙殿都醉了。没醉的人只有两个：一是东王，一是翼王。

三　东王揽权，翼王献策

由江宁将军衙门改建的东王府，是太平天国实际上的最高权力机关。天国大大小小的政令均由这里发出。各处禀报、奏本也都递往这里。东王杨秀清事事躬亲，日理万机。

杨秀清五岁丧母，九岁丧父，由伯父杨庆善收留，十二岁便在平隘山上烧炭糊口，是太平军诸王中最贫苦的人。他从小聪明过人，精力充沛。十年的传道、建会及战争生涯，磨炼出他极为强悍的性格，培养出他非凡的组织才能，锻炼出他指挥打仗、处理政事的杰出本领，也赋予他机巧权变的出众聪慧。他虽不识字，但身边有十多个承宣为他服务：阅读报告、汇报情况、传达命令、起草文件。所有该办的事，他都以极高的效率处理得有条不紊。

这些日子来，杨秀清主要办了这样几件大事。第一件事，是定下天王宫及东、北、翼和幼南、幼西各王府的建制。第二件事，安置随军进入天京的眷属和留在城内未走的十余万百姓。东王在原来男营、女营的基础上设置男馆、女馆。每馆二十五人，设馆长一人。十馆为一卒，设卒长一人。十卒为一旅，设旅长一人。十旅为一师，设师帅一人。另设童子馆、残废馆、敬老馆，安置小孩及老弱病残。按馆分配劳作，发放口粮。天王在武昌许下的进了小天堂就夫妻团聚的诺言，暂时不能兑现。许多人虽有不满，但一时只得遵守。因为东王的禁令很严，自从杀了几对偷偷聚会的夫妻后，大家都害怕，只得忍受着。第三件，建立各种为王宫王府、军队和百姓服务的工商衙门，如圣库、圣粮仓、铅码衙、弓箭衙、红粉衙、豆腐衙、茶心衙、竖斩衙、提报衙、人医衙、兽医衙、织染衙等等。这些衙门全由东王府直接掌管，归天国所有，任何人不得开办。

这几件大事办好后，天京城便纳入了正轨，刚进城时的混乱局面已不复存在。人人无失业，个个有衣食，各级官员的意图，都能在所辖区内得到有效的贯彻。阖城都听东王的号令，万众齐心，犹如一人。不久，林凤祥、李开芳、罗大纲等人又克复镇江、扬州。喜讯传来，人心振奋。天国的事业在蒸蒸日上，欣欣向荣。

杨秀清心里很明白，天国不能只局限于一隅之地，它要发展到全国去。当天京城内部署已定的时候，对外的征战，便应该在议事的日程中占第一位了，北征和西征的决策必须立即定下来。

杨秀清和洪秀全不同。他的心灵深处，从来就没有天父天兄的位置。他不相信真的有什么天父天兄，也不相信洪秀全是天父的次子，自己是天父的四子这一类无稽之谈。他参加拜上帝会，信仰天父上帝，只不过是利用他们而已。要办大事，就得有很多人，人多了，就要有组织；维系这个组织，就要有信仰。至于这个信仰是真理还是谬误，暂时可不管，只要大家相信就可以了。杨秀清拜上帝，其实不过如此而已。他也知道，诸王中，除冯云山以外，萧朝贵、韦昌辉、石达开也和自己差不多，都明白神道设教的作用。不过，他也从不点破。杨秀清表面上显得比天王的信仰还要虔诚，以至于天父对他的宠爱，似乎超过了天王。他几次装扮成天父下凡的附身，居然使天王完全相信。想到这里，他不禁冷笑起来。

北征和西征是天国成立后最大的军事决策。东王清楚，北征是对清妖的犁庭扫穴之举，按道理应该是天王御驾亲征。但是，天王已在王宫里安富尊荣,再也不想亲冒矢石了。东王不去劝天王,他心里正是希望天王不出征。他知道,天王之所以能进小天堂,完全是自己的功劳。论功行赏,自己才最有资格坐在金龙殿里,接受群臣的山呼万岁。不过,他也知道,天王毕竟是拜上帝会的创始人,两广老兄弟对他的崇拜超过了自己。眼下若抢着坐金龙殿,老兄弟们是绝不会答应的。如果天王这次御驾亲自北征,成功后,威望就会更高,今生今世自己就将永远坐不了金龙殿。天王提出让林凤祥、李开芳带人马从扬州出发,北上幽燕,东王完全赞同。林、李一直是萧朝贵的部下,不是自己的嫡系,正好让他们出去。杨秀清料定北征不会顺利,一万人也太少了。过段时期,待天京城内各方经营妥帖,将天王完全架空后,自己再指挥大军渡江北上,拿下北京。到那时,不怕洪秀全不让位。

连日来,翼王石达开很忧虑。北征西征,这个保卫胜利成果、发展天国事业的头号决策,天王似乎并没有把它摆在重要的地位上。据说北征的是林凤祥、李开芳,西征的事还没有消息。他两次到天王宫去晋谒天王,但都被挡了回来。天王因身体不适,所有人都不见。今天,翼王第三次来到天王宫。天王宫门口已新竖起一块高大的石碑,上刻四行字:"大小众臣工,到此止行踪。有诏方准进,否则云雪中。"他感到惊诧,但不得不停步。自己并非奉诏,如何能见到天王呢?正在思忖中,一个女承宣过来。见是翼王,忙下跪拜见。翼王要她回宫代请诏命,说有要事禀告。女承宣出去后不久,王宫传命,天王诏命翼王进宫。

自进入天王宫后,东王、北王又相继送来十二名美女,全是江南娇娃。天王大喜,都封为王娘。自此天天锦衣玉食,夜夜洞房新婚,耳中笙歌如天卜仙乐,眼前姬舞似杨柳曳枝。

天王对这种生活已十分满足了,他的脚步再也不迈出天王宫一步,怕刺客暗杀;昔日铁马金戈的岁月,已成为十分遥远的记忆了。洪秀全知道达胞这是第三次来天王宫,不知他有何事,若再阻挡,又恐伤了兄弟间的和气,他无可奈何地传旨召见。

"达胞,你有何事,这般急着要进宫?"

"二兄,北征的阵营要加强,最好二兄亲征。"石达开开门见山,直陈来意,洪秀全心里不大高兴,慢慢地说:"北征已决定由林凤祥、李开芳带一万人马,阵营已不弱了。当年我们在金田起义时,才不过几千人。有天父天兄的庇佑,不用我亲自出马也会胜利的。"

"二兄,北伐幽燕,比不得浮江而下,清妖重心向来在北方,长江以北,必定防守森严,且兄弟们都是两广、两湖一带人,不服水土,林、李此行困难会不小。倘若北征有个三长两短,定会长清妖之志气,而失我天国之威风。"石达开忧心忡忡地说。

"哈哈哈!"天王一阵大笑,"达胞,你过虑了。从岳州到天京,时间不过三个月,大军发展到两百万之众,所过城池,望风归附,旌旗指处,江山易主,所仗者何?难道是我们自己的力量吗?这是天父天兄的旨意!凤祥、开芳必然旗开得胜,一路凯歌。达胞,你就等着看捷报吧!"

翼王见天王如此迷信天父的力量,深感不安,但他又不能直率指出,沉吟片刻,说:"二兄,既然你不亲征,就让我代二兄往北边走一趟吧!"

天王关切地对翼王说:"达胞,这几年来你也太辛苦了,休息几个月吧!王府里侍候的人不够,朕再给你挑几个送过去。"

达开摆摆手,说:"二兄,西征之事也要早议了。芜湖、安庆、九江都是长江重镇,直接担负着屏蔽天京的责任。我们走后清妖又把这些城池占去了,得马上再收回来。"

秀全说:"西征一事,我早就考虑了,叫胡以晃、赖汉英和令兄祥祯率领水师五千、陆师一万前去。以晃智勇双全,汉英老成持重,祥祯勇猛善战,他们三人会合作得很好,你就放心吧!"

对于西征的安排,达开略为满意,就是兵力还弱了点,至少应增加一倍。这段路曾经是一条通往胜利的道路,再收回来,把握也较大。达开点点头,对秀全说:"二兄,据说咸丰妖头已任命前礼部侍郎曾国藩为湖南团练大臣,正在长沙大办团练。我们起义以来,长沙是一颗顽固的钉子,围攻八十多天不能拿下。现在曾国藩又在训练新的军队,我们要多多留心才是。"

秀全笑道:"我们在长沙打了几场猛仗,贵胞也牺牲在那里,没有攻下,那不是因为他们强,而是我们主动放弃。这也是天父天兄的旨意。倘若当初不接受天父天兄的旨意主动放弃,我们就不能赢得战机,顺利进入小天堂。曾国藩不过一书生罢了,不足为虑。他长期在朝廷做官,既不懂民情,又不懂军事，成得了什么气候？团练乃乌合之众，岂能称之为新的军队？此更不必挂心。天色已晚，六弟，你今晚就不要回府了。清胞昨日送来一对熊掌，今天炖了大半天，已经炖烂了。朕今夜和你再来个一醉方休！"说罢，亲热地拉着石达开的手，向花厅走去。

第五章　初办团练

一　乱世须用重典

紧靠巡抚衙门的鱼塘口，新开办了一个衙门，招牌上写着"湖南审案局"五个大字。布袍素巾、腰缠麻丝一身守制装束的曾国藩在这个衙门里办事，当起以安境保民为主要职责的帮办团练大臣已经有两个月了。记得进长沙的那一天，他和郭嵩焘、国葆、康福一行来到大托铺时，江忠源便带着一百楚勇在镇上恭候，亲自陪他们进城。来到新开铺时，左宗棠又带着一班长沙乡绅和昔日师友，如黄冕、孙观臣、陈季牧及岳麓书院山长丁善庆、城南书院山长丁辅臣等来迎接。来到又一村巡抚衙门口，只见中门大开，张亮基带着前鄂抚罗绕典、布政使潘铎、按察使岳兴阿及盐道、粮道等一批高级官员早已等候在那里。当夜，张亮基在巡抚衙门大摆酒席，为曾国藩洗尘。张亮基如此隆重而诚恳地迎接，使曾国藩深为感动。一连几天，张亮基和曾国藩密谈。二人对湖南吏治松弛、匪盗横行，都深恶痛绝。曾国藩认为乱世须用重典，对官场要严加整饬，尤其对匪盗要严加镇压。张亮基完全赞同。对曾国藩所持的"宁可失之于严，不可失之于宽"的方略，张亮基也甚为欣赏。曾国藩又提出在省城建一大团，从各县已经训练的乡勇中择其优者，招募来省，严格训练，以这支团练来保卫省城安全，镇压各地匪乱的建议。张亮基个人也表示同意。只是兹事体大，要曾国藩亲自给皇上上一奏章。最后，张亮基紧握曾国藩的双手，说："今后有关湖南保境安民的一切，都拜托给仁兄了，全仗大才经纬。湖南是仁兄桑梓，仁兄对湖南的挚爱之心，定不在亮基之下，千万莫存避嫌之念，尽管放开手脚，施补天之术，使三湘父老早得安宁。"

这番话，说得曾国藩热血沸腾，恨与张亮基相见太晚，对先前的谢绝颇感愧赧。

第二天，曾国藩便向朝廷呈上一道奏折。曾国藩要在省城建大团，自然并不是仅仅为了防卫省城，镇压匪乱。他的主要意图在于建立一支新军。他的想法是：先招募少数人，加以严格训练，使之起到以一当十的效果；然后以这批人为骨干，再招募十倍二十倍的人，立即就可成为一支劲旅，到时拉出省外，与太平军较量。满人对汉人向来防范甚严，兵权由朝廷牢牢控制，从不放心让汉人多带兵，更不允许有人像明代戚继光那样建"戚家军"。或许是曾国藩的奏折写得含糊，或许是由于时局危急，咸丰帝知绿营不足依靠，希望有一支新的军事力量出现，也或许有恭王、肃顺和唐鉴的竭力担保，使得咸丰帝特别相信曾国藩，居然很快便亲自批复："悉心办理，以资防剿。"

曾国藩奉了这道圣旨，立刻把罗泽南和他的几个高足调来长沙。他的一千团丁，经过挑选后，留下八百，又新招三百余名精壮汉子。这些团丁编为三个营，每营三百六十人，中营由罗泽南统领，左营由罗的弟子王鑫统领，右营则由善化监生邹寿璋统领。又从中抽调八十名精悍团丁，组成亲兵队，由曾国葆统领。曾国藩又亲自通过考核比较，从八十名亲兵中挑出彭毓橘、蒋益澧、萧启江、萧庆衍等六人来，由康福负责训练，充当自己的贴身保镖。这六个人都是曾国藩的亲戚或世谊。曾国藩认为，大团练勇中的大小头目，都必须有亲谊关系，这是将这支练勇连为一个坚强整体的纽带，彼此之间才能荣枯与共，生死相关。曾国藩叫罗泽南、王鑫等人全力练勇，另外再请几个委员来办理日常案件。一听说新开办的审案局衙门中要委员办事，立即便有许多官员和士绅前来推荐人。曾国藩本想自己物色，不受推荐，但一来一时不易找到合适的人，二来刚办事碍不过情面，便从那些被荐人中挑出十余名，委托过去岳麓书院的同窗好友在籍江苏候补知州黄廷瓒负责。

春节刚过，道州天地会头领何贱苟，以道州岩头村、常宁五洞、桂阳白水洞、宁远赖子山为据点，发牌吊码，扩大组织，会众发展到四五千人，分布十余州县，在太平军节节胜利的鼓舞下，宣布起义，自称普南王，围攻县城，杀把总许得禄、典史吴世昌。曾国藩速派刘长佑、李朝辅带楚勇四百、王鑫带湘勇四百前去镇压。刚出发不久，衡山草市刘积厚又起事。曾国藩急忙派人通知王鑫，叫他先去草市，然后再去道州。过几天，安化蓝田串子会又宣布起义，江西上犹刘洪义的义军进入桂东，杀死清兵把总吕志漳、绅士黄达三，进据沙田。还有攸县的红黑会、桂阳的半边钱会、永州的一股香会，都在积极发展会众，酝酿起事。更使曾国藩头痛的是，这几个月里，又新冒出一批游匪。这批游匪主要有三种人：一种是从岳州、武昌、汉阳等城逃出的兵勇，无钱回家，又无营可投，沿途逗留，随处抢劫；一种是太平军与清兵交战过程中，被烧了房屋而无家可归的百姓，弱者沦为乞丐，强者聚众生事；一种是清兵行军打仗中所掳的长夫，用过之后，没有盘缠回家，于是辗转流落，到处滋扰。这些游匪大半混迹市井，破坏性很大。

曾国藩指示审案局，对这些危害社会治安的不良分子，一律处以重刑。为着鼓励团丁，他规定，凡捉一匪徒，赏银五两。重赏之下，团丁个个踊跃，有的一天甚至捉几个送来。不管是游匪、土匪、抢王、盗贼及其他闹事者，捉一个，杀一个。不管谁来讲情，曾国藩都不宽宥。他常对委员们讲，镇压匪乱，要心狠手辣，不讲仁慈，要以申、韩、商鞅的手段办案，不要怕今后得车裂的下场。为了收到杀一儆百的效果，曾国藩命人制作十个木笼，取名叫站笼。站笼约一人高，犯人头卡在木枷中，四肢捆绑，站在笼子里。白天用车拉着，在城内四处游街。夜晚则放在露天里，派兵守住。不给吃，也不给喝，不出三四天，犯人便惨死在笼子里。这十个站笼天天都装着犯人，天天都在长沙城内巡游，弄得全城百姓见之发怵，无人不知审案局的帮办团练大臣曾国藩残忍酷毒。士民乡绅要求废除站笼施行仁政的状子，雪片似的飞往巡抚签押房，有几个心肠软的委员们也到张亮基那儿告状，并以辞职相威胁。张亮基对此一概不理，反而称赞曾国藩有胆有识，刚强干练。曾国藩看到团练有成效，匪乱报警日渐减少，感到一切都很顺利，心中甚为得意。

但不久，政局发生重大变化。

自太平军在江宁建都立国，与朝廷作对，一百八十年前的三藩之乱重演以来，太平军声威大震，东南河山烈焰腾空，千里长江，战舰如云。朝廷在任命曾国藩为第一个帮办团练大臣后，又火速在安徽、江苏、江西、直隶、河南、山东、浙江、贵州、福建九省任命四十二个帮办团练大臣，用以协助地方文武镇压各地风起云涌的骚乱。向荣、张国梁奉命带领从广西跟踪出来的绿营沿江追击，在江宁南部建江南大营，把江宁城团团围住。琦善带着一支军队匆匆南下，在长江北岸扬州建起江北大营，虎视江宁。本已积贫积弱、灾难深重的中国百姓，从此以后，又陷于血与火的战乱之中，命运更加悲惨。

武汉三镇失守，使咸丰帝大为震怒。署湖广总督徐广缙被革职严办，张亮基奉调到武昌，接替徐广缙的空缺。张亮基视江忠源为左右手，他把江忠源及其一千楚勇也带到武昌，剩下的五百楚勇编为一营，由江忠源的弟弟江忠济统带，留在湖南。这时，郭嵩焘也离开长沙回湘阴募捐。接着罗绕典晋升云贵总督，潘铎因病告免，岳兴阿迁升湖北布政使。骆秉章又回到湖南来当巡抚，他请朝廷调老僚属徐有壬从云南到长沙来当布政使，又向朝廷推荐衡永郴桂道陶恩培升任按察使。一时间，湖南高级官员更换一新。在曾国藩看来，骆秉章庸碌、徐有壬平凡、陶恩培无能，他从心里瞧不起。曾国藩知道今后会有掣肘，但他不顾这些，仍然像张亮基在长沙时那样我行我素地干下去。

近来，长沙城里常有小股骚乱，抢劫、斗殴、聚众闹事等时有发生。团丁一去，肇事者先闻讯走了，往往抓不到。曾国藩很是恼火。为了警告闹事的匪徒，也为了在新巡抚面前表示团练坚决镇压的强硬态度，曾国藩亲自草拟"格杀勿论"的告示，印刷数百份，每份都盖上"钦命帮办团练大臣曾"的紫花大印，大街小巷，城门码头，广为张贴。又加派团丁，四处巡逻监视，市中心和各主要街道上，更是严加防范。百姓人人低眉敛容，生怕与闹事匪徒沾上边。长沙城俨然处于恐怖之中，几天来，一片肃杀死寂。眼看坚决镇压的措施取得成效，曾国藩想：看来严刑峻法，确为治国治民的不易之道。

谁知没有安静几天，长沙城又爆发了一场更大的骚乱。

二　曾剃头

这天上午，曾国藩正在审阅道州报来的告急文书，一个团丁急匆匆闯进

审案局报告:

"曾大人,出大事了!"

"什么事,这样惊慌?"曾国藩两眼离开告急文书,盯着那团丁问。

"大人,有人抢米行。"团丁急忙回答,紧张的神态还没恢复过来。

"有这样的事?"曾国藩颇感意外。这几个月来,长沙城闹事虽多,抢米行却还从来没有出现过。他意识到事态严重,不禁有些急迫,"抢的哪家米行?有多少人?"

曾国藩的凶恶神态,使团丁吓了一跳,一时语塞,竟答不出话来。

"快说!"曾国藩又盯了团丁一眼,心里骂道,"一个不中用的脓包!"

团丁定定神,结结巴巴地回答:"小西门……不,说错了……是大西门内五谷丰米行。人很多……很多……怕有一两百……也可能有两三百。"

"曾国葆!"国葆急忙来到大哥身边,曾国藩果断地命令,"将你的亲兵队所有团丁集合起来,带着他们立即赶到大西门内五谷丰米行,把打劫米行的歹徒一个不漏地抓住。有抵抗者,就地处决!"

"是!"国葆答应一声,转身出门。

"停一下!"曾国藩喊住满弟,"叫彭毓橘骑一匹快马,到罗山营里调一百团丁支援你!"

待国葆出去以后,曾国藩换上平民衣服,戴一顶宽边布帽,由康福、蒋益澧保护,悄悄出了审案局,抄小道奔向大西门。审案局离大西门不远,两刻钟后便到了。曾国藩见五谷丰米行前人山人海,除看热闹的外,有上百人或提着米袋,或拿着木桶、脸盆等围在米行门前,大部分是老人小孩,有人在给他们发米。人群中不断发出一阵阵哄笑声。米行四周一片乱糟糟。曾国藩小声骂道:"这些无法无天的匪徒!开仓放粮,岂不是要造反么?"

这时,曾国葆带领的亲兵队六十多号团丁由北面赶来,彭毓橘带领的罗山营一百号团丁从南面赶来,已将米行团团包围了。人们见此情景,吓得鸡飞鸭走,不少人丢下手中的米袋、木桶,仓皇逃窜。团丁们抓住了几十个背米的老人、小孩,粗暴地喝骂、拳击,被抓的人跪在地上磕头求饶,哭着叫着,呼爹喊娘,情景甚是凄惨。曾国藩命蒋益澧传令:"围观的、背米的,一律不抓,为首的、抢米的,全部抓到审案局来。"

说罢,带着康福悄悄离开现场回衙门。

一个时辰后，国葆前来报告：抓到歹徒十三名。曾国藩指示黄廷瓒立即审讯。过会，他又想起一桩事，从抽屉里拿出一张纸来，写着：

  叔康兄：审讯时请留意，歹徒中是否有会堂分子，或是与会堂有联系者。

写完封好，叫荆七送给黄廷瓒，接着拿出上午未看完的告急文书，聚精会神地看起来。

深夜，黄廷瓒前来汇报审讯情况。

五谷丰米行老板吴新刚，是个贪婪刻薄、心肠阴毒的商人。多年来，他使用许多不法手腕，挤垮附近几家同行，垄断了从南门到大西门一带的米业，常常抬高市价，以次充好，短斤少两，坑害市民，聚敛了万贯不义之财。百姓背地里都骂他"无心肝"。这"无心肝"偏又最会巴结官府，寻找靠山，尽管市民对他恨之入骨，却又奈何不得。这一向，正是长沙城内缺米的时候，"无心肝"以低价从外地购得一批霉米朽米，掺在好米内，高价卖给市民。市民们受此坑害，莫不破口大骂。这时恼了一个汉子。此人名叫廖仁和，住在大西门外，是个码头上的脚夫，人生得高大魁梧，好打抱不平。他一声吆喝，带着十多条汉子冲进五谷丰米行，把"无心肝"痛打一顿。围观的人拍手称快。有人喊："廖大哥，干脆把仓库里的米分给百姓，出口怨气！"

人群中一片附和声。廖仁和平时吃了"无心肝"不少苦头，想想这不义之财，百姓取之何妨，遂应了大家的请求。附近百姓纷纷前来分米，闹成了一场大事！

曾国藩静静地听着黄廷瓒的审讯报告，眼睛半眯着，脸上没有任何表情，心中在思考着如何处理这桩案子。这明摆着是百姓对奸商的惩罚。像五谷丰老板这样的奸商，比比皆是，用不着再取什么旁证，曾国藩相信审讯报告是真实的。但这桩案子闹得很大，弄得长沙城人心浮动，如果不严加惩处，不法之徒便会蜂起效尤，抢米行，抢商店，抢钱庄，那不翻了天？要彻底断绝效尤者的念头，非严惩不可！打定了主意，曾国藩问黄廷瓒："叔康兄，你看此事如何处理？"

黄廷瓒想了想,说:"吴新刚为商奸诈,百姓自发起来惩处,于情理来说,百姓无罪;从律令上讲,有碍社会安定。无论如何,此风不可长。依卑职之见,这十三名闹事者,为头的廖仁和,杖责一百棍,游街三日,其余的人各杖责五十棍,释放回家。"

黄廷瓒的处理,按通常民众起哄闹事而言,完全符合朝廷律令。不过,现在是乱世,乱世办案,不能循常规。"这个书呆子办事,就是迂了点。"曾国藩在心里说。

黄廷瓒为人的确迂直。这一点,曾国藩与他在岳麓书院同窗时就已深知。正因为迂直,他在官场上混得不顺利。在江苏候补知州,一候就是三年,后来的早已赴任,他却一直得不到实缺,弄得衣食无着,寒酸不堪,老娘死了,连回籍奔丧的路费都没有。也正因为迂直,却被曾国藩看中。曾国藩喜欢这种不会使乖弄巧,心地踏实的人。他认为当今官场腐败,就由于巧佞之徒太多、迂直之人太少的缘故。曾国藩将审案局的日常事务,委托黄廷瓒负责,其他委员办的事,也要黄廷瓒审查。黄廷瓒对曾国藩感恩戴德,尽心尽力地办事。一般案件,曾国藩都依黄廷瓒的处理意见,但这件事,却不能按他的意见办。

曾国藩把此事处置不重,将会引起不良后果的利害关系,向黄廷瓒剖析了一番,终于使黄廷瓒信服了。

"重判可以。为首的囚禁三年,协同的分别囚禁三到六个月。"黄廷瓒提出了从重的方案。

"这些人与会堂有联系吗?"曾国藩不对黄廷瓒的方案置以可否,却提出另一个问题。

"接到大人的手谕,卑职着重审讯了这件事。有人供称为首的廖仁和与串子会有些联系,但没有证据。"

"除廖仁和外,那十二名都是些什么人?"

"十二人都长住大西门一带。有四人曾被长毛掳去当过长夫,有三人原为驻守武昌的绿营,武昌被长毛攻破后,逃回来的。另外五名也都无固定职业,其中有三人因打过人,被按察使司传讯过。"

"这就对了。"曾国藩点点头,"我说这些人为何这样无法无天,原来不是游匪,便是流氓,竟无一个安分守己的良民。对付这种人,杀头也不过分。"

"杀头？"黄廷瓒大吃一惊，再重也重不到杀头呀！

"谁？"正说话间，曾国藩见窗外似有一人影闪过，"荆七，你到外面去看看。"

一会儿，荆七捧着一个纸套进来，说："人没见到，只见门口摆着这个东西。像是信套，却又很重。"说着，双手递了过去。

曾国藩看时，是个信套。他用力扯开，只见一把明晃晃的短刀从里面笔直掉下来，刀尖插进地板中，刀把在微微摆动。黄廷瓒吓得脸色变白，曾国藩也吓了一跳，但很快镇静下来，强笑道："谁给我送来这样锋利的短刀！"

说着从信套里抽出一张纸来，黄廷瓒凑过脸去看，只见纸上歪歪斜斜写着两行字："放人，万事俱休；不放，刀不认人。"旁边用红、蓝、黑三色笔画了三个互相套着的圆圈圈。黄廷瓒惊叫道："这是串子会的人干的！"

"你怎么知道？"曾国藩问。

"这三色圈圈便是串子会的标记。"黄廷瓒这几个月亲自审讯过不少案件，懂得一些会堂黑幕。

"想以死来威吓我？哼！"曾国藩鄙夷地冷笑，"本部堂兼过兵部堂官，还怕这几个草寇！"

"听说串子会有两三百号人。"黄廷瓒的心还在跳。

"两三百号人怎么样？我们有一千多号团丁，还怕他们翻天不成？"曾国藩突然略带兴奋地说，"叔康兄，你刚才还说廖仁和与会堂的联系没有证据，现在证据送上门来了。倘若廖仁和这批家伙不是串子会的人，串子会怎会送这封恐吓信？"

黄廷瓒说："大人分析得有道理，看来廖仁和是串子会里的人。"

"是串子会里的人，就更应该重判了。事不宜迟，我看明天一早就把这批人押到红牌楼去杀头示众。"

"全部杀头？"黄廷瓒惊疑地问。

"全部杀头。"曾国藩沉下脸。

"其中有一个十七岁的孩子、一个六十二岁的老头，是不是从宽处理？"

"不分老少！这种人，留下一个，就留下一个隐患。与其日后为害国家，不如现在杀掉了事。"

曾国藩的态度如此坚定，黄廷瓒不敢再说什么了，只是期期艾艾地嘀咕："一次杀十多个人，审案局成立以来，在长沙城里还没有过，最好先跟骆中丞打个招呼，请来王旗再杀人，省得以后招致口舌。"

"你说的有道理，倘若没有这封恐吓信，是应该先告诉骆中丞，请来王旗。但现在却不能按常规办事了，早杀早安宁。万一明天夜里串子会冲进审案局抢人，怎么办？杀这种会堂匪徒，骆中丞不会不同意的。"

"我看，五谷丰老板吴新刚也要抓起来，不抓不能平民愤。"黄廷瓒又提出一个问题。

曾国藩沉吟良久，默不作声。黄廷瓒似乎得到了鼓舞，颇为激动地说："大人，骚乱要镇压，但贪官污吏、奸商恶棍也要惩办。"

曾国藩点点头，说："叔康兄，你的话说中了要害，但眼下我无权办这种事啊！我不过一在籍侍郎，暂时奉命帮办团练，只能镇压匪乱，无权惩办腐败。不在其位，不谋其政呀！"

曾国藩抚着黄廷瓒的背，凝视着窗外漆黑的夜景，略停片刻，轻轻地说："叔康兄，有朝一日国藩能任一方督抚，一定请你前去襄助，我们齐心合力，清除贪官污吏，打击奸商恶棍，先从自己做起，兢兢业业，克勤克俭，为皇上办事，做全省官吏的榜样，整顿纲纪秩序，扭转不良风气，做一番移风易俗、陶铸世人的伟大事业，方不负我们当初在岳麓书院的寒窗苦读。"

黄廷瓒浑身热血奔腾，他紧紧握着曾国藩的手，激动地说："好！到那时，廷瓒一定鞠躬尽瘁，死而后已。"

黄廷瓒走后，曾国藩从地上抽出那把短刀，细细地看看摸摸，然后放进信套，一起锁进柜子。这一夜，曾国藩不住原来的卧室，拣了一处衙门中最不起眼的小房间睡下，叫康福、蒋益澧等人睡在他的旁边。

第二天，当天色尚未全亮的时候，曾国藩命国葆带领一百五十号团丁，押解廖仁和等十三名抢米行的犯人前往红牌楼。国葆不解："大哥，天尚未亮，不可以晚一点吗？"

曾国藩严肃地对满弟说："你还年轻，不懂得世界的复杂。这些人既然与串子会有联系，难保串子会不中途拦抢，还要提防他们劫法场，所以要愈早愈好。你一到红牌楼，就命团丁将四方路口堵好，不能放一人进来，一交卯正，便发令行刑。"

国葆押解犯人走后不久，荆七便慌慌张张进来禀报："大人，衙门外黑压压地跪着一大片人，口口声声要见大人。"

"是些什么人？"曾国藩警觉起来，心想，"难道是串子会的人来了不成？"

"大半是老头老太婆，看来不像是歹人。"荆七回答，"要么，大人下令，叫康福带团丁轰走算了。"见曾国藩在犹豫，荆七自作主张地说："我这就去叫康福。"说完扭头便走。

"回来！"曾国藩吼道。他对荆七这个行动甚为恼火，荆七惶恐地站在原地，等候训斥，但曾国藩并未训斥他，只是吩咐，"叫康福带着蒋益澧、萧启江等人跟着我，我要亲自见他们。"

曾国藩整了整衣冠，迈着稳健的步伐，不慌不忙地走出衙门外，果然见外面跪着几十个头发斑白的老翁老妪。那些人见曾国藩一出来，便乱哄哄地喊着："曾大人，曾大人。"头不停地叩着。曾国藩和颜悦色地说："诸位父老乡亲，不知唤鄙人出来有何赐教？"

一个须发皆白，身穿旧布长袍的老者，拄着拐杖站起，说："曾大人，各位公推老朽说几句话。"

老者刚一开口，便咳嗽起来。曾国藩高喊："荆七，拿条凳子来，让老伯坐下说话。"

老者连称不敢，见荆七真的搬了凳子来，也便坐下。康福也为曾国藩搬了把太师椅，但他并不坐。

"各位乡亲都说，曾大人这几个月来，严厉镇压匪乱，长沙风气大为好转，这是曾大人的功劳。不过，"老者又咳起来，吐了一口痰说，"昨天，大西门内抢米之事，实乃奸商吴新刚逼出来的。廖仁和等为受害四邻打抱不平，开仓放粮，也是应百姓所求。且吴新刚仓中堆积的谷米，完全是这几年盘剥市民所得，现将它还给市民，亦不能称之为犯法。老汉今年八十了，年轻时也读过几年书，《礼》曰：'贼贤害民则伐之。'吴新刚一贯害民，廖仁和等施以惩罚，亦合古训。望大人怜抢米者事出有因，宽恕其举措不当，释放廖仁和等十三人，以孚众望。另外，昨日数百名得米者亦惶惶不可终日，一并求大人开恩。"

老者说完，跪着的人一起喊："求大人开恩！"

曾国藩冷冷地扫视着人群，心里狠狠地骂道：一群糊涂人！他强压恼怒,仍旧用平缓的口气说,"各位乡亲父老们,鄙人奉圣旨办团练,目的在镇压骚乱,保境安民。刚才这位老伯说的,几个月来长沙风气有所好转。鄙人深谢各位的支持。五谷丰老板吴新刚贪婪害民,鄙人亦有所闻。倘若昨日抢米者果真出自义愤,尽管举措不当,造成骚乱,鄙人亦可考虑从宽处理。但是,乡亲们,"说到这里,曾国藩提高嗓门,语气变得冷峻起来,"你们都受欺骗了,廖仁和等十三名罪犯,根本不是见义勇为的豪杰,而是会堂匪徒!他们都是一批狼心狗肺的土匪!"

阶下人群莫不惊愕万分,纷纷交头接耳,小声议论起来。

"本部堂有铁证在此。"曾国藩转脸对荆七说,"将昨夜串子会送来的恐吓信和短刀拿出来,让这些好心的父老们见识见识。"

荆七将刀和信拿了出来。曾国藩将刀一扬:"这就是串子会昨夜送来,扬言要刺杀本部堂的短刀。"又拿起信说,"这就是他们的恐吓信,大家不妨看看。"

信在人群中传阅,有的叹息,有的点头,有的摇首。大家都被这封信给镇住了。

"各位父老乡亲,这些人从来就不是安分守己的良民,他们都是串子会的骨干,借百姓对五谷丰米行的怨恨,乘机行此不法之事,妄图扰乱人心,破坏秩序,以便乱中起事,附逆长毛。这等会匪,不杀何以平民愤,何以护纲纪?至于昨日不明真相,贪图小利的百姓,"曾国藩停下来,换成较为和缓的语气说,"烦各位父老转告,请他们放宽心,本部堂一概不追究。大家回去吧!"

见阶下人并无起身的样子,曾国藩突然大声说:"诸位到红牌楼看热闹去吧,十三名会匪的头颅已挂在那里半天了!"

众人惊惶不已,这才纷纷起身,向红牌楼奔去。刚才说话的老者边走边摇头,自言自语:"事情真蹊跷,怎么都成串子会了,先前从没听说过呀!"

旁边一个老妇人说:"阿弥陀佛,造孽呀,造孽,一下子砍掉十三个脑壳,这杀人就跟剃头一样。"

另一个老婆婆气愤地说:"么子曾大人,曾剃头!"

老妪无意间给曾国藩起了一个形象的绰号。从那天起,"曾剃头"一词,便在长沙城里四处传开。

过了几天，五谷丰老板吴新刚买了几丈黄绫，做了一把硕大的万民伞，带着米行十几个伙计来到审案局，要面谒曾大人，谢谢他救了米行，并请他下令收缴那天被分出去的米。当王荆七将吴新刚的来意禀告曾国藩时，他气得扫帚眉倒竖，三角眼冒火，恶狠狠地说："这个奸商，本部堂暂不动他，他倒翘起了狗尾巴！本部堂要他什么万民伞！你去正告他，今后若不改恶从善，老实经商，再有不法情事出现，本部堂将查封米行，严惩不贷！"

吴新刚听完王荆七疾言厉色的正告，吓得万民伞也顾不得拿，带着伙计们抱头鼠窜。曾国藩吩咐，就在门外将万民伞烧掉。

又是杀头，又是烧万民伞，长沙市民都摸不透这位团练大臣——曾剃头的心思。

三　宁愿错杀一百个秀才，也不放过一个衣冠败类

审案局的委员们过了半个月的安静日子后，忽然又报抓了一个勾结串子会谋反的人，此人还是个秀才。黄廷瓒知曾国藩最恨串子会，又见犯人是个有功名的人，怕做得主，请曾国藩亲自审理。曾国藩说："一个秀才有多大的功名，何况他身为黉门中人，竟串通会匪，更是罪加一等。"他略微翻了翻黄廷瓒送来的案卷，吩咐升堂。待犯人押上来，曾国藩将特制的惊堂木往案桌上重重一拍，厉声喝道："林明光，你这个衣冠败类，快将如何与串子会匪首魏逵勾结的事，在本部堂面前如实招来！"

两旁团丁扶着水火棍，凶神恶煞般地吆喝一声："招！"

案桌下那个长得白白净净，年约二十四五岁的秀才吓得叩头不止，连忙说："大人明鉴，这完全是一桩诬陷案。学生是圣人门徒，岂肯与会匪往来，玷污清白。"

"这是怎么回事？"曾国藩一脸杀气地问站在旁边的善化县平塘都团总郭家虎，林明光就是被郭家虎押到审案局来的。郭家虎忙上前一步，低头说："现有林明光的同里熊秉国为证。"

"带熊秉国！"

熊秉国被带上堂来，也是个二十多岁、穿着大袖宽袍的读书人。熊秉国靠着林明光的身边跪下。曾国藩又将茶木条重重一拍，声色俱厉地问："熊

秉国，林明光如何勾结会匪，你须实事求是讲来，不可在本部堂面前有半句假话！"

"是。"熊秉国磕了一个头，神气十足地说，"这有串子会大龙头魏逵的令牌为证。"说着，从怀中抽出一支上红下黑约一寸宽、六寸长的竹牌，站起来，双手递给曾国藩，自己又跪在原地。曾国藩看那令牌正面写着"串子会大龙头魏逵"一行字，背面画着红、蓝、黑三个互相套着的圆圈圈，与半个月前收到的恐吓信上的标记一模一样。他心头火起，暗骂道："这串子会果然猖狂！"于是绷着脸问："这块牌子从哪里得来的？"

熊秉国答："今早从林明光的书房里搜得。"

曾国藩以怀疑的眼光审视熊秉国良久，猛然大声问："熊秉国，你如何知道林家有串子会的令牌？"

熊秉国被曾国藩如电目光、如雷吼声吓得两腿发抖，全身冒出虚汗，好半天才战战兢兢地回答："是本都颜癞子告诉我的。"

"颜癞子又是如何知道的？"曾国藩追问。

"大人，"熊秉国终于镇静下来，"颜癞子也一起来了，他可以当堂作证。"

团丁带上颜癞子。曾国藩见此人三十余岁年纪，一头癞子，鼻勾腮尖，贼眉贼眼的，心中已先讨厌。那颜癞子跪在熊秉国后面，不待审讯，就主动地说："青天大老爷在上，小人是亲眼看到林明光与串子会大龙头魏逵勾勾搭搭的。前天夜里，小人因赌输急了，想到林家捞几个钱。刚爬上林家屋梁，就看见书房里灯火明亮，林明光与一个头扎黑布、身穿夜行服的人在悄悄说话。只听见那人说：'这一百两银子是魏龙头的心意。魏龙头说，当初若不是老太太的恩德，他也没有今天。滴水之恩，尚且要涌泉相报，何况老太太的大恩大德。请您老千万收下。'我心想，好哇！你林秀才表面装得一本正经，看不起我颜癞子，原来背地里却与串子会偷偷来往，看我不告发你！曾大人，听说您老的告示上写明，捉一个匪徒，赏银五两，有这事吗？"

颜癞子抬起头来，挤弄鼠眼望着曾国藩。见曾国藩铁青着面孔，眼光凶恶，颜癞子魂都吓掉了，赶紧低下头。

曾国藩用力拍了一下茶木条，凛然喝道："你还看见了什么？"

"是，是。小人在梁上还看见他们推来推去。最后，那人又从怀里掏出一块牌子说：'这块牌子是魏龙头的令牌，他要我送给您老。魏龙头讲，只要这块令牌在身，方圆百里之内，无人敢动您老一根毫毛。'林明光接过令牌。我心里想，这不就是他勾结串子会的铁证吗？趁着林明光送那人出门的时候，我从梁上溜了下来。昨天一早，我到镇上酒店里喝酒，心里高兴，对老板说：'给我打二两老白酒，一碟牛肉，记到账上，过两天就还钱！'我见老板还在犹豫，就高声说：'你放心，你大爷要发财了，还能欠你这几个钱！'不想熊二爷此时也在店里喝酒。"

熊秉国点点头说："治下当时正在那里……"

"不许多嘴！"茶木条重重地响了一下，熊秉国吓得赶紧缩口。曾国藩冷冷地望了颜癞子一眼："你继续说下去！"

"是！"颜癞子继续说，"我心里想，熊二爷是个有脸面的人，凭我这副模样，又没有抓到林明光，这五两银子怕领不到，不如把它卖给熊二爷。打定了主意，我便附着熊二爷的耳边说：'二爷，有个串子会的头目，被我发现了，您老要抓吗？'熊二爷一听，忙说：'到我家里详说。'到了熊二爷的家，我把昨夜看到的都对他说了。熊二爷说：'你也不必到曾大人那里去讨赏，我给你五两银子就行了。你千万不要再说出去。'今日早上，熊二爷带着郭团总把林明光抓了起来。大人在上，小人说的句句是实。"

颜癞子说完，又在公堂上磕了几个响头。

这是个痞子！曾国藩心里骂道，对颜癞子说："你下去吧！"

待到颜癞子下堂去后，曾国藩问林明光："刚才此人说的是实话吗？"

林明光答："大人，颜癞子所说的，有的是事实，有的不对。前夜的确有个人来我家，说是奉魏逵之令送银子来，也的确拿出了一百两纹银，但我分文未收。"

"你跟魏逵是什么关系？他为何要送你这么多银子？"

"大人，"林明光答，"这魏逵与我家非亲非故。五年前的一天，有一汉子突然晕倒在我家屋门边。家母信佛，一向乐善好施。见此情景，叫人将他抬进屋，又喊太爷给他诊治。原来此人得了乌痧症。太爷给他放痧，醒过来后，家母又留他住了一天。见他贫寒，临走时，又打发一点旧衣和钱。那人自称名叫魏逵，说今生今世不忘家母救命之恩，日后富贵了，要重重报答。从那以后，我们一家再也没有见过魏逵，也不记得此事了。前几个月，风言说串子会的大龙头名叫魏逵，我们也没有将两个魏逵联系起来。前夜，来人自称是串子会大龙头魏逵派来的，又拿出一百两银子，说是谢家母恩德。我这才知道，原来串子会的大龙头，就是当年倒在我家门口的那个人。大人，我是个清清白白的读书人，家里世世代代以耕读为业，从来是安分守法的，我怎么愿意跟造反谋乱的串子会拉扯上？我坚决不受银子，那人见我一定不要，又从怀里拿出魏逵的一块令牌，说是可以护身，百里之内无人敢动我丝毫。我想目前世道这样乱，危急之间，有这道护身符在身也好，便收下了。大人明鉴，学生一时糊涂，不该收下魏逵的令牌，但学生决不想与魏逵有往来，更不愿参与他们谋乱的事。大人，学生再蠢，也是个秀才，懂得国法，岂敢做这杀头灭门的事！"说罢，磕头不止。

熊秉国说："大人，林明光在当面扯谎，欺蒙大人。若不是想投匪，要什么魏逵的令牌？世道虽乱，还有朝廷的绿营和大人统率的团练在，岂容得匪徒们无法无天！我们这些人都没有魏逵的令牌，难道就不能保家护身？林明光说他未收银子，谁人可以作证？银子又无记号，谁分得出姓魏姓林？只有这令牌，他无可抵赖，才不得不承认。大人，林明光私通串子会铁证如山，岂容狡辩！"

熊秉国这几句话说得曾国藩心里舒服，案子审到此时，才见他脸色略为放松。曾国藩问林明光："你还有何话说？"

林明光大叫道："大人，熊秉国是个无赖，学生就是平日得罪了他父子的缘故，今日才蒙受这等耻辱。"

曾国藩颇感意外，怒目喝问："你与熊家有何隙，仔细说来！"

"怪只怪学生平日不懂世故，恃才傲物。"林明光懊丧地说，"熊秉国是我的同里，其父熊固基是平塘镇的大富翁，仗着家里有钱，又有远房亲戚在外做官，一贯在乡里横行霸道。大人，您老别看熊秉国穿戴得斯斯文文，他实际上是个吃喝嫖赌的浪荡公子。诗文不通，却又偏爱附庸风雅。学生心里十分讨厌，常常在乡间奚落熊氏父子，于是与他家结下怨仇。今日，熊秉国便以公报私。至于颜癞子，他不过是平塘镇上一只癞皮狗而已，学生从来不把他当人看，故他也恨学生。"

"大人，"熊秉国在下面抢着说，"林明光刚才的话全是诬蔑。"

审到这里，当过多年刑部侍郎的曾国藩心里已有数了。他吩咐一声"退堂",便回到书房。

曾国藩细细地思索案件审讯的全部过程,以及原告、被告的身份、说话、表情、神态,从当堂审讯来看,林明光所说的多为实话,而熊秉国很可能是挟嫌报复。但林明光收下了串子会的令牌,他自己也供认不讳,难保他没有二心。为慎重起见,曾国藩叫审案局委员、安徽候补知县曹克勤到平塘镇去走一遭,实地了解一下。

过两天,曹克勤回来说,林明光的确与串子会有往来,又递给曾国藩一个小册子,说是从林明光书房里抄出来的。曾国藩看那册子封面上题作《太平天国天王御制原道醒世训》,随便翻开一页,只见上面写着:"天下多男子,尽是兄弟之辈,天下多女子,尽是姊妹之群,何得存此疆彼界之私,何可起尔吞我并之念。"他把书往地下一摔,骂道:"什么乌七八糟的东西,可笑得很!难道父与子也是兄弟之辈?母与女也是姊妹之群?看来这林明光真是个不安分的家伙。"

因为林明光是个秀才,曾国藩这天夜里独自在签押房里为此案思考了很久。说林明光勾通串子会,唯一的依据是魏迻的令牌。这本册子,也可能是从其书房里搜出来的,也可能是熊家有意栽赃。即使真的是从其书房里抄出,也不能作为勾通长毛的铁证。林明光说的魏迻报恩之事,于情理上可以说得通。此案,若从轻,可将林明光杖责数十板,教训一顿后放回家。若从重,就凭他收下串子会令牌,心怀二志,也可判个死刑。从轻呢?从重呢?他记得过去读《明史》,读《明季北略》,都讲到自从牛金星、李岩两个举人投归李自成后,李自成便设官分治,守土不流,气象与从前迥然不同,结果居然推倒明王朝,祭天登位,做起了大顺朝的皇帝。"读书人附匪逆,则匪逆有可能成大事。"曾国藩深信前人的这个看法是对的。倘若轻易放了林明光,则给别的读书人存一线侥幸之机。要从重!即使林明光不是真的投靠串子会,也要借他的头来教训教训其他不安本分的读书人。为了皇上江山的巩固,为了湖南全境的安宁,宁肯错杀一百个秀才,也不能放走一个会匪中的衣冠败类!况且串子会活动如此猖獗,看来他们是存心要跟团练过不去,何不以林明光为钓饵,将魏迻等引出来,也好一网打尽,为湖南除一大害。

他想到学政刘昆必然会不同意他的做法,老头子为人倔强,倘若顶起牛来,会千方百计使事情办不成,到时自己的全盘计划就会落空。一旦决定了的事情，曾国藩便非办不可，他最讨厌有人出来干扰。干脆不告诉刘昆！他拿起朱笔，在林明光的名字上重重地画了一个钩。

第二天，林明光被关进站笼，在长沙城内四处游街。站笼上插着一块长木条，上面大书"勾通串子会造反之衣冠败类林明光"一行字。旁边跟着四个团丁，不停地敲打铜锣，引得市民纷纷过来观看。在站笼通过的主要街道上，罗山营、璞山营七百多号团丁一律便衣混在人群中，每三四十人后面跟着一辆板车，里面藏着刀枪。林明光本是个受人敬重的秀才，何曾受过这种奇耻大辱。他愤极羞极，只游了半天，便死在站笼里，而魏迏的串子会并没有出来，曾国藩颇为扫兴。

林明光之死，在长沙城及东南西北四乡引起极大震动。一个秀才，以勾通会堂之罪，被处以站笼游街，这是长沙城里亘古未见的事。人们议论纷纷，有骂林明光是士林渣滓的，也有骂曾剃头手段残酷的，更多人则不相信林明光会勾通串子会。那些家中保存有太平军、天地会、串子会、一股香会、半边钱会等会堂告白文书的人，都连夜焚毁一尽。林明光的弟弟林明亮联合善化县的十个秀才，为哥哥鸣冤叫屈。他们写了两份状子，一份上递巡抚衙门，一份上递学政衙门。

五十多岁、须发斑白的学台大人刘昆接到林明亮的状子后，气得胡须都抖起来。他在衙门里破口大骂："这还得了！曾国藩眼里还有我这个学政衙门吗？漫说林明光不是勾通会堂，即使真有其事，一个堂堂秀才，不通过我学政衙门，就这样处以极刑。曾国藩置斯文何在？真真岂有此理！"

刘昆拿着状子，坐轿来到巡抚衙门。骆秉章正为林秀才一案犯愁。见刘学台来，便拉着他的手，说："老先生，我们一道到审案局去吧！"

刘昆将手一甩，说："我不愿见他！这案子就委托给你了。"

说罢，气冲冲地走出抚台衙门。

骆秉章无奈，只得亲自来到审案局。接任一个多月来，曾国藩多次请动王旗杀人，有时甚至连这个形式都不要，随便将犯人当场击毙。上次杀打劫五谷丰米行的十三名犯人，连王旗都未请。后来，曾国藩亲去说明情况，又见有串子会的恐吓信，虽然也默认了，但身为巡抚的骆秉章，心里究竟不是滋味。这回杀一个秀才，居然连学政也不打个招呼，亏他还是翰林出身，任礼部侍郎多年。他眼里是没有湖南官员的位置啊!

"涤生兄,林明光的案子,许多人都有议论。"骆秉章决心借此案压一压曾国藩的威风,"林明光乃秀才,怎能囚以站笼,游街示众?且杀人过多,仁政何在!"

曾国藩将状子略微浏览下,便扔到一边。心想:这段时期来,官场市井物议甚多,要堵住这些非难,首先要说服这位全省的最高长官,而且态度必须强硬,只能进,不能退,倘若退一步,则前功尽弃。曾国藩一本正经地对骆秉章说:"吁门兄,杀人多,非国藩生性嗜杀,这是迫不得已的事。追究起来,正是湖南吏治不严,养痈遗患,才造成今日的局面。"

骆秉章听了这话,心中大为不快。这个曾剃头,非但不检点自己的过错,反而倒打一耙,要算我的账了!他打断曾国藩的话:"你可要讲清楚,湖南吏治不严,究竟是谁的责任?"

曾国藩知骆秉章见怪了,为了使谈话气氛和缓,他要稳住这个老头:"骆中丞,我还没说完,湖南吏治不严,责任当然不在你;你前后在湖南加起来不过两年多。我是湖南人,岂不知三湘之乱,由来已久。道光二十三年,武冈抢米杀知州。二十四年,耒阳抗粮。二十六年,宁远会党打县城。二十七年,新宁又起棒棒会。二十九年,李源发造反。这些,都不是发生在吁门兄你的任上。"

这段解释,使骆秉章的火气消了:曾国藩的矛头原来并不是对准他的。

"涤生兄,不怕你怪罪,贵乡竟是个烂摊子。当初调我来此,我三次推辞,无奈圣上温旨勉励,才不得不上任。"

"中丞说的是实话。"曾国藩恳切地说,"湖南为何连年不得安宁,主要在地方文武胆快手软,但求保得自己任内无事,便相与掩饰弥缝,苟且偷安,积数十年应办不办之案,任其延宕,积数十年应杀不杀之人,任其横行。如此,乡间不法之徒气焰甚嚣尘上,以为官府软弱可欺,相率造谣生事,蛊惑人心,杀人越货,无恶不作。倘若陆费泉、冯德馨等人忠于职守,早行镇压,湖南何来今日这等局面?"

骆秉章点头称是:"就因为他们渎职,而造成今日祸害,难得仁兄看得清楚。朝野有些人不明事理,还以为我骆秉章无能。"

"正因为湖南已烂到如此地步,故国藩愚见,不用重典以锄强暴,则民无安宁之日，省无安宁之境。眼下四方骚乱，奸宄蜂起，还讲什么仁政不仁政呢？古人说：'惟有德者能宽服民，其次莫如猛。'有德者如诸葛孔明，尚以威猛治蜀，何况我辈？国藩惟愿通省无不破之案，全境早得安宁，则我个人身得残忍之名亦在所不惜。处今日之势，办今日之事。依国藩愚见，宁愿错杀，不可轻放。错杀只结一人之仇，轻放则贻国家之患。"

"你说的这些诚然有理，"骆秉章说，"不过，就凭串子会一块令牌，处以站笼游街，无论如何太重了。"

"林明光一案嘛，"曾国藩敛容说，"国藩认为，匪患最可怕的不是游匪，游匪只一人或三五人，纵作恶，为害有限。可怕的是会堂，他们结伙成帮，组建死党，对抗官府，为害甚烈。大的如长毛，小的如串子会，就是明证。对会堂的处理，尤其要严厉。读书人一旦参与其事，为之出谋划策，收揽人心，会使会堂如虎添翼、如火加油，其对江山社稷之危害，将不可估量。想吁门兄不会忘记牛金星、李岩附逆闯贼的教训。我岂不知林明光之罪，不杀亦可。然刑一而正百，杀一而慎万，历来为治国者不易之方。杀一林明光，则绝千百个读书人投贼之路。即使过重，甚或冤屈，借他一人头以安天下，亦可谓值得，不必为林明光喊冤叫屈，以乱人心而坏剿匪大计。吁门兄，你说对吗？"

见骆秉章不作声，曾国藩换了一种诚恳的语气说："吁门兄为皇上守这块疆土，做千万人之父母官，自然会知道，当以湖南山川和芸芸黔首为第一位，而不会把几个人的性命放在这之上。国藩乃在籍之士，奉朝命协助巡抚办团练，以靖地方，所作所为，无非是为了桑梓父老，为了你这位巡抚大人。吁门兄，国藩之杀人，别人指责尚可谅解，你怎么也跟在别人后面指责我呢？"

这番话冠冕堂皇，义正词严，说得骆秉章哑口无言。停了好一会，他才说："涤生兄，你这番苦心，我可以理解，但别人就不一定能理解。比如林明光，他是通过府试录取的秀才，刘学台掌管的人，你不和他打招呼，征求他的同意，他能理解吗？你就不怕他向朝廷告状吗？"

曾国藩淡淡一笑："林明光之事，按理是应该先通知刘学台，由刘学台革掉他的秀才功名后再用刑。但老夫子办事，吁门兄不是不知道，这个案子到了他手里，起码要拖半年，最终还是不了了之。昆老育材有方，国藩深为钦佩。但恕我直言,这安境保民之事,昆老尚欠魄力谋略。况且这案子是一桩会匪大案,与通常秀才犯法不同。当此非常时期,可从权处理。应该说,我杀的不是秀才,而是一个会匪,一个士林败类。昆老硬要向朝廷告状,就让他告去吧,我也无法阻拦。朝廷若怪罪下来,一切责任由我承担,与中丞无关。"

骆秉章本是大兴问罪之师而来,结果竟被曾国藩充足的理由和强硬的态度弄得无言以对,只得讪讪告辞。

曾国藩想到湖南官场、民间对自己这几个月来严办匪乱指责如此之多,且其中也免不了有枉杀的人在内,若不先向皇上申明,求得皇上支持,日后有可能成为被人弹劾的口实。他思索几天,给皇上上了一道《严办土匪以靖地方折》。不久,奏折奉朱批递回来:"办理土匪,必须从严,务期根株净尽。"曾国藩将这道朱批遍示湖南各文武衙门。从此,官场上的公开指责便销声匿迹了。

半个月后的一天,康福从平塘镇办公事回来,悄悄告诉曾国藩:林明光一案冤情重得很,百姓反应很大。曹克勤受了熊家父子的贿赂,长毛小册子是熊家栽的赃。熊家借此事将林明光置于死地,是为了报积怨私仇。曾国藩听后,对林明光的冤情并不太感意外,但对曹克勤受贿却很愤慨,他生平最恨受贿的官吏。曾国藩交给康福一件任务,要他和彭毓橘、蒋益澧三人秘密查访委员中的受贿情况和冒功领赏的团丁。

不久,曾国藩借"严办土匪"的圣旨,将审案局中的委员作了大幅度的裁汰,从自己旧日友朋和岳麓、城南两书院中,挑选一批廉洁有操守的乡绅和士子来填补,又将凡有冒功领赏行为的团丁一律开缺回籍,从荷叶塘募来一批老实的农夫代替。从那以后,他自己对判决之事,态度也审慎些了。

一日,浏阳县团练所专程派人来到审案局,说周国虞的征义堂又死灰复燃了,在城外山林里活动猖獗,县团对付不了,请省团派人前去镇压。巡抚衙门也接到浏阳县令的告急文书,骆秉章请曾国藩办理。

曾国藩吸取林明光一案的教训,对下边报来的匪情不敢轻易相信。他带着李续宾、曾国葆、康福、彭毓橘,乔装成普通老百姓,亲自到浏阳去,对周国虞和征义堂作一番秘密查访。

四　鲍超卖妻

原来，这周国虞乃浏阳宝塔山下一方大户，其先祖是南明弘光朝大学士、兵部尚书史可法的贴身侍卫周天赐。明亡后，周天赐隐居湖南浏阳，以反清复明为职志。由于清朝统治严密，周天赐的宏愿不得实现，但后代子孙恪遵祖训，代代不忘反清复明大业。周国虞及其弟国材、国贤从小读书习武，广交四方友朋，图谋大事。一次偶然机会，周国虞结识了天地会首领罗大纲，罗大纲带着周氏兄弟拜见天地会大头领洪大全。于是周氏兄弟参加了天地会，并在浏阳县办起征义堂，明里布仁施义，广结良缘，背地里发展会众，鼓吹反清复明，会众很快发展到数千人，声势浩大。后来江忠源带领楚勇前去镇压，周国虞和征义堂的兄弟们退到城外野人山。罗大纲投奔太平军后，几次派人相邀，周国虞因为与太平军的目标不一致，不愿参加。前几天，他们下山想杀掉横行霸道、强娶人妻的浏阳县团练副总张义山，结果没抓到张，便一把火烧了县团练所，县令饶丰平吓得惶惶不安，遂火急上报省城。

了解这些情况后，曾国藩制定了一个巧取野人山的计谋。通过旅店老板买通征义堂一个小头目，小头目带着李续宾、曾国葆、康福进入人迹罕至的野人山。李续宾等人化装成湘乡县三合会的头目，以携带十万两银子前来合伙的谎言，骗取了周国虞的信任。这时，王鑫奉命带着八百勇丁从长沙赶到浏阳。王鑫、李续宾率领勇丁并挟持张义山打进野人山。在征义堂兄弟们的面前，王鑫宣示张义山鱼肉百姓的罪恶，并当场将这个团练副总一刀杀了，鼓动征义堂的人放下武器，下山做良民。曾国藩这套软硬兼施的做法取得了效果，征义堂被打垮了，周国虞兄弟不得不带着一批骨干撤离野人山。

这是省城大团成立以来干得最得意的一桩大事，王鑫、李续宾等人满心想得到省里各衙门的表扬，却不料长沙的反应甚为冷淡。曾国藩心里虽不高兴，但并不跟骆秉章谈起这事，就连左宗棠面前也不提及，仍旧每日办理匪盗案件，并将精力转到操练勇丁上。

曾国藩痛感教官缺乏。王鑫、康福、李续宾、彭毓橘等人虽武艺超群，但都任务繁重，不能以全副精力教练团丁。曾国藩随时注意从团丁中识拔人才，发现有武艺较好、人又实在的团丁，便加奖掖，并提拔起来充当什长、哨长。每天夜晚，则重温历代兵书，尤其对戚继光的《纪效新书》《练兵实纪》细细加以揣摩，许多地方，都照戚继光所说的办。大团训练日有起色。

一天下午略有点空闲，曾国藩正和康福饶有兴致地对弈，荆七进来说："大人，去年在岳阳楼上见面的那个杨载福来了。"

"快请他进来！"曾国藩喜出望外，一边叫康福收棋，一边已迈步向门外走去。

杨载福一进门来，便跪下磕头行大礼：

"曾大人，小人有眼不识泰山。上次岳阳楼上多多冒犯，请大人海涵。"

曾国藩亲手扶起杨载福，乐呵呵地说："什么冒犯，说哪里话来！我能在洞庭湖畔结识足下，实为有幸。这一年来，足下可好？"

曾国藩上下打量着杨载福，见他身穿一套绿营军官衣服，便又问："足下在哪个营做事？我怎么一直没见过你？"

杨载福恭恭敬敬地回答："去年蒙大人给我指明出路，第二天，我便将排上事安排好，带着大人写的荐书，到长沙投奔骆抚台。骆抚台问我：'曾大人是你什么人？'我说：'曾大人与我非亲非故，得荐书之前，我根本不认识他。'骆抚台问我荐书怎么来的，我把当时的情况说了一下。骆抚台说：'你这个毛头小子，你知道曾大人是什么人吗？'我摇摇头。骆抚台说：'曾大人是当今礼部侍郎，因回家奔丧，让你给有幸碰上了。'我当时大吃一惊，想起大人的确说过回家奔母丧的话。骆抚台把我留在抚标右营。见我武艺尚可，今年年初，提拔我当了个外委把总，派我到辰州协训练新兵。前几天才回长沙来交差。昨日在街上见到大人出的告示，方知大人在省里办团练。今天特地请了假，来拜谒大人。"

曾国藩见杨载福不负推荐，很是高兴，说："足下这一年来长进很大，又有训练新兵的经验，我想请足下到大团来训练勇丁，足下肯吗？"

杨载福说："大人是我的恩人，莫说叫我来大团当教官，就是叫我立即入狼窝虎穴，敢不从命！"

曾国藩甚喜，当即给骆秉章写封亲笔信，请他放杨载福来大团听命。骆秉章自然准许。次日，杨载福即到曾国藩衙门报到。吃过早饭，曾国藩带杨载福到南门外操场，分到罗泽南一营当个哨官，并兼管全营教习。下午，曾国藩徒步从南门口操场回鱼塘口，途经盐道街口时，见提刑按察使司的几个差役锁拿一个汉子往前走。忽然，从后面跌跌撞撞地跑来一个妇人。那妇人抱住汉子的大腿，哭喊着："春霆，我跟你一起去吧！"妇人哭声极为悲哀，引得路人全都停下来观看。又见后面跑来两三个汉子，扯着妇人的手往回拖，妇人死命不肯。那汉子满脸是泪，说道："菊英，你多保重，过几年我再来接你。"差役们吆喝着，赶着汉子走。

曾国藩定睛看那汉子，年约二十六七岁，身材长大，足比常人高出一个头，膀阔腰圆，面孔虽黧黑消瘦，但两眼却大而有神，满脸络腮胡子又黑又密。曾国藩心想：好一条汉子，不知犯了何事？提刑按察使司的差役见是曾国藩，忙点头哈腰问好："曾大人，您老回府去？"

那汉子听差役叫"曾大人"，连忙喊："您老就是曾大人？我鲍超今日落难受辱，请您老救我。"

曾国藩感觉意外，问："要我救你？"

"曾大人，您老不是在奉旨操练团练吗？鲍超愿投效您老帐下。我现在好比当年落难的薛仁贵，日后，我会辅助您老征东扫北。"

曾国藩想：此人口气倒不小，现在正是用人之际，不妨将此人带到审案局详细问问。他对差役说："把他押到审案局去，我要审问审问。"

差役面有难色，说："陶大人要小的们这就押去，若送到审案局，陶大人怪罪下来，小的们吃不了。"

"不要紧，我这就打发人告诉陶大人，审问后即给他送去。"

鲍超又说："曾大人，这妇人是小人的女人，请您老发点慈悲心，让她再在旅店住几天，待小人与她见一面后，再由马家带去。"

曾国藩叫王荆七把那女人送到旅店后，再到臬台衙门去告诉陶恩培，并要那几个汉子先回去，过几天再说。差役无奈，只好跟着到了审案局。

曾国藩坐在大堂太师椅上，鲍超跪在堂下。他屏退差役后，对鲍超说："你因何事被锁拿，要从实告诉我。"

鲍超磕了一个头，答道："是。"然后慢慢地将原委说了出来。

原来，鲍超字春霆，是四川奉节人，自小父母双亡，帮人拾粪放牛糊口。十五岁时，曾经人介绍到峨眉山清虚观，为观里道人打柴担水，混一口斋饭吃。鲍超有力气，做事又勤快，虽性情暴烈，但为人爽直，很得观主清安道长的喜爱。清安道长空闲时教他一些武艺。鲍超不识字，却悟性好。各种武艺，一经点拨，便熟记在心，又肯下功夫苦练，三四年过后，鲍超便成为清虚观里第一号高手。清安道长有心想把他留在观里，但鲍超却过不惯峨眉山上的冷清生活，他要凭借这身武艺去干一番轰轰烈烈的大事，挣个荣华富贵、光宗耀祖的前程。清安道长得知他的志向后，深为惋惜，悔不该当初看错了人。二十岁那年，鲍超为一件小事与观里另一道人口角起来，他挥起铁拳把那道人打得口吐鲜血，晕死过去。清安道长大怒，把他捆绑起来，打了五十水火棍。鲍超岂咽得下这口气，第二天一早，便卷起包袱下山了。走到半山腰，想起师父五年来的教诲之恩，自思这样不辞而别，未免对师父不起，便又转身上山，向清安道长告辞。道长并不挽留他，只叮嘱："日后不管立下多大功劳，不管有多高官爵，都不要再对人提起清虚观这几年的事，更不要提为师的姓名。"

鲍超下山，来到成都投了军。几年过去，东打西跑，辛苦不已，却没有捞到个一官半职。鲍超灰心了。

恰好，那年广西洪杨事发，朝廷要调兵到广西前线。鲍超看定是立功的机会来了，主动请缨，来到广西。一来便被向荣看中，选为亲兵。眼看鲍超要发迹了。谁知时运不佳，永安一战，鲍超身负重伤。向荣给他几两银子，留他在广西一个老百姓家养伤。不久，向荣带兵尾追太平军离开广西到湖南去了。

鲍超住的这家姓韦。韦家的姑娘菊英，尽心尽意地招呼鲍超。菊英爱鲍超仪表堂堂，鲍超爱菊英秀气水灵，心眼又好。两人便你欢我爱，偷偷地搅在一起了。菊英父母也觉得鲍超有股男子汉气概，便同意女儿的选择，为小两口举办了婚礼。几个月后，鲍超伤好了，他和菊英商量，要到湖南去找向提督。菊英舍不得跟他分开，便和他一同来到湖南。到长沙后，方知向提督早已到江宁去了，鲍超夫妇好不气馁。盘缠眼看就要用光，伙铺老板又天天催房租，鲍超气得在一家酒店里喝了两斤白干，醉得昏昏的，突然冒出一个主意来。他在酒店里大嚷："谁要老婆，二百两银子，我把老婆卖给他。"大家都觉得好笑，便怂恿酒店马老板去买。马老板四十多岁，去年刚死了老婆，正要续弦，看鲍超不过二十几岁，料想老婆一定年轻，便问："汉子，真的卖老婆？"

"真的。"鲍超布满血丝的双眼乜斜着酒店老板。

"不反悔？"

"男子汉大丈夫，说话算数。"

"嗯。"马老板心想，连老婆都要卖的人，还有脸说男子汉大丈夫。他用鄙夷的眼神对鲍超说，"汉子，去看看你的老婆长得如何，麻脸瞎眼的我可不要。"

当场便有几个好事之徒，兴高采烈地跟着去看热闹。马老板见菊英年轻漂亮，大喜过望，当下拉出鲍超，说："汉子，就这样定了。明天一手交钱，一手交婆娘，诸位帮忙作个证，可不许反悔呀！"

立即便有人写来一张字据，鲍超按了手印。

这天晚上，鲍超酒醒了，对白天卖老婆的荒唐之事后悔不迭。但木已成舟，他只得告诉菊英。菊英一听，顿时昏厥过去，老半天才醒过来，对鲍超的绝情灭义恨得要死。鲍超安慰妻子。说实在是万不得已，与其两人都死在此地，不如换得银子到江宁去，找到向提督，一两年后立了军功当了官，一定回长沙再来赎回。夫妻俩抱头痛哭一夜。第二天，马老板拿着二百两银子来，要把菊英带走。老婆是自己卖的，一时反悔不成，但他毕竟是个血性男儿，见真来抬老婆了，又恼羞成怒，一股无名火起，将马老板痛打了一顿。马老板无辜挨打，如何气得过，便到臬台衙门告了鲍超一状。又有手印契约，又有十多个人证，臬台陶恩培下令提拿鲍超，并将韦菊英判给马老板。

曾国藩细细听了鲍超这段叙述，心想：这个莽夫人品的确不太好，日后保不定忘恩负义，卖友求荣。转过来又想：鲍超也可怜，空有一身本事，却命运不济，英雄短路，也难怪他做出这等没良心的事来，吴起不也有过杀妻求将的事吗？现在正要几个有真本领的人来教习团丁，且不去管他的人品，先看看他的本事究竟如何。

曾国藩唤来差役，打开鲍超手上的锁链，又赏他一顿酒饭，要他当面表演几套拳术刀枪。

鲍超甚喜，他恨不得在曾大人面前把浑身解数都使出来。当即来到射圃，脱了衣服，先表演了一套长拳。这套拳打得真好！将少林拳和峨眉拳融为一路，几声轻啸之后，但听得风声霍霍人影流窜。猛然间一声怒吼，只见他一拳冲出，"哗啦"一声，三层牛皮绷成的箭靶被打出一个窟窿。曾国藩脱口称赞："好神力！"

一路拳打下来，鲍超心不跳，脸不红。曾国藩自己并不会武功，但见多识广，一看就知道他身手不凡，心想大团一千多号勇丁，只怕少有能超过他的，一边想着，一边站起来拍着他的肩膀，说：

"你有这等本事，何愁没有用武之地！大丈夫要的是封妻荫子，怎能做出卖老婆的蠢事来。你也不必到江宁去找向提督了，本部堂派你当个哨官，也管百十来号人，你愿意吗？"

鲍超受宠若惊，赶快跪下磕头，激动地说："谢大人！大人好比鲍超的再生父母。今生今世，鲍超跟定大人，为大人效犬马之劳。"

曾国藩扶起鲍超，说："今后要将本事全部教给勇丁，莫要保留。从我这里拿五十两银子回去，给二十两与酒店老板，当养伤之费，给人赔个不是，把字据取回；另三十两给你的老婆，把家安顿好。后天就到我这里来上任。陶大人那里，我叫人去了结。"

鲍超喜从天降，千恩万谢，回旅店去了。这里曾国藩修书一封，说明鲍超是个人才，要留下他教习团丁，不必再追究云云，交给差役回去复命。

五　拿长沙协副将清德开刀

"骆中丞，这曾国藩做事，也未免太过分了吧！"不久前才从衡永郴桂道任上提拔起来的陶恩培，拿着曾国藩写给他的信，来到骆秉章的签押房。

"什么事？"骆秉章问。

"一个兵痞子，自愿卖老婆，与人讲好了，还盖了手印。第二天翻脸不认账，还打得人家半死。状子告到我这里，情况属实，我把兵痞锁拿到衙门来审问。半路之中，曾国藩把他截走了，说是一个人才，他要留用。骆中丞，你看这办事还有个规矩吗？杀了那么多人，还弄些个什么站笼，惨无人道。杀人抢人，自行其是，全没把我们这些人放在眼里。这样下去，湖南一省，只要他曾国藩就行了。"陶恩培越说越有气。

"这曾国藩也是跋扈了些。"骆秉章同情陶恩培，"那十个站笼，倒是经我劝说，又拿出几份状子给他看，总算拆了。可是专断自决，则一点未改。上月到浏阳剿征义堂，又擅自杀了县团练副总张义山。张义山的副总是我批的，招呼都不打一声就杀了。对不起，回来后我虽不讲他，也给他碰了个冷钉子，平征义堂的事，一句不提。"

"哪还提得！再提，尾巴都会翘到天上去了。"陶恩培把身子往骆秉章跟前凑了凑，说，"中丞，听说鲍提督也讨厌这个姓曾的。"

正说着，左宗棠进来，把刚起草的《湖南境内匪患次第肃清》的奏稿送给骆秉章过目。

"中丞，肃清湖南境内土匪，主要靠的是曾涤生的团练，尤其是这次剿平征义堂，厥功甚伟。征义堂闹了好几年，浏阳县对之束手无策，上次江岷樵也只是把他们赶到山中，全赖曾涤生彻底扑灭。但奏稿对此只一笔带过，曾国藩的名字都未提及。我虽然按中丞的意思写了，但终究有点为涤生抱屈。"

"怎么是彻底扑灭？周国虞三兄弟一个都没逮住，难保不死灰复燃。"陶恩培不买曾国藩的账，更看不起连个进士都没中的左宗棠。

左宗棠瞟了陶恩培一眼，权当没有听见他的话，继续对骆秉章说："添不添，由中丞决定，但有功不赏已不当，现在连在皇上面前一句好话都舍不得说，只怕将来难以服人心。"

说完，抬脚就走。骆秉章连忙叫住："季高，你看着添几句吧！"把奏稿又塞给了左宗棠。待左宗棠走后，骆秉章对陶恩培说："曾国藩虽然专断了些，但他勇于任事，也难能可贵。皇上信任他，你就开一只眼闭一只眼吧。"

陶恩培说："我倒无所谓，只是中丞你处于这种地位难以应付。论年龄，论资历，论现在的官位，哪样不在他曾国藩之上？团练就只能做团练的事，不能事事都插手。安徽的吕贤基、江苏的季芝昌，哪个不是在巡抚的管辖下办事？团练大臣几十个，没有哪个像他曾国藩这样！"

骆秉章没有作声。从他心里说，对曾国藩快刀斩乱麻、敢于任事、不避嫌疑的作风，并不反感。他是个老官僚，对官场那种推诿、敷衍、不负责任、办事拖拉的习气看得多了，深知国事就坏在这种风气上。难得曾国藩这几个月来雷厉风行，湖南境内的动乱已渐次肃清，功劳是大的。但曾国藩也太不顾各衙门的面子了，开口闭口总说湖南官员暮气深重，要起用一班书生来代替他们，气势咄咄逼人。办事从不与他们商量，许多超过自己职权范围的事，也擅自处理。长此以往，弄得各衙门都不痛快，叫他这个巡抚如何当！停了一会，骆秉章问："你刚才说鲍提督讨厌他，是怎么回事？"

陶恩培说："听说曾国藩要撤换清德副将，提拔塔齐布。清德到鲍提督那里诉苦。鲍提督大为恼火，这不是清除异己，培植亲信吗？塔齐布还只是早几个月前才授予都司衔，现在实际上不过一个署理抚标中营守备，比起清德来，还差得远呀！"

"呵，呵。"骆秉章漫应着，一连打了两个哈欠。他今年六十岁了，常常感到精力不支，陶恩培见状，便起身告辞了。

两个月前，当曾国藩把大团三营勇丁整顿好后，便与提督鲍起豹商量，这三营团丁和驻长沙的绿营兵平时分开操练，五日一会操，由他亲自来检阅。太平军撤离长沙后，外省奉调来的兵勇已全部回防，本省一部分士兵随张亮基去了湖北，长沙还有三千本省兵。鲍起豹把他们全部留在长沙，合长沙协左营五百兵（右营五百兵驻湘潭）在内，还有三千五百人，一旦有事，以资防守。鲍起豹同意曾国藩的建议。军队吃皇粮，战时打仗，平日操练，这是天经地义的，只是自己懒得吃那个苦，不想到操场去督促。现在曾国藩自愿领这份苦差，何乐而不为呢？

在操练过程中，曾国藩发现绿营中几个尖子。一个是署抚标中营守备塔齐布。他带的营每次会操都按时到齐，自己短衣紧裤，脚穿草鞋，为兵士作示范。曾国藩见塔齐布是上三旗中的人，对他格外亲切。为了今后办事方便，曾国藩要把这个满人推上来。因此特别把他去年守城时的功劳提出，向朝廷保奏他为游击。另一个是提标二营的千总诸殿元。他是武举出身，技艺精熟，训练士兵有方。还有一个把总周凤山，是镇筸兵中的小头目。此人不仅武艺好，且熟悉兵法，在镇筸兵中很有威信。大团中的三营，带队的几乎都是书生，虽然热情很高，有的武艺也很不错，但毕竟缺乏行伍经验。近来虽有杨载福、鲍超做教师，两个人究竟不够，于是曾国藩将塔齐布、诸殿元、周凤山请来当大团勇丁的教师，给他们双份饷。大团勇丁的武艺在一天天进步，绿营的训练也有起色。但不久，麻烦事来了。

原来，那些绿营兵平素懒散惯了，一个月难得有一两次操练。就这一两次，去的人也不多，用几个钱雇个人代替，本人则睡觉、上馆子、下妓院。操练也有名无实，集个合，点个名，走走步伐，各自拿刀枪挥舞几下，就算完了。三伏天、三九天照例是不操练的。但曾国藩练兵，作风却大不一般。

大团一天的操练总在四个时辰以上，事事讲认真过硬，一丝也不许马虎。他自己一天到操场去几次,严格督促。这样一来,绿营兵也只能陪在那里。到了逢三、逢八会操这一天,天还没亮,就得集合上操场。那些绿营兵油子擦着惺忪的眼睛,胡乱穿上号褂,昏昏沉沉地跟着走,个个嘀嘀咕咕。曾国藩整天一刻也不离开练兵场。将士们无奈,只得一遍又一遍地练习。一天下来,浑身骨架都散了。不仅如此,他还要训话,喋喋不休地聒噪个把时辰,讲军纪,讲作风,讲吃苦耐劳,讲精忠报国等等,讲得那些绿营兵腻烦极了,个个昏昏欲睡,一回到营里,便骂开了:

"这个曾剃头,早点死了好!"

"曾国藩不过是个团练大臣罢了,他有什么资格管我们!"

"跟那些作田佬一起操练,脸都丢尽了。"

一个湘乡籍的兵告诉大家一个秘密:"你们知道吗?曾国藩是个蛇皮癣,他每天都痒不可当,死命地抓,抓下的癣皮有一饭碗,血流不止。"

"活该!这是天报应。"

"让他一天痒到晚,上不了操场就好。"

士兵们在一阵笑骂中放出满肚皮怨气。

个把月后,除塔齐布的抚标中营外,其他营的士兵常常缺席。最近一段时期,上操场的绿营兵越来越少了,抚标中营也受到影响。曾国藩对此很恼火。尤使他难堪的是,长沙协副将清德,几个月来,凡会操一概不参加,派人请也请不动。这两次会操,长沙协缺席的又特别多。经打听,原来是清德对曾国藩重用塔齐布很嫉妒。塔齐布还是火器营的护军时,清德便已是副将了。曾国藩一来,便保奏塔齐布为游击,最近又保奏为参将,眼看就要与他平起平坐了。清德如何能服气!他认为这是曾国藩明显地在结党营私,培植亲信。因此,清德不但自己不会操,而且对不会操的长沙协士兵也暗中支持。对于清德明目张胆的对抗,曾国藩十分恼怒。他听说太平军围攻长沙时,有一次清德竟摘去顶戴,躲到老百姓家里去了。查实以后,便决定拿清德开刀。

机会来了。六月初八日,是清德最宠爱的四姨太二十五岁寿辰。早在五天前,清德就大发请柬,准备为四姨太热闹一天。而这天,又恰恰是逢八的会操期。

初七日上午,曾国藩以团练大臣的身份出了一个告示,晓谕全体绿营和团丁，明早在南门外大操场会操，要对半年来的操练作一番全面大检查，不管是谁，不管任何原因，一律不得请假。

当晚，长沙协中被清德安排为酒席服务的兵士，公推几个代表到副将衙门，把曾国藩的告示给清德看。清德看完，把告示揉成一团丢到脚下，冷冷一笑："不要理他，他神气得几天？长毛一平，他就得滚蛋。"

"大人，是不是让他点了名以后再来？"一个外委把总试探地问。

清德眼睛一瞪："你们的饷是谁管的？长沙协归谁管？曾国藩的一张告示，你们就这样怕得要死，眼里还有没有我这个副将！明天，操办喜事的人一个不能少。另外，有事有病的兄弟都可以不去。你们就说是我清德讲的，看他曾国藩能奈何我个屁！"

第二天一早，曾国藩就穿戴利索，骑马上南门外练兵场。

这是一个酷热的日子。太阳火辣辣地炙烤着大地，一丝风都没有，整个长沙城就像一口烧红了的大锅。而南门外练兵场，无一株树，无一堵墙，灰尘扑面，沙石烫脚，更如同这口大锅的锅底正中，无情地折磨穿着号褂舞刀弄棒的兵丁们。

点名时，曾国藩知道长沙协缺了不少人，但他没有发作。到了巳正时分，曾国藩特意来到长沙协操练地。本来应到五百人的长沙协左营，现在不到三百人了。曾国藩顿时火起，下令全场停止操练，声色俱厉地问长沙协带队的都司人都到哪里去了。都司吓得结结巴巴地禀告：有五十多号人在清德将军家办喜事，有七十多号人因病请假，有八十多号人半途溜走了。

曾国藩听后，对全场兵丁大声说："各位弟兄们，你们看看，究竟是国事重要，还是私事重要。自己不来会操，还要弟兄们为他办私事。国家出钱招兵，是为他个人招的吗？大家都还只二三十来岁，正是年轻力壮的时候，长沙协就有那么多的人吃不了苦，不来的不来，溜走的溜走，这还像个军队吗？眼前这点苦都不能吃，日后两军搏斗，生死存亡之际，岂不当逃兵吗？本部堂四十多岁了，还和大家一起操练，所为何来？为的是练出一支能打仗的军队，为的是保湖南全境不被长毛占领。今天天气是热了点，这样的天练兵确是一桩苦事，但比起流血杀头，这个苦就小多了。各位兄弟要体谅本部堂的苦心。常言说，夏练三伏，冬练三九。再冷再热，都不能不练兵。今天缺席的，每人记大过一次。"

151

曾国藩讲完后，要李续宾带一营湘勇到城里各处去寻找长沙协的兵，记下他们的名字。

这天晚上，李续宾汇报：长沙协昨天有五十八人为清德办酒席服务，有四十六人在营房里乘凉、赌牌、聊天，有三十三人在酒店里喝酒，有十二人在妓院里胡闹，还有五十一人在城里逛街，真正生病卧床的只有六人。

曾国藩把这些情况写了一封长信，连夜打发人送到武昌张亮基处。按制度，各省绿营受总督节制，巡抚除兼有提督衔外，不得干预兵事。湖南绿营由署湖广总督张亮基管辖。张亮基对湖南绿营的腐败本极为不满，曾国藩又是他一再请出来的，看了曾国藩的信后，也很气愤，立即复信，交来人带回，请曾国藩按军纪国法处置。

于是曾国藩给朝廷上了一本，亲笔写道：

奏为特参庸劣武员，请旨革职，以肃军纪而儆疲玩事。窃维军兴以来，官兵之退怯迁延，望风而溃，胜不相让，败不相救，种种恶习，久在圣明洞察之中。推其原故，在平日毫无训练，技艺生疏，心虚胆怯所致。臣惩前毖后，今年以来，谆饬各营将弁认真操练，三、八则臣亲往校阅。惟长沙协副将清德，性耽安逸，不遵训饬。操演之期，该将从不一至，在署偷闲，养习花木。六月初八日为其小妾过生，竟令五十余士兵为其办酒服役，并公开支持怕苦不愿上操之兵。该副将对营务武备，茫然不知，形同木偶。现当军务吃紧之际，该将疲玩如此，何以督率士卒？相应请旨将长沙协副将清德革职，以励将士而振军威。

写毕，尚不解恨，又附一片：

再，长沙协副将清德性耽安逸，不理营务。去年九月十八日见贼开挖长沙地道，轰陷南城，人心惊惶之时，该将自行摘去顶戴，藏匿民房。所带兵丁脱去号褂，抛弃满街，至今传为笑柄。请旨将清德革职解交刑部从重治罪，庶几惩一儆百，稍肃军威而作士气。臣痛恨文臣取巧、武臣退缩，酿成今日之大变，是以为此激切之情。若臣稍怀私见，求皇上严密查出，治臣欺罔之罪。

撤掉清德，换谁来当长沙协副将呢？论才能，杨载福最合适。但他仅只一外委把总，小小的九品顶戴，与从二品的副将相差太远了。诸殿元也可胜任，但也只是个从六品的千总，骤升副将，也嫌太快。从官阶来看，塔齐布是参将，从三品，最高，从才具方面来说，固然不及杨、诸，但塔齐布老实恭顺，此外尚有杨、诸天生不及之处，那便是塔齐布为镶黄旗人。曾国藩深知皇上对汉人猜忌甚多，今后要建曾家军，从皇上到朝野满人都会不放心。倘若有人参一本，随便加一个图谋不轨的罪名，立刻就可满门抄斩。必须推个满人出来！名义上还要把这个满人摆在自己之上，才可能消除皇上及朝野满人的顾虑。若是推个才大心大的出来，今后驾驭不了，那就更麻烦。塔齐布虽无大才，但听话，又是自己一手提拔上来的，想必日后不会有意为难。主意定了，曾国藩又补一片：

查署抚标中军参将塔齐布，忠勇奋发，习劳耐苦，深得兵心。臣今在省操练，常倚该参将整顿营务。现将塔齐布履历开单进呈，伏乞皇上天恩，破格超擢。

为使皇上采纳他的建议，并表示自己对满人的绝对信赖，他在片后着重补了一句："如塔齐布日后有临阵退缩之事，即将微臣一并治罪。"

曾国藩参劾清德和保奏塔齐布的事很快传到清德的耳中，他又急又恨，跑到鲍起豹那里，先不提参劾自己的事，而把营兵对曾国藩酷暑操练的怨气，添油加醋地渲染了一遍。他有意挑拨说："鲍提督，兄弟们都在说，我们到底是受提督指挥，还是受团练大臣指挥？兄弟们跟曾国藩讲，鲍提督爱兵如子，三伏、三九天都不在营外操练，只在营内讲兵法。曾国藩不但不听，反而说您老治军不严，姑息放纵，养了一批老爷兵。"

鲍起豹本是一个骄悍昏庸的武夫，一向看不起文官，听了清德的话，勃然大怒："曾国藩是个舞弄笔墨的文吏，他懂什么带兵练兵！朝廷尽用一批文官当团练大臣，真是笑话！曾国藩竟敢讥笑我治军不严，他懂不懂，哪有酷暑练兵的道理？六月天牛尚不用，何况人？这哪里是练兵，这分明是虐待士卒。"

清德见鲍起豹支持他，暗自得意，于是提起参劾的事："六月初八日是贱妾的生日，又正是会操的日子，卑职想天这般热，有心让士兵们休息一天，在家躲躲热。曾国藩居然叫他的团丁到我这里清点人数，几个人上街，几个人在营，几个人帮我办酒席。上了一本给朝廷，要撤我的职，让塔齐布来当长沙协的副将。"

"岂有此理！参劾军中大员，事先不经过我，就上奏朝廷。他曾国藩读没读过大清军律？张制军不在这里，就是骆中丞也不干预营中之事，何况这撤换二品大员的大事。真是欺人太甚！"鲍起豹愤怒起来。

"都是塔齐布谄媚曾国藩，坏了咱们绿营的规矩。"

"传我的命令，从明天起，营兵一律不再与团丁会操，塔齐布也不准再到大团那里去教练。谁敢违背我的命令，先打他五十军棍！"

"鲍大人，卑职这个委屈实在受不了。"清德担心朝廷一旦接受曾国藩的参劾，他的二品顶戴就会被摘除。

"你放心，我这就向朝廷申述，不能让曾国藩为所欲为。"

从那以后，绿营士兵再也不来会操，塔齐布也不敢再来教练团丁了。大团勇丁无故遭长沙协士兵的袭击、唾骂之事屡屡发生，甚至曾国葆在街上都无缘无故地挨了他们一顿拳击。曾国藩心里窝着一团火，但他强忍着，也劝告曾国葆和其他受辱的团丁，天天照旧训练。他在等待着朝廷的批复，心里想：若朝廷支持，则不怕他鲍起豹嚣张；若朝廷不支持，马上辞职回荷叶塘守墓！

六　大闹火宫殿

夏去秋来，转眼到了七月半中元节。十四日这天，绿营兵士每人得了五百钱节礼，又通知十五日放假一天。外委把总以上的军官，每人都接到一份请帖：十五日下午在天心阁祭吊去年守城阵亡的将士，祭吊仪式结束后，鲍提督宴请。但藩库没有给大团三营团丁发一文节礼，包括曾国藩在内，也没有一个当官的收到请帖。这是对团练的公然歧视！王鑫、李续宾、曾国葆等人对这种露骨的不公平待遇气愤万分。曾国藩强压着满腔怒火,将王鑫等人劝阻住,又想方设法凑了点钱,十四日晚上匆匆发给团丁,总算把大家的怨气暂时平息了。

团丁们每人分得五百文钱。各营各哨平日的伙食费,也都多少节余点,多的有五六百文,少的也有三四百文,这些伙食尾子也发给了各人。团丁们绝大部分都是乡下老实巴交的种田佬,分得的这千把文钱,自己都舍不得用,托熟人带回去补贴家用;也有的一时找不到熟人,便稳稳当当地藏好,今后自己再带回去。辰州、宝庆、新宁来的团丁中,也有家中较为殷实的。这些人不在乎这点钱,难得到省城来住,便三五成群吆喝着逛大街、上馆子,图个快活。辰州团丁中有个叫滕绕树的伢子,平日极羡慕鲍超的武功,想方设法跟鲍超接近,想求鲍超多教给他点武艺。今天得了几个钱,他约了素日合得来的五个乡亲,商量好请鲍超到火宫殿去玩一玩,大家都说好。

这几个月来,为报曾国藩的知遇之恩,鲍超尽心尽意地教练团丁,哪里都没去过。听说火宫殿是个好玩之处,滕绕树一邀,鲍超就满口答应了。半路上又遇到塔齐布,鲍超说好久不见了,硬拉着塔齐布一起到火宫殿去。塔齐布拗不过,只得从命。一行八人有说有笑,来到了位于坡子街的火宫殿。

火宫殿果然热闹。正中是一座盖着黄色琉璃瓦、斗拱飞檐、上面雕刻不少飞禽走兽的古老庙宇。庙宇里供奉着一尊火神爷塑像。那火神爷金盔金甲,红脸红须,眼如铜铃,舌如赤炭,真是一团正在燃烧的烈火,望之令人生畏。庙宇里长年住着七八个庙祝。这几个庙祝主要不是服侍火神爷和接待前来请求保佑的香客,而是管理着庙门前那个人来人往熙熙攘攘的市场。

火宫殿四周红色围墙包围着一大片空坪,因为位于长沙闹市区,久而久之,这空坪便成为走江湖跑码头的郎中、卖艺人、耍猴的、卖狗皮膏药的、算命看相的、卖杂七杂八小玩意的集中地,也引起长沙城里那些游手好闲的人的兴趣,卖各色小吃的小贩们也到这里来做生意,庙祝便来管理这块发财之地。每天夜深,人散走后,他们清扫场地;天亮则开门迎接各种来人。有的生意较好,要跟庙祝长来往的小贩,常送些钱给他们,庙祝也就慢慢富裕起来。后来庙祝在空坪上搭起四个大敞棚,棚上盖着树皮,分别取名为东成、西就、南通、北达。敞棚遮雨防晒,给卖主和买主都带来方便。到了过年过节时,还有唱大戏的到这里来卖艺。这火宫殿也就益发繁华热闹,几乎可以和开封的大相国寺、江宁的夫子庙媲美了。

　　塔齐布、鲍超、滕绕树等人先进庙宇瞻仰火神爷的尊颜，又跟庙祝闲聊了一番。滕绕树和那几个辰州籍团丁做东，请塔、鲍吃火宫殿的名产。这火宫殿虽是集散无定之地，但也有好些卖吃食的小贩，一代一代、长年累月在这里做生意，有几样吃食便成了火宫殿传统的名产。这几样名产是：王家的姊妹团子、萧家的臭豆腐干子、谢家的红烧猪脚、何家的神仙钵饭。逛火宫殿的人，不吃吃这几样东西，就不算逛了火宫殿。

　　塔、鲍一行先来到南通棚。只见这里是一个说书人在说兰陵笑笑生的《金瓶梅词话》，正说到西门庆贪欲丧身一节，听众挤得水泄不通，漫说找个座位，连站的地方都没有。无奈，只得走到对面的北达棚。棚里一个耍猴的操着河北口音在叫道："徒儿们，把《连升三级》这出戏，由赛悟空给各位叔叔伯伯兄弟爷们表演一番，请各位指教指教，给俺们捧个场。"

　　一阵细锣敲响，一个徒儿捧着三顶不知哪个朝代的官帽走上场。只见那三顶帽子一顶全黑，一顶半红半黑，一顶全红，那帽子两边是两个放大的纸糊的黄灿灿的铜钱，用两根竹棍子与帽子连起来。全红官帽铜钱最大，全黑官帽铜钱最小。又一个徒儿牵着一只瘦骨嶙峋的猴子出来。那猴子两只眼睛忽闪忽闪，贼溜溜地这边转转那边转转。随着锣声，徒儿用绳子牵着它一瘸一拐地走圆场。滕绕树心想：这猴儿的名字倒怪美的，赛悟空，但却是簸箕比天——太不自量了，莫说不能赛过孙悟空，只怕是孙大圣拔根毫毛吹出的猴子也比它强百倍。

　　塔齐布、鲍超等人站着看了一会，见找不到座位，便又出来，转到东成棚。

　　东成棚里，一个卖狗皮膏药的关中大汉，光着上身，打了一路拳，又耍一顿三截棍，弄得浑身大汗淋漓。那大汉弯腰抱拳，用带有浓重鼻音的关中腔叫道："祖传秘方，名药配制，驰名江湖，誉满海内。在下姓沈，陕西米脂人，祖传十代专配狗皮膏药。嘿！"那汉子拍了一下光溜溜的胸膛，声音放高起来，"头晕目眩，四肢酸胀，腰痛腿痛，头痛脚痛，男子遗精早泄，勃起不坚，妇女月经不调，长年不育，贴了我沈家祖传膏药一帖，立见效果，两帖过后，病痛消除，三帖四帖，永远断根。一百文一帖，一百五十文，买一帖送一帖，要者从速，过时不候。"塔齐布最瞧不起以打拳舞棍来招徕顾客贩卖膏药的人。他认为这些江湖骗子亵渎了中华武功，略停了一下，便离开东成棚，鲍超、滕绕树等也跟着出来了。

刚走出来，塔齐布便看到东成棚的东角偏僻处，有一个三十余岁的汉子正在舒气运神。他停下脚步，不露声色地仔细看着。只见那汉子用脚尖点触地面，双手空握，一前一后，一左一右地打出去，脚尖不停地在地上绕圈子，双腿微屈，整个身子看上去轻飘飘的。看那汉子脸上，却神色凝重，嘴唇紧闭，两腮泛红。塔齐布注目看了半晌，大步走上前去，双手一拱："大哥请了！"

那汉子停住，看塔齐布一身戎装，便客气地回答："将军请了！"

塔齐布说："在下适才间看大哥行步运拳的架势，想冒昧请问一句：大哥打的是不是巫家拳？"

那汉子面露喜色，说："将军好眼力，鄙人刚才打的正是巫家拳。"

"大哥拳法，严谨紧凑，外柔内刚，深得巫家拳法之精蕴。大哥拳术造诣，当今少有。"

"将军过奖了。"

"大哥，恕在下唐突。大哥这等本事，埋没在这勾栏瓦肆之间，岂不可惜？何不以此报效国家，且可光大巫家拳术。"

"鄙人并非长住此地。"汉子说，"因前几日过忙，未遑练功，今日偶尔路过此地，得点空闲，故略为舒展一下筋骨。将军劝我报效国家，莫非要鄙人投军么？"

"正是。"塔齐布说。

汉子哈哈一笑，说："时下之绿营，也可以谈得上是报效国家的军队吗？"

塔齐布脸一红，立即说："我并非劝大哥投奔绿营。目前长沙另有一支人马，急需你这样的人才，你可愿去？"

"哪支人马？"

"曾大人曾国藩办的团练，现有三营一千多号人马。"

那汉子又是一笑，说："将军，你我初次相交，我看得出，你是个有本事有血性的男子汉，故愿和你多说几句话。依我看，不独我不应去投绿营投团练，我还劝将军也及早解甲归田为好。两千年前南华真人便已经看透这一切，什么江山社稷，实际上只是蜗角罢了。你说办团练的是'争'大人？哎！世道坏就坏在一个'争'字上。古往今来，一个'争'字，害得人世间互相仇恨残杀，永无休止。还是南华真人说得好：'荣辱立然后睹所病，货财聚然后睹所争。'看轻荣辱，不慕货财，无病无争，世界才能安宁呀！时候不早，将军自爱，后会有期。"说罢扬长而去。塔齐布摇摇头，走进了西就棚。

这是最后一个棚子了。棚子里较为安静。一张桌子边，有个游方郎中在给一个老婆子诊脉。一个瞎子坐在几个桌子之间的空隙处。那瞎子呆头呆脑的，面前摊开一张大纸，纸正中画了个太极图，图右边写着"点破迷途君子"，左边写着"指引久困英雄"。绕树看了好笑，说："自己这副要饭的相，黑白不分，昼夜不明，还要指引别人，真正可笑！"

塔齐布说："自然也有人甘愿听他的瞎扯，不然，他也不会天天摆摊子了。"

那瞎子听到说话声了，忙喊："算命抽花水啦！专讲实话，不打诳语。"

众人都笑了。恰好有一桌人会了账，滕绕树赶紧占了这张桌子。招呼塔、鲍等人坐好后，他和另外两个辰州勇忙着张罗。一会儿，捧来一坛白鹤液老酒，端着一大盘臭豆腐干、四笼姊妹团子，每人面前再摆一大碗红烧猪脚，又叫来几个炒菜。大家津津有味地吃着。滕绕树问塔齐布："塔爷，刚才您老对那个打拳人为何如此客气？我看那人的拳术也平平，比鲍哨官差远了。"

塔齐布未及回答，鲍超抢着说："这人的拳术不错，你不懂，不要看轻人家了，只不过我一时没有看出他的路数来。塔大哥，你细说给我们听听。"

塔齐布说："诸位有所不知，那人的功夫深得很，他打的是南拳中极有名的一家——巫家拳。"

"巫家拳来历如何？"一个辰州勇问。

"乾隆末，福建汀州有个拳师名叫巫必达，幼年闯荡江湖，广拜武林高手为师，经过几十年的苦钻苦练，将福建少林外家拳术的阳刚、劲健、强身、壮骨的特征与湖北武当内家拳术的藏精、蓄气、培神、固本的秘旨结合起来，形成一种外有行云流水之柔、内有五岳三江之刚的巫家拳。巫必达后来在湘潭教习李大魁，以后又传与冯南山、冯连山兄弟，死后葬在湘潭，由李、冯两家立碑。巫家拳广为流传在南方，但真正得其奥妙的是李、冯二家，可惜刚才忘记问那汉子的姓名了。"

"这巫家拳我也听说过，只是没有亲眼见到。那人刚才打的是巫家拳中的哪一路？"鲍超问。

"他刚才打的是梅花拳，为巫家拳中第一绝招。你看他双脚尖在地上绕圈子，莫以为是随便绕绕，那划出的圈子是一朵朵梅花。"

滕绕树惊讶地说："我们是外行，竟一点都看不出来。"

"巫家拳还有太子金拳、麒麟、四字、正平、摆门、单吊、掐吊、三桩等六肘拳，都是很厉害的。"

众人听了，对塔齐布的巫家拳术知识的丰富，都很佩服。滕绕树又就福建少林外家拳和湖北武当内家拳两家拳术的异同，向鲍超和塔齐布请教。大家正边吃边谈得高兴，忽听得旁边一桌人大吵大闹起来。

这是四个镇筸兵在喝酒赌博。输者不服气，先是骂着粗话脏话，然后和赢家扭打起来。另外两个并不劝架，反而在一旁添火加油。塔齐布看看不像话，过去喝道："不要在这里打架！丢人现眼的，要打回营房去打！"

镇筸兵自明代起便以凶悍闻名于世。咸丰时期的镇筸兵，虽不能跟过去相比，但在全国绿营六十六镇中，仍然算是第一等强悍。个个是私斗、打群架、管闲事的能手，平时相处，内部常起械斗。一声呼哨，立即形成两军对垒之势。打得眼红了，白刀子进，红刀子出，也不在乎。一般总兵都怕调到镇筸镇来。若是遇到镇筸镇的兵与别镇的兵争吵起来，镇筸兵便会自动联合起来，一致对外，拿刀使棒，不把对方打败，决不罢休。当下这几个镇筸兵听到塔齐布的吆喝，扭打的松了手，都斜歪着头看着塔齐布，其中一个说："老子们在这玩玩，干你屁事？你叫个屁！"

鲍超走过来大声说："一个参将的话，你们都不听，还有军纪王法吗？"

一个镇筸兵乜斜着眼，喷着满口酒气，冷笑说："你算什么东西？吃饱了胀着肚子，到茅房里屙屎去！人还没变全，竟敢教训起你的大伯来了！"

滕绕树看着这几个镇筸兵如此骄横粗野，用这种难听的话骂鲍超，他一则听着不舒服，二来也要讨好鲍超，便冲过去大声说："这是鲍哨官，你们休得无礼！"

那人哈哈笑起来："么子乱杷鲍哨官，老子只知道山海关、函谷关，从来也没有听说过什么鲍哨'关'。毛灰团丁头，也算个官吗？"

另一个镇筸兵冷言冷语地说："这鲍哨官不就是那个穷得无聊要卖老婆的痞子吗？什么时候当起官来了？"

四个镇筸兵放声狂笑。鲍超又气又羞，满脸通红，脖子上的筋一根根鼓起，恨不得将这几个兵油子捏个粉碎。滕绕树跨上前去，要和他们讲理。一个镇筸兵大叫："你要打人吗？！"说时手一抬，滕绕树脸上挨了一巴掌。滕绕树火了，一拳打过去，那人牙齿碰着舌头，顿时鲜血直流，气得哇哇大叫，用头撞过来，另外几个兵也跟着冲来。辰州团丁们仗着有鲍超在旁，勇气大增，一齐迎上去，大打起来。棚里棚外的人，见兵勇打斗，吓得纷纷逃离，那瞎子也卷起太极图慌忙走开。鲍超几次想打过去，被塔齐布抱住了。镇筸兵人少，吃了亏后，狼狈逃出火宫殿。塔齐布、鲍超、滕绕树等继续喝酒吃饭，待到日头偏西时才回营。

还没等他们在营房里坐定，一百多名镇筸兵人人执刀拿枪，气势汹汹地跑到三营营房门外，大声嚷道："把在火宫殿打人的凶手交出来！"营房里其他辰州、新宁、宝庆等地团丁都不明白发生了什么事。营官邹寿璋急忙走出营房："弟兄们，有话好好说，邹某人一定负责处理好。"

火宫殿里几个挨打的兵吵吵嚷嚷地说了个大概。邹寿璋怕闹出大事，赔着笑脸说："弟兄们先回去，待我禀告曾大人后，一定从严处治。"

待镇筸兵走后，邹寿璋把滕绕树等人叫来，详细讯问。滕绕树把情况如实说了一遍。邹寿璋和鲍超一起来到巡抚衙门射圃旁的曾国藩住所里。邹寿璋把情况说了一遍。曾国藩气得脸色铁青，扫帚眉倒吊，三角眼里充满杀气。鲍超忙跪下说："鲍超该死！今日在火宫殿，实是因为镇筸兵骂鲍超。他们骂鲍超，看不起团练，其实就是骂大人，看不起大人，若不是塔将军扯住，鲍超今日会打死那几个畜生。曾大人，鲍超辜负了您老的情意，您老打鲍超一百军棍，把鲍超赶出团练吧！鲍超是个堂堂男子汉，也不想再在团练里受这种鸟气。我还是到江宁找向提督去。"

曾国藩在房里快步走来走去，牙齿咬得格格响，腮帮一起一伏，一句话也不说。罗泽南说："鲍哨官无过，还多亏鲍哨官气量大，没有酿成更大的事故。今日之事，错在镇筸兵，但滕绕树也有些责任。绿营、团丁之间本不和，为了顾全大局，不如忍下这口气，将滕绕树等人责打几十军棍，平息这场风波算了。"

曾国藩看着罗泽南说："绿营欺负曾某人，得寸进尺，连兄弟们也跟着我受委屈。从大局着想，自然应如你所说，忍着，以免事态扩大。但绿营怯于战阵，勇于私斗，此种积习，为害甚烈。我今日正要借此事整一下这股歪风。"

罗泽南有些担心："如何整法？说不定会闹出更大的事来。"

曾国藩说："想必鲍起豹也不会有意把事态扩大吧！"

曾国藩叫鲍超起来，亲笔修书一封给鲍起豹，说火宫殿兵丁私斗，影响极坏，为严肃军纪、惩前毖后，这边将滕绕树等打五十军棍，并以箭贯耳游营三日，也请鲍提督将镇筸镇闹事的士兵作同样处治。

鲍起豹看完信，冷笑一声，心里说："要老子处治，老子才不做这种蠢事。我要你曾国藩下不了台。"他也叫人写了一封信。信上说：火宫殿闹事士兵已捆绑送来，请曾大人按军律处置。鲍起豹派了几个亲兵到镇筸兵驻地，声言曾国藩要捆今天下午在火宫殿和团丁打架的四个士兵。亲兵将这四个兵捆好，连信一起送给曾国藩。

镇筸兵原以为团丁会来向他们赔礼道歉，现在想不到竟然将他们的兄弟捆了去，军法从事。镇筸兵感到蒙受了奇耻大辱。带兵的头领、云南楚雄协副将邓绍良亲自指挥，吹号集合。他煽动说："曾国藩的团丁捆绑我们四个兄弟，要将他们杀头示众。这是我们镇筸兵数百年来没有过的耻辱。是可忍，孰不可忍！我们怎么办？"

队伍中有人喊叫："冲到审案局去，把弟兄们抢出来！"又有人叫："曾国藩敢杀我们的人，我们就杀掉曾国藩！"也有人喊："塔齐布身为绿营将官，反而为团丁讲话，他是绿营的奸细。今天的事是他引起的。"有人举起刀喊："捣毁塔齐布的窝！"镇筸兵一致拥护。

邓绍良率领三百多个镇筸兵，气势汹汹地冲进塔齐布的住房，把塔齐布房间里的全部东西打得稀巴烂。塔齐布幸而事先躲到室后草丛中，才免于一死。捣毁塔齐布的家后，镇筸兵又呼啸着向审案局冲去，将审案局团团围住，七嘴八舌地高声喧闹："曾国藩放出我们的兄弟！""不放人我们就冲了！"

亲兵进屋告诉曾国藩。

曾国藩正在与罗泽南对弈。他将鲍超唤到跟前来,对着他的耳朵吩咐一番。鲍超立即出了门。曾国藩神色自若地对罗泽南说:"罗山,该你走了。"

"还是出去跟他们说几句吧!"罗泽南放下手中的棋子,从近视眼镜片后投来不安的目光。

"不理睬他们,看他们怎么闹。"曾国藩的眼睛始终没有离开过棋枰。

一阵急促的脚步声伴随着刀枪相撞声从外边传了进来,曾国藩转过脸看时,邓绍良带着几十个士兵旋风似的冲进门,已到了他的身边。罗泽南见势不妙,急忙打发亲兵告诉王鑫,叫他翻墙到巡抚衙门去请骆秉章过来。一个镇箪兵已拔出刀来,刀尖直指曾国藩的额头。邓绍良用手拨开刀,不客气地对曾国藩说:"曾大人,请你放人!"

曾国藩坐在棋枰边,纹丝不动,一手把玩着棋子,慢慢地说:"鲍提督派人将闹事的士兵送到我这里,并有亲笔信,要我军法从事。处置完毕,人自然放回,何劳邓副将你兴师动众、气势汹汹地前来索取呢?"

邓绍良瞪起双眼,怒目而视:"我要你现在就放人!"

曾国藩太阳穴上的青筋在一根根地暴起,棋子已经停止转动,被两只手指紧紧地掐住,虽仍坐在棋枰边未动,语气却生硬得多了:"本部堂尚来不及处置,现在岂能放!"

邓绍良左手紧握刀鞘,右手捏着刀把,走上一步,气焰咄咄地吼着:"你到底放不放?!"

"砰"的一声,曾国藩将棋枰一脚踢倒,忽地站了起来,吊起扫帚眉,鼓起三角眼,满脸青里透白,一股杀气冲出,厉声喝道:"邓绍良,你欺人太甚!"

邓绍良冷不防被曾国藩这么一喝,不自觉地退了一步,右手松开了刀把。曾国藩指着他骂道:"邓绍良,谅你不过只是一个操刀杀人的鲁莽武夫而已,竟狗胆包天,在我钦命帮办团练大臣面前如此放肆。你眼里还有没有朝廷,有没有国法!"

经这一骂,邓绍良的嚣张气焰矮了半截,嘴巴上仍硬着:"曾大人,不是我放肆,审案局不放人,弟兄们不答应!"

曾国藩目光如喷火般地瞪着邓绍良:"邓绍良,弟兄们不答应,你答不答应?手下的士兵都不能弹压,朝廷要你这个副将何用?况且你要明白,今天是你带兵闯进了我的衙门,你是犯上闹事的带头人!"

邓绍良觉得事态不对,不免有些气馁。身旁的士兵在乱嚷:"放人,放人!不放我们就要搜了!"

"不得无礼!"正在不可开交之时,骆秉章进来了。他对曾国藩一笑,"曾大人,这是怎么回事?"

"骆中丞,曾大人捆了我们四个兄弟。"邓绍良抢着说。其实骆秉章早已知事情的原委。镇筸兵如此吵吵闹闹地围攻审案局,巡抚衙门仅在一墙之隔,他如何不知?但这个老官僚滑头得很,若不是王鑫翻墙去请,他是不会过来的。让曾国藩受点委屈也好,谁叫他的手伸得太长了!王鑫过来请,他不能不放驾了。

"邓副将,这样对待曾大人,太不应该了,还不快出去!"打了邓绍良一下后,骆秉章又转过脸对曾国藩说,"曾大人,火宫殿闹事的兵非得要狠狠处置不可,此事由我来办。眼下群情汹汹,难免不出意外之事。今后朝廷追问下来,你我都不好交代。我看暂时放了这几个人,平息了众怒,再从容处置。你看如何呢?"

曾国藩心想:好个滑头偏心的骆秉章!什么"平息众怒",难道是我做错了事,激起了他们的"众怒"?你骆秉章怕犯镇筸兵的众怒,就不怕犯团练的众怒?好!事情既已如此,我要你看看我曾国藩的手段!

"骆中丞,你请坐。我循鲍提督之请,处置火宫殿闹事人。曾某人一碗水端平,决不偏袒哪方。团丁滕绕树等六人,昨日已每人打了五十军棍,贯耳游营三日。镇筸兵也同样处置。"不等骆秉章开口,曾国藩大喊一声:"来人!把鲍提督捆来的四个闹事者押上来!"

康福答应一声,走出门外高喊,"带人上来!"

只见鲍超、刘松山、彭毓橘、李臣典、王魁山、易良等人全身披挂,带着一百名手执刀枪的团丁,押着四个闹事的镇筸兵上来。这一百个团丁进得门来,便一齐站在屋内镇筸兵的周围。鲍超拿着一把明晃晃的大刀,凶神恶煞般地走到邓绍良的身边。刘松山、彭毓橘等人分站在曾国藩的两旁。骆秉章见此情景,早吓得脸色惨白,如坐针毡。邓绍良和他的士兵们也有一种大祸临头的恐惧。那四个双手被捆的镇筸兵更是吓得两腿发软,"扑通"跪在曾国藩面前。曾国藩喝道:"你们身为保境安民的兵士,却带头在公众场合闹事行凶，恶劣至极！本部堂按大清军律第一百二十三条第八款，并循鲍提督所请，杖责五十军棍，贯耳游营三日。"

说完将茶木条往案桌上重重一击，高喊："来人呀！"

"在！"两旁一声雷鸣般地吼叫，早有八条大汉手持八根水火棍，如狼似虎般地走上前来，将四个镇筸兵按倒在地，扯掉裤子，抡起水火棍便打。

曾国藩坐在太师椅上，想起这几个月来所受鲍起豹、清德的窝囊气，想起弟弟及团丁们所受绿营兵士的欺侮，满肚子的仇恨，随着一下下的棍击声发泄出来。他多次想命令行刑的团丁："给我往死里打！"但瞥见坐在一旁汗如雨下的骆秉章，又将这句话咽了下去。八个行刑团丁又何尝不和曾国藩一样的心情，无须他的命令，个个用死力打。二十，四十，一棍棍下去，越打越重，越打越凶。可怜那四个倒霉的镇筸兵先是喊爹唤娘、鬼哭狼嚎，到后来，便连喊都喊不出声来了。打满五十军棍后，又将他们抓起来，在每人左耳上插了一支箭。只见鲜血流出来，却听不到叫痛声——人早已失去知觉了。

曾国藩冷冷地对四个镇筸兵说："看在镇筸镇兄弟们来接的分上，游营三日，罚在本营进行。你们现在可以走了。"

几个镇筸兵上来，背起他们出了门。邓绍良内衣早已湿透，正要出门，曾国藩喝住："邓绍良，你身为副将，平日治军不严，咎责已重，今日又带兵闯进审案局衙门，持刀威胁本部堂，形同谋反，罪当诛戮。本部堂因不直接管你，且暂时放你回去。来日本部堂将与骆中丞、鲍提督妥商，申报朝廷，你回营待审吧！"

邓绍良蔫头耷脑地出了门，见衙门外镇筸兵的四周，已被全副戎装、满脸凶恶的团丁死死看定了。邓绍良作不得声，只得摆摆手，带着镇筸兵垂头丧气地走了。屋里，曾国藩对坐在一旁发呆的骆秉章说："骆中丞，你受惊了。国藩此举，实出不得已，尚望中丞体谅。"

骆秉章见全部兵勇都已退出，慢慢地恢复了元气。他对曾国藩不听劝告，在他面前如此强硬十分生气，责怪说："涤生兄，你太强梁了。绿营与团丁的冤仇，这一世都不能解了。"

曾国藩心中不快地说："我刚才的处置错在哪里？"

骆秉章恼火了："涤生兄，不是我说你。我身为湖南巡抚，要对湖南负责。说不定哪天长毛卷土重来，你的那几个团丁能抵抗吗？他们只配抓抓抢王、土匪，是上不了大台盘的。打长毛，还得靠绿营，靠镇筸兵。你这下好了，当着我的面，打了他们的人，还扬言要诛戮邓绍良。三千镇筸兵还要不要？你叫我这巡抚如何当？"

曾国藩见骆秉章如此瞧不起团练，偏袒镇筸兵，大为光火。他强压着怒火，冷笑道："中丞不要着急，长毛来了，我自有办法。"

骆秉章反唇相讥："你有何法？真的有办法，也不会有火宫殿的闹事！"

说罢，拂袖而去。

七　停尸审案局

正当审案局这边为出了口气而快慰的时候，更大的麻烦事却来了。

原来，那四个挨打的镇筸兵中有一个名叫王连升的，年纪本有四十五六岁了，前几天又害着病。那天略好点，便被同伴拉去火宫殿喝酒，回来时便感了风寒，被捆绑到审案局已是受惊。这下又挨了五十军棍，穿了耳朵，一背到营房便昏厥过去，抢救无效，当夜便气绝了。镇筸兵闻之，人人怒火冲天，声言要曾国藩偿命。

第二天一早，邓绍良便来谒见鲍起豹，将昨日的情形和王连升的死，添油加醋地说了一遍。鲍起豹这一气非同小可，他挥舞着手中的长烟杆，嚷道："好哇！曾国藩这个婊子养的，竟敢在老子的权限内胡作非为，我岂能容他！邓绍良，你将王连升的尸体抬到审案局去，叫审案局为他披麻戴孝，以命抵命，就说是我鲍起豹说的，看他曾国藩这个狗娘养的有什么能耐！"

邓绍良见鲍起豹这样为他撑腰，登时神气起来。他集合三百镇筸兵，抬起王连升的尸体，气势汹汹地来到审案局。

当曾国藩得知王连升被打死的消息，心头一惊，随即很快镇静下来，吩咐紧闭大门，对于镇筸兵的任何叫骂，都不予理睬。邓绍良不敢冲大门，他知道万一引起绿营和团丁火并起来，他的脑袋也保不住。

镇筸兵在审案局外叫闹了半天，无一人搭理。邓绍良叫人将鲍起豹的话和自己出的一条主意共三条，用白纸写了，糊在墙壁上，把尸体摆在门口，然后带着镇筸兵扬长而去。

康福到门外转了一圈，进屋来告诉曾国藩："门外贴着一张白纸，那些龟孙子给大人提了三点要求。"

"怎么说？"

"第一条，审案局为王连升披麻戴孝办丧事。"

"哼！"曾国藩发出一声冷笑。

"第二条，打死王连升的团丁要以命偿命。"

"妄想！"

"第三条，发王连升遗属抚恤银一千两。"

"邓绍良在白日做梦！"曾国藩叫起来，"康福，你带几个人把王连升的尸体搬开，我审案局的衙门天天要办事，岂能让这具臭尸挡路。"

"慢点。"康福正要走，罗泽南连忙叫住，"涤生，我看是这样：先买副棺材来，将王连升的尸体装殓，抬到一间空屋里去。这么热的天，尸体放在审案局外不好。你看如何呢？"

曾国藩未作声。罗泽南叫康福带人去办。待康福走后，罗泽南又说："涤生，我看此事还得跟骆中丞商量一下才是。"

曾国藩想起骆秉章昨天的态度，知道跟他商量不出个好主意来，但事情重大，又不能撇开他，便说："还是请璞山过去先跟他说一声吧，晚上我再过去拜访。"

过一会，王鑫回来，面色不悦地说："骆中丞家人说他昨日受惊，今日病倒在床上，这两天不见客。"

曾国藩的长脸登时拉了下来，心中骂道："好个骆秉章，你是存心让我下不了台！"对王鑫说："不来算了！"

说完一屁股坐在椅子上出大气，两只拳头捏得紧紧的。

罗泽南轻轻地说："光气愤不行，此事要慎重处理。人命关天，让朝廷知道了，也不是件好事。"

曾国藩说："罗山，这明摆着是鲍起豹、邓绍良在寻衅闹事，哪有五十军棍就打死人的道理。"

"是的。莫非王连升早有病在身？"

罗泽南这句话提醒了曾国藩，他说："罗山，你这话说得好，王连升一定是先有病。"

"不过，王连升总是死在审案局的军棍之下。你说他有病在身，证据呢？"

"叫个人去访查一下。"曾国藩想了想，说："叫谁去呢？镇筸兵向来一致对外，王连升即使有病此时他们也不会说了。"

"叫杨载福去，他在辰州练了半年新兵，与镇筸兵有些联系，要他用重金收买，套出些话来。"

三天后，杨载福果然通过一些老关系，探知王连升在打军棍之前已患病，并从王连升捡药的利生药铺里查出了账单。利生药铺老板贺瑗的堂妹已许配给曾国藩的长子纪泽为妻，两家结了亲。贺瑗愿为此事出来作证。曾国藩听了杨载福的报告后，高兴地说："这下好了，把王连升的尸体给他抬回去，对他的死，审案局不负责任。"

"涤生，话不能这样说。"罗泽南说，"军律上讲，处置犯事官兵，倘遇有病在身，可缓施行。鲍起豹、邓绍良还可据此上告。我看此事双方都让些步，快点平息算了。"

曾国藩心中老大不高兴。转念一想，鲍起豹真的据此上告，自己也脱不了干系，便对罗泽南说："这样吧，你就代表审案局和邓绍良去商谈，总不能让他们多占便宜才是。"

当罗泽南亮出王连升在利生药铺捡药的账单，以及贺瑗当面证明王连升受刑前已风寒严重时，邓绍良气焰收敛了许多，经过讨价还价，最后双方定下三条：一、审案局派人护送王连升灵柩回原籍；二、审案局赔抚恤费五百两银子；三、打死王连升的两个团丁开除回籍。

曾国藩见到这三条，甚为不快，但知目前这种情况下，也只有这样处理才能使镇筸兵勉强答应。为表示对打死王连升的那两个团丁的安慰，曾国藩叫罗泽南各送他们十两银子，并特许他们两年后再来。

八　逼走衡州城

一连几天，曾国藩郁郁寡欢。这一夜，他想起到长沙办团练的这七八个月来，事事不顺心，处处不如意，心里烦躁至极，身上的牛皮癣又发了，奇痒难耐。他气得死劲地抓，弄得浑身血迹斑斑，床上一层癣皮。

十年前，曾国藩在京中得了这个皮肤病，不知请过多少个郎中，吃过多少服药，总不得痊愈，特别是遇到事烦心乱时，更是痒得厉害，有时辗转床上，通宵不能入睡，简直无生人之乐。有一年，荆七带来一个江湖郎中，自称是治癣病的高手，一连上门看了三个月，一天一服药，最后无一丝效果。郎中知此病无法医好，寻思着退步。他悄悄地请荆七到前门大街一家酒店，求荆七帮他出主意，又拿出五两银子作谢金。荆七贪恋这五两银子，将曾国藩是蟒蛇精投胎的传说说了一遍，并告诉江湖郎中一个脱身的法子。

一天，江湖郎中叫曾国藩把衣裤全部脱掉，煞有介事地上上下下、前后左右细细地看了一遍，抚摸良久，见曾国藩背部和两条大腿上全是一圈接一圈的白癣，想着荆七讲的传说，心中暗自诧异。他帮曾国藩把衣裤穿好，满脸谄笑地对曾国藩说："大人，我今日才算是真正看明白了，大人原来并不是患的癣病，乃是与生俱来的本性。大人，你前生不是凡人，而是昆仑山上修炼了千年之久的蟒蛇，这满身圆圈，便是明证。大人，此病不必治了，倘若真的没有这一身圆圈，大人今后何能穿仙鹤蟒袍，登宰相之位？"

曾国藩听了江湖郎中这番话，想起母亲常说的蟒蛇精投胎的故事，心情舒畅。不但不责备郎中医治无术，反而赏了他一锭大元宝，果然从此以后再不医治。

待痒略止，曾国藩起床，自己磨墨摊纸。他要向皇上奏参骆秉章、鲍起豹。刚写了句"为奏参庸劣官员骆秉章、鲍起豹"的话，便又颓然停住笔。他想起参劾清德的奏折，皇上至今没有批复下来。是同意，还是不同意？对湖南官场，皇上究竟如何看待？直接参劾湖南文武最高官员，会不会引起皇上的反感？再说，为兵丁斗殴一事去参劾对方，皇上对此又会如何看待自己？天意从来高难问。他觉得满腹苦水无处倒，气得将笔杆折断，把纸揉烂，扔到篓子中。过一会，他又从篓子里把那张纸寻出来，细细地抹平，看了看，放在烛火上，失神地看着它迅速变为灰烬。王荆七跟着曾国藩十多年了，从来没有见他这样愤怒过。荆七不敢劝，更不敢自己去睡，只得坐在门外陪着。

"骆秉章、鲍起豹看不起我，我就偏要争这口气不可！偏要练就一支强兵劲旅来，给他们瞧瞧！"曾国藩下定了决心。壁上，唐鉴所赠"不做圣贤，便为禽兽"的条幅跳入眼帘，当年与镜海先生切磋学问的情景，又浮现在脑中。是的，古往今来，哪一个办大事、成大功的英雄，没有过一番困厄颠沛的经历？他轻轻地念起太史公的名句："古者，富贵而名磨灭不可胜记，惟倜傥非常之人称焉。盖西伯拘而演《周易》；仲尼厄而作《春秋》；屈原放逐，乃赋《离骚》；左丘失明，厥有《国语》；孙子膑脚，兵法修列；不韦迁蜀，世传《吕览》；韩非囚秦，《说难》《孤愤》；《诗》三百篇，大抵贤圣发愤之所为作也。"念着念着，他心里慢慢好受多了。

心中的怒涛平息下来后，他开始冷静地思考出路。他想起这几个月来的所作所为，仅只限于平乱安境而已，离建曾家军、与长毛决一雌雄的目标还差得很远。如果这个目标不达到，官场和绿营便会始终看不起，而自己一生的理想也只是空想罢了。几个月来，他已逐渐清醒地看出，长沙不是做事的地方。官场暮气沉沉，绿营腐朽透顶，他们自己什么正事都不干，而别人要干事，则又是嫉妒，又是掣肘，最后弄得你一事无成方肯罢休。这里好比一群乌鸦麇集之地，只有当你浑身变得和它们一样黑的时候，才不会听到前后左右的聒噪声。漫说建不成新军队，就是辛辛苦苦建起来，不久也会被绿营的恶习所传染，最终也必定会和他们一起烂掉。必须离开长沙！这一点，曾国藩是愈来愈看清了。二月份，在给皇上的一份奏折中，他提到衡州一带地方混乱，拟到衡州去驻扎一段时期。那时他已觉察到长沙官场的难处，暗中为自己埋下一条出路。皇上对此没有异议。至今一直没有走，是因为他有顾虑。担心到衡州去扩充团练，会招致离开监督、自树一帜的非议。现在顾不得这些议论，非去不可了。团练和绿营结下如此深的怨仇，今后的冲突摩擦会无穷无已。掂掂实力，曾国藩知道自己目前尚扳不过骆秉章、鲍起豹和绿营。走吧！到衡州去，离开这批成事不足、败事有余的庸碌之辈，到衡州去大展宏图！

主意打定后，东方已泛白。他盥洗完毕，拿起书籍里一本《诗经》，信手翻到一页，高声吟诵："伐木丁丁，鸟鸣嘤嘤，出自幽谷，迁于乔木。"他忽然觉得这是一个吉兆，预卜从此可以走出幽谷，步入阳光普照的大道。

第六章　衡州练勇

一　王鑫挂出"湘军总营务局"招牌，遭到曾国藩的指责

位于南岳衡山南麓的衡州城，是湖南仅次于长沙的名城。湖南自古有三湘之称。何谓三湘，其说不一。有一种说法是：潇湘、蒸湘、沅湘合为三湘。衡州城正是蒸水与湘水的汇合处，为两广之门户，扼水陆之要冲，物产富庶，民风强悍，历来是兵家必争之地。曾国藩对衡州特别亲切，这是因为他一来祖籍衡州，二来欧阳夫人是衡州人，三则他少年时代曾在衡州求学多年。来到衡州，曾国藩如同回到湘乡，有一种鱼游大海、虎归深山之感。

衡州城小西门外蒸水滨，有一片宽阔的荒地，当地百姓称之为演武坪。这是当年吴三桂在衡州称帝时，为演兵而开辟的，后来便成为历代驻军的操练场，比长沙南门外练兵场要大得多。曾国藩把他带来的一千多号团丁，便安扎在演武坪旁边的桑园街，指挥所设在桑园街上一栋赵姓祠堂里。为便于日常商讨，他要罗泽南、王、李续宾、李续宜、康福、江忠济及满弟国葆等都住在祠堂里。

这天上午，曾国藩吩咐王鑫布置指挥所后，便带着罗泽南等人去拜访衡州知府陆传应。在知府衙门里吃完午饭回来，曾国藩老远就听见赵家祠堂前鞭炮轰响。罗泽南笑着对曾国藩说："璞山办事能干，就是有点好大喜功的毛病。其实也不必搞这大的排场，像金号开张一样。"

罗泽南出身酷贫，又笃信理学，持身处事一向节俭，在这点上与曾国藩

甚是相投。曾国藩点点头说："关键是要把勇练好，这种虚排场不要摆。"

王鑫见曾国藩回来，满面春风地迎上前去，说："曾大人，木牌子一时做不出来，我们这样大的一个衙门，岂能没有招牌？我一边叫木匠赶快做，一边先用纸写了糊起来。为图个吉利热闹，买了几万响鞭炮庆贺庆贺。"

曾国藩看祠堂正门右边，已从顶到底糊上一长条红纸，上面用颜体端端正正地写了一行大字，字字饱满稳当，出自王鑫的手笔："钦命团练大臣曾统辖湖南湘军总营务局"。为招牌一事，王鑫思考了一上午，最后定下这十七个字。他认为堂堂皇皇，很有气派，心中甚是得意，正期待着曾国藩的夸奖，只见曾国藩两道扫帚眉慢慢锁紧，说了句"璞山跟我进来"，便径直向祠堂里面走去。王鑫心头一凉，跟着进了屋。待王鑫进门后，曾国藩板着面孔说："璞山，这么大的一件事，你如何不问我便自作主张，你知道犯了大错吗？"

王鑫不到三十岁，心高才大，常谓一息尚存，即当以天下万世为念，虽连个秀才都未捞到，却俨然以主宰浮沉的人物自居。他这种气魄很得罗泽南的赏识。在罗泽南看来，王鑫是他众多才气横溢的弟子中的第一人，好比孔门七十二贤中的颜回。王鑫不认为自己写的招牌有什么错，不服气地说："卑职不知有何过错。"

对王鑫的文武之才，曾国藩也很欣赏。他意识到刚才过于严厉了，便放松面皮，略为和缓地说："你先坐下吧！"

王鑫在曾国藩对面坐下来。曾国藩耐着性子细细地说："璞山，你这个招牌气派是够气派了，但有两个大的差错。钦命说的是帮办团练，'帮办'二字，定下了主从关系。巡抚骆大人是主，我是协助。你如何能偷梁换柱，擅自去掉'帮办'二字呢？此其一。第二，我们办的是团练，不是军队，怎能自称湘军？这不是在公告大众，要在绿营之外另建军队吗？罗山和你们在湘乡练的勇，人家也只称湘勇。今后，我们这批团丁可自称湘勇，一来湖南简称湘，二来也可纪念湘乡练勇的开创之功，但决不能自称湘军。璞山，你有没有想过，这一去'帮办'，改'勇'为'军'，将会授人以柄啊！"

王鑫是个聪明人，经曾国藩一提醒，立即认识到问题的严重性，赶紧说："卑职一时考虑不周，我这就叫人撕下。"

王鑫刚要出门，曾国藩又叫住他："璞山，你的颜字越写越好了，木牌要好几天才能制成，还得借你的大笔再写一幅先贴着。"

"写几个什么字？"

"还写原来的老招牌：湖南审案局。"

离开长沙前夕，骆秉章在曲园酒家大摆筵席，为曾国藩及团练全体哨长以上的头目饯行。徐有壬、陶恩培、左宗棠和粮道、盐道等官员都出席作陪，鲍起豹和清德却拒绝参加。久游宦海的曾国藩十分清楚骆秉章等人的世故，但他不想与骆秉章撕破脸，于是带着众头目欣然出席。骆秉章心里果然高兴，二人并肩坐在一起畅谈，如同一对亲密无间的好朋友。

曾国藩深知借助骆秉章的重要，把招牌一事处理好后，便立即给骆秉章写了一封信，向他报告团丁安置的情况，欢迎他随时来衡州视察。接着，曾国藩又给郭嵩焘、刘蓉各写一信，邀请他们来衡州共举大事。又写了一封信给黔阳教谕、平江举人李元度。李元度字次青，曾和曾国藩在岳麓书院同窗。曾国藩欣赏李元度的才思敏捷，也请他来衡州帮办文书。又写了一封给正在桂阳州原籍守制的陈士杰。道光二十八年，陈士杰以拔贡上京考小京官，朝考时，阅卷大臣正是曾国藩。曾国藩见他的策论议论风发，言之有物，欣喜地录取了他。从那以后，陈士杰视曾国藩为恩师。

写完这几封信后，曾国藩感觉疲劳。他在床上躺了一下，却不能合眼。一个更大的计划，需要他尽快拿定主意。这就是今后如何训练这批湘勇。他在心里盘算着：自己之所以出山，目的是做李泌、郭子仪的事业，要如此，必须有一支强兵劲旅，这支人马虽不能叫军队，而只能称练勇，但实际上要比八旗、绿营强得多。一千号人，无论如何少了。但若一旦扩勇，便会立即招致非议。目前有十个省办起了团练，其他九省都没有湖南这样的大团，帮办团练大臣所直接掌握的团丁，都不过二三百人。湖南已有一千余人了，还要扩大，朝廷会不会同意？这是一。第二，饷银从何而来？自从洪杨事起，朝廷的经费便日感不支。这是曾国藩所深知的。要朝廷拨钱，希望渺茫；要骆秉章、徐有壬拨款吗？也不能指望。曾国藩躺在床上，被这两大难题困扰着，思前想后，找不到解决的办法。

荆七推门进来，对曾国藩说："大人，刚才陆知府派人送来一封急信。"

曾国藩坐起，从荆七手中接过信。原来，这信是新擢升为湖北按察使、正带兵在江西前线与太平军西征军作战的江忠源寄来的。江忠源信上说：长毛势力强大，能征惯战，打仗不怕死，又会收买人心，很难对付。请曾国藩在长沙多募几千人马，练成精兵，早日开赴江西，补充他的楚勇。看完这封信后，曾国藩想到了一个好主意。

曾国藩兴冲冲地给江忠源回信，告诉他已来到衡州练勇，请他向皇上奏明，委托湖南帮办团练大臣在衡州招募五千勇丁，训练成军，交他指挥。"只要朝廷明文同意扩勇，饷银的着落再想办法。"曾国藩心想，"至于交不交江忠源去指挥，那还不是凭我一句话。我不给他，谅他也不好意思来硬要。"

不久，郭嵩焘、刘蓉、陈士杰都先后来到衡州，曾国藩很是高兴，他认为自己给这几个地位不高却才能罕见的朋友，找到了一个可以施展平生抱负的舞台。郭嵩焘告诉曾国藩，他在湘阴募集了一批军饷，过几个月便可凑齐二十万。李元度也应邀来了。这个戴着深度近视眼镜、个头瘦小的文人还带来五百平江勇，一来便对曾国藩说，要弃文就武，当营官带兵打仗。曾国藩很欣赏他的这份勇气。趁着大批勇丁尚未到齐的空隙，曾国藩和罗泽南、王鑫、郭嵩焘、刘蓉、陈士杰、李元度等人天天商讨练勇之事。大家参照戚继光的束伍成法，结合目前的实际情况，制定详细的军事条例。曾国藩又写信给骆秉章，向抚标中军借调塔齐布、杨载福、周凤山三人。骆秉章同意了。不久，三人也一同来到衡州。曾国藩见文武人才济济，气象兴旺，心中甚为兴奋。这时，朝廷同意扩勇的批文也已下达。一个月后，李续宾、曾国葆、金松龄从湘乡募来二千五百勇丁，邹寿璋、储玫躬、江忠济从靖州、辰州、新宁、宝庆等地募来一千勇丁，连同过去的一千人和李元度的五百平江勇，合共五千余人。曾国藩将这五千余人分为十营，委任塔齐布、罗泽南、王鑫等人为营官。为使官勇们能一心一意地操练，曾国藩决定发厚饷。

在朝廷未拨下饷银之前，曾国藩与衡州知府陆传应商议，先把修城墙的十万银子挪了来用。银子兑了现，官勇们操练都有劲。曾国藩制定了严格的营规：每天五更三点放炮，闻炮即起，夜晚每营派十人巡逻；黎明演早操，营官、哨官必须亲自到场；午刻点名一次；日斜时演晚操，二更前点名一次。每逢三、六、九日午前，曾国藩本人亲到演武坪监督操练，并训话。从早到晚，每天演武坪尘土飞扬，喊杀声不绝，衡州城里的百姓都奇怪，这是哪来的一支人马，操练如此认真、勤勉？年长的记得，这块荒芜的演武坪，已经几十年没有吃粮的人在上面操演了。

二　忍痛杀了金松龄

经过严格的训练，两个月后，这支大部分都是新募勇丁的部队，阵法整齐、技艺也较熟稔，曾国藩颇为满意。

这天，一封紧急文书由长沙巡抚衙门递到衡州桑园街赵家祠堂。文书中说，长毛夏官副丞相赖汉英、殿右八指挥林启容、殿右十二指挥白挥怀统率十二万人马，从金陵出发，溯江攻陷湖口入江西，包围了江西省垣南昌。九江镇总兵马济美被杀，丰城、瑞州、饶州、乐平、景德镇、浮梁、泰和相继失陷，局势十分危急。已被任命为安徽巡抚，但还在江西与长毛作战的江忠源和江西巡抚张芾向湖南求援。骆秉章因此请曾国藩拨两营勇丁前往江西应援。

"岷樵是向骆中丞求援的，为何不叫鲍提督派兵去呢？发节礼，摆酒宴，没有想到我们，到江西送死倒想起我们了。"王鑫不是不愿意打仗，他心里早就想把部队拉出去，和长毛较量较量了。这样说，只是为出一口怨气。

"曾大人，虽说这几个月的训练，勇丁们的阵法和技艺都大有长进，但毕竟放下锄头拿起刀矛的时间还不长。听说长毛赖汉英是洪秀全的妻弟，最为凶狠善战，勇丁们不是他的对手。此番还是以不去为好。"塔齐布久于行伍，经验丰富，勇丁的弱点看得清楚。

王鑫闹的是意气，塔齐布才是持重之言，但曾国藩考虑再三，还是决定派两个营去试试。以前打过几次仗，对手都是小股土匪、会党，从来没有跟真正的长毛交过手，书生究竟可否杀敌立功，还没有把握。于是，罗泽南的泽字营和金松龄的龄字营奉命开赴江西。

几天后，江西前线传来捷报：泽字龄字二营，不足千人，杀败长毛数千，收复安福，解吉安之围。初试告捷，使曾国藩大为高兴。书生可用！他对这支人马充满了信心。

但不久，前线传来凶讯：泽字营在南昌附近中长毛埋伏，大败。哨官哨长易良幹、谢邦翰、罗信东、罗镇南阵亡。一连几夜，曾国藩都被这凶讯搅得不能安睡。牛皮癣又发了。

因收复安福之功，被张芾保举为直隶州知州的罗泽南，在班师回衡州途中，心头十分沉重。这个理学信徒，一生以王阳明为榜样，要求自己立圣贤之德、建不世之功。但第一次与长毛较量，便丢掉二十多个兄弟的性命，这中间包括他的四个优秀的弟子。最为伤心的是，罗镇南是自己未出五服的族弟，回湘乡后，如何向八叔交代呢？为了减少自己的罪过，他尽量把阵亡勇丁的尸首都找回来，用棺木装好，准备派人送回湘乡安葬。他恨自己毕竟实战经验少，轻易地便中了埋伏，也恨金松龄在最危急的时候，见死不救。不然，损失也不至于这样惨重。

那天黄昏，泽字营和龄字营满怀着收复安福后的胜利心情，应江忠源之请，来到南昌城西南郊。只见永和门外帐篷林立，旌旗蔽空，太平军约有一万人马驻扎在这里，把个永和门围得水泄不通。当中一座大营，营门前一根巨大的旗杆上，绣着斗大一个"林"字的杏黄镶黑边蜈蚣旗在迎风招展。在离永和门十里外，罗泽南和金松龄扎下营盘。

罗泽南求胜心切，帐篷一扎好，便邀来金松龄商议。他记得各种兵书上都讲偷营劫寨，是速战速决的好办法，便向金松龄提出当夜劫营的计策。金松龄跟随江忠源打过两年多的仗，知道太平军的厉害。他对罗泽南说："劫营固然好，但我军来到此地，估计长毛已经知道，鸟飞尚有影子，何况一千多号人马？倘若他们已做好准备，反而弄巧成拙。"

罗泽南说："今夜二更，我率泽字营去偷袭大营，即使不胜，也可挫伤他们的锐气。龄字营跟在我后面，胜则乘势追击，败则抵死相救。"

金松龄自知无论声望、地位以及与曾国藩的关系，都不能与罗泽南相比，只得勉强答应。

这夜，两营勇丁都没睡觉。二更时分，罗泽南派出的侦探回来，说长毛都已睡着，站岗巡逻的也没几个。罗泽南大喜，亲自带领泽字营走在前面，金松龄带着龄字营随后跟着。一直到太平军营盘前，四周漆黑，没有一丝动静。罗泽南下令直冲大营。令刚下，前哨一片骚乱。原来踩着陷阱了，十几个勇丁掉了下去。正在这时，只听得一声炮响，四周灯火通明，一个年约二十八九的太平军将领横刀立马出现在眼前，对着惊蒙了的勇丁们哈哈大笑："林爷爷已在此等候多时！"这青年将领便是威震江西的太平军殿右八指挥林启容。林启容年纪虽轻，却已是太平军中一位百战功高的大将。太平军的营盘四周都挖了陷阱，不是自己人不能识别。这是太平军安营扎寨的规矩，罗泽南并不知道。罗泽南从驻地启行的时候，早有探子告诉林启容。当下一场混战，泽字营丢下了二十多具尸体。龄字营见势不妙，后哨变前哨，撤离了战场。正当林启容指挥人马将要全歼泽字营时，永和门内江忠源的部队闻讯冲出城外，罗泽南才带着败兵狼狈冲出包围圈。

当罗泽南将这场战斗的经过报告曾国藩后，引起曾国藩的深深忧虑。罗泽南的失败并不可怕，可怕的是金松龄的败不相救。绿营在广西战场上与长毛作战，失败的主要原因就在此。倘若不对此事严加处罚，今后湘勇就会步绿营的后尘，后果不堪设想。罗泽南劫营失之轻率，然其勇气可嘉。书生带兵，最怕的就是缺乏勇气，罗泽南的这种勇气不可挫伤；尽管金松龄不赞同罗泽南的轻率冒进，但他终究答应了共同行事，即使不答应，也不能见死不救。金松龄罪不可赦。

曾国藩决定将此次泽字营、龄字营江西之行的奖罚大肆渲染一番。

这是一个晴朗的秋日。从北边飞来的大雁，在演武坪的上空结队飞过，有时还传下一两声清唳的鸣叫，使人想起"雁阵惊寒，声断衡阳之浦"的名句。千百年来，人们都相信北雁南飞，绕衡州回雁峰飞行三周后，便折转返回的传说，其实大雁北来，越过回雁峰，还会继续南行，直到找到它们认为满意的地方，才会成群落下过冬。

演武坪上，五千湘勇按营、哨、队，面对着指挥台整齐地排列着。曾国藩骑马来到演武坪，后面跟着的是塔齐布、罗泽南等十营营官。下马后，曾国藩径直走上指挥台，几个亲兵执刀跟随，各营营官则走到本营队列前。今天指挥台上作了一些简单布置。台上正中的旗杆上飘拂着一面明黄长条旗，上面用黑丝线绣着一个硕大的"曾"字。两边各插着五面不同颜色的长条旗，比中间那面旗略小一点，旗上方分别绣着"塔""罗""王""李"等各营官的姓。台前方摆一张长桌，用一块白布罩着。台左右两边摆了几条长凳。曾国藩站在长桌后面，长凳全部空着。按照三、六、九曾国藩训话的规矩，训话开始前，各营官跑步到曾国藩面前禀报实到人数、缺席人数及原因。当十个营官都禀报完毕后，曾国藩清了清喉咙，大声说："弟兄们！"演武坪上五千湘勇一律腰板挺直，脚跟靠拢，发出一阵沉重的响声。"弟兄们，这次泽字营和龄字营出省与长毛作战，是湘勇创建以来第一次与真长毛交手。这次旗开得胜，一举收复安福，值得大大庆贺。这证明我们这支由书生和农夫组建起来的队伍是能够打仗的。弟兄们，我今天要在这里重重奖赏泽字、龄字二营。营官罗泽南、金松龄各赏银五十两，各营哨官赏银二十两，哨长赏银十五两，什长赏银十两，每个弟兄赏银五两。"

底下开始出现骚动，队伍中有叽叽喳喳的声响，隐隐听得出轻声的议论："真走运，到江西走一趟，就得了这么多赏银。""眼红了吧！莫着急，有你发洋财的时候。"

曾国藩接着说："今后，我们要到湖北、江西、安徽、江苏去和长毛打仗，只要大家不怕死，把仗打赢，本部堂每仗要大发赏银。打了几仗后，大家都会阔起来。"

曾国藩放眼看指挥台下的勇丁们，一个个脸上泛出兴奋的光彩。他停了一下，换成另一番声调："但不幸的是，我们在南昌城外误入长毛的埋伏圈，哨官哨长易良幹、谢邦翰、罗信东、罗镇南和另外二十二名弟兄以身殉国。我们为英烈的忠魂三鞠躬。"

曾国藩带头脱下帽子，台下所有官丁一齐把帽子脱下。曾国藩在台上每鞠一躬，台下的人也跟着一鞠躬。三次鞠躬后，曾国藩接着说："对这些为国捐躯的英烈，将在他们的家乡湘乡县建祠纪念，使他们的英名流芳百世，永为后代子孙所怀念。"

这时，一个亲兵走上指挥台，悄悄地告诉曾国藩："金松龄已被看起来了。"曾国藩点点头，他的湘乡口音突然变得十分严厉起来，"弟兄们，我请各位都再想想，大家背井离乡到衡州来投军，究竟为的什么？"

说到这里，曾国藩用威峻的目光扫了全场勇丁一眼，没有人作声。曾国藩今天的训话，如同早春天气，一时晴，一时阴，众人都摸不着头脑，只有默默地听着他的下文。

"弟兄们，我看不外两点，一为保卫乡里，二为在战场上建立军功，升官发财，上替父母祖宗争光，下为妻子儿女谋福，也不枉变个男子汉，在世上走一遭。"

曾国藩对勇丁们讲话，一贯是一副乡下腔。他不用文绉绉的语言，也不讲修身齐家治国平天下的大道理。刚才这几句自问自答,又使气氛略为缓和,台下勇丁们大部分在点头,有些人在小声议论:"曾大人讲的是实话。""是呀!不为升官发财,我投么子军?说不定哪天脑袋就搬了家。"

"弟兄们!"曾国藩继续说下去,"既然大家都为这些个目标而来,那么我们就要努力去实现这些目标。我们十营弟兄是一家人。过些日子,我们要全部到前线去和长毛打仗。鼓点一响,就要冲上前去,那就是你死我活的事。弟兄们,你们在家,看到自己的父母兄弟和别人打架,打输了,会不会只在旁边看,而不冲上前去帮忙呢?我看不会。或许也有,那是不孝不悌的孽子,死后不能入祖茔的人。我们和长毛打仗,大家都是叔伯兄弟,长毛就是敌人。我们要团结一致去打长毛。绿营官兵为什么失败?就在于他们胜则争功,败则不救。眼看着自家兄弟被长毛吃掉,为保全实力,就不肯上前支援。弟兄们,这不但没有军纪,也没有良心呀!"

说到这里,曾国藩停了一下,他看到所有勇丁都在专心听着,从眼神里看得出是赞同的。他知道自己的话起了作用。在衡州这几个月,曾国藩的训话比在长沙还要勤快,还要恳切。他给勇丁订军纪军规,严戒嫖赌、游冶、懒散、骄傲。曾国藩懂得恩威并重的道理。他认为带兵之法,用恩莫如仁,用威莫如礼。对待营中官兵,他常以父兄的身份向他们不厌其烦地谈为人处世的道理,言辞诚恳。他常说十营勇丁是一个家庭,自己是一家之长,从来没有哪个家长不希望自己的子弟人人学好,个个成才的。有时讲到动情处,曾国藩能声泪俱下,使官兵深受感动。

平时,曾国藩带兵常用鼓励、劝勉、宏奖等以仁体现恩的一套,今天,他决定要用以礼——军纪,来体现威的一面。这时,曾国藩两道扫帚眉一皱,三角眼中射出肃杀的冷光。台下的勇丁看到曾国藩这副神态,如同骤然刮起一股西北风,浑身泛起鸡皮疙瘩,胆小的两腿已发抖了。只听见他威厉的声音响起:"这次在江西作战,就出现这样无军纪、没良心的人。泽字营陷入长毛的埋伏,即将全军覆没,而约好了的龄字营,却不去救援,反而撤离战场。大家说,我们这个家里能容忍这样不孝不悌、狼心狗肺的孽子吗?我不责备龄字营的弟兄们,他们听的是营官的命令。罪不可容的是他们的营官金松龄。"

曾国藩猛然提高嗓门,大喝一声:"把金松龄押上来!"方才还在做发财梦的金松龄，被两个亲兵推到前台。金松龄面朝曾国藩跪下，说："卑职没有及时救援，卑职罪该万死！"

曾国藩望着跪在脚下的金松龄，虽叩头认罪，而神色并不紧张。曾国藩好一会没作声。只见他左手逐渐握拢，捏紧，忽然，猛地一下放开，喝道："给我推下去斩了！"

这是湘勇建立以来，第一次斩自家兄弟，而且这首次开刀的竟是一个营官！台下五千勇丁和各级将官们一时全都吓懵了。金松龄顿时脸色灰白，瘫倒下去，好一阵才醒悟过来。他泪流满面，连连磕头："曾大人饶命，念卑职是初犯，宽恕一次，卑职宁愿挨一百军棍。"

曾国藩漠然看着金松龄，一言不发，蜡黄的长面孔阴沉沉、冷冰冰的，如同一张将死老马的脸。罗泽南慌忙出队跑到台上，跪下，磕了一个头："曾大人，金松龄罪虽该死，但卑职当初跟他商议时，他并不赞同卑职的主意，情尚可原，且又是初犯，目前正是用人之际，恳求大人饶他一死。"

罗泽南第一次在曾国藩面前叫他"大人"，自称"卑职"，使他心中一震。就凭着与罗泽南多年的深交而今日这样匍匐求情的面子，应该可以饶恕金松龄的死罪。曾国藩稍一犹豫，立即定了定神。不行！今天可以饶恕金松龄，明天就可以饶恕别人。犯了罪的人，一经讲情便饶恕，今后军中还能杀人吗？军法还有威严吗？倘若军纪松弛，今后不能成事，自己辜负朝廷之罪，谁来饶恕？他又一次握紧左手，严厉地对罗泽南说："军中无戏言，既不同意，可以不答应；一经答应，岂可不践诺？"

罗泽南讪讪地退到一边。金松龄又叩头道："曾大人，卑职一死不足惜，但上有八十风烛残年之老母，下有嗷嗷待哺之幼儿，望大人看在母老子幼的分上，网开一面，饶卑职一死，金氏先人定会衔环结草以报。"

曾国藩脸上的肌肉一阵阵抽搐，左手捏得更紧，汗在手心里流出，他咬了咬牙关说："母老子幼，本可饶你一死，但五千湘勇之军纪军风，不能因你一命而废弛，皇上之圣命，三湘父老之期望，不能容许我法外施恩。今日杀你，实出无奈。你从小读圣贤书，带勇以来，我又多次开导，应当明白一身与天下相比，孰重孰轻的道理。眼下长毛肆虐，生灵涂炭，我是要一支荡平巨寇的劲旅，还是要一盘松松垮垮的散沙？母老子幼，你不必担忧。"

曾国藩叫身边的亲兵拿来纸笔，写了几行字交给金松龄，说："你看后交给一位信得过的人保存,放心上路吧!"

金松龄接过纸条,只见上面写着:

> 原湘勇营官金松龄因犯军法处死,家中老母幼子无靠,每月由营务处寄银十两,直到老母去世,儿子成人时止。
>
> 咸丰三年十月二十一日曾国藩于衡州演武坪

金松龄知已无望,把这张纸条双手递给罗泽南,求他保管并督促营务处。罗泽南接过纸条,抱着金松龄的双肩,低头不语,心里万分内疚。金松龄不待曾国藩再说话,便自己走下台去。五千湘勇看着这个场面,莫不又惊又惧。龄字营的勇丁们,更是个个脸变色,心发跳。站在台下大队伍中的曾国葆,早就想出来为金松龄说情,但一直不敢出面。国葆深知大哥的脾气,最厌恶在公开场合以私情干扰公务,也最怕别人说自己徇私。前几个月,国葆回家招募了一千团丁,按理可当个营官。国葆自己也以为这个营官是当稳了,但曾国藩偏不给他当,他心里气不过。曾国藩把弟弟唤进内房,先是把正己才能正人、持身严才能军令严的道理说了一通,再又将这十个营官,一个个拿来跟国葆比,国葆也自认为不如他们,最后又给国葆讲了触龙说赵太后的故事,告诉弟弟无功而处高位并非好事的道理,这才把国葆说得消了气。曾国葆一直期待着金松龄自己的辩护和罗泽南的说情,能使大哥回心转意。看来一切都已无效,此时再不出面,金松龄就没命了。曾国葆硬着头皮,不顾一切地冲出队列奔上台来,"扑通"一声跪在大哥面前,喊道:"大哥!请你看在母亲大人的面上饶金松龄一死。"

曾国藩吃了一惊,他不明白该杀的金松龄与自己死去的母亲之间有什么关系。

"大哥,八年前,母亲大人一天突发心绞痛,抬到镇上,已经晕死过去。亏得金大哥的父亲金老太爷,以祖传秘方竭力抢救,才回转过气来。金老太爷又将母亲留在家里,亲自煎药服侍,三日三夜不曾合眼,最后母亲终于转危为安。母亲很是感谢金老太爷的救命之恩,每年三节都叫我们兄弟亲自送礼,以表酬谢。大哥,倘若没有金老太爷的抢救,母亲那年便已故去了。恳请大哥看在金老太爷救母亲命的分上,宽恕金大哥这一次,给他一个戴罪立功的机会。大哥,小弟求你了!"

说罢,头一个劲地在地上磕,满脸都是泪水。台上台下官勇见此情景,无不恻然。

曾国藩听了弟弟的哭诉,半晌作不得声。一提起母亲,他心里就悲痛。早知金松龄的父亲救过母亲的命,他今天无论如何也不会这样对待金松龄。这件事,国葆以前没说过,金松龄自己也没说过,他不觉对金松龄生出敬意来。但现在当着全体官勇的面,只因金松龄对自己有私恩便出尔反尔,饶他死罪,官勇将会怎样议论自己呢?威信怎能树立呢?军纪又何能整肃呢?不能收回成命!母亲已经死去,她老人家也不可能因此而责备自己了。为了湘勇今后的战斗力,为荡平洪杨的大业,松龄老弟,委屈你了,我是不得已才借你的头颅号令三军的。几十年后,到九泉之下,我再向你负荆请罪吧!经过一阵痛苦的思索,曾国藩释然了。他阴冷地望着满弟,严厉训斥:"曾国葆,此地乃湘勇练兵场,非白杨坪黄金堂,只有上下尊卑之分,没有兄弟骨肉之谊;只有军纪军法之严酷,没有私恩旧德之温情。你口口声声叫我大哥,哭哭啼啼诉说旧事,你是想要我以私恩坏朝廷法典吗?还不给我下去!"

曾国葆被骂得不敢回言,只得低着头走下台。金松龄彻底绝望了,闭着眼,任行刑团丁推着往前走。

最后,曾国藩又宣布:"罗泽南身为营官,不能正确判断敌情,轻率冒进,致使兵败,本应严办。姑念其敢以五百初次出征勇丁进捣一万长毛之老营,其勇气可贵可嘉。现革去营官职务,戴罪留营,以观后效。"

演武坪一片死寂。全体湘勇官丁,今天才真正领略到帮办团练大臣的威严和军法的凛然不可侵犯。

当晚,曾国藩在赵家祠堂召见金松龄的堂弟金龟龄。要他挑选二十名团丁,护送其兄灵柩回湘乡。又从自己的积蓄中拿出四百两银子来,要金龟龄代他送给金松龄的母亲,略表自己对金老太爷当年救母的酬谢。

三 从钓钩子主想到办水师

衡州因为地处湘南,即使是冬天,只要太阳出来,就显得温暖如春。那条秀美的湘江,在冬日的阳光照耀下,益发显得纤尘不染,一清到底,实在逗人喜爱，偶尔还可以看到几个不怕冷的后生子在江中游泳！江面上除开来往的货船、客船外，还有一种当地叫作钓钩子的小船，小船上只能坐一个人。一年四季，哪怕是烟雨霏霏的时候，湘江上都布满了这种钓钩子。渔翁们或站或坐在船上，把钓竿垂向水面，平心静气，等着鱼儿上钩。冬日和暖的江面上，没有风，水不急，钓钩子稳稳当当，如同用钉子钉死在水中。头上鹰击长空，脚下鱼游浅底，简直令人心旷神怡。这种南国冬钓的情景，与柳宗元笔下的"千山鸟飞绝，万径人踪灭，孤舟蓑笠翁，独钓寒江雪"的北方风味大异其趣。到了日落西山的时候，渔翁们上得岸来，一手提着满满一桶鱼，另一只手扶着反扣在肩膀上的钓钩子，笑微微地回家去。那情景，正是"高歌一曲斜阳晚"的典型写照。

曾国藩十多岁时，在石鼓书院从汪觉庵先生读过两年书，早早晚晚在湘江边散步，看着江上星星点点的钓钩子和站在其上的渔翁，觉得他们真是世界上无忧无虑最快活的人，常常不自觉地吟起《三国演义》开卷那首无名氏的《临江仙》："滚滚长江东逝水，浪花淘尽英雄。是非成败转头空，青山依旧在，几度夕阳红。白发渔樵江渚上，惯看秋月春风。一壶浊酒喜相逢，古今多少事，都付笑谈中。"这个时候，攻读"四书""五经"的烦躁厌倦之情，便会一时淡化，功名莫测的忧虑苦恼，也会得到片刻安慰：当么子大官，建么子功业，"是非成败转头空"，还是当个渔翁幸福！

自到衡州治军以来，曾国藩的脑中常常浮现出少年时代所艳羡的那种情景。多次想过，哪一天要抽空去当一天钓钩子主。怎奈湘勇草创，百事丛杂，没有一天空闲，且办事不易，心情郁闷，也缺少那份闲情。近一个月来，通过对泽字营、龄字营江西作战的奖赏以及对金松龄的处置，湘勇的训练效果大为提高，军纪也更加整肃，塔齐布、周凤山、杨载福等人常说"湘勇可用"。曾国藩近来心情略为舒畅些了。今天是一个艳阳普照的好天气，吃早饭时，他突然萌发驾舟浮钓的念头。想起兵勇们到衡州四个月了，还从来没有放过假，索性今天放假一天。命令下达后，大家都很高兴。

曾国藩带了满弟国葆，两个亲兵扛着两只钓钩子跟着，沿着蒸水走到石鼓嘴下，亲兵把钓钩子放到水中。他打算钓完鱼后，再上石鼓嘴去看看石鼓书院，尽管觉庵师已离开书院回到乡下去了，但石鼓嘴上的一草一木仍然牵动他的情丝。

曾国藩饶有兴致地将钓钩子划到江中，国葆也划着一只跟着他，两个亲兵在岸上等候。钓钩子上的渔翁看着逍遥自在，真正当起来却不那么容易。船并不听曾国藩的使唤，左右摇摆，弄得他常常站不稳，有几次晃动得大，连装鱼的桶都打翻了。国葆的处境，也不比哥哥强多少。曾国藩坐在船上，心猿意马，不能安宁。一时想起过去在江畔的吟游，一时又想起在刑部时的审理案件，一时又想起好久没有去看岳父了。还有汪师，已二十五六年未见面，怕是早已白发皤然了吧！一时又想起，对金松龄太残酷了，其实不杀也可以。一个时辰过去了，他的心思很少平静过，钓钩子也一直在晃动，鱼儿也很少有上钩的。他看看船头上那只小木桶，除几条瘦瘦的浮油子在窜来窜去外，仍是一桶清水。他叹了一口气：今生今世大概当不成一个像样的渔翁了。

正在这时，一艘大货船鼓帆顺流北去，船主并不知道这条小小的钓钩子上，居然坐着一位团练大臣，船过之时，激起的水波差点将曾国藩掀到水中。就在这个剧烈的颠簸当儿，他猛然想起，长毛凭着强大的战船，在千里长江上称王称霸，今后要与长毛作战，水师一定不能少，当不了渔翁，却可以当水师统领。是的，要趁着衡州有湘江、蒸水两条河流的有利条件，将湘勇的水师建立起来。水陆二军，齐头并进，那才是真正威风凛凛的曾家军。想到这里，曾国藩十分兴奋。

"曾大人！"呼声从岸上传来，打断了他的遐想。他回头一望，岸上的亲兵正对他打手势，示意他把船划到岸边来。

原来是欧阳凝祉先生前来桑园街看他，罗泽南打发人来喊。曾国藩当渔翁的兴趣已过，就是没有人来喊，他也准备上岸了，许多事急于要处理，渔翁不可久当。

曾国藩兄弟匆匆回到赵家祠堂，欧阳老人笑吟吟地迎上前："涤生，你看谁来了？"

话音刚落，从里屋走出一个矮矮胖胖的老头子，笑容满面地说："伯涵，还认得我吗？"

"啊哟哟，恩师驾到，国藩有失远迎。"原来这胖老头正是刚才在钓钩子上想起的汪觉庵，他仍用过去的表字称呼自己的得意门生。

"一别二十多年了，您老身体还这样硬朗，可喜！可喜！"

"不行啦，这几年常闹毛病。"汪觉庵拉着曾国藩的双手，异常亲热地上下打量，"胖多了，也威武多了，到底当了大官，与过去的穷书生完全不同了。"

曾国藩把觉庵师和岳父让进书房，亲手恭恭敬敬地给两位老人献上茶，望着觉庵师说："岳父讲，您老离开石鼓书院，回乡下老家已有七八年了。国藩一直想抽空到长乐去看望您老，总找不到空。到衡州四个多月了，没有一天清闲，今天我是下了很大的决心，丢开一切事，去过一过几十年来想当个钓钩子主的瘾。"

觉庵哈哈一笑："偷得浮生半日闲。不容易，不容易呀！"

"不瞒您老说，刚才在石鼓嘴边垂钓，我又想起您老当年执鞭教诲的情景，恨不得明天就到长乐去看望您老。"对眼前这位青少年时代的恩师，曾国藩有着真挚的深情。

"老朽蛰居山乡，路途遥远，岂敢劳贤契枉驾。你今日的担子很重，有贤契刚才这句话，老朽心中已备感欣慰。"

"恩师说哪里话来。当年您老朝夕相教的重恩，国藩至今未报，思想起来，常觉惭愧。没有恩师，哪有国藩今日？"

欧阳老人也说："到长乐去看看老师，是应该的。我原拟明年春暖花开时候，和涤生一起到长乐来看你呢！"

"那就益发不敢当了。"汪觉庵高兴得开怀大笑。

"恩师一向不大到城里来，这次进城，有何贵干？"曾国藩问。

"我原不知在城里练兵的统帅就是你。"

"这是自然的。当年那个文弱单薄的书生，怎么也不可能与刀枪兵马连在一起。莫说您老，就是我在一年前也没有想到过。"欧阳老人插话。

"话要说回来，"觉庵望了一眼欧阳凝祉后，又转向曾国藩，说，"自古以来，当统帅的也有不少书生出身的。远的如孔明，近的如郑成功，都是羽扇纶巾之辈。我以前的确不知是你，若是知道，我早就会来看望了。我教了一辈子书，出息了你这个人才，心里有多高兴呀！这次是亲家六十大寿，三番五次邀请，才在初五进了城。昨天去看望老朋友——你的泰山，才知道贤契是今日的李邺侯、王文成了。"

"学生岂能与李泌、王阳明相比。请问恩师，您老的亲家是谁？"曾国藩笑道。

觉庵未开口，凝祉忙说："汪师的亲家，可是个大名鼎鼎的人物，他是船山先生的六世孙王世全先生。"

"就是与新化邓湘皋一起合刻《船山遗书》的王世全？"

"正是的。"

曾国藩笑道："恩师与大儒结上亲戚，应当祝贺。"

"前年满女嫁给了世全的老四。这孩子酷爱诗书，有乃祖遗风。"

"听说王家世代建有船山先生的纪念室，过去在石鼓书院读书时，竟未一至，实在遗憾。"

"既然想去，我看今天最巧，下午我们一道到王衙坪去拜访汪师的亲家如何？"

"正好，"曾国藩说，"下午我就陪二位老人一起去瞻仰船山先生的故居，以偿夙愿。"

觉庵满心高兴："伯涵肯去，这可给世全家增色添辉了。"

国葆听说下午要去王家，立即叫一名亲兵先去通知王世全。

吃过午饭后，曾国藩陪着汪师和岳丈前往城南王衙坪。得知去拜访船山公的后裔，湘勇中书生出身的营官哨官个个兴致浓厚，大家都想随着去。曾国藩怕去的人多，王家招待不起，制止了他们，只带罗泽南和国葆同行。

四　接受船山后裔赠送的宝剑

出南门外不远便是王衙坪。它坐落在回雁峰脚下。这一带丘陵起伏，林木繁茂，风景很好。在并排摆着的四口大鱼塘旁边，有一栋年代久远的青砖瓦房，汪师告诉曾国藩："船山故居到了。"

门口，王世全带着四个儿子早已恭候着。王世全说："曾部堂光临寒舍，世全父子蒙幸匪浅。"

曾国藩答道："大儒贤裔，国藩景仰已久，今日陪同恩师前来一偿夙愿。"

世全陪着曾国藩一行进了大门。曾国藩见大门楹柱上刻着一副笔势老迈苍劲的对联："武功开一朝国运，文教启百代群蒙。"在客厅坐下后，王家很客气地敬献香茶，又端来满桌各式茶点。世全殷勤相劝："寒舍无佳物招待，请大人和各位贵客赏光。"

曾国藩说:"听恩师说,先生正逢六十花甲大庆,国藩略备薄礼,愿先生康健长寿。"

国葆递上临出门时准备的,上面绕着一条红纸的一百两封银。慌得世全忙说:"大人请快收回。世全一介寒士,今日与大人初次见面,如何担当得起!"又转过脸对觉庵请求,"亲家,你帮我说说。"

觉庵说:"伯涵,你如何这样客气,弄得老朽都不好意思。"

曾国藩说:"今日送这点薄礼,有三层用意:一为庆贺世全先生六十大寿,二来为祝贺王汪两家联姻。二十多年来,我未曾给恩师寄过分文,妹子出嫁,岂可不送点嫁妆?三则略表我对船山公的一点敬意。"

世全、觉庵见他说得如此恳切,只得收下。

吃了一会茶后,曾国藩对世全说:"令先祖学问,近世罕有。国藩当年从汪师求学,便向往船山公的特立卓行。先生克绍箕裘,远承祖业,近年又刊刻令先祖不少遗著,嘉惠士林,功德不浅。"

世全欠身答道:"把家先祖所遗旧作刊刻出来,是王氏世代夙愿,也是世全的本分。只是世全学力和财力都不副,多年来心愿未遂。道光十九年,仰仗新化邓湘皋先生硕学大才,湘潭欧阳小岑先生又慷慨资助五千余金,家先祖经学方面的十多种著作才得以梓行。"

"据传令先祖晚年生活贫困,仍读书写作不辍,实为读书人万代楷模。"

"家先祖一生清贫,晚年隐居曲兰湘西草堂读书著述,甚为困苦。说来寒碜,家先祖当时竟无钱买纸,把别人不要的陈年账本翻过来装订成册,时有领悟,便记在这些册子上。临终时,写满字的册子,满满堆了一屋。但生前一卷都无力付梓。"

曾国藩问:"道光十九年前,船山公的书刻印过哪些?"

世全说:"家先祖去世不久,其四子王敔以湘西草堂藏本为据,在衡州刊刻十余种,总题为《王船山先生书集》,当时印得不多。后来惠江书局又刻了几种,印得更少。"

"道光十九年的版片印了多少?"曾国藩问。

世全答:"当时一种也只刷印了两三百部,版片存欧阳小岑家,拟日后再印一点。前些日子,小岑先生来信,说此版已毁于兵火之中。"

"可惜!"客厅里所有人都同时发出一声叹息。

曾国藩说："我于船山公之书所读不多。在京时，蒙小岑赠送《礼记章句》四十九卷，诸经稗疏考证十四卷，对先生的学问文章钦佩不已。昔孔子好语求仁而雅言执礼，孟子亦仁义并称。圣王所以平物我之情而息天下之争，内之莫大于仁，外之莫急于礼。先生注《礼记》数十万言，幽以究民物之同原，显以纲维万事，弭世乱于无形，功德大矣。"

欧阳老人说："涤生所论甚是。前明之末，我朝开基之初，将黄南雷、顾亭林、王船山并称为三大儒。其实，南雷党同伐异，器宇太狭窄；亭林为学支离破碎，未成体系，唯船山公学问包罗万象，博大精深，其人品更是高洁，非黄、顾所及。"

觉庵说："船山公书中处处珍宝，只要留意，开卷可拾。且议论多发前人所未发，其精到细微，非世人可及。就拿对岳武穆的评价来说，后人都说武穆愚忠，为他可惜。船山公慧眼独具，说武穆正是不忠君，与高宗针锋相对才遭杀害的。"

世全说："家先祖认为，武穆是要将抗金进行到底，而高宗赵构却要向金求和称臣，因此高宗不能容武穆。"

觉庵说："更骇人的是，船山先生公然认为武穆灭掉金后，再来攻宋也是无可非议的。"

国葆说："船山公言之有理，赵构昏庸，武穆取代有何不可！"

罗泽南也说："此议痛快！"

曾国藩觉得这样的议论不便多发，万一传到朝廷，多少有点碍事。他换了一个话题："船山公现存有多少后人？"

"大约一百五十余人。我是家先祖次子敔公之后。"世全答。

曾国藩点头说："先生典守船山公旧居，保存了祖宗珍贵遗物。近来山道乖乱，先生守之不易。"

"先祖旧业，世全不敢抛弃，守之虽不易，但也是后人应尽之责任。"

觉庵说："亲家，何不陪伯涵参观一下船山公遗迹。"

曾国藩说："正要瞻仰，烦世全先生带路。"

世全把曾国藩一行领进左边一间厢房。这里陈列的多为船山旧物。一进屋，迎面而来的是一幅船山公画像。画的是一个容貌清癯的老头儿，脸特别长，细眉长眼，头上包着黑布，黑布两端拖下一尺余长的尾巴，顺着两耳下来，搁在两肩上。画像上题着船山公写的《鹧鸪天》一首："把镜相看认不来，问人云此是姜斋。龟于朽后随人卜，梦未圆时莫浪猜。谁笔仗，此形骸，闲愁输汝两眉开。铅华未落君还在，我自从天乞活埋。"画像两边贴着船山自撰的对联："六经责我开生面，七尺从天乞活埋。"世全介绍，这是船山公七十岁寿辰时，请人画的一张像。曾国藩指着像上方"孝思恬品、霞灿松坚"八个篆字问："这八个字是谁题的？"

世全答："这是永历帝赐赠家先祖的话，为家先祖友人陈天台所书。家先祖的画像，这里还有一幅。"世全用手指着对面的墙壁。曾国藩等人转过脸，看到对面墙上也悬挂着一幅船山公的画像。像上的老人是一样的，只是头上不包布，而戴着一顶处士巾，也有船山自题的《念奴娇》一首："孤灯无奈，向颓墙破壁，为余出丑。秋水蜻蜓无着处，全现败荷衰柳，画里圈叉，图中黑白，欲说原无口。只应笑我，杜鹃啼到春后。当日落魄苍梧，云暗天低，准拟藏衰朽。断岭斜阳枯树底，更与行监坐守。勾撮指天，霜丝拂项，皂帽仍粘首。问君去日，有人还似君否！"

曾国藩问世全："令先祖诗词集中好像没有收这首词？"

世全回答："的确没收。什么原因，现在已不得而知。想必是家先祖兴之所至，率尔操觚，书以自嘲。过后又不以为然，便不收进集中。"

曾国藩点点头。

他与罗泽南、曾国葆都是首次来此，一一细看，室中收藏了三次所刻的部分书和大部分尚未刊刻的手稿。曾国藩将这些手稿也翻了翻。有个柜子里放着船山生前穿戴过的衣帽。最令他感兴趣的是一把古纹斑斓的宝剑。剑鞘为紫铜皮所制，周围钉着密密的银钉，五寸长的青铜剑柄，被手磨得锃亮闪光。曾国藩没有想到王船山的遗物中还有这样一把古剑，好奇地把它抽出一截，立刻见毫光四射。他脱口而出："好剑！"便把抽出的部分重新插进剑鞘，又继续观看。过一会，他对身旁的罗泽南说："待日后战事平息下来，我辈集资刊刻船山公的全集，这是一件有大功于世的事业。"

罗泽南笑道："那时涤生牵头，我全力协助。"

曾国藩说："一言为定。那时我牵头可以，校勘就要靠你了。"

泽南说："我愿用十年时间来办此事。"

国葆笑着说："罗山师太聪明了，那其实是出钱请你读十年书。"

三人都笑起来。王世全听到他们三人的谈话，又想到曾国藩称赞柜子里的古剑，便悄悄把汪觉庵叫到一边，说："曾大人看来喜爱家先祖那把剑。常言道，宝剑赠壮士，红粉贻佳人。曾大人正领兵杀敌，需要这种东西，我们留着无用，不如送给他。"

觉庵说："那太好了，等会你就送给他吧！"

"只怕曾大人不收。"

"你是说他讲客气，不好意思？"

"不是。"

"那是什么原因？"

"亲家，你知道，家先祖是前明的臣子，生前一直不与国朝通往来。曾大人不会有忌讳吗？"

觉庵沉思一下说："过会我来说几句话，他自然会收下。"

曾国藩的视线转到西边墙上，这里是近世几位名人题字。最前面高悬的是四个楷书字："衡岳仰止"。字后有段跋语："衡山王船山先生，国朝大儒也，经学而外，著述等身，不惟行宜介特，足立顽懦。新化邓学博来金陵节署，言其后嗣谋梓遗书，喜贤者之后，克绍家声，固体额以寄。道光十八年四月望总督两江使者前翰林院编修安化后学陶澍敬题。"接下来还有陶澍联一副："天下士非一乡之士，人伦师亦百世之师。"曾国藩心里暗暗叫好。再看下去是祁隽藻和许乃普所书的两副联语："气凌衡岳九千丈，心抚离骚廿五篇。""痛哭西台，当年航海君臣，知己犹余瞿相国；羁栖南岳，此后名山述作，同声惟许顾亭林。"许乃普后是常大淳壬午游湘西草堂而作的一首七律："老屋三间丹垩新，先贤前此久栖身。叹嗟今日风光换，想见当年著述频。甲子自书陶靖节，庚寅谁吊楚灵均。我来无限榛芸慕，欲向船山荐藻萍。"看着常大淳的墨迹，想到他已作古了，曾国藩心里不免有些伤感。常大淳之后，尚有一些诗词联语，也有写得好的，也有平平的。忽然，一种熟悉的字迹跳进眼帘。原来又是一副联语："自抱孤忠悲越石，群推正学接横渠。"联语后端端正正写着一行字："而农先生几筵，不能窥之万一。谨节录先生自铭语以为献。道光壬寅六月既望长沙后学唐鉴敬题并书。"镜海先生都有字挂在这儿，自己却今日才第一次来，相比前辈敬贤之心，曾国藩感到惭愧。

王世全走过来说："承蒙前辈贤良关注，惠赐翰墨，使陋室生辉。今日大人光临，幸会难再，世全已备下笔墨纸砚，请大人及各位贵宾赏赐诗联，王氏族人感激不尽。"

"国藩才疏学浅，前贤墨宝之后，岂容我辈插足？日后世人将以狗尾视之，则自贻羞辱矣。"

曾国藩谦让不肯，王世全执意恳求。曾国藩本喜题诗作对，平日等闲之处，都愿题联留念，今日来到一代儒宗故居，怎会不愿留下墨迹呢？刚才推让，一是出自礼仪上的谦逊，二是正因为此地非比寻常，而自己还没考虑成熟，为慎重起见，不题也好。现在见世全态度诚挚，便思考一番，在书案上写下一联："笺疏训诂，六经于易尤尊，阐羲文周孔之遗，汉宋诸儒齐退听；节义词章，终身以道为准，继濂洛关闽而后，元明两代一先生。"写完后连声说："见笑，见笑。"众人见曾国藩对船山学问评价甚高，又见其字刚劲挺拔，严谨流畅，齐声称赞。曾国藩又在左下方以小字落款："咸丰三年十一月钦命帮办团练大臣前礼部右堂曾国藩敬题。"

世全又请罗泽南题。泽南一再逊谢："我素来才思迟钝，仓促之间无好句，免了吧！"

曾国藩说："罗山莫推辞了，你再推辞，就显得我不自量了。"

世全知罗泽南是湘中一带极有影响的学者，如何肯错过这个机会，一再请求。泽南拗不过，只得也写了一联："忠希越石，学绍横渠，在当年立说著书，早定千秋事业；身隐山林，名传史乘，到今日征文考献，久推百世儒宗。"也落款："咸丰三年十一月保升直隶州知州湘乡县训导罗泽南谨识。"大家一致称赞。世全又要国葆题。国葆感到为难，他望着大哥，不知该题不该题。曾国藩懂得他的意思，说："你素日崇敬船山公，今日瞻仰先生故居，也题一联，表表心意吧！"

得到大哥的鼓励，国葆认真思索之后，也题下一联："湘水衡云留正气，楚辞孤竹证同心。"家人进来，说晚餐已备好，世全请曾国藩一行、觉庵师和欧阳老人一道入席。

酒席宴上，世全频频敬酒，觉庵也以主人身份不断劝菜，宾主甚是欢悦。觉庵想起世全要以宝剑相赠的事，为消除曾国藩的顾虑，他把话题引到王船山对朝廷的态度上。觉庵有意隐去了船山对清朝敌视的一面，却大谈他对朝廷的依顺："人们说船山公是明之遗臣，不与国朝合作，其实此说不全面。先生的确忠于明朝，但对我大清也是拥戴的。"

"真的吗？"国葆插话。

"这有事实为证。"汪觉庵接着说，"康熙十六年，吴三桂慕船山大名，重金请先生为他撰《劝进表》，先生严词拒绝，说我怎能作此天不盖、地不载之语耶？在大是大非面前，可见先生的志向。"

曾国藩点头，表示同意汪师的观点。世全深知觉庵用意，立即接过话头："正因为家先祖不与吴三桂同流合污，所以康熙帝景仰家先祖品藻气节。康熙十八年，湖南巡抚郑端遵循朝廷旨意，命衡州知府崔鸣鹫馈赠米银。康熙四十二年，受湖广学政潘宗洛之请，才有虎止公刊刻遗书的事。康熙四十六年，朝廷批准将船山公入祀乡贤祠。乾隆三十九年将《周易》《书经》《诗经》《春秋》四种《稗疏》列入四库全书，并命国史馆为家先祖立传。"

曾国藩说："我朝历代圣主，对船山先生之恩都有加无已。"

世全又说："幸而长毛未进衡州，以其对待孔孟之态度，家先祖亦将蒙辱。王衙坪之所以尚有今日之平静，实赖大人及各位先生捍卫乡邑、力战长毛之功。家先祖九泉有知，定会感激莫名。"

曾国藩逊谢一番，说："适才进门之际，见府上楹联书'武功开一朝国运'，看来先生祖上是以武功起家的。"

世全说："大人明鉴。王氏祖上确是凭武功为家族争得了一席地位。"

泽南说："我辈孤陋，对令祖上所立军功一事，一向不曾听说。"

"我王氏一脉，出自太原，后迁至江苏邗江。船山公这一支始祖仲一公，当年跟随洪武帝起兵，后渡江攻克金陵有功，封山东青州左卫正千户。洪武二十二年，进阶武德将军、骁骑尉。二世祖成公从明成祖南卜有功，升衡州卫指挥佥事，晋同知，授阶怀远将军、轻车都尉，遂定居衡州。相传六世，绍紫垂荣，到七叶而武业中衰。此后则儒者辈出。"

"到船山公是第几代了？"

"已是第十一代。适才所看到的那把旧剑，正是洪武帝赐给仲一公的，仲一公仗此剑随洪武帝攻克金陵。曾大人，您老如今统率兵马，正是用剑的时候。王家自武夷公以来，一直以文章名世。此剑再留在王家，只是一件古董，而不能发挥它的作用。自古宝剑赠壮士，若大人不嫌弃，世全愿代表王氏家族将此剑送与大人。"

"这可使不得！此剑乃王家祖传之宝，国藩怎能夺人之爱！"曾国藩急忙辞谢。

"伯涵，既然世全一片真心，你就收下吧！此剑曾立赫赫战功，又是当年攻克金陵的吉物。今日长毛占据金陵，世全送与你，此乃天意。将来光复金陵，一定非伯涵莫属。"汪觉庵协助亲家来劝。

曾国藩原先认为王船山是个不同清朝合作的前明遗臣，今天听王世全和汪觉庵说来，方知他也是本朝的贞士。更使他激动的是，这把剑有过攻克金陵的光荣经历。难道收复金陵的盖世功勋真的要由自己来建立吗？如真的是天意，则不可违背。曾国藩想到这里，站起来说："既蒙世全先生错爱，又是汪师之命，国藩只好受了。"

世全命人拿出宝剑来，双手恭送给国藩，说："此剑有两点异处。一是剑刃看来甚钝，然削铁砍玉，如同泥土。二是每到午夜之间，它要长鸣一声。多少年来，都是如此。"

满桌人都感到惊奇，曾国藩更是高兴。汪觉庵说："伯涵，老朽代王家求你一事。日后金陵攻克之际，天下安定之时，请你出面邀请海内名儒，校勘刻印船山公全集，既使船山公一生宏愿得以实现，又光扬我朝学术。依老朽愚见，此功或不在荡平长毛之下。"

曾国藩侧身答道："弟子谨记吾师教导。日后攻克金陵首功不在弟子则已，若天意授与弟子，弟子一定在金陵刻印船山公全部遗书。"

世全起身，深表感谢。大家继续喝酒。欧阳老人说："涤生今日喜得宝剑，老夫也高兴。老夫十分喜爱旧日读过的一首古剑铭，现把这首古剑铭送给你如何？"

"谢谢岳父大人。"曾国藩恭敬地回答。

"这首古剑铭是这样写的。"凝祉一字一顿地念道，"轻用其芒，动即有伤，是为凶器；深藏若拙，临机取决，是为利器。"

曾国藩听完这首古剑铭后，明白岳父的深远用意，十分感激地站起来说："国藩牢记在心。"

凝祉又对曾国藩说："你来衡四个月了，听人说无论巨细，事事躬亲，昼夜操劳，毫无暇日。长此以往，将有损身体。秉钰娘要我转告你，还须随时注意保重才是。今日上午你能忙里偷闲,垂钓江上,我很高兴。自古以来,干大事有成就的人,都会忙里偷闲。一张一弛,文武之道嘛!"

听岳父提起上午的垂钓,他忽然想到创办水师之事,汪师、岳父和世全先生都是博学鸿儒,何不与他们商量一下?

"岳母大人的关怀,国藩很是感激。国藩今日上午在江上学钓,想起长毛这次顺利攻破武汉三镇、安庆、九江,长趋江宁,近来又在江西肆虐,靠的全是水师。日后,我们与长毛交战,不能没有炮船,我想就在衡州建立水师。今日特地请教各位前辈,不知可行否?"

欧阳凝祉、汪觉庵、王世全一致认为曾国藩此虑深远,衡州地处蒸湘汇合处,熟悉水性的人极多,不愁练不出一支水师劲旅。末了,王世全说:"曾大人要办水师,我倒想起一个人来,此人从小跟父亲在安徽长大,家藏一部《公瑾水战法》,多年来,对水师钻研有素,乃是一个极有用的人才。"

"此人是谁?"曾国藩对王世全的推荐极感兴趣。

"此人名叫彭玉麟,字雪琴,就是本县渣江人。"

汪觉庵说:"正是。若不是亲家提起,我竟忘记了。此人真可称得上衡州府一只玉麒麟。"

"彭玉麟现在何处?"

"他目前正陪老母在渣江闲居。"世全答。

"我日内当去渣江拜访他。"

"不烦曾大人亲到渣江,"王世全说,"来日我修书一封,请他到寒舍来,我再陪他去桑园街谒见大人。"

五　一个钟情的奇男子

发源于邵阳、祁阳两县交界山脉的蒸水,上游水浅河窄,不能行船,到了渣江地带,河面开始宽阔起来,货船可以在江上畅行无阻。这里位于衡州城北偏西,水路到衡州有一百一十里。附近几十里山区的土特产在此处聚集,通过蒸水,运到衡州城,再南由陆路运到两广,北经湘江运到长沙,过洞庭到长江,远销全国各地。南北物产也由衡州经蒸水用船运到渣江,然后流散到各户农家去。因为这个缘故,一个小小码头,逐渐变成了衡阳、清泉两县的最大口岸。渣江镇上三街六巷，百货俱全，店铺栉比，商旅辐辏，不亚于一个中等县城。由于渣江地面重要，设在衡州城里的衡阳县衙门将县丞官署设置在渣江，以便管理。咸丰二年，县丞衙门被饥民放火焚毁，现在又修复起来，照旧行使它的职权。

彭玉麟就住在县丞衙门旁边一栋简陋的木板房里。一早起来，稍事梳洗后，他对母亲王氏说："母亲，我到外婆坟上去看看。"

王氏知道儿子笃于情义，从小在外婆家里长大，对外婆感情很深。自从外婆去世以来，只要玉麟住在渣江，隔不了三五天，便要到外婆坟上看看坐坐，有时呆痴痴的，一坐个把时辰，硬是用双脚把家门到外婆下葬处之间走出了一条五里长的小路。她对儿子说："麟儿，你去去就回来，不要停得太久了。"

彭玉麟离开屋门，在一家纸马铺里买了些纸钱、线香，沿着草河（蒸水的俗称）走了两里多路，然后折入一条小道，迤逦进了一座名叫斗笠岭的山冈。这是一座湘南常见的不大不小的丘陵，山不高，全是紫色页岩堆成。这种紫色页岩，当地老百姓叫它"见风消"——刚挖出来，坚硬如岩石，过十天半月，便散碎如泥沙了，山丘表层尽是暗红色沙砾。这些沙砾既不装水，又没有一点肥性，它成了湘南贫困的象征。走到衡清一带，眼里若见着铺满暗红色沙砾的山冈，不用说，这里的农民一定苦不堪言。

斗笠岭上几乎没有像样的树木，只有几株枞树，矮矮小小的，稀疏的枝干在寒风中抖动，如同站着几个缺衣少食的孩子，令人见了既扫兴又怜悯。玉麟外婆的坟就葬在斗笠岭上一块向阳之地。在外婆坟边还有一座稍小的坟，立着一块矮一点的石碑，上面写着：梅小姑之墓。两座坟头各有一株枞树，这是玉麟十多年前亲手栽的，至今仍不到四尺高。

对于玉麟的上坟，王氏总以为儿子是眷念外婆生前的鞠养之恩。其实，玉麟想念外婆，更想念永远偎依在外婆身边的梅小姑。玉麟每次上坟，实际上都是来看望小姑的。今天，他照例在外婆坟头点燃线香，焚化纸钱后，再在小姑的碑下也插了几支线香，燃起一堆纸钱。他站在坟边，心里默默念道：

"小姑，我又来看望你了。明天我就要离开渣江，到曾大人军中去了，将会随大军转战南北，还不知有没有再来看你的一天。"

望着坟头被风扬起的片片纸灰,玉麟眼睛变得模糊了,整个身心完全沉浸在往事的回忆中。

玉麟父亲彭鸣九因家贫,二十岁时离开渣江投军,在绿营多年,积功升至安徽怀宁县三桥巡检,后又迁合肥县梁园巡检。鸣九娶妻王氏。王氏浙江山阴人,父亲是个老塾师。王氏十二岁时,父亲弃养,母亲周氏带着一子二女守节。王氏择婿甚严,三十岁时才嫁给鸣九。以后王氏的哥哥在安徽芜湖县衙门做了个文案小吏,周氏便带着满女跟着儿子住在芜湖。

嘉庆二十一年,玉麟出生于梁园巡检司署。十岁那年,舅父为玉麟在芜湖找到一个品学俱优的先生,于是就在那年告别父母来到芜湖。玉麟的姨妈五年前正要出嫁时,却不幸得天花身亡,舅父虽成亲多年,却至今未生得一男半女,外婆王老太太常感膝下冷寂。对于玉麟的到来,真如天上落下一颗星星,欢喜不尽。玉麟生得眉清目秀,聪明伶俐,且秉性笃厚,对长辈恭顺,深得外婆和舅父母的疼爱。

一个冬天的午后,玉麟放学回家,绕道到附近一座小山上去看蜡梅。刚到山脚,见山沟边躺着一个十三四岁的姑娘,脸色青白,两眼微闭,玉麟吓了一跳。心想:这女孩一定是病倒在这里,天气这样冷,若不叫醒她,病会加重。他蹲下来,推了推她,喊道:"小大姐,你醒醒。"喊了几声,那女孩醒了过来,睁开双眼望着他,却不作声。玉麟问:"你是不是病了?"女孩摇摇头。玉麟好生奇怪,没有病,为什么躺在沟边?他想了想,又问道:"你是饿得很厉害?"女孩点点头。"我扶你起来,你到我家去吧,我请你吃饭。"女孩望着玉麟,仍然没有作声,眼睛里流出两行泪水。玉麟明白她心里在感谢。于是扶起女孩,一路搀着她回到自己的家。玉麟把情况跟外婆说了,王老太太也很怜悯,怕饿过头的人一时受不了硬饭,赶紧熬稀饭给她吃。那女孩狼吞虎咽吃了两碗稀饭后,气色好多了。王老太太又收拾好自己的床铺,要女孩睡到被子里去暖和暖和。那女孩激动地叫了声大娘,双膝跪下去,给王老太太和玉麟磕头,慌得玉麟赶快扶起她。王老太太要女孩休息。把玉麟拉出门外。王老太太把这事告诉儿子和媳妇,舅父母都称赞玉麟这事做得好,说心肠好的人今后会有好报。玉麟很高兴。

到了掌灯时分,那女孩还未醒过来。王老太太进屋,坐在她的旁边。眼前这个孩子，王老太太越看越像自己的满女，看看想想，竟然流出了几滴泪水。过一会，女孩醒过来。她一眼看着王老太太慈祥地坐在自己身边，心里暖洋洋的，如同看到妈妈一样，情不自禁地喊了一声"大妈"。她向王老太太恳求："大妈，我不走了，我就留在你这吧！我什么活都会做。"

王老太太吃了一惊："孩子，你怎么能不回家，父母怕都要想死你了。"

女孩流着眼泪说："大妈，我没有父母，也没有家。"

王老太太扶着女孩坐起，说："孩子，你为什么昏倒在路边，你把详情给大妈说说吧！"

女孩点点头，穿上衣服，坐在床边，就像对自己亲生的母亲一样，倾吐满腔苦水。

原来，这孩子姓梅，名叫梅小姑，今年十四岁了，是浙江嵊县人。两年前，父亲得痨病去世，母亲哭得死去活来。谁料半年后，小姑十岁的弟弟又得天花死去。儿子的死，给小姑母亲以沉重的打击。自那以后，母亲便病倒了。家贫无钱医治，拖了一年多，也下世了。剩下小姑一个女孩子，无依无靠，孤苦伶仃。小姑虽然没有读过书，心眼却灵秀，裁剪针黹，煮饭烧菜，样样都做得好，模样也长得出众。街坊邻里有心肠好的，常常送点东西给她吃。也有人叫她做点女红，送她些手工钱。这样过了半年。

有一天，小姑的一个远房婶子从合肥回来，晓得了小姑的情况，便笑吟吟地来到小姑的家，对她说："婶子领你到合肥去，那里有个小歌班，班主是我们嵊县人。你长得漂亮聪明，今后跟班主学戏，一定可以赚大钱出大名。"嵊县是越剧的故乡，会唱越剧的人很多，小姑也会哼几句。她不想赚大钱、出大名，但她喜欢越剧，何况家里没有挂牵，去就去吧！小姑跟着远房婶子上了路。一路上，她把婶子当恩人，尽心尽意照顾她。昨天夜里，小姑和婶子落脚在一家伙铺里。半夜醒来，发觉隔壁有两人在说话。听声音，一人是婶子，另一个也是个中年妇女，但不是浙江人的口音。小姑好奇，把耳朵贴着板壁上偷听。这一听，吓得她脸色煞白，手脚发抖，浑身如同掉进了冰窟。原来，她错把恶鬼当菩萨。这个远房婶子，过两天就要把她卖到一家窑子里去做婊子，卖笑接客。小姑想到自己命运的悲惨，一夜里，泪水把整个枕头全部湿透了。小姑想：宁愿死，也不进窑子。她趁天未亮，便偷偷离开伙铺，不分东西南北，信天跑去，心里只有一个念头：离开婶子越远越好。她又急又怕又冷又饿，走到山沟边想掬口水喝，刚弯下腰，头一晕，眼一黑，便倒在水沟边……

小姑边说边哭，王老太太边听边流泪。老太太自满女去世以后，常常痴心地想带一个女孩。她怜悯小姑的苦命八字，也喜欢小姑的清秀灵泛，又一口绍兴府的乡音，和儿子媳妇商量后，收下了这个养女。

没有多久，小姑身体复原了，面孔光洁，白里透红，益发显得标致。她勤快温柔，样样活都干得好，对王老太太像对亲生母亲样的贴心，对老太太的儿子媳妇，也和对亲哥嫂般的亲热，对待玉麟，则更是关心体贴，无微不至。她感激玉麟，是玉麟救了她的命，是玉麟把她带到这样好的家庭。今生今世，要把自己全部的心血和爱都奉献给玉麟。她打算自己一辈子不嫁人，今后养母归天了，玉麟成家了，她就到玉麟家去，为他操持家务，把一个女人所能做到的一切，都用来报答玉麟的再生之恩。

每天一早，小姑都把玉麟上学所用的书和笔墨纸砚整整齐齐地放到竹篮子里。吃完饭后，她提着竹篮送玉麟到先生家。到了放学的时候，她早早地跑去接他。放学回家后，玉麟喜欢画画，小姑就常在一旁帮他铺纸、研墨。傍晚，玉麟休息时，她坐在玉麟身边，听玉麟讲些古今故事。那些故事多有味啊！慢慢地，她也懂得了不少知识，也跟玉麟学得了几百个字。

"玉麟，我问你一件事。"有一天夜晚，玉麟在灯下合起书本准备休息时，小姑轻轻地问他。

"什么事？梅姨。"

"我跟你说过好多次了，你不要叫我梅姨，我只比你大两岁，听起来多难为情。"

"你是外婆的养女，我不叫你姨叫什么呢？总不能叫你小姑姐吧！"

"你就叫我小姑吧。"

"小姑？太不礼貌了。"

"你就叫我小姑吧，我喜欢听。"小姑说着，脸上泛起一阵红晕，犹如三春季节，桃花开了。玉麟真想用手去摸摸。

"好！以后就叫你小姑吧。你刚才要问件什么事？"

"玉麟，你以前讲，古时有个叫兰芝的女子，曾割臂蒸汤给丈夫吃，终于治好丈夫的病。人肉真的可以治病吗？"小姑瞪着两只秋水般的眼睛望着玉麟，一转不转的。

"这怎么说呢。"玉麟感到很为难，"可能有用吧！不然古书上为何常有割臂疗母、割臂疗夫的记载呢！"

几个月后，玉麟感染风寒病倒在床，一连七八天，吃了十来服药都不见效。这天，小姑端来一小碗汤："玉麟，你把它喝了吧，喝了就会好。"

"这是什么药？"玉麟问。

"你不要管，喝了再说。"

玉麟端起碗，汤上浮着几个油圈圈，碗中有一块一寸长三分宽的肉条。他望望小姑惨白的脸，有点怀疑。他放下碗，抓起小姑的手，大声说："你把手臂伸给我看！"

小姑两眼含着泪水，死死地把手缩紧。玉麟明白了，他抓紧小姑的手，带着哭腔地说：

"傻姑，割臂疗病，那是古人心诚的表示，哪里真的就可以治病呢！你怎么下得手，割自己的肉。"

小姑眼里的泪水流了下来，喃喃地说："你不是说有用吗？即使无用，表示我的心诚也好嘛！"

玉麟哪里能喝下。从这碗汤里，玉麟看到小姑那颗水晶般的心。

时间一天天过去，玉麟和小姑也一天天长大。玉麟觉得自己不知从哪天起，就已经深深地爱上了小姑，常常夜阑更深想起小姑，想得心里火辣辣的，恨不得立刻就把小姑娶来做妻子。他恨外婆那时为什么不认小姑为干孙女，却偏要认作养女。外婆的女儿，就是自己的姨，有外甥娶姨妈的吗？但小姑毕竟不是外婆的亲女，只要外婆说一声，改养女为干孙女，不就行了吗？玉麟不敢向外婆开这个口，羞呀！小姑想得更多，更热切，她更羞于言辞。到了后来，两人在一起，又快乐又痛苦。纯真的爱情，便被这人为的大石板压着，只能弯弯曲曲、扭扭捏捏地萌生。

玉麟十七岁那年秋天，祖母在渣江病逝。父亲辞官，全家回原籍奔丧。行前写信给玉麟，要他在芜湖等候。玉麟从出生到现在还没有见过祖母一面，但老人家去世，他也感到悲痛。更使他伤心的是，他就要离开小姑了。小姑听到这个消息，哭得两眼红肿。她请玉麟给她画一幅画，画面是她自己想好的：一株盛开的红梅，旁边站着一只威武的麒麟。玉麟懂得她的意思，按着她的构思画了。那一夜，小姑房里一盏油灯一直亮着，她在用彩色丝线绣这幅画。那一夜，玉麟躺在床上，直到天明未合眼。就要离开小姑了，他有种失魂落魄之感。第二天，小姑又绣了一天。到了夜晚，小姑推门进来了。她什么话都没有说，拿出两双鞋子、四双袜子、一个精致的绣荷包，默默地递给玉麟。看着小姑面色憔悴，两眼无神，玉麟伤心，小姑又从怀里拿出那幅绣好的麒麟梅花图来，双手抖抖地送给玉麟。玉麟接过，只见那只麒麟用脸摩挲着身旁盛开的红梅花，互相依依不舍。玉麟忽然把小姑紧紧地抱着，一股热血在胸中奔涌，他似乎觉得今夜自己已经是一个成熟了的真正的男子汉。他失去了理智，狂吻着小姑那张洁白细嫩的脸。小姑闭着眼睛，柔软地躺在他的怀里，温顺地接受着他的抚爱。当玉麟把她抱到床上的时候，她一点也没有加以制止，只是用手指了指那盏忽明忽暗的豆油灯。玉麟吹灭了灯……

重新点燃油灯的时候，小姑已穿好了衣服，两颊红灿灿的，偎依在玉麟的肩上，喃喃地说："玉麟，我的弟弟，我的郎君，我永远是你的人，三四年后你一定回来。"

玉麟用手梳理小姑散乱的头发，说："小姑，我的姐姐，我的亲人，三四年后我一定回芜湖来，那时我和你拜天地，洞房花烛。"

"莫这样急，玉麟，再晚点，妈妈今年七十多岁了，待她老人家百年后，我们再成亲。我不忍心在老人家生前不做她的女儿，而做她的孙媳妇。再说，你也还要抓紧时间用功，我盼望你早日进学中举点翰林，为彭氏光宗耀祖。三四年后你回芜湖来，我陪你读书。"

"好，小姑，我听你的，等外祖母百年后再说。我要用功，我要早点取得功名，让你当夫人。小姑，你等着我，三四年后我一定回来。"

"玉麟，我等着你。此去衡州，登山涉水，你要保重，你要常常给我来信。"

玉麟跟着父母，带着十二岁的弟弟玉麒回到了渣江。他从没有见过自己的故乡，渣江在他的眼里是陌生而新鲜的。办完祖母的丧事，他就急忙给小姑写了一封信，趁父亲发信给上司的机会，顺路将此信寄到芜湖。信中还夹了一首五律："昔闻蒸湘水，今日到衡阳。树绕湘流绿，云开岳色苍。弟兄惭二陆，父母喜双康。风土初经历，家乡等异乡。"他尽量写得浅显，为的是让小姑看得懂。怕小姑不明白"二陆"的典故，又在旁边用小字注着："系陆机陆云，兄弟二人以文才名世。"但小姑没有信来。玉麟知道，小姑寄信不容易。她只能趁舅父寄信机会才能捎来一页纸几句话。有没有信来不要紧，玉麟相信小姑是时时刻刻在想着自己的。

谁知灾祸接踵而来，回渣江两年后，正在壮年的父亲却染病身亡。父亲临死时没有留给他别的话，只把一本旧书郑重交给玉麟，告诉他：这是多年前一位朋友送的。近几年来，夷人从水路侵犯我海疆，看来水师在今后会大有用处。原本想起复后，自己训练水师用。现在不行了，要玉麟好好研读。玉麟接过一看，这是一本从来没有见过的书，封面上写着：公瑾水战法。玉麟埋葬父亲后，杜门不出，在家细读《公瑾水战法》。这是三国时周瑜在鄱阳湖训练水师时所写的，内有水师的编制、阵法、训练等内容，是周瑜训练水师的经验总结。玉麟认真揣摩周瑜的水师作战方法，平时常用纸船在池塘里模拟演习。他相信今后会有一天用得上。

转眼回渣江已五年，玉麟二十二岁了。丧服刚一除，提亲的人便络绎不绝地来到彭家。王氏也想早点抱孙，极力要儿子早成亲。玉麟心中想着小姑，根本不理睬这事。每次提起，均以年岁尚小、功名未成相推辞。五年间，玉麟只收到小姑一封信。信纸拿在手里皱巴巴的，凸凸凹凹不平。玉麟知道，这是小姑写信时眼泪滴在纸上造成的，真是"一行书信千行泪"呀！小姑告诉他，外婆身体好，舅父母身体好，她的身体也好，媒人辞掉了几十个，天天巴望着玉麟回芜湖。父亲已去世，还回安徽做什么？安徽并没有彭家的根，彭家的根在渣江！玉麟看完信后苦笑着。他按捺着火一般的思念之情，耐心地等待着那一天。

又过了两年，从芜湖来了封急信。信中说舅父去世，要玉麟前去吊唁。舅父无子，他爱玉麟，把玉麟当作自己的亲生儿子。得知舅父去世，想起在舅父身边生活了七年之久，舅父的疼爱终生难忘。玉麟又想起风烛残年的外婆晚年丧子，不知有几多悲痛。玉麟心里很难受。他跟母亲商议，要把外婆和姨妈接到渣江来奉养。王氏为儿子的孝顺所感动。她不知，儿子固然是要奉养外婆，更重要的是天天和"姨妈"在一起。玉麟一路急如星火地赶到芜湖，祖孙见面，抱头痛哭，和小姑见面，悲喜交集。一别七年，小姑已二十六岁，是个老姑娘了，她不能再不出嫁。看着悲痛欲绝的外婆，玉麟打消了立即成亲的念头。

  玉麟护送外婆和小姑回湖南。一路上，玉麟和小姑耳鬓厮磨，形影不离。七年的离别太久太苦了，从今以后永远不能再分开，过去的亏欠要加倍地补回来。船将到彭泽的时候，玉麟指着长江中高高耸立的小孤山，给她讲小姑和彭郎相望的故事：传说很久很久以前，有一对恩爱的夫妻，男的叫彭郎，女的叫小姑，在长江边靠打鱼为生，夫妻俩相亲相爱，过着幸福平静的生活。有一年，彭郎病了，一连半个月，不能出船打鱼。小姑偷偷地驾了一只船下水，她要打些鱼来为彭郎换药治病。但那天江面忽起巨浪，小姑的船被吞没，她不能再回来了。彭郎倚门望江，一声接一声地喊着"小姑，小姑"。忽然，奇迹出现了。彭郎发现江心冒出了一座小岛，看那形状，正是他的小姑所化。彭郎激动地扑向江中，向小姑奔去。一个巨浪过来，彭郎与巨浪合成一体。它日日夜夜拍着小姑，千百年过去了，永远如此。

  "这是你瞎编的。"小姑听着听着，脸上泛出红晕，笑着说。

  "不是的，书上有记载。"

  "那为什么也叫彭郎，也叫小姑呢？"

  "那我就不知道了。"

  江水在船底急速地流着，小姑躺在船舱里，心里感到无比的幸福。忽然，她想起彭郎和小姑的爱情，最后竟以悲剧结束，眼前似乎浮现一层阴影，心中有一种莫名的怅意。

  老天真是无眼。正当这对有情人又开始朝朝夕夕相处的时候，一个可怕的疾病已偷偷地缠住了小姑。一天清晨，小姑起来到井边挑水。回来的途中，她觉得喉咙黏糊糊的，吐出来一看，她惊呆了：竟是一口血痰！小姑立时软瘫。她想起十多年前，父亲正是死于吐血。这可是不治之症啊！她明白，得这个病是因为多年来苦苦思念玉麟的缘故。她常常整夜整夜不眠，睡不着，就起来为玉麟纳鞋底。写信无法寄，她干脆把鞋底当信纸。这一针一线，便是对玉麟说的千言万语。就这样活生生地把人给弄病了。

  "小姑，就是倾家荡产，我也要把你的病治好。"玉麟脸挨着小姑的脸说。

  "玉麟，你不要着急，我相信我的病会好。我现在有多幸福啊！我再也不要苦思苦想了。"小姑把脸挨得更紧，两行泪水流在玉麟的脸上。

人力终于无法回天。小姑一天天瘦了，干了。她再也不水灵灵、嫩生生了。挨到第二年春天，正是百花盛开的时候，小姑却长眠在寸草不生的斗笠岭。玉麟悔恨不已。那时如果鼓起勇气跟外婆讲清一切就好了。外婆那样的慈祥，对自己，对小姑那样的疼爱，她会宽恕我们的孟浪的。假若那时就携带小姑一道回渣江，怎么会有今天她的早逝呢！玉麟捶胸打背，呼天抢地，但已经晚了。在小姑的坟前，玉麟栽下一棵枞树，又拿出那幅麒麟梅花图来，失神地看着，喃喃低语："小姑，我这一生要画一万幅梅花来纪念你，纪念我们生死不渝的爱情。"

那夜，玉麟用泪水作墨，写了两首七律。

少小相亲意气投，芳踪喜共渭阳留。
剧怜窗下厮磨惯，难忘灯前笑语柔。
生许相依原有愿，死期入梦竟无繇。
斗笠岭上冬青树，一道土墙万古愁。

皖水分襟整七年，潇湘重聚晚春天。
徒留四载刀环约，未遂三生镜匣缘。
惜别惺惺情缱绻，关怀事事意缠绵。
抚今思昔增悲哽，无限心肠听杜鹃。

彭玉麟从坟上回来，已是将近吃中饭的时候了。王氏对儿子事事满意，就是有一点不理解：今年都三十七岁了，却始终不愿成家。任你怎样漂亮的女子，都不能打动他的心。问他，总说："待金榜题名时，再议洞房花烛事。"王氏想，天下哪有这样犟的人，倘若这一辈子名不能题金榜，就一辈子不成亲了么？几多人在妻子儿女一大群之后才中举中进士的。这孩子，如何这样认死了目标，就九条牛都拉不回头呢？幸而次子玉麒早已成家，并生下两个女儿，王氏尚不苦膝下冷寞。玉麟实在不愿成亲，她后来也懒得说了。

玉麟将随身衣服书籍收拾好，把《公瑾水战法》又大致翻了一遍，然后用布包好。他找出珍藏的麒麟梅花图来，贴心口放着。又把几年来已画好的一千多张梅花包扎好,锁进大柜子。已是深夜了,窗外,一只鸟儿飞过,发出一种奇怪的叫声。玉麟听了,心潮起伏,感慨万千。他拿出一张纸来,提笔写道:

岣嵝峰有鸟,夜呼"当时错过",声清越凄婉,不知何名,其亦精卫、杜鹃之流欤?

写完这几句话后,他站起来,在屋里背手来回踱步,轻轻低吟,然后又重新坐下,在纸上写了两首七律。

"当时错过"是禽言,无限伤心竟夜喧。
沧海难填精卫恨,清宵易断杜鹃魂。
悲啼只为追前怨,苦忆难教续旧恩。
事后悔迟行不得,小哥空唤月黄昏。

我为禽言仔细思,不知何事错当时。
前机多为因循误,后悔皆以决断迟。
鸟语漫遗终古恨,人怀难释此心悲。
空山静夜花窗寂,独听声凄甚子规。

写完诗,玉麟久久地伫立在窗边。白天热闹的渣江已被夜色所吞没。天长地久有时尽,此恨绵绵无绝期。"小姑,待日后大功告就,我决不贪恋富贵,以寒士出,以寒士归,一定回渣江守着你的孤坟。"玉麟在心里自言自语。

六 把筹建水师的重任交给彭玉麟杨载福

从那次王衙坪回来,曾国藩又派人把王世全接到桑园街住了一天。王世全把彭玉麟的情况详详细细地告诉曾国藩。当然,王世全不知道彭玉麟至今单身的真正原因,而曾国藩却更佩服玉麟"匈奴未灭,无以家为"的志气,认为是当今少有的奇男子。他对世全说:"一旦彭玉麟到了你家,你就派人告诉我,我要亲到贵府去拜访他。"

恰巧这时上月派往江西了解军情的郭嵩焘,从江西带着江忠源的信,来到了衡州桑园街。江忠源鉴于太平军水师的强大,力劝曾国藩在衡州训练水师,并答应向朝廷上奏。郭嵩焘也把在前线所看到的太平军炮船,在江上往来如飞的威风告诉曾国藩。曾国藩愈想早一点见到彭玉麟。

彭玉麟来到王衙坪的第二天下午,曾国藩就来了。玉麟见曾国藩亲自来看他,十分感动。有点局促不安地说:"曾大人,玉麟渣江街上一落魄书生而已,岂敢劳大人屈尊降贵前来,这实在是万万担当不起的。"

曾国藩双手拉着玉麟的手,仔细端详着这位早几年才进学的秀才,果然长身玉立,英迈娴雅,在清秀的眉目之间透露出一股卓尔不群的勇武气概来。他突然在脑子里浮现出由秀才而封王的郑成功的形象,心中喜不自已,笑道:"听世全先生介绍,雪琴兄是时下罕见的奇男子,国藩心仪已久,今日有幸结识,实为三生缘分。"

一股相见恨晚的诚意深深感动了彭玉麟。他激动地说:"大人言重了。大人以朝中卿贰之贵,在衡州训练虎旅雄师,为衡州大壮声威。大人文武兼资,一身担天下重任,大人您才是真正的奇男子。"

曾国藩哈哈一笑:"衡州是国藩的老家,况且今日还谈不上壮声威,即使壮了声威,也是应该的。"

"雪琴知道大人要办水师,极愿为大人效力。"王世全说。

曾国藩对彭玉麟说:"早就知足下深通周瑜水师战法,是国家栋梁之材。国藩欲请足下先筹建水师第一营,待足下将此营建好后,拟以此营为榜样,再多建几营水师,共建十营水师。"

"玉麟其实只是一个书生,虽读过周公瑾的水师法,但毕竟是纸上谈兵。大人将这副重担交给我,玉麟如临深履薄,深恐日后折足覆餗。"

"足下不必谦逊。国藩深知兄台机警勇敢。道光末年,亲擒反贼李沅发,实儒林中少见之英雄。"

"后来衡州协为雪琴请功,总督裕泰公以为擒李沅发者必为武人,于是拔雪琴为临武营外委,赏蓝翎。雪琴一笑置之,竟不受赏,辞归渣江。"世全笑道。

"此事真可载儒林趣谈。去年足下在耒阳当机立断,发主人质库数百万钱募勇制旗守城。这种魄力,国藩深佩不已。"

玉麟淡然一笑:"这也是仓促之间,无可奈何。那时县令请饷,竟无一应,只得以此应急,也顾不得主人肯不肯了。"

"将在外,君命有所不受。就凭这一件事,足可以看出雪琴兄的将才。"

大家都笑起来。曾国藩说:"军事殷急,不容闲暇。请雪琴兄明日就搬到桑园街去,立即着手筹建水营。不过,一事我想劝足下一句。"

"请大人赐教。"

"听说足下至今尚单身一人,要等功成名就后再成家,志气虽可嘉,但窃以为不必如此固执。古人说,不孝有三,无后为大。不娶妻生子,怎能慰老母之心?且今后从军打仗,兵凶战危,生死难以逆料,更不能没有子嗣。望足下听曾某一言,在大军离开衡州之前,一定成家。"国藩叫亲兵抬来一盒银子,指着盒子说,"军中饷银匮缺,又乏珍稀,这八百两银子不是聘足下之礼,只是作为足下的安家之费。待得足下成家之后,水师训练好了,再浮江北上,为朝廷分忧。"

彭玉麟既不能拂逆曾国藩的这番好心,也不能不接受这份厚赠,只得恭敬从命。

彭玉麟第二天就搬进桑园街赵家祠堂。曾国藩想起杨载福在洞庭湖上的精彩表演,觉得杨载福实在是个难得的水师军官,便向彭玉麟介绍了杨载福。二人相见,甚是欢洽。前些日子,曾国藩从长沙请来永泰金号老板黄冕到衡州。黄冕曾在江苏一带任过多年知府,见过许多炮船,视察过江苏水营,对办水师有经验。又调来在广西管带过水营的候补同知褚汝航。杨、黄、褚三人和彭玉麟一起商讨水师的筹建。先定在石鼓嘴下的青草桥边建一大造船厂,广招各方木匠,努力造船。为互相辨认和壮声势,彭玉麟还为新筹建的水师第一营设计了各色旗帜。

常言道,插起招军旗,自有吃粮人。衡州、衡山、祁阳一带历来多船民。这些船民,并不打鱼,而是靠长途运货为生。自从太平军这一两年在湘江、洞庭湖一带点燃战火以来,长途贩运的船民的生计受到很大影响,许多人只得改行另谋生路,但大部分既无田,又没有别的手艺,生活很困难。得知曾国藩在衡州招水勇,连个橹工的饷银都可以养活一个四口之家,于是这一带失业的船民接踵而来。短短十天，前来投军的便有二三千，大大超过一个营的编制。曾国藩决定从中挑出一千五百人，同时建三个营。任命彭玉麟为第一营哨官，杨载福为第二营哨官，褚汝航为第三营哨官。

七　湘江水盗申名标

自从彭玉麟的到来和水师的顺利建成，湘勇出现了一派新气象。每逢单日，曾国藩去演武坪，逢双日则去石鼓嘴，见塔、罗训练的陆勇和彭、杨训练的水勇都在认真操练。坪里，刀枪闪光，杀声震天；江面，旌旗耀眼，战船如梭。水陆两支人马威武雄壮，曾国藩心情十分欢悦。这些日子来，每天夜晚曾国藩都和康福对弈。康福将祖传秘局一一传授给曾国藩，曾国藩的棋艺大有进展。这天夜里，曾国藩与康福又在以康氏祖传的云子切磋棋艺，彭玉麟、罗泽南等在一旁观看。正下得起劲，一个水勇风风火火地闯进门来禀报："曾大人，彭总爷，江上有贼偷袭我们，杨总爷正率领人和他们在搏斗。"

曾国藩忙把棋子一扔，对彭玉麟说："到江边去看看。"

说完，二人带了几个随从，骑着快马，一溜烟向石鼓嘴江边跑去。

黑夜里，只见江面上灯火通明，七八条水师长龙围住一条极大的民船，民船上装着垒得高高的麻袋，那些麻袋里装的都是湘勇的口粮。快蟹上的水勇们，一手提着刀，一手擎着火把，七嘴八舌地吆喝。一些人则纵身跳到民船上，与船上的人扭打。江面，有两个人头在水面上下出没。曾国藩来到岸边，立即又叫开出四五条长龙，命令他们务必将民船上的人全部抓起来。约莫过了半个钟点，杨载福钻出水面，一只手抓住另一个人的头发，把他拖到岸边。时已隆冬，杨载福出水后已冷得发抖。曾国藩看那人时，只见他脸色青灰，就像死去一般。曾国藩要杨载福进舱换衣，并吩咐多喝几口白酒，又叫人拿出一套干衣服来给那人换了。接着走进船舱，亲自审讯被抓的一批窃贼。这批窃贼共有十六人，他们招供，因生活所逼，前来盗窃军粮，为头的就是被杨载福从水中拖出的那人，名叫申名标。

申名标被押了上来。此人年近四十，长得五大三粗，剽悍狰狞。见到曾国藩，便双膝跪下，说："我申名标有眼不识泰山，冒犯了大人，我甘受大人处罚。在水中擒拿我的那位壮士一手好功夫，我佩服。如果大人不嫌我是窃贼，我愿投靠大人麾下，为大人效力。"

曾国藩问："你除了会偷盗外，还有些什么本事？"

申名标苦笑了一下，说："大人，偷盗不是我申名标的本事，只是这些天来，弟兄们揽不到事干，家里老少都饿得肚皮贴着脊梁骨，我们眼红大人军中的粮食。大人，我们是被逼干的。我申名标十几年前，也曾是关天培将军手下的把总，于水战稍知一二。大江之上，一刀在握，二三十条汉子并不在我的眼中，这上下百余里水面上，提起我申名标的名字，船民中无人不知。"

杨载福在一旁说："这小子是有些能耐，十几个兄弟都被他打下了水。水下功夫也了得。"

曾国藩将着长须，微闭着三角眼在思索：这申名标分明是个湘江上的水盗，梁山泊里阮氏三雄那样的人物。这种人最无品行操守，给他当个头目，他会坏了军风军纪，把一群人都带坏；若只给他当个普通勇丁，谁又能管得了他？如不要，此人勇敢，有些功夫，目前正是用人之际，埋没了他的长技，又太可惜。尤其是当过关天培手下的把总，这点更使曾国藩动心。对关天培，曾国藩一向钦佩，在关提督手下当过把总的人，总不是十分不济的人。收，还是不收？曾国藩在犹豫着。彭玉麟说："大人，这等鼠盗之辈，纵有某些长处，也还是以不用为好，将来败坏军营风气，为害更大。"

杨载福见曾国藩沉吟不语，便说："大人，雪琴兄的话固然有道理，但依载福看来，此人尚能用。我与他交手半个时辰之久，无论水上水下的功夫，湘勇水师中还少有人及得他的。况且用人如用器，用其所长，避其所短，主要看在驾驭得不得法。"

曾国藩频频点头，杨载福的这种观点与他的想法完全一致。他暗思，莫看杨载福年纪轻轻，真有大将气度。曾国藩睁开眼，微笑地看了杨载福一眼，然后转过脸去，威严地审视申名标良久，厉声训道："申名标，你带头偷盗我湘勇军粮，犯了死罪，你知不知道？！"

申名标磕头如捣蒜："小人知罪，小人罪该万死。求大人饶命。"

曾国藩喝道："你这等偷鸡摸狗之辈，本不应该收留，以免坏了我的营规。本部堂怜你有一技之长，目前国家正是用人之际，我为国家着想，又看在杨总爷的面上，收下你。就派你在杨总爷营中听命。今后要遵杨总爷将令，老老实实改邪归正，为国家出力。立了功，一样少不了你的升官发财；

若旧病重犯，两罪并罚，本部堂军法不容！去吧！"

申名标见曾国藩收下了他，喜不自禁，忙又磕头。起来后，又在杨载福面前磕了两个头。曾国藩命令将抓到的窃贼，每人杖责十板后放了。申名标本无妻小，跟那帮兄弟说了几句分别话，也不回去了，当夜便宿在船上。

从那以后，申名标便在杨载福的水师二营中充当一名水勇。申名标十分感激杨载福的恩德，对他毕恭毕敬，训练时百倍卖力，又加之对水战很有一套，不久，杨载福便提拔他当了一名什长。申名标又暗地召唤来二三十个船民头领投靠杨载福。杨载福放排出身，自然十分熟悉水上船民的性格，知道他们大都骁勇粗豪，不受约束。他不仅能容下申名标，又见他招来的兄弟个个都有一身硬功夫，且其中几个，杨载福在放排时就已闻其名，故而对他们一概欢迎。这批人也死心塌地跟着杨载福。一个月后，杨载福提拔申名标当了一名哨长。申名标给杨载福当参谋，将在关天培水师中所学得的布阵操练的功夫全部献了出来，协助杨载福训练。杨载福的水师二营果然进步甚快，在三个水师营中一枝独秀。其他两营也不甘落后，水师中出现一股你追我赶的气氛。湘江本一向平静温柔，像个待字闺中的淑女，这下弄得一天到晚剑拔弩张、杀气腾腾，变得如同一个准备出征的武夫似的。曾国藩见三营水师蒸蒸日上，又恰好这时收到郭嵩焘在湘阴募集的二十万两饷银，于是索性比照陆勇的建制，也建十个营。告示一贴出去，应募者纷至沓来。那个年代，老百姓贫穷困苦，走投无路。苦难的岁月，使得人对生的留恋大大减弱，对死也不甚畏惧，反正生和死都差不了多少。他们想：投军吃粮，固然容易死在战场，但吃了几天饱饭，喝了几顿好酒，就是死了也值得，兴许还能在战场上发横财也不可知。若祖上的坟堆葬得好，说不定还可杀出个军官来，光宗耀祖，享受人世间的荣华富贵。不上半月，水师又建起七个营，连同原来三个，共十营。战船不够，曾国藩便委托黄冕在湘潭又建一座船厂，昼夜不停地改造民船，制造新船。又派人到广东购买洋炮。曾国藩对这十营水师分外喜爱，彭玉麟、杨载福又是他一手赏识提拔上来的营官，可谓真正的心腹嫡系。曾国藩将大部分心思转而用在水师上，他甚至认为，这十营水师，才是真正的曾家军。

正当彭玉麟、杨载福等人指挥十营水师在湘江上，按照周瑜当年所创造的长蛇阵、方城阵、八卦阵等阵式，并参照关天培训练水师的经验逐日操练时，太平军西征军在千里长江两岸取得了辉煌战果。安徽战场上，翼王石达开坐镇安庆主持全局。先是攻克集贤关、桐城、舒城，帮办团练大臣、工部侍郎吕贤基兵败自杀；接着是庐州克复，新任安徽巡抚江忠源投水自尽。江西战场上，国舅赖汉英在占领湖口后，战船进入鄱阳湖，一举攻克南康府。接着湖口、九江易帜，又连克丰城、瑞州、饶州、乐平、浮梁，击毙守城官吏。国宗石祥祯指挥大军从江西西上进入湖北，克复武穴、田家镇、蕲州。张亮基奉旨降调，新任湖广总督吴文镕战死在黄州府城外二十里的堵城。节节胜利的西征军将士，从水陆两路再次包围湖北省垣武昌。

第七章　靖港惨败

一　为筹军饷，不得不为贪官奏请入乡贤祠

江忠源、吴文镕先后兵败而亡，给曾国藩刺激极大。江忠源与曾国藩相交十余年，曾国藩赏识、推荐他。江忠源也不负期望，军兴以来，建楚勇，守城池，屡立军功，两三年间，便由署理知县而升至巡抚，为湖南读书人走立军功而显达之路，树立了一个榜样。江忠源为谢曾国藩的知遇之恩，多次向朝廷禀报曾国藩在衡州练勇的业绩，并为他争取了扩勇的合法地位。在今后的岁月里，无论是在战场上，还是在官场上，江忠源都是曾国藩可以靠得住的朋友。不想正在功名日隆之际，却突然应了他当年"以节烈死"的预言。如同心中一根支柱被摧折，曾国藩心里有种空荡荡的感觉。吴文镕是曾国藩戊戌年会试座师，是一个于曾国藩有大恩的人。吴文镕从贵州巡抚任上奉调为湖广总督，途经长沙时，书报曾国藩来长会见。曾国藩因军务方殷，不遑离开。吴文镕到武昌后，多次请曾国藩派勇援助，并奏请朝廷下令调派。曾国藩因对湘勇出省作战无把握，宁愿冒着有负恩师与朝命之大不韪，都不肯派一兵一卒北上。他写信给恩师，要他坚守武昌，等几个月湘勇训练好了后再出兵。但朝廷的严责、湖北文武的讥讽，使得吴文镕不得不亲到前线督兵。战死前两天，他还给曾国藩写了一封信，说自己是被逼来到前线，必死无疑，环顾皖赣鄂湘四省，惟一能与洪杨作战的，只有衡州一支人马，要曾国藩好自为之。吴文镕的阵亡，使曾国藩负着一层深深的愧意。

忽然又报围攻武昌的太平军分兵为二,一支由北王之弟韦俊统率,继续攻打武昌城,一支由翼王胞兄石祥祯与秋官又正丞相曾天养、春官又副丞相林绍璋、金一正将军罗大纲等统率,名号征湘军,挺进湖南,要打通天京至两广的道路。消息传到长沙,骆秉章火速上奏朝廷。咸丰帝降旨,令曾国藩尽快从衡州发兵,堵住征湘军南下,并进而北上救援武汉。

接到皇上的谕旨,曾国藩仍按兵不动。这有几个原因。一是向广东定购的洋炮还只到八十座,大部分未到。二是大军启程,要几千夫役,这笔银子尚无着落。这几个月招募水师,开办船厂,靠的是郭嵩焘募来的二十万两银子。国库空虚,朝廷所拨的银子远不够用。湖南藩库只原来那一千号人的饷银,一两银子也未增。兵马未动,粮草先行,没有银子,哪来的先行粮草?甚至连勇丁们近来训练的劲头也大大降低了。还有一个原因,是曾国藩不能对任何人讲的:有意缓点出兵,隔岸观火,看看骆秉章和鲍起豹在长毛面前丢城失地的狼狈相,到那时自己再来收拾残局,扬眉吐气,岂不更好?

洋炮等一等就会来的,曾国藩并不着急。但银子缺乏,却最使他头痛。向衡州城里几家大绅士、大商号发出的捐饷书,已经五六天了,好比泥牛入海,无半点消息。曾国藩为此事十分心焦。

"大人,捐饷一事有了点进展。"彭玉麟走进赵家祠堂,面有喜色地对曾国藩说。

"呵?快坐下来谈谈。"就像久旱时听到一声雷响,曾国藩眼里射出兴奋的光芒。

"昨天下午,杨健的孙子杨江派人邀我到他家去。"杨江为户部候补员外郎,两个月前丧母回衡州,其祖父杨健以湖北巡抚致仕。杨家是衡州城里绅士中的首富。曾国藩对杨江相邀甚感兴趣,忙问:"足下跟杨江熟?"

"十多年前,卑职和他在东洲书院同窗,彼此相处得还好。当即我便过河到了江东岸杨府。杨江说,他收到了大人的信,对大人在衡州训练勤王之师十分钦佩,愿意尽力襄助。这几天,衡州城里也有几户绅商与他计议捐饷事。"

"杨员外郎急公好义,真是国家忠臣。"刚才还只是听到远处的雷声,现在真的要下雨了,曾国藩很高兴。

"杨家是衡州城里最有影响的士绅。只要杨家带头,几万饷银就不难得到。不过，杨江说他捐银可以，但有一点小小的要求。"

"他有什么要求？"曾国藩的目光变得犀利起来，彭玉麟微微一怔。

"杨江说，请大人代他上奏皇上，准许为其祖父在原籍建乡贤祠。"

曾国藩摸着胸前的浓须，沉吟起来。他对杨健的情况是清楚的。杨健是衡阳人，嘉庆年间进士，授户部主事，累官郎中，外任府、道、运司、藩司，道光初，升湖北巡抚，道光二十五年在衡州病逝。衡州籍京官欧阳光奏请入祀乡贤祠。道光帝因杨健在湖北巡抚任上贪污受贿，官声恶劣而严斥不允。曾国藩时任詹事府右春坊右庶子，也讥嘲欧阳光的孟浪。现在却要自己出面，为贪官杨健申请。欧阳光覆辙在前，岂不要重蹈吗？不过，时过境迁，道光帝已换成了咸丰帝，且眼下军情紧急，饷银难得，皇上或许可以体谅。

"杨健入祀乡贤祠一事，有奏驳在案。足下知道吗？"曾国藩问彭玉麟。

"这件事，我从前也听说过。杨中丞为官的确欠清廉，但他已过世八九年了。作古的人，也不忍心多指责。也搭帮他在生前聚敛一批银子，倘若是个担月袖风的人，他的孙子再有心，也是空的。"

曾国藩淡淡一笑，没有作声。彭玉麟继续说："我们目前急需银子，只要他肯拿出来就好。大人不妨为他写份奏折，准不准是皇上的事。实在皇上不允，杨江也怪不得了。"

"他答应捐多少？"

"他说捐二万两。"

"杨家储藏的银子，少说也有二十万。捐二万，也太小气了。"

"杨江说，待大人奏报朝廷，皇上允许后，他再捐五万。"

狡狯！曾国藩在心里骂了一句。

"杨江捐二万是少了点，不过，他一带头，其他绅商都会捐一些，凑起来，大概也不会少于七八万。只是他们都希望朝廷能给他们以奖叙。"

"那是自然的。我会向朝廷奏明，为他们邀赏。"

"看来大人同意替杨江上奏了。"

曾国藩点点头说："一张纸换来七八万两银子，尽管要担些风险，也是值得的。"

"我看不会有多大风险，大不了就是当年欧阳光那样，斥责一通罢了。

况且大人今天之举，纯为国家而做的权变，中间苦心，皇上一定会体谅的。"

曾国藩同意彭玉麟的分析，默默地摸着胡须，不再作声，他在思考这份奏折应该如何措辞方为妥当。

二　出兵前夕，曾国藩亲拟檄文

杨江一带头，其他绅商都跟着捐了些，几天之内，居然募到了九万两银子。各种规格的大炮近日内陆续运来一百座，曾国藩将银子拨到各营，命令做好启程准备。

看着水陆各营人马这些日子来忙着擦磨刀枪，发放军备，搬运粮草，修缮战船，一派热火朝天的战前繁忙景象，曾国藩心里又兴奋又激动。已是午夜时分，蒸水和湘水交汇之处的石鼓嘴下，临时搭起的修造厂里，仍然灯光明亮，炉火熊熊。清脆的金属撞击声，一声声传进赵家祠堂。曾国藩站在顶楼上，深情地向石鼓嘴方向望去，似乎看见了从铁砧上飞溅的火星，看见了围观湘勇红彤彤的笑脸，一时心潮起伏难平。

曾国藩生性稳重，不是那种情感易起易落的轻薄人。自从跟着唐鉴研习程朱理学后，更是自觉要求为人处世、办事治学，多用理智，少用感情，他崇拜，也模仿学习那种从容镇静、藏大智大勇于胸中而不露声色的古代名相风度。然而今夜，一颗心却像走火入魔样地不能安定。他点燃一炷香，闭着眼睛，盘腿坐在床上，努力想象着当年谢安在淝水之战前围棋赌墅，得捷报后围棋如故的那种超人理智，强制自己安定下来……

是的，曾国藩有千百条理由兴奋激动。从"勿言一勺水，会有蛟龙蟠"到"犹当下同郭与李，手提两京还天子"到"树德追孔孟，拯时俪诸葛"，从少年到青年到中年，一种渴望建大功大业，做非常之人的理想，一直贯穿着他的一生。但过去，这种理想只流露在诗文中，间或也流露在与至亲好友的书信谈话中。这些年来，官运虽亨通，究竟没有大功勋。今天，经过一年来忍辱负重、含辛茹苦的组建、训练，他的手中已有水陆二十营一万湘勇，加上长夫在内，将近两万。他是这支人马名副其实的统帅，只等他一声令下，水陆两路并进，旌旗蔽空，战舰如云，真可谓浩浩荡荡、威风凛凛。今后，他将亲自指挥这支人马，歼灭长毛，收复失地，做郭、李、诸葛的事业。三十年来的理想，今朝一旦成为现实，这个从荷叶塘走出，没有祖业和靠山，全凭自我奋斗的农家子弟，心情是何等的感慨万端！

此刻，他想起蟒蛇精投胎的传说，想起陈敷的预言。公侯将相，真的已是指日之间的事了！当年的文弱书生，真的已是扭转乾坤的巨人了！

此刻，他也想起长沙市民"曾剃头"的咒骂，想起鲍起豹、邓绍良的骄横，想起忍气吞声、移师衡州的痛苦。现在，这支湘勇已经建起来了，马上就可以打胜仗，扬眉吐气了！天下人即将看到，他曾国藩不是一个平庸的人！

此刻，他还想起皇上的殷殷廑注，想起恭王、肃学士的热忱推荐，想起镜海师以一生名望为之担保的极端信赖，浑身热流滚滚。"我没有辜负你们的厚望，我曾国藩将是拯世济民的郭子仪、李泌！从此以后，将以频频捷报报答你们的知遇之恩！"曾国藩几乎要从心底里呼喊出来。

南国暮冬之夜，天气仍然寒冷，今夜曾国藩却浑身燥热，他解开旧棉袍上的布扣子，心里有一种从未有过的快慰。远处传来一阵马嘶，是值夜的马夫在添加草料。"马作的卢飞快，弓如霹雳弦惊。了却君王天下事，赢得生前身后名"。几百年前辛稼轩的长短句，仿佛就写的此时他的心情。而曾国藩比辛弃疾幸运，他不必发出"可怜白发生"的悲叹，他正当年富力强，就可建轰轰烈烈的功业！

这样一场堂堂正正的讨逆之战，出兵前夕，应当有一篇檄文！由辛弃疾的词，曾国藩忽然想到了骆宾王的《讨武曌檄》。当年那场顷刻溃败，不起任何作用的徐敬业的讨伐，本该早被历史淘汰，就因为有骆宾王的那篇檄文，才使得一千多年来，人们谈论不息。自己这次奉旨讨伐，必将取得胜利，绝不是徐敬业起兵所可比拟的，应当有一篇比《讨武曌檄》更好的文章！它要以宏大的气魄，传神的警句，铿锵的声调，斑斓的色采，伴随着这场震古烁今的战争流芳百世，让后人在读这篇檄文时，缅怀前人的丰功伟绩。

曾国藩认为前代檄文虽多，但除骆宾王那篇外，几无好文章，那是因为都是捉刀者所为。一个以咬文嚼字为职事的文人，怎能有三军统帅那种吞吐天地的气概和旋转宇宙的雄心。这篇文章当由自己亲手执笔！

是的，曾国藩本来就是个作文的高手。

进翰苑之初,他便跟着梅伯言,入了桐城派的藩篱,对姚鼐的古文很喜爱,并赞同姚鼐的古文理论。曾国藩刻苦钻研古文的写作。几年之间,他便名重京师,求其作文者络绎不绝,连房师季芝昌的诗集付梓,都请他代为作序;士人以求得他的一篇文章为光荣。曾国藩深受姚鼐的影响,喜气势浩瀚、瑰伟飞腾、雄奇壮大的阳刚之美,作起文来,气势充沛,声光炯然。但他才思并不敏捷,每作一文,都要搜肠刮肚地冥思苦想,有时弄得精疲力竭,写好后,改而又改,直到他满意的时候,才拿出来给朋友们看。这最后改定的文章,往往得到文坛的很高评价。但过去所作的数百篇文章,跟将要写出的这篇檄文相比,算得了什么!曾国藩想,那些诗序、文序、寿序,那些墓表、墓铭,要么是借题发挥,要么是无病呻吟,要么是碍不过情面而言不由衷,即使写得再好,也不过只是一篇好文章而已,它决不能跟这篇檄文相比。这篇檄文可以振作士气,赢得人心,威慑敌人,瓦解胁从。它的作用,甚至能超过一支雄师劲旅,不然自古以来,何以有"传檄定天下"之说呢?在这样的檄文面前,一切文人之作都将显得软弱无力、黯淡失色。而这篇檄文,今天却要出自于一个三军统帅的笔下!这尤其使曾国藩激动不已。古往今来,檄文何止千百,有哪篇是统帅自己写的?没有!三军统帅亲拟讨贼檄文,就凭这一点,也将以史无前例的荣耀记之于史册!

曾国藩越想越兴奋,他熄灭香头,走下床来,挑亮油灯,拿出汤鹏所送的荷叶古砚,用道光帝御赐徽墨磨出一砚浓汁,选一张细密绵软的上等宣纸,握一管兼毫湖笔,迅速地写出檄文的题目:《讨粤匪檄》,然后离开书案,在房间里背手踱步打腹稿。

油灯一闪一闪地跳跃,照着他疲倦而亢奋的长脸,照着他宽肩厚背的身躯,一会把影子拉得长长的,映在墙壁上,如同一根竹竿;一会又是一大片阴影,把半边屋都遮了,如同起了半天乌云。"这篇檄文一定要超过《讨武曌檄》。"曾国藩想。他试图不落骆宾王的窠臼,设计了几种不同的布局,但比来比去,都不如骆宾王的好。无奈,只得步骆氏后尘,先来骂一通讨伐的对象。刚提起笔,他又感到困难。骆宾王对武则天熟,武氏许多把柄都在骆的手里。但曾国藩对洪秀全、杨秀清一无所知,对长毛也不甚清楚。在被长毛俘虏的半天中,他也只感觉到长毛的凶恶,恨朝廷命官,但并没有亲眼看见他们做过什么坏事。不过,长毛毕竟是可恨的,那天倘若没有康福来救,头早就被砍了。不管怎样，长毛都是强盗之列，必须痛骂一顿，以激起国人的仇恨。他提笔写起来。写好一段后，又反复斟酌字句，涂来改去，最后自己觉得满意了，才轻声念出来，看看抑扬顿挫、高低缓急的声调如何：

> 为传檄事。逆贼洪秀全、杨秀清称乱以来，于今五年矣。荼毒生灵数百余万，蹂躏州县五千余里。所过之境，船只无论大小，人们无论贫富，一概抢掠罄尽，寸草不留，其掳入贼中者，则剥衣服，搜刮银钱。银满五两而不献贼者，即行斩首。男子日给米一合，驱之临阵向前，驱之筑城浚濠；妇人日给米一合，驱之登陴守夜，驱之运米挑煤。妇女而不肯解脚者，则立斩其足以示众妇。船户阴谋逃归者，则倒抬其尸以示众船户。

读完这段后，他觉得声调还可以。近来，曾国藩在军务之暇，悟出了许多人世诀窍，他把这些诀窍归之为"八本"："读书以训诂为本，作诗文以声调为本，事亲以得欢心为本，养生以戒恼怒为本，立身以不妄语为本，居家以不晏起为本，做官以不要钱为本，行军以不扰民为本。"他有时想，待长毛平定之后，在老家再盖一栋房子，这栋房子里典藏皇上的诰封和赐物，以及自己这些年所写的奏折底本、诗文日记和家中的图书，就将这栋房子命名为"八本堂"，把这"八本"之说刻在堂上，让它与皇恩和文册一起，传给子孙后代，永保曾氏家道兴旺。内容和声调都使他满意，曾国藩继续写下去。他想起去年出山前与郭嵩焘的对话。对！必须打起卫道的旗帜，以卫道保教来争取人心，特别是要激起普天下读书人的公愤。曾国藩写道：

> 士不能诵孔子之经，而别有所谓耶稣之说、《新约》之书，举中国数千年礼义人伦、诗书典则，一旦扫地荡尽。此岂独我大清之变，乃开辟以来名教之奇变，我孔子孟子之所痛哭于九泉，凡读书识字者，又乌可袖手安坐，不思一为也。

他觉得这段写得很好，很有力量，是自己心中感情的真切流露，也为天下斯文之辈说出了久蓄于胸的义愤。接下去，曾国藩再将洪杨烧学宫、毁孔子木主、污关帝岳王之像、坏佛寺道院城隍社坛等话写了一段,他要以此激起全社会对太平军的仇恨。最后,曾国藩宣布自己"奉天子命,统率二万,水陆并进,誓将卧薪尝胆,殄此凶逆",并号召各方人士支持他。对这些人,或以宾师相待,或将奏请优叙,或授官爵,而反戈者将免死。如果谁"甘心从逆,抗拒天诛",那么"大兵一压,玉石俱焚"。

全文写完后,曾国藩通篇再读一遍,读着读着竟大感失望了。这篇写成的文字,与他盘腿坐在床上所想的那篇檄文,相差太远了。无论从气魄上,还是从行文上,都比骆宾王的《讨武曌檄》大为逊色。"超过"云云,从何谈起!既缺乏"喑呜则山岳崩颓,叱咤则风云变色。以此制敌,何敌不摧;以此图功,何功不克"的气势,又没有"言犹在耳,忠岂忘心,一抔之土未干,六尺之孤何托"的悲愤,更没有"请看今日之域中,竟是谁家之天下"那样震烁千古的结尾警句。曾国藩翻来覆去地修改了几遍,一直到鸡叫,仍不能满意。他无可奈何地叹道:"看来这檄文,已让骆宾王登峰造极了,后人竟无可超过。"说罢又摇摇头,不服气地想:世上哪有不能超过的事!昌黎说"气盛则言之短长与声之高下者皆宜",莫非我的气势不如骆宾王?骆宾王不过一文人,自己堂堂三军统帅,反不如他!曾国藩百思不解,直到远远近近的鸡一齐叫起来,天已蒙蒙发亮,他才疲倦地放下笔,动手前的那股激奋情绪已消失大半了。

檄文写好后,曾国藩命大量誊抄,四处张贴,务使闹市僻壤,人人皆知。办好这件事后,他又开始考虑另一件大事。

水陆两支人马,加上夫役在内近两万人,一旦开出衡州,全力以赴的事,必将是行军打仗。曾国藩想,自己的主要精力也将要摆在克敌制胜方面,因而必须建立一个类似朝中内阁那样的机构,处理诸如发放文书、调配粮草银钱、采买军需给养等日常事务。这个机构以供应粮草为主,曾国藩给他取名为粮台。粮台下设八个所。文案所负责处理上下左右往来文书;内银钱所负责调配安排湘勇内部水陆各营的银钱;外银钱所负责收发朝廷及各省各地拨、援、捐等银钱;军械所负责采买随军所用的各种器械,如军服、帐篷、马匹等;火器所专门负责采买以大炮为主的各种火器;侦探所负责情报侦探、军报传递;发审所负责处理勇丁内部及勇丁与百姓之间发生的各种冲突案件;采编所专门采集编辑湘勇官兵忠义孝悌的材料上奏朝廷,以便奖掖忠良，激励士气；粮台委托黄冕、郭嵩焘为总管；同时，还在衡州设一捐局，接纳各地绅商的捐助，此事便委托给内兄欧阳秉铨。

不久，衡州、湘潭两处船厂禀报，已建成快蟹四十号，长龙五十号，舢板一百五十号，又建造一艘特大的船，名为拖罟，以五六只船拖着前进，作为曾国藩的座船，同时还改造民船数十号，雇民船二百余号，以载辎重。到了咸丰四年正月底，各个方面的准备工作，在周密的安排下，都大体就绪，曾国藩心里松了一口气。这时，朝廷又下达一道紧急命令，令曾国藩沿湘江北上，兼程赴援武汉。曾国藩决定正月二十八日由衡州启程。

二十七日下午，曾国藩想起明天一早就要誓师北进了，心情无论如何也难以平静。他焚香盘坐在床上，闭目凝神，半个钟点后，心绪渐渐安静。于是他请罗泽南过来品茗对弈。罗泽南前些日子又恢复了一营营官之职。经过那次挫折后，罗泽南变得更加老练深重了。金松龄的营官一缺，则由曾国葆代理。在平时的相处中，曾国藩对罗泽南，与任何人都不同，总以一种亦师亦友的态度对待。空闲时间，二人常在一起谈些学问上的事。在对程朱理学的研究方面，曾国藩常自愧不如罗泽南。

曾国藩与罗泽南一局未终，亲兵进来禀报：门外有个年轻的读书人来访。曾国藩一向谦卑抑己接待来访者，尤其是读书人。他吩咐收起棋盘，传令立即接见。

三 青年学子王闿运的一番轻言细语，使曾国藩心跳血涌

那人进得门来，在曾国藩面前端端正正地行了一个礼，不卑不亢地自我介绍："晚生王闿运拜见部堂大人。"

"足下便是王闿运？"曾国藩将王闿运细细地打量一番。见他很是年轻，约在二十岁左右，中等身材，宽长脸，两只眼睛乌亮照人，身穿灰色粗布棉袍，头戴黑布单帽，脚着宽头厚底单梁布鞋。虽穿着朴素，却神采奕奕。曾国藩心中喜欢，亲热地对王闿运说："久仰，久仰，不必拘礼，请坐。"

曾国藩"久仰"二字，并非寻常文人见面的客套话，他的确早就听说过王闿运其人了。那是王世全对他讲的：一日，一个要饭的老花子，持着"欠食饮泉，白水焉能度日"的上联，来到东洲书院求对，一时难倒了书院那些

饱学之士。后来,一年轻士子以"麻石磨粉,分米庶可充饥"的下联对上了,才免去东洲书院之羞。此人便是王闿运。曾国藩欣赏王闿运的聪明。现在,这个聪明的士子自己来了,他自然高兴。王闿运大大方方地坐下后,曾国藩问:"听足下口音,好像是湘潭一带的人。"

王闿运说:"晚生是湘潭云湖桥人。去年来东洲书院求学。昨日在渡口拜读《讨粤匪檄》,知明公即日将挥师北上,荡平巨寇,解民倒悬,故不惮人微位卑,特来明公处祝贺。"

曾国藩见王闿运口齿清爽,谈吐不俗,心想此人果然有些才学,微笑着说:"半年来,湘勇在衡州,多蒙各界父老乡亲支助,现已初具规模。洪杨又转而进犯湖北,践踏湖南。鄙人奉朝廷之命,近日即要出师,灭凶逆而卫家乡,还烦足下代为转达鄙人对衡州父老的感激之情。"

王闿运忙站起,作了一揖,说:"明公在衡州训练士卒,奖帅三军,一扫衡州官场疲顽之积习,振作蒸湘士农工商之精神,功在衡清,有口皆碑,尤为我东洲三百学子所倾心景仰。"

"足下过奖了。"

王闿运重新坐下,说:"晚生昨日通读《讨粤匪檄》,此文笔力雄肆,鼓舞人心,其作用当不亚于一支万人劲旅。但愿东南半壁,凭此一纸檄文而定。"

"倘能真如足下所言,则实为国家之福,万民之幸。"

"《讨粤匪檄》好则好矣,然此中有一大失误。不知此文出自明公幕中何人之手,明公可曾注意否?"

曾国藩心里吃了一惊,坐在一旁的罗泽南等人也感到意外。曾国藩素知"十步之泽,必有芳草;十室之邑,必有忠士",何况眼前这位年轻人是个聪明过人的才子,决不能以世俗观念看待他,他既然敢于进赵家祠堂来当面指出檄文的失误,必然有一番深研。曾国藩不露声色,摸着胡须,和颜悦色地对王闿运说:"《讨粤匪檄》仓促写成,必定多有不妥之处,望足下坦率指出。"

王闿运侃侃而谈:"大军出师,颁发讨伐檄文,以振人心而作士气,向来为统帅所重。故当年汤王伐桀,有《汤誓》传世;武王伐纣,在孟津作《泰誓》,在牧野作《牧誓》。征讨有罪,恭行天罚。徐敬业起兵伐武曌,骆宾王为其作《讨武曌檄》，千古传诵，遂为一代名文。明公出师衡州，此事将永载史册，为当今天下第一等大事。《讨粤匪檄》一文配合此次出师，自张贴之日起，便已传遍衡州城内城外千家万户，日后也定当如《讨武曌檄》一样流传下去。但可惜的是，此文回避了洪杨叛逆的主要意图。明公一定读过长毛的《奉天讨胡檄》。"

曾国藩想起被太平军俘虏的那天夜里，罗大纲要他抄的那份告示，于是点了点头。

"不怕明公怪罪，恕晚生直言，洪杨的《奉天讨胡檄》虽然胆大妄为，罪不可赦，但就文论文，在蛊惑人心、欺蒙世人这点上，却有它的独到之处。文章开头几句就极富煽动性，其中如'用夏变夷，斩邪留正，誓扫胡尘，拓开疆土。此诚千古难逢之际，正宜建万世不朽之勋。是以不时智谋之士、英杰之俦，无不瞻云就日，望风影从。诚深明去逆效顺之理，以共建夫敬天勤王之绩也'等也能打动那些急功近利之辈。洪杨叛逆用来煽动人心的正是所谓'用夏变夷''誓扫胡尘'，此中祸心，恶毒至极，厉害至极。窃以为《讨粤匪檄》正要从此等地方驳斥起。然则遗憾的是，檄文绕过了它，使人读后，觉得明公的军队不是勤王之师，倒是一支卫道之师、护教之师。"

曾国藩的扫帚眉微微皱了起来，王闿运似乎没有觉察到，继续高谈阔论："其实，洪杨檄文不值一驳，说什么满人是夷狄，是胡人，纯是一派胡言。若说夷狄，洪杨自己就是夷狄，我们都是夷狄。荆楚一带，在春秋时为蛮夷之地，我们不都是夷狄的后人吗？满洲早在唐代，便已列入华夏版图，明代还受过朝廷封爵，怎么能说满人不是中国人呢？"

王闿运这几句话，如同石破天惊般震动曾国藩和罗泽南等人。曾国藩坐在椅子上，斜睨着眼睛，将眼前这位刚过弱冠的后生刮目相看。自己在执笔为文时，不是没有想到要批驳洪杨的夷夏之论，只是不好措辞，故有意回避这个问题，着重在维护君臣人伦、孔孟礼义上做文章。难怪檄文力量不足，看来不是气势不够，而是识见不高的缘故。"有志不在年高"，诚哉斯言！曾国藩微笑着说："足下高见。足下年纪轻轻，便有如此见识，将来前程不可限量！"

王闿运起身答谢："明公夸奖，晚生荣幸至极。请屏退左右，晚生尚有几句心腹话要禀告明公。"

"请足下随我到书房来。"

进书房后，王闿运自己关好门窗，压低声音对曾国藩说："晚生愚见，《讨粤匪檄》不宜再张贴，以免有人从中挑刺，议论长短。满人入关两百年来，历代都对汉人防范甚严。明公今有水陆万众，且皆为明公一人所招，兵强马壮，训练有素，此为我朝从未有过的事。朝廷对此，将会一喜一惧。望明公师出以后，于此等处时时加以检点注意，免遭不测。"

曾国藩轻轻点了一下头，王闿运把声音再压低："明公治军严明，礼贤下士，衡州有识之士咸以为，明公乃当今扭转乾坤之人物。秦无道，遂有各路诸侯逐鹿中原。来日鹿死谁手，尚未可预料，愿明公留意。"

王闿运这两句轻细得只有曾国藩一人听得到的话，却如千钧炸雷，使曾国藩为之心跳血涌。他本想大声斥责一句"狂妄荒谬"，但他看出王闿运纯是一片好心，且又喜爱他的才识过人。对这种初次相见的有为青年，他优加宽容。曾国藩采取回避的态度，不予回答，说："今日天色已晚，足下不必回东洲了，就在我这里留宿一夜如何？"

王闿运学的是帝王之学，本想以这番主意作为投靠曾国藩的进身之阶，见他对此毫无兴趣，亦不便再谈下去。他极想在曾国藩身边待一段时间，伺机再进言，于是高兴地说："谢明公美意。晚生拟近日到省城走一趟，不知大军几日启程？"

"明日一早出发。"

王闿运大喜："倘蒙明公允许晚生随军同行，则感激不尽！"

曾国藩满口答应："明日就请足下和粮台众委员同船吧！"

王闿运拜谢。

四　曾国藩踌躇满志，血祭出师；一道上谕，使他从头寒到脚

第二天一早，石鼓嘴到演武坪一带沸腾了。五千陆勇全部穿上一色的新装，什长以上的官员都配上了马，刀枪晃动，战马嘶鸣。全体陆勇聚集在演武坪上，等待出征的炮响。五千水勇全部登上新船。这些新船整齐地停泊在石鼓嘴下湘江水面上。近三百座西洋大炮已安装在快蟹、长龙上。一个多月前还只是些不起眼的船民农夫们，现在神气十足地站在洋炮边，仿佛已变成

勇士似的。从桑园街渡口到石鼓嘴渡口一段的蒸水上，则停泊着临时雇来的两百多号民船，六七千夫役忙着装上最后一批粮草煤盐。

三声炮响后，塔齐布、罗泽南等人率领陆营官兵从演武坪出发，走过青草桥，向北前进。曾国藩带着郭嵩焘、刘蓉、陈士杰、黄冕等一批人来到石鼓嘴江边，他们将在此乘船随同水师顺流北下。

江边早已竖起一根两丈多高的旗杆，旗杆用白漆刷得发亮，杆顶端挂着一面杏黄旗，旗上用黑丝线绣着斗大一个"曾"字。江风吹动着旗帜哗哗作响，吸引石鼓嘴上上下下成千上万看热闹的百姓。旗杆旁边摆着一张大方桌，桌上满是点燃的蜡烛、线香。桌边有一只空木盘。离方桌十余丈处，临时搭起一个帐篷，衡州知府陆传应带领衡阳、清泉两县县令和各衙门官员，在这里为曾国藩等置酒饯行。

曾国藩在众人簇拥下，来到石鼓嘴边。因为尚在丧期中，他仍着往日常穿的黑布旧棉袍，只是由于过度兴奋，脸上泛着红光，显得神采焕发。他双手抱拳，向四方围观人群不停地拱手，算是对他们表示问候、答谢。山上山下发出一阵阵轰动，许多人在高喊："曾大人！曾大人！"曾国藩径直向旗杆边的方桌走去。方桌前早已铺好一块蒲垫。曾国藩跪在蒲垫上，望天拜了三拜。

这时，一个团丁牵了一头水牛过来。这水牛虽然骨架庞大，但皮褐肉瘦，步履蹒跚，显然是一头已精疲力竭的老牛了。昨天，曾国藩临时决定，要在湘江边举行隆重的血祭仪式，吩咐国葆买一头牛来。国葆懂得血祭仪式的重要，在附近农家用高价买来一头油光水亮、高大精壮的水牛。当国葆将牛牵到大哥面前时，曾国藩抚摸着牛背，很是满意，随后叹了一口气，对国葆说："换一头不能耕田的老牛吧！它还在出力之时，杀了可惜。"

于是换成现在的这头赢牛。昨夜，这头牛被清水洗了三遍，又喂了些精饲料。清早起来，脖子上又套上一条彩绸。这头老牛并不明白此行是在奔赴杀场，因受过昨夜的精心款待，今晨一反平日奄奄待毙的神态，居然扬起四蹄，欢快地走到石鼓嘴下。队伍中走出十个穿戴鲜艳、年轻力壮的团丁，他们来到老牛身边。八个人蹲下去，二人一组，分成四组，都用手捉住牛的四只脚，前面两人，一人捏住一只角。只听见牵牛的团丁发出一声口哨，十个人同时一声吆喝，将老牛掀翻在地。牵牛的团丁迅速从腰中拔出一把短刀来，朝老牛的喉管猛地一刺，鲜血从喉管喷出。一个小团丁赶快跑过来，用木盆将血接住。老牛在地上四蹄乱踢，全身痛苦地抽搐着，两只榛色大眼珠鼓鼓地望着苍天，嘴里发出一声声悲惨凄厉的吼叫。它挣扎一番，慢慢地气竭力尽，终于平静地躺在沙砾上，再也不动弹了。

国葆过来，双手捧着牛血，走向跪在方桌边的大哥身边。曾国藩站起来，神色异常庄重地接过血盆，将它举过头顶，缓缓地走到旗杆边，跪下，默默地祷告，然后站起，将牛血淋在旗杆上，看着暗红色的血顺着洁白的旗杆流向土中。最后，他将木盆猛地一摔。随着木盆落地声，锣鼓声、军号声、鞭炮声一齐响起，直震得地动山摇，水波晃荡。

陆传应率领文武官员们走过来，向曾国藩敬献美酒一杯。曾国藩接过酒杯，用手指弹出几滴落在地上，然后一饮而尽。随之一阵欢快的唢呐声响起，陆传应后面，两个大汉抬着一面黑底金字横匾走过来，那匾上漆着八个大字：国之干城，民之瞩望。曾国藩喜出望外，双手捧过，立即有亲兵过来接了去。曾国藩拱手向陆传应道谢："陆太守，衡州父老所送的金匾，国藩担当不起，请太守转达一万湘勇的谢意。国藩亦将勉力为之，不负众望。"

陆传应说："祝大人此去旗开得胜，早净逆氛，造福社稷。"

陆传应说完后，王世全也捧着一杯酒走过来说："大人，世全受东洲书院、石鼓书院四百学子的委托，向大人敬一杯酒，祝大人一路捷报频传，凯歌高奏。"

曾国藩笑着说："国藩与全体湘勇深谢东洲、石鼓两书院学子的美意。"

从世全后面也走出两个青年学子，抬着一块蓝底白字横匾恭恭敬敬地送给国藩。国藩看时，那匾上也是八个字：剪灭邪教，卫我孔孟。曾国藩也高兴地收了。

锣鼓军号鞭炮声又响起，曾国藩与衡州官员、东洲石鼓两书院学子，以及衡州城里昔日的亲朋好友和半年来新交的各界人物，一一告别，满怀着壮志将酬的豪情，迈着稳重的步伐，向停泊在江边的拖罟走去。

正在这时，一骑飞马从北边奔来，踏过青草桥，直向石鼓嘴冲去。快到欢送的人堆边时，马上的人高喊："曾大人接旨！"

曾国藩此时正走在跳板上，猛听得"接旨"声，赶紧停下脚步。飞马已来到江边，马上坐的是巡抚衙门的聂巡捕。聂巡捕跳下马来，对曾国藩说：

"请大人接旨。"

曾国藩回到岸上,望北跪下。聂巡捕摊开圣旨,高声念道:"前任礼部右侍郎曾国藩轻信一面之词,为革职降级业已亡故之前湖北巡抚杨健请入乡贤祠,实属大干律令,部议革职严办。朕思曾国藩将统率湘勇北上剿贼,改为降二级留用。钦此。"

聂巡捕念完后,江岸所有为曾国藩送行的人莫不惊愕万分,一齐望着跪在地上的曾国藩。只见曾国藩脸色铁青,两眼冷漠。他机械地说了声"谢旨",磕了一个头,然后站起来,整整衣袍,昂首向跳板走去。

拖罟缓缓起锚,水师按预定时间启程了。望着渐渐远去的衡州府城,曾国藩对此时忽然接到这样一道圣旨百思不解。即使那份奏请完全不当,也不至于受这般重的处分,何况那份奏请用词极为稳当:"名宦以吏治为衡,乡贤当以舆论为断。"既然原籍舆论尚可,以一故巡抚而入乡贤祠,又干了哪条律令呢?更何况其孙今日有功于国!昨日王闿运书房密言浮现在曾国藩脑海里,莫非是出于王闿运所指出的那个缘故?想到这里,曾国藩从头寒到了脚。在一万湘勇喜气洋洋,充满着升官发财的热望时,曾国藩的心头却蒙上一层浓厚的阴影。

五　定下引蛇出洞之计

征湘军首领石祥祯是翼王石达开的从兄,今年二十八岁,长得英俊雄壮,是太平军中一位杰出的青年将领。他手下三个副手,个个勇敢忠诚,三万将士能征惯战。这是一支真正的雄兵。这次过洞庭南下,除服从于整个西征战略部署外,还有一个目的,就是要为战死在长沙城下的西王萧朝贵报仇雪恨。

曾国藩从衡州出师的当天,石祥祯带领三万将士以摧枯拉朽之势一举攻下岳州府,知府贾亨春弃城逃亡,巴陵知县朱燮元投井自尽。接着华容、湘阴等县相继攻克。整个湘北,大半都在征湘军的控制下。

大半年来隐藏在连云山的周国虞三兄弟和幸存的六七十号征义堂骨干,在失败中总结教训,明白了溪涧之水只有汇入江河才能掀起波澜的道理,当他们听到太平军重回湖南,在湘北一带闹得热火朝天的消息后,遂一致决定投奔太平军，接受太平天国的领导，加入拜上帝会。石祥祯、罗大纲等热情接纳了这批迷途知返的兄弟，并请周国虞参加征湘军的领导。周国虞对湘北地形很熟悉，指出湘鄂交界之地的羊楼司地势险峻，宜在此处打埋伏。石祥祯欣然接受这个建议，并由此而拟定一个作战方案。

离开长沙半年之后，统率连同夫役在内，水陆约二万人马的曾国藩，在朱张渡码头登岸，从小西门再次进入长沙城的时候，正是征湘军控制湘北，对长沙和全省形成巨大压力之际。湖南巡抚骆秉章必须依靠这支力量，他亲率文武官员数十名到小西门外迎接，只有鲍起豹借口军事紧急未来。朝廷终于准许了曾国藩的所请，以塔齐布为长沙协副将，取代清德的地位，鲍起豹认为这是对他的一次重大打击。当前天在湘潭舟次接到这个上谕抄件时，曾国藩也的确认为这是他与鲍起豹较量的一次大胜利。这个胜利，将降二级处分的那层阴影大为冲淡。"皇上对我毕竟还是相信的。"曾国藩心里想。

只在长沙停歇两天，曾国藩便率领湘勇分别由水陆两路向岳州进发。离城只有三十里了，探马报，岳州城三万长毛已卷旗退出城去。曾国藩一行兵不血刃地进了岳州城。真个是旗开得胜！全体湘勇莫不高兴万分。

第二天清早，先锋王鑫、李续宾带着一千号勇丁，兴冲冲地沿着岳州到武昌的大道进发，两天行军途中未见半个征湘军影子，必定是望风而逃！从王鑫、李续宾到每个勇丁无不都是这样看的。这夜，他们宿营羊楼司，连夜间巡逻的人都没派一个。半夜时分，罗大纲、周国虞率领五千征湘军从四周山里冲出，他们举着灯笼火把，持着刀枪，呐喊着向羊楼司镇上奔来。湘勇毫无准备，睡梦中被惊醒，许多人连衣裤都找不到，王鑫、李续宾不敢恋战，慌忙率部南逃，在羊楼司丢下了一两百具尸体。

就在这个时候，埋伏在岳州城附近的石祥祯、曾天养、林绍璋率领两万五千征湘军，趁夜重新杀进岳州城，藏在城里的周国材、周国贤等三百人与之配合，点火烧屋，杀死守城门的官勇，打开城门。驻扎在城里的湘勇也没有提防这一招，仓促应战，打不了几下，便纷纷败逃。曾国藩在康福的保护下仓皇逃出城外，幸而宿在洞庭湖上的彭玉麟、杨载福闻城内有变，匆匆率水师前来接应。曾国藩慌乱地上了船，朝长沙方向奔去。在鹿角附近，与从羊楼司败下的王鑫、李续宾相会，湘勇水陆两支人马夺路逃命，直到过了湘阴后才喘过气来。

将到长沙了，曾国藩不好意思进城，把船停泊在水陆洲附近，陆勇在城外扎营住下来。清点人数，共死散五百多人，哨官、哨长也丢了十余名。曾国藩虽气恼，但并不灰心。他总结教训：失利在于虚骄轻敌。曾国藩不理睬城内官场中的闲言碎语，在城外整顿队伍，下次再跟征湘军决个雌雄。

岳州城原知府衙门里，征湘军首领们在大吃大喝，庆贺与湘勇开战的首次大捷。周国虞说："可惜让王鑫、李续宾这两个妖头跑了。若捉住，非取出他们的心肝来祭死去的弟兄们不可。"

石祥祯说："曾国藩这个老贼奸诈。他若和王鑫等人一同出城，这次要让他来个出师授首。"

林绍璋说："听说曾国藩手下尽是一批书生在带兵，难怪老子刀一举，便吓得他们屁滚尿流。来日再打几仗，叫他们全军死在湖南境内，确保武昌包围战不受干扰。"

罗大纲一直未开口。他在湖南多年，对湖南地形民情都较为熟悉。进入湖南之初，石祥祯就委托他在军事决策方面多出主意。待大家兴奋心绪稍微平息下来后，他把几天来所设想的一个计划讲了出来："这次初与湘勇交锋的胜利，对全军是个很大的鼓舞。不过，我想曾国藩等人并非蠢材，这次失败，也会给他们以教训。与这个老贼打交道，还须谨慎为是。"

石祥祯对罗大纲的话深表赞同："骄兵必败。大纲说得对，要切诫将士不要因这次胜利而骄傲。"

"现在，曾国藩又退到长沙。"罗大纲接着说，"我们要对长沙形成一个包围之势。紧靠长沙南面的第一个城市是湘潭。湘潭物产丰饶，城内粮食堆积如山，只有长沙协右营五百人驻扎在那里，兵力很弱。且湘潭居水陆要冲，占领湘潭，不但可以得粮饷，压长沙，还可以阻止曾妖头南逃衡州。"

"大纲这个主意好，占领湘潭好比关住了南门。"周国虞很赞成这个计划。

石祥祯也点头说："很好，你再说下去。"

罗大纲说："以偏师攻取湘潭后，大军再继续南下，逼近长沙，在长沙附近，再与曾妖头决一死战。"

石祥祯说："曾妖头战败后，无颜进长沙城，但如果大军进逼，他也会顾不得脸面而进城了。长沙城易守难攻。前年攻了八十余天攻不下，旷日持久，不是办法。"

曾天养说："要吸取西王攻长沙的教训，这次要想办法将曾国藩这条毒蛇引出洞。"

"引蛇出洞。好主意！"石祥祯很赞赏这个点子。

林绍璋说："军事瞬息万变，难以在事先都料定好。我看偏师取湘潭之策，可以立即执行。国宗爷，就让我带一万人马把湘潭拿下来吧！"

"行！限你七天拿下湘潭。"石祥祯果断答应。他想，如果曾国藩带兵去救湘潭，毒蛇不就出洞了吗？

次日，林绍璋带着一万人出发了。一路晓行夜宿，衔枚疾进。过汨罗镇时，驻扎镇上的绿营都司早已逃跑。林绍璋没有在汨罗停留，继续南下。第四天夜晚，部队宿在桥头镇。为不惊动长沙，决定翌日转而西行，过湘江，沿小路继续南下。在离宁乡县城三十里的地方，林绍璋叫一名军帅带三千人奇袭宁乡，并吩咐拿下县城后，即驻扎在城里，不再赶到湘潭。林绍璋带着余下七千人，翻过秫茄山，从小道前进，过靳江，进驻姜畲市。第六天下午，仿佛从天而降似的出现在湘潭城下。长沙协右营守备崔宗光，做梦都没想到西征军会越过长沙来打湘潭。五百营兵平素骄懒惯了，这下都慌慌张张地爬上城头。这五百老爷兵如何是七千征湘军的对手，到掌灯时分，湘潭城便告易主。

在湘潭攻下的同时，石祥祯带领大队人马从岳州南下，迅速收回湘阴。

湘潭失守的消息传到长沙，骆秉章急忙来到水陆洲拖罟上，请曾国藩派勇夺回。曾国藩对此则另有想法。他想征湘军既然分兵占领了湘潭，北边一定兵力空虚，不如趁此机会冲过去，越过洞庭湖，赶到武昌城下。救武昌，是皇上屡次卜谕中都强调的大事，湖南的长毛实力雄厚，让骆、鲍去与之周旋。如果救援武昌成功，这个功劳就将震动天下。他将北进的想法，提出跟身旁的谋士们商量，有赞成的，也有反对的。反对最力的，则是在衡州城里搭船来到长沙的东洲书院学子王闿运。王闿运到长沙后，即去岳麓书院会友，前几天才又来到曾国藩船上。他对曾国藩说："冲出洞庭，救援武昌，自然是明公的出师宗旨，但目前此策不宜采用。湘勇初败，军威尚未复振，此次北进，倘若能冲出去诚然好。只恐冲不出去，前被麇集岳州的长毛拦截，后被占领湘潭的逆贼堵住，形势则危矣。南下先救湘潭，胜则明公为朝廷复一城池，战功立见。万一有失，则可退至衡州府，尚可徐图再进。向南向北，还望明公三思。"

陈士杰也进言："王壬秋此言极是。我听人说，占据湘潭的贼首林绍璋有勇无谋，轻率大意。我军拼命进攻，湘潭必可克复。"

塔、罗、彭等人都赞同王闿运的分析。于是曾国藩派塔、罗率五营陆勇，彭、杨率五营水勇前去收复湘潭。

早有细作报告给驻扎在汨罗镇的征湘军老营，石祥祯召集众人计议。祥祯说："曾妖头老奸巨猾，并不离开水陆洲，如何是好？"

曾天养说："一定要把他引出来，择一有利之地，一鼓聚歼。"

国虞说："此去向南百余里，离长沙城六十里左右，有一处名叫靖港的地方，为沩水入湘江口，水流湍急，船易北下而难南进；且对岸铜官山，山深林密，便于伏兵，设法把曾妖头引到此处，定叫他有来无回。"

"如何引他来呢？"石祥祯问。

是的，如何引蛇出洞呢？

六　利生绸缎铺来了位阔主顾

这天上午，长沙城内利生绸缎铺里，走进一位客人。此人年在二十岁左右，身穿一件簇新天青底酱色团花贡缎袍，头戴一顶黑亮呢帽，帽额上嵌着一块晶莹透亮的红宝石。他面色微傲，器宇昂扬，身后跟着两个中年仆人。绸缎铺里的账房先生见来人这身打扮和气概，知道不是贵公子，便是阔少爷，赶紧起身上前去迎接："少爷来了，请坐，请坐！"

账房将来人带进旁边一间客厅，一边张罗着倒茶递烟，一边讨好地笑着，试探问："少爷尊姓，是来看货的？"

一个仆人答："这位是隆之清隆老爷的侄公子。"

"哦，原来是隆少爷，失敬失敬！"账房满脸尽是谄笑。

隆之清的父亲曾在朝中当过户部员外郎，后外放江西臬台，当了十几年的地方官，为家里积蓄了万贯家财。隆之清也做过几任小官，四十岁便致仕，在家乡铜官山下建起一座大宅院，管理着几百亩水田和分布在长沙、湘潭、湘阴等地的十余家店铺。长沙各大商号都知道铜官隆家是个财大气粗的阔主顾。

隆少爷跷起二郎腿,端着茶杯问:"孙老板呢?"

"孙老板有点小事出去了。"账房向门外望了一眼,见铺里几个伙计都在忙着应付顾客,便起身拱手,"隆少爷宽坐片刻,敝人亲自去叫孙老板来。"

趁着等老板孙观臣的空闲,隆少爷将客厅浏览了一遍。房间不大,布置得倒也整洁雅致,没有一般店铺客厅的粗俗气味,显示出老板书香门第的出身。正面墙上的装饰,尤其引起隆少爷的注意。这里悬挂着三幅字画:正中是一幅水墨画,画的是满山大大小小的竹子,竹竿挺挺,枝叶森森,竹林上飘浮着两三朵闲云,旁边蜿蜒一溪山水,林间飞跃着三四只杜鹃鸟,整个画面情趣清幽,生机盎然;右上角题了四个字:苍筤谷图。隆少爷脱口说了声:"好一幅墨竹!不亚于板桥手笔。"

画的左右两边是两幅字。隆少爷本无心细看,却瞥见上首那幅字的落款是"涤生曾国藩"五字,下首那幅的落款是"湘上农人左宗棠"七字,顿时生了兴趣。

他先看曾国藩的字,是一篇七言古风,题作《题苍筤谷图》:

我家湘上高嵋山,茅房修竹一万竿。
春风晨锄鞿玉版,秋风夜馆鸣琅玕。
自来京华昵车马,满腔俗恶不可删。
苦忆故乡好林壑,梦想此君无由攀。
钱塘画师天所纵,手割湘云落此间。
风枝雨叶战寒碧,明窗大几生虚澜。
簿书尘埃不称意,得此亦足镌疏顽。

还君此画与君约,一月更借十回看。

再看左宗棠的字,也是一篇七言古风,也是十六句,也题作《题苍筤谷图》:

湘山宜竹天下知,小者苍筤尤繁滋。

冻雷破地锥倒卓，千山万山啼子规。
子规声里羁愁逼，有客长安归不得。
画师相从询乡里，为割湘云入湘纸。
眼中突兀见家山，数间老屋参差是。
频年兵气缠湖湘，杳杳郊坰驱豺狼。

会缚湘筠作大帚，一扫区宇净氛垢。
归来共枕沧江眠，卧看寒云归谷口。

隆少爷看罢，嘴角边露出一丝冷笑。

"隆少爷光临，敝人未及迎迓，实在对不起！"孙观臣刚进客厅，便高声打着招呼。隆少爷起身作答："孙老板，打扰了。舍弟拟今年端阳节完娶……"

"恭喜恭喜！"孙老板一听，便知财神爷进了门，忙关心地问，"令弟娶的是哪家千金？"

"湘阴李文恭公的孙女。"

李文恭公就是做过两江总督的李星沅。又是一个大名鼎鼎的富家，孙观臣心里好不欢喜，对隆少爷说："想必尚未用饭？"转过脸吩咐账房，"赶快到菜根香去叫一桌菜来！"

"家叔叫我到长沙、汉口一带采买些绸缎首饰。"隆少爷慢条斯理地说，"久闻得利生铺绸货齐全，孙老板为人厚道，故特来宝号拜访，并看看货。"

"隆少爷光临，是小铺的福气。小铺虽谈不上齐全，但在长沙城里，不是敝人自夸，却也算得上第一家。敝人经商多年，向来把信誉看得比性命还重要。八方来客，敝人不但将他们当作主顾，也视如朋友。少顷吃完饭后，敝人陪同少爷看看货，倘若还缺些什么，只需少爷开个单子，要不了十天半月，必将货物备齐。"

"孙老板果然商界豪杰，怪不得在长沙久享盛誉。听说前年长毛围攻长沙，孙老板仗义捐助巨款，使长沙城得以保住。家叔每提起此事，总是称赞不已。"

前年孙观臣迫不得已借出三万两银子，回得家来，太太哭了几日几夜，账房也说是出借荆州，有去无回，他心痛了好久。后来太平军走了，张亮基践诺如数归还，还给了三百两银子的利息。又说，待湖南全境安宁后，一定在红牌楼铸铜钟刻名纪念。孙观臣与黄冕、贺瑗、欧阳兆熊一起，顿时成了长沙城里备受尊崇的英雄。太太和账房也夸他有远见。孙观臣甚为得意，对张亮基、左宗棠也很敬重。

"隆老爷客气了，这是敝人分内事。"孙观臣不无自得地谦让。

"往日只听说孙老板的豪放仗义，今日见客厅里悬挂的字画，更见孙老板雅量高致，且与湖南时下两大名人交谊极深。"

"孙家与曾、左两家原是世交，敝人与他们二位亦相识多年，不过，这幅画与曾、左题诗，都与敝人并无直接关系。"

"那又为何悬挂在宝号客厅中？"隆少爷奇怪地问。

孙观臣正要说明，忽见菜根香的菜已到，忙说："少爷与两位贵价请入席，容在席间慢慢叙说。"

席上，孙老板殷勤相劝，隆少爷也竭力奉迎，二人十分亲密。

"刚才少爷问起这字画的事。"孙观臣一边擦嘴，一边说，"这幅画，原是家兄鼎臣在京师请人画的，画的是我们老家的山景。"

"怪不得孙老板一家芝兰玉树，昆仲联袂高中，原来贵府风光这样好，真可谓地灵人杰。"隆少爷有意恭维。

"少爷夸奖了。"孙观臣心中高兴，继续说，"尽管京中有兄弟二人，但为官日长，离家日久，这思乡怀土之念是无法消除的，反而与日俱增。想得急了，大哥便请一位钱塘丹青名手，按自己的述说画了这幅苍筤谷图，将它挂在家中，公事完毕后便伫目凝视，仿佛回到竹山冲，摸到了那根根挺拔直上的翠竹。"

"令兄风雅高情，在京师显宦中怕是凤毛麟角吧！"

"少虽少，但亦不乏知己。曾涤生侍郎便是一个。"孙观臣又劝隆少爷喝酒吃菜，接着说，"那日，涤生侍郎到家兄处，见了这幅苍筤谷图，赞不绝口，在画前站了一两刻钟，对家兄说他天天想着高嵋山，念记着山上的幽篁翠竹，只可惜回不去。家兄见他如此喜爱，便说送给你吧！涤生侍郎连说不敢，只提出借看半个月。半个月后送还画，同时还送了一篇七言古风。"

"看来就是上首这幅了。"隆少爷指了指对面墙壁。

"正是。涤生侍郎诗、文、字俱佳，这篇古风发自真情，尤其作得好，字也写得出色，家兄甚是看重，叫人装裱起来。去年冬，家兄回家省亲，随身把字画带了回来。一日，左师爷来访。家兄拿出字画来，夸奖画、诗双绝。左师爷只微微发笑，不作声。过几天，他也送来一篇七言古风，题目一样，句数也一样。"

"左师爷是存心要与曾侍郎比一比高低。"隆少爷笑着说。

"少爷真是猜到左师爷的心里去了！"孙观臣笑得满脸肉堆起，两眼眯成一条缝，整个头脸，活像一个油光水滑的大肉丸。"家兄读过左师爷的诗后，也是这样说的。家兄也叫人装裱起来，临回京前，招呼我好好藏于家中，并说：'曾、左二人都是当世不可多得之人才，日后名望事业都不可限量，几十年后，这两幅字便是宝贝了。'我说：'涤生侍郎十年二十年之后，或许有入阁之望，但左季高已年过四十，还是布衣，这一生的出息怕不会很大。'家兄正色道：'你不会看人，左宗棠的发迹，只在这几年之中。'果然给家兄言中了。骆中丞对左师爷现在是言听计从，皇上也多次表彰，左师爷这不真的要发迹了么！"说完，又笑起来。

"原来如此，怪不得孙老板将这字画挂在客厅中！"

孙观臣没有听出隆少爷话中有话，仍然得意地说："自这几幅字画张挂之后，小铺生意真的兴隆起来。长沙官绅名流都喜欢来坐坐看看，欣赏一番。不少人说，曾侍郎的诗虽比左师爷写得好，但这篇古风却不及左师爷，左师爷的气魄雄健、音韵流转。看来左师爷是比赢了！"

孙观臣说得快活起来，起身走到墙壁边，指着左宗棠题诗中的"会缚湘筠作大帚，一扫区宇净氛垢"两句说："你看看，多有气概，真有力敌千军、横扫一切的魄力。曾侍郎的确比不上。"

孙观臣只顾自己说，没有看到隆少爷脸上已渐露不快。他走到隆少爷身边，问："少爷以为如何？"

隆少爷意识到自己刚才的失态，忙换上笑脸说："孙老板说得对，看来这压倒元白的事，也是常有的。"

吃完饭后，隆少爷转入了正题。

"舍弟的喜期定在端阳节。"

孙观臣一直在等待着隆少爷谈起买货事，这时忙接言："今天是四月初一，这不很快就到了吗？"

"是不远了，但可恼的是地方不靖。早几天，靖港来了几百号长毛，沩水、湘江上泊着几十号战船，弄得人心惶惶。家叔有心想在长沙采办些衣料，又怕沿途遭抢窃；且长毛在靖港，喜事又如何好办呢？老人家意欲将喜期推到中秋，一发等武昌安定后，再到汉口去采办。"

孙观臣一听急了："隆老爷也太过虑了，长毛能呆得多久，况且到汉口去买，盘缠要贵几倍，划不来。"

"我也是这样和家叔说的。再说孙老板是君子经商，靠得住，故一再劝说家叔打消出省采办的意图。"

"小铺日后还得靠少爷扶持，请少爷一定劝说老爷惠成这笔生意。"

"我是一心要与孙老板做个长久往来的主顾。你看，"隆少爷从靴子夹层里取出一张纸来，"这是一千两银子的支票，且放在孙老板这里作为定金。你看如何？"

孙观臣两眼发亮，连声说："少爷真是个诚信的人。少爷要什么货，小铺一定如期采办，务必使少爷在老爷面前挣个全脸面。"

说话间双手接过支票，见它是汇丰钱庄的，忙慎重放进袖口里。

"孙老板，这笔生意要做成，还得靠你合作。"

"是的，是的。"孙观臣赶急答话，"不知少爷对货物还有何吩咐？"

"孙老板没理解我的意思。"隆少爷说，"我不是对货物而言。我是怕靖港、铜官一带不清静，日后家叔又改变主意，或到汉口，或到上海去买，那时我虽有心成全，也是爱莫能助了。"

"少爷说得对。"孙观臣又急了，"这倒是件难事。"

"呃，孙老板不是同曾侍郎很熟吗？"隆少爷跷起二郎腿，摩挲着手中的青花瓷杯，似突然想起，不经意地说，"你可以请曾侍郎出兵呀！叫曾侍郎派兵剿灭长毛，靖港、铜官不就安静了吗？"隆少爷双目炯炯地望着孙观臣。孙观臣为难了：

"我叫曾侍郎出兵，能说得动吗？"

"叫我看，能！"隆少爷凑过脸去，严肃地说，"曾侍郎不久前败在长毛手中，在朝廷和湖南官场面前丢了脸，他急于要杀贼立功，挽回面子，一定会出兵的。何况，"隆少爷指着对面墙壁上的字画说，"就凭这字和画，他也不会拂你的请求呀！"

孙观臣想，倘若说不敢去请曾国藩发兵，那是很失身份的事，况且生意也做不成了，无论如何要办好这事。

"靖港到底有多少长毛？"孙观臣问。

"家叔为保乡邑，曾派庄上团丁探过长毛虚实，长毛水陆合在一起不会超过五百。"

孙观臣想了想说："过两天我去拜访曾侍郎。"

"其实，明天倒是有个好机会，不知曾大人能不能抓住这个时机。"

"此话怎讲？"

"孙老板，"隆少爷压低声音说，"明天是个长毛大头领的生日，全体长毛都要大吃大喝一天。对于兵家来说，这不是个可遇不可求的好机会么！"

"真的？"

"这还有假！从昨天开始，长毛就四处买肉买酒，操办酒席了。"

"好！"孙观臣拿定主意，"我今下午就去见曾侍郎。"

"孙老板，"隆少爷起身，"若是这笔生意做成了，腊月舍妹出嫁的衣料，也全部定在宝号。"

"一言为定？"

"一言为定。"

隆少爷随便看了看货，便告辞了。出了湘春门，三人相视哈哈大笑。一人说："国贤兄弟，幸亏你是大家出身，真正把个隆少爷扮得惟妙惟肖，那神态，那派头，我们这些穷苦人是一辈子都学不出的。"

周国贤心里很是痛快，说："我是真正当了二十年阔少爷的人，怎会不像？"

七　曾国藩紧闭双眼，跳进湘江漩涡中

下午，孙观臣赶到江边，上了曾国藩的拖罟，将这一重要军情告诉曾国藩。

"曾侍郎，这可是千载难逢的好机会，失之可惜呀！"

曾国藩摸着大胡子，良久没有作声。向北出兵，这是他既定用兵计划，消灭靖港这股长毛，符合这个计划。曾国藩与孙观臣的大哥关系非比一般，

对孙观臣，他也有好感。他认为在前年那个危难关头，孙观臣能慨然借款，的确是个血性志士，今天前来要求出兵，固然是为了做生意，但也有保境安民的好心在内，何况明天又确是个好机会。不过，他心里还有点不踏实。

"隆少爷这人，你以前见过吗？"曾国藩问孙观臣。

"见过，见过。隆家是我的老主顾，每年都要和他家做几笔大生意。"孙观臣其实并没有见过隆家的少爷，他知道曾国藩多疑，若说没见过，曾国藩必定怀疑；何况他与那人谈了一个多时辰的话，可以断定其人是千真万确的隆家少爷。倘若不是，怎会一段料子未买，先付下千两银子的定金？

曾国藩点点头，自言自语："长毛安排五百号人在靖港做什么呢？"有了上次岳州的失败，曾国藩慎重多了，发不发兵，他仍然没拿定主意。

"涤师，管他做什么！先把这五百号长毛收拾再说。"王錱急着要报羊楼司之仇，在一旁竭力怂恿。

"涤师，靖港离此不远，我看先派几个人去打听打听，若确如隆少爷所说的，再发兵不迟。"李续宾也很想借这一胜仗来洗羊楼司之羞，但他比王錱稳重些。

王、李二人的态度促使曾国藩下了决心。"倘若真的只有五百人，"他在心里盘算着，"水陆洲现有五千人，以十倍兵力前去剿洗，必胜无疑。这一仗打胜了，大可振作湘勇士气。"

是的，曾国藩此时太需要打胜仗了！他终于采纳了李续宾的建议。晚上，派出侦探的人回来禀报，隆少爷说的一切属实。曾国藩终于决定出兵。

第二天，湘勇四更起床吃饭。王錱、李续宾带领全部陆勇，曾国藩坐着拖罟，亲自指挥全体水勇，浩浩荡荡向靖港开出。一路顺水，战船很快驶到离靖港二十里水路的白沙洲。水师在白沙洲停下。不久，陆勇也赶到了。骑兵回头报告：靖港镇上正在杀猪宰牛，八仙桌摆满了一条街。曾国藩大喜，下令水陆并进，水师在靖港登岸，陆勇过浮桥在靖港会师。

中午时分，湘勇水陆两支人马聚集在靖港。靖港镇上，八仙桌虽摆满街，却不见半个太平军。正在疑惑之际，忽听得一声冲天炮响，埋伏在铜官山上的两万太平军将士一齐钻了出来，一个个举着大砍刀，呐喊着奔下山，像一股势不可挡的急流冲过浮桥，压向靖港。曾国藩看着漫山遍野的红、黄包巾，方知上了隆少爷的当，心中叫苦不迭。湘勇只知道靖港仅有五百长毛，满怀轻易取胜的把握，眼前忽然出现的这种惊天动地的场面，完全没有料到，个个吓得胆战心惊，尚未交手，先已气馁腿软。王鑫、李续宾只得强压住阵脚，指挥湘勇迎敌。刚一接仗，湘勇便纷纷败下阵来。靖港镇上，四面八方响起"活捉清妖曾国藩"的吼叫。炮声、鼓声、脚步声，仿佛雷鸣电闪。湘勇如同跌进八卦阵，不知向何处奔逃，只得退回江边。曾国藩又气又急，无计可施。看到一群湘勇抱头鼠窜，直向江边奔来，他怒火中烧，慌忙抽出王世全所赠的宝剑，离船上岸，叫康福将一面军旗插在江边，自己仗剑立在旗下，鼓起三角眼高喊：

"有过此旗者，立斩不赦！"

溃勇被镇住了，呆立在江边，不敢前进，有几个想将功补过的，又硬着头皮转回去。这时，又一股溃勇犹如被狂风卷起的败叶，没头没脑地来到江边。其中一个湘乡籍小个子勇丁慌慌张张，只顾逃命，没有看到曾国藩站在那里，晕头转向地从旗杆边跑过去。曾国藩恨得牙齿直咬，一剑刺去。小个子勇丁惨叫一声，痛得在地上打滚，鲜血染红了河滩。趁着曾国藩抽剑的时刻，一群胆子较大的逃勇慌忙绕过军旗，手忙脚乱地向停在江边的战船涌去，并不等将令，便扯帆开船，一面盲目地向两岸开炮。许多湘勇则趁混乱之机脱下号褂，丢掉刀枪，躲进草丛树后。周国虞和新近前来投奔的串子会大龙头魏逴，带着兄弟们从靖港街上冲过来，一路高喊："抓住曾国藩！""杀死王鑫、李续宾！""为弟兄们报仇的日子到了！"

曾国藩虽仍仗剑立在军旗下，但已丝毫不起作用，一队队溃勇绕过军旗，跳上战船，仓皇逃命。浮桥头边，王鑫率领的一批敢死队经过一番搏斗，略占上风，浮桥被湘勇夺过来了，但一批批溃勇却乘机从浮桥上逃跑，奔走在回长沙的路上。曾国藩气得把剑扔到地上，命令康福带人去拆桥。李续宾跑到曾国藩面前请求："涤师，千万莫拆桥，让兄弟们寻一条活路吧！否则就要全军覆没了。您老也赶快上船，此仇来日再报。"

曾国藩看着如海浪般压来的太平军，以及全部乱了套、争先恐后上船逃命的湘勇，无可奈何地直摇头，但仍不愿上船。李续宾急得团团转。忽然，有人高喊："韦永富，射军旗下那个大胡子！"

话音未落，一支箭擦着曾国藩的左耳飞过去，他吓得魂都掉了。李续宾、康福过来，将他硬拉上拖罟，立即开船。

这时，江面上刮起西南风，战船逆风逆流而上，甚是艰难。李续宾逼着勇丁下船，到岸上去拉纤；褚汝航督促水勇放炮掩护。各船火炮一齐发射，终于勉强把后面追赶的太平军压住。没有上得了船的勇丁，则四处寻路，翻山越岭，丢盔卸甲地向长沙方向逃去。从开仗到全线崩溃，前后不过一顿饭工夫。

曾国藩坐在拖罟上，听着后面追兵一声声"活捉曾妖头"的喊叫，看着两岸飞蝗般射来的箭，以及自己这副仓皇奔命的狼狈相，又恼又羞。自衡州出师以来，与长毛打的两仗，都以惨败告终，还不知湘潭那边战局如何，长毛如此诡计多端，怕多半也会失败。辛辛苦苦训练了一年、期望建不世之功的湘勇，竟是如此不堪一击。曾国藩灰心至极。皇上的重托，恭王、肃学士、镜海师的信任，自己的抱负，眼看都将化为泡影。《讨粤匪檄》中的那些大话，将会永远成为子孙后世的笑柄。想到这里，曾国藩羞得无地自容。他闭住眼睛，眼前忽然出现鲍起豹狰狞愤怒的面孔，徐有壬、陶恩培嫉恨阴冷的面孔，骆秉章幸灾乐祸的面孔，以及长沙官场形形色色不怀好意的面孔，心里又烦又乱，慢慢地，这些面孔合为一张脸。这张脸蜡黄狭长，两只尖细的眼睛，从镜片后面射出寒冷的光来，死死地盯着他，干瘦的喉管里挤出哑涩的声音："先生，你今后不死于囚房，便死于刀兵。"曾国藩唬得睁开眼睛，这不是二十年前的司马铁嘴吗！"活捉曾妖头"的喊叫声从后面铺天盖地压来，似乎越来越近，越来越响了。他断定司马铁嘴预言的这一天已经来到，今日必死无疑。他深知自己已与太平军结下大仇，一旦被抓，结局只有这样几种：抽筋、剥皮、点天灯、五马分尸、剜目凌迟、枭首示众。哪一种都令他心惊肉跳。他设想受刑时的痛苦，全身的血液都凝固了。"不行！我堂堂朝廷二品大员，岂能受长毛的侮辱，还不如自己一死干净。"曾国藩下定自尽的决心。他两眼下垂，面色煞白，无神地望着舱外湍急北去的江水。怎么也不能想象，这条从小深受自己喜爱的美丽多情的江水，今天居然会无情地吞噬自己的躯体。"命运呀，这是命运！"曾国藩在心里绝望地长叹了一口气。

康福进舱来，见曾国藩死人般地呆坐在凳子上，两只眼睛已经木了，他猛然意识到情形不妙。康福悄悄退出，坐在舱外，一步不再离开。

船过白沙洲，曾国藩望准舱边有一个漩涡。他推开舱门，紧闭双眼，纵身向漩涡跳去。康福听见水响,见舱门大开,知是曾国藩投水,一边大喊"救曾大人",一边跳进漩涡中。满船人大惊,纷纷奔向船舷边。康福水性好,很快就把曾国藩推出水面,船上人接住,把他抬进舱内。众人见曾国藩一脸灰白,担心已死。康福把手放到曾国藩鼻孔边,觉察到一丝气在出进,才放心。大家七手八脚给他换衣服。好半天,曾国藩才睁开眼睛,看见康福湿漉漉地站在旁边,知是他下水救自己上来的。他怒视康福一眼:"你是想让长毛侮辱我吗?"

康福急中生智,忙笑着说:"大人,刚才长沙飞马来报,塔副将在湘潭大获全胜!"

曾国藩冷冷地说:"船在水上走,飞马报信,你是如何知道的?"

康福不慌不忙地答:"璞山在陆路遇到报捷的骑兵,为了使大人放心,特遣人坐小划子前来相告。"

"人呢?"

"在后舱,待我去叫他。"

"不用了。"曾国藩又闭上眼睛。

康福对着曾国藩轻轻地说:"大人,您老安心养神吧!一切到长沙后再说。"

曾国藩已无力再说话,平躺在床上,让拖罟拖着他向长沙逃去。一路上风吹浪打之声,他总疑心是长毛在追赶,直到靠近水陆洲,惊魂甫定。

八 左宗棠痛斥曾国藩

就在曾国藩靖港惨败投水被救仓皇逃回水陆洲的这天傍晚,巡抚衙门西花厅里,为陶恩培饯行的盛大宴会正在进行。前几天,陶恩培接到上谕,擢升山西布政使,限期进京陛见,赴山西接任。陶恩培心里好不得意:一为升官,二为离开长沙这个兵凶战危之地。出席宴会的官场要员,城里各界头面人物,都殷勤向陶恩培致意。酒杯频频举起,奉承话洋洋盈耳。这里是荣耀、富贵、享受、升平的世界。正当骆秉章又要带头敬酒的时候,一个戈什哈匆匆进来,向各位报告靖港之役的消息。骆秉章为之一惊。陶恩培却分外快活起来。一边是蒙恩荣升,一边是兵败受辱。孰优孰劣,孰是孰非,不是清清楚楚了吗？骆秉章的酒杯僵在半空，陶恩培主动把杯子碰过去，微带醉意地说：

"中丞，你感到意外吗？说实话，这早在我的意料之中。曾国藩这种目空一切的人，不彻底失败才怪哩！"

骆秉章苦笑着喝了杯中的酒，心想，你陶恩培今夜就离开长沙了，你可以说风凉话，我怎么办呢？看来长沙又要被围了。想起去年担惊受怕的那些日日夜夜，骆秉章心里害怕。鲍起豹喝得醉醺醺的，满脸通红，他放下手中的鸡腿，嚷着："怎么样？诸位，我早就把曾国藩这个人看透了。一个书生，没有一点乩㐲本事，眼睛却长到头顶上去了。上百万两银子抛到水里不说，现在引狼入室，完全打乱了我的用兵计划。"

说罢突然站起，对身边的亲兵大声吼道："传我的命令，关闭城门，加强警戒，准备香烛花果，老子明天一早上城隍庙里请菩萨。"

听着鲍起豹下达的军令，西花厅里的气氛骤然紧张起来。才过了几个月的平安日子，又要打仗了，大家都无心喝酒吃菜，叽叽喳喳地讨论开来。干瘦的老官僚徐有壬气愤愤地说："练勇团丁，剿点零星土匪尚可，哪能跟长毛交战呢！我去年有意将他们与绿营作点区别，免得刺伤绿营兄弟的自尊心。若不加区别，一体对待，大家说说，还有没有朝廷的体面？他曾国藩还不满，还要负气出走，还要在衡州大肆招兵买马，想要取代绿营，真是不自量力！也是朝廷一时受了他的骗，结果弄得这样，把我们湖南文武的脸都丢光了。"

唯独左宗棠坐在那里不语。他既为鲍、陶、徐等人的中伤而愤懑，也为曾国藩不争气而懊恼。忽然，鲍起豹又嚷起来："骆中丞，我们联名弹劾曾国藩吧！此人在湖南一年多来，好事未办一桩，坏事数不清。这种劣吏不弹劾，今后谁还肯实心为朝廷卖力？"

陶恩培、徐有壬立即附和。骆秉章稳重，他制止了鲍起豹的鲁莽："曾国藩兵败之事，朝廷自会处置。至于弹劾一事，现在不忙，待朝命下来后再说吧！"

左宗棠坐在一旁气得腮帮鼓鼓的，心里骂道：这班落井下石的小人！

看看时候不早了，陶恩培想今夜如走不成，万一长毛围住长沙，就脱不了身；若不幸城破身亡，那就冤枉透顶了。他站起身，对骆秉章和满座宾客拱了拱手，说："恩培在湖南数年，多蒙各位顾看，今日离湘，实不忍之至，且大战在即，真恨不得朝廷收回成命，好让恩培在长沙和全城父老一起与长毛决一生死。只是一切都已安排就绪，今夜就得起航。恩培感谢各位厚意，就在此与骆中丞、徐方伯、鲍军门和各位告别了。"

说罢，挤出几滴眼泪来。不知是为陶恩培的深情和忠心所感动，还是想起马上就要打仗而胆怯，很有几个高级官员掩面哭泣。骆秉章说："哪能就在这里分手，我们都一起送陶方伯到江边上船。"

当灯笼火把、各色执事前后簇拥着几十顶绿呢蓝呢大轿出现在江边的时候，曾国藩正兀然坐在船舱里，望着汩汩北流的江水出神，心想：湘潭并没有胜仗的消息传来，看来多半也败了。长毛确实会打仗，怪不得两三个月间，便从长沙一路顺利地打到江宁。突然，他看到一列庞大的轿队向他走来，心里觉得奇怪：如此浩浩荡荡的队伍深夜来到江边，一定是湘潭获胜了，骆秉章带着文武官员们前来祝贺。自从岳州败北逃到水陆洲两个月了，除开左宗棠来过几次外，从没有一位现任官员登船看望过他。徐有壬、陶恩培等人好几次送客到江边，都不肯多走几步上他的船，想不到今夜大出动。但他又不大相信，对康福说："你上岸去看看，可能是骆中丞他们来了。打听好了，就上船来告诉我。"

康福走后，曾国藩赶紧收拾一下，戴上帽子，穿好靴子。一会儿，康福进舱了，满脸怒气地说："骆中丞倒是来了，但不是看我们的。"

"他们到江边来做什么？"曾国藩不理解，不是来贺喜的，深夜全副人马到江边，为的何事呢？

"说是陶恩培荣升山西布政使，今夜刚在巡抚衙门里结束宴会，骆中丞、徐方伯等人亲自送他上船。"

像重病之人盼来的不是救星而是死神，曾国藩颓然倒在船舱里，吓得康福忙把他背到床上。曾国藩想到自己如此辛苦劳累，亲冒矢石，尽忠国事，得到的却是失败、冷落，陶恩培嫉贤妒能，安富尊荣，尸位素餐，却官运亨通，步步高升，愤怨、不平、痛苦、失望，一时全部涌上胸膛。他睁开失神的三角眼，对康福说："把贞幹叫来！"

曾国葆的贞字营就是过去金松龄的龄字营，死伤最重，听到大哥叫他，垂头丧气地进了舱，走到床边问："大哥，这会子好点了吗？"

"你带几个人到城里去买一副棺材来。"

国葆大吃一惊，带着哭腔说："大哥，你不能再寻短见了，你要想开点！"

曾国藩鼓起眼睛吼道："不要多说了，叫你去你就去！"

大哥与满弟之间相隔十七岁，国葆从来是敬兄胜过敬父。他尽管心里十分不情愿，也不敢与大哥顶嘴，只得说声"好，我就去"，就退出了船舱。出舱后，他赶紧把这事告诉康福、彭毓橘，叫他们务必不能离开半步。

透过船上的窗户，曾国藩看见离他三百步远的江边灯火明亮，陶恩培满面春风地与各位送行的文武官员、名流乡绅一一拱手道别，各衙门和私人送的礼物，一担接一担地抬进陶恩培的座舱。陶恩培的大小老婆们，一个个披红着绿、花枝招展地被扶上跳板，一扭一摆地走进船舱。半个时辰后，陶恩培才登上甲板，在众人一片"珍重"声中，官船缓缓启动。然后，一顶接一顶的绿呢蓝呢大轿气派十足地向城里抬去。似乎谁都没有想到，有一个从靖港败回的前礼部侍郎、现任钦命帮办团练大臣就在离此不远处。

曾国藩此时已万念俱灰，决心一死了之。但既奉命办事，就不能不给皇上最后一个交代。他提笔写了一封遗折：

> 为臣力已竭，谨以身殉，恭具遗折，仰祈圣鉴事。臣于初二日，自带水师陆勇各五营，前经靖港剿贼巢，不料开战半时之久，便全军溃散。臣愧愤之至。不特不能肃清下游江面，而且在本省屡次丧师失律，获罪甚重，无以对我君父。谨北向九叩首，恭折阙廷，即于今日殉难。论臣贻误之事，则一死不足蔽辜；究臣未伸之志，则万古不肯瞑目。谨具折，伏乞圣慈垂鉴。谨奏。

写完后，又仔细看了一遍，改动两个字；想了一下，又附一片于后，片中称赞塔齐布忠勇绝伦，深得士卒之心，请皇上委以重任，并保荐罗泽南、彭玉麟、杨载福等人。

遗折遗片写好后，曾国藩反觉得心静了些。他想起应该向弟弟交代几句办理后事的话，于是又拿出一张纸来，写道：

季弟：吾死后，赶紧送灵柩回家，愈速愈妙，以慰父亲之望，不可在外开吊。所受赙银，除棺殓途费外，到家后不留一钱，概交粮台。国藩绝笔。

　　现在，曾国藩轻松多了。他要好好思考一下，究以何种方式自裁：投水，还是上吊？

　　左宗棠的蓝呢大轿紧随着藩司徐有壬的绿呢大轿之后。对这种官场的虚文应酬，他深感厌倦，本不想到江边来送陶恩培，只是因为想看看靖港败退下来的湘勇阵营最近是否有所变化，才随着骆秉章出了城。他看到水陆洲一带船破桅断，灯火稀疏，心中甚是不忍，决定明早再一人前来看望曾国藩。猛然间，他见前面有几个人抬着一口黑漆棺材向江边走去，在旁边指指点点的竟是曾国葆！他心里一惊，难道是曾国藩死了？不然，为什么由曾国葆亲自监抬棺材呢？他吩咐停轿，待后面的轿队过去之后，轿夫抬着他，飞速向曾国藩的大船奔去。

　　曾国藩见左宗棠进来，跟他打了声招呼。左宗棠见曾国藩没死，舒了一口气，开门见山地质问："听说你在白沙洲投水自杀，有这事吗？"

　　曾国藩点点头。

　　左宗棠又问："我方才见贞幹指挥人抬了一副棺材往江边走，这副棺材是给谁的？"

　　曾国藩斜着眼睛回答："鄙人自用。"

　　左宗棠突然心头火起，大叫："好哇！好个不忠不孝不仁不义的曾涤生，你大丈夫不做，却要效法愚夫村妇。你若真的死了，我要鞭尸扬灰，劝说伯父大人不准你入曾氏祖茔。"

　　曾国藩没想到左宗棠不但不劝慰他，反而来这样一顿痛骂，又气愤又尴尬，冷冷地问："你说我不忠不孝不仁不义，理由何在？"

　　"好吧，让我慢慢地说给你听，使你心服口服。"左宗棠一屁股坐到曾国藩床边，声色俱厉地说，"你二十八岁入翰苑，三十七岁授礼部侍郎衔，官居二品，诰封三代，皇上对你的恩情，天高地厚，河长海深。洪杨作乱，朝廷有难，皇上委派你帮办团练，指望你保境安民、平乱兴邦，你却刚刚出师，便以受挫而自杀，置皇上殷殷期望于不顾，视国家安危为身外之事，你忠在哪里？"

曾国藩身冒冷汗，惨无血色的面孔开始出现绯红，两眼依旧微闭，躺在床上默不作声。左宗棠继续说："令祖星冈公多次说过，懦弱无刚乃男儿奇耻大辱。你将祖训书之于绅，发愤自励，并以此教诫诸弟。京中桑梓，谁不知道你曾涤生这些年来自强不息，是曾氏克家兴业的孝子贤孙。现在一受挫折，便想一死了之。这不是懦弱无刚是什么？上让老父为之伤心，下使子弟为之失望。你死之后，何能在九泉下见令祖星冈公？令尊大人在你出山前夕，庭训移孝作忠，实望你为国家做出一番烈烈轰轰的事业，流芳千古，使曾氏门第世代有光。你今日自杀，使父、祖心愿化为泡影，请问孝在何处？"

左宗棠的一番貌为谴责，实为信任的话，使得浑身僵冷的曾国藩渐有活气。这个自诩为今亮的怪杰，是充分相信自己能够建功立业、流芳千古的啊！他从心里感激左宗棠的好心，但嘴上却有气无力地说："国藩自尽，实因兵败，不得已而为之呀！"

左宗棠横眉望了曾国藩一眼，根本不理睬他的辩白，依然侃侃而谈："一万水陆湘勇，从四处赶来投在你的麾下，他们都是你的子弟，犹如儿子投靠父母，幼弟依赖兄长一样，眼巴巴地盼着你带他们攻城略地、克敌制胜，日后也好图个升官发财、光宗耀祖。现在，你全然不顾他们嗷嗷待哺之处境，撒手不管，使湘勇成为无头之众，最后的结局只能落魄回乡，过无穷尽的苦日子。这一年多来的辛苦都白费了，功名富贵也成了水中之月、镜中之花。作为湘勇的统帅、子弟的父兄，你的仁在哪里？众多朋友，应你之邀，放弃自己的事情来做你的助手，郭筠仙募二十万巨款资助你。他们图什么？图的是你平天下巨擘，律盖世勋名，大家也好攀龙附凤，青史上留个名字，也不枉变个男儿在世上活过一场。你如今只图自己省去烦恼，却不想因此会给多少朋友带来烦恼。你的义又在哪里呢？这不忠不孝不仁不义八个字，只因你今日一死，便如同铜打铁铸，永远伴随着你曾涤生的大名……"

不待左宗棠说完，曾国藩霍地从床上爬起，握着他的手说："古人云'涣乎若一听圣人辩士之言，涩然汗出，霍然病已'，这不是指今日的我么？国藩一时糊涂，若不是吾兄这番责骂，险些做下贻笑万世的蠢事。眼下兵败，士气不振，尚望吾兄点拨茅塞。"

左宗棠想，曾国藩毕竟不是俗子，此番能够复起，前途大有指望。他微露笑容说："宗棠生怕仁兄一时气极而懵懂，故不惜危言耸听。涤生兄，我想你一定是见到今夜江边送陶恩培荣升而更抑郁。其实，这算得什么！像陶恩培那样的行尸走肉，宗棠从来就没正眼瞧过。漫说他今日只升个布政使，就是日后入阁拜相，也不过是一个会做官的庸吏罢了。太史公说得好：'古者富贵而名磨灭不可胜记，惟倜傥非常之人称焉。'不能在史册上留下惊天动地、烈烈轰轰的丰功伟绩，再高的官位也不值得羡慕。至于世俗的趋炎附势，只可冷眼观之，更不必放在心上。孙子云：'善胜不败，善败不亡。'经得起失败，才会有胜利。失败不可怕，怕的是败后一蹶不振，缺乏不屈不挠的气概。昔汉高祖与项羽争天下，屡战屡败，最后垓下一战，项羽自刎。诸葛亮初辅刘先主，弃新野、走樊城、败当阳、奔夏口，几无容身之地，最后才鼎足三分。这些都是仁兄熟知的史事，以宗棠之见，今日靖港之败，安得不是日后大胜的前奏？此刻溃不成军的湘勇，异日或许就是灭洪杨、克江宁的雄师！"

慷慨激昂的议论，意气风发的神态，给曾国藩平添百倍勇气。他握着左宗棠刚劲有力的双手，久久说不出话来。

左宗棠摸摸口袋，猛然想起一件事，说："昨日朱县令来长沙，谈起日前见到伯父大人情形。伯父大人临时提笔写了两行字，托朱县令带给你。今日幸好放在我身上，你拿去看吧！"

左宗棠从衣袋中拿出一张折叠得整整齐齐的纸条。曾国藩看时，果然是父亲的亲笔："儿此出以杀贼报国，非直为桑梓也。兵事时有利钝，出湖南境而战死，是皆死所，若死于湖南，吾不尔哭！"父亲的教诲，使曾国藩心酸：今日若真的死了，何以见列祖列宗！他抖抖地重新折好父亲的手谕，放进贴身衣袋里，轻轻地舒了一口气。

他望着左宗棠，浅浅笑道："昔日与人聊天，多次讥笑那些平日袖手谈心性、临危一死板君王的书呆子。今日若不是吾兄点拨，国藩我也就沦为这种书呆子了。"

正在这时，康福兴奋异常地奔进船舱，问候过左宗棠后，对曾国藩说："大人，湘潭水陆大胜。十战十捷，逆贼全军覆没，贼首林绍璋只身仓皇逃走。"

"真的？"曾国藩简直不敢相信。

"真的！这是塔副将的亲笔信。"

曾国藩接过塔齐布的来信，两行热泪再也不能控制，簌簌流了下来。

九　白云苍狗

湘潭水陆全胜，把曾国藩和整个湘勇从死亡中挽救过来。不久，报捷的奏折加上咸丰帝的朱批转了回来。朱批大大嘉奖湘潭之捷，对岳州和靖港的失败仅轻轻带过，未加指责。尤使曾国藩感到意外的是，皇上严词训斥鲍起豹失城丧土之咎，并革了他的职，交部查办；塔齐布被任命为湖南水陆提督，管带湖南境内全体绿营，又撤销对曾国藩降二级的处分，准其单衔奏事。还有一点，是曾国藩做梦都不曾想到的：除巡抚外，包括藩、臬两司在内的湖南所有文武官员，都可以由曾国藩视军务调遣。这一道上谕，是咸丰帝对曾国藩最有力的支持，使湖南官场对曾国藩的态度彻底改变了。骆秉章带着徐有壬、左宗棠等一班官员来到水陆洲畔，并抬来一顶八抬绿呢空轿，亲来拜访一直住在船上，被长沙官场冷落了两个月的曾国藩。骆秉章异常亲热地对曾国藩问长问短，说鲍起豹等人要上参折，自己如何反对；对湘勇的能征惯战，自己如何赏识等等。这种官场的极端虚伪，曾国藩见得多了，心里不住地冷笑。经过左宗棠那一顿痛骂后，曾国藩对功名与事业、人情与世态，认识又大大加深一步。他知道自己今后仍需要骆秉章，需要湖南官场，故当骆秉章执意恭请他上岸，依旧回到原来审案局衙门去住时，他在几经推辞后，还是上了骆秉章送来的大轿，带着水陆营官和郭、刘、陈等一批参谋进了城。王闿运则在前次随彭玉麟的船回湘潭云湖桥老家去了。曾国藩坐在轿中，想起这一年来的酸甜苦辣，心里很不是个滋味，特别是这几天的变化，更令人感慨良多。"天上浮云似白衣，斯须改变如苍狗"。变幻难测的人世，真比白云化作苍狗还来得快！

当天夜里，藩司徐有壬便客客气气地单独来审案局拜访。寒暄毕，徐有壬说："去年中元节的节礼，鄙人原拟绿营、练勇一体散发，不分彼此，怎奈鲍起豹坚持说不能发给练勇，不然，他的提督面上无光，并以辞职相要挟。也是鄙人生性软弱，一时间少了主张，还望仁兄千万勿挂在心上。"

曾国藩淡淡一笑，说："徐方伯客气了，区区小事，国藩早已淡忘，何烦再提。"

徐有壬放下心来，又说："去年湘勇向衡州陆知府腾借的十万两银子，我已通知陆知府，这批银子就从藩库里增拨下去，不必再向湘勇讨还了。"

曾国藩心想，这是拿朝廷的钱来结私人的感情。这种事，曾国藩也见得多了。湘勇现在缺的就是银子，你既然送银子上门，我就照收不误。曾国藩客气地微笑着说："徐方伯厚意，国藩很是感激。"

徐有壬摆出一副诚恳的神态，说："都是皇上的银子，仁兄在为皇上办事，何谢之有！湘勇不久就要出省与长毛作战，随营征战，非鄙人所长，这后方筹款筹粮之事，鄙人则尽力而为。"

曾国藩心想，原来他是怕征调入营去担惊受苦，便笑着说："随营征战之事，哪里敢劳动大人，若能为湘勇筹款筹粮，方伯之功，将莫大焉！"

徐有壬彻底放心了，满意出门。王鑫看不过去，对曾国藩说："何不委他个苦差事，让他尝尝味道。"

曾国藩说："这种人架子大骨头软，派在军中，反而误了我的事。莫说他还拿了十万两银子来，就是朝廷下令调他到军中，我都不要。"

说罢，二人都笑起来。因徐有壬的到来，曾国藩想起一件大事，赶紧叫荆七到提督衙门去请塔齐布来。曾国藩对当初推出塔齐布的决策深为满意。倘若塔齐布不是满人，何能如此快地得到朝廷的绝对信任！绿营在塔齐布的手里，也就在自己的手里。

塔齐布招之即来。曾国藩问："塔提督，湖南绿营，你将如何统率？"

"绿营腐败已甚，当今之务，首在严加整顿。"塔齐布不假思索地回答。

曾国藩微微摇头，说："严加整顿，固是必行之事，但今日首务，却不在此。"

"为什么？"塔齐布感到奇怪，曾国藩不是常常说绿营已烂，必须下狠心割去烂肉吗？

"塔提督，论资历，你比得上鲍起豹吗？"

塔齐布摇摇头说："远不及。"

"去年镇筸兵哗变，冲进你的宅院要杀你，还记得吗？"

"这仇恨永世不忘。"

"智亭兄，你资历不及鲍起豹，军中不服者必多；你记下镇筸兵的仇恨，又必然引起镇筸兵的害怕。这一个不服，一个害怕，绿营军心能稳吗？"

塔齐布感到事情严重了，他望着曾国藩，以祈求的口吻说："大人，我是您老一手提拔上来的。我只有一句话，从今以后，死心塌地跟着大人。听大人分析，我才知我这个提督位子尚在动摇之中。请大人明示，塔齐布一定照办。"

"智亭兄，今日治绿营，当首在收抚人心，其手段只有一个字。"曾国藩伸出一只手，清脆地吐出一个字来："赏！"

塔齐布按曾国藩的指示，遍赏绿营将士，得六品军功者，多达三千人。火宫殿闹事的那几个镇筸兵，也都在赏赐之列，于是绿营皆大欢喜。塔齐布又特地请来邓绍良一道喝酒，邓绍良很受感动。绿营将士知曾国藩和新提督宽宏大量，不记旧怨，军心立即稳定下来。

与遍赏绿营相反，对湘勇，曾国藩却实行塔齐布所提出的"严加整顿"的方针。

第一个拿来开刀的便是曾国葆的贞字营。这个营在靖港战役中最先溃逃，除开五十余名跟着曾国藩败退的勇丁外，包括曾国葆在内，一律开缺回籍。曾国葆不服气，听了大哥"正人先正己"的一番大道理后，勉强服从了。曾国藩把满弟叫到书房，密谈了大半夜，最后叮嘱国葆，要国华、国荃各招募五百壮丁，用心操练，五百勇丁都当什长训练，到时便可由五百立即变成五千。

由于贞字营先被撤掉，曾国葆带头回原籍，其他各营的整顿都很顺利，共裁掉团丁三千余人。岳州、靖港战场上逃走的人，有的又想回来，曾国藩命令一个不收。他又乘着这个大好时机，将湘勇扩大一倍，建陆师二十营；水师二十营；又水陆二师分别设统领二人。陆师由塔齐布、罗泽南充当，一人管十营；水师由彭玉麟、杨载福充当，也是一人管十营。塔、罗、彭、杨均听调于曾国藩。湘勇建制更显得健全了。鲍超、申名标在湘潭战场上打得勇敢，都被提拔当了营官。

每天，南门外操场由塔、罗负责训练陆师，江面上由彭、杨负责训练水师。曾国藩再忙，每天也要到操场、江边去看看，训训话。曾国藩又吸取戚继光用军歌教育士卒的经验，用心编了几支通俗易懂的歌，又由精通乐理的郭嵩焘谱成曲，早晚教习。这些歌词七字一句，将行军打仗安营扎寨等要点都包括了进去。陆勇唱《陆军得胜歌》，水勇唱《水师得胜歌》。几天唱下来，从官到勇，个个都唱得流畅、记得烂熟了。每天上操下操路上，湘勇们高声唱着军歌，虽不动听，但合着步伐，也还显得整齐、威武，长沙城里的百姓觉得十分新鲜。当听到"军士与民如一家，千万不可欺负他"的结尾时，老百姓的脸上都有了笑容。

　　湘勇的再次兴旺给曾国藩带来喜悦，他想到，幸而没有死成，否则哪能看到今天的气象！他很感激救他性命的康福和左宗棠，思量报答他们。左宗棠是大才，今后可以大事相委托，眼下不着急。康福有统领之才，但曾国藩不想让他离开自己身边，他极需要康福这样的保镖。若让他领统领的薪水，别人会说是因救自己而得到额外好处，也或许会有人说，当初自己投水是做样子的假死，不然，何以对救者这样重报呢？曾国藩想来想去，想不出一个如何报答康福的好办法。一次，他偶尔翻阅野史，上载鳌拜厚报塾师的故事。他觉得这个方法好。于是暗地叫荆七到沅江去，以康福的名义买下一座大宅院和三百亩水田，迁一户老实人住进宅院，每年代康福收这三百亩水田的租。不久，康福知道了这事，十分感激曾国藩的厚赐，对曾国藩更加忠心耿耿。康福有救主帅之恩，又并没有加薪晋官，湘勇上下也都称赞曾国藩不以官禄报私恩的品德。

　　这时，天天都有西征军围攻武昌的消息传到长沙，曾国藩与大家日夜商议，准备救援鄂省。

　　一日下午，曾国藩正在书房读书。曾国藩的书房原自名为"求阙斋"。有一次，他深夜之中高声朗诵古文，在前人的妙辞巧构和自己的抑扬顿挫声中进入一种艺术境界，领略到极大的乐趣。他想起孟子说过"君子有三乐"的话，总结出自己的三大乐趣：宏奖人才，诱人日进，一乐；读书声出金石，飘飘意远，二乐；勤劳而后憩息，三乐。一时高兴，他把"求阙斋"易名为"三乐书屋"。这天读的是《史记·高祖本纪》。曾国藩深为汉高祖称赞萧何、韩信、张良的一段话所吸引。他想，刘邦起事前，不过泗水一亭长，文武两方面都平平，后之所以有天下，实仗三杰之功；而使三杰各尽其才，这便是刘邦的才能。自己在带兵打仗这方面，既无才能又无经验，靖港之败便是明证。今后务必要让塔、罗、彭、杨等人充分施展其才，还要多多发现、物色人才。正思忖间，亲兵来报："门外有一人求见，自称大人故人胡林翼。"曾国藩心里喜道："吾之萧韩来了。"立即放下《史记》，奔出门外。

十 兄才胜我十倍

曾国藩和胡林翼在翰林院共事一年，彼此年龄相仿，又同为湖南人，故相交亲密。道光二十一年，胡林翼之父詹事府右詹事胡达源病逝，胡林翼奉父柩回益阳原籍。曾胡二人便在那年分手了。三年丧期满，胡林翼捐贵州安顺府知府，后又改镇远府知府、黎平府知府。在知府任上，因组织乡勇镇压苗民动乱有功，升为贵东道。吴文镕在贵州巡抚任上，极看重胡林翼的军事才干，到武昌署理湖广总督后，急向朝廷求调胡林翼来湖北支援。胡带六百乡勇来到金口时，吴文镕已阵亡。胡不愿投靠接任的荆州将军旗人台涌，于是将六百乡勇留在金口，只身来到长沙，与曾国藩、左宗棠商量进止。

"润芝兄！"曾国藩望着一身戎装的胡林翼，亲热地说，"多年不见，兄台与昔日相比，更显得雄姿英发了。"

胡林翼也异常高兴地说："自道光二十一年先父弃养，林翼离京回籍，与仁兄分别已经整整十四年。云树之思，无日不萌。知仁兄这些年春风得意，今又统率雄兵两万，战将百员，拯国难，纾君忧，林翼不胜仰慕之至。"

二人携手来到书房，亲兵献茶毕。曾国藩深情地对胡林翼说："前年八月，国藩不幸闻母丧，遂从江西主考任上急回湘乡。后奉朝廷帮办团练之命，思欲负山驰河，挽吾乡枯瘠于万一，遂来省与张石卿中丞、江岷樵、左季高等招募乡勇，组建军营。谁知国藩非带兵之才，初与长毛交手，便两次败北，幸赖塔、罗、彭、杨诸君之力，免使全军覆没，蒙皇上高恩宽恕，今再次组建。兄台练兵，成效卓著，弟与季高、罗山等常以兄台大才振刷相勖，屡称台端鸿才伟抱，足以救今日之滔滔。"

"涤生兄太客气了。贵州乃荒僻之地，林翼所做之事，实不值一提。长毛巨寇，其强悍善战，古今少有，且胜败兵家之常，林翼今见湘勇军营整肃，甲胄鲜明，来日大胜，定可预卜。"

正说话间，左宗棠闻讯赶来。胡林翼正妻乃陶澍第七女静娟。按辈分，左宗棠比胡林翼高一辈。但实际上，左胡同年，胡比左还大四个月，故二人之间，始终以兄弟相称。寒暄之后，左宗棠说："听说仁兄应吴文节公生前之邀，率领六百乡勇来到湖北。现在吴公殉国，仁兄何进何止？"

"林翼正为此事来与二位仁兄相商。"

"湘勇即将北上援鄂，正缺乏大将。兄才胜我十倍，若不嫌弃，这支人马就由我兄统率，国藩和季高为仁兄筹饷补员，做个镇国家，抚百姓，给馈饷，不绝粮道的萧何吧！"曾国藩说罢大笑。

胡林翼连连摆手，说："涤生兄真会开玩笑，筚路蓝缕，艰苦创业，你是众望所归的湘勇统帅，林翼何能望兄之项背。"

左宗棠觉得曾国藩此话有些矫情虚伪，便断然说："涤生不必让出寨主之位，润芝也不要再回贵州。六百黔勇由湖南藩库发饷，润芝就协助涤生，一道北进吧！"

由于左宗棠去年建议到南门外操场犒劳湘勇，靖港败后，又到舟中斥劝曾国藩，使得骆秉章对左宗棠的卓越识见十分敬佩；平时相处之中，骆秉章常为左宗棠办事的魄力、干练所折服，因而对左宗棠很是看重，甚至到了言听计从的地步。故左宗棠可以俨然用巡抚的口气，对此事作了安排。

胡林翼正愁这六百乡勇的粮饷无着落，便慨然相允："林翼遵季高之命，从今以后就在涤生兄帐下做一偏裨。"

曾国藩也谦让一番，就定下了此事。胡林翼说："林翼蒙涤生兄收容，无以为报，今特献曹操乌巢断粮败袁术之计，作为见面礼。"

曾国藩高兴地说："请言其详。"

胡林翼说："我在金口十余天，探知长毛粮草多聚于通城、崇阳两城。此次北进，宜分头行动，派一军先攻通城、崇阳，夺其粮草。"

曾国藩和左宗棠几乎同时说："这是一条好计。"

数日后，曾国藩湘勇水陆三路大军在长沙誓师出发，救援武昌。这三路是：第一路，由塔齐布、罗泽南等人率领七千人马，沿汨罗、岳州、临湘、蒲圻、咸宁、纸坊一路进武昌；第二路，由胡林翼、李元度等人率领三千人马在夺取通城、崇阳的太平军粮草后，再投咸宁大道进攻武昌；第三路是水师，由彭、杨统领，出洞庭湖，从临湘、嘉鱼、金口东进武昌。三路人马刚启程，亲兵报，湖北巡抚青麟带一千饥疲之兵已到湘春门外。曾国藩闻之大惊，跌足叹息：

"看来武昌已经丢了！"

第八章　攻取武昌

一　青麟哭诉武昌失守

青麟一进巡抚衙门，就要向骆秉章、曾国藩等人行旗人大礼，慌得骆秉章连声说："墨卿兄，这使不得，快坐下来，谈谈武昌战事。"

"青麟有罪，武昌失守了。"青麟一开口，就流下了眼泪。他是正白旗人，翰林出身，去年由户部左侍郎差委湖北学政，今年已调任礼部右侍郎，人却仍在湖北。二月，湖北巡抚崇纶丁母忧解职，在德安守城有功的青麟，被咸丰帝任命为巡抚。因战事紧急，崇纶亦未离城，以协助军务的身份留在武昌。荆州将军台涌被任命为湖广总督，代替战死堵城的吴文镕。青麟的到来，已经说明了武昌被太平军攻下的事实，所以他的这句话并没有引起骆秉章、曾国藩等人的震惊。青麟语声哽咽地继续说：

"青麟辜负皇上圣恩，罪不可赦，但武昌之失，湖北战局惨败，完全是崇纶、台涌等人造成。小人秉政，贻误国事，再没有比这更可恨的了。"

青麟痛苦得说不下去了。曾国藩叫亲兵端来一盆水，又叫送来一碗香茶，让他先擦擦脸喝点茶，并安慰他说："墨卿兄，湘勇三路人马已动身前往湖北，湖北战事的转机已到，你先宽下心来。吴文节公殉国前，曾有信给我。信中饱含冤屈，然又未明言。国藩正为恩师之死而痛心，你慢慢讲清楚，我要向皇上禀告。"

青麟得到了鼓舞。他正愁满腹苦衷无法上达朝廷，于是将一肚子委屈都倒了出来:"吴文节公本不会死的,完全是崇纶排挤的结果。崇纶不学无术,心胸狭窄,凭着祖上的军功和钻营投机的伎俩,才爬上巡抚的高位。但他还不满足。自从程裔采制军革职后,他便在朝中四处活动,谋取湖广总督一职。所图不成,故忌恨中伤张石卿制军。田家镇一役,有意拖延两天,贻误战机,张制军兵败。他又添油加醋告恶状,遂使张制军降调山东。"

左宗棠气愤地说:"据说张制军离鄂之时,三千得军功的兵士摘去顶戴夹道跪送,为张制军鸣不平。"

"是的。"青麟接着说:"崇纶原以为把张石卿挤走后,会稳坐湖广总督宝座,谁知接任的不是他,而是吴甄甫制军。吴制军一来,他就视之为眼中钉,一日三次催吴制军出兵。吴制军拟稳守武昌,伺机出击。崇纶就上奏朝廷,讥讽吴制军怯阵。朝廷不明真相,严令吴制军离武昌赴前线。"

曾国藩说:"甄甫师来信说受小人所害,原来如此。"

青麟说:"吴制军出兵后,崇纶借道路阻塞为由,一不发粮草,二不发援兵,活活地把吴制军推到绝路。"

"崇纶这般缺德,天理国法不容!"想起吴文镕当年的厚恩及死前信中所流露的悲哀,曾国藩对崇纶恨之入骨。

"天公有眼,崇纶因母丧而离职,但他并不离开武昌,仍然暗中控制文武员属。我因吴文节公死事之惨,说了他几句,他便迁怒于我,指使下属不听号令。长毛围城三个多月,城内文武却各怀异志。诸君替我想想,这武昌如何能守?"

众人叹息。

"署总督台涌也畏敌如虎,不发一兵来武昌增援。粮尽援绝,军中怨声载道。十五日夜里,当长毛猛攻武胜门时,崇纶却领着亲兵,化装成百姓出城逃命去了。十六日清早,总兵李文广冲进我的房子,喊道:'中丞,眼下城里只剩下一千饥疲之兵,再不出城,便要全军覆没了。'我说:'我身为巡抚,城在人在,城破人亡,岂可舍城出逃!'李总兵哭着说:'中丞,崇纶世受国恩,却临危仓皇逃命,台涌握有重兵,却一兵不发。中丞你死守武昌三个月,与士卒一起喝菜汤、上城楼,却落得如此下场。朝廷忠奸不分,贤愚不辨,令人气沮。中丞纵然不为自己着想,也要为百战幸存的一千弟兄们着想。他们都是忠于朝廷的硬汉。'说着说着,他便跪下,拉着我的衣袖叩头说：'中丞，我请求你为国保存这一千忠良吧！'我被李总兵说得六神无主。突然一阵炮响，文昌门被攻破，长毛涌进武昌。李总兵拉着我上马，从望山门出了城，一路向南奔来。"

青麟说到这里，低下头来，显出一副又羞又愧的神情。这时，刘蓉在旁向曾国藩使了个眼色，随即离席。曾国藩对青麟拱拱手说："墨卿兄稳坐，我出去更衣即来。"

二　湖北巡抚做了彭玉麟的俘虏

曾国藩出门后，悄声问刘蓉："孟容有何见教？"

刘蓉说："克复武昌，就在青麟身上。"

"此话怎讲？"

刘蓉附在曾国藩耳边，说出一条计策来。曾国藩笑着说："人称你为小亮，果真名不虚传。"

说着，二人一先一后回到厅里。曾国藩皱着眉头对青麟说："墨卿兄的处境，实在令人同情。不过，"他的神情变得严峻起来，"省城丢失，不管出于何种原因，巡抚罪当斩首。"

青麟脸色惨白，冷汗直流，抖抖地说："我亦知皇上不会饶过，还望诸君为我将实情奏报，即使皇上不能网开一面留下青麟残躯，但能为国家保存这一千忠良之士，我死亦值得了。"

说完，重重地叹了一口长气，两眼无神地看着眼前的茶碗。

曾国藩说："有一个办法，或许可使墨卿兄将功补过，换取皇上的宽恕。"

"涤生兄有何高见？"就像一个即将毙命的落水者看到上游漂来了木头，青麟眼中闪出希望的光芒。

"目前湘勇已分三路北进，即日将达武昌，倘若墨卿兄为湘勇光复武昌出力，则前过可补。只是颇有一点危险，不知老兄愿为否？"

曾国藩摸着胸前的胡须，两只三角眼盯着青麟那张典型的尖细泛白的旗人脸，似乎在审视着他的胆量。曾国藩出自对吴文镕的怜悯，固然同情青麟的处境，但实际上是瞧不起这个怕死鬼的。

"青麟已犯死罪，何险可惧？涤生兄，你只管说。"青麟说的是实话。

"我有一个主意,也不知可用不可用,说出来,尚请骆中丞和季高兄、润芝兄指点。我想以三百精干湘勇,作老百姓打扮,装成半路上捉住墨卿兄的样子,然后把墨卿兄送到武昌长毛头领那里,以此博得长毛的信任,埋伏在武昌城里做内应。到时里应外合,收复武昌就容易多了。"

"此计甚好。"左宗棠说:"只是要有几个胆大心细会办事的人去干,要打入贼窝子里去。据说打武昌的长毛头,就是不久前进犯我湖南的那个人,湘潭收复后,他匆忙带兵返回湖北,攻陷了武昌。"

胡林翼说:"此人是长毛伪翼王石达开的哥哥石祥祯。派去的人,要善于临机应变,弄些乖巧法子出来,把此人拉下水。"

骆秉章也说:"这个主意可行。季高说得对,要选几个靠得住的人。"

青麟想:把我送回武昌交给长毛,万一长毛先把我处死,怎么办呢?但这层意思他不敢说出,只得硬着头皮说:"一切凭涤生兄安排!"

一队穿着各色衣服的百姓,在通往武昌的大道上疾行,他们正是曾国藩派出的化了装的三百湘勇,为首的是水师统领彭玉麟,副手是康福和鲍超。鲍超是个粗鲁汉子,曾国藩挑选他,是因为看重他高超的武艺,危难之际,他一人可顶十人用。

这天正午,在纸坊客店里吃罢中饭后,彭玉麟对青麟说:"中丞,请您老委屈一下,戏要开场了。"

青麟懂得他的意思,说:"你动手吧!"

几个湘勇上前,用一根粗麻绳将青麟的上身捆得严严实实,押着他,向武昌城走去。

酉初时分,彭玉麟一行来到武昌望山门。为防奸细混入,武昌各门把守严密。巡视望山门城防的是周国贤,他和康禄一样,也已升为师帅了。康福眼尖,一眼看到站在城楼上的,竟是野人山上的仇人,忙把帽檐拉下,并钻进人堆里。周国贤威严地发问:"城下是何人在喧闹?"

彭玉麟走上前,靠着城墙根,以一口纯正的安徽话答应:"将军,我等本是武昌城里的良民。前几天被青麟裹胁出城,半途间我们杀了青麟的亲兵,把青麟抓了起来,现送给将军发落。"

周国贤问:"你既然是武昌人,为何口音不对?"

彭玉麟对此早有准备。在路上时，彭玉麟就想到，长毛最担心的是湖南派湘勇救援武昌，这一队人从南边来，如果讲衡州话，就会引起他们的怀疑，既然不会讲武昌话，不如讲安徽话，消除他们对湘勇的戒备。彭玉麟不慌不忙地说："在下本是安徽人，十年前来到武昌城里开茶庄，口舌拙，学不来湖北话，只会讲家乡土话。"

周国贤听彭玉麟讲得有理，不再查问了，高声说："你们把青麟推出来！"

彭玉麟把五花大绑的青麟推到前面，城楼上有认得青麟的，告诉国贤，捆绑的正是前湖北巡抚。国贤不再怀疑，打开城门，放彭玉麟一行进了城，并要彭玉麟押着青麟去见石祥祯。彭玉麟对三百化了装的湘勇说："各位都回自己家去吧！"

湘勇便按路上所商量好的，三三两两地散开去。康福戴着一副大墨晶眼镜走到彭玉麟身边。彭玉麟指着康福、鲍超对国贤介绍说："这二位都是敝庄的伙计，康大、鲍四，擒拿青麟，主要靠鲍四的功夫。在下名叫彭忠。"

国贤将他们带到设在原巡抚衙门的西征军湖北总部。石祥祯十分高兴地接待他们，亲热地说："难得三位壮士对天国一片忠心，擒拿妖头。"

彭玉麟说："青麟祸国殃民，罪大恶极，人人痛恨。敝茶庄的一点积蓄也被清兵抢去。在下与两位伙计被裹胁的那天，就打算在路上擒拿他们，只是一路无下手机会。走到蒲圻时，青麟的护兵大部分逃散，只剩下百把人了。我见机会已到，便暗中串通难民在半夜起事。难得鲍四好武艺，康大也一旁协助，杀死几十名卫兵，把青麟活捉了。"

石祥祯端详着鲍超、康福，连声说"好汉，好汉"，并吩咐亲兵拿出五百两银子来。彭玉麟忙站起推辞："将军，我等捉拿青麟，并不是为了赏银，实是为民除害，为敝庄雪恨，若是赏银子，倒是看轻了我们。"

石祥祯是个豪爽的人，见彭玉麟这样说，愈加喜欢："好汉不要银子，就算了吧！既然茶庄破产，若是愿意的话，和我们一起灭清妖，打江山吧！我看三位均非等闲人，天国正需要你们这样的好汉。"

彭玉麟一听，正中下怀，忙又离座答道："蒙将军错爱，彭忠等愿随将军马后！"

石祥祯大喜，命令亲兵将青麟带上来。

青麟被押了上来。他瞧见彭玉麟等均是座上之客，心里放心。他不慌不忙地走着，站在石祥祯面前，并不下跪。石祥祯愤怒地喝道：

"狗官跪下！"

青麟仍不动。亲兵上来，一脚扫过去，青麟立刻扑倒在地，想起好汉不吃眼前亏的俗话，只得勉强跪着。

"狗官，报上名来！"石祥祯虎目怒睁，吼声如雷。青麟吓了一大跳，好一阵才平息下来，低声回答："丙申科进士前翰林院侍讲学士，现任礼部右侍郎，差委湖北学政，湖北巡抚青麟。"

"妈的，死到临头了还要神气，什么侍郎、巡抚，统统都是妖孽，都要斩尽杀绝！"青麟跪在地上，不敢回嘴。石祥祯又问："狗官，你知罪吗？"

青麟抬起头，望一眼彭玉麟。彭玉麟向他丢了一个眼色。青麟像喝了一口参汤似的，精神振作起来，说："本抚院无罪。"

"妖头，你还嘴硬！这些日子，武昌百姓诉苦申冤的接连不断，待我数几桩给你听听，看你有罪无罪。妖头，你仔细听着：自从去年正月，我天国将士撤离武汉三镇，向小天堂进军时，你们蜂拥进城，疯狂倒算，杀害与我天国有往来的无辜百姓三万余人。这是不是罪？这一年半来，你们在这里对百姓肆意掠夺，横征暴敛，数万百姓家破人亡，四处逃荒。这是不是罪？你手下的官吏敲诈勒索，贪污中饱，你的几千兵卒明火执仗，抢劫财物，杀人越货，强奸妇女，无恶不作。这是不是罪？说！"

石祥祯重重地拍了一下桌子，一个茶碗被震得跳下来，摔得粉碎，尽管有彭玉麟等人坐在上面，青麟还是吓得心惊肉跳。略为平静后，他为了不在彭玉麟面前失去面子，强作镇静地回答："刚才所说的，有的不是罪，有的言过其实，即使所说皆实，也是本抚院前任的事，非本抚院所为。"

石祥祯大怒："我不管是你干的，还是你的前任干的，总之都是你们这些妖头狗官的所作所为。吴文镕已被我天国处死，崇纶逃走了，一旦抓获，决不会让他活着。天理昭彰，三位好汉把你抓来了，我今天岂能容你！"

石祥祯猛地站起来，大声命令："把狗官推出，给我砍了！"

青麟一听，吓得瘫倒在地，晕死过去。彭玉麟也没料到这一招，他慌忙起身，对石祥祯一拱手："将军暂息雷霆之怒。青麟之罪，十恶不赦，不过，依在下看来不如暂且关他几天。听说曾国藩就要率湘勇前来攻武昌，待活捉曾国藩、塔齐布等人后，再召集武汉三镇父老公审他们，岂不是一件大快人心的好事。"

石祥祯说："彭兄说得有理，就让他再苟活几天吧！押下去！"

亲兵过来，像拖一条死狗似的，把青麟拖了下去。

三　薛涛巷的妓女蚕儿真心爱上造反的长毛头领

五天后，从中路进军的塔、罗七千人马一路顺利地来到武昌城下。从水路进军的杨载福、李孟群一万水师，在城陵矶遭到曾天养的阻击，陈辉龙、褚汝航被打死。杨载福收拾部队，乘曾天养得胜放松警惕的空隙，夜袭太平军，杀了曾天养。水师突破洞庭湖，此后，便顺流东下，没有遇到大的阻力。东路胡林翼、李元度率领的三千人马，军行迅速，驻扎崇阳、通城一带的太平军没有料到这一招，几仗下来吃了亏，便丢下城池粮草，向武昌靠拢。胡林翼一路战果最大：收复通城、崇阳两城，得粮食二十万石，马草无数，先行向朝廷报捷。十天后，这三支队伍便会师武昌城下。水师在北，中路在南，东路在东，对武昌城形成一个三路包围的局面。湘勇和太平军展开激烈的争斗，双方互有胜负。由于从崇、通两城缴获了大批粮草，湘勇军心稳定，而太平军在得到这个消息后，内部出现恐慌。

几天后，曾国藩派彭毓橘潜入武昌城。经过几番周折，这天深夜，彭毓橘突然出现在彭玉麟等人的住房——巡抚衙门旁边建筑考究的刘家宅院里。彭玉麟见到彭毓橘，又惊又喜，二人互通了情况。彭毓橘说："湘勇老营就设在洪山脚下，曾大人急切想了解城里的情况。"

彭玉麟说："石逆等人虽然对我们很热情，但我们无法打入他的内层，机密尚并不知。"

彭毓橘说："曾大人希望你们像孙猴子那样，钻进铁扇公主的肚子里去，等待时机，先捣毁他们的巢穴，然后夺取两道城门，里应外合，拿下武昌。"

彭玉麟等人和彭毓橘商量大半夜，约定每隔三天彭毓橘来一次，交换城里城外的情况，遇有特殊事情，则随时通报。

过两天，康福对彭玉麟说，"我这几天到城里各处逛了逛，见司门口贴了一张取缔妓女的告示。正看着，人群中一个四五十岁的妇人，唾了一口痰在告示上,边走边骂:'该死的长毛,断了老娘的生意。'"

"那一定是个开妓院的鸨母。"鲍超插话。他对这些事最有兴趣。

"被你说对了,确是个鸨母。"康福看了鲍超一眼,继续对彭玉麟说:"我跟在她的后面,看她进了一条巷子。巷子口钉着一块木牌,上写'薛涛巷'三字。"

"这就是鸨母的住处了。"彭玉麟说。

"为什么薛涛巷就是妓院呢?"鲍超奇怪地问。

"这你就不懂了,打完仗后跟我读几年书吧!"康福笑着说。

鲍超不服气地说:"这要读啥子书。我想你们以前一定都在武昌城里嫖过妓女,所以记得这条巷子名,这会子倒又来耍弄我。"

"放屁!"康福不再理睬鲍超,对彭玉麟说,"我想找个妓女送一个人。"

"送给谁?"彭玉麟好奇地问。

"长毛头领石祥祯不过二十多岁,这样一条猛虎般强壮的汉子,身边没有一个女子,他如何打熬得过。"

鲍超又笑着插话了:"康福巴结石逆可算到家了,我也是条猛虎般的汉子,怎么没想到送个妓女给我呢?"

"送给你有什么用?我这是范蠡送西施之计。"

彭玉麟说:"这种美人计历代都有,但我向来鄙视,实非正人君子之所为。"

鲍超对此大不以为然,说:"雪琴大哥,像你这样迂腐,还办什么大事!管他卑鄙不卑鄙,只要对我们有好处就干。我看此计要得,但要那野鸡死心塌地为我们做事才好,若是他们一日夫妻百日恩,把我们卖了,到头来是偷鸡不着蚀把米,逗人笑话。"

康福说:"鲍大哥说了半天话,只有这两句才是正经的。不过你放心,鸨母和妓女爱的是钱,送她们千把两银子,再告诉大兵压境的厉害,谅她不会卖我们。"

彭玉麟说:"为了打武昌,就违心行一次美人计吧!听说长毛纪律很严,男女不能混杂,除开伪天王和东、北、翼诸伪王可以妻妾成群外,就是夫妻都不能同房,违者杀头。石逆怎么可以公开娶一个女子呢?此事还要从长计议。"

康福低头沉思片刻，想出一个主意来。

第二天傍晚，彭玉麟来到西征军总部，对石祥祯说："石将军，彭某今日备薄酒一杯，请将军赏光。"

石祥祯问："今天是什么日子，你请我的客？"

"今日是在下贱诞，借将军虎威增色。"

"好，我向足下恭贺。"石祥祯爽朗地笑着说。

说着便和彭玉麟出了大门，来到刘家宅院。

这里已备下一桌丰盛的酒席，康福、鲍超穿戴一新。康福见只有石祥祯一人来，便不戴眼镜。四人叙礼毕，坐下饮酒。大家谈谈笑笑，十分欢悦。过一会，彭玉麟喊道："蚕儿，出来给石将军斟酒。"

话音刚落，从里屋走出一个人来。石祥祯见来人虽是男子打扮，但极为纤小，走起路来，袅袅婷婷，腰肢摆弄，就像一个女人。再看那人脸上，细眉秀目，嘴如樱桃，愈看愈不对劲。蚕儿见石祥祯目不转睛地看着自己，便径直朝他走来，嫣然一笑，两只眼睛水波粼粼地望着石祥祯，似乎含着千种柔情、万般蜜意，把个石祥祯弄得心猿意马。斟完酒后，彭玉麟说："蚕儿，给石将军唱个曲子吧！"

蚕儿回到里屋，抱出一个琵琶来，大大方方地坐在酒席边，将弦轻拢慢拨，清清喉咙，唱出一曲小晏的《临江仙》：

> 梦后楼台高锁，酒醒帘幕低垂。去年春恨却来时，落花人独立，微雨燕双飞。记得小苹初见，两重心字罗衣。琵琶弦上说相思。当时明月在，曾照彩云归。

歌声清亮婉转，绕梁不绝。石祥祯出生二十八年来，从来没有听过这样美而雅的歌曲，他完全被蚕儿的人和歌声所陶醉。鲍超嚷道："蚕儿，方才那个曲子好听是好听，就是不大好懂。石将军是刀枪堆里的英雄，谅他也不爱听这种文绉绉的曲子，你就来一首俗一点的吧！石将军，你说呢？"

"好，好！"石祥祯一双眼睛一直盯在蚕儿的脸上，随便地答应着。只听见蚕儿又唱开了：

傻酸角，我的哥，合块黄泥儿捏咱两个。捏一个你，捏一个我。捏的来一似活托。捏的来同床歇卧。将泥儿摔碎，着水儿重合过。再捏一个你，再捏一个我。哥哥身上也有妹妹，妹妹身上也有哥哥。

　　"唱得好，真过瘾！"鲍超乐得手舞足蹈。蚕儿唱完这曲"哥哥妹妹"后，石祥祯终于恍然大悟了，他笑着对彭玉麟说："彭兄，蚕儿是个姑娘吧！"

　　彭玉麟颔首微笑："将军慧眼，到底看出来了。蚕儿是贱内的满妹，今年十八岁，外舅因无男孩，蚕儿生下后，便一直作男儿打扮。长大后，蚕儿倒习惯着男装，不爱女儿粉黛了。"

　　石祥祯哈哈大笑："有趣，有趣！我看还是女儿装为好，蚕儿擦粉抹脂后会更漂亮的。"

　　彭玉麟对蚕儿说："既然石将军喜欢，你就回房去换衣服吧！"

　　待到蚕儿换了衣服出来，石祥祯觉得眼前蓦地一亮，但见她描画着两条细长新月眉，精心敷着浅浅的眼影，洁白的两颊抹上薄薄的胭脂，小小的嘴唇上涂着红艳如火的口红；头上插着一支镶嵌八宝珠花，耳上挂着珍珠吊环；身着大红绣花紧身袄，下配翡翠撒花绉裙，浑身上下珠光宝气，光彩照人。石祥祯这个血气方刚的汉子，第一次见到如此佳丽，不觉呆呆地凝望，如醉如痴。

　　康福对着彭玉麟微笑，好像说："怎么样？鱼儿上钩了吧！"

　　"石将军，"玉麟一声轻呼，把醉迷的石祥祯唤醒，"请喝酒。"

　　石祥祯意识到自己失态，很不好意思地赔笑："好，彭壮士请！"

　　"石将军，"彭玉麟又亲热地叫了一声，"蚕儿是外舅外姑掌上明珠，今年虽已到了十八岁，却并未字人。蚕儿自小心性甚高，非英雄不嫁。今天我看她如此顺从将军之意，脱下男子服，换上女儿装，一定是看上了将军。蚕儿与将军，倒真是天生一对，地造一双。彭某斗胆问一问，将军可否愿与彭某结下这桩姻缘？"

　　蚕儿听了这话，羞得满脸通红，转身进了里屋。灯光下，石祥祯见蚕儿这么一红脸，真如一朵娇滴滴的盛开芍药，那一缕魂魄早已随着她去了。听到彭玉麟这句话，他大喜过望："我今年二十八岁，并未婚娶，令姨国色天香，宛如仙女。哎，"说到这里，石祥祯突然叹了一口气，"只是我石祥祯没有这个艳福呀！"

彭玉麟故作惊讶地问："将军何故出此言？"

石祥祯泄气地说："彭兄，你或许不知道，我天国严别男女，男归男营，女归女营，男女不得结合。我身为一军统帅，岂能带头违反禁令。"

彭玉麟一本正经地说："将军，请恕彭某妄言，天国事事都好，就是这条纪律，大大地不合人情。古人说，夫妻之际，人道之大伦也。若男女不结合，岂有我人群生衍繁育？且天国在这件事上也不公平，天王、东王、北王及令弟翼王可以王娘成群，而兄弟们却连个妻子都不能娶，这能服人心、慰众望吗？石将军，你一个七尺男儿，勇冠三军，难道还不能堂堂正正地娶一个女人吗？我看此事大可不必顾虑。"

"国法不容情呀！"石祥祯苦笑，说完紧闭双眼，陷于极度的痛苦之中。康福对彭玉麟说："彭兄，蚕儿不是爱着男装吗，就让她穿着男子的衣服侍候石将军，岂不两全其美！"

彭玉麟笑道："还是我这个伙计有办法，就这样吧。我今夜就送给将军一个随从小厮。"

石祥祯开心地大笑，当夜便带着这个身着男装的蚕儿回府了。

石祥祯每天忙着指挥打仗，白天几乎没有工夫跟蚕儿说一句话。身着男装的蚕儿，也没有引起西征军总部其他人的注意。但相处七八天后，薛涛巷的妓女却处在一种极为矛盾的心情中了。那天，蚕儿从康福手里接过三百两白花花的银子。康福要她与石祥祯虚与委蛇十天半月，偷取他的军事机密，随时禀报。湘勇攻下武昌后，一定赎她离开薛涛巷，回到天门老家去。蚕儿是个苦命的孩子，七岁时就死去了父亲，母亲带着她和九岁的哥哥艰难度日，十三岁那年，哥哥身染重病，奄奄待毙。为了救儿子，也为了给女儿寻一条出路，母亲狠了狠心，把蚕儿卖给一个来招戏子的中年妇人。谁知中年妇人并不是唱戏的，而是武昌城里的鸨母。十六岁那年，鸨母便逼着蚕儿接客。蚕儿在泪水中过了一年多，直到近半年来，才慢慢安了心。她自认命苦，再哭也是空的，只望积蓄点钱，今后自己赎身再嫁人从良。太平军取缔妓院，打破了她的梦，她对太平军没有好感。康福送给她三百两银子，并许诺帮她逃出火坑回老家，她感激不尽，愿为他效力。这几天来，蚕儿越来越感觉到，自己身边这个造反的长毛头领，却是一个顶天立地的男子汉。蚕儿两年来接的客不下百个。那些名为男人的人，要么是花花公子、膏粱子弟，要么是糟老头子、混账流氓，没有一个是真正的男人。但这个石祥祯不同，他英俊威武，堂堂仪表，身体中有一股旺烈的阳刚劲气；他豪放豁达，气魄恢宏，城外数万大军包围，他视之如无物。他对自己体贴爱护，把自己作为心上人，不是玩物。"这是天地间一个名副其实的男子汉。"蚕儿常常这样自言自语。蚕儿的少女情愫第一次萌发，她从心里爱上了这个造反谋乱的头目。特别是每天深夜睡觉前，蚕儿倚窗看石祥祯在草坪上舞剑。星月下，寒光闪闪，身影矫健。那一副英豪潇洒的模样，直把蚕儿看得呆呆的。英雄，这才是真正的英雄！蚕儿觉得自己在石祥祯面前既渺小又卑下，她真的愿意这一辈子跟着他，真心实意地侍奉他。但他又是一个遭极刑、灭九族的反叛头啊！蚕儿想到这里，便害怕得要命。康福说，外面有几万官兵包围了，随时都会打进来，长毛一个都走不脱。哎，算了吧！石祥祯再好，也不能真正嫁给他，只要今后出了火坑，凭着自己的长相，一定可以找个老实敦厚的汉子，平平安安过日子，虽苦也强过担惊受怕。想到这里，蚕儿换上一件太平军两司马的衣帽，迈着男人的步伐，出了总部大门，来到旁边的刘家宅院。

"彭大人，有一件顶重要的机密。"蚕儿第一次干这样的大事，心跳得很厉害，脸涨得通红，神情紧张。

彭玉麟倒了一杯茶过来："不要急，慢慢说。"

"今天一大早，我正在给石祥祯打扫房间，听他在隔壁跟另一个长毛头领谈打仗的事。我只听见他们说翼王的援兵已从江西出发，四天后便会来到武昌城下。他们很高兴地说，翼王的兵一到，城里城外夹攻，一举歼灭湖南来的人马。"

彭玉麟暗自一惊，问："你听他们说援兵有多少？"

"有四五万。"

"他们还说了些什么？"

"后来他们便一起到外面吃饭去了，我也不好跟着，也不知他们再说些什么。"蚕儿急着说，"我要走了，待得久了，怕他找不到我生疑心。"

"你回去吧！"彭玉麟拿出十两银子来给蚕儿，"你方才的话很重要。这几天你只要听到打仗的事，便要来告诉我们。"

待蚕儿出门，彭玉麟对康、鲍说："蚕儿讲的这个情况很重要，估计曾大人尚不知道。武昌城一定要在石达开的援兵来到之前攻破。否则，我们便处于腹背受敌的逆境，就很危险了。"

康福说："我这就出城，向曾大人禀报，今天闭城门前一定赶回来。"

听完康福的禀报后，曾国藩感到事态很严重。三路人马围武昌，已经有二十来天了。武昌城大，两万人马根本就不能把城围死，城内的太平军依旧可以从外面获取粮草。湘勇攻了几次城，都被太平军打退。旷日持久，已使曾国藩苦恼，如今他们的援兵将到，湘勇全都集中在这里，这一仗若再打败，那就彻底完了。为筹谋攻下武昌之策，曾国藩一夜不寐，时而躺在床上，时而披衣徘徊，拿不出一个好主意来。

第二天上午，曾国藩仍在思考攻城之策，彭毓橘进来报告："大人，门外有个读书人求见。"

尽管此时曾国藩很讨厌有人打断他的思路，但听说求见的是读书人，还是传令接见。

来人约莫五十余岁，一副老塾师打扮。曾国藩想早点结束这次不太合时宜的会见，便以温和的态度开门见山地问："老先生见鄙人有何事？"

那人回答也直截了当："特向大人献攻武昌之计。"

曾国藩喜出望外，忙问："老先生有何妙计？"

"大人屯兵武昌城外已二十余天，在下一直很注意大人与长毛之间的胜负。以这二十来天的情形看，若不采取奇策，武昌可能难以攻下。大人兵少，又从湖南远道而来，粮饷供应不易，宜速战而不能拖延。且长毛在长江下游尚有几十万人马，倘若发兵来救，则大人处境危矣。"

曾国藩微微点头说："老先生言之有理。"

"大人，前年年底，长毛来攻武昌，那还是常中丞、双提督在守城，长毛开头几天攻不下，后来挖了几个地道，每个地道里塞了几百斤炸药，这才把城墙轰倒的。以后地道又被填平，人们也就慢慢忘记了。在下却记得，长毛挖了十多处地道，还有一半多没有炸开，若把这些地道口找出来，把以前的炸药清出，再堆放加倍的好炸药，不愁武昌城墙不倒。"

曾国藩问:"时隔一年多了,那些地道口还找得到吗?"

"找得到。在下当初一一记下它们的位置,莫说只有一年多,就是十年后都找得到。"

世上居然也有这样的有心人。曾国藩正感欣慰,又突然想起靖港上当的教训,他不敢轻易相信这个陌生人,甚至怀疑这个塾师可能是太平军派出的奸细。曾国藩换了一种使人心寒的犀利目光,把眼前的老塾师注视良久,然后慢慢地说:"老先生,我军驻扎洪山二十来天,并没有一个人对我谈起地道之事。你为何前年就记得那样仔细,供今天攻城之用。老先生难道有未卜先知之本事?"

塾师见曾国藩不信任他,心中甚不自在,说:"大人,在下并无未卜先知的本事,当初记下的目的,只是为了记下长毛的罪行。长毛到处烧毁学宫,辱骂先圣,妄图以上帝耶稣来代替孔孟程朱,在下对这批乱世之贼恨之入骨,自思不能操刀杀贼,却可以秉笔直书,将他们的罪恶昭示天下,告诉后代子孙。长毛挖地道之事,也就被在下记了下来。大人若不相信我,我现在就走。"

曾国藩见他说得有道理,立刻笑道:"老先生不必生气,两军对垒之际,鄙人不得不小心。今夜就烦老先生带领我们去找地道口。"

当夜,塾师带着曾国藩找到五六处未炸开的地道,证明所说不误。曾国藩拿出五十两银子酬谢,塾师推辞几次,也便收下了。

天亮前,彭毓橘再次潜入刘家宅院,约定二十二日半夜,内外夹攻,希望彭玉麟等人从太平军总部杀出,如能杀掉石祥祯,则立下大功。

四　康福挥刀砍杀之际,一眼看见弟弟康禄

二十二日傍晚,当蚕儿从康福手里接过毒药时,她的手抖抖的,浑身发软,一回到屋里,便瘫倒在椅子上,半天起不来。康福吩咐的话一直在脑中盘旋:"今天夜里,在石祥祯就寝前,将毒药放在茶碗里,无论如何要劝他喝下这碗茶。毒药要半个钟点后才发作,趁这个机会逃出总部,躲进刘家宅院。"石祥祯马上就要回来了,蚕儿还没有最后下定决心。既是一个造反的长毛头领,又是一个顶天立地的男子汉,对他,她又怕又爱。到武昌城破时

悄悄离开他，这点，蚕儿咬咬牙可以做到，但要亲手放毒药去毒死他，她怎么能下得手呢？听到石祥祯进屋的脚步声，蚕儿一跺脚，狠下心将毒药放进茶壶里。正在这时，石祥祯推门进来了。

石祥祯今夜很高兴。他看到因过度紧张而满脸泛红的蚕儿，觉得她比往日更美。他摸了摸蚕儿的脸，热得烫手，再摸摸额头，更烫。石祥祯惊奇地问："你病了？"

蚕儿下意识地摇摇头。

"你脸上和额头都烫得厉害。"

蚕儿情急生智："我刚才喝了一口酒。"

石祥祯深情地望着她："蚕儿，你真美。这几天委屈你了，也没有好好地跟你说几句话。你是个讨人喜爱的女子。"

蚕儿奇怪，今夜怎么这么多话？她怯怯地说："将军，你今天很高兴。"

石祥祯笑道："你说对了，蚕儿。我的弟弟翼王率领五万援军后天就要来到武昌，我们内外夹击，马上就会将曾国藩活捉。到那时，我们在阅马厂开公审大会，将青麟、曾国藩押上台，让老百姓诉苦申冤，扬眉吐气，你姐丈的茶庄也可复业了。"

"真的？！"蚕儿现出惊喜的样子。

"真的。蚕儿，把湖南来的人马打败，杀了曾国藩后，我要亲自到天王那儿去禀报，请天王实践他自己上次撤离武昌时，对全体兄弟姐妹们所许下的诺言。"

"天王当时许下了什么诺言？"蚕儿问。

"天王当时说，进了小天堂，成了家的夫妻团聚，没有成家的，男婚女嫁。"

"那后来又为什么没有这样做呢？"

"也不知天王是怎么想的，怪不得兄弟们都有怨言。我要为你，为我，也为天国所有的兄弟姐妹面奏天王。蚕儿，"祥祯摸着蚕儿的手说，"到那时我要你脱下男人的衣服，换上最美丽的凤冠霞帔，我和你拜天地天父天兄，做一世恩爱夫妻，白头到老。"

石祥祯的这几句话，像一罐蜜似的灌进蚕儿的心里，她感到一种从未有过的巨大幸福，如果真的能跟眼前这位英雄白头到老，也不枉此一生。但他是造反的逆贼，他们的造反能成功吗？

"将军,别人说你们成不了大事,今后要满门抄斩的。"

石祥祯哈哈一笑:"你听谁说的?我们的天王已在天京登基,我们水陆大军有百万之多,半个中国已是我天国的了。北征军马上就要打到北京,活捉咸丰妖头,清妖就要彻底灭亡了。蚕儿,你就等着做一品夫人吧!"

蚕儿被石祥祯说得满心高兴,她也觉得,在这样的英雄面前,应该没有敌手。石祥祯又说:"蚕儿,去年我在天门收下了一批兄弟。"

"将军到过天门?"一听到说起自己日夜思念的家乡,蚕儿立刻想起了母亲和哥哥。

"我去年在天门驻兵一个月,杀了天门的狗官,开仓放粮。那一天,一位中年妇女牵着一个十八九岁的小伙子来到我的身边,对我说:'老总,你们真是好人啊。没有你们,我们娘儿俩早就饿死了。我儿子要投军,老总,你收下他吧!跟着你们我放心。'妇人又转过脸对儿子说:'小三子,你今后若有机会到武昌,千万要打听到妹妹的下落,见不到你妹妹,我死不瞑目呀!'"

蚕儿蓦地一惊,哥哥的小名不正是叫小三子吗?她急忙问:"将军,小三子的大名叫什么?"

"叫王金来。我今天正碰到他,问他妹子寻到没有,他摇了摇头。"

蚕儿完全明白了。自己的母亲和哥哥都还健在,她感谢太平军的大恩大德。而今,哥哥已参加了太平军,自己却要为官府来谋害恩人和亲人。蚕儿仿佛大梦初醒,她暗自庆幸,还没有铸下大错,一切都还来得及补救。石祥祯走到茶壶边,倒出一碗茶,蚕儿惊叫一声:"将军!"正在这时,门被打开,彭玉麟、康福、鲍超进来了。石祥祯笑问:"三位壮士,为何深夜来访?"

说罢又举起茶碗要喝,蚕儿扑过去,大叫:"碗里有毒!"

同时抽出一只手将茶碗打落在地。石祥祯被眼前的情景弄糊涂了。蚕儿指着彭玉麟等人对石祥祯说:"他们是官府的人。"

石祥祯一听,猛地抽出刀。鲍超气得大骂蚕儿:"你这个贱人!老子宰了你。"

边说,一把刀已向蚕儿头上砍来,石祥祯用刀拦住。这时国贤兄弟闻讯冲进来,一眼认出了康福,恨得牙齿咬得吱吱响,破口大骂:"你这个千刀万剐的贱奴才,老子今天要将你碎尸万段!"

西征军总部立时变成了血肉横飞的战场。太平军层层逼过来,将彭玉麟、鲍超、康福三人围在当中，三人也不示弱，挥刀迎战，太平军虽多，一时却也近不了身。鲍超抡起大刀，抖擞着精神，一人对付二三十人，毫无惧色。杀得兴起，他猛然吼叫起来，顺手操起身边的案桌，朝人堆里打去，几个太平军兵士被砸得头破血流，鲍超趁机手起刀落，砍倒了几个。彭玉麟见屋里门外人越来越多，知久战下去必然吃亏，边战边对康福、鲍超说："不要硬拼，准备从窗口冲出去！"

正在这时，惊天动地的炮声接连响起，石祥祯、周国贤等人一愣，彭玉麟等人趁这一瞬间跳上窗头，冲出屋外。三人脚刚落地，康禄带着十来名兵士从旁边绕了出来。康福对彭玉麟说："你们快走，我在这里断后！"

彭玉麟想到还有带领三百湘勇攻破城门的大任务，便对康福说："我和鲍超先走了，你略抵挡一阵就走，赶到文昌门。"

康福点点头，束紧腰带，大吼一声，挥刀冲过去，正要砍杀，一眼看见康禄，大吃一惊。与此同时，康禄也发现眼前这位官府中的人就是自己的胞兄，也大出意外。康福不忍心弟弟死在湘勇手下，更不愿兄弟刀枪相见，相互残杀，高声对弟弟说："兄弟，武昌城就要破了，你赶快逃出去，逃出去！"说罢，刀虚晃一下，腾空跳上屋顶，踩着瓦片一溜烟跑了。

五　一律剜目凌迟

彭玉麟、鲍超指挥三百湘勇从城内杀出，打开了文昌门，湘勇潮水般从文昌门冲进城来。这些最先冲进城的湘勇，一个个像发了疯似的乱砍乱杀，城内秩序大乱。城外其他湘勇，则从炸开的缺口中蜂拥而入。他们见人就杀，见房就烧，见金银就抢。火光冲天，哭声动地。武昌城被湘勇攻下了。

天还没亮，当城内烽火弥漫，各处巷战还在进行的时候，曾国藩便带着郭嵩焘、刘蓉、陈士杰等一班幕僚，在王錱老湘营一百勇丁的保护下，乘马由望山门进了城。看到湖广第一大名城已由自己收复，曾国藩心里有着说不出的激动。他转过脸，笑着对刘蓉说："孟容，此情此景，使我想起你早年的佳句。"

刘蓉也笑道："此情此景，也使我想起你早年的佳句。"

曾国藩念道："明月半勾森画戟，秋风万里入悲笳。何当一鼓幽燕气，缚取天骄祀莫邪。这诗简直就为今夜而作。"

刘蓉也念道："国家声灵薄万里，岂有大铬阻犀螳。立收乌合成齑粉，早晚红旗报未央。"

二人在黑夜中相视大笑。郭嵩焘在一旁不服气地说："你们都有旧作应了今日的情景，惟独我没有。"

"别人都说郭大有七步之才。你没有旧作，吟一首新诗也好嘛！"曾国藩笑着怂恿。

"好哇，我就作一首给你们看看。"一阵轻哼细吟之后，郭嵩焘高声念道："江畔狼烟起中宵，频年民气半枯凋。文人也有雄豪梦，梦驾长鲸控海潮。各位说如何？"

"好诗，真是好诗！"曾国藩用鞭子轻轻敲着马背，由衷地赞叹。

走在后边的王鑫，见他们几个吟诗，心里早就痒痒的了，听曾国藩称赞郭嵩焘，终于忍不住叫起来："你们称赞郭翰林的七步之才，就看不起我这个未中举的王鑫。"

刘蓉说："你未中举，我也未中举，谁看不起你了。你不作声，哪个知道你有无此雅兴。"

王鑫为人最好强，他见郭嵩焘七步成诗，也说："看我也来个七步成诗。"

只听见马蹄踏踏响中，王鑫也念道："浩劫名城将息兵，书生今夜建功名。十年寒窗堪回味……"

念到这里忽然卡壳了。郭嵩焘喊："已经十多步了！"

陈士杰也催道："快结尾呀！"

王鑫沉思一下，不慌不忙地提高声调："不负深宵对短檠。"

众人一齐说："结得好！"

曾国藩喜道："还是璞山这首后来居上，今天诗社的鳌头让他占了。"

大家正在得意时，彭毓橘在一旁突然大叫："当心冷箭！"

曾国藩赶紧把头低下，只听见脑顶一阵风过去，帽子已掉到马屁股后，他吓得出了一身冷汗，愤怒地命令："彭毓橘，带人把这栋房子围起来！"

彭毓橘和王鑫将一百湘勇分成两组，从左右两边包抄射出冷箭的那栋房子。经过一场激烈搏斗，除战死者外，守在这栋房子里的十多名太平军兵士全部被湘勇捉住了。曾国藩等人进了附近一家茶馆。茶馆主人早已吓跑，留下空荡荡几间房子。彭毓橘和王鑫将这十多名太平军押了进来，曾国藩余怒未消，凶恶地问："刚才是哪个射的冷箭，有胆量的，在本部堂面前站出来！"

队伍里一人应声答道："是你爷爷射的，怎么样？只可惜射高了点，再矮一寸，你早就魂归西天了。"

曾国藩盯着这人。他很惊讶这个矮矮小小的单薄汉子，竟然有这样大的胆量，一点都没有将他这个攻克名城的湘勇统帅放在眼里。曾国藩心里沮丧，突然吼道："你这个倒行逆施的贼匪，死到临头，还如此放肆！你可知只要我一句话，你脑袋就要搬家吗？"

那汉子大笑道："你爷爷魏逵如果怕死，早就躲起来逃走了。你不必啰唆，要杀要剐，随你的便。"

曾国藩一听"魏逵"二字，心里想："这人就是串子会的大龙头，那个被人说成是青面獠牙的土匪吗？"

他走近魏逵身边，仔细再看一看，除满脸倔强外，清清秀秀的五官中没有一丝匪气。他奇怪地问："你就是串子会的魏逵？"

魏逵圆睁双眼，对着曾国藩脸吐了一口唾沫，骂道："曾剃头，你这个没人性的畜生，好端端的林秀才被你害死。老子今日若有刀在手，恨不得剥了你的皮！"

曾国藩勃然大怒，叫道："统统拉出去，挖眼剖腹，凌迟处死！"

曾国藩想起那次受罗大纲训斥的耻辱，想起岳州出逃的狼狈，尤其是误中奸计、靖港惨败、投水自杀的丑态，心里顿时烧起万丈怒火，他以不可遏制的愤怒对彭毓橘下令：

"立即向全城传达我的命令，凡胆敢抵抗的长毛，抓到后，不分男女老少，一律剜目凌迟！"

六　来了个满人兵部郎中

攻下武昌的当天下午，杨载福指挥水师又一举克复汉阳城。曾国藩的报捷奏折，以日行六百里的速度向京师飞送。不久，上谕下达，嘉奖同日攻克武昌、汉阳之功，委任曾国藩为署理湖北巡抚。曾国藩没有想到，早在武昌将克未克之时，荆州将军官文已派人和署湖广总督杨霈取得联系，先行向咸丰帝报捷。杨霈因此由署理改为实授。曾国藩事后知道，心里很不好受。但毕竟有个一省最高长官的职务了，今后筹饷调粮调人，都可以由自己专断，不需仰人鼻息，这是值得宽慰的事。又想到尚在守制期中，如果不作点推让，难免招致物议。他给皇上上了一道谢恩折：

　　武汉克复，有提臣塔齐布之忠奋，有罗泽南、胡林翼、杨载福之勇鸷，有彭玉麟、康福之谋略，故能将士用命，迅克坚城，微臣实无劳绩。至奉命署理湖北巡抚，则于公事毫无所益，而于私心万难自安。臣母丧未除，葬事未妥，若远就官职，则外得罪于名教，内见讥于宗族。微臣两年练勇、造船之举，似专为一己希荣徼功之地，亦将何以自立乎！

　　后面再奏，洪杨虽已受挫，然长江下游兵力强盛，未可轻视，拟将湖北肃清，后方巩固后，再水陆并进，直捣金陵。

　　刚拜折毕，亲兵报，衙门外有官员来拜见。曾国藩正与亲兵说话间，来人已昂首进了衙门，说："曾大人，下官奉朝命来大人衙门报到。"

　　说着递上一个手本。曾国藩见那人三十五六岁年纪，丰腴白净，是个极会保养的人，又看手本上面写着：德音杭布，镶黄旗人，由盛京兵部郎中任上调往曾国藩大营效力等等。曾国藩看了这道手本，心里大吃一惊，暗思这样一个人物，朝廷何以差他到我这儿来，我又如何安置他呢？突然，曾国藩想起一件往事来。那还是民衡州水师刚组建成军不久，朝廷便来了谕旨，说曾国藩统领水陆两军太辛苦，已调贵州提督布克慎来衡州掌管水师。不过以后布克慎并没有来，据知内情的人说，朝廷的安排是让湖广总督台涌接管布克慎留在前线的绿营，只因台涌脱不了身，故而布克慎也便离不开。水师虽因此未落到满人的手里，但朝廷的用心已暴露无遗。见来的又是一个满人，他心里已明白了七八分。遂满脸堆笑地招呼："请坐，请坐。贵部郎光临，不胜荣幸。此处池小塘浅，难容黄河龙鲤。请问贵部郎台甫大号。"

　　"下官贱字振邦，小号泉石。"

"部郎怀振兴邦国之抱负，又有优游林泉之胸襟，实为难得。"

"大人过于推许了。"德音杭布得意地笑起来。"大人一举收复武昌、汉阳两大名城，为国家建此不世功勋，下官十分钦敬。朝廷派下官来，虽说是襄助军务，但下官认为，这不啻一个学习的好机会，故欣然前来，望得到大人朝夕教诲。"

"部郎为朝廷镇守留都，功莫大焉。湘勇得部郎指教，军事技艺将会与日俱进。学生今后亦有良师，匡误纠谬，少出差错，无论于国于己，部郎此来，赐福多矣。"

"大人客气。请问武昌城内局面如何？"

"近日已渐趋安静，各项善后事宜正在顺利进行。只是常有小股长毛隐藏在街头巷尾，不时向我军偷袭。部郎若不在意，过两天，我陪部郎到城内各处走走。"

德音杭布听说城内尚不安定，心中有几分害怕，便说："好，过几天再去吧！这两天我想与各位同寅随便晤谈，借此熟悉情况。"

曾国藩心想：看来这角色不安好心，得多提防才是。略停片刻，曾国藩换了一个话题："部郎过去到过武昌吗？"

"下官过去一直在京中供职，前几年调到盛京，除开京城到留都这段路外，其他各处都没去过。久闻武昌名胜甚多，只是无缘一览。"

"这下好了，待战事平息后，学生亲陪部郎去登龟蛇二山，凭吊陈友谅墓、孔明灯，看看古琴台、归元寺。"

德音杭布大喜："是啊，'晴川历历汉阳树，芳草萋萋鹦鹉洲'。武昌自古便是九省通衢之地，好看的地方多啦。只是不敢劳动大人陪同，待下官一人慢慢寻访。"

"部郎高雅，学问优长，实为难得。"

"惭愧，要说读书作诗文，下官只可谓平平而已。只是平生有一大爱好，便是收藏字画碑版，可惜战火纷乱，旅途不靖，不曾带来，异日到了京师，再请大人观赏。"

曾国藩想起自己竹箱里正藏着一幅字，便笑着说："国藩亦好此类东西，只是没有力量广为收集。现身旁只有一幅山谷真迹，不知部郎有兴趣一看否？"

德音杭布立即兴奋起来，说："下官能在此地看到山谷真迹，真是幸事。"

曾国藩本想要王荆七去卧室取来，突然想起郭子仪当年洞开居室，让朝廷使者自由进出的故事，便说："部郎若不嫌国藩卧室龌龊，便一同进去如何？"

"大人起居间，下官怎好随便进去。"

"部郎乃天潢贵胄，若肯光临，真使陋室生辉。"

德音杭布虽是满人，但与爱新觉罗氏并无血缘关系，听此出格之颂，他乐得心花怒放，连忙说："难得大人如此破格款待，下官真受宠若惊了。"

曾国藩领着德音杭布进了卧室。门一打开，简直令德音杭布不敢相信，这便是前礼部侍郎、现两万湘勇统帅的居室！只见屋内除一张床、一张书案、两条木凳、三只大竹箱外，再无别物。床上蚊帐陈旧黑黄，低矮窄小，仅可容身。床上只铺着一张半旧草席，草席上垒着一床蓝底印花棉被，被上放着一件打了三四个补丁的天青哈拉呢马甲。屋里唯一饰物，便是墙上挂的当年唐鉴所赠"不作圣贤，便为禽兽"的条幅。德音杭布自幼出入官绅王侯之门，所见的哪一家不是纸醉金迷，满堂光辉！虽是战争之中，但原巡抚衙门里一应器具都在，尽可搬来，也不须如此寒碜。早在京城，就听说过曾国藩生性节俭的话，果然名不虚传。德音杭布感慨地说："大人自奉也太俭朴了。"

曾国藩不以为然地说："学生出身寒素，多年节俭成习，况军旅之中，更不能铺张。"说着自己打开竹箱。德音杭布见竹箱里黑黄黑黄的，又笑着说："大人这几只竹箱真是地道的湖南物品，在北方可是见不到。"

"在我们湖南，家家都用这种竹箱盛东西，既便宜又耐用。不怕部郎见笑，这几只竹箱，还是先祖星冈公手上制的，距今有四十余年了。"

德音杭布心中又是一叹。竹箱里半边摆着一叠旧衣服，半边放着些书纸杂物，并无一件珍奇可玩的东西。曾国藩慢慢搬开书，从箱底拿出一个油纸包好的卷筒来。打开油纸，是一幅装裱好的字画。德音杭布看上面写的是一首七绝："满川风雨独凭栏，绾结湘娥十二鬟。可惜不当湖水面，银山堆里看青山。"诗后面有一行小字："崇宁元年春山谷雨中登岳阳楼望君山。"德音杭布眼睛一亮，说："这的确是山谷老人的真迹，这两个'山'字写得有多传神，正是山谷晚年妙笔。实在是难得的珍品。这幅字，大人从何处得来？"

"那年我偶游琉璃厂，从一个流落京师的外省人手里购得。那人自称是山谷后裔，因贫病不得已出卖祖上遗物。"

"花了多少银子？"

"他开口一百两。我哪里拿得出这多，但我那时正迷恋山谷书法，便和他讨价还价，最后忍痛以六十两买来了。"

"便宜，便宜！要是现在，二百两也买不到。"

德音杭布拿起字画，对着窗棂细看，心中捉摸着如何要过来才好。过了一会，德音杭布说："大人，我在京师听朋友们说，大人写得一手好柳体字。"

曾国藩微笑着说："哪里算得好，不过我早年的确有心摹过柳诚悬的字，后来转向黄山谷，近来又颇喜李北海了。结果是一种字也没写好。学生生性浮躁，成不了事。"

德音杭布恭维说："这正是大人的高明处。老杜说转益多师是吾师，集各家之长，乃能自成一体。改日有暇，下官还想请大人赐字一幅，好使蓬荜增辉。"

"部郎过奖，部郎看得起，学生自当向部郎请教。"

"下官最好赵文敏的书法。听人说，赵字集古今南北之大成。下官愚陋，不识两派之分究竟在何处，敢请大人指拨。"

曾国藩弄不清德音杭布究竟是真的不懂，还是有意考问自己，稍微思索一下，说："所谓南派北派者，大抵指其神而言。赵文敏的确集古今之大成，于初唐四家内，师虞永兴而参以钟绍京，以此上窥二王，下法山谷，此一径也；于中唐师李北海，而参以颜鲁公、徐季海之沉着，此一径也；于晚唐师苏灵芝，此又一径。由虞永兴以溯二王及晋六朝诸贤，此即世所谓南派。由李北海以溯欧、褚及魏、北齐诸贤，世所谓北派。以余之愚见，南派以神韵胜，北派以魄力胜。宋四家，苏、黄近于南派；米、蔡近于北派。赵孟頫欲合二派为一。部郎喜赵文敏，看来部郎书法，既有南派之神韵，又有北派之魄力了。"

德音杭布心里甚是高兴，说："大人过奖了。下官不过初学字，哪里就谈得上兼南北派之长。不过，今日听大人之言，以神韵和魄力来为南北书派作分野，真是大启茅塞。大人学问，下官万不及一也。常听人说，张得天、何义门、刘石庵为国朝书法大家，不知大人如何看待？"

曾国藩说：“凡大家名家之作，必有一种面貌一种神态，与他人迥不相同。譬如羲、献、欧、虞、颜、柳，一点一画，其面貌既截然不同，其神气亦全无似处。本朝张得天、何义门虽号称书家，而未能尽变古人之貌。至于刘石庵，则貌异神亦异，窃以为本朝书法之大家，只刘石庵配得上。”

德音杭布见曾国藩说得兴致很浓，知火候已到，遂又拿起桌上的山谷字迹，看来看去，以一种爱不释手的神态说：“下官家中藏着几幅苏轼、米芾、蔡京的真迹，只有山谷的字，一幅也没觅到。”

曾国藩明白他的用意，立即接话：“这幅字就送给部郎吧！”

"大人珍藏多年的东西，下官怎能夺爱。"

曾国藩心里冷笑，嘴里却很诚恳地说：“苏、黄、米、蔡，在部郎处是三缺一，在学生处是一缺三，自来少的归多的，这有什么话说！何况古玩字画，究竟比不得金银珠宝。在识者眼中有连城之价，在不识者眼中无异废物。部郎热心收藏字画，真乃高雅之士。山谷这幅字存于部郎家，也甚相宜。再说兵火无情，万一我这竹箱被烧被丢，连累了这幅字，岂不可惜。”

说罢，亲手将这幅字卷好送给德音杭布。德音杭布颇为感动地说：“大人厚赐，下官却之不恭，来日方便，下官便托人送到京师，定为山谷老人妥藏这一珍品。”

这天深夜，三乐书屋里，曾国藩和刘蓉在悄悄说话。曾国藩说：“一个堂堂满郎中，不在盛京享福，却要跑到我这儿受苦，岂不怪哉。”

刘蓉沉默良久，说：“此人怕不是来赞襄军务的，我看是来监视湘勇的。”

曾国藩点点头，说：“我也有这种怀疑，所以今天给他灌了不少米汤。”

"此人德性如何？"

"是个标准的八旗子弟：心眼多，摆阔，贪财，好享受，无真才实学。"

曾国藩又把送黄庭坚字的事说了一遍。刘蓉说：“可惜。一件稀世之物落入俗人手里，山谷有知，九泉当为之下泪。”

曾国藩笑道：“那是一件赝品。”

"此话怎讲？"刘蓉惊问。

曾国藩说：“这幅字是我的一个学生送我的，他说是他的朋友临摹的，其人有乱真之技。这幅山谷字临摹之妙，令我叹为观止，便一直带在身边，想不到今日做了一份厚礼。"

刘蓉乐道："你的学生有这样的朋友，以后也给我临摹一幅。"

曾国藩笑了笑，未作答复。过一会，又说："我原本想过几天自己陪他到各处去看看，后来又觉得不妥。这种人，自以为出身高贵，长期厕身于显赫之中，本来就目空一切，倘若真的奉有密令，更加不可一世。我如陪他，他会以为我巴结他，尾巴更会翘到天上去。我有意压压他的气焰，暂晾几天。你去陪陪他，也借此观察一下，套套他的话，以便心中有数。"

刘蓉说："这话不错，但这种人也得罪不得。他不是鲍起豹、清德那样的人。我看，过几天还得给他派个仆人，好好服侍他。"

说完，向曾国藩诡谲地一笑。曾国藩明白刘蓉的意思，拍拍他的肩膀，说："还是小亮想得周到，明天就给他派一个可靠的仆人。"

七　明知青麟将要走向刑场，曾国藩却满面笑容地说：我将为兄台置酒饯行

曾国藩一面委派塔齐布、李元度在城内搜捕残留的太平军，整顿三镇秩序；一面派胡林翼、罗泽南带勇到孝感、天门、沔阳一带围剿驻扎在那里的西征军，以便安定湖北，并起拱卫武汉的作用。他计划把湖北稳定之后，再出师江宁。

谢恩折拜发后的第十天中午，亲兵报"折差到"。曾国藩好生奇怪：这会子又有什么谕旨呢？对谢恩折的批复，再快也得过三四天才到武昌。曾国藩跪在香案前，聆听上谕：

> 曾国藩着赏给兵部侍郎衔，办理军务，毋庸署理湖北巡抚。陶恩培着补授湖北巡抚，未到任之前，湖北巡抚着杨霈兼署。曾国藩、塔齐布立即整师东下，不得延误。

曾国藩简直不敢相信，这就是任命署理湖北巡抚后十天的第二道上谕！他谢恩后，怏怏回到卧室，百思不解。倘若是皇上在接到辞谢奏折后再下这道上谕，也还可以说得过去。上次辞署抚折是九月十三日拜发的，兵部火票

上清楚说明九月十二日内阁奉上谕。这分明不是圣衷对辞谢的接受，而是对前命的否定。更使曾国藩不舒服的是，湖北巡抚一职，居然由毫不相干的陶恩培来补授。这个对头平白无故地，半年之间两获迁升，湘勇流血奋战夺得的城池，竟然由他来主宰，真正应了湘乡的一句老话：牛犁田，马吃谷，别人生儿他享福。什么人来湖北当巡抚都可以，惟独这个陶恩培，曾国藩怎么也不能接受。他心里气愤不过，加之几天来接连熬夜，竟然病倒了。

曾国藩刚和衣躺下，德音杭布便走进屋来。

"涤生兄，哪里不舒服呀？"早两天，为着表示亲昵，曾国藩称德音杭布为"泉石兄"，也要他叫自己"涤生"。"他从哪里嗅到了气味？"曾国藩厌恶地想，随即从床上坐起来，笑道："泉石兄，请坐。弟偶得采薪之忧，何劳仁兄过访。"

"听说刚才来了谕旨，仁兄官复原职，弟特来恭贺。"

刚送走折差，他就什么都知道了。谁先告诉了他，待会要严查。曾国藩心里想，嘴上却说："皇上厚恩，国藩无以报答。"顺手把上谕递给德音杭布。德音杭布浏览一下，随口问："仁兄拟何时整师东进？"

"十天后出兵。"曾国藩答得干脆。

"罗泽南、胡林翼远在天门、沔阳，能赶得到吗？"

"速发急令召回，可以赶得到。"

停了一会，德音杭布说："我看仁兄上个折子给皇上，一请不要撤署理巡抚之职，没有地方实权，粮饷筹措有困难。二请稍缓出兵，待湖北经理有头绪后再出不迟。仁兄，这可是弟之贴心话，完全为仁兄日后大业着想。"

这番话若从湘勇其他人口中说出，曾国藩一定会欣赏，这的确是真心为湘勇和他本人着想的建议，但对眼前这个朝廷派来的满郎中，曾国藩有着十二分的戒备。他淡淡笑道："皇上圣命，便是弟之大业，弟向来不敢有个人事业。署湖北巡抚一职，我早有辞谢折上奏皇上，请皇上收回成命。现改赏兵部侍郎衔，已是皇上破格之优待。弟母丧未除，本不应接受，只是为此再渎皇上圣意，于心不安，故勉强拜受。我身在军中，不宜兼地方之职，有朝廷调遣，饷粮亦不必忧。泉石兄，你在兵部任职多年，于军事卓有建树，来日商议东进事，还请仁兄多出良策，弟仰之久矣。"

德音杭布刚出门，派给他当仆人的蒋益澧便进来悄悄报告："折差将兵部一封密信送给了德音杭布,他看后立即就烧了,不知里面说些什么。"

曾国藩说:"这两天他必定有些活动,你注意盯着,随时报我。"

被德音杭布一冲击,曾国藩的精神倒恢复了。圣命不可违抗,出师在即,一件思之已久的事,要在离开武昌时办好。他将康福唤进来,要他立即调集武汉三镇的好铁匠,五天之内用上等好铁打造一百把小腰刀。又亲自在一张白纸上画了腰刀的式样:长九寸,阔一寸,不求花哨,但求锋利,每把刀上刻"殄灭丑类,尽忠王事。涤生曾国藩赠"十四个字,并依次编号。康福问:"打造这多腰刀送给谁?"

曾国藩对他挥挥手:"快去办吧,过几天就知道了。"

这时亲兵进来,呈送一份湖广总督杨霈的咨文。曾国藩看咨文内转抄一道谕旨,皇上命杨霈立即捉拿失地出逃的前鄂抚青麟就地正法。曾国藩心中一阵急跳,一种负疚的心情不期而然地冒了出来。他决定马上去见见青麟。他要借此稍释自己的歉疚心理,更重要的是,他要堵住青麟的嘴。万一青麟觉察到已被出卖,临死时不顾一切地说出献俘真相,若再捏造事实,反咬一口,那岂不坏了大事!

武昌、汉阳的同日克复,给青麟带来希望。他钦佩曾国藩的军事谋略,更感谢他为自己将功补过所出的好主意。青麟哪里知道,曾国藩给朝廷的报捷折里,压根儿就没提青麟一个字。谨慎老练的曾国藩非常清楚,为舍城逃命的巡抚说情,无异于捋虎须,必然引起皇上的震怒,而以献巡抚为名获取长毛的信任,又置大清王朝的尊严何在?曾国藩决不会因一个贪生怕死的青麟,而有损自己和湘勇的前程。武昌、汉阳同日克复,这是湘勇成立以来所取得的最大胜利,也是自太平军起事以来,朝廷方面所获得的最大军事成就,它应当是一幅辉煌灿烂、完美无缺的大捷图,不应当,也不允许有一丝败笔。

正当青麟一个人在学政衙门里,思量今后如何报答曾国藩时,仆人报"曾大人来访",青麟慌忙走出门来。曾国藩满脸堆笑走下轿,拉着青麟的手说:"墨卿兄,国藩这几日军务倥偬,未遑探望,想我兄能体谅。"

青麟感动地说:"武昌、汉阳光复,万事丛杂,全赖涤翁你一人支撑,此时正是一沐三握发、一饭三吐哺的时候,且青麟乃戴罪之身,能活到今日,已蒙涤翁恩德不浅，还有什么谅解不谅解的呢？"

进屋坐下后，青麟心绪不宁地说："涤翁，皇上对我的处置尚未下来，心中一直惶惶不安，如坐针毡，索性早点下达，革职为民，我倒乐得无官一身轻。"

看着蒙在鼓里的青麟那副可怜相，曾国藩心上飘过一丝同情，遂安慰他："墨卿兄不必过于忧虑，我想皇上一定会念兄守德安之功，以及此次收复武昌的忍辱负重，大不了降级调用而已。"

青麟感叹地说："涤翁，不瞒你说，当初我俩同在翰苑时，我可没想到你还有用兵之才。"

曾国藩谦逊地说："哪里有什么用兵之才，这也是没有办法逼出来的。墨卿兄，我昨日草拟了一份奏稿，你看看有无出入。"

说罢，曾国藩从袖口里取出几张纸来，青麟见上面写着：

缕陈鄂省前任督抚优劣折。窃臣自入鄂城以来，抚恤遗黎，采访舆论。据官吏将弁乡绅合谓武汉所以再陷之由，实因崇纶、台涌办理不善，多方贻误，百姓恨之入骨，而极称前督臣吴文镕忠勤忧国，殉难甚烈，官民至今念之，即于前抚臣青麟亦多同情之语。

青麟眼含泪水，十分感动地说："难得涤翁主持公道，伸张正义，如此，不但青麟之冤可伸，鄂省吏治亦将有指望。"

"我前折已详述兄台收复武昌之功，这一折再言崇纶、台涌劣迹，想兄台定获皇上宽宥，且安心等待佳音吧！"

青麟感慨地说："涤翁于我，真有再造之恩。此番回到原籍，青麟将以耕读课子为业，以清风明月为伴，再不过问世事了。"

曾国藩恳切地说："兄台说哪里话来，我辈深受国恩，岂能一受挫折，便消沉至此。兄台此次失事，原因不在你，而在小人当道，环境险恶，想天下之大，决不至于处处如此。纵然这次调动他处，只要我兄勤于王事，皇上一定会念记前功，很快就会起复重用的。"

"涤翁指教的是。青麟这些日子也是消沉了些，总感罪责太大，无法向世人交代。现经涤翁指教，心情开朗多了。今生若再有起复之时，定当重报大恩大德。"

二人正说得融洽，仆人慌慌张张进来说："大人，不好了，总督衙门来了兵士，执刀仗剑的，说要大人到制府接旨。"

青麟笑道："有什么好慌张的，我这就去。"转脸对曾国藩说，"涤翁请回，我晚上再来拜谒。"

曾国藩也笑道："兄台且放心前去，皇上圣谕已到，离开武昌时，国藩再为兄台置酒饯行。"

青麟拱拱手，走进轿子，心舒神坦地吩咐起轿。曾国藩心情复杂地目送轿子出了巷口后，才离开学政衙门回府。

下午，青麟正法的事，在武汉三镇沸沸扬扬地传开了。有称赞皇上圣明，执法如山的；也有怜悯青麟，摇头叹气的；更多的人觉得天威莫测，心中又添了几分恐惧。

八　康福的绝密任务

青麟正法的这天夜里，曾国藩自己也弄不清楚是何缘故，一夜心绪不宁，无端地生出许多恐惧来。刚一合眼，便出现一群索命的鬼魂：无头的廖仁和、死在站笼里的林明光，还有剐目凌迟的魏逵、提着血淋淋头颅的青麟，全都向他走来，张牙舞爪，哇哇乱叫。他吓得急忙睁开眼睛，昏暗的油灯上，火苗一闪一闪的，屋里的什物时有时无。他索性披衣起床，拨亮灯芯，坐在案桌前沉思。满郎中的到来、署理巡抚的取消、陶恩培的一再迁升，这三桩事都颇为蹊跷，还有前次的降二级处分，难道真的是皇上对自己有怀疑？如果是这样，那今后的结局就不会是封侯拜相，很可能是身首异处了。历史上立大功、拥重兵的人遭忌被杀的事太多了，远的不讲，本朝的鳌拜、年羹尧就是例子。他们都是旗人，或为辅政大臣，或为国舅，在朝廷中盘根错节，党羽甚多，都逃不脱这个厄运，何况自己孤身一个汉族书生……曾国藩思前想后，心惊胆战地在油灯前坐了一夜，临近天亮时才蒙眬睡去。

一觉醒来，红日高挂，曾国藩推开窗门，见屋前屋后满是身着戎装的湘勇，顿时精神旺盛，勇气平添，昨夜的恐惧感早已飞到九霄云外去了。

荆七进来，送给曾国藩一封家信。一年多前，欧阳夫人挈子女出都还湘,这信是长子纪泽从湘乡老家寄来的。除禀安外,还夹了几首近日作的诗,请父亲为他修改指正。曾国藩记得,前次给儿子的信,除谈做人的道理外,也谈到了作诗的事。他认为儿子秉性气清,心胸淡泊,宜学陶、孟之诗。想起昨夜的无端恐惧,曾国藩发觉自己的心灵深处,竟然仍埋藏着怯懦的一面,而儿子的清、淡,是否就是秉承自己的这个方面呢?假若真的这样,那就可怕了。他决定今早就给儿子回封信。

在京师时,不管如何忙,曾国藩对家信从不苟且,每月都有一两封寄到家里,信写得琐碎详尽。尤其是给诸弟的信,谈读书,谈作诗文,谈为人处世交朋友,谈身心道德修养,谈时事新闻,言辞恳切,情意深长。他巴不得把一切都传授给弟弟,希望他们个个成才成器,做曾氏家族的克家之子。纪泽一天天长大了,他又将过去对诸弟的那份心意转给儿子。带兵两年来,他已给纪泽单独写了七八封信,多是谈些读书作诗文的事。他希望纪泽做个读书明理的君子,并不指望他当大官。他教给儿子读书的方法是:经、史、子、集都要读,除读"四书""五经"外,还要读《史》《汉》《庄》《韩》《文选》《说文》《孙子》《古文辞类纂》。他勉励儿子,读书记忆差点不要紧,主要在有恒。他给儿子命题,要他按题作文寄到军中来。每次寄来的文章,他都仔细批阅后再寄回去。纪泽喜写字,他便告诉儿子,学字要学欧、虞、颜、柳四大家的字。这四家好比诗家中的李、杜、韩、苏,天地之日月江河,并具体告诉儿子,写字要注意换笔,这是写好字的关键。曾国藩给儿子的家信,倾注了一个做父亲的望子成龙的拳拳情意。

曾国藩细读儿子作的《怀人三首》,觉得第二首写得有点气势,便拿起笔来批了一句:"二首风格似黄山谷,有飘摇飞动之气。"是的,就从诗文的阳刚之美谈起,扭转纪泽性格中的清弱一面。他摊开纸来,先写了自己对《怀人三首》的整体看法,然后接着写:

> 吾尝取姚姬传先生之说,诗文之道,分阳刚之美,阴柔之美。大抵阳刚者气势浩瀚,阴柔者韵味深美。浩瀚者喷薄而出之,深美者吞吐而出之。姚先生喜阳刚之美,吾生平亦最喜雄奇瑰伟之作。儿之天资不低,此时作文,当求议论风发,才气奔放,作为如火如荼之文,将来庶有成就。少年文字,总贵气象峥嵘,东坡

所谓蓬蓬勃勃如釜上气,才是上乘之作。作诗作文所凭者,胸中之气也,奇辞大句,须得瑰伟飞腾之气驱之以行。故诗文之雄奇,实作诗文者之雄奇也。尔太公曾言"男儿当以懦弱无刚为耻",此为吾曾氏传家之训,儿谨记之。

为检验这封信的效果,曾国藩命儿子下月作一篇《赤壁破曹军赋》寄来。信写完后,他感到一阵轻松,觉得这既是对儿子的教育,又是对自己昨夜怯弱的鞭挞!他在封信的时候,又想起这段日子来所发生的种种,蓦地一个主意浮上心头。

吃过早饭后,他把康福叫进三乐书屋,关起门窗,放下帘子,轻轻地对他说:"价人,你今夜动身,到京城去一趟。"

"到京城去?"康福惊奇地问。

"是的,你到京城去走一趟,做一桩极为重要的事情。"曾国藩神色严峻地说,"有几件事我很奇怪:前次衡州出师时,突遭降二级处分,难道真的是为杨健请入乡贤祠吗?这次先有署鄂抚之命,没有几天又改赏兵部侍郎衔,陶恩培来湖北,还有那个德音杭布的光临,桩桩件件,都令人深思。这不仅关系我个人的荣枯,我对此并不在乎,主要是对我们湘勇的前途关系甚大。你懂吗?"

"大人放心,这中间的干系我懂。"康福已意识到此行的非凡意义,他十分庄重地说,"不瞒大人,这些事我也想过,只是不敢跟大人提罢了。不过,我这是初次进京,对京中人事一无所知,这等朝廷机密,我如何能打听得到呢?"

"你空手去当然不行。"曾国藩指着案桌上一沓信说,"我这里有三封信,你带上。一封是给翰林院侍讲学士袁芳瑛的,他是我的儿女亲家。一封是给内阁学士周寿昌的,他是个京师通。还有一封给穆彰阿大人。他是我的座师,虽已致仕在家不管事,但关于朝政,他一向是消息灵通的。他们有什么事会跟你讲真话。"

说完又给康福一张三千两银子的户部官票,以便他在京师相机行事。康福郑重其事地接过三封信和银票,将它藏在内衣里,心中充满着一种受到特殊信任时所感发出来的激动,对曾国藩一鞠躬,转身向门外走去。刚要出门,曾国藩又轻轻叫了一声:"价人。"

康福连忙回头:"大人还有何吩咐?"

曾国藩凝神望着他,慢慢地说:"你此番进京,一切须要绝对保密,到三位府上拜访时,要断黑才去,平时不要上街逛店。你就住在城南报国寺外贤至旅店,那里清静。选一匹好马,今夜就走,对人说是回沅江老家办点急事,事毕即归。"

康福一一记住,告辞出门。

九 一颗奇异的玛瑙

吃完中饭后,曾国藩午睡片刻,一起床就不断地有人来找,弄得他无法披阅文书。晚饭后,他要荆七挡住一切来客,今夜务必要将各营报来的军饷开支单审定。

水陆四十名营官,都是曾国藩亲自任命的,对他们的品德、才能、长处、短处,他都了解得很清楚。罗泽南、王鑫、李续宾、彭玉麟等人上报的开支单,一般与实际出入不大,曾国藩比较放心。对于他们所报的细项,不再一一查核。有的营官,特别是从绿营中调来的营官,在看他们的开支单时,则格外用心,逐条查对,逐项核实,他不允许湘勇将官中有贪污中饱的现象,常以岳飞"文臣不爱钱,武将不惜死"的话教育部属。曾国藩尤其不能容忍有人欺蒙他。审过二十多份开支单后,已是深夜了,王荆七又换来两支大蜡烛。一个亲兵进来禀报:"水师标字营营官申名标求见。"

"今夜一律不见人,有事明天来。"曾国藩头都没抬,仍在看那些写满密密麻麻数字的开支单。过会儿亲兵又进来:"申名标说有要紧事,非晚上来不可,恳请大人接见。"

"什么事非得夜间来呢?"曾国藩想。他放下笔,伸了一个懒腰说:"那就让他进来吧!"

待申名标坐下后,曾国藩微笑说:"标字营这次在长江水面上纵火焚烧贼船近百艘,为攻破武昌立了大功。申营官指挥有方。"

申名标忙欠身说:"收复武昌、汉阳,全靠大人妙计,职下出力甚微。"

曾国藩不想跟他多扯,问:"申营官夤夜至此,有何贵干?"

申名标把凳子移向曾国藩，小声说："标字营进城后攻打总督衙门时，一什长在贼首韦俊的卧室中发现一紫檀木盒。盒内装着一颗一寸见方的淡黄色玛瑙，玛瑙中有一朵红牡丹。勇丁们正在好奇地观看，恰逢我进去。什长把玛瑙给了我。日光下，我见那朵牡丹开着血红色的花瓣，真是好看，便收下了。今夜我睡在床上，想我是个带兵的粗人，要这玛瑙做什么！大人平素喜爱古董文物，何不将此玛瑙送给大人。我连夜起身，从木盒中取出玛瑙。突然发现一桩怪事。"

申名标有意停了一下，看曾国藩正聚精会神地听他讲，很是得意。他以为曾国藩会问他"什么怪事"，见曾国藩并未开口，只得继续说下去："大人，您老说怪不怪，白天看到的那朵红牡丹，花瓣竟然全部收缩了，就像已经凋谢一样。我很奇怪，便赶紧点燃两支大蜡烛，再仔细看时，花瓣重又开起来，只是比不得白天的鲜亮。我想，这可真是个宝贝，便连夜把它带来送给大人。"

说罢从身上取出那个紫檀木盒来，双手递给曾国藩。曾国藩说："玛瑙里有牡丹花不是怪事，像你刚才说的，花瓣能开能收，倒是过去没有听说过的，待我看看。"

曾国藩看那玛瑙，内中确有一朵开着的红牡丹。他吹熄蜡烛，再看玛瑙时，果然那牡丹神鬼不知地萎缩了。他叫荆七再把蜡烛点燃，那牡丹真的又开起来。曾国藩高兴地说："真是一件怪物！"

"大人喜欢，这颗玛瑙就孝敬给大人吧！"申名标笑嘻嘻地说，说完起身就走。

申名标走后，曾国藩又试了一次，跟刚才一样。他猜不透其中的奥妙，心里说："这天下果真有些匪夷所思的东西，"随手把玛瑙置于案桌上，继续审阅未了的开支单。看过几份后，便是标字营的军饷开支细账了。打武昌前夕，曾国藩风闻申名标在湘潭船厂监工时，冒领工钱三千两银子，当时因急于出征，不能细查。曾国藩认真地看了申名标报上来的单子，项目与彭玉麟、杨载福的差不多，银子却多开了五千余两。曾国藩很觉怀疑。他离开案桌背手踱步，一眼看见烛光下那颗淡黄色的玛瑙在闪光，心里明白了，狠狠地骂道："这小子想用玛瑙来贿赂我，真正是个瞎了眼的家伙！"

前两天，刘蓉告诉曾国藩，这段时期，每夜都有不少湘勇卷带在武汉三镇抢掠来的财物，离营逃走。曾国藩已吩咐彭毓橘带人守在通往湖南的各条路口擒拿。据彭毓橘说，被捉的人中也数标字营的多。

"这个江湖窃贼，本性不改！"曾国藩想到这里又骂了一句。他在申名标的单子上重重地画上一个叉，然后把它气愤地推到一边。

烛光下，那颗奇异的玛瑙仍在闪烁着淡黄色的幽光。曾国藩走过去，将它轻轻地捧起，细细地端详着。他想起明天要设宴为多隆阿接风，脸上泛起了一丝冷笑：

"明晚我就用这个宝贝，来它个一箭双雕！"

十　一箭双雕

曾国藩正在调兵遣将，准备整师东下的时候，却突然又从半路中杀出个多隆阿，令他心里颇不是滋味。多隆阿，字礼堂，呼尔拉特氏，满洲正白旗人。咸丰元年，多隆阿任盛京工部笔帖式，在京察未过堂之先，深夜至工部侍郎培成家，恳求优评。培成为人较正派，当面训斥他这种行为，并将他前次京察时所得之"卓异一等"考评亦予销除。多隆阿不死心，又在工部堂上当众哀求，培成大怒，上奏朝廷。多隆阿遭革职处分。多隆阿十分狼狈，到处托人找路子，结果投靠科尔沁札萨克多郡王僧格林沁行营，在与林凤祥、李开芳统率的太平天国北征军的战斗中，多隆阿接连打了几个胜仗，得到僧格林沁的赏识重用。僧格林沁打败太平天国北征军后，自以为天下无敌，眼角里非但没有太平天国数十万大军的地位，也没有朝廷的江南大营、江北大营的地位，江宁将军都兴阿原先也是僧格林沁的部下，僧格林沁便把多隆阿派到都兴阿那里，以加强都兴阿的力量，日后争得攻克江宁的首功。湘勇攻下武昌、汉阳，这是僧格林沁想都没有想到的事情，他对曾国藩十分妒忌，密奏咸丰帝，要谨防这支掌握在汉人手中的人马，并建议速派多隆阿带一支部队赴武昌，名为加强东进兵力，实际上充当朝廷的监视人。僧格林沁的密奏深合咸丰帝的心意。一道密谕下来，多隆阿立即以副都统的身份统带三千精兵，星夜出发，从六合进入安徽，再由英山进湖北境，然后从黄州溯江赶到武昌。

尽管曾国藩对多隆阿从江宁赶来的意图很清楚，但他却不能得罪这位当今天子表兄手下的红人。湖北巡抚衙门花厅里，曾国藩摆了十二桌丰盛的酒席。鄂省绿营都司以上的将官，以及湘勇所有营官都前来赴宴。主宾席上，除多隆阿外，还坐着荆州将军官文、湖广总督兼署湖北巡抚杨霈、固原提督桂明和盛京兵部郎中德音杭布。曾国藩举杯向多隆阿敬酒，说："多将军谋勇双全，这两年来在山东、河北一带屡败长毛，拱卫京师，功勋赫赫，现长毛林凤祥、李开芳已粮尽弹绝，毙命在即，多将军盖世之功，将永垂史册。"

一贯以英雄自居的多隆阿骄矜地笑道："这全是托皇上洪福、僧王伟谟，多某何功之有！"说罢将杯中酒一饮而尽。

官文也起身向多隆阿敬酒："这次我军东下，还须仰仗将军旋乾转坤之力，我敬将军这杯酒，但愿借得将军虎威，一鼓聚歼窃据江宁群丑。"

"多谢，多谢。"多隆阿又昂然站起说，"多某和三千江宁绿营将士为皇上赴汤蹈火，在所不辞，长毛末日已到。多某为激励士气，已许下明年上元节，将江宁全城歌女载到秦淮河上，为立功将士唱曲侑酒。"

多隆阿话音未落，花厅里的绿营将官们早已欢呼雀跃，杯盏相碰。桂明接着说："鄂省兵力单薄，经验不足，一切都要靠多将军指教。"

多隆阿带着几分醉意，大大咧咧地挥挥手："彼此一家，何必客气。"

说罢，又端起酒杯喝了个底朝天。随着官文等人的频频举杯，出席宴会的绿营将官纷纷站起，呼喊着向多隆阿敬酒。多隆阿的倨傲，以及官文等人无视湘勇的神态，使得湘勇营官们大为恼怒。这些营官全坐在凳上不动，无一人站起。曾国藩见此情景，忙起身端酒杯，望着一动不动的湘勇营官们说："诸位，我全体将士即将誓师东进，多礼堂将军亲率精兵前来，大增我军声威。今日此酒，一来为多将军等接风洗尘，二来也为诸位壮行色。各位请起，让我们为东进胜利满饮此杯！"

湘勇营官们见曾国藩如此说，只得站起来，互相敬酒。酒席上重新响起一片吆五喝六的喊叫声，气氛渐趋热火。曾国藩见时机已到，满脸高兴地对大家说："为助多将军和各位的酒兴，我请大家看一件稀世珍宝。"

多隆阿最是贪财爱宝，一听这话，大添兴头。他放下酒杯，急切地问："侍郎公有何珍宝，快拿出来，让大家一饱眼福。"

这边王荆七已将申名标所送的紫檀木匣捧进花厅。曾国藩从中把玛瑙取出。

"好一颗光美的玛瑙！"多隆阿情不自禁地赞叹。

曾国藩笑着对大家说："诸位看看，这玛瑙里面有什么？"

多隆阿从曾国藩手里将玛瑙一把夺去，仔细看了一眼，大声说："这里面有一朵好看的红牡丹。"

官文、杨霈都凑过来，一齐称赞："这朵红牡丹就像生成的真花一样。"

玛瑙在酒席桌上传递，大家纷纷夸奖它的光泽之亮和颜色之纯，尤其对里面那朵鲜嫩欲滴的红牡丹赞不绝口。申名标坐在桌边，装出一副第一次看到的样子，心里却暗自得意。玛瑙最后又传到曾国藩手里，他诡秘地对大家说："请各位将桌上的蜡烛吹熄。"

众人都不知何故，遵令把烛火吹灭。曾国藩说："请大家再看看这颗玛瑙。"

借着月色，多隆阿好奇地再看时，那朵红牡丹早已蔫落，就像遭了霜打冰冻似的枯萎下来。多隆阿好生奇怪，揉了揉眼睛，拿着玛瑙走到窗边再看，红牡丹的确已凋谢！多隆阿这一惊非同小可。官文、杨霈、桂明、德音杭布及各位将官传看着这颗玛瑙，都对红牡丹的凋谢摇头不解。这时，曾国藩又吩咐再点燃蜡烛，灯火通明的酒席宴上，众人再看玛瑙时，都惊呆了：红牡丹又娇艳地盛开了。

"稀奇！侍郎公，这可真是一件盖世奇物。"多隆阿不胜感叹。他家中收藏了不少珍宝，现在与这个玛瑙比起来，那些珍宝都成了废物。全花厅的人大大地开了眼界，申名标很快活。罗泽南纳闷：涤生一向不喜珍稀，今夜如何将一颗玛瑙当着多隆阿和各位将官的面如此炫耀，难道是武昌的胜利使他昏了头？

"侍郎公，你这个宝贝是从哪里得来的？"多隆阿的眼神是毫无顾忌的艳羡，仿佛只要说出宝贝的出处，他就立即会到那里去寻找！

"我手下一个营官送的。"曾国藩笑着回答，"他从长毛那里获得，又转送给了我。"

"难得这样有孝心的部下。"多隆阿感慨起来，望了一眼坐在另外几桌的他的部属。

"多将军，这正说明你的廉洁无私，你一身正气，部下不敢冒犯。"曾国藩一本正经地夸奖，使多隆阿心中一丝由嫉妒而生的怨怼化除了，高兴地笑道："侍郎公过奖了。"

"多将军，在你的面前我感到惭愧。我想请教，这颗玛瑙，我应怎样处置？"曾国藩的态度是认真的，多隆阿不得不放下酒杯。官文、杨霈、桂明等人也一齐放下酒杯。

"我看你还是收下，别冷了部属们的心。"多隆阿竭力做出一副为他人着想的神态。官文、杨霈、桂明也都说："收下吧，这是理所当然的。"

申名标听了，喜得把杯中的酒一口喝光，又忙着给自己倒一杯。

"各位不知，他这颗玛瑙要换我八千两银子哩！"

"不是说送给你吗？"多隆阿先是一怔，立即又说，"那也值得，值得！"

"八千两银子易得，稀世珍奇难遇。"官文是这方面的行家，他以略带夸耀的神色说，"去年暹罗一个珠宝商人向我兜售一个径长一寸的夜明珠，他开价就是三万。"

"官将军家还有这样的奇宝，我一定要去看看。"多隆阿嚷道，眼色很贪婪。

官文见状，自悔失言，忙赔着笑脸说："不知多将军会来，我在上月让家人带回京师家中去了。下次再请你鉴赏吧！"

"可惜上月没来得！"多隆阿很遗憾，转过脸又对曾国藩说，"官将军一颗夜明珠花三万，我看这颗玛瑙也不亚于他的珠子，八千两银子算是太便宜了。"

"多将军你不知内情呀！"曾国藩收起笑容，正色道，"倘若此人像官将军刚才说的暹罗商人那样，明码实价，莫说八千两，就是八万两也由他漫天要价，买不起我不买就是了；倘若是真心真意敬重上司的僚属，为感激知遇之恩送来，也可说在情理之中。但此人不然，他去年利用监造战船之机，谎报工价物价，多领三千两银子，这次报开支单，又多报五千两。他想用这颗玛瑙来堵住我的嘴，不说出这八千两银子的冒滥，又想以这颗玛瑙为钓饵，以后好不断地从我这里把银子钓走。骗我私人的银子可恕，骗皇上的银子，国法难容！"

酒桌上的军官们都不去管主宾席上的对话，依旧是一片乱糟糟劝酒劝菜的吆喝叫嚷。申名标却时刻在留心倾听，听到这几句话时，一颗心像被曾国藩抓住似的，紧张得透不过气来，脸上红一阵白一阵地坐在那里，如同受审一般。多隆阿、官文等人心里想：他不想得好处，白送给你？拿皇上的银子换来自家的财富，只有傻瓜才不干！但嘴巴上都说："此人手段卑鄙！"

曾国藩说："所以我正要与多将军你们商量下，我有个主意，看行得通不？"

"什么主意？"众人都凑过脸来问。

"我想这种行贿受贿的风气，一定要在我湘勇中根绝，我今天正要借多将军虎威为我壮胆。"

"侍郎公，你只管放心干，本都统为你撑腰！"多隆阿气壮如牛，俨然一个扶正压邪的英雄。

"我要就多将军坐镇的好机会，当众将这颗玛瑙砸碎，以示国法军纪不可亵渎。"

众人一听都大吃一惊，申名标觉得一把铁钟正击在他的头顶上，嗡的一声，眼前全变黑了。多隆阿忙说："侍郎公，不能这样干，不能这样干！"

官文等人也说："矫枉过正了，矫枉过正了！"

曾国藩说："多将军，不如此不可根绝呀！"

"侍郎公，这样的稀世珍宝不可多得，砸了可惜。将送玛瑙的人撤职查办就得了，玛瑙无罪，千万别迁怒于它。"

官文等人忙附和："砸了可惜，砸了可惜！"

"好一个为国惜宝，多将军说得是。"曾国藩转怒为喜，对着满厅人说，"我湘勇全体将官听着，刚才多礼堂将军说了，今后若再有人学这个送玛瑙的人的样子，一概撤职查办；在座各位若有索贿受贿之事，一经查出，也严惩不贷。这次我听多将军的，为国惜宝，不砸了，请多将军代我将这颗玛瑙转给大内珍藏。"

说完，曾国藩双手捧起紫檀木匣送给多隆阿："多将军，拜托了。"

多隆阿大出意外，真有喜从天降之感，忙站起双手接过，连声说："一定效劳，一定效劳！"

旁边官文、杨霈、桂明、德音杭布一个个眼红得不得了。那边申名标恨不得一头钻进地下去躲起来。酒席散后，他赶紧跪在曾国藩面前，坦白认罪，请求宽大处理。曾国藩撤了他的营官之职，留在亲兵营以观后效。

这天半夜，德音杭布的卧室还亮着灯光。原来，德音杭布和多隆阿在盛京共事过一段时期，深知他的底细，鄙视他的为人。德音杭布并不知多隆阿奉密谕而来，在今天这场酒席上，他既看到曾国藩的不受苞苴，又看到多隆阿的贪财好货。他想了很久，决定向皇上上一道密折，把到湘勇大营这几天来所了解的情况作个禀报，既称赞曾国藩廉洁奉公，治军严明，又将多隆阿收下红牡丹玛瑙的事也写了进去。德音杭布睡着之后，蒋益澧把密折偷出来，送给曾国藩。曾国藩看完密折，露出快意的微笑，对蒋益澧说："把它放回原处，让皇上早日看到它。"

十一 曾国藩身着朝服，隆重地向湘勇军官授腰刀

由于岳州和武昌、汉阳的攻克，湘勇的大小头目都升了官。胡林翼升为湖北按察使，罗泽南升为浙江宁绍台道，彭玉麟升为广东惠潮嘉道，杨载福擢常德协副将，鲍超擢参将，李元度、李续宾、王鑫等营官及郭嵩焘、刘蓉、陈士杰等幕僚都有迁升。惟独救了曾国藩命的康福没有得到一官半职，大家都从心里佩服曾国藩不以公职报私恩的品德。绝大部分勇丁都在进入这几个城镇的头几天里，抢足了金银财宝。除上缴部分给什长、哨长和营官外，其余的便自己留下，托人辗转送回家去。又是升官，又是发财，算是真正尝到了打胜仗的甜头，湘勇士气高涨，渴望着早日离武昌去打江宁。都说长毛把江宁建成了小天堂，那里金银如海、财货如山，弄得湘勇个个垂涎欲滴，夜夜做着买田起屋、娶亲讨小、衣锦还乡的美梦。太平天国西征军在蕲州至田家镇一带重兵防守，欲与湘勇决一死战的消息，很快传到湘勇大营。曾国藩与胡林翼、罗泽南、塔齐布、彭玉麟、杨载福等反复计议三路进军的决策和具体细节。

这天中午，彭毓橘带领亲兵抬了一个大木箱进来报告："一百把腰刀已打好，请大人过目。"亲兵撬开木箱，从中取出一把来。曾国藩见腰刀果然打造得精美，熟铁皮制就的刀鞘上，用铜钉钉出一朵朵云形花纹，铜钉锃亮，如同黄金般闪光；刀把上镶嵌着墨绿色南阳玉。曾国藩将刀抽出，立时便有一道寒光扑面而来，刀刃锋利，手不敢试。刀面正中端端正正刻着"殄灭丑类，尽忠王事"八个大字，旁边是一行小楷"涤生曾国藩赠"，边上另有几

个小字，那是编号。曾国藩一连看了几把，把把如此。他很满意，吩咐将木箱抬进里屋。

湘勇官兵打仗立了功，可以按朝廷规定升官晋级，这是出自天恩。曾国藩想，还必须用一种方式来表达他个人对部属的奖励和赏识。用什么方式呢？过多地发赏银，他觉得有违于自己"不怕死，不要钱"的宣言；拜把结兄弟，这是山大王的行为，他又鄙夷不屑为。曾国藩想了很久，终于想出赠送腰刀这个好主意。武职不用讲了，即使是文职，既然在军营效力，就要有尚武精神。以个人名义赠送一把腰刀，既表达了自己与对方的特殊感情，又是鼓励湘勇的尚武精神。第一批受刀者，人数要少，仪式要安排得异常隆重，使他们感到无上的光荣。这把亲赠的腰刀，今后要成为湘勇官兵人人企望的最高奖赏。

次日下午，秋阳灿烂，湖北巡抚衙门头进二进两栋房屋之间宽阔土坪上，聚集着近四百名湘勇哨长以上的军官。他们一律按朝廷所授的官衔品级穿着蟒服，前后缀着补子。这些哨长以上的军官，无论授文职还是授武职，品级都不高，大部分在七品以下，黑底补子上五彩金线绣的多为鹨鹩、鹌鹑、练雀、犀牛、海马等，伞形红缨帽上戴的是起花或镂花金顶，插的是用鹖尾制的蓝翎。一色簇新的衣帽，加上耀眼的刺绣和闪光的翎顶，真个是花团锦簇，美不胜收。湘勇这批军官，大半出身书生，少部分来自无业游民和乡下作田人。不久前还是毫无功名的寒士细民，今日一旦穿着日思夜想的官服，个个脸上流光溢彩，无异步入洞房时的新郎。不过，他们不明白，今天并非喜庆节日，为何要如此隆重对待？

正在大家议论纷纷的时候，亲兵高喊："曾大人到！"

土坪上叽叽喳喳的声音顿时停息，全体军官一律挺直腰板，翘首肃立。只见曾国藩从二进厅堂里迈着稳重的步履，威严地走出来。这批跟随曾国藩近两年之久的湘勇军官们，此刻第一次看到他身着朝服出现。昨天，曾国藩拜发了给皇上的《陈明服阕日期折》，报告三年（实际上只需二十七个月）守制期满，从明天起释服。今天，曾国藩头戴装有起花珊瑚红顶帽，身穿石青四爪九蟒袍服，缀着绀色丝绣锦鸡补子，束一根方玉版中嵌红宝石腰带，脚蹬粉底黑缎朝靴，显得格外高贵庄重。身后跟着穿三品文官服的胡林翼、一品武官服的塔齐布、四品文官服的罗泽南、彭玉麟和二品武官服的杨载福。土坪上的军官们心里猜测，今天一定有非常喜事。

曾国藩站在屋檐下高出地面三四尺的台阶上，用他特有的尖利目光，打量台阶下这批新着官服的军官们。荆七搬出一把虎皮交椅放在他的身后。曾国藩皱了下眉头，挥手叫他搬走。他轻轻地咳了一声，然后提高嗓门，用洪亮的湘乡官话说："诸位，本部堂奉皇上之命，受父老之托，训练乡勇，讨伐叛逆，已近两载。上赖皇上如天之福，下靠将士忠愤之心，虽经百端挫折，又遭岳州、靖港之败，但我湘勇非但没有压垮，反而愈战愈强。湘潭胜仗、岳州胜仗，使我们在家乡赢得英名。现在我们又攻克武昌、汉阳，更是威镇寰宇。这是我们全体湘勇将士的光荣。"

说到这里，曾国藩灼灼逼人的目光将所有军官又横扫了一眼，见他们个个神采焕发，又兴奋地说下去："今天，各位都已荷蒙酬庸，升官晋级，有的已成为朝廷命官，有的正候补待缺，不久就可以授予实职。总之，都已不是平头百姓了。不仅为自己，也为列祖列宗、为妻子儿女争得了风光荣耀。这些靠何而来？除靠皇上的格外施恩外，靠的是全体将士服从命令、精诚团结、勇猛刚强、百折不屈的精神。本部堂以为，这十六个字，便是我们湘勇的精神。本部堂最看重的就是这种精神，战果尚在其次。要彻底剪灭长毛，光复江宁，就要靠发扬光大这种精神。为此，特举办今天的授奖大会。"

湘勇军官们这才知道今天这个不同寻常的集会的目的。统帅要授什么奖呢？授给哪些人呢？就像盯着变戏法的魔术师一样，全体军官怀着极大的兴致注视曾国藩。这时，彭毓橘指挥两个勇丁抬着一个木箱出来。勇丁解开绳索，揭开盖板，顿时，台阶上一片光亮。站在前面的军官们禁不住诱惑，纷纷伸头探脑，有的似乎隐隐约约地看到了什么，不时发出啧啧声。彭毓橘从木箱里拿出一把腰刀来，近四百双眼睛一齐集中到这把腰刀上。曾国藩神情凛冽地说："本部堂新近在武昌打造了五十把上等腰刀。每把腰刀上都刻有'殄灭丑类，尽忠王事'八个字，这是本部堂对各位的期望，也是三湘父老对各位的期望，愿它成为我全体湘勇的志向。"

曾国藩原拟发一百把腰刀，昨天夜晚临时又改变主意，改发五十把，以此来提高身价。第一号腰刀发给谁呢？他苦苦地思索良久。论湘勇的首创之功，第一号应属罗泽南。论攻打城池的贡献，第一号应属彭玉麟。论官阶品级，第一号应属塔齐布。论劝他出山办团练之力，第一号应属郭嵩焘。论对他个人的恩情，第一号应属康福。想到德音杭布和多隆阿一先一后地到来，想到他们两人的背景，直到今天凌晨，他才把第一号腰刀的属主定下来。曾国藩在台阶上高喊："湖南水陆提督塔齐布！"

"到！"塔布齐气宇轩昂地走上台阶，对着曾国藩恭恭敬敬地行了一礼。

"训练湘勇，劳绩卓异，攻城略地，连战连捷，塔齐布乃湘勇中第一功臣。本部堂赠你第一号腰刀。"

塔齐布双手接过，雄赳赳地走下去。正在大家无限羡慕之际，彭毓橘又从木箱里拿出一把腰刀，递到曾国藩手中。

"浙江宁绍台道道员罗泽南！"

"到！"罗泽南跨上台阶，也行了一礼。

"创办乡勇，厥功甚伟，指挥作战，谋勇出众。罗泽南为湘勇德高望重之功臣。本部堂赠你第二号腰刀。"

罗泽南庄重地接过腰刀下去。

曾国藩又高声喊道：

"广东惠潮嘉道道员彭玉麟！"

"到！"

"创建水师，从无到有，纵横大江，扬我湘威。彭玉麟乃我湘勇水师众望所归之大将，本部堂赠你第三号腰刀。"

"湖北按察使胡林翼！"

"到！"

"书生从戎，鸿韬伟略，立功鄂省，英名远播。胡林翼为我湘勇陆师杰出之大将，本部堂赠你第四号腰刀。"

接着，曾国藩将腰刀依次赠给郭嵩焘、杨载福、王鑫、李续宾、李元度、李孟群、刘蓉、陈士杰、鲍超、康福、周凤山、刘松山、彭毓橘等共四十七人。阳光照在刀鞘刀把上，五光十色，绚丽夺目。有的喜不自禁地将腰刀抽出，立刻就有一股强烈的光束，刺得人睁不开眼睛。旁边的人称赞着。欣赏、赞叹、艳羡、嫉妒，各种复杂的心情，在受刀者和旁观者的心中翻腾。这四十七把腰刀发下来，犹如一批火药弹投在干草堆里，顷刻噼噼啪啪，烧出腾空烈焰；又如一阵狂飙袭击海面，顿时澎澎湃湃，卷起滔天巨浪。湘勇军官们的议论嘈嘈切切，眼光热辣辣的。"多好的腰刀！""多令人爱重的奖赏！"军官们心里想着，口里念着，仿佛皇上所赐的翎顶蟒袍，都在这把腰刀面前失去了迷人的光彩。

"各位弟兄，"曾国藩浑厚的湘乡官话又响起来了，把沉浸在喜庆气氛中的湘勇军官们唤起，"本部堂打造的五十把腰刀，已发下四十七把，还剩下三把。没有得到腰刀的弟兄们，可以上台阶来自报战功。本部堂将视功业劳绩，择优奖赠。"

就像在烧得滚烫的油锅里骤然泼上一瓢水，湘勇军官队伍里开了大炸。有的在咧嘴大笑，有的在挠耳抓颈，有的在怂恿别人，有的在独自思考，有的头上汗珠直沁，有的脸色铁青，个个心里发痒，人人跃跃欲试，但却没有人敢跳上台阶。

"曾大人，你不奖我一把腰刀，我心里不服！"突然，一个愣头小伙冲出队伍，纵身一跳上了台阶。众人看时，原来是宾字营左哨哨长刘连捷。

刘连捷跳上台阶后，两腮涨得通红，一时反而说不出话来。曾国藩十分欣赏刘连捷这种毛遂自荐的勇气，分外和气地对他说：

"你当众说说，你有哪些战功？"

刘连捷望着曾国藩赞许期待的眼光，心神安定下来，大声说："湘潭之战，我杀了十几个长毛。岳州之仗，我缴获长毛一门大炮。武昌城破，我第三个冲进城内，杀老长毛五人、两司马一人，夺长毛黄旗十面。曾大人，凭这些战功，我可以得腰刀吗？"

曾国藩眼中射出惊喜的光芒，高喊："刘连捷，你是本部堂没有发现的少年英雄。有这样大的战功，如何不能得腰刀！彭毓橘拿刀来！"

刘连捷喜从天降，两眼潮润。他双膝跪下，然后两手过头，从曾国藩手中接过第四十八号腰刀，再站起来，将刀抽出，对着众人在空中扬，高叫："殄灭丑类，尽忠王事！"最后轻轻一跃，跳进了队伍。刘连捷意外地获得一把腰刀，给那些未得到者增加了无穷勇气。随着刘连捷的双脚刚从空中落地，一双飞毛腿早已踩在台阶上。众人看时，原来是水师第一营左哨哨官宋国永。

"曾大人，这腰刀我也要一把！"

"你凭什么要？"

"打湘潭时，我一人从长毛手里夺得三只战船。打岳州时，我纵火烧掉长毛两船粮食。打武昌时,我杀死八个广西老长毛。"

宋国永正述说着,底下一人大叫:"曾大人的腰刀当送与我!"

说话间,也纵身跳上台阶。大家看时,此人是老湘营后哨哨长张运兰。他不待曾国藩问,便自报功绩:"曾大人,我随璞山征伐野人山,杀征义堂贼匪三人。岳州城里,我率先冲进被长毛占据的知府衙门,活捉衙门里老少长毛十三口。武昌城里,又夺取长毛火药库,缴获各种武器数百件。"

突然又有人在底下大喊大叫:"若他们都可得腰刀,我王可升得不到,我要跳长江自杀!"

众人被吓了一跳,只见王可升脸色惨白地奔上台阶,气急败坏地推开宋国永和张运兰,吼道:"这腰刀是我的!"

宋国永捋起袖子,挥出拳头,恶狠狠地说:"你小子逞什么狠?老子拳头可不认人!"

王可升也摆开架势,凶煞煞地说:"老子用不着摆功,今日把你打下台阶,就是老子的功劳!"

二人正要对打之时,蓦地一人如同从天降下一般,跳入二人之间,大声笑道:"二位老弟都给我下去,曾大人的腰刀我都没拿到,岂轮得到你们?"

众人看时,这人原来是水师二营前哨哨官邓翼升。他转而对台阶下的人说:"老子一人得长毛大炮五门,杀军帅、旅帅各一名,老子都得不到腰刀,谁敢得?"

四人都在台阶上摩拳擦掌,恨不得拼个你死我活。曾国藩喝道:"都给我住手!"

四人都僵着。曾国藩抬头见天上远处一行大雁正由北向南飞来,立时有了主意。他对台阶下的军官们喊:"还有谁要腰刀?都上来!"

话音刚落,又有三名哨长跳上台阶。等了片刻,见无人再上,曾国藩对台阶上的七个人说:"诸位都是勇敢杀贼的壮士,都可得到一把腰刀,可惜本部堂只有两把了,过去的战功都不再提,今日当着诸位兄弟的面来一试硬功夫。"

七人一听,以为是要斗打,都暗暗运气。

"彭毓橘!"曾国藩喊,"你给我拿一张好弓和七支好箭来。"

彭毓橘从后屋背出一张雕花强弓,手里拿着七支长箭。曾国藩说:"大家看天上一行大雁正结伴南行，每人一支箭，不论何人，射中者，本部堂一律赠腰刀一把。"

台阶下一片欢呼。最先上来的宋国永屏息静气，心中默默祷告完毕，"嗖"的一箭射出，却是一支空箭！"可惜！"在众人惋惜声中，宋国永知趣地走下台阶。第二箭是张运兰射的，随着箭离弦的响声，几声凄厉的雁叫传来，一只灰色大雁沉重地摔在土坪上，在众人的鼓掌声中，曾国藩将第四十九号腰刀郑重赠与张运兰。张运兰神气十足地跳下台阶。第三箭、第四箭、第五箭都是空箭，三人垂头丧气地下去了。第六箭轮到王可升。他运足气，两眼鼓起，一箭射出，又一只褐色大雁摔了下来。众人高呼。曾国藩将第五十号腰刀送给王可升。底下有人在喊："邓翼升，不要射了，腰刀没有了！"

这邓翼升素称湘勇中的射雕手，他有意最后出手，来个后来居上，却不想张运兰、王可升的箭法也高超，将两把腰刀夺去了。他天生要强，心想：就是得不到腰刀，也难得有这样好的机会在曾大人和众人面前露一手。他不慌不忙，心平神定，放开虎腿，伸长猿臂，瞄准天上的雁群，口中喊了一声"着"，一支箭飞也似的直指蓝天而去，眨眼间又折了回来，土坪上传出沉重的"扑扑"声。大家看时，都惊呆了，原来一支箭贯穿两只大雁。近四百名军官一齐欢呼，掌声雷动。曾国藩紧紧抓住邓翼升的肩膀，激动地说："不想今日在湘勇中复出养由基、纪昌。"

然后转过脸对全体军官说："本部堂赠送腰刀的目的，是鼓励湘勇将士多立战功，多出英雄。今有一箭贯双雁的神射手，本部堂岂能吝一腰刀而不奖赏？彭毓橘，你明日再去打造一把好腰刀，本部堂要亲自给今日养由基赠刀！"

十二　曾国华率勇来武昌，王璞山请调回湖南

第二天午后，曾国华带领在湘乡招募的五百勇丁来到武昌。曾国藩见到这个出抚给叔父的六弟，心中很是高兴。四个弟弟，他认为最奇特的便是这个为人偲傥的六弟。国华告诉大哥：九弟因妻子临产，过两个月再来，要大哥在攻打江宁时，给他留个立功的机会；又说满弟被裁回家心情抑郁，得知

武昌大捷后，更为自己羞愧。国藩听后哈哈大笑。他一一问了家中情况，知老父康健，儿子读书用功，甚是放心。国华捎来两封信，一封是左宗棠的，一封是骆秉章的。攻下武昌，曾国藩向朝廷保奏出力官员，没有忘记在长沙的左宗棠的功劳，特地给他保了一个知府衔，赏戴花翎。他想左宗棠此信必定对老朋友的厚意会有所表示，谁知抖开信一看，却大出意外。左宗棠在几句寒暄后，写道：

> 吾非山人，亦非经纶之手，自前年至今，两次窃预保奏，过其所期。来示谓以蓝顶花翎尊武侯，大非相处之道。此次克复武昌，吾相距七百余里，未尝有一日汗马功劳，又未尝偶参帷幄计议，何以处己？何以服人？方望溪与友论出处，'天不欲废吾道，自有堂堂正正登进之阶，何必假史局以起？'此言即是。吾欲做官，则同州直隶州亦官矣，必知府而后为官耶？且鄙人二十年来，所尝留心自信可称职者，惟督抚而已。以蓝顶尊武侯而夺其纶巾，以花翎尊武侯而褫其羽扇，既不当武侯之意，而令此武侯为讪笑。特将蓝顶花翎原璧奉还。

曾国藩览毕微笑说："人说季高可大授而不可小知，可用人而不可为人所用，果然不错。"又问弟弟，"季高近来得意吗？"

"我在长沙听官场上说，湖南只知左师爷，不知骆中丞。"

"有这等事？"

国华笑笑说："有人讲了个故事：有天骆中丞在签押房办事，听衙门外三声炮响，惊问何故。仆人答：'左师爷正拜折。'骆中丞先是吃一惊，随即平静地说：'到左师爷那里拿底稿来给我看看。'骆中丞不过右副都御史的衔，季高现在被人称为左都御史了。"

曾国藩大笑："这样的师爷，历史上怕找不出第二个，难怪他不受知府翎顶。"

国华说："骆中丞这个巡抚也做得太可怜了。若是我，哪怕他左宗棠真有诸葛亮之才，我也不能让他爬到我的头上。"

"骆吁门也是没有办法，又无做乱世巡抚的才干，又要恋栈，就只得听季高的了。"曾国藩说着再拿起骆秉章的信来看。信中说湖南匪乱又起，四境不得安宁，若有可能，请借一营劲旅回湘剿匪安民。曾国藩问："省里会匪又起了？"

"天地会、征义堂、串子会、半边钱会、一股香会都在闹，骆中丞一天到晚如坐水火之中。"国华答道，"据说串子会拟攻长沙，声称要为林明光报仇。"

"看来林明光真是串子会的人，关站笼不冤枉。"

"林明光其实不是串子会的人，串子会是借机与官府作对。"

停了一会，曾国藩问六弟："县里还安静吗？最近有何新闻？"

"哦，真的，大哥不问起，我倒忘记告诉你一桩事。"国华将凳子移动一步，靠近大哥身边小声说，"我来的前两天，听说璞山在家的两个弟弟开琳、开化也在乡里招募勇丁，说是奉令组建两营人马来大营效力。"

曾国藩一惊，说："奉谁的令？我怎么不知道？"

国华压低声音说："我看璞山这人有野心，他是想壮大自己的力量。大哥，你可不能做骆吁门，让璞山做起左老三来了。"

曾国藩蹙紧眉头，沉默不语。国华见大哥心中不快，后悔这句话说得过分了。他有意转换话题："大哥，我一向只知读书作文，从未带过勇，以后还请大哥多多指教。"

"带勇之法，"曾国藩想了想说，"为兄这两年来的体会是，以体察人才为第一，整顿营规，讲求战守尚在次之。制胜之道，有的人归结在使用坚船利炮，其实，在人而不在器。故你最要紧的，不是在多添刀炮马匹，而在于慎选哨官哨长。"

曾国华为人眼界甚高，平日里只服自己的这个大哥，别人都不放在眼里。此刻他知道大哥是在给他传授真正的学问，便恭恭敬敬地端坐聆听。

"选择哨官哨长，主要在实心办事，有忠义血性；其次在能吃苦，号令严明，有智谋。此中尤以实心办事最为重要。实心，就是真心实肠，朴实稳当，这是第一义。至于算路程之远近，算粮草之余缺，算彼己之强弱，都是第二义了。这也就是德和才之间的关系。德才兼备最好，二者不可兼得，宁可用才低点而德好的人，决不可用才高德薄之人。"

国华点头称是。曾国藩知道弟弟的脾性，又说："衡人亦不可眼界过高。

人才靠奖励而出。大凡中等之才，奖率鼓励，便可望成大器；若一味贬斥不用，则慢慢地就会坠为朽庸。对待部属，大哥有两句话，望弟切记。"

国华望着大哥，诚恳地说："请大哥赐教。"

"这两句话是：扬善于公庭，规过于私室。"

国华点点头，轻轻地重复一遍。

曾国藩又说："我明天给你派几个好哨官，日后要靠你自己慎选帮手。"

兄弟二人正说话间，王鑫进来了。国华与王鑫相见，甚是亲密，互道思念之情。王鑫对国藩说："昨天涤师亲授腰刀，在两万湘勇中影响甚为剧烈。得腰刀者，莫不感激涤师知遇之恩，发誓要跟着涤师，万死不辞。没有得到的，不少人找到我，要我禀请涤师再打造五十把，他们要凭战功来获取。"

曾国藩捋着长须，开怀大笑："好！看在璞山的面上，再打造五十把。"

王鑫很得意，说："听说日内即将整师东下，自古战胜攻取，靠的是奇谋妙策。学生现有一奇策，不知可用否？"

曾国藩说："璞山有何妙计，尽管说。"

"据情报，长毛伪燕王秦日纲收集武昌溃卒，在蕲州至田家镇一带设下防线，其企图在阻我长江水师。蕲州至田家镇地形险峻，敌人已重兵把守，胜负难卜。长毛伪翼王现据九江。九江兵力已溯江而上，城内必然空虚。我军不如暂不惊动田家镇之贼，而出奇兵突袭九江。九江危急，则贼之人马必回援。那时，我水陆大军将顺利冲破蕲州、田家镇，会师于九江城下。若此策可行，学生愿率五千人马星夜奔驰江西，擒石达开于九江。"王鑫一番话说得气概昂扬。

曾国藩一边捋着胡须，一边微闭着双眼在认真地听。他不以王鑫此策为然。待到王鑫说完，他缓缓地说："用兵打仗，虽常有奇策，但只可偶尔用之，不可倚为根本。稳当平实者，常操胜券。璞山刚才所说的，名为围魏救赵，实乃越寨进攻。依我看，把握不大。"

王鑫满腔热情，遇到的却是一盆冷水，心中颇为不快，但他不甘心放弃，想用前代成功的战例来说服曾国藩："涤师，越寨进攻，古来多有成例。宋明帝泰始二年，晋安王子勋作乱。官军与乱军相持于浓湖，久未决。时官军在下游赭圻，乱军袁凯在上游浓湖，另一将刘胡又在上游鹊尾。官军龙骧将军张兴世越浓湖而攻鹊尾，最后鹊尾、浓湖二处相继而溃。当时情形，与今日颇相似。"

王鑫不愧罗泽南的头号高足，书读得很好，此时引用这个战例也十分恰当。对这一点，曾国藩暗中赞赏，但这种赞赏，他只藏在心里，不愿表露出来。他不正面回答王鑫的挑战，而讲出一个相反的战例："陈文帝天嘉元年，王琳屯长江西岸之栅口，侯瑱屯长江东岸之芜湖。王琳越侯瑱直趋建康，侯瑱出芜湖尾随其后。时西南风急，王琳掷火烧侯瑱船，结果皆反而烧了自己的船。侯瑱发艨艟以击之，琳军大败。此越寨进攻失败之例。"

王鑫辩解："此乃王琳无才，西南风起，岂能再用火烧尾后之船！"

曾国藩说："你说的有道理。但我问你，九江空虚，你有无确报？石达开乃贼中枭雄，你五千兵何能使九江惊慌？倘若田镇之兵并不回援，非但不能调虎离山，反而分散我军兵力。且三路进兵已成定局，不便再行更改。"

王鑫听了很不是滋味，他知道再说也是空的，便问："请问三路人马如何布置？"

曾国藩说："北路由多隆阿、桂明统率，沿河口、杨逻、巴河、兰溪、茅山镇东下，驻扎蕲州；南路塔智亭任统领，罗山、迪庵、春霆为分统领，由纸坊南下至山坡，再转向东，由金牛堡、大冶方向向江边靠拢；中路水师雪琴为统领，厚庵、鹤人为分统，沿江东下。三路大军在蕲州会合。润芝新授湖北臬司，守土为其责任，则镇守武昌，不随军出发。"

王鑫听说鲍超都当了分统，却没有自己的份，老大不快。其实，鲍超这个分统，本是王鑫的，只是刚才听了国华的话后，才临时改变主意。曾国藩决不能容忍有人背着他，在湘勇中培植自己的私人势力。他原本极喜王鑫的才能，野人山一仗后，更器重王鑫了。但后来，曾国藩发现王鑫越来越心高气傲起来，常常自作主张，隐然以湘勇首脑自居。特别是初到衡州时写招牌一事，使曾国藩很长时间心中不安。今天听到六弟说的情况后，便断然决定，撤掉他的分统一职，派他回长沙去。曾国藩见王鑫闷坐不语，便换上笑脸，显出一副极信任的姿态，对他说："璞山，这是温甫刚带来的骆中丞的信，你先看看。"

王鑫接过信，边看边想：既然涤师不信任我，我何不借此机会回湖南去。天下纷乱，哪里不可冒头，何必一定要在某人手下受气？

"涤师，你让我带老湘营回长沙去吧！"

王鑫这一主动请求，倒出乎国藩意外。他自思：王鑫志大才高，敢于任事，此人年纪尚轻，经过一番磨炼之后，或许有可能成为一代名将。想到这里，他认为不能对王鑫太刻薄，要留个去后之思。曾国藩充满感情地说："璞山，罗山曾对我说过，贤弟是他弟子中的第一人。这两年来，我也有同样的感觉，贤弟是湘勇营官中最有才华者之一。我一向寄予厚望。骆中丞来信请派劲旅，我也寻思着，此事非贤弟不可。湖南是湘勇的家乡，家乡不宁，湘勇将士何来斗志？且今后粮饷、兵员，还得靠家乡源源不断地供给。家乡对湘勇之重要，想必贤弟十分清楚。贤弟此番回家，要独当一面，自然会备尝艰难。然自古以来，成十分之名者，乃做十分艰难之事者，望贤弟好自为之。老湘营还缺哪些器械，贤弟自可提出，大营将尽力补齐。"

王鑫说："老湘营的装备比其他营雄厚，不缺什么。"

曾国藩指着身后的书柜，对王鑫说：

"器械不缺，我就不送了。这一柜子明刻二十三史送给贤弟，权当饯行。"

"涤师于学生恩德太厚了。"

曾国藩深情地说："道光十六年，会试再报罢，我出都为江南之游。同邑易作梅在睢宁做知县，我去拜访他，从他那里借来一百两银子，路过金陵时，全部买了书。这部二十三史，即当时所买。近二十年来一直伴随着我，未曾一时离开。今以这部书送给贤弟，愿弟暇时浏览，磨炼砥砺，成就一代名将，一代贤臣，今后好青史留名。"

曾国藩这番话使王鑫大为感动，一旁的曾国华也为之动容。王鑫为自己错怪曾国藩而内疚，站起来说："涤师厚情，王鑫领受了。王鑫决不辜负涤师期望，待湖南匪乱平定后，我即率营回归，永远追随在您老的左右。"

第九章　田镇大捷

一　周国虞横架六根铁锁，将田家镇江面牢牢锁住

当武昌城被湘军攻破时，太平天国国宗石祥祯、韦俊和春官又副丞相林绍璋、殿左一指挥罗大纲、殿左七指挥周国虞等率领所部连夜向长江下游方向奔去。第二天下午，在樊口一带遇到检点陈玉成率领的救援先头部队。陈玉成告诉石祥祯等人，翼王在九江，燕王秦日纲率领援军目前正在蕲州。大家商议了一下，都认为此时不宜反攻武昌，不如全部撤退到蕲州和援军会合，再定对策。经过两天行军，武昌撤退的二万人马，和秦日纲统率的三万人马在蕲州会师。当天夜晚，便在秦日纲主持下，计议下一步的军事行动。石祥祯在会上沉痛地检讨自己的失误，请求燕王转呈天王给予处分。秦日纲宽慰了一番。接着韦俊、林绍璋、罗大纲等人都对武昌失守，各自承担了责任。陈玉成说："各位都不必再检讨了，从来就没有不打败仗的将军，武昌此时去掉，不久后还可再夺回来。曾妖头必然会乘攻陷武昌之机，率妖东下，犯我天京。我军目前有五万之众，足可以在长江两岸占据关隘，阻其东犯。"

陈玉成今年才二十岁。他十四岁投军，英勇机智，屡立战功，天王亲自提拔他为检点，是太平军中最年轻的高级将领。他身材不高，却声如洪钟。小时患眼疾，家贫无钱医治，烂了好几年，至今两眼眼皮上各留一条深深的疤痕，军中戏称他为四眼将军。周国虞很赞同陈玉成的意见，说："陈将军分

析得对。曾妖头必定很快会浮江东下，他的全部人马加起来不会超过三万，我们只要重振军威，足可制服。从蕲州到武穴一带，关隘颇多，此乃天助我军以地利，我军应充分利用。"

他走到挂在墙上的地图边，指着地图说："诸位将军请看，蕲州城五十里以下，有一处地方，名唤田家镇。田家镇在江北，隔江相对的是半壁山。此地向来扼控由湖北到江西、安徽的水陆两路，江流湍急，地势险要，只要在此地驻扎一支人马，曾妖头就是飞也飞不过去。"

罗大纲说："周将军所说极是，去年清妖悍将江忠源便在此地被我军击败，这田家镇最是个险要之地。"

大家都认为将大军驻扎在田家镇两岸，阻止曾国藩东下是最好之策。最后，秦日纲决定，由陈玉成统领一万人马驻扎蕲州，作为第一道防线，其余四万人全部进驻田家镇，在那里将湘勇一鼓聚歼。

田家镇是一个有五千人口的大集镇，由于水陆交通便利，自古以来便是长江北岸上的一个繁华市井。与之隔江相对的半壁山，孤峰挺拔，雄峙在大江南岸。山底下是一条通往江西瑞昌的大道。发源于幕阜山，流经通山、兴国州的富水从半壁山南麓注入长江。入口处也有一个市镇，名叫富池镇，人口虽不多，却也热闹。往下走三十里，便是武穴。去年正月，东王杨秀清在这里大败陆建瀛的防军，威震千里长江。秦日纲和石祥祯来到这里，查看了两岸地势，甚为满意。秦日纲、石祥祯率两万人马驻田家镇，韦俊、罗大纲、周国虞等带两万人守半壁山。

北王韦昌辉之弟韦俊也不过二十六七岁，但因家境富裕，小时饱读诗书，因而处事显得老练稳重，识见也比别的年轻将领高明。这一年来在湖南、湖北与湘勇打过几次交道，他已经知道曾国藩不同于清朝的其他官吏，由湖南农民所组建的湘勇，也绝不是清朝的绿营可比。对付曾国藩和湘勇，决不能掉以轻心。韦俊对南岸驻防作了精心安排。他吩咐罗大纲带八千人，在半壁山脚安营下寨，林绍璋带五千人驻富池镇，周国虞带六千人搜集船只，扼守江面，自己带一千亲兵将营设在半壁山半腰上，以便各方兼顾。韦俊命令营寨要扎得严实，江面要掐死。

太平军在与官军的作战中，积累了一套建营寨的成功经验。半壁山下，共扎六座营盘：大营一座，小营五座。营盘四周挖一条深一丈多、宽三四丈的沟，将离半壁山五里远的网湖水引来灌满。沟内竖立炮台十座，再用木栅围住。沟外密钉五丈宽的一排排竹签、木桩。林绍璋在富池镇扎了四座营盘，其布置大致和半壁山营寨相仿。半壁山顶，架起一座望台，一天到晚有兵士在上面瞭望，对岸田家镇和下游富池镇，都可以清楚地看到山上打出的信号旗。江面上，周国虞指挥的战船聚集了三百多号，天天在南北两岸穿梭巡逻，严阵以待。北岸也是营寨相连，炮台相接。田家镇摆开了一个大战场，杀气腾腾地准备一场恶战。

这天，周国虞从江边检查战船回来，对弟弟国材、国贤说："我看这江面上的防守还很薄弱，曾国藩水师力量强大，还得想法子控制住江面。"

国材说："我这两天也常想这事，要是能把江面封锁起来就好了。"

国贤说："有办法。当年东吴阻挡晋军，后晋阻挡后汉，都曾用过铁锁拦江的办法。我们何不学前人的样，也打根铁锁将长江锁住。"

国材说："这个办法也并不有效，岂不闻'王濬楼船下益州，金陵王气黯然收。千寻铁锁沉江底，一片降幡出石头'的诗吗？"

国材的几句诗一背，国贤垂头丧气了。国虞想了想，说："国贤的主意也可以考虑，当年东吴和后晋的铁锁，中间没有船承受，又只一根。我们改进一下。你们看，可以这样来拦江。"

国虞拿出两根木棍，又拿出五六只碗来，将木棍并排摆在碗口上，说："我们用两根铁锁，每隔十丈安置一条船，将铁锁架在船上，这样就牢固了。为防止船被水冲走，船的头尾都用大锚固定。铁锁用铁码铃在船上。"

国贤高兴地说："此法最好，为保险起见，每隔三只船再加一个大木排，那就更稳当了。"

国材也同意了，说："还加两根吧，一共四根。"

"再加两根！"国贤叫道。

"对！用六根，牢牢将长江锁住，叫曾国藩的水师全部葬在这里。"国虞重重地拍了下木板，五六只碗一齐跳了起来。

周氏三兄弟的想法，秦日纲等人都赞成。随军的铁匠们不分昼夜打造。十天后，六根铁锁南系半壁山，北拴田家镇，横截长江。铁锁下共摆二十多只战船，八个木排，滔滔长江，犹如系上六根腰带，单等曾国藩水师到来，好将他们葬身江底。

二　三国周郎赤壁畔，美人名士结良缘

　　杨载福指挥五营水师作前锋先天已出发，表字鹤人的李孟群指挥五营水师作后卫暂时未动，曾国藩带着一班幕僚亲兵，坐着特制的拖罟，夹在居中的十营水师中，这天起航了。为了议事的方便，彭玉麟也坐在曾国藩的座船上。时已深秋，长江水显得比春夏两季清亮。天空万里无云，灿烂的秋阳，照射着勇丁们划起的水波，发出白花花的耀眼的亮光。因为是乘胜东下，全军斗志旺盛，又在流水的帮助下，船行得很快。曾国藩时而在舱内，时而在甲板上，与彭玉麟、郭嵩焘、刘蓉等人谈古论今，意气风发。目送着两岸青山向后退去，大家甚是欢快。

　　黄昏时，近三百艘战船停泊在葛店。劳累一天，吃过夜饭后勇丁们都早早安歇。彭玉麟看着舱外被夜色笼罩的江水，心里很不平静。白天站在船头，指挥战船航行之暇，他想起，十四年前，也是在这段江面上，他陪着小姑，度过了一生中最幸福的一段日子。白天不允许他多想，现在，万籁俱寂，尘嚣已息，儿时与小姑青梅竹马的情景，一幕一幕地浮现脑海。小姑画眉般动听的越语，一句一句在耳畔响起。他拿出麒麟梅花图，轻轻地抚摸，仿佛已坠入爱河，沐浴在小姑的万种柔情之中。

　　自乔装进武昌城后，就一直没有再画梅花了，彭玉麟觉得很对不起小姑的在天之灵，于是增添蜡烛，铺开宣纸，一边磨墨一边凝思，脑子里出现林逋的咏梅名句："疏影横斜水清浅，暗香浮动月黄昏。"是的，今夜我在船上为小姑画梅，就画她站在岸上，伸开双臂迎接我。不一会儿，宣纸上出现一幅极美的画面：水边，一株枝干秀逸的梅树斜倚在草坪上，两支长长的枝条向水面伸去，水面上漂浮着一只小小的乌篷船。为庆贺武昌的克复，也为祝愿田家镇的胜利，彭玉麟破例调了一点丹砂，给那几朵绽开的梅花点了红。彭玉麟拿起画自我欣赏，对画的构思颇为满意。

　　"雪琴，你又在画梅花了。"彭玉麟回头一看，曾国藩笑容可掬地站在身后。

　　"哦，是涤丈，快请坐。"

曾国藩在彭玉麟的对面坐下，说："我和你一起欣赏了很久，你竟然一点不知，真有祖睚不闻雷响的功夫。"

彭玉麟给曾国藩泡了一杯龙井茶，双手递过来，说："玉麟画技粗疏，不堪入涤丈法眼。"

"雪琴，我常听人说你最喜画梅，素日无暇求睹，今日见这幅水畔梅花图，真使我耳目一新。"

"涤丈夸奖了。玉麟从未拜过师，无事画画，以娱自己眼目而已，实在登不了大雅之堂。"

曾国藩说："丹青之艺，原是慧心灵性的表露，不在乎从师不从师。唐人张璪说得好，'外师造化，中得心源'，这造化所生的千姿百态的梅花，便是最好的老师。"

彭玉麟平日只知曾国藩经史诗文最好，听了这两句话后，方知他对绘画亦有研究，心中甚为折服，忙说："涤丈所论，最为精辟。玉麟这些年也着实观赏过成千上万朵梅花，只是心性不灵，到底所画的都只是俗品，今后还求涤丈多加指点。"

曾国藩摇摇头说："我平生最是拙于画，简直不能开笔。那年在翰苑，曾有幸一睹大内所藏王冕画的墨梅图，真是大饱眼福。"

"王冕的墨梅图果然还存在世上，日后若有机会看一眼，死都瞑目了。"

"那墨梅图上还题着王冕自书的一首绝句：道是：'我家洗砚池边树，朵朵花开淡墨痕。不要人夸颜色好，只留清气满乾坤。'从来说画品出自人品，王冕蔑视轩冕、高蹈远俗的雅洁品格，使得所画梅花进入神品，这固然不错。但世人都没有注意到，王冕的那种雅洁品格，也是长年受梅花熏陶的结果。"

彭玉麟说："涤丈所言甚是。人爱梅花，梅花也熏染人，人和花就渐渐地合一了。"

"雪琴常画梅，定然胸襟高洁，非我辈所能比。"

"非是胸襟高洁，画梅乃另有所托。"彭玉麟话一出口，便有点后悔。

曾国藩一进船舱，便看见摆在木箱上的麒麟梅花图，听了彭玉麟的这句话后，心里明白了几分。他指着麒麟梅花图说："雪琴，不想你还藏着一件精致的绣品。麒麟梅花，真有意思。你刚才说画梅另有所托，是不是玉麒麟在想红梅花呢?"

彭玉麟不好意思地脸红了。曾国藩以一个兄长的口吻对彭玉麟说:"雪琴,你不要怪我唐突,你今年已过三十八岁了,尚不成家,莫非心中一直在恋着一个不可得到的人,画梅就如同当年李义山写无题诗?"

彭玉麟很佩服曾国藩对世事人情观察得这样细微精到,真可谓一眼看穿。与曾国藩相处近一年了,无论是人品,还是才学,彭玉麟对曾国藩佩服得五体投地。既然已被看出,彭玉麟也不想再隐瞒,便把压在胸中一二十年来的那桩既有欢悦,但更多哀怨的往事,第一次一五一十地告诉眼前这位一向视为师长、引为知己的湘勇统帅。

曾国藩听完彭玉麟这段肺腑之语,心中十分激动。他本是一个于情感上极为丰富细腻的人,在这个江水拍打战船的秋夜,彭玉麟的往事重重撩拨了他的心。去年在衡州一见玉麟,便如同见到故交。几个月来,他对彭玉麟治理水师的才能、勇敢果决的性格和不居功不自夸的品德十分欣赏,多次在心里称赞玉麟是个不可多得的人才。今夜,听玉麟深情的叙述,他对玉麟更加敬重。如此深情的男子,今世能有几人!这样心性专一的人,一定是忠心耿耿的贤臣良友。曾国藩说:"梅小姑在天之灵,会永远感激你的。但小姑既已仙逝,你也不必再痴情为她一世鳏居。还是我去年跟你说的那句话:'不孝有三,无后为大。'为一个女子而使自己绝后,也毕竟不是大丈夫之所为。夜已深了,你这就安歇吧。明天早点开船,午后可以到黄州,我和你去悄悄地游一番东坡赤壁如何?"

第二天天未亮,十营水师便启碇开船,申正时分到了黄州。一个月前,黄州还是陈玉成驻扎的地方,武昌失守后,陈玉成退到蕲州。黄州知府许赓藻今天一上午就率领一班文武,在江边恭候。曾国藩站在船头,向江岸拱拱手,算是领情了。船一刻未停,直向下游驶去。船过黄州十里外,彭玉麟就下令停船。郭嵩焘、刘蓉等人都游过黄州赤壁,懒得再上岸。曾国藩吩咐郭、刘不要告诉任何人,说罢和彭玉麟换上便服,带着王荆七一道离船登岸。

这黄州赤壁,本不是当年周瑜火烧曹操之处,只因苏东坡那年谪居黄州任团练副使,夜泛赤壁,写下前后《赤壁赋》和那首"大江东去,浪淘尽千古风流人物"的词后，遂使得这个黄州赤壁，比嘉鱼那个真正的"三国周郎赤壁"还要出名得多。历代文人迁客路过黄州时，莫不到这里盘桓流连。前年曾国藩奔丧时路过此地，当然无心游赤壁。这次即使是大战在即，也不能不去游一下。三人登岸，沿江边走了两里多路，便看到前面一座石山矗立。靠江的那边，如同被一把大斧劈过一样，现出一块高十余丈，宽七八丈的大石壁。曾国藩和彭玉麟估计这就是黄州赤壁了，兴冲冲地向前走去。快到石壁边，果然见岩石赭红，竟是名副其实的赤壁。赤壁边有一条人工开凿的石磴。三人拾级而上，来到赤壁顶上。曾国藩站在山顶，看眼底下正是"乱石穿空，惊涛裂岸，卷起千堆雪"的壮观，江风吹来，颇有点飘飘欲仙的味道。山上有一座苏仙观，观里有一尊东坡泥塑像。那像塑得呆板臃肿，全无一点苏仙的风骨，倒是四壁青石上刻的《前赤壁赋》，笔迹飘逸潇洒，值得一看。观里的道士极言这是按苏东坡的手迹刻的，曾国藩和彭玉麟看后微微一笑。

曾国藩对玉麟说："今日游赤壁，我倒想起东坡谪居黄州时所写的一首猪肉诗，道是：'黄州好猪肉，价贱如粪土，富者不肯吃，贫者不解煮。慢着火，少着水，火候足时他自美。每日起来打一碗，饱得自家君莫管。'"

玉麟笑着说："看来烧东坡肉的诀窍在火候了。素日吃别人家做的东坡肉，名虽美，味都不佳，原来是没有读过这首诗，不懂得'慢着火，少着水'的奥妙。"

曾国藩也笑着说："除火候掌握不好外，还有肉不好。东坡肉硬要用黄州的猪肉才烧得好，如同杏花村的酒，只有用当地的水才行。可惜我们这次没有口福了。"

玉麟说："东坡是天才，诗文字画，自是当时之冠。不过天才也有小失，他的那篇《石钟山记》，说石钟山是因水击石窍，涵澹澎湃，类似钟声，其实不然。"

"足下何以知其不然？"

"我幼读东坡此文，便觉可疑。水击石窍，岂独彭蠡之石钟山？我的家乡便可常常见到。那年我路过湖口，特地去看了一下，才解开这个疑点。原来此山之名，并非拟声而得，实乃以形而得。那座山，远远地看去，恰如一座石刻的大钟。"

"雪琴，你可以写一篇辩石钟山的文章，跟东坡唱一唱对台戏。"曾国藩笑道。

"平定发逆后，我是要把这件事记下来，那时再求涤丈给我修改。"二人都一齐笑起来。正说得高兴，前面走来一人，对着曾国藩深深一鞠躬，说："侍郎大人别来无恙。"

曾国藩被弄得莫名其妙，那人抬起头来，荆七惊奇地叫道："你不就是杨相公吗？怎么到这里来了？"

曾国藩也感到奇怪，说："真的是杨国栋！你这几年可好？"

杨国栋答："说来话长，寒舍离此不远。今日天赐能与侍郎大人在此幸会，真令国栋做梦都没有想到。就请侍郎大人和这位大人——"

"这位是彭统领彭玉麟。"曾国藩介绍。

"啊，久仰久仰！就请侍郎大人和彭统领及七哥一起到舍下一叙。"

荆七说："杨相公，你那年不辞而别，后来又伪造大人家的古玩去卖，害得大人白白丢了八百两银子。"

杨国栋大惊："有这样的事？如此，则罪孽深重，容国栋今夜慢慢向大人说清。"

杨国栋是什么人，王荆七为何说他害得曾国藩白白丢了八百两银子？事情发生在五年前。

一天上午，曾国藩正在求阙斋用功，王荆七领来一个衣着寒碜的穷书生，说："大人，这位杨国栋先生一定要拜见您，我说了好多话都不能拦住。"

曾国藩放下手中的《韩文公集》，用他那目光深邃的三角眼将来人打量一下。只见此人三十余岁，长条脸，两眼乌亮有神。从脸色和衣衫来看，是个处于困厄中的潦倒者。曾国藩对来访的读书人，一律予以谦恭热情的接待，不管是富有的，还是贫寒的。读书人只要有真才实学，还怕没有出头之日？今日鱼虾，明日蛟龙，是常见的事。何况眼前这位杨国栋那双黑亮的眼睛，分明表示他是个聪明灵秀的人。曾国藩一点不摆侍郎的架子，站起身来，客气地招呼杨国栋坐下，并要荆七泡一碗好茶来。曾国藩微笑问："足下是哪里人？找鄙人有何事？"

杨国栋说："晚生乃湖南桃源人。"

"足下是桃源人，为何无一点桃源口音？"曾国藩感到奇怪。

"大人，晚生生在桃源，七岁时跟随父母到了浙江金华，一直到二十岁上下才出来游学求师，故现在没有一点桃源口音了。"杨国栋在曾国藩的面前，神态自若，全无一点寻常士子忸怩胆怯的模样，使曾国藩对他颇有好感。

"足下是到京师来游学的吗？"

"晚生此番到京师，是特来谒见大人的。闻得大人乃当今理学名臣，天下士人都愿一识荆州。国栋此来，不求富贵，只求大人收留我做个学生，早晚得听大人咳唾。"

曾国藩摸着胡须，微微一笑："足下读先贤之书，想来一定有高见。"

"晚生读圣贤书，谈不上高见，却也有点心得。"杨国栋并不谦让，放胆而谈，"某以为程朱之学，以'不欺'二字可以尽之。不欺人，尤贵不欺己。今人不欺人者，千不得一，不欺己者，万不得一。某知之二十年，试行二十年，而终不能做到，故千里来京，求教于大人。"

曾国藩听了很高兴，说："足下功夫犹未到家，知而不行，非真知也；若一旦真知，自然能行。朱子讲先知后行，阳明讲知行合一，二位先贤讲的都有道理。朱子说：'义理不明，如何践履？'又说：'知行常相须，如目无足不行，足无目不见。'阳明说：'知是行的主意，行是知的功夫；知是行之始，行是知之成。'又说：'知之真切笃实处即是行，行之明觉精察处即是知。'先贤这些至理名言都说得深刻，足下好好领会，身体力行，必然大有长进。"

杨国栋闻之大为折服，伏拜于地，说："大人指教之言，真药石也。"

曾国藩扶起杨国栋，二人纵谈朱陆异同及阳明学派之利与害，大为畅快。曾国藩破例收下杨国栋，并在朋友之间称赞杨国栋学问根基深厚，悟性甚好。遇到曾国藩称赞时，杨国栋也并不怎么感谢。别人问他，他说自己是来求学的，并不是来求名的。有人前来拜访，杨国栋总拒而不见，国藩渐渐地对杨国栋敬重起来。

杨国栋在曾府住了三个月。一日，忽然不辞而别。四处找寻，都不见他的踪迹。曾国藩很觉奇怪。一连几天寻不到，也就算了。后来，杨国栋这个人也被曾府逐渐淡忘。

这一天，曾国藩与朋友游琉璃厂，在一个古玩摊上见到几轴字画。曾国藩拿起一看，大吃一惊，原来都是自己平日收藏的旧物。正在疑惑不解时，又瞥见一个荷叶砚台。国藩拿起荷叶砚台，心中暗暗叫苦。这个砚台，不琢不雕，其形天然作一片荷叶状，砚面青翠发亮。更稀奇的是，砚面能随四时天气变化而变化，晴则燥，雨则润，夏则荣，冬则枯，就像一片真荷叶。天雨时，砚上自有水滴如泪珠，用来磨墨，无须另外加水，写出来的字，格外光亮。此砚本是汤鹏家的祖传之宝。汤鹏与曾国藩原是很要好的朋友。汤鹏自负才高，目中无人。一次与曾国藩为一小事争论起来，竟勃然大怒，骂曾国藩不学无术。曾国藩恼火，与他绝了往来。后来，倭仁知道此事，指责曾国藩不对，说一个研习程朱之学的人，不能有这样大的火气。曾国藩心悦诚服地接受。第二天便主动登门向汤鹏道歉，又设宴邀请汤鹏来家叙谈。汤鹏大为感动，二人和好如初。汤鹏病危时，向曾国藩托付后事，并将这个祖传古砚送给他。曾国藩十分喜爱这个砚台，通常不用，珍藏于箱底。"这砚台和字画怎么会到这里来呢？"曾国藩心中甚是诧异。问摊主这些东西是哪里来的。摊主说是从一个名叫杨国栋的那儿买来的。曾国藩骇然，忙问杨现住何处，答住在西河沿连升店。曾国藩立即命家人到连升店找杨国栋。店主说杨早已离开，不知去向。曾国藩无奈，只得将家中所有现银拿出，凑足八百两，将砚台和字画赎回来。为此事，曾国藩足足有半个月心里不快，自己埋怨道：真是瞎了眼，将一个窃贼留在家里，不但看不出，还视之为奇才而加以敬重。为顾全面子，他命令家中谁都不要向外人谈起此事。

偶尔一天下雨了，曾国藩命荆七取出古砚来，磨墨写字。又怪了，古砚并不像过去那样，遇雨溢水。曾国藩叹息着，把砚台拿在手中细细把玩，却发现似乎没有过去那种沉甸甸之感。他起了疑心。遂命家人全部出动，翻箱倒柜寻找。结果汤家祖传古砚找出来了，字画也找出来了。原来，赎回的竟全是赝品，真的并没有丢！他惊呆了。马上要荆七到琉璃厂去找那个古玩摊主，但早已不见了。曾国藩大惑不解：究竟谁是骗子呢？说古玩摊主是骗子，他怎么会知道我家珍藏的东西？说杨国栋是骗子，他为什么不将真物窃走？

此时曾国藩在这里邂逅杨国栋，真个是他乡遇故知，又能解开多年的疑团，岂有不去之理？曾国藩叫荆七先回去告诉郭嵩焘、刘蓉，说今夜不回船了，明日一早再来接。

杨国栋带着二人走了一里多路，来到一个山坳口，指着前面一片竹篱茅舍说:"这就是寒舍。"

曾国藩见茅屋前一湾溪水,几株垂柳,环境清幽安静,说:"足下居此福地,强过京师百倍。"

说着进了屋。谁知这茅舍外面看似简陋,里面却不大一般。厅堂四壁刷着石灰,显得明亮雅洁。墙上悬挂着名人字画,屋里摆的尽是精致的上等家具。坐在这里,并未感到是荒山野岭,仿佛来到繁华市井中的官绅家。

刚坐下,杨国栋对里屋喊:"阿秀,端茶来敬献二位大人。"

话音刚落,从里屋出来一个二十二三岁的女子。托着一个黑漆螺钿茶盘,步履轻盈地走进客厅。那女子大大方方地把两碗茶放在几上说:"请二位大人用茶。"

说罢莞尔一笑,转身进屋了。彭玉麟看着这女子极像梅小姑,尤其是那莞尔一笑的神态和清脆的越音,简直如同小姑复生。他不由地多看了阿秀两眼。彭玉麟的瞬间表情,杨国栋没发觉,曾国藩却注意了。杨国栋说:"这是小妹国秀,老母瘫痪在床上已经几年了,恕不能起身招待。"

曾国藩说:"足下那年突然离去,使我挂牵不已。"

杨国栋说:"学生那年贸然拜访大人,蒙大人错爱,留在府中。三个月来,跟随大人,所学竟比我寒窗十年还多。大人恩德,学生没齿不忘。那年突然离去,原是出于一桩意外的事情。"

阿秀又出来,摆出各种时鲜果品。曾国藩发现彭玉麟又看了阿秀两眼,心里忽然冒出一个念头。杨国栋继续说:"那天我正在前门大街上办点事,正巧遇到从老家来的仆人。他一把抓住我,说'相公,我在京城里找你半个月了,今天终于碰到,快跟我回家。'我忙问:'家里出事了?'仆人说:'相公有所不知,老爷在家,为祖上的坟地和谢家打起官司来,被官府锁在牢中,急等你回家。'我一听慌了神,说:'我现在礼部侍郎曾大人家,曾大人这两天在园子里当值,过两天曾大人回来后,我跟他说明,再离京回家。'仆人说:'老爷现在狱中,天天盼你回家,再等得几天,不知回去后还能不能见到老爷。'老仆说着掉下眼泪。我心想:他是我家的仆人,都如此着急,我还能再等吗?不如先回去,两三个月后再回京跟大人道歉。我连忙回府收拾行李。我原本没有什么行李,只有几样假货。那是在大人家住的时候,闲来无事,有一天,我照大人家藏的字画临摹了一张。自己看着,觉得也还像。顿时兴起,要跟世人开个小玩笑。一连几天,我早出晚归,逛琉璃厂,与那些古董商人闲扯,从他们那里套得了不少造假古董的技艺。我用重价买了几张明代年间出的纸,又买了一支古墨,关起门来,用心临摹、炮制,将大人家藏字画,每幅都精心临摹了一份。又特别喜爱大人家的古砚,也照样仿制了一个。我于是把这几种东西带上,留下一张'急事暂别'的纸条,来到仆人所住的西河沿连升店。"

曾国藩听得极有兴趣,微笑着插话:"现在我明白了,那张黄山谷的字是你自己临摹的。"又说,"这张纸条不曾听府里人谈起。"

"当时放在书案上,也可能后来被风吹走了。我来到连升店,仆人问:'相公身上也带了钱没有?'我身上一文不名。仆人也只剩下十几两银子,这点钱,主仆二人无论如何到不了家。仆人看到包袱里的字画,说:'相公,目前是救老爷要紧,你这几张字画就变卖了吧!我知道你舍不得,到如今也没有法子了,救得了老爷,日后还可以再买。'我心里好笑。不过,他这一说倒提醒我。看来这几幅字画临摹得还可以,至少眼前的仆人是骗过了。如果能被哪个好古董而又不识货的人买去,虽然有点缺德,事到如今,也顾不得许多了。我问:'紧急之间,卖给谁呢?''有人买,隔壁就住着一个卖字画的摊主。'仆人当即叫来一个中年汉子。我心想:正好检验一下我仿古的本领如何。便煞有介事地向那个汉子吹嘘,说是祖传下来的真迹,目前要救老爷,只得忍痛卖掉。那汉子早几天便与仆人混熟了,因而对我所讲的毫不怀疑。他眯起眼睛将那几幅字画和古砚细细鉴赏一番,问我:'你开个价吧!'我说:'这几幅字画和古砚,论价不会低于一千五百两银子,现在急要钱用,我没工夫再找别人,你给七百五十两吧!'那汉子和我讨价还价,最后开出五百两。我心里想:好笑,这几样东西十两银子都不值,经过这样的瞎吹胡闹,居然就值几百两银子了,便一手从汉子手中接过五百两银子,一手将那几样冒牌货给了他。"

曾国藩说:这个杨国栋真是模仿古物的奇才,贩卖古物的人被他骗了不说,连我这个古物的主人都让他给骗了。这种以假乱真的本事,天下怕难找到第二个。原先的那股疑惑,早已被冲得干干净净。彭玉麟也暗自诧异惊佩,笑着说:"杨兄,凭你这个本事,走遍天涯海角都不愁没钱花。"

"彭统领取笑了。这种小技只可偶一为之,哪可做立身之本。我带上银子，急急忙忙和仆人赶路。谁知到家后，老父已瘐死狱中。谢家因有人做大官，结果我家花了几千两银子也没打赢官司。谢家人平素口口声声讲孔孟程朱，却原来是这样的狼心狗肺。"说到这里，杨国栋望着曾国藩苦笑一下，"不怕大人见怪，我一气，从那时起，就不再读孔孟程朱的书了。程朱之书说的都是诚，不诚无物。其实，这世上哪来的诚！谢家讲诚，就不会有我老父瘐死狱中；我若讲诚，便没有主仆二人回家的盘缠。我过去二十多年，都被它误了。原来悟出的'不欺'二字，竟是完完全全地欺骗了自己！"

曾国藩正色道："程朱讲的都是对的，只是世人没有照着做罢了。足下不过因偶尔受挫，便愤世嫉俗以至如此，大可不必。"

"大人说得有理。"杨国栋说，"不过这几年，学生倒学了不少真本事。老父死后，我也不愿意再在老家待下去，便带着老母幼妹来到黄州府投靠母舅。母舅原是黄州知府衙门的书吏，早几个月，被长毛杀了。我们在苏仙观旁起几间草房，母亲和妹妹长年住在这里，我到处云游，见什么学什么。不瞒大人说，我早两天刚从广东回来，在广东还跟着洋人学会做火药子弹哩！"

曾国藩眼睛一亮，说："以足下的灵慧，自然是学什么精什么，想必足下现在一定精于军火制造。"

"精于谈不上，不过造出来的火药子弹，也不比洋人的差。"

曾国藩大喜："足下大才，目前正可施展。不知足下还愿像五年前那样，和我相处在一起吗？"

"大人乃当今最为有才有德之人，在广东时，我便知道大人正统率湘勇，以灭长毛为己任。国栋多时便想前去投奔，怎奈老母罹病，不忍赴兵凶战危之地。今日天使我重遇大人，国栋愿像五年前那样，为大人执鞭随镫。"

"伯母卧病在床，确不便远离，你过两年再来找我也行。"

"今日若不遇见大人，我这几年确不准备远离老母。但我听七哥所言，学生犯了不赦之罪尚不自知。我万万没想到，那些赝品居然蒙过了大人之眼，骗去了大人的八百两银子。学生负罪深矣。因此，为报大人之恩，为赎学生之罪，我决定跟大人去江宁，我可以为大人造火药子弹。"

曾国藩大喜道："军中正缺足下这种能人，明日我们就一道登船吧！"

彭玉麟也笑道："有杨兄参战，湘勇如虎添翼。"

杨国栋说："大人，我前月从一农夫手中买了一匹好马，为抵学生之罪，我将此马送给大人。请大人随我到后院观看。"

自从王世全把王氏祖上宝剑送给曾国藩后，曾国藩便渴望有一匹与剑相匹配的马，自己虽不能骑着它冲锋陷阵，但作为水陆两支人马的统帅，没有一匹像样的马，总是一件憾事。曾国藩和彭玉麟来到后院，只见马厩里果然拴着一匹高头大马。杨国栋把它牵了出来。那马浑身火炭，无一根杂毛，来到坪中，昂首长鸣，甩颈尥蹄，吓得树上的鸟雀乱飞。曾国藩赞叹："好一匹龙马！那农夫怎来的如此好马？"

杨国栋说："我当初也感到奇怪，便问那农夫。农夫说此马原为一个长毛丞相所有。长毛占领黄州时，亲兵牵出去溜达。农夫杀了亲兵，盗了这匹马，藏在家中，等长毛走后才拿出来卖。见到的人都说它是关云长的赤兔马，我也就叫它赤兔了。"

曾国藩说："谁见过关云长的赤兔马了？那都是罗贯中胡凑瞎编的。我看它浑身就像熟透了的枣子样，就叫它枣子马吧！"

彭玉麟说："好个枣子马！既入俗又脱俗。"

杨国栋也笑着说："就叫枣子马！"

曾国藩快乐地说："好！我收下，就算抵了你假冒古董的罪。"

说得大家都笑起来。看看天色已晚，阿秀已摆上满满一桌菜，杨国栋请曾、彭入席。杨国栋指着当中一个大碗说："这是用黄州猪肉烧的东坡肉。"

曾国藩笑着对彭玉麟说："刚才还说没有口福，口福就来了。这真叫作'人有旦夕祸福而不自知'。"

酒席上，大家开怀畅谈，十分欢悦。杨国栋说："小妹喜欢自制酒令，前一向编了一个酒令故事，可惜才力有限，竟没编完。"

"想不到令妹还有这种才能，真令我们钦佩。杨兄不妨说完，也好助酒兴。"彭玉麟兴冲冲地说。

"我于诗词曲令素来生疏，两位大人都是才学渊博的前辈，我正要求助，使这个酒令故事成为全璧。小妹用身旁现有的古迹编了一个这样的故事：那年东坡谪居黄州，闲来无事，常与秦少游、佛印禅师和黄州太守喝酒谈天。一日，东坡兴起，提出自制新酒令取乐，要求是先举一件落地无声之物，接着说出两个古人，一问一答，讲出一件事，答句必须是现成的两句作归结的诗句。东坡自己先说一令：'笔毫落地无声，抬头见管仲。管仲问鲍叔，因何不种竹？鲍叔曰：只须两三竿，清风自然足。'秦少游想了一下，接着说：'蛀屑落地无声，抬头见孔子。孔子问颜回，因何不种梅？颜回曰：前村深雪里，昨夜一枝开。'佛印禅师不假思考，也来一令：'天花落地无声，抬头见宝光。宝光问维摩，僧行近云何？维摩曰：遇客头如鳖，逢斋项如鹅。'轮下去应该是黄州太守作，但黄州太守作不出，其实是小妹自己想不出了。"

曾国藩说："令妹咏絮之才，古今少有。这几个酒令作得太好了，故事也编得高雅，我看不是她不能为黄州太守作一首，而是想考考你这个做兄长的才华如何吧！"

说完大笑。杨国栋也笑道："大人说的也对。她问我，也自然就是考我，我作不出，但小妹自己至今也还没作出第四首，并说有人能代黄州太守作出，她就服了他。"

曾国藩对此本亦感兴趣，有时间多想想，他也能够为黄州太守作一首，但他另有想法。他转过脸对彭玉麟说："我素来不懂酒令，雪琴你于此道有研究，今日我们就请道台屈尊，权当一下黄州太守。"

彭玉麟对阿秀很有好感，情愿为她续完这个故事，便不推辞。彭玉麟从佛印禅师的结句"鹅"字上得到启发，想起骆宾王童时作的诗："鹅鹅鹅，曲项向天歌，白毛浮绿水，红掌拨清波。"顿时有了。他对杨、曾说："我想起一个，不知像不像黄州太守的口气。"

曾国藩笑道："你只管念去，像不像由我来评判。"

彭玉麟念道："雪花落地无声，抬头见白起。白起问廉颇，为何不养鹅。廉颇曰：白毛浮绿水，红掌拨清波。"

"好个'雪花''白起'！"刚一念完，杨国栋就高兴地说，"不衣不巃，我看当年那个黄州太守绝对作不出这好的酒令，真要胜过东坡、佛印的才气了。"

玉麟不好意思地说："什么东坡才、佛印才，都是令妹的才。"

阿秀在里屋听见彭玉麟的酒令后，很高兴遇到了知音，出来大大方方地给彭玉麟满斟一杯酒，慌得他忙起身道谢。阿秀笑吟吟地说："彭统领帮了小女子的大忙。"曾国藩看在眼里，喜在心头。

吃完饭后，杨国栋送曾、彭到客房休息。等杨国栋走后，曾国藩悄悄地问玉麟："雪琴，你对我说句实话，你是不是喜欢杨国栋的妹妹阿秀？"

玉麟脸红了，说："涤丈，你是知道的，我多年来都不愿成亲，怎么会一见阿秀就喜欢呢？"

曾国藩说："你的举止瞒不过我的眼睛，我知道你是一个钟情重义的真正男子，但你今天看阿秀的眼神非比寻常。我猜想，这女子或许像你逝去的梅小姑，你是因为喜欢梅小姑而喜欢她，是吗？"

曾国藩对世态人情的洞悉，一向为彭玉麟所钦服。这个猜测，竟如同看穿了他的肺腑，彭玉麟只得不好意思地点点头。曾国藩说："雪琴，你的品性为人和我十分接近，我和你虽名有堂属之分，实同兄弟之谊。如果你听我一句劝告，不固执独居的话，阿秀便是你合适的人选。这女子，我虽然没有和她交谈过，看她今天走路说话，是一个端庄的淑女，且能写出这样好的酒令，必然灵慧而饱读诗书。我去跟杨相公提，如阿秀尚未许字的话，我为你作伐，结秦晋之好如何？"

彭玉麟低头不语，曾国藩知已默许，随即走进杨国栋的卧室。杨国栋正在灯下收拾行李，见曾国藩来，忙起身让座，说："大人尚未安歇？"

"我想冒昧问你一句话，请别见怪。"

"大人只管说，学生哪有见怪之理。"

"请问令妹字否？"

"大人问阿秀的事，真令我做兄长的心焦。小妹自幼聪颖，老父爱她如掌上明珠，从小教她诗书字画。谁知小妹读了几句书后，心气高傲得很，不管谁为她提亲，都一概不允，说要得天下一真正名士英雄才嫁。老父去世后，从金华流落至此，人地生疏，再加上我常年不在家，小妹的婚事便耽搁了。"

"令妹贵庚几何？"

"不瞒大人，小妹今年足足二十三岁了。"

"我身边现正有一个名士英雄，不知令妹看得上否？"

"请大人明说。"

"足下看彭雪琴如何？"

"彭统领已是三十开外的人了，莫不是夫人弃世，意欲续弦？"

曾国藩摇摇头："怎是续弦，雪琴根本就未娶过。"

"那是为何？学生见彭统领堂堂仪表，儒雅英迈，才学满腹，又是大人麾下名将，为何未成家呢？"

"这正是雪琴英雄过人之处。以雪琴之人才，何愁没有倩女。只是他自小立志，要成就一番大事业后再谈家室，以致拖延至今尚未成亲。"

国栋不禁面露喜色："这样说来，小妹真正有福了。彭统领适才的酒令，小妹甚为喜爱。待我禀告老母、告诉小妹后，立即回话。"

这边，曾国藩也把杨国栋的话告诉了彭玉麟。一会儿，杨国栋来到曾、彭所住的房里，对他们说："老母说：'既是曾大人为媒，这件事可办。'小妹没有作声，只是拿出一张纸来，写了几句话在上面，说还要向彭统领请教请教。我拿过纸看时，竟不明白她写的什么。"说罢，将纸递给彭玉麟。曾国藩好奇地凑过来看，只见上面写着这样几行字：

纱窗碧透横斜影月光寒处空怵冷香柱细烧檀沉沉正夜阑更深方困睡倦极生愁思含情感寂寥何处别魂销

曾国藩在心里默读了两遍，已经明白了，偷眼看彭玉麟，见他眉头紧蹙，一副为难的样子。杨国栋心里在骂妹子："成天躲在屋子里没事，尽编些稀奇古怪的文字来难人。"彭玉麟十分赞赏阿秀的才情，无论如何要破这个谜。他反复默读，突然心头一亮，高兴地说："原来是一首《菩萨蛮》！涤丈和杨兄请听：纱窗碧透横斜影，月光寒处空怵冷。香柱细烧檀，沉沉正夜阑。更深方困睡，倦极生愁思。含情感寂寥，何处别魂销。"

"正是正是，雪琴断得好！"曾国藩兴奋地称赞。

杨国栋也笑着说："彭统领大才，小妹不自量，班门弄斧了。我这就去告诉她。"

杨国栋拿起纸就要走，彭玉麟一把拖住："慢点。令妹才华锦绣，世间少见，这四十四个字不知费了她多少闺情。历代才女喜欢写回文诗词，说不定这也是一首回文词。"

曾国藩笑着说："我刚才听你念时，也这样想过，但究竟比不上你对杨小姐的知心。"

彭玉麟脸红起来，说："涤丈取笑了，还不知我说得对不对哩！姑且念念看。"

彭玉麟拖长音调，从最后一字读起，竟然真的又读出一首《菩萨蛮》来："销魂别处何寥寂，感情含思愁生极。倦睡困方深，更阑夜正沉。沉檀烧细柱，香冷帏空处。寒光月影斜，横透碧窗纱。"

曾国藩叹道："昔曹大家、苏若兰之才，亦不过如此。"

杨国栋兴冲冲地进了妹子的房。一会儿，又红光满面地出来说："小妹对彭统领的聪明才学十分佩服，她还想请彭统领就眼前之景和心中之念作一首七律。"

彭玉麟七岁时便会作诗，写一首七律，对他来说是太容易了。但这首诗却非比寻常。眼下自己正分统水师东下，这是将载之于史册的不朽事业，何不把这件事写出来。他认真想想，然后一气挥就：

长江不许大王雄，王濬楼船要建功。
十万天兵驱虎豹，三千犀甲奋貔熊。
旌旗常带潇湘雨，鼓角先清淮海风。
戎马书生少智略，全凭忠愤格苍穹。

杨国栋将这首诗带进内室不久，便喜融融地托出一个锦绣香匣，对彭玉麟说："这是小妹的生庚八字，今夜就交给彭统领了。"

彭玉麟脸上流光溢彩，恭恭敬敬地接过这份重礼，随手从身上取出一只碧玉兔交给国栋，说："玉麟属兔，三朝时，家母亲手把这只玉兔挂在玉麟颈上，至今有三十八年了，今日请小姐收下。"

曾国藩异常高兴地说："今夜成就了雪琴与阿秀的百年好事，我这个红娘不可无表示。"曾国藩饱蘸浓墨，凝神片刻，写了一首《贺新郎》：

艳福如斯也。看江中，雄师东进，君其健者。一从风浪平静后，喜结鸳鸯香社。料不久笙乐细奏，袍是烂银裳是锦，算美人名士真同嫁。好花样，互相借。

淋漓史笔珊瑚架。说催妆，新诗绮语，几人传写？才子风流涂抹惯，莫把眉痕轻画，当记取今宵月夜。明年携得神眷归，令老母幼弟同惊讶。悄悄话，声须下。

曾国藩写完,又细看了一遍,不无得意地交给杨国栋说:"杨相公,你把这阕词也交给阿秀,待这仗打完,我便打发雪琴前来迎亲,我为他们主婚。"

三 从蕲州到富池镇,太平军和湘勇在激战着

第二天一早,王荆七带了几个亲兵来接曾国藩、彭玉麟。杨国栋拜别老母,吩咐阿秀悉心照顾母亲,管理家务,然后牵出枣子马。阿秀昨夜刚与彭玉麟定亲,很觉害羞,也没敢和彭玉麟说一句话,只是深情地目送他们下山去。走出几十丈远后,彭玉麟禁不住回过头看了一眼,只见阿秀仍倚门眺望,他心头一热,赶紧转过脸去,快步追上。

上船后,曾国藩将杨国栋介绍给大家,并公布了彭玉麟喜结良缘的事,大家都向玉麟表示祝贺。曾国藩悄悄地对刘蓉说:"你不是要假古董吗,今后就找这位杨相公。"

"他就是那位临摹山谷诗的人?"刘蓉惊奇地问。

"正是,没有想到在赤壁边遇到他。"

"奇才,真是奇才!"刘蓉赞叹。

船一路顺水直下,傍晚时来到道士洑。杨载福的先头部队早一天已到达。当夜,杨载福向曾国藩作了报告:陈玉成的一万人马——水师三千、陆军七千,在蕲州严阵以待。如何开战,请曾国藩定夺。曾国藩连夜派出三支斥候。一支沿江而下,窥探蕲州敌情。一支到江北打听多隆阿的进程。一支到江南打听塔齐布的进程。

次日午饭后,三路斥候陆续回来。探敌情的一支禀报:蕲州江面战船不多,陆军大部分兵力驻在江南,似乎随时准备援助大冶、兴国州两城。这个情报很重要,曾国藩赏了斥候。北路的一支报告:巴河、兰溪一带未见多军影子,估计人马尚未到黄州。对多隆阿、桂明的北路绿营,曾国藩根本不抱希望。军行迟缓,他不感到意外。南路的一支汇报:塔军现驻金牛镇以东五十里的铁岭口等候命令。

曾国藩在拖罾上与彭玉麟、杨载福、郭嵩焘、刘蓉、杨国栋等人商议。刘蓉说:"据情报来看,长毛据蕲州兵力不算太强,号称一万人,实际能打仗的顶多一半。四眼狗虽贼中干将,估计也发挥不了多大作用,且四眼狗只

善陆战,水战并非所长。可以立即通知塔智亭和罗罗山,命他们分头进攻大冶和兴国州,引诱陈玉成派兵援救,然后我水军乘此机会,猛冲过蕲州。"

杨国栋说:"孟容兄言之有理。我在黄州时就听说,据守大冶和兴国州的将领,原是陈玉成的部下,且兵力都不过一二千。拿下大冶和兴国州,对塔统领的南路军来说是顺手摘桃,即使陈玉成的兵员不动,达不到调虎离山之计,收回两个城池,亦是功劳。"

彭玉麟、杨载福、郭嵩焘等人都赞成刘蓉的建议,曾国藩也认为可行,于是水师暂时驻扎道士洑,不惊动下游。

塔齐布和罗泽南接到命令后,一万二千人分为两支,塔齐布带六千人南下经花油堡向兴国州进兵,罗泽南带六千人沿金河向大冶进攻。

太平天国兴国州知州胡万智,金陵人氏,乃太平天国首科进士。天国癸好三年八月初十日,是东王的寿诞,天京城里举行第一次会试——东试。东试论题是"真道岂与世道相同",文题是"皇上帝是万郭大父母,人人是其所生,人人是其所养",诗题是"四海之内有东王"。胡万智是个穷苦的秀才,考了几次乡试都未中,对朝廷的科举考试很是不满。太平天国定都天京,带来勃勃生气,胡万智拥护天国,欣然前往应试。文章作得花团锦簇,诗也作得珠圆玉润,遂一举高中。胡万智好不高兴,愈加对天国充满感情。

中进士后,东王封他为典朝仪。西征军攻下兴国,胡万智被派往兴国任知州。胡万智到了兴国,全部起用一批新人,其中大部分是穷困潦倒的读书人。半年来,他把全副心思用来整顿兴国州的吏治。正当他准备在兴国州大展宏图,建一番新政时,塔齐布率领的六千人马攻到兴国城下。兴国城里只有一千五百人,情形危急。胡万智一方面布置守城,一方面急忙派人到陈玉成那里讨救兵。陈玉成已探得湘勇水师集结在道士洑按兵未动,料想一时不会有行动,便亲带四千兵赶来救兴国。他刚走到黄州颡口镇时,又遇到驻大冶城的总制汪茂先派出的信使,说湘勇已围住大冶。无奈,陈玉成又分出二千人马到大冶。当陈玉成赶到兴国州时,塔齐布已攻下兴国。陈玉成十分懊恼,率兵再奔大冶。半途中遇到溃兵,报告大冶已丢,汪茂先阵亡。陈玉成气得两眼冒火,率部怏怏回蕲州。

就在陈玉成离开蕲州的这一天,曾国藩会合先天夜晚赶来的李孟群部,水师二十营约一万人,在呼啸呐喊声中冲过蕲州防线,于马口镇对岸停泊下来。罗泽南提着汪茂先的头和太平军大小黄旗上百面、骡马数十匹前来请功。塔齐布也押来胡万智等一干兴国州各衙门官员来会师。曾国藩亲自提审胡万智。只见胡万智昂首挺胸毫无畏色走上大堂。曾国藩喝令跪下，胡万智拒不从命。几个亲兵上前，把他的双腿强压下去，曾国藩骂道："大胆逆贼胡万智，你身为圣人门徒，却屈身降贼，玷污清白，真是孔门败类，衣冠禽兽。"

胡万智双目圆睁，大声喊道："无耻汉奸曾国藩，你身为炎黄后裔，却背叛祖训，投靠清妖，认贼作父，你才是真正的乱臣贼子，民族败类！"

曾国藩气得脸色铁青，大呼："左右，把胡万智这批禽兽一律剐目凌迟，陈尸示众。"

胡万智并不害怕，仍然痛骂不止，亲兵将他强行拖了出去。

处决胡万智后，曾国藩骑上枣子马，带着一批营官和幕僚登上江岸。此地离半壁山不到十里，孤峰挺立的半壁山如同站在眼前。山脚下营垒森严，旗帜林立，鼓角时鸣。江北田家镇上也连营接寨，江中战船逡巡。从半壁山到田家镇，太平军水陆两路人马筑成一道铜墙铁壁。曾国藩看后，心中忧郁，默默地回到拖罟上，对众人说："驻守此地的长毛，一部分是武昌败将，一部分是秦日纲的救兵。败将复仇心切，救兵气焰嚣张，防守得如此严密，看来有几场恶仗打。"

鲍超说："长毛是虚张声势，大人不必过虑，明日我率部攻打半壁山，保证马到成功。"

杨载福说："明早我率先锋营顺流下去闯一闯，探探虚实。"

曾国藩说，先试探一下也好，便点头同意了。

第二天一早，鲍超率霆字营来到半壁山脚下擂鼓搦战。只听见一声炮响，当中大营里冲出一位中年将军。此人正是罗大纲，身后跟着数百名头扎红、黄两色头巾的太平军将士。罗大纲骑马伫立栅栏边，高声喊道："大胆清妖，有本事的过来！"

鲍超气得在马上大叫："操你祖宗八代，老子把你砍成两截！"

他一时忘记了太平军扎营的规矩，一边骂，一边指挥人马向前冲。还未走到百把步，叫声"不好"，已陷于布满竹桩的沟阱中，回头一看，大部分湘勇也陷了进去。对岸太平军士兵拍手欢呼："陷了，陷了！"同时，万箭飞来，湘勇纷纷中箭倒下。鲍超抡起大刀，前后左右挥舞，总算没有被射中。他气得双腿紧卡马腹，那马挣扎着想跳出来，却被竹桩刺得鲜血直流，哀啸不已。罗大纲驱马出了栅栏，吊桥放下。正在这万分紧急时，周凤山带两营湘勇前来救援，鲍超被拉了出来。他不敢再战，和周凤山一起撤退下来。清点人数，少了五十多个。

江面上，杨载福的先锋营也陷于困境。当他们的船来到半壁山脚江面时，看到的是一排钉死在江中的战船，上面竟然横着六根粗大的铁锁！漫说是木船，就是铁舰也休想冲过。杨载福是个水上老手，见此情景，知道不妙，迅速拨转船头。后面火炮轰来，走慢的几艘长龙着火被烧沉。杨载福满面羞惭而回。

水陆两军初战失利，使曾国藩的忧愁又添几分。从靖港败后再起这半年来，湘勇军势大振，尤其是武昌、汉阳的收复，更是名满天下，朝野为之震动，一洗往昔备受讥嘲的侮辱。曾国藩想：眼前这伙长毛尚不是主力，倘若这道防线冲不过去，岂不前功尽弃？无论如何不能被拦阻在这里，不将这股长毛击败，至少要迅速冲过去。他决定先由陆路发起强攻，派塔齐布打富池镇，罗泽南打半壁山。第二天一早，两支人马遵令出兵。

罗泽南的人马来到马岭坳，此地离半壁山太平军营寨只有二里路。罗泽南吸取鲍超的教训，不敢再贸然前进，号令部队停下来，就地扎营。罗泽南带领李续宾、游击彭三元、都司普承尧等人查看地势。马岭坳与半壁山之间隔着网湖的尾部，湖汊纷错，惟左右两堤与山脚相连。正在指指点点查看时，猛然听得山脚一声炮响，从大小营寨里冲出数千名精壮太平军将士。他们越过沟上的吊桥，向湘勇冲来。罗泽南慌忙指挥勇丁列阵应战。彭三元率部从左堤迎敌，普承尧率部从右堤迎敌。正厮杀间，从民房里又钻出一千多名手持利刃的士兵，李续宾急忙率迪字营迎击。太平军四路人马合起来一万多，在此已等候半个月，正巴望着这一天的到来。罗大纲一马冲在前，从左堤直朝罗泽南杀来。罗泽南哪里是罗大纲的对手，急忙闪开，幸得六品军功彭和祥过来接住。交战不到十个回合，彭和祥被罗大纲一枪刺中咽喉。那边恼了都司普承尧，拍马舞刀过来与罗大纲拼搏。半壁山腰，韦俊指挥军士擂鼓为战友助威。右堤那边，彭三元带着一百多名敢死队已冲到吊桥边，正要进入营寨时，从山腰上雨点般飞来碎石，候选知县李杏春、蓝翎千总何如海登时被石块击毙。彭三元吓得勒马后退。这时，从各处民房门窗里纷纷射来炮子、火箭、喷筒，湘勇匆忙后退。罗泽南只得下令鸣金收兵。

下午，李续宾带领二千人又前去搦战。交战不到半个时辰，李续宾便败退而归。罗泽南焦急愈甚。李续宾说："罗师不必忧虑，今下午学生再次出战时，已看清半壁山下的军事部署，下次交战，学生有取胜把握。"

罗泽南惊喜，问："迪庵有何法取胜？"

"长毛三次获胜，所靠的主要在地利。其地利天然所占有二，人为有一。天然者，前为湖堤，后为高山。湖堤限制我军进攻的场所，半壁山居高临下，我军一切活动都在其俯视之中。人为者，长毛在营寨边挖沟埋签，此招厉害。"

"有利地势既已为其所占，我们无法与之争雄。"

"我们不能与之争雄，但可以使长毛的地利减少它的作用。"

李续宾的话启发了罗泽南："你是说可以乘夜偷袭？"

李续宾高兴地说："罗师，我们想到一起了。今日天阴，夜里没有月光，是夜袭的好时候。"

"夜袭可以使半壁山居高临下的优势失去，也可以偷偷越过湖堤，但长毛营前的水沟和陷阱仍在那里。"

李续宾想了想说："这有办法。马上赶制几千个布袋，袋里装满土，一个肩扛一个，把土袋丢到沟里，连竹签连沟都给它埋掉。"

罗泽南很欣赏这个主意，立即传下命令，赶制布袋。军中没有布，罗泽南命令拆被子做。二更时分，李续宾带领三千勇丁，每人肩扛一个装满土的布袋，另一只手拿着武器，腰里插着短刀，悄悄地穿过左右二堤，衔枚疾走，来到太平军营寨边。

因为营寨四周插了竹签，又深开了水沟，且白天激战一天，湘勇大败，罗大纲不曾提防敌人会半夜劫营。按常规巡值的士兵，被李续宾劫营的先锋队砍死，三千湘勇急急忙忙将土袋填沟铺路。已填铺大半，营内尚未发觉。一个叫韦大春的两司马一觉醒来，到营外撒尿。夜色迷茫中，韦大春听到栅栏外有一声声沉重的响动。他警觉起来，揉揉眼睛，轻轻地向栅栏边走去，终于看清楚了。韦大春差点惊叫起来，他跑进大营，把罗大纲喊醒："罗指挥，清妖劫营了！"

罗大纲呼地一下从床上坐起，一边穿衣，一边下令："赶紧传令，立即出营房打仗！"

罗大纲起义以来，跟清军大大小小打过几十仗，从没有遇到过半夜劫营的先例。他对湘勇的凶悍能战暗自佩服。半壁山上的韦俊也很快得到情报。立时，从山腰到山脚，到处灯火通明，李续宾叫苦不迭。水沟边顿时聚集一千多名太平军将士。罗大纲下令发箭。水沟那边如飞蝗般的利箭射来，水沟这边，湘勇一片片倒下，胆小的吓得掉头就跑。李续宾气得两眼冒火，怒不可遏地挥起一刀，杀了一个逃在最前面的湘勇，后面几个吓蒙了，站着不动。李续宾又手起刀落，一刀一个，连杀四五个勇丁，这才把纷纷后逃的勇丁镇住，硬着头皮再去厮杀。李续宾举起刀吼道："弟兄们，今夜里我们拼出去了。谁要是向后逃命，格杀勿论！大家齐心打赢这仗，我为兄弟们请功邀赏！"

李续宾命令普承尧、彭三元守住两头，自己居中调度，又派急足回大营搬援兵。湘勇大半人向对方射击，其余人拼命填土。双方都倒下许多人，但土袋也在一尺尺增高，一步步推进。很快，罗泽南带领守营的二千多湘勇也赶来援助。双方在水沟边、竹签带展开你死我活的争斗。水沟被填平了一长段，附近的竹签也给土袋埋了，李续宾亲自擂起冲锋的战鼓。湘勇们见已占上风，个个发疯似的向前狂奔。在急剧的鼓点声中，湘勇和太平军展开肉搏。湘勇杀红了眼睛，一见戴红、黄头巾的便砍。太平军第一次遇到这样凶蛮不怕死的对手，先自胆怯三分。肉搏一阵，太平军渐渐不支。栅栏边早已安置好的火炮，因为怕伤了自己的人，也不敢发射，气得罗大纲直跺脚。韦俊见势不好，亲率山上一千兵下山救援。双方又激战了半个时辰。太平军致命的弱点是临时参加的人多，训练不严，两广老兄弟都不习惯短兵接战。看看不能取胜，韦俊和罗大纲一商量，决定全体撤退上山。湘勇穷追不舍，都被山上礌石击退，只得眼睁睁地看着太平军上了半壁山。罗泽南下令放火烧营寨，又叫人砍断拴在山脚下的铁锁桩。到了辰正时分，罗泽南、李续宾率领湘勇，满载各种战利品，得意洋洋地回营。

就在半壁山下激战的时候，塔齐布率领六千湘勇，在富池镇与林绍璋部队的战斗也异常激烈。林绍璋与塔齐布面对面的交锋，这已是第二次了。今年三月底的湘潭战役，林绍璋十战十败于塔齐布，最后全军覆没，林绍璋只身脱逃。这不只是林绍璋个人一生中的极大耻辱，也给太平天国带来不可挽回的损失。从那以后，太平军便不能再图湖南，而湘勇的气焰也从此开始炽烈。倘若那次湘潭之战也像靖港战役那样，说不定中国近代史上，就根本没有湘勇的名字出现。

林绍璋报仇心切，还未等塔齐布扎稳营寨，便带兵前来攻打，塔齐布慌乱之中败退而逃。林绍璋大喜收兵。塔齐布与李元度、周凤山等人商议，李元度献计："林绍璋有勇无谋，性情急躁，趁着他目前求胜心切，明天设法将他引出镇外，在桐木岭一带埋两路伏兵截杀。"

塔齐布同意。

第二天一早，塔齐布带一千人前来搦战。一听湘勇喊叫，林绍璋便披挂上阵。康禄劝道："让他们在外面叫骂，不理睬。"

林绍璋见塔齐布人少，恨不得一口吞掉，不听康禄的劝阻，带着三千兵冲出水沟外，康禄只得跟着。塔齐布笑道："林将军，还记得三月的湘潭盛会吗？"

林绍璋虎目圆睁，怒骂："塔妖头，还记得昨日的败逃吗？今日你休想再走脱！"

说罢，便策马冲来，塔齐布接住。双方交战不久，湘勇便溃散四逃。塔齐布瞅着林绍璋一个破绽，拨转马头向桐木岭方向奔去，林绍璋拍马紧追。跑出三里多路外，康禄提醒说："前面树木丛集，恐有伏兵。"

林绍璋顿时醒悟，急忙勒住马。忽然，数十面湘勇军旗从草丛中四处竖起，李元度、周凤山各带二千人从两边杀出，将林绍璋、康禄团围在中间。一阵混战，太平军人马死伤过半。康禄保护林绍璋杀开一条血路，冲出包围圈。周凤山在后面紧紧追赶，高呼："不要放走了林绍璋！"转进一个小树林后，康禄对林绍璋说："林丞相，你把衣服脱下来给我穿，我把清妖引走。"

林绍璋说："那怎么行！赶紧往半壁山走，到了山边，就不怕妖兵了。"

康禄说："丞相大人，清妖的眼睛一直盯着你，不会轻易放过。我代你把他们引开。"

康禄不由分说地伸手扯下林绍璋的明黄绣龙风衣，又高喊："将帽子扔给我！"

林绍璋脱下帽子,感动地说:"兄弟,引他们走出二三里后,你就折转跑向半壁山!"

康禄答应一声,便将马头一扭,回头向周凤山的追兵冲去,嘴里高喊:"清妖,林爷爷跟你拼了!"

周凤山伫马劝道:"林绍璋,下马投降吧!朝廷可以封你一个副将。"

康禄骂道:"你们这些败类,你以为一个副将,就可以使你爷爷出卖祖宗吗?"

说着举刀向周凤山砍来。周凤山并不认识林绍璋,见康禄头上的单龙单凤帽,身上的明黄绣龙袍,认定是林绍璋无疑,决心活捉,立个十分漂亮的大功。周凤山抖擞精神,使出平生本事,与康禄交战。十余个回合后,康禄料定林绍璋已走远,便偷偷地从靴子里摸出一把飞镖来,顺手一挥,那镖直朝周凤山心脏处飞去。周凤山机灵,见镖飞来,赶紧将身一躲,镖从右臂边穿过。周凤山大叫一声,栽下马来。康禄趁机拍马走了。众湘勇扶起周凤山,知"林绍璋"身藏暗器,都不敢追,便吹起得胜号,返回富池镇。

四　彭玉麟洪炉板斧断铁锁

半壁山和富池镇两路陆师的胜利,使曾国藩的忧愁大减。北岸,桂明、多隆阿的绿营兵也赶到田家镇,将秦日纲、石祥祯的兵力牵制住,愈使曾国藩宽慰。现在,他要和彭玉麟、杨载福、李孟群一起,全力以赴夺取江面上的胜利。深夜了,彭玉麟见曾国藩的舱里还亮着灯光,便轻轻推门进来。只见书桌上,整齐地并排摆着六根竹筷,曾国藩坐在一旁,凝神呆望着。

"涤丈,这么晚还没休息?"

"哦,是雪琴来了。"曾国藩从沉思中醒过来,指着床边的木凳说,"坐下,我正要和你商议商议。"

"涤丈,你是在考虑江面那几根铁链子?"彭玉麟指着竹筷问。

"这几根铁链子可不好对付啊!"曾国藩沉重地说,"我为它考虑半个夜晚了。拴在半壁山这头的铁桩虽被罗山砍断,但江中的部分依然牢牢地钉死着,战船如何过得去。"

"为这铁链子,我想了两天,长毛这一招真够狠毒。历史上虽有横江布铁索的，但也只有一两条，何曾见过六条之多。我想来想去，无法可施。金克木，火克金，看来只有火烧一法可用。"

曾国藩说："东吴、后晋的铁锁，也是用火烧断的。但正如你讲的，那只有一两根，现在有六根，却难以烧断。"

彭玉麟说："我已想好了。王濬当年用火炬，王彦章当年用火炉，我们用油锅，不怕它六根铁链子，就是铁罗汉，我也要将它熔化。"

曾国藩想来想去，也只有此一法了，便同意彭玉麟的办法。从曾国藩船舱里出来，彭玉麟又招来杨载福、李孟群及澄海营营官白人虎、定湘营营官段莹器、中营营官秦国禄、清江营营官俞晟、向道营营官孙昌国等，再具体商定明日火攻细节。

第二天，湘勇水师分四队，与周国虞兄弟指挥的太平军水师摆开了阵势。第一队由白人虎率领二十条快蟹，每条快蟹上架设一个炉灶，炉灶上安一口直径五尺的龙头大锅，锅里装满茶油，油中放着棉纱，船尾堆满劈柴。锅旁有七八个勇丁，人人手里拿着劈山斧、铁钳，锅边立着三个大铁墩。船头船尾另站三十名弓箭手。第一队的任务是烧砍铁锁。第二队由彭玉麟亲自带领，集中一百条战船。船上装着浸满油的火把和几十个不封口的布袋，每个布袋里装半袋黄豆。湘勇们都不知黄豆做什么用，只是遵命执行。一百条战船上载着二千名精壮水勇。第二队的任务是保护烧砍铁锁的那二十条快蟹。第三队由杨载福带领，也是一百条战船，二千号水勇，船上也装满火把、黄豆。这队的任务是在铁锁断后，猛冲过去。第四队由李孟群率领，保护老营和辎重船只。

由于半壁山和富池镇陆营的失利，太平军水师的情绪受到波动。少数人鉴于武汉战役的失败，对湘勇有一种畏惧感。这两天，水营逃跑上百人。国虞、国材、国贤兄弟逡巡在江面上，鼓舞士气。多数人相信这六根铁锁的威力，必定可以将湘勇的船只拦住。论人数，太平军水师虽有六千，但武昌新败，战船被焚毁一半，船上的火炮、弹药也丢失。仓促之间，在蕲州至田镇一带搜集二百多只渔船，强拉来作为补充，毕竟作不了大用场。人员也有一半是从陆营中临时调来的，几乎没有受过训练。在装备条件和人员素质上，太平军明显不如湘勇，惟一可仗的是横在江面上的六根铁锁。周国虞清楚这一切，心里也颇为担忧。他自己守卫中间一段，国材守北段，国贤守南段。

吃过早饭后,远远地看到上游黑压压一片,像乌云似的压过来。周国虞吩咐打出准备迎战的令旗,下令不待湘勇船立稳,便先下手。

白人虎指挥的第一队顺流飞一般下来了。白人虎是华容人,家中饶富,从小强悍不羁,不喜念书,专好棍棒拳击。战火在湖南烧起后,他认为立功当官、显亲扬名的时候到了,便捐资募勇。湘勇水师过洞庭湖时,白人虎率部投军,曾国藩命他组建澄海营。这次他受命做先锋,一心要拿个头功。他戴着铁盔,身穿布满铜钉的战袍,手执一杆长枪,昂然立在第一条船上。

白人虎的船离铁锁只有二十丈了,周国虞手一挥,守卫在铁锁边的水手们便纷纷射出箭来,快蟹上的湘勇不少人中箭落水。白人虎抡起长枪,一边挡箭,一边高喊:"不要怕,向前冲!"

船头船侧的藤牌一齐高举,围成一道墙,桨手死命划着,船在艰难中向前进。彭玉麟的第二队也赶到了,急忙向太平军的船和排上扔火把,太平军的火把也向这边丢,许多火把在空中相撞,一起掉进江中。彭玉麟命令,将未封口的布袋用手绞紧缺口,向太平军的船头扔去。这些布袋一落到对方的船上,黄豆便从袋里滚出。太平军水手们先还不知袋子里装的何物,待一看到是黄豆时,便一个个叫苦不迭。原来,这些黄豆很快撒满船头、甲板和舱里,人踩在上面,犹如脚踏滚轮一般,立即摔倒,再爬起,又摔下去。太平军船上,水手们一个接一个倒下,湘勇拍掌狂笑:"倒了,倒了!"

周国虞气得咬牙切齿。就在太平军水手们成批跌倒的时候,燃烧着的火把一齐从湘勇船上飞过来。船被烧着,熊熊火起,如几团火球在江面滚动。杨载福的第三队也趁势赶到。箭在飞,火在烧,刀枪相碰,鼓角雷鸣。湘勇为升官发财,个个不顾生死,凶狠狰狞;太平军为活命谋生,人人奋勇硬斗,强蛮顽梗。铁锁上游爆发一场亘古未见的恶仗,只见双方死伤的人一个个掉进水中,未死的在江浪里挣扎,已死的随波逐流,江水已被鲜血染红。半壁山似在低首垂泪,长江水也在呜咽悲号。

这时,白人虎乘机将船划到铁锁边,龙头大锅里的茶油早已烧得沸腾,点上火,"砰"的一声,仿佛酷日跌进锅里,火光冲天,烈焰腾空而起,湘勇们忍受着炙人的高温,将铁锁拉进火焰里煅烧。另外十九条快蟹也划到铁锁边,船上的大锅一齐点着火。锅旁的勇丁,个个被烟火熏得火辣辣、晕乎乎的,汗水如大雨般将全身浸湿。他们干脆把上衣全部脱光,露出油光黑亮的胸脯，魔鬼似的在锅旁火中晃动。一个年轻的湘勇被热气熏得头晕目眩，忽地一阵发黑，一头栽进锅里，立即被滚油烈火烧得血肉模糊，发出一股恶臭。锅旁的湘勇同时惊叫着，本能地向后退。白人虎一个箭步冲到锅边，双手抓起死者僵硬的双足，猛地一拖，拖出一个无头无肩的半截人来，顺势往江中一丢，用长枪指着后退的湘勇吼道："继续烧，谁敢逃，就戳死在这里！"

那几个勇丁只得重围在锅旁，用铁钳夹着铁锁在锅上烧。看看铁锁烧得差不多了，白人虎命令将铁锁夹到铁墩上，几个手拿大斧的人奋力劈砍。砍了几斧，居然断了！满船一齐喝彩。白人虎立在船头，高喊："铁锁烧断了，弟兄们加油啊！"

周国材正带着北岸的船队过来支援，见白人虎耀武扬威地乱叫，气得肺都炸了，他弯弓搭箭，"嗖"地一声射过来，正中白人虎的左目。白人虎惨叫一声，从船头栽进水中。湘勇们眼睁睁地看着他被江浪卷走，谁也不想救，也不能去救。定湘营营官段莹器与白人虎是至交好友，见白人虎被射死，便指挥战船向周国材驶来。快要靠近的时候，段莹器恶狠狠地叫了一声，飞身跳到国材的船上，抡起手中大刀，向国材扑来，随后又有几个不怕死的湘勇也跳过船。周国材没料到湘勇这般凶悍，几个胆小的兵士吓得直往舱里躲。周国材挥刀迎战。段莹器出身船夫，自投湘勇以来，就是凭借着敢打敢斗爬上营官的位置，现在一要为好友报仇，二又仗着湘勇已占上风的势头，愈战愈勇。周国材船上功夫本来欠佳，船一晃动，一身本事使不出来。斗了十多个回合，可怜一个忠良之后，竟成了段莹器的刀下之鬼。段莹器杀得性起，又砍倒几个，再拿起火把，从船头到船尾放起火来，最后又纵身跳回自己的船。就在这个时候，铁锁又有好几处被烧化砍断，杨载福指挥第三队按预定计划猛冲过去。杨载福杀得眼红，将衣帽全部脱去，仅穿一条短裤在船头指挥。第三队二千湘勇水师见杨载福如此，一齐脱去衣帽，乱呼乱叫，为自己助威壮胆。他们顺流东下，遇船便烧，见人就杀，转瞬间船到武穴，天忽然转起东风来。杨载福斗志甚旺，命令所有战船掉头回驶，借着东风再杀回田家镇。彭玉麟指挥第二队向下冲。彭杨两队将太平军水师夹在中间。

北岸桂明、多隆阿见江上火起，知中路水师已发起进攻，也乘机向驻扎在田家镇上的秦日纲大营猛攻。田镇上的防兵，两天前已抽调二千人过江支援半壁山，北岸力量减弱了。桂明、多隆阿的绿营，本不是太平军的对手。这时因南岸陆师及江面水师的得势，也增添了勇气，双方激战，势均力敌。

塔齐布、罗泽南乘势占住半壁山和富池镇。安设在半壁山上的炮台，全部被湘勇占领，反过来将火炮一发发向太平军战船轰去。从田家镇到武穴三十里江面上，太平军水师渐渐处于劣势。

周国虞气得暴跳如雷，他对身旁将士狠狠地叫道："今日横竖是死在这里了，先杀他一百个垫底。"

国贤见二哥战死，心中非常悲愤，他担心大哥若再有个三长两短，自己今后便会孤掌难鸣。他将船移过来，纵身跳到大哥船上，恳切地说："大哥，南岸已被清妖占领，北岸也正在鏖战，无法援助，形势对我们极不利。好汉不吃眼前亏，咱们先突围出去吧，留下这血海深仇，日后再报。"

不待大哥分说，国贤将战船集合起来，带头向下游猛冲。

段莹器的船正回头向上游杀来，恰碰上国贤。国贤见了杀死自己二哥的仇人，怒火中烧。两船刚要相撞时，国贤冷不防跳了过去，以迅雷不及掩耳之势，一枪戳进段莹器的胸膛，再一挑，把他拨下江去。湘勇船上的几个勇丁正要向国贤扑过来时，国贤又纵身跳了回去。就在这个时候，国虞带领的战船被江流冲出十几丈，水手们一齐放出利箭，压住后面的追兵，顺流向九江方向驶去。

北岸秦日纲、石祥祯见大势已去，也率部沿通往黄梅方向的大路撤退。至于南岸败阵的将士，则早已由林绍璋、罗大纲收集，向江西瑞昌方向走了。

经过三个时辰的激战，湘勇突破田家镇、半壁山之间横江铁锁，占领了这两个重要集镇。这场战役的结果是：太平军死了一千二百余人，除周国虞一队二十多条战船冲出外，全部船只化为灰烬；湘勇也扔下八百余具尸体，被毁战船一百多号。

五　委托东征局办厘局

大战结束后，曾国藩将部队集合在田家镇休整。第一件事便是向朝廷报捷，为出力最多的几个将官讨封赏，为阵亡的将官请恤。对于一般的湘勇，曾国藩对其后事的安排也颇为重视。他懂得优恤死者，可以激励生者，并在田家镇上建起一座规模宏大的祠堂，取名为田镇昭忠祠。凡哨长以上的将领，都在昭忠祠里供有神主。哨长以下的勇丁，也将每人的名字、籍贯、生卒年月刻在石碑上。这样的石碑共有八个。曾国藩还亲自为昭忠祠题写一联："巨石咽江声，长鸣今古英雄恨；崇祠彰战绩，永奠湖湘子弟魂。"祠堂落成那天，曾国藩带领全体营官和幕僚恭恭敬敬地向死在田镇的亡灵祭奠。在香烟缭绕中，曾国藩充满感情地诵读祭文。读着读着，他忽然放声大哭起来，使得所有参加者大受感动。

第二件大事，便是安排杨国栋陪彭玉麟到黄州迎娶杨小姐。在这场火烧铁锁的战役中，彭玉麟功劳最大。曾国藩对他，更增几分倚重，今后将水师交给此人统带，是完全可以放心的。

数日后，亲兵报湖南巡抚骆秉章遣东征局郭崑焘、李瀚章等人前来犒军。东征局是骆秉章应曾国藩所请，在长沙成立的专为湘勇服务的后勤部门，由郭崑焘、李瀚章为头经办。李瀚章字筱荃，是刑部郎中、安徽庐州人李文安的长子。李文安是曾国藩的会试同年，对曾国藩的学问很是钦佩，后来又叫次子李鸿章来北京，拜曾国藩为师。前年，李瀚章以拔贡分发湖南。曾国藩相信这个年家子会实心实意为他出力，便将他调来东征局。

曾国藩听说郭、李二人来到，喜出望外，亲自率众迎接。郭崑焘以平辈之礼见曾国藩。李瀚章正要以晚辈身份行大礼时，曾国藩忙把他一手扶起，口中说"不须如此"。李瀚章忸怩一番，最后以下属之礼参拜。曾国藩问："少荃近来可好？"

"老二上月来信说很不得意，他想到湖北来投奔老师。"

曾国藩听后哈哈一笑。寒暄毕，郭崑焘说："往日长沙官场和士绅都说湘勇是相勇——木偶勇士，现在，他们都不得不承认是真正的湖湘勇士了。"

众皆大笑。曾国藩凄然地说："为争得这三点水，湘勇付出了一千多人的代价。"

一句话，说得大家心里都不好受。过了一会，他又自解道："打仗哪有不死人的道理，我们毕竟争了这口气，把三点水夺了回来，也对得起死去的兄弟。"

郭崑焘紧接着说："正是这话。三湘父老凑集十万两银子，再加上四川解来的六万、广东解来的四万，合起来共二十万两，给弟兄们庆庆功。"

听说带来这么多银子，曾国藩大为高兴。这两个月来，他为军饷之事颇伤脑筋。先以为武汉攻下后会得到一笔钱，谁知湘勇从营官到勇丁，几乎个个饱了私囊，大营却没有得到几两银子。他奏请朝廷饬陕西巡抚王庆云解银十四万，江西巡抚陈启迈解银八万，至今不见分文。尤其是陈启迈，更令曾国藩气愤。率师东下，不正是为了江西吗？他居然可以无视这支人马的存在！

"陈启迈也太过分了。"郭嵩焘说，"不过，筹饷也真是难事。百姓一贫如洗，有钱人家的银子，宁肯被土匪抢去，也不肯捐献。这十万两银子，还多亏季高兄的苦心经营。"

"百姓也的确是穷到家了。"郭嵩焘叹息。过一会，他突然问大家："诸位听说过雷总宪在扬州抽商贾之税充军饷的事吗？"

众人有的说听过，有的说没听过。郭嵩焘说："去年年底，左都御史雷以諴到扬州佐江北大营，眼见营中饷银奇绌，乃仿汉代算缗之法，对商贾实行十文抽一之税，听说每个月可得银七八万，江北大营从那以后，再不虞饷银匮缺。"

"雷总宪实行厘金事，我亦有所风闻。"一直坐在旁边未开腔的刘蓉说，"听说现在苏北关卡林立，百姓怨声载道，厘金局混进不少贪劣之辈，乘机敲诈勒索，实际上不是十文抽一，而是抽三抽四。这样的抽法，商贾何能承受得了！我们湖南地方贫瘠，非官商大贾辐辏之区，财富不过敌江苏一大县而已。倘若湖南也仿照苏北设关立卡，怕的是商贾裹步，民不聊生。"

"孟容说的诚然有道理。"郭嵩焘接过刘蓉的话头，"苏北厘金对商贾百姓有害，且经营不得人，我们可以前车之覆为鉴，把事情办好些。"

"筱荃，你看湖南可以办厘局吗？"曾国藩问李瀚章。

"回涤师的话，雷总宪在扬州办厘金事，晚生亦有所闻。"李瀚章虽未直接拜曾国藩为师，但他也和二弟一样，口口声声称曾国藩为师，他对办厘金垂涎已久，因为资望年龄都还不够，故不敢唐突提出。他以稳重的口吻说，"厘金之事，我久思在湖南推行，只因人微言轻，不敢率尔建言。晚生想，既然军饷如此缺乏，为了剪灭长毛的大业，暂时行此权宜之计，亦未尝不可，关键在用人要当，规矩要严。"

这话正投曾国藩下怀，他点头说："筱荃的话有道理。事出不得已，我看也只有用此下策了。意诚"曾国藩亲切地叫着郭嵩焘的表字，"回去跟骆中丞说说，由东征局出面，就先在长沙、湘潭、益阳、常德、岳州、衡州六个地方办着试试看，切切注意的是，要用真心实肠的人，绝不能让私人侵吞这批银子。否则，我们就无法向三湘父老交代，也愧对天下后世。"

郭崑焘、李瀚章大喜望外，立即满口答应。大家正说着，荆七过来，对着曾国藩的耳朵悄悄地说："康福回来了。"

曾国藩站起来，拱拱手说："诸位继续谈谈，我有点要事，失陪了。"

六　康福带来朝廷绝密

康福的北京之行，除他们二人外，整个湘勇中再无人知道，故曾国藩将会见康福的地点定在卧室，并吩咐荆七："今晚任何人都不见。"

对于如何向曾国藩报告在京所得的情报，回来的一路上，康福作了深思熟虑。这趟京师之行太重要了，许多机密，在两湖是永远无法知道的。如果不了解朝廷的真实意图，再好的作为行事，都有可能成为瞎碰乱撞。为此，康福十分佩服曾国藩派他进京的这个决策。康福没有做过官，不懂官场奥妙。他以为曾国藩这两年来拼死拼活组建湘勇，攻克武昌、汉阳，朝廷上下一定会是一片赞扬之声。谁知大谬不然。那些不利的消息要不要告诉他呢？康福苦恼地想了许多天。最后，他决定和盘托出。康福认为这才是对曾国藩的真正忠诚，如果报喜不报忧，反而会误大事。

"大人，我这次在北京盘桓十天，遵令拜谒了周学士、袁学士。穆中堂患病，我第一次没见着，第二次再去仍没见到。穆中堂打发家人送给大人两个玉球。"康福从包袱中将球拿出。曾国藩看到这两个熟悉的深绿色和阗玉球，如同见到羸弱憔悴的穆彰阿，一股宦海沉浮难测的悲怆之情涌上心头，他在心底深深地叹了一口气。玉球在曾国藩的手中轻轻滚动两下后，被搁置在书案上。康福又从包袱里拿出一幅字来，递给曾国藩说："穆中堂还送给大人一张条幅。"

曾国藩忙接过，打开看时，心里倒抽一口冷气。原来那条幅赫然写的是"好汉打脱牙和血吞"八个字，旁边一行小字，"与涤生贤契共勉"。字迹歪歪斜斜，可以想见书写者作字的艰难。曾国藩心里一阵酸楚。他绝没想到，当年八面威风的恩师，居然会给他送来这样一行字！是自己失意愤懑心情的发泄，还是对弟子的教诲？

穆彰阿是曾国藩道光十八年会试大总裁。这年，第三次赴京会试的曾国藩以第三十八名的身份中式，同行的郭嵩焘落榜。殿试下来，国藩取中三甲第四十二名，赐同进士出身。那时，曾国藩用的名字为曾子城，字伯涵。看完黄榜后，曾国藩心情郁郁。按惯例，三甲一般不能进翰林院，分发到各部任主事，或到各省去当县令，而曾国藩梦寐以求的则是进翰苑。

"筠仙，我们明天就启程回湖南吧！"曾国藩将书一本本收拾好，心情沉重地说。

"明天就走？"嵩焘大惊。

郭嵩焘尚只二十一岁，又是第一次参加会试，没有连捷，他并不以为意。这些天来，他一直为曾国藩高中而兴奋。令曾国藩感动的是，报捷那天，嵩焘特地买了酒菜，祝贺国藩；自己落榜，无半点苦恼。

"伯涵兄，还有朝考哩！"

"不考了。"国藩将最后一本书重重地往竹箱子里一扔，"历来三甲有几个进翰苑的？我干脆回家去，等着赴哪个偏远小县吧！"

"伯涵兄，那次我们拜访劳御史时，他很赞赏你的才华，说若需要他帮忙处，他将尽力而为。你何不去找找他，他或许有办法。"

是的，善化劳崇光是个爱才又结交很广的人，去求求他！曾国藩抱着一丝希望，来到煤渣胡同劳府。

"三甲进翰苑的，每科都有几个。"劳崇光在听完曾国藩的话后，沉思一会说，"不过，那几个破例的人，或是有很硬的后台，或是有万贯家财。你一个湘乡县的农家子弟，一无靠山，二无钱财，要以三甲进翰苑，怕难啊！"

曾国藩一听，如同掉进冰窟，浑身发冷。既然这样，过两天我就回湖南算了。他后悔不该到劳府来。

"慢着。"对曾国藩的才学，劳崇光一向清楚，虽然前两次会试未中，但湘籍京官无人不称许他。就是这次殿试列三甲，其房师季芝昌也为之抱屈。劳崇光久宦京师，阅人甚多，他料定这个农家之子总有一天会大发，不如现在趁其困顿之际助一把。主意一定，劳崇光拍着曾国藩的肩膀，笑道："他们凭靠山，凭钱财，你可以凭诗文嘛！"

听到这句话，曾国藩又如同从冰窟来到温室，浑身充满融融暖意。

"老前辈,我的诗文,如果考官不赏识怎么办呢?"凭诗文进翰苑,当然是正路,但殿试不也是考的诗文吗?你写得再好,主考不喜欢,有什么办法!曾国藩紧张地瞪着眼,望着悠然自得的劳崇光,聆听他的下文。

"伯涵,你知道唐代举子的行卷吗?"

行卷,是唐代科场中的一种习尚。应举者在考试前把所作诗文写成卷轴,投送朝中显贵,这就叫"行卷"。国藩当然知道,但他没有干过。一来国藩与朝中任何显贵无一面之识,二来他相信自己的场中诗文定然会十分出色,无须行卷。经劳崇光这一提,曾国藩倒有点悔了,若通过朋友辗转投送,平日所作诗文,也有可能到达朝中一二显贵之手。不过,现在已晚了。

"老前辈,殿试都完了,行卷还有什么用呢?"

"常规行卷固然已晚,但如果你朝考中的诗文,能在阅卷官评定之前,到达一些显贵名流手中,通过他们来揄扬,事情就好办了。但时间甚为仓促,只在一两天之内就要办好,此事亦颇棘手。"

曾国藩顿时茅塞大开,兴奋地说:"晚生有个办法,可以让多人很快就见到我的场中诗文,只是要仰仗老前辈鼎力相助。"

"有什么好主意?你说吧!"

"晚生从试场出来后,就径来老前辈府上。请老前辈帮我叫十个抄手,备十匹快马,把我的场中诗文立时誊抄十份,火速分送十位前辈大人,请他们帮忙。"

"好主意,就这样办!"

朝考一结束,曾国藩顾不得休息吃饭,立即赶到煤渣胡同,劳崇光早已安排好一切。次日傍晚,主持朝考的大学士穆彰阿和各位考官,都从四处听到三甲同进士湖南曾子城的诗文甚是出色。穆彰阿特地调来试卷,先看他的策论。策论命题为《烹阿封即墨论》。文章的开头,便引起穆彰阿的兴趣:"夫人君者,不能遍知天下事,则不能不委任贤大夫;大夫之贤否,又不能遍知,则不能不信诸左右。然而左右之所誉,或未必遂为荩臣;左右之所毁,或未必遂非良吏。""立论稳妥,是廊庙之言。"穆彰阿边看边想,一直读下去。当读到"若夫贤臣在职,往往有介介之节,无赫赫之名,不立异以徇物,不违道以干时"时,更是心许。穆彰阿才地平平,朝野中外诋毁者不少。道光帝有次婉转责问他:"卿在位多年,何以无大功大名?"穆彰阿答:

"自古贤臣顺时而动，不标新立异，不求一己之赫赫名望，只求君王省心，百姓安宁。"曾国藩的这番议论，说到穆彰阿的心坎上，真可谓不相识的知己。穆彰阿主持过多次会试，阅过数千份试卷，大凡年轻新中进士，几乎个个心高气傲，口出大言，惟独此人不这样，难得！他当即圈定曾国藩为翰林院庶吉士。排名次时，列为一等第三名。名单进呈道光帝时，穆彰阿又特地在皇上面前，将曾国藩诗文大为称赞一番。道光帝拿过《烹阿封即墨论》，粗粗读了几句，颇觉清通明达，于是用朱笔将名字由第三名划在第二名。

曾国藩感激劳崇光，更感激穆彰阿。当晚，曾国藩便去拜谒穆彰阿。

穆彰阿在书房里客气地接见这位新门生。曾国藩步履稳重，举止端庄，甚合穆彰阿之意。寒暄毕，穆彰阿说："足下以三甲进翰苑，实不容易。老夫读足下诗文，以为足下勤实有过人之处，然天赋却只有中人之资。但自古成大事立大功者，并不靠天赋，靠的是勤实。翰苑为国家人才集中之地。雍正爷说过：国家建官分职，于翰林之选，尤为慎重，必人品端方，学问纯粹，始为无忝厥职，所以培馆阁人才，储公辅之器。足下一生事业都从此地发祥，愿好自为之。"

穆彰阿这几句话，对曾国藩来说，好比醍醐灌顶，既实在，又寄予厚望。遇到这样一位恩师，真是最大的福气。大恩大德，将何以报答？国藩含着热泪，用着近于颤抖的声音说："中堂大人，门生永远铭记您山高海深般的恩情，铭记您今晚的谆谆教诲，做一个对国家有用的人才，报答您对门生的知遇之恩。"

穆彰阿对曾国藩的感激很是满意。他是一个阅世甚深的老官僚，凭他的观察，知道这个湖南乡下人的这番话，是发自内心的。这种出自边鄙的人，一旦确定一种信念，产生一种情感，便会终生不渝；而那些出自官宦之家，生于通都大邑的阔少爷，尽管说起话来滔滔不绝，发起誓来指天画地，但他们的感情，大多来得快，去得也快，表演的成分多，实在的东西少。穆彰阿微笑地望着曾国藩，说："我想问足下一件国事，你尽管按自己的想法谈。"

曾国藩对穆彰阿如此信任自己，感到诚惶诚恐。他战战兢兢地回答："不知中堂大人要垂询何事？门生长年处于偏远之地，见闻一向浅陋，只恐有辱下问。"

穆彰阿随手从茶几上拿起两个深绿色和阗玉球，站起身，平稳地走了十几步，又坐下来，谦和地望着曾国藩微笑，玉球始终在手上圆熟地滚动。穆彰阿的这种宰辅风度，令曾国藩倾倒。

"不要紧，随便谈谈。这几年，英夷在我东南海疆一带寻事生非。去年，其东印度司令马他仑率领兵船在广州海口扬威耀武，老夫荷蒙皇上信任，权中枢之职，内事好办，唯有对英夷之侵犯，深感难于处置。今夜无他人，老夫想听听足下的意见。"

穆彰阿此时并非已知曾国藩有处理军国大事的才能，只是早闻朝野对自己办理夷务啧有烦言，各省进京举子中有些是清流派的中坚力量，他想通过与曾国藩的谈话，来试探一下应试举子们，尤其是考中的进士们对他举措的评价。曾国藩知道穆彰阿对外的态度一贯柔软，这种态度遭到不少血气方刚的举子的痛责。在这些人面前，曾国藩有时也附和一两句。不过他的对外态度，基本上和穆彰阿是一致的。今天正好当面对这位恩师倾吐自己的意见："中堂大人在上，这样大的国事，您能下问门生后进小子，使门生受宠若惊。中堂大人既然如此信任门生，门生就将心里话直说吧！"

穆彰阿暗思：听这口气，此人莫非亦是那批激进少年？难道看错人了？

"中堂大人，这几年英夷向我天朝大肆倾销鸦片，害我人民，吞我白银，对我中国犯下大罪，且陈兵海疆，意欲威胁，更无耻之尤。"话一说出口，曾国藩就不再拘谨了，他侃侃而谈，"中堂大人受朝廷重托，以怀柔之策处理之。对于此种举措，门生在湖南时，也曾听到有人非难；这次来到京师，又听到外省举子中有讲闲话的。但门生却以为这班人貌为爱国，其实对国事不负责任，不明事理，最终将堕为清谈误国之辈，对于中堂大人老成谋国之苦心全然不知。"

穆彰阿听到这里，已明白曾国藩的意思，心中很感欣慰：这个人是看准了。

"请说下去。"

受到鼓励，曾国藩索性来个慷慨激昂："自南宋以来，君子好诋和局，以主战博爱国美名之风兴起，而控御夷狄之道绝于天下者五百年矣。今之英夷，船坚炮利，国力强盛，更非历来入侵夷狄可比。我朝宜开放码头，与之交易，以行和抚之策为上。若凭一时意气，妄开边衅，以今日中国之船炮，门生以为，不可能全胜英夷；既不可全胜，又劳民伤财，国家不宁，故居枢垣者，当以国家千秋大局为重，决不可凭一时意气办事。门生深为钦佩大人虑远谋深，以国事为重的宰相气度。我朝与英夷交往，应持一种忠信态度。

圣人云：言忠信，行笃敬，虽蛮貊之邦行矣。门生以为，与夷狄相往来，忠信笃敬是基础。至于鸦片一事，宜与英夷讲妥，此种东西不能作为正常贸易品。对内，则给予勾结英夷，私贩鸦片，从中牟取暴利的官民，以严刑峻法，那些吸食者，亦要加以从重处罚。只要我们自己内部严行禁绝，门生想，英夷之鸦片在中国市场上就会自然消除，此为釜底抽薪之策。而与英夷作刀兵交锋，不过是扬汤止沸罢了。"

穆彰阿十分欣赏曾国藩的这番议论。他目视这位厚貌深容的新翰林，觉得他才是自己门生中最有才干最有识见的人，前途不可限量。穆彰阿停下手中的玉球，说："足下对国事思之甚深，足见足下器识非比一般。请问，足下的名字是谁给你起的？"

"是门生曾祖父起的。"

穆彰阿摇摇头说："'子城'，这个名字小气了点。若足下不在意的话，老夫替你改个名如何？"

听说大学士要给自己改名，曾国藩欣喜过望，赶紧说："请恩师赐予。"

穆彰阿注视曾国藩良久，郑重其事地说："足下今为翰林，我朝宰辅之臣大半出于此地，足下切莫以一名士才子自限，而要立志做国家的栋梁之材。老夫想足下当改名为国藩，取做国家藩篱之意。足下以为如何？"

"谢恩师赏赐。门生从今日起改名曾国藩！"曾国藩离开座位，在穆彰阿面前跪下，恭恭敬敬地磕了一个头。

穆彰阿任军机大臣已十余年，门生故吏遍天下，曾国藩万分庆幸能得到他的如此垂青。"朝中有人好做官"，曾国藩一直最犯愁的便是朝中无人。现在终于找到了靠山，而且是最可靠的靠山。春日明媚，春风骀荡，春闱顺遂的荷叶塘世代农家子弟，决心既要充分利用一切可用的外在条件，又要扎扎实实地积蓄学问、锻炼才干，在这个最高的权力角逐场中，经过二十年三十年的奋斗，击败所有的竞争对手，登上人臣的权位顶峰——大学士的宝座。

皇天不负苦心人。有穆彰阿的存心笼络，再加上后来唐鉴的实心揄扬，曾国藩仕途一帆风顺，几年工夫，便已迁升为从四品衔翰林院侍讲学士。曾国藩名位渐显，为人却更加谦虚谨慎，门祚鼎盛，每以盈满为戒，遂将书房命名为"求阙斋"，时时提醒自己。

"曾国藩，朕闻你的书房名为'求阙斋'，是何意？"一次侍讲完毕，道光帝问曾国藩。

曾国藩答:"臣今年三十七岁,上有祖父母、父母椿萱重庆,下有弟妹、妻儿俱全,臣又荷蒙皇恩,供职翰苑。臣思自身是何等愚贱之辈,居然能享此罕见天伦之乐。此生足矣,夫复何求!遂自命书房曰'求阙斋',取求全于堂上,而求阙于己身之意也。"

道光帝听毕,频频颔首。道光帝是个极重天伦的人。他没有想到在自己身边的四品衔臣僚中,尚有祖父母、父母、弟妹妻子一应俱全的福人。他为此深感欣慰,以为是自己的仁德感召天地,降此福人。道光帝已经六十多岁了,他近来考虑得最多的是自己百年以后的事。道光帝有九个阿哥。大阿哥早年夭亡,七、八、九阿哥均年幼,二、三、四、五、六阿哥中唯有四阿哥奕詝、六阿哥奕訢最得他的欢喜。奕詝平实,奕訢聪敏,谁来继承大统呢?他想了一个点子。正是春暖花开时,道光帝先天下诏:明日到南苑射猎,能去的阿哥都随侍。奕詝连夜为此事请教师傅杜受田。杜受田仔细考虑后,教给奕詝一个计策。第二天傍晚收猎时,道光帝叫各位阿哥自报猎获数目。奕訢所获最多,奕詝一矢未发。道光帝奇怪,奕詝奏道:"时方仲春,鸟兽孳育,儿臣不忍伤生以干天和。"道光帝听后大喜:"吾儿此语,真帝者之言。"当即思立奕詝为太子。不过,道光帝也清楚,奕詝到底才具平平,且过于仁柔,必定要破格简拔几个品行端方、诚实可靠又有才学的人来辅佐他。道光帝想:曾国藩尚只有三十七岁,与其说是天赐予我以福臣,不如说是天赐奕詝以福臣!望着跪在脚下的曾国藩,道光帝轻轻地说:"曾国藩,你明日一早到养性殿来,朕有话要跟你说。"

第二天一早,曾国藩来到养性殿。养性殿是皇宫收藏前代名人字画的宫殿,皇帝接见臣下,一般不在这里。守殿的大太监名叫过业大,人称大公公。国藩与大公公打声招呼后,便端坐在养性殿候驾。一坐整整两个时辰,时至正午,尚不见召,国藩心中犯疑,请大公公打听。一会,大公公告诉他:皇上今天不来了,明天在养心殿召见。

曾国藩是个心细的人,他回到家里,越想此事越蹊跷。在翰林院当差七年了,受皇上召见也有好几次,从来没有遇过这样的情况,也没有听说过有这样的事。他赶紧套上马车,去见恩师穆彰阿,请教此中原委。穆彰阿也觉得奇怪。详细询问事情的前前后后，和阗玉球在手中滚过百把圈后，他明白了。穆彰阿立即叫仆人带上三百两银子去找大公公，要大公公将养性殿内的陈设，尤其是四壁悬挂的字画，一幅不漏、一字不漏地抄出。夜间，大公公送来抄单。穆彰阿要曾国藩读熟记住。

翌日，道光帝在养心殿东阁召见曾国藩。

"朕昨日有事耽搁了，卿在养性殿坐了很长时间，殿里的字画都看到了吗？"

穆彰阿真是神机妙算！倘若不是背熟了大公公的抄单，曾国藩如何能讲清殿内四壁所悬挂的众多字画。

"臣昨日在养性殿候驾时，略为浏览了一下。"

"都有哪些？"

"臣记得殿东壁挂的是隋代展子虔的《游春图》，唐阎立本的《步辇图》，五代顾闳中的《韩熙载夜宴图》。西壁上挂的是唐韩滉的《五牛图》，宋郭熙的《窠石平远图》，李公麟的《临韦偃牧放图》，张择端的《清明上河图》。南壁上挂的是颜、柳、欧、苏、黄、米、蔡及赵孟頫、董其昌、沈周、文徵明、唐寅、仇英、徐渭、朱耷、华嵒等名家的法书。北壁上供奉的乾隆爷大阅图，是臣最仰慕的。皇爷骑在赤白两色马上，身着戎装，右手握弓，左手挈缰，雄姿英发，真天神下凡，前代帝王无一人可及！尤其是乾隆爷御笔亲题的那首五律更是气魄豪迈，绝不是唐宋间那些文人骚客的笔墨所可比拟的。"

"卿可曾背诵得出？"道光帝对曾国藩的对答如流很满意。

"能。"曾国藩流利地背诵，"八旗子弟兵，健锐此居营。聚处无他诱，勤操自致精。一时看斫阵，异日待干城。亦已收明效，西师颇著名。"

道光帝暗自诧异：此人对事物观察之细和记忆力之强，非常人可及，好一个不可多得的福人能臣！

不久，道光帝亲自主持大考，将曾国藩升授内阁学士，兼礼部侍郎衔。曾国藩惊喜非常，由从四品骤升从二品，一连升四级，尽管天天巴望着升官，也没有想到会升迁得这么快。曾国藩想：十年之间，由进士而得阁学者，唯有房师季芝昌和张小浦及自己三人，湘籍官员中，三十七岁位至二品者，本朝立国二百年来，仅只自己一人。他感激恩师穆彰阿的深厚关怀，感激皇恩浩荡。是的，没有穆相，没有皇上，他这个卑微的荷叶塘农家子，怎么可能在短短的十年间，便成了朝廷的卿贰之贵！

正当曾国藩紧跟穆彰阿，效忠道光帝的时候，道光帝却龙驭上宾了。皇太子奕詝登位，即咸丰帝。咸丰帝做太子时便厌恶穆彰阿在朝中拉派结党，即位不久，就撤了穆彰阿的一切职务，强令致仕。曾国藩因为谨慎，并没有被咸丰帝目为穆党，仍给予信任，但曾国藩却自此失去了一个强有力的靠山。在京中时，曾国藩也悄悄到穆府去过几次。他永远感激穆彰阿的恩德。这次派康福去穆府，固然是去询问消息，也是要康福代他去看望看望。没有想到，两年多不见，恩师已衰弱至此！曾国藩心里觉得冷冰冰的。

康福见两个玉球、一幅字，便使曾国藩沉思这样久，很有点纳闷，他不敢贸然动问，只得在一旁呆立着。

"价人，你慢慢细细地讲，不要怕啰唆，越详细越好。"好半天，曾国藩才回过神来，亲自将条幅卷好，放进竹箱，然后对康福说。

这两句话打消了康福的顾虑，他缓缓地说：

"除开周、袁二位大人外，我还见了我的两位远房亲戚，也听到一些议论。"

"他们在哪个衙门？"从没听说过康福有亲戚在北京，曾国藩有点奇怪。

"我哪有在衙门里做事的阔亲戚。"康福苦笑一下说，"一个在崇文门外开南货店，是我共太公的堂兄的内弟。一个在前门外大栅栏开一家小药店，是我母亲娘家的族弟。"

曾国藩禁不住在心里笑起来：原来是这样远的瓜蔓亲，难怪康福不曾提过。

"这种亲戚，从我个人来说，实在没有走动的必要，但我想了解一下京师下层百姓对湘勇的看法，问问他们还是合适的。"

曾国藩轻轻地点头赞许。康福继续说下去：

"当我到了京城的时候，武昌、汉阳同日克复的捷报先已到了。我的表兄表舅对大人和湘勇的战绩赞不绝口。表兄说'到底还是我们湖南人厉害'。表舅还得意地说他见过大人，那年大公子生病，他亲自送药到府上，说大人是当今的郭子仪。"

"说得过头了。"曾国藩嘴上谦虚，心里却乐滋滋的：不要小看这几句话，这是京师的舆论啊！

康福喝了一口茶，又说下去："我那晚去拜访周学士，恰逢他家中有客，周学士留下大人给他的信，要我明晚再去。第二夜我又到周府。学士甚是客气，看得出，那是一位豪爽旷达、极好相处的人。"

康福对周寿昌的评价，使曾国藩略感意外。自从周寿昌那次在妓院喝花酒后，曾国藩就不喜欢他了，认定他是一个风流放荡的才子，像杜牧、唐寅那样，不是一个成大器的人物。只是上次周寿昌给郭嵩焘来信，谈到奕䜣、肃顺荐举的事，才使得曾国藩觉得他也还重友情，讲义气，于是主动给他去了信，周寿昌也回了信，二人重归和好。至于周寿昌的豪爽旷达、极好相处这些特点，曾国藩先前注意不够，经康福一提，想一想，也的确如此。他想：平素总自诩会识人用人，自跟周寿昌相处这么多年了，竟不如康福一面之交看得准确！

"周学士说，他对大人一向尊敬。过去只着重大人的道德文章，没有发现大人的军事才干。周学士说，大人真正有经天纬地、安邦定国之才，大人既然想打听朝中之事，他把与大人有关的情况，就所知的，全部说出来，要我回来告诉大人，好使心中有数。"

"荇农知道许多内情。"曾国藩预感到有些不祥，两只眼睛专注地望着康福，听他的下文。

康福说："周学士从一位王爷那里听到一件极机密的事。"

曾国藩心里紧缩起来。

"那天，皇上正在养心殿东阁批阅奏章，内奏事处送来武昌、汉阳克复的捷报。皇上看后，高兴地离开座位站起，大声说：'想不到曾国藩一介书生竟然建此殊勋，朕要重重地赏他。'立刻吩咐内阁拟旨。内阁拟好后呈上，皇上亲自添了一句：'曾国藩着赏给二品顶戴，署理湖北巡抚，并加恩赏戴花翎。'内阁将圣旨由兵部用火票递出。第二天，大学士祁寯藻见皇上。皇上又在祁寯藻面前竭力夸奖大人，并说那年幸亏他出班说情，不然真会冤枉了忠臣。谁知祁寯藻那昏老头，不仅不为大人说话，反而，"康福说到这里，犹豫了一下。

"反而什么，说下去。"

"祁寯藻反而说：'曾国藩不过一在籍侍郎，犹匹夫耳。匹夫居闾里，一呼百应，恐非朝廷之福。'"

"这个老夫子，怎么说出这种话来，岂不是越活越糊涂！"曾国藩在心里狠狠地骂道。

康福见曾国藩脸色不悦，便借喝茶的机会停了下来。

"皇上听了这话如何呢？"曾国藩追问。

"周学士讲，祁隽藻这么一说，皇上像是被提醒了似的，说：'老先生老成谋国，忠心可嘉。朕一时高兴，没有想到这一层。看来曾国藩不宜署理湖北巡抚。'祁隽藻说：'老臣今日正为此事而来。我朝制度，兵皆世业，将皆调补，士兵本身登于国家名册，家口载于兵籍，尺籍伍符，兵部按户可稽，国家对于将弁，铨选调补，操于兵部，故军队归于中央。虽然白莲教造反时，各省都组织乡勇，但只是捍卫乡里，剿匪安境而已，人员也不过数十上百。现在曾国藩的勇丁已达两万，勇由将募，将听曾国藩之令。这两万人马，已变成听命于曾国藩一人之令的军队。皇上想过没有，现在再授予曾国藩巡抚之职，握有地方实权，后果将会如何？皇上，古话说得好：水能载舟，也能覆舟啊！'皇上明白祁隽藻的意思，说：'那就收回成命，赏他一个兵部侍郎衔吧！'"

原来如此！过了好一阵，他才问康福："荇农这个消息可靠吗？"

"周学士说，这是王爷亲口对他说的，绝对可靠。"

"荇农还说了些什么？"曾国藩强压住满腔愤懑，停了片刻后又问。

"周学士说，也是武昌攻克之后不久，皇上有次在南书房，当着潘祖荫等一批值班翰林说，现在江北大营围江宁之北，江南大营围江宁之南，桂明、多隆阿的军队从长江北岸向江宁进攻，曾国藩的湘勇从长江南岸和江面上向江宁开进。朕已布置四路大军将江宁包围住了，谁先攻下江宁，活捉贼首，朕便封他为王。"

"皇上真的这样说过？"曾国藩对此表示怀疑。自平定三藩之乱后，清朝历代再也不封汉人为王。难道是皇上忘记了祖制？还是皇上鉴于长毛气势猖獗，难以平定，特为破格悬此重赏？抑或是皇上断定自己这个四路大军统帅中的惟一汉人，不能最先攻下江宁？

"周学士说，皇上的确这样说过，当时听到这话的有好几个翰林学士。而且，袁大人也知道有这事。"

如同一个古董爱好者的眼前忽然出现了商周彝鼎，曾国藩周身滚过一阵热浪，两只三角眼炯炯发光。大丈夫生当封万户侯。现在岂止是侯，只要努力，竟然可以得到一人之下、万人之上的王的尊贵了。这个荷叶塘的世代农家之子，哪怕是最狂热的时候，也都没敢企望到达这一步。他在心里暗暗下定决心：只要能先克江宁，受封王爵，眼前和今后的所有艰苦委屈，甚至是侮辱，都要忍受下来。这样一想，刚才的愤懑差不多立即化光。他换了一种轻松的口吻问："漱六身体怎样？还是肥肥胖胖的？"漱六是他对亲家湘潭袁芳瑛的昵称。

"袁学士的确很胖。他要我告诉大人，他已外放苏州知府，不久就要离京赴任了。"

"漱六真正好福气。上有天堂，下有苏杭，如果放我去当几天苏州知府，这一生也不枉过了。"曾国藩心情一开朗，说话也有风趣了。

"袁学士的太太还送给夫人一段衣料，送给大小姐一对金手镯，都放在包里，等下一并拿出来。"

"你刚才说，漱六也知道皇上讲的那句话，他还给你讲了些什么？"曾国藩对夫人的衣料、女儿的首饰毫无兴趣，他关心的是朝廷对他和湘勇的看法。

"袁学士对此事比周学士还了解得多些。袁学士说，皇上在南书房里说的话，立刻被传了出来，大家都在议论这件事。据说几天后，科尔沁亲王僧格林沁对皇上说，皇上将最高爵位赏给攻下江宁的人，必定对前线是个极大的鼓舞。但他提醒皇上，江北大营是琦善为首，江南大营是和春为首，北路大军是桂明、多隆阿为统帅，他们都是满人，若立此盖世功勋，当然可以封王。但水路和南路是曾部堂在指挥，倘若曾部堂先攻下江宁，若封王又坏了祖制，不封王又失信于天下。皇上说，琦善、和春就在江宁旁边，当然是他们先攻下江宁。僧王说那不一定，琦善、和春均非成此大功之人，除非皇上对南北两大营再增兵加饷。袁学士说，从那以后，朝廷事事优待南北两大营。袁学士对此颇为气愤，说：皇上是想汉人出力，满人封王。"

袁芳瑛的话使曾国藩大为震动，难怪陕西、江西的协饷至今未到，难道是朝廷把它调给了江南、江北两大营？一股委屈的情绪袭上心头。

"袁胖子这个人就喜欢信口开河，将来会在这点上吃亏的。"说的当然是真话，但这样的真话岂是随便可说的！曾国藩很为自己这位言行不甚检点的亲家担心。

"袁学士还跟我说了一件绝密的事。"

"什么事？"尽管曾国藩听到这些话后时忧时喜，但这些消息的确是太重要了。听说又有一桩绝密事，曾国藩禁不住神情肃然起来。

"袁学士讲，那是湘勇尚未出湖南境内时，一日，皇上忽然召见他，袁学士颇为紧张地来到懋勤殿。皇上问：'你和曾国藩是亲家？'袁学士答了声'是的'，心里想，皇上怎么会知道？皇上又问：'有人说，曾国藩在衡州练勇，接受王夫之后人送的宝剑，而这把剑是前明永历所赐，王夫之曾持此剑与我南下大军为敌。你知道这事吗？'袁学士对我说，他当时听到皇上的发问，浑身流汗，内衣都湿透了，心里又惊又怕。这是哪个龟孙子告的密？若皇上存心追究，加上一个谋反的罪名都有可能。王夫之后人赠剑的事，他一无所知。袁学士说，幸而他曾经访问过王夫之故居，知道王氏家藏的这把宝剑的来历，于是他对皇上说：'曾国藩受没受王夫之后人所送的剑，这事我不知道。但有一点我清楚，藏在王夫之故居的那把剑，并不是永历赠给王夫之的，而是洪武赐给王夫之祖上的。'皇上问：'你怎么知道？'袁学士答：'臣是湖南湘潭人，湘潭离衡州只有两百余里。臣少时在衡州读书多年，到过王夫之故居，见过这把剑，并且从王夫之后人那里打听过这把剑的来历。'皇上说：'既不是永历赐给王夫之的，那这事就不消过问了。'袁学士说：'皇上圣明。据臣所知，王夫之虽然做过前明的臣子，他后来还是拥护我大清的，故康熙爷赠米给他，死后还被宣付国史馆立传，乾隆爷修《四库全书》时，还收了他的四部著作。曾国藩乃一荆楚下士，蒙两朝圣恩，才有今日的地位。其耿耿忠心，皇上是知道的。何况此剑并非王夫之的，即便是王夫之的，也不能据此而对他的忠心有所怀疑。臣听说曾国藩在湖南练勇，艰苦备尝，其为人刚正廉明，疾恶如仇，在湖南得罪不少人，或许有人挟嫌亦未可知。祈皇上明察。'皇上称赞袁学士奏对得体，没有再问下去了。袁学士对我说，挟嫌之人很可能就是陶恩培。此人惯行的手段是用重金收买京官，又最喜欢向朝廷上密折。衡州知府陆传应是他的心腹，船山后人赠剑事，多半是陆传应得知后，再告诉陶恩培，陶恩培再密告皇上的。袁学士又说，德音杭布极有可能是僧格林沁等满蒙亲贵安置在湘勇中的密探，要大人加倍提防。"

康福一直谈到半夜才离开。下半夜，曾国藩一直未眠。两件大惑不解的事总算有了解答。衡州出师之日所受到的降二级处分，改署抚为兵部侍郎衔，原来都事出有因。这些事，年轻的王闿运看得透彻，自己有时反而不清醒。他深悔不该接受王世全所赠之剑，那时只想到这是攻克江宁的吉兆，却没有料到会授仇人怨家以把柄。好危险啊，若不是袁漱六能言善辩，岂不招致巨祸！"人无远虑，必有近忧"。曾国藩反复默念先哲的格言，仿佛觉得今夜长进了很多。他从心里佩服皇上的圣明，感激皇上的信任，对皇上优待江北江南大营，也宽怀释然了。曾国藩发誓，今生今世要竭忠尽力为国效劳，以报答两朝圣主的知遇之恩。转念，他又想：皇上还年轻，识人和治国的经验都不够，难保今后没有人在他面前再进谗言。尤其是那批满蒙显贵，对汉人从来就抱有深刻的偏见，对手握重兵的汉人更不放心，皇上也最听得进他们的话。历史上带兵在外的将帅，为取信君王，有刘秀遣子侄于朝、王翦索赏田园以示无大志的先例。曾国藩想，到一定时候，这些都可以仿效。而眼下先要在皇上面前建立一个谦虚谨慎、不居功不自恃的形象。他走到书案前，抽出一张纸来，给皇上拟了一道奏折：

臣奉命援鄂皖，肃清江面，岂不知艰大之责，非臣愚所能胜任，只以东南数省大局糜烂，凡为臣子，至此无论有职无职，有才无才，皆当毕力竭诚，以图补救于万一，遂自忘其愚陋，日夜愁思，冀收天下之效。然守制未终，臣之方寸，常负疚于神明。虽治军近两年，平日墨绖素冠，常如礼庐之日，而夺情视事，此心终难自安。日前田镇大捷，皆臣塔齐布、罗泽南、彭玉麟、桂明、多隆阿等人之功，微臣毫无劳绩。刻下臣拟会同水陆两路，向九江进发。嗣后湖南之勇，或得克复城池，再立功绩，无论何项褒荣，何项议叙，微臣概不敢受。伏求圣上俯鉴愚忱。倘借皇上训诲，办理日有起色，江面渐次廓清，即当据实奏明回籍，补行心丧，以达人子之至情，而明微臣之初志。

写好后，天已放明，曾国藩正准备出门散散步，塔齐布急忙来报："长毛伪翼王石达开已到江西，在九江、湖口一带修筑堡垒。请大人下令，急速东下。"

第十章　江西受困

一　浔阳楼上，翼王挥毫题诗

早在湘勇围攻武昌的时候，翼王石达开受天王、东王之命，来到安庆主持西征军务，当田镇失守、湘勇即将出湖北下江西的严峻时刻，石达开率五千劲旅，从安庆渡江来到九江。翼王虽年纪轻轻，却是个文武全才，且为人豪爽倜傥重情义，在太平军中一向有很高威望。翼王进九江后几天，韦俊、石祥祯、罗大纲、林绍璋等陆路逃散的人马也陆续从各地来到九江，聚会在翼王旗帜下。

湘勇离开田镇的消息传到九江的这天上午，石达开决定亲自巡视九江城的防守。

林启容说："殿下，我陪你去。"

"不用。"石达开说，"我和韦国宗、绍璋、大纲等人去看看，都穿老百姓的衣服，不易被人发觉。九江城哪个不认识你？你去反而碍事。"

石达开带着韦俊、石祥祯、林绍璋、罗大纲、周国虞等人，脱掉龙凤绣袍，穿上青衣布履，走出府门。林启容安排几个卫士远远跟着。

展现在石达开等人眼中的九江城，已充满着大仗前夕的紧张气氛。街头巷尾到处响着清脆而迅急的马蹄声，一队队留着长发、包着红、黄两色头巾的太平军士兵，正抬着各种军需，匆匆地向东南西北城门走去，队列整齐，表情肃穆，不时可以看见百姓走上来帮士兵的忙。城墙上飘拂着成千上万面三角蜈蚣旗，全身披挂的将士在上面往来奔走，除开器械碰地时发出的声响和将官们简短的命令外，听不到多少嘈杂的声音。石达开对九江城忙而不乱的军事调配感到满意。这时，他忽然看到城墙上有一个瘦小矫健的人在走动，身影很熟。石达开想起来了：那不是两年前打长沙时火烧城隍菩萨的勇士吗？石达开要上城墙去看看此人。

康禄正在指挥十几个士兵安置一座千斤重炮，回过头来一眼看见身着平民打扮的罗大纲，忙说："罗指挥，这里已基本安排就绪，请你检查。"

罗大纲笑呵呵地说："不忙，不忙，你看看谁来了。"

康禄定睛看时，仿佛眼前突然明亮，站在罗指挥身后微笑的不正是翼王吗？他赶紧跪下叩头："卑职拜见翼王殿下，愿殿下千岁千千岁！"

石达开叫罗大纲扶起康禄，笑着说："两年没有见到你了，还好吗？"

康禄正要回答，罗大纲已抢在先了："翼王，康禄打仗勇敢，现在已是师帅了。"

"好哇！"石达开很是高兴，"你现在已指挥两千多号人了。你要把弟兄们都带成你一样的勇敢，那力量就大了。"

康禄忙说："谢翼王殿下夸奖，兄弟们打仗都还不错。"

石达开拍拍康禄的肩膀，说："看看你这段的城防。"

康禄陪着石达开等人，仔细地查看这段长达一里的防线。石达开见上面安置了三座八百斤、两座一千斤的大炮，炮筒擦得油黑发亮，炮后堆满着火药。兵士们个个精神抖擞，有的在修补砖石，有的在擦刀，更多的在搬运刀枪食品。石达开在心中称赞。

"康禄，"石达开问紧跟在他身后的年轻师帅，"武昌失守，田镇兵败，你以为原因在哪里？"

这是个很重要的问题，康禄这些天来也想过，但没来得及理清。他稍稍思索一下，说："回禀翼王殿下，卑职以为主要原因在于轻敌，其次在纪律不严明，平素缺乏训练。"

石达开点头说："你说得对。孙子曰：'知己知彼，百战不殆。'轻敌，实际上就是不知敌。现在跟我们打交道的曾妖湘勇，不同于绿营、八旗，以对待绿营、八旗的方式来对待曾妖湘勇，这就是我们失败的主要原因。"石达开转过脸来，问韦俊、石祥祯等人："你们认为呢？"

祥祯、韦俊等都赞同翼王的分析。石达开补充道："曾妖湘勇的最大特点是能打硬仗，我们必须以硬对硬。"

众人一齐称是。石达开问康禄："你这一师兄弟们的士气如何？"

康禄答："武昌、田镇两次失败，我师死伤兄弟二百多。前几天，不少兄弟还在颓丧之中，有的甚至提起湘勇就有点怕。"

"孬种，曾妖的湘勇有什么可怕的？"林绍璋忍不住在一旁插话。

康禄说："卑职也训过他们：胜败乃兵家之常事，胆怯害怕的不是男子汉。他曾妖头也是人，我们为何要怕他？湘勇更不必说，先前和我们一样作田做工，岳州、靖港之役照样打得他们抱头鼠窜。吃一亏，长一智，我们会更聪明，还有天父天兄的保佑，曾妖的湘勇哪里打得过我们！"

"说得好！"石达开鼓励道，"我看你是个好带兵人。现在兄弟们的精神好些了吗？"

"现在好多了。兄弟们都说，翼王亲自到九江来指挥打仗，报仇雪恨的日子到了。"

大家兴致勃勃地继续观看城墙上的防卫，也随时提出些改进意见，康禄一一记下。

石达开问康禄："你家里还有哪些人？"

"父母都已过世，唯有一兄。"

罗大纲说："康禄的胞兄武功文才都极好，只可惜在替曾妖卖力。"

石达开严肃地问："你胞兄叫什么名字？"

康禄恭敬地回答："家兄叫康福。"

"禄胞。"康禄以为翼王会大骂他的哥哥，谁知翼王却以亲热豪放的口吻说，"你想法把福胞叫到我们这里来，自家兄弟，迷路走错了道，概不计较。你就讲是我说的，只要投奔天国，过去的事既往不咎，本王将封他为军帅，给他带兵大权；日后立功了，本王向天王保奏他当丞相、检点。"

康禄赶紧说："卑职遵命！"

一个月前，与康禄一道投军的邻居从沅江下河桥探亲后回来告诉康禄，曾国藩为康福买了三百亩水田，并请乡邻王矮爹代为管理收账，康福将田产分为两份，一份记在康禄的名下。康禄加入太平军后，懂得了很多道理，他深以哥哥接受曾国藩所赐为耻，认为这是不义之财。写信给王矮爹，说他分文不要。当把这一情况向翼王禀告时，石达开哈哈大笑："康禄，你也太拘谨了。天下财产都是天父天兄的，人人都有份。曾妖给你哥哥，你哥哥分一半给你，你受之无愧。你想想，你不要，三百亩田的收入就全部归你哥哥了。你为何不将你的那份收入接过来，周济四邻乡亲呢？"

经翼王点拨，康禄明白过来，他很是钦佩翼王博大的胸怀和高超的见识，立即说："翼王殿下教导的是，康禄将那一百五十亩水田的收入再要过来，分给下河桥的苦难乡亲。"

"这就对了。康禄，曾妖水陆两军已向九江压来，过两天就有大仗打，你要督促兄弟们严阵以待，再不可轻敌。"石达开又转脸对韦俊等人说："我们到市上去看看吧！"

石达开一行下了城墙，信步来到十字街口。尽管气氛较为紧张，但市面上的店铺仍在营业，百姓们在采购着日常生活用品。士兵们也在买东西。他们照价给钱，公平交易，没有见到强抢掳掠的现象。酒楼茶肆依然人来人往，人们的神情并不惊慌。石达开对林启容治理九江的成绩不禁佩服起来。他想起近日内传出天王将要授予自己的长兄次兄以大权的消息，心里很不是滋味。天王长兄次兄只能坐享荣华富贵，他们哪有管理军国大事的才能呀！而眼下这个林启容，才真正是上马带兵、下马治民的人才。是的，待推翻咸丰妖头、光复全国以后，一定要向天王力荐几个像林启容这样的大才，还要越级提拔像康禄那样有头脑有能力的将帅，决不能让天王长兄次兄等庸才占据要津，否则，天国的江山难以永固。

石达开正在思考之间，突然传来一阵"闪开，闪开"的威严喝令声，抬头看时，五匹飞骑已来到十字街口。骑兵跳下马来，背着大砍刀，满脸杀气，百姓自然地散开了。旁边有人轻轻地说："太平军又要杀犯事的弟兄了。"

这时，一队十余人的队伍押着两个犯人，正向十字街口走来。犯人是一男一女，都只二十多岁年纪。队伍来到街心，两个犯人自觉跪下，头低着，男的阴沉着脸，女的嘤嘤哭泣。石达开听到旁边的人在议论："这一男一女准是一对夫妻，昨夜相会时被抓的。"

"你怎么知道？或许是通奸吧！"

"我已在这里看到两次了，都是规规矩矩的夫妻，真可怜啦！"

"太平军的纪律其他都好，就是这条太无人道。"

"是呀！当个太平军，连老百姓都不如。"

"我原打算去投军，后知道有这条纪律，我就不敢去了。"

"听说他们当官的可以睡老婆。"

"当官的也不行，除非当王，像天王、东王、翼王就可以讨很多个老婆。"

石达开听到这里，心里很难过。他始终不明白，天王、东王为什么要制定这样一条律令。在自己管辖的部属中，他从来没有认真执行过，只是严禁通奸、偷情和新的男婚女嫁罢了。

队伍的最后是一位骑马的军帅。他凛然地来到街中心，一个两司马上前禀报："大人，犯人已验明正身，请你下令吧！"

那女人一听到这话，突然发疯似的站起，跑到男的身边，抱着男的大哭。男的也紧紧抱住她，大喊："幺妹，是我害了你！"

两人哭成一团。士兵们并不过来拉开，军帅也只是呆呆地看着，不下令，有意让他们去哭。四周围观的百姓纷纷摇头叹息。哭了一阵，男的站起来，随即把女的也扶起来，说："幺妹，我俩二十年后再成夫妻！"

然后朝石达开站的地方走前几步。罗大纲大吃一惊，轻轻地说："这不是韦永富吗？他怎么这样糊涂！"

罗大纲异常痛苦，但束手无策，他干脆闭上双眼，生怕与韦永富的目光接触。石祥祯想起跟蚕儿的事，也为韦永富抱屈。韦俊、周国虞、林绍璋也都看不过意。街中心传来军帅的声音："韦永富、白幺妹，你二人也不要怪我心狠，我也是身不由己，奉命执法罢了。你们死后，我会将你们合葬在一起，好让你们世世代代为恩爱夫妻。"

一番话，说得韦永富、白幺妹又放声大哭起来。石达开再也看不下去了，对罗大纲说："你把那个军帅叫到对面绸缎铺来，我叫他放掉这两个人。"

罗大纲巴不得翼王这句话，立刻纵身跳进十字街心，大喊："刀下留人！"

军帅先是一怔，见是一个粗黑的百姓，顿时恼怒起来："你是什么人？胆敢来犯天王的诏旨、东王的诰谕！"

罗大纲走到军帅身边，对着他的耳朵悄悄说了几句话，军帅立刻神情肃然，跳下马来，随罗大纲走出人圈，进了绸缎铺。过一会儿，军帅重新出现在十字街中心，喜气洋洋地对韦、白二人说：

"永富、幺妹，你们真是三生有幸。翼王训谕：念你们是初犯，宽恕一次，即刻拿刀上城墙，抗妖保城，立功赎罪。"

韦永富、白幺妹不敢相信自己的耳朵，还以为是在做梦，仍如石头般地站在原地不动。军帅下令松绑，两个士兵上前用刀割断绳索，他们这才知道是真的，二人跪下，泪流满面，口里念道："翼王殿下，翼王殿下……"

围观的百姓也终于弄清了事情突变的原因，莫不在心里赞叹："还是翼王英明！"人群中有人喊了句："翼王在绸缎铺，我们看他去！"人们立时蜂拥向绸缎铺，但翼王一行早已走了。

因为救了韦永富夫妻，石达开心里高兴，当他看到耸立江边的浔阳楼时，兴致勃发，对众人说："我们上去喝两杯吧！"

大家一口气登上浔阳楼的最高一层，酒保热情地送上酒菜来。几杯酒下肚，石祥祯想起三个月内连失武昌、汉阳、蕲州、田家镇，忽然间闷闷不乐起来，林绍璋、罗大纲、周国虞也跟着情绪低落。尤其是韦俊，他更是心事重重，倒不是因为武昌、田镇的失败，而是因为前不久接到其兄韦昌辉的密信的缘故。

韦昌辉信里说：自进小天堂以后，天王沉湎女色，隐居深宫，不问军政大事，杨秀清则专横跋扈，唯我独尊，重用亲信，排斥异己。自己虽名为北王，实际上不过是杨秀清一个奴仆而已。前几天，韦的大哥与杨秀清的妾兄为争房屋吵了起来，杨秀清大怒，将韦的大哥痛打一顿，并交给韦发落。慑于杨秀清的淫威，也为了韦氏家族的长远利益，韦不得不狠心将其大哥处以五马分尸极刑。韦决心把仇恨埋在心底，等待时机到来，一定要杀掉杨秀清，报仇雪恨。

韦俊当时看完信后，为大哥的惨死悲痛欲绝，但也不敢有丝毫表露，深夜将信悄悄销毁。韦俊是个精细明白人，一年多来，天王和东王的行径他看得很清楚。他知道，东王会演一出逼宫之戏，只是时间早迟而已，那时免不了有一场大规模的互相残杀，谁胜谁负很难预料。他深知哥哥韦昌辉的为人。昌辉虽富有谋略，却器局狭窄，城府太深，杨秀清加给他的耻辱，他是绝不会善罢甘休的。到那时，自己的哥哥卷入了这场内讧，只会促使内讧更激烈，死人更多，即使哥哥站在天王一边，取得胜利，天国元气也会大伤；

倘若败在杨秀清手里，韦氏全族都要被诛夷，自己虽手握重兵，也难逃桩沙、剥皮、点天灯的厄运。韦俊想到这里，对韦氏家族的命运，对天国的前途深为担忧，两眼呆呆地望着酒杯，已无心思再喝了。

酒桌上的气氛低沉，使石达开心中不快。他不知韦俊的心思，以为也和祥祯、绍璋等人一样，是为前向的失败而痛苦。翼王一向乐观豁达，不以战事胜败为怀，且大战在即，也不容许这些重要将领们有丝毫悲观泄气的心绪。他离席走到窗边，一股江风吹来，很觉舒心。但见头上蓝天白云，闪亮耀眼，脚下大江滔滔，一泻千里；远望依稀可见匡庐顶峰上的烟云，近看九江城繁华富庶，人烟稠密。好一派壮丽非凡的山河！翼王从心里升起一股豪情。他举杯对众人说：

"兄弟们，自古打江山的英雄，谁没有千百次磨难？武昌、田镇眼下虽落入曾妖之手，但只要我们在九江城下打败曾妖，收回失地就易如反掌，何须忧愁烦恼！诸位看，这浔阳楼外的江山是何等的壮美。古人诗云：庐山南坠当书案，溢水东来入酒卮。兄弟们，举起杯子来，为我们光复河山的大业干杯！"

被翼王的豪情所感动，石、罗、林、周一齐站起，将杯中酒一饮而尽，韦俊也勉强起身喝了一口。石达开扫了一眼酒楼四壁，冷笑道："浔阳楼乃江南名楼，各位看它壁上所题的那些歪诗，非粗俗鄙陋，即柔靡颓废，岂不有污它的名声？"

众人知翼王能诗善文，都说："你题一首吧，将那些庸作压下去！"

翼王爽快地答应。罗大纲高叫一声："酒保！"酒保慌慌张张跑过来："客官有何吩咐？"

"拿纸笔来，我们要题诗。"

浔阳楼历来有题诗的风气，酒保不以为怪，立即拿来笔墨。翼王凝神片刻，然后饱蘸浓墨，大步走到一块空白墙壁旁，挥毫疾书：

> 扬鞭慷慨莅中原，不为仇雠不为恩。
> 只觉苍天方愦愦，要凭赤手拯元元。
> 三年揽辔悲羸马，万众梯山似病猿。
> 妖氛除时寰宇靖，人间从此无啼痕！

写完最后一字时，石达开放下笔，铜像般地叉腰伫立在粉壁前。他的身旁已聚集一堆人，大家念着赞叹着，不时对诗人投来敬意。浔阳楼掌柜本是个不第秀才，这时从人堆中挤出，恭恭敬敬走到石达开身旁，说："鄙人乃此楼掌柜。客官此诗，气吞山河，声盖宇宙，使四壁诗尽皆失色。客官，请留下大名吧！鄙人将派高匠把这首诗拓下制匾，永久挂在这里。"

石达开见浔阳楼掌柜说得恳切，便从酒保手里接过笔，在诗左边写下"太平天国左军主将翼王石达开题"十四个字，掌柜两眼睁得大大的，四周人群也都惊讶不已。掌柜蓦地两腿跪下，战战兢兢地喊着："翼王殿下千岁，千千岁！"

所有人都跪下，跟着掌柜喊："翼王殿下千岁，千千岁！"

石达开也跪下，石祥祯等人不明白翼王此举的目的，也跟着跪在他后面。石达开眼含泪水，以至诚至敬的神态高声唱道："我们赞美上帝。"

九江城里的百姓在太平军治理下生活了两年之久，对太平军拜上帝的礼节很熟悉，一齐跟着石达开一句一句地唱道："我们赞美上帝为天圣父，赞美耶稣为救世主，赞美圣神风为圣灵，赞美三位为合一真神。"

石达开站起，大家也跟着站起。他激奋昂扬地说："各位兄弟，九江归于天国已达两年，大家在天父天兄的爱抚下，过着幸福的日子。在生快快乐乐，死后灵魂升天堂。现在咸丰妖头指派曾妖率兵侵犯我们，清妖的战船即将来到九江。各位兄弟不要害怕，天父天兄随时都在眷顾我们。天国将士和各位父老一起，誓死保卫九江城，我们不但要把曾妖歼毙在这里，还要打到北京去，活捉咸丰妖头，埋葬满房丑夷，光复我神州十八省。"

石祥祯等人胸中早已燃起了复仇的怒火，罗大纲领着大家高喊："听从翼王殿下指挥，誓死保卫九江！"

二　水陆受挫，石达开一败曾国藩

在由原九江知府衙门改建的太平军翼王府里，石达开召集韦俊、石祥祯、林启容、白晖怀、罗大纲、周国虞等人，商讨聚歼曾国藩湘勇的办法。

韦俊、罗大纲将武昌、田镇失守的情况向翼王作了汇报，着重强调湘勇水师的凶悍能战。林启容说："我看两位将军把曾妖头抬得太高了。胜败兵家之常，不必因武昌、田镇之挫而长敌人威风。湘勇的底细我清楚，说来说去，无非是书生加农夫而已。前年在南昌，我已杀得他们丢盔卸甲，若不是江忠源出城救援，罗泽南早已成了我的刀下之鬼。诸位放心，九江、湖口一带我们已作了牢固防守，现在翼王殿下又亲来指挥，我们有五万人马在此，曾妖头插翅也飞不过江西。"

林启容三十来岁，广西人，是金田起义的老兄弟，以骁勇善战闻名全军。从金田打到天京，林启容每仗必冲锋陷阵，每仗结束后都必得迁升。杨秀清对他格外器重，有意加以笼络，结为亲信。这次西征，天王点了赖汉英、胡以晃、石祥祯三人。杨秀清认为赖汉英是天王的人，胡以晃是北王的人，石祥祯是翼王的人，活着的四王，唯独自己无人在内，便在后来添派林启容、白晖怀进了西征军。待到九江、湖口等江西十余州县为西征军所控制时，杨秀清便借口赖汉英久攻南昌不下，将他调走。于是，江西就成了杨秀清的领地。林启容是条直汉子，虽然对东王的屡屡提拔和重用很感激，但对赖汉英也很尊敬，而他尤为佩服的却是翼王。对于翼王主持西征军务，这次又亲来九江城，林启容是完全拥护的。

"你与湘勇是重逢了，我可才是第一次看见他们。"石达开也很喜爱林启容的忠勇，他见林启容完全不把湘勇放在眼里，遂提醒道，"不过，今非昔比，一年半之前的湘勇，还只是处在衡州组建时期，今日湘勇，大小打过几十仗，新近又攻下武昌、汉阳、黄州、蕲州、田镇，气焰嚣张，实战能力也大大加强。现在的罗泽南，也大概不会轻易中你的埋伏了。"

"眼下无须埋伏，明日谁敢来攻城，我就叫他眼睁睁地死于我的枪炮之下。"林启容攻占九江已近两年。在他的治理下，这座长江岸边的千年名城百业复苏，市井安宁、万余守城官兵亦训练有素。张芾在巡抚任上，曾几次派兵想把九江夺回来，但每次都碰得头破血流。现在又平添几万人马，还有翼王亲来指挥，九江、湖口真可谓固若金汤，莫说是曾国藩、罗泽南这批书生，就是咸丰妖头御驾亲征，也休想从他手里夺过去。

周国虞说："九江、湖口已经经营一年多，武昌、田镇自然不可比拟。不过，老贼曾国藩水师仗着洋炮，陆师也大增刀枪马匹，且全军新胜，也不可小视。以我跟老贼打的几次交道来看，若不施奇策，恐一时难以取胜。"

石达开说："周将军说的有道理。我尚未跟曾妖头直接交锋过，情况不熟,目前一切军务,仍听林将军安排。曾妖急于进犯天京,估计一两天之内就会来搦战。林将军,这第一仗由你来指挥,我在城头上为你擂鼓助威。"

九江上游十余里处,有一个市镇名叫竹林店,传说是东晋诗人陶渊明的故居,攻打九江的湘勇水陆两支人马,已驻扎在这里几天了。昨天,胡林翼奉杨霈之命,率领二千绿营前来支援,并带来皇上奖励攻克田镇的圣旨和诸如狐腿黄马褂、白玉四喜扳指、白玉巴图鲁翎管、玉把小刀、火镰等赏物,曾国藩及湘勇水陆将领再次沐浴着浩荡皇恩。几乎与太平军会议的同时,在曾国藩宽大的拖罟上,湘勇的军事会议也在紧张的气氛中进行。曾国藩指着挂在船舱板壁上的地图,对身旁的塔、罗、胡、彭、杨、李等人说:"九江北枕大江,东北有老鹳塘、白水港,西南有甘棠湖,西有龙开河,东南多山,林启容在九江盘踞多时。据查,老鹳塘、白水港、甘棠湖、龙开河等地,外有长毛水师把守,内建堡垒,东南山上筑有炮台,看来九江城防很严。现在又来了贼中悍将石达开。据说此人能文能武,又会笼络人心,非寻常草寇可比。明日攻城,诸公有何高见?"

罗泽南一来要报昔日之仇,二来也为感激皇上的恩赏,曾国藩话音刚落,便站起来说:"泽南与贼酋林启容除国仇外,今生还有永不可解之私怨。明日攻九江,正是报仇的时候,泽南定当一马当先。石达开号称贼中枭雄,依泽南看来,那石达开不过二十几岁的人,生在愚氓之中,长在边鄙之地,有何见识?有何本事?只不过是一时被风卷起的水底沉渣罢了。我湘勇水陆二万,乃堂堂正正奉天讨逆之王师,目前正充溢连战连捷之军威,又乘着皇恩浩荡之春风,定可一鼓攻下九江,活捉石逆林逆。我军人马众多,明日可定四面合围之策,决不能让长毛逃走一人。"

这一番话说得曾国藩肃然起敬,众人都纷纷赞同。于是曾国藩命塔齐布、鲍超攻西门,罗泽南、李续宾攻东门,彭玉麟、邓翼升率水师由桃花渡登岸,攻打九华门,杨载福、李孟群封锁江面,挡住从下游湖口增援的敌军,并堵住北门。四路人马合力并举,务必要大获全胜,一举拿下九江城。

平常惯例,湘勇每天吃完早饭后天才亮。今天提早半个时辰,吃过早饭,罗泽南将部队率领到九江城东门脚下时,天才渐渐放亮,犹如那年南昌永和门外一个样,城门紧闭,城墙上亦不见一兵一旗。罗泽南正在四处张望之时，猛听得城内一声炮响，刹那间，东门城墙上竖起无数面犬牙三角旗，城门洞开，林启容亲率一彪人马杀了出来。城楼上，石达开身穿九龙黄绸袍，头戴单龙双凤战盔，亲自监督鼓手擂鼓。

林启容跨马奔出吊桥，直向罗泽南冲来，一眼看见这个当年的手下败将，不觉哈哈笑起来，大声取笑道："腐儒，那年让你跑了，留下一条老命，你也该醒悟了，不在家安安稳稳教蒙童糊口，却又跑到这里来送死，何苦来？"

罗泽南气得咬牙切齿，骂道："我把你这无父无君、造反作乱、灭九族的逆贼碎尸万段。谁给我上！"

话未落音，李续宜拍马舞刀迎去，林启容举枪接过，二人大战开来。战了几个回合，李续宜已觉两手发软，而林启容却在城楼鼓点的振奋下越战越勇。他大吼一声，挺起丈二点钢枪直向李续宜咽喉刺来。眼看李续宜就要丧命，身后参将营官童添云举起狼牙棒挡住，另一参将林源恩也拍马前来助战。三匹马将林启容围在中间，犹如当年三英战吕布。大战几十个回合，林启容卖了一个关子，瞅空冲出包围圈，直向吊桥奔去。石达开在城楼上急令放炮。童添云以为林启容战败了，驱马紧追，冷不防一炮打来，正中前额。童添云惨叫一声，从马上坠下，当即身亡。这时，城上数十门大炮一齐发射，两边山上，炮子如雨点飞来，湘勇队伍中一片一片地倒下。罗泽南只得下令退兵。

正当东门大败之际，西门塔齐布、鲍超也遭到强烈的抵挡。周国虞指挥的数千名从田镇过来的太平军将士，憋足满腔怒火，依仗着九江西门的异常坚固和林启容所布置的强大火力，人人勇气倍增，斗志旺盛，血管里奔涌着报仇雪恨的急流，两眼迸发出焚烧耻辱的烈焰，直杀得湘勇丢盔卸甲，卷旗逃命，塔齐布、鲍超无法制止。

正午，罗泽南、塔齐布带着东西两门溃败的人马回到竹林店。不久，彭玉麟、杨载福两路水师也无功而回。曾国藩心中焦急。

彭玉麟建议绕过九江城，攻取湖口和湖口对面江中的梅家洲，同时，仍遣小部分兵攻打九江，以牵制九江兵力。曾国藩采纳了这个建议。水陆两路在竹林店略事休整，便分兵攻湖口和梅家洲。

石达开亲眼看见林启容大败湘勇，对九江城防很是满意，下游五十里远的湖口防卫如何，他尚不放心。半夜，石达开乘船离九江，天亮时进了湖口县城。湖口也是长江南岸的一个重要码头。它外连长江，内接鄱阳湖，是五百里鄱阳湖的进出口。对面江心梅家洲，是一个长约四十里、宽约四五里的大沙洲。梅家洲北面江面狭窄，大船不能通过，主航道在南面。石达开看中湖口与梅家洲之间，正是聚歼湘勇水师的绝好战场。他一到湖口，便立刻命令罗大纲带一万人马过江驻梅家洲，在洲上筑垒架炮，封锁江面。石达开又巡视湖口的军事部署，将城内兵力抽调三千，交由白晖怀率领，扎在城西五里处的盔山。刚安排妥当，探马报，湘勇水路由彭玉麟、杨载福率领，陆路由胡林翼、罗泽南率领，正向湖口杀来。

胡林翼、罗泽南求胜心切，带着六千湘勇和二千湖北绿营一口气奔到湖口县城下，督促兵勇架炮攻城，恨不得将湖口一口吞下。这时，石达开率三千人马从西门冲出，部将石凤昆从南门冲出，将胡林翼、罗泽南围在中间。湘勇分成两队应战。攻城火炮完全不能发挥作用。湘勇远途来攻，太平军以逸待劳，更兼石达开勇猛过人，交战不到半个时辰，湘勇便开始败退。这时，白晖怀率部从盔山上冲下来，切断湘勇西归的退路，湘勇顿时一片混乱。胡、罗只得指挥兵勇死死挺住。

江面上，彭玉麟的水师也冲进罗大纲精心布置的火力网中。洲头是数百条战船拦截，洲尾是上百门大炮封锁，彭玉麟的水师前后受敌。自从衡州受命，组建水师以来，彭玉麟几乎没有败过，湘潭、岳州、武昌、黄州、田镇，一路势如破竹，为湘勇的节节胜利奠定了基础，没有想到，现在却在梅家洲遭到围困。他传令将战船集中在一起，避开两个火力点，全力攻其中段，强行登陆，企图在洲上与太平军短兵接战。这时，胡林翼、罗泽南也败退来到江边，招呼彭玉麟接他们上船。彭玉麟将胡、罗溃勇接上船后，改变攻梅家洲中段的计划，集中全力向上游突围。经过一番苦战，终于冲出包围圈。

两次水陆失败，使曾国藩很恼火。他决不相信，一个乳臭未干的长毛匪首，能够阻挡乘胜前进的王师。

三　水师被肢解，石达开二败曾国藩

曾国藩做梦都没想到，几仗打下来，石达开这个太平天国的年轻王爷，已看穿了水师的致命弱点，要置他的性命所在——湘勇水师于死地。

石达开兴奋而冷静地对众位将领说："连日来，我用心观看曾妖的水师，见其装备精良，指挥得法，是一支能打仗的军队，我军水师目前比不上他们，怪不得在长江上连连得手，耀武扬威。但是，曾妖水师有一个致命的薄弱之处，不知诸位看出没有？"

众位将领面面相觑，一齐摇头。石达开继续说："曾妖水师中，长龙、快蟹大而笨，只可用于指挥载重，却不宜迅速移动，必须依靠舢板的灵巧机动，才能发挥战斗作用。反之，舢板离开长龙、快蟹也不能作战。曾妖将大小战船配合使用，相得益彰。这正是曾妖水师的最大长处。但天下事有一利则有一弊，倘若将其大小船分开，则都失去了作用。这叫作合则双美，分则俱败。"

众将十分佩服石达开的卓见，但如何拆开呢？大家都望着翼王，知道他一定成竹在胸。

"曾妖水师自出长沙以来，转战千里，连陷重镇，侥幸获胜，没有得到充分的休整。屡胜则骄，骄则轻敌；久战则疲，疲则松弛。故用兵，骄、疲为失败之因。我这里有个小小的计策，各位将军看可用不可用？"

石达开将自己的主意说出，众将都说好。

从第二天开始，九江、湖口、小池口、梅家洲各处太平军一律遵循翼王将令，任水陆湘勇如何挑战，一概置之不理。入夜，太平军则派兵沿长江两岸鸣锣敲鼓，放出船到江中，将火箭、火球射入湘勇的战船中，弄得湘勇夜夜惊恐，不得安宁。如此相持半个月，石达开估计曾国藩粮草将尽，军心浮躁，便命罗大纲依计而行。

这天半夜，九江码头灯火昏暗，隐约可见江面上一溜儿摆开了数十条货船，一队队太平军士兵一声不响地扛着沉甸甸的麻袋，从城里来到码头边，踏过跳板，来到船舱。有些麻袋扎得不牢，雪白的大米漏出来，撒得满地都是。将到凌晨，货船上都压着垒得高高的麻袋。

九江码头上的这个不寻常举动，早已被湘勇斥候看在眼里，报告了水师协统李孟群。

"涤帅，九江装了满满四十条船的粮食，即将开船运往湖口。"李孟群忙将这个重要情报报告曾国藩。

"装的都是粮食吗？"曾国藩心中一动。

"都是顶好的大米，估计有七八十万斤。"

湘勇在竹林店驻扎已近一个月，二万名水陆将士，一天要消耗四万余斤粮食。陈启迈没有提供军粮，全靠他们自己在瑞昌、黄梅、广济一带筹集。筹粮是件很难办的事，军中存粮只够三四天了。早听得九江城里粮草堆积如山，但城攻不下，一粒也得不到。现在这么好的机会，如何能让它错过！见曾国藩沉默不语，李孟群着急了：

"涤帅，这事交给我去办吧，四十条粮船，我叫它全部掉头向竹林店开来。"

郭嵩焘、陈士杰也认为机会不可错过，只有彭玉麟提出不同的看法："长毛是不是在钓鱼？"

"我看不是。万一情形不对，我再把人带回来。"夺回这批粮食是个很大的功劳，李孟群要争这个功。

军中粮食匮缺，曾国藩何尝不着急。此中是否有诈，他一时犹疑不定。但不管它诈在哪里，抢回这批粮食，就是大胜利。

"鹤人，你带三千水师，将这几十船粮食全部抢回来。记住！务必速战速决，快去快回。"

李孟群调出二百五十条舢板，兴冲冲地离了竹林店。水勇们奋力划船，顺着水势，舢板箭似的飞向下游。果然，李孟群看见前面缓缓地走着一队粮船，船上码着整齐的麻袋，正向湖口方向驶去。李孟群挥动着表示加速的令旗，二百五十条舢板像端阳竞渡，你追我赶，向粮船冲去。

罗大纲看着后面来了一大片舢板，暗自钦佩翼王的谋算。他站在船头，对着号筒大喊："清妖来抢粮了，弟兄们快点划！"

这是有意让李孟群听到。罗大纲号令一下，四十条粮船明显地加快速度。江面上，太平军的粮船在前拨浪前进，湘勇的舢板在后穷追不舍，不知不觉来到湖口城边。眼看就要追上了，只见粮船向右一转，一齐向鄱阳湖驶去。就要到手的粮食，岂能让它眼睁睁地跑掉！李孟群仗着人多船多，也跟着进了鄱阳湖。谁知湘勇水师一进湖口，便突然从入口处驶出数百条战船，将口子全部封锁起来，康禄指挥火炮猛烈向舢板射击。二百五十条舢板如同掉进锁了口的袋子里，再也无法出去了。这时，李孟群方知中计，便索性指挥舢板向湖心划去。

一直到吃中饭时，尚不见李孟群回来，曾国藩急了，忙派飞骑前去打听。很快回报，二百五十条舢板全部陷入鄱阳湖中。

正在这时，彭玉麟急匆匆地进来禀报："涤丈，长毛的战船向我们开来了！"

曾国藩出舱看时，只见下游黑压压一片，数千条战船向竹林店压来。曾国藩、彭玉麟等急得直跳。全部舢板都已离开，就像猛虎失去四肢，鹰隼砍断双翅，这些快蟹、长龙只能蹒跚笨拙地移动，艰难应敌，昔日那种灵活快速、主动出击的局面已不复存在，全仗船上装的重型火炮，才使得太平军的船只不敢过于靠拢。

周国虞认得中间偏后的那艘特大座船是曾国藩的拖罟，便率领十条快船从四面八方围攻。这十条快船如同十条矫健灵敏的猎狗，曾国藩的拖罟就像一只愚笨的狗熊，被这群猎狗弄得目眩头晕，终于惊慌失措。先是拖罟上的十二门大炮拼命发射，不多久，炮弹发完，便没有一点还手的能力了。周国虞高喊："清妖的炮弹没有了，大家冲啊！"

十条快船一齐冲过来。周国虞率先跳上拖罟，接着快船上的一百名水手纷纷上了船。拖罟上的湘勇仓促应战，一个个倒在甲板上。周国虞握刀寻找曾国藩，要亲手宰掉他，以报从野人山以来所结下的不共戴天之仇。

曾国藩虽为两万湘勇的最高统帅，却手无缚鸡之力。他躲在内舱里，身边只有王荆七和几个亲兵，康福、彭毓橘等人都不在拖罟上。曾国藩两眼死死地盯着船上的厮杀，既不能指挥兵勇们去肉搏，更不能自己持刀上前去抵抗，猛然听得一声喊："周将军，曾妖头躲在这里！"

立时舱门口出现一个长身壮健的汉子，手拿一把明晃晃的砍刀，杀气腾腾地就要进舱，亲兵们立即一窝蜂上去阻挡。曾国藩看到数步之外刀枪拼击，不觉心胆俱裂，四肢痉挛，知道此次必死无疑。他不愿落到长毛手中遭抽筋剥皮的痛苦，便推开舱门，滚进江中。王荆七也跟着跳下水去。曾国藩自小牢记"道而不径，舟而不游"的孝子之道，从来不敢下水学游泳，这时正如一个秤砣，挣扎两下，便往江底沉去。幸而王荆七跟在后面，立即将他托起。恰好彭玉麟驾着水师中仅存的一条舢板赶来，七手八脚地将曾国藩拖上船，急忙送上岸去。

换了一身干衣服后，曾国藩醒过来了。他想起拖罟上有不久前皇上亲赐的黄马褂、玉扳指、玉刀等，还有许多文卷书函，此刻一定都葬于江底了。连自己的座舱、皇上的赏赐都保不住，还当什么水陆两军的统帅！他立即想起靖港败后，湖南官场对自己的冷酷，好比又沉到冰冷的江里，浑身发抖，上下牙齿打起仗来。一阵剧烈的悲痛很快就过去了。靖港败后虽受辱，但接下来的便是武昌大捷、田镇大捷，假若那时真的死了，哪有后来的殊荣！他庆幸刚才的死里逃生，对王荆七、彭玉麟分外感激。不能死，"好汉打脱牙和血吞！"恩师穆彰阿的赠言浮现脑中，日后要用更大的胜利来洗刷今日的耻辱。不过，刚才从水中被救起的形象一定十分狼狈，将士们将会怎样看待自己这个不能舞刀上阵的统帅呢？

"杨国栋，把枣子马牵来！"曾国藩突然高声喊叫。

杨国栋奇怪，这匹马到湘勇军营中两三个月了，曾国藩从来没有骑过，今日遭受这样大的打击，还要骑马做什么？杨国栋牵来枣子马，曾国藩颤悠悠地站起来，叫人搀扶到马身边，又叫人把他扶上马，然后挺起腰板，双手一拱："各位，我曾某人上有负皇恩，下愧对诸公，今日只有效先轸之榜样，死在长毛刀枪之下，才能稍赎罪过。"

说罢就要举鞭。只见彭玉麟平地跳起，抢过马鞭，说："曾大人，先轸不足法。"

杨国栋一手抓紧马缰绳，忽然兴奋地喊："长毛败了！"

曾国藩从马上看去，原来鲍超领着二千外出打粮的人马恰在这时赶回，从太平军的背后杀出。塔齐布、罗泽南等见太平军队伍已乱，于是又重整人马，回头杀去。石达开见水师已大胜，怕陆军有失，便鸣金收兵。曾国藩见太平军撤退，又喜又愧。忽然，一股恶腥涌上心头，喷出一口鲜血来，随即眼睛一黑，从枣子马上栽下来，竟然死了过去。

四 湘勇厘卡抓了一个鸦片走私犯，他是万载县令的小舅子

曾国藩三十岁时咯过血，后来虽然痊愈，但身体一直不健壮。这次遭受

石达开的沉重打击，又加之落水受了惊吓，旧病复发了。众人慌忙将他抬进大营，好半天才慢慢回转气来，但却一病不起，连续几天几夜发高烧，讲胡话，不吃不喝，文武部属都急得不知所措。眼看就要不济了，亏得杨国栋在一个人迹罕至的村落里，寻得一位年近九十的老郎中。老郎中给曾国藩诊了脉，开过处方，几剂药吃下去，居然起死回生了。曾国藩感激不尽，封了五十两银子，叫亲兵送给老人。谁知那个老郎中不但分文不受，反倒送给曾国藩一张纸条，那上面写着："干戈四起，人命如纸，老朽一生行医，以救死扶伤为职志，睹此惨景，心何悲怆！然老朽亦知天心如此，人力难以阻挡，但愿大帅慎积阴功，勿滥杀无辜，是为至盼。"曾国藩览毕，淡淡一笑，顺手将纸条夹在案桌上的《庄子》中。调养几天后，曾国藩实在不能忍耐了，叫荆七将堆积如山的军情文报送到床边。他看看看着，不禁心惊肉跳起来。

原来，就在曾国藩卧病在床的这些天里，石达开又指挥了一场惊天动地的战役。石达开两败曾国藩后，立即命令驻在安徽的燕王秦日纲、护天豫胡以晃、检点陈玉成率师溯江西上，收复长江两岸失地。几天后，又派韦俊带一万人马增援。这两支人马浩浩荡荡沿江西进，很快收回被清军占领的武穴、田镇、蕲州、黄州，军锋锐不可当。咸丰五年二月十七日，太平天国乙荣五年二月二十七日，韦俊率军第三次攻克武昌。巡抚陶恩培被击毙城中，总督杨霈仓皇出逃，朝野震动。咸丰帝撤了杨霈的职，任命荆州将军官文为湖广总督，擢按察使胡林翼为湖北巡抚。胡林翼匆匆带了二千绿营赶回湖北战场。从武昌到江宁，长江两岸的重要集镇，全部又由太平军控制。江面上，挂着绣龙杏黄绸缎蜈蚣旗的太平军战船往来航行，畅通无阻。太平天国又一段兴旺的时期来到了。

曾国藩登上小山丘，眺望江中上下如飞的太平军战舰，再低头看蜷缩在岸边的东倒西歪的快蟹长龙，想起被锁在鄱阳湖里的舢板，心中很是痛苦。水师是曾国藩的命根，他不能让它就此一蹶不振。为重振水师，他派杨载福带一批将官回到岳州，不分昼夜，不惜工本，立即造出二百条新的快蟹长龙和四百条舢板；派陈士杰募工匠就地维修，凡能修缮的船只尽量修复；又遣彭玉麟间道赶到鄱阳湖，与李孟群联系上，尽一切力量攻下鄱阳湖边的重镇南康府。

十天过后，彭玉麟送来捷报：内湖水师攻克南康府。进入江西三四个月，终于拿下了一个府城，曾国藩心里略感安定。他命塔齐布带五千陆师继续驻扎竹林店，其余全部人马跟着他迁到南康。曾国藩决定以南康为据点，在江西住下来，不收复九江、湖口，决不离开。

南康城内只有几万居民，到处屋颓墙倒，茅草丛生，一派荒芜冷清的景象。曾国藩将大营设在原知府衙门内，略事安定后，便着手筹办两个工厂。一是火药厂，委托杨国栋负责，制造火药、军械，并设法再向广东购买洋炮。一是修船厂，委托邓翼升负责，修复舢板，制造长龙快蟹，重新装备内湖水师。一切都好安排，惟一缺乏的就是银子。曾国藩冥思苦想，实在想不出别的办法，只好求助于巡抚陈启迈，请他设法速拨二十万饷银到南康来。尽管前次在湖北时碰了壁，曾国藩想，现在是在江西，完全是为了收复江西的失地而与长毛作战，谅他陈启迈不会置之不理。曾国藩根本没有想到，事情大大出乎他的意外。陈启迈不但不拿出分文，反而奚落了他一番。充当特使的德音杭布也受到了冷遇。德音杭布气不过，告诉曾国藩：陈启迈以及藩司陆元烺、臬司恽光宸都说，现在湖南湘乡、平江、新宁一带起屋成风，家里只要有一人当湘勇，全家人都不要做事了，银子用不完。李续宾的父亲买了一千亩水田，湘乡没有买的，买到衡州去了。曾国藩家买的田更多，把皇上的银子都运到自家去了。莫说我们拿不出，就是拿得出也不能给他。这番话，把曾国藩气得暴跳如雷。

这时，有一个人走上前来，对曾国藩说："恩师不必动怒，学生有办法可以得到银子。"

曾国藩转脸看说话的人，原来是前几天来投奔的万载县举人彭寿颐。

彭寿颐本是万载县团练副总，在剿匪事上与县令李浩不和。李浩是陈启迈夫人娘家的侄儿，仗着陈启迈的势力，诬蔑彭寿颐私通长毛。彭寿颐斗不过李浩，便逃到九江，打听到湘勇统帅正是他前年乡试的主考官曾国藩，便来投靠，希冀得到这把大红伞的保护。曾国藩那年主考江西，原是一桩企盼多年的美差：既可以收一批门生，得一大笔程仪，又可以就近回家省亲。谁知行至安徽太湖，忽接母死噩耗。这对他的打击太大了。主考当不成了，他改服奔丧，取道黄梅县，觅舟未得，乃渡江来到九江城，准备雇舟溯江西上。恰在此时，江西学政沈兆霖动员全体应试举子捐银一千两，星夜送到九江城。这一千两银子,对于曾国藩来说,无异雪中送炭,他十分感激江西举子的深情厚谊。因为这层关系,曾国藩对彭寿熙很有好感,加之他又是已中的举人,而且说起办团练来头头是道,便欣然认他为门生,留在身边。

当下曾国藩望着彭寿颐,将信将疑地问:"你有什么法子?"

彭寿颐说:"恩师,饷银一事,学生思之已久,有三条途径可以试着走。"

"三条?"曾国藩想,自己一个办法也没有,他倒可以一口气说出三条,且听听他的主意,"长庚,你慢慢讲。"

曾国藩的火气降下来了,他习惯地半眯着眼睛,靠在太师椅上,认真地听这位江西门生的意见。

"第一个办法,请在籍前刑部侍郎黄赞汤黄大人出面。黄大人为人极是正派,虽在籍守制,但忧国忧民之心未减,听说黄大人亦看不惯陈启迈的行事。若恩师去饶州拜访一下黄大人,请他出面,劝说乡绅捐助,我想一定可以得到几万银子。"

"黄大人什么时候回籍的?"曾国藩暗责自己消息闭塞。咸丰元年,曾国藩署理刑部左侍郎,那时黄赞汤任刑部郎中。咸丰三年,黄赞汤擢升刑部左侍郎。在那个时代,官场上是极讲究关系的,有这层关系在内,自然比别人要亲密三分。

"去年秋上,黄老夫人吃完米寿酒后,当天夜里无疾而终,黄大人立即辞官回来守丧。"

"老太太也真是福寿双全。"德音杭布插话。

"第二个办法,我向恩师告个假,到南康、九江、饶州一带联络几个壬子同年,他们都是殷实之家,又一向慕恩师的道德文章,我估计他们也可以拿出几万银子来。"

曾国藩很赞赏彭寿颐的忠诚灵泛,但嘴上却并不说一句话,只是含笑点点头。

"第三个办法最可靠,也最有效。"

彭寿颐见曾国藩睁开眼睛,榛色双眸晶光闪亮,两道眼光逼得他不可正视。他立即转过眼,继续说下去:"我们自己在赣北设厘卡抽税。"

曾国藩微微一怔,双眼立时又半眯起来。设卡抽税之事,他不是没有想过,只因怕招致江西官场的物议,投鼠忌器,不敢贸然下手。现在,陈启迈既然不仁在先,也不能怪我不义了。江北大营可以在扬州设卡,湘勇为何不可在赣北设卡呢?他看了一眼身旁的德音杭布,先听听他的口气再说:"泉石兄,你看设卡之事可为吗?"

德音杭布不假思索地回答:"我看可为,陈启迈不给军饷,朝廷一时又无饷可发,湘勇眼看要喝西北风了。事出无奈,可以权变。陈启迈要是有意见,我愿为大人向朝廷作证。"

德音杭布似乎找到向陈启迈发泄的好机会,说起话来显得颇为激动。

"泉石兄也支持,那事情就好办了。我明天到饶州去拜访黄大人,若捐输顺利,则不设厘卡,实在不行,再设不迟。"

第二天,曾国藩带着康福、彭寿颐等人,在内湖水师保护下,渡过鄱阳湖,当天傍晚在乐亭镇进入鄱江口,也不惊动饶州知府,就在城里一家小小客栈住下来。次日一早,便打轿拜访黄赞汤,并送了五百两银子的赙仪,又以晚辈身份在黄老太太的遗像前磕头。黄赞汤十分惊喜,听完曾国藩陈述到江西几个月的困境后,果然一口答应,并建议曾国藩向朝廷申请一千张空白部照,按银两多少,发给捐输者相应品衔的部照,鼓励他们踊跃捐助。曾国藩很欣赏黄赞汤的建议。翌日回南康,立即向朝廷申请两千张空白部照。半个月后,黄赞汤送来捐银十万两,彭寿颐也募来三万。曾国藩大喜。恰好部照亦到,便给黄赞汤一千张,彭寿颐二百张。一时间,饶州、九江、南康一带,便平添许多八品、九品、从九品的顶戴。这些乡下士绅戴着装有镂花金顶的伞形帽,真个是脸上出油,衣角生风,神气至极。亲朋见了,人人艳羡,没有几天,捐银便又增加好几万。曾国藩见江西的银子并不难得,便采纳彭寿颐的第三个建议。又见彭寿颐能干,一发将办厘卡的事也交给他。

彭寿颐领下办厘局的美差,心中踌躇满志,决心要好好地办出一番事业来。这厘局是真正的肥缺,委派一下来,便有许多人来找彭寿颐,想在厘局谋个差事。彭寿颐的家远在万载,自家的亲戚一时无法来,便依靠在南康府的两个朋友,一个叫夏镇,一个叫吕伦,两个都是壬子乡试同年。夏、吕二人见彭寿颐受曾国藩器重,便格外起劲地巴结他,偷偷地给彭寿颐送五千两银子。曾国藩委夏、吕二人为厘局委员。彭寿颐在南康设总局,又在星子、瑞昌、德安、建昌、武宁、靖安、奉新、安义、丰城等县设分局,每个县的重要关隘、集市都设上厘卡。后来曾国华在瑞州打开局面,彭寿颐又在高安、上高、新昌设分局。厘局开办一个月，便收厘金六千两。彭寿颐自己留下一千，将一千分给委员们，给曾国藩上缴四千。曾国藩着实将彭寿颐夸奖了一番。但设卡之处，无不民怨沸腾，弱者忍气吞声，敢怒不敢言，强者则与厘卡人员争吵、斗殴，毁卡杀人的事件时有发生。消息传到南昌，陈启迈大为恼火：

"江西是我当巡抚还是曾国藩当巡抚！居然不与我商量，便在我的治下办起厘局来，欺人太甚！"

"姓曾的也太目中无人了。中丞，我们要向朝廷告他。"恽光宸也很愤怒。

陆元烺的火气虽然没有陈启迈、恽光宸大，但也觉得曾国藩的手伸得太长了。这样大的事，越过地方衙门，自行做主，无论怎么说都讲不通。他也同意陈、恽的意见，暂不惊动曾国藩，先向朝廷告发，待圣旨下来后再来收拾。陈启迈的告状折发出不久，瑞州厘局就出了一桩大事。

瑞州厘局的总管便是夏镇，夏镇的父亲是瑞州的大财主。夏镇平时都住瑞州，上个月来南康走亲戚，与彭寿颐往来密切。夏镇先在总局当委员，后来彭寿颐任命他为瑞州分局总管。他领了这个任命，兴冲冲地回到家乡，在瑞州府辖地到处设厘卡，委用自己的三亲六戚、朋友相好为卡丁。这些人乘机大肆勒索，高抬厘率，贪污中饱。夏镇平均每天可得一百两厘金。他算了一算，一个月可得三千余两，上交二千两，净赚一千余两，三四个月下来，本钱就捞回来还有余，只要当上三年的总管，便可捞上三万余两雪花银，实在不亚于一个知县！他心里美滋滋的。瑞州的百姓则恨死了这些到处林立的鬼门关。地方官员也厌恶，但他们一则不敢得罪手握重兵的曾国藩，另一方面，夏镇和各分局的头头们也时常分些钱给他们。既然巡抚都没有出面干涉，他们也便不作声了。

这一天，瑞州城外锦江码头厘卡拦住一只大货船，货主大名叫高山虎。其人左脸上有一块极不体面的长疤，绰号叫高疤脸。高疤脸声称船上装的是浏阳夏布，运到南昌去卖。厘卡头领赵有声，是夏镇的表弟，排行老三，身材矮小，尖嘴猴腮，卡丁们当面叫他三爷，背地里叫他山猴子。

山猴子上了船，用一根约三尺长的细铁棍，敲打着用粗棉纱布包的包包。

"这里装的都是浏阳夏布？"山猴子用怀疑的眼光盯着高疤脸。

"是的，是的。老总，船上装的都是浏阳夏布。"高疤脸哈着腰，满脸恭敬地回答。

山猴子用铁棍这个包敲敲，那个包戳戳，然后阴沉地命令："抽十两厘金！"

"老总，哪能抽这么多！这些夏布值几个钱！"高疤脸急了，原以为顶多二两。

"值几个钱？"山猴子冷笑道，"你这船夏布往少说也卖得五百两银子，值百抽二，抽十两还算多？"

"老总，你莫取笑了，这船布最多也只值一百两银子，况且我们在界埠已被抽去二两，在灰埠又被抽去二两。你看，"高疤脸指着包上的灰印说，"这都是界埠、灰埠两处盖的。"

"我不管这些！"山猴子对灰印不屑一顾，又用细铁棍死劲戳着顶上一个布包。戳进去后，又用力将铁棍从包里抽出。因用力过猛，布包顺势滚下，在山猴子脚边散开了，露出雪白的夏布来。山猴子家里正要夏布做蚊帐，极想将这包夏布弄到手。他把散包的夏布一拖，突然，从夏布里滚出一个纸包。这时，高疤脸的两片脸一下子变得煞白。山猴子是个久混江湖的人，晓得包里有名堂。他一边嘿嘿地笑着，一边把纸包撕开。一块块棕黑色的膏片露出来，船上立时充斥着一股恶臭。山猴子高声嚷道：

"好啊！你违抗朝廷禁令，私贩鸦片，该当何罪？"

山猴子走到高疤脸面前，舞起铁棍，声色俱厉地威胁。他以为高疤脸会马上跪在他的面前，告饶求情。谁知高疤脸这时脸反而不白了，异常冷静地微笑着。原来，这高疤脸并不是一个普通货主，他乃是万载县知县李浩姨太太的弟弟，堂堂七品县太爷的小舅子。这船货本是从万载县开出的，为保密才诡称从上高来。高疤脸仗着姐夫的关系，偷偷地从广东经湖南偷运鸦片，然后再把这些鸦片运到南昌，卖给南昌的官场、商场，从中牟取暴利。高疤脸把利润分一半给姐夫李浩，李浩又从中分出一部分给陈启迈。这个生意，高疤脸已做了大半年，虽有人探得点风声，但谁敢惹怒他！高疤脸先想以一个老实胆小的小商贩的面目混过厘卡，现在见原形毕露，知道哀求无用，只有狠心出一笔大钱来买通。高疤脸的沉着，反而使山猴子感到奇怪。山猴子是个有经验的人。没有金刚钻，不敢揽瓷器活，这小子敢于走私鸦片，必定非良善之辈。山猴子想到这里，反而收起了刚才的凶相。

"老总，请舱里坐。"高疤脸客气地邀请。山猴子叫卡丁们上岸去，他一人跟着高疤脸进了舱。坐下后，高疤脸开门见山地说：

"老总，要多少银子过关，你开个价吧！"

山猴子眯着眼，歪着头，在心里掂了掂，说："倒三七吧！"

高疤脸听了，嘿嘿笑道："老兄，你也太心贪了，顺三七吧！"

"你说我心贪，好，老板，我明告诉你，管厘局的可不是陈中丞，而是曾大人。曾大人在湖南是有名的曾剃头。你不愿意，我也不勉强。我把这些禀报曾大人，但到那时，恐怕是你一个子也拿不到，还得坐几年班房。"

这一招确实厉害，高疤脸好一阵开不了口。

"老兄，倒三七，总没有这种开法的吧。如果你硬要这样，我宁肯去坐班房。你想想，那样做，你又捞得了一个子？"

两人讨价还价，结果达成对半分的协议。这一夜，山猴子在船上将所有的布包都搜查了一遍，一共搜出二百斤鸦片，按当时价，可卖一千五百两银子，获利八百两，对半分，山猴子可得四百。这四百两银子，山猴子想独吞，他要一手交银，一手放船。高疤脸说："船上现在没有这么多银子，你稍等两天，我打发伙计回去拿。"

山猴子于是在船上住下来。第二天刚断黑，一个家人慌慌张张跑到船上："三爷，太太和姨太太又打起来了！"

"这两个贱人！"山猴子骂了一句，把家人拉到一边吩咐，"你给我好好地看着，不准任何人上下船，我去去就来。"

山猴子走后，高疤脸见机会来了，笑嘻嘻地对赵家的家人说："老兄，辛苦了，来，喝两杯。"

这家人并不知船上所发生的事，见高疤脸客客气气地，又有好酒好菜，便和他对酌起来。舱外，高疤脸的伙计正按照他的布置，将二百斤鸦片用油纸包得严实，再绑两块石头在上面，直溜溜地把它沉到江底。趁着家人微醉的时候，又悄悄叫船老大将船向下游方向移动二十多丈。一个时辰后，山猴子急急赶回船。鸦片沉了，高疤脸不怕山猴子了。第二天一早，他便皮笑肉不笑地对山猴子说："老兄，我们要开船了，请回府吧！"

"回去？四百两银子呢？"山猴子边擦眼睛边问。

"谁欠了你的银子？你怕是梦还没做醒吧！"高疤脸轻松地跷起二郎腿。

"好哇，你想赖账，我也不要银子了，你和我到衙门里去走一趟。私贩鸦片，看你如何赖得掉！"山猴子凶恶地盯着高疤脸，两只袖子捋了起来，做出一番打斗的架势。

"哈哈哈！"一声狂笑，把山猴子弄得莫名其妙，"你血口喷人！谁私贩鸦片，鸦片在哪里？！"

说罢，一步步紧逼过来，露出县太爷舅子和江湖无赖的本色。山猴子有点慌了，无头神似的在船头船尾到处乱找，哪里还有鸦片的影子！"糟了！莫不是他把鸦片运走了？"他把家人喊过来，问："我走后有人上船吗？"

"没有。"家人很惶恐。

"船上有人背东西离开吗？"

"也没有。"家人见主人急得那副模样，心里愈加害怕。山猴子一把抓住高疤脸的衣领，两眼圆睁，发怒道："你这个蠹贼，你一定把鸦片沉到江里去了！"

高疤脸一听，又急又恼，伸出右手来，朝山猴子的腰上就是一拳，山猴子痛得哇哇叫，他一手捂着腰，一只手向高疤脸的头上击来。高疤脸的脑袋向旁边一躲，一边向后退。就在这时，高疤脸被拴铁锚的绳子绊住脚，身子朝后一仰，后脑勺碰在铁柱上，当即死去。这下，山猴子害怕了。高疤脸在船上的几个伙计一声喊起，立时拿绳子把山猴子捆绑起来，上岸到瑞州府衙门，击鼓告状。瑞州知府阙玉宽平素也恨厘局作威作福，当即准状。阙知府坐轿来到江边，上船验了尸，把山猴子打入死牢，一面飞报抚台衙门。这边家人回去告诉李浩，李浩姨太太哭哭啼啼，李浩气得胸口堵塞，一边写信请阙知府秉公办理，又连夜打发人晋省告诉陈启迈。

陈启迈接到阙玉宽和李浩的信，心里暗暗高兴。他和陆元烺、恽光宸一商议，要借这个案子好好地将厘局和曾国藩整一整。他当即将阙玉宽的信以咨文形式过录一通，送到南康府，要曾国藩按律惩办凶手。曾国藩看完陈启迈的咨文后，把彭寿颐叫了来，对他说："这个案子非比一般。江西官场原本与我们有隙，这次会借机闹一场。"

彭寿颐深愧自己用人不当，惹出乱子，给曾国藩增添了麻烦："恩师，学生有负信任。学生亲到瑞州去一趟，一定要把这事处理妥当。"

彭寿颐带着两个局员来到瑞州，他一进瑞州知府衙门，便被高疤脸的伙计认出：这不是潜逃在外的彭举人吗？急忙将这一发现告诉李浩。李浩得知彭寿颐当上了曾国藩手下的厘局总管，这一气非同小可，当即飞马报知陈启迈，同时派出四名捕快，叫他们不露声色地将彭寿颐捉拿归案。

四名捕快来到瑞州衙门，乘彭寿颐不备，将他拿下。彭寿颐大怒："你们是什么人，竟敢捆起我来？"

捕快头贺麻子冷笑道："彭举人，不要大喊大叫了，我们奉了李老爷李浩的命令，特来捉拿你到万载归案。"

彭寿颐没料到这几个人竟然是万载县衙门的人，只得自认晦气，但他凭借曾国藩的力量，并不害怕："既然这样，那就请把我送到南昌去吧！"

李浩已知彭寿颐非过去可比，事先就已告诉贺麻子，要他将彭直接送给陈启迈。送来了潜逃在外的彭寿颐，这是陈启迈的意外收获。他要恽光宸亲自处理，非要彭寿颐招供滥杀无辜、私通长毛的罪行不可。

一波未平，一波又起，两桩事情搅得曾国藩很不安宁。他决定带着刘蓉等人，亲自到瑞州去走一趟。

五　参掉同乡同年陈启迈的乌纱帽

曾国藩的亲自到来，使瑞州知府阙玉宽感到意外，他率领文武出城门迎接。曾国藩吩咐阙玉宽将山猴子和当时在场的卡丁、两家的伙计家人和船老大一齐叫来，他和刘蓉一一亲加审讯。首先带上堂的是山猴子。刘蓉喝道：

"赵有声，今天曾大人亲自提审你，你要将如何打死高山虎的事从头老实招来，休得有半句假话！"

山猴子一听堂上坐的是曾大人，忙连连将头对着砖地磕，喊道："曾大人，您老可要为小人申冤啊！"

山猴子一把眼泪一把鼻涕地把事情的经过说了一遍，只是不提自己想得四百两银子。末了，他重复说："曾大人，这件案子冤枉。第一，高山虎的确私贩鸦片，足足有二百斤，小人亲自验过，还有卡丁可以作证。第二，高山虎的确是自己碰死在铁墩上的,并不是小人打死的。曾大人,求您老给小人做主。"

曾国藩把夏镇唤到公堂。夏镇跪着说:"学生有负恩师信任,不该叫赵有声办厘务。不过学生也听说过,高山虎的船上确实装有鸦片。他私贩鸦片有半年之久了,请恩师明察。"

接着又审讯卡丁。卡丁们证明,船上确有鸦片,只是数量多少不知。又审讯高山虎的伙计。伙计先是否认,禁不住曾国藩的严词追问,最后只得说出私贩鸦片的事实,并供出高山虎是李浩的内弟。

退堂后,刘蓉说:"看来高山虎私贩鸦片是实,只要坐实这件事,这个案子就好办了,关键是把那二百斤鸦片找出来。"

曾国藩说:"就当时情况来看,鸦片十之八九是沉到江底去了。明天派人去打捞。"

第二天,派了两个当地的船民下水打捞,在停船的地方打捞了一天,并未发现鸦片的踪影。瑞州知府暗自得意。曾国藩和刘蓉感到奇怪:鸦片到哪里去了呢?灯下,二人苦思不得结果。好一会,刘蓉突然失声笑道:"我们重蹈刻舟求剑的覆辙了!"

曾国藩恍然大悟。船老大被带上来了。曾国藩分开扫帚眉,吊起三角眼,船老大见这副凶神恶煞的模样,早吓得浑身像筛谷般地颤抖。曾国藩盯着船老大的脸,半天不语,船老大魂已吓跑,只知一个劲地磕头不止。突然,传来一声炸雷:"你从实招来,那夜赵有声上岸后,你的船开动了多远?"

船老大抖抖索索地回答:"回大人的话,那夜赵有声上岸后,高山虎陪赵家家人喝酒,后来又叫我把船向下游移动了二十多丈远。"

"你说的是实话?"

"小人有几个脑袋,敢在大人面前说谎。"

曾国藩把船老大锁在一个小屋子里,不让他出去。天亮后,曾国藩带着船老大来到江边。船老大指着一个地方说:"船原来就停在这里。"

两个船民下了水,很快便抬出一个油纸包。打开一看,正是鸦片!搜出了鸦片,曾国藩踏实了。他告别阙玉宽,径直回南康府。他指使夏镇、吕伦等分头搜集陈启迈来江西的所作所为。这一夜,他将所得材料整理了一下,亲自给咸丰帝上了一份"奏参江西巡抚陈启迈"的奏折,给陈启迈列了几条罪状:一替已革总兵赵如春冒功邀赏,二替奉旨正法守备吴锡光虚报战功,三多方掣肘饷银,四对有功团练副总彭寿颐无端捆绑,拟以重罪,五指使万载县令李浩伙同其内弟私贩鸦片,牟取暴利,六丢失江西五府二十余县。这六条罪状写好后,曾国藩料想陈启迈的乌纱帽保不住了,为向皇上表示一片公心,他又提笔写了几句:

> 臣与陈启迈同乡同年同官翰林院,向无嫌隙。在京时见其供职勤谨,来赣数月,观其颠错倒谬迥改平日之常度,以至军务纷乱,物论沸腾,实非微臣意料之所及。

想起恽光宸一味跟着陈启迈走,严刑拷打彭寿颐的可恶,曾国藩又在折末添了一笔:

> 臬司恽光宸不问事之曲直,严刑拷打办团之缙绅,以伺奉上司之喜怒,亦属谄媚无耻,不堪居此要职。

全折写好后,曾国藩又逐字逐句细读一遍,自认无一字瑕疵后,方才叫司书连夜誊抄。这时,刘蓉进来了。刘蓉看了奏折后,说:"痛快!对这种庸吏就要这样严参。"过一会,又对曾国藩说:"陈启迈就厘局之事已上告朝廷,你不妨再附一片,陈述不得不办厘局的苦衷,并说明目前赣南尚无厘局,请饬江西省迅速在赣南建局,以助军饷;同时表明,一俟湘勇离开江西,赣北所建之局全部归还江西。这样既可使朝廷放心,又利于与新巡抚相处。"

"你想得真周到!"曾国藩对这个主意甚为赞赏。

曾国藩知道德音杭布也恼火陈启迈,便将奏折送给他看,请他履行向朝廷作证的诺言。德音杭布也拟了一折,把陈启迈和江西吏治大骂一通,寄给兵部尚书阿灵阿,托他代奏。正当曾国藩为出了一口怨气而舒心的时候,康福进来报告:"塔提督在九江殁了!"

真如晴天一声霹雳,曾国藩被这突来的噩耗震得双目失神,六神无主。

六　塔死罗走，曾国藩感到从未有过的空虚

塔齐布盛年溘然去世，是曾国藩根本不能想象的事。正是曾国藩将塔齐布由一名都司衔署理抚标中营守备，一年多时间，便迅速提拔为湖南水陆提督。也正是这个塔齐布，知恩图报，尽心尽力为曾国藩打赢了几场大仗，为湘勇大壮声威。曾国藩需要塔齐布带兵打仗，更需要塔齐布为他制造一个满汉亲密无间的形象，以消除朝野内外的各种猜忌、嫉妒以及形形色色的流言蜚语。如今在战时进退维谷、局面晦暗不明的时候，塔齐布却因九江久攻不下呕血归天，曾国藩整整一夜为此而黯然神伤。

第二天一清早，曾国藩便带着一批高级将官和幕僚，骑马离南康赴竹林店。曾国藩在塔齐布的灵柩边饮泣不已，亲自指挥，在灵堂两侧挂上昨夜写就的一副挽联："大勇却慈祥，论古略同曹武惠；至诚相许与，有章曾荐郭汾阳。"又吩咐从湘勇内银钱所拿出二千两银子，先行派专人送给塔齐布的老母，又派副将玉山带三百弁兵护送塔齐布的灵柩至南昌，在南昌公祭之后，再由守备长春护送回原籍；又亲自给朝廷拟折，奏明塔齐布创建湘勇、屡获战功的勋绩，并请在长沙为其建专祠。塔齐布遗言，荐周凤山统带驻扎竹林店的五千人马。曾国藩认为绿营出身的周凤山担不起这个重任，出于对塔齐布的感情，也按他的遗言办了。曾国藩对塔齐布的丧事料理得如此周到细致，对其身后倍加尊崇褒奖，使湘勇将官勇丁都十分感动。

曾国藩回南康不久，江西官场发生大的变化。咸丰帝接受曾国藩的参劾，罢免巡抚陈启迈和臬司恽光宸的官职，将原湖北藩司文俊升为江西巡抚，原吉南赣道周玉衡升为臬司，陆元烺依旧当他的藩司不变。文俊是个旗人，老于官场，深通世故。他一上任，便亲自到南康拜访曾国藩，邀他搬到南昌去住。曾国藩谢绝了，文俊心中不悦。不久，他便看出曾国藩身边的幕僚，惟德音杭布与众不同。凭着他的官场经验和旗人特有的嗅觉，知道此人来头非比一般，便倾力结交，和德音杭布认了世谊，往来密切。周玉衡本是陈启迈的亲信，他对陈、恽的被罢感到委屈。不过一则慑于朝廷对曾国藩的倚重，二则自己也是靠了这次变故才获得迁升的机会，便也不言语。文俊不敢像陈启迈那样，与曾国藩明目张胆地对立，但也不甘心江西白花花的银子都落到湘勇的手中，他在湘勇还没来得及设卡的地方，全都设上厘卡，在湘

勇设卡的地方也加卡，把湘勇的厘税夺走一半以上。百姓则更苦不堪言。江西官场从司道到府县，都对曾国藩打长毛无功，收厘金起劲的做法不满，不少府县暗中怂恿人殴打湘勇卡丁，以便挤走他们，让自己的厘卡独霸地盘。湘勇厘卡的诉苦书一封封报到南康，曾国藩对此毫无办法。

太平军方面，石达开率主力进入湖北战场，在鄂东、鄂南一带接连收复好几座城池。林启容、白晖怀依然分别驻扎九江、湖口，周国虞驻梅家洲，罗大纲驻小池口，均按翼王的部署，暂按兵不动。江西战事出现相对平静。

这一天，罗泽南单骑匹马，从义宁赶到南康。曾国藩很觉奇怪，问："罗山来南康何事？"

"有大事相商。"坐定后，罗泽南对曾国藩说，"江西军事宁静，早晚必有大战爆发。"

"你看出什么啦？"

"石逆统兵进湖北，意在巩固武昌，巩固武昌的目的，又在于保证长江水道的通畅，一旦武昌巩固，就会卷土重来江西。那时，其挟湖北取胜之余威，与屯兵休养之九江、湖口逆贼联合，必与我军有一番恶斗。"

曾国藩眼睛顿时明亮起来，说："罗山顾虑的是。"

"若贼不能固武昌，则无暇来江西，故依泽南看来，一定要与石逆拼力争武昌。"

罗泽南见曾国藩点头，便侃侃而谈："长江要害凡四处。一曰荆州，西连巴、蜀，南并常、澧，自古以为重镇；一曰岳州，湖南之门户也；一曰武昌，江汉之水所由合，四冲争战之地，东南数省之关键所在；一曰九江，江西之门户。此四处，皆贼与我死力相争之地。今九江与贼相持，而贼又上据武昌，长江四处要害已失两处。欲制九江之命，必由武昌而下，欲破武昌，必由崇、通而入。今润芝军驻麻城、黄安一带，鹤人兵在黄陂、孝感，均未制贼之要害。依我之见，须由江西增援劲旅，从崇阳、通城进入湖北，配合润芝、鹤人三路夹击，则武昌可复。而江西境内亦同时攻九江、湖口，大局庶有转机。若不主动出击，待石逆从湖北回师，则江西势更危迫。"

说罢，两只眼睛紧紧盯着曾国藩。曾国藩暗思，罗泽南的这番话不错，但眼下江西能调得出人马吗？

"仁兄说得有理，但哪有人进湖北呢？"

罗泽南立刻接话:"这就是我到南康来与你相商的大事。我思来想去,当前惟有我率领在义宁的三千人马去才行。"

"你去?"曾国藩惊讶地说,"塔智亭刚去世,周凤山实际上统不了九江军。次青平江勇只两千人,温甫的那几营才募集不久,不能挑大梁,江西靠的正是仁兄的这支人马。仁兄若率领入鄂,江西的力量不要说再打九江、湖口,就是应付长毛,也会很费力了。你不能去,实在要去,次青带平江勇去吧!"

"涤生,若真的要早日收复武昌,就不能让次青去。倘若次青败在石逆之手,反而增加逆贼的气焰。我还有一个顾虑,不知你想到没有?"

"你是怕润芝、鹤人不是石逆的对手?"

"不是。润芝富有谋略,鹤人亦勇猛善战,估计石逆亦难轻易取胜。我是想,石逆兵力已到咸宁、蒲圻,他们很可能会再犯湖南。"

罗泽南看到曾国藩手中的茶杯微微动了一下。

"涤生,若石逆再犯湖南,季高、璞山匆忙之间,势必难以堵住。这批无父无君的匪盗,什么事干不出?湘勇这两年和他们结下了血海深仇,他们会饶得过将士们家中的亲人吗?"

曾国藩心里打了一个冷战。石达开进湖南,第一个要攻打的必是荷叶塘,第一批要杀的必是自己的老父稚子,第一批要刨的必是自己的祖坟!

"倘若湖南有个风吹草动,"罗泽南说,"湘勇必定军心动摇。所以泽南此番入鄂,当分军两路,一攻武昌,一扼通城、蒲圻,决不让长毛一兵一卒再犯湖南。"

曾国藩想了一下,说:"三千人马不可再分,要么集中攻武昌,要么集中扼鄂南。不过,兵机瞬息万变,进湖北后再相机行事吧。"

罗泽南连夜赶回义宁。塔齐布死了,罗泽南又要走,曾国藩心里感到一种从未有过的空虚,一连几天,心绪不宁。这天午后,人报刘蓉病重,卧床不起,曾国藩闻讯急忙赶到刘蓉的身边。只见刘蓉闭目躺在床上,面有戚容。曾国藩摸摸刘蓉的额头,体温正常,看看室内,陈设整齐。想起前两天,刘蓉说要告个假,回湘乡省母的事,曾国藩心里明白了。塔死罗走,军机不顺,曾国藩几乎天天要跟刘蓉商量大事,怎么能走呢?他对老朋友此刻的这种想法很不高兴。曾国藩深知刘蓉的为人,遂坐在他的床头,一边轻轻地抚摸着刘蓉的脸,一边以真挚悲怆的声调说:"梅九,梅九,你可千万不能走哇,你能甘心让我当欧阳子吗?"

一连说了几遍,刘蓉终于忍不住笑起来,掀被坐起,责备道:"涤生,人家心乱如麻,你还有心开玩笑。"

原来,这里有个典故,除曾、刘二人外,别人都不知道。那还是他们相识不久的时候,二人都自负文章好。曾国藩有次戏言:我俩好比欧阳修与梅尧臣。刘蓉说:那谁是永叔,谁是圣俞?二人都要当欧阳修,不愿屈为梅尧臣。最后曾国藩说:欧阳修后死,梅尧臣先亡。以后我们二人,谁后死谁是欧阳修,刘蓉同意。想不到二十年后,曾国藩还记得这个故事,在目前军机不顺的时候,还有这份闲心情。

"孟容,你心思乱,你知不知道,我的心思比你还乱?这个时候,你能忍心抛下我回湘乡过逍遥日子吗?"

刘蓉心软了,但并不松口,说:"你是朝廷重臣,你有责任,我是你的私人朋友,我没有责任,我想走就走,没有我,自然有人为你办事。"

曾国藩心里想,莫不是刘蓉对至今还是一个候补知府衔有意见,或是对前途失去信心?他说:"你回家省母是大事,我怎能不同意,况且又不是一去不回。只是我不能须臾无你在身旁,今日有难同当,来日有福同享。一听你要走,我的方寸已乱,想写首诗送给你,都感到难以成句了。"

"那好吧,你就写首诗给我吧,若写得好,我就不走了。"

"你定要回家,我的诗即使写得好,你也不会说好,如何评判呢?"

刘蓉想了想说:"这好办,我看后笑了就算好,不笑不算好。"

"说话算数?"

"我什么时候说过空话?"

曾国藩背着手在屋里踱来踱去,一刻钟后,他走到书案前,挥笔写了一首诗,递给刘蓉:"你看吧!"

刘蓉看时,却是一首宝塔诗,轻声念道:

"虾。豆芽。芝麻粑。饭菜不差。爹妈笑哈哈。新媳妇回娘家。亲朋围桌齐坐下。姑爷一见肺都气炸。众人不解转眼齐望他。原来驼背细颈满脸坑洼。"

刘蓉不动声色,曾国藩在一旁有点着急,屏住气,不敢作声。隔一会,只见刘蓉的头点了两下，终于扑哧一声笑出声来。

"好，笑了，笑了！"曾国藩孩子似的乐了起来。

"涤生，你把你们荷叶塘骂新姑爷的俚语拿来逗我！"

"管他俚语也罢，村言也罢，你笑了就好！"

"我再给你续两句吧！"刘蓉提笔在后面再补下两句："涤生诗才大有长进真堪夸。刘蓉认输留在军营莳竹栽花。"

"妙，妙！孟容，你真是诚信君子。"

离开刘蓉回到书房，曾国藩沉思起来。从刘蓉告假一事上，他终于明白了罗泽南离赣赴鄂的真正用心。原来他们都对江西战局失去信心，功名心重的罗泽南要到湖北去建功立业，功名心不太重的刘蓉则想及早抽身回籍。曾国藩情绪低沉，不断地问自己：我在江西真的就陷入了困境吗？

七　樟树镇受辱，石达开三败曾国藩

不久，咸丰帝实授曾国藩为兵部右侍郎，仍在江西督办军务，其职由沈兆霖兼署。这道任命并没有改变曾国藩在江西孤悬客位的局面，各府县听的是巡抚、两司的命令，并不买兵部堂官的账。前几天，曾国华派人来诉苦，说手下一哨长因公夜行，被新昌县当长毛拿获。曾国华拿着盖有"钦差兵部右侍郎关防"的公文去交涉，竟被新昌县令置之不理，还说以前的公文盖的都是"钦差兵部侍郎衔前礼部侍郎关防"，为何又变了，曾大人到底是个什么官？弄得曾国华啼笑皆非。曾国藩窝着一肚子气，又无法发作。到头来，还得动用文俊的巡抚大印才放了那个哨长。彭寿颐也来诉苦，说厘金日渐减少，卡丁一天到晚尽受气，被打死活埋的事屡有发生。曾国藩苦恼极了，没有银子，这支庞大的军队如何生存打仗？

"银子的事，还有办法可想。"郭嵩焘的父、叔都经过商，到底于此见得多些。他见曾国藩一天到晚为饷银事愁眉苦脸，出主意说，"我为你跑一趟杭州，游说浙抚何桂清，要他支援三万引浙盐。这三万引浙盐在江西推销，估计可获利十万两银子。另外，还可向朝廷陈说困难，请朝廷从上海关税中拨一批饷银来。上海商贾云集，货物山积，银子多得像水一样，分出十万八万应无问题。"

曾国藩认为这两个主意都很好，立即委派郭嵩焘去杭州，又奏请朝廷速拨十万上海关税银子，以济湘勇燃眉之急，并提名由苏州知府袁芳瑛专办。又派人送家信至湘乡，要九弟国荃在原募勇丁基础上扩大一倍，从醴陵一路入赣，以填补罗泽南去后的空缺。正当曾国藩为摆脱经济、军事困境而多方措力的时候，太平天国翼王石达开和他的战友们又在谋划一场大的行动了。

石达开兵进湖北后，一路势如破竹，鄂东南的州县几乎全被太平军克复。罗泽南入鄂后，自己带一支人马直向武昌奔去，他想以奇兵冲进武昌，夺下收复武昌的首功；另分偏师由李续宾统带，扼住蒲圻一带，防太平军南下。石达开放开大路，让罗泽南长驱直入。他的策略是关门打狗，放罗泽南进来，然后再和韦俊、胡以晃联合起来，南北夹攻，全歼罗泽南军。

"殿下，卑职有一个不同的想法。"因埋伏湖口截击李孟群舢板有功，被越级提拔为中军总制的康禄对石达开说。

"小兄弟有何想法？"石达开很喜欢艺高心灵的康禄，虽然他比康禄只大得两岁，但在石达开的高级僚属中，康禄和陈玉成一样，毕竟是属于年纪最小的一批，故石达开常称他和陈玉成为小兄弟。

"殿下，南北合击罗泽南的主意很好，但卑职以为，韦国宗等在武昌防守坚固，罗泽南好比鸡蛋碰石头，不足为虑。现在倒是曾妖头在江西的老巢，却因塔齐布死、罗泽南走而空虚。卑职听说，曾国华骄而无能，周凤山勇而无谋，李元度优柔寡断，彭玉麟内湖水师陷在鄱阳湖。曾妖在江西，已是势孤力弱。此时我军不如返旆回赣，乘机一鼓捣毁湘妖老巢，活捉妖头曾国藩。"

石达开极为赞赏康禄这个主意，神不知鬼不觉地率师翻越幕阜山，以迅雷不及掩耳之势，一举攻克义宁州。三四天之内，便接连拿下新昌、万载、上高等县，曾国华被迫东逃。消息传到南昌，文俊大惊，飞马请曾国藩派勇抵挡。曾国藩调周凤山率驻竹林店的五千人马，先往瑞州遏制，自己协助曾国华整顿溃勇，随后跟上。就在赶赴瑞州的路上，又听到一连串的不利消息：石达开在江西天地会大龙头周培春的配合下，相继攻下临江府、袁州府十余州县，才上任的按察使周玉衡及吉安知府陈宗元被击毙于吉安，翼王旗已插上了赣南名城吉安城楼。

曾国藩带领周部、华部两支人马七千余人，来到离临江府五十里远的樟树镇，吩咐就地驻营。周凤山、曾国华不解。曾国藩说："樟树镇西近瑞、临，东接抚、建，为赣江沿岸重镇，省城咽喉。石逆兵力今集中在吉安府一带，料近日内必率师北上进犯南昌，水陆两军都必经樟树镇。我军在此安营扎寨，以逸待劳，必可取胜。"

周凤山、曾国华都赞同这个分析。曾国藩又火速派人通知彭玉麟率内湖水师出青岚湖，由武阳水过三江口镇，驶进赣江，南下到樟树镇集结，与长毛在樟树决一死战。

几天后，康禄带中军来到永泰市。探马报，曾妖头亲率七千陆师驻扎在樟树镇、横梁、芗溪一带。康禄命令扎营，等候翼王到来。次日，石达开带领殿右一指挥赖浴新赶到了。赖浴新打仗最是勇猛，湘勇恨他怕他，称他为赖剥皮。

石达开策马查看樟树镇的地势。只见这一带除一道赣江外，尽是起伏不定的黄土丘陵，南面接着百丈峰的尾部。此地两旁是山，中间一条大路。时为早春，雨水未至，山上的树木枯干，似乎堆放了满山遇火即着的干柴。石达开看在眼里，心里有了主意，对赖浴新、康禄说："曾妖头打仗，从来不亲上战场，只躲在后边营寨里。上场交战的是周凤山、曾国华，这两个草包求胜心切，当可利用。"

康禄说："适才随翼王查看地势，我想百丈峰麓那片干树林，是天赐我们的有利条件。"

"好放火！"赖浴新一语点破。

石达开和康禄都笑起来。达开说："我们都想到一块了。就在此地火烧湘妖。不过，周凤山、曾国华再是草包，也会防这一招，得想一个办法诱他们上钩。"

翼王、总制、指挥三人细细考虑着。

第二天黎明，康禄带二千人来到樟树镇搦战。康福在曾国藩身边，看着弟弟身着龙袍凤盔，神采飞扬地骑在高头大马上，心里很为弟弟高兴，想到骨肉相残，又顿觉悲凉起来。曾国藩命周凤山、曾国华带三千人前去应战。曾国华对周凤山说："你在正面应付他们，我从侧面冲他们的后队。"

说罢，带着一千五百人与周凤山分道而行。

康禄拍马上前，与周凤山交战，战了十余回合，便渐渐不支，周凤山暗暗高兴，越战越有劲。正在这时，曾国华从后面杀出，两支军队前后夹攻。康禄抵抗不住，打马向东冲去，二千人马溃不成军，纷纷将身上背的东西丢下，夺路而逃。湘勇多时没有打过胜仗了，见丢在路旁的包袱、什物，个个眼红，慌忙来抢。打开一看，尽是金银珠宝，喜得咧嘴大笑。曾国华提醒周凤山："为何长毛丢下这多值钱的东西，此中有诈。"

周凤山说："六爷过虑了。长毛劫来的财宝，不随身带，放到哪里？打败了，只得忍痛丢下逃命。"

曾国华见康禄带兵远远逃去，不像是设下的圈套，便不再制止，让手下的勇丁去你争我夺抢个饱。晚上，周凤山对曾国藩说："看来石逆还在吉安没来，领头的小贼是个无用的家伙。"

曾国藩也一直未见有翼王字样的旗号，心想：正好趁石逆未来之前歼灭这股敌人，鼓舞久已衰竭的士气。当晚将周凤山和六弟着实称赞一番。

隔天，康禄又来挑战。尝足甜头的湘勇个个奋勇，人人争先，康禄边战边退，慢慢地将周凤山、曾国华引到百丈峰脚，太平军纷纷丢下身上的东西，朝树林中逃去。湘勇见又有东西可捡，无不高兴，先头部队不知不觉地进了树林。周凤山和曾国华刚进林子，便有亲兵来报，说前面路边竖起了十来幅大画，全画的是曾大人。周凤山、曾国华好生奇怪，驱马进了树林。行不到几丈远，果然见前面竖起好些牌牌。这些牌牌约有五尺见方，钉在木桩上。牌上糊着白纸，纸上画着图画。周、曾二人看时，第一幅画的是一把大刀，拦腰砍断一条大蟒蛇。旁边一行大字：刀砍癞皮蛇——曾妖头！曾国华气得七窍冒烟，在马上大叫："给我把这个牌子剁碎！"

勇丁们一窝蜂上来，捣毁了这个牌；再向前走几步，又是一块牌，画的是靖港投水；曾国藩披头散发，正从船舱狼狈跳向湘江。勇丁们不待吩咐，又一齐上前毁掉。原来，太平军最喜画画，军中有不少会画的人才。每到一处，周围都贴满了漫画，一来作为娱乐，二来借此鼓舞士气。所以翼王定下这条计策，很快就有高手画出了十来幅大画来。全画的是曾国藩靖港、岳州、九江、湖口打败仗的情景。数千湘勇都怀着好奇心，争先恐后挤进树林，一边看，一边捣毁，一边议论，几乎忘记是在打仗了。大家正在得意忘形之时，一骑飞进树林，向周凤山、曾国华传令：

"曾大人有令，前面树木密集，须防火攻，速速撤退！"

周凤山、曾国华如梦方醒，急令撤退，但已来不及了。猛听得一声炮响，树林中飞出无数条火蛇来。这些火蛇斜着向树梢飞去，擦着树枝便燃烧起来，落下后，又燃烧地上的枯枝败叶。一刹那间，树林中烧起无数堆烈火，噼噼啪啪，越烧越旺，浓烟升腾，火星四溅，把挤进林中的数千湘勇吓得惊慌失措，四处乱窜，被踩死的不计其数。这时，林中到处插上了绣着斗大"石"字的翼王旗，周凤山、曾国华才知石达开早已到了，勇丁们丧魂失魄，勇气全失。周、曾指挥湘勇从来路上冲出去，劈头看见虎目圆睁的赖浴新，心里叫苦不已，不敢恋战，仓皇夺路逃命。一万太平军将士从四面八方包围过来，杀得湘勇鬼哭狼嚎，抱头鼠窜，大片大片地跪下磕头求饶。

在另一条路上，康禄率领五百轻骑直袭樟树镇湘勇老营。曾国藩知道前部惨败，勇丁已无斗志，便下令撤退，自己由康福、彭毓橘保护，向南昌方向逃去。康禄因在白杨坪见过曾国藩一面，便跟着骑在枣子马背上的曾国藩死追不放，一边高喊："弟兄们，活捉骑红马的曾妖头！"

康福听见喊声，知道是自己的弟弟在追，便紧随曾国藩的左右，一步不离。康福深知弟弟飞镖的厉害，从腰间抽出刀来，留心谛听马后的声音。这时，康禄已甩掉后面的将士，独自一人在前追赶曾国藩。曾国藩枣子马的速度，是其他骏马追不上的，身旁除康福外，也再无别人了。康禄在后面又喊起来："曾妖头，下马投降，可以饶你一死！"

曾国藩将手中的马鞭用力一抽，枣子马发疯似的向江边小路奔去，康福紧紧跟在后面。江中水面上，远远地已见一队船驶来。康禄怕曾国藩从江上逃走，便从镖袋里取出一支镖来，运足气力，向曾国藩的后背打去。康福听到飞镖的声响，将腰刀向后一挥，只听得"哐当"一声，飞镖碰在腰刀上，迸出一星火花，一齐落在马屁股下。康福知道一镖不中，还有第二镖飞来，急中生智，从自己的马上一跃而起，跳到枣子马上，坐在曾国藩的后面，回头高喊："兄弟，你哥哥康福在此！"

康禄正要打出第二镖，听得这声喊，愣住了：果然是自己的亲哥哥！这镖怎能放？康禄手一软，镖掉到草丛中。枣子马乘隙飞奔。船队靠近了岸，曾国藩看到前头大船甲板上站的正是水师统领彭玉麟，高喊："雪琴救我！"

彭玉麟忙将船划过来，把曾国藩和康福接上船。船上水勇一齐朝岸上太平军放炮，逼得康禄勒马回头。彭玉麟将溃勇收上船，张开风帆，顺流向鄱阳湖开去。

船开出多时，曾国藩惊魂始定。他抚摸着康福的肩膀说："今日多亏贤弟，否则，此时早已不在人世了。"

康福忙说："大人何出此言，这是大人的福气。只是大人赐我的腰刀，不慎被飞镖击落，遗憾不已。"

"一把腰刀值什么！"

"大人亲手所赐，康福视它如同性命。"

曾国藩听了，感动地说："回南康后我再亲手赠你一把。"

"谢大人。"

"价人。"曾国藩看着慢慢后退的房屋田陌，缓缓地说，"我在马上听你对后面的追贼高喊兄弟，那个追贼是你什么人？"

康福见曾国藩的眼中闪过一丝阴冷的光，知道已不可隐瞒，便将弟弟的事告诉曾国藩，但有意隐去了白杨坪行刺一节。他想起在武昌亲眼见到的剐目凌迟惨象，忽然毛骨悚然："大人，亲兄弟沦为造反逆贼，做兄长的却不能使他改邪归正，心中万分痛苦。康禄不忠不孝，罪不容诛。望大人看康福薄面，有朝一日将康禄擒拿后，千万容康福见一面，劝说他弃暗投明，为朝廷效力；若康禄不听教诲，再杀不迟。"

曾国藩抚须眯眼，半响不语，良久，才慢慢地说："良家子弟失身为贼，已是家中的败类贼子，何况死心塌地为逆首卖命，即使剐目凌迟，亦不为过。不过，既然是你的胞弟，自当别论，且我亦爱他武艺高超，倘若肯弃暗投明，为国效力，本部堂不但不杀他，而且要重用他。你放心吧，日后遇到机会，一定要把兄弟劝说过来才是。"

康福忙说："小人一定谨遵大人钧命，劝说兄弟脱离贼窝，归顺朝廷。"

稍停一会，曾国藩自言自语地说："那年在家，也遇到一个善用飞镖的刺客，今番又是一个会使镖的，我难道前世与镖手结了仇？"

康福只当没听见，走进了船舱。船已到三江口，只见前锋掉过船头来报："湖口逆贼白晖怀拦住了下游。"

彭玉麟怒气冲冲地命令："准备厮杀！"

"且慢！"曾国藩制止彭玉麟，"雪琴，陆师大败，士气低落，此刻不是打仗的时候，不如改道由赣江西下，暂住南昌，休整几天再说。"

彭玉麟遵令指挥战船改道复入赣江，直向南昌奔去。

曾国藩一行刚进南昌的第二天，石达开便率部将南昌团团包围起来。南昌城里，曾国藩和文俊、陆元烺慌了手脚。曾国藩一面指挥城内军队死守，一面飞马传调鲍超、李元度火速来南昌救援。连日来，太平军不断向城内发射火箭、炮子，又四处挖地洞，绑云梯，攻势十分凌厉。李元度、鲍超的陆勇和李孟群的水师被堵在包围圈外，不能入内。曾国藩每天登上城楼，看城外太平军旌旗飘扬，人山人海，心胆俱碎。他决定立即把在湖北战场上的罗泽南、李续宾部调回。刚把传令的亲兵打发出去，随罗泽南出师湖北的参将刘腾鸿单骑冲进南昌城内，将一个意想不到的凶讯告诉曾国藩：初一日，罗泽南在武昌城下右额中弹，初八日死在军营。曾国藩惊得目瞪口呆。刘腾鸿将罗泽南临终前写的信递给曾国藩。上面写着：

涤生仁兄大人左右：

二十余年前，与兄相识于高嵋山下，即结骨肉之情。四年来，追随兄创办湘勇，赖兄之德识才力，湘勇复岳州，出洞庭，下武昌，夺田镇，威播大江，名震寰宇。实指望与兄饮马下关，全歼巨寇，使我大清中兴，岂料中道分手，宏愿未竟，悠悠苍天，此恨曷极！犹记离赣时，兄再三叮嘱："君所部仅五千，贼众常数万，是可合不可分，分则不足以应大敌。"泽南此次败，恰败在分军上。兄言在耳，追悔莫及。方今武昌未复，江西又危，正不知兵火何时能熄。泽南年已半百，死何足惜，事未了耳！迪庵忠贞之士，余部可命其统率，润芝宽厚得众，足可为湖北之主。雪琴、厚庵、璞山，均世之英才，堪寄以大任。左季高，人中蛟龙，可为百万大军统帅，不宜让其久困湖南。泽南一生，自谓求学尚能刻苦，然学业未成，事业未就，愧见先祖于九泉。近年来与长毛作战，亦有一点心得。今将远别，愿送与我兄："乱极时站得住，才是有用之学。"万语千言，难以倾诉，愿仁兄为国珍重。

曾国藩阅毕，泪如泉涌，哭道："罗山大才，世所罕见，中道分手，乃我湘勇之大不幸，所遗诸言，自当谨记！"

传令在南昌城为罗泽南设灵堂，亲自率众吊唁。城外，石达开指挥太平军攻城更急。城内到处是火堆，三街六市一片混乱。曾国藩强令五十岁以下、十五岁以上的男子全部上城抵抗，自己骑着枣子马昼夜巡逻。他暗自下定决心，一旦城破，立即自刎，追随塔齐布、罗泽南于地下。曾国藩把荆七叫到身边："倘若城破，你要设法逃出去。"又指着一个包袱说："这里包的是几年来皇上的朱批、朝廷的命令及历次奏稿与信函的副本，你要把它送到我的老家去，留给后世子孙观看。"王荆七点头答应。略停一会，又说："南康衙门里，有我平时积蓄的八百两银子，你把它带回荷叶塘。事已危急，不能详细作书，当为你写一字条。"

随手拿来一张黄竹纸，匆匆写了几行字：

父亲大人万福金安：

  儿已为国尽忠。这八百两银子不是军饷，乃儿之俸银，今由荆七带回，其中四百两为父亲大人养老之用，四百两为纪泽娶亲之资。请父亲大人多多珍重。

男国藩跪禀

这夜，曾国藩将王世全所赠宝剑放在枕边，以便随时自裁。待到天黑时，城外炮声渐渐稀落，劳累几天几夜，曾国藩一倒在床上，便呼呼入睡了。一觉醒来，文俊进来兴奋地说："长毛全撤了！"

曾国藩擦擦眼睛，见窗外红日高挂，知不是梦。他忙登上城楼，只见五万太平军一个不留地走得无影无踪。他暗自诧异，却不知何故。各路援军都已进得城来，曾国藩看着他们，恍如死而复生，感慨万千地说："前几天闻春风之怒号，则寸心欲碎，见贼船之上驶，则绕屋彷徨，真不料还有今日相逢之一天。"

曾国藩还没有高兴几天，从东边北边又连连传来丰城、进贤、安仁、万年失守的消息。原来，向荣江南大营围攻天京，石达开奉天王洪秀全之命，率部出江西，取道皖南返回天京解围，故一夜之间全部撤离南昌。石达开走后，江西军务先由翼贵丈黄玉昆、后由北王韦昌辉主持，相继攻克抚州府和饶州府。到咸丰六年六月，江西十三府有九府掌握在太平军手中，形成了一片比较巩固的天国统治区。这九府是：九江、临江、袁州、吉安、抚州、建昌、瑞州、南康和饶州。曾国藩在江西处于危困的顶点。

八　在最困难的时候，曾氏三兄弟密谋筹建曾家军

曾国藩瞅着太平军一个空子，又把南康夺回来了。他吸取过去在长沙与湖南官场不合的教训，湘勇老营仍设在南康，尽量离官场中心远一点。就在曾国藩接连吃败仗的时候，九弟国荃却乘着石达开大军撤离江西的机会，一进江西，便攻占了安福县。首次带勇出省便攻下城池，这给一向心高志大、办事果决的曾国荃以极大的信心，也给屡败中的曾国藩带来希望。他有许多事要跟九弟商量，派人来到安福，叫国荃立即到南康去。

曾国荃今年三十二岁，除开眼睛细长和肩膀单瘦外，其他无一处不酷肖大哥。他十七岁时跟着父亲进京，在大哥家一住三年，终因不能接受大哥严谨规范的家教而回到荷叶塘。他渴望像大哥那样年轻高中，步步高升，却又不能像大哥那样刻苦攻读，看着别人一个个进学中举，升官发财，自己却一次又一次地落榜，急得两眼发红。二十七岁那年，好容易才中了个秀才。去年，湖南学使特意赏他一个优贡，曾麟书为此在荷叶塘摆了三天酒庆贺。这个外表单薄文弱的书生，为人办事却异乎寻常地倔强凶狠。八岁那年，大哥曾国藩还未中秀才，曾家在荷叶塘并无权势。国荃喂养的一只心爱的小狗，被邻家的牯牛踩死了，他失声痛哭，从厨房里拿了一把柴刀，背着人磨得锋快。他持刀跑到邻人家门口，声言若不赔他的狗，就要杀死邻人家的牛。邻人不理睬他。他便坐在那人的门口，一坐就是一整天，任何人也拖不回。直到半夜，邻人真怕这个犟伢子杀了他的牛，只好赔了一只小狗罢休。这两年，曾国荃眼睁睁地看到湘勇在外打胜仗，发洋财，心里早就羡慕死了，一再写信给大哥，要到军营来杀贼立功。自从大哥要他在家募勇后，便和国华一人招募一千勇丁，日夜勤练，决心抛掉"四书""五经"，走上战场立军功之路。几个月前，一则因为妻子难产，二则见勇丁尚未练好，他有意暂不出山。这次进江西，曾国藩指示他改道援吉安。他以下吉安为由，将原一千勇丁和临时扩招的一千勇丁改编为四营，分别命名为前、后、左、右营，都以

吉字为头，他觉得兆头很好。果然给他碰上了好机会。太平军安福守将韦有房是个粗鲁贪杯的汉子，平时待兵士苛严。攻下安福后，他为了表示对兄弟们的奖赏，让他们开怀痛饮三天，自己更是天天烂醉如泥。他只知道曾国藩的军队在北面，做梦也没想到，曾国荃的吉字营从西边攻来。吉字营的勇丁急着要发财，都猛冲猛打不怕死，城里的守军是人人两腿软绵绵，两眼红通通，交战不到半个时辰，安福城便易了主。曾国荃将安福城里一切可以动用的财产，全部赏给吉字营的兄弟们，自己一匹快马，带了几个侍从，匆匆赶到南康。

又有两年未见面了，今日见到首战告捷的九弟，曾国藩喜不自胜，国华也闻讯赶来。吃过晚饭后，兄弟三人秉烛夜谈，分外亲切。

国荃将这次攻占安福的战事，绘声绘色地对两个哥哥演说了一通。曾国藩边听边惊讶不已，想不到九弟还是个将才！打虎还靠亲兄弟。真正靠得住的，还是自己的亲弟弟。日后再把国葆叫出来，自己运筹帷幄，三个弟弟各领一支军队，这不就是曾家军了吗？曾国藩将九弟着实称赞了一番后说："沅甫有识见，有一次信里明白跟我说，现在湘勇主力是罗山的人，要尽早建立自己的嫡系。过去我总想，大家以诚相待，目的在剪灭长毛，管他谁的人都一样，若在湘勇中建嫡系，便是自己先不诚了。这两年，先是璞山瞒着我，叫两个弟弟在湘乡募勇，后又是次青公开提出扩大平江勇，连罗山那样的至诚君子，也要率部离赣去鄂。虽说援鄂可以阻挡长毛进犯湖南，但我知罗山内心里是怕跟着我困在江西，立不了功。我遍视湘勇诸将官，除雪琴外，人人心里都有自己一把小算盘。眼下湘勇势力还不大，日后胜仗打多了，诸将功劳大了，人马扩充了，一定有尾大不掉的一天到来。"说罢，轻轻地叹了一口气。

沅甫说："大哥顾虑的是。天下事，先下手为强。现在罗山已死，璞山在湖南，罗山原来的一支人马，就只有迪庵在湖北的那几千人了。鲍超粗直，是大哥一手提拔的，谅他日后必不敢与大哥作对。周凤山是绿营的人，不会跟我们始终一条心。依我看，塔提督留下的人，就干脆让春霆统带算了。"

"鲍超虽无野心，但军纪太差。"温甫打断沅甫的话，"鲍超手下的人，大部分人强抢掳掠，为非作歹，人马交给他不行。"

"温甫说得对，春霆只能为将，不能为帅。"曾国藩对此早已深思熟虑，现在见九弟出手不凡，遂下定最后决心，"周凤山不能再当统领了，塔智亭的人分为三支，分出两千人由鲍超统带。他打仗勇敢，也能督促部下不怕死，病在军纪差，纵容部属抢劫，这大概也是春霆有意以此为刺激。另一支划给温甫。加上这一支二千人，温甫你有多少人了？"

"有三千五百多人。"

"好。日后再招募一些，有五千人就可以打大仗了。"

"另外还有一千五百余人就给沅甫。沅甫加上这支人马，也有三千五百人了，也慢慢发展到五千人。"

"不，大哥，攻下吉安后，我立即就回湘乡募勇，吉字营明年就要达一万人。"

沅甫的勃勃雄心，使曾国藩甚喜，说："打下吉安后，你招一万人可以，不过军饷你要自己筹集，我手里没有那样多银子。"

"我自己有办法，一切不要大哥操心。"曾国荃斩钉截铁地答应。

"沅甫，你的长处是敢于任大事，不畏艰难，这自然是好的。但带勇之事，千难万难，日后困难还多得很，要慢慢磨炼。你手下目前最缺的是营官，我送几个好营官给你。"

沅甫很高兴，问："哪些人？最好要湘乡人。"

曾国藩笑道："岂止是湘乡人，还是我们的亲戚世谊哩！这几年，我身边有六个贴身亲兵，我有意按营官的要求培养他们，他们也还争气，现在可以派他们作大用场了。彭毓橘、萧庆衍、萧启江、江继祖，过两天都由沅甫带去，前后左右，恰好四个营官。"

"谢谢大哥厚赐。"沅甫立即起身致谢。

温甫说："大哥也太偏心了，一下送四个，上次只送两个给我。"

曾国藩笑道："都是亲弟弟，哪有偏心的道理。我身旁的人，除康福外，只要满意的，再挑两个去。两双对四个，一碗水端平。"

说着，兄弟三人都大笑起来。沅甫说："六哥明年人马也要扩大，至少也得一万人。这些年来，日日夜夜巴望建功立业，出人头地，现在是时候了，我们如果不能放开手脚，烈烈轰轰做一番事业，那就成了好龙的叶公。"

温甫点头说："九弟好气派，我何尝不这样想，只是大哥先前总不大赞成。"

曾国藩不语。沅甫继续说："现在大哥看清楚了，真的要完成剿灭长毛的大业，还得靠我们自家亲兄弟。四哥在家照顾家乡田产，贞幹也让他出来。我和六哥一人带三万，贞幹带两万，有八万军队在我们兄弟手里，其他什么人都可不必指望。我担保，凭着这八万曾家军，一定能辅佐大哥平定逆贼，建千古不灭之功勋。"

曾国藩望着慷慨激昂的九弟，眼中射出兴奋的光芒。他多么希望，当初从长沙杀出的湘勇将官，人人都这样痛痛快快地向他宣誓效忠啊！但可惜没有一人！就是最可信赖的彭玉麟，也没有这样坦率地表白过，亲兄弟到底是亲兄弟，与外人就是不同。他庆幸二十余年来，自己对诸弟的教育没有白费。若把那些年代的教诲比作耕耘，那么，现在就是收获的时候了。为着使两个弟弟在最困难的时候坚定信心，曾国藩将近日收到的郭嵩焘的密信拿了出来。郭嵩焘从杭州寄来的信上说：江宁城内，长毛内部争权夺利，愈演愈烈，大有内讧之势头。沅甫看完信，兴奋得用手猛地一拍桌子，高声喊道："若真如筠仙信上所说，那将是天助我也！"

曾国藩急用手捂住他的口，轻声说："莫大喊大叫，军中现在除我们兄弟三人外，无一人知道此事，你们务必不能泄露半个字。若露出风声，军营就会丧失斗志，坐等大功告成。如这样，反而自己害了自己，懂吗？"

沅甫明白过来，很是敬佩大哥的谨慎有远见。

"大哥，"隔一会，沅甫问，"有一事要请教你。俘虏的长毛如何处置，是不是都杀掉？"

"对长毛喊口号、贴布告，自然要讲明投降不杀、胁从者释放回籍的话，不过，"曾国藩轻松地说，"其实这两年来，凡捉到的长毛，无论男女老少，一律剜目凌迟，无一例外。"

"剜目凌迟？"沅甫心微微一跳，"大哥，那也太残酷了点，难道不可以少杀些吗？"

曾国藩站起来，轻轻地一拍沅甫的肩膀，亲切地说："九弟，你还初离书房，没有打过几天仗，怪不得有此仁慈之念。我当初也和你一个样。孟子说君子远庖厨，读书人连杀羊杀牛都不忍看，岂能亲手操刀杀人？但现在我们已不是书斋里的文人，而是带勇的将官。既已带兵，自以杀贼为志，何必以多杀人为忌？又何必以杀人方式为忌？长毛之多虏多杀，流毒南纪，天父天兄之教，天王翼王之官，虽使周孔生于今日，也断无不力谋诛灭之理。既谋诛灭，断无不多杀狠杀之理。望弟收起往日书生的仁慈恻隐之心，多杀长毛，早建大功，做一个顶天立地的真男子。"沅甫点头，牢牢记住了大哥这番教导。

谈了大半夜国事，兄弟三人又扯到家事。曾国藩问："沅甫，你刚从家里来，我问你一件事。"

"什么事？"看到大哥一脸正色，沅甫猜想一定问的是大事。

"去年年底，我写信要各位老弟代我将衡州五马冲的一百亩水田退掉，不知现在退了没有？"

"早退了。"沅甫听问的是这么一件小事，心想，这也值得如此认真！遂不经意地说，"大哥还挂着那件事！接到大哥的信后不久就退了。四哥也是一番好心，说大哥在外带兵，顾不得家事，我们把大哥寄回的钱买点田放在这里，今后也好为侄儿们谋点家业。五马冲的田，还是请欧阳老先生去看的，田蛮好。"

"退了就好。澄侯及各位老弟的心意我领受了。纪泽母子在家，承大家照顾，大哥心里已很感激，还要买什么田呢？父亲与叔父至今未分家，老班兄弟尚且怡怡一堂，哪有大哥自置私田之理！此风一开，将来澄侯必置产于暮下，温甫必置产于大步桥，沅甫、季洪必各置产于中沙、紫甸数处，将来子孙必有轻弃祖居而移徙外家者。"

说到这里，曾国藩脸色严峻，温、沅也敛容恭听。

"昔祖父在时，每讥人家好积私产者为将败之征，又常讥驼五爹开口便言水口，达六爹开口便言桂花树，想诸弟亦熟闻之。你们嫂子女流不明大义，纪泽年幼无知，全仗诸弟教训，引入正大一路，若引之于鄙私一路，则将来计较锱铢，局量日窄，难以挽回。子孙贫富各有命定。命果应富，虽无私产也会有饭吃；命果应贫，虽有私产多于五马冲十倍百倍，最后也可能没有饭吃。大哥我阅历数十年，对于人世的穷通得失思之烂熟。"

温甫、沅甫见大哥说得道理凛然，深为钦佩，说："大哥教导的是。"

"家业之兴与败，全在勤、敬二字上。能勤能敬，虽乱世也有兴旺气象，一身能勤能敬，虽愚人也有贤智风味。祖父在生时留给我们八字家训，这几年，你们都照办了吗？"

"祖父留下的考、宝、早、扫、书、蔬、鱼、猪八字，虽不能说样样都办得好，但在父亲督促下，人人都不敢忘。"沅甫答道。

曾国藩感叹地说："祖父有过人的智能，只是生不逢时罢了。即就这八字而言，一家奉之，一家兴旺，家家奉之，国泰民安。"

说到这里，沅甫想起纪泽、纪鸿各有一封给父亲的信，连忙拿了出来。曾国藩见八岁的纪鸿也能写几句通顺的话来，心里甚是欢喜，看了纪泽的信后说："这孩子新近完婚，还望祖父和各位叔父严加督教。父亲当年完婚也是十八岁，满月即就外傅读书，纪泽要以祖父为榜样，也应速就外傅，不能虚度光阴。新妇是贵家小姐出身，未习劳苦，过门后要遵我家风，教以勤俭恭谨，纺绩以事缝纫，下厨以议酒食，孝敬以奉长上，温和以待同辈。这些都是妇道之要。我要写信给纪泽，以后新妇和女儿们，每人每年要亲手给我做一双鞋，做几样腌菜送来，看看谁做得好。"

沅甫笑道："老辈妯娌正是这样做的。"

说着从包里将欧阳夫人及四个弟妇所做的六双鞋、六双袜子，欧阳夫人单独做的两套衣服取出，国藩一一收下。

第二天，温甫带着本部人马奔瑞州，沅甫则带着彭毓橘等人回安福，准备进攻吉安。曾国藩把其他营的饷银压下来，给两个弟弟一人十万两银子。

郭嵩焘所听到的传闻，终于变成千真万确的事实。咸丰六年七月二十二日，太平天国丙辰六年七月十六日，杨秀清在天京金龙殿公开威逼洪秀全封他为万岁，刚烈自负的洪秀全岂能受此挑衅，密令正在江西战场上的北王韦昌辉、苏南战场上的燕王秦日纲和湖北战场上的翼王石达开，回京制杨护驾。清历八月初四日，天历七月二十七日凌晨，韦昌辉和秦日纲带兵冲进东王府，把杨秀清和他的家人及王府侍从全部杀尽。为剪除杨的党羽，韦、秦又行苦肉计，诡称天王降旨，严责杀戮过多，愿自受杖刑四百。杨秀清部下五千多人，放下军械前来观看，待杨部全部进入两座预先准备好的空屋后，韦、秦士卒将两座屋包围，五千赤手空拳的将士，一个不剩地被杀掉。待到这五千武装人员被戮以后，杨部其他人便束手就擒。三个月里，天京城里血流成河，尸积如山，杨秀清部两万余人同归浩劫，连婴儿都不能幸免，演出了中国历史上空前未有的一幕内讧惨剧！天朝人心惶惶，几于崩溃。石达开急速从武昌赶回，严斥韦昌辉灭绝人性的凶暴行为。韦昌辉大怒，布置兵丁欲杀石达开。达开连夜缒城出走。韦遂杀石全家。石达开在安庆起兵靖难，请天王杀韦以正国法、平民愤。洪秀全联络朝中各官，将韦昌辉诛杀。这场亘古未有的农民起义军内部自相残杀的悲剧发生后，清廷朝野上下，莫不深感意外，他们相信这是天助圣清，长毛必灭。咸丰帝立即任命江南提督和春为钦差大臣，接办七月间在丹阳自杀的向荣的军务，和帮办江南军务的张国梁一起，重建江南大营。尤其是处在湖北、江西、安徽、江苏、浙江前线的清将官兵勇，如同看到步步进逼的敌营忽然瘟疫疾行，顿失战斗力，纷纷庆贺自己死里逃生。乘此机会，胡林翼率部再克武昌，李续宾、杨载福率水陆二军沿江东下，连克兴国、大冶、蕲州、蕲水、广济、黄梅，陈师九江城下。这期间，李元度攻克宜黄、崇仁，鲍超攻下靖安、安义，周凤山率新从湖南募来的勇丁攻下分宜、袁州，曾国华攻下武宁、瑞州，曾国荃攻下安福，李续宜攻下瑞昌、德安。江西局面对湘勇来说略有好转，但太平军的力量仍很强大。十三个府城还有七个控制在太平军手中，林启容雄踞九江，屡挫围师。这个江西战场上众望所归的将领，将各路人马团结在自己的周围，忍受着天京内讧的巨大悲痛，依然顽强地对付着湘勇的进攻。曾国藩并没有从危困中解脱出来。

一日，刘蓉对曾国藩说："林启容初为杨秀清部下，由杨一手提拔。今杨逆被杀，林逆心中一定怀怨，攻城不破，可以转而攻心。涤生作书一封陈说利害规劝，事或可为。"

曾国藩说："《襄阳记》上说得好，用兵之道，攻心为上，攻城为下，心战为上，兵战为下。不是你提醒，差点忘了这个不易之道。只是这下书人，找谁为好呢？"

曾国藩话音刚落，一人朗声应道："若恩师信得过，学生愿当下书人。"

曾国藩转脸望见说话之人，心中甚为满意。

九　邹半孔出卖奇计

原来说话的人，正是彭寿颐。他走前一步，说："寿颐蒙恩师重用，并无尺寸之功。前错用赵有声，几给恩师带来大麻烦，学生前去九江下书，以赎前愆。"

曾国藩说："林启容是贼中死党，不一定能被言辞所动，你此去或有不测风险。"

彭寿颐说："大不了一死耳！学生幼读诗书，粗知大义，杀身成仁，正志士之归宿。"

曾国藩抚着寿颐的肩膀亲切地说："江西读书人都如足下，长毛不足平。"曾国藩当即修书一封。彭寿颐带着信，飞马出了南康城。在九江城外见过李续宾后，只身来到永和门外。守城卫兵拦住，喝道："哪里来的清妖！"

彭寿颐答："我受曾部堂之命，从南康来到此地，要面见林将军，将曾部堂的信交给他。"

卫兵搜遍彭寿颐全身，除一封信外，并不见任何东西，便用黑布蒙住他的双眼，将他带到贞天侯衙门。卫兵禀过以后，林启容传令带见。卫兵去掉黑布，彭寿颐走进大堂，只见堂上正中端坐着一位面孔黧黑、五官端正的年轻将领，他料想此人必是林启容无疑，便上前一步，双手作揖："万载举人彭寿颐叩见林将军。"

林启容把彭寿颐看了半晌，然后问："你是清妖举人，我是天国上将，我们之间水火不容，你来见我做甚？"

"我奉曾部堂将令，特来九江送亲笔信一封给林将军。"

彭寿颐说罢，从身上取出信来，早有一个小兵下来接过信，交给林启容。

林启容见信上写着：林启容将军麾下勋鉴：

盖闻知几为哲人，识时为俊杰，时危势去而不觉悟，则为下愚，徒为智者之所鄙笑也。自洪秀全、杨秀清倡乱以来，蔓延十省，掳船数万，自以为横行无敌。乃渡黄河者数十万人，屠戮殆尽，片甲不返，匹马不归，而军势顿衰。本部堂办理水师，分布湖北、江西，烧毁逆舟，截其粮源，而军势更衰。洎今年七月，韦昌辉诛杀杨秀清，凡东嗣君及杨氏家族官属，斩刈无遗。石达开自武昌归去，几不免于杀害，而后洪秀全又杀韦昌辉。金陵内变，而军势于是乎大衰。想林将军亦深知之而深恨之，痛哭而无可如何也。

本部堂前在九江时，统率水陆环攻浔城，林将军兵单粮少，坚守不屈。本部堂嘉尔有强固之志。守军拔营之后，尔未尝毒杀百姓，本部堂嘉尔无殃民之罪。尔林将军亦可谓一杰出者矣。昔者统领尔党、慑服众心者，杨秀清也；能知将军用将军者，杨秀清也。今杨氏既诛，谁能统领而服众乎？谁能知尔用尔乎？尔与石达开皆杨氏之党，韦党必思所以除，此尔目前之患也。本部堂嘉尔有一节之可取，特谕招降。尔能剃发投诚，立功赎罪，奏明皇上，当以张国梁之例待之。可以保身首，可以获官爵，并可诛戮韦党，以快私仇。为祸为福，在尔一心决之。熟思吾言，无遗后悔，或愿或否，速行禀复。

林启容看完，冷笑着。他有心揶揄几句，便问彭寿颐："听说你家大帅浑身生着蛇皮癣，每天晚上要四个女人轮流给他搔痒，才能入睡，是真的吗？"

堂上一阵哄笑。彭寿颐虽恼怒，却不敢发作，说："将军不要听信谣传，曾部堂身边并无一个女人，所患牛皮癣，近亦痊愈。"

"你不要为你家大帅遮丑了，他是个有名的伪君子。他想凭这一张纸就要我交出九江城，像张国梁那样认贼作父，真是白日做梦！"

堂上一片肃杀，刚才嬉笑的场面已消失得无影无踪，仿佛根本不曾出现过似的。

"曾国藩是我的手下败将，你回去告诉他，要他好好回忆一下，从那年罗泽南在南昌城外打败仗算起，一直到今天，他和他的喽啰们在我手下奔逃过几次了？"

林启容威严的声音使彭寿颐的心怦怦乱跳。他自思到九江来，只是送封书信而已，信送到了，任务也就完成了，千万不要再多说一句话，万一哪句话说歪，惹怒这个杀人不眨眼的魔王，脑袋立即就会搬家。想到这里，他觉得就是刚才为曾国藩辩护的话也不应该说。他下决心再不开口。

"你回去告诉曾国藩，不要为天京城里的事高兴得太早了，江西大部分城池还在我们手里，圣兵还有十万之众，只要我一声令下，什么时候都可以取曾国藩的头。"

林启容将曾国藩的信撕得粉碎，从堂上掷下，喝道："滚吧！"

彭寿颐抱头鼠窜，恨不得一步跨出九江城。

"慢着！"林启容拖长声音叫道。彭寿颐惊恐地站住，忐忑不安。"你回去怎么向你家的大帅交差呢？曾国藩会相信你到过九江城吗？来呀，弟兄们。"

只听见两个亲兵高声答应一声，走上前来，彭寿颐吓得面如死灰。

"为让曾国藩相信这个彭举人送到了书信，割下他一只耳朵为证！"

彭寿颐浑身乱抖，一个亲兵拿着一把明晃晃的牛耳尖刀过来，另一亲兵拿出一个瓷盘，彭寿颐早已瘫在地上，任凭他们摆布。那亲兵提起彭寿颐的右耳，只轻轻一划，一只耳朵掉进瓷盘。彭寿颐惨叫一声，捂着右边脸跟跄走出大堂。

当曾国藩看到失去了一只耳朵的彭寿颐，听完他沮丧的禀告后，勃然大怒。刘蓉也为自己的失策而惭愧。这时，康福进来禀告："大人，大门外有人贴了一张红纸条，上写'奇计出卖，价格面议'八个大字，旁边尚有一行小字，'问计者请到状元街灰土巷找邹半孔'。门人觉得好笑，特揭下送了进来。"

说着将红纸条递上去。曾国藩看了一眼，扔在桌子上。彭寿颐说："这邹半孔莫不是个疯子！"

曾国藩又拿起红纸条，细细地欣赏一番，然后缓缓地说："康福，你带一顶轿到状元街去一趟，把邹半孔接来，我要当面向他问计。"

康福领命，骑着马，带着两个轿夫，一顶空轿，一路寻问，来到状元街灰土巷。在一间破败低矮的旧屋里，找到了邹半孔。此人五十岁左右，留着稀稀疏疏的山羊须，高高瘦瘦的，面孔蜡黄，衣衫不整，一看便知是个落魄的文人。康福不敢怠慢，恭恭敬敬地说："曾大人派我来接先生前去面商奇计。"

邹半孔并不谦让，摇着一把纸扇上了轿。轿子抬进衙门二门，曾国藩已在花厅等候了。邹半孔抢着上前一步，跪下说："学生邹半孔叩见。"

曾国藩忙扶起，说："先生免礼。"

邹半孔坐下，王荆七端过茶来。曾国藩将邹半孔仔细端详一番后，问："先生贵庚几何？"

邹半孔答："学生今年四十有九。"

说完，又伸出几个指头比画着，露出很不自然的笑容来，坐在凳子上，手脚不知如何放。曾国藩见此人举止神态有点猥猥琐琐，心中不甚欢喜。

"平日在家治何经典？"

"学生不治经典，平生喜爱的是稗官野史。"

"此人不是正经读书人。"曾国藩心想，接着又问："也读兵书吗？"

"最爱读兵书。"邹半孔得意地回答。

"先生常读哪些兵书？"

"学生第一爱读的兵书是《三国演义》。"

曾国藩一听，双眉紧皱。曾国藩最不喜欢的书便是《三国演义》，认为它纯粹胡编瞎扯，何况《三国演义》也不是兵书。邹半孔没有注意曾国藩脸上的变化，劲头十足地说："《三国演义》是历朝历代最好的兵书，书中的计策学不完、用不尽。孔明是最好的军师，学生最佩服他，故改名为半孔，希望做半个孔明。"

曾国藩心里冷笑：真是一个不自量的人！

"先生说有奇计出卖，请问卖的是何奇计？"

邹半孔洋洋自得地说："听说大人几次攻打九江不利，学生在家一直为大人思索良策。那日重读空城计，突然大悟，思得一妙计，因见不到大人，故贴红条相告。"

曾国藩认真地听着，不知他葫芦里卖的是什么药。

邹半孔眉飞色舞地说下去："我想，大人也可以学孔明来个空城计，将南康城内人马全部撤出，埋伏在四面八方，派一小股人去九江，将林启容引进南康，然后伏兵四处出动。这样，林启容也捉了，九江也破了。"

康福在一旁忍俊不禁，曾国藩这时才真正明白，来者乃是一个心里不明白的人，便有意逗弄他："邹先生，倘若林启容不出九江，此计不成呢？"

邹半孔瞪大眼睛，扣着脑门想了半天，忽然大声说："有了。大人，你可以在军中找一个丹凤眼、卧蚕眉、面如重枣的人，化装成关云长，要他领着兵马去打九江。长毛最怕关帝爷，关爷一去，九江必下。"

"哈哈哈！"曾国藩终于忍不住大笑起来。

邹半孔不明白曾国藩笑什么，挺认真地说："大人手下上万名将士，一定可以找到一个和关爷长相差不多的人。若大人信得过，邹某愿代大人到军中一个个查看。"

曾国藩站起来，笑着说："好！先生献的果是好计。荆七，拿十两银子来酬谢邹先生。"

说罢，拱手与邹半孔道别，进了内屋。康福跟着进来说："大人，这个姓邹的不是呆子便是骗子,你何必白白送他十两银子,还要遭人讥笑。"

"价人,你知道古人千金买马骨,筑台自隗始的故事吗?我今日对邹半孔这样的人尚待之以礼,真有才能的人必会挟长来就了。"康福半信半疑地点了点头。果然不出所料,第二天,第三天,曾国藩衙门便来了十余起人。有献八面围城计的,有献里应外合计的,有献掘壕引江计的,也有献反间计的。曾国藩反复权衡,觉得掘壕引长江水断绝城内城外联系,将林启容困死在城内的计策最为稳当可行,便指令李续宾遵行。但行之半月,并无成效。掘壕的兵勇一个个被太平军杀死在壕边,壕沟未成,兵勇倒死了不少。曾国藩一筹莫展。恰在这时,折差送来一份兵部火票,又把曾国藩抛进忧愁之中。

十　大冶最憎金踊跃,哪容世界有奇材

兵部火票递的是军机大臣的字寄,抄录关于上海厘金的上谕:

> 前因曾国藩奏请在上海抽取厘金,接济江西军饷等情,当谕令怡良等体察情形具奏。兹据奏称,江苏军需局用款浩繁,专赖抽厘济饷,未能分拨江西。且上海地杂华夷,该地方官绅年余以来,办理尚能相安。若再行派员办理,实多窒碍。所奏自系实情。所有上海厘金只可留作苏省经费,曾国藩所请饬调袁芳瑛专办抽厘以济江西军饷之处,着毋庸议。

曾国藩读完这道上谕,心里凉了半截。调拨上海厘金,并由袁芳瑛专办的如意计划,竟遭到两江总督怡良的断然拒绝。

"怡良可恶!"曾国藩在心里狠狠地骂道。如今朝廷,居然这般软弱,怡良说不给就不给。曾国藩想,这种事在宣宗时代是决不可能发生的。哎!今日之情势,真要办事,非得要有督抚实权不可!随便在哪个省当个巡抚,供应两万勇丁都不成问题,何来向人乞食这副狼狈相。曾国藩在房间里踱来踱去,心中充满委屈。这时,门被轻轻推开。

"哎呀!筠仙,你几时回来的!"正在为军饷担忧的曾国藩,一眼瞥见从

杭州运盐回来的郭嵩焘,仿佛见到赵公元帅一样高兴。

"刚到南康,就来向你交差了。"

几个月的劳累奔波,郭嵩焘显然黑瘦多了。曾国藩亲切地说:"这趟差使辛苦你了,看瘦成这个样子。"

按照待老友的惯例,曾国藩亲手为郭嵩焘泡了一杯浮梁茶。

"瘦一点不打紧,事情没办好。"郭嵩焘满脸倦容。

"三万引盐如数运到广信,你为军营立了大功,怎说没办好呢?"曾国藩知道郭嵩焘一向不讲客气话,这中间必有难处。

"涤生,现在世道人心都坏了。国家遭大难,本应和衷共济,共拯危难,其实大谬不然。"郭嵩焘很气愤,"一到浙江,先是巡抚何桂清高低不肯拨,说是浙江也是受长毛蹂躏区,不能承担八万军饷的义务。幸而不久户部下来公文,他只好勉强接受。派去办理的各级官吏层层盘剥,弄得百姓怨声载道,知道是要运到江西充军饷,都骂你没良心。"

"愚民无知,就让他骂去吧!"曾国藩苦笑道,"自出山办团练以来,我也不知挨过多少无端的咒骂了。"

"好容易运进江西,在玉山解开几包准备食用时,发现上当了。"

"怎么啦?"曾国藩惊讶地问。

"盐里掺了观音土。一包盐一百斤,至少有十斤观音土。"

"这批混蛋!"曾国藩脱口骂道。

"这倒也罢了。"郭嵩焘继续说,"原拟每引盐可售价二十五两,除去成本和各项开支外,在广信一带出售,每引可赚四两多。谁知每引只能卖到二十两左右,几乎赚不到钱。"

"这是什么原因?"曾国藩感到事情严重了,净赚十万两的计划岂不要落空!

"后来一打听,近来大批走私淮盐正在出售,价格也在每引十九、二十两之间,有的还便宜些。"

"三令五申严禁私盐,为何没有堵住?"曾国藩气得站起来,在屋里走来走去。

"江西的州县,不是你这个兵部侍郎所能管得了的。你可能还不知道,那些从安徽贼区买淮盐的私贩子,几乎个个都有官府作靠山。走私盐是州县官吏的一大财路,他们会真正地禁止吗?据说,"郭嵩焘走到曾国藩身边,小声说,"藩司陆元烺、署理盐法道南昌知府史致谔就是最大的走私犯。"

"筠仙,你有确凿证据吗?"曾国藩转过脸,咄咄逼人地问,"如果有,我即刻上奏弹劾。这班人,简直是国之巨蠹!"

"确证当然有。不过你可以弹劾一个陆元烺,弹劾一个史致谔,你能弹劾掉全江西的官吏吗?世道人心已坏,整个风气已坏,是根本无法扭转的。"

曾国藩长长地叹了口气,不再作声。他觉得自己已走在荆天棘地之中,前面是张开血盆大口的虎豹豺狼,这似乎还好对付些,而身后及左右的蚊虫蛇蝎、刺丛陷阱,却无力制裁防范。他咬紧牙关,狠狠地吐出一句话:"如果有朝一日我当了两江总督,我要把这些腐败家伙全部清除!"

"涤生,我这次来一则向你交差,二则向你辞行。"

"怎么!你也要离开军营?"曾国藩深感突兀。

"我已服阕,理应回京供职,明日我即离开南康,先回湘阴安置一下,然后再北上。"

"江西局面仍在危困之中,你再帮我一把吧!"曾国藩实在不愿意郭嵩焘离开。

"涤生,按我们的交情,我是应该留在这里帮帮你的,但这次办理盐务,办得我心灰意冷了。我想,我们大清帝国怕真的要亡了。不是亡在长毛手里,而是亡在自己人手里。我这次在杭州,看到一本介绍英国国情的书,夷人有许多长处值得我们学习。我真想到英国去亲眼看看。"

"夷人的确有许多东西比我们好,就拿他们造的船和炮来说,就强过我们百倍不止。你帮我平定长毛,大功告成后,我向皇上奏明,保你出洋考察如何?"

郭嵩焘苦笑说:"我不过说说而已,你就抓住这点和我做起交易来了。这几年的辛苦奔波,也使我烦腻了。你是知道的,我这个人最耐不得烦剧,你还是让我到翰林院去过几天清闲日子吧!"

曾国藩知不可挽留,说:"明天我和孟容为你置酒钱行。"

郭嵩焘见曾国藩答应了,反觉过意不去,他深情地望着曾国藩,说:"涤生,你顽强坚毅,定会做出大事业来。我秉性柔弱,在这方面不能望你项背。刚才所说的,我自思也过于灰心了。有志者事竟成,国事也并非就到了不可收拾的地步。明天我要走了,今天我要送你几句肺腑之言。"

曾国藩也颇动感情地说:"贤弟请讲。"

"你若像我这样,不在地方办事,又不带勇剿贼则罢,倘若指望办成大事，剿灭逆贼，你有些做法要改。"

"旁观者清。我哪些地方做得不对，你就直言不讳吧！"曾国藩已感受到郭嵩焘的一片真心。

"第一，要联络好地方文武，不要总是站在与他们为敌的地位，当妥协处则妥协。常言说得好，强龙不压地头蛇。第二，越俎代庖之事不能再做，费力不讨好，反招怨敌。第三，要利用绿营的力量，不要再单枪匹马地干。若做到这三点，许多事情会办得好些。"

"筠仙，你这三点的确是金玉良言。今后是要按你的意见办，否则弄得焦头烂额，最后还是一事无成。"曾国藩说到这里，想起江西局面的困危，眼眶潮润了。

第二天，曾国藩请来刘蓉，一同为郭嵩焘送行。曾国藩拿出一幅字来，对郭嵩焘说："贤弟要走了，我无物可赠，心绪烦乱，亦无佳作，现录十六年前旧作，权当为贤弟送别。"

郭嵩焘接过来看时，写的是四首七律，题作《寄郭筠仙之浙江四首》：

其一

一病多劳勤护持，嗟君此别太匆匆。
二三知己天涯隔，强半光阴道路中。
兔走会须营窟穴，鸿飞原不计西东。
读书识字为何益？赢得行踪似转蓬。

其二

碣石逶迤起阵云，楼船羽檄日纷纷。
螳螂竟欲当车辙，髑髅安能抗斧斤？
但解终童陈策略，已闻王歙立功勋。
如今旅梦应安稳，早绝天骄荡海氛。

其三

无穷志愿付因循，弹指人间三十春。
一局楸枰虞变幻，百围梁栋藉轮囷。
苍茫独立时怀古，艰苦新尝识保身。
自愧太仓縻好爵，故交数辈向清贫。

其四

向晚严霜破屋寒，娟娟纤月倚檐端。
自翻行箧殷勤觅，苦索家书展转看。
宦海情怀蝉翼薄，离人心绪茧丝团。
更怜吴会飘零客，纸帐孤灯坐夜阑。

录道光二十年旧作为郭筠仙送行
咸丰六年冬于南康军营

郭嵩焘接过这幅字，看着上面刚劲挺拔的字迹，往事浮上心头。那是曾国藩大病初愈时，郭嵩焘应浙江学政罗文俊之聘离京入浙，也似今日，曾国藩在寓所为他置酒饯行，后来又将这四首诗写在信里寄给他。郭嵩焘想：涤生今日把这四首诗重新抄给我，是不是暗责我在困难时离他而去呢？他心里怀着一丝歉意。

"涤生，我到京城住两年就回来。"似乎是为了表示自己的惭愧，郭嵩焘说出这句言不由衷的话。

"筠仙，你的性格才情，宜在翰苑，而不宜在军旅。你回京是件好事，今后若不是别有缘故，也不必再到军中来。你为我在京联络京官感情，了解朝中大事，勤写信来，就是帮我大忙了，或许比在军中起的作用还大。"

刘蓉说："刚才涤生提起联络京官感情，了解朝中大事，倒使我想起一件事，不知二位知道不？"

"什么事？"曾国藩心中有一种莫名的不祥预感。

"前几天，文中丞府里的袁巡捕到南康来清点湘勇在营人数。"

"文俊又不按人头发饷银，他凭什么来管我的人多人少？"曾国藩打断刘蓉的话。

"袁巡捕说，大军在江西，地方招待不好，文中丞准备给兄弟们发点礼，故来点一下人数。"

"这里头有蹊跷。"郭嵩焘说。

"我也觉得不大对头。袁巡捕又说不必跟曾侍郎说了，我便更加怀疑。于是留下他，客客气气地请他吃饭，乘他酒酣耳热之时，我拿出一副象牙骨牌送给他。"

"你哪来的这种东西。"刘蓉一向规矩严谨,从不涉牌赌,曾国藩对他有骨牌感到奇怪。

"我哪里有这种东西。"刘蓉笑着说,"这是春霆的战利品,他要我给他保管,说金银丢了不要紧,这东西不能丢,放在我这里保险。"

"春霆就是爱赌爱喝酒,终究不是将帅之才。"郭嵩焘一向不喜欢粗野的鲍超。

"我把这副象牙骨牌送给袁巡捕,他高兴极了。"刘蓉不想议论鲍超,接着说,"我乘势问他,省城近日对曾侍郎和湘勇有些什么看法。姓袁的附在我耳边悄悄说:'我前天听文中丞和德音杭布在议论曾侍郎。'"

曾国藩两眼盯着刘蓉那张已变粗黑的脸,心中有点七上八下。

"姓袁的讲,德音杭布说,寿阳相国跟皇上提过,曾某人在江西一无成就,但勇丁却不断增加,现在又叫一个弟弟招募几千兵到江西来了。一家三人都带兵,而且都集中在江西,这可不是一件好事呀!"

曾国藩听到这里,心里一阵恐慌,手心渗出冷汗。

"又是那个祁老头子在使坏,早就该致仕了,却总这样恋栈,成事不足败事有余。"郭嵩焘很愤怒。曾国藩两条扫帚眉锁成一条线,三角眼黯淡无光,嘴唇紧闭。

"姓袁的讲,文中丞听后说:'寿阳相国老成谋国,所虑的是。'文中丞还说,姓曾的刚愎冷酷,不能相处,陈子皋是他的同乡同年,军饷拨慢点,就下此毒手。跟此人共事,得处处提防,并要德音杭布注意点。德音杭布说姓曾的城府深,心思摸不到。我当时听到这些胡说八道,直气得发抖。心想,这分明是文俊、德音杭布和祁隽藻上下串通一气,在算计我们。一旦有个风吹草动,他们就会第一个弹劾。"

"这一伙魑魅!"郭嵩焘骂道。

屋子里的空气顿时紧张起来。良久,曾国藩长叹一口气,无力地说:"夕阳亭事,不久就会重演了。"

刘蓉心里一紧。他后悔刚才不该一股脑把话都倒出来,引起曾国藩这样大的伤感,便安慰道:"杨伯起生当乱世,又遭权贵所害,才弄得被迫自杀。今日天子圣明,祁寿阳虽然糊涂,究竟不是权奸,他与你个人无私怨,那年对你冒死直谏也很称赞。我想他只是对你这几年所做的事尚不甚了解,想到历史上常有拥兵作乱的事,提醒皇上注意罢了。即使不是你,换成另外一个汉人,他也会有这种疑心的。"

曾国藩说:"孟容这话倒也不错,虽然祁寿阳上次也在皇上面前说过我的坏话,不过,此人到底还不是耿宝一流人。"

"再说,皇上比汉安帝也英明百倍。"郭嵩焘插话。

"是的。"刘蓉继续说,"今后你事事注意点,一切小心谨慎,必可趋吉避祸,平安无事。"

"小心谨慎自是应该,不过,"曾国藩的紧张心绪已消除,代之而起的是极为委屈的痛苦,"当世如祁相国这样的人,学识才具,二位都很清楚,顶多当个'平庸'二字,却得天子信赖,群僚拥戴,位高秩隆,身名俱泰,且这种人尚不只祁隽藻一人。咸丰二年,国藩乃一在籍侍郎,本可不与闻国事,只是想到两朝恩重,斯文无辜,不忍心看鼎移贼手、孔孟受辱,才不自量力,以一书生募勇练团。实指望上下齐心,扫除凶丑。谁知在长沙时,鲍起豹不容,靖港败后,一片诟骂,湘勇进城者竟遭毒打。这两年在江西,步步艰难,处处掣肘。在地方上受如此苦不说,还要在朝中遭无端猜忌。唉!虹贯荆卿之心,见者以为淫氛而薄之;碧化苌弘之血,览者以为顽石而弃之。看来我死之日将不久矣。二位他日为我写墓志铭,如不能为我一鸣此屈,九泉之下,永不瞑目。"

说罢,神情黯然,怆叹良久。忽然,他离开酒席,走到书案边,奋笔疾书。然后,对郭嵩焘说:"刚才那幅字不要带了,我另送你一首诗。"

郭嵩焘和刘蓉接过看时,上面写着:

送郭筠仙离营省京

域中哀怨广场开,屈子孤魂千百回。
幻想更无天可问,牢愁宁有地能埋。
夕阳亭畔有人泣,烈士壮心何日培?
大冶最憎金踊跃,那容世界有奇材!

郭嵩焘嗟叹,刘蓉饱噙泪水,三人望着冰冷的杯盘,再也无心吃下去了。突然,门外响起急促的脚步声,曾国藩的心立即紧缩起来。

十一　重踏奔丧之路

"大人，瑞州紧急军报！"康福一阵风似的进门来，将一封十万火急的请援书送到曾国藩手里。这是曾国华从瑞州军营里派人送来的。原来，在湖北战场上失利的罗大纲、周国虞率所部人马，从湖北来到江西，将瑞州城团团包围，扬言要攻下瑞州，千刀万剐曾老六，以报昔日之仇。曾国华见城外太平军人山人海，一时慌了手脚，火速派人请大哥救援。曾国藩对六弟遇事惊慌很不满意，但又不能置之不管，若真的瑞州城丢失了，六弟在湘勇中就站不起来。但眼下四处吃紧，哪方兵力都不能动。他想来想去，惟有李元度一军可暂时移动下。当曾国藩带着李元度的二千人马急急赶到瑞州城下时，罗大纲、周国虞已在先天下午撤走了。他们原本路过瑞州，只不过想借此吓吓曾国华而已，并没有真打瑞州的意思。这场虚惊过后，曾国藩心里更忧郁了，江西长毛气焰仍旧嚣张，军事毫无进展，银钱陷于困境，一向被视为奇才的六弟竟然如此平庸，自己与江西官场方枘圆凿，今后如何办？他遣李元度仍回南康，自己留在瑞州帮六弟一把。再不济，也是自家兄弟，今后还得依靠他来当曾家军的主将哩！

这天深夜，曾国藩跟六弟在书房谈了大半夜带勇制敌之道，正要就寝，康福来报："蒋益澧在门外求见。"

"他怎么来了？"曾国藩深为奇怪，"快叫他进来。"

蒋益澧风尘仆仆地进得门来，向国藩、国华行了礼。曾国藩问："芗泉，你不在南康侍候德音杭布，跑到这儿来干什么？"

"回禀大人，"将益澧恭恭敬敬地回答，"我不是从南康来，而是从南昌来。"

"德音杭布又到南昌去了？"

"是的。大人先天走，他第二天就要我收拾行李，陪他到了南昌。"

"他这样迫不及待地到南昌去干什么？"曾国藩皱着眉头，像是问蒋益澧，又像是自言自语。

"大人不知，"康福在一旁插嘴，"前几天，文中丞给他在胭脂巷买了一套房子，又用一千两银子在梨蕊院里赎了一个妓女，那烟花女据说是豫章一枝花。他早就想到南昌去，只是碍着大人在那里。"

"怪不得大哥一走，他就急急忙忙往南昌溜。"曾国华是曾氏五兄弟中对女色最有兴趣的一个，家有一妻一妾，还时常在外面寻花问柳。对德音杭布的艳福，他甚是羡慕。

"康福，你怎么知道得这样清楚？"曾国藩笑着问。

"我是从彭寿颐那里听说的，他早两天到南昌去过一趟。"康福嘴边露出诡秘的一笑。

曾国藩望着蒋益澧，打趣地说："芗泉现在跟着这位满大人，正好在花花世界里享受一下，为何深夜跑到这儿来？"

益澧红着脸说："我岂敢忘了大人的嘱托，贪夜至此，有重要事情相告。"

众人都收起笑容。荆七给益澧送来饭菜。跑了两个时辰的快马，又累又饿，蒋益澧不讲客气，狼吞虎咽地连吃了几大碗饭。他抹抹嘴，对曾国藩说："昨天夜晚，文中丞、陆藩台、耆臬台、史太守四人请德音杭布到南昌知府衙门喝酒。他有意不要我跟着，愈发引起我的怀疑。中途，我借送衣的机会进了衙门，偷偷地躲在屏风后面，听他们谈话。没想到这些堂堂大员，酒席桌上谈的全是美食和女人，我听了大倒胃口。正想退出，忽听得史致谔问德音杭布：'听说曾侍郎准备给朝廷上折，严厉禁止淮盐进入江西，德大人知道有这事吗？'德音杭布说：'有这事。这次郭嵩焘从杭州贩浙盐亏了本，据说是因为淮盐入赣的缘故。'德音杭布说完后，酒席间沉默片刻，然后是陆元烺的声音：'看来曾侍郎打算在江西长期待下去。'只听见德音杭布叹了一口气，说：'也是我的命苦，好好地在盛京，却被皇上派到军营来受罪，也不知哪辈子作的孽。'耆龄说：'是的哩！有一个娇滴滴的解语花，又不能天天陪着，还要趁人家离开南康的机会，急匆匆地来偷情，也真可怜。'满座哄堂大笑。"

"这些人，一说起女人来，就兴致高得很。"康福鄙夷地说。

"笑过之后，陆元烺说：'德大人要想带如夫人回盛京享福亦不难。'德音杭布忙问：'陆大人有何法教我？定当重谢。'陆元烺压低声音说：'皇上要你来看着曾侍郎，曾侍郎不再辛苦了，你的差事不就完了吗？''正是的。但那个姓曾的倔强得很，任是怎么打败仗，怎么碰壁，也是死不回头。他如何肯离军营？''曾侍郎自己当然不会离开，他亲手创建的军队，他肯拱手让给别人？若皇上不要他在军营了，他还待得住吗？'这话像是提醒了德音杭布。略停一会，他说：'各位大人提供点材料，我给皇上上个折子，话说得重点，让皇上撤了他的督办军务的职,我便感激各位不尽。"

曾国藩听到这里,脸皮绷得紧紧的,心里骂道:这个祸国殃民的德音杭布,不惜拿皇上的江山来换他个人的享乐,真正可耻可恶至极!口里却不动声色地问:"他们都编派些什么?"

蒋益澧说:"我竖起耳朵听,听见他们在杯筷之中凑了这样几条:一是纵容部属奸虐掳抢,举了鲍超一军攻下靖安为例。一是网罗一批痞子流氓无赖办厘局,公开卖官鬻爵,举了夏镇、吕伦为例。"

曾国藩心扑通扑通地跳:这两个例子都挨得上边,真的让皇上知道,撤职查办是完全可能的。

"这些鬼蜮!"曾国华气得一拳打在桌上,油灯也给掀翻了。荆七忙过来点灯。蒋益澧说:"更毒辣的还在后面。是陆元烺说的。这个老混蛋说:'我听几个湘籍勇丁说,他们的曾大人诞生那天,老太公梦见一条龙从天上飞进曾府。曾大人是真龙下凡,日后有天子福分。德大人,把这条也写上去。或许今后真正篡皇位的,不是长毛,而是曾国藩。'"

砰的一声,曾国藩手中的茶杯掉在地上,打得粉碎,把大家都吓了一大跳。只见他脸色煞白,几乎昏厥过去。曾国华忙过来扶起大哥,蒋益澧赶紧停住嘴。过一会儿,曾国藩恢复过来,又问:"他们还说了些什么?"

蒋益澧说:"德音杭布听后,高兴地说:'行了,仅这一条,就可以置姓曾的于死地。'接着又是一片劝酒劝菜声。我估计后面不会有再重要的东西了,也怕待久了被人发觉,就悄悄地溜出来。今天下午,我便打马来到瑞州。"

"你离开南昌,是怎么跟他说的呢?"

"我说回南康取东西。"

"好!你今天太辛苦了,好好睡一觉,明天吃过中饭就回南昌。"

"大人,"蒋益澧着急了,"这批恶棍真是狼心狗肺,你就让他们这样上告皇上吗?"

曾国藩淡淡一笑:"他要告,我有什么办法呢?你放心去睡觉,容我慢慢对付他。"

蒋益澧走后,曾国华气愤地说:"大哥,不能由他们这样诬陷你,要给他一点厉害瞧瞧。"

康福也说:"德音杭布是满人,他果真上这样的折子,对大人是极为不利的。"

"岂止不利，杀头灭门都不为过。"曾国藩又是淡淡一笑，"前些年在湖南，鲍起豹、徐有壬、陶恩培他们虽不能容我，但尚不至于这般卑鄙阴毒。他们是明火执仗，表里一致。这些恶魔，则是口蜜腹剑，笑里藏刀，当面是人，背后是鬼。倘若不是芗泉听到，岂不是死在他们手中，尚不知冤在哪里！正是康福说的，他们五人中有三个满人，且德音杭布又是皇上亲自派来的，皇上自然会相信他们的话。"

康福说："陆元烺从前比陈启迈、恽光宸还客气一点，现在何以变得这样黑心？"

曾国藩说："查淮盐走私，查到他的致命处了。还有史致谔，原本也还马马虎虎过得去，我一查淮盐，他就又怕又恨了。关键还是在德音杭布身上。此人既贪又蠢，为了不在军营吃苦，真是不择手段，这人终究会吃大亏的。文、陆正是利用他的愚蠢来达到自己的目的，他却一点都看不出，日后朝廷查出是诬告，惩办的又是他，文、陆都会赖得干干净净。"

"大哥，量小非君子，无毒不丈夫。我看我们得先下手！"曾国华杀气腾腾地走到大哥身边。

"你说怎样下手法？"曾国藩两只三角眼里，射出冷气逼人的凶光。

"杀掉德！"曾国华低低地但却是沉重地抛出三个字。

曾国藩望着六弟，两把扫帚眉连成一条横线，阴沉沉的脸上没有一点表示。他抬起左手，慢慢地抚摸着垂在胸前的胡须。康福神色庄重地说："六爷说得对。德音杭布一死，那个折子也就吹了，还为我们湘勇拔去一个眼中钉。大人，这个任务就交给我吧！我会像捏死一只蚊子一样干得干净利落。"

曾国藩仍旧在抚摸着胡须，仿佛那是一个智囊，可以给他以启迪和智慧，又仿佛那是千军万马，可以给他以勇气和胆量。终于，他将胡须向右边一甩，霍地站起来，两道阴森森的目光扫视过康福、曾国华，然后一言不发地走进卧室。这是一个经过反复考虑后而决定的杀人的信号，曾国藩身边的人都清楚。

"六爷，我明早和芗泉一起去南昌，你看还有什么要吩咐的。"康福摸了摸腰间的新腰刀问。曾国华沉思一会说："你要耐着性子，寻一个好机会，最好让他死在文俊、陆元烺的衙门里。到时，我再要大哥给朝廷上个折子，告他一个谋杀之罪，让他们一世脱不了干系！"

康福、蒋益澧走后的第四天傍晚，文俊衙门的袁巡捕急匆匆地来到瑞州，哭丧着脸对曾国藩说："曾大人，德大人德音杭布昨夜被人暗杀了！"

曾国藩心中甚喜，脸上故作惊讶地问："德大人在南康好好的，怎么会被人暗杀呢？"

"德大人他，他不是死在南、南康，而是死在南、南昌。"袁巡捕一着急，说话就有点结巴。他有意说慢点，"德大人早在十多天前就到南昌来了。昨夜，文中丞请他来巡抚衙门议事。两人在书房密谈。一会，文中丞外出方便，回来一看，吓了一大跳，德大人已倒在血泊中断了气。文中丞立时命人封锁衙门，却找不到刺客的踪影，文中丞已下令四处严查。"

袁巡捕说到这里，凑近曾国藩耳边把声音放低："文中丞因德大人死在他的衙门里，当时又无第三人在场，心里有点怕，怕说不清楚。"

干得好，康福有心计。曾国藩心里想，口里却严峻地对袁巡捕说："德大人是朝廷派来的留都郎中，圣祖爷的后裔，当今皇上的叔辈，就是本部堂亦敬重他，兵凶战危之地，从不让他去。他住在南康，有一队亲兵专门保护，现在却无缘无故地死在文中丞的衙门里，又没抓到刺客，叫我如何向朝廷交代！"

说罢，拿出手绢来擦眼睛。袁巡捕见状，也只得陪着流泪，又结结巴巴地说："文、文中丞自知保护不力，有负朝廷，故遣卑、卑职恭请大人到南昌商、商量，一起捉拿凶手归、归案。"

曾国藩冷冰冰地说："瑞州军务繁忙，我如何离得开！"

袁巡捕哀求道："文中丞一再叮、叮嘱卑职，务必请大、大人放驾。"

曾国藩心想，不去看来不行，今后朝廷追问起来，也不好回话。去呢，又有点心虚。他坐在椅子上，做出一副又哀又怒的样子，让心情慢慢平静下来。他深恨自己胆气薄弱，缺乏董卓、曹操那种乱世奸雄的禀赋。这事做得神鬼不知，天衣无缝，你怕什么来？曾国藩经过这样一番心理上的自责自慰后，胆子壮起来："好！我明天和你同去南昌，一定要把这件事查个水落石出。"

袁巡捕慌忙鞠躬："多谢曾大人！"

"大哥！"曾国藩正要叫人收拾行装，准备明日启程，忽见曾国华哭着进了门。

"什么事？"堂堂五尺大汉，居然泪流满面，岂不是脓包一个！曾国藩真的有点看不起这个六弟了。

"大哥。"曾国华经此一问，哭得更厉害，"父亲大人去世了！"

"你说什么？听谁说的？"曾国藩猛地站起来，双手死劲抓着六弟的肩膀问。

"四哥打发盛三送讣告来了。"

曾国藩手一松，瘫倒在太师椅上，泪水从微闭的双眼中无声地流出来。好一阵子，他才睁开眼睛，轻轻地吩咐左右："拿丧服来！"然后转过脸，对袁巡捕说："国藩遭大不幸，不能应命前往南昌，请代我多多向文中丞致意，务必请他早日缉拿凶手归案，以慰德大人在天之灵。"

深夜，曾国藩从悲痛中苏醒过来。他前前后后冷冷静静地想了又想，如果说当年母亲去世最不是时候的话，那么父亲不早不迟死在这个时刻，真可谓恰到好处。目前局面，处处掣肘，硬着头皮顶下去，日后会更困难，无故撒手不管，上下又都会不许，不如趁此机会摆脱这个困境，把这副烂摊子扔给江西，给朝廷一个难堪。这水陆两万湘勇，除开他曾国藩，还有谁能指挥得下？到时，再与皇上讨价还价不迟。曾国藩的心绪宁静下来，他坐在书案边，给皇上拟了一个《回籍奔父丧折》："微臣服官以来，二十余年未得一日侍养亲闱。前此母丧未周，墨绖襄事；今兹父丧，未视含殓。而军营数载，又功寡过多，在国为一毫无补之人，在家有百身莫赎之罪。瑞州去臣家不过十日程途，即日奔丧回籍。"他想起德音杭布之案，今日之境遇，是越早离开越好，决定不待皇上批复，即封印回家。

咸丰七年二月二十一日，是个愁云惨淡、天地晦暗的日子。早几天气温和暖些，水边的杨柳枝已吐出星星点点的嫩牙尖，这几天又被呼啸的北风将生命力凝固了，偶尔可看到的几朵迎春花，也全部萎落在枯枝下。光秃秃的树枝，在寒风中瑟瑟发抖。鸟儿不敢出来觅食，全部蜷缩在避风的窝里，企望着艳阳天的到来。吃过中饭后，曾国藩告别前来瑞州送行的彭玉麟、杨载福和康福等文武官员僚属，以及文俊专程派来吊唁的粮道李桓和瑞州城的知府、首县等人，带着六弟国华、九弟国荃、仆人荆七踏上回家奔丧的路途。

兄弟三人都不说一句话，默默地骑在马上赶路。曾国藩的心更像满天无边无际的阴云一样，沉甸甸、紧巴巴的。他望着水瘦山寒、寂寥冷落的田野和马蹄下狭窄干裂、凹凸不平的千年古道，陷入深深的悲哀之中。这悲哀不是为了父亲的死。父亲寿过六十八岁，已身功名虽仅只一秀才，但儿子为他请得一品诰封和皇上的三次赏赐，整个湘乡县，没有第二人有如此殊荣。做父亲的可以瞑目，做儿子的也对得起了。曾国藩悲哀的是他自己出山以来的处境。

从咸丰二年十二月出山以来，五年过去了，其中的艰难辛苦、屈辱创伤之多，正如眼前的锦江水一样，倾不完，吐不尽。锦江水尚可以向人世间倾吐，自己肚子里这一腔苦水，向谁去倾吐呢？——"好汉打脱牙和血吞"，他也不愿向别人倾吐。望着不见一只航船的枯浅的锦江，他眼中出现水面平静的湘江和波涛起伏的长江。这两条曾被他深情吟咏过的江河，差点儿吞没了他的躯体。两次投江，羞辱难洗，多少年后都将成为子孙后世的笑柄。满腔热血、一颗忠心为了收复皇上的江山，捍卫孔孟名教的尊严，却落得个皇上猜疑、地方排挤，四面碰壁、八方龃龉，几陷于通国不容的境地。这几年除了痛苦，得到了什么呢？论官职，依旧只是个侍郎。江忠源带勇，从署理知县升到巡抚。胡林翼带勇，也从道员升到巡抚。这倒也罢了。还有许多像陶恩培、文俊、耆龄一类人，心地又坏，才质又庸劣，也一个个加官晋爵，手握重权。天下事真是太不公平了。但是，想想自己，他又不禁摇头叹气。论功劳，武昌、汉阳、蕲州、田镇，收复了又丢失，最后还是别人再夺回的。来江西两年多，九江、湖口至今未下，长毛仍控制七府四十余州县，有何功劳可言！难道说长毛不能灭，大清不能兴吗？难道说今生就只配做一个书生，不能做李泌、裴度吗？

不远处的田塍上，一个农民牵了一头羸弱的水牛在走着。看着这头疲惫不堪的牛，曾国藩突然想起衡州出兵那天，用来血祭的那头牛。水牛渐渐地消失在薄暮中，看不见了。曾国藩低头看着自己，猛然发现，这几年来，自己明显地瘦弱了。还不到五十岁，何以衰老得如此之快！脑子里又浮现石鼓嘴下的那头牛，它即将断气，痛苦地抽搐着，两只榛色的眼球鼓鼓地望着苍天。曾国藩奇怪地觉得，那头牛仿佛就是他！

天色更暗，北风更紧，黄昏来临了。四周的山河、田地、房屋、道路慢慢模糊起来。出路在哪里？前途在哪里？曾国藩无法预卜，只觉得眼前天昏地暗，心情万般苍凉。他现在什么都不想了，也不要了，仅仅巴望着早点回到荷叶塘。他太疲倦了。他要在父亲的墓旁静静地休息一段时期，然后，再将这几年所经历的一切，作一番细细的回顾。

传记文库

特立,不独行

唐浩明 著

曾国藩·野焚

新星出版社 NEW STAR PRESS

目　录

第一章　进军皖中 /1

一　丑道人给曾国藩谈医道：岐黄可医身病，黄老可医心病……… 1
二　曾国藩细细地品味《道德经》《南华经》，终于大彻大悟……… 11
三　敬胜怠，义胜欲；知其雄，守其雌……………………………… 16
四　巴河舟中，曾国藩向湘勇将领密授进军皖中之计……………… 24
五　东王显灵……………………………………………………………… 31
六　七千湘勇葬身三河镇……………………………………………… 36
七　曾国华死而复生，不得已投奔大哥给他指引的归宿…………… 42
八　李鸿章给恩师献上皖省八府五州详图…………………………… 49

第二章　总督两江 /59

一　国家不可一日无湖南，湖南不可一日无左宗棠………………… 59
二　江南大营溃败后，左宗棠乘时而起……………………………… 66
三　想起历史上的权臣手腕，曾国藩不给肃顺写信感恩…………… 70
四　定下西面进攻的制胜之策………………………………………… 74
五　纹枰对弈，康福赢了韦俊………………………………………… 78
六　施七爹坏了总督大人的兴头……………………………………… 88
七　李元度丢失徽州府………………………………………………… 94
八　曾国藩卜卦问吉凶………………………………………………… 98
九　李鸿章一个小点子，把恩师从困境中解脱出来………………… 101

第三章　强围安庆 /108

一　围魏救赵…………………………………………………………… 108
二　调和多鲍…………………………………………………………… 117
三　夜袭黄州府………………………………………………………… 121
四　上了洋人的大当…………………………………………………… 127
五　左宗棠宴客退敌…………………………………………………… 135

六　荒郊古寺遇逸才……………………………………………………140

七　血浸集贤关………………………………………………………148

第四章　大变之中 /155

一　曾老九要把英王府的财宝运回荷叶塘……………………………155

二　鼎之轻重，似可问焉………………………………………………161

三　东南半壁无主，涤丈岂有意乎……………………………………168

四　王闿运纵谈谋国大计，曾国藩以茶代墨，连书"狂妄，狂妄，狂妄"……………………………………………………………………173

五　离国制期满还差两天，彭玉麟领来一个年轻女子…………………178

第五章　幕府才盛 /185

一　《挺经》。"如夫人"与"同进士"。五百两银子洗冤案……………185

二　今日欲为中国谋最有益最重要的事情，当从何下手………………190

三　你还记得初次见我的情景吗………………………………………194

四　安庆操兵场的开花炮弹……………………………………………206

五　含雄奇于淡远之中…………………………………………………211

第六章　天京大火 /219

一　庄严的忠王府礼堂，集体婚礼在隆重举行………………………219

二　孤军独进，瘟疫大作，曾国荃陷入困境…………………………225

三　彭玉麟私访水下道，杨岳斌强攻九洑洲…………………………232

四　一别竟伤春去了……………………………………………………241

五　献出苏州城后，纳王郜云官也献出了自己的脑袋…………………246

六　我们还是各走各的路吧……………………………………………253

七　半路上杀出个沈葆桢………………………………………………260

八　洪秀全托孤…………………………………………………………266

九　康禄和五千太平军将士在天王宫从容就义、慷慨自焚……………273

第七章　审讯忠王 /284

一　威震天下的忠王被一个猎户出卖…………………………………284

二　洪仁达供出御林苑的秘密…………………………………………288

三　攻下金陵的捷报，给曾国藩带来两三分喜悦、七八分伤感………294

四　陈德风在李秀成面前长跪请安，使曾国藩打消了招降的念头 …… 298

五　洪秀全尸首被挖出时，金陵城突起狂风暴雨……………………307
六　宁肯冒天下之大不韪，也决不能授人以口实…………………311
七　争夺幼天王…………………………………………………………316

第八章　殊荣奇忧 /326

一　李臣典不光彩地死去………………………………………………326
二　皇恩浩荡，天威凛冽………………………………………………331
三　荣封伯爵的次日，曾国荃病了……………………………………335
四　倚天照海花无数，流水高山心自知………………………………340
五　匕首和珊瑚树打发了富明阿………………………………………346
六　御史参劾，霆军哗变，曾国藩的忧郁又加深了一层……………353
七　恭王被罢，曾国藩跌入恐惧的深渊………………………………359
八　秦淮月夜，曾国藩强作欢颜，为开缺回籍的弟弟饯行…………362

第一章　进军皖中

一　丑道人给曾国藩谈医道：岐黄可医身病，黄老可医心病

入夏以来，天气一天比一天炎热，近半个月，湘中一带又刮起火南风。这风像是从一座巨大的火炉中喷出似的，吹在人的身上，直如火燎炭烤般地难受。山溪沟渠中的水，全被它卷走了，连常年行船的涓水河，也因水浅而断了航。禾田开了坼。几寸宽的坼缝里，四脚蛇在爬进爬出。已扬花的禾苗，因缺水而显得格外的枯黄干瘪。什么都是蔫蔫搭搭、半死不活的，连狗都懒得多叫一声，成天将肚皮贴在地上，吐出血红的舌头喘粗气。人们在摇头叹息。上了年纪的人都说，三十年没有见过这样恶毒的火南风了，这是连年战乱不休，互相残杀，引起天心震怒。火南风是上天对世人的惩罚啊！

午后，天气更加燥热，一向最能吃苦的荷叶塘农夫，这时也忍受不了烈日的无情炙烤，都躲在茅屋里不敢出来。四野静悄悄的，只有一声递一声尖厉单调的蝉鸣，从粉墙外的柳树叶上，传进黄金堂两边厢房里，和着屋子里混浊不清的老年男子的哼哼声，使这一带的空气益发显得滞闷难耐。

黄金堂东西两边共有十多间厢房，它是曾府中最好的住屋，东边住着曾国藩一家人，西边住着曾国荃一家人。去年秋天，曾国华应李续宾之邀去了湖北，紧接着曾国荃也重返吉安战场。这几天里，曾国荃的妻子熊氏就要临产了。两个月前，纪泽的妻子贺氏在黄金堂难产死去。贺家坳的张师公说黄

金堂有鬼，贺氏是被那鬼捉去当了替身，贺氏也要在此找替身。熊氏很害怕，一心想请张师公进来捉鬼，但又怕大伯骂。因为曾国藩素来恪遵祖父星冈公家教，不准巫师进门。妯娌们商量后，决定请张师公在曾国藩午睡时进府来做道场。

吃过午饭后，看着曾国藩睡下了，张师公带了一个小徒弟，偷偷地进了黄金堂，将熊氏卧房关好，在里面点起蜡烛线香，穿上法衣，仗着一把桃木剑，作起法来。一切都是轻轻地：轻轻地跳跃，轻轻地念咒，轻轻地敲锣。看看道场快要完了，谁知小徒弟一不慎，将搁放在柜顶上的一面锣碰了下来。在这安静的午后，这一面锣掉在铺着青砖的地上，犹如放炮打雷，发出惊天动地的响声。

"什么鬼名堂！"正在东边厢房里睡觉的曾国藩被惊醒了，他愤怒地坐起来，大声喊叫。西边厢房里，欧阳夫人、熊氏、伍氏几妯娌吓得不敢作声。欧阳夫人忙跑过来，气喘吁吁地说："没什么，一面破锣摔下来了。"

"锣为何摔下来？"曾国藩望着夫人脸色发白，神色惊慌，觉得奇怪。

"是老黄猫弄下来的。"欧阳夫人急中生智。

曾国藩走出东厢房，来到正厅。只见西边房门紧闭，门缝里隐隐约约透出一丝烟气来。曾国藩怒气冲冲地走过去，一脚将门踢开，身穿法衣的张师公和他精心布置的道场，立刻毫无遮拦地展现在曾国藩的面前。曾国藩这一气非同小可。他冲上前去，一把抓住张师公，破口大骂："你是哪个？狗胆包天，敢在我家胡作非为！"

干瘦的张师公早吓得魂不附体，双膝跪在曾国藩面前，哀求道："曾大人，小人不是私自闯进来的，是九太太要我来的呀！曾大人，您老饶命，饶命！"

张师公连连磕头，小徒弟看着这个凶神恶煞般的曾大人，早吓得哇哇大哭起来。熊氏也嘤嘤哭着，挺着大肚子，走到曾国藩身边："大伯，都是我的不好，是我叫他来的。大伯，你就骂我打我吧！"

"你们这批蠢猪！"曾国藩瞟了一眼熊氏，又环视着站在一旁的欧阳夫人、伍氏，"祖父在生时，是怎么教训的？这两年，我们兄弟在江西不顺利，都是让你们这批人把师公巫婆引进黄金堂来弄坏的。厚二！"曾国藩高叫满弟曾国葆的乳名，曾国葆慌慌张张地跑来。

"把这个鸟师公给我赶出去！什么乌七八糟的道场！"说罢，铁青着脸回到了东厢房。

坐在竹床上，出了半天粗气后，曾国藩的情绪慢慢平息下来。回家守父丧以来，他不断地回忆这些年带兵打仗的往事，每一次回忆，都给他增加一分痛苦。一年多里，他便一直在痛苦中度过。比起六年前初回荷叶塘时，曾国藩已判若两人。头发、胡须都开始花白了，精力锐减，气势不足，使他成天忧心忡忡。尤其令他不可理解的是，两眼昏花到看寸大小的字都要戴老花眼镜的地步。他哀叹，尚不满五十岁，怎么会如此衰老颓废！他甚至恐惧地想到了死，但他绝对不甘心。假若这时真的死去，他曾国藩千年万载都不会瞑目，他那缕屈抑不伸的怨魂，日日夜夜都会绕着高嵋山岫，漂在涓水河上，永远不会化开。是的，曾国藩怎么想得通呢？这些年来，为了皇上的江山，他真可谓赴汤蹈火、出生入死，到头来，江西的局面一筹莫展，不仅粮饷难筹，连他本人和整个湘勇都受到猜忌。天下不公不平的事，还有过于此吗？

去年回家不久，他收到湖南巡抚衙门转来的上谕：赏假三个月，假满后仍回江西督办军务。他深知江西军务的难办，估计无人可以代替自己，遂援大学士贾桢的先例，请皇上同意他在籍终制。皇上不允。曾国藩心中暗自高兴，对付长毛，皇上到底还是知道缺他不可，于是趁机向皇上要督抚实权。说非如此，则勇不能带，仗不能打。谁知此时，何桂清正任两江总督，他利用两江的富庶，倾尽全力支持江南大营，雄心勃勃地要夺得攻下江宁的首功。江南大营在源源不断的银子的鼓励下，打了几场胜仗，形势对清廷有利。咸丰帝便顺水推舟，开了他的兵部侍郎缺，命他在籍守制。曾国藩见到这道上谕，犹如遭到当头一棒，隐隐觉得自己好比一个弃妇似的，孤零零、冷冰冰。

后来，湘勇捷报频传。先是收复蕲水、广济、黄梅、小池口，接着水师外江内湖会合，夺取了湖口，打下了梅家洲。四月，又一举攻克九江城，林启容的一万七千名太平军全军覆没。为此，官文、胡林翼赏加太子少保衔，李续宾赏加巡抚衔，杨载福实授水师提督，彭玉麟授按察使衔，均赏穿黄马褂。消息传来，曾国藩又喜又愧。喜的是自己亲手创建的湘勇，建立了如此辉煌的战功；惭愧的是自己过去自视太高了。这一年多来不在前线，湘勇水陆两支人马在胡林翼、李续宾、杨载福、彭玉麟的指挥下，反而打得更好。看来，对付长毛的能人多得很。

于是，曾国藩又添三分痛苦：照这样下去，湘勇很有可能在一年半载中便打下江宁；自己建的军队，却让别人驱使着，摘下那颗盖世硕果。这个滋味，曾国藩无论如何不愿意去品尝。他几次想向皇上请缨，但终究不敢下笔。这样出尔反尔，岂不贻笑天下？思前想后，左右为难，曾国藩的病情愈来愈严重，心情愈来愈烦躁。这一向，他看什么都不顺眼，常常无端发脾气，弄得曾府上下，人人提心吊胆。但他毕竟还是有节制的，像刚才这样粗暴的行动、粗鄙的话，过去还没有出现过。今天发作，事出有因。

铜锣掉在地上之前，他正在做一个噩梦：江宁攻下了，最先冲进城里的，竟是僧格林沁的蒙古马队，接下来的是耀武扬威的旗兵、绿营，多隆阿、官文、桂明等人骑在高头大马上，神气十足地走在前列；江面上，何桂清指挥着胡林翼、李续宾、彭玉麟、杨载福等人在摇旗呐喊，城门外、大江里，四处是湘勇血肉模糊的尸首。一会儿，咸丰帝来到江宁，接受僧格林沁的献俘。皇上给每位立功者都赏了一件黄马褂。江宁城里，一片金灿灿的。忽然，曾国藩惊讶地发现，德音杭布也披着一件黄马褂，在向皇上哭诉着什么。皇上听着听着，大喝一声："带曾国藩！"曾国藩心惊肉跳。正在这时，哐啷一声，他惊醒过来了……

欧阳夫人端来一碗冰糖莲羹。他吃了两口，心里略觉舒坦一点："九弟妹还在哭吗？"

"还在哭，劝都劝不住，她说她一个人在这里害怕。"欧阳夫人拿起竹床上一把大蒲扇，轻轻地给丈夫扇着，"你们男人哪里晓得，女人生孩子，和男人上战场一个样，肚子一旦发作，是生是死，难以预料，况且贺妹子死去不久，你叫弟妹怎么不怕？她说大伯不让捉鬼，她就打发人去叫老九回来壮胆。"

"真是妇道人家！老九为女人生孩子回来，他的脸往哪里放？"想起兄弟在前线打仗卖命，自己为这点事对弟妹大发脾气，太对兄弟不住了。曾国藩怀着歉意对夫人说，"你再过去对她说，刚才是大伯不对。大伯这一向心烦，容易发脾气。再说，她违背祖训，偷偷请师公到家里来做道场也不对。若是真害怕，明天派一顶轿，送她回娘家去生孩子，满月后再回来，大伯为她母子接风。"

"好，有你这句话就行了。"欧阳夫人感激地望了丈夫一眼，顺手接过空碗，说，"我这就去告诉九弟妹。"

"哥，那个骗人的张师公走了。"过了一会，国潢进来禀告，"我狠狠地骂了他一顿，警告他，今后若再进曾府大门，我就打断他的狗腿。张师公说他再不敢来了。"

这些年，曾府四爷经营家政，比以往更神气、派头更大了。这不仅因为老六、老九每攻下一座城池后，便大量往家里搬运金银财宝，还因为曾家手握重兵，乱世年头，谁个不畏惧、不巴结？湘勇在外面打仗，湘乡县四十三都的反应，比上报给皇上的奏章还要来得快而准确。只要看到永丰河、涓水河上行驶着装满货物的船队，便可知湘勇最近打了胜仗。祖祖辈辈穷怕了的作田人，看着这些财物，眼热得不得了，都要把儿子、丈夫往湘勇里送。自己找上门的，辗转托人说情的，天天不断，把个曾四爷捧得晕晕乎乎。这一年多来，国潢见哥哥心情不好，时常生病，心里很着急，四处延医求药，打听偏方，一心巴望哥哥早日恢复健康，好重上战场，为曾家攫取更多的财富更高的地位。昨天，他又有了新发现。

"哥，蒋市街碧云观里来了个游方道士，有起死回生的绝技，什么疑难怪病，他都可以治得好。明天我陪哥去见见他如何？"

"一个游方道士能有这样高的医术？"曾国藩怀疑地问，"你听谁说的？"

"雁门师亲口对我说的。"国潢坐到竹床另一头，神秘地说，"雁门师前几天到碧云观去寻访老友九还道长，见观里有一位面孔丑得出奇的新道长。九还道长介绍说，这是他的道友，新近从广西游历至此。雁门师见他脸虽难看，却仙风道骨，因而喜欢。丑道长也钦佩雁门师的学问。两人谈得十分投机。当夜，雁门师留宿碧云观，又谈到深夜。谁知兴奋过头，雁门师的老气痛病发作了，急得九还道长手足无措。丑道长不慌不忙地拿出一根银针来，在雁门师的耳根上扎了一针。真是怪事！雁门师马上就不痛了。他于是知丑道人医术精湛，向道长求断根之方。丑道长开了一个药方。雁门师服了两三剂后，觉得精神大振，手脚轻便，仿佛年轻了十岁。雁门师昨天到碧云观去道谢，丑道人要他切莫外传，说从不替凡夫俗子看病。我昨天到蒋市街，恰遇雁门师出观。他悄悄地告诉我这件事，要哥亲到碧云观去拜访这位道人。"

5

曾国藩素来尊敬这位给他启蒙的忠厚塾师，既然是雁门师的亲身经历，还有什么可怀疑的！

蒋市街离荷叶塘有十七里路。第二天，兄弟俩起个大早，乘两顶竹凉轿，趁着上午凉快的时候，赶到了碧云观前。

建在蒋市街的碧云观已有两百年的历史了。观不大，几间草房，一圈竹篱，向来不大引人注目。三十年前，曾国藩还未考取秀才。一次，他挑了几十个自家编织的菜篮子赶蒋市街的集，想换几个纸笔钱。毕竟是读书人，总觉得做买卖是丢脸的事，曾国藩急着要脱手，把价钱压低，买主都围在他的摊子前面。这下惹怒了另外两个卖菜篮子的汉子。曾国藩和他们争辩。那两个汉子讲不过他，便来蛮的。正在这时，从碧云观里走出一位道长，喝退了那两个大汉，把曾国藩带进观里，请他喝茶，并劝他不要出来卖东西，这不是读书人做的事。曾国藩十分感激。后来，曾国藩进了翰林院，想寄点银子给道长修观，一打听，道长早已仙逝，便也作罢了。今日来到这里，见碧云观与三十年前并无多大差别，而自己却由昔日的英俊少年变得衰老不堪了。他心里感叹不已。

兄弟二人推开虚掩的竹门。院子里静悄悄的，沿篱笆种了一溜葫芦藤，青藤翠叶间，时而垂几个油绿发亮的小葫芦。这些小葫芦，两个圆球配合，上小下大，造型天然成趣，给碧云观增添盎然生气。一个身材颀长的道人正在给葫芦藤浇水。道人背对着竹门，前面是高耸壁立的黛色山崖。"好一幅令人羡慕的仙居图！"曾国藩在心里赞叹。

"道长，打扰了！"曾国潢走前一步，客气地叫了一声。

那道人转过身来，和蔼地说："是找九还道长吗？他昨天出观访友去了。"

曾国藩看那道人，果然丑得出奇：脸上满是发亮的疤痕，一边眉毛稀稀拉拉，另一边则干脆脱落尽净，代之以粗糙的皱皮，嘴唇略向右边歪斜，下巴上横着一道裂痕，将胡须明显地划成两半。面孔虽丑，两只眼睛却分外明亮宁静，充满着睿智的光芒。遂忙拱手施礼，笑道："我们兄弟不会九还道长，特来拜谒您。"

"找我何事？"丑道人放下手中的水壶，微笑着问。那笑容里满是和善、亲切。就凭这一脸纯真的笑容，曾国藩断定这是一个内涵深厚、宅心光明的人。

"昨闻雁门先生盛赞道长医道精深，有妙手回春绝技，家兄久患重病，特来拜谒，求道长法眼看一看。"曾国潢努力做出一副谦谦君子的样子，几句简简单单的话，害得他字斟句酌地说了很久。

"哈哈哈！"丑道人爽朗地笑起来，"雁门先生谬奖了，那天不过偶尔碰中而已，哪有什么医道精深、妙手回春。"

"仙师请了。"曾国藩略微弯了弯腰，说，"雁门师忠厚长者，从不谬许人，是他特为叫弟子前来恳请仙师，以悲天悯人之心，布春满杏林之德，好叫弟子早脱病患苦海，略舒平生鄙怀。"

丑道人收起笑容，正色看了曾国藩良久，轻轻地摇摇头，说："我今日能与二位在此相会，也算是缘分吧，请随贫道进屋。"

说罢，自己先迈步进门，曾国藩兄弟跟着他进了草房。道房里无甚摆设，几件简朴陈旧的日用家具收拾得干干净净，一尘不染，正面粉壁上悬挂一幅古色古香的老君炼丹图。曾国藩心里叹道："真个是仙家风味，清净无为！纸醉金迷、勾心斗角的世俗生活，在这里简直就是污秽不堪的痈疽。"

丑道人让座斟茶完毕，拿出一方薄薄的棉垫来，平放在茶几上，让曾国藩伸出一只手搁在其上，自己在对面坐下来，微闭双眼，默默切脉，不再说话。许久，道人示意换一只手，又切起来，仍不说话。曾国藩见道人切脉的手上也布满疤痕。他心中好生奇怪：望闻问切，乃医家治病必不可少的程序，为何这个道人不望不闻不问，只顾切脉，而又切得如此之久呢？他注意观察道人的表情：从容安详，凝神端坐，似已忘却人世，遨游仙乡。曾国藩越看越觉得道人的脸型神态，尤其是那双眼睛，仿佛在哪里见过。他想了很久想不出。的确，在他的所有故旧友人中，没有这样一张丑陋难看的脸。

时光已近正午，往日此刻，正是热得难受的时候，但今日坐在道房里的曾国藩，却感到身边总有一股习习凉风在吹，遍体清爽。四周异常的安静、清馨。窗外，可隐隐约约听见花丛中蜜蜂振翅飞翔的嗡嗡声；房里，小火炉上的百年瓦罐冒出吱吱的声响，传出沁人心脾的茶香。历尽战火硝烟的前湘勇统帅，此刻如同置身于太虚仙境、蓬莱瀛洲，心里偷偷地说："早知碧云观这样好，真该来此养病才是！"

道人足足切了半个时辰的脉，这才睁开眼睛，望着曾国藩说："贫道偶过此地，于珂乡人地两生，亦不知大爷的身份。不过，从大爷双目来看，定非等闲之辈，但可惜两眼失神，脉亦缓弱无力。实不相瞒，大爷的病由来已久，其状不轻呀！"

曾国藩心里一怔，国潢正要抢着说话，他用眼色制止了，说："弟子眼光虽有点凶，但实在只是荷叶塘一个普通的耕读之徒。请问仙师，弟子患的是什么病？"

丑道人微微一笑，收起棉垫，慢慢地说："大爷得的是怔忡之症，乃长期心中有大郁结不解，积压日久而成。"

曾国藩点头称是，甚为佩服道人的一针见血。

"大爷。"丑道人轻轻地叫了一声，使得曾国藩不自觉地挺起腰板，端坐聆听，"《灵枢经》说，五脏已成，神气舍心，魂魄毕具，乃成为人，可见神乃人之君。《素问经》说，得神者昌，失神者亡。贫道看大爷堂堂仪表，肩可担万民之重任，腹能藏安邦之良策，只可惜精神不振，目光黯淡，蒙眬恍惚，语气低微，此乃失神之状也。贫道为大爷惋惜。"

曾国藩见丑道人谈吐高深，眼力非凡，想此人真非比一般，与之交谈，必定有所收益，遂问："请问仙师，适才言在下之病，乃郁结不解所致，人为何会有郁结？"

"大爷问得好。"道人莞尔一笑，"凡病之起，多由于郁。郁者，滞而不通之意也。人禀七情，皆足以致郁，喜则气缓，怒则气上，忧则气凝，悲则气消，恐则气下，惊则气乱，思则气结，行气紊乱，皆致壅滞，足以郁结。"

曾国藩又问："在下近来常患不寐症，一旦睡着，又怪梦联翩，请问这是何故？"

"此亦七情所伤之故。"丑道人缓缓答道，"情志伤于心则血气暗耗，神不守舍；伤于脾则食纳减少，化源不足，营血亏虚，不能上奉滋养于心，心失所养，以致心神不安而成不寐。各种情志又多耗精血，血不养心，亦多致不寐之症。故《景岳全书》上说：'凡思虑劳倦，惊恐忧疑，及别无所累而常多不寐者，总属真阳精血之不足，阴阳不交，而神有不安其室耳。'大爷睡中梦多，总因思虑过多之故；思虑过多则心血亏耗，而神游于外，是以多梦。"

这番话，说得曾国藩连连点头，说："仙师说得甚是深刻。在下之病，的确乃忧思而致气不活，血不足，心神摇动，精力亏欠。不过，在下年不到五十，尚思做点事情，盼望早日根治此病，略展胸中一点薄愿。请问仙师，有何药物可治疗？"

丑道人听后，开口笑了起来："大爷胸襟，贫道亦知。然大爷之病，乃情志不正常而引起，无情之草木，岂能治有情之疾病？"

"难道就不能治吗？"曾国潢忧郁地问。

"可治，可治。"道人严肃地说，"大爷之病，乃情志所致之心病也。岐黄医世人之身病，黄老医世人之心病，愿大爷弃以往处世之道，改行黄老之术，则心可清，气可静，神可守舍，精自内敛，百病消除，万愁尽释。"

丑道人这几句话，真使曾国藩有振聋发聩之感，不觉肃然端坐，病已去了三分。他恭敬道："愿听仙师言其详。"

"《素问经》上说，上知天文，下知地理，中知人事，可以长久。这既是立身之本，亦是处世之方。"丑道人两目灼灼有神地说，"天文地理，自有专著论及，贫道不能详说。这人事之学说，依贫道看来，仅只黄老一家道中要害。故太史公论六家之要旨，历数其他五家之长短，独对道家褒而不贬。此非太史公一人之私好，实为天下之公论也。《道德经》虽只五千言，却揭出人事中极奥极秘之要点，一句'江海所以能为百谷王者，以其善下之'，便揭橥世上竞争者取胜的诀窍。可惜世人读《道德经》者多，懂《道德经》者少，以《道德经》处世立身者更少。大爷想必从小便读过此书，谅那时年轻不更世事，不甚了了。请大爷回去后，结合这些年来的人事纠纷，再认真细读十遍，自然世事豁达，病亦随之消除。"

道人不徐不急、从容平淡的一番话，对于满腹委屈、百思不解的曾国藩来说，犹如一滴清油流进了锈坏多年的锁孔，顿时灵泛起来。他起身打躬道："谢仙师指点。"

"大爷请坐，如此客气，贫道怎受得了。"道人和蔼地招呼曾国藩坐下，解开床头上的小布包，取出一部蓝布封面的书来，双手递过，"大爷，贫道平生一无所有，只有这本宋刻《道德经》乃先师所珍传。当年先师曾有言，日后遇到有根底之人，可以将此书赠送。今日得遇大爷，亦是贫道三生有幸，愿大爷精读善用，一生成就荣耀、平安泰裕，都在此书之中。"

曾国藩起身接住，丑道人的眼角边露出一丝不易觉察的谲笑。

"道长，你还给家兄开个单方吧！"曾国潢见道人说的都是不着边际的空话，送的是一本《道德经》，而不是医书，心中着急：若这样回去，岂不白来了一趟！

"二爷不必着急。"道人瞟了一眼曾国潢，"我想令兄心中已明白，这部《道德经》便是最好的单方了。虽然如此，贫道还得为大爷开一处方。"

道人磨墨运笔，很快写出一张处方来，交与曾国藩。曾国藩接过处方，问："弟子还想冒昧请教仙师，眼下天气炎热，万物焦燥，弟子更是五内沸腾，如坐蒸笼，为何今日在仙师处，总觉有凉风吹拂而不热呢？"

"大爷所问，一字可回答。"道人套上笔筒，说，"乃静耳。老子说：'清静天下正。'南华真人发挥得更详尽：'水静则明烛须眉，平中准，大匠取法焉。水静犹明，而况精神？圣人之心静乎，天地之鉴也，万物之镜也。夫虚静恬淡、寂寞无为者，天地之平而道德之至也。'世间凡夫俗子，为名，为利，为妻室，为子孙，心如何静得下来？外感热浪，内遭心烦，故燥热难耐。大爷或许忧国忧民，畏谗惧讥，或许心有不解之结，肩有未卸之任，也不能静下来，故有如坐蒸笼之感。切脉时，贫道以己心之静感染大爷，故大爷觉得有凉风吹拂而不热。"

"多谢仙师指点，弟子受益匪浅。"曾国藩说。心里叹道：真是惭愧！过去跟镜海师研习静字之妙，自认已得阃奥，其实连门槛都没入。到底方外人，排除了俗念，功夫才能到家。

道人微笑着说："还是我方才说的两句话：岐黄可医身病，黄老可医心病。有的身病起源于心病，故还得治本才能奏效。大爷回去后，多读几遍《道德经》和《南华经》，深思反省，再益以所开的处方，自然身病心病都可去掉。"

曾国藩又鞠一躬，发自内心地说："多谢了！"

丑道人说："时候不早了，大爷兄弟也请回家，贫道今日和大爷兄弟一起离开碧云观，回庐山黄叶观去，从此采药炼丹，不复与世人交往矣。"

说罢，和曾国藩兄弟走出碧云观，稽首告别，飘然北去。曾国藩望着远去的道人，又一次觉得那洒脱的步伐也似曾见过。

二　曾国藩细细地品味《道德经》《南华经》，终于大彻大悟

曾国藩回到荷叶塘，关起门来，一遍又一遍，反反复复地读着丑道人所送的《道德经》。果然如道人所言，此时重读它，似觉字字在心、句句入理，与过去所读时竟大不相同。

曾国藩早在雁门师手里就读过《道德经》。这部仅只五千言的道家经典，他从小便能够倒背如流。进翰林院后，在镜海师的指点下，他再次下功夫钻研过它。这是一部处处充满着哲理智慧的著作，它曾给予曾国藩以极大的教益。类似于"合抱之木生于毫末，九层之台起于累土，千里之行始于足下"等格言，他笃信之，谨奉之，而对于该书退让、柔弱、不敢为天下先的主旨，仕途顺遂的红翰林则不能接受。那时的曾国藩一心一意信仰孔孟学说，要以儒家思想来入世拯世。对自身的修养，他遵奉的是"天行健，君子以自强不息"；对社会，他遵奉的是"以天下为己任"。也正是靠的这种持身谨严，奋发向上，关心国事，留意民情，使得他赢得了君王和同僚的信赖，在官场上春风得意，扶摇直上。咸丰二年间，正处于顺利向上攀援的礼部侍郎，坚决地相信"治乱世须用重典"的古训以及从严治军的必要性，遂由孔孟儒家弟子一变而转为申韩法家之徒。他认为自己奉皇上之命办团练，名正言顺，只要己身端正，就可以正压邪，什么事都能办得好。谁知大谬不然！这位金马门里的才子、六部堂官中的干吏，在严酷的现实中处处碰壁，事事不顺。

这一年多来，他曾无数次痛苦地回想过出山五年间的往事。他始终不能明白：为什么自己一身正气、两袖清风，却不能见容于湘赣官场？为什么对皇上忠心耿耿，却招来元老重臣的忌恨，甚至连皇上本人也不能完全放心？为什么处处遵循国法、事事秉公办理，实际上却常常行不通？他心里充满着委屈，心情郁结不解，日积月累，终于酿成大病。

这一年里，他又从头至尾读了《左传》《史记》《汉书》《资治通鉴》，希望从这些史学名著中窥测前人处世行事的诀窍，从中获取借鉴。但这些前史并没有给予他解开郁结的钥匙，反而使他更痛苦不堪：前人循法度而动成就辉煌，偏偏我曾国藩就不能成功！

他也想到老庄，甚至还想到禅学空门。但是他，一个以捍卫孔孟名教为职志的朝廷重臣，一个以平叛中兴为目标的三军统帅，能从老庄消极遁世的

学说中求得解脱吗？不，这对他来说，是绝对不可能的。

这些日子，在实实在在的民事军旅中亲身体验了许多次成功与失败的帮办团练大臣，通过细细地品味、慢慢地咀嚼，终于探得了这部道家经典的奥秘。这部貌似出世的书，其实全是谈的入世的道理。只不过孔孟申韩是直接的，老子则主张以迂回的方式去达到目的；申韩崇尚以强制强，老子则认为"柔胜刚，弱胜强""天下之至柔，驰骋天下之至坚"。"江海所以能为百谷王者，以其善下之"。这句话说得多么深刻！老子真是个把天下竞争之术揣摩得最为深透的大智者。

曾国藩想起在长沙与绿营的龃龉斗法，与湖南官场的凿枘不合，想起在南昌与陈启迈、恽光宸的争强斗胜，这一切都是采取儒家直接、法家强权的方式。结果呢？表面上胜利了，实则埋下了更大的隐患。又如参清德、参陈启迈，越俎代庖、包揽干预种种情事，办理之时，固然痛快干脆，却没有想到锋芒毕露、刚烈太甚，伤害了清德、陈启迈的上上下下、左左右右，无形中给自己设置了许多障碍。这些隐患与障碍，如果不是自己亲身体验过，在书斋里，在六部签押房里是无论如何也设想不到的，它们对事业的损害，大大地超过了一时的风光和快意！既然直接的、以强对强的手法有时不能行得通，而迂回的、间接的、柔弱的方式也可以达到目的，战胜强者，且不至于留下隐患，为什么不采用呢？少年时代记住的诸如"大方无隅""大音希声""大象无形""大巧若拙"的话，过去一直似懂非懂，现在一下子豁然开朗了。这些年来与官场内部以及与绿营的争斗，其实都是一种有隅之方，有声之音，有形之象，似巧实拙，真正的大方、大象、大巧不是这样的，它要做到全无形迹之嫌，全无斧凿之工。

"人之生也柔弱，其死也坚强，草木之生也柔脆，其死也枯槁。"柔弱，柔弱，天下万事万物，归根结底，莫不是以至柔克至刚。能克刚之柔，难道不是更刚吗？祖父"男儿以懦弱无刚为耻"的家训，自己竟然简单地接受了。曾国藩想到这里，兴奋地在《道德经》扉页上写下八个字："大柔非柔，至刚无刚。"他觉得胸中的郁结解开了许多。

读罢《道德经》，他又拿起《庄子》来温习。这部又称为《南华经》的《庄子》，是他最爱读的书，从小到大，也不记得读过多少遍了。那汪洋恣肆的文笔、奇谲瑰丽的意境，曾无数次地令他折服，令他神往。过去，他是把它作为文章的范本来读，从中学习作文的技巧，思想上，他不赞同庄子出世的观点，一心一意地遵循孔孟之道，要入世拯世，建功立业，泽惠斯民，彪炳后昆。说也奇怪，经历过暴风骤雨冲刷的现在，曾国藩再来读《庄子》，对这部前无古人、后无来者的巨著，有了很多共鸣之处。甚至，他还悟出了庄子和孔子并不是截然相对立的，入世出世，可以而且应该相辅相成，互为补充。如此，才能既做出壮烈奋进的事业，又可保持宁静谦退的心境。曾国藩为自己的这个收获而高兴，并提起笔，郑重其事地记录下来：

  静中细思，古今亿百年无有穷期，人生其间数十寒暑，仅须臾耳，当思一搏。大地数万里，不可纪极，人于其中寝处游息，昼仅一室，夜仅一榻耳，当思珍惜。古人书籍，近人著述，浩如烟海，人生目光之所能及者，不过九牛一毛耳，当思多览。事变万端，美名百途，人生才力之所能及者，不过太仓之粒耳，当思奋争。然知天之长，而吾所历者短，则忧患横逆之来，当少忍以待其定；知地之大，而吾所居者小，则遇荣利争夺之境，当退让以守其雌。

老庄深邃的哲理，如一道梯子，使曾国藩从百思不解的委屈苦恼深渊中，踏着它走了出来，身心日渐好转了。

这天夜里，曾国藩收到胡林翼由武昌寄来的信。信上说浙江危急，朝廷有调湘勇入浙的动议。他已向皇上奏明，请命曾国藩再度夺情出山，统率湘勇援浙。为加强此奏的分量，他说服了官文会衔拜发。

曾国藩从心里感激胡林翼对自己的关心和照顾，在这样的时候能仗义上疏，请诏复出，简直有再生之德。尤为难得的是，他能说动名为支持湘勇、实则嫉妒汉人的满洲权贵官文一起会衔，真个是用心良苦，谋划周到。湖北能有今天的局面，湘勇能在江西走出低谷，全凭着武昌城内官胡水乳交融的合作。此刻，曾国藩的脑子里，浮起胡林翼屈身事官文的往事。

官文是满洲正白旗人，出身军人世家，年纪轻轻便做了殿前蓝翎侍卫，累迁至头等侍卫，出为广州汉军副都统，走的是满洲贵族子弟的特权道路，一帆风顺，青云直上。杨霈被撤职后，他由荆州将军任上调湖广总督。此人于游冶享受样样精通，就是于打仗治民不通，占着湖广总督的高位，什么事都不做，却又出于满洲权贵防范汉人的本性，对胡林翼事事横加干涉，弄得胡处处为难。一气之下，胡要幕僚起草奏折，向皇上告状。幕僚劝告：江南汉人手握重兵，朝廷如何放心得下？官文名为总督，实是朝廷派到湖广监视汉人的耳目，告官文的状，只会徒增皇上的反感。最好的办法是取得官文的支持，督抚同心，共成大业。胡林翼经此指点，立刻醒悟。不久，官文三十岁的六姨太生日，总督衙门向武昌官场大发请柬，要为六姨太热闹一番。谁知湖北司道府县大部分官员平日对官文都无好感，耻于为一个年轻的姨太太祝寿。生日这天，日上三竿了，总督衙门还冷冷清清。官文心里着急，六姨太气得嘤嘤哭泣。将近正午了，武昌城里的重要官员，仍无一人登门。官文无法，只得降尊纡贵，派人四处再请。正在这时，一顶绿呢大轿抬来，前面仪仗森严，后面跟着几顶花呢绣轿。一个家丁飞奔过来，递上一个名刺。管家接过一看，上面赫然写着湖北巡抚胡林翼的大名。管家喜出望外，连忙进府报告官文。官文欢喜异常，亲到大门外迎接。胡林翼不但自己来了，还带来了老母和正妻静娟夫人，以太太之礼，给六姨太送了一份厚礼。六姨太破涕为笑，在二门外恭迎胡家太夫人、夫人。听说巡抚以如此隆重的礼仪庆贺官文六姨太的生日，不到一个时辰，湖北藩司、臬司、粮道、盐道、汉阳知府、武昌知府全部来齐了。六姨太得了一个全脸面。宴席上，胡太夫人、静娟夫人净选些好听的话恭维六姨太，把个六姨太喜得合不上嘴。临别时，胡太夫人又郑重邀请六姨太到巡抚衙门去做客，六姨太乐滋滋地接受了。

第二天一早，一顶花呢大轿将六姨太抬进巡抚衙门，胡太夫人、静娟夫人设盛宴款待，陪着玩牌听曲，扯家常。六姨太自幼丧母，见胡太夫人这样喜欢她，便认胡太夫人为母。胡太夫人高高兴兴地收下这个义女，又叫她拜见了兄长胡林翼。胡太夫人送给六姨太金镯、金耳环、金戒指各一副，算是给义女的见面礼。六姨太回府后，在枕边对着官文说起胡家母子的千好万好。并说，从今以后两家认了亲，就是一家了，就不要再为难胡林翼了。官文对这个娇媚聪敏的六姨太向来百依百顺，果然从此再不给胡林翼找岔子了。军事民事，全付与胡林翼一手办理，他只在上面画诺而已；而胡林翼也表面上对他恭敬顺从。武昌城里督抚关系之亲密，为全国之首。

先前，曾国藩听到官胡这段故事后置之一笑。他笑胡林翼太软弱了，竟然用讨好一个姨太太的手腕来换取官文的合作，岂不太失堂堂大丈夫的气节！现在，他明白了，这正是胡林翼的高明之处，也是胡林翼胜过他的地方。"柔弱胜刚强"，胡林翼早已深懂此中之昧，并运用得相当熟练了。

"润芝啊，你竟比我早得道！"曾国藩高兴得拍着几案，不自觉地喊出声来。这一拍不打紧，把一支正燃着的蜡烛给震倒了，恰跌在摊开的《道德经》上。曾国藩心疼地抚摸着，却意外地在一个烧残的夹层之中发现一块薄薄的白绢。他小心地将白绢抽出，见上面写着几行字：

涤生侍郎大人麾下：

山人有幸，又与大人相晤，只是面容为山火所毁，不知惊吓故人否？尝思以陌路相接谈，或更少成见梗阻，故未能相认，尚乞谅宥是幸。山人为此次晤谈，计谋日久，思虑至深，所谈者，句句为医病，亦句句为立身。满人主中原两百年之久，何尝轻授兵权于汉人？大人虽雄才大略，连克名城，然亦气运转移，得乘时之利也。湘勇系大人所手创，听大人所调遣，替大人立功，亦为大人招妒也，此故岷樵、润芝位列封疆，而大人仍客悬虚位也。当此之时，战战兢兢犹恐不及，岂能四处开罪人耶？《道德经》一部，可以五字概括：柔弱胜刚强。前此不十分顺心，盖全用申韩之故也。山人试问大人：古往今来，纯用申韩，有几人功成身全？大人不久将再次奉命出山。山人夜观天象，见荆楚将星倍添光彩，知大人时运已至。望从此明用程朱之名分，暗效申韩之法势，杂用黄老之柔弱，如此，则六年前山人为大人许下之愿，将不日实现。盼好自为之。

江右陈敷顿首谨拜

"怪不得我觉得似曾相识，原来是广敷先生，他竟然如此用心良苦地来启迪我，真难为了他！"曾国藩喃喃说着，笑出声来。这段日子里，他仿佛真如陶渊明所说的"悟以往之不谏，知来者之可追"，对过去的一切，已大悔大悟，大彻大明，精神状态进入了一个全新的境地。

不出陈敷所料，几天后，援浙诏命由湖南巡抚衙门递到荷叶塘。经过这番痛苦锻炼的曾国藩相信，他必能以更为圆熟的技巧、老到的功夫，在东南这块充满血与火的政治舞台上，演出一幕迥异往昔的精彩之剧来。

三　敬胜怠，义胜欲；知其雄，守其雌

当九江被攻下的时候，太平军在江西已处于不利局面，罗大纲、周国虞奉天王之命，率领在赣的三万余名太平军官兵，从饶州、广信一带，与李秀成在浙江的部队会合，北卫天京、南辟福建。

李秀成，广西滕县人，是内讧以后崛起的重要军事将领。此人智勇双全，对天国忠心耿耿，受到天王的器重。天京内讧后，在广大将士的衷心拥戴下，石达开进京主持朝政。但这时的洪秀全被内讧吓怕了，再也不敢完全相信异姓人，他名义上尊石达开为义王，实际上却把权力交给两位昏庸贪劣的兄长洪仁发、洪仁达，封他们为安王（后改封为信王）、福王（后改封为勇王），监视石达开。石达开气愤至极，率领十多万精兵离京出走。天国又一次面临危局。洪秀全当机立断，重新组建最高军事领导集团，任命赞王蒙得恩为正掌率、中军主将，成天豫陈玉成为又正掌率、前军主将，合天侯李秀成为副掌率、后军主将，李秀成堂弟李世贤为左军主将，韦昌辉的弟弟韦俊为右军主将。

罗大纲、周国虞与李秀成会合后，声势浩大，浙江告急。朝廷欲急调湘勇赴浙江，但浙江提督周天受资望浅，不堪统率，只得任命钦差大臣、江南大营提督和春指挥。恰逢和春患病，不能受命。胡林翼趁此机会，联合官文火急上奏，请起复曾国藩，又鼓动骆秉章支持。湘勇出湖南后，骆秉章于钱粮支持甚厚，曾骆关系大为改善。骆亦不愿湘勇落于满人手里，便欣然上奏，并答应湖南继续全力支持饷糈。朝廷环顾四方，的确再无合适的人可以代替曾国藩，于是再次赏他一顶兵部侍郎空衔，命火速奔赴前线；同时又谕令官、胡、骆，既做保人，则必须确保湘勇的粮饷。

咸丰八年六月初三日曾国藩接到上谕，初七日便整装离开荷叶塘。他不再向朝廷讨价还价，要督抚实职了，反而生怕收回成命，离家前便打发荆七赍着"奉命援浙，即日择将出兵"的奏疏，先行赶到长沙，借湖南巡抚衙门的官封拜发。曾国藩之所以立即受命上路，除急于重统湘勇以酬夙志外，还有一件事，使他确信此次援浙，是走向立功坦途的一个吉兆。

六年前，还是在为江氏守丧的时候，曾麟书对曾国藩兄弟说过，四十年前，他去南岳烧香拜菩萨，在上封寺求得一签。签云：双珠齐入手，光彩耀

杭州。曾麟书欣喜异常，回来对江氏说："我今后必有两个儿子在浙江做官。"

"真是灵验！"曾国藩心想，"可惜父亲死了，不然，看着儿子带勇入浙，该有几多高兴！"

去年春天，曾国藩不待皇上批准，匆匆回籍奔丧的事，引起左宗棠大为不满。他肆口漫骂曾国藩自私无能，临阵脱逃。左宗棠是个从不掩饰情感的人，情绪一上来，就不顾一切，骂曾国藩骂得起劲的时候，他甚至把这个曾令他佩服的老友说得一无是处，连曾国藩多年自我标榜的忠敬诚信，也被他一概斥之为虚伪。左宗棠如此带头攻击，一时间长沙官场哗然和之，给蛰居荷叶塘守丧的曾国藩极大的刺激。他本已身心憔悴，经此打击，更添一重痛苦。曾国藩恨死了不念旧情的左宗棠，也恨死了不明事理的长沙官场，发誓永不与左宗棠说话，也永不与长沙官场往来。

在前往长沙的途中，就如何会见左宗棠一事，曾国藩思考了很久。先前的发誓自然已经过去，既然复出带兵，怎能不与左宗棠说话？已经大彻大悟的曾国藩，对左宗棠一年前骂他的所有的话都可以不再计较，惟独对"虚伪"二字难以释怀。他一生最恨别人虚伪，想不到这个最招他厌恨的字眼，竟然由相交二十多年的老友加于自己的头上，如何不令他气愤伤心！想到这里，曾国藩决定把与左宗棠的会见降到最低的规格，学孔子见阳货的办法，俟其外出时，到他的家里走一趟，然后留一张名刺，匆匆离开。这是一个最妙的办法，说见了又未见，说未见又见了。转念一想，这个办法不好。心高气傲、明察秋毫的左宗棠一眼就会识破这个陈旧的小花招，造成的后果必然是两人的关系进一步恶化。

无论对湘勇，还是对他个人，左宗棠都是有大恩在前的；何况人才难得，对江西战事的几次建议，当时不在意，现在想起来，吃亏就吃在没有听这个令亮的话。左宗棠信中反复谈用兵之道贵在审势，而自己恰恰就在审势这一点上欠缺功夫。这是一个古今少见的将才！今后还得要重用他，让他带一支人马独当一面，万不可冷淡！

瞻前顾后地想了很久，曾国藩决定把这次与左宗棠的会见，当作自己转向黄老之术的第一步，实地检验一下究竟效果如何。

昨天夜晚，骆秉章打发人告诉左宗棠，说是曾国藩在拜会他的时候说过，今上午亲来左府看望老友。骆秉章深知左宗棠的倔脾气，特为关照，希望他不再计较去年的事，把这次曾的主动来访，当作捐弃前嫌、和好如初的好机会。

左宗棠对曾国藩的恨意仍未消，他不大情愿见曾国藩。今年三月，他把妻儿从东山接出，和陶桄夫妇一起，住在戥子桥外的陶公馆里。一大早，左宗棠打发陶恭在门外十字路口探听曾国藩来访的情况，随时向他报告。他自己则带着前几天从湘阴来的老表吴伟才，一同巡查后花园的施工。

陶公馆后面有一大片荒芜的土地，过去陶桄没有理会它，左宗棠看着荒在那里可惜，便自己设计一个花园，命人按图施工。现在，这个花园就要全面竣工了。

花园的正中是一个大水池。盈盈清水中养着几百尾鱼，青翠的荷叶罩在水面上，益发增加几分幽静。正当盛夏，粉红色的荷花满池绽开，如同西子湖从杭州移到了长沙。左宗棠看着欢喜，给它取个名字，叫"武侯池"。凿池开挖出来的泥土就堆在旁边，形成一座小小的山冈，上面栽些青篁幼松。再热的夏日南风，经过松竹的过滤，也增添三分清凉。左宗棠称它为"卧龙岗"。卧龙岗下有一栋竹篱编就、茅草为顶的房子。房子里正中矮几上摆一张古琴，壁上挂着主人最喜爱的"隆中对"古画。这个茅屋被命名为"隐贤庐"。

左宗棠的官职虽只是一个在籍四品卿衔兵部郎中，实则此时已名动九重。早在咸丰五年，御史宗稷辰向朝廷推荐人才，他的名字便赫然列在首位。自那以后，每逢两湖有人进京，咸丰帝则询问左宗棠。前不久又在养心殿西暖阁召见郭嵩焘，详细问明左宗棠的情况，鼓励他努力办事。当得知左常以举人功名自憾，极欲会试时，咸丰帝竟然宽慰道："何必以进士为荣，文章报国与建功立业，所得孰多？他有这等才能，务必充分发挥才是。"这些话传到左宗棠耳中，自然更激发他要做一番轰轰烈烈大事的雄心壮志，也促使他更加自命不凡。他今年虽已四十七岁，精力却仍旺盛过人。几个月前，张氏妾又给他生了一个儿子。近半百的人再添男丁，他欢喜无尽。

两老表并肩来到武侯池边的一座石牛雕像旁。这是一头壮实的大水牛，头、腹、尾、四蹄都雕得极好，尤其那对弯曲的角，在头的两侧画出两个圆圈，既逼真又很具美感。整个石牛的尺寸，与一头真牛的大小完全一样，再加上用黑色岩石雕出，远远地看起来，还真是一头刚从池中沐浴上岸的耕田牯牛哩!

"表哥,你的后花园有武侯池、卧龙岗、隐贤庐,这我晓得,你是当今的诸葛亮,缺不了这些名目。但为何要雕一个石头牯牛放这里?从小起,牛还见得少吗?一个石头牛有么子好看的!"老表吴伟才指着石牛问。

左宗棠的这个表亲是他的三姑母的次子。说来也真是凑巧,两个人竟是同年同月同日同时所生。吴伟才家住湘江东边,左宗棠家住湘江西边,生日那天,两家报喜的人居然在江边相遇。过几年长大了,都争当表哥,谁也不愿做表弟。左宗棠对吴伟才说:"我们也不要争了,谁的书读得好,谁就当哥哥。"结果每次考试,左宗棠总是第一,吴伟才终于服了输,称左为兄。吴伟才读书不成,加之后来家道中落,于是改行做了屠户。

表兄弟俩有次一同请人算八字。左宗棠报了壬申年辛亥月丙午日庚寅时之后,瞎子用手掐了半天,突然大声说:"恭喜恭喜,这是一个大富大贵的八字。"左宗棠大喜。

吴伟才也高兴,忙对瞎子说:"我的八字也是壬申辛亥丙午庚寅,你也给我算算。"

瞎子也掐了半天,再摸摸他的头,又摸摸手,叹口气说:"八字虽好,可惜生的地方没选好。请问你是生在河东,还是河西?"

"河东。"吴伟才答。

"这就对了。"瞎子翻了翻两只白眼珠,说:"生在河西者,杀人万万,出将入相;生于河东者,杀牲万万,屠猪宰羊。"

三十年后,果然左宗棠拜相封侯,吴伟才也当了一世的屠户。左宗棠特为赏那瞎子五百两银子。不料瞎子命不好,生病无钱治,早死了,也没有妻儿。左宗棠便给他砌了一座好坟墓,墓前立了一块高高的石碑。吴伟才气不过,夜里偷偷把碑给砸了。

这是个传闻故事,想必不是真的。世上真有这等料事如神的瞎子,他早就为自己寻找一个发财致富的机会了,何至于贫病交加,无家无室!

当时左宗棠听了表弟的提问后,正色道:"这你就不懂了,我原本是牵牛星下凡。"

"牵牛星下凡?你是如何晓得的?"屠户很惊讶。

"我三十岁生日那年,太白金星亲自托梦给我,说我前生乃是牵牛星,今生注定要为世人吃苦负重。"

吴伟才看他神色庄重，并无半点说笑话的味道，感叹起来："怪不得我和你八字相同，命却相差这样远，原来你是天上的星宿下凡，我哪能跟你比！"

左宗棠抚摸着石牛的弯角，没有说话，那样子显然是赞同老表的这番感慨。

"老爷，曾侍郎已到了营盘街。"陶恭急急忙忙地跑进后花园禀告。

"是坐轿，还是骑马？"左宗棠停止抚摸石牛，双目闪亮地望着陶府家人。

"曾侍郎是坐轿来的，坐的绿呢大轿。"

"你去传我的话，关闭大门小门，今日任何客都不见，叫他曾侍郎打轿回府！"左宗棠斩钉截铁地下命令。

"是！"陶恭虽然遵令，两脚却并未移动。他深为不解：曾侍郎专程来访，为何要关门不见？

"站着干什么？快去！"左宗棠挥手，"关门是门房的事，你依旧到外面去观察，有什么动静，再来禀报。"

陶恭出去了。吴伟才说："表哥你这样做，曾侍郎会要见怪的。"

"让他见怪去好了。"左宗棠又细细地审看起石牛来，对老表说，"你看它的下巴是不是还要肥一点才好？"左宗棠边说边摸着自己胖胖的下巴，仿佛那头牛就是以他为原型雕的一样。

"老爷，曾侍郎在司马里口子上下了轿，徒步向这里走来。"一会儿，陶恭又进来禀报。

"什么！他下了轿？"左宗棠大出意外。略停片刻，又问，"他穿的什么衣？官服，还是便衣？随从有多少人？"

"他没有穿官服，穿的是一件灰灰的长褂子，也没有随从，一个人。"陶恭在陶府当了二十年的差，办事能干，观察事物也仔细。

"没有看错？"左宗棠拉长声调问。

"没有看错。"陶恭回答得干脆。

左宗棠沉吟一会，断然说："打开右边的侧门迎接！"

"季高，四年多不见，你比先前还显得年轻了！"曾国藩刚从右侧门槛进来，一眼看见左宗棠，便抢先打招呼。那笑容的真切，声调的亲热，仿佛在他们的友谊中从来就没有过裂痕似的，一如以往的亲密无间。

"涤生，是你来了！"对于曾国藩的如此态度，左宗棠颇感意外，连声说，"书房坐，书房坐。"一边高喊献茶，一边忙将自己手中的旧蒲扇递过去。

"这么热的天气，你还放驾，难为了！"左宗棠望着曾国藩说。心里想：四年多不见，他的确是衰老多了。这样想过后，觉得自己去年对他的肆意攻讦有点过分了。

"昨天下午见过骆中丞后，我就要来看你。骆中丞说你这两天偶有不适，劝我晚上莫打扰了。"曾国藩轻轻摇着大蒲扇，关切地问，"今天好些了吗？"

"好多了，明天就去衙门办事。"

这时，陶恭端来一大盘切好的西瓜。左宗棠招呼曾国藩吃西瓜。曾国藩没有客套，拿起一块瓜，大口大口地吃起来。看着曾国藩全无芥蒂的神态，左宗棠心里隐隐升起一股歉疚，说："伯父安葬妥帖了吗？这一年多来，琐琐碎碎的事情很多，也没有给他老人家去磕个头，真是很对不住。"

"哪里，哪里！"曾国藩拿起毛巾擦擦嘴巴，说，"我这次能够得以为父亲办理身后之事，尽一个做儿子的孝顺，全是靠的你赐予呀！"

"这话从何说起？"左宗棠一时不解。

"季高，那一年在水陆洲，不是你一番开导，我早就做一个不忠不孝的罪人死了，哪还有为父亲送葬的时候？！"

曾国藩的态度极为诚恳真挚。左宗棠见他此时此地，绝口不提自己去年对他的攻讦，反而以感激的心情回忆那夜船舱里的责骂，不禁大为感动起来。他是个直性情的人，觉得应该表示一点自己的歉意。"涤生，你去年从江西回来，我当时认为有些不妥，说了几句你不爱听的话，你不会介意吧！"

"季高，看你说到哪里去了！我们二十多年的交往，情同骨肉，那几句话还能记在心里？况且，你说的都有道理。"曾国藩真诚地说，"就如当年一样，你话虽说得重了点，但纯是一片好心。这几年，你在很艰难的条件下，为湘勇筹拨了二百九十万两饷银。你为江西战场做出的贡献比我大得多。你的几点军事建议，我后悔没有早采纳，不然九江、湖口早就拿下了。"

"正是这话！"左宗棠素来不会谦虚客套，直来直去，心里怎么想的，嘴里便怎么说，"实话对你讲，润芝、雪琴他们之所以连克长江沿线城镇，就是用我的主动出击的主意。涤生，稳扎稳打，是你的长处，不能出奇制胜则是你的短处。要想百战百胜，必须两者相结合。这次复出带兵，我希望你能更多地注意审时度势，出奇制胜。"

"你说得很对，我的失败，就在于太平实，缺乏奇策。在这方面，你今后还要多给我指点指点。"这句话，一半是为了讨得左宗棠的欢心，一半也是曾国藩的心里话。这段时期来，他检讨自己的过失，十分清楚地看到了这个欠缺。

"的确，你的打仗和你的为人一样。"左宗棠笑着说，"为人要稳重实在，不过兵者阴事，越诡计多端越好。"

"不错，不错！"曾国藩也爽朗地笑起来。

过一会，他以极其恳切的语调说："说句实在话，我并不够格统领湘勇，你才具备着真正的统帅之才。"

这句话，说到左宗棠的心坎里去了。不过，再直爽的他，也不能说出"彼可取而代之"的话，遂微微一笑道："湘勇的统帅是你，这是皇上钦命的，谁还能不承认？看今后战事的发展如何，如果有必要的话，我也可以自领一军，做你的辅翼。"

"若这样，那就太好了！"曾国藩兴奋地站起来，走到左宗棠身边，郑重地说，"季高，我想求你一事。"

"何事？"左宗棠见他一副严肃的模样，心里想：八成是求我给他筹一笔大饷。

"我在荷叶塘守制时，取《道德经》之义，凑了一副联语，想用篆体写出来，挂在居室中，可惜我的篆字太差。你是三湘篆字高手，求你给我书写如何？"

说左宗棠是篆字高手，这分明是出格的恭维。湖南的书法家多得很，篆字写得好的也大有人在，左宗棠自知他的字，包括篆体在内，充其量在长沙城里也只算得上二流。不过，左宗棠一向喜出格恭颂。他心里高兴，忙说："你想的是哪几句话，讲吧！"说着便起身到大柜边去拿纸。

"这副联语的上联是：敬胜怠，义胜欲。"

"行！"没等曾国藩说完，左宗棠便插话，手里拿着一沓宣纸。

"下联是：知其雄，守其雌。"

左宗棠把纸摊开在桌面上，正要取笔，听到下联，心里一怔：这是什么意思？很快，他明白了：曾涤生这个滑头，原来是借这副联语，在我的面前进一步表明他的心迹。他将我比作雄，自己甘愿为雌。唉，也真难为了他！左宗棠想到此，停住了笔，笑着说："涤生兄，听人说，你这一年多守丧期间，天天不离《道德经》《南华经》，俨然成了老庄的入室弟子。别人听了为你高兴，我听后为你惋惜。"

曾国藩不露声色地坐到椅子上，等待着这位怪杰发出与众不同的议论来。

"老庄之说，养心则可，办事却不行。尤其是身处今世，我辈人更不可为其所迷。"左宗棠放下笔，严肃地说，"当今天下纷乱，强寇蜂起，君父处寝食不安之际，百姓在水深火热之中，正靠的英雄豪杰以刚强果敢之手段，杀尽匪贼，速平祸乱。这里要的是拯难救苦的良知，倡导的是敢为天下先的血性，窃以为柔退只能是授人以首的自灭之计，逍遥则更是极不负责任的逃避态度。老庄之道，今日诚不可取！"

出自于左宗棠口中的这一番激昂的言辞，曾国藩一点儿也不觉意外，这正是他自己多年来所怀抱的态度。他只能赞许，不能有任何非议。不过，今天的曾国藩，其心中的境界已升华到新的层面，不是左宗棠所能领略到的。他不想与左宗棠争辩。他知道辩亦无益。眼前这位气冲斗牛的左师爷，世上有几人辩得过？更何况他挟的是儒家以天下苍生为念的凛然正气，正可谓横扫千军如卷席一般，谁敌得了？曾国藩微微笑着，轻轻地点头，嘴里说："有道理，有道理！"

"涤生，你的心意我已明白，这副联语不写了罢，我另送你一副，集的是武乡侯的话，可能对你的用兵打仗更有裨益。"

说罢，也不管曾国藩同意不同意，立时挥笔写就。上联写的是："集众思，广忠益。"下联是："宽小过，总大纲。"曾国藩看了拍手称快，高兴地说："很好，很好，我收下了。你落个款吧！"

左宗棠于是又提起笔，在后面补了几行小字："涤生兄奉命复出，嘱余书老子'守雌'之言以自束。余以为不可，改书古亮之言以贻之。今亮咸丰八年六月于只进不退斋。"

曾国藩双手接过这份重礼。

"这几天你下榻哪里？"左宗棠问。

"暂住在城南书院。"

"明天一早我来拜会你，与你谈谈这次浙江用兵的一些想法。"

"好！"曾国藩感激地说，"我在书院恭候大驾！"

当左宗棠亲送曾国藩出门时，只见陶公馆中门大开，十多名衣冠整齐的仆从肃立两旁。曾国藩心里暗暗得意：此行的目的已圆满达到了！

四 巴河舟中，曾国藩向湘勇将领密授进军皖中之计

一连几天，曾国藩坐着绿呢大轿，遍拜长沙各衙门，连小小的长沙、善化两县知县，他也亲去造访。手握重兵的湘勇统帅，如此不计前嫌、谦恭有礼的行动，使长沙官场人人自惭，纷纷表示要尽全力支援子弟兵在外打胜仗，立军功。

与骆秉章、左宗棠商量后，曾国藩决定带张运兰的老湘营五千人、萧启江的果字营四千人赴浙江。去年八月，王鑫率老湘营在江西乐平一带打仗，病逝于军营中，老湘营便由张运兰统领。不久，老湘营奉调回湖南。当年射雁得腰刀的张运兰，在曾国藩的脑子里有深刻的记忆。张运兰告诉曾国藩，王鑫临死前，将曾所赠的《二十三史》留给了他，叮嘱他以前代名将为榜样，把老湘营带成一支百战不败的军队。曾国藩听后感叹不已。一个不可多得的人才，正在自己的激励下逐步走向成熟，可惜三十三岁便遽尔身亡。张运兰不具备独当一面的大将之才，但他有心向学，敢于任事，曾国藩认为这便可取；能如此，即便是中才，也可以做出大事来。他勉励张运兰继承璞山遗志，莫负厚望，并命他加紧准备，十天后便率部由醴陵进入江西，在广信府河口镇集结待命。萧启江字浚川，和张运兰一样，也是湘乡人，监生出身。咸丰二年来长沙投营，曾国藩见他厚实可靠，便把他留在亲兵营着意培植，后又荐他到吉字营当营官，不久便因母丧回籍。他患耳病重听，大家都喊他萧聋子。这次，曾国藩少不了也勉励他一番，要他率果字营和张运兰一起入赣。

刘蓉这时正在家守母丧，不想随曾国藩入浙。曾国藩也以刘蓉跟着他几年，未保一官半职而觉得亏待。不仅刘蓉，还有康福、李元度、彭寿颐、杨

国栋等人，都未曾保荐。前几个月，李元度的母亲来信质问他这事，曾国藩无可回答，只能说些充满感情的"三不忘"之类的话来搪塞，并约结儿女亲作慰藉。过去认为这是为朝廷矜惜名器，通过这次自省，他也认识到了，这也是先前战事不顺畅的原因。没有重赏重保，怪不得部下不出死力。在这点上，胡林翼做得好。自从接管江西的湘勇后，他将李续宾的父亲接到武昌抚署，以父礼待之，又将自己的妹妹许配给罗泽南的儿子，使得李续宾兄弟和罗泽南旧部感激奋发。曾国藩决心在这方面今后也要改弦易辙。陈士杰这两年在家办团练，自建一营，号称"广武军"，正干得起劲，也不想出来。曾国藩于是请王鑫族叔王人瑞管理营务处，李瀚章总理转运局，彭王姑的儿子彭山屺护理粮台，老营官邹寿璋管理银钱所，郭嵩焘的二弟郭崑焘管理公牍，江西举人许振祎管理书启，军械所和文案将由仍在江西军营的杨国栋、彭寿颐管理。

曾国藩一一接见王人瑞、李瀚章、郭崑焘等人，以大义剀切晓谕，以优保暗作许诺，听者心中明白，个个踊跃。同时，又分批召见老湘营、果字营哨官以上的将官和参与军事的随行人员，和他们个别交谈。对于其中有特点的尤其是在精、气、神三个方面突出的人，则简短地记在当天的日记中，以备今后量才使用。这些年的军营经历，告诉他那些外表挺拔、心态安静的将官特别难能可贵。这次个别接见，他特别留心此类人物。曾国藩在道光十九年开始逐日记日记，后来停止了。为日日督促自己，并记下当天的主要事情，这次复出后，他恢复了中断十三年的日记。曾国藩又向驻扎在江西的李续宾、曾国华、曾国荃、杨载福、彭玉麟、鲍超、李元度等人发出函札，令他们接信后迅速赶到巴河见面，有要事商量。

尽管天气酷热得流金铄石，曾国藩却一扫一年多来的颓靡心绪，每天从清晨忙到半夜，将各项应办大事小事，考虑得周密细致，处理得井井有条。

在长沙忙了半个月后，曾国藩带着一班随员解缆北进。骆秉章、左宗棠等大小官绅，一齐到小西门码头送行。曾国藩站在甲板上，满脸堆笑，谦容可掬，一再弯腰举手，向送行者频频致意，与当年蔑视湖南官场的在籍礼部侍郎相比，判若两人。

长沙城渐离渐远。江风吹拂战旗，波浪拍打船头，曾国藩看在眼里，觉得通体舒适。他走进舱内，正想靠着窗口打个盹，却忽然想起一件应办的事还没办。

　　欧阳夫人提过多少次了，纪泽原配贺氏死去多时，冢妇不可久缺，宜早为他定继室；四女纪纯十三岁了，尚未定亲，此事也不能再拖。前向心情不好，无心操办。启程那天，夫人再三叮嘱，离长沙前一定要把儿女婚事定好，写好庚帖付回。谁知一到长沙，便忙得不可开交，曾国藩为未尽到父亲之责而感到歉疚。其实，他心里早有考虑，只是尚未最后拿定主意。二十年来，与他关系最为亲密，前几年又为他出力最多的人，一是郭嵩焘，一是刘蓉，而这两人都没得过他的丝毫好处。现在，他们一在京师，一在湘乡，今后想保举也不可能了，唯一补救的法子便是结儿女亲家。曾国藩不再犹豫了，立即拿出三张红纸来，分别写上："曾纪泽　生于己亥十一月初二日寅时　父曾国藩""曾纪纯　生于丙午九月十八日未时　生父曾国藩""曾纪纯　生于丙午九月十八日未时　继父曾国葆"。原来，满弟国葆结婚多年未有生育，咸丰四年由曾麟书做主，将国潢之子纪渠和国藩之四女纪纯、满女纪芬出继给曾国葆为子女，故他为四女写了两张庚帖。又拿出两个信封来，一个写上："曾国藩谨拜孟容刘蓉几下，戊午六月二十七日长沙舟次"，将纪泽的庚帖装进这个信封里。一个写上："曾国藩谨拜筠仙郭嵩焘几下，戊午六月二十七日长沙舟次"，将纪纯的两份庚帖装进这个信封里。又给欧阳夫人写了一封家信，告诉她，郭家也必须来两份庚帖，一份给生父，一份给继父；并将请彭玉麟、杨国栋为儿子的媒人，请李续宾、杨载福为女儿的媒人。完成这桩事后，曾国藩感到一阵轻松。二子五女，唯一只剩满女未定亲了，家事也只这一桩了。兵凶战危之地，随时都有生命之虞，必须尽快为满女寻一个好婆家，那时即便死去，作为一个父亲，也算大致尽到职责了。

　　一路顺风，船航行七日后到了武昌。作过一番官场应酬后，曾国藩一头扎进巡抚衙门。从私交到国事，从朝廷到地方，从湘勇到太平军，从过去的失误到今后的设想，曾国藩和胡林翼足足谈了三日三夜。在离开武昌前往巴河的途中，对今后的用兵方略，他已成竹在胸了。

　　巴河是长江边一个小镇，在黄州府下游五十里处，彭玉麟的内湖水师有五个营驻扎在这里。船开出黄州府不远，彭玉麟就亲驾小舟前来迎接了。

　　"涤丈，江西湘勇盼望您老复出，真如大旱之望云霓，婴儿之望慈母呀！"彭玉麟上了大船，以充满感情的声调说。听得出，当年渣江街上的奇男子，今日威名赫赫的水师统领的话是发自内心的。曾国藩紧握彭玉麟的手，注视良久，动情地说："雪琴，这一年来，你瘦多了！"停一会，他忽然笑问："听说你去年打下小姑山后，在石壁上题了一首绝妙好诗？"

"它居然传到荷叶塘去了？"彭玉麟快乐地说。

"这叫作不胫而走。"曾国藩抑扬顿挫地念着，"书生笑率战船来，江面旌旗一色开。十万雄师齐奏凯，彭郎夺得小姑回。雪琴，这最后一句，真正是妙语天成！"

曾国藩这几句笑话，又勾起彭玉麟感情最深处的那缕情丝。后人只能读懂这句诗的文字，至于深处的情意，他们将永远不可能理解。彭玉麟心想。曾国藩正要问国秀母子的情况，李续宾和曾国华的座船到了。曾国藩和李续宾及六弟亲亲热热地道着别情，大家合坐一条船一起下行。将到巴河时，远远地看见杨载福、李元度、鲍超、杨国栋、彭寿颐等人在船头眺望。只有曾国荃因吉安城外的战事正处在白热化阶段，暂且不能脱身外，所有该到的将领都来了。分别一年多了，今天重见这些和他一起从硝烟中走过来的旧部，曾国藩心里百感交集。在荷叶塘时，他就听别人讲过：湘勇官兵，朝廷命令难以调遣，绿营将帅不能统领，但得曾国藩一纸书函便千里赴命，不辞水火。这些话，当时令他忧多于喜。现在见他们一个个由衷地热情接待，曾国藩欣慰万分。他于此看出当年的功夫没有白费，也看到了自己的力量所在。

当天夜晚，曾国藩召见李、杨、彭、曾、鲍等人。这是一次异乎寻常的重要军事会议，会址选在彭玉麟宽大的座船上。为做到绝对保密，船划到了江心。船头船尾又安排几名亲兵巡视。

见面以后，李续宾、彭玉麟等人便向曾国藩提出一系列问题，如：目前在江西的人马是否全部赴浙江？各路人马进军路线如何？水师怎么走？等等。这些问题，从接到上谕那天起，曾国藩就开始考虑了。不过，他考虑得更多的是整个东南战局的设想，是如何稳扎稳打，步步进逼江宁。从荷叶塘到长沙，从长沙到武昌，从武昌到巴河，他沿途都在想，计划慢慢地由模糊到清晰，由零碎到完整。今夜，他要对这批心腹将领全部倒出来，再听听他们的意见。

"诸位的人马都暂且不到浙江去。"曾国藩开头的一句话，便把大家弄糊涂了：朝廷明文命令湘勇援浙，为何都不去呢？"张凯章和萧浚川的九千人目前已到分宜，援浙一事由他们担负。我和润芝都认为，长毛在浙江不会待得太久，很可能是个诱兵之计，想引诱我们到福建去，利用福建的崇山峻岭和我们兜圈子，企图把湘勇的斗志消磨在雾岚瘴气之中。"

李续宾等人都没有想到这一层，鲍超伸了伸舌头说："长毛都是从山里杀出来的，最会兜圈子，咱老鲍可吃不了这一套，一进山，便辨不出东西南北了。"

众人都笑了。

"所以不派你鲍春霆去。"曾国藩也淡淡笑了一下，便接着说，"不过，也得做两手打算，还得调一支人马到浙江附近。次青，平江勇实有多少人？"

"号称五千，实有四千一百人。"李元度答。

"平江勇在饶州府，离浙江最近，你回去后率之南下，驻扎玉山、广丰一带。凯章、浚川二十天后将到河口，那时你再和他们联系。"

"是！什么时候赶到？"

"从明天算起，十二天内到玉山，做得到吗？"

"到防不成问题，只是官勇们缺饷三个月了。"李元度答。

最大的问题就是饷银！过去这事最叫曾国藩头痛。没有督抚实权，客悬虚位，调不出半点钱粮，一年到头，像个叫花子一样向四方乞讨。现在仍只是一个侍郎空衔，处境并没有改变。一路上，曾国藩愁的就是它。这个李元度，话不及三句，便索起饷来了。幸而骆、胡慷慨资助，这几个月还勉强对付得过去。

"朝廷未拨款下来，经费十分枯竭，各位都要勒紧裤带，先开拔再说。"他转过眼望着李元度，"待胡中丞解来银子后，再拨四万一千两给你。"

听前面的话，李元度失望了，后面这句话，他又转忧为喜，心想：好厉害的曾涤生，算好了一人十两。先知如此，我五千人一个不减！

"我们怎么办呢？仍在原地不动？"一向心高气躁的曾国华忍不住了，急着问。

"这就是我们今夜要商量的大事。"曾国藩严肃地向四周望了一眼，"诸位，六年前，我们在长沙初建湘勇时，大家便有一个想法，那就是今后要打到江宁去，彻底荡平这股巨寇。我想，这个初衷，诸位都没有忘记吧！"

"哪里忘得了！"杨载福说。

"日日思之，念念不忘。"彭玉麟插话。

"应该这样。不但诸位要这样想，还要告诫部下都不要忘记。我湘勇数万将士都要以此作为最高目标，不达此目的，誓不罢休！"说完这几句话后，曾国藩换了一种平缓的口气，"诸位都知道，洪逆是从长江上游东下而占据江宁的，故江宁上游乃洪逆气运之所在，现湖北、江西均为我收复，江宁之上，仅存皖省，若皖省克复，江宁则早晚必成孤城。"

"涤师的意思，是要我们进兵安徽？"一贯深沉寡言的李续宾，已从曾国藩的话中窥测到下步的用兵重点，他试探着问。

"对！"曾国藩以赞赏的目光看了李续宾一眼，"迪庵说得很好，看来你平日对此已有思考。为将者，踏营攻寨算路程等等尚在其次，重要的是胸有全局，规划宏远，这才是大将之才。迪庵在这点上，比诸位要略胜一筹。"

曾国藩顺势揄扬李续宾几句后，从竹箱里拿出一幅鄂皖赣苏浙地图悬挂起来，开始切入正题。大家肃然端坐，用心细听。

"我全体湘勇，除沅甫吉字营继续攻打吉安外，其余的将新开辟两个战场。一是奉旨援浙，由我统领，凯章老湘营、浚川果字营为陆师先锋，次青平江勇为后援，厚庵水师为接应；一是进兵皖中，由迪庵统率陆师，温甫为副，春霆霆字营充援军，雪琴水师控制江面，封锁安庆以上的水路，严格控制过往船只，尤其是洋船。皖中用兵的最后落脚点在安庆。"

众人一齐点头。李续宾问："我们的进军路线呢？"

"你们从大同镇进入安徽。"曾国藩拿起朱笔，在鄂皖交界的大同镇三字上画了一圈，"然后再翻越独山，打下太湖，继而拿下潜山，进兵桐城、庐江，从东北两面包围安庆。春霆暂在浮梁不动，拖住徽、池一带的长毛，待迪庵、温甫兵围安庆之后，再从南面渡江支援。"

"大人，我们霆字营已断饷多时了。"鲍超也叫起苦来。

"待胡中丞的饷银解来后，也会给你们发点。不过，我听说霆字营这几个月越来越不像话了，有的人甚至白日抢劫，有没有这事？"曾国藩严厉地问鲍超。

"断饷日子久了，弟兄们做出些越轨的事可能有。"鲍超支支吾吾地。

"实在无钱了,你们去把婺源县城打下来,把长毛聚敛的财产拿出分一点都可以。抢劫百姓的东西,这是自掘坟墓,懂吗?"曾国藩瞪了鲍超一眼。

"懂!"鲍超爽快地回答。有这句话,他今后可以名正言顺将婺源县城抢劫一空了。不过,他心里也在想:从前曾大人可从来没有这样开过恩呀!

"长毛在皖中的驻兵虽不多,但陈玉成的兵集结在六合一带,数日间便可进入皖省,我和温甫的人马合起来不过七千人,兵力单薄了些。"李续宾颇有顾虑地说。

"自古兵在精而不在多,七千人也不算少了;且鲍超尚有四千精兵,加起来已过一万。实在嫌少,到时还可以联络本地团练。不过,安徽的团练十分复杂,你们要慎重行事。"

"我们不要团练,实在不够,我再回湘乡募勇。"曾国华大大咧咧地说,"一个月内,一定要拿下太湖、潜山,兵临安庆城下。"

"温甫气概可嘉,但亦不可轻敌。"曾国藩说,"皖省多年来陷于石逆之手,石逆在皖省以减租抗租手段笼络人心,收买愚民;且皖中为江宁屏障,洪逆必然拼死抵抗,你们要做好打恶仗的准备。"

李续宾神态坚毅,曾国华不以为然,但都不再说话了。

"对于整个用兵方略,诸位还有什么高见?"曾国藩环视四周,众人或凝望着地图,或托腮思考,一时都说不出更好的意见来。李续宾站起来坚定地说:"涤师放心,我和温甫一定通力合作,力争三个月内收复皖中全境,以慰罗山、璞山在天之灵。"

"好!"曾国藩神情庄重地对大家说,"我在此向各位交个底。援浙一事,是奉命而行,长毛的动向一旦有所变动,我们也要随之变化,故这并不是一个固定的战场。而进兵皖中,乃是目前我们的根本方略,它关系到夺取江宁首功的大局,无论局势发生什么变化,这个战场决不能改变。今夜会议到此为止,明早各人上岸去,按此部署进行。"

曾国藩的话音刚落,几个厨子便鱼贯进舱,端来香气四溢的鸡鸭鱼肉。这是彭玉麟为大家准备的夜餐。见夜空月色皎洁,曾国藩心中欢喜,遂步出舱门。

长江月夜,江面如同无边无际的汪洋大海,显得莽莽苍苍、恢廓大度,有一种迥异白日的朦胧壮观之美。曾国藩望着江景,随口吟起了苏东坡的

《赤壁赋》："壬戌之秋，七月既望，苏子与客泛舟游于赤壁之下。清风徐来，水波不兴，举酒属客，诵明月之诗，歌窈窕之章。少焉，月出于东山之上，徘徊于斗牛之间。白露横江，水光接天。纵一苇之所如，凌万顷之茫然，浩浩乎……"

突然，他停止吟咏，意外地发现约在二十多丈远的江面上似有一个人头在出没。他揉揉眼睛，再仔细盯着：的确是一个人，正在向下游游去！这是什么人呢？是守夜的渔翁？还是有急事过江的弄潮儿？不，应该说都不可能是！曾国藩在心里想着，难道是偷听军情的奸细？他想到这里，不觉心里一惊，悄悄地把彭玉麟喊到身边，指着江中起伏不定的黑影问："雪琴，你看江面上那个黑圆坨坨是什么？"

彭玉麟顺着曾国藩手指的方向看去。

"哦！那是一头江猪。"他笑着说。

"江猪？"曾国藩疑惑地说，"你再看看，好像一个人头。"

"不是的。"彭玉麟又看了一眼，肯定地说，"那是江猪，我在长江上看得多了。它的书名叫江豚，老百姓都叫它江猪，样子就像一头小猪，背部黝黑黝黑的，在江浪之上一起一伏的，就像一个人在游水。唐才子许浑有一首金陵怀古诗还提到了它。"彭玉麟想了一下，念道，"石燕拂云晴亦雨，江豚吹浪夜还风。这江猪最喜夜游。"

"听你这样说来，那真的是江猪了。"

彭玉麟有根有据的回答打消了曾国藩的疑惑。他再看远处，那个黑影已消失不见了。

"涤丈，进舱用夜餐吧！我特为您老安排了最好吃的长江红烧鲫鱼。"

"好哇，去尝尝巴河厨师的手艺！"曾国藩兴冲冲地回到了船舱。

五　东王显灵

事实上，彭玉麟错了，江面上的确是一个人在游水。此人专程前来刺探湘勇绝密军情；他不是别人，正是官封太平军总制的康禄。曾国藩复出的消息传到浙江后，他奉李秀成之命，化装来到巴河打探军情。这几天，巴河镇纷纷传说曾国藩将在这里召见各路将领，康禄暗暗高兴。午后，康禄在河边亲眼看到曾国藩在李续宾、彭玉麟等人簇拥下，边走边谈，沿着石阶上了岸。这个两次险些死于他手下的湘勇统帅尽管精神尚好，但已明显地衰老了。康禄与曾国藩打了多年交道，知道曾国藩办事一向不分昼夜，既然各路将领都已到齐，今夜必有重要活动。

康禄密切注视着巴河镇的动向。傍晚，他见曾国藩一行走进停泊在江边的大船，接着船又开到江心。他明白了。趁着云彩遮住月光的时候，康禄潜游到了船边。轻手轻脚地上了船，又将守在舱外的那个亲兵不露声响地掐死了。康禄换上那个亲兵的衣服，紧靠着舱边站定。月色朦胧的夜晚，谁也没有发觉这个亲兵是太平军假冒的。舱中的议论，清楚地传入康禄的耳中。一切都已听到后，他才悄悄离船下水。

康禄水性很好，他轻而易举地游出两三里，然后大摇大摆地上岸走了。第二天早上，他觅得一匹快马，日夜兼程，赶到湖州，将曾国藩分兵两路，重在向皖中进军的机密报告了李秀成。

这个面白身小、状如秀女的后军主将，正在全力应付曾国藩的入浙，听完康禄的报告，心里一怔：这个老奸巨猾的妖头！

李秀成本人并没有和曾国藩交过手。这些年来，他的对手是江北、江南大营和江浙两省的绿营。不过，对曾国藩，他已久闻其名。李秀成对曾国藩以进兵皖中为重点的用兵方略不敢等闲视之。他当即做出两条决定：一是派人火速进京，将此情报上奏天王，请天王令陈玉成、李世贤、韦俊和他自己在安徽枞阳集会，商讨应付办法；二是命林绍璋按原定计划，打着他的旗号，由浙江下到福建，把曾国藩引到赣闽交界的丛山之中，使其水师不起作用，然后再团团包围，一鼓聚歼。他料定曾国藩明知是圈套，在朝廷的敦促下，也不得不入。接到天王同意的诏书后，李秀成带着罗大纲、周国虞、康禄等人星夜奔赴枞阳。

枞阳分上下两镇，两镇相距八里地，扼控破岗湖、菜子湖、禧子湖三湖入长江之口，下距安庆水路八十里，是个军事要镇，李秀成的亲信吴定规带领一万精兵驻扎在这里。

这两年来，李秀成内心深处很痛苦。天京城内血流成河、尸积如山的惨景，在他脑子里的印象太深刻了。每当夜深人静之时，他常常会无端地听到女人的悲号、婴儿的啼哭。这个出身赤贫，举家投奔天国的太平军老兄弟，这时心里便会一阵阵剧痛。天王毕竟是战火中打出来的领袖，在翼王出走后的关键时刻，将几十万大军重新组织了起来。尤其令李秀成庆幸的是，天王没有把韦俊排斥在外。是的，韦俊手下有一支强大的人马，决不能把他推到清妖那边去！对建立五军主帅这个决策，从整体上说，李秀成是很支持他的，但他也有不满。论年纪，李秀成长陈玉成十岁；论才能，论战功，李秀成也不在陈玉成之下，为什么陈玉成的爵位和权力都要在他之上呢？李秀成是顾全大局的。他清楚，目前天国的万斤重担已压在他们几个人的肩上，再不能因个人的利益吵闹了，否则，天国这只风雨飘摇的船，就真要倾覆了。自天京事变以来，天国再也没有召开过这样大规模的高级军事会议，李秀成很希望通过这次大会，将大家再次凝聚起来，重振当年百战百胜的威风，彻底挫败曾妖头的阴谋。

几天后，陈玉成、李世贤、韦俊以及皖省战场上的六十余名高级将领都陆续来到枞阳。连日来，秀成、玉成、世贤、韦俊四个主将和参加会议的全体高级将领深入分析了敌我双方的形势。认为曾国藩刚刚复出，还未来得及从容调度各方兵力，江北、江南大营将骄兵惰，暮气沉重，宜趁此机会来一场大仗。一个想法骤然闪电似的出现在李秀成的脑中，他与玉成一商量，一拍即合。

三天后，即太平天国戊午八年七月二十七日，是杨秀清被杀两周年忌日。内讧平息后不久，洪秀全念及杨秀清是开国巨勋，又愤怒韦昌辉的滥杀无辜，为安定军心，维系国运，他恢复了杨秀清的东王爵号，让其第五子袭封为幼东王，并定东王被害这天为东升节。

二十七日子夜，枞阳镇上，无论兵营民房，门口都点灯两盏，供茶三杯、白饭三碗、菜三盘。兵营由最高长官，民房由户主带头率全体人员，手捧三炷香，跪拜在地，对天祷告：愿东王在天堂永享尊荣，并庇佑下界生灵早得幸福。

在原枞阳上镇的首富马家大院里，所有参加会议的将领们已恭立在花厅中，这里的仪式比镇上兵营、民房的仪式要隆重得多。

花厅正面，临时扯起一道青布帷幕，帷幕上悬挂着一幅东王升天图。图上的东王，并不是事实上的血肉模糊、横尸卧室，而是身穿龙袍，飘发仗剑，由和风瑞云徐徐送到半空。东王像前摆着一张条形长几，上面燃着十多支龙凤大蜡烛。也只三杯茶，不过那茶杯是景德镇制的御用青龙雪底镂花细瓷杯。也只三样菜：一盘辣子爆炒狗肉，一盘武昌团头鲂鱼，一盘炖熊掌——都是东王生前最喜欢的，不过那盛菜的盘子，却是专程从江宁宫中运来的全金御用盘。也只三碗饭，不过那饭是用天王宫中珍藏的江永黄土坳香米煮成，虽只小小的三碗，却香溢整个花厅。四周燃着数百根蜡烛，每个将领手中也都捧着三炷香。香烟缭绕，烛光闪烁，众人面对着栩栩如生的东王像，心中升涌着神圣崇高的情感。

悼念仪式由又正掌率、前军主将成天豫陈玉成主持。玉成双手捧着一张黄表纸，纸上有朱笔写的几行字，神色庄重地走到东王像前三鞠躬，秀成、世贤、韦俊、大纲、国虞等人站在玉成后面，也跟着三鞠躬。鞠躬完毕，玉成跪下，众人也跟着跪下。玉成拿起黄表纸，高声朗诵："我们赞美——"

花厅里顿时响起一片和声："我们赞美——"

接着，他们跟着玉成一句一句地诵道："我们赞美上帝为天父，是魂爷为独一真神；赞美天兄为救世主，是圣主舍命代人；赞美天王是圣贤，是拯救万物圣人；赞美东王是神圣风，是圣灵赎病救人；赞美西王为雨师，是高天贵人；赞美南王是云师，是高天正人；赞美翼王是电师，是高天义人。"

这本是甲寅四年燕王秦日纲撰写的"赞美诗"，其中还有三句："赞美北王是雷师，是高天仁人；赞美燕王是霜师，是高天忠人；赞美豫王是露师，是高天真人。"后来，豫王被削去王爵，赞美诗的最后一句跟着删去了。内讧之后，赞美北王、燕王的两句也删去了。

朗诵完毕，陈玉成转过身，将黄表纸焚烧，众人起身，一齐大呼："愿我真天命太平天国禾乃师赎病主东王在天堂永享富贵！"

李秀成走出队列，来到几案前，对众位将领讲话。李秀成本是杨秀清一手提拔的人，对杨秀清有着深厚的知遇之恩，又对他卓越的才干很崇拜。李秀成满怀深情地讲述了东王从金田起义以来的赫赫战功以及治理天京的超群才能，赞美他料事如神，爱才如命，爱兵如子。说到动情处，这个坚强的广西汉子泪如雨下，声音哽咽。

花厅中的将领，包括陈玉成、李世贤在内，绝大部分也都是杨秀清所提拔的，无不对杨秀清有极深的感情。秀成的演讲，把他们带到了昔日跟随天王、东王所向无敌、节节胜利的年月。那是多么激动人心的日子啊！武昌攻下了，九江攻下了，安庆攻下了，百万大军一瞬间便进了小天堂。东王在天王宫里，代表天王向各位有功将领颁赐爵位，封授官职。永安许下的诺言，没有失信！那时的天国将士，意气风发，英雄豪迈，北征、西征，凯歌阵阵，捷报频传。这是一个多么壮丽辉煌、蒸蒸日上的事业啊！眼看北京就要攻下，全国就要光复，孰料风云陡变，祸起萧墙，东王倒在血泊中，三万将士喋血天京。天国的军事实力大受挫伤，然而，挫伤更重的还是心灵。一时间，在不少将士的心目中，美好的信仰毁灭了，坚定的信念动摇了。为什么高喊人人平等的领袖们，却要制定等级森严的礼仪制度？为什么同是天父的儿子，却要兵刃相见，残忍毒杀？大部分从金田和两湖过来的老兄弟们，对天国有着极其深厚的感情，他们对这两年来的局面痛心疾首，他们对翼王由倾心仰慕、寄予厚望到日渐不满，由对翼王的不满又转而怀念东王，怀念东王罕见的军事组织才干，更怀念东王领导他们打胜仗、灭清妖的峥嵘岁月……

"弟兄们！"秀成洪亮的广西官话声震屋瓦，"东王没有死，他正在天堂陪着天父天兄，保佑我天国国土及数十万将士。他近来常托梦给我，要我们忠心服从天王，吸取教训，重新团结起来，彻底消灭清妖的日子已经不远了，我天国已渡过了最艰难的关头，国运正在好转，大家舍命奋斗两三年，就可以永享大富大贵了！"

这时，一阵风起，花厅中的蜡烛大部分被吹熄，只见似有似无的烛光中，东王升天图飘落下来。突然，一个令人惊骇万分的怪事出现了：原来挂图的地方，现在笔挺挺地站着一个人。这人头戴单龙双凤冠，身穿九龙团绣袍，双目炯炯，面孔黑红。这不是东王吗？众人先以为是眼花看错了，揉揉眼睛，定定神再细看，不错，果然千真万确是东王！众人在心里呼喊："东王显灵了！"大家既兴奋异常，又恐惧不安，战战兢兢地重又跪下。

"玉胞、秀胞。"东王威严的声音响起，只是比在生时缓慢嘶哑，"清妖江北大营气数已尽，你们速去歼灭。清妖进犯皖中，自取灭亡，你们可在三河一带消灭它。我走了。"

说完，东王起身，向花厅外走去，唬得众人磕头不止，不敢仰望。过了好长时间，众人才把头抬起，东王早已回天堂去了。玉成激动地对大家说："今夜大家亲眼看到东王显灵了。东王命我们歼灭清妖江北大营，在三河消灭曾妖头，弟兄们，我们怎么办？"

"听从东王诰谕！"众人毫不犹豫地高声呼喊。

六　七千湘勇葬身三河镇

部署用兵方略的次日下午，曾国藩的座船起锚下行。在武穴，他会见了多隆阿。这一年多来，多隆阿的绿营仗着湘勇的声威，也打了几次胜仗，他自己因此升了官，赏了黄马褂，士兵们也跟着发了财。尽管对湘勇仍有很深的偏见，比起其他满蒙文武来，他的态度算是友好的了。曾国藩把他着实恭维了一番，图谋皖中的事暂不告诉，只建议他的部队移防到滁州、和州一带，明说是作下一步攻江宁的准备，实是安排他的人马堵从江宁过来的援兵，保证李续宾、曾国华的成功。多隆阿不明白此中奥妙，欣然接受。

船过九江府，曾国藩来到塔齐布祠，燃香焚纸，凭吊了一番。第二天到了湖口。这是内湖外江水师的大本营。所有哨官以上的将官，一齐整队在此恭候。曾国藩见到自己亲手创建的水师如此兴旺，且一如既往地对自己忠心耿耿，欣喜异常。他破例给每个水勇赏钱两千文，又亲到湖口水师昭忠祠祭奠。然后来到长江边，摆上供饭供果，焚香烧纸钱。曾国藩在供品前跪下，望空三拜，放声大哭，将供饭供果一齐抛进江中，又把亲撰的"巨石咽江声，长鸣今古英雄恨；崇祠彰战绩，永奠湖湘子弟魂"挽联点火焚化。仪式隆重，感情亲切，陪祭的水师将官无不为之动容。

到了南昌，曾国藩如同在长沙一样，主动遍拜南昌官场，并每人送上一篓上等君山毛尖。南昌官场这一年多来也发生了很大的变化。文俊因德音杭布事，被撤去了巡抚职，召回北京，原布政使耆龄升任巡抚。曾国藩对耆龄等人检查了自己过去在江西的差错，承担了未与地方商量擅建厘卡的责任，缓和了以往与南昌官场格格不入的气氛。

曾国藩正拟按原计划赴广信府，与张运兰、萧启江会合东进浙江时，接到五百里紧急上谕。上谕说浙江局势稍苏，闽省吃紧，命曾国藩率部改道入福建。曾国藩接到上谕后，便从抚州府，经水路去建昌府。就在曾国藩赴闽途中，陈玉成、李秀成有意调走皖中部队，集中优势兵力回扑江北，在乌衣至江浦一带大败德兴阿的江北大营。正在向皖中进兵的李续宾、曾国华趁着这个空隙连战连胜，接连攻下太湖、潜山、桐城、舒城。掠足了金银财宝的湘勇，沉浸在一片狂喜之中。下步兵锋指向何处？南下打安庆，还是北上攻庐州？李续宾欲暂时驻兵舒城，略事休整，待鲍超霆字营过江后，再合围安庆。曾国华不同意。

"迪庵兄，用兵之道，在于乘势，今我军连克四城，兵势正盛，亟宜乘势北进，攻克庐州，岂可屯兵休整？"

曾国华生性骄躁，好大喜功，前些年初带兵时常受挫，尚能做到谨慎收敛，近来轻取四城，遂以为用兵打仗亦不过如此，功可立成，名可立就，对李续宾的稳慎颇为不满。见李续宾尚在沉吟，他继续慷慨陈词："庐州地处皖中，城池大而富庶，皖省运往江宁的粮饷，陆路大半经庐州运输，实为发逆老巢之西面屏障；且今日庐州已为皖省临时省垣，其地位更非往日可比。庐州收复，则皖省全局皆在掌握之中，北出凤阳、颍州，南下安庆、池州，都可居中从容调度。"

"涤师在巴河舟中已指示我们先围安庆，且春霆不久即可过江，我看还是以南下为宜。"李续宾不善言辞，说起话来，远不如曾国华的酣畅淋漓。他觉得曾国华的话虽有道理，但不甚稳妥。

"迪庵兄，"曾国华笑了笑，不以为然地说，"兵机瞬息万变，难以预料，且我大哥亦未指示不能打庐州，我军目前距庐州仅一百五十里，距安庆有二百五十里。安庆城高池深，一时难以攻破，当作长期打算，而庐州到底不如安庆之难下。以今日形势言，下一庐州，其功胜过下皖省十县。"

曾国华这话有道理。六月份，署理巡抚李孟群阵亡，庐州失守，朝廷震惊。新巡抚翁同书只得将抚署暂设在寿州。朝廷责翁同书速下庐州，翁同书无力为之，将全部希望都寄托在湘勇身上。收复庐州，功劳自然不小。但李续宾还有一层顾虑。

"据探报，陈玉成、李秀成正集结在浦口、六合一带，与江北大营鏖战。若是庐州危急，增援部队三五天便可赶到。打庐州，不一定会胜利。"

"迪庵兄，你过虑了。"曾国华拍着李续宾的肩膀说，"陈、李二逆围江北大营，志在解江宁之围。正因为德兴阿扯住了陈、李，我们才可以放心打庐州。你不必再犹豫了，就让他德兴阿去卖命，我们摘现成的果子吧！满人处处占我们的便宜，这次也轮到我们占占他们的便宜了。"

说罢，得意地大笑起来。曾国华身为曾国藩的嫡亲兄弟，一向被大哥视为奇才，李续宾不便再坚持下去，心想：待攻下庐州后再回兵安庆也行，克复临时省垣，毕竟是一桩大功。

李、曾统率的这七千人，其基础是长沙建大团时的罗泽南一营，系湘勇中的精锐之师，当即全部开出舒城，兼程向庐州进发。沿途太平军不战自退，李、曾心中高兴。傍晚，湘勇驻扎在金牛镇。探马报：前方四十里处的三河镇外，长毛新筑石垒九座，镇上粮草堆积如山，兵器甲仗无数，从舒城、桐城一带溃逃的太平军亦聚在这里，看阵势，欲在此与湘勇决一死战。

曾国华大喜说："皖中粮食奇缺，据说人肉卖到一百二十文一斤。长毛大批粮食聚积此地，真乃天赐我军。"

李续宾也高兴地说："今夜安稳睡一觉，明早一鼓作气拿下三河。"

二人正商议间，忽一人闯入帐内，高喊："大帅，前进不得，请速退兵！"

曾国华看时，原来是一个年轻的读书人，不经通报，径自闯了进来，大怒道："你是谁？知道此处是什么地方吗？"

"大帅，"那人并不害怕，神色自若地说："小生特地冒死前来相告，据确凿消息，陈玉成、李秀成已在乌衣镇大败德兴阿，江北大营全军溃败，目前正反戈进皖，三河乃陈、李设下的陷阱。"

"江北大营溃败？"李续宾大惊。这个消息使李续宾对来人改容相待，忙请他坐下，亲兵献茶。李续宾问："足下尊姓大名，何以知德兴阿已败于陈、李之手？"

"小生姓赵名烈文，字惠甫，江苏阳湖人。今天上午从全椒来到此处访友。昨天在县城见到长毛先头部队，并听他们说大军随后就会到。"

"不要紧，三河离庐州只有六十里，待我们明日拿下三河后，即全速北进，等陈、李二贼赶到庐州时，我们早已进城了。"曾国华并不把此事看得很重。

"大帅，这三河镇不比别处。它前傍界河、马栅河，后为巢湖，右侧为白石山，左侧为金牛岭。从南面入三河镇，只有金牛镇上一条大道。当地人称三河镇一带为一天然水葫芦，葫芦口即为金牛镇，里面装着半葫芦水。此地易守难攻，故长毛将粮草器械存于此处，以便随时接济庐州、江宁。今长毛在镇外添筑九垒，金牛镇大道撤除防兵，是有意让大帅军队进葫芦口，请千万莫上当。"

"依你之见如何？"赵烈文将三河镇一带的地势说得如此详细，引起带兵多年的李续宾的重视。

"依小生之见，立即从此地南下，趁庐江守贼不备，奇袭庐江城，定可一战成功。"

"赵先生，谢谢你的好意。用兵打仗，岂同儿戏，北进庐州已定，不能改变，赵先生请回吧！"李续宾正在思索时，曾国华已不耐烦地下逐客令了。一个素不相识的青年后生的几句话，就可以改变如此重大的进军目标吗？他生怕李续宾和赵烈文再谈下去，被赵的话打动。赵烈文只得讪讪告退。

"兵机岂书生所知。"曾国华断然对李续宾说，"管他水葫芦、酒葫芦，我们都要把它捅破。迪庵兄，明日起个早，我们分头攻打。"

李续宾不想扫这个曾府六爷的兴头，同意了他的计划。

吴定规半个月前来到三河，按照陈玉成、李秀成的布置，环镇构筑九个石垒。这些天来，奉命让城的太湖、潜山、桐城、舒城四城守将相继来到三河，当他们得知李续宾、曾国华已驻兵金牛镇的时候，无不佩服陈、李二主将的神机妙算。当天深夜，吴定规便派飞骑将这一重要军情报告已到全椒的陈玉成、李秀成。

第二天清早，李续宾、曾国华率领七千湘勇，气势汹汹地开到三河。一天激战下来，九座石垒全部被攻破。石垒中尽是金银美酒，湘勇个个喜笑颜开。

曾国华得意地说："长毛只能吓唬胆小无能的人。那个姓赵的既有心知兵事，又胆小无识见，可怜！打下庐州城，我请你到包孝肃祠堂痛饮三杯如何？"

"一定奉陪！"李续宾也快乐地笑起来。

此后，接连三天，湘勇对三河镇发起强攻，均无功而回。原来，太平军在镇前挖了一道八丈宽、二丈深的护城河，西接马栅河，东连巢湖，护城河被水灌得满满的。湘勇的进攻，都被河对面的火炮、强弩所压住。连战连胜的湘勇并不气馁。一道护城河,能挡得了几天?白天无功而回,晚上回营照旧大吃大喝,不少人怀揣着掠来的银子,半夜偷偷溜出营房,到附近农家去,找个女人睡上一两个更次,再趁着夜色朦胧时回营来。大家都觉得这样很痛快,巴不得不战不和地在三河镇多待些日子。曾国华也偷偷干起这个事来。他勾引了镇郊一个小饭铺的年轻寡妇。那妇人美貌风骚,远胜他荷叶塘的妻妾。曾国华天天晚上瞒着李续宾在饭铺过夜,并思量着如何把她藏在军营中带走。

就在这个时候,陈玉成、李秀成带领十二万人马昼夜兼程,步步进逼三河。庐州守将吴如孝会合捻军首领张乐行南下,阻遏可能从皖西来的增援部队。当探马将这一严峻形势报告李续宾和曾国华时,他们才如梦方醒,但为期已晚。李续宾一面火速派人向湖广总督官文求援,请调驻扎在罗田、黄梅一带的绿营前来帮忙,一面修筑工事,准备迎战。而此时恰巧胡林翼因母丧回籍,官文拿着李续宾的求援书遍示僚属,取笑道:"湘勇名将九江都打下了,小小的三河算得了什么?"遂不派一兵一卒。李续宾大为失望,又不好意思厚着脸皮再请求。

太平军在白石山、罗家埠、北夹关一带布下天罗地网,却并不立即向湘勇进攻。这一夜,曾国华按捺不住对饭铺寡妇的思念,二更后,见毫无动静,又悄悄溜出营房,钻进了饭铺的后门。

三更刚过,金牛岭、白石山上陡起秋雾。雾越来越大,越来越浓,霎时间,从金牛镇到三河镇,方圆三四十里地面上的山水房屋,全部消失在一片夜雾之中。此时,陈玉成、李秀成将布置多日的大网开始收拢了。

陈玉成率本部七万人从金牛镇大道向三河推进,李秀成指挥五万人从白石山翻过来,吴定规统领三河镇上一万人马踏过护城河,吴如孝、张乐行带一万人由西向东。四路人马十四万人,从东南西北四个方向,将七千湘勇团团包围在三河镇郊。当震耳欲聋的鼓角声,把李续宾和湘勇们从睡梦中惊醒时,他们面临着的,已是无可挽回的灭顶之灾了。湘勇们惊慌失措,心胆俱裂,成百上千的人,稀里糊涂地顷刻间便做了无头鬼。浓雾中,即便打起灯笼,十几步外的人和物也看不见,李续宾又急又恨。周国虞命令手下人齐声高喊:

"活捉李续宾!"

"抓住李妖头，抽筋剥皮，报仇雪恨！"

李续宾慌乱之中顾不得找曾国华，提着一把剑仓皇而逃。

曾国华睡在寡妇温暖的被窝里，忽然被一阵粗暴的打门声惊醒："快开门，快开门！老子们要砸了！"

原来，这是几个太平军。前几天，还是德兴阿手下的绿营士兵，乌衣镇兵败后投降了太平天国，他们想趁混乱之机打家劫舍，发点财。曾国华猛地从被窝里爬出，赶紧穿衣，寡妇吓得脸色惨白，紧紧抱住他。曾国华推开寡妇，抽出佩剑。门被冲开了。火把之中，士兵们一眼看见放在床头的曾国华的官服，惊叫道："这是一个清妖！"

"还是一个官儿哩！"

"抓活的！"

说话间，几个士兵一拥而上。曾国华毕竟是一介书生，如何是他们的对手。交手不过两三下，剑便被击落，立即被活捉了。士兵们狂呼乱叫起来，拿麻绳将曾国华绑得死死的，吆喝着推出门外。一个士兵盯着寡妇，舍不得走，有人在门外吼："色鬼！想打水炮了？你若不去，赏银没你的份。"

那人走到寡妇身边，在她的脸上重重地掐了一下："小娘们，待会儿再跟你痛快玩一阵。"

曾国华垂头丧气地走出门，听见四面八方的喊杀声，方知太平军已展开了全面进攻，后悔不迭，心中寻思着如何逃走。

太阳出来后，雾消散了。李续宾带着百余名亲兵，慌乱之中逃到一个小山包上。只见山包周围，太平军人山人海，无数面红、黄、蓝、白、黑旗帜迎风招展，李续宾知今日已难逃厄运，懊丧地靠在一棵树边低头长叹。他后悔不该听信曾国华的无知妄见，后悔没有采纳赵烈文的建议，恨官文不出兵救援，更恨自己麻痹轻敌，没有料到敌人在雾夜中偷营，面临着的毫无疑问是全军覆没。从咸丰三年来，大大小小百十个战役所赢得的三湘名将的声誉将扫地以尽，涤师的进军皖中的用兵计划也全盘打破了。这时，周国虞带着一支人马冲上山来，大喊："树下的那个清妖便是李续宾！活捉的，赏银一千两！"

话音未落，几百名士兵呐喊着冲上山来。内中有几个野人山的人，更是痛恨已极，高叫："抓住李续宾这个狗娘养的！""把这条恶狗碎尸万段！"

李续宾身边的亲兵慌忙迎敌。李续宾双脚都已受伤，他刚一迈步，便痛得锥心般难受。眼看太平军就要冲上山顶，李续宾咬咬牙，解下腰带，向北跪下三叩头，然后将腰带挂在树杈上，踩着一块石板，将头伸进带圈中，追随他的老师罗泽南去了。

正午时分，陈玉成、李秀成胜利结束对太平天国后期起着重大作用的三河战役，七千湘勇除两三百名侥幸逃走者外，全部葬身三河镇。

七　曾国华死而复生，不得已投奔大哥给他指引的归宿

当李续宾、曾国华全军覆没的消息传到江西建昌府时，曾国藩被这突如其来的噩耗吓得几乎晕死过去。他对李续宾寄托极大的期望，也相信李能不负重托。谁知恰恰就是这个老成可靠的李续宾坏了大事，不仅经营皖中、谋夺攻克江宁首功的如意算盘被打得粉碎，就连让六弟依附李续宾成名的想法也破灭了。他知道李续宾、曾国华在这种情况下定然难以生还，良将顿失，骨肉永别，心中伤悼不已。

这是湘勇出师以来，最为惨重的失败。建昌军营上自将官，下至勇丁，几乎人人都与三河阵亡的人员有联系：或为亲戚，或为朋友，或为乡邻，或为熟人。消息传来，不待吩咐，各营各哨便自动地焚纸燃香，挂起招魂幡，军营上下，蒙着一片阴霾。一连几天，曾国藩看到这种情景，心里难受至极。他想到此刻的湘乡县，不知有多少人家正在举办丧仪，有多少寡妇孤儿在哀哀欲绝。湘乡县的悲痛，将十倍百倍地超过建昌军营。湘勇的元气如何恢复？进军皖中的用兵方略改不改变？曾国藩陷于极度的痛苦之中。几天后，他从痛苦中清醒过来。"好汉打脱牙和血吞"，重振军威，报仇雪恨，才是大丈夫之所为。他甚至还怀着一线希望，李续宾、曾国华也可能死里逃生了，说不定哪天会突然出现在他的面前，那时再把皖中的事交给他们。他相信，受此大挫后，李续宾和曾国华会更加成熟。曾国藩想通后，下令军营中所有招魂幡一律烧掉，不准再谈三河失败的事，一切都按原计划去做。

十天过后，派到三河阵地上查访尸体的勇丁回来报告，李续宾的遗体已找到，将由安徽巡抚翁同书出面隆重礼葬，曾国华的遗体一直未见。阵地上的无头尸身成百上千，估计曾国华是被砍头致死。又过了十多天，武昌、湘

乡、长沙、寿州，各处信件先后来到，均未见曾国华的踪迹，曾国藩认定六弟已死无疑。

这一天，他郑重其事地给朝廷上折，详奏曾国华自咸丰四年带勇以来所立下的桩桩功劳，以及这次殉国的悲壮。拜折之后，又给在家的四弟、满弟写了一封信，要他们安慰叔父及温甫妻妾；并再三指出，这种时候，全家务必要比往日更和睦亲热，又检讨自己在家时脾气不好，兄弟不和，今后要引以为戒。又叫他们去查看父母坟茔，是不是被人挖动，泄漏了气运。半个月后，朝廷发来上谕，追赠候选同知曾国华为道员，从优议恤，加恩赏给其父曾骥云从二品封典，咸丰帝还亲书"一门忠义"四字，以示格外褒奖。

曾国藩接到这道上谕，甚感宽慰，立即派专人将皇上御笔送回荷叶塘，要家中把"一门忠义"四字制成金匾，高悬在黄金堂上，以此旷代之荣上慰父母在天之灵，下励儿孙忠君之心。至于赏给叔父从二品封典一事，却把曾国藩弄得哭笑不得。早在道光三十年，曾国藩在侍郎任内曾邀驰封叔父从一品封典，不想八年后反倒来个从二品封典。曾国藩心中暗暗埋怨礼部官员糊涂马虎，连随手查查的事都懒得一为，现在弄得他左右为难，受亦不是，不受亦不是。曾国藩为此很费了一番思考。他在仔细斟酌之后，给皇上上了一道谢恩折，先将历次封典之事的过程叙说一通，然后写上："诰轴则祗领新纶，谨拜此日九重之命；顶戴则仍从旧秩，不忘昔年两次之恩。惟是降挹稠迭，报称尤难。臣惟有竭尽愚忠，代臣弟弥未竟之憾，代臣叔抒向日之忧，以期仰答高厚于万一。"

不久，满弟国葆受叔父之命来到建昌，代兄带勇。曾国藩着实勉励一番，拨五百勇丁让他统领，又给他改名贞干，字子恒，意为吸取靖港之败的教训，为人办事，忠贞有恒。

这天半夜，曾国藩在灯下再次修改近日写成的《母弟温甫哀词》。他哀悯六弟满腹才华，却功名不遂，正要凭借军功出人头地之时，却又兵败身死，真可谓命运乖舛。又怜悯风烛残年的叔父。叔父因无子才过继六弟，谁料继子又不得永年，老而丧子，是人生的大不幸；继而又怜悯已成孤儿的侄子。小小年纪，便从此永远失去了父亲，心灵要承受多大的痛苦！作为大伯，曾国藩决定，今后将由自己承担起对这个侄子的抚养教育之责，让他如同纪泽、纪鸿一样地得到慈爱温暖，长大成人，继承叔父一房的香火。曾国藩就这样边想边改，时常停笔凝思，望着跳跃着的烛火出神。

"大哥，快开门！"急促的声音，惊得曾国藩回过神来。这是贞干在外面喊。

曾国藩打开门，贞干急忙闪进屋，身后还跟了一个人。

"大哥，你看谁来了？"曾国葆有意轻声地说，但语气中的兴奋之情显然压抑不住。

昏暗的烛光中，曾国藩见来人衣衫破损、面容憔悴。看着看着，他不觉惊呆了：这不是自己刻骨思念的六弟温甫吗？他不敢相信，温甫失踪一个多月了，宾字营、华字营全军覆没，统领李续宾已死，高级将领无一人生还，全军副统领、华字营营官今夜怎么可能出现在这里？曾国藩拿起蜡烛，走到那人身边。他把烛火举高，照着那人的面孔，仔仔细细地审看着。不错，这人的确是他的胞弟曾国华！

"你是温甫？"尽管这样，他仍带着怀疑的口气问。

"大哥，是我呀！"曾国华见大哥终于认出了他，不禁悲喜交集，双手抱着大哥的肩膀，眼泪大把大把地流了下来。

千真万确是自己的亲兄弟活生生地站在面前，一刹那间，曾国藩心里充满着巨大的喜悦：六弟没有死！叔父抹去了丧子之痛，侄儿免去了孤儿之悲，这真是曾氏一门中的大喜大庆！

"快坐，快坐下，温甫，你受苦了。"

曾国藩双手扶着弟弟坐下，两眼湿润润的。死里逃生的曾国华见大哥这种手足真情，心里感动极了："大哥，这一个多月来，我想死了你和老满！"

"我们也很想念你！"曾国藩真诚地说，并亲手给弟弟端来一杯热茶，又转脸问满弟，"贞干，你是在哪里找到温甫的？"

曾国葆高兴地回答："今日黄昏时，我从镇上回营，路过一座废弃的砖窑，忽然听见有人轻轻地叫我的名字。进去一看，原来是六哥在那里。我又惊又喜。六哥当即要我带他来见大哥，我说现在不能去，半夜时我再带你去。"

"做得对。"对满弟的老成，曾国藩甚是满意，他转问六弟，"温甫，三河之战已经一个多月了，你为何这时才露面，害得全家着急，都以为你死了。你这一个多月来在哪些地方？"

"那天半夜，大雾弥漫，长毛前来劫营，我寡不敌众，正拟自裁殉国，突然被一长毛从背后打掉手中的刀，给他们捉住了。"曾国华不敢讲出在寡妇家被抓的真相，编造了这套谎言。"长毛不知我的身份，把我关进一家农户的厨房里，又去忙着抓别的人，不再管我了。我靠着磨盘上下用力擦，将绳子擦断，偷偷地逃了出来。沿途打听到大哥在江西建昌府，就径直向这里奔来，途中又不幸病倒。就这样边走边停，挨过了一个多月。"这几句倒是实情。他说罢，将一杯茶一饮而尽，那样子，的确是病羸饥渴。曾国藩听完六弟的叙说，心中凄然。

"温甫，你们为什么要去打庐州？我是要你们与春霆一起去围安庆。"给六弟添了一杯茶后，曾国藩问。

"大哥，这是我的失策，迪庵也是主张南下围安庆的，我想打下庐州后再南下。"温甫并不掩饰自己的过错，使曾国藩感到六弟的坦诚。

"打三河一事，军中有人提出不同看法吗？"一向留心人才的曾国藩，想以此来发现有真知灼见的人才。

"军中没有谁提过，倒是有一个来三河做客的读书人闯营进谏，说不能打三河，要转而打庐江。"

"这人叫什么名字？"曾国藩带有几分惊喜地问。

"此人自称赵烈文，字惠甫，江苏阳湖人，寓居全椒，年纪不大，二三十岁。"

"难得，难得。"曾国藩轻轻地拍打着桌面，感慨地说，说得曾国华脸红起来，大声叫道："大哥，你让我回湘乡去招募五千勇丁吧，我曾国华若不报此仇，枉为世间一男子！"

"小声点！"曾国藩如同被吓了一跳似的，忙挥手制止。六弟这一句气概雄壮的话，不仅没有引来大哥的赞赏，反而使得见面时的浓烈亲情消失殆尽，代之而起的是满腔的恼怒：正是因为违背了原定的作战方案，才招致这一场空前的惨败。精锐被消灭，进军皖中的大计彻底破产，前途困难重重，作为全军的统帅，他所承受的压力有多巨大呀！他真想把六弟大骂一顿，甚至抽他两耳光，以发泄心头的这股郁闷之气。但他没有这样，只是呆滞地望着温甫，也不作声。曾国华见大哥对他的话没有反应，又再说了一遍："大哥，过几天我就回湘乡招勇如何？"

"温甫,你太不争气了!"望了很久之后,曾国藩终于忍不住慢慢地吐出一句话。

"大哥,我对不起你,对不起迪庵和死去的兄弟们,我有罪,罪孽深重。我要重上战场,杀贼赎罪呀!"曾国华从心底里发出自己的呼喊。他深知自己的过失太大了,大哥的这句轻轻的责备,不足以惩罚,他倒是希望被狠狠地杖责一百棍。

"唉!"曾国藩长长地叹了一口气,六弟的痛悔冲淡了他心中的怨怒,一股怜悯之情油然而生。眼下的处境,温甫自己是一点不明白呀!他能出现在大家面前吗?全军覆没,唯独自己的弟弟、负有直接责任的副统领生还,曾国藩怎么向世人交代?怎么向皇上交代?没有温甫的阵亡,哪来的"一门忠义"褒奖!温甫虽破坏了进军皖中的大计,却又为曾氏家族挣来天家的旷代隆恩。带兵打仗的曾国藩,是多么需要这种抵御来自各方猜忌的荣耀身份啊!它的作用,要远远超过温甫再募的五千湘勇!如何处置这个意外生还的弟弟呢?既要不负圣恩,又要让他继续活在世界上,曾国藩的脑子在苦苦地盘算着。

见大哥久久不语,曾国葆劝六哥:"莫这样急,你现在身体很差,无法带兵,回家休息两三个月后再说。"

"不!"曾国华霍地站起来,坚决地再次请缨,"大哥,你就答应我吧!"

曾国藩苦笑了一下,将桌上那页《母弟温甫哀词》文稿拿起,递给曾国华说:"温甫,可惜你早在一个多月前便死在三河了。"

曾国华接过哀词,看了一眼,一把扯碎,笑着说:"那是讹传,我不是好好地在这里吗?"

"不,你早死了。"曾国藩重复了一句。看着大哥那张变得严峻冷酷的脸孔,分明不是在说笑话,曾国华顿时心凉起来,冒出一股莫名的恐惧。

"大哥,你为何要说这话呢?我没有死,没有死呀!"曾国华凄惨地喊起来。

"不要喊!"曾国藩威严地止住,口气中明显地含着鄙夷,曾国华立时闭了嘴。

"哀词你可以撕掉,皇上的谕旨你能撕掉吗?"曾国藩从柜子里将内阁转抄的上谕找出来。曾国华一看,脸刷地白了。

"三河战败之后，迪庵的遗体很快找到，我等你等了二十多天，一直没有消息，派人查访也未找到，只能断定你已死。全军覆没，你身为迪庵的副手，也只有战死沙场，才能说得过去。我因此上奏皇上，说你已壮烈殉国。"曾国藩缓慢而沉重地说着。曾国华看得出，大哥在压抑着心中的巨大痛苦，听到最后一句话，他浑身起了鸡皮疙瘩。大哥继续说："天恩格外褒奖，从优议恤，不仅追赠你为道员，还赏叔父从二品封典。我日前已申明，叔父大人早蒙赏从一品，请求加恩纪寿及岁引见，想必会蒙俯允。尤其是因你的殉国，皇上御笔亲书'一门忠义'四字，我已命家里制匾悬挂黄金堂上。这是旷代殊荣，足使我曾氏门第大放光辉。你现在要生还回家，我将如何向皇上交代，我们曾氏一家如何向皇上交代？"

"请大哥再向皇上拜折，叙说我生还缘由，请收回一切赏赐，行吗？"曾国华试探着问。

"你说得好轻巧！"曾国藩瞟了六弟一眼，不悦地说："欺君之罪，谁受得了？"

"这不是有意的。"曾国华分辩。

"纵然不是有意的，但天下人都知道你曾国华是杀身成仁的伟男子，皇上是优待功臣的仁义之君。现在又上折说你未死，岂不贻笑天下！此举将置皇上于何地？"稍停一下，曾国藩沉痛地说，"温甫，当'一门忠义'的金匾从黄金堂取下时，你想想看，那会使我曾氏家族蒙受多大的耻辱！"

曾国华又起一阵冷战，他完全没有想到，事情竟有这般严重。沉吟良久，他问大哥："如此说来，我今生已不能再带勇杀贼，报仇雪恨，显亲扬名了？"

"不能了。"曾国藩轻轻地答。

"好吧！"曾国华下了最大的决心，"我明日就布衣回荷叶塘，躬耕田亩，课子读书，了此一生。"

"荷叶塘你也不能回。"

"这是为何？"曾国华害怕起来，难道当一个厮守妻妾儿女的普通老百姓也不成？他简直不能理解。

"哎，温甫，你今年三十六岁了，怎么还这样不晓事？"曾国藩皱着眉头说，"三河战败，湘乡县几乎是家家丧亲，户户招魂，他们明里不说，心底里谁不把迪庵和你恨得要死。总是你们无能，才招致他们失去亲人。你若跟着他们一起战死，我曾氏全家尚能略感心安。你现在又未死回家，你有何面目见家乡父老？且我湘勇历来最恨从敌营中逃回来的人，你说是自己逃回来的，谁为你作证？乡亲们会说你害得兄弟们死去，自己又投敌乞命。到那时，千夫所指，只怕你曾温甫会无病而亡吧！"

贞干本想替六哥说几句，听了大哥这番话，吓得不敢再开口。

"带勇不行，回家不行，难道我真的要去死吗？"兄弟三人相对无言默坐良久，曾国华绝望地吐出一句话。

"温甫，你想到哪里去了。"曾国藩起身，走到六弟身旁，温存地拍着六弟的肩膀，细声说，"你是我的亲兄弟，大哥怎么会叫你去死。大哥为你想了一条生路，不知你情愿否？"

"请大哥明示。"曾国华已完全无主见了，唯有仰仗大哥。

"陈广敷先生，你还记得吗？"

曾国华点点头。

"前几个月，他来到蒋市街与我会晤，告诉我离开湘乡后，就回庐山黄叶观隐居。你去投奔他，拜他为师，后半生你就在黄叶观做一道人。陈先生是一个超脱尘世的人，你可以把事情的原委都说给他听，他不会怪你的，也不会张扬出去。你看如何？"

曾国华禁不住一阵战栗，眼泪唰唰地流了下来。这个功名心极重、人世欲望极浓的曾六爷，听说后半生将要与黄卷青灯为伴，与古木山猿为友，心如刀绞，但反复想想，觉得现在已无路可走，只得勉强答应："大哥，你让我悄悄回一趟荷叶塘，见见叔父大人和寿儿再去吧！"

"温甫，休怪大哥不通情理，你委实回不得家，趁着天黑赶快离开此地，不要让人看见了。过段时间，我要贞干回家一趟，将实情告诉叔父大人，再安排他们去黄叶观与你相会。平定长毛以后，大哥再到黄叶观去看你。"曾国藩说着说着，不觉流下泪来。国华抱着大哥泪如雨下，贞干也在一旁抽泣。

曾国藩吩咐贞干不要惊醒厨子，悄悄地盛些冷饭给国华吃了，又收拾几件衣服，拿出一百两银子来给他。然后，双手抱着六弟的肩膀，嗓音哽咽，好一阵才说出四个字："兄弟珍重！"

国华说不出话来，只能点点头，恋恋不舍地离开军营。

待六弟走后，曾国藩又关起门来，与满弟密谈了很久。第二天，贞干亲自去三河战场寻找六哥遗骸。二十多天后回来了，后面还跟着一具棺木。一到军营门口，贞干便放声大哭起来，引得勇丁们纷纷出来观看。贞干走进屋，哭倒在大哥面前，高叫："大哥，六哥的忠骸找回来了，可惜没有了头！"

"你是怎么找到的？不会认错吧！"曾国藩惊讶地问。

"哪里会错！莫说四肢还在，就是烧成灰，我也认得出。"

曾国藩抚棺痛哭，一边叫人打开盖板。曾国藩见躺在棺材里的那人除无头外，四肢都尚完好。他拉开死者的左裤脚，看到一道三寸长的疤痕后，立即喊起来："温甫，你到底回来了，大哥找你找得好苦呀！"

说罢，又大哭起来。哭了一阵后，他对四周围观的人说："温甫八岁那年，爬上塘边一棵桃树上摘桃子吃，我怕他摔到塘里去，便高声喝骂他。他吓得赶紧从树上跳下来，腿不慎被树枝划破了，一直烂了两个月才好，从此便落下了这个疤。近三十年来，我一直为此事抱疚。"说着说着，又对死者高喊："温甫，我的好兄弟，你为国捐躯，死得英勇。大哥为你伤心，大哥也为你荣耀呀！"

曾国藩越哭越厉害，引得围观者嗟叹不已，在杨国栋、彭寿颐等人竭力劝说下，好不容易才止住。

夜里，曾国藩为温甫设了一个简朴的灵堂。湘勇将领们络绎不绝地前来吊唁，曾国藩对着温甫的神主诵读了哀辞。并从第二天起，为六弟吃七天斋。到了第八天清晨，贞干带着二十多个勇丁，护送温甫灵柩回湘乡，曾国藩亲自送到旴江码头。

八　李鸿章给恩师献上皖省八府五州详图

正当建昌军营因三河之变而士气沮丧的时候，围攻两年多的吉安城，终于被曾国荃的吉字营攻克。接着，鲍超趁陈玉成部返回天京附近、李秀成部再度经营苏南的时机，在皖南连打几次胜仗，站稳了脚跟。紧接着，李元度部又挫败从福建过来的太平军。这些胜利，使士气重新振作起来。曾国藩从吉安之胜中，看出了九弟倔强不屈的性格和带勇打仗的才能，认定他是个可当大任的人物。恰好康福这时又从老家跋山涉水来到了建昌。去年，曾国藩回籍不久，康福也请假回沅江去了。曾国藩赏给他的三百亩水田，王矮爹替他经营得兴旺。一到家，王矮爹又为他张罗着娶了一房妻子。康福将田产分为两半。一半归于弟弟康禄的名下。康福不愿做个财主终老，他要建功立业，光耀康氏先祖，接到曾国藩的信后，便匆匆赶来了。曾国藩派他前往吉安，代他奖赏吉字营。国荃将吉字营安置后，便和康福一同来到建昌。

曾国荃送给大哥的战利品是一部《欧阳文忠公文集》。曾国藩轻轻地翻着这部已发黄发黑的文集，惊喜地问："这是南宋庆元年间刻的，是欧阳子文集的最早刻本，你是怎么得来的？"

"吉安是欧阳修的故乡，大哥不是要我留意他的遗墨吗？"曾国荃得意地说，"打下吉安后，我也不管是不是欧阳修的后人，凡姓欧阳的，我统统把他抓了起来，要他们交出遗墨来，否则杀头。"

"你怎么能这样做？"曾国藩没有想到九弟用这种手段来搜集遗墨，倘若欧阳修九泉有知，岂不愤怒至极！

"不这样做，怎么可能得到它？"曾国荃指了指大哥手中的文集，"这样，几百个姓欧阳的互相商议，逼得那些欧阳修的后人无法，实在找不出遗墨，便以这部供在祠堂里的宋本来充数。"

"沅甫，你给我送回吉安去！"曾国藩生气了，板着面孔命令弟弟。

"大哥，这样的珍本到哪里去找？你若过意不去，我给他们三百两银子算了。"曾国荃不服气。

"九弟！"曾国藩严肃地说，"咸丰三年练勇之初，我便对你们说过，长毛毁孔孟、焚书籍，得罪了天下读书人。我们就是要抓住这一点，把读书人争取过来。在《讨粤匪檄》中，我将维护中国数千年的礼义人伦、诗书典籍昭告天下，也是为了得读书人的心。这些年来朝廷失政，老百姓易被长毛笼络，只有读书人才是我们依靠的力量。你以杀头的手法，逼一代文宗的后人交出他们的传族之宝，此事传扬出去，岂不冷了天下读书人的心？九弟，你要明白此中的利害！"

大哥的话有理，曾国荃不作声了。曾国藩把文集仔仔细细翻了一遍，递了回去，曾国荃默默地收下。

"沅甫，乘这次攻破吉安的好机会，你回家去一次，招募几千人，将吉字营扩大到一万人。看来,温甫收复皖中的未竟事业,要由你来担负了。"

大哥的话太合国荃的心意了。这次在吉安获得的大量金银,正要运回家去买田起屋,为今后自立门户做准备,至于募勇扩营,更是他多年的心愿。

"大哥,无论为国为家,我都要和长毛血战到底!"曾国荃慷慨激昂地表示。在建昌小住几天后,便匆匆回荷叶塘去了。

不久,石达开率部离开福建,经江西、湖南向西开拔。朝廷分析石达开有可能入四川,急调曾国藩入川剿堵。一旦入川,则远离江宁,今后只能眼睁睁地看着别人拿下它。这是曾国藩极不情愿的事。他上奏皇上,请求让他进兵皖中,为三河之役报仇。奏折刚拜发,荆七送来一封信。原来,这信是李鸿章从五里外的县城里,托人捎来的。信上说,咸丰二年六月与恩师在京分别后,第二年正月,便随同工部侍郎吕贤基回籍办团练,与长毛、捻子作战。这些年来,巡抚福济不明事理,钦差大臣胜保多方猜忌排挤,在安徽很不得意,欲投奔恩师,不知肯收留否?

曾国藩览毕微微一笑,对于这个年家子,他是再了解不过了。

道光二十四年,李鸿章遵父命晋京,投奔曾国藩门下,拜他为师。曾国藩见李鸿章长得身材修长,五官俊美,言谈文雅,举止倜傥,心中甚是高兴,更兼李鸿章有人所不及的乖觉,过目不忘的记性,深为曾国藩所赏识。在他的精心指导下,第二年李鸿章便考中举人。道光二十七年,李鸿章与郭嵩焘一起中进士,入词馆,时年二十五岁。真个是少年高第,春风得意。曾国藩将他、郭嵩焘及同年入翰苑的陈鼐、帅远烽视为丁未年四君子。但李鸿章心气高傲,性格疏懒,为人不够实在,细节上不大检点,这些方面,与曾国藩脾性不合。李文安曾给曾国藩讲过他儿子小时候的一个故事:

李家以前养过一缸好金鱼。李文安一日偶与家人戏言,如今年金鱼产子多,则门徒中进学的多。后果然这一年产子很多,李文安扳着指头,数着这个可进学,那个可进学,又说长子瀚章今年也可进学。第二天,一缸金鱼全部死尽。文安奇怪,问家人,鸿章坦然承认。文安问何以害鱼。鸿章说:"这么多人进学,唯独我不进,此鱼不可留。"文安笑道:"你今年只有十一岁,怎能进学?"鸿章不语。李文安从这件事上,知儿子虽心高志大,但胸襟未免太狭窄,手段也太刻毒了。

这几年李鸿章在安徽打胜仗少,打败仗多,曾国藩也知道些。他甚至还听到过有人以"翰林变绿林"的刻薄话来挖苦李鸿章。曾国藩将来信锁进柜子,既不复函,也不派人传话,他有意要挫挫这个高足的锋芒。

十天过去了,没有动静,曾国藩派人悄悄地到建昌旅馆查看。回报说,李鸿章在旅馆读书写字。又过十天,曾国藩再派人去窥视李鸿章。回报说,李鸿章仍在读书写字,并无回安徽的表示。当天,曾国藩传令叫李鸿章来军营相见。

李鸿章一进军营,便急趋向前,走到曾国藩身边,行门生叩拜大礼。曾国藩凝然端坐,并不起身。待李鸿章行完礼,才招呼他坐下。六年多不见了,李鸿章已步入中年,战火奔波,使他面色黧黑,而腰板却显得比过去在书斋时硬朗多了。近来常感右目痒痛、精力不支的曾国藩,看到眼前这个踔厉风发的门生,又是喜欢,又是羡慕。

"少荃,这些年来你干了不少大事,人也发福了,官也做大了,现在是道员衔,还是按察使衔?"曾国藩充当过多次乡试主考和会试阅卷大臣,且诗文为一时之冠,故而门生甚多,但真正经他指教过的受业生,仅李鸿章一人。对李鸿章,他有一种父兄对子弟的情感。早就盼望李鸿章来了,但直到在安徽混不下去了才来投靠,曾国藩心里不太满意,二十天不理不问,也含有这层原因。

"恩师取笑了!门生早就想投奔恩师帐下,并托家兄转达过此意,怎奈福中丞执意挽留。福中丞是门生的座师,门生亦不好强违。这次我不管他肯不肯,下决心离开了他,追随恩师左右。门生虽蒙圣恩赏加按察使衔,但在恩师面前,门生永远只是个小学生。"

李鸿章的话提醒了曾国藩。的确,李瀚章曾跟他说起过老二要投奔的事,且二十天未见,李鸿章不以冷落为意,仍这样谦恭有礼,恍如十多年前碾儿胡同里的恂恂学子。曾国藩心中的一丝不快消失了。

"少荃,此间局面狭窄,恐艨艟巨舰,非潺潺浅濑所能容。你既与胜保不和,何不回翰林院供职去?"曾国藩望着李鸿章笑着,三角眼里射出的是慈爱的光芒。

"恩师,"李鸿章认真地说,"您老从来教导门生,男儿立身,不在高官厚禄,更不应贪图个人享受,当为君分忧,为国出力。目前逆贼肆虐,四海鼎沸,门生岂能违背恩师教导,视国难民危不顾,而回翰苑享清福呢?"

真是本性难移。多年的挫折，并没有打磨掉他的棱角，说起话来，仍是这般大言荦荦，但曾国藩喜欢听。他心里暗暗赞许，脸上却无特别的表示。

"这几年，门生在家乡东撞西突，前后追随过吕侍郎、福中丞，均茫然无指归；现在又遇了个胜保，心中无点滴才学，偏又目空一切，视汉员如同仇人一般。门生冷眼观察过许久，无论福中丞，还是何制台，以及和春、张国梁，都不是戡乱之才，更不要说胜保之流了。东南半壁浊浪滔天，真正的中流砥柱，实只恩师一人，万望恩师收留门生，日后也好附恩师骥尾光宗耀祖，这也是先父临终时的遗言。"李鸿章说到这里颇为动情。

"少荃，你来我这里，是想自己带勇，还是做参赞？"曾国藩不再盘马弯弓了，直接问。

"门生虽出身词臣，但这几年也曾几十次亲历沙场，略懂一点打仗的道理，门生想在恩师帐下做一名偏裨将佐。"李鸿章答得也直截了当。

"哦，你想带勇，那好哇！"曾国藩边说边思考，略停一会说，"不过，我身边暂缺一个办文书的人，先委屈你帮帮忙，掌几天书记文案如何？"

在曾国藩看来，安徽的团练办得一团糟，李鸿章的那一套根本就不能带到湘勇中来，必须先在他的身边跟着学习一段时期再说。

"好！门生正要跟着恩师学习起草奏折哩！"绝顶聪明的李鸿章将失望藏起，装出一副满心喜悦的样子，"家兄曾跟我说过，筠仙有次起草奏折，中有'屡战屡败'四字。恩师看后，将'战''败'二字互换位置，变为'屡败屡战'。家兄对此佩服得五体投地，说位置一换，满篇精神大变。门生在安徽时，听福中丞说，恩师奏折，当今无双。门生过去跟恩师学古文时不用心，现在要补上这一课。"

李鸿章此时提起这件往事，真是恰到好处。曾国藩开心地笑笑说："好吧，你今天回旅馆去结账，明日一早到军营来。"

几天下来，李鸿章在建昌军营办事顺利。他留心观察幕府一切事务，觉得也并没有什么与众不同之处，从书启到赞画都可胜任，唯一难以适应的，便是天未明就吃早饭这件事。湘勇规矩，天未明就得吃罢早饭，有仗打仗，无仗操练，不容许睡懒觉。幕府跟军营一样。曾国藩自己以身作则，每天和幕僚们一起吃早饭。吃饭时，他说古论今，谈笑风生。饭桌上，他不再是一个严厉的统帅，而是幕僚们极随和的朋友。李鸿章却有睡懒觉的习惯。平素在家乡，他要团勇们清早起床操练，自己则总是日上三竿才大梦方觉。

这几天凌晨，天还是漆黑漆黑的，军营便放炮吃饭了。一会儿，亲兵便来敲门叫起床，李鸿章正睡得香甜，哪里愿意出被窝！他借故不起。一连三天，曾国藩看在眼里不作声。第四天天未亮，亲兵又来敲门了。李鸿章烦躁地喊："我病了，不吃饭！"

过一会，一幕僚来敲，李鸿章仍不起。又过一会，康福来了："李翰林，请起床吃早饭！"

"告诉你们我病了，为什么三番两次总来喊？"

"曾大人说，有病也得起来，大家等你去后再用餐。"

李鸿章一听，心里发毛了，赶紧披衣，跟跟跄跄地奔进饭堂。曾国藩瞟了李鸿章一眼，端起碗吃饭，幕僚们跟着端起碗来。曾国藩面色峻厉，一言不发。吃完饭后，他放下碗筷，一字一句地说："少荃，既到我这里来，就要遵守我的规矩。此间所尚的，唯一诚字而已！"

说罢，起身走出饭堂，看也不看李鸿章一眼。李鸿章惊呆在板凳上，半天作不得声。

从那天起，李鸿章一改过去骄懒的文人习气，虚心学习周围的一切，这才发觉恩师所带的湘勇，与自己过去所带的团练确有许多不同之处，愈加从心里佩服。这天晚上，他对曾国藩说："门生这次给恩师带来了一件小小的东西。"

说罢从布包里拿出一卷纸来，曾国藩认得这是大内珍藏的特制棉纸。

"恩师请看。"李鸿章微笑着展开，竟是一幅皖省全图。曾国藩拨亮灯，仔细查看。图上画着安徽全省大的山川和府县界线，都标有名字。图下边还注明图与实地的比例关系。图虽画得精工，但并无特别之处。这样的地图，曾国藩手头有，他微笑着没有作声。

"恩师，这是几幅安徽分府地图，请您老过目。"李鸿章又从布包里拿出一卷纸，打开第一张，图上方标明"凤阳府"三字。只见这张地图大异刚才那一张，图上密密麻麻地标着山名、水名、县名、镇名，甚至较大的村庄名、神庙名都写上了。曾国藩心里吃了一惊："少荃，庐州府的详图有吗？"

"有。八府五州都有。"李鸿章不慌不忙地找出了庐州府地图。

54

曾国藩接过地图，急忙打开，右手食指在图上快速地移动，嘴里不停地说："三河，三河在哪里？"

"在这里。"李鸿章一下子就点出了三河镇。

曾国藩两眼死死地盯住三河。图上明明白白地标出三河镇四周的形势地名：镇建在马栅河与界河的交汇处，巢湖在东边，只有四十五里远，西边是金牛岭，东边是白石山，一条大道贯穿金牛镇直达三河镇。这样详尽的分府地图，曾国藩还是第一次见到。看着看着，他慢慢地两眼潮润，嗓门嘶哑："少荃，要是早几个月看到你这张图，迪庵、温甫和七千湘勇也不至于遭厄难。"

曾国藩将其他府州的地图略微翻了翻，都像凤阳、庐州一样，山川城镇，一一标列得清清楚楚。这是他多年来梦寐以求的地图啊，想不到今天居然由李鸿章送上门来了。看着这几张地图，曾国藩仿佛看到了湘勇的战旗正插在一个个城池上，规复皖省、攻克安庆已有了可靠的保证。他真想站起来，紧紧地拉着李鸿章的手，大声地说："少荃，你这个礼物太好了，我收下！"但他很快地控制了自己的感情。李鸿章毕竟是他的晚辈门生，在晚辈门生面前怎能失态！他以惯常的神情说："少荃，你来我这里好些天了，怎么今天才把皖省地图拿出来，你对我还留一手吗？"

"哪里，哪里！"李鸿章已知这几张地图在曾国藩眼中的分量，兴奋地说，"门生巴不得把一切都贡献给恩师，哪有留一手之理，前几天之所以没有拿出来，是怕露丑。这两天我见恩师这里用的仍是乾隆内府图，故才敢奉献。"

曾国藩心想：毕竟长了几岁年纪，比以往稳重多了。他慢慢地梳理着已见花白的长须，说："地图莫精于康熙内府图，其准望勾弦，皆命吏亲至各处，按诸天度测量里差。乾隆内府图又拓而大之，亦甚精当，盖出齐次凤宗伯之手。近时阳湖董方正孝廉依此二图订正差误，合为一本，李申耆先生照此刻印，据说是现在最精确的地图。我已托人去重金购买，至今未得到。这批皖省分府地图确比乾隆内府图精细多了，你是怎样得来的？"

"恩师。"李鸿章欠身答道，"咸丰三年初，我随吕侍郎在家乡办团练，几仗打下来，吃了不少苦头。这些苦头，大部分来自对地形不熟悉。有一次，我与长毛打仗，打败了，想找条路逃都找不到，结果几十个弟兄送了命，我幸而躲在草丛中才免于一死。长毛走后，我问当地百姓。他们告诉我，穿过松树林后就是一条大路，路口左右是两座小石山，是天然的堡垒，只要百把个弓箭手埋伏在石山上，就是一千人也都会死在那里。我听后半晌作不得声，倘若早点知道此处地形，不仅那几十个弟兄不会死，说不定还可反败为胜。我于是下定决心要绘制一套详细地图，远胜朝廷颁发的乾隆内府图。我从团练中抽出几十个知书识字、头脑灵活、办事可靠的人，派他们到各府去实地调查，足足用了十个月时间，终于绘制了这十四幅地图。"

"少荃，你做了一件顶好的事，假若东南八省都有这样的分府图，我们就可以立于不败之地了。"

"恩师过奖了。这地图虽较细，但打起仗来，还是嫌简略了，如果再详细到每个小山包、每条小溪港、每个小村庄都有的话，那就好了。"

"好哇，待平定长毛后，你就去做这件事吧！全国十八省，省省都绘制，那真是一桩惠泽子孙的大好事。"

"太好了，那时在恩师指导下，我一定会干得比现在的好得多。"李鸿章高兴地说。

"少荃，你把地图送给我，你自己不就没有了吗？"

"有，我还有一份，照这份原样影绘的。我那时想，万一一份丢了或损坏了，还可以有一个底子再补绘。"

"是比先前长进多了。"曾国藩心想。过会儿，他对李鸿章说："少荃，我即将率师入川，远离你的家乡，你要不要先回家去安顿一下，我们再在芜湖码头相会。"

"不用了，门生来建昌之前，家事已作了安排。"李鸿章说，"不过，门生斗胆向恩师进一言，四川不可去，也不必去。"

"这话如何讲？"曾国藩靠在椅背上，习惯性地抬起右手，慢慢地梳理着胡须。这神情，显然是要李鸿章说下去。

"今夜只恩师与门生两人，门生就直言吧！"李鸿章略为停顿了一下，说出他在建昌旅馆里的一番深远思虑来，"咸丰三年正月，江宁陷落，东南半壁冒出一个与朝廷敌对的叛逆国号，其势力尤强在苏南、皖中、江西三个地方。自咸丰六年逆贼内讧后，江西已渐为恩师统率的湘勇光复，逆贼势力只有苏南、皖中两处。依门生愚见，与长毛决战的主要战场也只有这两处。长毛气焰，乃顺江由西而东，江宁之西，为长毛后方所在，江宁之东，不过长毛之门面而已。数年间，恩师已洞悉此中机要，由武昌而黄州，由黄州而武穴，由武穴而九江，由九江而湖口，步步进逼，节节获胜。门生在安徽细细观看思考，见长江两岸，恩师每复一城池，长毛气焰辄消一分，门生从心底里佩服恩师高屋建瓴，深谋远虑，其取势百倍胜过江北江南大营。门生心里早已明白，平巨憝，复江宁，非恩师莫属。"

李鸿章越说越有劲，双目晶亮，神采奕奕，令曾国藩暗为惊诧：今日之李少荃，已非吴下旧阿蒙。他随手拿起穆彰阿赠送的玉球，在手里慢慢旋转。此情此景，使他想起了二十年前与穆彰阿的一夕谈话。薪尽火传，这个才大心细、见识不凡的门生，不正是自己的传火人吗？

"朝廷已对江宁逆贼撒下了天罗地网，你何以知下江宁者非我莫属。少荃啦，这等大事，可不许你信口开河。"曾国藩打断李鸿章的话，"你说四川不可去，不能去，道理在哪里呀？"

"是，门生说漏了嘴。"李鸿章素知老师行事谨慎，这层意思，点到即可，他马上转入正题，"门生说四川不可去，其原因也正是刚才所说的，恩师多年浴血奋战，已将长毛逼在皖中、苏南一隅之地，现在反而忽然掉头入蜀，到千里之遥去堵流寇，将这伸手可摘之熟桃让给别人，就是恩师不在乎，湘勇将官弟兄也不情愿呀！就是门生在一旁，也为恩师抱不平。"

曾国藩微微一笑，在心里说：这个机灵的李老二，说话的本事是越来越高了，他的老子与哥哥都远不及。

"况且川督王庆云为人器局狭小，很久以来就想当蜀王，他决不会愿意恩师入川的。门生说四川不必去，是指石逆目前已成流寇，军心不稳，士气不旺，此去四川，将很可能走向末路，四川兵力足可制服他，不必动用湘勇这把牛刀。门生以为，恩师须立即向皇上陈明入川之非和入皖之要，同时亦请官帅、胡帅代为说明不能离开东南的原因；官帅、胡帅要成功，也是离不开恩师。为使朝廷明白此中道理，恩师可命令目前在徽州、宁国的鲍超之部暂且撤离皖南。这样，长毛一定会乘虚而入，翁中丞必定急奏朝廷，那时各方交章挽留，恩师将免去入川之劳。"

曾国藩不得不佩服这个比他小十二岁的门生的见事之明。在湘勇主要将领中，有彭玉麟的忠贞、有杨载福的朴直、有鲍超的勇猛、有李元度的策划、有曾国荃的顽强，但无一人有李鸿章这样洞察全局的清醒、机巧应变的手腕！人才难得呀！两江一带，历来是人文荟萃之地，要留心访寻延揽。想到这里，曾国藩忽然记起温甫讲的赵烈文进谏的事。

"少荃，你是庐州人，全椒就在庐州旁边，你有没有听说一个寓居全椒的阳湖秀才赵烈文？"

"恩师何以知道赵烈文？他是门生的好朋友。"

"那太巧了！前次迪庵和温甫误攻三河，此人到军营进谏，可惜他们未听，不然也不至于有三河之变。我看这是个有识见的人才。"

"赵烈文确是个非比一般的读书人，他不乐举业，留心国事，潜研兵法，熟知舆地，尤工于谋划，的确是个好的军事参谋。"

"是呀，草莱之中，常有异才，日后到了你的家乡，我一定亲去拜访他。"曾国藩边说边抽出日记簿来，记上："赵烈文，字惠甫，阳湖人，寓居全椒，知舆地，工谋划。少荃竭力推荐。"

"何劳恩师亲去，我写封信叫他来就行了。"

"不！还是我去见他为好。"

师生二人在军营一直谈到次日鸡鸣方止。第二天，曾国藩修书给官文、胡林翼，请他们代为向皇上说情，为不使皇上不悦，曾国藩尽起在建昌的水陆两支人马，踏上赴川的道路。当曾国藩将到武昌时，接到了上谕。上谕命曾国藩暂驻湖北，与官、胡熟商进剿皖省之计，援川部队从湖南选调。官文、胡林翼在武昌置酒为曾国藩道喜。席上，官文提出派永州镇总兵樊燮带两千人入川，曾、胡一致同意。于是官文以制军身份下令，调樊燮立即入川。谁知这一纸命令，倒惹出一桩轰动全国的大事来。

第二章　总督两江

一　国家不可一日无湖南，湖南不可一日无左宗棠

永州镇总兵樊燮接到命令后，兴冲冲地带着两千绿营启程入川。樊燮为官不清廉，仗着是官文五姨太娘家亲戚有恃无恐。湖南巡抚衙门接到不少参劾信函，骆秉章不愿得罪官文，压着这些信不理睬，左宗棠碍着骆秉章的面子，也不便处理。

这一日，樊燮路过长沙，将兵士们安置在城外，自己带着几个亲兵入城，径直来到又一村巡抚衙门里。巡捕见是樊镇台，不敢怠慢，忙进内通报。骆秉章正与左宗棠在谈论曾国藩驻兵湖北的事，听到通报，连声说："有请，有请。"樊燮大步踏进签押房，向骆秉章鞠躬请安："卑职参见中丞大人。"

骆秉章忙站起，笑道："樊镇台免礼。"

樊燮正欲靠着骆秉章坐下，忽然见左宗棠板着面孔坐在对面，便走前一步说："左师爷一向好。"

左宗棠看了樊燮一眼，冷冷地说："樊将军客气了。"

樊燮心中不快，叉开两腿坐在骆秉章身边。骆秉章打着哈哈说："樊镇台，这次官中堂亲向朝廷保举你去四川剿贼，想镇台一定会以频频捷报答谢皇上圣恩和官中堂的器重。"

"石逆孤军远窜，成不了气候，樊某不敢夸口说一举获胜，但终究要剿

灭那些乱臣贼子的。"樊燮不无得意地说，似乎有意让左宗棠知道他的厉害。

"大将威风，果然令人敬畏，令人敬畏！"骆秉章仍然打着哈哈说。

"长毛不过跳梁小丑而已，算得了什么？"

樊燮任永州镇总兵不过一两年，根本没有跟太平军交过手。前两个月，石达开围宝庆府，弄得长沙官场紧张得不得了。左宗棠亲自指挥人马，费了九牛二虎之力才勉强对付过去。听了樊燮这种欺世大言，左宗棠如何能不动怒："此话过头了吧！朝廷调兵几十万，糜饷几千，至今尚未把长毛平定下去；且石达开乃贼中枭雄，曾涤生侍郎都数败于其手，你说这话，不脸红吗？"

樊燮吹牛时不脸红，听了这句话，倒真的脸红了，他强压怒火说："左师爷，我也不和你打嘴皮仗，以后看吧！"

樊燮来巡抚衙门，本是一种官场应酬，见气氛不好，起身朝骆秉章拱手道："卑职告辞。"

说罢转脸便走，并不理睬左宗棠。左宗棠勃然大怒，喝道："回来！"

"何事？"樊燮站住，气愤地反问。

"樊燮，你进衙门不向我请安，出衙门不向我告辞，你太猖狂了。湖南武官，无论大小，见我都要请安，你不请安，是何缘故？"

樊燮也怒了，高声说："朝廷体制并未规定武官见师爷要请安。武官虽轻，也不比师爷贱，何况樊某乃朝廷任命的正二品总兵，岂有向你四品幕僚请安的道理！"

左宗棠一时语塞，气得环眼暴凸，燕颔僵硬，霍地站起来，冲过去，抬起脚就要踢樊燮，骆秉章慌忙拦住："季高，你这是干什么？"

左宗棠气得呼呼大喘，好半天，才冒出一声雷鸣："王八蛋，滚出去！"

樊燮火冒三丈，青筋鼓起，欲再与左宗棠争辩，骆秉章忙说："樊镇台，你请回吧！本抚就不送你了，祝你马到成功。"

樊燮只得含恨退出，当天下午便离长北去。

樊燮窝着一肚子气到了武昌，谒见官文，添枝加叶地把左宗棠如何无视朝廷命官、骄横跋扈、独断专行的情形，向官文哭诉了半天。官文听后老大不快。左宗棠居然敢对他的姻亲、朝廷指派的援川将领如此无礼，他岂能容忍！当天夜晚，官文便给皇上上了一个折子，将樊燮所说的摘要写了几条，又给左宗棠戴了一顶"劣幕"的帽子,说他把持湖南,为非作歹。

咸丰帝接到官文这道奏章,方知左宗棠居然是这样的幕僚,他大为吃惊,随即在奏章上批道:"湖南为劣幕把持,可恼可恨,着细加查明,若果有不法情事,可就地正法。"

奏折递回武昌,六姨太知左宗棠与胡家的关系,便悄悄地把此事告诉静娟夫人。静娟夫人怎能眼见自己兄弟的丈人吃官司不救,便求胡林翼设法搭救。胡林翼一面火速打发人送信到长沙,将事情原委告诉左宗棠,一面发信给郭嵩焘和王闿运。郭嵩焘此时供职南书房,王闿运则在已升为协办大学士的肃顺家做西席。咸丰四年八月,曾国藩率湘勇出省入鄂,王闿运没有随行。咸丰五年,王闿运中举,次年赴京会试。会试告罢后留京温习,被肃顺看中,延入府中。胡林翼请郭、王密切注视朝廷动向。

左宗棠接到胡林翼的信后,借口赴京会试,向骆秉章辞职。骆再三挽留不住,只得放行。左宗棠含恨离开长沙,回湘阴小住几天后,便带着一个仆人,冒着严寒乘船北去。这时,郭嵩焘给胡林翼来了一封急信,说皇上怕官文所奏不实,特地派都察院湖广道监察御史富阿吉来湘查访,将于近日由运河南下。胡林翼将家人胡汉唤进书房,密授机宜。胡汉受命,星夜乘快马赴河北,在山东德州遇上了富阿吉。

胡汉在德州出高价雇了一只大船,船上陈设华丽,肴馔精美。趁富阿吉的船泊在德州码头的时候,胡汉先请富阿吉的仆人上船玩,并以好酒好菜招待。仆人于是劝富阿吉改乘胡汉的大船。富阿吉到船上看了看,满口应允。待富阿吉上船后,胡汉又从德州妓院雇来四个能歌善舞的漂亮妓女陪伴他。富阿吉是个世家子弟,胸无点墨,靠祖上的军功,年纪轻轻地便做上了五品御史,平日最好的就是声色犬马、醇酒美妇。这一下,如同进了天堂,他不愿早日入湘,只想在船上多盘桓些日子。舟子似乎懂得富阿吉的心思,那船走得极缓极慢,又时走时停。就这样,富阿吉从北京到武昌,足足用了三个月。这期间,胡林翼将左宗棠留在襄阳听消息,暂勿进京。

富阿吉一到武昌,就被接进巡抚衙门,胡林翼亲自设宴为之洗尘。酒吃到兴起时,胡林翼对富阿吉说:"星使为查办左宗棠,不畏辛苦,跋山涉水,令人敬佩。"

富阿吉谦虚地说:"仆受皇上差遣,查朝廷要案,无辛苦可言。"

胡林翼连声说"可敬，可敬"，又殷勤劝了一杯酒，问："星使先前知左宗棠其人否？"

富阿吉答："不曾听说。"

"林翼与左宗棠同乡，对其人略知一二。"

"请中丞说说。"富阿吉放下筷子，显出一副专注的神态，似乎查办左案就从这里开始了。

"湖广一带人士，凡稍涉国事者，莫不知左宗棠乃当今一人才。值此宇内纷扰，三湘略能安枕者，固仗骆中丞镇抚之功，亦靠左宗棠赞襄之力。远的不说，这次长毛伪翼王窜扰宝庆府，全省震惊。正是因为左宗棠指挥省内绿营、团练同心协力作战，宝庆府城才得以保存，湘省人民才免遭涂炭。"

"哦，如此说来，左宗棠这人也还有些本事。"富阿吉生长在钟鸣鼎食之家，战火兵灾从未见过，心想：倘若叫我去杀贼卫土，还不知如何应付哩！

"岂止是有些本事！"胡林翼认真地说，"实为当今戡乱大才。只因左宗棠耿介成性，嫉恶如仇，又缺乏涵养，故开罪小人。据说告状的永州镇总兵樊燮贪婪庸劣，士兵百姓都有怨言。左宗棠对他的呵责，并非蔑视朝廷命官，而是发泄心中对贪官污吏的愤恨，希望星使为保全人才计，替左宗棠说几句话。"

富阿吉不在意地说："仆奉命查办，总期水落石出，案情大白。中丞放心，一定会公事公办。"

"公事公办，诚为至论，但目前谣诼纷纭，星使又不明内情，恐怕欲秉公办理而不能。"

富阿吉问："如中丞所说，该如何办才是？"

胡林翼说："依鄙人之见，星使当先存爱才之心，后方能做到秉公办理。"

"中丞是要我袒护左宗棠？"富阿吉警觉起来。

"不能说袒护，乃为惜才耳。左宗棠之才出类拔萃，天下纷乱，养成一人才不易，宁忍加以摧残？鄙人之意，实为国家社稷着想，非为私情。星使若理解，就请在武昌停驻，中止湘行，鄙人已代星使拟好奏稿，为左宗棠辩诬，星使可在武昌拜发后返旆回京。"

富阿吉一听，顿时变色，拿出钦差大臣的架势来，一本正经地说："中丞此言差矣。仆奉使命而不赴湘查办，住在武昌，岂不欺罔朝廷，蒙骗皇上？左宗棠之案已立于都察院，仆岂能凭中丞一面之词而定谳？中丞刚才这番话，既有诳左宗棠之嫌，又陷仆于不忠，还望中丞三思才是。"

说完就要起身，仿佛这桌酒席是害他不忠的陷阱。

"慢点！"胡林翼冷冷地说，一面从柜子里拿出一份奏折来甩到富阿吉的面前，"星使不发代拟之折，鄙人将拜发此折了。"

富阿吉莫名其妙地拿起奏折，看着看着，冷汗淋漓，面如死灰。原来，胡林翼的奏折是一份措辞强硬的弹劾。内中列出富阿吉自出京以来，如何骚扰民间，奸淫民女，耽于享乐，有意延误行程等等罪状，人证物证俱在，不容辩驳。富阿吉是个未谙世事的纨绔青年，看着这个奏折，早已吓得魂飞魄散，手抖抖地不能自已，忙赔着笑脸说："中丞，开玩笑何以至如此。常言说得好，官官相护，共保无事，请中丞万勿拜发此等奏折，仆感激不尽！"

胡林翼也换成笑脸说："星使也不必过于害怕。舟中之事，鄙人不告发，谅旁人也不知。鄙人不求星使感激，请星使就此拜发代拟折吧！"

富阿吉无奈，只得遵命拜发。

与此同时，官文也打发几个人装模作样地到长沙住了几天。回到武昌，按早已定好的调子也拜发一份奏折，证明樊燮所说属实，请杀左宗棠以儆效尤者。

咸丰帝接到两份截然不同的奏折，有些为难，便与肃顺商量。肃顺回府后，与王闿运谈起这事。王闿运乘机在肃顺面前极言左宗棠之才，请他保全。肃顺久闻左宗棠能干，也有心保护，便对王闿运说："听说左宗棠与曾国藩、胡林翼相交甚深，我劝皇上特旨垂询曾、胡，你再去跟郭嵩焘说说，联络几个名翰林上书皇上。到那时，我就好说话了。"

当时最有名的翰林，是丁巳年探花，时为内阁学士的吴县人潘祖荫，其祖父乃鼎鼎有名的状元大学士潘世恩，郭嵩焘与他同值南书房。潘祖荫喜爱古玩，尤爱收集鼻烟壶。传说他主考乡试时，遇到两个不相上下的考生，而又只能二者取一时，他便拿出红绿两个鼻烟壶来放在口袋里，先定好红为甲，绿为乙，然后信手摸，摸出红来取中甲，摸出绿来便取中乙，决不改变。郭嵩焘在王府井古董店里，重价买下一只明万历年间利玛窦从意大利带来进贡的镶银玛瑙鼻烟壶，邀请潘祖荫来家喝酒。酒酣耳热之际，郭嵩焘卖弄似的拿出鼻烟壶，果然引得潘祖荫胃口大开，欣赏把玩，爱不释手。

"伯寅兄，你是个收藏鼻烟壶的专家，要是看得上，就送给你凑个数吧！"

"真的？"潘祖荫喜出望外，"筠仙，你这个礼物太贵重了，叫我如何感谢你！"

"感谢嘛，不敢当。"郭嵩焘摸摸已经发福的圆胖脸，笑道，"只求你的大手笔作一篇有益于国家的文章。"

"这个容易，你只管说。"

要探花潘祖荫写篇文章，就好比要小孩子搓个泥蛋一样，既乐意办，又容易办。

"左宗棠的事，你听说过吗？"

"你是说官文告状的事吗？"潘祖荫一边用玉签剔牙，一边摆弄着杭州檀香扇，扇上的诗画都出自他的手笔，一副十足的名士派头。

"官文是诬告。"

"真的吗？"潘祖荫觉得奇怪，左宗棠这几年为湖广局面的稳定出过不少力，京师都有传闻。官文作为湖广总督，为何要诬告一个师爷？待郭嵩焘将事情的经过和这中间复杂的关系，原原本本地告诉潘祖荫后，潘恍然大悟。潘祖荫才华横溢，少年气盛，十分恼火满蒙亲贵的尸位素餐、嫉贤妒能，况且他的家乡四周已落入太平军手中好多年了，迫切盼望早日光复，而光复的希望又只能寄托在曾、胡、左等人的身上。潘祖荫边听边打腹稿，待郭嵩焘说完后，他的腹稿也已打好。瞬息之间，便草就一篇折子。

"筠仙，你看看要得不？"

郭嵩焘接过，轻轻念道："湘勇立功本省，援应江西、湖北、安徽、浙江，所向克捷，虽由曾国藩指挥得宜，亦由骆秉章供应调度有方，而实由左宗棠运筹决策，此天下所共见，久在我圣明洞察之中也。前逆酋石达开回窜湖南，号称数十万。以本省之饷，用本省之兵，不数月肃清四境，其时贼纵横数千里，皆在宗棠规划之中。设使易地而观，有溃裂不可收拾者，是国家不可一日无湖南，湖南不可一日无左宗棠也。"

读到这里，郭嵩焘神采飞扬，拍案叫绝："伯寅兄，你真不愧为探花郎！'国家不可一日无湖南，湖南不可一日无左宗棠'。这真是千古佳句！万千称赞左宗棠的话，在这两句面前都显得软弱无力。我今天真是服了你。"

"你读完吧，读完后我们再来一句句斟酌。"潘祖荫微笑着，心中十分得意，檀香扇在手中轻轻地摇动。天气其实还很冷，扇子在他手里，不过是一种习惯、派头的表现而已。

"宗棠为人，秉性刚直，嫉恶如仇。"郭嵩焘继续念下去，"湖南不肖之员，不遂其私，思有以中伤之久矣。湖广总督惑于浮言，未免有引绳批根之处。宗棠一在籍举人，去留无足轻重，而楚南事势关系尤大，不得不为国家惜此才。"

"好，就这样送上去，一个字都不用动了！"郭嵩焘发自内心地赞叹。

"筠仙，你莫客气，该改该删的地方，都由你做主。"

"真的妙极了。这样的奏疏，日后必然传下去，尤其是两个'不可一日无'，一定会传诵千古。"

"传诵千古不敢当。不过，这两句也确是神助之笔。一篇好文章，靠的就是一两句警句支撑。比如《滕王阁序》，靠的是'落霞与孤鹜齐飞，秋水共长天一色'，《岳阳楼记》靠的是'先天下之忧而忧，后天下之乐而乐'。"潘祖荫摇头晃脑地说着，看来，他也被自己创造的警句陶醉了。

过几天，曾、胡的回奏先后到达咸丰帝的手里。曾国藩说："左宗棠刚明耐苦，晓畅兵机，当此需才孔亟之时，或饬令办理湖南团防，或简用藩、臬等官，予以地方，俾得安心任事，必能感激图报，有裨时局。"胡林翼说得更恳切："臣查湖南在籍四品卿衔兵部郎中左宗棠，精熟方舆、晓畅兵略，在湖南赞助军事，遂以克复江西、贵州、广西各府州县之地，名满天下，谤亦随之。其刚直激烈，诚不免汲黯大戆、宽饶少和之讥。要其筹兵筹饷，专精殚思，过或可宥，心固无他。恳请天恩酌量器使，饬下湖南抚臣，令其速在湖南募勇六千人，以救江西、浙江、皖南之疆土，必能补救于万一。"

肃顺借着潘、曾、胡的奏疏，请皇上免查左宗棠之过失，予以重用。咸丰帝接受肃顺的建议，下诏左宗棠以四品京堂候补，随同曾国藩襄办军务。后来，左宗棠又请骆秉章代他上一道奏折，详细奏明樊燮贪劣无能之种种情事，樊燮终被革职。

樊燮带二子回到原籍湖北恩施，建一栋楼房。楼房建成之日，樊燮宴请恩施父老，说："左宗棠不过一举人，既辱我身，又夺我官，且波及我先人，视武人为犬马。我把二子安置楼上，延名师教育，不中举人进士点翰林，雪我耻辱，死后不得入祖茔。"

樊燮重金聘请名师，以楼房为书房，除先生与二子外，别人一律不准上楼。每日酒饭，必亲自过目，具衣冠延先生下楼坐食，席上有先生未动箸者，即撤去另换。二子不准着男装，都穿女子衣裤；又将左宗棠骂他的"王八蛋，滚出去"六字写在木牌上，置于祖宗神龛下侧，告诫二子说："考上秀才进学，脱女外服；中举脱女内服，方与左宗棠功名相等；中进士、点翰林，则焚木牌，并告诉先人，已胜过左宗棠了。"

二子谨受父命，在书案上刻"左宗棠可杀"五字。后来，樊燮的第二子樊樊山果中进士。报捷那天，他恭恭敬敬地在父亲坟头报喜，当场焚烧"王八蛋，滚出去"木牌。当然，这些都是后话。

二 江南大营溃败后，左宗棠乘时而起

就在朝廷处理樊燮、左宗棠一案的这段时期里，曾国藩将大营移到安徽宿松，做重新规复皖省的准备。左宗棠应曾国藩之邀，由襄阳来到宿松，一住就是二十天。二人在宿松大营里昕夕纵谈东南大局，商量补救方略。曾国藩又将近年来辑录的《经史百家杂钞》底稿给左宗棠看，请他提意见。军务这样繁忙，曾国藩居然能忙中偷闲，不忘文人本职，编辑百万字的大部头古文选本，使左宗棠自叹不如。他接过底稿，认认真真地看起来。

这一天，彭玉麟差人来报，属外江水师的澄海营与属内湖水师的定湘营，同在长江上截获一条运粮往安庆的洋船，因分货不均而发生械斗，请派人前去调停。事态严重，曾国藩决定亲到彭泽走一趟。他与左宗棠约定，回来后听左谈对《经史百家杂钞》的意见。曾国藩刚走，左宗棠便收到胡林翼的信。信上说皇上将命他回湘募勇，可早做准备。左宗棠欣喜异常，只等曾国藩回到宿松后，即告辞回湘。正在这时，一场意外的变故发生了。

取得三河大捷的陈玉成、李秀成先后被洪秀全封为英王、忠王，以后李世贤也被封为侍王。咸丰十年正月间，三王为解天京之围，策划一次大的军事行动。李秀成、李世贤由苏南率军进入浙江，大兵猛压杭州。浙江巡抚罗遵殿慌忙向江南大营统帅和春求救。和春派总兵张玉良带兵两万，由江宁赶救杭州。张玉良刚走到半路，李秀成、李世贤带兵离杭北上，猛扑江南大

营。此时，陈玉成率皖北之兵强行渡江。两军会合，数日之内连破江南大营外围要地高淳、溧阳、溧水、句容、秣陵关。江南大营被包围了。和春、张国梁分头拼死抵抗。太平军与清军连战九昼夜，江南大营彻底崩溃，天京之围顿解，李秀成、陈玉成围魏救赵之计获得全胜。太平军趁势南下，和春、张国梁节节败退。张国梁死于丹阳，和春毙命于浒墅关。七万江南绿营，除张玉良部两万人外，至此全部瓦解。

消息传出时，曾国藩正在彭泽。他既感意外，又在意中。杨载福对败兵沿途的骚扰非常愤慨，彭玉麟则担心太平军的气焰会更加炽烈。曾国藩心中却隐隐生出一丝快意：江南大营的瓦解，或许将预示着湘军的转机！他匆匆离彭泽返宿松。船过泊劳湖时，接到正驻军宁国的李元度的信。李向他报告江南大营的情况，并捎上一句耐人寻味的话：和春死，桂清逃，东南大局，天意将属于谁？

"这个平江才子，想得也太多了。"曾国藩心里说，随手点起火，将信烧了。宿松老营的反应如何呢？曾国藩心中交织着忧虑、沉重、庆幸、热望等各种复杂情绪，究竟哪种为主，连他自己也说不准。夜里，他躺在船上，辗转反侧，难以入眠。后半夜，癣疾又发作了，奇痒难耐，害得他整夜不能合眼，抓得皮屑满床，血迹斑斑。

天亮时，船靠羊角塘码头，他换上轿子，匆匆向宿松老营奔去。老营扎在县城外，气氛仍如几天前的平静。曾国藩一进屋，便看到案桌上堆了一尺多高的文报。他拿起最上面的一份，随便浏览。

"涤生，你到底回来了，我天天都在盼望。"人未进门，声音就雷鸣般地灌了进来，除开左宗棠，再没有第二人这样。"出大事了，你知道吗？"

"你是说江南大营的事？"曾国藩放下文报。

"江南大营已不复存在了。"左宗棠边说边在对面木凳上坐下。

"四五万人马，十多天的日子便毁了，真不堪设想，可惜呀！"曾国藩面带戚容，比起左宗棠洪亮的嗓音来，他的音色干涩多了。

"有什么可惜的，这个脓包早点穿了早点好！"左宗棠的爽直，使曾国藩吃惊。

"你说得太刻薄了，江南大营毕竟经营了七八年，担负着抵抗长毛的大任呀！现在和帅、张军门惨死，数万弟兄身亡异乡，朝廷辛辛苦苦部署的计划全部打乱，今后只会使长毛的气焰更嚣张，我们的道路更艰难。"

"和春、张国梁死不足惜，数万弟兄虽可怜，但这也是无可奈何的事。不过，对消灭长毛的大局来说，"左宗棠两眼逼视着曾国藩，略微压低了声音，"涤生，莫怪我说得直，它倒是一件天大的好事。"

"你说什么！"曾国藩故作惊讶地问，"这是我之不幸，敌之万幸，何来天大的好事可言？"

"涤生，我不信你真的没看出来。"左宗棠一笑。他这人要说的话藏不住，痛痛快快地倒出来后，心里就舒服了。"江南大营早已千疮百孔，腐臭冲天。当将官的莫不锦衣玉食，倡优歌舞，士兵则多抽鸦片，嫖赌成风，士气溺惰，军营糜烂。这两年来，何桂清每月给它十多万两银子的接济，想利用它来做个中兴名臣；朝廷则受何的欺骗，以为江南大营是抵抗长毛的干城，反倒将我们湘勇视为可有可无。不要说你和在前线打仗的弟兄们不服，就是我这个留守大臣都怄了一肚子气。真正是蝉翼为重，千钧为轻；黄钟毁弃，瓦釜雷鸣呀！现在江南大营彻底覆没，将使朝廷从此清醒过来，岂不是天大的好事！"

"你知道何桂清逃命的情形吗？"左宗棠说的是实话，曾国藩怎会不知道！对朝廷的决策，他历来采取谨慎的态度，从不妄加议论，何况当着这位心直口快的左季高的面！对何桂清则不同。曾国藩恨何桂清，最先起于郭嵩焘购浙盐的事；后来，何桂清常向他的靠山——军机大臣彭蕴章写密信，说曾国藩胆小，不会打仗，彭蕴章把这股阴风吹到皇上的耳边。这些，都是郭嵩焘在南书房当值时听到的。现在，何桂清终于惨败了，曾国藩如何不快意！

"不知道！"左宗棠摇头。他对于这些身居高位的官僚有种本能的敌意，极乐于听他们的倒霉事，"你说吧。"

"败兵逃到常州，何桂清才知江南大营破了。他不思抵抗，立即带着僚属跟在和春的后面南逃。常州士绅知道了，半路拦下他的轿子，哭着跪着请他留下。何桂清这个丧尽天良的家伙，居然命令亲兵开枪，打死了几个乡绅，然后冲出人群，逃到苏州。徐有壬闭门不纳，只得连夜绕城墙往上海方向逃去。向攀轿挽留的乡绅开枪，大清二百年来，还没有这样的总督！"义愤私怨混合在一起，使曾国藩显出少有的激动。

"偏偏都是这些浑蛋得到重用，倘若不是这次长毛打到常州，过不了几年，这个油滑小生又要入阁了。"天下这些不平事，左宗棠恨之入骨，提起便有气。近年来年纪大了，他有时也能克制自己的肝火。他有意端起茶杯，大口大口地喝起茶来。火气略为平息后，他告诉老朋友，皇上已命他回湘募勇，明天就要离开宿松。

"明天就走？"曾国藩希望左宗棠多住几天，关于局势变化后湘勇的用兵计划，他很想与这个今亮商讨商讨，"《经史百家杂钞》编纂如何，你还没有提意见呢！"

"我猜想你欲超过姚鼐？"左宗棠诡谲地笑笑。

"姚姬传先生博大精深，我粗解文章，乃姚先生启之，哪里敢有超过他的野心！"曾国藩诚恳地说。

"当然，要想超过姚鼐，也的确不易。"左宗棠收起笑容，认真地说，"不过，你将姚先生义理、辞章、考据的治学路径有意拓宽一条，把经济加了进去。从这点上说，你有所超过。但大醇小疵，里面也有些篇章还可再斟酌斟酌，眼下我无心和你多说，待平定长毛后，再来详论如何？"

"好！平定长毛后再谈。先说说，你准备招多少人！"

"多则一万，少则七八千，名字我已想好了，就叫它楚军。"

"楚军？"曾国藩想起当年王錱在赵家祠堂张贴"湘军营务处"招牌的事，"季高，叫楚军不宜，你既然要另树一帜，还是叫楚勇为好，日后免得遭人诘难。"

"虽然是勇，但它既出省作战，还是叫楚军为好，究竟名正言顺些。"左宗棠不是王錱，他不愿受曾国藩的制约，做事也没有曾国藩那么多的顾虑，有声有色，轰轰烈烈地干一番事业，是他几十年梦寐以求的愿望。前几个月，他因樊燮告状，在长沙处境不利，有人甚至偷偷写一些辱骂的小条子，半夜贴在他的门上以泄积怨，常常惹得他怒火中烧。有一张帖子上写着"钦命劣幕衔帮办湖南巡抚大公馆"，极尽挖苦之能事。现在此案已平，因祸得福，且又正遇江南大营溃败的非常时机，年已四十九岁、中举达二十八年之久的左宗棠怎能失掉这个大好机会！他恨不得招集十万八万雄师，尽展胸中奇才，一年半载便荡平巨寇，克复江宁。他相信自己有这个本事。

左宗棠刚告辞出门，亲兵送来一个讣帖：罗遵殿家明日举行家祭，请曾国藩参加。

"淡村死得可怜!"曾国藩自言自语,满脸阴云,转而对亲兵说,"你告诉罗家,明早我亲来府上吊唁。"

三　想起历史上的权臣手腕,曾国藩不给肃顺写信感恩

罗遵殿是安徽宿松人,一年前由湖北藩司任上调任浙江巡抚。他与胡林翼关系极深。何桂清出于对湘系人员的嫉妒,讨厌罗遵殿。张玉良奉和春命带兵援浙时,何桂清指示亲信江苏藩司王有龄,以视察苏州城垣为名,将张玉良留在苏州两天,结果贻误军情,致使罗遵殿城破自杀。曾国藩很为罗遵殿抱不平,他凝神良久,为罗写了一副挽联:"孤军断外援,差同许远城中事;万马迎忠骨,新自岳王坟畔来。"第二天,曾国藩亲到罗府,在罗遵殿的灵柩前鞠躬致哀。当他所撰的挽联被高高悬挂起来的时候,所有前来吊唁者莫不感慨唏嘘。

凭吊完毕,曾国藩特地叫罗遵殿的儿子罗忠祐到后院叙谈,以示关怀。他要罗忠祐将父亲冤死之事上奏皇上,严惩贪生怕死、祸国殃民的何桂清。又勉励罗忠祐好好读书,锻炼才干,方今四方多虞,有才者必不会久处囊中。

"曾大人,晚生年幼,虽极愿读书,但不知生在今世,以读哪种书为急务。"罗忠祐一向敬佩曾国藩的学问,趁机向他请教。

曾国藩想了想,说:"先哲经世之书,莫善于司马文正公《资治通鉴》。其论古皆折中至当,开拓心胸,如因三家分晋而论名分,因曹魏移祚而论风俗,因蜀汉而论正闰,因樊、英而论名实,皆能穷物之理,执圣之权。又好叙兵事所以得失之由,脉络分明。又好详名公巨卿所以兴家败家之故,使士大夫怵然知戒。实六经外不刊之典。足下若能熟读此书,而参稽三《通》、两《衍义》,将来出来任事,自有所持循而不失坠。"

罗忠祐很受启发,说:"大人这一番教导,使晚生从迷津中走了出来。晚生今后就遵照大人的教诲,好好研习《资治通鉴》。"

正说话间,忽见一人踉跄闯进灵堂,高呼:"淡翁,你死得惨呀!"

曾国藩抬头看时,原来是湖北粮台总理阎敬铭。他走过去,拉着阎敬铭

的手问:"你是从武昌专程来的?"

阎敬铭说:"润芝要我代他来宿松吊唁,他还有封信要给你。"

曾国藩点点头,不再问了。

罗府家祭完毕,曾国藩请阎敬铭同到军营。

"吊淡村是名,送它才是实。"进了内室后,阎敬铭从靴页中间抽出一封信来,双手递给曾国藩。

曾国藩心想:这是一封什么信,如此神秘!他一看信封,更感奇怪了:信封上并不是写的他的名字,而是胡林翼的大名。拆开看时,才知这是肃顺近日写给胡林翼的一封密信。信上说的是这样一件事:江南大营溃败,皇上近来寝食不安;何桂清临阵脱逃,皇上更为愤恨。皇上打算在东南几省内选一个可靠的人代替何桂清,为此事垂询过几位亲贵大臣。昨夜,皇上对肃顺说,拟授胡林翼为两江总督。肃顺听后沉吟片刻,说:"胡林翼才学优长,足堪江督之任,但若调离,鄂抚一职则无人可代。"皇上问:"叫曾国藩任鄂抚如何?"肃顺说:"六年前,皇上命曾国藩署鄂抚,几天后又撤销前命,曾国藩想必心中不快。事隔六年,又叫他任鄂抚,显得皇上恩德不重,不如干脆叫曾国藩做江督。胡与曾是好友,必定会协调合作。那时上下一气,东南局面将有转机。"皇上点头说:"你考虑的是,就这样办吧!"

曾国藩看到这里,激动得手微微发颤,心里充满着对肃顺的无限感激。肃顺信最后写道:

> 润芝向来深明大义,顾全大局,想不会因此事而有芥蒂。望与曾涤生和衷共济,力挽狂澜,建攻克江宁大功。异日建凌烟阁,同绘润芝与涤生像于其首。

信的边角还有一行小字:"请送与涤生一阅。"

曾国藩将信重新折好,郑重装进信套,双手退回给阎敬铭,说:"烦你转告润芝,就说我已经拜读了。"待阎敬铭将信又塞进靴页中间后,曾国藩问:"润芝还说了些什么?"

阎敬铭答:"润芝要我告诉你,说难得皇上身边有肃相这样的贤臣,以天潢贵胄之尊,对我汉族士人如此垂青,实我朝仅见。看来大事有济,国家中兴有望，可以放手大胆去干一场了。"

"是呀！君圣相贤，国事有可为。"曾国藩从心底深处涌出这句话。

"润芝还说，欲复江宁，还得从皖省下手，建议沅甫带吉字营速围安庆。沅甫才大器大，足可独当一面。"

"才根于器，确为良论。"曾国藩笑道，"看来，我这个做哥哥的，还不如润芝对沅甫了解得深透。你回去告诉润芝，就说我按他的部署，立即调沅甫去安庆。"

"好，我不在宿松久留了，明天就回武昌。"

阎敬铭刚走，又响起敲门声。"这么晚了，还有谁来？"曾国藩心想。

门打开了，进来的是李鸿章。

"恩师，睡不着觉，想跟您老聊聊。"

李鸿章知道曾国藩有个好夜里聊天的习惯。

"什么事害得你睡不好觉，这可是少有。"与曾国藩相反，李鸿章则瞌睡极重。这点，曾国藩也知道。

"恩师。"李鸿章坐下后，一本正经地说，"我想来想去，这江南大营的溃败，不是坏事，是好事。"

"你也是这样看的？"曾国藩暗自高兴，李元度、左宗棠、胡林翼都能从江南大营的失败中看到湘勇的转机，现在李鸿章也持这种看法，他感到自己身边的确有一批识见不凡的人才。

"祸兮福所倚，福兮祸所伏。江南大营前些日子表面上热火朝天，其实已种下了溃败的祸根。现在全军覆灭的大祸里，又潜伏着战事的转机。"李鸿章两只好看的眼睛闪闪发亮，显出一种异常机灵的模样。

"将会有什么样的转机呢？"曾国藩问。他既想进一步测量李鸿章对事情的分析能力，又要凭他的分析来验证自己的判断。

"恩师，我以为皇上从此将会对绿营失去信心，而把全部希望寄托在湘勇身上。这就是战事的转机。"

好个乖觉的李老二！曾国藩心里称赞着。他羡慕李文安好福气，生下一个这么聪颖的儿子，倘若纪泽能像他一样就好了。

"恩师，门生还有一种预感。"李鸿章把头伸过去，靠拢曾国藩，神秘地说，"何桂清肯定会被撤职，恩师极有可能总督两江。"

"不要瞎说！"曾国藩小声制止。

"是。门生不会对别人讲，只是自己这样想想罢了。"过一会，李鸿章又说，"恩师，门生想，湘勇虽水陆俱全，但还有欠缺。"

"缺什么？"

"缺一支马队。"

"哦！"曾国藩点点头，习惯地半眯起眼，靠在椅背上沉思着。很快，半眯的眼睛睁开了。他想起六弟曾说过，半眯着眼睛看人，使人觉得倨傲，不易接近。要改！今后做了总督，位高权重，更要注意仪表上的谦恭。李鸿章倒没有注意到这个变化，继续说："长毛马队力量不强，但皖北的捻子却擅长骑射，今后平息捻子，非有一支强悍的马队不可。"

"少荃，你考虑得长远。"李鸿章的提醒很重要。皖省属两江的辖境，不能仅仅只想到目前，还要虑及它今后的长治久安。"你准备一下，过几天到皖北去招募五百剽悍的大汉，我再派人到口外去买五百匹好马，由你来训练一支马队如何？"

"恩师如此器重，门生一定要把这支马队训练好。"李鸿章大喜过望，再随便扯了几句闲话，便起身回去了。

睡意给阎、李的谈话全部冲走了，曾国藩干脆不上床睡觉，他觉得有许多事要赶快办理。环视东南数省，只有自己最有资格任江督一职，看来肃顺说的是实话。从咸丰三年带勇以来，就巴望着能有这一天的到来。现在，这一天已屈指可数了。这个时候的两江总督，其实就是与长毛作战的最高统帅，也就是全国军事力量的最高统帅，要站在这个高度上做一番统筹全局的安排。然而，过去历任两江总督的怡良、何桂清等人，都没有看清自己的位置，或者看到了，但手中无足够的可直接调配的军队，也当不成真正的统帅。曾国藩是可以充当这个统帅的。他有自己的嫡系力量——湘勇，他要制定出一个深思熟虑的、切实可行的用兵计划，大大扩充湘勇，指挥两江的绿营，做一个号令威严、三军敬畏的统帅。想到这里，曾国藩再一次涌起对肃顺的感激之情。

他要给肃顺写一封极机密的信，派人专程送到北京去。曾国藩抽出一张纸来，又慢慢地磨着墨。猛然，他记起了肃顺要胡林翼将信给他看的话，心中产生了疑问：为什么肃顺要将这种绝密的事告诉胡林翼和自己呢？按理，他不应该泄露出来。"肃顺要讨好!"曾国藩心里说,他开始冷静了。对于这个圣眷甚隆的协揆,曾国藩是清楚的。肃顺精明干练,魄力宏大,敢于重用汉人,瞧不起满蒙亲贵中的昏愦者。为人骄横跋扈,独断专行。原来与恭王关系较好,后来仗着皇上的宠幸,连恭王也不放在眼里了。今日的肃顺,不就是历史上的权臣吗?恭王以及在他身后的满蒙亲贵,在朝廷中势力很大,与他们相比,肃顺势孤力单。皇上虽说年轻,但据说有痨病,万一有不幸,肃顺岂是恭王的对手!他这样明目张胆地拉拢自己,安抚胡林翼,是不是心怀叵测!想到这里,曾国藩心中冒出一丝恐惧。凡事预则立,不预则废。这样的大事,还是以谨慎为好。曾国藩停止磨墨,将纸收到抽屉里。他决定不给肃顺写感谢信,今后即使真的上谕来了,也只能按规矩办事,给皇上上谢恩折,不能与肃顺有私下的联系。

四 定下西面进攻的制胜之策

上谕真的到了宿松:"曾国藩着先行赏加兵部尚书衔,迅速驰往江苏,署理两江总督。"这个消息很快便传开了,驻扎在宿松的湘勇将官们纷纷前来祝贺,宿松、太湖、望江等县的县令们,一个个亲自坐轿来,连远驻徽州的左副都御史张芾也打发人飞骑奔来道喜。凡前来恭贺的人,曾国藩一律不见。他在大营墙上张贴了一纸告示:"本署督荷蒙皇恩,任重道远,无暇应酬,贺喜者到此止步,即刻返回,莫懈职守,本署督已祗受矣。"

因为事先早已知道,曾国藩对这道上谕并没有表现出过多的欣喜,反而深感临危受命的重大责任。局面是严峻的:整个苏南,除上海一隅外,已全部落入太平军手里;苏北皖北,捻军势力大为增长,行踪飘忽不定,州县无法对付;在浙江,李秀成的部队绕过杭州,出没于浙西一带;江西饶州、广信、建昌、抚州等地,经常被李世贤的人马任意往来;石达开的二十万人马虽已进入川贵,但随时都可返旆东来,太平军的各路人马,合起来至少还有五六十万。进入知天命之年的曾国藩,这些天来时常有一种苍凉之感。朝廷在江南大营溃败、四顾无人的时候,才想起依靠湘勇的力量,就在要依靠的时候,仍不愿干干脆脆把江督授予他这个湘勇的元勋,而要授给胡林翼。难道说,皇上对他的成见,一直耿耿于怀吗?每当想起这些,曾国藩便涌出一种强烈的委屈和失意之感。

这天傍晚,巡捕送来刚收到的一个大包封。打开一看,是朝廷颁发给两江总督衙门象征皇权军威的箭、旗等物,共有令箭十二支、箭壶一个、架子一个、令旗十二面、令牌十面、王命旗十道。曾国藩拿起一面可以据此行使斩杀大权的王命旗来,仔细一看,不觉倒抽一口冷气。原来,用蓝绸做成的旗面,粗糙得跟乡间农家织的夏布差不多,尤其是旗杆,更令人哭笑不得:杆用小竹子代替,上面只涂上一层薄薄的红油漆,顶部旗帽以及帽上的缨络,竟然是纸做的!庄重严肃的王旗,用料如此之差、做工如此之劣,令曾国藩大出意外。朝廷再无钱,也不至于穷到这等地步;朝廷再无用,也不至于连工匠都不畏惧王法!难道说,大清真的是气数已尽了吗?想到这里,他的背脊阵阵发冷。他凝视眼前时明时暗的灯火,一股莫名其妙的恐惧感突然冒出,脑子里慢慢地浮出一首五言诗来:大叶迟未发,冷风吹我衣。天地气一浊,回头万事非。虚舟无抵忤,恩怨召杀机。年年绊物累,俯仰邻垢讥。终然学黄鹄,浩荡沧溟飞。写完后,他自己也觉得好笑:怎么会心灰若此!他想,无论是对国家,还是对自己,这种思想都要不得。他烧了这首诗,打起精神,考虑今后的用兵计划。

其实,这些计划,早在江南大营失败前,便和彭玉麟、杨载福、左宗棠、胡林翼、李鸿章等人磋商过,那时只局限于湘勇及胡林翼所掌管的部分绿营的调配。现在不同了,两江地方的绿营都可以由自己来节制。当然,绿营还包括多年来和湘勇一起打仗的多隆阿部。

曾国藩将前些日子磋商的事理出个头绪来,做出了几点决定:首先,他清楚地认识到,朝廷从浙江入手,通过苏、常包围江宁的东面进攻的决策,历史和现实都证明是错误的,必须改由西面进攻的策略,也就是两年前复出时所定下的进军皖中的计划,即从长江上游向江宁包围。长江在安徽境内有两座重要城镇,一为江北的安庆,一为江南的池州,占住它们,即打开了攻破江宁的大门。拿下安庆,这是曾国藩复出后的第一个战略任务,可惜李续宾、曾国华辜负重任。十天前,经胡林翼提醒,曾国藩已拟定调九弟国荃去安徽。他密函九弟:把围安庆当作围江宁的演习,训练部属,积累经验,日后好抢夺攻克江宁的首功。曾国荃是个好大喜功的人,接到大哥的信后,立即出发，一面又派人回湖南再募五千人。有了攻吉安的经验，他对攻下安庆充满信心。曾国藩又把满弟贞干的贞字营扩大到两千人，也调往安庆。吉字营、贞字营，才是真正的曾家军。安庆方面可以放得心了。池州如何对付呢？

守池州府的是太平军左军主将定天义韦俊。太平军三下武昌，其中两次的总指挥便是他。咸丰六年，他在武昌城头亲自指挥打死了罗泽南。曾国藩既对韦俊恨之入骨，又佩服他是个难得的将才。韦俊是韦昌辉的弟弟，是不是不用武力，而用离间计，使韦俊挟池州投降呢？对此，曾国藩没有信心。太平军深受拜上帝教的影响，团结心强，要他们叛教投敌，怕是难办。

另一件大事，是两江总督目前驻节何处？朝廷严命赴江苏，江苏一时固然不能进，但也不能留在宿松不动，置朝命不理。曾国藩拿出李鸿章献的皖省地图，指画着由宿松向浙江方向前进的路线。他在祁门县境停住了手指。祁门处于丛山包围之中，一条大道贯穿县城，东连休宁、徽州，南达江西景德镇，既有天然大山可以屏蔽老营，又可以与浙江、江西互通声息，是个驻节的好地方。

还有，两江属下的江西、江苏、安徽以及浙江四省的巡抚，是至关重要的大员，必须逐步地不露声色地替换，他们一定要是可靠的心腹，否则难收指臂之效。可任巡抚的人选，他心中已有两个：一个是彭玉麟，一个是赣南兵备道沈葆桢。沈葆桢字幼丹，福建闽侯人，林则徐的女婿，品行才干，都有岳丈之风。尤其重要的是，他在咸丰五六年间，曾在湘勇营务处供职一年多。以福建人、名臣之戚而与湘勇有如此渊源，实为难得，既可引为心腹，又可免尽用湘人之嫌。还得再物色两个人，一年半载之内将现在的江西巡抚耆龄、安徽巡抚翁同书、江苏巡抚薛焕、浙江巡抚王有龄统统换掉。

另外，曾国藩还想到，江苏号为泽国，水师力量必须加强，除外江、内湖水师外，还须建立淮扬水师，攻取里下河粮米之仓，建太湖水师收复苏州，建宁国水师规复芜湖。

真个是百事丛杂，千头万绪，曾国藩靠着思虑周密和多年来的用兵经验，对已临的和将临的一系列大事小事，逐一做了细细的思考。待基本就绪后，他亲自草拟一份谢恩折，并将收复两江、攻取江宁的用兵计划向皇上作了报告。为了使皇上采纳他的不从东面，而从西面进攻的策略，他很用心地构思了这样一段文字：

> 自古平江南之贼，必踞上游之势，建瓴而下，乃能成功。自咸丰三年金陵被陷，向荣、和春等军皆由东面进攻，原欲屏蔽苏浙，因时制宜，而屡进屡挫，迄不能克金陵，而转失苏、常，非兵力之单薄，实形势之未得也。今东南决裂，贼焰益张，欲复苏、常，南军须从浙江而入，北军须从金陵而入。欲复金陵，北岸须先克安庆，南岸则须先攻池州，庶得以上制下之势。若仍从东路入手，内外主客，形势全失，必至仍蹈覆辙，终无了期。

曾国藩相信，皇上是会批准他这个西面进攻的制胜之策的，万一不同意，他也要据理力争。在这个重大的决策上，他不能做丝毫的妥协，直至辞去两江总督之职。

谢恩折拟好后，天将放亮，他吩咐王荆七将奏稿送到文书房誊写，便吹熄蜡烛，倒头睡下了。这一觉直睡到黄昏才醒来。在曾国藩的记忆中，从未有过如此安稳的睡眠。心里高兴，吃过晚饭后，曾国藩便打发荆七请康福来，今晚要和他围几局。

半年前，曾国藩从吉字营中选拔二百名朴实强壮的勇丁，由朱品隆带着来到他的身边，充当亲兵营。曾国藩任命康福为亲兵营统领，朱品隆为副。在康福、朱品隆的训练下，亲兵营人人武艺高强，以一当十，对曾国藩忠心耿耿。

康福带着祖传云子，应召而至，二人兴致勃勃地下起来。

"大人，您老的技艺大大提高了。"当曾国藩将被包围的两枚黑子拾起时，康福笑着说。

"比起那年在洞庭湖来是有些提高，这多亏了你的指点。"曾国藩今夜特别高兴，刚才又吃了两子，益发兴致高。

"大人夸奖。"康福边说边注视着棋子，现在对付曾国藩，他必须聚精会神，稍有不慎，便有失子的可能。

"价人，这几年来，你与不少将领们下过棋，你认为谁的棋下得最好？"

"下得最好的嘛，"康福略作思考，说，"以前是罗山先生棋艺最精，现在要数次青统领下得最好了，雪琴统领也下得不错。"

"我湘勇将官除打仗外，人人都会琴棋书画，这是古来少有的。"曾国藩得意地说。这也是实话。湘勇将官绝大多数出身书生，琴棋书画自是他们的本行。

"大人说的对。但我也听说，长毛中也有人围棋下得好。"

"真的吗？"曾国藩饶有兴致地问。

"听人说，长毛头领中精于围棋的，第一要数石达开。"

"这有可能。"曾国藩点点头，"据说石逆大不同其他人，不但会打仗，也会写诗。听人说石逆那年在九江浔阳楼上，即兴题了一首诗。就诗而论，写得不坏。"

"石逆的诗是如何写的？"康福好奇地问。

曾国藩想了想，把石达开的题诗背了出来："扬鞭慷慨莅中原，不为仇雠不为恩。只觉苍天方愦愦，要凭赤手拯元元。三年揽辔悲嬴马，万众梯山似病猿。妖氛扫时寰宇靖，人间从此无啼痕！"

"口气倒不小！"康福微笑着，一瞬间，脑子里出现了弟弟康禄：他现在哪里？会不会跟石达开进了四川？

"说实在话，此人也是个人才，可惜做了贼首。"曾国藩从心底里为石达开惋惜。"那么第二个呢？"

"第二个便要数韦俊了。"

"韦俊也会下围棋？"曾国藩似乎突然想起什么，大为惊喜。

"是的，仅次于石逆，在长毛中坐第二把交椅。"

"好，好！"曾国藩习惯地用手梳理着胸前的长须，两眼凝视着前方，弄得康福莫名其妙。"价人，你和韦俊去下两盘如何？"

"和韦俊去下？"康福愈发摸不着头脑了。

"是的，你去下赢他！把杨国栋找来，你们一起去。"

康福似有所悟地点了点头。

五　纹枰对弈，康福赢了韦俊

五更未到，韦俊就醒了。近一个多月来，他常常都这样，每到这时，他心里就生发出隐隐痛楚。四年前，天京内讧，韦俊的二哥北王韦昌辉惨遭杀戮，韦俊在武昌城里吓得心惊肉跳，常觉不测之祸就要降临头上。幸亏他与翼王石达开很要好，翼王后来入京主持朝政，在天王面前竭力称赞韦俊能征惯战，功劳赫赫，又暗地叫韦俊上一道奏章给天王，表示坚决拥护天王诛杀韦昌辉，誓死效忠天王，又将三岁的儿子送到天京做人质。这样才取得天王的信任，不再株连到他的头上。韦俊终于安下心来。去年天王重新调整军事领导集团，任命他为左军主将。韦俊感激天王对他的信任，要从心底深处抹掉韦氏家族不幸的往事，全力去争取自己今后的前程。但今年来，许多事情使韦俊又陷于忧虑之中。

先是五军主将中的其他四人，一个接一个地封王。中军主将蒙得恩是天王最宠信的人，在朝廷中扶持朝纲，封赞王，他不能说什么。陈玉成、李秀成战功卓著，全军敬佩，封英王、忠王，韦俊也没有意见。但李世贤参加起义时，不过才十来岁的娃娃，这些年战功平平，封右军主将犹不够格，现在居然也封侍王了。而他，始终只是一个"义"。论功劳，别的不说，单是两次下武昌的功勋，就让李世贤远远不及；论资历，癸好三年，韦俊就受封国宗爷，赏穿黄袍，而李世贤只是一个普通圣兵。李世贤凭什么封王？难道因为他是李秀成的堂弟；而自己不能封王，是否也因为是韦昌辉的胞弟？想到这里，韦俊浑身发冷，感到前途一片阴暗。

最近，从天京传来消息，说天王族弟干王洪仁玕要追究他丙辰六年丢失武昌的责任，拟撤销他左军主将之职，召回天京。韦俊心里想，自己在天王心目中尚有点地位，凭借的就是手下八千子弟兵，倘若召回天京，离开了弟兄们，则如同鱼儿离开了水，成为别人砧板上的菜了。江南大营的溃败不仅没有给韦俊带来欢喜，反而使他又增一分恐惧。战事不利，天王要用他，一时还不会下手；打了胜仗，力量雄厚，就会想到要剪除异己了。丙辰六年的内讧，不正是发生在踏破江南大营之后吗？他天天忐忑不安，也曾暗暗想过，大丈夫岂能眼看着人为刀俎，己为鱼肉，而不思动作？但如何动作？学当今的翼王出走边徼，还是学前明的闯王遁入空门？他觉得都不好。天已放亮了，韦俊仍然心烦意乱。他起床，推开窗门。正是暮春季节，长江南岸的池州府草长莺飞，春意盎然。他想城外的春意必然会更浓，于是叫起侄儿韦以德，带着几个亲兵，背上弓箭，跨上战马，悄悄地出了城门。

果然是一派江南好春光：清溪河碧波荡漾，两岸杨柳叶暗，桃李花明，黄鹂欢啼，紫燕轻飞，江风阵阵却吹面不寒，细雨飘飘而沾衣欲湿。韦俊一时兴起，扬起马鞭子，那马飞也似的奔跑起来，穿过清溪镇，跨过五溪桥，不知不觉地进入了九华山地面。近看浓绿扑面，遥望山峰郁郁苍苍，韦俊连日来的积郁顿时散去，兴致极高地与侄儿打起猎来。韦俊箭法好，坐下又是千里挑一的神驹，凡在他的射程内的飞禽走兽，几乎没有侥幸逃脱的。午后，亲兵的马背上载满了羚羊獐兔，喜气洋洋地往回转。

一阵急驰过后，韦俊回首看九华山已在朦胧之中，忽然想起唐代大诗人王维的名作，遂在马背上高声吟诵起来："风劲角弓鸣，将军猎渭城。草枯鹰眼疾，雪尽马蹄轻。忽过新丰市，还归细柳营。回看射雕处，千里暮云平。"韦俊觉得，此刻的自己，正是王维笔下的那个将军，不禁感叹起来：人生有此一日之乐，即不枉活在世上了。

正在得意之际，前面林子里忽然闪出一头梅花鹿来。那鹿毛色光滑，斑纹耀眼，头上长着高耸的角，甚是逗人喜爱。韦俊常常打猎，从来没见过鹿，更不用说这样好看的梅花雄鹿了。韦俊吆喝一声，拍马冲上去，张弓便射。可惜，没射中！那鹿受此一惊，没命地奔跑。韦俊不气馁，夹紧马肚，风也似的追上来。鹿前马后，相距总在两三百步远。韦俊连射几箭都不着，他生怕梅花鹿逃进树林中，死命追赶，那马却偏偏不能超过鹿的速度。眼看前面真的现出一座丛林，韦俊急起来，又射一箭，仍不着。正在失望之际，草丛中突然飞出一镖，正中梅花鹿的后颈。那鹿四蹄挣扎几下，倒在一棵树下不动了。韦俊看在眼里，高喊："好镖！好镖！"

这时，只见草丛中走出一个三十多岁的汉子，背上背着一个蓝布包，面带微笑地朝韦俊走来。韦俊下马，对着汉子大声说："兄弟，了不起，你真是一个神镖手！"

那汉子客气地说："将军夸奖了，这只是偶尔碰中而已。将军身后猎物这样多，才真正是神箭手哩！"

韦俊见汉子身怀绝技而如此谦逊，甚为敬重，双手提起死鹿，说："兄弟拿回家去吧，光这对鹿角就可以卖得百把两银子了。"

汉子忙推开死鹿："将军说哪里话！这头鹿明明是将军的猎物，小人岂敢妄取。"

韦俊心里愈加敬佩，恳切地说："兄弟，看你这身打扮，也不像有钱人，这头鹿拿回家去，可以保一家人几个月的吃喝，但对我来说，可有可无，你就不要推辞了。"

汉子说："小人孤身只影，无家无室，用不着拿死鹿去换银子。若是将军硬不肯受，我和将军将此鹿驮回城里，一起献给韦将军如何！"

韦俊一惊，问："你认得韦将军？"

"不认得。"

"那你为何要送给他呢？"

汉子笑道："小人久闻韦将军是天国的名棋手，小人一生只好下棋，特到池州府来找韦将军对局，这头鹿正是一个见面礼。烦将军带路，引我去拜见韦将军。"

韦俊高兴起来，问："兄弟叫什么名字，何处人氏？"

汉子答："小人叫米福，湖广人，多年来浪迹江湖，以棋会友。"

韦俊满脸堆笑地拉起米福的手说："兄弟，我就是韦俊。今日真是天父安排我们在此见面。"

"您就是韦将军，小人有眼不识泰山，刚才多多冒犯。"米福刚要下跪，韦俊一把拉住。二人说说笑笑，一起进了池州府。

韦俊吩咐宰鹿款待米福。杯盏之间，韦俊知道米福不仅精于镖法，且于拳剑刀棍样样熟精，十分喜爱。吃完饭后，又特意留住米福下围棋。米福从蓝布包里取出一盒围棋来，韦俊立时被棋盒上那条穿云破雾的银龙所吸引。米福打开棋盒，取出几粒子来。韦俊接过棋子，摸摸掂掂，眼中射出惊奇的光彩。

"米福，你这棋了非同一般，不是寻常之物啊！"韦俊出身豪富，见多识广，虽说不出此棋的许多佳处，但见其色泽质地，已知它的价值。米福凑过脸去，小声说："不瞒将军，这盒棋是前明宫中的御用之物。"

"噢！"韦俊又拿起几枚棋子，细细摩挲，瞪大双眼看着，"怎么会到了你的手里？"

"将军，容米福日后慢慢禀告。久闻将军乃义军中围棋高手，今夜陪将军围几局如何？"

韦俊心想，他不告诉我，兴许是不服我的棋艺，今夜就请看看我的手段吧！"

二人不再说话。纹枰对弈，静观默思，四周一片阒寂，唯一的响声，是棋子叩在木盘上所发出的铿锵声音。韦俊的棋艺，使米福心里称赞不已；而米福，则更使韦俊暗自佩服嗟叹。三局下来，韦俊一胜二负。他爽快地承认输了。

"哪里，哪里！将军运子，出神入化，今日偶失一局，岂能轻言'输'字。若将军有兴趣，明晚再下如何？"

"最好，最好。"韦俊高兴地说，"你若不嫌弃，就住在我这里。你这身武艺，池州府里少有人可及。过几天立了军功，我提拔你做师帅、军帅。"

原来这米福就是康福。他与杨国栋二人带着几个亲兵，奉曾国藩之命，悄悄来到池州城外，已有些日子了。那天窥视韦俊外出打猎，便尾随其后，伺机行动，恰巧梅花鹿帮了忙。康福跟随韦俊进了城，杨国栋带着亲兵仍住城外。亲兵早晚进出，与二人互通声息。

康福在韦俊主将衙门一住半月。白天与韦俊一起讲兵法，谈武艺，巡视防守，夜晚二人闭门对弈。韦俊十分器重康福，康福亦百般曲奉韦俊，二人成了莫逆之交。康福有心，常趁韦俊不在的时候，细细浏览太平军的往来文书。当时太平军的文书档案管理不严密，在外带兵的将领就更散漫。康福恰恰钻了这个空子。不久，康福把这些情况都了解得一清二楚了。池州城外，杨国栋密切配合着，再次施展他的乱真绝技。

这天深夜，一个前胸绣有"两司马"字样的精干信使，叩开了池州府东门，一溜烟直奔主将衙门，看上去一副千里奔驰、风尘仆仆的模样。此人将一封印有云朵飞马的信函，交给主将衙门的亲兵。这种印有云朵飞马的信函，在太平军中唤作云马文书，是一种特急的重要文书。各驿站接到这种文书后，不管白天黑夜，刮风下雨，都要加盖印章，立即投到下一站。亲兵见信函上盖着沿途二十几个驿站的印章，一一验证无误，便开了一个回条。那两司马接过回条，拨马便走，并没有留下一句话。

亲兵将云马文书送到韦俊卧房。卧房里灯火明亮，韦俊正在与康福聚精会神地对弈。他离开棋枰，将文书放在烛火边，慢慢地化开胶封，从中取出一张纸来。一会儿工夫，韦俊的脸便变了色，呆站着，好久回不过神来。康福将这一切都看在眼里,轻轻地走过来,关切地问:"夜这么深了,哪里来的信件?"

"天京来的。"韦俊回过头来,神色忧郁。

"有紧急军情?"康福试探着问。

"要我火速回京。"韦俊的声音不太自在。

"将军在外日久,回京住几天也好。"

"兄弟,你哪里知道,此番回京,就会被人囚禁,再也出不来了。"韦俊的面容更沮丧了。

"这是怎么回事?"康福大惊。

"兄弟,你也不是外人,你看看,可千万不要传出去。"康福接过云马文书来,看上面写着:"遵天王圣谕,着左军主将韦俊,立即回京述职,不得延误。"下钤一长方形云龙边纹印:钦命文衡正总裁开国精忠军师顶天扶朝纲干王洪仁玕。下面盖着一颗三寸见方的大印:旨准。

康福看毕,把云马文书放到桌上。二人都无心再下棋。康福问:"韦将军,文书上并没有囚禁的意思,你何必如此焦急。"

"兄弟,你不知道这中间的底细。"韦俊叹息道,"丙辰六年十一月,我困守武昌孤城四个多月后,终因粮尽援绝,不得已退出。事隔三年多了,前一向风闻干王要追查责任,怀疑我是因兄长被诛而有意放弃武昌,要我回京向天王陈述战事的经过。"

"有这等事!"康福惊道,"小人在江湖上,到处听说将军功高盖世。天国三克武昌,有两次的指挥者便是将军。论功劳,天国将官中难找得到几个;况且事过三年,还提它作甚!这干王何以非要与将军过意不去。"

"究其实,也不是干王的主意,完全是天王长兄信王、次兄勇王有意陷害。韦氏家族只剩我和以德二人,以德年幼不更事,信王勇王必欲置我于死地而后快。"韦俊木然坐在棋枰对面,忧心忡忡。

"将军,不是小人多言,陷害将军的,名为信王勇王,其实就是天王。天王对将军一家太不公道了。"康福满腔义愤地站了起来,"小人听人说,北王当年与天王结为异姓兄弟,毁家起义,全家老小一百余口都加入了义军,从金田打到天京,战胜攻取,出生入死,其功不在东王之下。东王逼天王封万岁,当时北王正在江西督师,天王手诏北王、翼王、燕王回京勤王。北王杀东王，乃奉诏行事，名正言顺。谁知事情闹大了，天王却诿过于北王、燕王，杀二王来平息内乱，这已是大大的缺德。尔后，又定东升节，封幼东王，而将北王亡灵打入地狱，使天国数十万两广老弟兄心寒齿冷。如此天王，岂不太自私残忍？"

康福这几句话，说到韦俊的心坎里去了。他热泪盈眶，甚为感动，以手示意康福坐下来，小声点。康福坐下，压低声音继续说："现在，他以为清妖江南大营溃败，天下坐稳了，又要来算计将军了。天下有这样的道理吗？将军，依小人看，这天王早已不是金田起义时期的传道先生了，他煞费苦心为洪氏一家一族谋私利，而不顾当年冒死从他起义的数十万兄弟姐妹的利益。将军，你心里难道还不明白吗？"

韦俊望着康福不作声，多年来心里想的，今日由康福嘴里痛快淋漓地说出，他感到非常的舒心。

"天国谁人不知天王长兄次兄庸劣贪鄙，翼王就是被这两个小人排斥出京的。但天王偏偏要封他们为王。最近又封恤王、对王，都是洪姓子弟。洪仁玕来京不过一月，天王不顾阖朝文武反对，便封他为军师、干王，总理朝政。一个未立寸功的白面书生，凭什么瞬息之间就一人之下、万人之上呢？还不是凭一个洪字。我前向在天京，听人说，天王进小天堂八年之间，只到过东王府一次，足不出王宫一步，终日在后宫淫乐，不管朝政。如此昏愦的君王，将军值得为他效忠吗？"

"兄弟，你不知道，当初起义时，我们韦氏全族人都起过誓的，决不背叛教义，决不背叛天王，我们不能违背自己的誓言呀！"韦俊面色痛苦，看得出内心正在进行激烈的斗争。

"哈哈哈！"康福放肆地笑了起来，韦俊忙用手捂住他的口。

"将军也太忠厚了。你们韦氏家族宣誓不背叛天王，天王却背叛了韦氏家族。这几年来，他从来没有真正相信过将军。前年任命将军为左军主将，乃是迫不得已。现在稍一稳定，便露出真面目了。将军想过没有，五军主将，其他四人都已封王，唯独将军例外。将军受此奚落，有何威望去统率士卒？有何颜面对待韦氏父老兄弟？"

这一句话，深深地刺痛了韦俊的伤心处。他的心在汩汩流血，他的四肢在阵阵抽搐，好半天，他才从极度悲痛中苏醒过来。"兄弟，你真是一个有血性、有见识的好汉，干王的这道命令，你说我该如何处理？"

"不理睬！"康福不假思索地回答。

"天国军律：违令者斩。"韦俊摇摇头。

"学翼王，另树一帜！"康福很快指明第二条出路。

"人数太少，难成气候。"韦俊又摇头。

"再不然，改换门庭，投靠朝廷。"康福想了想，说。

"兄弟，你怎么说出这种话来？"韦俊惊恐地瞪起眼睛，死盯着康福。

康福轻轻地一笑："这也不行，那也不行，难道束手待毙，做一个千古不瞑目的冤死鬼不成？我看只有这一条路了：弃暗投明！"

"你？！"康福"弃暗投明"的话引起了韦俊的怀疑，他忽地站起，陌生人似的将康福上下仔细打量一番，厉声问，"你是不是曾国藩派来的奸细？"

"将军，你说对了。"康福坦然地说，"我不叫米福，我是曾国藩曾大人麾下亲兵营营官康福，特来为将军指出光明大道。"

韦俊大惊失色，猛地从墙上抽出佩剑来，指着康福怒喝："大胆清妖，你竟然钻到我的衙门里来了，老子砍了你！"

康福神色自若地说："韦将军，你砍了我，就能救你的命吗？依我看，它不但不能挽救你，反倒加重了你的罪责。"

韦俊的手软下来，颓然倒在椅子上。

"韦将军。"康福换上了平和的语调，恳切地说，"请你息怒，暂且不要理会我的身份，你冷静想一想，我刚才说的这些话对不对？"

韦俊不作声。康福继续说下去："韦将军，你那天不是问我，围棋是怎样到了我的手吗？我今天告诉你吧！我一个普通老百姓，哪有可能得到前明御用之物。这副围棋是曾大人的，当今皇上亲手赏赐与他。他久慕将军棋艺，特地要我将这副棋子送给你，和你交个棋友。"

"有这事？"韦俊十分惊讶。

"曾大人思贤若渴，惜才如命，将军不只是棋艺受曾大人器重，曾大人更钦佩的是将军带兵打仗之大才。"

"我打死他手下第一号大将，他不恨我？"

"哪里的话！曾大人正是从此看出将军超群的才能，他特地要我向将军致意，若将军献池州府投奔朝廷，曾大人将奏请皇上，授将军总兵衔。"

"这怕是不可能吧，我的军队杀死湘勇何止千百，他曾国藩能不记仇？"

"曾大人想的是国家大局，从不计个人恩怨，不信，请将军看这个。"康福说着，从蓝布包里取出一副字来，"这是曾大人送给将军的。"

韦俊展开。这是一张条幅，上首写"韦俊将军两正"，下首题"涤生曾国藩"。旁边一枚鲜红的印章，衬出两个清晰的白文：涤生。中间题着一首七律：

圣主中兴迈盛周，联翩方召并公侯。
神威欲挟雷霆下，大业常同江水流。
汉祖曾闻韩信勇，唐宗亦赐尉迟裘。
凌烟台阁方新构，杞梓梗楠一例收。

字迹刚劲谨严，韦俊以前见过曾国藩的字，知不是伪造。他卷起条幅，许久不说一句话。康福在一旁耐心等着，慢慢地将棋子收好，装进紫檀木盒里，双手递给韦俊说："将军不必急，再从长计议，这盒棋和字请收好。曾大人要我多多致意，他愿意和将军交个棋友、诗友。我走了。"

康福说罢，迈步向门口走去。

"等等！"韦俊叫住，"康营官，这是件性命攸关的大事，不能有半点马虎，我一直听的只是你一面之词，并没有见过曾大人的面，叫我如何拿得定主意！"

"将军要见曾大人？"康福兴奋地说，"那容易，我陪将军去！"

"不！"韦俊摆手，"让以德跟你去吧！"

"也好！不过，"康福说，"以德是将军的侄子，将军对他的生命安全，可能会不放心。这样吧，我留在将军身边做人质，另外再安排人陪小将军去如何？"

"那太委屈你了！"韦俊显然被康福的诚意所打动。

第二天，杨国栋陪着韦以德离开池州府。池州府距祁门不到三百里，骑马一天的路程。第三天，杨国栋又陪着韦以德兴高采烈地回到池州。以德向叔父叙述曾国藩如何地倾心仰慕，如何地推诚相待，并答应韦俊手下的八千子弟兵，仍全部归他统带，不撤不换，这点最让韦俊放心。以德又带来曾国藩赠送的两件礼品：六两长白山人参送给韦俊，一斤洞庭藕粉送给以德，均为御赏。韦俊大为感动。

过几天，韦俊带着侄儿和几个亲信部将，由康福、杨国栋陪同，来到祁门拜见曾国藩，将那头梅花鹿的角制成的一架鹿茸作为晋见礼。曾国藩乐呵呵地收下了。与太平军交战八年了，他们的许多底细都弄不清楚，韦俊是第一个投降的高级将领，且于打仗很有一套，在询问了一些有关当年内讧和现在天京政权的事后，曾国藩着重打听太平军的战术。

"韦将军，听说你们守城很有一套。"曾国藩和气地笑着说，俨然一个宽厚慈祥的长者。

"回禀大人，"韦俊欠身答，"我们守城有句话，叫作守险不守陴。即精锐人员不聚在城内，而在城外要塞守御。比如守武昌时，就在花园、虾蟆矶筑垒；守安庆，则在集贤关筑垒。"

曾国藩一怔，看来安庆的要害在集贤关。这真是一句至关重要的话。

"你们惯用的阵法是什么？"曾国藩又问。

"常用阵法有四种。"为讨曾国藩的欢心，韦俊滔滔不绝地详细谈开来，"一是牵线阵。行军时队伍按一条线行进，有敌情时，首尾蟠屈勾连，顷刻会集，互相救援。二是螃蟹阵。三队平列，中队人少，两翼人多，形似螃蟹，可以随时变阵迎战。三是百鸟阵。以二十五人为一小队，全军分成数百个小队，散布如散星，使敌惊疑，然后突然进攻，常可取胜。四是伏地阵。在遇敌追到山穷水尽的地步，忽一旗偃，千旗齐偃，转瞬间全军都贴伏地上，寂不闻声；然后一旗举，千旗齐立，全军从地上爬起，按旗号指点，如风涌潮奔，向敌军反扑，转败为胜。"

曾国藩心里暗暗吃惊，原来长毛并不简单，从前总以乌合之众视之，难怪常常吃败仗。百鸟阵、伏地阵，不见于前人兵书中，真是了不起的创造。曾国藩表面上没有任何变化，继续问："还有一些什么方法？"

韦俊竭力思索，想了一会，说："以前我们常用的，还有以进为退的战术。每当要撤离一地时，必连日出队，打仗不息，前进几十里，逼近敌营下寨，使敌不疑。到了布置完备，忽然一夜之间安全撤退。当撤退时，必在城墙上或立草人，或立木桩，上顶竹帽；白天遍插旌旗，晚上虚张灯火。"

曾国藩想起那年石达开一夜之间撤离南昌时，正是用的这个战术，心里说：“这些个长毛，决不可等闲视之。”

谈了这些大事后，韦俊又对曾国藩谈了些太平天国内部的繁琐称谓，如天王的话称圣谕，东王的话称诰谕，翼王的称训谕，英王的称金谕，干王的称宝谕，勇王的称瑞谕等；又如王长女称天长金，二女称天二金，丞相子称丞公子，丞相女至军帅女皆称玉，师帅女至两司马女皆称雪等等。曾国藩和众人听了哂笑不已。

此时，陈玉成正率兵五万来救安庆，曾国荃向祁门告急。曾国藩命韦俊率所部渡江援安庆，另派湘勇进驻池州。

待韦俊离开祁门后，曾国藩叫彭寿颐将韦俊所谈的加以整理，题名叫"长毛战术"，誊抄十多份，分发给湘勇主要将领。又派人将李鸿章献的安徽分府地图给曾国荃送去，另附一封密信：

兹派降人韦俊带所部前来援助。此等贼匪，逼迫无奈才降我，其性反复无常，终不可重用。然分化瓦解，自古以来为制胜良策，望弟善于运用；且此辈久在贼中，深知贼情，用之制贼，可谓以毒攻毒，要害在严加驾驭也。韦俊之部，宜放在前沿打四眼狗之援军，令其火并。另据韦俊供，安庆之贼，精锐在集贤关，切切注意。

六　施七爹坏了总督大人的兴头

曾国藩一到祁门，见四周山势陡峭，与外界相连的仅一条东通休宁、徽州，西连景德镇的官马大道。除此之外，有一条小路，勾通北面的两个小镇：大赤岭、大洪岭；另有一条小河，名叫大共水。大共水发源于祁门，南下经浮梁、景德镇流入鄱阳湖。河面狭窄，只能浮起坐两三个人的小船，货船不能进来。这里人烟稀少，土地贫瘠，倘若东西方向的官马大道被堵，与外面的联系一断，县城则陷于绝境。曾国藩后悔不该匆匆将驻扎祁门的决定上报朝廷，但事已至此，只得暂时住下。不久，实授江督并任命为钦差大臣、督办江南军务的上谕到达，曾国藩更觉要老成持重，决策不能随意更改。但幕僚们不以为然，纷纷劝他离开祁门，另觅合适之处，曾国藩不听。因为马匹买不齐，马队暂不能建，李鸿章也跟着到了祁门。他用了两天时间，将祁门四周实地勘察一遍，对曾国藩说："恩师，祁门地势形同釜底，此兵家所说的绝地，不如及早另择他处，以免将来受困。"见曾国藩沉吟不语，李鸿章又乘势再进言，"依门生之见，可移师东流。此地傍江依山，可进可退，可攻可守，老营驻扎东流，万无一失。"

曾国藩仍抚须不语。李鸿章忖度曾国藩心思已活动，话说得更直了："恩师，倘若长毛闻讯围攻祁门，只需数千人就可将出路堵死，我们将成瓮中之鳖，束手受擒。"

曾国藩抚须之手突然停住，两目光芒毕露，厉声责问："少荃，你如此厌恶祁门，是不是胆小怕死？若如此，你可收拾行李离开这里。烦你转告其他人，凡怕死在此地的人，都可及早离开。"说罢拂袖而起。李鸿章只得讪讪退出。从那以后，再没有人敢提撤离祁门的话了。

曾国藩将祁门柴氏宗祠改作总督衙门，开始办理两江政务。他日夜审阅江苏、安徽、江西三省地方报送的文书，并分派幕僚，秘密考察三省府道以上官员的政绩，并撰楹联一副："虽贤哲难免过差，愿诸君谠论忠言，常攻吾短；凡堂属略同师弟，使僚友行修名立，乃尽我心。"要各府州县将此联书写在官厅楹柱上，时时以此自戒。又刊发《居官要语》一篇给各级官吏，要求他们严格遵照执行。又亲拟一份告示，标题为《晓谕江南士民》，雕刻成版，广为刷印，张贴在集市、街衢、码头上。这个告示共有六条：一禁官民奢侈之习；二令绅民保举人才，以两江之才，平两江之乱；三是安顿流徙，恤难周贫；四是求闻己过，凡军政过失，许据实直告；五为旌表节义；六为禁止办团。三省官吏，见这位威名久播的新总督果然厉害，无不畏惮，官场腐败之风略有收敛。

曾国藩又仿效武则天当年的办法，在衙门口置一木甄，名为举劾箱，命两个勇丁终日守护。号召所有军民人等，均可将各级官吏奸弊情事写成举劾函投入箱内，总督衙门对举劾人严加保护。曾国藩这一举动，使祁门附近几个县的官吏们整天提心吊胆。他们平日奸弊情事太多了，一旦落入这个素有"曾剃头"之称的总督大人手里，后果岂敢设想！祁门县令包人杰，捐纳出身，自称是包拯的三十五代孙，其居官却与先祖大相径庭，贪赃枉法，鱼肉百姓，祁门阖境怨声载道。这些天，他见曾国藩派员在三街六巷察访民情，急得犹如热锅上的蚂蚁，惶惶不可终日。

不能坐以待毙！包人杰决定给曾国藩这一份重礼，借此拉近与这位铁腕总督的距离。送什么呢？包县令犯愁了。送黄金白银？在有名的不爱钱的湘军统帅面前，那无疑是自寻死路。送妙龄美女？彼此素昧平生，毫无往来，岂不太显形太露骨！包县令左思右想，终于想到家中那件镇宅之宝：多年前一个落魄书生为一桩命案送给他的一幅王羲之字帖。包县令早就知道，翰林出身的总督酷爱书法。哪个爱书法的人不崇敬王羲之？尽管十分舍不得，但事关前途性命，再舍不得也要割爱了。傍晚时分，他怀揣着这幅字帖，以禀报祁门防守事宜为由，来到两江总督临时驻节处洪氏宗祠。

"大帅，久仰您的书法大名，卑职这里有一幅王羲之的字，请您鉴定一下。"包人杰将祁门如何协助大军防守事宜禀报一番之后，从袖口里取出字帖，恭恭敬敬地双手捧上。

"右军的字？那可是宝贝！"包人杰的防守之策纯是官样文章，毫无新意，激不起曾国藩的兴趣，一听到王羲之的字，他的情绪立时陡增，忙亲手打开。原来，这是王羲之写于东晋永和十二年的东方朔画像赞。看着看着，曾国藩的眼神越来越专注，越来越亮堂，嘴里不停地说道："好，好，真的好！"看过一遍后，他又回过头来，目光久久地盯在"戏万乘若僚友，视畴列如草芥"一行上，激动地说："这些字写得真的是神龙矫变，不可方物，后世书法家哪有这等手笔！"

包县令将这一切看在眼里，喜在心头，暗暗称赞自己这件礼品选对了。他指着书卷的尾部，极为谦恭地说："大帅，这里还有一段王文治写的跋语。他说是唐代的摹本，又是宋代淳化阁帖的祖本。卑职眼俗辨不出，特请大帅法眼鉴定。"

随宜着包人杰的手指，曾国藩将王文治的跋语注目看了一遍。王跋说的正是这个意思。

王文治号梦楼，是乾隆时代的大书法家，与当时最负盛名的书家刘墉并列。刘墉是状元，其字墨色浓厚。王文治是探花，其字墨色素淡。于是世有浓墨状元、淡墨探花之说。这两个人的书法，在曾国藩的心目中都有很高的地位。得知是摹本，他又从头至尾把这幅字过细看了一遍，慢慢说："王梦楼是大家，又精于鉴赏，他说是唐摹本，自然有他的道理。我向来疏于此道，不能提出异议。即便不是右军真迹，这也是一件稀世珍宝。我今年五十一岁，能看到这件宝贝，真是眼福。"

听了这话，包人杰欢喜无尽，忙说："大帅您见多识广，什么宝贝没有见过！有您这番评价，真是卑职的三生之幸。"

这幅字的确给疲劳中的曾国藩带来兴致，他不由得话多了起来："右军真迹传世的都是信函，字既少，书写也随意，显现他最高成就的《兰亭集序》，可惜被唐太宗带走了，流传下来的三种版本全是唐代的摹本。后人看到的羲之精妙，其实都来自唐代人的临摹。所以，唐摹本就是羲之书法的精品神品。东方朔画像赞，在唐代也不只一种摹本。这种摹本既然被宋代皇宫所看中，自然便是其中最好的。这幅字帖的字数要超过《兰亭集序》，它的价值当不会低于那个天下第一行书。你要好好典藏，不可轻易示人。"

这番话正为包人杰所期盼，他赶紧说："卑职想，如此珍贵的东西，也不能久存于卑职这座小庙里。大帅既是名重海内的书家，又是威镇八方的统帅，这幅字只有在大帅这里才是最合适的。卑职就此送给大帅，还望大帅赏脸收下。"

"这东西我不能收！"曾国藩的脸色立刻沉了下来，语气斩钉截铁，"我从不接受下属的礼品。"

"这不是礼品！"包人杰急了，"卑职从小爱书法，敬重王羲之。卑职这是为这幅字找一个真正的好归宿。"

"包明府"，曾国藩脸上微微露出一丝笑意。包人杰不知这笑意是冷笑，还是真心，只得紧张地听着，"不是我不给你面子，是因为这个东西太贵重了。我跟你说件事吧！上个月，黎寿民要送我两幅字，它的来头也不小。乾隆四十八年顺天乡试，刘墉与翁方纲同为阅卷官。身在禁中，不能外出，空闲时光只能用读书习字来打发。于是，两个人每人都临摹一份《兰亭集序》，并互为题跋。"

"那可真不寻常！"包人杰情不自已地插了一句。

"这两幅字后来流转到寿民的父亲黎樾乔的手里。樾乔是我的翰林同寅，又是同乡。寿民为感谢我为他的父亲订定诗稿，要把这两幅字送给我，我同样不接受。没有别的原因，就是东西太好了。世间尤物，不敢妄取。这是我的为人准绳，你不要多心。"

说罢起身，亲手把字帖卷好，递给包人杰："你自己好好收藏吧！"

包县令见曾国藩把话讲得这样绝，知道再说也是多余的了，只得拿回字帖，怏怏告退。

行贿这条路走不通了，包人杰只有再求助于他的一个老朋友。

此人年过七十，人唤施七爹。施七爹二十岁起在县衙门做事，一生给十多个县令当过幕僚，在衙门里整整混了四十八年，是一个更事极多、经验极丰富的刀笔吏。这两年养老住在县城，包县令每有难事，便带着一份礼物去请教。礼物厚薄，视事之难易而定。施七爹接过礼物，往往沉思一会，然后说出主意来，包县令照此去办，几乎件件顺遂。

第二天夜里，包县令换上青衣小帽，从钱柜里取出一个二十两元宝，小心翼翼地放进袖口里，谨慎地锁好钱柜。刚落锁，他想到今日此事关系太重大了，一个元宝可能会嫌少，又把锁打开，再取出一个同样重的元宝，仔细看好，放进袖口，这才出了门。施七爹见包县令恭恭敬敬地送上两个元宝，乐得透体欢喜。凝神听完陈述后，他抱着一杆长烟筒，石雕泥塑似的靠在椅背上，长时间沉默不语。包县令耐心地等着，大约过了半个时辰，施七爹想出了一个主意。

第二天晚上，守护举劾箱的湘勇将一大叠信函送到曾国藩书案上。像往日一样，他依次将最上面的一封信拆开，准备每一封信都亲自看一遍。谁知这一封信刚读了几行，便大为惊骇。这封信举劾的不是别人，正是他自己。信上说，曾国荃打下吉安时，偷运了两万多两银子回荷叶塘买田起屋，据说此事是曾国藩授意的。曾国藩额头上沁出了汗珠。他心中知道，沅甫的确运了不少银子回家，但并非是他授意的。不过，作为大哥，作为主帅，沅甫做的这种事，他能逃脱责任吗？曾国藩将这封信锁进竹箱里，继续看下去。

第二封举劾的是邹九嫂乘丈夫外出之时，偷了一个野汉子在家，请官府速派人前去捉奸，以正风俗。曾国藩看后冷笑一声，顺手丢在一边。

打开第三封，他又惊呆了。这封信再次告到他的头上来。说他自办团练以来，打仗无功，争权有术，所办的事情，大多违背国法，不通情理，举了在赣北设厘卡一事为例。曾国藩皱起扫帚眉，把这封信也锁进了竹箱。

他已无心一封封细看，略微浏览了一下：十几封举劾函，有一半是告的乡间小偷小摸、打架通奸等琐碎细事,另一半告的是驻扎祁门的湘勇官丁的不法情事,涉及地方官吏的,一封都没有。这一夜,曾国藩兴味索然。

第二天送来的十几封,也差不多全是鸡毛蒜皮的小事。第三天也有七八封。打头一封,便让曾国藩心惊肉跳。这封函告曾国藩私通长毛,与长毛左军主将韦俊私订密约,伺机造反;并有根有据地指出他的不臣之心多年前便已萌发,举了几句诗为证。说他曾写过"竟将云梦吞如芥,未信君山铲不平"的诗句,这里的"君山"就是暗示朝廷。又有"我思竟何属,四海一刘蓉;他日予能访,千山捉卧龙"的五言诗,刘蓉既然是诸葛亮,他曾国藩无疑是当今的刘先主了。

曾国藩气得火冒三丈,恨恨地想:这一定是有人在与我作对,借机诬陷,非得把这些人查出来不可。转而又想:如何查呢?不是自己号召别人举劾的吗?举劾别人可以,举劾你自己就不行吗?倘若此事闹大了,传到朝廷上去,皇上派人来调查,这些是是非非、真真假假的举劾函一旦公之于世,岂不反而坏了大事!曾国藩赶紧从竹箱里取出前两天那些告他和九弟、满弟的举劾函来,点起火一把烧了。思量此事只能不露声色地悄悄平息,方是上策。过几天,恰好宁国府告急,曾国藩便以军情紧急,无暇阅览为借口,吩咐勇丁将举劾匦撤了。

这里,包县令见大难躲过,心里好不畅快,又暗地送给施七爹一匹缎子,嘱咐他千万千万不能泄露出去。

宁国府的告急书是鲍超派人送来的。就在陈玉成出兵援安庆的时候,罗大纲、周国虞怀着对叛徒韦俊的不共戴天之仇,带领一万精兵奇袭池州府,一举收复,打乱了曾国藩的军事部署。李秀成率领十万人挺进赣北,与正在浮梁、景德镇一带的左宗棠楚军激战。李世贤则带领七万人马将宁国府城团团包围。鲍超霆字营有一万人,但驻在城里的只有三千,其他七千分扎在城外百十里地方。鲍超一面飞调城外兵马来救援,又要随身书吏给曾国藩写一封求援书。

书吏受命,关起门来拟稿。鲍超忙布置城内兵勇加强防守。过一会儿,鲍超匆匆赶回衙门,高喊:"求援书发了吗?"

书吏毕恭毕敬地回答:"回禀鲍提督,求援书尚未写好。"

鲍超一听火了，骂道："十万长毛围在城外，大火已烧到眉毛屁股上，你做啥子去了？这么久还没写好！"

书吏忙说："鲍提督息怒，这就写好，就写好！"

说完，坐在文案边托腮构思。鲍超看得不耐烦，走上前去怒斥："你这个书呆子，什么时候了，还调文墨？老子写给你看。"

鲍超夺过书吏手中的笔，在纸上画了一个方框框，然后心急火燎地在方框外画了几十个小圆圈，看看还不甚满意，便又在方框里写了个东倒西歪的"鲍"字，这才放下笔，高喊："来人啦，把求援书给曾大人送去！"

那书吏在一旁直觉得好笑，却又不敢笑出声来。

鲍超的求援书送到祁门，引起督府幕僚的哄堂大笑。曾国藩也笑了起来，笑后称赞说："鲍春霆人聪明，这幅画生动简明，胜过文字多了！"

急命朱品隆带三千人前去宁国救援。朱品隆刚走，徽州知府又来告急。曾国藩一时不知调何人去为好。正在为难之时，一人走了进来，说："徽州是我的属地，你怎么不派我去救援呢？"

曾国藩一见乐了，心里说："惭愧，我怎么竟忘了他！"

七　李元度丢失徽州府

原来，自请援救徽州府的是平江勇统领李元度。李元度咸丰四年起跟随曾国藩南征北战，功劳不小。尤其是咸丰五六年间，曾国藩在江西处于困境时，李元度的平江勇简直成了他的擎天之柱。但曾国藩竟然不保李元度一职，李元度心中不满。曾国藩回籍守丧后，杭州知府王有龄利用李元度的不满，和他拉上了关系。罗遵殿死后，王有龄升任浙抚，保李元度为温处道道员。直到看见朝廷发来的咨文，曾国藩才知道这事，对李元度很不以为然。他把李元度召到祁门，明确告诉他，王有龄此举，目的在分化湘勇；而李元度投靠王的门下，也有背叛湘勇之嫌。李元度意识到问题的严重性，又见曾国藩已实授江督，也没有必要改换门庭，遂答应不去浙江。于是曾国藩奏请改授李元度为安徽徽宁池太广道道员。上谕批下来后，李元度便把平江勇带到祁门，作为祁门老营的拱卫之师。

这时，曾国藩对李元度说："你去最是名正言顺。徽州乃皖南大城，又是祁门的屏障，长毛打徽州，是想冲破这道门，窜进祁门来，守住徽州意义重大。张副宪防守徽州几年，虽说没有打什么胜仗，但也没有丢失，你千万不要把它丢了。"

"你放心，长毛撼山易，撼平江勇难。有平江勇在，徽州城决不会缺一个角。"

曾国藩见他说得如此轻巧，反倒不放心他去了，但眼下实在再调不出其他人，只得正色对他说："此次围徽州的是长毛的精锐部队，你不可小觑。按理你带勇多年，我不用多叮嘱，但徽州府关系太大了，我不得不和你约法五章。你做得到就去，做不到可不去，我再另外择人。"

李元度心里大不悦，说："哪五章？你说吧！"

"第一戒浮。你身边有不少书读得好，但并无打仗经验的文人，对其中那些好说大话者，决不可重用。第二戒自负。到徽州后，切莫自视过高，师心自用。第三戒滥。银钱的使用，立功人员的保举，都要有所节制。第四戒反复。为统领者切忌朝令夕改。第五戒私。用人当为官择人，不可为人择官。"

曾国藩的这五章，章章都是针对李元度的弱点而言的，李元度却一句也听不进。曾国藩刚说完，他便拍着胸膛说："你也不必多说了，我立个军令状吧，徽州府倘若丢失，你唯我是问！"

"好，一言为定！"曾国藩伸出手，对着李元度的手碰了一下。

"涤生兄，前几天我送给你的《国朝名臣言行录》，你看过没有？"刚走出门，李元度又回过来问。

"哦，看过了。正要璧还，一下子又忘记了。"曾国藩从一个较小的竹箱里取出一大叠稿纸来，把它递给李元度。"你的这部稿，广采博集我朝名臣嘉言懿行，厚世俗，正人心，异日刊印出来，必是一部极好教材。我先向你预订两百部，发给两江州县以上官员人手一册，如何？"

得到曾国藩如此青睐，李元度刚才的不快消散了许多。他高兴地说："涤生兄，你是文章老手，指点指点，让我修改得更好些。"

"要说指点，有一条倒不知肯听么？"曾国藩笑道。

"请说！"

"你的书，局面太窄了。那些山林隐逸、前代遗民，以及姓名不登乎仕版，而节义可惭愧那些王侯者，被你'名臣'一词排斥在外了。我想你不如改个名，叫作《国朝先正事略》。如此，刚才所提的那些人，便都可以进来了。你看如何？"

"最好，最好！"李元度拊掌大笑，"就按你的办。"

"好！那我再多订一百部。"曾国藩大笑起来。

徽州府是一个历史悠久的文化名城，又是皖南五府州的经济中心，历来以牌坊众多、石雕精美闻名于世，城内匠人制的纸、笔、墨、砚，最受读书人看重，尤其是徽墨，与湖笔、端砚、宣纸并称，号为文房四宝中的佳品。都察院左副都御使张芾在徽州驻防六年，上个月奉召回京，后回陕西泾阳原籍补持服，留下一万四千兵在徽州。按理说人员不少了，但这些兵已有五个月未领到饷银，军心浮动，不但不能打仗，反而成了徽州城的祸根。知府谭慕白不能统御，闻李世贤的兵已到宁国，慌忙向曾国藩告急。李元度的平江勇开进徽州城的第二天，罗大纲、周国虞率领四万人马就到了城门外。谋士们提醒李元度，缺饷五个月的绿营不可信任，城门不能让他们守。李元度认为很对，立即将东南西北四个城门的绿营守兵全部调走，换上他的平江勇。被换下的绿营士兵，都作为苦力去扛弹药、担砖石、运粮草。本已怀着满腔怨怒的绿营官兵，这下如同火上加油，纷纷骂开了：

"平江勇凭什么赶走我们？我操他祖宗！"

"都是为朝廷卖命打长毛，他妈的湘勇个个发横财，我们五个月没领到一文钱，这个世道还有公理吗？"

"反了吧，老子不为朝廷卖命了！"

有一个愣头小子带头，居然跟着一百来号人，光天化日之下，公然抢劫银库，谭知府吓得躲在卧室里瑟瑟发抖。李元度大怒，调集八百平江勇将闹事的绿营士兵抓起，不分情节轻重，一律杀头，暂时将变乱弹压了下去。徽州城里的这场骚乱，早已被太平军的细作报告给城外的罗大纲和周国虞。

"湘勇绿营结仇，正是我们破城的好机会。"罗大纲面有喜色。

"绿营有怨气，湘勇有傲气，有怨气则无斗志，有傲气则必松懈，我们可采取收买和强攻相结合的办法。"周国虞已成竹在胸。

罗大纲点头。周国虞继续说:"据说绿营副将徐忠是一个贪财好货的人,叫老三进去,送给他三百两黄金,叫他在城内发难,只要打开一个城门就够了。"

罗大纲赞同这个主意。

夜晚,在徐忠的面前,周国贤亮出了自己的身份和三百两光灿灿的黄金。徐忠又喜又怕。他知道,徽州绿营憋着一股对朝廷的怨气,现在又加上对李元度的愤怒,军心早已涣散,只要长毛重兵一压,城内就有可能哗变。这些兵痞子,危急之间,是什么事都可以做得出来的,徽州城早晚保不住,不如得了这笔金子,城破之后远走高飞,埋名隐姓,做个下半世快活无比的富翁。但做这种事,他心里总还有些胆怯,犹豫了好半天,才咬咬牙答应了。他召集亲兵营的都司和几个千总、把总商议,每人发十两黄金。这些都司、千总、把总二话没说,都同意干。约好以放炮为号,亲兵营的人左臂上都系一根带子,太平军见此记号不能杀。

徐忠与周国贤的密谋策划,李元度全然不知。他见绿营兵这些天未再闹事,以为严刑镇压起了作用,又见城头上兵勇都在忙忙碌碌地奋战,他放心了。嗜好名山事业的李元度关起门来修改他的《国朝先正事略》,并打算还写一部《历代先正事略》,洋洋洒洒,写它一百万字,好比太史公作《史记》一样,从盘古开天地写起,一直写到明末,将所有卓异人物的事迹,凡可考查的,都查出来。这两本书今后一并刊印,播于海内,垂之后世,李元度之名,也将永垂不朽了。他越想越兴奋。

这一天,忽然传来消息:宁国府破了。李元度大吃一惊,忙将书稿收起,四处巡逻城防。原来,朱品隆带的三千人以及霆字营分散在城外的各路人马,根本无法进入宁国城里,统统被李世贤的部队堵在城外。李世贤几次猛攻之后,宁国城里的湘勇动摇了,鲍超亦无主张。身边人劝他:与其城破被戮,不如杀出城去,保全力量,再纠合部队将城夺回来,大丈夫能伸能屈,不必过于拘执。鲍超认为有道理。城里三千湘勇饱餐一顿,半夜时分,乘太平军酣睡之际,冲出城门,在城外与朱品隆的援兵合为一处,向祁门奔去。第二天一早,李世贤进了宁国府。他留下两万人守宁国,亲率其余五万人帮助罗大纲、周国虞攻徽州。

九万太平军将徽州城团团围住。一颗炮弹冲天而起，徐忠带着亲兵营冲到东门口，守门的湘勇吓呆了。绿营士兵抡起刀，像报仇似的砍杀湘勇，很快将东门打开，周国虞率领太平军弟兄们一拥而进。城内的绿营兵不杀太平军，反而把刀尖转向湘勇。平江勇惊慌失措，人人抱头鼠窜，仓皇逃命。李元度见此情景，慌忙带着一批亲信从西门逃出城外。徐忠早有准备，在一片混乱之中挟着二百两黄金溜出城，远远地跑了。

八　曾国藩卜卦问吉凶

　　徽州失守，祁门变成了前线。此时祁门的兵力，仅张运兰的老湘营一部分及康福的亲兵营，合起来不足三千，情形十分危急。湘勇老营弥漫着惊恐慌乱的气氛，曾国藩虽恨李元度不争气，事到如今也无可奈何了。他一面布置张运兰、康福率兵扼守距老营十里外的榉根岭、羊栈岭，这是由东北方向进入祁门的两道关口。一面派出两队人。一队向南通报驻扎在浮梁、景德镇一带的左宗棠，务必保护好祁门通往江西的大道，徽州失后，这便是祁门粮饷、文书的唯一通道了；一队向宁国方向奔去，沿途寻找鲍超，要他火速来祁门救援。

　　此时，太平军正兵分三路向祁门包围过来。李世贤带着四万人进入江西，拟从南面打祁门，谁知遇到劲敌左宗棠。左宗棠在乐平城东南一连三次大败李世贤。南路太平军受阻，不能按预定计划进入祁门。东面，罗大纲率两万人穿过渔亭镇，在榉根岭遇到张运兰的阻击。西面，周国虞率两万人翻过大洪岭，在羊栈岭遭到康福的抵抗。太平军的兵力在湘勇十倍以上，湘勇则占据有利的地势，双方打了三天三夜，一时还没有分出个胜负来。但是，湘勇的人数一天天减少，太平军随时都有可能破岭而入。看来，祁门老营的覆没是在所难免了。

　　白天，从榉根岭、羊栈岭不断传来凶惨的喊杀声；入夜，岭上岭下，到处是时明时灭的松明火把。两江总督衙门里那些纸上谈兵的军机参赞们，舞文弄墨的书记文案们，以及记账算数的小吏们，虽然生活在军营中，却从没有亲眼见过两军厮杀的场面，更没有过身历前敌的处境。这些手无缚鸡之力的文人们，一天到晚处在极度的恐惧之中，眼见得东、北两面血肉横飞，南面略为安静些，便瞒着曾国藩，互相串通，偷偷地买通了二十号小划子。每天夜晚，将一包包行李往划子上运，单等败兵逃回，便起篙向江西方向划去。当李鸿章把这个情况报告曾国藩时，他气得怒发冲冠，恨不得把这些扰乱军心的胆小鬼，一个个抓起来杀掉。但他没有这样做，反而亲拟一个告示，叫文书誊抄后贴在营房外：

当此危急之秋，有非朝廷命官而欲离祁门者，本督秉来去自愿之原则，发放本月全薪和途费，拨船相送；事平后愿来者，本督一律欢迎，竭诚相待，不计前嫌。

这份告示一贴出，那些准备走的幕僚反而不好意思走了，又偷偷地把行李从划子上搬回。对这一切，曾国藩装作没看见一样，白天他照旧批文、发函、见客、下棋、读书，安之若素，稳如泰山；夜晚，他开始清理文书，把一些重要文件包扎起来，叫荆七藏在附近山林里，对荆七说："倘若老营倾覆，我为国尽忠了，这些东西，你今后都要设法运回荷叶塘去，听明白了吗？"

荆七点头答应，心里早已乱成一团麻。这天深夜，曾国藩见东、北两座山岭烽火又起，鲍超至今无消息，心想，此番必死无疑，将老营设在祁门实在是个大错误，悔不该没听李鸿章劝说，移驻东流，但现在后悔已晚。自己年过五十，官居一品，今生除学问无成就外，也没什么大遗憾的了。这样一想，又平静多了。

他先给皇上写一封遗折，将自己所经手的几件大事，逐一做了安排。又给儿子纪泽纪鸿写了一封家信，叮嘱他们长大后切不可涉历兵间，此事难于见功，易于造孽，也不必做官，唯专心向学，做读书明理的君子，又重申八本三致祥的家教。怕他们忘记，将八本三致祥又写了一遍：读书以训诂为本，作诗文以声调为本，养亲以得欢心为本，养生以少恼怒为本，立身以不妄语为本，治家以不晏起为本，居官以不要钱为本，行军以不扰民为本；孝致祥，勤致祥，恕致祥。

写好这封当遗嘱的家书后，天已蒙蒙发亮，看着外面萧瑟秋景以及匆忙奔走的亲兵，曾国藩的心又绷紧了。他惶惶然呆望着，不知所措。过了许久，他突然想起了什么，叫荆七端一盆清水来。曾国藩仔细地洗净脸和手，整理好衣冠后，端坐在案桌旁，从一个小笔筒里拿出五十根蓍草来。他从中随意拣了一根放在一旁，又将一根夹在左手拇指和食指之间，将剩下的四十八根任意分成两堆，然后每四根一次地拿开，直到不能再拿时，则将两堆合并。如此这般分分合合地摆弄了十八次，占出一个《坎》卦来，其中九二为老阳，上六为老阴。曾国藩记得九二爻辞为："坎有险，求小得。"上六爻辞为："系用徽纆，置于丛棘，三岁不得，凶。"九二爻辞无疑是句好话，上六爻辞中的徽纆，是用来捆自己，还是捆长毛呢？真是天意渺茫，难以猜测。正在疑虑之时，康福气息喘喘地推门闯了进来："大人，长毛已冲破羊栈岭防线，我保护你离开祁门。"

说话间，王荆七已将枣子马牵过来。枣子马大声嘶鸣，幕僚们纷纷围拢，大部分人的肩上都背着包袱，有的连鞋袜都未穿上。看到这一片混乱场面，卜卦给曾国藩带来的一丝希望早已化为乌有。他冲着荆七吼道："谁叫你牵马来的？你们都走吧，我今天就死在这里了！"

"大人。"康福走前一步，"情况已万分危急了，不走不行，请大人上马。"

曾国藩仍坐着不动，心里如同有千百个鼓槌在敲打，碎零零，乱糟糟。杨国栋、彭寿颐都来劝："大人，再不走就出不去了。"

曾国藩环顾四周，见幕僚们都用哀求的眼光望着他，长长地叹了一口气，缓缓地说："国栋，你带众人走吧，我最后离开。"

一句话刚出口，幕僚们立即如鸟兽散去，七手八脚地忙着搬运行李。曾国藩将王世全送的剑从墙上取下，放在书案上，然后穿好朝服，微闭双眼，任外面吵吵嚷嚷，乱作一团，他木头似的坐着，心里已做好最后的决定：一旦长毛冲进屋，就立即以剑自裁。康福、王荆七在一旁急得团团转，不知如何是好。

忽然，外面传来一阵惊天动地的欢呼声。李鸿章兴奋异常地跑了进来，大喊："恩师大喜，鲍提督来了！"

曾国藩睁开眼睛，刚要起身，又立即坐定，仍以缓慢的口气问："你没看错？"

李鸿章正要说话，杨国栋激动万分地冲进来："鲍提督已杀败长毛，来到老营了！"

曾国藩刷地站起，说："我们去接春霆！"

老营外，一片欢呼雀跃，鲍超被众人簇拥着，正向营房走来。见曾国藩出现在门口，立即从马上跳下来，跑到曾国藩面前，正要行跪拜礼，曾国藩赶快走前一步，一把抱住。望着鲍超胡须杂乱的黧黑面孔，他两眼滚动着泪水，好半天才吐出一句话："不想还有与贤弟见面的时候！"说完头一晕，便失去了知觉。

九　李鸿章一个小点子，把恩师从困境中解脱出来

半个月来，曾国藩处于极度焦虑紧张之中，靠着顽强的意志勉力支撑住，现在骤然得知危险已过，大喜过望，犹如一根拉紧的弦猛地松弛，一时不能控制，倒了下来。过一会，他恢复了常态。鲍超眉飞色舞地演说战斗的经过，说生平没有打过这样顺利的仗，不到一个时辰便大获全胜，打死了长毛头领罗大纲，只可惜让野人山的匪首逃跑了。曾国藩记起"徽缥"的爻辞，心里想：这怕是天数。众人正在说说笑笑，互相庆贺死里逃生的胜利时，南面官马大道上远远地奔来一匹快马。一眨眼工夫，那马已跑到众人面前，两只张开的鼻孔里喷出灼人的热气，江西巡抚衙门的袁巡捕从马背上滚下来，将一封十万火急上谕递给曾国藩。上谕命曾国藩速派鲍超带五千人马，交胜保统带，前来北京救驾。曾国藩看后大吃一惊：京师竟然发生了这等意外变故！

早在咸丰四年，英国就提出，要对道光二十二年订立的条约进行修改，企图扩大在中国的特权，遭到清廷的拒绝。尔后，英国和法国联合起来，在沿海一带屡屡挑起战争。两个月前，他们从北塘登陆，打败僧格林沁的骑兵，攻占天津，后来又击败胜保的部队，逼近北京城下。咸丰帝匆匆带着一班大臣妃嫔逃到热河，留下恭亲王奕䜣在京师与英法谈判。咸丰帝接受胜保的奏请，在逃往热河的途中，接连发布上谕，令各地督抚将军迅速带兵来京勤王。第一道上谕，便发给湘勇统帅、两江总督曾国藩。曾国藩接到这道上谕，一方面为皇上蒙尘而担忧，一方面又对派鲍超救驾而犯难。

曾国藩不愿鲍超远离。这些年来，鲍超的霆字营是湘勇中最能打仗的部

队。尽管上月有宁国之失，但鲍超之勇，仍令太平军畏惧。在湘勇内部，甚至有打着鲍超的旗号，冒充霆字营吓退太平军的事。这次若不是鲍超及时赶到，祁门老营就彻底完蛋了。曾国藩器重鲍超，感激鲍超。皖南局面尚未分明，通往江宁的道路，尚需要鲍超和霆字营去扫清。这个时候，怎么能让鲍超远赴京师！而且，曾国藩还看出此中埋藏着胜保的险恶用心。胜保的底细，曾国藩清楚。

这个出身于满洲镶白旗的公子哥儿，借着皇上对满人的特殊照顾，道光二十年中举，考授顺天府教授，很快就升为祭酒。胜保屡屡上书言事，皇上欣赏他的文采，夸他是满人中的才子，擢升为内阁学士。那时曾国藩供职翰林院，见过胜保几面，读过他的奏疏。曾国藩对胜保的看法，与皇上完全相反。他认为胜保无真才实学，奏疏只有夸夸其谈、哗众取宠的辞句，并无实在的解决问题的办法，且为人骄横之气太足，眉宇之间有一股阴暗的煞气。按照曾国藩的相人之术，他断定胜保不会有好结局。谁知太平天国事起，胜保倒走起鸿运来了。

咸丰四年，胜保在直隶打败林凤祥的北伐军，皇上因此授他钦差大臣，特赐神雀刀，副将之下，有权斩杀，一时有南江（忠源）北胜之称。不久，胜保围李开芳于高唐，数月不克，惹怒咸丰帝，削了他的职，遣戍新疆。咸丰六年召还，发往安徽军营差遣。七年，予副都统衔，帮办河南军务。胜保自己无军队，以重饵招降捻军一个名叫李兆受的头领，将他改名李世忠，又结纳皖北凤台团练首领苗沛霖，保他为记名道员。胜保企图以李世忠和苗沛霖的人马作为自己的军队。李世忠出身强盗，一贯打家劫舍，作恶多端，苗沛霖野心勃勃，欲做皖北王。曾国藩一到安徽，便从各方面的情报中，把这两人看死了，因而对胜保极具戒心。

现在，胜保居然要统带鲍超的五千霆字营，他的野心越来越大，竟敢打起湘勇的主意来了。曾国藩岂能让他的算盘滴溜溜地如意转动！不派吗？这是皇上圣旨。抗旨罪名已不轻，何况当此非常变故之际、皇上蒙难之时，抗旨不发兵，你曾国藩平时口口声声标榜忠君爱国，岂不都是假话？皇上都不保，你的几万湘勇意欲何为？倘若胜保这样质问，定然激起皇上震怒，天下共责，不待杀头灭族，便早已身败名裂，死有余辜了。曾国藩真的进退不是，左右为难！

可鲍超这个莽夫，偏偏不知内中奥妙，以为率师北上勤王，正是取悦皇上、立功受赏的大好时机，几次三番地催促："曾大人，霆字营全体将士听说洋鬼子欺侮我皇上，气得哇哇叫，骂他娘的洋龟儿子瞎了狗眼，恨不得插翅飞到京师去保皇上。曾大人，救兵如救火，还有啥子要想的？快下令吧！"

面对着这个头脑简单的鲍提督，曾国藩哭笑不得。想说皖省战局不能离开他，又怕他因此昏头昏脑，居功自傲。霆字营本就依仗常打胜仗的资本跋扈嚣张，不把其他营看在眼里，若再翘尾巴，可能会连他这个统帅的话都不听了。想告诉他胜保欲借此挖空湘勇的实力，壮大自己的私人势力，又怕这个心里不能藏话的直汉子，将此话捅出去，日后更与胜保结下不可解的怨仇。无奈，只得用几句话敷衍着鲍超，心里急得如同火烧油煎，终日绕室彷徨，拿不定主意。

这天康福提醒道："胡中丞近来驻军黄梅，离祁门不远，何不派人送信与他商量一下；左宗棠素有今亮之称，也可以问问他。"

曾国藩觉得有道理，立即派人分别到黄梅、浮梁，征求胡、左二人的意见。几天后，回信来了。胡林翼说："疆吏争援，廷臣羽檄，均可不校；士女怨望，发为歌谣，稗史游谈，诬为方册，吾以此惧。"左宗棠说："江南贼势浩大，正赖湘军中流砥柱，霆字营不可北上。"胡、左态度明朗，湘勇当全力对付太平军，不能北上勤王。但不去，以什么作为合法的借口呢？这一点，二人都没有好的主意。

曾国藩决定广泛征求幕僚的意见，命他们每人就此事写一个条陈。条陈送来了，大部分人的意见主张救君父之急，立即遵旨出兵；也有几个条陈说按理当勤王，取势当剿贼，按理还是取势，由制军独裁。几十张条陈阅罢，曾国藩深感失望。

"恩师，我没有写条陈。"李鸿章进来了，一眼望见桌上散开的一大叠纸，知曾国藩仍在为此事发愁。曾国藩这才想起，人人都上了条陈，唯独李鸿章一人没上。

"你为什么没有写？"

"有些话不便写在纸上，我想和恩师面谈。"李鸿章回答。

"好吧，坐下慢慢谈。"曾国藩素来喜欢和人谈话。对于初次见面的人，在察言观色的过程中，他对其人便有了一个基本认识，而这个认识，以后实际证明大半是对的。他因而有"知人"的美名。在与朋友、幕僚的谈话中，他能从对方的言谈中得到多方面的启发，获得多种知识。虽然闲谈耽搁了时间，但总的来说，所得大于所失。

"恩师，门生为此事想了很久。"李鸿章在曾国藩的对面坐下来，两只手掌合着，夹在两腿之间。这情景，使曾国藩想起过去在京师碾儿胡同里，师生之间常常这样对坐论学。那时，老师的年龄恰好是今天学生的年龄。"岁月过得真快呀！"曾国藩心里轻轻地感叹一句。

"门生以为，进京勤王一事，实属空言，于皇上无半点益处。"李鸿章少年得志，锋芒毕露，说话办事，向来不知忌讳。这一点，与曾国藩大不相同。

"少荃，你这话从何说起！"曾国藩的口气似乎有点不悦。

"恩师，洋人已抵京城，如果他有意加害皇上的话，完全可以凭着洋枪洋炮的威力，向热河追去。挡得住也罢，挡不住也罢，都只是三五天之内便见分晓的事，哪有从数千里之外调兵入京的道理？这不是皇上被突然变故吓昏了头，便是有人要借此夺走湘勇的五千精锐。"李鸿章的话干脆尖锐，一针见血，曾国藩听后心里很痛快。

"你认为洋人有加害皇上的意图吗？"学生已不是当年幼稚的书生了，老师也不自觉地放下了架子。

"门生以为，洋人之举，决没有加害皇上的意思，只不过是逼皇上答应他们修约，欲占我大清更多的便宜罢了。历来外族入侵，要社稷者难免刀兵相斗，要金帛子女者都好办。恭亲王年纪不大，却极有办事才能，一向对洋人礼之甚恭。依门生之见，洋人在恭亲王那里可以得到所要的一切，京师再不会出现大的变乱了。"

"少荃，你说的固然有道理，但北援事关君臣大义、将帅职责。君父有难，臣子岂能袖手旁观？洋人即使不再北进一步，我湘勇将士也应该受命入京呀！"毕竟老师的尊严要保持，曾国藩不能再以刚才的口气问李鸿章。明明是希望学生提出一个两全其美的办法来，老师却以教训的口吻说话。李鸿章对老师的性格是熟悉的，忙答道："恩师教导的是，救君父之难是臣子义不容辞的职责。恩师与胡中丞，位居督抚，理应亲带湘勇前往，鲍超乃一战将，非一面之才，且受胜保指挥，亦恐二人难以协调。依门生之见，恩师可据此再作一奏折,请皇上于曾、胡二人中指定一人,统兵北上,护卫京畿。圣旨下达之时,立即发兵。"说到这里,李鸿章压低了声音,"从祁门到京师,奏折最快要走半个月,有半个月的时间,恭亲王早已和洋人达成了协议。到那时,北援勤王一事,已是过丘之水了。"

机灵鬼!曾国藩情不自禁地在心里说着,他对李鸿章这个"按兵请旨"计策的妙处已完全明白了,一个困惑他七八天的难题终于解开。曾国藩一阵轻松,笑着说:"少荃,那就麻烦你拟个折子吧!"

奏折拜发后的第二天,丢失徽州府的皖南道员李元度,蔫头耷脑地来到祁门。当他得知祁门刚刚渡过危难之后,心中万分内疚。他想向曾国藩负荆请罪,又怕昔日同窗不容他,便托李鸿章去试探下。果然不出所料,曾国藩一听便火冒三丈,大声地对李鸿章说:"他还有脸见我,我都没有脸见他!你问问他,还记不记得自己亲手立下的军令状?"

李鸿章见老师正在盛怒之时,不便多说,只得轻轻退出。刚走到门槛边,曾国藩又叫住了:"少荃,你赶快替我拟一个折子,参劾李元度。"

李鸿章吃了一惊,唯唯诺诺地答应两句,赶紧退了出来。

身材瘦小、戴着高度近视眼镜、号称"神对李"的皖南道台,是个人缘极好的人,众幕僚纷纷为他鸣不平。李鸿章因为有昨天的大功劳,自觉在众人眼中的地位大为提高,便俨然以首领的口气说:"我们一起到曾大人那里去,替李观察说说情吧!"

大家都赞同。

当一群幕僚出现在房门口时,曾国藩不知出了何事。李鸿章从队伍中走出,向曾国藩打了一躬,说:"大家都说李次青丢失徽州府情有可原,这次就宽恕了他,给他一个戴罪立功的机会吧!"

原来是他煽动幕僚们来动摇自己的决策,曾国藩火了,气得吊起三角眼,厉声问:"李元度丢城失地,辜负了本督对他的期望,有什么情可原,你说!"

当着众人的面这样凶恶地斥问,李鸿章很觉丢面子。他心想:我虽然是你的学生,也有三十七八岁了,也是朝廷任命的四品要员,昨天才帮你渡过难关,怎么今天就不记得了?再说李元度是你要好的朋友,参劾他,于你脸上也不光彩。

想到这里,李鸿章心里有一股委屈感,壮起胆子分辩道:"李元度诚然犯有大错,但门生听说,绿营副将徐忠勾结长毛,是这次失守的主要原因。徐忠勾结长毛,能得到绿营官兵的支持,又因为五个月未发饷银。李次青到徽州仅九天,要说追查责任,主要责任在张副宪。"

"张副宪守了六年徽州不曾丢失,你去找他吧!"曾国藩冷笑。

"要说失城就参劾,鲍提督先失了宁国府,正因为宁国府丢了,才祸及徽州府,要参劾,得先参鲍超。"

"鲍超有丢宁国之罪,也有救祁门之功。李元度丢失徽州二十多天了,一面不露,他到哪里去了。你们没有听到有人编'士不可丧其元,君何以忘其度'的对联骂他吗?"曾国藩凶狠地望着李鸿章,众幕僚见状不妙,都不敢作声。

"恩师。"李鸿章见曾国藩仍不让步,只得祭起最后一个法宝了,"李元度从咸丰四年跟随您,六七年来战功累累,恩师曾多次对人说过,于李次青有'三不忘'。今天何以这般计较他的一次过失,岂不会寒了湘勇将领们的心!"

李鸿章没想到,恰恰是这几句话把他的恩师逼到了悬崖边。曾国藩又羞又怒,气呼呼地从椅子上站起,吼道:"李少荃,你是要我徇私枉法吗?李元度不参,天理何在?国法何在?"

"恩师一定要参李次青,门生不敢拟稿。"

李鸿章也生起气来,倔强地顶了一句。门生的这句话,大出曾国藩的意外,他本想冲上前狠狠地训斥一顿,猛地想起丑道人陈敷说的"杂用黄老之术",拼命地将火气压了下去:

"好吧!不要你拟,我自己写。"

李鸿章是个异常机敏的人,他早知将老营扎在祁门,在军事上是一个绝大的错误,太平军也决不会甘心这次失败,倘若再来一次南北包围,祁门将会连锅端。李鸿章有自己的一番远大抱负,他只能依仗老师上青云,不愿与老师共灭亡,现在正可趁此机会离开祁门:"恩师既不需要门生,门生就告辞了。"

曾国藩先是一怔,随后冷冷地说:"请自便!"

众幕僚见局面闹得这样僵,早已三三两两地先溜了。李鸿章刚要挪步走,又觉心中不忍:"恩师,祁门不可久驻。门生走后,请恩师速将老营移到东流。"

曾国藩侧过脸去,看都不看一下,挥了挥手:"你走吧,不要乱了我的军心。"

李鸿章心中一阵凄楚,恭恭敬敬地向恩师鞠了一躬,然后慢慢退出,悄悄地收拾行李,连夜和李元度一起,坐着小划子离开了祁门。

不久,曾国荃从安庆前线来函,几乎以哀求的口气请大哥速移营东流。曾国藩读毕大受感动,并由此想到李鸿章是真心为他着想,也由此减轻了对李元度的谴责。这年冬天,曾国藩终于将两江总督衙门从祁门搬到长江边的东流。

现在,他要全力支持九弟攻打安庆了。

第三章　强围安庆

一　围魏救赵

曾国荃带着弟弟贞干，统率吉字营、贞字营屯于安庆城下，已有七八个月了。他采取的仍是过去围吉安的老办法，稳扎稳打，长围久困。曾国荃是个以蛮出名的人，他遇事不干则已，干则非达目的不可，拼上血本，甚至贴上老命也不在乎。那时安徽连年战争不息，皖中、皖南，太平军和湘勇打得你死我活，皖北捻军、苗沛霖团练、胜保袁甲三的绿营之间也斗得难分难解。从咸丰三年开始，七八年间无一日无战火，无一地无硝烟，再加上干旱、蝗虫，真个是天灾人祸，集于一时，东南八省，以安徽百姓受苦最为深重。史书上记载的易子而食、析骨而炊的事，在这里常可见到。人肉公开出卖，一斤标价从八十文到一百二十文不等。曾国荃将军中一千石积压发霉的陈米拿出来，招募民夫，替他挖壕沟。告示一贴出去，安庆府六县饥民便蜂拥而至。他用这批廉价的劳力，绕安庆城外挖了两道宽五丈、深两丈的大壕沟，只在南门外靠长江一带与东门外靠菱湖一段留下两个缺口。这两道壕沟相距两里多路。前壕又称外壕，用于阻挡援军；后壕又叫内壕，用于围住城内的太平军。吉字营就扎在两条壕沟之间。曾国荃在湖南新招五千勇，连同原来的五千，共一万人，习惯上仍叫吉字营，实际上已有二十个营了。他按建营初期前、后、左、右的称呼，将二十个营分成四个部分。四年前，曾国藩曾荐萧启江、江继祖、萧庆衍、彭毓橘为吉字营营官。不久，萧启江回籍守丧，江继祖阵亡，萧庆衍被李续宜拉去。于是曾国藩又荐萧孚泗、李臣典、刘连捷代替。曾国荃以彭、萧、李、刘为分统。每个分统下隶五个营。曾贞干贞字营四千人，分为八个营。这支人马，曾国荃私下称之为曾家军。曾国藩将它看成真正的嫡系，它的粮饷装备都要优于李续宜、李元度、鲍超、张运兰、萧启江等陆路各部，甚至也比他所喜爱的水师要好。

曾国荃驭勇自有一套与大哥大不相同的办法。他不作什么忠于皇上之类的训话，也没有繁琐的规章制度，他的办法很简单，只有两条：一是打仗时，所有官勇都要给他死命地打；不肯出力的，贪生怕死的，他授权分统、营官、哨官，有权就地处决。二是打完胜仗后恣意享乐。通常是，野战打赢了，听任勇丁抢敌尸身上的金银财宝，直至剥衣服；攻下城池后，让勇丁快活三日，这三日内不论奸抢掳掠，杀人越货，一概不问，三日过后再禁止。曾国荃的吉字营保举比别的营都多都滥，有的营官、哨官把自己在家种田做事的兄弟叔伯的名字也写进保举单，曾国荃明明知道，照保不误。这两条办法对农家出身的湘勇来说，最为实在，因此他手下的官勇人人打仗不怕死，成为湘勇中极有战斗力的一支人马。曾国藩对九弟"快活三日"的犒勇之法很不满意，多次劝说，曾国荃当面答应，实际上却一点不改。他有他的想法：没有甜头，谁会为你卖命？忠君保朝廷，只能跟读书人说说，种田人出身的勇丁，要的是实实在在的利益。吉字营驻安庆城外久了，前壕外新增了不少店铺，其中尤以茶楼、烟馆、妓院为多；有的营官哨官干脆用几十两银子买个逃荒女子，给她盖个茅棚住下，天天相会，好像要在这里成家立业，生活一辈子似的。所有这一切，曾国荃一概不管。

安庆城里却又是另一番景况。守将叶芸来，官居受天福，是从广西杀出来的老兄弟，英勇善战，忠直耿介，手下有两万五千精兵，隶属英王陈玉成部。玉成打江南大营时，把留守安庆的重任交给了叶芸来。叶芸来深知安庆战略地位的重要，这个酷爱饮酒的广西佬，从受命之日起，便戒了酒，并下令所有官兵，非特令不得饮酒。对曾国荃的围攻，叶芸来作针锋相对的部署。安庆城墙高大坚厚，不易攻破，只要与外界的联系不断，湘勇围它三年五载都不在乎。

安庆与外界的联系，主要靠的三条路。

南面的长江是最主要的交通要道，但这条水道却被堵死了。彭玉麟的内湖水师和杨载福的外江水师，像两座水坝似的将长江拦腰截断，太平军的粮船一只也到不了安庆。叶芸来无水师，只能眼睁睁地看着这条通道丢失。间或有少数洋船夹带着粮食闯过"水坝"，来到安庆码头，叶芸来则以高价收买，使洋人获利甚多。

城东面有一个湖泊，名叫菱湖，以盛产菱角出名。此湖虽不大，但它南通长江、东连破岗湖，与纵湖相接。这一带号称鱼米之乡，是安徽最富饶的地方。安庆被围之后，城内的柴米菜蔬主要由菱湖运来。叶芸来为保全这一条通道，派副手巩天侯张朝爵带八千人，沿湖筑了十八座石垒，将菱湖牢牢看管。

北门外一条大道连庐江、庐州，历来是安庆与北面联系的主要陆路。离北门十五里处有一险要地段，名唤集贤关。关外山冈起伏，尽是红色花岗岩，当地人叫它赤岗岭。集贤关犹如一道天门，扼控着安庆通向皖北的这条官马大道。叶芸来派他手下第一员猛将刘玱林防守此地。刘玱林带领五千精锐之师，沿赤岗岭建起四座大石垒，如同四大金刚似的将集贤关死死地把守。叶芸来守安庆，运用的正是太平军行之有效的传统战术——守险不守陴。

湘勇和太平军就这样对峙着，时打时停，城也攻不下，围师也不撤。陈玉成几次亲自带兵救援，都未能突破曾国荃的两道壕沟。每次打了几仗后，又因别处战事紧急，陈玉成又不得不调兵他往。

安庆战场引起了天王洪秀全的关注，他命令干王洪仁玕设法解安庆之围。洪仁玕是天王的族弟，自幼饱读诗书，一心想走科举功名的道路。洪秀全起义前，曾与他密谈过，但他不参加。起义后，洪秀全派人回花县老家接眷属，再次邀请他，他又拒绝了。后来，清朝廷通缉洪氏族人，他便离开花县，寻洪秀全不到，半途折回。咸丰三年去香港，在西洋牧师处教书。第二年离香港到上海，想到天京去，受清军所阻，只得滞留上海，在洋人办的学校里学习天文历法。这年冬天又返回香港。咸丰九年四月，洪仁玕抱着"聊托恩荫，以终天年"的思想再次寻找洪秀全。在洋人帮助下，这次终于顺利到了天京。

此时正当杨韦内讧之后，石达开又带兵出走，洪秀全对异姓猜忌甚深，而自己的两个异母兄又不中用，见到这位学贯中西的族弟，十分欢喜。见面之后，便授予福爵；几天后又晋封义爵，加主将；不久，又不顾许多大臣的反对，晋封洪仁玕为开国精忠军师顶天扶朝纲干王，总理全国军政，相当于当年杨秀清的地位。

洪仁玕来到天京未满一个月，并无尺寸之功，便位居宰辅，完全出乎他的意料。洪仁玕毕竟是个眼界开阔、学养深厚的有为之士，他决心不负天王重托，忠心耿耿、勤勤恳恳地担起领导天国军政这副沉重的担子。

洪仁玕在香港生活较长时间，对外面世界了解甚多，看到西方国家制度优越，生产发达，很受启发，有心想把天国治理得如同西方国家一样的繁荣富强。他参考外国的成功经验，向天王提出了一套崭新的建国纲领——《资政新篇》，试图从风、法、刑三个方面着手，彻底改变中国的面貌。这个《资政新篇》受到天王的激赏，只是因为天国版图内，几乎无一块安宁之地，其中所提出的许多美好的设想，现在都不能实现。他只能暂时搁下，集中精力考虑战事。

干王虽然没有亲临战场打过一天仗，但他聪明好学，读过不少前代兵书，平时也常跟天王闲聊打仗的事，慢慢地也悟到一些用兵打仗的知识。在对天国各大主要战场做了全面分析之后，干王提出围魏救赵之计，即以打武昌来解安庆之围。干王向天王禀报这个设想，得到天王支持，并要他和陈玉成、李秀成再细细商量。

陈玉成从皖北战场星夜赶回天京，李秀成也匆匆离开苏州忠王府工地。洪仁玕向二王谈了大江南北两岸同时出兵奇袭武昌，以此引诱湘勇兵力西去，从而解安庆之围的用兵计划。陈玉成听毕，立即表示赞同："干王此计甚好。武昌为湖广中心，湘妖粮草辎重，全靠从武昌船运至下游，倘若将武昌夺回，则断了湘妖的后路；且目前胡妖头正率湖北绿营的主力驻扎在英山一带，守武昌城的是满虏官文，此人是个无真才的圆滑官僚，城里的兵力也单薄。武昌告急，胡妖、曾妖必然会全力抢救。"

李秀成却不同意，无论从哪方面看，洪仁玕的这个想法都不成熟。

"围魏救赵之策，写出我天国军事史上光辉一页的，是今年初夏大破江南大营的战绩。"外表看来文弱白净如同妇人的李秀成，说起话来却声如洪钟。他有一个特殊的习惯，一坐下来，左右两条腿便交换着不停地上下颤动，说话时亦如此。干王在李秀成的心目中并无地位，只是由于等级的限制,也因为看在天王的面子上,他才表面上服从。李秀成认为这是一个关系到天国命运的重大战略决策,他,一个身经百战的统帅,一个对天国有深厚感情的老兄弟,有责任帮助从未打过仗的干王和比自己小十来岁的英王纠正失误。"它固然是一个好计策,但并不是任何时候都行之有效的,要看天时、地利、人和。目前正当隆冬季节,天寒地冻,非大规模军事移动之时,武昌离安庆近千里,围千里之外的武昌来救安庆,这种围魏救赵,历史上少见,且上次的对手和春、张国梁,都是有勇无谋之辈,现在我们面临的曾国藩、胡林翼,最是老奸巨猾,怕是难以瞒过他们的眼睛。"

李秀成的这番话,说得洪仁玕和陈玉成一时语塞。沉默一会,陈玉成说:"忠王的话不无道理,但我以为,此策仍可使用。千里围武昌,固然远了一点,但长途行军是我军的传统,轻装疾进,有十天半月也便到了。天气虽冷,难不倒弟兄们,只要能打胜仗,吃这个苦值得!曾胡老妖虽然奸猾,但他们也不能眼看武昌丢掉不救;武昌一丢,清妖军心必然不稳,安庆亦不可久围。我看还是按干王布置的,我带皖北十万人从江北进军,忠王带苏南八万人从江南进军,可望正月间在武昌相会。"

洪仁玕也说:"眼下解安庆之围,只有这个办法,舍此别无良策。退一步说,即使曾妖不去援救,我们乘隙来个四下武昌,也是一个振奋军心的大胜利。"

李秀成仍不能接受这个方略,除掉刚才说的天时地利人和不合外,他还有自己个人的小算盘。天京以南广袤的土地,几乎都是他率部打下的,这是中国最富裕的地方,他已奏请天王同意,将苏州一带改为苏福省,将来作为天国的陪都。李秀成有心把苏福省按照自己的理想建设成为真正的小天堂,正在兴建中的忠王府,就是他宏伟建设蓝图中的一个重要工程。所以,李秀成此时不想离开苏州,但这个理由他不便拿出来。

"苏南的人马不能动。躲在上海的清妖头目何桂清、薛焕正与洋人勾结,试图反扑,湘妖萧启江部即将逼近溧阳。此时从苏南调兵西去,无疑方便清妖乘虚而入。"李秀成又找到一条重要理由。

"留下一万人在苏州,由谭绍光率领抵御清妖。"洪仁玕爽快地回答。

"谭绍光难以独当一面。"李秀成还是不同意出兵。

陈玉成是个直爽人,见李秀成再三反对,心里已不痛快。他开始觉察到李秀成是不愿意离开他经营半年之久的苏福省。这位出生入死奋斗十年，于天国忠贞不贰的王爷，对李秀成在这样危急时刻，不把天国大局摆在第一位，脑子里盘旋的总是自己统辖的苏福省，大不满意；但想到此刻天国军事重担已压在自己和李秀成两人的肩上，况且李秀成大十多岁，资格也老得多，不便直接指责他，便沉默不语。洪仁玕心里也有数，他站起来说："好了，这事明天再说吧！天王说难得与两位王爷见面，今晚在金龙殿宴请二位，我们这就进宫去吧。"

洪秀全自住进天王宫后，很少接见文武臣僚，当年生死与共的战友日渐疏远。陈玉成、李秀成也有大半年未见天王了，听说天王设宴，便都高兴起身。

三人出了干王府，走进黄龙大轿。干王的轿走在前面，由三十六个身穿黄马褂的轿夫抬着；英王的轿排第二，忠王的轿排第三，都由二十四个轿夫抬，也一律穿黄马褂。黄龙大轿的前面摆着三位王爷的全副执事，后面跟着一百多个佩剑持戈的卫士。这列轿队逶逶迤迤，绵延里把路长。洪仁玕把贴身侍卫叫到轿边，小声吩咐几句，侍卫先骑马去了。干王府设在城南三坊巷原江宁县署。这一列气势非凡的轿队出了顾楼，穿过司门口，走过府东大街，从堂子巷转到太平街，然后进入花牌楼，一到卫巷，雄伟壮丽的天王宫便出现在眼前了。

经过几年的大兴土木，天王宫已全部建好了。一道周长七八里，高达三丈的黄色琉璃墙围的是外城，名曰太阳城。太阳城里有一座内城，名曰金龙城。金龙城中有一座大宫殿，名曰金龙殿，这就是天王会见大臣的地方。殿后有一个大花园，名曰御林苑。围绕着御林苑的是一排排宅院，这便是天王和他的八十八名后妃娘娘的寝宫。天王宫里的一切建筑，均以黄金涂饰，门窗用黄绸裱糊，阳光下金光灿灿，远远地望去，高高的城墙里好像围了一座金山。

三王的轿队在御沟外停了下来。御沟上建有五座桥，名曰五龙桥。过了桥，迎面而立的是一座高耸入云的望楼，名曰天台，这是天王每年十二月初十日生日时谢天之所。两旁各有一座牌楼。左边牌楼上写着"天子万年"四字，右边牌楼上写着"太平一统"四字，都出自天王手笔，字字洒脱，龙飞凤舞。天台后边是一道大照壁。照壁与围墙齐高，宽十五丈，彩绘九条巨龙，这是天王张贴黄榜之处。黄榜系黄绫制就，印龙凤云纹，它通常用来写天王封爵授官的告示。照壁之后，便是朝天门了。

朝天门左、中、右三扇巨门全用黄缎包就，绘上双龙双凤，门上金沤兽环，五色缤纷。门两旁摆着大锣四十对，朝天炮二十座。每天早晚天王在内吃饭，门前即齐击大锣，又放炮二十响，声震数里之外，故太阳城附近不见一雀一鸟。进了门，两旁各有一溜朝房，内外三进，宽敞明亮，这是宫中官员的办事之处。这些官员一律是女人，没有一个男子汉，为的是确保天王的安全。所有房屋门前一律悬挂着大红绸灯笼，里面摆设玉瓶、玉盆、玉碗，其中尤以安放在金龙殿里的二十四个三尺高的大玉瓶最为珍贵，这是赞王蒙得恩亲自为天王监制的。天王洪秀全今晚就在二十四个大玉瓶旁边的大理石条桌上，摆下一席丰盛的酒菜，招待从前线回京的英王和忠王。

九年深宫生涯，已完全改变了天王当年英俊挺拔的容貌。他浑身显得肥胖而松弛，行动很不方便，站起坐下都要宫女在一旁搀扶，头发稀疏，精神不旺，从外表上看，全不像一个四十九岁的中年人，倒有六十开外的年纪了。只是头脑依然灵敏，语言快捷。天王今夜特别高兴，频频与两位宠将干杯，不停地劝菜，席上谈笑风生，妙语连珠。在陈玉成、李秀成的眼里，此刻的天王，脱掉了神圣尊贵的外衣，露出传道和战争岁月中亲热豪爽的本性。一下子，他们与天王的关系亲密多了。秀成乘机对天王说："陛下，打武昌的江南一支，你另派能干人去吧，我不大合适。"

洪秀全一听，哈哈笑了起来，拉着李秀成的手，亲热地说："围魏救赵，秀胞尔是老手了。春夏之间的那一仗，打得几多漂亮！清妖建了七八年的江南大营，让尔给砸得稀巴烂，和妖呕血而死，张妖投河，何妖吓得屁滚尿流。我天国战将，从升天的东王算起，有几个人打过这样痛快的大胜仗？莫客气了，这南路一支，非尔亲自指挥不可。有尔去，朕就放心了。"

天王这几句贴心话，说得李秀成心里异常温暖，在如此褒奖和信任之下，李秀成还能再说什么呢？洪仁玕心想：到底天王威望隆重，几句笑话就解决问题了。他举起玉杯，兴高采烈地敬了天王一杯，又和英王、忠王干杯，碰得玉杯叮当作响。

玉成问："陛下近来忙些什么事？"

"近来忙得很！"外面北风呼啸，但金龙殿里炭火熊熊，温暖如春，几杯酒喝下去，洪秀全感觉身上发烫，他敞开明黄绣龙袍，严肃地说："这两个月来，我在逐条批阅《圣经》。《圣经》看似浅显，实则深奥无比，尤其是《圣经》上说的事与我们天国之间的联系，朕如果不讲清楚，兄弟姐妹们如何知道！朕于是给予详细指示，今日已全部批完。"

"陛下功德无量！"玉成、秀成齐声说。

仁玕在香港时，便对《圣经》很有研究，他想看看天王是如何批的。天王满口答应，命女承宣官把书案上的那本《圣经》拿过来。

一会儿，女承宣官捧来一本装帧考究的《圣经》。众人翻开看时，只见每页天头地角密密麻麻地布满了蝇头朱批，字体恭正。看得出，天王对此事十分郑重，态度非常虔诚。仁玕不由得心头一热，自愧不如。他随手翻开一页，玉成、秀成都凑过来，三人细看。在《创世记》第十四章末段边，"又有撒冷麦基洗德带着饼和酒出来迎接。他是至高上帝的祭司"句旁，天王批道："此麦基洗德就是朕。朕前在天上下凡，显此实绩，即今日下凡作主之凭据也。盖天作事必有引。爷前下凡救以色列出麦西郭，作今日爷下凡作主开天国引子。朕前下凡犒劳亚伯拉罕，作今日朕下凡作主救人善引子。故爷圣旨云：'有凭有据正为多。'钦此。"

读完这段话后，玉成更崇拜天王，秀成纳闷不解，仁玕心里冒出两个字：荒唐！

仁玕又翻开一页，见在《约翰》第三章旁，天王批道："上帝独一，至尊基督是上帝太子，子由父生，原本一体合一，但父自父，子自子，一而二，二而一者也。"

这一段批文，三王都不甚解其意。于是仁玕合上书，双手恭还给天王，说："《圣经》经陛下御批，果然意义都出来了。明日臣即下令刻书衙，命他们从速刻印，天国师帅以上的文武官员人手一部。"

天王高兴地命女承宣官收起《圣经》，说："为庆贺朕今日御批《圣经》完毕，特请诸位看一件稀罕物。"

天王刚说完，另一女官提了一只灯笼进来。玉成、秀成一看，都吃了一惊，原来这只灯笼的罩子并不是通常的绸子，而是无色透明的玻璃，又天衣无缝地做成大南瓜似的形状。这种玻璃灯笼，玉成、秀成还是第一次见到。

这也难怪，那时的中国，这种玻璃灯笼的确极为罕见，天王乐呵呵地对着李秀成说："秀胞，尔不知道，这其实是尔的战利品。"

李秀成惊得双目睁起，不懂天王话中的意思。

"四月份打下苏州后，尔率军南下，谭绍光在江苏巡抚衙门发现八个木箱，撬开一看，竟是八只崭新的圆形玻璃灯笼。问衙门旧书吏，才知是何桂清托洋人从英吉利刚买来的，还来不及用，便做了俘虏。"

说得大家都笑了起来。天王接着问秀成："王府盖得如何了？"

"快盖好了，还差个把月就完工了。"秀成答。

"好！不要急着完工，把它盖好点。"天王接过女官递过来的热毛巾，擦了擦手和脸，兴致高涨，"当年萧何为高祖营造未央宫，立东阙、北阙，又建前殿、武库、太仓。高祖打仗回来，见未央宫建得甚是壮丽，大怒，对萧何说：天下不安，连年苦战，成败尚不可知，宫殿为何建得如此豪华过度？萧何说：正因为天下未平定，所以要造这样的宫殿，不豪华壮丽，不足以威重天下。高祖于是转怒为喜。天王宫的规模是大了些，也有人指责，他们其实不懂得朕的用心良苦，朕要借此威重天下呀！"

刚进宫时，玉成、秀成对天王宫的侈丽奢华，心中都颇不以为然，现在听天王如此解释，方才明白。

"当然，诸王的宅院，决不可模仿天王宫，但既贵为王府，也就不可草率，都要建造得像个样子。尤其是苏州的忠王府，今后是陪都的第一大王府，更要威重。非如此，不可震慑四属。秀胞，苏州来的这八个玻璃宫灯，仍叫它回苏州去。朕特为赏给尔，待忠王府落成之时，悬挂大门上，以壮威仪。明日叫呤唎回他的英国老家去一趟，买它几百个来，每个王府都要挂它几个。尔回苏州后，立即调兵遣将，准备西行。王府营建之事，我命蒙得恩代尔主持。天王宫就是他负责建造的，我叫他将忠王府再扩大一倍，造得气派十足。秀胞，尔就放心去吧！"

多英明的天王，他似乎早已洞察李秀成不愿出兵的真正原因；多宽厚的天王，他给了李秀成意想不到的浩荡皇恩。李秀成还能说什么呢？他站起来激动地对天王表示："谢陛下厚恩！小官服从圣命，速急发兵武昌，以解安庆之围。"

二　调和多鲍

离开天京后，陈玉成和李秀成便调兵遣将，从长江北、南两面分别向西挺进，约好一个半月后在武昌相会。北面陈玉成带着林绍璋、周国虞、康禄，点起两万人马，号称七万，由和州过庐州，欲擦过桐城，再走太湖进湖北。为壮声势，陈玉成又约定龚德树率三万捻军南下。在曾国荃看来，陈玉成此举显然是冲着安庆而来的。他将这一分析向大哥作了报告。曾国藩决定调多隆阿、鲍超率部在桐城县挂车河、孙城一带截击陈玉成的部队。

多隆阿这几年一直转战在鄂皖交界之地，时有胜仗，曾国藩素来对他优容相待，复出之后，更有意笼络他。多隆阿凡有战绩，曾国藩便抢先奏报朝廷。去年，多隆阿已授福州副都统，他感激曾国藩；二人相处，遂日渐融洽。为使多隆阿更卖力，这次多、鲍协同打援，曾国藩又命多为主，鲍为副。但鲍超不理解曾国藩的用心，他不愿居于多之下。

"大人，多隆阿的能耐，您老比我更清楚。他哪里是打仗的材料？我在他之下，日后我的功劳都变成他的了，我不干！"

"世称多、鲍，其实多哪里可以比鲍。"曾国藩笑道，"这点我心里有数，你放心去。鲍提督的战功，多副都统是夺不去的。"

高帽子一戴，鲍超高兴了："好吧，我听大人的。"

鲍超带着八千人渡江而北，按期驻扎在孔城至罗昌市一线上。按湘勇打仗的一贯作风，扎起二十座营房。营房外挖深沟一道，沟里插满竹签、荆棘。沟外放哨，沟内架炮。营房内外，防守得严严密密。十天过去了，多隆阿的绿营未到防，陈玉成的增援也未到，鲍超松了一口气。

鲍超统领的霆字营，打仗不含糊，但军纪比吉字营还差。十来天无仗打，勇丁们便不安分了，营中喝酒赌博，营外宿娼嫖妓，把个军营搞得乌烟瘴气。鲍超不甚贪女色，偶尔部下送上个漂亮女人，他也不拒绝，但天一亮，便摸出几个钱打发走，决不留女人在身边。鲍超最爱的是喝酒，喝酒时又要嫩鸡做下酒菜。一日三餐，十斤酒、三只鸡吃下去，不醉不胀。在他的影响下，霆字营的营官哨官都有吃鸡的癖好。十多天住下来，弄得周围几十里地面，鸡都遭了劫，军营外四处是鸡毛。当地一个老塾师气不过，给鲍超编了四句歌谣："风卷尘沙战气高，穷民香火拜弓刀。将军别有如山令，不杀长毛杀扁毛。"鲍超听了也不在乎。

过几天，多隆阿带着一万绿营来到挂车河扎下。陈玉成联合龚德树的捻军，号称十五万，也跟着由北而来，在湘勇驻地十余里外扎下营来。鲍超疾驰多隆阿营，对多说："贼兵新来，脚跟不稳，我军今夜劫营，可挫贼的气焰。"

多隆阿一贯打老爷仗，不想太劳累："贼势浩大，暂勿轻动，过几天再说吧！"

鲍超心想："你不去，老子今夜劫营给你看看。"

鲍超回到孔城，传令秣马厉兵，半夜待命。后半夜，鲍超带着两千精壮勇丁，驮了十余门火炮出发。副将宋国永问："鲍军门，部队向哪里开拔？"

鲍超喝道："不要做声，跟我的马走就是了！"

宋国永不敢再问，指挥部队紧跟鲍超马后。

时正深冬，夜色很浓，两千勇丁衔枚疾走。大约走了十四五里，忽闻四周刁斗声传来；再向前走，声音愈多愈急。官勇们疑惑不解，鲍超下令停止前进。过一会儿，天色渐晓，四周之物依稀可辨，大家定睛细看，一个个大惊失色。原来，鲍超将他们带到了敌军营垒之内。鲍超传令："不许惊慌，贼正酣睡，没有防备，正是劫营的好时候。"

说罢，亲自点燃一门火炮，对着前面大营放出。轰隆一声巨响，惊得睡梦中的人懵懵懂懂，不知发生了什么事情。紧接着十多门火炮一齐开炮，营垒中的官兵晕头转向，乱作一团。鲍超骑在马上，抡起大砍刀，带头冲过去，两千勇丁人人舍命向前，喊杀声震天动地。原来，鲍超闯进的这片宿营地，正驻扎着捻军龚得树的人马。当龚得树一眼看见到处飘扬着绣有"霆"字的军旗，知已碰上了湘勇中最强的部队，心里叫苦不迭。龚得树不知鲍超有多少人马，这次南下本不是他的用兵计划，捻军打仗，素来是打得赢就打，打不赢就走，现在吃此大亏，便干脆带着全部人马北撤回老家去了。鲍超掳掠了不少马匹甲仗，吹起得胜号，收兵回营。

鲍超的胜利，不但没有得到主将多隆阿的奖励，反而使他由羞愧而变得恼怒起来。恰好陈玉成趁霆字营得胜虚骄的空隙，发起一场反攻，鲍超没提防这一着，打了败仗，死了二百来人，后退二十多里。多隆阿抓住这个机会，扬言要向朝廷上一折，严劾鲍超军纪败坏，不听号令，请朝廷将鲍革职严办。鲍超得知,气愤已极,吩咐宋国永看管霆字营,一匹快马跑到东流,向曾国藩诉说委屈。

多、鲍不和,使曾国藩颇伤脑筋。打援,主要靠鲍超的霆字营,不能撤鲍超;多隆阿在安庆附近打仗多年,地形熟悉,也不能换多隆阿。鲍超勇猛,但头脑简单;多隆阿硬打不行,但算计尚可。二人要携起手来,才可以取长补短,相得益彰。早几年,曾国藩处理这样的事,必定采取强硬的措施,要么强迫鲍超听多隆阿的命令,要么断然调离多隆阿。但现在的曾国藩,不再用这样生硬的办法了。他温语安慰鲍超,留他住下,一面派人去挂车河,将多隆阿请来。

多隆阿来了,身后跟了一个随从额尔真。多隆阿虽然能讲汉话,却不识汉文,平日公牍书函,凡汉文均由额尔真诵读,回信亦由额尔真代办,额尔真也总是跟着他参加各种会晤。

曾国藩客气地接待多隆阿。寒暄毕,多隆阿问:"不知大人将多某从挂车河唤来有何要事?"

曾国藩神色严肃地说:"倘若没有大事,将军军务繁忙,鄙人怎能打扰。"说罢,吩咐荆七:"把那封匿名信件取来给多将军看。"

荆七进到内室,捧出一封信函来。曾国藩接过,双手递给多隆阿,多隆阿随手给了额尔真。额尔真看着看着,脸色很不自在,看完后也不做声。多隆阿奇怪,问:"信上写的什么?说与本都统听听。"

额尔真略为踌躇后,说:"大人,这封信说驻守在桐城县南的军队军纪差,骚扰百姓,将百姓家的鸡子搜括一空。"

"放屁!"多隆阿骂道,"这都是鲍超干的,怎么算到老子头上来了!"

"多将军莫发怒,这里还有一封说好的。"说话之间,荆七又从里屋拿出一封信。

额尔真看后面露喜色,对多隆阿说:"这封信夸将军智勇非凡,半夜劫营,几声炮响,便轰走五万捻军,实不亚当年张翼德在长坂坡前一声怒吼,江水为之倒流的气概。"

多隆阿平时常叫额尔真诵读《三国演义》以为乐,并以张飞自比,今见别人真的把他比作张飞,喜不自禁。只是这劫营之事乃鲍超干的,与自己无关,话到嘴边又咽回去了,脸上红红的,颇不自然。曾国藩将这些都看在眼里，慢慢地说："我这里关于多将军在挂车河一带打长毛援兵的信还有几封，就不一一给将军看了，大致也差不多，有夸将军战绩辉煌的，也有说将军不甚检点的。这些信有一个共同之处，那就是都没有提鲍超一个字。"

"鲍超搜括鸡子的事，也算到我的头上，真正可恼。"多隆阿一点也没有觉察到曾国藩的用心，自个儿唠唠叨叨。六年前，当多隆阿从江宁奉僧格林沁密令来到武昌时，曾国藩不过一在籍侍郎，湘勇也只是初次获胜的练勇，他把自己摆在监视者和指挥者的地位。六年后的今天，曾国藩已是实权在握的两江总督，奉命统率两江境内所有军事力量，湘勇战果累累，威名震天下，根本不是朝廷旗兵、绿营所可比拟的。多隆阿再狂妄，再有僧格林沁这个强后台，他也不敢像过去那样目空一切了，何况曾国藩对他优礼有加呢？故当曾国藩神色庄重地对他说话时，多隆阿也规规矩矩地以属下的身份恭听。

"多将军，从挂车河到罗昌市近两万名兵勇所做的一切，都要算到你的头上。为什么世人会这样呢？因为你是那里朝廷兵勇的主帅，那里兵勇的是非功过都与你分不开。我岂不知半夜劫营乃鲍超所为，岂不知好吃鸡乃鲍超的嗜好，抢鸡必定是他的勾当，但我向朝廷禀报，也会如同世人给我写的信一样，功也罢，过也罢，都要算到你多礼堂将军的头上。眼下，长毛倾数万人马前来援救安庆，挂车河一带的战场，乃天下第一大战场，皇上廑注，四海瞩目，东南半壁的安危，系于将军一人。多将军只能与部属精诚团结，万众一心打败长毛，方才不负皇上所托，世人所望；倘若此时与部下不和，贻误战机，让长毛占了便宜，多将军，你想过没有，那时你如何向皇上交代？"

曾国藩这几句话说得多隆阿神色悚然，他心悦诚服地说："大人指教的是。"

曾国藩见他能够听得进，心里喜欢，继续说下去："世以多、鲍并称，其实我心中有数，鲍如何可与多比？这几年鲍超能得名，实靠将军荫庇。鲍超乃一蠢悍武夫，只知硬打瞎冲，又不懂算计，又不讲军纪，岂可以与将军比得？将军出身世家，深通韬略，善觇军机，驭下有方，爱民如子，古之司马穰苴用兵，也未必能超过将军。鄙人之所以将鲍超从皖南调来，正是让他有机会跟着将军学习带兵之法。日前我已将此种用心与鲍超挑明，鲍超愿听将军调配，并无二心。况且鲍超勇猛，亦世间少有，只要将军调配得宜，是可以发挥大作用的。将军为打援主帅，鲍超之功，即将军之功。相反鲍超之失，亦是将军之失。愿将军慎思。"

多隆阿听了这番话后，心里明白过来，不好意思地说："前向多某器局狭窄了，造成误会，回去后就向鲍春霆认错。"

曾国藩笑道："鲍超早被召来训话了。今天就在我这里来个杯酒释前嫌吧！荆七，去把鲍提督请来。"

一会儿鲍超上来，见多隆阿在座，高叫起来："多礼堂，你为何要上奏皇上弹劾我？"

曾国藩喝住："鲍提督，快不要误会，多副都统专来接你回去的。"

多隆阿忙站起来，顺着曾国藩的话头说："春霆兄，切莫听信谣传，我如何会弹劾你呢！昨天寻你商讨军事，得知你已到东流，我便赶到东流来接你了。春霆兄，我们一起回挂车河吧！"

曾国藩说："莫忙，莫忙，在我这里吃了饭再走，你送给鲍提督的那坛古井贡酒，也让我尝尝味。"

多隆阿先是一愣，见曾国藩大笑，也便跟着笑起来。见多隆阿当着曾国藩的面辟了谣，又特地赶来接他，还送了一坛好酒，直肠子鲍超怒气已消，也咧开嘴笑了起来。

三　夜袭黄州府

陈玉成本只是路过桐城，见捻军已退回皖北，便趁着打胜仗的机会，在一个月黑星隐的夜晚，率部悄无声息地离开了桐城战场，继续西进。临走前，他们将成千上万面各色旗帜插在山坡上，绑在树梢上。这一招果然起了作用。直到五天过后，多隆阿、鲍超才知道他们确已离开，但去向不明。

陈玉成的部队经黄家铺、官庄山过岳西县，打听到湖北巡抚胡林翼扎营太湖，便改道穿越司空山，绕过英山县，队伍进入了大灵山。周国虞对陈玉成说："殿下，南边忠王殿下的人马还没出江西省，我们必须在黄州府渡口过江，才能由南岸强攻武昌。"

陈玉成说："现在只有走这条路了，不知黄州府的情况如何。"

康禄说："殿下，我明天带几个人去刺探一下。"

"行。挑几个精干的弟兄，化装成客商，进城去仔细看看。明天一早出发，早点回来。"

三天后康禄回来，沮丧地告诉陈玉成：黄州府似乎已得知敌情，城墙上刀枪林立，四道城门把守严密；知府许赓藻精明能干，守城的军队是号称天下第一的镇筸兵，领兵的正是能征惯战的邓绍良。前几年，邓绍良已由云南楚雄协副将升为提督衔安徽寿春镇总兵。他口出大言：黄州府是一座铜打铁铸的关口，长毛一兵一卒休想从这里经过。

陈玉成、周国虞听了，心中作难。康禄说："我再到黄州府里转几天，看可不可以寻到空子。"

康禄单人匹马再次来到黄州府，找了一家小旅馆住下，表面上悠闲自在地四处逛荡，内中却忧心如焚。傍晚时分，从知府衙门里走出一列轿队。康禄悄悄打听，得知蓝呢轿里坐的正是黄州知府许赓藻，便偷偷地跟在后面。轿队穿街过巷，来到西门内文庙前停下。康禄又一打听，得知文庙现已改作邓绍良的行辕。康禄想：许赓藻专来拜见邓绍良，必定有要事，这是个好机会。

康禄回到旅馆，换了一身夜行服，乘着月色来到文庙。看看没有人，纵身上了院墙，再一跳，轻轻地落了地。康禄见明伦堂里灯火通明，时见端着碗的仆人进进出出，心知许赓藻和邓绍良一定在这里喝酒。康禄又一跳，上了明伦堂屋顶，从一个小窗口里钻进，学鼓上蚤时迁的样，将身子紧贴靠近酒桌的梁上，竖起两耳听着。

席上果然坐的是邓绍良和许赓藻两人。四十多岁的邓绍良高大肥胖，他脱去外衣，穿着一件紧身黑绸小袄，帽子也没戴，露出一颗秃顶大头，正吃得酒酣耳热，油光满面。对面的许赓藻五十余岁年纪，灰灰白白的瘦长脸，五品文官袍服穿在身上空空荡荡的，犹如罩在一棵干枯的老树上，两只筷子整齐地摆在面前，似乎从没动过。许知府正襟危坐，神色忧郁地望着邓绍良说："军门大人，听说大灵山藏着好几万长毛，他们一定是来打黄州府的，城里三千守兵怕是少了点。"

"太守不必担忧。"邓绍良用手抹抹嘴巴，带着酒意，大言不惭地说："我手下这些镇筸兵，都是一个当十个的好汉子，三千人足可与三万人相比。当年长毛伪西王、翼王是何等厉害的角色，攻打长沙，眼看就要破了，我带着三千镇箪兵从湘潭一杀来,长毛闻风丧胆,丢盔卸甲,长沙城因此丝毫未损。这事许太守应知道,总不是我吹牛吧!"

吹牛不吹牛,许赓藻不能详辨,因为他没亲眼见过,亲眼看见的是驻守黄州府两个月来的表现,而这,却令谨慎的许知府不能放心。他婉转地说:"将军神威,天下共仰,镇箪兵的能战,也有两三百年的传统了,下官岂能不知?只是听说大灵山中的长毛,领头的是伪英王陈玉成,这小子难对付。"

"哈哈哈!"邓绍良狂笑起来,"许太守,你也太过虑了。陈玉成不过二十来岁的毛头小子,能担几多斤两?老子戎马生涯三十年,当守备时,怕那个伪英王还未出娘胎哩!他只能在和春、张国梁的面前讨便宜,在我面前,只怕是孙猴子遇到如来佛——打不过手板心!"说着又哈哈大笑起来,举起酒杯,说:"许太守,来,放宽心喝一杯,这是我们乾州厅鼎鼎有名的雪山老窖。"

许赓藻拗不过,端起酒杯,浅浅地抿了一口,细细地嚼了两根青菜,又提起战事来:"军门大人,胡中丞曾跟我说过,黄州、蕲州一起护卫长江天堑,两州相隔不远,遇到危难时互相救援。参将刘喜元现带一千五百弟兄驻扎在蕲州,与下官一向关系融洽。为确保黄州万无一失,下官拟请刘参将率部来黄州暂时协助军门大人几天,待风声平静后再回去,想必军门大人会同意。"

许赓藻的聒噪不休,已使邓绍良不快。心想:请蕲州兵来,一切开支反正都是你出,我也乐得有人来分些责任,你他娘的要请你就去请吧!邓绍良拿起放在桌边的红顶伞形帽盖在头上,站起身来说:"既然胡中丞有话在先,刘参将那里,你就去请吧!老兄在这里宽坐一会,我去上了茅房就回。"

说完,腆着肚子离开座位,对于这种没有教养的武夫的失礼行为,许赓藻虽气愤,但不能作声,也只好悻悻站起来说:"时候不早了,我也就此告辞,明早我派人去蕲州。"

次日凌晨,太阳还没出来,黄州府到蕲州的官马大道上,一骑快马在奔驰。马上坐着一个中年汉子,背上背一个黄包袱,正握紧缰绳,聚精会神地赶路,冷不防一颗石子打在马屁股上。那马突然受惊,前蹄腾空,将毫无准备的汉子掀下马背。正在这时,草丛中飞出一个青年英雄,一只手铁钳似的掐住他的脖子,另一只手亮出明晃晃的钢刀。汉子吓得脸都变黄了,冷汗淋漓，带着哭腔说："好汉松手，我是个下书的，身上只有五两银子，都给了你吧！"

青年英雄瞪了他一眼，骂道："谁要你的臭银子，把马牵着，跟我走！"

那人乖乖地牵着马，跟着青年离开大道，来到一片树林中。原来，这青年英雄正是太平军殿右十八检点康禄，他选在这段人烟稀少之处，已埋伏半个时辰了。康禄厉声问："你说你是下书的人，你下的什么书？"

汉子低着头，犹豫着不敢讲。

"快说！不说，一刀戳了你！"

那人吓得连连磕头，说："好汉饶命！我说，我下的是求援书。"

"向哪里求援？"

"向蕲州府刘参将求援。"

"你是什么人？"

"我是黄州府知府衙门的师爷许清。"

康禄心中高兴，果然没有认错人。

"起来，跟我走！"

"好汉要我到哪里去？"许清愈加害怕了。

"休要问，跟我走就是！"

"好汉！"许清重又磕头，"好汉放了我吧，我有公文在身，误了事要杀头的呀！"

康禄拉下脸来，吊起双眉骂道："你怕知府杀你的头，就不怕我杀你的头？你再啰唆，我这就宰了你！"

许清不敢再求饶，顺从地站起来。康禄剥下许清的外衣，撕下一条做带子，蒙住他的双眼，将他抓上马背。两人骑着一匹马，飞也似的朝大灵山奔去。

第二天断黑时，一支千多人的清军来到黄州城下，领头的却是官居太平天国地官又正丞相周国虞。昨天，陈玉成、周国虞、康禄一商量，决定利用这个好机会，冒充清军混进黄州城。太平军因布匹紧张，又因常游动打仗，无暇制作军服，常常从战死的清军官兵身上剥衣服穿，故军中敌军衣帽极多。许清在威逼下，也被迫就范，答应和他们一起进黄州。

黄州城门早已紧闭，城墙上，几个镇篁兵提着灯笼，拿着铜锣，边走边喊："加强戒备啦！"

"严防长毛啰！"

怪腔怪调的湘西土语在夜空中传播着，使人听了毛骨悚然。城门顶上，昏暗的纸糊灯笼边，站着几个懒洋洋的士兵，正在用不堪入耳的痞话互相逗乐，似乎并没有发觉，城墙下已来了一支千多人的队伍。

周国虞命令许清对着城楼喊话。许清拍马上前，高喊："城上是哪位军爷在值夜？"

连喊了两三声，才见一个人提着灯笼走过来。那人向下一看，不禁大吃一惊，瓮声瓮气地叫道："你们是什么人？"

许清在底下喊："军爷，不要怕，我是知府衙门师爷许清，他们是抚标中营的弟兄们，是许老爷叫我去蕲州请来的。"

"是许师爷啊，辛苦了！"城楼上那人放了心，语气变得亲热起来。

许清又喊："开门吧，弟兄们走了一天的路，又累又饿，开门让他们进去吧！"

城楼上的人说："许师爷，你稍微等一等，邓军门交代过，长毛就在我们旁边，不许随便开门，我禀告邓军门再说。"

那人下了城楼，牵过一匹马，飞速跑到文庙，门卫说邓绍良在知府衙门，那人又一口气跑到知府衙门。邓绍良听了禀报，说："既是许师爷亲自带来的部队，当然是来自蕲州的弟兄们，开门让他们进来吧！"

"慢点。"许赓藻起身说，"让我问问是不是刘参将来了，若是他来了，我得亲自出城门外迎接。"

许赓藻出了衙门，坐上大轿，很快赶到东门。他爬上城楼，在几个兵士的保护下，对着下面喊："许清，是哪位将军带的队伍？"

许清不知如何回答，望着周国虞。国虞说："你说刘参将有事离不开，带队的是守备张永升。"

许清壮着胆子把国虞的话重复了一遍。许赓藻见许清说话不干脆，又见刘喜元本人没来，张永升以前没见过，心里犯了疑。他叫兵士们多打起几个灯笼，张大眼睛朝下看，却什么也看不清。不能大意！长毛冒充官军的事时有发生，难保许清不受长毛的挟制。许赓藻想到这里，大声说："许清，你带张守备进来，其他弟兄都在外面稍等一会儿。"

125

周国虞对康禄说："你带着弟兄们守候在这里，我和国贤一起进去，我会设法打开城门的，到时你要密切配合。"

黄州城东门有三个城门，左边城门侧面开了一道小门，专供夜晚单人进出。小侧门开了，许清带着周国虞、周国贤进了门。守门的卫兵以为周国贤是张守备的随从，没有盘问就让他进来了。许赓藻下了城楼，在城门边的小屋里等候。周国虞走在最前面，许清居中，周国贤走在最后。许清知道自己的性命掌握在周国贤手中，只得乖乖地跟着，不敢乱说乱动。进了屋，周国虞见一个穿着五品文官服的干瘦老头坐在那里，知是许赓藻，便上前施礼道："抚标中营守备张永升参见知府老爷。"

许赓藻略为欠欠身子答礼，盯着周国虞问："是刘参将派你来的？"

"是。"周国虞从容回答。

"刘参将自己为何不来？"

"长毛大股已入鄂东，蕲州军务繁忙，刘参将走不开。"

"张守备面生得很，下官以前从未见过。"许赓藻以怀疑的眼光，上上下下地打量着周国虞。

"卑职新从武穴调来蕲州，怪不得老爷不认识。"周国虞早已做了准备。

许赓藻见许清站在旁边一直不开腔，脸白一阵红一阵，心里更是怀疑，他想了一下问："张守备，刘参将新近生了个公子，请问是哪位如夫人生的？"

这下把周国虞问住了，鬼知道刘喜元有几个老婆。周国虞停了一会，说："禀告老爷，我来蕲州不久，不知刘参将的公子出自哪房。"

"胡说！"许赓藻把手往椅把上一拍，站起来大声说，"刘参将前天为儿子办三朝酒，摆了两百多桌，蕲州满城百姓都知道是第三房姨太太所生，你既身为他的守备，如何能不知道？看来你不是刘参将派来的！"

周国虞暗暗地使了个眼色给弟弟，周国贤紧握刀把，做好了应急准备。周国虞神色自若地反问："许老爷说我不是刘参将派来的，那么请问你，我是谁派来的？"

许赓藻一时给问住了。他将周国虞又仔细看一遍，只见眼前这个军官气概堂堂正正，举止言谈也显得很有教养，完全不是他平素脑中长毛的形象。他极不自然地笑了一下，说："张守备，你暂且休息一会，待我问问许清。"

转脸对许清说，"你跟我到里屋来。"

周国虞心想这一问，岂不露了馅！事情到了这般地步，不能再犹豫了。他猛地拔出刀来，对周国贤喊道："三弟，你快去开城门！"

这一声喊，自然真相大白。许赓藻大叫："抓住这两个贼人！"

周国贤一转身，早已冲出门外。周国虞舞起钢刀，一人对付二十几个镇筸兵。镇筸兵素来强悍，又欺侮周国虞只有一个人，便将他团团围住。周国虞虽武艺高强，毕竟寡不敌众，渐渐地只有招架之功，没有还手之力了。一个凶恶的麻子趁空从背后捅进一刀，周国虞惨叫一声，扑倒在地，血流如注，含恨死去。城门边，周国贤砍倒两个守兵后，用刀将门闩刹断，打开了右边的侧门。康禄指挥门外的一千多弟兄冲进城门。这一千多太平军恰如蛟龙入海，把个黄州府东门搅得波涛翻卷，许赓藻、许清以及城楼上下数百名镇筸兵尽死于乱刀之下。周国贤跑到城楼上，烧起一把冲天大火，埋伏在不远处的陈玉成望见火光，知城门已打开，率领大队人马一阵狂风似的卷进黄州城。黑夜里，邓绍良见太平军如巨浪般滚来，弄不清究竟有多少人，他吓得心惊胆战，慌忙集合部队，胡乱杀了一气，便从西门逃出城，丧魂失魄地向武昌奔去。

四　上了洋人的大当

陈玉成夜袭黄州府的消息，像一声惊雷震撼鄂皖战场。湖北巡抚胡林翼气得连吐三天血。他清楚，陈玉成下一步便是进攻武昌。武昌城里老弱残兵加起来不足四千，且无一得力之将，身为巡抚，丢失了省城，将意味着什么？胡林翼决定立即回援武昌。但太湖的兵不多，安徽战场上，他可以调动的兵力只有两处：一是多隆阿的绿营，一是曾国荃的吉字营。当年多隆阿从江宁调到湖北，名义上隶属湖北巡抚掌管，尽管多隆阿本人已升为福州副都统，但湖北巡抚仍可视军事情况调派。曾国荃在咸丰七年九月复出时，听命于胡林翼，后来归于曾国藩的统一指挥，但与胡仍有上下之间的旧关系。但现在多隆阿、曾国荃既已接受曾国藩的统率，要调他们回援武昌，就必须经过曾国藩的同意，且一调动，就直接影响了围攻安庆这个重大的战略决策。恰好欧阳兆熊来太湖军营做客，胡林翼便托欧阳代他到东流走一趟。

欧阳泛舟东流，受到了曾国藩的热情款待。他陈明来意，并递上胡林翼的亲笔信。曾国藩已知黄州府失落的消息，昨天又收到左宗棠从浮梁的来信。左宗棠向曾国藩报告了李秀成统率大军斩关夺隘，一路西进的情况，并提醒老朋友注意，李秀成骚扰赣北，其意很可能在安庆。这一点，与曾国藩的分析完全一致。

"晓岑兄，依我之见，四眼狗进攻武昌不是他的目的，他的目的在解安庆之围。"

"你是说长毛使的是围魏救赵之计？"欧阳兆熊没有想到这点。

"正是这话，长毛惯使这个伎俩。今年三四月间，就是用的这个诡计将张玉良的精兵调往杭州，然后乘机反扑江南大营。这是长毛引为自豪的得意之笔。润芝这般聪明的人，怎么看不出四眼狗的花招！"

这样一件惊天动地的大事，曾国藩如此冷淡看待，使欧阳颇感意外。

"我想润芝也会看出长毛的用心，只是他身为湖北巡抚，眼看省垣危急，怎能置之不救？要救省垣，只有请沅甫和多礼堂了。"

"润芝聪明一世，糊涂一时，沅甫、多礼堂一走，四眼狗立即就会反扑安庆，经营将近一年的城围，顷刻便会化为泡影。安庆是江宁的屏障。安庆不下，江宁上游之势仍旺盛，安庆一破，江宁上游之势则斩杀；上游无势，贼之气焰则大衰。那时，东南再派出一支劲旅收复苏、常，孤城江宁，指日可下。这是我前年和润芝一起商议后定下的制胜之策，他何以临事又乱了方寸？"

在这样混乱的局面下，曾国藩对当前的形势和未来的前途能有如此明晰的认识，一直置身于战事之外的欧阳兆熊，对这位文字之交的老友很是佩服。他想，这大概便是曾国藩比胡林翼和其他所有肩负重任者高明之处。

"润芝日来呕血严重，倘若武昌陷于贼手，润芝怕也活不多久了，你总得想个办法吧！于公于私，武昌都不能丢哇！"

欧阳兆熊是个很重情义的人。正因为过于重情义，所以他坚持不入官场，尽管曾、胡、左这些年屡次相邀，他都婉谢。他执拗地认为，一入官场，则身不由己，将会迫不得已地做出许多绝情绝义、得罪朋友的事来。这几年，他常出没于曾、胡、左之处，却始终以一个布衣朋友的身份，尽自己的力量为他们做点事，既不要薪俸，也不受保举。为此，曾、胡、左都格外敬重他。曾国藩郑重地思考着欧阳兆熊的话，忽然想起一件事来。

前些日子，军机处递来一份上谕，提到俄国愿意出兵帮助朝廷打长毛，并愿代办南漕海运之事，为此征求曾国藩的意见。曾国藩复奏，委婉指出，自古外夷帮助中国，成功之后，每多意外要求，为防日后要挟，借外兵之事宜缓，以后视其诚意如何再定；至于俄国人愿意代运南漕，似可允许。在奏折末尾，曾国藩郑重向朝廷建议：目前暂资夷力以助剿漕运，得纾一时之忧；将来师夷智以造炮制船，尤可期永远之利。这道上谕给他一个重要启示，是否可以借洋人之力来保卫呢？武昌、汉口都有英、法等国的租界，据彭玉麟日前报告，英国舰队司令何伯、参赞巴夏礼现正在汉口，多次表示愿助湘勇水师之力。这次就请他们出面帮忙吧。

曾国藩这个想法，欧阳兆熊也同意。

"小岑兄，你明天就回太湖去，要润芝请官秀峰去会见何伯、巴夏礼。洋人重利，官秀峰有的是古玩珍稀，送几样给他们，我想武昌可保无虞。"

就在东流商量如何保武昌时，武昌官场已是一片乱糟糟的了。从邓绍良带着残兵败将进入汉口的那天起，武昌省垣各衙门的官员们就急得如同窝巢着了火的一群胡蜂，惶惶不可终日。官文一面匆匆向胡林翼告急，一面草草部署守城兵力。他对守城毫无信心，私下收拾细软，随时准备逃走。各粮台军火总局委员闻警散尽，阎敬铭呼唤不灵，气得连上吊的绳子都已备好。欧阳兆熊作为胡林翼的特使，这时急急忙忙来到湖广总督衙门，将曾国藩的主意告诉他们。犹如一场噩梦初醒，官文等人定下神来。第二天，官文、阎敬铭穿戴整齐，携着重礼，过江来到江汉关，拜会何伯、巴夏礼。

英国侵华海军司令何伯，五十出头，肥头大耳，腆肚挺胸，坐着不动的时候，倒有一副海军将领的威风；但一走动，则一瘸一拐地，模样难看极了。左边的那只瘸腿，是前年指挥英法联军侵袭大沽炮台时的纪念。作为一个军人，他感到这是极大的耻辱。对于中国朝廷和人民，他有一种本能的傲视和仇恨。他的助手，英国驻华外交参赞巴夏礼，则又是另外一番神态。巴夏礼只有三十三四岁，二十年前便来到中国。这个中国通身材颀长、风度翩翩，既有英国绅士的派头，又受华夏文化的熏陶，显得温文尔雅。咸丰六年，巴夏礼任广州代理领事时，蓄意制造亚罗号事件，挑起第二次鸦片战争。去年又参加签订《北京条约》。巴夏礼年纪不大，却对太平军和清廷两方面都有很深的了解，使得地位和年龄都在其上的何伯，对他也言听计从。自从《北京条约》签订之后，英国便改变他过去的中立立场，转而全力支援清廷。帮助官文阻止太平军进攻武昌、汉口，是一件对清廷，也对英国有益的好事，本可以立即答应，但这个狡诈的职业外交官要借机捞一把。趁着何伯还在拈须考虑的时候，巴夏礼开口了："官中堂，我们愿为贵国效力，但利益均等，是我们英国人奉行的原则，你看呢？"

外交参赞轻轻地摇动二郎腿，栗色皮鞋亮晃晃的，使官文、阎敬铭的褐色官靴黯然失色。

"当然，当然。"官文卑微地点头哈腰，转过脸对身后的随从厉声轻喝，"还不快把礼品拿过来！"

仆从捧出一个三尺多长的木匣，官文亲自打开，一把古色古香的宝剑躺在猩红金丝绒垫上，绿色刀柄上，几颗珍珠在熠熠闪光。官文得意地介绍："这是三年前在江陵楚墓中出土的宝剑。"

巴夏礼欣喜地凑过脸来，说："江陵，我知道，这是贵国两千多年前楚国的都城。"又对坐在一旁的何伯用英语称赞，"司令，这是件稀世之宝。"

何伯连忙接过去，贪婪地看着。

"这把剑送给何大人，还有一样东西送给巴大人。"官文从另一仆从的手中接过一个三寸见方的木盒。打开木盒，映入眼帘的是一颗径长一寸的罕见珍珠。这就是那年官文向曾国藩、多隆阿炫耀的三万两银子买来的珠子。官文献媚地挨着巴夏礼的肩膀，指着珍珠说，"巴大人不要轻看了它，这是一颗夜明珠。今夜你可以试试，黑夜之中，百步内可见它的光毫，三步内可借光读书。"

"真有其事？"巴夏礼惊得合不上嘴。

"一点不假，鄙人亲自试验过。"官文合上木盒，"这是送给巴大人的一点薄礼。"

巴夏礼接过木盒，把它放在茶几上，重新坐好，仍旧有节奏地摇动着二郎腿，对官文说："官中堂，这两件东西是给我和司令个人的，我们大英帝国并没有得到实惠呀！"

官文早有准备，不假思索地说："只要保得武汉三镇不落贼手，今后什么话都好说。前向巴大人说租界狭窄了,我现在正式告诉何司令和巴大人,我们可以把租界地面再扩大一倍,从硚口到江汉关一带,任凭贵国圈地建房。"

"好,一言为定!"巴夏礼霍地站起来,兴奋地说。

"一言为定!"官文也姗姗起立,面有隐忧。

次日中午,陈玉成、康禄、周国贤等人正在原知府衙门商议渡江的事,亲兵进来禀报:"江面上停泊一只洋轮,打着英国国旗,想拜会英王殿下。"

周国贤说:"这会子忙得不可开交,哪有工夫见洋鬼子,要他以后到武昌见面吧!"

"慢点。"陈玉成说,"天王讲洋人信上帝,是我们的洋兄弟,见见何妨。"

巴夏礼穿着笔挺的西服,迈着规矩的步子走进知府大堂,见大堂上坐着三位年轻的将领。他知道居中的必是陈玉成,便恭恭敬敬地对着陈玉成鞠了一躬,一字一顿地说:"女王陛下政府驻中国外交参赞巴夏礼参见太平天国英王殿下。"

巴夏礼纯正的中国话,使得在座的太平天国将领们大为惊讶,也暗自钦佩。陈玉成以手示康禄身边的雕花木椅说:"请坐。"

"谢谢。"巴夏礼有礼貌地坐下。

在中国政府和人民面前,洋人一贯趾高气扬,巴夏礼如此谦恭有礼,陈玉成心中欢喜,随口称赞:"参赞大人的中国话说得真好!"

"我十四岁就到中国来了,在中国生活的时间比在英国还久。中国是我的第二故乡,它悠久的历史和灿烂的文化,令我景仰不已。"巴夏礼真诚的态度,使陈玉成等人感动。

"你真可以算半个中国人了!"陈玉成脱口而出。

"英王殿下封我为半个中国人,使我荣幸之至。"巴夏礼赶忙答话。

"参赞大人来此有何贵干?"陈玉成和颜悦色地问。

"我从汉口来,路过黄州府,知贵军已攻克此城,一来表示祝贺,二来听说有个朋友在贵军服务,也想顺道看看他。"

长期身处高位,养成陈玉成尊贵矜持的气度,今天在外国使者面前,尤为注意自己的仪表和谈吐,他悄悄地将左手卷起的袖子放下,端正自己的坐姿,望着巴夏礼问:"贵参赞的朋友叫什么名字?"

"他叫吟唎。我来中国之前，曾和他在一个学校读过书。前年夏天，他由香港到了中国，据说在贵军服役。"

太平军中有几个洋人，不过陈玉成的部队没有，他不认识吟唎。康禄见过一面。他接话："吟唎是你的朋友？"

"你见过他？"巴夏礼露出惊喜的神色。其实，他根本就没有和吟唎同过学，只知道有一个青年英国海军军官叫吟唎的在太平军中，在汉口至黄州的船上，巴夏礼想起了他，觉得这是一根与太平军联络感情的纽带。

"见过一次，是个很可爱的洋兄弟。他不在这里，他在忠王手下教兵士们炮术。"

听说吟唎不在这里，巴夏礼开始放心大胆地编造谎言了："可惜，可惜！吟唎去年要我代他为贵国买一艘兵舰和三十门大炮，我已于上月买来，现停在上海码头，只等吟唎来取了。"

"有这事？"陈玉成顿时情绪大涨，感激地说，"参赞大人，你可帮了我们的大忙。"

"哪里，哪里。贵国有两句古诗，道是'海内存知己，天涯若比邻'，何况我们同是上帝的子民，更是真正的亲兄弟了。"

巴夏礼的回答是这样典雅而得体，使陈玉成、周国贤、康禄与他的距离大为缩短。陈玉成吩咐摆酒款待。一会儿，知府大堂成了宴会厅，陈玉成向客人殷勤劝酒。巴夏礼乘着酒兴大大咧咧地说："贵军陆战技术非朝廷之兵可敌，然贵军水师却不是湘勇水师的对手。"

在田家镇败给彭玉麟的周国贤对此感受最深，忙接话："参赞先生说得正是。曾妖头水师船上的火炮全是洋炮，船也坚固。"

"贵军的火炮太原始了，全是铁铸的，又重又笨。贵军重炮炮身比敝国六十八磅的炮身还大，炮口却比六磅炮的炮口还小，这怎么能打仗呢！"巴夏礼俨然以一副火炮专家的身份说话，对火炮不甚精通的陈玉成等人连连点头。

"再说，贵军的兵船，更是比民船还不如，只配在小港小河中装泥运粪，岂能在大江大河中打斗！"太平军历来忽视水师而看重陆军，巴夏礼的话说得并不过分。巴夏礼见太平军的将领都洗耳恭听，益发来了神，"英王殿下，我给吟唎买的这艘兵舰女王号，是敝国的最新产品，比我们停泊在汉口的爵士号还要好,三十门大炮中有十门六十八磅重炮,十门三十二磅中炮,十门十八磅小炮,全是世界上最优良的火炮。这三十门火炮安放在女王号上,今后可以雄霸长江,将湘勇水师打得落花流水。"

陈玉成想起因水路断绝,围困在安庆城内的万余名将士,周国贤想起惨死在白人虎刀下的二哥,心里都在盘算:倘若将这艘女王号买过来,安庆之围可解,仇可报,岂不太好了!陈玉成心里还有一个想法,他的前军和李秀成的后军,陆战实力不相上下,若女王号落于李秀成的手中,那后军的水师就绝对强过前军;相反,若在他的手里,前军的力量也就远远超过后军了。得想办法从巴夏礼手中要来女王号!

"请问参赞大人,买女王号花了多少钱?"陈玉成问。

"连运费在内,共用去七十万两白银。"

这是一笔庞大的数目,陈玉成目前无力支付。

"呤唎付钱给你了吗?"周国贤问。

"呤唎哪有这多钱!"巴夏礼微笑道,"再说,女王号尚在我的手里,要等呤唎收到后,由忠王殿下支付。"

中国最富庶的苏、常一带,这几个月来已成为李秀成的地盘,这一点引起许多高级将领的不满,陈玉成对此亦有意见。正因为有苏福省,李秀成才可以一次拿出七十万两银子来,而陈玉成却不可能,他心里更不痛快。武汉三镇的银子也不少!想到这里,陈玉成热情地对巴夏礼说:"参赞大人,认识你很荣幸。既然呤唎还没付钱,这女王号就卖给我们吧!七十万两白银,我一两也不少,如何?"

巴夏礼见陈玉成已上钩,心中暗喜,嘴上却说:"我们英国人最讲信用,女王号是为忠王买的,现在又转给英王殿下,怕不合适吧!"

"忠王、英王同是天国的王爷,给忠王、给英王都是一个样。"周国贤说。

"是倒是一样。"巴夏礼略作思考后说,"好吧,我现在也急需银子办事,如果英王殿下一次能拿出七十万两银子,就把女王号从上海开过来吧!"

陈玉成见巴夏礼松了口,心里高兴,说:"七十万两银子,我一时拿不出,但不出半月我就可以给你。"

"请问,为何半个月后又拿得出了?"

"我军即将攻打武昌、汉口，待武汉三镇克复后，七十万两银子应不成问题。"陈玉成以充满着必胜的口气说。

"什么？"巴夏礼故作惊讶，"贵国要打汉口、武昌？"

"是的，敝军明天即将溯江西上，武昌、汉口指日可下。"

"那我的女王号不能让给殿下。"巴夏礼断然地否定了刚才的许诺。

"为何？"陈玉成对巴夏礼瞬间的改变不可理解。

"殿下有所不知，汉口有大英帝国的租界，有数百名女王的子民，我作为女王陛下政府派出的外交参赞，有义务保护大英帝国在华的一切利益。"巴夏礼的口气，俨然是外交桌上的谈判。

"请参赞放心，我们不会伤害贵国的租界和人民。"陈玉成也以天国全权代表的身份，郑重其事地宣布。

"那是不可能的。"巴夏礼的态度强硬起来，"敝国在汉口的租界已与整个武汉三镇紧密相连。武汉三镇一旦受损，敝国租界的利益就不能不受到损害。因此，女王号不能转让给殿下。"

陈玉成颇为恼火，想不到在自己国家内的军事行动，居然会受到洋人的掣肘。见陈玉成在犹豫，巴夏礼得寸进尺："殿下，女王指示我们，不干涉贵国内政，但要保护我国在华的利益。爵士号现正停在鹦鹉洲畔，倘若大英帝国的租界和子民受到损害，爵士号会坚决地履行它的神圣职责！"

一副强盗的嘴脸！陈玉成在心里喊道。依照他的倔强个性，非要怒斥巴夏礼一顿不可，但他冷静地想着：进攻武昌，女王号得不到，还要遭到爵士号的炮击，最好能通过外交途径，使英国不干涉这场军事活动。他见康禄满脸愤怒，正要发言，忙用眼色制止了，严正地对巴夏礼说："参赞大人，我们同拜上帝，都是上帝的子女，是亲兄弟。我军打武昌、汉口，是为了消灭清妖，为上帝光复中国。你们阻挡我们的行动，无异在拯救清妖！"

巴夏礼见陈玉成态度坚决，便换成和缓的口气说："殿下，对你们的事业，虽然女王指示我们保持中立，但我个人是完全支持你们的。为了我们的友谊，也为了大英帝国，我现在提出一个折中的办法，你们看怎样？"

"参赞大人请讲。"陈玉成忙抓住时机。

"贵军暂时不要打武汉，待我回到汉口，与敝国领事相商，将租界和子民做出妥善安排后再说。为答谢贵军的情意，我愿将女王号以半价转让给殿下。殿下以为如何？"巴夏礼侧过脸望着陈玉成，殷切地等待着他的答复。

打武昌，是在天王面前制定的重大决策，能因英国的态度而改变吗？但打武昌是为了解安庆之围，倘若此时以三十五万两银子得一女王号，凭借女王号的威力冲垮湘妖水师对安庆水路的围困，不同样也可以解安庆之围吗？只要能解安庆之围，手法可以灵活多样。这点，想必天王、干王都可以理解。至于三十五万两银子，则不需要从武汉获取，四处凑凑，不会有多大的问题。英王拿定了主意。

"参赞大人，我军可以暂不攻打武昌，但女王号一定要在下个月送达我军，船价三十五万两银子。"

"爽快！"巴夏礼以弥天大谎圆满地达到了他的目的。他兴奋异常地起身告辞，临行又送给陈玉成一个虚伪称颂和空头许诺："清廷的官吏们个个滑溜溜、圆滚滚的，与他们打交道，令人头痛。英王殿下如此痛快干脆，果然是真正打江山的英雄。就这样说定了，三十五万两银子，下月十五日天京下关码头交货！"

五　左宗棠宴客退敌

陈玉成夜袭黄州府的时候，李秀成正在江西与左宗棠鏖战。

李秀成率领一万五千人马从天京出发，沿着长江南岸，经过当涂、芜湖、繁昌、青阳一路顺利地到达江西境内。左宗棠此时正统率楚军驻守在景德镇。他并不知道李秀成此行的目的在攻取武昌，进军江西只是借道。他推测李秀成的军事行动，其目的在以扰乱江西来解安庆之围。左宗棠筹建楚军所依畀的大将，正是王錱的两个弟弟王开琳、王开化。王氏兄弟对大哥在曾国藩那里所受到的冷遇深为不满，早就倾慕与大哥性格相近的左宗棠，遂全心全意为左宗棠尽忠竭力。筹建不久的楚军这几个月在江西接连打了几个胜仗，左宗棠对这支军队能建大功充满着信心，决心将李秀成这支人马全歼于赣北，让普天之下都知道楚军的厉害。

这时正是寒冬季节，雨雪霏霏，长途跋涉的太平军将士又冷又疲，亟待略事休整，并补足粮草。当部队来到离石门镇只有三十里远的时候，李秀成的养子、二十岁的先锋李容发说："父王，弟兄们的衣服都淋湿了，得病的不少，军中粮食也不多了，石门是赣皖交界的大镇，我们何不鼓励大家拿下石门，进城休息几天，备足粮草，再向武昌进军。"

四周的官兵一听李容发这话，无不欣然赞同，慕天侯谭绍光也说："容发说得有道理，王爷下令吧，打下了石门，不仅对弟兄们大有好处，传到天京，对天王陛下也是一个鼓舞。"

因为这次军事行动，目的在于围武昌解安庆之围，所以一路来李秀成很少攻城略地，以免耽搁时间，损失实力。部队进入江西境内后，他知道左宗棠的楚军也在江西，更不想与楚军正面交锋。不过，粮草不多了，生病的却多起来的事实，作为全军的统帅，李秀成看在眼里，也不能置之不顾。他思考良久，对李容发、谭绍光说："暂时不走了，这两天就在这里住下，休整休整，派几个侦探出去探明情况。探听石门镇内的兵力，弄清楚守城的是左宗棠的楚军，还是江西的绿营，再到景德镇去摸清左宗棠的实力。"

当晚，去石门的侦探回报，驻守在石门的不是楚军，而是巡抚兼提督管辖的绿营，为首的是参将全克刚，手下有两千兵，城内粮草丰富，知大兵压境，正在全力防守。第二天，去景德镇的五个侦探，回来二人报告：左宗棠的楚军五千人，目前全部在景德镇城内，没有出城的动向。李秀成得知后，定下攻城的决心，并要求速战速决。

次日，雨雪停止了，太平军饱餐一顿后，由李秀成亲自率领，向石门发动猛攻。李秀成采用的是太平军的惯常战术，数千面战旗遍地挥舞，几百面锣鼓同时敲响，伴随着枪炮声、呐喊声，气势十分雄伟，场面甚为壮观。

全克刚登上城头，眼见太平军如此浩大凌厉的攻势，吓得心惊肉跳，一面布置死守，一面飞马向景德镇告急，请左宗棠派兵救援。

左宗棠正要寻找机会与李秀成决战，一展楚军威风，得知这一危急情况后，立即派王开琳、王开化率领驻在景德镇的全部五千楚军，兼程向石门奔去。幕僚杨昌浚提醒道："季帅，楚军倾城而出，倘若李逆乘虚转攻景德镇，将如何是好？"

"不要紧。"左宗棠胸有成竹地说，"李秀成目前正全力攻打石门，不可能分兵；再说，他如何知道景德镇的兵力全部出动了！"

"尽管如此，还是要做些布置，迷惑长毛为好。"杨昌浚对守空城总有点不放心。

"好吧，你就去传达我的命令：城墙上遍插旌旗刀矛，留城的三百老弱病残，只要能走得动的，都上城头，披挂整齐，日夜巡逻。"

王开琳兄弟率领五千楚军出城的第二天，留在景德镇城内的三个太平军侦探，便把城里的一切都探听得清楚了。他们暗自高兴，立即派出一个人，将这一重要军情告诉李秀成，并建议分兵攻打景德镇。李秀成接到谍报后喜出望外，命李容发带三千人间道奔赴景德镇。

江西的景德镇与河南的朱仙镇、湖北的汉口镇、广东的佛山镇，并称为全国四大镇，乃有名的繁华富庶之城，这里所烧制的各种精美瓷器，从明代起便享誉海内外。李容发受命后欢喜雀跃，当即点起本部三千人马，就要开拔。看着养子稚嫩的面孔，李秀成忽然有点不放心。他郑重叮嘱道："左宗棠老奸巨猾，诡计多端，你到景德镇城下后，要实地仔细观察，千万不可莽撞行事。"

李容发点头记住了。

当李容发率部来到离景德镇五十里外的两路口时，城内已得知这一意外的军情，杨昌浚急得团团转，口里不停地念道："这如何是好！调兵都来不及了。"

左宗棠心里也很着急，表面上却仍镇定如常。他端坐在椅子上，一边摸着胖胖的下巴，一边紧张地思考对策：敌军距城只有五十里了，一个半时辰就可以来到城下，城内的三百病残绝对不能守卫，调兵来救已不可能，弃城逃跑则更是不可为的事。怎么办呢？一旁的杨昌浚又开腔了："看来城里一定藏有李逆的细作，不然，何以王开琳他们一走，李逆便派人来打景德镇呢？何况派的是他年纪轻轻的养子，带的只有三千人，这不明明欺负我们是一座空城吗？"

空城！今亮立刻想起古亮唱的那一曲千古传颂的空城计。不过，人们都说，空城计是绝唱，只能唱一次，不能唱第二次。左宗棠想到这里，不免沮丧起来。但是，难道就这样束手待擒吗？再是绝唱，事到这等地步，也只得重唱一次了。只要不照搬古人的故事，出点新意，眼前这个二十岁的娃娃将领是有可能被蒙骗过去的。既然他的细作可以传出城内的军事力量，那么也一定会将我的戏文传出去。左宗棠打定了主意。他一面火速派人传令王开琳，立即带领三千人星夜回景德镇救援，一面在城内唱起他的空城计来。

一时间，景德镇城内沸沸扬扬，都说王开琳率部在石门城外马到成功，大败长毛，活捉了李秀成。楚军总部衙门张灯结彩，放起鞭炮，厨房里传出阵阵浓烈的酒肉香味。一会儿，城内文武官员、各大商号老板以及社会名流，纷纷骑马坐轿，穿戴一新，来到总部衙门。左宗棠穿起四品朝服，在大门外笑容满面地迎接各方宾客。客人们热情地祝贺楚军在石门城外的大捷，有的阔老板还赶制了题着颂辞的横匾。左宗棠喜气洋洋地接受大家的颂扬。衙门花厅里，二十桌酒席同时摆开。主人向来宾报告了战况，再次证实已将长毛忠王李秀成活捉，现正由楚军分统王开琳押送，行走在返回景德镇的大道上。一到城里，便将在十字街口示众三日，然后押到京师，向皇上献俘。

住在景德镇里的浮梁县丞虎中良代表地方各界向左宗棠致谢致敬，并当场将一柄特大黄绫万民伞，由一个大汉举着，送给楚军统帅。左宗棠毫不谦让地接过。

与衙门酒席相照应的是全城四门洞开，守门的兵勇也杯盘相碰，开怀畅饮，全然不知道李容发的三千大军正在向这里压过来。

这些情况，都被留在城里的两个太平军侦探一一看在眼里。他们先是惊讶，继而略表怀疑，最后，当亲眼看到左宗棠和各方来宾酣然醉倒在花厅时，他们不得不完全相信了。城内不可久待，估计攻打景德镇的人马正在半路中，两个侦探遂急忙溜出城门，向西北方向奔去。

刚出城外二十里，就碰到了李容发。侦探把在景德镇城内听到的消息告诉了他。

"真有这事？"李容发听后大吃一惊。他瞪起虎眼望着两个侦探，不能相信这是真的。

"少将军，一点不假。左宗棠摆了二十桌酒席庆贺，我们混进了宴会厅，亲耳听到左妖头对着客人宣布，说忠王已被他们捉住了，正在向景德镇押来。"两个侦探毫不含糊地肯定。

摆酒庆贺？看来父王真的被清妖捉了。年轻的先锋不觉怒火冲天。李容发本是一个广西永安城外道旁行乞的孤儿。那年他才十岁，父母双双病饿死去。小容发无兄无弟。一天，偶尔见从永安城里冲出的太平军中，有许多和他年龄相差不多的小孩，便恳求投靠太平军。他恰好找到了李秀成。李秀成见他生得端正伶俐，便收留他在童子军里。容发聪明勇敢，三年后就成为童子军的头领。李秀成在太平军中的地位也逐渐升高。他生有三个女儿，却没有一个儿子。一次，李秀成来到童子军视察，见小容发英姿挺拔，在众多的童子军中出类拔萃，心里高兴，摸着他的头，感慨地说："我能有一个你这样的儿子就好了。"

机灵的容发一听，马上双膝跪在李秀成的面前，恳切地说："若将军不嫌，我愿做将军的儿子。"

李秀成大喜，况且容发也姓李，姓都不要改，于是笑着对他说："你真是天父赐给我的好儿子。"

从此，李容发便来到李秀成的身边。在李秀成的亲自指点下，他进步更快，不久便成为太平军中一名出色的年轻将领。去年又升为总制，已能独当一面，与清军打仗了。李容发与养父感情深厚，对养父极为敬重爱戴。他毕竟年轻，阅历不多，当时一听到这个不幸的消息，义愤填膺，也没来得及多想，立即下令，全军掉头往回走。他心急火燎，拍马奔跑在最前头，恨不得立即碰上王开琳，杀他个片甲不留，从清妖手中救出父王。

当李容发率部折回石门的消息传到楚军总部时，左宗棠立即下令关闭城门。他心中毕竟不踏实，再次派出快骑通知王开琳，不管战事进展如何，都要尽快赶回。又下令城内十五岁以上、五十岁以下的男子都拿起棍棒上城楼。到了傍晚，城外的斥候慌慌张张地进城禀报：长毛李容发又杀回来了！

左宗棠一听不觉跌足叫苦："看来这空城计的确只能唱一次！"

原来，李容发走到半路，突然记起父王的教导："左宗棠老奸巨猾，诡计多端。"他虽然没有读过书，也听人说起过诸葛亮用空城计退兵的故事。心里想：莫非上了这个老妖头的当！

李容发叫过身边的一个两司马，悄悄地吩咐他几句。那个两司马立即拨转马头，向景德镇飞奔。将近一个时辰后，两司马追上了队伍，向李容发报告："景德镇四门紧闭，城头走动着手拿棍棒、面色恐慌的百姓。"李容发咬牙切齿地骂道："这个千刀万剐的老妖头，果然中了他的奸计。弟兄们，再杀回去！"

楚军总部衙门里再度出现惊恐。左宗棠看着天色渐渐黑起来，心中有了底。他按剑厉声喝道："大家都不要慌乱！现在的形势是我为主，长毛为客，天色已经黑了。黑夜作战，为主一方占八成优势；更何况景德镇城墙高厚，城楼上有的是火药炮子。凭借着有利的天时地利，我一人可敌长毛十人。即刻传我的命令：三百名伤病楚军中选出一百名来，一律充当炮手；上城楼的百姓，独子的回家，父子兄弟同在的留一人，听候调派，搬运大炮火药。长毛放炮放枪，一律不予理睬；若架梯攻城，则以炮子抵挡。只要坚持两三个时辰，王分统就会率军赶回。勇敢杀贼的，本帅有重赏；若有临阵脱逃、动摇军心者，立斩不赦！"

下达命令后，左宗棠亲自披挂上城墙指挥。主帅的气概，给城内的人心起了很大的安定作用，城墙上的防守队伍很快地组织起来。城外的李容发见黑夜之中城楼上号令严肃，整齐不乱，又见城墙厚实，不敢贸然进攻，只是命令不断地向城楼射箭放炮，吩咐各旅各师绑扎云梯，做好攻城准备，只等天一亮，便发动猛攻，务必拿下景德镇，活捉左宗棠，以洗误中诡计之羞！

城内城外就这样对峙着。时正隆冬，天亮得晚。待到辰初时分，天色才渐渐放明。正当李容发准备吹号攻城的时候，却不料王开琳率部急匆匆地赶来了。城楼上，左宗棠见救兵已到，心上的一块千斤重石骤然落地，忙下令向城下发射炮子，又亲自擂起战鼓。一时金鼓齐鸣，炮火喧天，楚军前后夹攻，李容发的阵脚大乱起来。激战半个时辰，眼看不能取胜，遂率部冲出王开琳的包围，向石门镇奔去。王开琳也不追赶，收兵进城。

当李容发来到石门时，李秀成早趁着王开琳撤军的大好时机，一举攻下了石门镇，全克刚仓皇逃命。虽未抓住左宗棠，但这次军事行动已圆满达到目的，李秀成没有谴责养子。太平军把石门镇内的粮食全部带上，次日傍晚便全军撤出，按着既定的目标，沿长江继续向西挺进。

六　荒郊古寺遇逸才

李秀成的部队来到武宁时，得知陈玉成从黄州府撤兵的消息。千里围武昌的用兵计划，他本来就是勉强接受的，现在北岸已撤兵，他正好借口不执行了，遂立即停止前进。他在武宁、通山、崇阳一带招募三十万流亡饥民，率部东归。围魏救赵的用兵计划，就这样流产了。一个月后，陈玉成才知道上了大当，但后悔已晚。

转眼到了七月，秋风又起，曾国荃围安庆，已经一年零三个月了。曾国藩不放心，带着康福等人亲到安庆城外视察。从东流到安庆，只有一百多里水路，午后便到了南门码头。国荃、贞干事先都不知大哥的行动，未到江边迎接，曾国藩一行作普通人打扮，悄悄地上岸，沿着外壕查看。

城内城外都很安静。但见壕沟宽深，满插竹签，两道壕沟之间，营房相连，炮台林立，时见搬运弹药、拭刀擦枪的湘勇，间或也可见集合操练的哨队。曾国藩心里默默称赞。快到西门地段，酒店饭铺开始多起来，进进出出的大多数是醉得歪歪斜斜的湘勇官兵。饭店旁边是一家烟馆。曾国藩从小窗口向里面望：昏黑的屋子里，四处闪着暗淡的火光，土砖垒起的炕上，摊尸一样横七竖八地躺着几个烟客，旁边堆着解下的上衣佩刀。无疑是军营里的人！曾国藩一阵恶心。刚转过脸，又见对面一座破烂的茅房前，站着三个抹粉擦脂的年轻女子，正笑着向他招手。曾国藩气得转身便走，不小心与前面过来的人撞了个满怀。

"瞎了眼的糟老头，你是去赶杀场呀！"

曾国藩抬头一看，前面站着一个酒气熏天的汉子，正对着他口出恶言。那人右手挽着一个年轻女子，左手提着一个酒葫芦，曾国藩分不清他是湘勇还是百姓。康福抢上前，指着那人训道："无法无天的浑蛋，你骂谁来！"

"老子宰了你！"那人甩开身边的女子，从腰里唰地抽出一把刀来。曾国藩看见这正是一把刻着"殄灭丑类，尽忠王事。涤生曾国藩赠"的腰刀。他不禁叫了一声"惭愧"，慌忙把康福拉开了。

咸丰四年曾国藩首次颁赠的刻字腰刀，深受湘勇将官的爱重，后来他又亲手颁赠了两次。凡得到腰刀者，一律被湘勇视为英雄。以后，湘勇人员大大扩展，曾国藩无法一个个颁赠，便统一打造，由各军统领代为赠送，初时控制很严，日久慢慢地松了。这腰刀尤以吉字营领得多，发得滥。

曾国藩无心再巡视了，叫康福进壕通报。曾国荃一听，忙带着弟弟和一批营官亲来迎接。曾国藩见两个弟弟风尘仆仆，营官们也都满面风霜，遂不忍心指责，在接风宴上，对吉字营贞字营大大地做了一番夸奖慰勉。晚上，在卧室里，他严肃地对两个弟弟说："过去，我教你们作文写字，都强调一个'气'字。文求气昌，字求气贯。文气不昌，虽道理充分，其文不足称；字气不贯，虽笔笔有法，其字不足观。带兵亦然。军营中最重一个'气'字。做统领者，应时时在军中培植新气、勇气，涤除暮气、惰气。打仗为极苦极烈之事，哀戚之意如临亲丧，肃敬之心如承大祭，方为军中气象。故军中不能有欢欣之象，更不能有桑中之喜，骄浮淫乐，必招大败。昔田单之在即墨，将军有死之心，士卒无生之气，此所以破燕复齐。及攻打狄时，黄金横带，前呼后拥，士卒有生之乐，无死之心，鲁仲连策其必不胜。围安庆一年多进展不大，其原因即在军中气不正。明日即严令前壕外一切酒楼烟馆妓院统统撤除，官勇一律在壕沟内训练，有未经允许私出外壕者，斩不赦！"

国荃、贞干谨遵大哥之命。几天后，军营气象果然大大改观。

这天，曾国藩仍着便服，带上康福，到前壕外再去亲自查看一番。一路上，原先的烟馆酒楼妓院都已关了门，过去人烟稠密之处，现在明显地萧条了，所见到的湘勇，都是带着火夫采买油盐菜蔬的什长哨官，不再是嫖客醉鬼了。曾国藩颇为满意。既然知错能改，且雷厉风行，看来两弟值得造就。一时喜欢，见前面山林荫翳，小溪长流，不觉生出一股游兴来。他对康福说："久闻安庆山水好，我们到前面去看看吧！"

康福陪着曾国藩向山林走去。果然林木青翠，溪水晶亮，真可去污涤浊、陶情冶性。山水虽好，人事却令人气沮。本是水稻收割的季节，眼前却是稻稀草密，田野荒芜，走了两三里路，除见到几个老头瘦妇在有气无力地捋谷外，田里不见一个壮年人。"打仗真是件作孽的事！"曾国藩轻轻地自言自语。

山嘴背后是一个山坳，康福眼尖，指着远处说："曾大人，前面大柏树下有个小屋子，我们到那里去坐坐，讨碗水喝吧！"

二人走近一看，原来是一座小小的寺庙，庙门上方横写着三个字：弘毅寺。

曾国藩笑着说："从没有见过这样的寺名。"

"这怕是用的曾子的话：士不可以不弘毅，任重而道远。"康福猜测。

"和尚不识字，请读书人取寺名。读书人不懂佛经，只懂孔孟，就从《论语》中选了这两个字，造成了这个儒释结合的庙名。你说是这样吗？"曾国藩问。

"我想也可能是一个受了挫折的有志之士，曾在这里隐居过，为激励自己，干脆将原庙名改为这个名字。反正这里偏僻，没有几个人来，也不怕遭别人的谴责。"康福提出他的见解。

"你说的也有道理，这是桩解不开的公案。"曾国藩边说边进了庙门。

这个寺庙真的小，小到就一间一丈见方的屋子。正面供着一尊尺把高的小菩萨，菩萨面前有个石香炉，里面插着几支残香。左边一张床，床上整整齐齐叠着几排书，壁上挂一把剑鞘，真个是三尺宝剑半床书。右边一张书案，一条凳子，书桌上摆着笔墨纸砚，正中有一页写满字的宣纸，一个朱红玛瑙雄狮镇纸压在上面，显得格外引人注目。书案前方墙壁上挂一副对联："把酒时看剑，焚香夜读书。"

"好，写得好！"曾国藩称赞，笑着对康福说，"还是你说得对，现在这里就住着一位隐士。"

"这个隐士到哪里去了呢？"康福四处张望，指着小菩萨旁边说，"大人，这里还有一道门。"

门虚掩着，一推便开。门外是一块四方土坪，一个人正背对着他们，在土坪上舞剑。那剑舞得真好！进如闪电，退若飘风，上下左右飞动起来，划出一个耀眼的银盘，如同中秋明月落到人间。

"好剑！"惺惺惜惺惺，康福看得呆了，脱口称赞。

"谁？"那人急忙收起剑，回过头问。

曾国藩这下看清了，舞剑的人三十余岁年纪，面白无须，身材适中，正如联语中所写的，是一个喜欢舞剑的读书人，不是江湖上的拳师侠客。曾国藩最不喜欢那些走江湖的剑侠。在祁门时，有一人前来投奔，自称皖省名侠许荫秋。武艺的确很好，但曾国藩不收留。幕僚问他何故。他说这种剑侠大多无赖流氓，邪多正少，不遵法度，留之则坏军纪。名侠尚且不留，此后再无侠客一类的人来投奔了。

"我们是两个过路的客人，想到这里讨碗水喝。刚才多多冒犯，请足下海涵。"康福答话。

"啊，是两位客官，请屋里坐！"那人豪爽大度地将曾国藩、康福让进屋里坐，一边倒茶，一边问，"听口音，客官不像是本地人？"

"我们是湖南人，听说安庆正在打大仗，特地来看看。"曾国藩暗思此人必非等闲之辈，有意向他透露点身份。

"客官胆子也太大了，打仗杀人的地方，有什么好看的。"那人笑着说。

"足下一人在战场边的荒郊古寺里读书用功，胆子岂不比我们更大。"康福插话，眼里流露出敬佩的神采。

"实不相瞒，我在这里等着见一个人，三个月了，一直无机缘。"那人说话坦率。

"足下想见谁？"曾国藩好奇地问。

"湘勇吉字营统帅曾九爷曾国荃。"

曾国藩和康福心里同时一怔，互相对望了一眼，康福正要答话，曾国藩先开口了：

"足下为何要见曾九爷？"

"想告诉他破安庆之法。"那人毫不隐瞒。

"你为什么不去找他呢？"康福奇怪地问。

"咸丰八年，我曾经亲自闯进曾九爷的哥哥六爷曾国华的帐中，告诉他不要打三河，转攻庐江。曾六爷不听我的话，结果弄得全军覆没。后来我总结出了教训，这些带兵的主帅大概看不起毛遂自荐的人。我这次改变做法，长期住在这里，我想总有一个得见的机会。"

这人的话勾起了曾国藩的记忆，那夜温甫不是说过这事吗？

"足下是江苏阳湖人？"曾国藩两目灼灼发光，注视着对方。

"是的。在下正是阳湖人。"那人惊奇起来。

"足下大名叫作赵烈文？"曾国藩进一步追问。

"正是！客官何以知道？"那人越发惊奇起来，也盯着曾国藩。

"赵先生，我与你神交已久了，不想今日在此相遇，真是天幸！"曾国藩激动地站起来，走到赵烈文的身边。

"客官你是？"赵烈文也站起来，拉着曾国藩的手。

"赵先生，他就是六爷九爷的大哥曾大人。"康福介绍。

"曾大人！"赵烈文纳头便拜，"大人万安，小人有眼不识泰山。"

"快起来，快起来！"曾国藩扶起赵烈文，"请赵先生收拾书剑，我们一起到九爷军营里叙话。"

听说来者正是那年阻止攻三河的赵烈文，国荃、贞干都另眼相看。吃完饭后，曾氏三兄弟向赵烈文请教破安庆之策。赵烈文从从容容地说："长毛守城，有句老话，叫作守险不守陴。就是说，精兵良将都放在城外的险要之处，城内的反而是老弱病残。破安庆，就要从这里下手。安庆的险要首在北门外的集贤关。破了集贤关，安庆城一半到了手。次在菱湖石垒，菱湖石垒一下，安庆就是一座孤城。不出十天半月，即使外面不攻，内乱亦必自起。"

曾国荃插话："集贤关我们打过几次，石垒坚固，更兼刘玱林凶猛异常，这块硬骨头不好啃。"

赵烈文微笑着说："集贤关硬攻不能奏效，要采取另一种办法。"

"惠甫先生，你若帮我们破了集贤关，家兄一定重重保荐你。"曾贞干说。那夜，他亲耳听见六哥说过赵烈文。在他的心目中，此人是个奇人。

"保荐不敢。"赵烈文谦虚了一句，继续说下去，"集贤关的五千人，的确是安庆守兵的精锐，刘玱林也可谓长毛中的名将，但刘玱林的副手程学启和他的一班子兄弟，却有空子可钻。"

"程学启是个什么人？"曾国藩问。

"破集贤关就在此人身上。"赵烈文这句话，将曾氏兄弟的情绪大为提高了。"在下这几年在安徽，对此人颇有所了解。他是桐城人，咸丰五年在本省投的长毛。"

"程学启家里还有些什么人？"曾国荃问。他心里突然冒出一个主意：将程学启的家人抓起来，以此来要挟。

"程家启家里没有人了，他从小父母双亡。"

"啊！"曾国荃很失望。

"父母死后，程学启靠乞讨糊口，在下九流中长大，混得了一身好武艺，在桐城县里称王称霸，为非作歹，从县衙门到老百姓，个个都怕他。县太爷明里奈何他不了，便使了一个暗法子，用钱买通了庐江城里几个无赖。咸丰五年三月的一天，程学启过二十六岁生日，那几个无赖接他到庐江喝酒。喝到半夜，程学启酩酊大醉，无赖们将他的手脚死死捆紧，扛到江边，对着他的胸口刺了几刀，登时血流满地。无赖们见他已死，便一走了之。第二天凌晨，庐江城郊一个姓穆的老太婆到江边洗衣服，见一个全身是血的大汉在呻吟。穆老太婆吓了一跳，立即回家叫来儿子穆老三。穆老三把程学启背到家中，一进屋，他又昏死过去了。穆老太婆给他抹去血，洗净伤口，穆老三又拣了草药替他敷上。程学启醒过来，想起昨夜的事，万分感激穆家母子的救命之恩，当即认穆老太婆为干娘，与穆老三拜了把子。一个月后，程学启复了原,他知道自己的仇人太多,混不下去,于是干脆投了长毛。程学启有本事,打仗不怕死,很受陈玉成赏识,年年升官,现在已是监军了。程学启在贼中得了势,当年一班痞子弟兄都来投奔他,这些人大部分也当了官。程学启对任何人都不讲情义,唯独对穆家母子的恩德不忘。这些年给了穆家不少银子,但穆家不承认,可能是怕惹祸。"

曾国藩说:"程学启能知报答穆家的恩,可见良心尚未完全泯灭。"

赵烈文说:"正是大人这话。我想如果能够买通程学启,要他在内部发难,外面再配合,集贤关就可以破了。"

曾氏兄弟都认为这条路子值得一试,于是请赵烈文先去庐江找到穆老三,打听程学启最近的情况。

几天后,赵烈文从庐江返回,禀报曾国藩、曾国荃:据穆老三讲,程学启近来心思颇不安定,叶芸来、张朝爵、刘玱林等人都是两广老兄弟,对他始终不能以心相待,监军当了一年多未得提拔,心中不满,又对安庆能否守住有怀疑。曾国藩听后大喜道:"此人可用。"

三人一起细细商讨了半夜。

次日晚上,曾国荃带着彭毓橘、李臣典和赵烈文一起到了庐江城。经过一番威胁利诱,穆家母子终于就范。穆老三利用程学启给他的令箭,畅通无阻地进了集贤关外的第四个石垒,拜见义兄。

"程哥。"穆老三哭丧着脸说,"娘病势沉重,怕只有一两天日子了,老人家一天到晚念叨着你,想临终前见你一面。"

程学启说:"干娘恩德深重,论情理我应该去送终,但战事紧急,我离不开。这样吧,你拿两百两银子去,把干娘的丧事办得风光点。"

说罢,立即要亲兵去取银子。穆老三急了,说:"程哥,银子倒不在乎,你平日送的,我们都存在那里,娘是想见你一面。你无论如何都要去一下,骑马去,后天就可以赶回来了。"

程学启想了一下,说:"好吧,我这就去一趟。"

清早,两人骑两匹快马出发,安庆离庐江只有二百五十里,黄昏时便到了。穆老三将程学启带到老母的卧室。程学启推门一看,不见干娘,心中生了疑。正要发问,彭毓橘、李臣典手执大刀冲了进来。程学启情知不妙,忙向腰间拔剑,彭毓橘早已把剑抽走了。程学启愤怒地问:"你们是什么人?"

又转过脸去责问穆老三，"老三，这是怎么回事？"

这时，曾国荃身着正四品道员朝服从门外迈进。程学启惊问："你是何人？"

曾国荃哈哈笑道："程将军，久仰了！"

穆老三忙说："程哥，这位便是湘勇吉字营统帅曾九爷。"

程学启又惊又惧，转身就要出门，穆老三一把抓住："程哥，曾九爷特来见你，有要事相商。"

程学启见门已关，料想走不脱，只得站着不动。

"坐下，坐下好说话。"曾国荃脸型五官全像大哥，唯独两只眼睛细长，一笑起来，就成了两根线。程学启极不情愿地坐下，心像鼓槌样跳个不停，见曾国荃并无恶意，才慢慢平静下来。

"久闻程将军艺高胆大，恩怨分明，是个真正的大丈夫，只是出于不得已才屈身事贼，家兄和我深为程将军惋惜。"

程学启仍在莫名其妙中，不知这个死对头要干什么。

"程将军，你堂堂一条汉子，何必要顶个贼名呢？"见程学启不开口，曾国荃继续说，"家兄久慕程将军大名，特要我用此法将将军请来，想你不会怪罪。王师围安庆一年多了，各路援兵正源源而来，陈玉成的人马被陷在挂车河以北，不得南下一步，李秀成的南路已退回苏南，安庆不日即将攻克。闻程将军在长毛中备受两广老贼的欺侮，甚不得志，何不反戈一击，弃暗投明呢？"

曾国荃盯着程学启，眼中那股凶杀之气与大哥一模一样。程学启心中又紧张起来，暗思：原来是要我投归朝廷，看来今日不答应是出不了门，好汉不吃眼前亏，不如假意应承下来。

"曾九爷，今日能在干娘家里见识你，真是幸会。我也早闻曾九爷是个英雄，果然名不虚传。我投长毛，的确也是万不得已。我的祖父，也是桐城县里有点名气的秀才。我常想：今后死了，还不知在阴间如何见我的祖宗。我早有投奔朝廷之心，只是没有机会。不知曾九爷是要我现在就跟你去呢，还是回去后率人来归？"

曾国荃说："如果程将军真心归顺朝廷的话，朝廷仍会真心相信你，你这次先回去，遇有机会做内应。我们内外进攻，打下集贤关。我今天带来了一套副将官服。"

曾国荃转脸对彭毓橘说："你把它拿出来，给程将军过目。"

当彭毓橘捧出一套簇新的从二品副将官服时，程学启眼睛一亮，尤其是帽子上那颗起花珊瑚顶，令他久看不止。尽管监军的官位也不低，但它究竟比不上朝廷副将的尊贵，程学启的心动了。

"程将军，这套副将官服暂存你干娘这里，待破安庆后，我为将军亲自穿上。"

"愿为九帅效劳！"程学启站起来，向曾国荃鞠了一躬，然后打马直奔安庆。

七　血浸集贤关

当曾国荃将与程学启会见的情形告诉大哥后，曾国藩沉吟片刻，说："程学启的归顺尚不可靠。那家伙是个无赖出身，无信义可言，说不定回去后又会变卦。"

赵烈文说："大人虑及的是，在下还有一计。九帅只管放心猛攻集贤关，我保证程学启会在垒中作乱。"

说罢，轻轻地说出了他的计谋，曾国藩的脸上露出一丝浅浅的微笑。

为再次猛攻集贤关，曾国荃做了充分的准备。他调集大小火炮百余座，抬枪、鸟枪上千杆，火药五万斤，炮子一千箱，集中吉字营精锐八千人，针对着集贤关外、赤岗岭下四座石垒，布置了一个三面合围的火力网。炮火猛轰了三天。尽管长期的饥饿和疲劳，使石垒中的太平军将士体力不支，但大多数人并无二心。他们清楚，摆在面前的只有一条路，即为保卫安庆血战到底，此外没有第二条路可走。尤其是官拜擎天侯的刘玱林，这个从金田村里打出来的硬汉子，从没有在清妖面前有过难色，即使在最困难的时候，他的胸中仍充满着压倒一切的英雄气概。一到夜间，两军炮火暂息之时，他便走出一号石垒，到二号、三号、四号石垒中去吊死问伤，鼓舞士气，指授方略，调配弹药。这天他来到第四垒，见程学启正与几个师帅旅帅在喝酒，便走过去，拍着程学启的肩膀说："好兄弟，哪里弄来的酒？这么香，馋得我口水都流出来了。"

程学启忙斟上一大碗递上,笑道:"侯爷,你也来一碗,这是邹矮子在酒坊里偷来的。只是没有好菜,你用这个将就点下酒吧!"

说着从瓦盆里抓出一个泡得发黑发臭的盐萝卜。刘玱林一口将酒喝完,咬了一口萝卜,说:"弟兄们好好打,把眼前这班清妖打退后,我请大家喝古井贡酒,吃狗肉炖萝卜!"刘玱林顺手将剩下的半截盐萝卜丢到瓦盆里,对程学启说,"把受伤的弟兄们趁黑夜送回城里,再运几千斤火药炮子来。"说完,走出了石垒。

程学启从庐江回到石垒后,一连几夜没睡好觉,既恐惧又兴奋。他对太平军与朝廷两者之间,今后究竟谁胜谁负拿不准。以前他也不多想这些。他觉得这几年过得很快活,吃得好,玩得好,有权有势,风光体面。他想得很简单:拼命打仗,爬上更高的官位。太平军成功了,他一生有享不尽的荣华富贵;打败了,他就寻一个机会逃走,凭着已有的金银财宝,下半辈子也会痛痛快快。万一哪天打死了,死就死,过了这么多年的好日子,死了也划得来。现在居然有这样的好运气,朝廷送官上门,今后脚踏两边船,谁胜都有自己的好日子过。程学启暗自庆幸那天还算机灵,没有拒绝曾国荃。他将这个好消息告诉最为相得的拜把兄弟,把兄弟们都很高兴,他们也想脚踏两边船,图个一辈子舒心。

眼看双方激战了几天,势均力敌,集贤关难以打破,曾国藩对赵烈文说:"看你的第二步棋了。"

这天下午,穆老三正在家里闲坐,两个一胖一瘦的黑汉子走进他的家门。穆老三见两人来得蹊跷,忙站起来赔着笑脸说:"二位有何贵干?"两个汉子紧绷着脸问:"你是穆老三吗?"穆老三点了点头。"实话告诉你,我们是安庆城里的太平军。"穆老三心想,一定是程哥派来的人,于是放下心来,招呼他们坐,一面又去倒茶。

瘦子摆摆手,厉声说:"不要张罗了,我们不是程监军派来的,我们是擎天侯刘玱林的人。"

穆老三刚放下的心又提起来了。"有人告发,说前几天程监军在你家里和清妖曾老九见了面,曾老九还送了一套副将官服,有这事吗?"

穆老三是个未见过世面的人,听了这几句话,脸都吓黑了,心想:这怎么得了，一旦坐实，脑袋不丢了吗？好在副将官服已藏在地下，他们搜不出，心里略安定些，便说："总爷，没有这事，这是别人诬告的。"

胖子说："是不是真的，我们搜后再说。"说着便把穆老三的家翻个底朝天，并不见副将官服。穆老三愈加镇定了："两位总爷，我说没这事吧！"瘦子说："有这事也好，无这事也好，不关我们的事，你陪我们去见擎天侯，当面对他讲清楚。"穆老三害怕了："我家有生病的老母，走不开，你们行行好吧！"胖子恶狠狠地说："什么行好不行好，别啰唆，到擎天侯面前去说话！"两人不由分说地把穆老三推出家门。门外拴着两匹马，瘦子把穆老三拎上马背，自己坐在他的后面，和胖子一起，扬起马鞭，两匹马飞快地向南边跑去。

断黑时，三人来到姜镇。这里距集贤关只有二十里了。瘦子对胖子说："老哥，今夜就在这里舒舒服服睡一觉，明日再进垒吧！"胖子说："行，今夜咱哥俩畅畅快快地喝两盅。"

进了伙铺，拴好马后，两个汉子大吃大喝起来，足足闹了一个时辰，都喝得酩酊大醉，烂泥似的倒在床上，死一般地睡着了。穆老三心里念着："阿弥陀佛！天赐良机，再不逃走就是傻瓜。"他急忙把桌上的残汤剩水吃了两碗，然后蹑手蹑脚地走出旅店，又不敢去牵马，怕马叫起来坏事。往哪里去呢？回庐江，身上无分文，几天的路程如何对付？不如干脆去找程哥，也要告诉他事发了，早作准备。穆老三打定主意，摸黑跑向集贤关。

快要天亮时，穆老三钻进四号石垒，将突然变故告诉了程学启。程学启一听，心里发了毛，想：此事刘玱林既已知道，这里就混不下去了，不如先下手为强。程学启打发穆老三通知曾国荃：明天上午炮响后，四号石垒作内应。

当天夜里，刘玱林像往常一样查看二、三、四号石垒。踏进四号石垒时，正遇见程学启召集他的几十号同伙密商明日内应事。程学启心怀鬼胎地站起来，不自然地倒了一碗酒递上。刘玱林接过酒一饮而尽，拍拍程学启的肩膀说："老弟，我弄来了几瓶好酒，明天打完仗后，到一号垒去，我们喝个痛快。"

程学启心里一惊：莫不是要抓我了？他讪讪地笑了几下，敷衍两句，把刘玱林打发走了。回头对伙计们说："大家都听到了吗？明天再不下手，我们就完了。大家都不要手软，明天狠狠地打，程哥不会亏待你们。"

穆老三的到来，证实赵烈文计策的成功。第二天一清早，曾国荃下令：今天一定要破集贤关，全军将士都得奋勇向前，不许后退；打下集贤关，论功行赏。

吃过早饭，吉字营一万湘勇，抬着火炮、抬枪、鸟枪，跨过外壕，向赤岗岭进逼。曾国荃提着一把大砍刀，杀气腾腾地在后面督战。刘玱林远远地看见湘勇涨潮似的向石垒涌过来，气焰比往日更为嚣张。他对程学启说："你带三垒四垒在后面防两翼，我带一垒二垒在前排挡正面，今日清妖来势凶猛，要多提防。"程学启暗自高兴，满口答应。

刘玱林挥舞红旗，站在一个山坡上亲自指挥。一垒二垒筑在赤岗岭下官马大道两旁，三垒四垒筑在山坡边，防东西方向。刘玱林将一、二两垒三千五百人全部调出垒外，组成强大的火力网，凭借着居高临下的有利地势，给疯狂进攻的湘勇造成了强大的威胁。湘勇在离石垒半里远的地方停下来，列队架炮。只听得一声号响，湘勇火炮、抬枪齐鸣，雨点般的弹子打在赤岗岭的岩石上，溅出星星点点火花，有些较松散的岩石则被打得碎片纷飞。吉字营是湘勇中装备最好的部队，这些火炮全部是从广东运来的洋炮，射程远，威力大，太平军的土炮远不是对手。

刘玱林手中蓝旗一挥，全军卧倒，任湘勇火炮狂轰滥炸不还击。打过一阵后，曾国荃命令击鼓冲锋。万名湘勇吆喝着向前冲去，约摸冲出四五十丈远的时候，刘玱林拿起黑旗一挥，太平军火炮大作，弓箭乱飞，湘勇饮弹中箭，一片接一片倒下。曾国荃气得直跺脚，无可奈何，只得传令收兵。彭毓橘跑过来说："九帅，长毛土炮射程不远，我们可以再推进二十丈。"曾国荃满脸灰尘，气呼呼地说："就依你的！传令所有火炮一律推进二十丈，各营各哨后面紧跟。"

在湘勇向前推进的时候，刘玱林也将部队做了新的部署，命令程学启将第三垒调到正面递补。待第三垒下到山坡时，程学启将第四垒的八百余名太平军唤进石垒。兵士们正感奇怪，只见程学启猛地跳到石垒中间的土台上，高喊："弟兄们，安庆城里粮食已尽，赤岗岭的炮子也快完了，今天官军就要打破集贤关了，要活命的跟着我归顺朝廷。"

程学启的这一举动，把石垒中的兵士们弄蒙了。"妈的，你这反草的妖魔！"话声刚落，一梭铁子飞来，程学启的半边耳朵打得粉碎。"哪个臭婊子养的！"程学启一边捂着耳朵，一边骂。那打枪的兵士正要起身冲出石垒，一道白光闪过，半个肩膀已被削掉了。这时，兵士们才看清，数十个当官的都一齐抽出了刀，恶狠狠地高叫："听程监军的！""有不听话的，刚才这人便是下场！"

原来，这些抽刀的全是程学启的把兄弟。这一垒都是安徽人，流氓地痞占了多数，平日就跟着程学启一个鼻孔出气，今日处于这种情形，哪还有人敢再说个不字，便一齐喊道："听从程监军指挥！"

程学启说："大家把头巾摘下来，绑在左手上，等下官军再进攻时，听我的命令，火炮朝一、二、三垒的人打。打死的人越多，功劳就越大，现在把火炮抬到垒外。"

程学启指挥四垒的人冲出石垒，这时曾国荃指挥湘勇发起了第二次进攻，一阵炮弹枪子后，湘勇又向石垒奔来。刘玱林挥起黑旗，强大的炮子压住了湘勇的推进。曾国荃气得大骂："程学启这个王八羔子，还不动手，看老子以后不剐了他！"回过头来大叫，"把穆老三押过来！"一个亲兵把穆老三推到曾国荃面前。曾国荃的大砍刀架在穆老三的脖子上。穆老三吓得面如死灰，双膝发软，扑通一声跪了下来："九爷饶命，饶命！"

"你这浑蛋王八蛋，程学启为何还不动手？你想耍弄老子？！"

穆老三结结巴巴地说："九爷息怒，程学启他，他亲口说，说的，他在垒中内，内应，请九爷稍，稍等一会。"

就在这时，从前面山坡传来一阵炮响，彭毓橘兴奋地说："九帅你听，这是程学启的炮！"

这的确是程学启从刘玱林背后打出的冷炮。这一阵炮声响过后，太平军躺倒了一大片，大家都惊恐万分，不知出了什么事。刘玱林怒问："是哪里打的炮？"身边亲兵答："侯爷，像是从四垒那边打来的。"刘玱林怒吼："程学启他发疯了，火炮朝自家人打！"话音刚落，又一阵炮子打来，火星在刘玱林脚底溅起。曾国荃狂笑道："弟兄们，长毛内部打起来了，我们冲啊！"

湘勇个个勇气倍增，狂呼乱叫地向石垒冲去。当刘玱林确知程学启已临阵叛变时，气得五脏六腑都要烧出火来，不得已分出一半人来对付背后。

前面湘勇有恃无恐地冲来，后面炮子残酷地射出，可怜四千余名太平军，一个个含恨倒在血泊中。刘玱林坚持着，眼看人都死光了，只得带着身边的一百多名亲兵转过脸来，向关内冲去。谁知程学启指挥着一阵炮子打来，刘玱林晃动了几下，终于倒下了魁梧的躯体。

集贤关四千精锐的覆没和程学启部的叛变，使安庆守军的斗志顿时减去了一大半。就在士气萎靡的时候，彭玉麟奉曾国藩之令，率领所部内湖水师由南门码头上岸，抬着数百条战船奔向菱湖，将船放入湖中，向菱湖十八垒发起猛攻。这一天，天老爷有意给太平军作难，大雨如注，足足下了一个时辰，湖水暴涨，沿湖石垒浸水达两尺多深，火药全被泡在水中，火炮、抬枪都哑了。彭玉麟借着天时，乘集贤关大捷的锐气，血战一日一夜，将菱湖十八垒全部摧毁，巩天侯张潮爵趁乱逃跑了。第二天凌晨，菱湖上漂浮的太平军、湘勇的尸体，几乎遮盖了半个湖面。

随着集贤关、菱湖的丢失，安庆城彻底孤立了。城内人心浮动，天天都有成批人出来向湘勇投降。曾国荃决定七月十五日向安庆发起总攻，曾国藩制止了。他以神秘的口吻对九弟说："王闿运上月来信告诉我，钦天监奏，今年八月初一，日月及水火土木四星俱在张宿五、六、八、九度之内，金星在轸，亦尚在三十度之内，这是日月合璧、五星联珠的非常祥瑞，极为罕见，预示着国家有大喜事出现。国家的第一大喜事，莫过于战胜长毛。眼下与长毛激战的有四大战场：一为德兴阿、冯子材的江宁战场，一为左宗棠的赣北战场，一为袁甲三、胜保的皖北战场，一为安庆战场。除江宁战场外，其他三个战场在最近都可能有突破性的进展，如果谁能恰恰在八月初一这个日子获得大胜，谁就成了上应天心、下服朝野的福将。沅甫，你看如何呢？"

听了大哥这几句话，曾国荃又想起陈广敷那年在荷叶塘的预言，不禁周身血液沸腾，激动地说："大哥，我明白了，我要全军休整几天，七月二十八日沿城墙开挖一百个地洞，三十夜里点火，八月初一准时拿下安庆！"

"好！大哥希望于你的，正是这个安排。国家的气运，曾家的气运，都在此一举。"曾国藩久久地握住九弟的手。半晌，又说，"明天早上我要回东流去了。"

"大哥，安庆已是瓮中之鳖，你不亲眼看我和厚二把这只鳖捉到手吗？"曾国荃不解地问。

"沅甫，大哥离开安庆，正是为了让你顺顺畅畅地在八月初一日那天拿下它。"曾国藩笑着说。

"这是为何？"曾国荃益发不解了。

"以后再告诉你吧！"

望着九弟迷惑的眼神，曾国藩心中不无怅惘。这些年来的战事，只要他身处前线，这场仗最后必定以失败告终。这几乎是屡试不爽。咸丰四年二月，他带兵打岳州，结果被太平军打得逃回长沙。四月打靖港，差点全军覆没，而同时塔齐布等人打湘潭，偏偏十战十胜。咸丰五六年间在江西，凡他参加之仗无不败，凡他不在场的又一定胜利。上次李元度丢了徽州城，他想再试一次，亲带一支人马去收回，三仗三败，结果还是鲍超去办成了。从那一次后，他彻底相信了，要想打胜仗，就不能有他在前线。他之所以急着要离开安庆，正是为助两弟的成功。可惜，这些都不能明说。他只好淡淡一笑，说："八月初一日，我在东流为吉字营、贞字营祈祷，等着你和厚二的捷报！"

第四章　大变之中

一　曾老九要把英王府的财宝运回荷叶塘

八月初一日掌灯时分，曾国藩如期收到安庆攻克的捷报。看来，"日月合璧、五星联珠"的非常祥瑞，的的确确是应在安庆战场上，应在他曾氏家族身上，这不仅预示着长毛的覆灭，更预示着曾家将成为当今天下最为幸运的家族。这一点，马上就会通过皇上的褒奖而昭示天下。想到这里，曾国藩兴奋不已。他立即在灯下给沅甫、贞干写了一封信，向两位老弟恭贺大喜，并告诉他们明天亲来安庆祝贺，两江总督衙门也随即迁到安庆。

第二天早起，东风大作，江面上波涛汹涌，船不能行，曾国藩只得留在东流，草拟报喜折。以往，曾国藩的报捷奏疏，免不了自矜自夸的言辞。复出以后，他牢记陈广敷的指点，按黄老学说处世，尽去矜夸，一味柔退。"兵者不祥之器，非君子之器，不得已而用之，恬淡为上。胜而不美而美之者，是乐杀人。夫乐杀人者，不可以得志于天下矣。""老子这话说得多么深刻，可惜先前理解不深！"曾国藩想。尽管他内心深处为安庆的攻克，为曾氏家族的勃兴而矜喜万分，他的报喜折却极平极淡，绝口不提"日月合璧、五星联珠"一事，也绝口不提曾家三兄弟的谋划战功，而把一切成绩都堆在胡林翼的头上："前后布置规模，谋剿援贼，皆胡林翼所定。"一来谦让，二来也借此报答胡林翼这几年对他的好处。写好后，他还觉得把这事提高了。想起鲍超前几天打了一个大胜仗，于是干脆改作为鲍超报捷，把攻克安庆之事的文字尽量压缩，降为附片。

大风刮了三日三夜，到了第五天早上，长江风平浪静，曾国藩带着一班文武幕僚乘船东下。下水船行得快，不到两个时辰便到了安庆南门码头。曾国荃、曾贞干、鲍超、多隆阿，还有韦俊等，早已在码头上等候了。大捷之后重逢，大家都格外高兴。

"雪琴呢？"曾国藩发现欢迎的人群中缺了立了大功的彭玉麟。

"他到池州府去了，过几天就来。"国荃答。

寒暄之后，曾国藩准备从南门进城。国荃说："不着急，大哥，今下午先在城外安歇，我和厚二陪大哥看看城外的战场，明天上午再进城。"

曾国藩说："也好，我是要细细看一看，好晓得将士们这半个月来攻城的艰辛。赴汤饼会，不能怀抱婴儿而忘了产妇的苦楚。"

说罢哈哈大笑起来。随行幕僚都说："产难之后，好比再生，真正不容易。"

当天下午，众人陪曾国藩沿着城墙走了一段路。见缺口毗连，血痕满目，曾国藩不停地叹息，感叹胜利来之不易。

次日吃过早饭后，营房外摆着一长溜轿，除一顶绿呢外，其余都是蓝呢轿。沅甫请大哥进绿呢轿。曾国藩说："战事刚结束，到处乱糟糟的，一切都要从简为好，牵匹马来代步就行了，何须费力去找来这么多的轿！"

沅甫笑道："长毛当官的最喜坐轿，安庆城里少说也有百来顶官轿，只是他们喜欢用黄绸黄缎遮盖，找轿不难，换绿呢蓝呢却费了几天工夫。"说着，大家都依次进了轿。

安庆城九门，数南门最为高大、宽阔，这一年多来南门一带仗打得少，破坏不大。曾国荃选定从南门进城。今天，南门外扎起了一座高大的牌坊。牌坊上装饰着松枝、绸花，并悬挂着四个大红灯笼。担任南门外指挥的是吉字前营分统李臣典。

李臣典字祥云，今年才二十四岁。邵阳人，从小在湘乡荷叶塘外婆家长大。人生得孔武有力，打起仗来，冲锋陷阵，很是勇敢，从曾国藩的身边来到吉字营后，极受曾国荃的器重。为把这次入城仪式办好，李臣典早早地便做了安排。他站在城楼上，远远地看见前面一列约有三四十顶轿组成的队伍，逶迤向南门这边走来，立即下令做好准备。曾国藩的绿呢大轿离城门还有百把丈远的时候，南门外排列的十座火炮，相继对天发射。一声声闷雷般巨炮，惊得鸟飞兽走，附近的人纷纷躲进屋里。入城的气氛，一下子变得威严肃杀。火炮声停下来的时候，轿队已来到城门口。李臣典率领百余名吉字前营的营官哨官，穿着整齐的武官服，笔挺肃立在城门的两边。曾国藩忙吩咐停轿。他从轿中走出，双手抚着李臣典的肩膀，感动地说："李分统，你们为国家收复名城，厥功甚伟，请受本督一礼。"

说完就要作揖。慌得李臣典忙扶着曾国藩的手说："大人请上轿。过两天，吉字前营全体官勇设宴为大人洗尘。到时，我们还要向大人讨赏哩！"

曾国藩快乐地说："诸位大功，我已向皇上申报了，想不久御赏即可到来。本督恭喜诸位。"说完重新上轿。

曾国荃将两江总督衙门安排在荣升街的英王府。自咸丰三年安庆被太平军占领后，八年来，历任安徽巡抚都无力将安庆收回。咸丰六年，检点陈玉成奉命为安庆主将，将原巡抚衙门改建为检点衙门。以后，陈玉成的官位不断升迁，检点衙门也就跟着改为成天豫衙门、英王府。太平天国讲究修缮官衙，英王府于是成了安庆城内第一富丽堂皇的建筑。安庆将破时，曾国荃忖度英王府里一定藏有不少奇珍异宝，遂下了一道命令，任何官衙都可打劫，唯独不准进英王府。城破的当天下午，曾国荃便带着贞干匆匆来到英王府，果然里面有不少珍宝。他指挥勇丁把这些东西全部装进一间屋子，然后贴上封条，派几个勇丁日夜把守。

从南门到英王府沿途大街小巷都已清扫干净，每隔十步八步便站着一个执刀持枪的湘勇，气氛森严而威风。曾国藩坐在轿里不觉感叹起来：过去看不出九弟有过人之处，这两年真是大有长进，且不说攻打安庆的军事才能，光就从南门进城来一路的安排，就已显示出大将之才了。想起当年下木亮进武昌，半路遇冷箭，险些丧命的情景，愈发见出九弟不同凡响的气概和老练。

轿队在英王府前停下。"英王府"三字横匾早已砸烂，换了两江总督衙门黑底金字竖牌。太平天国喜欢绘画。英王府里到处涂画着有关天父天兄的宗教画和赞美天王、英王及歌颂太平军军事胜利的各种图画。现在，它们全部被白石灰遮盖了，唯独大门前照壁上的那幅画还保留着。那是一株盛开红花的桃树，树干上爬着一只猴子，猴子手里拿一根木棍，戳着桃树杈上的一个蜂窝,四周是惊得乱飞的小蜜蜂。曾国藩伫立在照壁前,问:"这幅画为何没刷掉?"

"大哥!"曾贞干走上前说,"这是封侯图。取蜜蜂和猴子的谐音。九哥说这幅图还要得,这是大哥日后封侯的喜兆。"

"什么乌七八糟的东西!"曾国藩满脸不悦,"长毛不学无术,拿猴子来比侯爷,岂不荒唐绝顶!堂堂总督衙门哪能容此不伦不类的涂鸦。赶快把它刷掉,另写'清正廉明'四字。"

"是!我马上叫人办。"

国荃带着大哥进了卧室,指着屋里摆的东西说:"这是过去四眼狗住的地方,大哥看哪些要得的就留下,哪些不行的,我叫人搬走。"

曾国藩环视卧室内四周,见卧房布置得豪华奢侈,不禁皱紧眉头说:"屋子里的东西一件不留,统统给我搬走。把我的那几口竹箱抬过来,再寻一张旧床,几条旧桌椅板凳就行了。"

曾贞干说:"九哥,大哥既不要,就抬到我的房子里去吧,让我乐得享受几天。"

"行,满崽后来福,都送给你了。"曾国荃笑着一挥手,立时过来十几个亲兵,一窝蜂似的把屋子里的用具抬了个精光。

曾国荃在英王府里摆下丰盛的酒席。这顿饭一直吃到夜里,曾国藩正要解衣睡觉,国荃推门进来了:"大哥,有件要紧事跟你商量。"

"什么要紧事?"曾国藩奇怪地问。

"大哥,过几天,待城内略微安定后,吉字营托厚二照管一下,我回荷叶塘去休养两个月。"

"论你前段的劳累,是应当回去休息一下。"曾国藩望着九弟黑瘦的脸,颇为心疼地说,"不过,依大哥之见,暂时还不要回去,你要乘攻克安庆的军威,东下无为、巢县、含山、和州,做进军江宁的准备。"

"大哥说的不错,"沅甫压低声音说,"我此番回荷叶塘,名为休养,其实是要把英王府的财物运回去。"

"四眼狗聚敛了多少财宝?"曾国藩吃惊地问。

"全部封存在后院一间屋子里,少说也值几十万两银子。"曾国荃说着,面露喜色。

"你打算全部运回荷叶塘？"曾国藩面有愠色。

"全部运去。"曾国荃毫不含糊地回答，"用船运，我已想好了。用旧木板钉五十口大箱子，估计可以装完，外面再放些旧书。别人问起，就说运书回家。回来时再沿途买几箱人参，赏赐这次有功将官。"

"沅甫，你不能这样做。"曾国藩满脸正色地说，"军中饷银很紧，除吉字营、贞字营外，其他各部都已欠饷多月，你如何能将这笔巨款私自运回家去？再说，世上没有不透风的墙，你就不怕别人指责你私吞贼赃？此事万万不可为！"

"大哥，你也太认真了。"国荃微微一笑，不当一回事，"私吞贼赃？军兴以来，不论是八旗兵，还是绿营，哪个带兵的将帅不私吞贼赃？就拿我们湘勇内部来说，又有几个将领不将金银运回湖南老家的？迪庵在世时，运回家的银子何止十万二十万！现在希庵在皖北，又是一船一船地将贼货运回湘乡。他家的田少说也有五千亩，记在别人名下的，就更不知有多少了。只有我们曾家，大哥管得严，我们几兄弟都不敢多带一两银子回去。可别人是怎样看的，大哥想过没有？没有一个人相信我们不私吞贼赃，都说黄金堂现在名副其实地堆满了黄金。"

"谁讲这些没根据的话？"曾国藩气愤地说。

"讲的人多的是，不只是湘乡县，全湖南都这样说。前几天又有人对我讲，说湘乡县、长沙城没有人参买，就有人说，都让曾家的人买光了！这次我真的要对不住各位，不但湘乡、长沙，连衡州、湘潭的人参我都要买光。"曾国荃越说越起劲，嗓门很大。

"小声点，老九。"曾国藩说，"你这次立了这样大的功劳，我想皇上必定会有厚赏，估计会放个臬司，也可能是藩司，何必要授反对者以口实呢？"

"我不这样看。"当过几年统帅的老九，已不像过去那样唯大哥之命是从了。他有他自己的一套，只不过跟大哥说话，口气和神态还是恭敬的。"皇上升不升我的官，我看既不在乎我运不运银子回家，也不在乎别人攻讦不攻讦。在当今这样的乱世，皇上要的是早日光复他的江山，只要我的吉字营能打仗，他就不能不升我的官！"

曾国荃的话虽欠含蓄，但说的是实情。

"大哥，道光二十三年，你初次放了四川主考，得了二千两程仪，忙着寄回一千两，并附一张长长的清单，亲戚朋友、左邻右舍都写到了，我和四哥、六哥当时不理解，自己家里很紧，得了点钱，何苦要这样散开。大哥开导我们，说亲朋过去支持甚多，有的已年老了，若不早点给他们点钱，以后怕无法报答了；还深情地回忆起南五舅说要给你当伙夫的话。我们看后很受感动，最后完全按大哥说的办了。大哥，你可能不大清楚，这些年来，因为你要做清官，家里没有多的银子，致使许多亲戚对我们生了怨气，说是担了个虚名，一点实惠也得不到。"

曾国藩笑了起来，说："当我曾家的亲戚真是委屈了他们。"

"大哥，我知道你是要做一个无半点瑕疵给人指责的圣贤，但家产不能不置，子孙的饭碗不能不考虑，至亲好友的要求不能不满足。这种事大哥你就莫管，让我来做。我不怕别人讲，我也不想做圣贤，我讲的是实在。再说，安庆城里的财产都让弟兄们分光了，伪英王府的东西归我和贞干亦不过分。"

"沅甫，我平时是怎样教你的？才打下一个省城，你就这样急急忙忙置家产，摆阔气，倘若以后真的由你打下江宁，你岂不要把伪天王宫里金银都运回荷叶塘？"

见大哥动了气，老九不再开腔了。这时贞干进来，手里拿着一叠纸："大哥，这是保举单，各营将士都在催发，你就赶快过过目吧！"

曾国藩接过来，一张张地翻看。保举单上的名字，曾国藩大部分不认识，也弄不清各人的功劳如何，明知其中必有许多不实之处，他也无可奈何，正要提笔签字，却突然看见了一个名字："厚二，这个金益民是不是金松龄的儿子？"

贞干点了点头。曾国藩发怒了："他还只是个十岁的孩子，就请以把总尽先拔补，赏戴蓝翎，给人知道岂不笑掉大牙！"

曾贞干不慌不忙地解释："大哥，自从金松龄被处死后，他的老母妻儿活得太可怜了。我知道大哥后来对此事也有些后悔，但人已死，无可挽回，便只有对他的儿子尽点心意了。大哥不要忘记了，金益民的爷爷曾经救过母亲大人的性命。"

"到底是个小孩子，又远在湘乡，离谱太远了。"曾国藩说，口气明显地缓和了。

"待到长大成人,只怕仗早就打完了!"曾国荃凑过脸来,插了一句。曾国藩沉吟片刻,再次提起笔来,写了两个字:照缮。兄弟三人正准备就寝,外面骤然响起一阵急促的马蹄声,大家都深感突兀,不约而同披衣向门外走去。刚出房门,康福捧着一个木匣正从大门口进来:"大人,朝廷来了紧急公文。"

曾国藩急忙接过木匣进了屋。木匣打开了,露出一份兵部信套,上面赫然写着:六百里日夜传递,送东流两江总督曾大营。"为何这般火急?"他匆匆拆开信套,一行字跳进眼中,只觉两眼一黑,手一软,人瘫倒在椅子上,兵部咨文从手中飘落下来……

二 鼎之轻重,似可问焉

原来,兵部咨文报告了一桩天崩地裂的事:咸丰皇帝已于七月十六日晏驾热河行宫,皇长子载淳即位为新主。大行皇帝临终前托孤于八位顾命大臣,他们是怡亲王载垣、郑亲王端华、六额驸景寿、协办大学士户部尚书肃顺,军机大臣穆荫、匡源、杜翰、焦祐瀛。奉上谕,各省将军、督、抚、都统概遵成例,不要来热河叩谒梓宫。

过一会儿,曾国藩回过神来,吩咐九弟满弟连夜布置灵堂,传令阖城官吏,明天一早成服,会集于总督衙门,给大行皇帝行哭拜礼。两弟走后,曾国藩把房门紧闭,静静地思索着这突发的重大变故。

皇上只有三十岁,正当盛年,虽有体弱多病、常常咯血的传闻,但曾国藩从没有想到皇上会这么快地驾崩。尽管这些年来,皇上对自己有过猜忌,但总的来说还是信赖、依畀的,尤其是去年实授两江总督,这表明猜忌已人为消除。有此际遇,本人生大幸,正要乘风远飏,岂料……曾国藩心里很痛苦,叹息自己命运多蹇。他拿起兵部咨文,将八个顾命大臣的名字再细细地看一遍。新主只有六岁,国家的大计今后都在这八个顾命大臣的手中,自己的命运,湘勇的命运,乃至东南大局的命运,都将听命于这八人的安排。八大臣中载垣、端华都是袭爵的王爷,名位极高,人却平庸,景寿是个驸马,为人木讷谨慎,无所作为,名列第四的肃顺,是曾国藩熟悉而钦佩的人。他干练刚明,早为朝野所知,尤其是力主起用汉人平乱,足可证明他是满蒙亲贵中有识之士。曾国藩永远记得，当年的出山，正是基于肃顺向大行皇帝的荐举，而去年的实授江督，更是因为得力于肃顺对大行皇帝的劝说。没有肃顺，说不定会没有今日的三军统帅；没有肃顺，说不定现在仍处在孤悬客位的尴尬局面。曾国藩是感激肃顺的。但肃顺太专权，太跋扈了，积怨甚多，仇人甚多，曾国藩一直审慎地与他保持着不远不近、不亲不疏的关系。另外四人都唯肃顺马首是瞻。端华是肃顺的异母兄，载垣与端华亲如兄弟。这样看来，除开一个景寿外，其余七人都是一党，这一党的首领便是肃顺。顾命大臣，远者如南北朝的傅亮、徐羡之，近者如本朝的鳌拜，都没有好下场。顾命大臣地位太高，权力太大，既为别人所嫉恨，又难尽如新主之意。一旦新主羽翼丰满，根基巩固，便会嫌顾命大臣的束缚。而顾命大臣又往往自恃功高，不甚敬重新主，也就容易为新主制造加害的口实。对于这些复杂的君臣关系，曾国藩是揣摩得很透彻的。何况现在这个顾命大臣的首领是如此的刚愎自用，不得人心，又是如此明显地结党拉派，自我孤立，他能"顾"得久吗？曾国藩为肃顺的前程捏着一把汗。

　　第二天一早，安庆城里的文武官吏们一齐前来督署，身着素服的曾国藩带着他们，在大行皇帝的牌位面前三叩九拜，然后放声大哭。曾国藩想起咸丰帝对他的恩德，动了真情，眼角边不断流出泪水。曾国荃和大部分官吏们只是阴沉着脸，干号了几声。

　　正哭拜之际，胡林翼赶来了。他是特为来安庆祝贺的，进城后见到素灯白花，惊问其故，才得知这一消息。胡林翼赶忙驱马来到总督衙门，来不及与曾国藩等人打招呼，先对着咸丰帝牌位大哭了一通。哭临结束，曾国藩置办素酒，为胡林翼洗尘。吃过饭，二人携手来到签押房。曾国藩盼咐荆七，今日一律不见客，他要与这位心心相印、足智多谋的老友畅谈当今的局势。

　　"大行皇帝驾崩，既感意外，又不感意外。"胡林翼平静地说。他没有曾国藩那么多的忧心，且自己正患咯血，极需保养，他哭临纯粹是演戏。"应甫、壬秋这一年来，信里都提到圣体不康，京师知内情的人都说，皇上的病难以痊愈。不过，毕竟只有三十岁，也太早了，我又感到意外。"

　　"大行皇帝即位十二年，长毛就造反十二年，没有过一天安宁日子。去年洋人兵临京畿，被迫秋狝木兰，身体原就弱，又受此奇辱，更是雪上加霜呀！"曾国藩的情绪仍在悲痛之中。

"本来，京师有恭王在那里应付，洋人的事也平息了，大行皇帝在热河好好休养休养，身体也就会日渐好转。偏偏大行皇帝年轻，放任自己，不知爱惜，终于越来越不济。"胡林翼不悲痛，反倒不讲情面地揭穿了咸丰帝毙命的老底。他出身官宦之家，年少时也是个浪荡子弟。二十岁那年，时任詹事府右春坊右庶子的胡达源，下狠心把儿子死死地打了一顿，这一顿打把胡林翼打转了，二十四岁乡试高中，第二年连捷中进士点翰林。胡林翼虽然以后克己修身，但可惜，少年放荡时得下的痼疾却害了他一生，不仅身体孱弱，更使他后悔莫及的是，三妻四妾没有给他生下半个子女。因为有这层缘故，胡林翼对咸丰帝的死因看得很清楚。

素来谨慎的曾国藩从不在人前谈论皇上的事，更何况是皇上不光彩的私生活。他有意转了话题："新年号定作祺祥。"

胡林翼思考了一下说："这两个字像是出自《宋史·乐志》：'不涸不童，诞降祺祥。'"

"正是，正是！"曾国藩十分佩服胡林翼的博学强识。刚接到兵部咨文，看到"祺祥"这个年号时，曾国藩想了很久，想不起出自何典，最后还是身边的幕僚们翻了半夜的书才查出，不料胡林翼随口就答了出来！

"这个年号取得好，无疑出自八大顾命大臣之手。国家虽遭大变，有这批老成谋国的大臣掌舵，看来不会出乱子。"曾国藩有意这样说，他要借此试探一下胡林翼此时的态度。

"涤生，今天就我们两人，我跟你说句心里话，对于国事，我没有你这样乐观。"胡林翼的城府没有曾国藩的深，在多年交情深厚的老友面前，他是愿意敞开心扉的。

"上面的事，你素来比我灵通。"曾国藩亲手给胡林翼斟上茶。

"顾命八大臣牵头的名为载垣，其实不是他。"

"是哪个？"曾国藩明知故问。

"肃顺。"胡林翼说。他近来身体很差，时常咯血，本来就略长的脸，这下因干瘦松弛，越发显得狭长了。"肃顺这人聪明能干，敢作敢为，自是朝廷中数一数二的人，但办事手段太狠了一点。咸丰八年为科场案杀柏葰，至今使人心冷，近来又为户部宝钞处案严办了一批大员，京师物议沸腾。肃顺的仇怨太多了。"

"是的，峣峣者易折，太刚直的易招怨恨。"曾国藩想起咸丰三年至六年这段时间，在湖南、江西屡遭挫折的事。他现在算是彻底明白过来了，当初若不那样执意强行，略作些宽容，事情可能会顺利得多。还是老子说得好，"将欲取之，必先与之"，关键是要最终达到目的，走的路不妨迂回点。欲速不达，示弱反强，天下事就是这样的！可惜肃顺不明白这个道理。

"涤生，还有一个人，你可能不知道他的底细。"

曾国藩离京近十年，京中人物也生疏了，他不懂胡林翼说的是谁。

"官秀峰有次多喝了点酒，一时兴起，跟我说起了一个人。此人为今上的生母。"

"你是说懿贵妃？"曾国藩离京时，懿贵妃叶赫那拉氏尚只是一个名位不高的贵人，莫说外臣，就是宫中也不把她做个人物看待。但后来居然就是这个小名叫兰儿的贵人，大受咸丰帝宠爱，给皇上生了个独子。母以子贵，不久便晋封为懿妃，后又升为懿贵妃。现在她的儿子继了大统，无疑她就是太后了。对于这个昔日唯一皇子、今日真龙天子的生母，曾国藩所知也仅仅只有这些。

"宫中的事，我们这些做外官的哪里知道，但官秀峰却清楚得很。"胡林翼说。

"他当然知道，他是满人，宫中耳目甚多。"曾国藩极有兴致地问，"官中堂说了些什么？"

"他说这个女人非比等闲，不要说大清朝没有这样的后妃，前朝前代也少有人可与她相比。"

"啊——"曾国藩吃了一惊。

"官秀峰说，此人国色天香，自不必说，更兼绝顶机警，这都罢了，此人还有一个嗜好，便是贪权！"

"贪权？"一个女人也贪权，曾国藩颇感意外。

"涤生，这一年来由热河发回的奏折上的朱批，你说是谁批的？"

胡林翼的问话使曾国藩好生奇怪："朱批还有谁假冒？"

"也不是假冒，是大行皇帝委托懿贵妃批的。"

"有这事？这种事可不能信口胡说。"

"我当时也这样责问官秀峰。你猜他怎样？他放下筷子，哈哈大笑说：

'你看你这人，大惊小怪的，这在京师已不算秘密了。'"

曾国藩想：朝中出了这样的太后不是好事，嘴上却说："有这样了不起的太后，新主虽在冲龄，也大可放心了。"

"就因这样，不能放心。"胡林翼冒出一句怪话。

"为何？"

"倘若太后与肃顺一条心，那就可以放心，但现在恰恰是太后与肃顺面和心不和，两个都要揽权，都要自作主张，而皇上嫡母又是个懦弱无能的人，今后有戏看了。"

"哦，是这样！"曾国藩站起来，甩了两下手，在屋子里来回踱步。外患内乱，主少国疑，庙堂不和，时局维艰，他已预感到，或在热河，或在京师，很可能不久将有大事发生！

"涤生。"过了一会，胡林翼又神色凝重地说，"还有一桩事，也令我忧虑不安。"

"润芝，你都敞开说吧。你刚才说的这些，使我大有收益。"曾国藩重新坐到胡林翼的对面，说，"我这几年在外带兵，与京官接触甚少，筠仙、荇农、壬秋他们也不常来信，对朝廷中的事懵懂得很。"

"大行皇帝临终前指派了八个顾命大臣赞襄政务，却只字不提在京师办理夷务的恭亲王。大行皇帝这样冷淡才德兼备、广孚众望的亲弟，只怕会因此种下麻烦。"

"是啊，恭王，怎么能忽视恭王呢？"曾国藩十分钦佩胡林翼的精明，"哎，看来大行皇帝与恭王的疙瘩是至死未解呀！"

咸丰帝奕詝与其弟恭亲王奕䜣有何前嫌呢？

原来，奕䜣十岁时，生母孝全太后便去世了，从此便由奕䜣生母孝静太后抚养。孝静对奕䜣疼爱关怀，视同己出，又加之奕䜣只比奕䜣小一岁，两兄弟天天在一起读书玩耍，亲如同胞。奕䜣即位后，对奕䜣也另眼相看，关系远比五弟、七弟、八弟、九弟密切。

咸丰五年，孝静太后病重，奕䜣天天看望，亲伺汤药。有一天，奕䜣又去看望，太后正脸对着墙躺在床上，知有人来到床边，以为是奕䜣，说："你又来做什么，我所有的东西都给了你。他性情不易知，不要引起他的怀疑。"说着转过脸来，见不是奕䜣而是奕䜣，面露难堪。奕䜣口里唯唯，心里却不是滋味。孝静死后，奕䜣谥她为"孝静康慈弼天辅圣皇后"，不系宣宗谥，不祔庙，有意减杀丧仪。安葬孝静太后的第二天，便以办理皇太后丧仪疏略为名，罢去奕䜣军机领班之职，命回上书房读书。兄弟不睦开始公开。

后来，奕詝在热河行宫期间，又多次听人说奕䜣和夷有方，外人多信服，京中有拥奕䜣为帝的说法，故而对奕䜣更加提防，连奕䜣欲来行宫奏禀和议情况都予制止。然而奕䜣器局宏阔、识见开明，久为朝野所景仰，曾国藩更是特受他的赏识器重。

"今后说不定朝廷会出现太后、辅政大臣、恭亲王三足鼎立的局面，国家的事将更难办了！"胡林翼说完端起茶杯。他今夜话说得太多，胸部已隐隐作痛，两颊潮红，轻轻地咳起来。他小口小口地吮茶，一只手慢慢地在前胸抚摸。两人都不作声了。沉默一阵后，胡林翼说："来安庆前一天，我接到左宗棠的信。信上说，他日前游浮梁神鼎山，偶得一联，特为寄来，要我看后交你一看，请你替他改一改。"说着从袖口里抽出一个信套来。

曾国藩从信套里取出一张叠得整齐的宣纸，宣纸上的联语字迹锋芒毕露，正是左宗棠的亲笔。曾国藩轻声念着："神所依凭，将在德矣；鼎之轻重，似可问焉。"联语字头，恰好嵌着"神鼎"二字。曾国藩脱口称赞："好一副对仗工整的佳联！"

胡林翼微笑着不作声。

"神所依凭，将在德矣；鼎之轻重，似可问焉。"曾国藩又抑扬顿挫地念了一遍。忽然，两只三角眼里射出异样的光彩，凝神望着胡林翼，觉得胡林翼平和而带有病态的微笑里，似乎蕴藏着无限的机巧诡谲，联系到刚才他所说的那些话，曾国藩对这副联语的弦外之音已有所悟。但，这是可能的事吗？左宗棠能有那种非分之想吗？关于左宗棠的胆量，三湘士林中有一个传说。

那一年，陶澍回湖南，在醴陵渌江书院见到左宗棠书写的"春殿语从容"的楹联后，特邀左来相见。左大大咧咧地来到陶澍身旁，作揖时，恰巧碰断了陶澍胸前挂的朝珠线。一粒粒珠子立时掉下，撒满一地。倘若是一般二十几岁的平头百姓闯下这等祸事，早已吓得举止失措，左宗棠却无事般地弯下腰去，一边拾珠子，一边和陶澍说话，全不在意。陶澍亦为他的胆量所吃惊。

就是这样一个胆识超群的人，被压抑了二十多年，近几年才略舒志量，现虽自带楚军，不过曾国藩知道，左之志向决不在一个方面的将军。难道他想问鼎？曾国藩想到这里，浑身不自觉地颤抖了一下。手中只有万把人，就存这种想法，未免太狂妄不自量了。曾国藩下意识地摇了摇头。他想试探我？曾国藩立刻想起衡州出兵前夕，王闿运那番"鹿死谁手，尚未可料，明公岂有意乎"的话。实在地说，国乱民危，已有人揭竿在先，况且帝位为满人所据，怎能禁止人们的逐鹿之想？湘勇创建之初，王闿运便有那番话，现在湘勇将士近十万，威震天下，别人对自己有某些猜测也不奇怪。左宗棠虽说睥睨一切，可也不是莽闯粗疏之人，他怎么也会这样来试探我？

"润芝，季高这副题神鼎山的联语好是好，不过也有不当之处，暂且放在我这儿，容我考虑一下，我帮他改一改。"

"行！"胡林翼又从袖口里掏出一个信封来，"这里还有一副联语，是我送给老九的礼品。"

曾国藩正要打开，胡林翼用手按住："暂勿拆，我先向你核实一件事。"

"什么事？你说吧！"

"我在来安庆的路上，听人说老九使了个计策，将投降的长毛一百人一批，分成一百批，轮流叫他们进屋领路费。进屋后，便由刀斧手捆绑，从后门押出砍了头，整整砍了一日一夜，杀了一万人。有这事吗？"

"是有这事。这是李臣典出的主意，事后老九有点悔，至今心里还有些不畅快。"

"好了，你可以拆了。"胡林翼笑着说，"我这副对联就是医他这块心病的药方。"

曾国藩扯开信封，对联只有十个字："用霹雳手段，显菩萨心肠。"他立时笑从中来，大声说："润芝，妙极了，有你这服药方，老九的心病即刻就会好。"

第二天，鲍超派人来请示，军营如何为大行皇帝举办祭奠仪式。曾国藩由此想起，湘军中的将领绝大部都是这几年骤升的大官，不懂得国家定制，于是吩咐幕僚立即以他的名义代拟一个通令，发给大江南北各处带兵的将领，告诉他们：军营规矩和地方不同，大丧期间，军营弁勇不缟素，不蓄发,各守本职,照旧办事,往来文书亦不用蓝印,仅统兵大员在营外摘缨素服三日而已。各营各哨必须切切遵行,不可因大丧而误战事。

军事政事太多了,且加之又遇大变,胡林翼不能在安庆久住。两天后,曾国藩亲自送他到南门外码头。时间还早,二人并肩来到江边望夫岩上,眺望长江风光。曾国藩轻轻地说:"润芝,左季高的题神鼎山,我给他改了一个字,他可以放心大胆写出去,不至于招来闲言碎语了。"说罢,将前天那个信套送还给胡林翼。胡林翼抽出来看时,曾国藩在"似"字旁边点了一点,再添了一个"不"字,变成了"神所依凭,将在德矣;鼎之轻重,不可问焉"。

胡林翼看毕,放声大笑起来:"涤生,你真不愧为镜海先生的贤弟子,这一字之改,将左季高从九天云霄上推倒下来,掉到东海洪波里去了!"

"正要他在大海里洗洗澡,清醒清醒才好!"曾国藩也轻松地笑起来。

一阵江风吹过,胡林翼很觉舒畅。他纵目向东望去,只见江面上一只大木船正鼓满风帆,缓慢地向上游行来,船头船尾有七八个大汉在合力摇桨,不时传出有节奏的号子声,一群江鸥追逐着船边起伏的浪花,时而俯身紧贴水面,时而惊起高飞,欢快矫健,意趣盎然。这幅风景镶嵌在蓝天白云之下、浩浩长江之上,极富诗情画意。

胡林翼感叹地说:"难怪东坡说'江山如画',平时没有闲情,还真领会不出这句词的妙处哩!涤生,我做鄂抚,你做江督,我居江之腰,君居江之尾,我们齐心合力,扫净贼氛,使万里长江永远静谧如画!"

"润芝,你说得好,但愿早日海晏河清、国泰民安!"

二人正说得投合,忽然,一声响亮的汽笛传来,一艘挂着英国国旗的轮船追风破浪,箭一般地从下游驶来,转眼之间,便将那条木船远远地抛在身后。胡林翼瞪大双眼,不觉看得呆了。猛然,他哇地大叫一声,一口鲜血喷出,眼前一黑,从望夫岩上栽倒下来……

三 东南半壁无主,涤丈岂有意乎

这下把曾国藩吓慌了,连叫几声"润芝",胡林翼没有睁开眼。亲兵赶忙把他抬到船上,曾国藩打发王荆七飞马去接医师。

正忙乱之中，从下游驶来一只大船，水师内湖统领彭玉麟由池州府赶来安庆。见此情景，忙来到胡林翼船上，与曾国藩见过面后，便守在胡林翼的身边。过一会，医生来了，忙了半个时辰之久，胡林翼醒过来了。他睁开失神的眼睛，望着站在眼前的曾国藩、彭玉麟，略微动了动嘴唇。彭玉麟想起梅小姑临终前的样子，也是这般憔悴干瘦，心里一阵难受。

"润芝，刚才还说得好好的，为何突然变得这样？"

"哎！"胡林翼服下两粒救急药，气色好了一点，"涤生、雪琴，我自知不久人世了，有一言要留给二位。"

曾国藩握着胡林翼冰凉的手，说："润芝，这是什么话，你不过五十岁，报国的日子还长着哩！"

彭玉麟也说："你素来身体强壮，这点小病，不要挂怀。"

胡林翼摇摇头说："我自己清楚，我就要跟着大行皇帝去了。"说着，不禁凄然一笑。"长毛之乱，总在这两年可以平定，我不挂牵；我所担心的是，坏我大清江山的不是内贼而是洋人。涤生兄，你看刚才江上那艘铁舰，一副耀武扬威的样子，我十条百条木船都不是他的对手呀！"

胡林翼说到这里，一口痰涌上来，两眼紧闭，气接不上了。好一阵才又苏醒，拉着彭玉麟的手，气息低沉地说："魏默深说过，'师夷之长技以制夷'，这是真正的爱国志士的话，可惜这些年来没有谁去认真办。雪琴，我湘勇水师今后若要对付洋人，必须要有洋人那样的坚船利炮啊！"

彭玉麟双手握着胡林翼的手，用力地点了点头。曾国藩终于明白了胡林翼刚才昏厥的原因，十分感动。心想，十八省督抚都能有润芝这样的爱国之心和远见，中国何至于有长毛之乱，何至于有大行皇帝蒙尘热河，何至于有六岁孩童为天子的局面出现！偏偏这样的忠贞卓越之士，又不得永年！

待胡林翼稍微平息下来，曾国藩要亲兵抬胡林翼下船进城将息。胡林翼摇手说："我身为鄂抚，当此国丧期间，哪有心思在安庆养病！船上平稳，不会出事，让我早点回武昌去吧！"

曾国藩情知留不住，便命令医师跟船到武昌，一路好好照料，又要船尽量划得慢些稳些，这才依依不舍地和胡林翼告别。

曾国藩默默地站在码头上，直到船消失在烟波中，才转过脸来与彭玉麟寒暄。这时，他才发现彭玉麟浑身素服。

"刚才见胡帅这般样子，只怕真的如他自己所说的，不久人世了。倘若胡帅跟随大行皇帝而去，事情就更难办了。"

曾国藩默默点头，没有接腔。彭玉麟立时觉悟此地不是说话之处，便不再开口。

彭玉麟进了刚才胡林翼坐的轿子，随曾国藩进了城。来到督抚衙门，曾国藩带着彭玉麟进灵堂，行过哭灵仪式后，再与曾国荃、曾贞干等人一一相见。饭后，彭玉麟一人进了曾国藩的卧室。在池州府听到咸丰帝去世的消息后，几天来彭玉麟想了很多很多，他准备慢慢地跟曾国藩谈谈，而曾国藩也有一件大事要征求彭玉麟的意见。

彭玉麟情感专注、持身谨严的品格，深得曾国藩的赏识，他们之间的关系不比一般。

"涤丈，夜里浑身痒得睡不着觉，如何过得？难道就没有药可治吗？"当曾国藩说起近来癣疾又发作了，常常痒得通宵不眠时，彭玉麟关切地问。

"此病已害了我三十多年，药渣都可堆满一屋了，总是好一阵丑一阵，不能断根，我也失去信心，再不吃药了。"曾国藩苦笑着说。

"涤丈，假使夜间有一个人替你搔痒，你会睡得安稳点吗？"彭玉麟忽然想起什么。

"从前在京师，纪泽娘就常常替我搔痒。有人搔，当然会睡得好些。"

"涤丈！"彭玉麟欲说又止，停了一下，还是说了出来，"我给您老买一个妾来，专替您老搔痒、洗衣、做饭。"

"买妾也难啊！"曾国藩摇摇头。但彭玉麟已觉意外：只是说难，并没有一口拒绝呀！

近年来，欧阳夫人几次在信中提到此事，说自己不能在身边服侍，不如买一个妾来，女人家究竟比粗手大脚的荆七要好得多。曾国藩婉谢了夫人的好意。

他并不是一个六根清净得完全不思女人的苦行僧。年轻时，他也曾对歌楼舞女有过浓厚的兴趣。湘乡县城挂头块牌的粉头大姑死的时候，曾国藩还为她送了一副风流挽联："大抵浮生若梦，姑从此处销魂。"进京后，他想到自己贵为天子门生，言行要多加检点，后拜唐鉴为师，做了理学先生的门徒，更加规规矩矩，谨言慎行，自觉地将歌舞声色屏弃于千里之外了。带勇之后，他立志要事事身先士卒。兵勇久离妻室，又手握刀枪，故历朝历代，军纪再严的部队都不可能杜绝奸淫。曾国藩决心把湘勇练成一支军容整肃的曾家军，先从自己做起，不近女色。欧阳夫人劝他，不少分统、营官自己想带女人，也怂恿他买妾蓄婢，曾国藩一概予以拒绝。

这半年来，他觉得自己更为衰老了，衰老最明显的标志是目力更加减弱，读书写字不戴眼镜就不行，右目时常发痛，他真担心这只眼睛不久会痛瞎掉。精力不济，中午非得小睡片刻不可；到了傍晚，又得闭目在床上躺半个时辰，夜晚才能治事。尤其在癣疾发作时，整夜整夜睡不好，白天提不起精神来，倒不如真的去买一个妾来！但买一个好妾也不容易。

"不难！"彭玉麟见曾国藩松了口，很是高兴，"涤丈，你要个什么样的妾，我去给你买来。"

"我这样一个满身癣疾的衰老头，哪个年轻女子愿意和我在一起。"曾国藩笑着说。

"什么衰老头，涤丈是当今第一号伟丈夫。哪个女子能被涤丈看中，真是她的福气。您老说说条件看。"

"条件嘛！"曾国藩兴奋起来，血涌涌的，颇有点"老夫聊发少年狂"的味道，"模样儿只要周正就行了，千万不要太漂亮的，性情则一定要温顺平和，最好还得识几个字，能帮我清点清点文牍。"

"好，我去细细访求。您老说有要事跟我谈，何事？"

"雪琴。"曾国藩望着彭玉麟，深情地说，"自咸丰三年你辞别老母，屈从我创办水师以来，和厚庵一起，把水师办得有声有色，功勋卓著，不是我当面夸奖你，我朝二百年来，还没有这样的水师，也没有你和厚庵这样的水师统领。"

"涤丈言重了，水师即算是有成绩，也是您老之功，玉麟不过是您老帐下一名供驱使的校尉罢了。"

"你是大才，不能老为鄙人所屈。自翁同书革职以来，皖省巡抚之位空缺已久，现省城已下，宜早定主人，我拟向朝廷推荐你为皖抚，想你不会推辞。"

"玉麟深谢涤丈的器重，但皖抚一职，则万万不能接受。"彭玉麟的态度似无可商量的余地，使曾国藩深为奇怪。

"雪琴，这又为什么？厚庵和你一起办水师，早已当了提督，连邓翼升都已升了副将，你至今只是个三品臬司，我心里为你过意不去。"

"涤丈，玉麟不是热衷禄利之徒，这点想必涤丈也知。"

"正因为你不慕禄利，我才荐你；倘若是热衷钻营之徒，我就不荐你了。"

"生我者父母，知我者涤丈。涤丈知遇之恩，今生今世粉身碎骨难以报答。"彭玉麟激动而恳切地说，"我虽诸生出身，其实并无经纬之才，近十年来在江湖波涛中出没，更把学业荒疏，把脾气弄坏，把性情弄慵懒了。我只能短衣芒鞋在船上奔波，耐不了大堂高座、簿书应酬的生涯。先前接受广东按察使，是看在只挂个名，现在要为皖抚，则不能挂名了。还有，"说到这里，彭玉麟稍稍犹豫了一下，"这个世道太令我失望了，您老有依靠一二人作榜样，移风易俗、陶铸世人的宏愿，我没有这个想法。"

"你近来有什么不愉快的事吗？"曾国藩听出彭玉麟话中有话。

"涤丈，您老听说了吗？何桂清就要无罪释放了。"

"有这事？"曾国藩惊愕起来。

"大学士祁隽藻、彭蕴章联络十七名一二品京官向皇上上书，说人才难得，请求宽免其罪，让他戴罪立功。"

"岂有此理！"曾国藩愤怒地站起来。

"祁、彭两个老头子还向皇上密奏，说让何桂清带两万绿营去围江宁，不能让湘勇得了攻下贼巢的首功，否则，湘勇将不可驾驭。"

"祁隽藻为何总是这样仇视我们湘勇呢？我跟他实在没有个人恩怨呀！"曾国藩想起祁隽藻数次在皇上面前进谗言的往事，心中又恨又怕。

"我们湘勇如此忠心耿耿地为皇上而与长毛血战，却要受到别人的猜疑；何桂清丢城失地，临阵逃命，反而被称为人才难得，且这些话出于所谓天下大老的两个大学士之口，尽管大行皇帝可能没有采纳他们的建议，但已足使志士灰心了。"彭玉麟两只手来回搓着，似乎要借此发泄胸中的积郁，"涤丈，这样贤愚不分、忠奸不辨的人把持朝政，我还去当什么巡抚？我感大人的知遇之恩，尽忠竭力统率水师，协助大人攻下江宁。一旦江宁打下手，我就回我的渣江去，不管什么官职我都不接受，践行我投军之初的诺言：以寒士出，以寒士归。"

"雪琴，你的高洁令我敬佩，但心不可灰。祁中堂、彭中堂虽因然糊涂，而朝政并不完全掌握在他们手中，且眼下大行皇帝远行，新主施政，自有一番除旧布新。"

"新主只有六岁，他晓得什么！"彭玉麟冷笑一声，压低声音说，"涤丈，湘勇水陆军威大振，今又攻克安庆，全国军民莫不仰服。大丈夫当意气纵横，不可仰他人鼻息。今东南半壁无主，涤丈岂有意乎？"不待曾国藩回答，彭玉麟又说，"倘若涤丈有此心意，玉麟和全体水师愿效犬马之劳，虽赴汤蹈火，亦心甘情愿！"

如果说胡林翼、左宗棠尚只是试探的话，彭玉麟则是明目张胆地煽动。这种赤裸裸地犯上作乱的话，若不是骨肉之亲、生死之交，谁敢说出口？彭玉麟是把自己的一颗心剖了出来，捧给你啊！曾国藩本想亲切热烈地拥抱彭玉麟，但理智使他清醒。他只是用深沉的目光紧紧地盯着这位肝胆之友，面无表情、平平淡淡地说："雪琴，你不要拿这种话来试探我！安徽巡抚一职，我明日就拜折推荐，请你不要再推辞！"

四　王闿运纵谈谋国大计，曾国藩以茶代墨，连书"狂妄，狂妄，狂妄"

胡林翼回到武昌后几天便去世了。噩耗传来，曾国藩哀伤不已，哭道："润芝赤心以忧国家，小心以事友生，苦心以护诸将，天下再难找这样的好人了。"又亲撰一挽联："遭寇在吴中，是先帝与荩臣临终恨事；荐贤满天下，愿后人补我公未竟勋名。"派贞干代表他带着挽联和奠金到武昌祭吊。

这时，骆秉章奉调督办四川军务，曾国藩去信，向他推荐刘蓉佐幕，并详告刘蓉之才可胜封疆大任。又与官文合议，荐李续宜为鄂抚、毛鸿宾为湘抚。

这时杨载福由湖口来安庆哭临，并与曾国藩道及"载福"二字犯了今上"载淳"的讳，拟改名岳斌。又说邓翼升本姓黄，幼年丧父，随母改适邓氏，遂从邓姓，现已升至副将，例应复姓归宗，请代向朝廷奏明。

曾国藩满口答应："改名岳斌，是对皇上的尊崇；复姓归宗，是对祖宗的孝敬。这都是大好事。尤其是邓翼升的情况，湘勇中可能不少，要借此广为宣传,鼓励大家都来积功受赏,像他那样,由皇上亲颁复姓归宗,这样的孝子贤孙几多荣耀,几多风光!"

不久,从热河行宫陆续寄来上谕,嘉奖攻克安庆有功人员:曾国藩赏加太子少保衔;曾国荃加布政使衔,赏穿黄马褂;曾贞干免选本班,以同知直隶州尽先选用,并赏戴花翎;又谥曾国华为愍烈,以彰其为国捐躯的忠烈。国藩接旨又喜又惧,急速发密信至庐山,嘱六弟千万千万不能下山。曾国藩注意到上谕一改过去成例,直呼湘勇为湘军,这点尤使他欣喜。他想起过去在这件事上对王鑫的指责,对左宗棠的规劝,觉得自己的谨慎稳重还是对的。今后可以堂而皇之地叫湘军,而不担心遭人讥责了!

三省巡抚的实授也下来了:皖抚彭玉麟、鄂抚李续宜、湘抚毛鸿宾,一概照曾国藩所荐允准。李、毛欢欢喜喜地上任了,唯独彭玉麟坚辞不受。朝廷拿他没办法,只得改授兵部右侍郎,调李续宜为皖抚,严树森为鄂抚。

接着又运来一箱新主颁赏的大行皇帝的遗念衣物。曾国藩焚香顶礼,对着北边跪拜后,命人将箱子打开。赏物包得很严实。外面一层牛皮,牛皮拆开后,又是一层毛毡,毛毡拆开后,遗念衣物出来了:冠一顶,以上红丝结顶;青狐胶袍一件;西洋精表一只,玉扳指一件,上刻"嘉庆御用"四字;淡黄东珠念珠一串;大小橘黄寿山印章石十枚。均注明系大行皇帝生前喜爱之物。曾国藩捧着这些遗念衣物,又大哭了一场。这是第二次得遗念物了。十二年前道光帝去世时,曾国藩以正二品侍郎身份领得一件春绸大衫。后来才知是件假的,真的早让太监拿走,高价出卖了。这次远在安庆,却得到如此多如此贵重的真品,怎不令他感激涕零呢?对他家兄弟四人的嘉奖,三省巡抚完全照他的推荐任命以及这箱遗念衣物的颁赏,这三件事使曾国藩深深感到,咸丰帝虽已大行,新主对自己依然眷顾甚隆,坚决地、毫不犹豫地拒绝胡、左、彭的试探,是非常正确的。皇家的天高地厚之恩,永远不应该忘记!

"大人,王壬秋先生前来拜见。"荆七进来禀报。

"他怎么到这里来了?"曾国藩正想着时,王闿运已经进来了。

"幸会,幸会!"一别七年,王闿运显得比过去成熟老练多了,倜傥不羁的性格中更增添几分轩昂的气概。这几年,王闿运以"衣貂举人"名扬京师。这里有个故事。有次肃顺上奏章,咸丰帝看后问"这篇奏章是谁写的?"

肃顺答:"家中西席湖南举人王闿运。"咸丰帝又问:"此人为何不出仕?"肃顺答:"此人非貂不仕。"咸丰帝说:"可以衣貂。"当时规矩,二品以上的大员和翰林才可以穿貂皮衣。翰林品级虽不高,因为是天子门生,故也可以享受这种待遇。从那以后,别人就称王闿运为"衣貂举人"。

"湘军攻克安庆,闿运特来向宫保和九帅贺喜。"王闿运仍像当年那样,恭敬而又大方地笑着说。

"安庆虽光复,皇上却龙驭上宾,这种时候,说什么贺喜一类的话。"曾国藩和王闿运对面而坐,将他仔细地看了一阵。"听说你一直在肃中堂家当西席,为何有空到安庆来?"

"我离开肃中堂家有半年了,这一向一直在山东作客。"王闿运端起茶杯,喝了一口,忽然正色道,"大人,国家大乱在旦夕,闿运想求大人赐一良策以避风险。"

"壬秋此话从何说来?"曾国藩惊问。

"大人,不是晚生危言耸听,朝廷早晚必有大动乱。"王闿运平平和和地说,"大人,有人上折,叫两宫皇太后垂帘听政,你知道吗?"

小皇帝即位的第二天,便给嫡母钮祜禄氏上徽号曰慈安太后,给生母叶赫那拉氏上徽号曰慈禧太后。这就是王闿运所说的两宫皇太后。曾国藩不知有垂帘听政一事,他摇了摇头。

"龙皞臣现尚在肃中堂家,离济宁前,我收到他的信,信上说起此事。"王闿运拿出一封信来,双手递给曾国藩。龙皞臣信里提到御史董元醇上疏,建议皇太后垂帘听政;还提到恭亲王赴热河行宫吊丧,并说九月底大行皇帝梓宫回京等事。看来,局势的确越来越复杂。曾国藩沉默了好长一阵子,才慢慢吞吞地吐出一句话:"我朝无太后临朝的先例。"

"正是大人所说的,不能行垂帘听政。"王闿运一副正气凛然的姿态,"纵观史册,凡女主临朝,国必大乱,晚生所忧正在此。"

在这点上,曾国藩与王闿运所见相同,但他不能像王闿运一样,如此毫无顾忌地直言。须知议论的不是前朝往事,而是当今太后,稍有不慎,就可能招致奇祸。他思索良久才说:"肃中堂才干,世上少有,有他和其他七位王公大臣辅佐,哪里还要太后操心!"

"大行皇帝临终前授了两颗印信给两位太后,一颗印曰御赏,送给慈安太后，一颗印曰同道堂，送给慈禧太后。大行皇帝说，今后上谕必须经两位太后审阅，前盖御赏，后盖同道堂，方可发出。"

王闿运这几句话，解开了曾国藩心中的大疙瘩。这些日子发来的上谕，上面都盖有这两个印章，他一直不解这是何故。他暗暗地想：大行皇帝此事办得欠思量，倘若顾命大臣拟的旨与太后意见相左如何办呢？不料，王闿运把他心中的顾虑挑明了："大人，假使肃中堂办的事与太后完全一致，那就好办，或者太后不管事，只履行钤印手续也好办，但偏偏那慈禧太后也有才干，好师心自用，今后有戏看了。"

曾国藩的心开始紧张起来，自古天无二日，民无二主，大事必得圣心独裁才是。太后、顾命大臣共同处理政事，的确会增加许多麻烦。皇上一贯英明，为何这事又不英明呢？

"大人，我想总有一天，太后会借她六岁儿子之口，对肃中堂他们下毒手的。"王闿运漫不经心地说。曾国藩的手却突然像被马蜂刺了一下似的抖起来。

"没有这样的事，不要乱说。"话虽严厉，但语气缓和，脸上亦无愠色。

"大人，肃中堂力矫弊政，重用汉人，尤其重用大人和湘军，是我大清兴盛的栋梁。但肃中堂也有致命的弱点，他权欲太重，心胸狭窄，我看他早晚要出事。"

曾国藩不愿意看到肃顺垮台，这对他、对湘军都是不利的。他微笑着对王闿运说："肃中堂于你有知遇之恩，你应该指点他一下，在这个关键的时刻帮他的忙。"

"肃中堂这个弱点我说过多次，但没有引起他的重视。这次我特地从济宁日夜兼程赶到安庆，就是想请大人为国家，为肃中堂，也为湘军办一件事。"王闿运恳切地说。

"我为他办什么事？"曾国藩意识到此事非比一般。

"大人。"王闿运正了正身子，以素日少见的严肃态度端坐在椅子上，托出他一番深思熟虑的计划来，"当今天下形势，处在一触即发之时。肃中堂等辅政八大臣，如同卧危楼、游浪尖，随时都有灭顶之灾。以晚生看来，肃中堂一旦下台，则中国局面将无人可收拾。那时，发捻乱于内，夷人侵于外，我大清二百年江山岌岌可危。大行皇帝辞世以来，朝廷嘉奖之隆、赏赐之厚，宫保为第一人。可见无论是两宫皇太后，还是辅政八大臣，在对宫保的依畀上是一致的。故晚生环顾朝野，今日能救我大清者，唯有宫保一人而已。现在皇太后不甘于览奏钤印之虚位，要垂帘干预国是。御史明奏，太后机心，依晚生之见，均不足以制服肃中堂等。一则祖制重于泰山，二则肃中堂乃大行皇帝托孤大臣，上谕煌煌，阖朝共知。但皇太后会走出一步棋来，这步棋为大行皇帝之失误，而肃中堂又失察，那便是与京师恭王联络，叔嫂合谋，政变于宫闱。"

曾国藩神情肃然起来，他暗自佩服王闿运对局势看得深透，分析得精辟。

"本来，"王闿运换成平缓的口气，条理井然地说下去，"大行皇帝应该牢记周公辅成王的古训，效法本朝多尔衮辅顺治爷的先例，任命恭王为摄政王，将幼子托付与他，再嘱咐肃中堂尽心协助恭王。这样尽管新主冲龄，政局会确保稳定。大行皇帝已去，自然不能再苛论，当今之计，只有宫保自请入觐，申明祖制，说明不能行两宫垂帘听政的道理，再与肃中堂一起谒见恭王，务请恭王以社稷为重，泯灭前嫌，辅佐新主。这样，上有贤明至亲之摄政王，下有干练威断之肃中堂，外有手握重兵之曾宫保，大清朝廷即使遭遇暴风骤雨之袭击、天崩地裂之灾祸，也可上下同心，朝野协力，共渡危难，稳如磐石。如此，大人对国家的贡献，将远胜攻取一城一地，千年青史，将永标大人忠贞为国之赤心！"

王闿运越说越意气昂扬，曾国藩则越听越冷静。眼前这个聪明异常的书生，为肃顺计，可谓远谋深算，处心积虑，但他毕竟是个年轻的书生，阅世尚浅。以肃顺之性情，他要执掌国政大权，岂会自请恭王当摄政王？说不定大行皇帝没有要恭王摄政，正是出自肃顺的主意！与肃顺谋此事，无异与虎谋皮，自讨苦吃。再说，肃顺跋扈，积怨甚多，恭王愿不愿意与他共事，也很难讲。若自请入觐申明祖制，肃顺、恭王两边讨不讨得好尚不可预卜，先得罪了两个皇太后，却是肯定的事。以慈禧太后之为人，得罪她岂有好处！现在是太后、顾命大臣、恭王三方在明争暗斗，三个方面不管谁胜，都必定要依靠自己，何必要介入这中间呢！在安庆静观时局变化，以不变应万变，乃是目前的最佳态度。主意打定，曾国藩笑着说："壬秋，你的想法很好，但我一个外臣，岂能干预朝政？再说前线军事瞬息万变，也不允许我离开。"

曾国藩的断然拒绝，如同寒冬中一盆冷水劈头浇到王闿运身上，立时蔫蔫搭搭的，半天说不出话来。但王闿运并不死心，定定神后，他又托出第二个计策："大人，你还记得咸丰四年正月，在衡州出兵前夕，晚生对大人讲的那番话吗？"

怎么可能不记得呢？当年王闿运那番说辞，使初带兵的曾国藩为之心跳血涌。现在，他已久历沙场，连克名城，对胡、左、彭的暗示规劝，他处之泰然，王闿运那番话，至今想起来，也不过如此。曾国藩似有似无地点点头。

"若大人觉得晚生刚才所说的不妥当的话，大人可在安庆首举义旗，为万民做主。以大人今日之德望之实力，晚生可以担保，不仅天下响应，四方影从，就连肃中堂也会心悦诚服地拥戴。"说到这里，王闿运偷偷地看了一眼曾国藩，只见他安然坐在案桌边，低着头，若无其事地以手蘸茶水在桌面上画着。王闿运暗思：这回可能动心了。他兴致高涨："肃中堂常说，满人糊涂不通，不能为国家出力，唯知要钱，国家遇有大疑难事，非重用汉人不可，尤其敬仰大人……"

"大人，折差送来重要信件。"荆七进来，打断了王闿运的话。

"好，我就来。"曾国藩起身，对王闿运说，"你来得正好。早几天，安庆城里一个姓曹的秀才，自称是曹子建的后人，送了一页子建的手书给我。你是行家，帮我鉴定一下，看是不是真迹。"

待曾国藩出了门，王闿运走到案桌边，只见曾国藩刚才以茶代墨写的字尚未干，仔细看时，竟是一长串"狂妄，狂妄，狂妄"！王闿运摇摇头，嘴角边泛出一丝苦笑，心头涌起一股悲凉。

五　离国制期满还差两天，彭玉麟领来一个年轻女子

原来，折差送来的是军机处抄的廷寄，对苗沛霖攻占寿州一事咨询曾国藩：剿，还是抚？

都是胜保坏了大事！看完廷寄后，曾国藩在心里狠狠骂道。这几年，苗沛霖在皖北招兵买马，广建圩寨，不臣之心充分暴露，但胜保欲挟以自重，一直庇护着他。上月，寿州邑绅孙家泰、徐立壮奏苗跋扈。苗大怒，发兵攻

下寿州，挟制正在寿州城内的前皖抚翁同书。胜保向朝廷告急，他惧怕事情闹大，不可收拾，请求安抚苗。

"对苗沛霖决不能安抚，必须趁此机会宣布他背叛朝廷的大逆之罪，彻底消灭，以除隐患。"曾国藩对赵烈文说，"惠甫，你就按这个意思拟一份奏稿。"

"假若朝廷接受大人的意见，派湘军剿苗沛霖呢？"赵烈文一贯遇事想得深远。

"湘军不能分兵，要集中力量打金陵。苗沛霖今日之所以敢于与朝廷分庭抗礼，实是袁甲三、翁同书等人养痈遗患，理应由他们收拾乱局。你写明：请皇上责成胜保、翁同书讨伐苗沛霖，收复寿州。"让他们去混战吧！曾国藩心里得意地笑着。

王闿运在安庆住了几天，见曾国藩再不跟他提起国事，自觉没趣，留下"我惭携短剑，真为看山来"的诗句，带着曾国藩送给他的程仪，回湘潭云湖桥看他的老母妻儿去了。他刚离安庆，京师便传来惊天动地的消息：两宫皇太后联合恭王，废去了顾命八大臣，载垣、端华自尽，肃顺弃市，恭亲王任议政王，两宫垂帘听政，从明年起改年号为同治。

曾国藩为自己的谨慎稳重而暗自庆幸。王闿运则从此与官场告别，专心致志去做他的名山事业，刻意寻访奇才，决心将自己满腹帝王之学传与弟子，留待后人。

紧接着，从京师频频寄来上谕："钦差大臣两江总督曾国藩统辖江苏、安徽、江西三省并浙江全省军务，所有四省巡抚提镇以下各官悉归节制。""曾国藩以两江总督协办大学士。""曾国藩节制四省，昨又简授协办大学士，其敷乃腹心，弼予郅治，朕实有厚望焉。"接到这一封封上谕，曾国藩受宠若惊。他自己尚不知道，之所以有这一系列隆重礼眷，还有一个重要的原因。

肃顺垮台后家被抄，从家里抄出几大捆书信。由于肃顺炙手可热的权势和有意笼络，各省督抚、带兵的将军都统，个个都与他书信往来密切，且信中极尽谄媚言辞，而唯一没有在肃府留下字迹的只有曾国藩。这件事使两宫皇太后和恭王大为感叹，故而引为腹心。曾国藩有感于依畀太重，一再恳请辞去节制四省之职，朝廷则一再不允。他只得挑起这副重担，日夜与文武僚属商议归复金陵大计。偏偏癣疾又一次大发，弄得他苦恼不堪。

这天午后，曾国藩强打精神批阅文书，忽然觉得眼前一亮，彭玉麟带着一个年轻女子走进来。

"涤丈,您老看看这个妹子如何?"彭玉麟笑吟吟地指着低头站在一旁的女子问。这以前,彭玉麟已带来过三个女人,曾国藩都不满意,或嫌其粗俗,或嫌其丑陋。这个女子一进来,便给他一种好感:身材匀称,步履端庄,那副羞答答的样子,既显得安详,又有几分迷人。

"把头抬起来。"曾国藩轻轻地命令。那女子把头抬了一下,觉得对面的老头眼光很阴冷,又赶紧低垂。曾国藩见她虽算不上美丽,却也五官端正,尤其是眉眼之间那股平和之气很令他满意。"叫什么名字?"

"小女子名叫陈春燕。"

嗓音清亮,曾国藩听了很舒服,又问:"今年多大了?"

"二十二岁。"

"听你的口音,像是湖北人?"

"小女子家住湖北咸宁。"陈春燕大大方方,口齿清楚,完全不像以前那几个,要么是吓得手足失措,要么是忸忸怩怩,半天答不出一句话。曾国藩心中欢喜。

"家中还有哪些人?"

"有母亲、哥嫂和一个小妹妹。"

"父亲呢?"曾国藩问。

"父亲前几年病死了。"陈春燕的语调中明显地带着悲伤。

是个有孝心的女子。曾国藩心里想,又问:"你父亲生前做什么事?"

"是个穷困的读书人,一生教蒙童糊口。"

听说是读书人的女儿,曾国藩更高兴:"那你也认得字吗?"

"小女子也略为识得几个字。"

"雪琴,谢谢你了!"

"涤丈收下了!"彭玉麟如释重负,欢喜地说:"明天我带大家来向涤丈讨喜酒喝。"

"慢点,慢点!"曾国藩叫住彭玉麟,问:"百日国制未满吧?"

"今天刚好百日,您老就放心让陈春燕侍候吧!"彭玉麟笑着边说边出了门。曾国藩伸出指头点点掐掐,便将春燕留下来了。

夜晚，疲劳一天的曾国藩回到卧室，发觉房间大变了样：屋子打扫得干干净净，桌上文书整理得整整齐齐，床上铺垫摆得清清白白。

春燕提着一大桶热水上来，轻柔地说："请大人洗脚。"

"你怎么知道我有这个习惯？"曾国藩吃惊地问。

"小女子问过彭大人，他说大人有睡觉前烫脚的习惯。彭大人还说，大人临睡前要吃点甜软的东西，如稀饭、鸡蛋汤，平日喜欢吃鱼，吃新鲜蔬菜，吃湘乡土制的盐姜、干菜，饭后还喜欢散步。"

"你真细心。"曾国藩拉着春燕的手，亲热地望着她。春燕感到，曾国藩眼中射出的是柔和温馨的眼神，完全不像白天的冷峻阴森，人也显得年轻些。

"春燕，我是个衰弱的老头子，全身都长满了蛇皮癣，你跟我睡觉怕吗？"

"大人是人人敬慕的英雄，小女子能服侍大人，这是小女子的福气。"

春燕的答话使曾国藩大为高兴，他觉得已消失多年的脉脉温情又悄悄地生发了，一边抚摸着春燕细腻的手心，一边和蔼地说："春燕，你今日做了我的妾，便是我曾家的人了。我要把家里的事情跟你说说。"

曾国藩将脚浸泡在热水中，慢慢地对春燕说起了他的家庭，从高祖讲到妻子："欧阳氏是我的结发妻子。在娘家时，岳父凝祉先生给她取的名字叫秉钰。十八岁时，从衡阳嫁到我家，那时我二十三岁。她是个命好福大的人。过门第二年，我便中了举人。也就在这一年，她给我生了大儿子祯第。过了几年，我又中进士点翰林。道光二十年，她带着儿子来到京师。湖南到北京三千多里，儿子又小，一路辛苦颠簸，也多亏了她。"

曾国藩说到这里，想起此时正在荷叶塘老家的欧阳夫人，突然对她产生一种又是感激又是负疚的心情。春燕也在思考着：想不到这个带兵打仗的大人物，对妻子竟是这样一往情深哩！

"夫人多次来信，要我在外面讨个妾，说粗手粗脚的荆七，如何能代替得了心思细致的女人！每次我都拒绝了她的好意。我明天要写封信告诉她，说我接受了她的劝告，纳了一个端庄温和的小妾，请她放心。"

春燕感觉到，自己丰软的手被曾国藩干瘦的手抓得紧紧的。她的心在怦怦跳动。"端庄温和"四个字，使她略有一丝幸福的感觉。

"你放心，夫人不会欺负你的。"曾国藩的声调变得轻轻细细的、温温润润的，眼睛专注地望着春燕的脸，又抬起手来，抚摸她油黑发亮的头发。春燕脸红了，心跳得更厉害。

过了好一会儿，曾国藩的手离开春燕的头发，重新以平静的语调说："祯第三岁上死了，得的是痘症，和他一起去的，还有我九岁的满妹。现在的老大纪泽，其实是老二。纪泽今年二十三岁，比你大一岁。这孩子像他妈，温情有余，刚强不足，不过也还诚实聪明，肯发愤读书，今后虽然说不上有大出息，但也不会给曾家丢脸。这点我很放心。他先前娶了贺耦耕先生的满女。耦耕先生，你知道是哪个吗？"

春燕摇摇头。

"是的，你是不会知道的。"曾国藩淡淡一笑，"耦耕先生病逝的时候，你才只几岁人。他是我们湖南一个顶有名的大官，做过贵州巡抚、云贵总督，学问也极好。他的兄弟蔗农先生也是进士出身，做过御史、知府，晚年在城南书院当山长，用心培育人才，左季高就很得过他的教益。贺家虽不如二十年前的鼎盛，但仍旧是长沙第一大家族。"

曾国藩不厌其烦地介绍贺家的情况，陈春燕不觉得他是在夸耀亲家的显贵，而是在她跨进曾家大门的第一天，就把作为一个曾家人所应具备的知识告诉她。春燕对此很是感激。她的心不再急跳了。她半低着头，眼睛望着水桶，聚精会神地听着。

"贺妹子命苦，过门第二年就难产死了。接生婆说，肚子里怀着的是个男伢，可惜呀！纪泽念着她，一直不肯再娶。他娘不知劝过他多少遍，直到前年，才娶了刘孟蓉的二姑娘。孟蓉是我多年来相交最深的朋友，他是个顶好的人。"

春燕用手探探泡脚的水。水有点凉了。她起身说："大人，水不热了，我再去烧点来。"

"好吧，不要烧多了。"

一会儿，春燕提了半壶滚水过来，加在木桶里，水温升高了，曾国藩觉得很舒服。

"刘妹子过门三个年头，生了两胎。头胎是伢子，只活到半岁就夭折了。

二胎是个妹子，刚生出来就憋气憋死了。纪泽夫妇很伤心，我写信安慰他们：死生有命，不要太悲痛，年纪轻轻的，还怕今后没有崽女？"

曾国藩微微地笑了，陈春燕也悄悄地笑了一下。猛然间，她想到了自己，她希望今后能多生几个儿子；那样，她才能在曾家有地位。

"纪泽下来，夫人一连生了五个女儿。大姑娘叫纪静，嫁的是我翰林院的好友湘潭袁芳瑛的大儿子秉桢。秉桢人聪明，但好玩乐，看来今后难得成器。二姑娘纪耀嫁的是我的同年茶陵陈岱云的儿子远济。远济这孩子可怜。生下只有几天，娘就死了，寄养在我家，一岁多才接回去。他自小失去亲娘，没有人娇惯，所以还能吃苦，也懂得自爱。咸丰三年岱云在池州府殉国，远济还只九岁多。夫人见他无父无母，很是怜爱，便常常接他到荷叶塘去住。今年上半年，远济虚岁刚交十八，夫人就急忙让他与纪耀完了婚。三姑娘纪琛，许的是罗山的二儿子兆升，四姑娘纪纯许的是郭筠仙的大儿子刚基，都还未过门。五姑娘不满一岁就死了，得的是痢疾。接下来是二儿子纪鸿。这孩子长得肥头大耳，虎虎有生气，大家见了都喜爱。翰林院学士郭雨三硬要把他的三女许给纪鸿。他的三女比纪鸿大一岁。夫人说，纪鸿学曾祖父、祖父的样，娶个大一点的老婆，以后好照顾。我想也有道理，就订了这门亲事。所以，纪鸿一岁时就有了老婆。"

曾国藩开心地笑起来。春燕也觉得有趣，抿着嘴陪他笑。

"夫人最后一胎是个女孩，取名叫纪芬，今年虚岁十岁，还没有许人。满妹子长得厚厚墩墩的，是个有福有寿的相，今后要为她寻一个好丈夫。"

曾国藩絮絮叨叨地讲着。夜已很深了，他毫无倦意。春燕静静地听着，一点一滴都默默地记在心中。她觉得眼前的这个半老头子，并不是世间传说的那样威严可怕，他其实也是一个普普通通的男人，他对自己的家，对自己的老婆儿女有着深切的爱。作为女人，春燕喜欢这样的男人。

洗完了脚，曾国藩坐到桌子边，开始写日记。他将春燕今日入室行礼作为一件大事，郑重地写上了日记簿。为了确证今日正是百日国制期满，他对着日记一天天地倒指头。从七月十六日数起，数到今天——十月二十四日，不觉大吃一惊！无论怎样满打满算，今天也只是第九十八天，离期满还差两天！

"怎么这样糊涂！"曾国藩暗暗地骂了一句。他想起这些日子来朝廷对自己的破格隆遇，心中有一股浓重的负罪感，"这如何对得起天地君父！"

"荆七！"他大声呼喊。王荆七不知出了什么事，从隔壁房子仓皇而至。"你把春燕带到客房去睡！"

春燕一听，吓得浑身发抖，忙跪下哭道："大人，小女子犯了错，任大人打骂，只求大人不要将我赶出去。"

"我没有赶你出去。"曾国藩苦笑道，"只因离百日国制期满还差两天，我不能留你在我的卧室中，待过了这两天，我再让你进来。"

"大人，何必这样认真呢？"荆七终于明白了原委，心里真觉得好笑。他嬉皮笑脸地劝道："姨太太已经进了屋，你就让她在这房里陪你睡觉，瞒两天不公开就是了，何苦要她去睡客房，一个人冷冷清清的。"

"胡说！"曾国藩瞪了荆七一眼，吓得他忙说："是，是。小人这就带姨太太去。"荆七刚走两步，曾国藩又叫住了他："你安排好姨太太后，火速赶到江边彭大人船上，就说是他把日期弄错了，我已将陈春燕送至客房，二十七日下午，我在衙门招待各位便饭，正式宣布纳春燕为妾！"

第五章 幕府才盛

一 《挺经》。"如夫人"与"同进士"。五百两银子洗冤案

有陈春燕的精心照料，曾国藩的饮食起居大有改观，精神状态好多了，癣疾也日渐好转，每天夜里也能安稳睡上两个时辰了，中午再小睡片刻，一天到晚显得神采焕发。曾国藩没有料到，春燕对他有如此大的帮助，心里充满对她的感激。时常给她点钱，要她寄回咸宁老家去，补贴老母和哥嫂。闲时也跟她讲点前朝故事和身边发生的琐碎事，春燕很爱听。过去只知道他是威风凛凛的湘军统帅，杀人不眨眼的曾剃头，与他相处久了，春燕逐渐看出曾国藩也有细腻体贴的一面，尤其是对小事细节的思虑周到，春燕自认她这个女人亦不及。她对曾国藩由敬生出不少爱来，她希望早点生个一男半女，既讨得丈夫的欢心，又可以使自己在这个显赫家族中站住脚。

安庆城自古以来便是皖省第一大镇，这里水陆交通便利，物产富饶，人文发达。曾国藩最崇敬的文人姚鼐，就出生在离安庆不远的桐城县。桐城文派曾影响过全国，也对曾国藩影响甚深。近一二十年来，桐城文派日趋衰微，曾国藩为此痛心。好了，现在有一个较安定的省城和一大片归于自己治理的土地，两江总督是有义务，也有力量对桐城文派起衰救疲的。为了向文人学士们表达这个心愿，他特地下令，为因战乱，死而未葬的桐城名士方东树、戴钧衡、苏厚子等人举行隆重的安葬仪式。下葬那天，他亲率全体幕僚

参加，并为他们撰写墓志铭，盛赞他们的道德文章。这一举动，使所有文人们感激涕零。不仅要挽救桐城文派，曾国藩还要挽救整个两江的世风吏治，并以两江作为基地，造成一个好风气，推广到全国去，从而实现自己的最高理想，做一个像周公、孔子那样的人，将整个国家治理为一个风俗淳厚、人心端正、四海升平、文明昌盛的社会。曾国藩知道这一理想的实现，光靠自己一人不行，要有成百上千个志同道合的人一同去做，那样才可以使举世为之和，天地为之应，酿成一种气氛，造成一种形势。

为此，他一方面向朝廷上奏，请选择一批品学兼优的六部官吏和新科进士来安庆，他将视其才情，因量器使；另一方面广贴告示，多发书信，向全国招延人才。听说功高震世的两江总督思贤若渴，爱才如命，短短的几个月里，从京师，从地方，甚至从偏僻的边徼之地，怀着各种目的的文人武夫纷纷来到安庆。武夫来了，曾国藩或当面考核，或叫将官测试后，立即派往军营，能干的马上就可做什长哨长，一般的则充当勇丁。文人来投的，曾国藩不管多忙，一律亲自接见，与之交谈。在察言观色中掂量着来人的斤两。这些人，大部分派往三省各州县，对其中较为杰出的人，则留在自己的身边，经过一段时期的熏陶、栽培，再予以重用。即使是那些毫无一技之长，或不中意的人，曾国藩也好言勉励，打发盘缠让他们回去。

曾国藩又亲自作劝诫浅语十六条。其中劝诫州县四条，上而道府，下而佐杂以此类推：治署内以端本，明刑法以清讼，重农事以厚生，崇俭朴以养德。劝诫营官四条，上而将领，下而哨弁以此类推：禁骚扰以安民，戒烟赌以儆惰，勤训练以御寇，尚廉俭以服众。劝诫委员四条，向无额缺，现有职事之员皆归此类：习勤劳以尽职，崇俭约以养廉，勤学问以广才，戒骄惰以正俗。劝诫绅士四条，本省乡绅，外省客游之士皆归此类：保愚懦以庇乡，崇俭让以奉公，禁大言以务实，扩才识以待用。每条下又详作一百余字的具体说明。曾国藩命人分别写在四块一丈高四尺宽的大木板上，插在总督衙门大门两旁。一时引得安庆府里的人都来观看，齐声称道湖南来的总督为官正派，办事有方。派到各地的官吏委员，初时还有所畏惮，不敢放肆，时间一久，便近墨者黑，同流合污了。只有留在身边的幕僚，一来本有不少操守较好的人，二来处在曾国藩的严密监视之下，不能乱来。两江总督幕府，一时人物茂盛，才俊众多。

每天早晚两次正餐，曾国藩常和幕僚们在一起吃饭。席上，国事、兵事谈得少，大多谈学问文章、野史轶事，甚至街谈巷议。这一天早上，两江总督衙门餐厅里，曾国藩又和幕僚们一起有说有笑地吃早饭。

"十年前，恩师只是一个以文名满天下的侍郎，这十年间，恩师创建湘军，迭复名城，门生不知，天下士人亦不知，恩师何以能建如此赫赫武功？"问话的是浙江德清才子俞樾。道光二十七年，俞樾参加会试复试，曾国藩是阅卷大臣。诗题为"淡烟疏雨落花天"，俞樾的试帖，首句为"花落春仍在"。曾国藩读后激赏之，称赞道："咏落花而无衰飒意，与'将飞更作回风舞，已落犹成半面妆'相似，他日所至，未可限量。"遂将俞樾拔置第一。俞樾为报答曾国藩的知遇之恩，将自己所作的诗文集命名为《春在堂集》。曾国藩一到安庆，他便弃官前来投奔。

"是荫甫在问吧！我告诉你，我有一个秘诀，今天传授给你，你千万莫轻授别人。"曾国藩微笑着，放下筷子，大家都笑了起来。俞樾说："请恩师传授，门生决不外泄。"

"外人都不知，我有一部兵书，是一位道行精深的仙师传给我的。凭着它，我才能带兵打仗，由文人行统帅事。"

幕僚们第一次听曾国藩讲仙师授兵书的事，都很惊讶，不少人脑子里立即浮起鬼谷子传书给苏秦、圯上老人赠书给张良的传说，还有人想起《水浒》里九天玄女送书给宋江的故事，大家将信将疑，都聚精会神地听下文。

"这部兵书名叫《挺经》。"曾国藩端起小汤碗，慢慢地喝。

"《挺经》？"幕僚中有人小声地念着。有的在交头接耳，悄悄地议论：

"好奇怪的书名。"

"从没听人说过。"

"《挺经》有二十四条经文，我先给你们讲第一条。"曾国藩放下小汤碗，右手作五指梳，缓缓地梳理着胸前的长须，慢悠悠地说，"荷叶塘有个老头，一天，家里来了贵客。老头叫儿子到蒋市街买酒菜款待客人。儿子挑一担空箩筐出去了，一直到太阳偏西还不见回来。老头子急了，自己出门去找。在半路一丘水田田塍上遇到了儿子。"

曾国藩说到这里停下来，又端小碗喝汤。大家尖起耳朵听着，不知老头的儿子买东西和"挺"有什么关系。"谁知儿子担着一担东西站在那里，在他对面也站着一个挑担子的人。两人你望着我，我望着你，都不动。老头一见急坏了，板起面孔骂儿子：'你这不成器的东西，家里等你的酒菜，等得人都跳起来了。你却死了一样地站在这里不动，你到底要做什么？'儿子委屈地说：'他不让我过去。'老头对那人说：'兄弟，你下田放他过来吧！'那人怒道：'你好偏心！你为什么不叫他下田，放我先过去呢？'老头说：'兄弟，你人高，他人矮，你可以下田，他不能下田；再说你是杂货，他是吃的东西，你的货可以浸水，他的货不能浸水。'那人越发气了：'你看不起我的货！他小我大，他越要让我，我不能让他。'老头也气了：'罢，罢！只有我下田了。'老头脱去鞋袜，站到水田里，用手托过那人的担子。这才把那人打发了，和儿子挑着担子回来。这就是《挺经》中的第一条。"

曾国藩微笑着闭住嘴，大家听后似懂非懂。俞樾说："恩师，您老刚才讲的只是《挺经》中的一条，还有二十三条呢？"

"今天只讲这一条，以后再慢慢地讲给你们听。"曾国藩端坐着，不再说话了。大家继续低头吃饭，一边嚼着饭菜，一边也在咀嚼着这条经文的含义。二十二岁的桐城才子吴汝纶，先是抱着听传奇故事的心情来听《挺经》的，现在觉得乏味，他一贯耐不得沉默，左右张望了一眼，指着旁边的武昌古文家张裕钊对大家说：

"诸位发觉没有，廉卿兄的头发都变青了。"

张裕钊虽只三十九岁，却头发花白，他不满意自己未老先衰，昨天特地染了。于是众人的眼睛都转向正在吃饭的张裕钊，弄得张裕钊很不好意思。

"陆展染须发，欲以媚侧室。"吴汝纶调皮地背了两句南朝何长瑜的诗来讥笑他。

"我哪有什么侧室啊！"张裕钊大笑起来，望了一眼对面的李善兰说，"我看壬叔兄比我大十多岁还满头乌发，不染，对不起他呀！"

大家都笑了起来。笑过后，曾国藩说："挚甫提到侧室，我倒想起一件事。前几天有人跟我说，'如夫人'失对。我想了几天想不起，你们想想有什么好的下句。"

"有！"曾国藩话音刚落，吴汝纶便急着嚷起来。

"快说呀！"大家催促。

"同进士！"吴汝纶冲口而出。

"对得妙！"有人喊。

曾国藩听了，脸色一变。俞樾看在眼里，暗暗骂道："这个鲁莽的吴挚甫，卖弄小聪明，这下闯大祸了。"他沉下脸，举起筷子指着吴汝纶说："你混说些什么！"

这时，吴汝纶才意识到失言了，满脸通红，局促不安。

"挚甫，你帮我解了一个大难题。"曾国藩很快恢复常态，脸上露出真诚的笑容，"今后好好努力，桐城出了你这样才思敏捷的后起之秀，桐城文派的振兴大有希望。"

听了这句话，吴汝纶和在座的全体幕僚无不感动不已。吴汝纶心想：今天假若是遇到黄祖说不定无意之间便把脑袋丢了！

"中堂大人，您老说起桐城文派，我记起前天接到吴南屏的信。"说话的是二十六岁的年轻人黎庶昌，贵州贡生，以上书论时事受朝廷重视，派来安庆军营。曾国藩见黎庶昌器宇不凡，古文尤其作得好，甚是喜爱，便留在幕府中，黎庶昌与吴南屏是文字之交的好友。

"南屏信里说了些什么？"曾国藩一向看重吴南屏的文才。吴南屏为人疏懒，极少写信，这次来信，必有要事。

"他说要与中堂打官司，先叫我露个信给您老。"黎庶昌的话把大家的注意力都吸引过来了，一齐停下筷子注意听。

"他有什么事要跟我打官司？"曾国藩不解。

"为《欧阳生文集序》一文。"黎庶昌答。

前两年，欧阳兆熊将其早逝的儿子欧阳勋的文章汇编起来，刻了个集子留作纪念。欧阳勋曾向曾国藩请教过学问，于是欧阳兆熊便请老友作篇序言。那时曾国藩还在建昌，一口答应。

"这篇文章犯着他什么了？"曾国藩觉得有趣，笑着问。

"吴南屏说，他对中堂未经他允许，就将他列入桐城文派在湖南的传人大为不满。他说一则根本就不存在桐城文派，二则他素不喜欢姚鼐，中堂硬要把他划为姚鼐派，他很愤慨。还说什么果以姚氏为宗，桐城为派，则中堂之心，殊未必然。"

"哈哈哈！"曾国藩大笑起来，他想起咸丰二年回湖南，在岳州城里听欧阳兆熊讲"岳州四怪"的往事，真是个"怪才吴举人"！

"我说什么事，就为这个。莼斋，你给他回一封信，就讲曾某人说的，他吴举人的大名列入桐城文派传人一案已定谳了，他要跟我打官司，会无人受理。最好还是照我们荷叶塘有钱人的样子，拿出五百两银子来贿赂我，我再写篇文章，为他洗刷这个冤案，私了算了！"

当黎庶昌还在一本正经地说"南屏是个穷书生"的时候，满厅幕僚早已捧腹笑开了。

"大人，有两个士子要拜见。"荆七进来说。

"好！叫他们稍等一下，我换了衣服就来。"曾国藩起身，四面扫了一眼，客气地说，"大家慢慢吃，我失陪了。"

二 今日欲为中国谋最有益最重要的事情，当从何下手

过一会，曾国藩穿戴整齐，坐在小客厅藤椅上，赵烈文、杨国栋、彭寿颐等人分坐两侧。他拿起放在茶几上的两张名刺，见一张上写着：长洲王韬紫诠。"这是个名士呀！"曾国藩笑着说。

"此人在上海墨海书馆替洋人做了十多年的事。"赵烈文说。

"墨海书馆？"杨国栋问，"那不是跟壬叔在一起共过事吗？"

"是的。"彭寿颐回答，"李壬叔说起过他。"

"此人怎样？"曾国藩问彭寿颐。

"据李壬叔说，此人聪明异常，中文洋文都很好，但生性放荡，喜寻花问柳，是个唐伯虎、祝枝山式的人。"

曾国藩一听这话，心中便有三分不喜。正说着，王韬走了进来。曾国藩见他长得矮胖臃肿，眉毛粗黑，两只鱼泡眼松松垮垮的，没有神采。"酒色之徒。"曾国藩心里说。

"拜见中堂大人！"王韬在曾国藩面前叩头。

"请起请起！"曾国藩起身回礼，指着旁边一个座位说，"紫诠先生，请这里坐。"

"听说紫诠先生在墨海书馆多年，翻译了不少洋文书，这是桩好事呀！"待王韬坐定后，曾国藩先开腔。

"也是混口饭吃而已。"墨海书馆是英国传教士麦都思在上海创办的一家

印书铺,当时读书人都不屑于与洋人打交道,王韬说的是实话。但听曾国藩一称赞,又高兴得很,便将墨海书馆的情况,向曾国藩简略地禀报了一番。

"他们用机器印书,一天印多少张?"曾国藩问王韬。

"一天可印七八千张。"

"啊!这么多!"赵烈文轻轻地叫了一声。

"一架机器抵我们五六十个人了。"曾国藩笑着说。

说了一阵墨海书馆后,曾国藩问:"先生到鄙人这里来,有何事见教?"

王韬望了赵、杨等人一眼,说:"在下有一要事跟中堂大人说,请屏退左右。"

"不必了,你讲吧!"曾国藩淡淡地答复。

"好吧,请恕在下直言。"王韬碰了一个软钉子,心上飘过一丝不快,他将身子略向前倾,对曾国藩说,"大人今日拥重兵,居高位,其身虽荣耀,而其势却危殆。"

"你这是什么意思?"曾国藩拉长着脸,两眼冷气逼人。

"中堂大人,"王韬似乎没有看见曾国藩面孔的变化,继续说下去,"大人精通典籍,熟读史册,当知蒯通劝韩信事,而今日事正与当年同。清廷、太平天国、湘军好比当年的刘、项、韩。湘军助清廷,则清廷强;助太平天国,则太平天国兴。大人何苦要为别人出力?不如既不为清廷,亦不为太平天国,让他们两虎相争,最后由大人来收拾残局。这是大人你的最好选择。"

从王韬刚进门的那一刻起,曾国藩便对他的印象很不好。心想:他居然敢以素昧平生之身份,赤裸裸地劝我行非分之举,他把我看成什么人了?曾国藩压住心中的厌恶,铁青着脸说:"紫诠先生,你我素不相识,你不了解鄙人。鄙人是宁愿遭到韩信那样的下场,也不会背叛朝廷的!"

说着端起茶杯,荆七见状,高喊:"送客!"

王韬怀着一肚子希望而来,没想遇到这样的冷遇,只得沮丧着起身告辞。走到门口,他对天长叹一声:"不料两千年前的故事又要重演了!"

"大人,此人有一技之长,留下能起作用。比如我们今后要请洋匠传授军火技艺,他可以当翻译。"杨国栋并不认为王韬有什么过错,倒是觉得曾国藩的态度太冷淡了。

"此人虽不护细行,但究竟有点薄名,又懂洋文,本可留下他做点事。

但他偏偏不安分，野心不小，思维怪诞，这种人留在我身边，是一个大隐患。两江总督幕府不能有这样的僚属。"曾国藩将端起的茶杯放下，他其实并没有喝。

"大人，我看王韬非等闲之辈，大人既不用他，不如杀掉，免得他投靠长毛，为虎作伥。"赵烈文谏道。

"惠甫，你把他看得太高了。"曾国藩冷笑道："此人不过一无知妄人而已。我料他此生成不了什么事，你们放心好了。"

他顺手拿起茶几上的另一张名刺，对荆七说："叫容闳进来。"

当容闳跨进门槛的时候，曾国藩便盯着他仔细打量起来：这是个三十三四岁的中年人，中等偏低的身材，眉粗眼大，颧骨很高，嘴唇的棱角极为分明，皮肤呈淡棕色。他与常人的最大区别，是脑后没有辫子，一头黑发齐耳剪得短短的。"是一个武将的料子。"曾国藩心想。待那人走到身边，曾国藩又以犀利的眼光将他认真地看了一遍。

"你就是容纯甫先生吗？我这是第三次邀请，你才肯赏光来呀！"曾国藩不待容闳通报，便先说话了，脸上无一丝笑容。

"总督大人息怒，我是个商人，与长毛做过生意，怕大人加罪于我。"容闳一口广东官话说得不熟练，他有意放慢点，好让人听懂。

"我三番两次叫人，而且叫你的朋友写信请你来，我难道会加罪于你？我知道你曾向长毛上过书，你的那份上书我已看过，我不认为你是勾通长毛，倒觉得有爱国之心。我明白告诉你，你给长毛建议的七条，除以《圣经》为主课这一条外，其他六条我都能接受。"

容闳大为惊讶。两年前，他和两个美国传教士一起到太平天国考察，在苏州、常州等地，他亲眼见太平军军纪好，人民安居乐业，对太平天国的印象是好的。一进天京，与太平天国的高级官员接触交谈后，他失望了。他发觉那些天国要员们一个个观念陈腐，见识鄙陋，且争权夺利，结党营私，容闳断定这批人成不了事。其中稍有点头脑的是干王洪仁玕。容闳在香港时就认识他，算是天国最高领导层中有新思想的人了。容闳向他提出七点建议：一、组建良好军队，二、办武备学堂，三、建海军学校，四、建人才政府，五、创办银行，六、以《圣经》为主课，七、设立各种实业学校。这七点建议，干王未给他任何明确答复，却送给他一个黄缎小包袱。容闳打开一看，是一颗四寸长、一寸宽的印，上刻"太平天国卫天义容闳"九个字。容闳对此哭笑不得，便把印依旧包好，放在客房里，悄悄离开了天京。以后，他在江西、安徽一带做茶叶生意，不管是官方还是太平天国，只要有生意他就做。李善兰、华蘅芳、徐寿早闻其名，多次向曾国藩推荐。一直到第三封信上，容闳感其诚，遂来拜访。他不曾料到，这个号称理学名臣的两江总督，对自己这套从西方搬来的设想竟然赞同！

"洋人的轮船枪炮的确比我们厉害，这是事实，我们要向洋人学习。你提出办学校，这是个好主意。我们今后还要派出更多的人到外国去学习，学成后归国，把我们自己的国家也慢慢建设得富强起来。容先生，听说你就是从小出的洋？你在外国住了多少年？"

"我七岁时便在澳门跟随英国传教士古特拉富夫人读书，十九岁时到美国，在耶鲁大学学习，在美国住了八年。"容闳答。

"你是个人才。"曾国藩的脸上开始露出笑容，"国家正需要你这样的人才。你愿意在我手下当一名将官吗？"

"在大人麾下当个军官，当然是很荣耀的。"容闳起身，笔挺笔挺地站着。"不过，我从未经过军旅之事，也没学过军事学，不能胜任。"

曾国藩对容闳刚才这个举动甚为满意，湘军中没有这样素质的将领。"我看你的长相必定是个良好将才，因为你的目光威凛，一望便知是个有胆有识之人，一定能发号施令，驾驭士卒。不过，既然你不乐意，我也不勉强。你今年多大了，授室了吗？"

"我今年三十四岁，已娶妻生子。"容闳答。

"你愿意在我的幕府里做点别的事吗？"曾国藩的语气不知不觉地和蔼多了。

"这要看总督大人安排我什么样的差事。"

凡到总督衙门里来的人，无论才高才低，莫不卑词谦容，像容闳这样讨价还价的还没有过。曾国藩反倒喜欢他这种不曲意逢迎的性格，心想这大概是洋人教育的结果。一时想不出适当的差事，于是转而问："容先生，依你之见，今日欲为中国谋最有益最重要的事情，当从何着手？"

"总督大人，你提的问题是一个很大的问题，我尚未很好考虑。"容闳重新坐下，思考片刻，说，"当今最重要最有益的事，我想莫过于仿照洋人的办法建一个机器厂。"

"我看最好建一个机器母厂。"杨国栋插话,"由这个母厂再制造各种各样的机器,然后用这些机器去造枪炮子弹、战船战车。"

"对,这位老爷说得对!"容闳高兴地说,"我的想法正是这样,犹如母鸡生蛋似的,有了这样一个母机厂,过了十年八年,中国就可在全国各地建造许许多多的工厂。如此,中国就会跟外国一样地强大了。"

"容先生,你的建议很好!你就住我这儿,不要再做茶叶生意了,和壬叔、雪村、若汀等人细细地筹办此事。大致规划一下,建造一个这样的机器厂,要买些什么样的机器,需要多少银子。商量好了,我请你再到美国、英国去辛苦一趟,带着银票去,把母机买回来。"曾国藩替容闳想到了一个差事。

曾国藩的这番话简直使容闳震惊!今天是他归国七年来最兴奋的一天。他似乎觉得,多少年来在异国他乡所设想的富国强兵的计划,正在迈开最关键的第一步。

三 你还记得初次见我的情景吗

几天后,兵部火票递来一份明发上谕:"浙江按察使着李元度补授。"曾国藩接到这份上谕后甚是恼火。

原来,李元度祁门请罪不赦之后,一气之下,从粮台索回欠饷,将平江勇解散,径直回湖南去了。不久,圣旨下达,李元度被革去徽宁池太广道员职。曾国藩期望李闭门思过一段时期后再来找他。谁知李元度却又跟王有龄联系上了,募集八千人,号称"安越军",浩浩荡荡地由湖南开拨,经江西进浙江,沿途又在义宁、奉新、瑞州一带打了几场胜仗。江西巡抚毓科向皇上请功,皇上赏他布政使衔。进入浙江后,王有龄为长期留住这支军队,又竭力向皇上保荐,于是有了这道上谕。李元度不服管束,不讲交情,三番两次明目张胆地背叛湘军,投入一贯对湘军怀着敌意的何桂清集团,这种以中行待老友,以智伯待怨仇的行为,使曾国藩由恼而怒,由怒而恨,过去患难与共多年的友谊已不复存在了,结儿女亲家的答谢诺言也不必兑现了,这两三年逐渐压抑下去的偏激性情又乘隙而生。他不要幕僚代笔,亲拟一份奏章，给李元度列举三条罪状：一为革职后不静候审讯，擅自回籍；二为义宁、奉新、瑞州无贼情，亦无接仗，系冒禀邀功；三为赴浙途中节节逗留，贻误战机。并承认自己用人不明，保举有误，请皇上将李元度交部严处，永不录用。

曾国藩由此想起李鸿章为李元度说情之事。为失地将领说情固然不对，但李鸿章离开祁门一年多来，袁甲三、胜保、德兴阿、王有龄等人多次邀请他，许以重保，李鸿章都不为之动心，宁愿在江西赋闲，宛如那年在建昌旅馆候见时一样。与李元度的见异思迁比起来，李鸿章的一片忠心是多么地难能可贵，何况其才其谊又都在李元度之上！曾国藩想到这里，立即派彭寿颐带着他的亲笔信，前去饶州府接李鸿章来安庆。

李鸿章来了。他对恩师的认识，比恩师对他的认识还要深一层。他知道，恩师虽以理学名臣誉满朝野，但决不是一个迂腐的理学先生，既深谙历代权臣的用人之术，又有自己一套识别、考察、培育、驾驭、笼络人才的办法，被训斥而改换门庭的人会令其恨之入骨，相反，疏远之后仍忠心不改的人，则会获其加倍的重用。曾国藩的这一手，果然被李鸿章看准了。年家子、受业生，再加上精明、才情和忠心，使李鸿章重入曾国藩幕后，受到了这位权绾四省的恩师的格外垂青。

这时，陈玉成受苗沛霖之骗，死于胜保之手，而李秀成以苏福省为基地建设第二个小天堂的事业，则达到鼎盛时期。整个苏南，除冯子材驻扎的镇江城及上海一隅之地外，全部土地都在李秀成手里。李秀成注意发展经济，实行轻税制度，赢得了广大农民的拥护。农民作歌称赞："毛竹笋，两头黄，农民领袖李忠王，地主见他像阎王，农民见他赛过亲娘。"苏州、常州市民纷纷建牌坊，表达他们对忠王的崇敬。李秀成又在江西铅山收容了从西征路上撤退回来的石达开部将童容海、朱衣点等二十万人，军势益发壮大，随即一举攻克杭州，王有龄被迫自杀。太平军在苏南、浙江一带如火如荼的声势，使上海日夜处在惊惶之中。

上海是中国第一富庶之城，每月仅厘金、捐输的收入就达六十万两银子，外国人麇集此地，以何桂清、薛焕为首的江浙逃亡官吏和以钱鼎铭为首的江浙逃亡士绅也都聚集在这里。洋人和官府都组织了武装力量，试图阻挡太平军向上海进攻，其中最著名的是美国人华尔指挥、全用洋枪洋炮武装的中外混合军——常胜军。但毕竟力量不足，于是公推钱鼎铭前往安庆，请曾国藩速派湘军来上海。

饷银极缺的曾国藩，绝对不能眼看上海落入太平军之手，他派人火速赶到荷叶塘，要正在家休养的九弟担负这个任务。曾国荃不答应。他的眼睛盯着江宁城。攻下安庆后，曾国荃认为自己既有攻城的本事，又是天下第一福将，打江宁非他莫属。这一点，曾国藩也有同感，见他不去，也就不勉强了。九弟不去，再派谁去呢？曾国藩将手下带兵的将领一一掂了掂：李续宜是个病夫，鲍超是个莽夫，都不能担此重任；张运兰、萧启江均非大将之才；贞干不能独当一面；至于多隆阿、韦俊，从来就不能算是心腹，这样的大事，岂能放心让他们去干；彭玉麟、杨岳斌固然适宜，但既然要成全老九的天下第一功，岂能又折他的水师辅翼！

一连几天，曾国藩为之寝食不安。这天吃完晚饭，他有意走出城外，远一点去散步。时已深秋，草木凋零，安庆城外一片萧条。曾国藩触景生情，脑子里浮起宋玉悲秋的名句："悲哉，秋之为气也，萧瑟兮草木摇落而变衰，憭栗兮若在远行，登山临水送将归。"蓦地，他想起自己投笔从戎，已历八九年了。这些年来，朝廷耗资数万万两银子，调集近百万军队，从广西打到江苏，而长毛却总不能扑灭，反而闹得更红火起来。天心何时才能厌乱，百姓何时才得安宁呢？而自己未老先衰，湘军暮气已生，有生之年还能重睹太平么？一时间，曾国藩心乱如麻，忧沮悲伤不能自已。他干脆拣了一块干净的石头，坐下歇息，荆七在一旁站着侍候。

曾国藩眯起老花眼睛，向四周无目的地张望。远远地看见两匹快马扬着灰尘，从西边山坡边奔来，一溜烟进了城门，后面有三条狂跑乱叫的黑狗在追赶。曾国藩对马上骑手的剽悍艳羡不已。

"荆七，骑马的人是谁，你看清楚了吗？"

"好像是李观察和他的弟弟昭庆，可能是从西山打猎回来。"刚才那两人的骑术，也引起了王荆七的注意，他一直目送着他们进城。

"噢！"曾国藩轻轻地应着。是的，前天李昭庆来安庆，李鸿章还带着他来请安哩！李鸿章六兄弟：瀚章、鸿章、鹤章、蕴章、凤章、昭庆，个个既秉书香门第的文雅秀美，又兼淮北民众的强悍劲气。昭庆说他和三哥鹤章，在庐州招募了一千多乡勇，护卫桑梓，大大小小也打过三四十次仗，手下也有一批能干人。说话间，少年峥嵘之色时露，曾国藩很是欣赏。一个念头在心里悄悄泛起：派李鸿章去上海如何？但眼下他无一兵一卒，能在短期内组建起一支军队吗？

曾国藩回到衙门，将这个想法与赵烈文商量。赵烈文完全同意，并说出两个更为重要的理由来：一是曾家门第太盛，军权太大，要谨防诽谤，预留后路。趁着现在兴旺时期，让李鸿章出来建一支淮军，名为另立门户，实为一家。万一今后曾家有不测，湘军有不测，只要李鸿章在，淮军在，大局则不会破裂。二是河南、皖北捻军势力很大，江宁克复后，主要的敌人便是它了。仗打得久，军营习气必然滋生，且湘军不服北方水土，今后平捻，还得靠由皖北招募的淮军。赵烈文这两个理由一说出，曾国藩不由得心悦诚服，为自己身边有如此远见卓识的人才而高兴。尽管作为自己的传人，李鸿章还有许多不足之处，但权衡利弊，只有他最为合适了。曾国藩不再犹豫，他要为目前的救上海之危，更要为以后的百年大计，把李鸿章全力扶植起来。

听说要由自己去招募淮军，援救上海，李鸿章比当年中进士点翰林还要兴奋。他十分懂得乱世年头，有枪便是草头王的道理。上海一个月光厘捐就是六十万，拿出一半来，就可以养五万精兵了；手中有五万精兵，谁还奈何得了！

李鸿章兴冲冲地将招五万淮军的计划向曾国藩禀报时，却遭到当头一盆冷水："少荃，将在谋而不在勇，兵在精而不在多，这条古训你都忘记了？"曾国藩严肃地说。"一次招募五万，泥沙俱下，鱼龙混杂，必然正经人少，无赖之徒多。你看长毛，动辄十万二十万，有时甚至号称百万，其实都是乌合之众，稍一遇挫，便四散逃走了。这样的兵，再多有什么用！徒靡费粮饷罢了。你这次回庐州募勇，一定要以我和罗山先生过去招募湘勇的办法，募那些有根有底、朴实勤苦的种田人，油滑的市井游民，纵然聪明伶俐也不可要。"

"恩师指教的是。"李鸿章忙点头不迭，"那我先招两万。"

"两万也多了。"曾国藩摇摇头。

"一万何如？"

"先招五千。"曾国藩伸出一只巴掌。

"好，我就先招五千！"乖觉的李鸿章忙点头应允。心里想：到了上海，有了银子，打开了局面后，招多少还不由我！

"恩师，大家都说您会相人识人，门生想请您传授一点识别兵勇的办法。这次回去，好多挑选些有出息的官兵来。"

"相人识人，奥妙甚多，复杂得很，不是一两句话可以说得清的，有些还不能言传只能意会，关键在相者识者的阅历。我曾经编过几句口诀，念给你听听。"曾国藩微笑着说，"邪正看眼鼻，真假看嘴唇，功名看气概，富贵看精神，主意看指爪，风波看脚筋，若要看条理，全在言语中。"

李鸿章轻轻地背诵了一遍，说："这几句口诀简明扼要，只是门生愚陋，觉得空泛了些，好比说真假看嘴唇，究竟什么样的嘴唇是真，什么样的嘴唇是假呢？"

曾国藩大笑起来："这就难说了。方才我讲的，只可意会不可言传，就是指的这些，要靠自己去揣摩。东坡说世上有许多事，只可了于心，不可达于笔，这相人识人一事最是如此。不过，你问的是识别兵勇，这是相人术中最简单的，我就跟你细说几句吧！"曾国藩捋着已变花白的长胡须，正色道，"第一看五官，以双目神不外散，鼻梁直，嘴唇厚为最好。第二看皮肤。以肤色粗黑，双手茧多为最好。第三看说话，以少言而言则有条理为最好。主要是这三条，其他都是次要的。"

曾国藩的三条相勇标准，给李鸿章很大的启发。他恭恭敬敬地说："门生一定按恩师所教的，挑选五千精壮淮军前来。"

李鸿章的父亲李文安官至刑部督捕司郎中，记名御史，他和哥哥瀚章又在外面做官，故李家在庐州颇著威望，加以鹤章、昭庆这几年在家办团练，与其他团练首领交往很多，当李鸿章振臂一呼时，便应者云集，没有几天，应招的乡勇就达到五六万。李鸿章不敢违背老师的意志，按照那三条相勇标准，从中精选了五千人，组建成十营，由李家多年的好友张树声、张树珊、张树屏三兄弟和周盛波、周盛传两兄弟及刘铭传、潘鼎新、吴长庆、鹤章、昭庆十人为营官，依次命名为树字一营二营三营、盛字一营二营、铭字营、鼎字营、庆字营、鹤字营、昭字营。二十天后，李鸿章便带着五千淮军齐齐整整地开进了安庆，在金保门外操兵场上，接受两江总督的检阅。

曾国藩见五千勇丁绝大部分粗壮结实，颇为满意；但十个营官，仅潘鼎新为举人出身、鹤章、昭庆出自读书人世家，其他七人或为盐枭，或为马贩子，或为无业游民，或为乡间土霸王，中有两三人竟然一字不识，曾国藩对此很是忧虑。好在这些营官均武艺超群有统驭士卒的威严，既已组建成军，并开到安庆，曾国藩也就不再说什么了。钱鼎铭心急如火，见军队已建好，巴不得他们立刻飞到上海，便以十八万两银子的高额代价雇了七艘洋船，要将五千淮军一次运走。

如此气魄宏大的调兵遣将，令四方震动，淮军将士人人自觉很阔气风光，湘军将士个个眼红，巴不得哪天也开开这个洋荤，安庆百姓更是从未见过这个世面。一大早，江边码头上，便老幼扶携，人山人海了。

南门外上下三层的怀宁酒楼，是安庆城最大的酒家，三天前便开始谢绝一切客人，忙忙碌碌地作准备，这里将要为开赴上海的淮军举行盛大的饯行宴会。

辰时起，怀宁酒楼前的草坪上便陆续停下一顶顶呢轿、一匹匹骏马。到了正午，宽阔的草坪便被轿、马挤得水泄不通。这时，一队卫兵过来，清出一条两丈宽的过道。接着，一队长轿缓缓抬来，在草坪边停下。从打头的绿呢轿里走出今天宴会的主人——钦差大臣、协办大学士、太子少保、兵部尚书衔节制四省军务两江总督曾国藩。他头戴正一品红珊瑚顶戴伞形红缨帽，身穿绣有仙鹤补子的绀色九蟒五爪袍，脚套粉底皂缎靴，下轿后，在过道口站定，并没有开步。紧接着，从第二顶蓝呢轿里走下今天饯行的主要对象——按察使衔、福建延津邵道道员、淮军统领李鸿章。他今天头戴正三品蓝宝石顶戴红缨帽，身穿绣有孔雀补子暗红九蟒五爪袍。跟着，从各色轿里相继走出李续宜、杨岳斌、彭玉麟、鲍超、多隆阿、康福等一班文武僚属来，都一色的朝服，没有品级的也换上簇新的衣帽。湘军中的老营官哨官们记得，如此隆重的盛会，只有武昌城颁赠腰刀那次。待大家都下了轿，曾国藩伸出右手，对李鸿章说："少荃请！"

李鸿章一听，慌得满脸通红，忙说："恩师请，门生随后侍候。"

曾国藩笑着说："今天为你饯行，理应你走在前。"

李鸿章急了，连声说："恩师请，恩师请！"

见曾国藩仍笑着站立不动，李鸿章深深地一弯腰，说："恩师今天给门生这样大的脸面，门生粉身碎骨不足以报答。"说到这里，李鸿章激动得泪水盈眶。

曾国藩点点头，似对这句话很满意，便不再谦让，迈着惯常稳重的步伐，走进怀宁酒楼，李鸿章和彭玉麟等人随后跟着。

怀宁酒楼的一二两层楼里摆下三十桌酒席，那里早已坐齐湘淮两军营官以上的将领，以及安庆官场上的要员、乡绅名流，还有钱鼎铭及七艘洋船的船长等等。曾国藩、李鸿章一行刚进门，等候在一楼的人便纷纷起立肃迎。曾国藩微笑着伸出手来，对着大家挥动几下，然后登上楼梯向二楼走去。二楼只摆了五桌，这里的人物身份更高一些，上首一桌特为给曾国藩、李鸿章等人留着。曾国藩刚一落座，热气腾腾的各色菜肴便不断上来了。

徽菜与粤菜、川菜、湘菜、杭菜、闽菜、淮扬菜、鲁菜齐名，号称为中国八大菜系。安庆城酒店里的菜肴，更是徽菜的代表。尽管这座城市脱离战火还不过半年光景，因为总督衙门和湘军统帅部设在这里，旧官新贵云集，尤其是那些在战场上发了横财的湘军将官们，抱着"醉卧沙场君莫笑，古来征战几人回"的心态，一有机会来到安庆，便把它当作烟花温柔之乡，毫不吝啬地将大把大把的银钱抛向酒楼妓寮，故而刺激了安庆城在废墟上很快地形成畸形的繁华。苦难中的安徽人民，从皖南皖北蜂拥向这座长江边的古城，其中尤以厨师和少女为多。徽菜这朵肴苑奇葩便在这片土地上重新开放。

徽菜向以烧炖为主，讲究真材实料，火功到家，菜肴明油味浓，色泽红润，滋味醇厚，汤汁清纯。怀宁酒楼的徽菜，公认为安庆府里第一号。今天，老板和厨师们有意趁着这个百年难遇的机会，好好地表演一番，把怀宁酒楼的名气传到全国去，甚至想借洋船长之口远播海外。厨师们使出浑身解数，精心烹调，老板站在厨房门口，每出一道菜，都要亲口尝一尝，点头了，才端出去。酒席上无论是冷盘热菜、烧炖汤汁，道道菜还都体现了徽菜风味。席上一片赞赏之声，连那几个不惯中国饮食的洋船长也伸出大拇指，喜得十几个跑堂脸上流油，脚底生风。徽菜中拿手压轴戏是水族菜。打听得酒席的主人最爱吃水物，今天传统的荷包鲫鱼、清蒸鲥鱼、蟹烧狮子头、咸水虾更是做得令人叫绝。厨师们别出心裁地在这四盆水族菜上，用红萝卜丝摆出"福""禄""寿""禧"四个字，招得酒楼上下满堂喝彩！

为助酒兴，老板还从戏班子里请来了戏子。只见一旦一生正在对唱黄梅小调《夫妻观灯》："胖子来观灯，挤得汗淋淋，瘦子来观灯，挤成一把筋；长子来观灯，挤得头一伸；矮子来观灯，他在人缝里钻。我夫妻二人向前走哎，观灯观人好开心！"风趣的唱词，滑稽的动作，再配上动听的黄梅调，把醉醺醺的客人们乐得捧腹大笑。此时此刻，他们哪里还想得起就在安庆城外，贫瘠动乱的安徽大地上，数百万人正在死亡线上挣扎，到处是哀鸿遍野、饿殍满地的惨象！宴会进行到火热的时候，曾国藩举杯对大家说："诸位在这里宽怀畅饮，我和少荃到三楼茶室里叙叙师生之情。"

说着，携起李鸿章的手走上三楼。

三楼早已布置好了一个精致的茶座。一把古色古香的宜兴茶壶里泡着碧青的婺源绿茶，几上摆着八色时鲜果品，曾李二人相对而坐。

李鸿章激动地说："恩师为门生举办这样隆重的送别仪式，令门生没齿不忘。不管今后发生什么变化，有一点决不会改变，那就是，鸿章今生今世永远是恩师的门生，是年伯的犹子。"

曾国藩微笑着点点头，没有作声。过一会儿，他望着窗外寥廓江天，深情地问："少荃，你还记得初次与我见面的情景吗？"

"记得，记得。"聪明过人的李鸿章完全没料到，老师会突然间提出这样一个不着边际的问题来，他诚惶诚恐地回忆道，"那是道光二十四年秋天，正是京师最好的季节，门生那年二十二岁，第一次随父亲进京。进京的当天晚上，父亲便对门生说："我有个湖南同年，道德文章胜我十倍，明天带你去拜他为师。第二天一早，父亲便带我到碾儿胡同来拜见恩师。"

"你那天穿一件不合身的夹绸长袍，怯生生地站在我的面前，红着脸喊了声年伯后就不作声了，像个大姑娘似的。"曾国藩开心地笑着，笑得李鸿章不好意思起来。

"门生从未见过世面，那时恩师在我的心目中，犹如半天云端中的神一样，高不可攀。"李鸿章说着，自己也禁不住笑了。

"少荃，你还记得我当时正在读什么书吗？"对那天的情景，曾国藩记忆犹新，他有意考考眼前的门生。

"记得，记得。"李鸿章立即答道，"恩师那天读的是《史记·高祖本纪》。"

"你为何记得这样清楚？"曾国藩兴趣浓烈。

"恩师那天对门生说，平生最喜《庄》《韩》《史》《汉》四书，四书中又最爱《史记》，《史记》中尤爱读《高祖本纪》，故门生记得。"

曾国藩微笑着点点头："少荃，我再告诉你，《高祖本纪》中我最爱这几句话：'已而吕后问，陛下百岁后，萧相国即死，令谁代之？上曰，曹参可。问其次，上曰，王陵可。'"

李鸿章终于明白了曾国藩的用心，他从座位上站起来，虔诚地说："门生永世不忘恩师的栽培，不负恩师的厚望。"

"这就好。"曾国藩指着空位子说，"你坐下，我还有很多话要对你讲。"

"门生聆听恩师教诲。"李鸿章坐下，两手合着夹进两腿缝隙之中，犹如当年在碾儿胡同受教时一样。

"少荃，我问你，上海的情况你清楚吗？"

"关于上海，门生略知一二，不知恩师要问哪方面的情况？"自从得知要组建淮军救援上海后，李鸿章便以他一贯的精细作风，立即通过各条途径对上海做了深入的研究。

"你先说说上海目前的防守。"

"上海目前的军事力量，大致有五个方面。"李鸿章条理清楚地说，"一为朝廷在上海的防兵，原为苏抚薛焕的第三标，经过扩大后有近四千人。后来，从扬州、镇江、杭州陆续去了一些人，再加之薛焕就地招募的乡勇，朝廷的防兵总共在三万左右。"

"薛焕那人很可恶，他派滕嗣林到湖南募勇，幸而寄云来信告诉我。对他不起，我将滕嗣林所募的四千人全部留下了。"寄云是湘抚毛鸿宾的字，他是曾国藩的同年。

"薛焕眼红湖南人能打仗，也想自己建一支湘军。"李鸿章继续说，"二为团练，因系按亩出丁，人多，估计总在十万左右。三为英法洋兵，他们专为保护本国在上海的租界，有三千人左右。四为华尔为头领的华洋混合的洋枪队，有五千人。五为中外防务局，由英国参赞巴夏礼发起，主持者为上海官绅中的头面人物，有钱有物，但无军队。"

李鸿章对上海的军事力量了如指掌，令曾国藩很满意。暗思：这种精细程度，不仅老九远不及，就是自己也不一定比得上，真可谓青出于蓝而胜于蓝。

"这五个方面的军事力量，你打算主要依靠哪一方面？"

"门生将主要依靠华尔的洋枪队。"李鸿章略为思考后回答。

"对了，你的想法很好。"曾国藩含笑赞许，"这就是我要跟你说的第一件事。到上海后，必须跟洋人处好关系。守住上海，不让它落到长毛手里。在这点上，洋人与我们的利益一致。华尔的洋枪队能打仗，远胜薛焕手下的绿营，今后要和华尔协调作战。洋人到中国来，不是要江山。咸丰十年八月洋人入京，不伤毁我宗庙社稷。目下在上海、宁波等处助我攻剿发逆。二者皆有德于我，我中国不宜忘其大者而怨其小者。但对洋人，我也一贯存有戒心。我向来不主张借洋人之力去收复城池。自古以来借外人之力办事者，事成后遗患甚多，不可不引起注意。所以你到上海后，用洋人的军事力量有个原则，即用之守上海则可，用之帮助收复其他城池则不可。洋人本性贪劣，诛求无度，这点你心里要清楚。总而言之，与洋人打交道，离不开四句话：言忠信，行笃敬，会防不会剿，先疏后亲。你懂得这个意思吗？"

"恩师是说用诚信之心与之相处，只用其力保上海，刚开始时不宜跟他们亲密，以防他们鄙视，待我军打出威风后，洋人自然会靠拢我们的。"李鸿章像诠释六经经义似的，对老师的话加以阐述发挥。

"是这样。"曾国藩满意地轻轻点头，"看来今后跟洋人打交道，你会比我圆熟，这点我放心了。第二点，上海是个通商码头，财货多，但三面临水，易攻难守，军事上远不如镇江重要，且镇江距江宁近，对攻打江宁有关键作用。冯子材人虽忠勇，才略不够，你在上海一旦立稳脚跟后，便要设法移驻镇江，我也会向朝廷奏请调走冯子材的。"

这一点，李鸿章没想到。他重重地点了两下头，表示牢记了这个重要指示。

"再一个是人事问题。上海有三个人，看你将怎样与他们相处。"

"恩师指的哪三个人？"

"一个何桂清，一个薛焕，一个吴煦。"曾国藩扳着指头，一个一个地点名。

这件事，李鸿章更没想过。他茫然地望着老师，思索了一会，说："何桂清丢城失地，开枪杀士绅，朝野愤恨，我估计他早晚会被朝廷逮走。至于薛焕、吴煦，既然他们的巡抚、藩司的职务都已撤去，又一贯紧跟何桂清，门生到上海后决不跟他们往来。只是苏抚一职，不知朝廷将放何人？"

曾国藩望着李鸿章冷笑道:"你以为苏抚将放何人?"

李鸿章认真地说:"门生以为,第一合适的应是左季高。"

"左季高将放浙抚,上谕就要到了。"曾国藩平淡地说。

李鸿章一惊,暗想:左任浙抚,看来一定是老师的推荐;除左外,彭玉麟最合适,但他既然不受皖抚,自然也不会受苏抚。停了一会,李鸿章神秘地说:"恩师,有一个人倒挺合适,不知恩师想到过没有?"

"你是讲哪一个?"

"林文忠公之婿、前赣南兵备道、门生的同年沈幼丹。此人有文忠公之风,耿介忠直,又在恩师幕中办过军务,受过恩师的感化,派他去任苏抚也很适宜。"

"幼丹是不错。"曾国藩望着楼下江面上缓慢行驶的一队帆船,似不经意地点了点头。沈葆桢早已在他的巡抚人选中,只是沈更适宜取代毓科在江西,但这尚在拟议中,不能说。"还有人吗?"

李鸿章沉吟片刻,说:"门生平日对人才留心不够,一时想不出了。"

曾国藩笑着说:"此人远在千里,近在眼前。"

"恩师指的是门生?"李鸿章大吃一惊,浑身血液立即沸腾起来,脸和脖子都涨红了。

"少荃,我早已想好了,你才大心细,劲气内敛,现又统率淮军入上海,你才是最合适的苏抚人选。今日送你走,我明天就拜折保荐你。"

这是李鸿章几分钟之前根本不敢想象的事,他一时激动得说不出话来,只用两只充满着光彩和泪花的眼睛,无限感激地望着胜过父亲的恩师。

"何桂清的事,你说对了。有人劾他,也有人保他。前几天皇上询问我的看法,我奏了这样两句话:'疆吏以城守为大节,不宜以僚属一言为进止;大臣以心迹定功罪,不必以公禀有无为权衡。'看来何桂清在世之日不久了。"曾国藩仍以平淡语气说,"薛焕固然与何桂清为同党,但此人与恭王关系极其亲密。撤了他的苏抚,却依然叫他以钦差大臣经办东南沿海及长江沿岸通商交涉事务,由总理各国事务衙门管理。你想想,若无恭王在后做靠山,薛焕能得到这个肥缺吗?少荃啦,我告诉你,说不定薛焕正是恭王安在上海的耳目。"

"恩师,门生明白了,既然薛焕已卸去抚篆,专办商事,门生也无必要开罪他，将他供起来，上天言好事，下地保平安。"李鸿章的脑子一点就通。

曾国藩轻轻颔首，继续说："吴煦长期控制江海关，执掌上海财权，此人在经营上很有一套。听说这次他竭力主张请湘军进上海，又是他拿钱出来租洋船。这表明吴煦与何桂清有别。这个财神爷你要用。你一任苏抚后，便奏请恢复吴煦藩司兼关道之职，将他紧紧拴住。"

"恩师，我明白了，不仅对薛焕、吴煦是这样，对上海、江苏官场原则上也是这样，只要不是死心塌地跟着何桂清与我们作对的，门生一律都让他保持原官不动，以便稳定人心，一齐对付长毛。"李鸿章真不愧为他恩师的高足，他能很快地举一隅而反三隅。

"正是这个意思。"曾国藩高兴地说，"看来你今后可以做个称职的巡抚。"

"恩师，门生尽管授道员一职多年，但其实没有做过一天地方官，蒙恩师提拔，不久就要做巡抚了，门生心中究竟没有底，不知要怎样才能不负恩师的期望。"

"少荃，你问得好。我今天择其要端说几条，你要好好记住。"曾国藩以手梳理胡须，沉思片刻，不紧不慢地说，"督抚之职，一在求人，一在治事。求人有四类，求之之道有三端。治事也有四类，治之之道也有三端。求人之四类，曰官，曰绅，曰绿营之兵，曰招募之勇。其求之之道三端，曰访查，曰教化，曰督责。采访如鸷鸟猛禽之求食，如商贾之求财；访之既得，又辨其贤否，察其真伪。教者，诲人以善而导之；化者，率之以亲身。督责，如商鞅立木之法，孙子斩美人之意，所谓千金在前，猛虎在后。治事之四类，曰兵事，曰饷事，曰吏事，曰交际之事。其治之之道三端，曰剖析，曰简要，曰综核。剖析者，如治骨角者之切，如治玉石者之琢。每一事来，先须剖成两片，由两片而剖成四片，四片而剖成八片，愈剖愈悬绝，愈剖愈细密，如纪昌之视虱如轮，如庖丁之批隙导窾，总不使有一处之颟顸，一丝之含混。简要者，事虽千端万绪，而其要处不过一二语可了。如人身虽大，而脉络针穴不过数处；万卷虽多，而提要钩玄不过数句。凡御众之道，教下之法，要则易知，简则易从，稍繁难则不信不从。综核者，如为学之道，既日知所忘，又须月无忘其所能。每日所治之事，至一月两月又综核一次。军事、吏事，则月有课，岁有考；饷事则平日有流水之数，数月有总汇之账。

总之，以后胜前者为进境。这两个四类三端，时时究之于心，则督抚之道思过半矣。近日来，我纵观前史，总结出这样两句话：盛世创业之英雄，以襟怀豁达为第一义；末世扶危救难之英雄，以心力劳苦为第一义。少荃，我辈当此危难乱世，要做英雄，舍劳苦之外没有捷径，切不可以巡抚位高权重而稍有松懈。"

这一番教导，使李鸿章对眼前这个恩师佩服得五体投地，真有"仰之弥高，钻之弥深，瞻之在前，忽焉在后"之感。他深知这正是恩师一生的真才实学所在，可供自己一辈子学之不尽，用之不竭，遂如吸墨纸似的，将每字每句都一一印在心上。

这时，江面上汽笛长鸣，七艘洋船就要一齐起锚了。钱鼎铭走上三楼，对曾国藩说："大人，洋船在催李观察了。"

"好，我们下去。"曾国藩和李鸿章并肩走下酒楼。五千淮军已全部上了船，送行人员列队站在码头上，不断地挥手致意，单等李鸿章一到便开船。曾国藩把李鸿章送到跳板边，李鸿章一再打躬，请恩师止步。

"少荃，上船吧，祝你一路顺风！"

"恩师山之恩德，海之情谊，门生没齿不忘！"李鸿章又一弯腰，发自肺腑地感谢。他正要转身上跳板，突然被曾国藩叫住了：

"少荃，忘记告诉你一件大事了。我今日送你去上海，好比嫁女一般，岂能无一点嫁妆？我再送你三个营：杨鼎勋的勋字营，郭松林的松字营和程学启的开字营，共一千五百人，随后就到。"

李鸿章先是欣喜，接着便是不安。他很快调整了感情的变化，露出满脸笑容来："门生深谢恩师的厚待！"说完，转身踏着跳板向洋船走去。

四　安庆操兵场的开花炮弹

自那次会面以后，容闳和曾国藩又长谈了两次。曾国藩认定容闳是个诚实可靠的人，给了他六万八千两银子，要他到欧美去采购机器。容闳感谢曾国藩对他的信任，回到广东香山老家，将老母安顿好之后，便扬帆远航了。曾国藩又接受容闳的建议，在安庆城外建一个军火工厂，取名为安庆内军械所，委派杨国栋负责，李善兰、华蘅芳、徐寿等人参与，仿照洋人的办法制造枪炮子弹。杨国栋也带了三万两银子，南下广东聘请技师工匠，采买工具原料。杨国栋回来后，带来十几个匠师，安庆内军械所红红火火地办起来了。曾国藩每隔两三天都要到军械所去转一转，看一看，心里想得很美妙：先把安庆这个厂办好，培养一大批熟练的工匠出来，然后再在上海、武昌、长沙、南昌等地也开办起来，慢慢地再扩大到全国去，这就可以制造出大量和洋人一样的枪炮子弹来，以后还要造轮船，造钟表，造各式各样的精巧器具，现在先用它对付长毛，往后再跟洋人争高低、决胜负，不信中国就不可以徐图自强。

这时，左宗棠授浙抚、李鸿章授苏抚、沈葆桢授赣抚的上谕也相继下达。又批准新建淮扬、宁国、太湖三个水师。淮扬水师统领为黄翼升、宁国水师统领为李朝斌、太湖水师统领由彭玉麟兼任。不久，曾国荃由荷叶塘来到安庆，并带来新募的六千湘勇，加上吉字营和贞字营的原有人数，已达两万。现在，苏皖赣浙四省的巡抚，或为朋友僚属，或为门生部下，调度分派，犹如指臂，更兼陆军壮大，水师齐备，文武同心，上下协力，应是谋取江宁首功的时候了。曾国藩召集湘军高级将领和全体参与军机赞画的幕僚们，在安庆督署内日夜商讨进兵江宁的大计，最后在汪士铎提出的分布攻守之策的基础上，综合其他人的有益建议，制定了三面并举、五路进军的用兵总计划。

三面并举，即由以吉字大营为主体的湘军从西面，以湘军分支楚军为主体从南面，以及以淮军为主体从东面同时并举，合围金陵。这三方面的统帅分别为曾国荃、左宗棠和李鸿章。五路进军，是指西面的四支陆军和长江水师五路军队齐头并进。陆路四支人马：曾国荃由芜湖、太平取秣陵为南路，鲍超由宁国、广德进取句容、淳化为东路，多隆阿由庐州、全椒进取浦口、九洑洲为西路，李续宜由镇江取燕子矶为北路。这四路以曾国荃的南路为主攻，其他三路为游击之师打援。鲍超、多隆阿、李续宜都想得攻克金陵首功，但掂一掂声势、实力，都不能跟曾国荃相比，也便罢了。

会议完毕，各路将领都来向曾国藩辞行。曾国藩笑眯眯地对大家说："明天一早都到阅兵场去，我请你们看个把戏，权且为各位将军壮行色。"

大家不知总督大人要玩什么把戏，都抱着好奇之心，第二天一大早便会齐在阅兵场。金保门外阅兵场，正中摆着一门擦得锃亮发光的短炸炮。这种炮，将士们都称之为田鸡炮。因为它的炮身很短，成四十五度角朝天，极像一只前肢撑起的田鸡（青蛙）。旁边一只大竹筐里堆满一筐新铸的炮弹，每个炮弹上都围着一条红绸，十分引人注目。田鸡炮的另一面放着垒起的一包包火药。田鸡炮的周围放着几排靠背椅，一百多名湘军、绿营的高级将领规规矩矩地坐在椅子上，一齐望着这门田鸡炮和它旁边的杨国栋、华蘅芳、徐寿、李善兰等人。当曾国藩走进圈子中时，全体将官一齐站起。曾国藩以少见的喜悦招呼大家坐下，大声说："今天请各位来看看我们内军械所最近铸造的开花炮，这是若汀、雪村他们经过几个月的殚精竭虑造出来的，前天已试验过一次，放了三个，个个开花，今天大家也来开开眼界。开花炮是洋人造出来的，正式用在战场上还不久，我国战场上至今还没有用过。前次杨国栋到广东买了十几个，又向洋人专家请教了制造技术，若汀、雪村将这十几个洋开花弹一个个地拆开，仔细研究，终于造出来了。这在我们中国还是第一次，以后我们就可以成批生产了。现在请若汀先给大家讲讲。"

高高瘦瘦的华蘅芳走到大家跟前，他的身旁跟着一个高大雄壮的兵士，兵士双手捧着一个炮弹。华蘅芳指着兵士，操一口无锡官话说："各位将军，大家看这颗炮弹与诸位平时用过的有哪些不同。"

将领们的目光都转向兵士手里的炮弹。有的喊："这颗炮弹大些！"有的嚷："这颗炮弹是长的尖的。"

华蘅芳笑着说："大家说的都对，这颗炮弹是比往常的炮弹都大，都长，头子是尖尖的。这只是从外表看，最主要的是内里的不同，它不是实的，是空的。"

"空的？""空的能杀伤人吗？"将领们感到奇怪，纷纷议论起来。

"它里面装了引信和炸药，射出后，引信点燃里面的炸药，引起爆炸，整个炮弹都炸开了，就像开花一样，所以叫作开花炮。"华蘅芳详细地讲解给大家听。

"铁片炸开，十几丈远的人都会被打死！""可不，真是个厉害的东西！""有了这种东西，再也不怕长毛人多了。"

像煮开一锅水一样，将领们又情不自禁地议论起来，个个脸上笑逐颜开。

"现在就由炮手放几个给大家看看。"华蘅芳说完，三个炮手走到田鸡炮的旁边。一个炮手拿起一袋炸药,一个炮手拿起一个炮弹,都从炮口里向下塞,先塞炸药,再放炮弹;放进后,又用一根粗长木柱从炮口里伸进去,用力捣紧。抽出木柱后,这两个炮手都退到一边。这时,第三个炮手来到炮身引火口。将要引火时,华蘅芳摆摆手,对大家说:"各位看清了,前方三百丈远处有一座砖石垒起的屋子。开炮后,再来看看效果。"

说完发令点火。只见火光一闪,一阵剧烈的响声从炮身里发出,眨眼工夫,远处传来一声雷鸣。大家看时,目标处砖石横飞,浓烟滚滚。一百多名将领全都兴奋得从椅子上跳起来,欢呼声、喝彩声、鼓掌声惊天动地。待硝烟稍稍变淡后,大家便飞奔着向前方跑去,果然见一座砖石木房被轰去了一角。刘连捷、彭毓橘等人在屋边寻到好几片铁块,那正是炸开后的弹片。一连又放了三个,都像第一个一样,传来三声炸雷,燃起三堆浓烟,最后将那座房子夷为平地!

各路将领都拥向杨国栋、华蘅芳等人,问造了多少个。李臣典霸蛮,不容分说地将竹筐里剩下的五个炮弹双手捧起,飞也似的跑了。曾国藩招呼大家重新坐好,笑容满面地说:"各位都看到了吧!开花炮比实心炮强十倍还不止。内军械所已经试验成功了,就不愁大批生产。以后每天造出十几个来,一个月就可以造出三四百个,都会发给各位的。我已叫李少荃在上海向洋人购买三百尊田鸡炮,买来后也会分给各位,今后对付长毛就更容易了。"将领们又一阵欢呼。曾国藩继续说:"前几年去世的魏默深先生,是我们湖南一个了不起的人物,他早在二十年前就说过'师夷长技以制夷'的话,可惜这句话未被世人重视。洋人在制造枪炮轮船方面比我们能干,这是事实。其实,火炮本是我们中国人最先造出来的。大家知不知道,南宋时有个叫陈规的人,将火药填塞在竹子里,然后点燃火药,竹筒里喷出火来。一百年后,就离我们安庆不到五百里远的寿州,又出现了突火枪,内装火药弹丸,这就是今天洋人枪炮的鼻祖。那个时候,洋人还不知道火药是什么东西。"这时,将领们都笑起来,佩服总督大人知识的渊博。

"后来,洋人走到我们前面去了。我们不能制止洋人的前进,但我们可以学习洋人的技术。洋人并不比我们多长一个心眼,他们能做到的事,我们也可以做到。现在制成了开花炮弹,下一步就要制造炮身,再下一步就要造轮船,先用它来对付长毛,再用它来对付洋人,这就是魏老先生的'师夷长技以制夷'。"将领们热烈地鼓起掌来，经久不息。待掌声平定后，曾国藩又笑着说："内军械所的几位先生制造了开花炮弹，功劳极大，除每人奖给一百两银子外，我还要送给他们一件礼物。"

这时王荆七走过来，递给曾国藩一根两尺来长的铁筒。曾国藩举着它问："诸位知道它是什么东西吗？"众人齐摇头。"这是千里镜，用它看东西，五六里路外走过来的人，可以清楚地看出他是男是女，是老是少。"人堆里一片称赞声。

"少荃到上海后，英国海军司令何伯送他两个千里镜，他又转送一个给我。今天我把它转送给内军械所，以后检验开花炮效用，就不必跑路了，站在炮旁就可以看得清清楚楚。这个东西很好。我已告诉少荃，叫他不惜重金向何伯买几十个来，诸位打仗正急需它。现在大家可以轮流来看看。"说完，曾国藩将千里镜递给将领们，每人都看了一眼，无不惊叹。

千里镜再次传到曾国藩的手中，他兴犹未尽，又发出一通出人意料的议论来："不知各位看后有什么感觉？我看后心里想，不论钢铁、玻璃等物，一经洋人琢磨成器，便精耀夺目，我从中悟出一个道理：天下之物，凡加倍磨冶，皆可变换本质，别生精彩，何况人之于学！但能日新又新，百倍其功，何必忧虑不能变化气质，超凡入圣？我从青年时代便有志于学，但一晃二三十年过去了，依然如故，学业一无可取。看到这具千里镜，我觉得惭愧。"

田鸡炮周围的湘军、绿营高级将领们听了两江总督这番由千里镜联想到求学进德的话，无不感叹万分。李善兰见曾国藩今日兴致这样高，在回衙署的路上，悄悄地对他说："中堂大人，四年前我和伟烈亚力将《几何原本》剩下的九章译完，当时承松江韩禄卿资助，刻印了一百本。前向禄卿来信，说版毁于战火。我一贫如洗，无力再刻，中堂大人能否拨点银子……"

"行！你看要拨多少？"不待李善兰说完，曾国藩欣然答应。

李善兰很是感激，忙说："前次刻用了二百两银子，印用了五十两，这次我想多印一百部，刻印合起来要三百两银子。"

"好，我给你四百两银子，另一百两算是给你的润笔。"

"谢谢中堂大人。"李善兰感激不尽地说，"我不要润笔，加那一百两银子就可以印四百部了，广赠有志学子，使洋人的绝技让更多人掌握。不过，我有个请求，请中堂大人赐一篇序言。"

曾国藩为李善兰的学者情操所感动，恳切地说："你们继续利玛窦和徐光启的未竟事业，将造福于我中国子孙后代，我理应为你们作一篇序言，可惜我平生对天文历数一窍不通，写些什么呢？"走了几步，又站住，望着李善兰说，"壬叔，假使你不在意的话，纪泽过两天就会来安庆，他对这些东西懂一些，就让他先拟个稿，我再润润色，用我的名义刻出去，好吗？"

"能借得长公子的大笔，当然是很好的，何况中堂大人还要亲自润色并答应署名，太谢谢大人了！"李善兰情绪激动地说。

五　含雄奇于淡远之中

安庆幕府聚集着众多全国一时俊杰，使一向爱才惜才的曾国藩颇为以此自豪。他素来重视对子弟的教育。长子纪泽今年二十四岁了，前次乡试未中，做父亲的不以为然，儿子的情绪却受到影响，来信中有些抑郁之词，父亲觉得对儿子有亏欠。咸丰二年，纪泽十四岁，正是求学的黄金年代，不幸离开了京师。这些年，他带兵打仗，已置身家于不顾，更谈不上对儿子的教育了。儿子天资聪颖，也知上进，只是家乡无良师。倘若因此而不能成才，不仅害了儿子，做父亲的也会后悔不已。现在这里名师如林、嘉朋如云，更兼父子可以朝夕相对，时常加以点拨，真正是课子的好环境。为此，他要儿子割舍燕尔新婚的情丝，速来安庆求学。

半月前，纪泽到了安庆，随行的还有南五舅的独子江庆才。江庆才小时候因家境不好辍学务农，后来靠着曾国藩的接济，又断断续续念了几年书，但终因基础太差，长进不大。江庆才一见做了大官的表哥，便痛哭不已，说父亲临终时一再要他来找表哥，谋一份差使，免得再在乡里受苦。表弟的能力，曾国藩大致知道些，看在南五舅的分上，没有一口回绝，心中也有三分成全的意思。总督幕府重金聘请、多方罗致四海才俊，对于前来投奔的，只要有一技之长，也量才使用，不加拒绝，但对无能之辈、庸碌之徒决不收留。曾国藩的观点是：牛骥同槽，庸杰不分，必然使英雄气短、才士齿寒。

半个月来，曾国藩有意识地考察了江庆才，交给他几件事，都不能办好；性格又疏懒、褊急，爱以总督表弟自居。尤其是昨天一起吃饭时，亲眼看见他将饭碗里的谷一粒粒挑出来，丢到脚底下。曾国藩心里很不舒服。他自己吃饭时遇到谷，总是去掉谷壳，把里面的米嚼碎咽下，从未连米扔掉过。一个贫苦出身的人，才过了几年好日子便忘了本，曾国藩于这件小事上看出江庆才不堪造就。昨夜为此事思考很久，终于下决心了：尽管南五舅有恩于前，尽管江庆才是至亲，也决计打发他回家，安庆幕府不能留下这个阘冗。今天一大早，曾国藩跟表弟好说歹说谈了半个时辰，又从积蓄中拿出一百两银子，又亲自写了"世事多因忙里错，好人半从苦中来"的对联勉励他，总算把表弟说通了。

处理好这件事后，曾国藩开始做他每晨必做的功课——临帖。这些日子临的是刘墉的《清爱堂帖》，这是纪泽带来的。

去年，卜居宁乡善岭山的唐鉴，以八十四岁高龄谢世。曾国藩接到讣告后十分伤心，命纪泽代他到宁乡吊唁。唐鉴的侄儿将一本字帖交给纪泽，说是伯父生前叮嘱的，此帖留给曾制台。这本字帖就是《清爱堂帖》。

曾国藩接过这本字帖，唏嘘良久，二十年前从镜海师研习程朱理学、探讨前代兴亡的往事，一一浮上心头，宛如昨天。这本字帖，他曾在唐鉴的书斋里多次见过。后来唐鉴致仕，字帖被送回善化老家。曾国藩那年回家守母丧时，还特为到善化把它借来，细心临摹过一段时期。刘墉号石庵，谥文清，乾隆朝大学士，书法冠绝一时。《清爱堂帖》集中地体现了他的书法艺术成就，是字帖中的珍品。对唐鉴了解甚深的曾国藩，知道老师如此郑重地将这本字帖作为遗物留给自己，决不仅仅只在临摹观赏，一定另有深意。但镜海师死前两年已不能作字，又没有遗言留下来，这中间的深意究竟是什么？半个月来，曾国藩天天临《清爱堂帖》，天天对帖思考，却始终没有琢磨透。

今天，他凝神静气地临摹两刻钟后，又对着字帖深思起来。刘石庵的字，粗看起来天趣自然，有小桥流水、远山淡墨之意境，细究则笔笔刚健，字字雄放，包含着黄河长江般豪壮气概。他将帖子又从头至尾一字一字地鉴赏一遍，看完后，又对整页整页作一番鸟瞰。忽然，如同一道阳光射了进来似的，他的心扉亮堂了。他赶紧拿出日记本来，记下今天这个不寻常的顿悟：

> 看刘文清公《清爱堂帖》，略得其自然之趣，方悟文人技艺佳境有二，曰雄奇，曰淡远。作文然，作诗然，作字亦然。若能含雄奇于淡远之中，尤为可贵。

写完，又轻轻读了一遍，在"含雄奇于淡远之中"一句下画了几个圈。他十分欣赏这句话，自认这是个很大的发现。一时思绪泉涌，不可遏止。他奋笔续写：

> 昔姚先生论古文之道，有得于阳与刚之美者，有得于阴与柔之美者，二端判分，划然不谋。然柔和渊懿之中，必有坚劲之质、雄直之气运乎其中，乃有以自立。

想了想，又写下去：

> 作字之道须阳刚阴柔并进，有着力而取险劲之势，有不着力而得自然之味，着力如昌黎之文，不着力如渊明之诗，二者阙一不可，亦犹文字所谓阳刚之美、阴柔之美矣。

他觉得意犹未尽，于是又添了一段：

> 大抵作字及作诗古文，胸中须有一段奇气盘结于中，而达之于笔墨者，却须遏抑掩蔽，不令过露，乃为深至。

曾国藩把这几段联起来读了一遍，深感自己今天对字、对诗、对文的研究突然进到了一个全新的境界。难道这就是镜海师的深意吗？镜海师一生以国计民生为重，以培养学生的人格为重，素来视诗文字画为末技；而自己这几年来位居总督，带兵十万，早已不再是翰苑舞文弄墨的书生了。显然，镜海师的用意还不在于此。曾国藩离开书案，在房子里慢慢踱步。走了几步，他蓦然明白了。常言道字如其人，文如其人，作字作文与做人是相通的，既然字可寓雄奇于淡远之中，文可含阳刚于阴柔之中，那么为人为什么不可以如此呢？曾国藩明白过来，也喜悦起来，在日记的结尾处，迅速添上两句话："含刚强于柔弱之中，寓申韩于黄老之内。斯为人为官之佳境。"像一个高明的画师终于完成了最后最得意的一笔，整个画面瞬时光彩夺目，曾国藩觉得今天这篇日记也因这两句话而满篇生辉。他心里想，镜海师送帖的深远意义，可能就在于此。

今天的这个早晨过得太有意义了，曾国藩的心情很舒畅，想起儿子来安庆这么久了，也没有好好地跟他谈过话。吃过晚饭，他特地叫儿子到书房里来。

曾纪泽身子单薄，不及父亲青年时代厚实，五官与父亲一个样子，只是线条没有父亲的硬朗，显得柔和一些。待儿子坐下后，曾国藩说："我这一向很忙，也没和你多说几句话。那天到时，我忘记问你了，你在武昌以后坐的船是我原来的座船，船上有一面帅字旗，沿途这面旗帜张挂没有？"

"没有。"纪泽恭恭敬敬地回答，"表叔看到后说要挂起来，我没同意。"

"哦，要得。我还问你一句，我写信要你不要惊动地方文武，你做到了吗？"

"儿谨遵父命，沿途所有地方文武的宴请一概谢绝，只在湖口彭侍郎的衙门里歇了一晚。"

"要得，要得。"曾国藩点点头，"甲三，我一再跟你说过，我不望子孙做大官，只望做明理晓事的君子。乡试中不中，不是重要的，关键是把书中的道理参透，这一阵子心情舒坦些了吗？"

"儿子在家时，接读父亲手谕，已开朗不少。这次千里乘船来安庆，沿途见山川形胜，风光绮丽，心胸大大开阔了。"曾纪泽高兴地笑着，脸上露出孩童般纯真的光辉，使曾国藩十分欣慰。

"这便是古人说的，不仅要读万卷书，还要行万里路。苏子由说得好：太史公行天下，周览四海名山大川，与燕赵间豪杰交游，故其文疏荡，颇有奇气。心胸一开阔，人的见识也就自然高了。从来功名乃天数，非强求可得，唯圣贤可学而至。我要你摹画三十二位圣贤像，用心便在此。这三十二位圣贤，你都记在心中吗？数出来给我听听。"

"文王、周公、孔子、孟子、左丘明、庄子、司马迁、班固、诸葛亮、陆贽、范仲淹、司马光、周敦颐、程颐、张载、朱熹、韩愈、柳宗元、欧阳修、曾巩、李白、杜甫、苏轼、黄庭坚、许慎、郑玄、杜佑、马端临、顾炎武、秦蕙田、姚鼐、王念孙。"

纪泽每数一个，曾国藩就扳下一个指头，数到"王念孙"时，恰好三十二个。曾国藩感到满意，说："我写了一篇《圣哲画像记》，你拿去好好诵读，以这三十二个圣哲为榜样，时时鞭策自己。"

"是。"纪泽答，那恭敬严肃颇像曾国藩祗领圣旨时的样子。

曾国藩又问了儿子关于叔祖父当时出殡安葬的情况，以及母亲、四叔父和各位婶母的饮食起居。

"纪耀今春出嫁，我也跟纪静一样，只付二百两银子回家，陈家没讲闲话吧？"

"陈家倒是没说什么，旁人都不相信，说是大学士嫁女，只有二百两银子嫁妆，天下哪有这样的怪事！"纪泽笑笑说，"二妹出嫁的前一天，她的一把金耳挖被贼偷了。"

"纪耀哪有这种东西？"曾国藩皱着眉头问。

"是母亲偷偷替她打的，只有七钱重，用去二十两银子。为了这个金耳挖被偷，母亲一连三个夜晚未睡好觉，泪流不干。这事传出去，大家都说大学士夫人竟为一个金耳挖这样伤心，可见家中金银不多。于是，二百两银子嫁女也就相信了。"

"今后纪琛、纪纯、纪芬出嫁都以此为定例，一律二百两。"过一会，曾国藩又问，"你们兄弟最近读些什么书？"

"纪鸿跟邓先生读《诗经》《尔雅》，我在读《汉书》。"

"我生平最爱读《史》《汉》《庄》《韩》四书，你能读《汉书》，我很欣慰。"曾国藩顺手从案桌边拿起一本《汉书》翻了翻，"我每天不管事情多忙，都坚持读史书十页。你现在无事，至少要读七八十页。读《汉书》有两种难处，一是假借奇字多，一是难解的句子多。你必须先通小学、训诂之学，先习古文辞章之学，才能把《汉书》读通。"

"父亲指教的是。儿子于小学、古文辞章之学基础都不深厚。"

"钱警石老先生、俞荫甫、莫子偲等人都精于小学、训诂之学，你遇有疑难，可多向他们请教。黎莼斋、吴挚甫他们，年龄和你差不多，古文根基却比你深厚得多，你要放下大公子的架子，平素多与他们相处。"

"儿子读书十多年了，总像还未得到读书的奥妙似的，父亲，这读书到底有没有诀窍？"这几年来，曾纪泽一直在想这个事，今天可以当面向父亲请教了。

"读书没有诀窍，就在于熟读深思，但要说一点没有也不是。"曾国藩思索了一下，说，"依我之见，读书的诀窍在看、读、写、作四字紧密配合，每日不可缺一。这话我以前好像对你说过。"

"我还想请父亲详加指点。"纪泽瞪着两眼聚精会神地望着父亲。这双眼睛的外形与父亲极像，但明显缺乏父亲那种威凛逼人的神采，而显得柔软温和，它来自母亲欧阳夫人的遗传。

"看，指的默观，如你去年看《史记》《韩文》《近思录》《周易折中》，今年看《汉书》。读，指的高声朗诵，如《四书》《诗》《书》《左传》诸经，《昭明文选》、李杜韩苏之诗、韩欧曾王之文，非高声朗诵则不能得其雄伟之概，非密咏恬吟则不能探其深远之韵。譬如富家居积：看书则好比在外贸易，获利三倍；读书则好比在家慎守，不轻花费。又譬如兵家战争：看书好比攻城略地，开拓土宇，读书则好比深沟坚垒，得地能守。二者不可偏废。至于写和作——"

"写和作不是一回事吗？"纪泽插话。

"不是一回事。"曾国藩温和地对儿子说，"写，是指抄写。对于好的文、句和章节，不但看、读，还要写，将它抄一遍，记得就更牢了。真行篆隶，你都爱好，切不可间断一日，既要求好，又要求快。我生平因写字迟钝，吃亏不少，你须力求敏捷，每日能作楷书一万，那就差不多了。"

"我一天到黑坐着不动，还只能写八千。"

"努力练，可以做得到的。罗伯宜抄奏折，一天能抄一万二，晚上还可以陪我下围棋。"曾国藩拿出一份罗伯宜刚抄好的普通奏折给儿子看，"罗伯宜不但抄得快，而且没有差错，一篇奏折抄下来，一个字不改，我每个月给他三十两银子薪水，跟其他幕僚差不多。有人不服气，说罗伯宜年轻，没有别的长处，就这点能耐也拿这多银子。我说，他这点长处就值得拿三十两银子，用人如用器，这个长处对我很有用，我就重用他。"

曾纪泽细看奏折，字果然写得好，一个个蝇头小楷，又端庄又秀美，令人叹为观止。他心里想，这里人才的确不少。

"至于作，是指的作诗文，作四书文，作试帖诗，作律赋，作古今体诗，作古文，作骈体文，这些都要一一讲求，一一试为之，作诗文宜在二三十岁前立定规模，过三十则难长进。少年不可怕丑，须有狂者进取之趣。这时不试为之，则此后年纪大了，愈发不肯为了。"

"父亲教导的是。"纪泽说，心里想："难怪四叔父从不作诗文，遇有应酬，总是推给我，大概是年轻时没有立定规模，现在年岁大了，怕丑的缘故。"

"父亲，刚才你所教导的看、读、写、作四字诀窍，为儿子迷途指津。儿子素日读书，对于书上讲的，常常觉得似乎是明白了，但仔细思想起来，又无甚心得，这不知是什么原因？"

"你的这个困惑，我在年轻时常常遇到。"曾国藩又摆出他惯常的姿态，伸出右手慢条斯理地梳理胡须，"朱子教人读书，曾讲过八个字：虚心涵泳，切己体察。虚心，好理解，即不存成见，虚怀若谷。涵泳二字最不易识，我直到四十上下才慢慢体验出。所谓涵者，好比春雨润花，清渠溉稻。雨之润花，过小则难透，过大则离披，适中则涵濡而滋液。清渠之溉稻，过小则枯槁，过多则伤涝，适中则涵养而勃兴。泳者，则好比鱼之游水，人之濯足。程子谓鱼跃于渊，活泼泼地，庄子言濠梁观鱼，安知非乐，此鱼水之快乐。左太冲有'濯足万里游'之句，苏子瞻有夜卧濯足诗，有浴罢诗，也是说人性乐于水。善读书，须视书如水，而视此心如稻如花如鱼如濯足，则大致能理解了。切己体察，就是说将自身置进去来体验观察。好比《孟子·离娄》首章'上无道揆，下无法守'，年轻时读这两句话无甚心得。近年来在地方办事，乃知在上之人必遵循于道，在下之人必遵守于法。若每个人都以道揆自许，从心而不从法，则下将凌上了。我照你读书无甚心得，可能在涵泳、体察二语上注意不够。"

曾国藩对儿子的这番详尽的指示，完全是他自己读书几十年来的切身体会，对儿子极有启发作用。曾纪泽认为这是他今天与父亲长谈中获益最大的部分，他决心按照父亲所教的，将过去所读的书再好好温习一遍。

"早两天，李壬叔要我为他翻译的《几何原本》作一篇序言，把我难住了。"隔了一会，曾国藩又对儿子说，"我生平有三耻：天文算学毫无所知，虽恒星五纬亦不认识，这是一耻；做事有始无终，这是二耻；练字不能成自己的一体，又慢而废事，这是三耻。现已过五十，要洗去这三耻，已不可能了，希望寄托在你们兄弟身上。壬叔的这篇序，就由你去写。你通过写序，好好向壬叔、雪村、若汀等人学习天文历算。他们都是海内最负盛名的专家，学好了，也就为父亲洗去了这个耻辱。你做得到吗？"

"儿子一定努力做到。"望着父亲慈爱期望的目光，曾纪泽硬着头皮答应了。

"好吧，夜很深了，你去睡吧，明天还得早起。"曾国藩说着站起来，曾纪泽随后站起，向父亲行了礼，转身出门。

"甲三！"曾国藩叫住儿子，"我在信中一再跟你讲，你的毛病在举止太轻，语言太快，要你举止稳重，发言切纫。今夜你的发言倒还可以，但走路仍是轻飘飘的，一点都没有改。"

纪泽垂手低头，接受父亲的教训。曾国藩盯了一眼儿子身上穿的衣服，又说，"你这身打扮也太鲜丽了，明日要换掉。凡世家子弟，衣食起居无一不与寒士相同，方可望成大器；若沾染富贵气习，则难望有成。我现在忝为将相，所有衣服加起来值不得三百两银子，你们兄弟要谨守我家世代俭朴之风，这也是惜福之道。懂吗？"

"懂！"纪泽恭恭敬敬地答。

"去睡吧！"曾国藩轻轻地对儿子一挥手。

待纪泽的背影完全消失在黑夜中，他才关好门窗，走进卧室。陈春燕提来一桶热水，帮他脱去鞋袜。他把双脚伸进热度适中的水里，慢慢地搓擦着，脑子里又想起东进金陵的九弟来：半个月没有信来了，他今夜驻营何地？

第六章　天京大火

一　庄严的忠王府礼堂，集体婚礼在隆重举行

建在天京城内明瓦廊的忠王府一片喜气洋洋，从大门外到王府里，处处披红挂绿、张灯结彩，往日绘着旭日东升、海波荡漾的巨大照壁已被黄缎裱糊，正中那个大红"囍"字，犹如火球般辐射着光芒，把出出进进的男女老少的脸蛋映得红通通的。

今天是忠王府的大喜日子。忠王次女忠二金金好下嫁英国军官毕尔斯、忠王三女忠三金金妙下嫁慕天安谭绍光，两姐妹的婚礼同时在王府礼堂举行。还有两对新人也在这个时刻向世人宣布自己的婚姻，他们是英国籍军官呤唎和葡萄牙姑娘玛丽、希腊籍军官包西和安庆姑娘姚弱琴。四对新人同时举行集体婚礼，这在金陵城里是旷古未有的奇闻，何况还是王女下嫁，中外联姻！直把小天堂里的几万太平军将士、几十万居民们的心撩拨得痒痒的、融融的，谁都想去亲眼一睹盛况。怎奈王府警戒森严，大家都只能在远处张望，在街巷议论，礼堂里正在举行的婚礼，岂是一般人所能看得到的！

宽敞的王府礼堂，平素是礼拜上帝的庄严场所，今天做了婚礼的会堂，平添了浓厚的喜庆气氛。从屋顶悬下四十盏挂有彩色流苏的八角玻璃灯里红烛高烧，一条条布满各色小三角旗的绳索，把这些角灯与四壁牵连起来，正面是一张特大条形茶几，上面燃着八根硕大的红色龙凤蜡烛。茶几前，一字儿摆开十一张大桌，桌面一律铺着红绸，上面摆的是天京城内各王所赠的礼品。他们是干王洪仁玕、侍王李世贤、辅王杨辅清、章王林绍璋、沃王张洛

行、顾王吴如孝、信王洪仁发、勇王洪仁达及幼东王、幼南王、幼西王。这些礼品大多是被面、枕头、衣料、首饰等。正中一张桌上，天王洪秀全的礼品与众不同，那是四本装裱精美的《天王选御制诗》。环绕着这一排礼品桌的，是一盆盆盛开的鲜花。两旁悬挂一副贺联：中外结同心，万里长城护天国；华洋联佳偶，百年美眷享太平。这是已升为楚天安爵号的康禄送的礼物。整个礼堂一派花团锦簇、珠光宝气，只有正中那幅耶稣蒙难图，给热烈欢腾的气氛增加了几分庄严肃穆之感。

左右两边已坐好了穿戴一新的男女贵宾。左边坐的是男人，全部朝服朝冠。第一位坐的是王府主人李秀成。他作为主人，本不应该坐第一位，但因为他不仅是两位公主的父亲，又是四个新郎官的上司，且其他新人家都没有长辈参加，忠王便做了这四对新人家长的代表，被众人推上了第一把交椅。第二位坐的是洪仁玕，下面各自依爵位高低坐下去。右边的女宾一律插花戴朵，绣袍彩裤。坐在第一位的是两位公主的生母宋王娘，接下去是干王的正妃罗王娘，再下去是各位王娘和夫人，还有些女官。主持婚礼仪式的是干王的朋友、英国伦敦传教会牧师亨卜洛。

只见亨卜洛牧师手捧《圣经》，满脸含笑地走到茶几中央，操着流利的中国话宣布："忠二金金好与毕尔斯、忠三金金妙与谭绍光、呤唎与玛丽、包西与姚弱琴结婚仪式现在开始。"

大厅里奏起雄壮的《东王得胜歌》，众人簇拥着四对新人，如同众星捧月似的合着乐曲的节拍，仪态万方地走进礼堂。这时掌声、欢呼声响起，人们纷纷向他们抛出红绿彩纸碎片。四位新娘都穿着洁白的拖地长绸裙，每人身后跟着身穿大红短褂发插金花的女傧相。四个新郎都穿着太平军高级将领服，每人身后一个身着戎装的男傧相。四对新人缓慢地一步一步地走过来，他们的脸上洋溢着青春的幸福的微笑。是的，这四对新人的婚姻都是崭新的令人羡慕的，他们每一对都有一段永生不会忘记的幸福的回忆。

走在最前面的忠二金金好，既有母亲同样的婀娜美丽的长相，又有父亲那种勇敢追求的气质。她的夫婿毕尔斯，与呤唎一同从英国经香港来到天京投奔太平军，因作战英勇、性格坦诚，很快受到忠王的器重。后来包西也来了，三个洋兄弟结成莫逆之交，一起作为忠王的爱将，时常出入忠王府，俨如家人。毕尔斯英俊的风度、优雅的谈吐，得到二公主金好的爱慕。金好放下王女的尊贵，冲破礼教的藩篱，主动向毕尔斯表白自己的爱情，使毕尔斯受宠若惊。当金好向母亲说出自己心中的秘密时，却遭到母亲的坚决反对。原来母亲早已为女儿觅好了东床快婿，那便是留守苏州的谭绍光。

谭绍光跟着父亲加入太平军时，还只是一个十二三岁的小男孩。不久父亲战死，李秀成的夫人宋氏见谭绍光孤苦可怜，遂收留在身边。谭绍光聪明懂事，对李秀成和宋氏很是尊敬，深得他们的喜爱。宋氏因为无子，更将绍光视同己出。绍光在战火中长大，锻炼成一条钢铁汉子，逐渐担负起太平军的领导重任。从那时起，宋氏便暗中起了一个心意，要将绍光招为女婿。宋氏三个女儿，大女夭夭，她便把红线的另一头系在金好的脚上。谁知女儿竟瞒着父母自己找了男人，还居然是个洋人！宋氏好说歹说，怎奈金好对毕尔斯的爱情忠贞不渝，母女俩僵持着。毕尔斯将此事告诉呤唎及其未婚妻玛丽。

玛丽是个刚强的葡萄牙姑娘，很小时便跟着父母来到香港。父亲是个富商，在香港办了一个修船厂。十六岁那年母亲去世，父亲强迫她嫁一个有钱的智利人。玛丽不愿意，一个人躲在一条小汽船上不出来，恰遇呤唎也到了这条船上。姑娘的不幸引起呤唎的深切同情，呤唎协助她逃出香港，一同来到中国内地。在颠簸的旅途中，两人相爱了。

玛丽给他们出了个主意：私奔去杭州，争取正在围攻杭州的忠王的支持，相信胸怀宽广，既爱女儿又爱部将的忠王会成全这桩好事。金好、毕尔斯欣然采纳。玛丽这个主意不仅对金好有利，也对自己有利。

原来，玛丽一到天京，便因她出众的美丽引起幼赞王蒙时雍的爱慕，曾两次想在半途将玛丽掳去，幸而她机灵地躲开了。呤唎和玛丽不愿意因此事使天王降罪蒙时雍，也欲借此离开天京一段时期。和他们一起去杭州的，另外还有一男一女。男的便是包西，女的便是姚弱琴。说起这对恋人的结合，更富有戏剧性。

去年，英王陈玉成在安庆失利，天京派出大军赴援，包西率马队从征。在安庆城外姚家村，包西的先头马队遭到鲍超霆字营的袭击。包西手臂受伤，又累又饿，来到姚家村一个大宅院里。

这家宅院只有一个年过花甲的老头和一个女儿、一个婢女。包西说明来意，老头命婢女立即烧茶做饭，又给包西包扎伤口。包西很感激这个老人，拿出钱来给他。老人不收钱，反而求包西保护他的家庭和宅院。包西一口答应，写了一张字条贴在老人家的大门上，不准别人闯进来。

包西告辞老人走到半路，想起后队里有不少清军投降过来的人，那些人过去作恶惯了，本性难改，决不会因他的字条而放过两个年轻的女子。包西急忙转身赶回。一到村口，果然见后队的人在大肆抢掠烧杀，老人宅院门口也有几个士兵围着一个女子在调笑。包西气愤已极，喝令住手，一看正是给他包扎伤口的婢女。他冲进大门，迎面碰上两个兵士拖着老人的女儿出来。包西飞起一脚，将一个兵士踢倒在地，另一个吓得跑了，他扶起小姐。小姐哭哭啼啼地告诉包西，父亲已被杀。包西急忙进入内室，见老头倒在地下，身旁一摊血。包西将老人抱到床上。

老人慢慢回过气来，指指身旁的女儿，又指指窗外的枣树，以极弱极细的声音对包西说："枣树下有我埋下的六十根金条，都送给你，你要好好照顾我的女儿弱琴。"说罢断了气。包西埋葬了老人，从枣树下挖出了金条，将姚弱琴安置好，打完仗后便将她带到了天京。

当金好和毕尔斯一行来到杭州时，正碰上太平军克复杭州，李秀成十分高兴地在原浙江巡抚衙门里见到自己的女儿和这几个英姿勃勃的洋兄弟。金好向父亲陈述了自己的心愿，果然得到父亲的理解。不久，李秀成带着他们一起回到天京，说服了宋王娘，并决定将三女金妙许给谭绍光。

"现在，由新郎新娘向天父上帝祈祷。"亨卜洛宣布婚礼的第一项程序。

毕尔斯挽着金好，向着耶稣蒙难图跪下，念道："小女金好、小子毕尔斯跪在地上，祷告天父皇上帝：今有小女小子迎亲嫁娶事，虔具牲馔茶饭，敬奉天父皇上帝，恳求天父皇上帝祝福小女金好、小子毕尔斯夫妻和睦，家道吉庆，万事如意。托救世主天兄耶稣赎罪功劳，转求天父皇上帝，在天圣旨成行，在地如在天焉。俯准所求，心诚所愿。"

接着金妙与谭绍光、呤唎与玛丽、包西与姚弱琴都照以上格式，对着天兄耶稣祈祷了一番。

"现在，由忠王向新郎新娘赐结婚戒指。"

在各位男宾的朝服朝冠面前，忠王华丽舒适的王便服显得分外引人注目：长袍由黄缎制成，下半部绣一只棕色雄狮，上罩一件大红短袄；头巾由枣红绸子制成，上面是忠王自行设计的独特装饰——中间一块异常明亮的祖母绿大宝石，宝石左右各排着四块椭圆形金牌，金牌上刻着刀、枪、剑、戟、爪、锤、弓、斧八件兵器的图案。忠王今年刚四十岁，就已居王位，且成为中外两员虎将的岳丈，事业的胜利，家庭的美满，给他的双颊布满了喜悦的笑容。他向八位新人每人送了一个镶宝石纯金大戒指，笑眯眯地看着他们互为对方将戒指戴上。

按照太平天国通常的婚礼仪式，到此主要内容已完成，牧师开始给他们发龙凤合挥——当时的结婚证书。但遵循忠王的命令，还要按照起义前滕县，也是全国的老规矩行三拜大礼。

亨卜洛高喊："一拜天地。"四对新人对着礼堂顶拜了一拜。

"二拜父母。"李秀成和宋王娘代表新人的家长，接受了他们的跪拜。

"夫妻对拜。"四对新人互相作了一揖。

礼堂里年长的宾朋们，很久没有见到这种仪式了，今日在忠王府里再见，都感到很亲切。拜完后，亨卜洛庄重地将四张龙凤合挥发给他们，并慈爱地祝福他们互敬互爱，比翼齐飞。

"幼赞王到！"礼堂里突然响起门卫的大声报告，除李秀成、洪仁玕外，全体人员都起立迎接。这四对新人，尤其是呤唎与玛丽的心一下子急跳起来，他们不知如何来应付这突发的后果难以预料的冲突。十九岁的幼赞王蒙时雍身着王服，神情沮丧地走了进来，身后跟着一大群随员。李秀成站起，笑着对蒙时雍说："请幼赞王入座！"

蒙时雍点了点头，径直向玛丽走去。呤唎紧握拳头，玛丽脸色惨白，礼堂里其他人不知底细，都兴高采烈地望着。蒙时雍在玛丽的面前停下来，紧紧地盯着她。玛丽先是紧张门极，后来看到幼赞王的眼神越来越黯淡，越来越模糊，终于滚下两颗晶莹的泪珠来，这才放心了。呤唎等人也放心了。

"玛丽小姐。"蒙时雍带着哭腔说，"你是我所遇到的最美丽的女子，你曾经把我的魂魄都勾去了。你没有成为我的王妃，我心肝已碎，本不想来此亲眼看到这个使我痛苦的场面，但我还是忍不住来了。"

在深宫妇人中长大的幼赞王不能控制自己的感情，泪如雨下。他转过脸去，擦了一把泪水，喊道："把礼物送来！"两个随员走上来。前面的捧着一个大木盘，盘上罩着一大块绿绸。幼赞王揭开绿绸，露出盘上放着的两件东西：一顶满是珠花的凤冠，一件绣着牡丹的霞帔。烛光下，凤冠霞帔熠熠发光，美艳耀眼。

"玛丽小姐，这两件礼品，原是暗中为你制的，希望有朝一日看到你在赞王府里穿戴。今天当着呤唎的面送给你，我祝你们幸福！"幼赞王说到这里，眼泪又哗哗地流了下来。

"谢谢幼赞王。"玛丽声音颤颤的。

隔了一会，蒙时雍又揭开第二个木盘上的绿绸子，露出三只玉镯、四把短剑。他将三只玉镯分别送给金好、金妙、姚弱琴，又将三把短剑分别送给毕尔斯、谭绍光、包西。最后，他拿起剩下的那把短剑，走到呤唎面前，将短剑递过去。呤唎接过剑，正要说声"谢谢"，却看见蒙时雍在狠狠地盯着他，压低声音骂道："我恨不得杀了你！"说完，扭头匆匆离开了礼堂！

"现在，请忠王代表新人们的父母，向各位来宾讲话。"亨卜洛充满喜庆色彩的声调又响起。

忠王再次离开座位走到茶几前，红光满面地对大家说："毕尔斯、呤唎等人的父母或远在异国他乡，或已去世，我今天代表他们向各位兄弟姐妹们说几句话。第一谢谢各位光临，使他们的婚礼能有如此隆重热烈的场面。第二祝福他们琴瑟和谐、白头到老。第三，我要借此机会讲讲如何建设天国，保卫天国的事。尽管安庆已陷于清妖之手，天京失去一个重要屏障，但我天国仍有广阔的幅员和众多的子民，我们的力量是强大的。两年来，苏福省的人民安居乐业，百废俱兴。许多人问我苏福省是如何繁荣起来的，我可以告诉大家，苏福省的治理采取的正是今天婚礼的形式。"

礼堂里的全体来宾都被这句话所吸引，为什么治理苏福省和婚礼是一样的形式呢？大家兴趣盎然地听下去。

"今天的婚礼，我们采取了天国制度和古制相结合的形式。治理苏福省，也是用天国制和古制相结合的办法。人人平等，男女平等，有田种，有饭吃，这是天国制；施仁爱、宽刑罚、讲礼仪，这是古制。天国制和古制相结合，苏福省就治理好了。"

干王洪仁玕坐在那里，听了李秀成的这番议论，心里大为不安。忠王这种天国制和古制相结合的办法，既违背了天王的方针，也与他在《资政新篇》里提出的建国大纲相去甚远。他为天国最高层的严重分歧而担忧。

"要建设好天国,首先要保卫好天国,现在曾妖头在安庆派出好几路人马向我天京进犯,李妖头依靠洋人的力量在上海蠢蠢欲动,左妖头也在浙江窜扰,我天国的形势仍是严峻的。"

一个卫兵进来对忠王耳语几句,忠王的面孔立刻沉下来。

"各位兄弟姐妹们,刚才得到情报,清妖曾国荃的前锋已到聚宝门外雨花台。"

礼堂里开始哗然,人们议论纷纷,无不感到大出意外。自从江南大营彻底打垮到现在整整两年了,天京城外再也看不到一个清妖。尽管前线天天炮火不息,天京城里却是一片升平安定的景象。现在又要打大仗了,怎不令人紧张!尤其是右边女宾席上,更是嘈嘈切切乱成一团,婚礼显然不能继续下去了。忠王环顾四周,镇定地宣布:"婚礼结束,全体将领随我到花厅议事!"

二　孤军独进,瘟疫大作,曾国荃陷入困境

曾国荃领了主攻金陵的任务后,便和曾贞干一起率领吉字营、贞字营雄心勃勃地向东开拔,一路斩将夺关,从芜湖、太平府打过秣陵关、方山,来到金陵城南门外雨花台,将老营设在报恩寺塔废墟边。这座建于南宋的宝塔高达十三层,颇为壮观。咸丰六年天京事变时,北王韦昌辉害怕翼王石达开回师攻天京时凭借此塔攻城,于是这座历时七百余年的宝塔便被韦昌辉拆毁了。

曾国荃和他的心腹大将李臣典、萧孚泗、刘连捷、彭毓橘、朱洪章等人都是第一次来到这座江南名城。他要韦俊带看他和部将们远远地从南门附近走到太平门边,一路细看漫议,费去了整整一天。韦俊告诉他,金陵围墙三成只走了一成。曾国荃等人大吃一惊,心里想:吉字营、贞字营合起来只有两万多人,要想像过去围吉安围安庆一样包围天京,岂非梦呓!一向倔强自负、蛮横不计后果的曾国荃,虽有点后悔不该轻率进兵,但事已至此,也只有硬着头皮挺下去了。曾国荃命令全体将士在雨花台一带深沟高垒,建筑坚固的工事,做长期围下去的准备,一面盼望其他各路人马早点来到金陵城下。哪知进军金陵的其他几路各有各的难处。

北路主帅、安徽巡抚李续宜刚准备出师，忽接父丧凶信，匆匆回家奔丧，部将唐训方率部受阻于寿州，不能南下。鲍超则被阻于宁国，也欲进不能。多隆阿刚启程几天，朝廷便命他为钦差大臣开赴陕西，西路也因此没有了。水师因要修补战船，等待从广东运来的洋炮，也暂在池州至铜陵一段江面上逡巡不前。五路人马，其余四路都不能按期抵达，曾国荃在雨花台气得暴戾失常，曾国藩在安庆也急得日夜不安。每天晚上临睡前，曾国藩都要到三楼的小房间里去一趟。那间房子里放着一个旧蒲垫，他在蒲垫上端坐半个时辰，尽量让百念消除，气沉丹田。这是镜海师当年教给他的静坐凝神的工夫。然后再跪在蒲垫上默默地对天祷告，求老天保佑各路军事顺利，早点拿下金陵。

但曾国藩的祷告不但没有为湘军求来福祉，一场瘟疫反而突然在金陵城外蔓延，给雨花台畔的湘军带来巨大的灾难。仅仅只有几天时间，湘军就死去三百多人。一个营房里，只要有一人得了病，便会立即扩散开去，早上看着还是好好地，晚上便僵卧不起了。连夜派出十人抬尸出去掩埋，回来清点人数，就只剩下五人；打着灯笼火把去找时，沿途看到的则是五具倒在路边的僵尸。曾国荃惶恐不安。四处延医寻药，附近的药买光了，又派人远到安徽、湖北等地去买，药未买来，人又死了一千多。李秀成趁此机会大举向雨花台进攻，曾国荃不得不率领病羸士卒抵抗，弄得焦头烂额，痛苦万状。李秀成进攻了几次，部卒也染上瘟疫，吓得他不敢再与湘军接触，才使得吉字营从濒于全军覆没的边境上得以解救。

正当曾国荃稍稍喘口气的时候，贞字营统帅曾贞干忽染瘟疫死去了。贞字营被合并到吉字营中。噩耗传到安庆，曾国藩闻之伤悼不已。曾国荃孤处雨花台，连遭不幸，使曾国藩日夜为之心神不安。他希望老九暂时撤离雨花台，与鲍超的霆字营合兵一处，但老九不同意。于是曾国藩写信给在家守制的李续宜，请他墨绖视师，速带北路军南下，却不料李续宜自己已病入膏肓，不能应命。曾国藩又命李鸿章将程学启的开字营两千将士开赴雨花台，但程学启打仗勇猛，李鸿章正依靠着他，不愿放出，只同意调吴长庆前去。曾国藩知吴长庆的庆字营多为未经训练的新勇，干脆不要了。他在安庆为满弟举行完吊唁仪式，亲将灵柩送上西行的大船后，便立即乘船东下，他要去查看吉字大营在雨花台畔的驻扎情况。临行时，曾国藩又把当年王世全送的那把王氏祖传宝剑带上,心里作了决定:先尽力说服老九暂时撤兵,如果他坚决不撤,则以此剑相赠,鼓励他早日达到目的。

太平军水师自田家镇之役大败后,便一蹶不振,以后周国虞兄弟相继战死,水师也便基本瓦解了。千里长江江面上,全是湘军水师的战船,只是紧靠天京一段江面上,太平军陆军在几个重要关口上建筑了堡垒,加强防守,使得湘军水师不敢闯进来。这几个重要关口,由西向东依次为:大胜上关、凤林洲、永定洲、三汊河、九洑洲、老江口、草鞋峡、七里洲、燕子矶。曾国藩的座船在离大胜上关二十里路远的落星寺停了下来,坐进早已在此等候的绿呢大轿,在彭毓橘指挥的三百名湘勇的保护下来到雨花台。

一连几天,曾国荃陪着大哥查看金陵城外的地形以及吉字大营两万多人马的分布情况。这时瘟疫已经过去,军营刚刚恢复元气。曾国藩见九弟的营盘扎得牢实,堡垒坚固,壕沟挖得又深又宽,很是满意,边看边称赞,使沮丧大半年的曾国荃心情舒坦起来。

"沅甫,尽管如此,吉字营还是要暂时先撤下,等北路到达江北,霆字营进入溧阳后,再三路并进包围金陵。"在曾国荃的老营,当屋子里只剩下他们俩兄弟的时候,曾国藩又一次劝说九弟。

"大哥,屯兵金陵城下,饮马秦淮河边,从出山到长沙办湘勇的那一天起,你就立定了这个志向,盼望十年之久的这一天终于到了。现在瘟疫已经过去,军营恢复了生气,正宜一心一意在这里做攻城的准备,岂能言退兵?"曾国荃虽没染上时疫,人却比在安庆时要黑瘦多了,不过说起话来,仍和过去一样的虎虎有生气。

"不全部撤也可以,还有一个方案你考虑一下。"曾国藩深知九弟的脾气,他不愿意干的事,任何人也难说动他。"金陵城里有长毛七八万,苏州、常州一带有长毛十余万,吉字营两万多人全部屯在这里,万一哪天长毛调集十万人马将你们团团包围,要突围出去亦是难事。军事上最忌呆兵,两万人长期聚在一起便成了呆兵,不如腾出彭毓橘、刘连捷两支人马出来游弋在外,做活兵。"

"有两支活兵在外固然好,但分兵势必单,长毛来围便更为难。"曾国荃仍坚持他的意见。

"我不能眼看吉字营处于困境而不顾,沅甫,功要立,名要争,但自古以来成大事者，半由人力，半由天命，你尽管好强有能力，但目前天命不顺呀！"曾国藩见九弟高低不听，不免焦虑起来，"瘟疫大作，全军死了两千多人，军心大受挫折，这是天命不顺的第一点。五路大军开赴金陵，其他四路都不能顺利进军，这是天命不顺的第二点。贞干骤然去世，这是天命不顺的第三点。有此三点，吉字营暂时必须撤。"

"大哥此话固然有理，但大哥平时也常对我们说，功可强成，名可强立，在人之努力耳。又说天下事有所逼有所激而成者居其半，眼下尽管时机不太利，这正是困知勉行的时候，要在逼和激中去做成事。我准备过几天要杏南回湘乡去再招三万精壮勇丁来金陵，湘乡没有这么多，就到宝庆府去招。有五万人，我保证拿下金陵！"

曾国荃这番话，正是曾国藩过去所奉行的信条：越是艰难越要奋斗。难道说，是自己年过半百、官居一品而滋生了官场暮气吗？或者是让一时的困难吓倒了吗？曾国藩心里很是赞赏九弟这种迎难而进的斗志，一时语塞，竟然不知用什么话来回答才好。

"大哥，我还有许多话没有对你说，你先听我讲讲好吗？"曾国荃给大哥泡了一碗清亮的碧螺春，双手递上来。

"我到金陵来，一是看看你的布置，二是来听听你的意见。你有什么话，全部给大哥倒出来吧！"曾国藩喝了一口茶，催九弟说下去。

"大哥，依弟之见，我吉字大营只要在雨花台稳扎下来，今后进入金陵的第一人，就必定是我而不是别人。"曾国荃如此自信的态度，如此肯定的语言，使得曾国藩对他的话格外重视起来。

"好哇！大哥巴不得如此。你且说说必定是你而不是别人的理由。"

"大哥，我是这样看的。"曾国荃不慌不忙地将胸中的想法亮了出来，"长毛的实力不在金陵而在江苏南部，即长毛所谓的苏福省，以及浙江省。在这两个地方和长毛周旋的李少荃和左季高，都是当今不可多得的人才，且二人都极为好强，又有洋人的支持，相信他们就在这一年半载之间，便会将苏南和浙江的局面控制下来。如此，则金陵后院起火，粮饷不能接济，援兵不能前来，城内必然混乱，金陵作为一座孤城，攻下只在早晚了。我长期屯兵在此，谁敢再擅自兵临城下，抢我的功劳？倘若我这时一撤兵，难保少荃或季高不乘虚派兵进来。对他们两个人，大哥你都得存一点戒心。"

曾国荃的分析不是没有道理的。他笑着说："看来仗把你打得越来越精了。"

得到大哥的表扬，曾国荃的兴头更足了："大哥，我还要告诉你一件重要的事。"曾国荃的眼中流露出诡谲的神色，"这两个月来，我派了一百多个聪明能干的弟兄打进了金陵城内，要他们刺探情报，联络乡绅，拉拢收买长毛中那些不很坚定的人，这方面收获不少。"

"沅甫，你这个点子想得好！"曾国藩十分赞赏，眼前的弟弟，再也不是当年那个脾气犟硬、脑子不开窍的混小子，而是一名真正的大军统帅了。往城里派细作，这一点连他自己都没想到。

"有哪些收获？"金陵城里的消息，不仅对于曾国荃是重要的，对整个湘军的统帅曾国藩来说更为重要。

"他们每天向我报告情况。据他们所提供的情报看来，长毛的败局是必然的。他们的天王洪秀全自进金陵后，便一直在天王宫里花天酒地寻欢作乐，军政大事一概不管，先是全部交付与杨秀清，后来又听信于两个异母兄长，现在又完全委托给他的族弟洪仁玕。"

"据说此人资历很浅，不过学问还不错。"曾国藩插话。

"是的。长毛将领们都不服他。他只能纸上谈兵，实际打仗则不行；搞了个什么《资政新篇》，完全是一纸空文。长毛自内讧之后元气大伤，洪酋作乱之初所宣扬的那一套人人平等，原来都是假的，长毛内部很多高级将领都看透了。长毛打仗，原先靠的是杨秀清、石达开，后来靠陈玉成、李秀成。"

"杨秀清、陈玉成已死了。前向孟蓉来信，说石达开已被他们逼得走投无路，成为瓮中之鳖，现在只剩下一个李秀成。这个人有头脑，那年以偷袭杭州的花招破了江南大营，其用兵之乖巧令人佩服。"曾国荃谈的这些情报并非什么绝密消息，曾国藩早已掌握。

"李秀成是个人才，但洪酋不信任他。"

"是吗？"这点使曾国藩感到意外，他一直以为李秀成是受着洪秀全绝对信赖的人物。

"自从那年内讧之后，洪酋便不再实心相信异姓人，后来韦俊投诚，更引起他对拥有重兵的异姓将领的不放心；且据城内来的消息说，在用兵打仗、用人行政等方面，李秀成和洪酋有不少重大分歧。他在苏州行使的一套，与洪酋的方针大有不同。只是因为李秀成性格软，常常对洪酋作些让步，才保得分歧没有表面化。大哥，如果不派人打进城里，我们如何会得到如此机密内情。"

"的确如此。"曾国藩点头，"沅甫，今后有关长毛上层的一些重要消息，你要常常告诉我。"

"好是好，但大哥你要拿东西来交换。"

"交换？"曾国藩不禁大笑起来，"好厉害的老九，要什么条件，你尽管说。"

"大哥，你要给我买一百尊重型开花炮，每隔半个月给我送一千颗开花炮弹。"

"一百尊重型炮我给你买。至于每半个月一千颗炮弹嘛，"曾国藩停了一会，"安庆内军械所目前一个月还造不出两千颗炮弹，全部给你都不够呀！"

"大哥，安庆造的开花炮弹，你不全部给我，还给谁呀！我不管多少，造出几多给几多，我派两个人坐镇安庆。我不打下安庆，哪里来的安庆内军械所！"

曾国藩听了这话先是一怔，随后勉强笑道："老九，你可是越来越强梁了！"

"不强梁还能带兵打仗吗？大哥以前老是对我们说，要牢记祖父的教导，懦弱无刚是男子的奇耻大辱。打下金陵，不仅是我老九一个人的光彩，也是我们曾氏家族的荣耀呀！"

老九说的也是实话。"好，好，全部都给你，还有什么条件吗？"

"还有一个。"曾国荃指着挂在墙壁上的金陵地形图对大哥说，"刚才我说过，金陵城内的粮饷接济主要靠南面，但北面也源源不断地向城内供应，长毛从北面来的粮饷都存放在九洑洲。"曾国荃拿起桌上的毛笔，将九洑洲重重地一圈，"再上船运进城。故长毛自大胜关至七里洲一带修建了十几个坚固的堡垒，其目的就是为了保卫这一条通道，我想请大哥命令厚庵和雪琴，立即发水师把这一带肃清。这样就将金陵的北门给关死了。然后，由我来关南门。"

"好，这一个条件也答应。"九弟强梁虽强梁，气概却也可嘉，曾国藩从内心里来说是喜欢的。

"如此,我便每天派人送一次情报到安庆。"曾国荃得意地说,又故意问,"大哥,吉字营还撤吗?"

"你这个精明鬼!"曾国藩快乐地笑起来,"大哥奖励你的气概,也送你一样东西。"

"什么好东西?"曾国荃的兴致大增。

"一把剑。"曾国藩从随身布袋里抽出王氏祖传宝剑来。

"我看看。"作为一个带兵的统领,曾国荃对兵器有着浓厚的兴趣。他从大哥手里接过剑,"刷"的一声,便把剑从剑鞘里全部抽了出来。只见一道白光闪过,冷气迎面扑来。

"好剑!"见过成百上千种刀剑的吉字营统帅不觉脱口赞叹。"大哥,这是从哪里来的?"

"那年在衡州初办团练时,船山公的后裔送给我的。他说当年他的先祖就是仗着此剑冲进金陵城的,这是一件攻克金陵的吉物。为了鼓励湘勇,他将这把祖传宝剑送给了我。"

曾国荃睁开眼睛听着,心情激动起来。他已完全明白了大哥转送给他的用意。

"大哥,这么好的东西,你为什么没有早送给我?"

"大哥没早送,是因为时候未到。"

"你是说早些时候吉字营还没有围金陵?"

"不,不是这个原因。"曾国藩有意将声音压低,"沅甫,世全先生告诉我,这把剑有一个奇异之处,每到它立功的前夕,都要长鸣一次。"

"有这事?"曾国荃很惊讶。

"世全先生说,当年他的先祖仲一公进金陵前夜,此剑长鸣了一次。传到船山公手里,他去广西找永历帝时,又在夜里长鸣了一次。那年我去王衙坪瞻仰船山遗迹时,世全先生说,先天夜里,此剑又鸣了一次。于是,他慨然把剑送给了我。离安庆前夜,此剑突然长鸣不已。我想它是不安心在我这里闲居,它要到英雄身边去建功立业了。因此,我把它带到金陵来。"这一番话,纯是曾国藩的即席编造。那年王世全说这把剑每到半夜都要长鸣一次,其实一次也没鸣过。他知道那是王家故意抬高剑的身价所耍的花招。他觉得他这样说既无破绽，又能给老九坚定必胜的信心。

果然，在"日月合璧，五星联珠"那天打下安庆，从此便自诩为有天保佑的曾国荃，此时毫不怀疑自己就是应剑鸣的立功之人。他把剑往剑鞘里重重一插，说："大哥放心吧，此剑必将以胜利者的身份，第二次进入金陵城！"

"好！"曾国藩站起身，拍了拍九弟的肩膀，庄重地说："这正是大哥所希望于你的！"

三 彭玉麟私访水下道，杨岳斌强攻九洑洲

彭玉麟、杨岳斌统率湘军长江水师很快来到了落星寺。曾国荃亲到船上与他们见了面。第三天，三人乘坐一条小民船从大胜关一直划到燕子矶，借助千里镜查看太平军在这一带的设防。长江控制着金陵的西北两面，从杨秀清开始，便十分注意对进入金陵地段的长江水路的防守，经过十多年来的修筑，这一带堡垒林立，且高厚坚固，尤其以大胜关、九洑洲、草鞋峡、七里洲、燕子矶等处更是重点设防。其中九洑洲驻扎了一万人马，以康禄为主帅，吟唎为副帅，更是铁壁金汤，控扼着江浦至金陵的水上通道。彭、杨等人查看一番后，都觉得这场仗不容易打。

"再难打也得打，千里长江就这一小段在长毛的手中了，我们难道就甘心受阻于大胜关吗？"对自己的水师战斗力充满信心的杨岳斌，不管困难多大，也要以强攻拿下。

"水路不肃清，就不能关住金陵的北门，二位非拿下不可！我再要刘连捷带五千陆师来支援你们。"曾国荃在一旁竭力怂恿。

"长毛已到穷途末路，当然不可能阻挡我水上雄师。不过，困兽犹斗，何况他们目前尚未大败，实力仍很强。我想先以九洑洲为突破重点，明天派小股战船去试探试探。"彭玉麟经过一番熟虑后说出了自己的意见。杨岳斌、曾国荃都急于成功，不以彭玉麟的谨慎为然。

第二天，杨岳斌亲率三千水师强攻九洑洲。激战一整天，死了百多人，毁坏战船几十艘，九洑洲岿然不动。杨岳斌沮丧收兵，但不服气。第三天又整队前行打了大半天，仍然无功而回。彭玉麟说："九洑洲防守严密，一味强攻不是法子，我们要学宋江三打祝家庄的经验，想法子刺探清楚后再去

打。"杨岳斌说:"好是好,只是难以进去。"彭玉麟说:"试试看吧!"

彭玉麟和刘连捷两人,一人装猎手,一人扮樵夫,悄悄坐一只小划子,划到江北上了岸。刘连捷今年三十四岁,是贞干在湘乡读私塾时的同窗,为人甚是机警,且武艺极好。二人来到九洑洲旁。这九洑洲长约有十五六里,宽在一二里至六七里之间,位于长江主航道以北,与北岸相隔一条十余丈宽的水带。江边尽是芦苇和茅草。二人沿着一条羊肠小道边走边留心观察,时时听见洲上传来喧哗声,但江边却异常寂静冷落,走了个把时辰,尚不见一个人。刘连捷有收获,打了两只野兔,一只五彩斑斓的锦鸡。彭玉麟只是随便拾了几根枯柴应付应付。正在失望之际,忽见水边茅草丛中露出一只旧斗笠来。

"有人在那儿。"彭玉麟提醒刘连捷。二人走近看时,果然见一个年纪在六十岁以上的老渔翁,安详地坐在一块石头上,垂着一根长长的钓竿。

"老伯伯钓了多少鱼啦?"彭玉麟操着少年时代在舅舅家里学会的芜湖话问。芜湖与金陵相隔不远,口音接近,老渔翁没有怀疑他们是异乡人。

"今天刮什么好风,把两位老弟吹过来了!这块坐坐。"老渔翁指着斜对面一块大青石,对彭玉麟、刘连捷说。他在这儿钓鱼,三五天不见一个人是常事,更莫说有人主动向他打招呼了,真所谓空谷足音,他很快活,因此对彭、刘很热情。

"听说这里有好野物,走了几十里路赶来,老半天见不到一个人,没有想到在这里遇到了姜太公。"彭玉麟更快活,紧挨着老渔翁坐下,一边拿起鱼篓看,见里面盛着大半篓鱼。"老人家的钓术很高哟!"

受到称赞,老渔翁越加高兴:"不瞒二位说,这里野物并不多,但鱼多。尤其是我坐的这个地方,有个小小的漩涡,四面八方的鱼都赶到这块来了,每天都可以钓到二三十斤。"

"这么多!"刘连捷情不自禁地冒出一句湘乡话,彭玉麟瞟了他一眼,他意识到失言,于是闭住嘴不再说了。这句话只有三个字,老渔翁根本没有听出口音来,接着说:"吃是吃不完,兵荒马乱的,卖也卖不起价,送些给别人,剩下的就晒干,日后慢慢吃。"

彭玉麟心想:江边只有这个老渔翁,再也遇不到第二人,且他天天在此垂钓,一定晓得些内情,必须抓住不放,从他口里挖出些东西来。彭玉麟有意奉承："老伯心肠好，这么活鲜鲜的鱼白送给人，真少有！老伯，听说钓鱼中的学问大得很，您老给我们传授点吧！"

"钓鱼又不是读书做官，有什么学问不学问，天天钓就是了。天长日久就钓出来了，哪里是讲得出来的！"老渔翁憨厚地笑着，彭玉麟知他说的是实话，想了片刻，说："老伯，我听人念过一首钓鱼歌诀，您老听听看有没有道理？"

"钓鱼还有歌诀？你念出来给我听听。"老渔翁显然很有兴趣。

"好，老伯请听。"彭玉麟一字一板地念道，"钓鱼钓鱼，心神专一。春钓浅滩，夏钓树荫，秋钓坑潭，冬钓朝阳。春钓深，冬钓清，夏池秋水黑阴阴。春钓雨雾夏钓早，秋钓黄昏冬钓草。深水钓边，浅水钓渊，雨季鱼靠边。鱼儿顶浪游，钓鱼迎浪口。钓翁钓翁，莫钓南风。西风要到酉，钓鱼切勿守。轻提慢慢动，鱼儿上钩勤。水下小鱼多，大鱼不在窝。"

"有道理，有道理。老弟，你懂得很多哇！"老渔翁大笑，满脸皱纹又多又深，像一块石磨似的。"我钓了几十年的鱼，人蠢，编不出这样好听的歌诀，只知道鱼跟人一样，冬天怕冷喜太阳，夏天怕热躲阴凉。眼下天气热了，我就在这块钓，这里树木多，阴凉，鱼就赶到这块来。一到冬天，我就到那块钓。"老渔翁指了指右前方，"那块树少，阳光多，鱼都往那块赶。"

"这就是老伯的诀窍。"彭玉麟忙恭维。老渔翁很开心，说："眼下正是鲥鱼入江产卵的时候，我还常常钓到鲥鱼。这种鱼别处钓不到，就这个小漩涡有，两位老弟今后要钓鱼时鱼就到这块来！"

老渔翁的胸怀坦荡使彭玉麟感叹起来，到底是与明月清风做伴的人，无机心，无忧愁，这才是真正的人生！老渔翁从水中捞出一只大竹篓来，笑嘻嘻地打开篓盖，里面有五六条近两尺长的大鲥鱼在跳动，阳光照着银白色的鱼鳞，甚是逗人喜爱。

"老伯伯，这几条鲥鱼大概要卖得两把银子吧！"彭玉麟在芜湖生活过，知道长江中的鲥鱼是一种名贵鱼，尤其以扬子江这一段的鲥鱼味道更鲜美，更值钱。

"不瞒两位老弟，"老渔翁得意地笑着，指了指对面的九洑洲说，"明天我给洲上的洋大人送去，他要给我二两银子。"

"你是说这个洲上的洋大人？"如同进山探宝的人蓦地发现寻找多久的宝

物，彭玉麟心里欢喜极了。

"洲上的洋大人叫吟唎，据说是英国佬。还有一个洋婆子，是他的老婆。他们两个人都要吃我钓的活鲫鱼。洋大人说他到过很多国家，吃过很多山珍海味，再没有比我钓的鲫鱼更好吃的了。这次积了半个月，明天一早给他送去。卖了鱼后，我去买酒割肉，两位老弟就在我这里住两天如何？"

"多谢老伯。我们也是两个酒鬼，葫芦里正装着一壶好酒，宰了这只野兔，烧了它下酒吧！"老渔翁的话提醒了彭玉麟，忙拉着他来到一块沙砾地。刘连捷拔出腰刀，三刀两下地剥了野兔的皮，将彭玉麟拾来的干柴架起来，烧火烤肉。不一会，河滩上飘出一股兔肉香，三个人用手撕扯着兔肉，一口接一口地喝起酒来。几口酒喝下去，彭玉麟与老渔翁仿佛成了相交几十年的老朋友了。

"老伯，你怎么会与洲上的洋大人相识的？"彭玉麟存心抓住九洑洲不放。

"老弟，你不知道，我本是住在这洲上的人。"老渔翁的脸开始泛红，看来酒量并不大。

"九洑洲上还住着人家？"彭玉麟惊问。

"怎么没有人家？原先也有十几户的。咸丰三年，城里的太平军上了洲，在洲上修堡垒，我们都扛过石头。太平军很和气，帮他们做事都给钱。那时洲上的军队不多，我们也都照样住着，在洲上种菜喂猪，卖给太平军，日子过得比先前好。去年，说是朝廷派曾九帅带兵来到城下，要收回天京，九洑洲上的军队就一下子增多了。"

"现在洲上有多少人？"彭玉麟赶紧抓住这个话题提问。

"很多，我也不知道确数，总有一万多吧！"老渔翁顺手拿起一根枯柴扔到火堆里，快熄的火又重新燃起来。"洲上也来了新头领，大头领称楚天义，二头领便是刚才说的洋大人。洋大人要我们统统都搬走，说是要打大仗了，免得在洲上白白送死，我们十多户人家都搬了。我家搬得不远，离这里只有四五里路，心想暂时住住，打完仗后还得上洲种庄稼。我也没有别的事做，就天天到这块钓鱼。有一天，洋大人见到了我钓的鲫鱼，问我这是什么鱼。"

"老伯，你还懂洋话？"彭玉麟故意打趣。

"老弟说得有味，我这个糟老头还能听得懂洋话么！是这个洋大人会讲中国话。你们大概没听过洋人讲中国话吧！那真讲得好，比我们中国人还讲得好听。"老渔翁今天特别快乐，"我说这鱼叫鲥鱼。洋大人摇摇头说从没见过，好吃吗？我说最好吃，你拿一条去吃吧！我从鱼篓里抓起一条尺多长的鲥鱼递过去。洋大人笑着说我收下了，给你钱。说着从口袋里掏出一把钱来给我。你们猜猜有多少？"

彭玉麟摇摇头。

"五百文！"老渔翁自己回答了，"若是拿到江浦去卖，一百文还卖不到。第二天，洋大人派人找我，说鱼味道好得很，要我每个月送两次鱼给他，鱼要大的，就按昨天给的价，每条五百文。哪里去找这么好的生意！我满口答应。"

"噢，是这样的。"彭玉麟若有所思地望着对面的九洑洲，慢悠悠地说。过一阵子他又问，"老伯，你们过去住在洲上，是怎么到岸上来的，划船过来吗？"

"不，我们不坐船！"

"不坐船？"刘连捷是个急性子人，忘记了刚才的失言，又脱口而出一句湘乡话。彭玉麟忙接过去："老伯，你方才说不坐船，那又怎样上得岸呢？"

"我们靠两只脚走。"老渔翁笑嘻嘻的，好像在卖弄关子。彭玉麟、刘连捷不解地望着他。"老弟，你们不住这里，当然不知道，九洑洲原本有一条路与岸上相连的。"

有一条路？探宝的湘军将领们又挖得了一件宝物。

"九洑洲与江岸相隔的这一段，水浅，底下都是烂泥，不能走船，洲上的人合力修了一条路，有四五尺宽，车马都可以走。"

"为何现在没有了呢？"彭玉麟追问。

"楚天义和洋大人来后，将路削去了三尺多，原来是高于水面一尺多，现在是低于水面一尺多，眼下水丰，路看不见，待到冬天枯水季节，路上还可以走人。"老渔翁动了感情说，"楚天义是个好人。他说现在因为打仗，不得不挖路，但不能全部挖掉，打完仗后还要再填起来，老百姓好用。"

彭玉麟和刘连捷都暗自得意，多亏了这个"好人"，有路就好办了。

"老伯，你今天就把鱼送去吧，我们和你一起到洲上去看看。"

"今天送鱼倒是可以。不过，"老渔翁犹豫着，"不过两位老弟去怕不行。"

"为什么？"

"楚天义和洋大人一再招呼，只能让我一个人上洲，不能再带别人。"

"老伯。"彭玉麟将酒葫芦递过去，殷勤地劝老渔翁再喝一口，"我们今天能在一起喝酒吃肉也是缘分，难得，你就带我们到洲上去看看吧！"

"只怕是守关口的将爷不放。"老渔翁慢慢说，突然灵机一动，"好吧，两位老弟硬是要去，就带上那只死野兔和锦鸡，过关时送给他们。你们只说也是住在这个洲上的人，一年多没回来了，想看看，求他们放行。"

"那太好啦！"彭玉麟站起来说，"过几天我们再打几只野兔送给老伯下酒。这就请老伯带路吧！"

趁着老伯收拾鱼篓的时候，彭玉麟用衡阳话悄悄地对刘连捷说了几句。老渔翁带路，在一个堆满鹅卵石的地方停下来，脱掉草鞋，卷起裤脚，彭、刘也脱鞋卷裤，跟着老渔翁下了水。果然只有膝盖深的水，下面便是坚硬的泥路。彭玉麟在心里默默地感激老天保佑，搀扶着老渔翁边走边说，刘连捷背着鱼篓猎物有意落在后面，每隔丈把远便在两旁插上芦苇秆。秆顶只露出水面两寸长，并不引人注意。

"刘二爹，你又给吟唎将军送鱼来了。"刚一上洲，便见从石垒里走出三四个太平军来，每人头上包一块大红布。

"是啊，是啊。"老渔翁笑呵呵地迎上去，"好几日没见了，将爷们都好哇！"

"刘二爹，这两个人是谁？"内中一个高个子太平军指着彭玉麟、刘连捷问，并以警惕的目光将他们上下打量了一番。

"将爷，我们原先也是住在这个洲上的，想看看过去住的屋子。"彭玉麟走前一步，仍以纯熟的尤湖话回答。

"过去住在洲上的？怎么从没见过！"高个子怀疑地问。

"是这样的。"老渔翁情急智生，"将爷们来到洲上时，他二人正外出做生意去了，回来时家已搬出洲，将爷们没见着。他们今日死活缠着我，要来看看，将爷们行行好，放他们进去吧！"

"那不行！楚天义和吟唎将军有令，这个洲上只许刘二爹一人每月来两次，其余任何人都不能进来，何况这几日清妖水师和我们打仗，谁能保证他

237

们不是清妖的奸细？"高个子说完又狠狠地盯了彭玉麟一眼。

"将爷，清妖都是两湖人，哪有我这个讲天京话的奸细。"彭玉麟再走前一步，悄悄地对高个子说，"将爷，我有一瓦罐子碎银埋在屋后菜土里，家里谁人都不知，我要把这罐银子挖出来。将爷，你放我进去吧，我分给你一些。"

高个子的脸上立刻露出了笑容，彭玉麟从刘连捷身上取下野兔锦鸡往高个子怀里一塞："这点野物送给将爷们下酒吧！"那几个太平军一听，忙过来将野兔锦鸡抢了去。高个子刚要放彭玉麟进去，忽然神色紧张起来，压低了声音："楚天义来了，你们不要讲话，我来应付。"

康禄走过来。上九洑洲之前，他从楚天安晋升为楚天义，这是六等爵位中的最高一级。比起前几年来，康禄显得身躯宽大了些，也更觉成熟老练了。高个子带着兵士们垂手肃立。楚天义微笑着向老渔翁打招呼："刘二爹，又钓得好鲫鱼了？"

"义爷，我正要给您送去。"老渔翁提着鱼篓子向前走了两步。

"这两个是什么人？"康禄指着彭、刘问。

"他们两人原先也是这洲上的居民，想来看一看。"老渔翁忙抢着回答。

"这几天正在打大仗，以后再来吧。刘二爹，你也别到吟唎将军那里去了，把鱼留下，我这里有四两多银子，你都拿去算了。"康禄掏出银子给刘二爹。

"谢谢义爷。"刘二爹接过银子，转脸对彭玉麟说，"老弟，义爷说了，现在正打大仗，以后再来，我们回岸上去吧！"

彭玉麟望了高个子一眼。高个子会意，忙上前对康禄说："义爷，八号垒又加厚了一层，叫七牛子陪你去看看吧！"

"要得，去看看。"康禄向前走了两步，又回过头来对刘二爹说，"你带着这两个人赶快走，炮子不长眼睛，打死了划不来。"

"好，就走，就走！"刘二爹弯了弯腰，提起空篓子就要往回走。

"慢点。"高个子一心惦记着彭玉麟挖银罐子的事，"义爷已走了，你们去看看就来。"

彭玉麟对刘二爹说："老伯你先回去吧，免得义爷回头看见了又说你，我们去看看就走。"

刘二爹答应一声，又下水去了。彭玉麟向高个子借了两块红布，和刘连捷一道包了头，赶紧向洲心走去。

两人从洲头走到洲尾，细心地查看洲上太平军的火力布置，发觉沿江北一带防守较弱，主要力量都集中在沿江南一面。同时还发现一座武器库，里面堆满了火药、炮子和开花炮弹。彭、刘兴奋不已。

傍晚时分，两人将九洑洲上的情况已基本摸清了。出卡时，彭玉麟从怀里摸出一把碎银子来，对高个子说："兄弟，谢谢你了，这点银子拿去买酒喝。"

高个子满脸堆笑地接过，悄悄地问："没有给楚天义和呤唎将军撞见吧？"

"没有。"彭玉麟答。

"那就好，你们快走吧！"

刚出卡，刘连捷猛地倒在地上，手脚抽搐，口吐白沫。彭玉麟神色慌乱地对高个子说："我这个伙伴素有癫痫病，不想在这里发作了，看来一时走不成了。好兄弟，求求你让他在这里躺一夜，明天就自然好了。"

高个子犹豫半天，说："那好吧，他一个人留在这里，你赶紧走。"

"我这就走。"彭玉麟将刘连捷抱进哨卡后，便急急忙忙地赶回落星寺。

第二天早晨，康禄刚起床不久，便有军士来报，发现上游清妖的战船密密麻麻地正向洲头开来，他忙叫醒呤唎。呤唎与他的妻子玛丽赶紧穿衣出堡。玛丽是个勇敢的女子，她多次婉谢康禄的好意，执意留在洲上，参加打击清妖的战斗。很快，各个石垒中的将士都已到位，摩拳擦掌地要给清妖水师再来一次歼灭性的打击。

杨岳斌指挥的五千水师死劲地向下游划去，与前两次不同，他们不从九洑洲的头部和南面进攻，而是绕过去，将战船集中在洲尾。昨天半夜，杨岳斌从五千人中抽调出三百人为先锋队，乘坐十只战船。出发前，他亲自为这三百人一人敬一杯酒，鼓励他们说："这次有人做内应，大家放心打，一定会成功。洲上爆炸声起，便奋勇冲上岸去。成功后，每人赏百两银子，有官衔者升两级，白丁拔六品实职。"众皆踊跃。

康禄和呤唎见清妖的船改变了进攻方向，便重新部署力量，火速调派两千人移往洲尾。人虽然立即赶到了，但火炮却一时搬不过来。呤唎焦急。康禄说："不要紧，多运点火药、炮子去就行了，清妖并不知洲尾防守较弱，他们也不敢贸然进攻。"

仗打起来了。洲头、洲尾、洲南三面同时飞来湘军的炮子和开花炮弹，尤其是洲尾的火力更是密集。获得两次胜仗的太平军抱着必胜的信心，沉着对敌，尽管有不怕死的先锋队在前面卖命，杨岳斌的水师仍未占到便宜。

这时，彭玉麟指挥的两千刘连捷部属，早已埋伏在北岸芦苇丛中了。昨天烧野兔肉的地方又架起一堆干柴，上面淋了一桶茶油。见江上已接仗，便命令点火，浸了油的干柴立时熊熊燃烧起来。躲在火药库房废料堆边的刘连捷见北岸火起，便打起火石，点起一个草包，从窗口里丢进去，自己就势一滚。轰隆一声惊天动地的巨响过后，火药库上冒起了乌黑的浓烟。康禄和呤唎见此情景，急得直跺脚，守在北边的一千多老弱太平军不约而同地向火药库奔去，试图抢救些炮弹出来。岸上，彭玉麟带着湘军陆师，从原来插好的标记——芦苇秆尖中蹚水而过，很快地冲上了九洑洲。洲上展开了短兵相接的白刃战。

就在火药库爆炸，洲尾守兵惊呆的瞬间，三百先锋队在杨岳斌的统领下，冒死靠近了九洑洲，强行登了岸。康禄和呤唎分头指挥，命令将士们一定要守住九洑洲。无奈，九洑洲上的坚固防守，已被敌人从内部攻破了。军心动摇，弹药也供应不上，太平军防守乏力，湘军水师战船一艘艘地靠岸，勇丁们如蚂蚁般源源不断地爬上来。湘军已完全占了上风。

"楚天义，九洑洲守不住了，我们撤退吧！"呤唎向康禄建议。

"不行。死也要死在洲上！"康禄虎着脸孔，亲手点燃一根引信，一发开花炮弹射出，几个湘军倒地。

又苦战了半个时辰，太平军成片成片地倒在石垒边。江边停泊的木船已有几只在升帆起锚了。

"不能再打了！"呤唎叫起来，"楚天义，你们中国人血战到底的战术不是最佳的方法，保存实力，争取最后胜利才是英雄。赶快坐火轮进城吧！"呤唎不容分说地拖着康禄向江边跑去，一面高喊："玛丽，快跟我来！"

康禄见江边的战船已全部开动，洲上的炮火已全部熄灭，心里如刀绞锥刺般痛苦，无法，只得听呤唎的，暂时撤退。刚走出几步，猛然想起一件事："糟了，金陵城防图尚在石垒里，不能落到清妖手里。"呤唎见玛丽刚出门，高喊："玛丽，你把垒壁上挂的那张城防图取下来！"玛丽又转回去。一会儿，她从石垒里出来，高一脚低一脚地向江边跑去。眼看就要追上吟唎了，忽然惨叫一声，倒在地上。吟唎回头高叫"玛丽，玛丽"，发疯似的向玛丽奔去。只见玛丽头上身上中了十几颗铁子，满脸是血，已不能开口了。吟唎抱起玛丽向火轮跑去。

火轮开动了。吟唎将玛丽平放在甲板上，从口袋里掏出那张金陵城防图来，把它递给康禄。康禄攥紧这张浸着玛丽鲜血的地图，望着九洑洲上湘军狂呼乱叫的惨景，心中的怒火在炽烈地燃烧着，他愤怒地大骂："你们这班畜生，不要高兴得太早了！"

四 一别竟伤春去了

攻克九洑洲之后，彭玉麟、杨岳斌统率湘军水师又一鼓作气，将大胜关至七里洲这一段江面两岸的所有石垒都攻破了。至此，整个长江全部由湘军水师所控制。天京北门被封锁了。捷报传到安庆，使几个月来一直郁郁寡欢的曾国藩略觉宽慰。曾国藩这段日子来，不但为金陵城下的吉字大营提心吊胆，也为如夫人陈春燕的病而忧心忡忡。

曾国藩并不贪恋女色，陈春燕也不是国色天香的女人，但这一年多来，他却是从心里喜欢上了春燕。曾国藩没有多少时间和春燕厮守在一起，也没有以像与儿子谈话那样的热情，来向春燕交代该怎么做、不该怎么做，一切都靠她通过细细地观察体味来决定自己的言行。没有多久，春燕便出色地做到了这一点，她完全掌握了曾国藩的脾性，服侍得周到细致，使得精细的曾国藩找不出一点岔子。尤其令曾国藩满意的是，春燕谨守妇人规矩，一天到晚不多说一句话，不随便走动。安庆总督衙门有前院后院，后院她只走过几次，前院是从来不去的，平时走动，走到厅堂的门帘前便止步。还有一点是不贪。春燕的母亲和兄嫂有时来看她，走时总是两手空空的，从不私塞他们一点东西。有这两条，曾国藩渐渐地对春燕生出一丝爱慕来。谁知春燕年纪轻轻的却染上了吐血的恶疾。曾国藩四处延医，终无效果。四十多天来粒米未沾，只靠吃药吊着一口气。曾国藩派人将其母亲、兄嫂接来照料。

昨夜，春燕自知死期已至，请曾国藩进内室，支开母亲、兄嫂后，哭泣着说："大人，我能够服侍大人一年多，这是我的福气，无奈我福薄命短，不能终生侍候，眼看就要与大人永别了。我一个卑贱的小女子，不值得可惜，但有三件事未了，死不瞑目。"

春燕说到这里，咳嗽起来。曾国藩端来茶杯，春燕喝了一口，略为安定，无比感激地说："谢谢大人！"又喝了一口，将茶杯放在桌上，继续说，"第一件不瞑目的是，我肚里已怀着大人的骨血三个月了。"

曾国藩一听，心里一阵慌乱。刚娶春燕不久，曾国藩也曾想过晚年得子的事，后来见自己的身体每况愈下，春燕也多时没怀上，便打消了这个想法。想不到她居然有了，他心里暗暗责备春燕不该瞒着。听说老夫少妻生出的儿子聪明异常，唉，这个儿子无指望了！

"我没有支撑到把他生下来这一天，深负大人恩情，就是到了阴间我也不甘心。第二件，大人的癣疾患了三十年，给大人带来了无穷的烦恼，我托我哥哥在乡间打听偏方。现在得了一个方子，原想亲手调理，可惜也不能了。"

"什么方子？"曾国藩问，心里很是感动：这是一个有心计的女人，事情没办成之前不露半点风声，与自己的性格颇为相近。

"这个方子很简单，就是用菖蒲艾叶煎水天天洗澡，洗上一年半载就可以了。也不知有用没用，我死之后，请大人再买一个妾来，要她天天煎水给大人洗澡。"

曾国藩点点头，但他已不想再买妾了。

"还有一件，我做了大人一年多的妾，却没有见到太太，没有亲自服侍她，我心中不安。虽有幸见到了大少爷，但二少爷和家中五位小姐也都没见过面。春燕我前生作了孽，今生命薄如纸。哎！"春燕长长地叹了一口气，泪水一串串地流出来，好半天，又说出几句话："我死之后，请大人看在服侍一年多的情分上，将我的棺木送回荷叶塘，莫让我做孤魂野鬼。大人你自己要多多保重。"说完便晕过去了。

曾国藩知道春燕难过今日，且不论这一年多来的服侍，就凭昨夜那番"三不瞑目"的话，曾国藩觉得自己今天也应停办一切公事，守在春燕的病榻边，给她最后一丝温情和安慰。但曾国藩没有这样做。为了一个女人的死，便废搁公事，岂不因小失大！一个堂堂协办大学士、两江总督，在小妾面前情意绵绵、悲哀失性，传扬出去，岂不成了人们谈笑的话柄！何况昨天收到的两份上谕，事非寻常，不能耽误。

下午，曾国藩把赵烈文、杨国栋、彭寿颐几个最为贴心的幕僚召进签押房。昨天来了两份上谕。一是授曾国荃浙江巡抚实缺，不赴任，仍在军中。一是授左宗棠闽浙总督实缺，兼署浙江巡抚。弟弟荣膺封疆，自然欣慰。兄为总督，弟为巡抚，圣眷之隆，世所罕见，足使曾氏家族荣耀天下。但朝廷为何如此急忙将左宗棠擢升闽浙总督呢？这事却使曾国藩隐隐约约感到背后有文章。

本来，左宗棠德才兼备，是个不可多得的人物。他与左相识三十年了，尽管对左睥睨一切目中无人的个性不喜欢，但对左廉洁自守、精明干练则一直是钦佩的。咸丰九年樊燮案中，他极力保左，次年又奏请左自建一军援浙，在左打了几场胜仗后，又密荐左为浙抚。平心而论，左以不足两万人的楚军，三年来攻无不克，战无不胜，陆续收复衢州、严州、金华、绍兴等府城，最近又攻克富阳，兵围杭州，战果的确辉煌。他常钦服不已，自叹不如。但仅仅只有三四年，便由一个四品京堂升为二品实授巡抚，朝廷对左的酬庸也够面子了。他想起自己以一个侍郎身份，带勇八年才得到一个总督实缺，相比起来，左未免太平步青云、飞黄腾达了。他不可理解，朝廷为何要在这时急急授左以总督之职，今后不是要与自己平起平坐了吗？

"中堂，恕卑职直言，左季高得授闽督，朝廷有深意存焉。"已授七品知县、仍留幕中的赵烈文经过一番深思后，终于忍不住开腔了。"我想这是冲着大人来的。"见曾国藩脸上不悦，赵烈文赶紧缩了口。

"惠甫，你说下去，为什么是对着我来的呢？"赵烈文话虽不中听，却说到点子上了，曾国藩鼓励他说下去。

"中堂，依卑职之见，朝廷是要借此来树立一支与中堂抗衡的力量。"话已说到这种地步，赵烈文不得不竹筒倒豆子了，"左季高有才能，也有功劳，但给他一个巡抚也足够了。当年润帅才还不大，功还不高吗？也只是一个巡抚；再说远一点，岷帅的才和功又怎样呢？也只一个巡抚。论才论功，朝廷没有必要叫他当总督。左季高为人，只能居人上，不能居人下，当巡抚时便常常自作主张，只是朝廷有命，浙抚受大人节制，才不敢公然对抗。现在做了总督，楚军两万人，大人休想再调派了。朝廷此举，是从湘军中把楚军彻底分离出去，大大削弱湘军的力量。这其实就是前代推恩之计的翻版。"

曾国藩静静地听着,脸上无丝毫表情,心里在称赞赵烈文的见事之明。

杨国栋也点头表示赞同:"惠甫之言很有道理。左宗棠这人虽然才高八斗,器量却不开阔。据卑职所知,他先前便不大服中堂,今后会更仗着朝廷破格礼遇而有恃无恐。说不定,朝廷欲以左宗棠来牵制大人。"

曾国藩仍听着,不作声。彭寿颐也同意赵、杨的分析。他说:"说不定还有几个总督封。比如李少荃这一年来在江苏军事进展顺利,朝廷亦很可能封他一个总督,将他和淮军由从属于大人的地位,提到与大人一样高,那时湘军、楚军、淮军三足鼎立,互不能制约,朝廷就可以此制彼,分而治之。"

曾国藩听到这里,出了一身冷汗。幕僚们的分析是极有道理的,帮助他更加清楚地看出朝廷擢升左宗棠为闽督一事的用心,他由此而更加惦念金陵城下的弟弟:倘若李鸿章、左宗棠很快将苏南、浙江收复,老九的局面就难堪了。忽然,后院传来一阵悲怆欲绝的号哭声。

"大人,春燕她,她过了。"春燕的哥哥肿着两只烂桃子似的眼睛进来,对曾国藩说。

曾国藩怔怔地听着,一股郁气冲塞胸口,他真想大喊一声"春燕",哭着奔向内室,但他理智地控制了。"知道了,你去吧!"他缓慢地边说边站起,正要转身走出签押房,又坐下来,对赵烈文说:"过几天康福会从赣北返回安庆,你准备一下,待康福一到,就和他一起到金陵去协助老九。老九身边缺人,尤其缺出主意的人。"

"是。"赵烈文站起。杨国栋、彭寿颐也站起来。他们知道曾国藩要进内室与春燕遗体告别,便告辞出门。

"惠甫陪我下两盘围棋。你们两个回去吧!"曾国藩挥挥手。

"还下棋?"赵烈文惊愕得睁圆了眼睛,他对曾国藩此时的心态捉摸不透,只得重新坐下。几个子摆下后,赵烈文看出曾国藩的棋法紊乱,悄悄地说:"中堂,今天不下了吧!"曾国藩不作声,很快按下一子,赵烈文只得硬起头皮陪着,心里百思不解。一局未终,曾纪泽带着几个衙役进来,衙役们的手上都捧着东西。

"父亲,幕府里先生们凑了一千两赙银,还有挽联祭幛。儿子请问,要不要刻讣告散发?"曾纪泽说完,站在父亲身边等候示下。这时后院又传来春燕母亲撕心裂肺的痛哭。曾国藩迟疑良久,对儿子说:"赙银、祭幛全部壁还，挽联留下，不发讣告。"

曾纪泽站在原地不动，好半天才嗫嚅着说："既然这样，我这就去退还银物。"

"慢点。"曾国藩叫住儿子，"银物叫荆七去退，丧事你不要插手，只管去做你的事。《几何原本》的序言写好了吗？"

"初稿拟好了。"纪泽站住回答。

"明天上午送给我看。"

"是。"曾纪泽低头带着衙役们退出。

"惠甫，这两天你帮我料理一下丧事。"曾国藩停止下棋，小声地对赵烈文说。

"中堂放心，我会把一切料理得熨熨帖帖的。用什么规格，请大人定一下。"聪明的赵烈文终于看出曾国藩内心的复杂情绪。

"今天夜里就悄悄抬出衙门，一切祭吊仪式都在静虚庵举行，我不参加，纪泽也不去，就由你出面代表曾家应酬，仪式由她的兄长主持。通知安庆府县，一律不要派人送钱送物去。此事不能张扬，静悄悄地办。请静虚庵的尼姑念三天经。三天过后，就暂在庵内租一间空屋停着，是埋在安庆，还是运回湘乡，以后再说。"

静虚庵里，尼姑们为春燕念了三天超度经文。总督衙门里一切如故，没有一点办丧事的迹象。曾国藩照常每天治事、见客、读书、下棋，看不出一丝丧妾的悲哀。第四天夜里，王荆七带着供果、纸钱、线香、蜡烛等物，偷偷地陪着曾国藩来到城外静虚庵。荆七将供果摆在春燕灵柩旁，燃起香烛，焚化纸钱。曾国藩坐在一旁的草垫上，看着黑漆发亮的棺材，既不哭，也不作声，只是默默地呆坐。过了很久，他从袖口里摸出一把雕花红木梳来，轻柔地抚摸着。这是曾国藩给春燕买的唯一一件礼物，只值十文钱。春燕很喜爱，每天用它梳头。那乌黑的长长的头发，那白里透红的面孔，随着这把梳子来到了曾国藩的眼前。又过了很久很久，他叫荆七向尼姑讨来几张白纸和笔砚。借着昏暗的灯光，他为春燕写了一副挽联，吩咐荆七悬挂起来。挽联挂好后，他又端坐在草垫上，两眼呆呆地望着它，心里一遍又一遍地反复念着："未免有情，对帐冷灯昏，一别竟伤春去了；似曾相识，怅梁空泥落，何时重见燕归来。"

直到窗纸渐渐变白，天快要亮了，曾国藩才叫荆七将挽联取下来，在春燕灵柩前焚烧。他最后仔细看了一眼那把雕花红木梳，然后也将它扔进火中。望着梳子和挽联一齐烧成灰后，才和荆七一道，无声无息地回到两江总督衙门。

五　献出苏州城后，纳王郜云官也献出了自己的脑袋

进入上海的李鸿章如鱼得水，他的军事和交际的才能得到充分地发挥，老师临行送的锦囊妙计，他有取有舍。"移师镇江"这一条他不愿采纳，"用洋人之力"，则谨记于心，运用极妙。他与英国海军司令何伯和洋枪队的首领、美国逃犯华尔关系密切。他将洋枪队改名为常胜军，以厚饷重赏引诱他们攻克了嘉定、青浦，很快便赢得朝廷的嘉奖。在此同时，他又指挥程学启、郭松林、刘铭传、李鹤章、潘鼎新、周盛波等在苏南连获大胜，相继拿下常熟、太仓、昆山。后来，黄翼升率淮扬水师来援，淮军力量更强了。不久，华尔在打慈溪时中弹身亡，原副首领美国人白齐文当了常胜军的首领。后白齐文索饷不得，痛殴上海道员杨坊，攫取白银四万两。李鸿章一怒之下解了他的兵权，白齐文便带着银子投奔太平军去了。常胜军的首领则由英国人戈登来充当。这时，李鸿章命程学启率所部开字营、戈登率常胜军、黄翼升率淮扬水师三路并进，向苏州强攻。

苏州守将正是忠王的三女婿，已晋升为慕王的谭绍光。他的副手是纳王郜云官、比王伍贵文、康王汪安均、宁王周文嘉以及庆天福包西。苏州历来是江苏省的省城，现在又是苏福省的中心，而苏福省是李秀成经营多年的根据地。谭绍光深知守城的责任重大，飞骑向李秀成求援。李秀成此时正在安徽六安，原拟再来一次袭击长江上游，吸引湘军主力，图解天京之危。闻太仓、昆山接连丢失，苏州危急，便从六安星夜赶到苏州。李秀成刚进城，通往无锡的北路立即被李朝斌统率的太湖水师截断，苏州成了四面受围的孤城。程学启、戈登、黄翼升日夜强攻，娄门、葑门、盘门外的石垒均遭洋炮所毁，外围破坏，粮道断绝，城内军心浮动，形势十分危急。

这天深夜，李秀成在谭绍光陪同下巡视胥门、阊门、娄门、齐门的守城工事后回到忠王府。听着城外不断传来的枪炮声，眼见城头时明时灭的火

光，李秀成心情抑郁，无法安睡。一年前，苏福省在他的直接领导下，还是一派欣欣向荣的气象。苏州，作为苏福省的政治中心，在太平天国军民的眼中，有着仅次于天京的崇高地位。在天京城内上层领导争权夺利愈演愈烈的时候，不少忠心耿耿的将士在失望之余，把天国的希望和前途寄托于苏州，他们相信忠王领导下的苏州，最终能够担负起挽救国运的重任。那时，忠王自己也有这个雄心壮志，一向不大吟诗作文的李秀成在一个泛舟虎丘的月夜，居然望着剑池吟了一首七律：

　　　　鼙鼓轩轩动未休，关心楚尾与吴头。
　　　　岂知剑气升腾后，犹是胡尘扰攘秋。
　　　　万里江山多筑垒，百年身世独登楼。
　　　　匹夫自有兴亡责，肯把功名付水流？

　　没有想到就在这一年里，天国形势急转直下。先是以九洑洲为主体的长江防线全线崩溃，天京防守遭到致命的打击。接着翼王石达开被骆秉章擒获处死，西行的太平军全军覆没。凶信传来，举国悲痛。尽管西行大军对保卫江南河山不起作用，但只要他们在，天国的一堆火焰就在燃烧，说不定有朝一日，他们在西南义旗高举，开创出一个蓬蓬勃勃的局面来。可是现在，这一线希望也破灭了。再接着，浙江大部分府县丢失，楚军和以法国人为头领的常捷军已将杭州包围起来，杭州城随时有可能再陷。而今苏福省的地盘一天天缩小，苏州危在旦夕。数千万人为之憧憬追求的理想，难道就这样破灭了？数百万人为之流血牺牲的天国，难道就这样亡了国？李秀成在心里痛苦地呼喊号叫。一阵揪心的难过之后，他颓然倒在安乐椅上，无可奈何地喃喃念着："天意，这是不是天意呢？"

　　"忠王！"一声急促而生硬的口音传来，秀成抬起头，见娄门主将包西神色严峻地匆匆进来，"忠王，纳王和汪天将刚才悄悄地出了娄门。"

　　"他们深更半夜为何出城？"秀成警觉起来，"你问过他们了吗？"

　　"问过。"包西答，"纳王说有急事。"

　　"你为什么不拦住他？没有我的命令，任何人不得出城！"秀成发怒了。

"我怎么能拦呢？纳王是王，我只是一个福。"包西伸开两只多毛的手，耸耸双肩，做出一个委屈、无可奈何的动作。

秀成的脸色松弛下来。包西不仅仅只是一个福，而且他还是一个洋人，他没有自己的人马，怎么能拦得住拥有五万部属、阴鸷凶恶的纳王郜云官呢？"你派没派人盯住他们？"秀成又问。

"派了两个人。"

"做得对！"秀成拍着包西的肩膀称赞。他以这个亲昵的动作表示对刚才发怒的歉意。昨天下午，李秀成和谭绍光巡视大半个苏州城，却不见郜云官、伍贵文、汪安均、周文嘉的影子，心里纳闷。他和绍光径直来到纳王府，推开门，见这四王和天将范起发、张大洲、汪环武、汪有为正在鬼鬼祟祟地交头接耳，见他们突然闯进来，八人脸色尴尬。忠王略说了几句话便出来了。"郜云官等人的行动值得怀疑。当此兵临城下的危亡时刻，要防止有人卖城投敌。"路上，秀成郑重告诫女婿。当天夜里，苏州各门都加派了慕王的亲信，并将这一重要情况通告了守娄门的包西。

"父王。"谭绍光大步流星地进来报告，"郜云官、汪有为划着一条小船进了阳澄湖。"

"你怎么知道的？"秀成问。

"我刚从娄门来，包西派去的人回来报告的。"

他们到阳澄湖干什么呢？李秀成沉思起来。

李秀成没有想到，此时，郜云官、汪有为正在淮扬水师提督黄翼升豪华的座船上，与李鸿章、程学启、戈登、黄翼升对面而坐，商量绝密大事。

"当然啦，苏州指日可下，不过，即使这样，郜将军能弃暗投明，改恶从善，朝廷还是欢迎的。"李鸿章的脸上露出明显的鄙薄，他学着曾国藩的样子，右手不停地梳理着嘴巴下的胡须，但他的胡须短而稀疏，远不及老师的气派。他盯着郜云官的脸，以审讯的姿态问，"郜将军，你控制了多少人？"

"苏州城里八万人，我们控制了五万多，谭绍光只有两万多人。现在城里的粮食已基本上光了，他的两万多人中，死心塌地跟着走的只有二三千，其他的人只要粮一断，就都会过来的。"郜云官并不是胆小无能之辈，相反,他一贯有过人的胆量和勇力,正因为此,他不甘于长期居人之下,甩掉锄头,拿起刀枪,投了太平军,要靠战功来出人头地,求得个荣华富贵。但现在,眼看太平天国大势已去,摆在他面前只有两条路:死守苏州,其结果必然是死在这里;献城投降,还有可能做朝廷的大官。张国梁、韦俊、程学启就是例子。前不久献常熟的骆国忠、献太仓的钱寿仁都封了副将,换个主子,换身衣服,照旧是高官厚禄。郜云官没有什么奋斗终生的信仰,也没有什么节操之类的道德观念,他的人生目的是要有权有势有钱,活得快活舒心。苏州城高级将官中持他这种人生观的很多,他很快便联络了比王伍贵文、康王汪安均、宁王周文嘉及天将范起发、张大洲、汪环武、汪有为。密谋了几次,一致的看法是:苏州守不住,投降是唯一的出路。汪有为化装出城,向围城的淮军表达了这个意思。李鸿章约定今夜在阳澄湖上见面,他要亲自见见郜云官,看是真降还是诈降。

"伍贵文他们都靠得住吗?"李鸿章歪着头,斜起两只长眼睛问。

"靠得住,完全靠得住!"郜云官从怀里掏出几张纸来,双手递给李鸿章,"这是伍贵文、汪安均、周文嘉等人写给大人的信。"

李鸿章接过纸,略微翻了一下,放在一旁。

"这几张薄纸有屁用!"程学启轻蔑地瞟了一眼伍贵文等人的信,忽然站起来尖厉地叫道,"若是真心投降,你下次将李秀成的头提来见李中丞。"说完坐下,讨好地望着李鸿章。

李鸿章笑着问郜云官:"程总兵的话,你们办得到吗?"

"这个嘛,这件事嘛……"郜云官迟疑起来。为获取李鸿章的信任,眼下叫郜云官办什么事,他都会毫不犹豫去办,唯独杀李秀成,他很为难。要说现在突然率兵包围忠王府,将李秀成抓起来杀掉,也可能不太难,但郜云官不忍心这样做,而且伍贵文、汪安均、周文嘉等人也可能下不了这个手。他们四人多年来一直是李秀成的亲信,是李秀成把他们从普普通通的低级军官一步步提拔上来,后又奏准天王,将他们四人都封了王;且李秀成在苏州八万将士中威望极高,反对杀李秀成的大有人在,难保不出乱子。

"连李秀成都不敢杀,还说什么投降,算了吧,我早知你们这些龟孙子不是真心。"见郜云官犹豫不决,程学启又气焰嚣张地逼了一通。李鸿章不作声,只是不停地梳理着胡须,嘴角边挂着嘲讽的微笑。戈登挺直着胸膛,一副很有教养的职业军人的派头,他的中国话说得不太好,但可以听得懂。黄翼升向来不善言辞,他们两个都闭口坐着听。

"我们的确是真心的,可以对天发誓!"郜云官急了。汪有为也忙说,"程总兵不要误会,我们是诚心诚意向朝廷投降。"

"是这样的。"郜云官不得不说实话了,"我们这些人都是李秀成一手提拔上来的,将士们受他恩惠的人也很多,怕万一去杀李秀成,反倒引出乱子来。"

李鸿章轻轻点了点头。郜云官想了想,又说:"如果中丞和程总兵不相信的话,在这两天内,我们先杀了谭绍光,将他的首级悬挂在齐门外,你们验看清楚了,我们再打开齐门,让大军进来。那时,李秀成自然逃不出苏州,大人们看如何呢?"

"可以。"戈登说了一句极简单的中国话。

"我看这样也好,只要杀了谭绍光,苏州就会大乱。我军只要进了城,李秀成就是瓮中之鳖了。"黄翼升也表示同意。

"那不行,非先杀了李秀成不可!"程学启不让步。

"若非要按程总兵说的去做,那我一人做不了主,还得回去和伍贵文他们再商量。"郜云官望了程学启一眼,轻轻地说,"程总兵也是后来归顺的人,何必如此为难别人?"

"你!你他妈的说什么?"程学启气得又站起,脖子上的青筋一根根鼓起。"归顺"二字是程学启头上的疮疤,他最忌恨别人揭破,今天若不是有李鸿章、戈登等人在座,他一定要大打出手。

"他没说错。"戈登平静地对程学启说,他对毫无军人气质的程学启十分瞧不起。

程学启瞪眼看着戈登,脸涨得紫红,握着两只拳头,几次欲站起,又压制着坐定。戈登只当没看见一样,依旧挺直腰杆,两只手平放在膝盖上。李鸿章担心谈判破裂,他现在要的是尽快得到苏州城,困兽犹斗,何况城里还有八万兵,又有威望素著的李秀成在,万一将郜云官逼得和李秀成抱成一团,苏州城能不能拿下就难说了。

"好吧!"李鸿章放下摸胡子的手,严肃地对郜云官说,"就这样定了。三天之内,你将谭绍光的头挂在齐门城楼上。这就是你们的诚意。三天之后没有动静,我们就要强攻了,那时再投降就晚了。"

戈登、黄翼升点头赞同,程学启讪讪地不置可否。

"三天之内我们一定杀谭绍光,开齐门。"这件事郜云官放心了,但另一件事他还不大放心,"中丞大人,弟兄们投诚过来后,朝廷不会杀我们吧?"

"哈哈哈!"李鸿章大笑起来,"你一百个放心,你们是朝廷的有功之人,哪里会杀头呢!都会有重赏。"

"大概会是个多大的官呢?"汪有为怯怯地试探。

"起码副将。"李鸿章爽快地回答。

"我们的部属呢?"郜云官迟疑片刻问。

"原封不动归你们指挥!"

李鸿章的痛快,反倒使郜云官觉得这些好处来得太容易而不敢轻信,他又加了一句:"中丞大人,你说的这些,到时都不会变吧!"

"我堂堂一个江苏巡抚,岂能出尔反尔。"李鸿章斩钉截铁地回答。

"口说无凭,你可以立个字约吗?"郜云官大着胆子问,他生怕遭到李鸿章的训斥。

"行。"李鸿章异常干脆的答复,使郜云官、汪有为大出意外。李鸿章援笔写道:"郜云官等八人杀谭绍光献苏州,事成之后,向朝廷保奏封为副将,原部属照旧不动。立此字据,决不食言。"李鸿章在后面签上自己的名字,又将笔递给程学启说:"你和戈将军、昌歧都签个名,好让他们放心。"

郜云官、汪有为藏好这份字据,放心落意地回到了苏州。

第二天一清早,一骑快马穿过清军的包围圈,从齐门冲进苏州城,将一封天王亲笔诏书递给李秀成。诏书封李秀成为太平天国真忠军师,执掌全国军政大权,速回天京解围。真忠军师一职,实际上是仅次于天王的第二把交椅。此时天王将此职授予他,无疑表示对他的完全信任。对此,李秀成心里感激。但苏州危在旦夕,尤其是郜云官、汪有为昨夜的诡秘外出,更使李秀成觉得事态严重。谭绍光年纪轻轻,能担负起这个重任吗?

"父王,毕竟天京比苏州更为重要,你还是回天京去吧!"李秀成离开苏州将意味着什么,谭绍光当然很清楚,但他素来顾大局,识大体,这也是李秀成招他为婿的重要原因。

"忠王,你回到天京后,一方面解天京之围,同时再派一支人马救援苏州。"包西在一旁建议。

"好,你这个提醒很好!"包西一句话将李秀成的矛盾解开了。是的,苏州的解围还得仰仗外援。"绍光、包西,你们只要再坚持一个礼拜,我一定组织五万大军前来救援。"

当天半夜,李秀成带了几个亲兵从齐门缒城而出。临走时,他紧握绍光的手,说:"苏州这副担子就担在你的肩上了,要千方百计坚持住。郜云官、汪有为等人形迹可疑,你要留神提防。"

绍光坚定地说:"父王放心前去,有我就有苏州。"

李秀成的突然离去,给郜云官等人带来意想不到的方便。这一夜,四王四天将在纳王府密谋筹划了一整夜。

为了应付意外,谭绍光召集全体守城高级将官会议,对城防重新作了部署,宣布郜云官、伍贵文、汪安均、周文嘉分别从阊门、齐门、胥门、盘门换下来。

"啪!"谭绍光的话还没说完,郜云官拍案而起,怒目圆睁,吼道:"姓谭的,你放明白点,苏州不是你的天下了,你凭什么撤换我们!"

谭绍光看时,伍贵文、汪安均、周文嘉、范起发、汪有为等人的手都握紧了剑柄;门外,数百名手执刀枪的大汉已将会议厅包围了起来。"不好,让他们先下手了!"谭绍光暗自叫苦,嘴里喝道:"郜云官,你要造反吗?"

"老子正要造反!"郜云官唰地一声抽出腰刀,命令汪有为:"给我上!"汪有为抽出剑来,发疯似的向谭绍光冲去。"快躲开!"包西喊着,随即拔出腰间的洋枪,"叭叭"两声,子弹向汪有为飞去。汪有为头一偏,随着两声惨叫,后面的两个将领倒在血泊中。郜云官挥刀大嚷:"都给我上!"其他六人一齐冲上,谭绍光、包西寡不敌众,终于倒下去了。议事厅里一片混乱,将领们被这突然的变故吓晕了头。

"弟兄们!"郜云官跳上桌子,嘶哑着嗓门高叫,"苏州城的粮食早就光了,再守下去,大家都会饿死。我们已和李中丞联系上了,只要献城投降,弟兄们都可以保住现在的官职。大家看怎样?"

"好!""同意!""我们听纳王的!"

议事厅里绝大部分将领都表示赞同,只有几个人冷眼看着,没有作声。

谭绍光的头颅挂在齐门城楼的当天,李鸿章带着程学启的开字营、戈登的常胜军便进了城。忠王府改作了江苏抚台衙门。三天后，李鸿章在宽阔的后花园里摆下二百五十桌酒席，郜、伍、汪、周四王所属旅帅以上的军官两千人应邀赴宴。郜云官等八人喜气洋洋地坐在主宾席上。

酒过三巡，李鸿章站起来，笑容可掬地说："弟兄们，苏州城的光复，你们都立了大功，尤其是郜将军、伍将军等人功劳更大，李某已奏准皇上，加封郜将军等八人为副将之职。"李鸿章说到这里，转过脸去喊道，"来人呀，将郜将军等人的官服送来！"

话音刚落，从后面走出八个穿戴体面的衙役，每人捧着一个木盘出来，盘上整整齐齐地叠放着一套崭新的二品武官袍服，袍服上放着八顶红缨伞形帽，特别是帽顶上那八颗起花珊瑚珠，在阳光下闪着光彩，令宴席桌上的人眼红不已。"弟兄们，为郜将军等人的受封满干三杯！"李鸿章说着，带头举起酒杯，与郜云官等人笑吟吟地干杯。所有喝酒的人一齐骚动起来。他们大口喝酒，大块吃肉，全然不明白自己已坐在断头台上。

看看大部分人都已醉得差不多了，李鸿章向程学启丢了一个眼色。只听得一声冲天炮起，后花园里忽然从天而降数不清的淮军士兵。他们一个个全身披挂，手执利刃，并没有费很大的劲，两千颗人头就落了地；与此同时，主宾席上那四王四天将，早已一齐到阎王殿里报到去了。李鸿章端坐在凳子上，面露微笑，如同看戏似的观看着眼前这幕人间惨剧。程学启大声狞笑，他很得意，也很开心。黄翼升心中不忍。他难以明白李鸿章的心思，杀降不仁，连这点都不懂吗？戈登横眉怒对，他对李鸿章如此公然背信弃义十分愤慨。他终于不能忍受，霍地站起来，指着李鸿章的鼻子大骂："流氓，我要向全世界控告！"说罢，气冲冲地走了。

"中丞，戈登说得出做得出，他真的会控告的。"望着戈登的背影，黄翼升有点心怯地对李鸿章说。

"让他控告去吧！这是中国，不是他的大英帝国！"李鸿章开怀大笑起来。

六 我们还是各走各的路吧

李鸿章的话说对了。在中国这块土地上，戈登以杀降之罪来控告李鸿章，真个是告状无门。他四处闹了一阵，各方反应都很冷淡，自己也觉得无趣，最后便以名誉受到损伤为由，扬言要辞去常胜军的首领之职。李鸿章还要靠戈登的洋枪队收复无锡、常州，不能太得罪他了，于是一方面向美、英、法等国驻上海使团发一个文告，说明戈登本意是要宽赦降将，杀降时未在场，系中国人自己决定的，与戈登无关；一方面又给常胜军发了六万赏银，其中一万给戈登本人。戈登既保护了名誉，又得到厚赏，便再也不告状、不辞职了。

  李鸿章软硬兼施驾驭戈登的手腕，得到官场的一致称赞，曾国藩对此深为满意。在一次早餐席上，他欣喜地对幕僚们说："少荃算是历练出来了。驭洋人没别的诀窍，就在于软硬两手交替使用，运用得法。去年总理衙门来文，说赫德建议从英国买一支装备精良的舰队，询问我可不可以采纳。我回信说很好。赫德和英国政府不外乎想借此赚一笔钱。这钱给他赚嘛，舰队买来后对我们的好处更大。后来，赫德便委托李泰国去买。李泰国用二百万两银子买了七只轮船，一只趸船。不想李泰国暗藏野心，想控制这支舰队，竟私自和英国海军上校阿思本签订了为期四年的合同，说明阿思本只服从他李泰国转达的中国皇上的命令，他人不得干预。阿思本就擅自在英国招了六百个水手。总理衙门先是不答应，声明只能服从中国官员的节制。阿思本于是扬言，如果不让他指挥，就把舰队带回英国解散。诸位，这个阿思本横蛮到了何等地步！我们花的银子买来的舰队，他有什么资格解散？可是总理衙门竟然向阿思本妥协，承认他的指挥权，真正糊涂到了家了。我得知此事后，立即上书恭王，宁愿将二百万两银子白白丢进海里，也不能接受阿思本的无理要求。后来恭王接受了我的意见，退了船，虽只收回五十万两本价，到底气还是争回来了。这件事有两个阶段。前阶段，明知洋人要从中渔利，我睁只眼闭只眼，让他去赚钱，这就是软。后一阶段，洋人想骑到我的头上来，那就绝对不能答应，这就是硬。少荃算是学到手了，看来他今后可以和洋人打交道而不会吃大亏。"

  幕僚们遂一起称赞："这全是中堂大人栽培得好！"

  曾国藩既为门生得其真谛而高兴，又因这个后起之秀咄咄逼人的气势，而为自己的弟弟担忧。应该说，李鸿章收复苏州，已给围攻金陵创造了极好的形势，老九为何不能抓住这个大好时机，一鼓作气将金陵拿下呢？倘若李鸿章收复了整个苏南，到那时，老九即使想得攻下金陵的首功，朝廷怕也不会答应了。一定要尽力促使他早日成功！恰好康福近日从赣北回来，曾国藩便命他和赵烈文带着二十万两饷银前去金陵，竭力协助老九。

对康福和赵烈文，曾国荃一向是尊重的。在他们的帮助下，攻城的部署作了调整。正在这时，李臣典、萧孚泗带着从湖南招募的三万新勇前来，吉字大营扩大到了五万，再加上长江水师两万，水陆人马共七万，虽不能将金陵城铁桶般包围，但主要通道已完全控制住了。

打入城内的细作不断传递出重要情报：李秀成虽然被封为真忠军师，留守城内调遣各王，但同时洪秀全又封了大大小小的王两千七百多个。封王之多，史无前例！洪氏家族，连伙夫、门房都封王，善于钻营的小人，用几十两、百把两银子贿赂洪仁发、洪仁达等人，也可以得到王的爵号，而许多劳苦功高的人反而封不到王，人心大不服。后来洪秀全也知封王太多太滥，就将没有战功的人改封作小王，两字相连写作"尘"。那些被封作尘的人也不乐意。整个天京城内，政治混乱到了无以复加的地步。李秀成面对这个梦乱如麻的局面一筹莫展。隔几天，又传出洪秀全封楚天义康禄为楚王，负责十三门防守总调派的消息。康福听了暗思：这个楚王康禄很可能就是自己的弟弟。太平天国的失败已成定局，金陵城的攻破只是早晚的事，作为兄长，岂能眼看胞弟面临灭亡而坐视不救？应该到城里去走一趟，劝说弟弟悬崖勒马。不过，康福也深知弟弟的脾性，不对此行抱过高的希望。于是，他瞒着曾国荃和赵烈文，化装成一个普通百姓，从通济门混入了城内。

天京城已变成一座军营，到处所见的，都是因粮食不足，饿得面呈菜色、疲惫不堪的士兵们。百姓大都外出觅食，所剩不多了。店肆关闭，战马奔忙，空气中弥漫着呛人的硝烟气味。这个壮丽的六朝古都，再次沦为血腥战场。

新封的楚王康禄尽人皆知，康福很容易就打听到了。在他的王府——一间极平凡的民房外等到半夜，康福才见到两只灯笼前导，一个身着战袍的青年骑马过来。三人一起进了屋，只听见黑暗中传来几句简短的对话：

"王爷还有何吩咐？"

"你们去歇息吧，五更时再叫醒我。"

"那我们就走了。"

"你们走吧！"

两个打灯笼的人从屋里出来，关了门，走进旁边一间更矮小的屋子。康福知道骑马的青年即楚王。他轻轻地把门推开，见那人正坐在桌子边，背朝着一盏昏暗的油灯发呆。"谁？"那人听见脚步声，猛一回头，发觉屋里站着一个陌生人。果真是弟弟！趁着那人回头的一瞬间，康福看清楚了。自从武汉城破前夕，兄弟俩匆匆打过一个照面，到现在一晃十年过去了。

"兄弟，我是你的哥哥！"康福异常激动地走过去，伸出双手想拥抱弟弟。

"哥哥？"那人本能地后退一步，右手已握紧了腰间的剑柄。

"兄弟，我是你的哥哥康福，你不认得了？"

"哥哥！"康禄终于认出来了，向哥哥猛扑过去。兄弟俩久久拥抱在一起，说不出话来。

"兄弟，你这些年还好吗？"好久，康福才松开手，兄弟二人在油灯下对面而坐，互叙十年来的情况。康福告诉弟弟，他前次回老家住了两年，娶妻并生了个儿子，又将父母的墓地修葺一新，时时刻刻想着弟弟，盼望兄弟能早日团聚。康禄似乎没有多少话题好跟哥哥说。十年来转战东西，没有一天安静的日子，娶妻成家这件事，他总是一天天往后挪。"匈奴未灭，无以家为"，很小时父亲说过的这句话，在康禄的心中留下深刻的印象。消灭清妖后再成家，他一直这样对自己说。可是，清妖没有消灭掉，自己满腔热血报效的天国却岌岌可危了。

"哥，你还在曾国藩手下做事吗？"康禄问。康福点点头。

"官居何职？"

康福笑着摇摇头。

"没有做官？"康禄有点吃惊。

"据说弟弟已被封为楚王，只可惜哥哥我不能祝贺你。"

"不要祝贺。"康禄平淡地说，"我刚才问话的意思，不是炫耀我当了什么王。天京城内到处都是王，王也变得一钱不值了。我的意思是说，哥哥为曾国藩出生入死地卖命，曾国藩也没有赏哥哥一个官职，他待哥哥不太刻薄了吗？"

"不能这样讲。"康福坦然地说，"在曾大人幕中有不少无官职的人，曾大人对这些人反倒比对有官职的人客气得多。他常对人说，有官职的人，我以上下之礼相待；无官职的人，我以朋友之礼相待。所以在曾大人幕中，无官职的人比有官职的人地位还要高。"

哥哥的这几句话，使弟弟听了很新鲜，这样的总督衙门倒是从来没听说过。

"曾国藩本人到天京来了？"康禄警觉起来。

"没有。他仍在安庆，大概金陵不攻下，他是不会来的。"

"哦！"康禄松了一口气，"哥，我们是亲手足，你对我讲实话，你这次潜入天京，究竟是为了什么？"

"实话跟你说吧。兄弟，我是特为来救你出苦海的。"康福将身子移向弟弟，灯光中，他见弟弟面无表情。

"苦海？"沉默片刻，康禄冷冷地问，"怎么个救法？"

"兄弟，你可能还不明白眼下的处境。"望着弟弟这副神态，康福心里万分焦急，"前两天，杭州已被楚军收复，无锡、常州也被淮军夺取了，浙江、苏南已全境光复，你们的所谓太平天国，只剩下金陵一座孤城了。金陵虽大，毕竟只是一座城，能守得几天？兄弟你尽管权大位尊，才干过人，但大势已去，一人如何能挽回得了？天命如此，人力又怎能抗拒？"

康福说得很可怕，但康禄依然面容冷漠，并不为之所动。康福严肃地说下去："兄弟，作为你的哥哥，我怎能眼看死亡来到你的头上而不相救？哥哥为你谋划了两条出路。"

"哪两条？"问话仍旧是淡淡的。

"兄弟，你可以利用目前的地位联络同志，杀掉洪逆，献城投诚。以兄弟这样大的功劳，一定会蒙朝廷格外宽大，恩赏副将总兵，如同韦俊、程学启那样。这是第一条出路。"

"哥哥是要我做郜云官？"康禄甩出的话中分明带有强烈的愤怒。

"不，不！"康福急忙分辩，"郜云官的事很少见，内里是否还有些什么别的原因我不知。但有一点我可以向兄弟说清楚，兄弟是向曾大人投诚。曾大人曾经亲口对我说过，只要兄弟弃暗投明，一定重用。"

"还有一条出路呢？"康禄对这条路似乎并无兴趣。

"若是兄弟觉得前条出路不好的话，还有一个办法。兄弟今夜就出城，哥哥带着你出去，剃发换衣，休息几天后，再护送你回沅江老家。待金陵攻下后,哥哥我也回到下河桥去。我们兄弟看护着父母的墓地,从此不过问世事,长守我康氏耕读家风。"

康禄没有作声。康福看得出,这条出路已使他动心了。为了让弟弟能冷静地思考,康福也不再讲话,借着微弱的灯光,他细细地打量着房间的布置:房间里没有一件光鲜的东西,简陋得如同一家下等客栈。谁能相信,这就是眼下金陵城里最有权势之一的楚王府。康福不由得生出一种敬意来。都说长毛的高级官员有聚敛的恶习,从弟弟这间屋子里的摆设来看,长毛中必有不少廉洁自守的清官。

"哥哥,兄弟谢谢你的好意,但今生今世要我重做一个守父母墓庐的普通百姓,已经是不可能的事了。"康禄终于给哥哥一个明确的答复。

"这是为什么?"康福惊问。

"哥哥,古人说,曾经沧海难为水,兄弟我经过这番风浪,已养成了疾恶如仇的性格。天下不平之事这样多,要我还像过去那样逆来顺受,我是宁愿死也不能做了。再说,我与朝廷结仇十多年,亲手杀朝廷命官不下百人,朝廷和仇家对我恨之入骨。我怎能将自己以后的命运,寄托在一向不讲信义的朝廷之上?何况数不清的仇家,我对他们也防不胜防。"康禄平静地说,"当初我抱着追求人人平等的目标投了太平军,尽管我没有在太平军中看到理想的平等,这使我很失望,但我不后悔。天京即将沦陷,天国就要覆灭,对这一点我看得很清楚。几个月前,我也曾有过这样的想法:离开天京,隐居在一个人迹罕至的深山古刹中,冷静地思考总结天国失败的原因。后来,忠王信任我,天王封我为王,我感激天王、忠王对我的倚重,遂决定不出城,誓与天京共存亡。"

"兄弟,近来你也想过没有,你走的这条路是错的。"康福对弟弟忠于天国的心情可以理解。"士为知己者死",这是他们兄弟共同的为人准则。不过,这与道路选择的正确与否是两码事。

"哥哥,你以为天国失败了,就证明我的路走错了吗?没有!我自己所选择的路没有错。是的,天国的国运很可能就这十几年,但是,哥哥你当然理解不了,这是多么轰轰烈烈、峥嵘灿烂的十几年啊!"康禄黑瘦的脸庞上绽出了真情的笑容,他陷入了一往情深的回忆,"我曾代表贫苦百姓的愿望,公审了十多个作恶多端的县太爷,杀了几十个地方上民愤极大的恶霸劣绅。

我也曾经亲手发放了几百万斤粮食。看着那些衣衫褴褛、白发苍苍的老人和瘦骨伶仃、濒于饿死的小孩，从我的手上接过救命的粮食时，哥哥，你知道我那时心里有多痛快吗？我也曾亲手将成千上万亩田地分配给无田无土的农民，与他们分享过种田人的最大幸福。我千百次驰骋沙场，杀得官军鬼哭狼嚎，抱头鼠窜。弟兄们个个竖起大拇指，称赞我是英雄。我当过多年的统兵大将，现又身居王位，指挥着千军万马，跺一脚山摇地动，喝一声风云变色。哥哥，你想想看，在家种田有这么痛快过吗？像哥哥一样投靠曾国藩，我会有这种痛快吗？人活在世上，不在寿命的长短。有的人平平庸庸地活了一百岁，有的人活得不长，但他轰轰烈烈。依我看，轰轰烈烈的十年，就远远超过了平平庸庸的百岁。今生今世，我已经得到了许多人得不到的快乐和幸福，而这些，都是因为投奔了太平军。生当作人杰，死亦为鬼雄。有声有色地活着，威威武武地死去，这就是大丈夫生命的意义。这十多年来，我活得有声有色，真正像个人了，我感受到了生命的意义。说不定天京明日就会沦陷，那么我明日就威威武武地死去，决不给我的生命带来污点。"

　　康禄说到这里停住了。他站起身，推开窗户，对着夜空瞭望。康福却像被钉子钉死在凳子上，全身失去了动弹的力气。听了弟弟这番慷慨激昂的话，他仿佛觉得兄弟之间无形易了位，弟弟做了生活中的兄长，哥哥做了聆听教诲的小弟。是啊，就算金陵城马上克复，太平天国顷刻完蛋，上自洪秀全，下到每一个小长毛都被斩尽杀绝，谁能否定得了，在中国历史长河中，他们曾经掀起过惊天动地的巨浪！谁能否定得了，在中国文明史册上，他们曾经建立起一个迥异常制的崭新王朝！又有谁能否定得了，他们都是掌握自己命运、敢于跟强大势力作对的英雄豪杰！相比之下，康福发觉自己有些猥琐、有些卑微。

　　自己算得了什么呢？这些年来，严格地说起来，只是做了一个忠心耿耿为曾国藩效力的家奴罢了。聊以自慰的是，这个家奴颇受主子的器重，而主子也非等闲之辈。但是，再受到有本事的主子所器重的家奴也只是奴才，离英雄还差得远啦！

　　凭着康福的良知，尽管不同意弟弟所走的这条路，却佩服弟弟义无反顾的气概，做人应当如此！他想起数年前成功地策划韦俊反水，那时他认为韦俊是识时务者。今夜听了弟弟的这番议论，意识到弟弟的灵魂似乎比韦俊要光明透亮一些。康福并不因这次劝说无效而沮丧，相反地，他为有这样的弟弟而隐隐约约有一种自豪感。如此复杂的感情，康福一时也理不清，说不明。

康禄望了一阵夜空后，转过脸来对哥哥说："已到五更了，我要巡视城门去了。事到如今，我也不会像上次在荷叶塘那样，劝哥哥投靠太平军了。不过，哥哥也休想说动我离开天京城。我们还是各自沿着自己所选择的道路走到底吧！"

康福望着弟弟傲岸挺拔的身姿，敬重、怜惜、悲伤、感叹，各种心情混在一起，再也说不出一句话来。兄弟俩一齐走出门，二人再次紧紧拥抱了一下，彼此都明白这很可能就是最后一次见面了。寥落的晨星照在康家兄弟端正的脸庞上，两双明亮的眼睛里都充满着晶莹的泪水。相对凝望许久后，康福说出了一句连他自己也感到意外的话："兄弟，你是个真正的英雄，哥哥我钦佩你！"

康禄也深情地说："哥哥，战争结束以后，你最好是解甲归田。每年清明节你给父母坟头上香的时候，记得也代我点一支。"

泪水在两双眼睛里同时落下，两双手也终于同时松开了。他们各自向着相反的方向走去，很快消失在茫茫夜色中。

七　半路上杀出个沈葆桢

不久，鲍超率霆字营来到金陵城下，驻扎在神策门至钟阜门一带。至此，原定东西南北水五路大军，除西路多隆阿奉调开赴陕西，北路因统帅李续宜去世仍留安徽外，其余三路都已到了金陵。在曾国荃的统一指挥下，湘军水陆合作，拿下东南八隘：中和桥、双桥门、七桥瓮、方山、土山、上方门、交桥门、秣陵关，接着又攻占淳化、解溪、龙都、湖熟、三岔五镇。这样，金陵东南也全被湘军封锁。金陵城真正变成一座孤城了。

金陵城墙素称天下第一。它长达九十里，高如三层楼房，墙顶部可以并排通过两部马车。城墙根与江河湖泊相连，只有通济门至太平门一带是陆地。曾国荃带着赵烈文、康福等人沿着聚宝门至太平门的城墙察看地形。只见城高墙厚，防守严密，在城外攻打，兵员和火力都不易部署。"难怪它作过几百年都城!"曾国荃心想。唯有一处是最佳的地方，那便是太平门外富贵山至龙脖子一带。此处为钟山南麓，左路地势甚高，便于架设炮位，炮子可以平射进城，足以控制城墙上的防守火力，右路地势极低，又利于开挖地洞。

"这真是天赐予我!"曾国荃得意地笑起来。恰在此时一发炮子打过来，马被惊得前蹄腾空，身边扬起一阵灰尘。

"不好，山上有堡垒!"康福指着山顶上一座石垒说。果然钟山第三峰峰顶上有座高大坚固的石砌堡垒，刚才的炮子正是从那里打出来的。曾国荃等人赶紧向后退。

"九帅，那边还有一座!"彭毓橘指着龙脖子一座黑灰色石垒惊叫。的确又是一座，而且这座正筑在攻城的最佳位置上。正因为这是攻城的有利地势，故历朝金陵城防都极为注重此处。太平军在前人基础上更将这两座石垒加高加厚，把最精良的西洋大炮架在这里。给山上的石垒取名天堡城，山下的石垒取名地堡城。

"我操他娘的!"曾国荃粗野地骂起来，"把老营移到孝陵卫来!老子非轰掉它不可，看看是它厉害，还是老子厉害!"

经过几天几夜的奋战，萧孚泗、朱洪章率领节字营、焕字营，以重大代价拿下了天堡城，但城外最后一个堡垒——地堡城却始终固若金汤，任凭湘军洋炮土炮一齐狂轰滥炸，依旧岿然不动地屹立在龙脖子上，令曾国荃十分头痛。由于地堡城攻不下，城外的地道也总是挖不成。半个月间，湘军在地道口丢下数百具尸体，却无法挖通一条通向城墙脚的地道。这块骨头竟是这样坚硬难啃，已够使曾国荃愤怒、曾国藩担忧，不料又突然发生沈葆桢拒绝拨饷的事，更使曾国荃恼火、曾国藩气愤了。

曾国藩任江督后，规定江西厘金全部充作军饷，漕折以及九江关洋税也经常被截留运往军营。沈葆桢做赣抚，一反前任无所作为的旧习，自己募勇建团，经费开支大为增加。太平军在浙江战场失败之后，大量人员退到江西，江西局面危急，朝廷调原隶湘抚的席宝田、江忠义率勇入赣。沈葆桢又趁机将本省团练扩大。这样一来，江西的勇丁激增到三万多人，粮饷支出浩大。沈葆桢于是常常将供应金陵围师的款项截留下来，充作江西军饷。曾国荃因此大为不满，屡屡向大哥索求。曾国藩虽极不满意沈葆桢的作为，但江西军情确实严重,他只得忍下来,好言劝慰弟弟,有时则从别处腾挪一些给吉字大营。

去年,曾国藩给九江关道蔡锦青寄了封私信,叫他解九江关洋税三万两给金陵围师。蔡锦青解了一半时被沈葆桢知道,沈将蔡怒斥一顿,扬言若不收回,则撤去蔡的道员之职。曾国藩对沈葆桢如此不讲情面而恼怒至极。且不说沈葆桢是他一手保荐上来的,即使无这层关系,也要执行朝廷命令接受总督节制。沈葆桢此举既无情又无理,按照曾国藩过去的性格,早奏参了,但现在他忍下这口气,将收到的一万五千两银子如数归还。金陵城下的曾国荃破口大骂沈葆桢,甚至责备大哥太窝囊。曾国藩听了,只是苦笑而已,并不分辩。

但现在是什么时候?天堡城已下,金陵城眼看就要攻破,正要拿银子去鼓励吉字大营卖命的时候,沈葆桢却将应解金陵的五万厘金全部截留,分文不给,还上疏朝廷告曾国藩眼睛里只有金陵,全不顾江西的危难,并声明若将厘金强行解走,他只有辞职不干。更使曾国藩不能容忍的是,沈葆桢还与大学士、户部尚书倭仁相勾结,通过倭仁上奏,说两湖、川、赣、粤每月协解曾国藩军饷十五万五千两,即使不能全解,每月亦有十万两的进项,且江浙大半肃清,上海更是富甲天下,曾国藩强解赣厘,不是广揽利权、贪得无厌吗?

曾国藩看了这份转发下来的倭仁奏折,简直要气昏了。饷银不继,金陵围师很可能功亏一篑;索求厘金,又激起上下忌恨。曾国藩左右为难,忧虑重重,本已好多了的癣疾又突然发作,弄得他痛苦不堪。

"这个忘恩负义的小人!"曾国藩终于忍不住对着几个心腹幕僚咒骂起沈葆桢来,"我要建议朝廷于博学鸿词科外,再增设一个绝无良心科,取沈葆桢为第一名。"

"大人,沈葆桢太可恶了。此时断饷,简直是给金陵围师釜底抽薪,要卡九帅的颈脖子。我和杨国栋等人揣摩大人的意图,狠狠地参了沈葆桢一折。这是草稿,请大人过目。"彭寿颐从袖口里抽出两张纸来递给曾国藩。

这几天幕僚们都在议论江西拒饷的事,人人都很气愤。彭寿颐想,当年江西巡抚陈启迈就因饷银之事被曾国藩一纸参劾。那时他只是一个在籍侍郎,客居江西,而陈启迈是他的同乡同年,尚且不能相容,罗织罪名,抗词上疏，不达目的誓不罢休。现在他位居协办大学士、两江总督，奉皇太后、皇上之命节制四省军务；权力之大，威望之高，三藩以来没有第二个汉人可以相比。且沈葆桢是他的晚辈下属，又是他所提拔的人，他能容得了吗？彭寿颐这样揣摩着曾国藩的心思，和杨国栋、李鸿裔、汪士铎等人商量一下，便先起草了一份言辞严厉的参折。

曾国藩把奏稿浏览了一遍，见上面罗列沈葆桢几条罪状：防守不力，丢州失县，吏治无方，奸宄当道，大权旁落，劣幕操纵等等，特别将这次拒绝拨饷，造成金陵不能速克的危害大大渲染了一番。照这份折子来看，沈葆桢的确不够封疆大吏之任，应予立即革职查办。奏稿在曾国藩的手中捏了很久。

"大人，沈葆桢太可恨了，我们都为大人抱不平。"彭寿颐在一旁怂恿，"若是大人没有别的改动，我这就叫罗伯宜去誊抄。"

"慢点。"曾国藩凝神望着彭寿颐那张失去右耳的脸，若有所思地说，"我再想想。"

当年奏参陈启迈是何等的干脆利落，敢作敢为，现在对沈葆桢为何这样迟疑犹豫，拿不定主意呢？彭寿颐不可理解。

"长庚，你是江西人，我来问问你，为何江西的巡抚老是跟我过不去呢？沈幼丹在我幕中时也毕恭毕敬，一旦坐上赣抚之位，便也跟着他的前任陈启迈、文俊一样与我作对了。你知道这里的原因吗？"曾国藩两眼失神，一脸忧郁。

关于这中间的原因，江西人彭寿颐自然知道一些。原来，江西官场从上到下对曾国藩都没好感。先是当年湘军在赣北擅自建厘卡收钱，截了地方的财路，后来又查禁私盐，空了不少官吏的私囊，最后借父丧之机，不待朝廷批准，便扔下在江西的烂摊子不管，匆匆忙忙回籍奔丧，官场一时哗然。加之曾国藩在江西几年屡败于石达开之手，一个九江城打了三年都打不下，离开后不久，九江、湖口相继收复。所以江西官场都认为曾国藩既乏军事才能，又好利争权。

沈葆桢在江西当过多年地方官，对过去的事情很清楚，做了赣抚后又听到上上下下的议论，觉得他们讲的有道理。尤其是江西并不富裕，他为筹集本省军饷已弄得焦头烂额，曾国藩却像催命鬼似的催促江西解饷，为了弟弟的首功就全然不顾别人的死活，激怒了沈葆桢和江西全省官吏，遂一致决定和曾国藩斗一场。沈葆桢自认一身清白，无把柄给曾国藩抓，宁愿丢掉乌纱帽也不屈服。

这些情况，彭寿颐能对曾国藩讲吗？何况彭寿颐虽是江西人，却素来恨江西官场，他并不认为江西官场对曾国藩的意见有道理。

"大人，江西官场历来风气不正，近朱者赤，近墨者黑，谁到江西当巡抚，都要变坏。"

彭寿颐愤愤地作了回答。曾国藩听了后不置可否，又看起奏稿来。稿子拟得不错，行文措辞，严密周到，无懈可击。这些年来，在曾国藩的指点下，幕僚们拟稿的水平大为提高。当时两江总督衙门上报的奏章，被誉为海内第一，成为各省督抚学习的范本。曾国藩几次下狠心，欲签上"照缮"二字，但最后还是决定不发。

首先，参沈葆桢这事本身便是不妥。沈是自己一手保荐的，说沈该革职查办，岂不等于说自己荐人失察？因李元度事，已向朝廷承认荐人有误的曾国藩，不愿再给自己的脸上抹黑。再说，催饷解金陵，虽是为了打长毛老巢，但一半也是为了自己的弟弟，这一点，朝野上下也洞若观火。位高权重，本已到招人嫉妒的地步了，再来个为军饷而参劾自己节制内的巡抚，更会给攻讦者提供口实。越是对方锋芒毕露，越是要柔弱退让，方能显出自己的理直气壮。将欲取之，必先予之。他决定以柔克刚，以退为进。

曾国藩松了一口气，将奏稿平放在案上，伸直了腰板。彭寿颐以为要批发了，遂赶紧把笔蘸上墨递过去。曾国藩摇了摇手。

"大人。"彭寿颐仍不甘心，"从来下属都要服从上峰，方可收指臂之效，沈葆桢以巡抚当此军情紧急之际抗命总督，参之于理不碍。"

"长庚呀，你不懂我的苦心。"曾国藩神情黯然地说，"沈幼丹有意掣肘，我哪能不忿恚，但细思古人办事，掣肘之处，拂逆之端，世世有之，人人不免。恶其拂逆而必欲顺从，百计设法以锄异己，这是权臣的行径；听其拂逆而动心忍性，委曲求全，且以无敌国外患为忧虑，这是圣贤的用心。我正要借沈幼丹之拂逆以磨砺自己的德行。"

"大人，你太仁慈了。"彭寿颐动情地说，"要不我为大人写封私信给他，明白告诉他红顶子是大人给的，要他知趣点。"

"长庚，你别乱来，你熟读史书，当知娄师德不市恩的故事。前朝出了一个娄师德辉耀史册，本朝就不可以再出一个吗？"过了一会，曾国藩长叹一口气说，"即使你说明也没有用，我知道沈幼丹不是狄仁杰。"

彭寿颐不能再说什么了，拿起奏稿悻悻退出。曾国藩提起笔，想了想，自己动手拟了一个语气委婉的"沥陈饷缺兵弱职任太广户部所奏不实"的折子。先叙述户部所言两湖、川、赣每月协济银十五万多两之事全系捕风捉影，四川五年来无丝毫之款，湖南今年也未解过，江西解来的九江关洋税已退还，只有广东今年解了九万两。写到这里，曾国藩不禁暗自感激老友郭嵩焘。自从去年郭嵩焘署粤抚以来，粤厘几乎没有断过。湖北的协济，也只是供应原归湖北发饷的几支部队，并不是支援围攻金陵的湘军。接下来，曾国藩思考良久，写下了几句沉痛的话："臣才识愚庸，谬当重任，局势过大，头绪太多，论兵则已成强弩之末，论饷则久为无米之炊，而户部奏称收支六省巨款，疑臣广揽利权。如臣虽至愚，岂不知古来窃利权者每遘奇祸。外畏清议，内顾身家，终夜悚皇，且忧且惧。"

写到此处，他不免有些心绪烦乱，停下笔来，久久地望着窗棂出神，沉思良久，才又接着写下去。又说，他现在所居之职，以前是六人分任，多次奏请皇上简派德高望重的大臣会办，均未蒙谕允，特再次恳请皇上派员南来，非敢预为透过之地，实以绵力而兼病躯，自度不足捍御贼氛，不得不沥陈于圣主之前。

写完后他从头至尾再仔仔细细斟酌一番，作了几处小小的改动，颇为满意了。正要传令罗伯宜誊写，杨国栋进来了。

"大人，现在正有一笔大款，名正言顺是我们的，大人何不向朝廷要来？"

"哪里有一笔我们的大款？"杨国栋的话，曾国藩一时摸不着头脑。

"大人忘记了？前年退李泰国代购的舰队，李泰国答应赔朝廷五十万两银子。买舰队本是为了打金陵，这笔钱是给我们的。现在舰队没有了，退回来的五十万银子，岂不该归还给我们？"

"对，对！"曾国藩顿时高兴起来，"国栋，你这个提醒太重要了，这段时期被沈葆桢搅得昏头昏脑，居然忘记了这件事。那五十万两银子当然应该归我们！"

"银子是分两批交还的。第一批二十九万已上户部的账，再要出来怕难了，第二批二十一万尚在上海。大人一面向总理衙门去一份咨文说明这个情况，要他们向户部讨还那二十九万，另一方面赶紧给少荃去信，命他将在上海的二十一万速解金陵。"

"行，就这样办。麻烦你代拟个给恭王的咨文，少荃的信由我来写。"好比一条在干涸的沟渠里奄奄待毙的鱼，突然得到一股清泉立时活跃起来一样，曾国藩忘记了与沈葆桢斗气的懊恼，兴冲冲地握笔作书。

朝廷很快作了裁决，江西厘金一半留本省，一半解由江督支配，李泰国退还的五十万两银子全部作为军饷，留在上海的二十一万立即调往金陵，以救燃眉之急。一场危机终于渡过去了。

八　洪秀全托孤

二十一万军饷很快解到金陵城下，使吉字大营的军心稳定下来。金陵城重新处于严密如铁桶般的包围之中，曾国荃也便因此得了个"曾铁桶"的雅号。

城内人心开始浮动。每到傍晚，便有一家一家的人扶老携幼，从各个城门洞里走出去，再不进来了。湘军在城内的奸细四处活动，威胁、利诱、造谣、哄骗，使尽了各种手段。不少不愿与天京共存亡的太平军兵士，也悄悄地削了头发，三五成群趁黑混出城。城内人员锐减，军民合起来不足四万。就是这些天国最忠诚的人心，也渐渐地难以维系了。最主要的困难是缺粮。康禄向天王建议，在城内播麦种、种蔬菜。天京城内面积辽阔，有田有山，有河有湖，是可以种植的，但毕竟所种有限，且远水救不了近火。凡是能吃的都吃了，连原先猖獗得令人生厌的老鼠也被人吃光。饥饿严重地威胁着天京城。

"陛下，再这样下去，只有坐以待毙。"这些日子来，许多将士来到忠王府，一致请求忠王速拿主意，挽救天国和阖城军民。李秀成和洪仁玕、康禄、林绍璋等人熟商后，决定向天王直陈他最不能接受的方案，"陛下，现在清妖在外围困甚严，壕深垒固，内无粮草，外援不来，京城不能保住。眼下只有一条路了，那就是请陛下让城别走。"

"什么？让城别走，走到哪里去？"洪秀全惊愕地问。与三年前相比，天王显得更衰老了。头顶已成光秃，胡须变得花白，目光晦滞，行动迟缓，全身都是病痛，一天到晚萎靡不振，这半年来形势的危急，更使他焦虑忧愁。正当中年的天王已经步入龙钟老态了。

"陛下，我们将三万将士拧成一股绳，趁着黑夜冲出神策门，然后设法过江到皖北去找捻子会合。"李秀成把酝酿已久的想法说了出来。

"尔不要胡说了，扔下京城给清妖，岂不等于朕的天国已灭亡！"洪秀全愤怒地吼道。

"陛下，大丈夫能伸能缩。留得青山在，何愁无柴烧。今天虽暂时丢掉京城，日后还可以再夺回来的，岂能让清妖久占？"李秀成知天王不忍弃城，耐心地劝慰。

"李秀成，朕封尔为忠王，要尔当真忠军师，把全国兵马大权都交给尔，尔就拿不出别的好办法，只有这个馊主意吗？"洪秀全完全不能理解李秀成的以屈求存、以退求进的策略，反而视为一种软弱无能的表现。

"现在城围粮尽，众心解体，倘若不走，将会被清妖一网打尽。陛下，天京固然重要，但天国的命运比天京更重要呀！"

李秀成自觉此话过重，便一边流泪一边叩头，希望能以此打动洪秀全的心。谁知洪秀全一听这话，变得怒不可遏了："朕奉天父天兄之命下凡，做九州万国独一真主，何惧之有？尔畏死，去留任尔。朕铁打江山，尔不扶助，自有人扶助。"

"陛下！"李秀成急得喊起来，"秀成一身，虽万死不惧，只是陛下和全城军民不能眼睁睁地困死在天京。陛下说自有人扶助，现在天京城外百里内无我天国一兵一卒，谁来扶助呢？"

"李秀成，尔敢蔑视朕？"洪秀全冷笑一声，仰起头说，"尔说无兵，朕之天兵多于水，何惧清妖乎？尔怕死，便会死，尔走吧，政事不与尔相干。"

洪秀全离开龙椅站起来，在李秀成面前傲慢地踱了几步，忽然高喊："承宣官！"

一个身着官服的年轻漂亮女子走过来。

"传朕的命令，从明天起朝政由勇王执掌，朝命由幼西王发出，有不遵幼西王令者，阖朝诛之！"

"陛下！"李秀成抬起头来，痛苦地望着洪秀全说，"你把我一刀杀了吧，我宁愿死在陛下面前，也不愿受日后之辱。"

"尔去吧！"洪秀全看也不看李秀成一眼，便拂袖向内宫走去。

李秀成含泪出了天王宫，洪仁玕、康禄、林绍璋等早已在宫门外等候，得知情况后无不又气又急。大家陪着秀成回到忠王府。府门外已聚集了上千名军民。一位五十余岁的老兵饱噙热泪对李秀成说："忠王，天京不能没有你的指挥呀！"李秀成抱着老兵的肩膀说不出话来。老兵转过脸去，对周围的兵士们喊道："弟兄们，我们都到天王宫去，请天王召见，一定要他收回成命！"

"对，到天王宫去！"上千名士兵一齐发出嘶哑的喊声，举着刀枪向天王宫走去。

"干王，你必须赶快进宫去，不然会出大事的。"康禄拉着洪仁玕的手催道。

"是的，我们都去！"林绍璋跺了跺脚，对洪仁玕和康禄说。李秀成看着情形不对，也急了，"都去，天京城里不能再出乱子了！"

等洪仁玕、康禄、林绍璋等人赶到天王宫时，王宫门前已经群情激昂、人声鼎沸了，人群中一再响起"请天王出来！请天王出来"的呼喊声。洪秀全急得在宫里团团转，洪仁玕等人的闯入，使他如同见了救星。他扯住洪仁玕的衣袖，连声说："玕胞，尔要设法快点平息这场风波！"

"陛下，秀成让城别走之策即便不可取，但保卫京师的重任仍得指望他，勇王和幼西王能担得起这副担子吗？"洪仁玕以责备的口气对洪秀全说。洪秀全也意识到刚才的处置太不妥当。"玕胞，尔要朕现在怎么办呢？"洪秀全已急得手足无措了。

"陛下，现在只有你亲自去见弟兄们，亲口向他们宣布撤销刚才的命令。"

"朕出去见他们？"情形如此危急，洪秀全仍放不下天王的架子。进天京城十年来，他仅仅只出过一次宫门，就是到东王府去亲封杨秀清万岁的那一次，事后还后悔不已。

"哎呀！三哥。"洪仁玕急不择言，竟以在家时的称呼叫起洪秀全来，"这是什么时候了，还顾得那么多，当年打江山时，三哥不是天天和弟兄们在一起吗?"

洪秀全毕竟是战火中厮杀出来的英雄,一句话提醒了他,他定定神,整整衣冠,坚定地说:"我这就出去!"

"天王出来了!"有人眼尖,率先喊起来。

"万岁,万岁!"兵士们高呼起来,这些人大部分都是从金田村跟随洪秀全杀出来的老广西。未出广西前,时常可以见到洪秀全,自从进了小天堂,就再也看不到天王了。天王是他们心中的天父之子天兄之弟,就在即将油尽灯干之时,这些对天国忠贞不贰的战士们,见到自觉尊贵无比极不情愿出来的天王,仍然感到无限幸福无比荣光,情不自禁地欢呼起来。天王尽量做到保持昔日的威仪,以缓慢的声调对大家说:"京师虽遭到围困,但稳如泰山,它不会被清妖攻破的。昨夜朕上了天,见到了天父天兄。天兄将派十万天兵下凡辅助天国,尔等不必惊慌,各守本职,天兵天将就要下来了。"天王记得,十年前,每当他对兄弟姐妹们讲这样的话时,底下便是一片如醉如痴的狂呼。可是今天,大部分听众反应冷淡。聪明的天王马上宣布:"尔等不要听信谣传,忠王仍是真忠军师,大家都要听他的号令,保卫天京。"

"天王英明!"底下有人喊起来,接着是一阵此起彼伏的高呼:"天王英明!天王英明!"洪秀全见此情景,心里颇不是滋味,但事情已到这般地步,也只得完全依靠他了。洪秀全大声问:"楚王康禄何在?"

"小官在这里。"康禄走到天王身边。

洪秀全当众脱下龙袍,对康禄说:"这件龙袍朕已穿了多年,现交给尔,尔替朕将它送到忠王府去赐给忠王。"

"是。"康禄跪下去接过龙袍。

群情感奋,不少老兄弟流下了热泪。有人在喊:"天王,我们的粮食没有了,吃什么呢?"

"吃甜露。"洪秀全沉思片刻后回答。

"甜露是什么?""甜露在哪里?"人群中议论纷纷,大家都不知道天王说的是什么东西。

"尔等都忘记了?"洪秀全不悦地说,"《三字经》上说:'皇上帝,大权能,以色列,尽保全。行至野,食无粮,皇上帝,谕莫慌。降甜露,人一升,甜如蜜,饱其民。'"

洪秀全侃侃背诵，人群中开始有人点头了。细细地回忆，前两年天王颁行的新《三字经》中是有这几句话。洪秀全耐心给大家解释："甜露就是野外之草，这是上帝赐给百姓的粮食，当年以色列人即靠此度过了饥荒。天京城里野草甚多，从明天起，阖城男女老少均以此充饥，其味甘甜如蜜。"大家听了，都茫然苦笑。

洪秀全自己以身作则，第二天即开始吃由野草合成的团子，不想三四天后便病倒了，一直不愈。他自知不可救药，将太子洪天贵福叫到面前："朕死之后，由干王辅助尔，行吗？"

十六岁的太子泪流满面，摇头不语。

"那么由信王、勇王辅助尔，行吗？"

又是一阵摇头。

"那么章王呢？"

还是不语。

"尔要谁辅助？"洪秀全不耐烦了。

"忠王。"太子轻轻地回答。

"哎！"洪秀全深深地叹了一口气，传命忠王进宫。

太平门内，忠王李秀成正在指挥将士们挖井。原来，城外的湘军正在挖地道，一旦把地道挖进城内后，便在地道内大量堆放炸药，再点火爆炸，把上面一段城墙炸掉。这个时候，双方便在缺口处大搏杀，往往在倒下几百具尸体后，冲进来的湘军又被赶出去了，城墙很快又被堵住。后来，太平军创造了一个破地道的好办法。他们沿城墙每隔两三丈埋下一个空水缸。城外的湘军只要在水缸附近挖地道，城内人将耳朵贴在水缸壁上，便可听到嗡嗡响声。从这个水缸边垂直挖下去，十之八九就会挖到城外进来的地道。就凭这个办法，湘军在城外挖了上百条地道，却无一处成功。天王的紧急诏命，使李秀成忐忑不安：天王已病倒二十天了，莫不是……

李秀成急忙赶到天王宫，只见太子洪天贵福跪在龙床边，洪仁发、洪仁达、洪仁玕、康禄、林绍璋等人垂手肃立一旁。李秀成知天王已病危，蹑手蹑脚走到床边，天王微闭着眼睛直挺挺地躺在豪华精美的龙床上，身上盖着明亮的绣龙黄缎被。"陛下，小官奉命来到。"李秀成在洪秀全的耳边轻声说。

洪秀全缓慢地睁开眼睛，失神地望着李秀成，好久才张开口："秀胞，尔来了，就在这里坐吧！"洪秀全的眼睛看了看床沿，李秀成侧着身子坐下。洪秀全从被子里伸出一只枯干的手来，无力地放在李秀成的手心里，久久地不作声。李秀成也不知说什么好。二人相对无言约有一刻钟，洪秀全终于又说话了："秀胞，天父天兄就要召朕上天了，朕要将大事托付给尔。"秀成忙要跪下，洪秀全的头摇了两下："不要，不要。"秀成只得又坐下。"朕归天之后，太子即位，他还只是一个十六岁的孩子，朕不能放心。"

"陛下放心吧，小官和干王、楚王、章王等一定会尽力辅佐太子。"刚一说完，李秀成便觉得回话不得体，应该安慰天王才是。

"秀胞，朕对尔不起。"洪秀全深陷的眼睛里滚出两颗泪珠。见此情景，太子号啕大哭起来，屋里所有的人也一齐流泪。好半天哭声止住，洪秀全继续对李秀成说："自杨韦相残，达胞出走，朕心实对异姓存了戒心，明知尔为万古忠义，却任尔而不信尔。让城别走，本是良策，悔不该当初未纳忠言，铸下今日大错。"

"陛下保重！"忠王滚烫的双手紧紧握着天王冰冷的手，安慰道，"世贤十万人马已到江西。待陛下龙体康复后，还是可以突围出去的。那时我们转到江西，再图复国。"

"秀胞，朕要跟尔谈的正是此事。"宫女端进最后一碗人参汤，李秀成给洪秀全喂了两口。闭目养一会儿神，天王觉得精神好多了，挣扎着坐起来，斜靠在床头上，叫太子起来，并招呼自己的兄弟和康、林等人都坐下。

"我的病不会好了，我不能和你们一起突围。"

"陛下，过几天待你略微好点便突围。"康禄说。

"那不行，病躯出城，早晚要被清妖逮住，自古有帝王而为俘囚的吗？"洪秀全嘴角边刚露出一丝苦笑，便很快消失了，"朕的事，朕自己已作了安排。现在，朕将天贵福托付给你们。福儿。"

洪天贵福站起。

"忠王、干王、楚王、章王，忠义智勇，是朕为尔选拔的辅佐大臣。尔年幼无知，军政大事，今后一定要听四王的安排，尔不得乱出主意。四王都是尔的父辈，尔视四王，当如视朕。"

"儿遵命！"洪天贵福恭恭敬敬地说。

"尔当着朕的面，向四位王叔鞠一躬。"

忠王正要拦住太子，他却已爽快地向大家行了一个礼。于是四人慌忙跪下，向洪天贵福磕了三个头。

"朕这就算是将福儿托付给你们了。"洪秀全憔悴苍白的脸上现出一点轻松的笑意。

洪仁玕走前一步，满脸垂泪地说："陛下安心将息龙体，天京城外还有二十余万兵马，天国一定会复兴。"

"玕胞说得好！"洪秀全满意地望了洪仁玕一眼，又环视其他各人，忽觉精神大振，他以昔日指挥打仗时的刚决口吻说："朕希望秀胞、禄胞和璋胞都如玕胞这样想，也希望天国全体将士都这样想，即使朕归天了，天京沦陷了，但天国并没有亡，我们还有二十多万人马。当年金田起义时只不过数千人，只要弟兄们万众一心，天国一定会复兴。天父天兄跟朕说了，朕的子子孙孙都将稳坐江山。尔等要一心一意拥戴太子。朕死后，太子立即登基，以稳定军心人心。"

洪秀全说到这里，歇息片刻，继续说："尔等要随时寻找机会，保护太子冲出京城，到江西去寻找贤胞。一时找不到机会，即使城破之时也还有可能。那时必然四处混乱，清妖的心思都在打劫财宝上，尔等正好趁此时混出城外。后宫袍褂房里放着一千多件清妖衣帽，这是朕当年有意保存下来的，尔等到时……"

洪秀全正要往下说，忽然一阵晕眩，头歪过去了，吓得洪天贵福又大声哭起来，众人也慌了，干王盼咐速传御医。一会儿御医进宫，探探脉后说："不碍事，话说多了，累的，让陛下安心休息一会便会好。"

忠王等人悄悄退了下来。

第二天一早，王宫传出噩耗：天王驾崩了。李秀成、洪仁玕、康禄、林绍璋等人慌慌张张进宫，只见天王仰卧在床上，鼻孔里流着血，全身已僵硬了。床边茶几上压着一张纸条，歪歪斜斜的字迹是天王的亲笔："朕托付已毕，归天去了，望尔等共扶幼主，重振天国。"

"陛下！陛下！"天王宫里，响起一片悲怆的哭声。

九　康禄和五千太平军将士在天王宫从容就义、慷慨自焚

要攻城非要先拿下地堡城不可，但地堡城偏偏就拿不下。太平军全力以赴保卫它，每天从太平门里将炮子火药源源不断地运进堡内，选最强干的年轻战士替补伤亡。城里勒紧裤带，把最宝贵的能吃的东西送给守堡的人。就这样，虽然天堡城丢掉四个多月了，地堡城却依然还在太平军手里。曾国荃成天暴跳如雷，常常无缘无故地诛杀统兵将领，弄得吉字大营人人提心吊胆。正在这时，朝廷又下达命令，派李鸿章率军会攻金陵。上谕到达安庆，曾国藩为之苦恼。叫李鸿章去嘛，利用戈登的洋枪队，金陵或许可速克，但吉字大营辛苦得来的战果，让别人来摘取，不要说心高气傲、争强好胜的弟弟不甘心，就是他自己也不甘心。不叫李鸿章去嘛，金陵拖到哪一天才破呢？火药粮饷都不可久支，万一再出点什么意外事故，功亏一篑，岂不惹天下耻笑？考虑来考虑去，他决定从大局出发，还是要李鸿章速带洋枪队援助为好。并同时决定，一旦李鸿章出兵，他也从安庆启程，坐镇金陵城外。这样，攻城之功，他作为战场总指挥，自然列第一；若李鸿章不去，他也就待在安庆，他不能去抢弟弟的功。

苏州城里，李鸿章接到谕旨后也犯难。对于那个曾老九，他是深知的：本事不大，却眼空无物，自以为是天下数一数二的英雄。他知道自己一去必然马到成功，但从此也就与曾老九结下了深仇，还会令恩师心中不快。不去，又违背圣命。李鸿章想来想去，想到一个极好的借口：盛暑天不宜多用火炮。他便以此复奏，并分别致函安庆、金陵。

"别人要来抢功了，你们答应吗？"在吉字大营高级将领会议上，曾国荃出示上谕后厉声问大家。

"世上有这样便宜的事吗？老子们在这里打了三年，脑壳吊在裤带上，他们倒来得现成的。李老二他敢来，我在城门外先跟他打个输赢！"李臣典跳起来大叫大嚷。

"金陵是吉字大营包的，早破迟破，都是我们自己的事，谁也别想过问。"彭毓橘在喊。

"什么洋枪队，休想在爷爷面前耀武扬威！"刘连捷在骂。

看到手下将领们如此齐心，曾国荃大为欢喜，他宣布："明天各营推荐

三十人，我要从中挑选一千人出来组成敢死队，三日之内务必拿下地堡城。各位回去告诉他们，待金陵打下后，敢死队每人赏银五百两，战死者抚恤银一千两。"

曾国荃相信重赏之下必有勇夫的古训。他最佩服胡林翼的三如：爱才如命、杀人如麻、挥金如土。但第一条他做不到，后两条他有过之而无不及。果然这一招有效，各营营官争着报名。坐在一旁的赵烈文冷静地开了腔："弟兄们浴血奋战的成果不能让别人便宜得去，自然是对的，九帅重赏敢死队，更是豪杰之举。但我以为，意气用事，蛮攻蛮打，三日之内必不能拿下地堡城，要吸取过去的教训，改蛮打为巧取。"

"惠甫，你有什么巧法子？快说出来。"曾国荃催道。

"龙脖子堡垒仗着它居高临下的地势，使我军损失惨重，的确可恶至极，但又不可仿照四面包围打山上石垒的办法，因为它与城内紧紧相连，围不住。"赵烈文皱着眉头，慢慢地说出他的办法，"因此我们还得正面进攻。古时打仗，两军对垒，一手持矛，一手持盾，矛攻盾挡，各自有它的用处。贼在石垒中，炮为矛，垒为盾，可攻可守，我军只有炮而无垒，也就是说只有矛没有盾，我们要造盾。"

"造盾？"李臣典丈八金刚摸不着头，"炮子打来，你什么盾挡得住？"

"祥和兄，你听惠甫说下去，我想他的盾一定不是用牛皮做的。"康福说。

"当然不是牛皮。"赵烈文笑道，"我们也筑一道墙。"

"只怕是墙未砌好，人都被炮子打得死尽了。"朱洪章插话。

"大家莫着急，听我说完，看我的主意行不行。"赵烈文仍旧不慌不忙地说，"我们学乡下人编竹篱笆的办法，用芦苇、竹枝和木条编织几十个丈把长、八尺高、两尺厚的篱笆，然后再将稀泥调好涂在上面。这样就成了一堵厚实的墙。再在下面装几个轮子，人在后面推着它向前走，大炮跟在后面。这竹篱笆不就是盾吗？"

"惠甫这个办法好是好，但它能挡得住炮子吗？丈把长八尺高二尺厚的篱笆，即使装轮子能推得动吗？"康福提问。

"二尺厚的篱笆，炮子可以挡得住，开花炮挡不住。"曾国荃说，"八尺高不必要，做五尺高就行了，长子稍微弯弯腰也能挡住。为了减轻重量，还可把一丈长改为七八尺长。"

"九帅说的对。"见曾国荃支持，赵烈文高兴，"篱笆墙能挡炮子，不能挡开花炮。这半个月来长毛没有打一发开花炮，我估计是开花炮不多了，故可用篱笆墙。其他尺寸，都按九帅说的减下来。"

许多将领都说这个办法可以试试，曾国荃便命赵烈文赶紧监制。

次日，十五个高大结实的滚动篱笆墙制成了，由彭毓橘等人率领的敢死队也已组成。第一批敢死队三百人推着五道活墙向地堡城前进，在离堡三百丈远的地方停下来。堡里的太平军不知湘军推的是何物，密集的炮子射过来。只见炮子打在篱笆上，发出"扑扑"的响声，全让篱笆给吞掉了。湘军得意了，忙装设炮弹。一发发开花炮弹开始在地堡城旁边轰炸，有的篱笆又大胆地推进五六十丈，炮弹打碎了部分石块。地堡城指挥官沐王何震川命令打开花炮。正如赵烈文所猜测的，堡内的开花炮弹已不多了，不到危急时不用。开花炮弹果然厉害，一发炮弹打过去，篱笆立即被炸开一个大窟窿，后面的湘军跟着死了一大片。敢死队员们吓怕了，走在前面的篱笆又退了回来。几十个开花炮弹打过来，五个篱笆墙炸得稀巴烂，三百名敢死队员也死去多半，彭毓橘的半边耳朵被削去，血流满面。赵烈文脸色灰白，担心曾国荃会狠狠地训他。谁知曾国荃凶恶地下令："第二批上！"第二批三百敢死队员个个心怯，面面相觑不敢贸然向前。刘连捷提着大刀跳出，手起刀落，旁边一根木桩劈成两截，打雷似的吼道："都给我向前冲，有后退不前的，就是这根木桩！"敢死队被镇住了，只得提心吊胆地推起篱笆向前走。老远地，炮就打起来。地堡城里又射出几发开花炮弹，有两个篱笆墙被炸烂，刘连捷督促后面三个继续上。三个篱笆墙慢慢向前推着。奇怪！篱笆上只传来"扑扑"的响声，再也听不到开花炮弹的炸裂声了。

"九帅，长毛的开花炮弹打完了！"赵烈文对着曾国荃大叫。曾国荃拿起挂在脖子上的千里镜，一声不响地望着前方。三个篱笆墙明显地加快了速度。离堡垒只有二百丈了，炮眼里仍然不见开花炮弹打出，连炮子也稀少了。"第三批上！"曾国荃挥舞着指挥刀命令。朱洪章应声冲出，一边喊"上"，一边脱掉早已汗湿透了的上衣和长裤，光着赤膊，穿着短裤衩，敢死队纷纷仿效，人人光身上前，八个篱笆墙一齐前进。他们在重赏驱使下，欺侮太平军没有开花炮弹了，仗着西洋大炮的威力，毫无忌惮地向地堡城推进。另外一些湘军则对着太平门城楼发炮，将城墙上的火力压住。

"沐王，还有五个开花炮，放了吧！"堡里的士兵请示何震川。

"让他们再上前些吧！"何震川望着山下步步逼近的活墙，冷静地指示。这时，没有篱笆作盾牌的成千上万湘军勇丁，在营官的驱赶下，蜂拥蚁附般地向山麓奔来。

"放！"何震川下令。一个开花炮打出去，眼看它钻进了篱笆墙，却没有一点声响。"糟了，是个哑炮！"原来，这剩下的五个炮弹是最底层的一排，直接与地面接触。这时正是六月初，六月的金陵本是一个大火炉，这地堡城里填满了三百多个兵士，更是挤得密不透风，酷热难熬，汗水犹如雨水般地流下，地堡城里的泥地变成了泥浆。这五发炮弹压在泥浆深处，给汗水浸泡着，引信已完全失效。另一发炮打出去，又不响。太平军恐慌起来。"打炮子！"何震川冷冷地下令。再强烈密集的炮子也挡不住湘军前进了。一发开花炮弹打在地堡城上，炸开了一个天窗，又一发打进来，十几个战士倒在血泊中。何震川亲自点火，吼道："弟兄们，今天我们一起上天堂去见天王吧！"一发又一发的安庆造、西洋造开花炮弹接二连三地打了进来，何震川倒下了，三百多名太平军将士倒下了，地堡城从龙脖子上消失了。

地堡城丢掉后，天京城外再没有堡垒了。天天骄阳似火，晴空万里，在城内三万军民看来，却是阴霾满天，连三岁小孩子都知道，天京的陷落就在这几天了。城内这些人都是天国最忠诚的子民，没有人想到要外出逃生。一切都豁出去了，天地万物，包括日月星辰都不复存在，存在的只是自身和城外的清妖。他们也没有保卫天京的概念了，活着的目的就是多杀几个清妖，死了就拉倒。早些天，还有些母亲把幼小的孩子送去城外，她们不忍心看着孩子和自己同归于尽。后来，女人们看到城外墙脚下横排着一具具小孩的尸体，便连这点想法也打消了。全体军民都投入了挖井。一旦井与地道相遇，就引燃火药包往下丢，地道立即被轰掉。没有火药了，则倒污水、粪便。就这样，硬是把一个个地道堵住了，天京城奇迹般地又屹立了半个月。

同治三年六月十六日清晨，曾国荃带着全体将官们来到太平门外，对大家说："李军门的信字营昨夜干了一通宵，挖穿了三个地洞，幸而没有被长毛发现，即将点火爆炸，三个地道，至少有一处炸开城墙。谁愿当先锋，最先从缺口处冲进去？"

众将官们你看着我，我看着你，都不作声。大家心里都明白，城里的太平军已是孤注一掷了，城墙缺口一开，必然会拼死堵住。何况早就听说他们沿城墙内侧挖了一道又深又宽的壕沟，里面插满了竹签、荆棘，最先冲进去的人，无异于做了填沟的砖石。曾国荃又问了一声，还是没有人回答。朱洪章忍不住了："平日大家都说深受皇恩，今日正是报效的日子，为何都畏葸不前？依我看，干脆按职务高低排先后名次。"

当时众将官中，鲍超、萧孚泗分别为实授浙江、福建提督，职务最高。鲍超为一个方面军的统帅，自然不合适，且他不是吉字大营的，大家也没有想要他当先锋，他因而不作声。萧孚泗也不作声。其次为记名提督、河南归德镇总兵李臣典。李臣典对朱洪章说："你的建议很好，我的职务比你高，但信字营前日挖地道未成，四百精壮全部死在洞中，昨夜一千人通宵未睡。你的焕字营借给我，我当先锋。"

朱洪章冷笑道："我的焕字营借给你？你欺负我不会指挥吗？"他瞟了一眼萧孚泗，"娘的，平日喊得比谁都响，过硬时哑了喉。九帅，朱某人愿带焕字营做先锋！"

"好，英雄！"曾国荃按剑环视四周，"朱总兵当了先锋，下面便不自报了，都听我安排！"

各将肃然听命。

曾国荃宣布："朱洪章率部从缺口冲入后，急速进攻伪天王宫北门。康福率部继朱洪章之后进缺口，包围伪天王宫西门。李臣典率部继康福后进城，一同打伪天王宫西门。萧孚泗、熊登武率部从朝阳门、洪武门打进，然后围伪天王宫东门。刘连捷、张诗日率部从神策门进攻，肃清天京城北。彭毓橘从通济门进城，直奔伪天王宫南门。各路只许向前，不能后退；前进者赏，后退者诛！"

"九帅，霆字营呢？"鲍超见各路人马都已分派，唯独没有提到他的部队，以为把他疏忽了，因为霆字营一向都在城外独立打仗。其实，曾国荃并没疏忽，他有意不派霆字营攻城。攻克金陵的首功，只能归他和他的吉字大营独占，别人不能染指，彭玉麟、杨岳斌的水师尚且没有进城的任务，何况因常打胜仗使曾国荃嫉妒不已的鲍超？

"鲍军门，霆字营有更重要的任务。"曾国荃指着城墙说，"金陵十三门，我已安排彭侍郎、杨军门把守水路各门。钟阜门、金川门、神策门、太平门、朝阳门、聚宝门与陆路相连,这六个门都由霆字营把守,若有一个长毛从这六个门里逃出去,我唯你是问!"

鲍超再憨,也知曾国荃的用心,无奈他军权在握,只得忍气听他的。

曾国荃吩咐完毕,各将正要分头行事,忽然一个身穿破烂长衫、留着杂乱白胡须的老者分开众人,径直来到曾国荃面前,跪下叩头,大声说:"九帅,老朽有几句话要敬献。"

众将惊讶,曾国荃也觉得稀奇,莫非此老头有攻城的绝妙之策?他将两手交叉放在胸前,弯了弯腰,尽量装出一副和蔼的态度对老者说:"你有什么话,请说吧!"

老者又叩了一个头后才说:"九帅,你的大军就要进入金陵城了,这是天意,老朽特来恭贺。"

曾国荃脸上露出得意之色,奉天意进金陵,献贺辞,今后载在史册上,一定是生动的一页!

"自古得胜进城之将,有嗜戮者,有仁厚者。"老者继续说,"嗜戮者如楚霸王,入咸阳时火烧阿房宫三月不熄,千古留下骂名;仁厚者如曹武惠,进金陵时不妄杀一人,礼遇南唐后主,百世赞不绝口。老朽愿九帅做仁慈宽厚之曹武惠,城破之时,兵不血刃,优待天国君臣,封存官府钱库,保护文物图册,留一个美名传给后世子孙。"

曾国荃尚未开口,一旁急于发大财的吉字营将领早已厌烦。李臣典冲上前去,一把抓起老头,嚷道:"哪里来的长毛说客,花言巧语乱我军心,老子宰了你!"说完掏出新得到的英国造新式短枪,老头吓得直哆嗦。朱洪章过来,顺手一个巴掌打得老头口流鲜血。萧孚泗骂道:"老不死的!什么优待长毛,封存钱库,一派胡言乱语!"在这批虎狼面前,老头早已吓得半死。还是曾国荃记起刚才设想的那生动的一页,笑着对李臣典等人说:"放了他吧,他也是一番好心。"老头一听,慌忙抱头钻出人群,撒腿跑了。众将官大笑不止。

曾国荃挥舞那把王氏祖传宝剑,大声下令:"不要理会这个老头子的酸腐之言。兵不血刃,还打什么仗?本帅不想做曹彬,大家放心大胆去烧杀吧!"

午刻,曾国荃下令点火,只听见三声惊天动地的轰鸣响过后,靠近太平门一带的城墙出现一个二十多丈宽的缺口,朱洪章率焕字营冲到缺口中。缺口两边聚集着数千太平军将士,一时间炮子、枪子、石块、刀矛都向缺口飞来。焕字营的将士也杀红了眼。双方在缺口内外激战半个时辰后,除朱洪章等少数几个人外,焕字营先锋队四百多人全部丧命。康福、李臣典趁势率部从后面冲入,他们踏着湘军和太平军的尸体,居然一声呼啸,最先进了城。接着,后面的人马成千上万地跟上来,城内的太平军纷纷向城中心撤退。康禄骑在一匹羸弱的战马上高呼:"弟兄们,都跟我进天王宫!"

此时仪凤门、钟阜门、金川门、神策门、太平门、朝阳门、洪武门、通济门、聚宝门、小西门、旱西门、清凉门都相继失守,忠王、干王、章王先后率残部进了天王宫。幼天王洪天贵福已吓得惊慌失措,后面跟着两个小王娘,从宫中的望楼上跑下来,拉着忠王的衣襟哭道:"四周都是清妖,我们怎么办呢?"两个小王娘更是披头散发,涕泪交加。幼天王的两个弟弟,十三岁的光王、十二岁的明王也哭哭啼啼地过来,站在李秀成身旁。看着眼前的惨景,李秀成心里万分难受。他勉强挤出一丝笑容,安慰幼天王说:"陛下莫怕,到天黑时,我保护陛下冲出去。"

"库房里有清妖的衣帽!"危急中,林绍璋突然记起了洪秀全的遗嘱。衣帽很快找出来了。李秀成挑选出一千多名年轻的战士,换上了清军的衣帽。李秀成对洪仁玕、康禄、林绍璋说:"这一千多号人由我统率,无论如何要保护幼天王冲出去,你们各人也都率一支军队,保护两位王娘和光王、明王逃出去。三更后我们都从天王宫出发,大家都到江西去找世贤,一个月后,我们在世贤那里再相会。"

"忠王,你到王府去看看吧,王太后、王娘和殿下都还没作安排哩!"康禄第三次提醒李秀成。

"好吧,我马上就来。"李秀成说完,骑马向忠王府奔去。半个时辰后又回到天王宫。

"家里如何安排的?"洪仁玕问。

"我都托付给李容发了,生死存亡,听之于天,我已顾不得这么多了,眼下是保住幼天王要紧。"洪仁玕看到,李秀成的眼眶里已充满了泪水。

天色黑下来了。天京城里到处展开了肉搏战。湘军每前进一步都很艰难,大街小巷,尸横遍地,血流漂杵。信王府被攻破了,信王洪仁发被杀。

勇王府也被攻破了，勇王洪仁达不知去向。除天王宫外，这两府是天京城内最富有的王府。洪仁发、洪仁达两兄弟没有别的本事，只知聚敛。十年间，两王府搜罗珍宝无数、金银满屋。顷刻之间，它们都变成了湘军的财产。

已是深夜了，赵烈文见各路人马都在城内四处抢掠，一担一担的绫罗绸缎、珠宝金银从城门挑出，这些将领们只顾抢眼前的财物，似乎忘记了还有个内城天王宫。赵烈文看在眼里，很焦急，他飞马跑到缺口边的一个小棚子前，向正在这里的曾国荃报告。一进屋来，只见曾国荃歪躺在一堆柴草上呼呼大睡，鼾声如雷。望着满脸汗污黑瘦如猴的曾国荃，赵烈文真不忍心叫醒他。曾国荃已经三天三夜没有睡觉了。

当炸药轰响，城墙炸开，朱洪章、康福带着大队人马冲进城的那一刻，曾国荃心中悬着的千斤重石砰然落地，他一下子倒在柴草上，立时昏然睡去，任外面火光熊熊、炮弹震耳、人喊马叫，撕天裂地，曾国荃什么也不知道了。但现在不行，外城虽破，内城未克，伪幼天王、忠王、干王、楚王等要犯一个也没擒拿到，若将士们只管抢夺钱财，放走了这些要犯，必是这场胜仗中的极大损失。一定要叫醒他！赵烈文打定主意，大声喊："九帅，九帅！"一边用手推，好不容易曾国荃才睁开惺忪的眼睛。"九帅，将士们只顾抢东西，没有进伪天王宫，伪幼天王、忠逆都没拿住，这样下去不行。你要赶紧进城督师，进攻天王宫！"

赵烈文连珠炮似的说了一大通，曾国荃浑身无力，站不起来，心里想，今夜不攻天王宫也好，打下后他们必定会趁黑洗劫一空，自己不就一点都得不到了？曾国荃半眯着眼睛对赵烈文说："惠甫，将士们辛苦了几年，拿点东西，不要大惊小怪。你代我下令，不要放走了伪幼天王等人，我要回孝陵卫去好好睡一觉，明天再打天王宫吧！"

一个亲兵上来，背起曾国荃出了小棚子。赵烈文摇摇头，扫兴地跟着出来。只见城内火光更大了，直将天空映成一片橘红，喧闹之声震耳欲聋。此时正交三更。

天王宫里，李秀成将洪天贵福扶上马，带着一千多装扮成清军的兵士们趁乱走出，后面跟着洪仁玕、林绍璋等人率领的两支人马，共两千余人。楚王康禄不愿冲出去，他看到王宫里有几千断手残脚的将士，他们已不能行动，遂决定留下来，和这些将士们一起尽最后一份力量保卫天王宫。

刚出王宫不远，幼天王的马便跛了脚，李秀成将自己的战马"漫天雪"让给幼天王，顺手把旁边一匹驮行李的马牵过来，扔掉行李充坐骑。沿途遇见的尽是忙于抢东西的湘军，谁也没有想到这支队伍中竟藏着幼天王和忠王。他们穿街串巷来到太平门边，只见缺口处无一人在，大家暗自高兴，感谢老天王在天之灵的保佑，急急忙忙穿过缺口逃出城外，三支人马合在一起，向南而去。

就在两千多人快要全部出完时，赵烈文进城来了。他看看不对头，为何这些人不像湘军那样大担小包的呢？他们每人手中只有一件武器，出城时行色匆匆。赵烈文驱马走近一看，糟了！他们全是满头长发！"长毛跑了！"赵烈文大声喊叫，无人理睬。一刻钟后，刘连捷带着几个人提着灯笼过来。

"南云，刚才一队长毛跑了，说不定伪幼天王混在中间。"赵烈文急着告诉刘连捷。

"真的？你看清楚了，有多少人？"

"黑灯瞎火的看不清楚，怕总有千把人。"

"朝哪个方向跑了？"

"南边，快去追吧！抓到幼天王，那可是第一功呀！"赵烈文催着。刘连捷打一声口哨，唤来几百人，从缺口中走出，沿着城外马路，向南边追去。

第二天凌晨，康福带着一支人马最先来到天王宫的外城——太阳城。出乎意外，他们在这里并没有遇到强烈的抵抗，湘军顺利地冲进了太阳城。一座金碧辉煌的宫殿出现在他们的眼前，这便是天王宫的内城——金龙殿。传说小天堂的财宝大半聚集在这里：金龙殿里的楹柱上涂的是真金粉末，殿里陈列的每一件物品都是稀世珍宝，谁要是有幸得到其中一件，都够他一辈子尽情挥霍享乐。湘军官兵人人眼里射出贪婪的欲火，舍生忘死地搏斗这些年，不就是为着这一刻的到来吗？他们正要疯狂地冲过去，却突然看见了一幅奇异的场面，一个个惊得目瞪口呆，半天回不过神来。

金龙殿四周密密麻麻地站着几排太平军将士，足足有五千人以上。他们一个个衣衫破碎，血迹满身，长期的饥饿和恶战，已使他们脱了人形，两只深深凹下去的大眼睛，像两个漆黑无底的深洞，直呆呆地望着前方，望着渐渐增多、渐渐靠拢的仇敌，脸上无丝毫表情。他们之中有的手残缺了，只剩下一个空洞洞的衣袖；有的脚断了，则用一根棍矛支撑着。大家身子紧挨着身子，胳膊紧挽着胳膊，静静地，默默地，像石垒的堤坝，像铁打的围墙，保卫着他们心中最崇高最圣洁最景仰的天国的象征——金龙殿。

康福被眼前的场面感动了。那天夜晚潜入楚王府，与弟弟一席深谈后，回到军营，他好几夜没有安稳地睡过觉，既为弟弟革故鼎新的豪迈气概所震慑，更敬慕他忠于信仰、义无反顾的高风亮节。内心深处，他为自己有这样一个英雄盖世的弟弟而自豪。还是在少年时期，父亲给他们兄弟讲史的时候，就意味深长地指出：莫以成败论英雄。中国历史上有许多失败的人物，无论就其事业而言，还是就其个人品德而言，都是高尚的，相对于他们的对立面——胜利者来说，他们都更加令人尊敬，他们之中有些人的失败，恰恰就在于其人格的光明磊落。康福记得，父亲每讲到这种观点时，心情都显得有些激动。从楚王府回来后他想：弟弟就是属于这种失败的英雄之列。不过，那时，他只在千千万万的太平军将士中看到自己的弟弟一人，而今天，他看到五千多个和他弟弟一样的英雄，他们一个个都如此高大，如此威武，虽是敌人，却不得不令他敬佩。

康福胸中波涛翻滚，不能平息。再定睛细看，他更被震惊了：人墙的前面分明已架好了一道两尺来高的干柴，将后面的太平军紧紧包围住。有几个人在给干柴浇油。他们神态安详，器宇宁静，如同农夫在灌园，如同园丁在浇花，站在对面二三十丈远、手持刀枪、凶神恶煞般的湘军，在他们的眼中似乎并不存在。

康福愣住了。他身后的湘军将士们也愣住了。大家都看出了这群太平军的意图：他们要点火焚烧，要将自己和这座金龙殿一齐化为灰烬！一时间，谁也不知怎么办，都站在原地不动，像看戏一样地等待着即将出现的场面。只有李臣典偷偷地掏出那支英国新式短枪，对着站在前面的康福瞄准。

李臣典一直在寻找康福，要悄悄地干掉他。李臣典和康福并无前嫌，他要杀康福，仅仅因为康福是第一个冲进金陵城的带兵将官，他因此而屈居了第二。做第一个冲进金陵城的将官，这是他垂涎已久的目标，但他又不愿意充当先锋。他知道这个先锋十之八九是替死鬼，他要跟在先锋的后面踏进缺口，要踩着先锋的尸体进城，谁知康福抢先了一步。所以，他要杀康福。没有了康福，他就成了带兵冲进金陵城的第一人。

康福看着看着，突然，心中涌出一股从未有过的巨大悲哀。他觉得自己不是一个胜利者，而是一个扼杀善良弱小生命的刽子手，是一个毁灭高尚纯洁灵魂的恶魔，是一个该受诅咒惩罚的历史罪人。想到这里，他那只握刀的手轻轻地颤抖起来。正在这时，他看到金龙殿前的人墙中走出一个三十来岁的青年。那青年虽形容枯瘦，却仍然腰杆挺直，有一副威武不屈的气概。他一只手高擎着火炬，迈着稳重的步伐，向浇了油的干柴堆走去。天啦！康福在心里惊叫起来，这不是自己的胞弟康禄吗？

自从那次策反不成后，康福日日向苍天祷告，希望弟弟早点离开金陵。昨夜听说有支千人队伍从缺口中冲出，他那时正在旁边，有意将部队调开。他想弟弟一定在这中间，让他好好地逃走吧。谁知弟弟竟没有走，他要和他的弟兄们一道，自焚报效他们的天国！康禄一步一步走近了柴堆，康福越来越害怕，双眼慢慢变得模糊了。终于，眼前升腾起一串熊熊的烈火，给巍峨高耸的金龙殿添上数万道耀眼的光辉，将五千太平军将士映照得如同金铸铜打的罗汉。

这火越烧越旺，越烧越烈，像一条火龙，将天国的象征和它的忠诚卫士紧紧地缠绕着。不论是在中国史册上，还是在世界史册上，这无疑都是一幅绝无仅有、震撼天地的画卷！

康福呆呆地望着这团烈火，只觉得心如刀绞，想喊喊不出，想冲冲不动。人生能有这样的悲哀吗？深爱弟弟的哥哥，却亲手将英雄的弟弟逼上了绝路，而且还要亲眼看着他死得如此从容，如此慷慨，如此惨烈悲壮、惊天动地！

康福那颗对弟弟有着深厚挚爱的心被割成了一条条，一块块；他的头脑似乎受了重重的敲击而开始清醒。他的破碎的心在绝望地狂呼："天啦，你何不让我死去！"就在这时，一颗子弹从他的背后射来。康福摇了两下，又站定。他艰难地扭过头去，看见了李臣典那张凶恶狰狞的脸。"兄弟，哥哥跟着你来了！"康福无力地念着，慢慢地倒下了。

"弟兄们，我们冲过去，大殿里有数不清的金银财宝，不能叫长毛烧掉呀！"李臣典举起手枪，在后面狂呼乱喊，数千围观的湘军仿佛如梦初醒，争先恐后地向金龙殿猛扑过去。

第七章　审讯忠王

一　威震天下的忠王被一个猎户出卖

临近拂晓，李秀成醒过来了，全身已被露水打湿，一阵晨风吹过，他感到一丝凉意。幼天王和干王、章王早已不知去向，四周一个人也不见，先前的呐喊声、追杀声已经平息，远处树丛中传来几声鸟雀的啁啾，它们在迎接又一个平凡而宁静的早晨。只有眼前七零八落的断戟残戈、烂盔破甲，东一片西一片倒伏的茅草，和几处犹自冒烟的树桩，显示出不久前这里是一块激烈鏖战的沙场。李秀成记起昨夜是被马颠下来的，沿着路坡滚下去后便失去了知觉。他试着动了动手脚，幸而没有受伤。天色慢慢亮了，李秀成四处张望，连那匹驽马也不知跑到哪里去了。他认出这里是方山，离天京城只有五十多里。此地正当大路，不能久停，李秀成顺着一条羊肠小道向山里走去。

走了三四里路，前面出现一座破败的土地庙，李秀成想去庙里躲避下。刚到庙门边，一股恶臭传来，里面窜出几只六七寸长的灰黑大老鼠，他感到一阵眩晕，打消了进庙的念头，在庙旁一块青石板上坐下。太阳出来了，身上燥热不安。李秀成这时才注意，自己浑身上下都是灰尘、血渍和草屑。环顾四周无人，他将紧箍在两只手臂上的十只金镯子、戴在手指上的二十只金戒指全部褪下来，又从口袋里掏出十多个金元宝，摘下头巾，把它们包好，挂在石板边一棵小树杈上。然后离开土地庙，去找一个有水的地方洗洗脸和手脚。

走出一里之外，李秀成见到一泓清澈的溪水。他来到水边，脱去上衣，慢慢地洗手洗脸，心里盘算着下一步如何走。正在这时，一阵嘈嘈杂杂的人声传来，李秀成警觉地站起，迅速把上衣穿好，猛地听到一声喊："这里有个太平军！"原来，李秀成未戴头巾，一头浓密黑发散在肩上，甚是引人注目。李秀成拔腿就向草丛跑去。慌乱之间，上衣袋里的散碎银子掉了出来，那群人在后面紧追，高声叫喊："你把身上的银子都交给我们，我们不要你的命！"李秀成哪敢停留，继续奔走。无奈又累又饿，两脚无力，一不小心，绊在一根青藤上，摔了一跤。后面追的人赶上来，将他抓起，两个年轻汉子就要搜身。

"且慢！"一个中年男子把两个年轻人拦住，仔细将李秀成上下端详。他越看越惊奇，终于确认了："这不是忠王爷爷吗？"李秀成正要否认，只见这几个人一齐跪下，口里喊道："忠王爷爷，您老人家受苦了！"说罢，都哭了起来。李秀成见此情景，也就不再隐瞒了："弟兄们请起，我就是李秀成，你们都是什么人？"

那中年男子边哭边说："我叫邢金桥，这几个人是我的兄弟子侄。我们邢家世代开药店行医。上个月，我带子弟出城谋食，信王的卫兵把守城门，要我们每人交四两银子才放行。我一文钱都没有，哪里拿得出这多银子！我磕头哀求宽免，毫无作用。幸好您老人家路过那里，送给我们银子，我们一家才得以出城活到今天。您老人家如何在这里？"

邢金桥说的事，李秀成已记不起了，送银子给出城的老百姓，倒是常有的，他相信说的是事实，于是将昨夜的事情简略地说了一下。邢金桥说："忠王爷爷，方山周围都是湘军，你一时出不去，先到我家去躲避几天吧！"

"好吧！"李秀成刚迈步，忽然记起挂在树杈上的包包，"等等，我有一包金子挂在土地庙前的树上，待我去取了来，送点金子给你们。"

邢金桥说："我们和你一起去。"

李秀成带着众人急匆匆赶到土地庙，走到小树边看时，那布包已不翼而飞了。"怪事！是哪个拿去了呢？"李秀成四处张望，不见一个人影。

"可能是陶大兰拿去了。"邢金桥的弟弟玉桥说。

"你怎么知道？"金桥问。

"刚才你跟忠王爷爷说话的时候，我看见陶大兰急急忙忙从对面小路下山去了，正是从土地庙那边过来的。"

"陶大兰是什么人？"李秀成问。

"他是邻村一个猎户。"邢金桥说，"等会儿我们去问他要来。忠王爷爷，您老现在跟我们一起下山吧！"

天京都丢了，还在乎这包金子！李秀成对邢金桥说："算了吧，不要找姓陶的了，免得张扬出去。"

"不能让那小子发了横财，一定得要回来！"邢玉桥气愤地说，他心里也想得这笔横财。

邢家兄弟把李秀成领进家门，将门紧闭，吩咐婆娘烧水做饭，又找了几件破旧衣服来替他换了。吃了饭后，邢金桥拿出一把剃刀，对李秀成说："忠王爷爷，小人给您老人家剃头了。"

"什么？剃头！"李秀成愤怒地瞪起了眼睛。

"忠王爷。"邢金桥低声下气地说，"小人也知道您老人家不愿意剃头，小人刚出城时也不情愿剃，但不剃太显眼，随时都会被官府捉去。眼下天京陷落，湘军四处在抓太平军，方山离天京只有五十里，四面八方都是朝廷的人，您老不剃头，如何保得了性命？"

"哎！"李秀成无可奈何地叹了一口气。邢金桥说的是实话，总不能因头发而送了命吧。"你剃吧！"李秀成闭起眼睛，剃刀在头顶上唰唰作响，犹如刀切他的肉一般痛苦。剃完了头，邢金桥说："忠王爷，你就在我家好好睡一觉，我到外面去打听打听。"

李秀成刚入睡，邢玉桥便进来了。

"哥，忠王爷呢？"

"睡着了。"金桥指了指里屋。

"正好趁这个机会，我们去陶家把金子要过来。"邢玉桥很急。

"那小子刁浑得很，他哪里会肯。"

"能容他不肯吗？无论如何都要拿过来。"邢玉桥也不是个好惹的人。

陶家村的猎户陶大兰，昨夜在方山守了一夜的陷阱，一无所获，天亮下山路过土地庙，意外得到李秀成那包金子，笑得口都歪了。他对着土地庙重重地磕了三个响头，一溜烟跑回家，找了个坛子，将这包金子装在坛子里，深深地埋在自家后园菜地中，再移来几株白菜在上面。陶大兰刚把这一切忙好，坐在椅子上休息的时候，邢家兄弟进了家门。

"早呀！两位老弟。"陶大兰心里高兴，招呼客人比往常热情得多。转念又想，这邢家兄弟平素从不登门，今天一大早来，莫不是走漏了风声。陶大兰心虚，脸上的笑容就更多了。

"陶大哥，你今早发了大财！"邢玉桥是个急性子，不晓得打弯弯，开门见山地挑明了来意。

陶大兰先是一惊，随即马上镇定下来，依旧笑着说："莫说笑话了，我陶老大一个穷赶山的，哪里发得了财！昨夜在山上空守了一夜，连个兔子都没逮到。"

"陶大哥，不要装迷糊了。"邢金桥拍着他的肩膀，"今早土地庙前树杈上挂的那个包包，是你拿走的吧！"

"没有，没有！"陶大兰脸色开始发白，嘴上却很硬，"我今早下山，根本没经过土地庙，我是从前山大路上回家的。"

"好哇，姓陶的，你还要赖账，这是什么！"邢玉桥冲到床边，将凉席上一块明黄头巾抖起。

原来这正是李秀成包金子的头巾，陶大兰将金子放进坛子里时，一时大意，这块头巾没有藏好。

"这是我老婆的头巾。"陶大兰情急智生。

"您老婆的头巾？您老婆好大胆，敢用这样的头巾！"邢玉桥尖声冷笑着，将头巾抖开，那头巾四个角，每个角上都用赤线绣了一条龙。陶大兰当时被金子照花了眼睛，没有细看头巾，这时一见，全身瘫软了。

"陶大兰，你知道那是谁的金子吗？"邢玉桥站在陶猎户的面前，昂首挺胸，俨然一副审判官的姿态。陶猎户气馁了，心里咚咚乱跳，"实话告诉你吧。这包金子不是别人的，是太平天国真忠军师忠王李秀成的，你好大的狗胆，竟敢拿他的金子！你今天把它交出来万事皆休，若不交出来，你的命难保。"

陶大兰一听，惊得半天作不得声。他不是傻子，今早得到这包金子时他就在想，谁有这多金子呢？又为何不放在家里，要挂在树上呢？他先想可能是强盗的。一个强盗打劫了这包金子，挂在这里，约好等另一个人来取。后又想天京城这几天炮火连天，也许是城内大官的，也可能是湘军抢的。但为何要挂在树上呢？他左想右想，想不出个名堂来，也就算了。陶大兰回过神来，问："你们怎么知道是太平天国忠王的呢？"

"忠王亲口对我们说的。"邢金桥颇为自豪地说。

"忠王现在哪里？"

"在我家，怎么样？要不要我带你去见他！"邢玉桥得意地说。

忠王出了城，天京莫不是被朝廷攻破了？一个邪恶的念头在陶猎户的脑中浮起。他脸上又泛起了笑容："兄弟，实不相瞒，挂在土地庙树上的那包金子是我拿了，我不知道是忠王爷的。他老人家爱民如子，我怎能昧着良心拿他的，只是这包金子现不在我这里，我已转到妻弟家去了。你们先回去，今天夜里我把金子送到你家，并当面向忠王爷请罪。"

邢家兄弟见陶大兰说得恳切，相信了："你今夜务必送来！"

"今夜不送来，我陶大兰遭雷打火烧，过不了今年！"陶大兰赌咒发誓。

待邢家兄弟出了门，陶大兰立即从后门溜出，向天京方向奔跑。他有个堂弟名叫陶大芷，在湘军一个兵营里当马夫，这个兵营扎在离陶大兰家十五里处的东山。平日无事时，陶猎户常去堂弟那里坐坐，混两餐饭吃。陶猎户要把这个消息告诉堂弟，让他禀报上司，派人来抓李秀成和邢家兄弟。他想李秀成和邢家兄弟抓走了，他就可以稳稳当当地占有那包金子了。陶猎户一口气奔到东山兵营，正碰着堂弟牵马出来。

"大芷。"陶猎户气喘吁吁地对着堂弟的耳朵悄悄说了几句话。

"当真？"陶大芷惊喜万分，抓住忠王，可是一件特大功劳啊！陶大芷立即把这个惊人的消息报告营官，这个营隶属于萧孚泗部。萧孚泗命令营官亲自带一百人，悄悄隐蔽在方山中。

这天半夜，陶猎户带着湘军将邢金桥的家严严实实地包围起来，把熟睡中的李秀成抓了，邢金桥也被抓走。陶猎户又带着人到村尾去抓邢玉桥。哪知玉桥听到狗叫声情知不妙，早溜出屋外，躲到山里去了。

几天后，陶家村的人在村口池塘里发现了陶猎户的尸体。

二　洪仁达供出御林苑的秘密

萧孚泗仔细查看，又叫几个投降过来的太平军官员当面核实，确证绑送前来的人就是李秀成。他知道，老天王洪秀全已死，幼天王洪天贵福是个稚童，干王洪仁玕名义上总理全国政事，但资望浅、功劳小，不足以号令全国，目前太平天国真正的第一号人物，就是眼前这个李秀成。真个是福星高照、鸿运齐天，萧孚泗飞马进城，向曾国荃报告了这个特大消息。

"真的是伪忠酋？"曾国荃这几天正为没有抓到太平天国最重要的领袖而气沮，这个消息太使他兴奋了。

"卑职已叫投降过来的长毛伪官员当面验证，确为伪忠王李秀成无疑。"萧孚泗响亮地回答。

"那伪幼天王、伪干酋、伪章酋呢？"曾国荃迫不及待地追问，恨不得一网打尽。

"暂时都还没有抓到，不过不要紧。"萧孚泗信心十足地说，"这一两天内一定有喜讯传来，九帅你就放心等着吧！"

"萧军门，你赶快把伪忠酋带上来，本帅要亲自审讯他！"曾国荃大声命令。

"是！"萧孚泗转身出门。

"慢点。"曾国荃摸着光秃秃的尖下巴，想了片刻说，"本帅是堂堂王师的三军统帅，伪忠酋不过是山野草寇，今日做了本帅的阶下囚，就这样叫了来，本帅不是与他平等相见了吗？萧军门，你下去赶紧造一个长三尺、宽三尺、高六尺的木笼子，将那伪忠酋五花大绑扔进木笼之中，再命四个兵士肩抬着他来大堂见我。"

当兵士们抬着装有李秀成在内的大木笼进来时，曾国荃已穿上二品文官朝服，板紧长脸，挺直腰板，端坐在大堂正中。木笼被轻轻放下，曾国荃放在案桌上那两只瘦骨嶙峋的手尸抖动起来，发出鸡啄米般的"笃笃"响声，两只细长的眉毛紧紧连成一线，两边太阳穴上的青筋暴凸，嘴唇在抽搐着，见木笼中的李秀成坦然坐在里面，犹如一个正在纳凉的闲人，不由得更加气愤。

"啪！"曾国荃猛地拍打案桌。用力太猛，自己都感到手心发麻，两旁兵勇吓得一齐把头低下，木笼中的李秀成仿佛什么也没有听到一样，依然端坐着，脸上露出一丝淡淡的微笑。

"你就是伪忠酋李秀成？"堂上曾国荃嘶哑的吼声近乎战栗。

"本王正是。"木笼里李秀成的回答十分安详。

曾国荃被李秀成的气概所震慑，好一阵子问不出第二句话来。"伪幼天王到哪里去了？"很久，曾国荃才又迸出一句话。

"不知道。"李秀成心里高兴，这说明幼天王没有被抓住。

"洪仁玕、林绍璋呢？"

李秀成又是一喜，干王、章王都没有被抓！他仍然从容回答："他们会始终在幼天王身边的。"

"哈哈哈！"曾国荃盯着木笼许久，突然发出一阵大笑，"李秀成，你也有今天！"曾国荃放肆地笑着，声音由得意到癫狂，由癫狂到黯淡，由黯淡到凄然，终于掺和着嘤嘤哭腔，使得满堂官兵毛骨悚然，大热天气，如同站在寒风之中，全身瑟瑟抖动。

"李秀成，你害得我好苦哇！"曾国荃大叫一声，收起怪笑，两眼射出凶光，猛地站了起来，两手支在案桌上，喝道，"你逃出城时带了多少人马？"

传闻本事了不得的曾老九竟是这样一个色厉内荏之辈，李秀成着实鄙视，他闭上双眼，不再搭理。

"你想逃到哪里去？"

李秀成不答。

"你的弟弟李世贤现在哪里？"

李秀成仍不回答。

"陈炳文、汪海洋、赖文光他们都到哪里去了？"

李秀成面无表情闭目端坐，对曾国荃的提问一概采取蔑视的态度，不予理睬。一个阶下囚竟然如此傲慢无礼，使得曾国荃威风扫地。他恼羞成怒，终于完全抛开了二品大员的身份，顺手从案桌上拿起一个平时装钉文簿的铁锥，快步走下堂来，直冲到木笼边，对着李秀成的大腿死劲一戳。李秀成紧闭双眼，全身靠在木柱上，脸上的肌肉不停地抽搐着，他强忍巨大的疼痛，一声不吭。曾国荃将铁锥用力拔出，一股鲜血泉水般喷起，从木笼里流出来。李秀成斜起眼睛看着，嘴角微微翕动。曾国荃气得又是一锥。这一锥没有刺着，反倒因用力过猛，自己的额头撞在柱子上，痛得他哇哇直叫："来人呀，拿刀子割他的肉！"

两个亲兵过来，搀扶着曾国荃坐到椅子上，一个亲兵拿了一把匕首上来。"割,给我一块块地割!"曾国荃坐下后,一手压着额头,一边大嚷。

亲兵拿起匕首,走到木笼边,将刀伸进木笼,对着李秀成左臂一划,一块肉掉了下来,鲜血涌出。胆小的幕僚掩面不敢看,胆大的侧眼看时,只见李秀成依然坐着,岿然不动,心里暗暗钦佩。

"再割!"曾国荃完全疯了。亲兵只得又将匕首举起,在李秀成的左臂上又切下一块肉来。这时李秀成左边衣裤已完全被血浸湿,他不动也不作声,如石雕铁铸般端坐着。坐在一旁的赵烈文实在看不下去,站起来走到曾国荃身边。轻声说:"九帅,不要再割了,李秀成神志已麻木,再割几块也是枉然,万一血流过多死了,今后不好交代。"

"死了就死了,有什么不好交代的?"曾国荃冷冷地回答。

"九帅,假如朝廷要献俘呢?"

"李秀成不过草寇一个,朝廷犯不着为他举办献俘大典。"曾国荃阴冷地望着桌面,突然神经质地抬起头来,大声发令:"给我割,一块块地割下去,割死拉倒!"

赵烈文知曾国荃已丧失理智了。他当然能理解曾国荃此时的心情。为破金陵,老九差不多把命都贴上了,但作为受曾国藩之命前来辅佐的幕僚,他认为有责任制止曾国荃的失态行为。"九帅,就是朝廷不让献俘,李秀成毕竟是长毛中的要犯,抓住他,是九帅一桩很大的功劳。现在天气炎热,李秀成又衰弱不堪,若再割几刀,李秀成立即就会死在堂上。今后万一有个小人上书给朝廷,说九帅抓的是个假的,冒功请赏,九帅那时拿什么来作证?"

赵烈文这几句话显然打动了曾国荃,他抬起黑瘦的右手,有气无力地挥动一下,示意亲兵下去。

"九帅。"赵烈文继续说,"还有一个重要原因,不能让李秀成现在就死去,故还要请九帅立即命人给他搽药治伤,免生意外。"

"你说什么?"曾国荃鼓起眼睛望着赵烈文。赵烈文转过脸去,躲开他那令人生畏的眼光。"九帅,中堂大人还未来哩,他要亲自审讯李秀成。"一句话,仿佛一服清凉剂,使曾国荃蓦地清醒了。是的,大哥还在安庆,说是这两天就要到金陵来。假若李秀成今天死了,怎么向大哥交代?糊涂!曾国荃暗自痛责。他站起来,对着公堂下的木笼子说:"李秀成,你犯下了弥天大罪,死有余辜。本帅今日暂不凌迟你,再让你苟活几天!"

四个亲兵走到木笼边，一声吆喝，将笼子抬到肩上，正要启动时，李秀成望着曾国荃破口大骂："曾老九，你这个比蛇蝎还毒、比猪还蠢的家伙，两国交兵，各为其主，败军之将，可杀而不可辱，这点小道理你都不懂，岂有资格审讯我！且胜败兵家之常事，大江之南，我天国将士还有数十万人，你不过偶尔获胜而已，怎能在本王面前装腔作势！"

　　刚刚冷静下来的曾国荃又被李秀成的这几句话激恼了。他怒不可遏地从亲兵手中抢过匕首："老子今天非要宰了你不可！"说着就要冲过去，赵烈文一把抓住："九帅，不要跟这等小丑计较！"转脸吩咐，"还不快抬下去！"

　　曾国荃重新坐到椅子上，气得脸色煞白。正在这时，刘连捷进来大声禀报："九帅大喜，洪酋的二哥洪仁达捉到了！"

　　"押上来！"曾国荃命令。与李秀成第一次面对面地较量，他自己心里清楚是输了，现在要通过审讯洪仁达把面子挽回来。

　　洪仁达被押上来了。这是一个五十多岁的人，身材肥胖，面皮黧黑，头发稀疏，眼小唇厚，一副猥琐的样子。洪仁达进得门来，不待曾国荃问话，便双膝跪在大堂当中，口中喊道："曾九爷饶命！"

　　曾国荃鄙夷地瞟了一眼，喝道："报上名来！"

　　谁知洪仁达虽在金陵住了十多年，竟然听不懂曾国荃的湘乡官话，茫然呆望着曾国荃，不知他说些什么。"报上名来！"曾国荃不耐烦地又吼了一句。洪仁达仍然傻子似的望着。"他莫不是个聋子？"曾国荃心想。

　　"九帅。"赵烈文心中已明白，凑过去说："想必他听不懂你的话。"曾国荃点点头。赵烈文对亲兵说："把陈德风押来。"

　　松王陈德风昨天在城里巷战被俘，当即就向湘军缴械投降了。陈德风被带上来了，两只手被绳子绑着。

　　"陈德风，你禀告本帅，洪仁达是聋子，还是听不懂本帅的话？"曾国荃问。

　　"禀告九帅，洪仁达不是聋子。他自幼在家种田，没有出过官禄布一步，平素只听得懂花县土话，其他什么话都听不懂。"陈德风弯腰回答。

　　"那你就把本帅的话用花县土话再说一遍给他听，要他务必从实招供。"

　　"是！"陈德风又一鞠躬。

　　经陈德风翻译，洪仁达终于听懂了，"小人名叫洪仁达。"

"你是洪秀全的什么人？"

"小人是洪秀全的二哥。小人兄弟三人，大哥和我是一个娘所生，老三是另一个娘生的。"

"洪秀全封了你什么官？"

"老三先封大哥为安王，后改为信王，封我为福王，后改为勇王。九爷，其实我和大哥一世种田，大字认不得一石，我们不晓得做王，只知吃好的穿好的，多讨几个老婆。"洪仁达在被抓的那一刻，就在盘算着如何保住这条命。他把责任全部推到洪秀全身上，把自己装扮成一个愚昧无知的乡巴佬。大堂里的人都觉得好笑，只是不敢笑出声来。曾国荃想：这样的人居然也当了十多年的王，真他娘的混账！

"洪仁达，本帅问你，洪秀全是哪天死的？"

"老三是四月十九日归的天，自三月底以来，天京被九爷围得紧，老三知道仗打不赢，便急病了。我劝他吃药，他不吃，他说他的命是天父掌管的，吃药没用。四月十九日那夜里，城里四处火光冲天，老三以为城攻破了，便服毒自杀了。"

"洪秀全的尸体埋在哪里？"

"埋在新天门外御林苑东边山上那棵最大的桂花树下。"

"你可要老实招供，不准胡扯！"

"是，是，小人不敢胡扯。老三归天后，是我抹的尸、换的衣，埋的地方也是小人和小人的大哥一起选定的。"

洪秀全虽未生擒，却可确认已死无疑，这是曾国荃今天审讯洪仁达的收获。这样一个愚不可及的人，大概所知不多，曾国荃没有心思再审下去，吩咐押走。洪仁达心里急了，他想就此押下，说不定哪天就会被砍头，还有一个救命方子未拿出来，再不说就迟了。

"九爷，小人还有一件事要禀告九爷！"洪仁达在堂下高喊。

"你还有什么事？"曾国荃没好气地问。

"九爷，这是一桩绝密的事，你答应我不杀头，我就告诉你。"

曾国荃心想，这家伙是洪秀全的二哥，说不定真知道些别人不知的事，便哄道："你说吧，我不杀你。"

洪仁达很高兴，说："这事只能对九爷一人说，不能给别人知道。"

"你们都下去吧!"公堂里除留下陈德风外,包括赵烈文在内,所有的人都走了。洪仁达凑到曾国荃身边,悄悄地说:"御林苑左侧有一个牡丹园,牡丹园正中有一块簸箕大的空地,从这块空地挖下去,有三个大酒坛子。这是我上个月见天京危急时,偷偷埋进去的,里面装了这十多年来老三赏赐给我的珍宝。这批珍宝究竟值多少钱我也不知,只记得老三有次对我说,他赏给我的东西比别人都多,他说我的财产可以胜过前代一个叫石崇的人,又说我是天下最有钱的人。九爷,我现在愿用这三坛珍宝来赎我的命。那三坛珍宝都给你,你放了我吧!"

曾国荃绝没想到,审这个愚蠢的伪勇王倒审出一桩这样的美事来,刚才审李秀成的烦恼早已飞到九天云外,喜得心花怒放。

"好,本帅不杀你,但你绝对不能再对别人说起此事。倘若本帅挖不到那三坛珍宝,看不把你碎尸万段!"

三 攻下金陵的捷报,给曾国藩带来两三分喜悦、七八分伤感

六月十八日半夜三更三点,曾国藩终于将堆积如山的文件批阅完毕。他走出房门,来到后院。但见星月满天,万籁俱寂,心里顿时有一点宁静之感。大前天接到九弟信,告金陵城外四处开挖地道,城破就在这几天。他望着夜空,心里说:"九弟,大哥不能和你一起攻城杀贼,为你读一篇名文助战吧!"他重新走进签押房,拿出《资治通鉴》,翻出写赤壁之战的那一篇来。他希望九弟如同当年的周瑜火烧赤壁那样,取得攻克金陵的胜利,日后也能煜耀史册。曾国藩先是轻轻地念着,慢慢地兴致高涨,竟高声吟唱起来。

"大人,刚才信使送来九爷的急信。"荆七捧着一封信走过来。

"快给我!"曾国藩心里一跳,深夜送信来,这在过去是从来没有的事。兵机瞬息万变,不可预料,难道金陵出了意外?曾国藩的一颗心几乎悬到喉咙口。他一反平日剪信口的习惯,一把从荆七手里抢过信套,用力撕着,手在微微抖动。信套纸很结实,一次没撕开,他又撕一次。信笺出来了,是沅甫的亲笔:"十六日正午,我吉字大营轰开城墙,攻占金陵外城……"

"金陵城破了!金陵城破了!"曾国藩喃喃念了两遍,便觉一口痰涌上胸口,眼前一黑,栽倒在地上。荆七不知出了什么事,慌得急赶上前,双手将

曾国藩扶起，平放在竹床上，用冷水打湿毛巾，擦拭脸和手。荆七弄得大汗淋漓，摸摸曾国藩的手，却冷冰冰、凉飕飕的。荆七害怕了。

"你到哪里去？"荆七刚要出门，曾国藩醒过来了。

"大人，您老醒了。"荆七十分欣喜，忙走到竹床边，"大人，刚才把我吓死了，见您老总不醒，我正要去叫大公子。"

"好啦，不要叫他了，我没事。你也去睡觉吧，明天不要对任何人说起我刚才昏倒的事，听到了吧？"

荆七答应一声，关好房门，到旁边耳房里睡觉去了。曾国藩躺在竹床上，深为自己刚才的失态而羞耻。平日读《晋书》，曾为谢安一句"小儿辈已破贼矣"，数度拍案叫绝。那是一场关系到国家存亡、谢氏家族兴衰的重大战争，且事前并无把握，谢安居然在接到侄儿的捷报时，照样下完棋，只徐徐说出这样一句轻描淡写的话来。这是何等样的胸襟，何等样的气度啊！曾国藩也曾多次设想过，有一天接到九弟从金陵前线来的捷报时，也要像谢安一样，毫不经意地告诉身边的僚属，可是刚才呢……幸好只有荆七一人在旁，连儿子也未看到，不然，必将作为笑柄广为传播，一直传到子孙后代。

略微舒服点后，曾国藩再也不愿躺在竹床上了，他起来披件衣服，坐在椅子上，望着跳跃的灯火，心驰神往，浮想联翩。他想起在湘乡县城与罗泽南畅谈办练勇的那个夜晚，想起郭嵩焘、陈敷的预言，想起在母亲灵柩旁焚折辞父、墨绖出山时的誓词，想起在长沙城受到鲍起豹、陶恩培等人的欺侮，想起船山公后裔赠送宝剑时的祝愿，想起江西几年的困苦，想起投水自杀的耻辱，想起重回荷叶塘守墓的沮丧，想起复出后的三河之败，想起满弟的病逝，想起自九弟围金陵以来为之提心吊胆的日日夜夜，一时百感交集。曾国藩愈想愈不好受，最后禁不住潸然泪下。他感到奇怪，这样一桩千盼万盼的大喜事，真的来到了，为什么给自己带来的喜悦只有两三分，伤感却占了七八分呢？

第二天一大早，纪泽来到父亲房里请安。见父亲如同往日一样，端坐在书案前，临摹刘石庵的《清爱堂帖》。在纪泽看来，父亲写的字足可以自成一家，不必再学别人的字了。看着父亲头上渗出一层细细汗珠，一向对父亲崇拜至极的曾纪泽，此时更增添一番敬意。

"父亲大人安好!"纪泽重复着每天早上的现话。

"起来多久了?"曾国藩问,头没抬,手仍在写。

"有半个时辰了。"纪泽恭敬地回答。

"今天散步到了哪些地方?"曾国藩规定儿子早晨起床后要到户外去散步,晚饭后也要走一千步。

"今天没有走多远,就在西门外小池塘边转了转。"

"昨夜你九叔来了一封信。"曾国藩笔仍未停。

"九叔信上说了些什么?仗打得顺利吗?"纪泽急切地问。

"金陵已被你九叔攻下了。"曾国藩边说边用力写了一横,脸色平静得如同什么事也没发生一样。

"九叔打下了金陵?"纪泽简直不敢相信,随即他就觉得这个语气不对头,对父亲的话还能怀疑吗?父亲常常教导自己,为人要诚敬,要勤奋,诚敬从不打诳语做起,勤奋从不晏起床做起。父亲难道还会打诳语吗?何况这样大的事情!纪泽兴奋万分,高声喊起来:"金陵打下了!"

"甲三!"曾国藩威严地斥责,"大喊大闹,成何体统!"

"是!"纪泽意识到自己的不应该。父亲常说举止要庄重,怎么又忘记了!

"你去告诉杨国栋、彭寿颐等人,我在这里等他们。"

不到一顿饭的工夫,安庆全城都知道金陵已攻下了。两江总督衙门张灯结彩,鞭炮连天,幕僚们弹冠相庆,喜气融融。曾国藩的签押房贺客络绎不绝,道喜声、颂扬声洋洋盈耳。曾国藩始终以素日一贯的凝重、从容的态度接待,只是脸上增添了一丝淡淡的笑容。

过几天,曾国荃又送来一封详细的信,报告内城也已拿下,并附来一叠厚厚的保举单。彭寿颐等人按照这封信的内容拟好了报捷折。对奏稿的审阅,曾国藩历来十分慎重,今天这份折子非比寻常,他关起房门,谢绝一切客人,一字一句地仔细斟酌。

奏稿自然拟得很好。条理清晰,文句流畅,对自六月份以来各种攻城的准备,尤其是十六日那天各路人马勇猛攻城以及进城后的剧烈搏斗,都写得具体扎实,且主次详略都很得当,虽然比往日的奏折要长些,但这样一件大喜事,长些也是应该的。要说欠缺,那就是奏稿中回避了一件大事,即伪幼主的下落如何。曾国荃信上说，伪幼主据传已逃出城外，也有的说已自焚于宫中，但至今都未得到证实。彭寿颐等人对此如何措辞拿不定主意。这是一件大事。既已写伪天王服毒而死，怎能不言及伪幼主呢？曾国藩想，伪幼主是个未满十六岁的孩子，在如此兵火慌乱中，能有什么作为，死的可能性极大，即使逃出城也免不了一死。为了使胜利显得更圆满，曾国藩在中间添上一句："城破后伪幼主积薪宫殿，举火自焚。"想想觉得不妥，因为毕竟没有确证。他又在前面加上"据城内各贼供称"七个字，今后实在不是这回事，也好有一个转圜。曾国藩将修改后的奏稿再从头至尾读一遍，觉得事情是叙述清楚了，但意犹未尽。古往今来，这样的奏折能有几篇！当年的翰林院侍讲学士，决心亲自写一段动人的文字接在后面，让它与攻克金陵的巨大功勋相匹配，成为一篇传播海内、流芳百世的名奏疏。

曾国藩背手在室内踱步，时时抚摸近来大为稀疏的长须，口里喃喃念着，然后坐在桌前，凝神片刻，提起笔来，在奏稿后面补了一段："臣等伏查洪逆倡乱粤西，于今十有五年，窃据金陵亦十二年，流毒海内，神人共愤。我朝武功之超越前古，屡次削平大难，焜耀史篇。然如嘉庆川楚之役，蹂躏仅及四省，沦陷不过十余城。康熙三藩之役，蹂躏尚止十二省，沦陷亦第三百余城。今粤匪之变，蹂躏竟及十六省，沦陷至六百余城之多，而其中凶酋悍党，如李开芳守冯官屯、林启容守九江、叶芸来守安庆，皆坚忍不屈。此次金陵城破，十万余贼无一降者，至聚众自焚而不悔，实为古今罕见之剧寇。"

将川楚之役、三藩之役拿来作比较，更突出了平定长毛的功劳之伟，曾国藩觉得这段话是必不可少的，但又恐有自夸之嫌，招来物议，于是干脆再加一段："然卒能次第荡平，铲除元恶，臣等深维其故，盖由我文宗显皇帝盛德宏谟，早裕戡乱之本。宫禁虽极俭啬，而不惜巨饷以募战士；名器虽极慎重，而不惜破格以奖有功；庙算虽极精密，而不惜屈己以从将帅之谋。皇太后、皇上守此三者，悉从旧章而加之。去邪弥果，求贤弥广，用能诛除僭伪，蔚成中兴之业。臣等忝窃兵符，遭逢际会，既恸我文宗不及目睹献馘告成之日，又念生灵涂炭为时过久，惟当始终慎勉，扫荡余匪，以苏孑黎之困，而分宵旰之忧。"

写好后，曾国藩念了一遍，觉得这篇奏疏真个是天衣无缝、完美无缺了,尤其对"宫禁虽极俭啬"以下三个排比句甚为满意,心想,当今疆吏能写出这几句话来的怕不多。

奏稿改好了,还有一个会衔的问题,幕僚们不能做主。按道理说,由曾国藩领衔,曾国荃、彭玉麟、杨岳斌会衔最好。曾国荃功劳最大,应置会衔者的前列;彭玉麟、杨岳斌攻下九洑洲,肃清江面,直接保证了陆路的进攻,厥功甚伟,也理应会衔。但曾国藩想得更深。自从咸丰二年出山以来,凡有大胜仗,报捷折中他从未单独领衔。塔齐布在时,他和塔一起领衔,并将塔排在前;塔死后,攻下安庆时,他和胡林翼一起领衔,又将胡推到前面。曾国藩这样做,既向朝廷表示了功不独占的器量,赢得朝野一致称赞,又得到了塔、胡的肝胆相助。这次攻下金陵的大捷,他也援例不单独领衔,顺手牵来了湖广总督官文,把官文置于第一,自己屈居第二。

报捷折处理好后,又开始审阅保举单。曾国荃开来的保举单多达三十二页,近两千人。曾国藩明知其中有许多金益民一类的人,并预料到保举如此之滥,日后必然招致口实,但现在也只得照此上报。由保举单他想到九弟如今不知怎样地欢喜若狂。越是大功告成,越要谦虚谨慎,而这点,自小不受约束的九弟恰恰不会想到。应该立即到金陵去一趟,曾国藩想。突然,窗外传来一阵刺耳的鸟叫声。他推门一看,原来是一群喜鹊绕着院中凉亭在惊慌失措地乱飞乱叫。凉亭年久失修,将要倒塌,府里管事吩咐拆掉重建。现在几个人正在搬拆,用竹竿捣毁筑在亭顶上的喜鹊窝。眼看着窝中的枯枝茅草纷纷落地,一个个鸟蛋摔得稀巴烂,喜鹊们围着凉亭发出悲哀惊恐的号叫。大喜日子里,总督衙门出现一幅这样的惨景不是好事,曾国藩心中怃然。他把荆七叫过来说:"去告诉他们,凉亭不要拆了,鸟窝也不要捣毁,打碎的蛋扫干净,莫让这些喜鹊看了伤心。"

四 陈德风在李秀成面前长跪请安,使曾国藩打消了招降的念头

安庆内军械所制造的"黄鹄"号小火轮,顺水在长江上飞快地行驶,一眨眼工夫就到了张枫岭。曾国藩坐在舱里,对徐寿说:"到底火轮走得快,若是坐木船,这会子鲫鱼湾都到不了。"

徐寿兴奋地说:"若一路顺利的话,掌灯时分就可以到下关。"

"黄鹄号比洋人的轮船慢多少？"曾国藩问。

"大概只有洋人船速度的一半。"徐寿回答。"制船造炮方面，洋人的确比我们行。"

曾国藩默默地看着涌流的江水，没有作声，徐寿也就不再说下去了。船过芜湖，正是正午时分，船舱里热得像蒸笼，二人衣裤都湿透了，不得已换了衣裤后改乘民船。曾国藩说："黄鹄号好是好，就是太热不通气，不可久坐，还要改一改。"

徐寿说："中堂说的是。我们正在造一只大轮船。图纸画好后再请中堂审示。"

"好。"曾国藩说，"到时我先看通风不通风。若不通风，我就再也不坐你的船了。"

说完，二人都笑了起来。民船坐起来虽然惬意，但太慢了，当晚停宿采石矶。第二天天未亮便开船，赶在中午前到了金陵。早有人报知曾国荃。曾国藩一出船舱，便在下关码头上看到吉字大营几十名高级将领已伫立在烈日之下。曾国藩快步登上码头，见站在最前面的九弟黑得好比终年劳作的老农，瘦得犹如卧床多年的病人，不禁心头一酸，三步并作两步来到九弟面前："你受苦了！"他紧紧抱住弟弟，只这四个字，便再也说不出下文了。兄弟久久拥抱在一起。见弟弟眼眶渐渐红了，曾国藩怕他失态，忙松开手，走到李臣典、萧孚泗、刘连捷等人面前，逐个道喜祝贺。

到了临时由原侍王府改作的行辕，进入内室，曾国藩才细细地向九弟询问一切。又叫弟弟脱掉上衣，一一查看背上和胸前的伤疤，轻轻地抚摸着。每摸一处伤疤，他都不厌其烦地问弟弟，是什么时候受的伤，在哪个地方伤的，又是什么时候好的，好了以后有没有影响，再发过没有。一句句、一声声，直问得曾国荃泪水汪汪地，先是悄悄地流，最后终于忍不住号啕大哭起来。

"哭吧，哭吧！这里没有外人，大哥知道你吃尽了苦，你对着大哥把这两三年来所受的委屈、痛苦、劳累，统统都哭出来。"曾国藩边说边拍打着弟弟的肩膀。时间仿佛倒退了三十年，荷叶塘老家，大哥在安慰受了委屈的小弟弟。

过了好一阵，曾国藩才笑着说："好了，哭够了吧！如此盖世功勋落在别人的头上,嘴都笑歪了,身子都飘起来了,哪有我们这样兄弟相对而哭的。"

一句话,说得曾国荃止住了眼泪。外面已摆好了丰盛的接风酒,李臣典、萧孚泗、刘连捷、彭毓橘等人都来作陪。席上杯盏相碰,笑语喧天。曾国藩对李臣典等人说:"想想当初给我当亲兵是如何的寒酸,哪有这样神气的时候,还是跟着九帅好哇!"

说得大家哄堂大笑。曾国荃说:"这次破金陵,他们都立了大功,这都是大哥当年辛勤栽培的结果。"

"这也是天数。"曾国藩换上素日的凝重神色,"当年他们在我身边,也没有想到会有今天这样大的功劳。自古以来,凡办大事,半由人力,半由天命,诸位都要从这方面去想,日后才好和上下左右相处。"大家都胡乱点头,并没有体会到这句话的深远用心。

吃过饭后,曾国藩又在九弟等人陪同下,出城查看地道哨垒,又到信字营、振字营、备字营、刚字营、节字营驻扎之地拜访该营营哨官,向他们祝贺道乏,营哨官们都很感激。回到原侍王府,天已经黑了,吃罢晚饭,曾国荃说:"大哥,今日太累了,早点洗了澡休息吧!"

"你们辛苦了两三年,我这算什么!今夜还有件大事要办。"

"什么大事,非要今夜办不可?"

"审讯李秀成!"

"大哥,明天到大堂上去审吧,我陪大哥审。"

"不坐公堂,就在这个小房子里审讯。"

"那不行。"

"为什么不行?"曾国藩觉得奇怪。

"笼子太大,进不来。"

"什么笼子?"曾国藩惊问。

"李秀成装在大笼子里。"

"哈哈哈!"曾国藩大笑起来,"李秀成又不是老虎,你用笼子装他干什么?"说得曾国荃颇有点不好意思。"你是想用我当年在长沙办匪盗的法子吗?真是有其兄必有其弟!"曾国藩快活起来,"放他出笼子吧,叫个人押来就行了。"

一会儿,李秀成被五花大绑地押了进来。自从咸丰八年复出以来,与此人整整周旋了六年之久，几乎天天在文件中看到他的名字，听部属们谈论他。此人究竟是个什么样的人呢？曾国藩今夜要仔细地看看。站在面前的这个长毛大头领属于中等偏矮的个子，单单瘦瘦的，面孔显得憔悴发白，额头宽广，眉眼细长，好似两道平行的黑线布在脸上，鼻直嘴正，轮廓分明，尽管手脚都已绑得紧紧的，但隐约可见上身在轻微地抖动，看那神色，又不是害怕得发抖的样子。一向喜欢以相度人的曾国藩很难理解，一个长得这样单薄柔弱，尤其是那张嘴唇，竟纤巧得像女人一般的长毛，何以有如此坚忍卓绝的毅力、拔山吞海的气魄？

不管怎样，他毕竟是个人杰！一股爱才惜才之情悄悄地涌上心头。"给他松绑！"曾国藩吩咐。李秀成颇感意外，绳子解掉后，他将手脚随意动了几下，似有一种重新获得自由似的舒服。就在这一瞬间，他抬头把这个不知杀了多少太平军弟兄的曾剃头好好地看了一眼。

"李秀成，本督问你几件事，你都要从实招供，不得胡说。"曾国藩话虽说得严厉，但语气和缓，李秀成不感到有压力。心想，他既然以礼待我，我也以礼待他，于是答道："可以。"

"我问你，咸丰四年守田家镇的燕王秦日纲，后来在船上搜到你们的许多文件，称燕王孙日昌，秦日纲和孙日昌是一人还是两人？"

李秀成注意到曾国藩在称燕王时，没有像曾国荃那样有意改作"燕酋"，也没有在前面加上一个"伪"字，气氛不像是在审讯，倒像是在打听旧事。他爽快地回答："孙日昌即秦日纲，是一人，当时封燕王。"

"林绍璋在湘潭被我军十战十败，此人并无本领，为何封王？"曾国藩仍是询问的口气。

"林绍璋打仗虽无大本领，但他十分能吃苦，有忠心，故天王封他为章王。"李秀成的回答不卑不亢。

"曾天养与林绍璋同到湖南，死于岳州，那人是一把好手，资格又深，何以反比林绍璋权小？"最初与湘军打交道的几个人，曾国藩对他们的印象格外深刻。

"曾天养与林绍璋职位相当，曾天养不识字，年岁大，为人老实，林绍璋聪明，样样晓得，又勤劳，故其权较重。"尽管曾天养战死时李秀成还只是一个低级军官，但起义之初那些火红的岁月，是他一生永远不会忘记的，当时军中高级将领是大家崇拜的偶像，常常谈论，故李秀成很了解。

"石祥祯以后为何不见提起，此人还在吗？"略停一会，曾国藩又问，颇有点聊家常的味道。李秀成觉得与几天前的那次审讯，简直有天壤之别。

"石祥祯后来随翼王西征去了，据说去年与翼王一道被害。"李秀成又松动一下手脚，曾国藩看到他的两条腿在不断地交换抖动。

"我再问你，林凤祥、李开芳、林启容死后都封为王，罗大纲、周国虞、叶芸来也为你们出了大力，为何又没有封王呢？"

这些话问到李秀成的心坎上去了。在这点上，他与洪秀全有重大分歧，也是他最不满意洪秀全之处，尤其是天京沦陷前的滥封瞎封，简直令他愤怒。但在敌人面前，不能指责天王。他想了一下说："这些事很乱，无可说处。"

问过这些多年来在脑子里记忆甚深的人之后，曾国藩不再问往事了。"李秀成，本督问你，金陵克复之前，城里有多少人，多少长毛？"

"阖城军民不过三万多人，我太平军兄弟只有一万余人，而且大部分已病饿倒下，能守城者，只有三四千而已。"作为天京城破前夕的最高统帅，李秀成对当时的兵力了如指掌。

曾国藩听了却很不自在，他用眼角瞄了一下坐在身旁的九弟，只见曾国荃神色更难看，他的报喜信上说，城破前太平军有十多万人，全部杀毙，秦淮长河尸首如麻。曾国藩又将这几句话上报朝廷。如此说来，九弟欺骗了自己，自己又欺骗了朝廷！

"李秀成，你胡说八道！满城都是长毛，为何只有一万余人？"曾国荃愤怒地对着李秀成吼道。

"这些军队都由本王指挥，究竟有多少人，本王岂有不知之理！"对于横蛮不讲理的曾国荃，李秀成毫不相让，俨然以王爷之尊在教训部属。曾国荃讨了个没趣。

曾国藩问的这些事，李秀成基本上都作了令他满意的回答，这使曾国藩想到李秀成是可以争取的。沅甫说李秀成顽梗不化，显然是因为他的凶暴态度所致。像李秀成这种人，严刑拷打，甚至以死威胁都不可能使之屈服，关键在于设法打动他的心。目前金陵虽已攻下，但长毛在江西、浙江、福建一带还有一二十万人马，伪幼主并未捉住，很可能没有自焚而是逃出去了，倘若这些人联合起来辅佐幼主，继续与朝廷对抗，那仍是很可怕的事。不如利用李秀成的地位和影响，使金陵城外的长毛放下武器，投降朝廷。对！从攻心入手。

"李秀成，本督听说洪秀全虽封你为忠王，但骨子里并不认为你忠于他，时刻提防你，既然如此，你为何还要拼死为他卖命呢？"

曾国藩的这个提问使李秀成惊奇：曾妖头为何了解得这样清楚？久闻此人远胜清妖其他文武官员，果然名不虚传。李秀成想了想说："我主有大过于人之处，非我辈所能及。他封我为王，有大恩大德于我，虽对我有所怀疑，但我还是应该忠于他。我这是愚忠。"

曾国藩听了满意。暗思此人竟然懂得愚忠二字，还算得上一个有情有义的人。他忠于洪秀全，洪秀全死后，他又忠于其子，假若洪的儿子也死了，他岂不没有忠于的对象了？

"李秀成，你陷于贼中十多年，身为贼首，罪恶极大，但刚才如你所说，你是出于对洪秀全的一片愚忠，本督可以理解你的心情。现在本督要郑重告诉你，洪秀全的儿子洪福瑱……"

"幼天王不叫洪福瑱。"李秀成打断曾国藩的话。

"不叫洪福瑱，叫什么？"曾国藩吃了一惊，暗思：以往向朝廷上报的所有奏折都称伪幼王为洪福瑱，难道把他的名字都弄错了吗？

"幼天王小名叫洪天贵，前两年老天王给他加个福字，从那以后，幼天王的名字就叫洪天贵福。老天王升天后，幼天王登极，玉玺上的名字下横刻真主二字，致使外间误传为洪福瑱。"

"看来真的错了。"曾国藩想，继续说下去："本督郑重告诉你，你的幼主已死于乱军之中，现已传首京师。"

"幼主已死了？！"李秀成惊讶了一下，很快也就平静了。这几天他一直惦记的便是幼天王，对曾国藩说的这个消息，他想想也不应该感到意外。幼天王才十六岁，自幼长在深宫之中，被几十个王娘当作太阳月亮似的捧着，不会骑马，更不会舞刀射箭，在凶恶的追兵威逼下，被杀、自杀都是有可能的。不过，他心里仍然悲伤，深责自己辜负了天王的托孤重谊。

"李秀成，你的幼主以及他的几个弟弟都已死，洪秀全一家已绝了，你还忠于谁呢？你打算愚忠洪仁玕吗？"曾国藩的态度显得更加温和，李秀成低头没有回答。是的，老天王死了，幼天王也死了，忠于哪个呢？今后若是拥立新主，很有可能是洪仁玕，但李秀成却不愿意忠于他。见李秀成沉默不语，曾国藩已看出他的心思，便更和蔼地说："李秀成，本督既恨你作恶多端，又爱你是个人才，本督一向爱才重才，倘若本督向朝廷申报，饶你不死，你肯归顺朝廷吗？"

李秀成一听这话大出意外，一时不知如何回答是好。坐在一旁久不开口的曾国荃也没有想到大哥会说出这样一句话来。他对曾国藩说："大哥，李秀成杀了我湘军成千上万弟兄，饶不了他！不必再跟他啰唆了，杀了干脆！"

"九弟。"曾国藩微笑着对弟弟说，"人才难得呀！洪秀全前前后后封了两千多个王，我看真正能打仗的，前期只有一个石达开，后期只有他李秀成了。"

李秀成听后，无端地冒出一种欣慰之感。李秀成正是这样看待太平天国的众多将领的，他服的只有一个石达开。但天国朝野却普遍认为最会打仗的，第一要数东王杨秀清，第二才数翼王石达开，第三数英王陈玉成，李秀成只能坐第四把交椅。今天李秀成终于发觉，这个与自己死战多年的曾妖头竟是知音！既然幼天王已死，自己对老天王的忠诚也就到此结束了。天京的陷落，将天国的元气已打散，幼天王这一死，意味着群龙无首，洪仁玕不足以号令全军，其他在外的将领如侍王李世贤、昭王黄文英、来王陆顺德、戴王黄呈忠、沛王谭星、听王陈炳文、康王汪海洋、宁王张学明、奖王陶金会、凛王刘肇钧、利王朱兴隆这些人，在目前这样军事险恶、人心已散的局面下，没有一人可以领袖群伦。从金田村烧起的这把火，烧到今天，已成余烬了。既然曾国藩如此看得起，且将这身本领再酬知已如何？刚刚这样一想，李秀成又觉得这念头太可耻了。难道今后率领清妖去打与自己一起浴血奋斗、患难与共的弟兄？难道去做一个被子孙后代骂作猪狗不如的叛徒？不！死也不能做这种人！

凭着几十年的阅人经验，尤其是审讯所抓获的太平军将领的经验，曾国藩对眼前一言不发的李秀成的心理活动，已猜着了七八分。

"李秀成。"曾国藩完全换成一种平等相待的口吻，"本督知你不愿为朝廷出力，怕遭过去伙伴的唾骂，本督不为难你，倘若你能为本督劝告金陵以外的大小长毛放下刀枪，不再抗拒，本督将可以送你回广西老家，并传谕将士不杀你的老母妻儿,让你一家团聚,长做朝廷良民。"

李秀成陷入深深的沉思:眼下太平军被打得七零八落,官兵杀红了眼睛,继续打下去,散落在外的二十余万弟兄必然会被官兵斩尽杀绝。若是曾国藩能做到不杀放下刀枪的弟兄,岂不可以挽救他们的性命?自己纵然被弟兄们误解,被后世错责,也是值得的,这颗仁爱之心总会有人理解,何况还可以换来老母幼子的性命!

李秀成对母亲有深厚的感情。他出生在广西滕县五十七都大黎里一个贫寒的农家,兄弟二人,父亲体弱多病,家里全靠母亲一人支撑。为了让李秀成有点出息,母亲跪在娘家堂兄面前,为儿子求情,请堂兄教儿子识几个字。李秀成断断续续在堂舅那里读了三年书,母亲也就为他家做了三年女佣。李秀成永生不能忘记母亲的这个恩德。以后他参加太平军,升了官,将母亲从滕县接出,总是把老人安置在最保险的地方,住最好的房子,吃最好的东西,对母亲毕恭毕敬,百依百顺。李秀成直到近四十岁尚无亲生儿子,大前年,何王娘为他生了一个儿子,他把这个亲儿子当作心肝宝贝。这些天来,他除开想念幼天王外,就是牵挂着老母幼子。如果曾国藩真的讲信用,今后带着老母幼子,回到滕县老家,做一个自耕自食的普通百姓,今生今世再不过问一家之外的事。既挽救了二十余万弟兄的性命,又不为清妖朝廷做一点事,这不能算作叛徒吧!李秀成觉得自己的这个决定是对的,是无愧于天王,无愧于太平军弟兄的。李秀成心里坦然了,踏实了,精神充足了。他恢复了往日的神态,抬起头来,平静地说:"老中堂,放下刀枪的弟兄,你能保证不杀他们吗?"

"老中堂"三个字,使曾国藩暗自惊喜:这不分明表示他已愿意投降了吗?

"只要放下刀枪,本督保证不杀!"曾国藩赶忙回答。

"两广过来的老兄弟也不杀吗?"李秀成追问。在往日的战争中,湘军也曾宣传过不杀降人,但对两广人例外,这使两广老兄弟更加铁了心,与湘军打到底。

"两广老长毛也不杀。"曾国藩立刻答复。

"你能保证找到我的老母幼子吗?"李秀成又问。

"本督下令所有追杀的官军,务必保护好你的母亲和儿子,你可放心。"

曾国藩的答复使李秀成很满意："如此,李秀成愿意归顺朝廷。"

"好!"曾国藩十分满意,站起来走到李秀成身边,看到被曾国荃割去了两块肉的左臂在化脓腐烂,便对曾国荃说:"叫一个医师来,给他的伤口上药包扎,每天茶饭要按时供应。"

曾国荃点点头,对大哥今夜的审讯很是佩服。

"谢老中堂厚恩。"李秀成完全换成了一个降人的口气。曾国藩刚要转身离开,门外忽然走过两只大白灯笼,灯笼后面是一个双手被捆的汉子,汉子后面是两个执刀的士兵,再后面是一个穿着浅白湖绸长袍的师爷。

"惠甫,你上哪里去?"曾国藩叫住了长袍师爷。

"中堂大人、九帅。"赵烈文迈进门槛,行了一礼,"刚才和庞师爷一起提审了长毛头子伪松王陈德风。"

"就是那个早想投诚的陈德风?"曾国藩问。

"正是。"

"叫他进来!"

陈德风被押了进来,一眼看见李秀成站在那里,赶紧走前两步,在李秀成面前长跪请安,口中叫道:"忠王殿下……"说着泪如雨下,磕头不止。李秀成抱着陈德风的双肩,神情黯然。两双眼睛对视着,似有万千之言而无从说起。曾国藩在一旁看了,心头一跳,暗想:李秀成已是我的阶下之囚,陈德风居然敢于当着我的面,在刀斧监视之下向李秀成行大礼,这李秀成在长毛中的威望可想而知。不能怪沅甫把他装在笼子里,他可真是一只猛虎哇!假若再将此人释放回广西,岂不是真的放虎归山?到时只要他振臂一呼,那些暂时放下刀枪的旧部,就会再聚集在他的旗帜下!不能放他,此人非杀不可!他那双榛色眸子里又闪出了凶狠凌厉的光芒。

"李秀成、陈德风,此是何等地方,岂容得你们放肆!"曾国藩喝道。他本想审问陈德风几句,现在亦无心思了,遂命令押走。陈德风走到门口,又回过头来,带着哭腔对李秀成说:"殿下多多保重,恕小官不能侍候了。"

"你走吧,自己多保重。"李秀成无可奈何地挥了挥手。

"李秀成!"曾国藩的口气分明严厉多了,"从明天起,你要老老实实地写一份悔过书,本督将视你的悔改态度申报朝廷,你要明白此中的干系!"

五　洪秀全尸首被挖出时，金陵城突起狂风暴雨

第二天，囚禁在木笼里的李秀成的待遇得到改善。手脚不再捆了，左臂也上了药，饭可以吃饱了，由于天气炎热，还特为给他摆了一个盛满凉水的瓦罐和一只泥碗。另外，木笼里还添了几样东西：一条小凳，一张小几，几上摆着笔墨纸砚。李秀成坐在凳子上，一边慢慢磨墨，一边对着砚台凝思。

昨夜回到木笼里，李秀成又深深地思考了大半夜。鉴于几条基本认识，他越来越觉得自己的想法是对的：一是幼天王凶多吉少，很可能真的死了；一是太平天国元气已丧尽，包括自己在内，没有一人能重振当年雄风；一是劝弟兄们放下武器，以免无谓的牺牲，不是叛变。识时务者为俊杰，自己能看清眼前的时务，仍不失为俊杰。不过，李秀成也不轻易相信曾国藩。这个诡计多端、心毒手辣的老妖头是什么背信弃义的事都可以做得出来的。昨夜，当陈德风抱着他流泪的时候，李秀成偷眼看了一下曾国藩。只见他面孔阴冷，眼中流露出一股杀气。这更使得李秀成不敢相信曾国藩了，看来自己的性命不一定能保得住。

对于死，李秀成不害怕。从参加太平军那天起，他就抱定随时为天国献身的决心，何况天国已成就了这样一番建都立国的伟业，自己身居如此崇隆的地位。此生已足，死有何惜！太平军中读书识字的人犹如凤毛麟角，就是在朝中掌大权的人，能将自己的思想用文字准确表达出来的也不多。过去忙于打仗，李秀成没有想到要写回忆录的事，天王也不重视这事。现在天王已死，与天王一同起义的人大半凋零，天国也行将彻底覆没，这样一场波澜壮阔，震古烁今，历时十四年，波及十六省的汤武革命，难道就让它无声无息地消失了吗？作为一个最早参加金田起义的老弟兄，作为天国后期的主要领袖，时至今日，李秀成认为将这十几年来亲历亲见亲闻的大事记下来，传给子孙后代，已是自己不可推卸的责任了。很可能这就是生命的尽头了，他决定利用这个难得的机会，写成一份详细的自述，以对天王负责，对天国负责，对后人负责的态度，将往事真实地、不带任何成见地记录下来。他以一贯的过人毅力，强忍笼中的酷热，强忍左臂化脓腐烂的剧痛，强忍身为囚犯的耻辱，强忍自身的一切痛苦，迫使脑子冷静下来。眼前仿佛又燃起连天烽火，耳畔又响起动地鼙鼓，千万匹战马在奔驰，无数面旗帜在飘舞，那些铭

心刻骨、永生不忘的往事,一件件、一桩桩又浮上心头。他文思泉涌,笔走龙蛇……

几天来,曾国藩被弄得晕头涨脑。每天一早,曾国荃就把大哥拉出去,到城内城外遍访各营。所到之处,都令曾国藩忧虑重重。但见这些胜利者们一个个都像疯子一样,酒气冲天,秽语满口,打着赤膊,有的甚至连裤衩都不穿,三个五个在一起赌钱打牌,每人屁股上都吊一个沉甸甸的钱袋。有一个营为一个女人,几十个湘勇竟然火并起来。沿江边密密麻麻地排列着几百号小民船,别人告诉曾国藩,这些小民船每只上都有一个年轻的女人,一到傍晚,湘军官勇就像苍蝇逐臭一样地往船里钻。曾国藩听了胸堵气闷。今天在回来的路上经过李臣典的营房,曾国藩顺便去看看。门一推开,只见李臣典赤身裸体睡在床上,房子里有七八个女人,都光着上身,床上还睡着一个,通体上下,一丝不挂。曾国藩本想大骂李臣典一顿,想起康福已死,他是第一个冲进金陵的大功臣,便悄悄退出门去。

康福死于金龙殿前,这事是李臣典告诉曾国藩的。但奇怪的是,打扫战场时,却不见康福的尸体,而从那以后,大家再也见不到康福了。曾国藩相信康福已死。他想起康福跟随自己十三年来,忠心耿耿,屡立奇功,又多次舍命相救,却没有得到朝廷的一官半职,心里很觉得惭愧。他和九弟商量,康福虽死,但作为第一个冲进城的人,还是应该为他请第一功。曾国荃不同意,说人都死了,不如赏活人作用更大。他看出弟弟的心思,也就不再争了。心里决定:今后要在沅江为康福建个祠堂,亲去凭吊,再做块"义士康福"的匾挂在祠堂上;过几年待他儿子大了,要为之寻一个好师傅,悉心教育成才。以此来告慰康福的在天之灵。

金陵城内,到处是残砖碎瓦、余火未尽。天王宫的大火仍未熄灭,今下午西北角好像又烧得旺盛起来了,每天都有成百上千的湘军在天王宫废墟上翻来刨去,也有人的确从中挖出了金银珠宝,但大部分人都没有寻到什么值钱的东西。十五六岁以上、五十多岁以下的女人已被抢尽。城里没有了,这几天都跑到方山、青龙山等地去搜捕,弄得人心惶惶,避湘军胜过避匪盗。所有这一切,令曾国藩焦虑万分。他担心金陵城里再这样胡闹下去,一定会祸起萧墙。但打金陵的第一号功臣曾国荃却满不在乎,他成天泡在恭维声和杯盏声中。

"九弟,还有一件大事没办。"

"什么事?"曾国荃望着大哥,两眼通红。

"洪仁达招供洪秀全尸首埋在御林苑里,还没有验看哩!"

"这还要验看吗?"曾国荃对此很疑惑,"我审讯了不少长毛头领,都说伪天王在两个多月前就死了。假若没死,哪会有幼天王?"

"我也相信洪酋一定是死了,但人死要验尸,这是常识。日后有一天朝廷问起,说验尸了吗?将作何回答?还有,"曾国藩严肃地对弟弟说,"长毛是否会耍金蝉脱壳计呢?假装死了,实际偷偷地出了城。这种可能性虽不大,但没验尸,万一今后有人硬要这样说,怎么办?"说到这里,曾国藩有意停了一下,轻轻地拍着弟弟的肩膀,意味深长地说,"老九,打下金陵,功劳盖世,称赞的不少,眼红的也不少啊!"

曾国荃似有所悟:"过些日子有空,我去验一下。"

"还能过些日子吗?"曾国藩说,"现在天王宫废墟上那么多人在捡宝贝,你想过没有,他们很有可能是想挖洪酋的坟墓,企望从他身上获取奇珍异宝。真的让他们挖到时,你还验什么尸呢?"

"那现在就去!"曾国荃说走就要走。

"慢点。"曾国藩扯住弟弟,"明天去。今天你先叫彭毓橘带一千人将天王宫外面包围起来,把废墟上的人统统赶出去,然后再派人分头去请雪琴、厚庵等人前来,大家一道去验看。戈登早两天到了秣陵关,也把他请来。他是洋人,说话别人相信。另外,再贴一道告示出去,各营必须整肃军纪,不准再酗酒、赌博、斗殴、抢女人!"

第二天午后,洪仁达被押到天王宫。先前雄伟壮丽的天王宫,而今已变成一片瓦砾场,洪仁达左找右找,好不容易才找到御林苑。它已被破坏得面目全非,桂花树也不知到哪里去了。洪仁达沮丧地站着,不能指出洪秀全的葬地,口里喃喃地念道:"找到黄三妹就好了,她找得到。"

"黄三妹是谁?"曾国藩问洪仁达。

"黄三妹是老三的女官,聪明能干记性好,那天夜里她也在场。"洪仁达依然木头似的站着,眼睛茫茫然四处张望。

"沅甫,你知道伪天王宫里的宫女都到哪里去了吗?"曾国藩问弟弟。

"伪天王宫的宫女投井、上吊的有好几百,据说是有个叫黄三妹的,正要上吊,被士兵们抓住了,后被李祥云要了去。"

"快去叫李臣典把黄三妹送来。"曾国藩皱着眉头说。

一会儿工夫,黄三妹用快马驮来了。是一个三十岁左右的女子,姿色极普通,她一句话也没说,很快就找到了桂花树原址。曾国荃命令士兵们往下挖。这时,天王宫上空突然布满乌云,天色开始晦暗起来。

挖了五六尺后,出现一个雕花深黑色长大木柜,士兵们用绳子把这个大木柜吊了上来。木柜钉得很严实,几个人费了很大的劲才把木柜撬开,果然见柜子里躺着一具尸体,从头到脚都用明黄缎子包裹着。兵士们把它从柜子里扯出来,打开外面的黄缎子,又见一层红缎子,再打开红缎子,露出一身白缎子,将白缎子打开,里面终于露出一个人来。黄三妹突然疯了似的冲到尸首面前,跪下喊道:"天王陛下,你带我一起升天吧!"喊完,大声哭起来。

洪仁达站在一旁哭丧着脸说:"老三啊,我们真苦呀!"

曾国藩走近一步仔细查看,只见洪秀全身上穿了一件绣着红日海水飞龙黄缎袍,脚穿白底乌缎长靴,头上包的纱巾已散了,露出一个秃顶,双目微闭,面皮干瘦,下巴上留着稀疏的胡须,全是白的,看那样子总在六十岁以上。曾国藩高声对大家说:"诸位都看清楚了,这就是扰乱我大清江山、神人共愤的长毛伪天王洪秀全。"彭玉麟、杨岳斌和其他营官都走近看了一眼。曾国藩又特地对戈登说:"看清楚了吧,这就是贼首洪秀全。"

"他是个老头子。"戈登微笑着说。

"彭毓橘!"曾国荃高喊,"你带几个兵士把洪酋尸体扛到江边,浇上油烧掉!"

曾国荃话音刚落,随着一道闪电划过,头顶上忽然响起一声炸雷,仿佛落下一颗重型开花炮弹。紧接着又是一声,一连响了五声炸雷。围在洪秀全尸体边的湘军将领们莫不惊恐万状。曾国藩脸色惨白,他觉得这几个炸雷是冲着他打的。

黄三妹对天大叫:"苍天呀,你有眼睛啊,你有眼睛啊,多打几个炸雷,炸死这些畜生吧!"

"你这个贼婆娘!"曾国荃气得脸色发乌,刷地抽出刀来,猛地向黄三妹刺去。黄三妹倒在洪秀全的尸体上，热血喷泉般涌出，将白缎袍染得鲜红。洪仁达目睹这一惨象，吓得全身抖个不停。

乌云越积越密，天完全黑下来了。"大哥，马上有大雨下，我们赶快走！"曾国荃拉着曾国藩刚走出天王宫，豆大的雨点便直向脸上打来，转眼间金陵城大风骤起，大雨滂沱，电闪雷鸣，天昏地暗，刚才还是暑气蒸人，一下子阴冷了。被雨淋湿的湘军将领们，个个身上起了鸡皮疙瘩。躲在小屋檐下的曾国藩，面对着天气的突变，心中惊惧不已。他不明白，为什么对这个造反贼首的掘墓焚尸，会招致天心如此震怒！

六　宁肯冒天下之大不韪，也决不能授人以口实

这些天来，李秀成以每天约七千字的速度在木笼里书写自述。每到傍晚，便有个兵士将他当天写好的纸全部拿去。第二天一早，便又拿几张同样的纸来。这些纸都是一色的黄竹纸，约五寸宽、八寸长，分成三十二行，对中折为两页，中缝处印有"吉字中营"四个字。李秀成写好的自述全部送到了曾国藩那里。这些天他忙得无片刻安息，桌上已积压七八十页了。今天他摒弃一切琐事，要专心致志地审阅一番。李秀成的字写得很潦草，错别字很多，曾国藩看起来很吃力。这两年他的视力是越来越不济了，右眼时常疼痛，视力极差，左眼也大不如从前。他找来一只西洋进口的放大镜，一个字一个字地看，有些字，还得费神去猜测，结果弄得速度很慢。直到深夜，三万多字的供词还有四五千字没看完，已是头昏眼花，实在坚持不下去了，他走出签押房到后院散散步。院子里凉爽，人也觉得舒服些。

李秀成的自述，从天王出生写起，其中包括创办拜上帝会，与杨、冯、萧、韦、石在金田村起义，一路打永安、打长沙、打武昌，最后打下金陵，建都立国；而后写自己的身世，如何参加起义军以及这些年来的战功；再写六次解天京之围的经过和经营苏州、常州的政绩，接着写天国最后几年国势颓败及其原因，最后写自己如何为天王尽愚忠等等。一个仅读过三年私塾的人能把太平天国这十几年的军国大事，以这样简短的篇幅井井有条地写出来，曾国藩读着读着，常常发出感叹。记忆超人、才华出众、处事精明、用兵神妙、忠于主子，这些方面，都是世所罕见的。这样的全才将领，不要说

八旗、绿营找不出，就是在湘军里也找不出一个，曾国藩甚至觉得自己在这些方面的总和上，也不如李秀成。可惜呀，可惜一个旷代之才误投黑暗！尤其在读到"今天朝之事已定，不甚费力，要防鬼反为先"一句时，曾国藩禁不住放下纸来，为之沉思良久。

在后院转了几圈后回到房里，曾国藩仍无睡意，又将李秀成的自述继续读下去。忽然，几行字跳进他的眼帘，引起他的注意："天京城里有圣库一座，系天王的私藏，另王长兄次兄各有宝库一座，传说里面有稀世珍宝，但我未见过。"曾国藩被这几行字弄得大为不安起来。早在几年前人们就在传播这样一句话：金陵被长毛建成了一个小天堂，里面金银如海，财货如山。因此引起许多人垂涎，当年和春、张国梁等人之所以拼命围城，据说就是想得到这笔财产。昨天，在曾国荃的陪同下，曾国藩到了朱洪章的营房。进得门来，里面闹哄哄的一片，三四个大箱子敞开着，珍珠银钱、绫罗绸缎撒满一地。见了曾国藩兄弟进来，大家吓得不知所措。朱洪章忙将一个朱红大箱的盖子盖好，一屁股坐在上面，望着曾国藩傻笑。

"朱镇台，你们在干什么？"曾国藩已知七八分，正要教训几句，曾国荃忙岔开说："朱镇台，你们玩得好起劲哟，连箱子都拿来当赌注了。"朱洪章"嗯嗯"两声后反应过来了，离开箱子站起，仍旧是傻笑着说："中堂大人，不知您老驾到。过两天卑职专备一桌薄酒，请您老赏脸。"

"好，好！你说话算数，过两天我和中堂再来赴宴。"曾国荃打着哈哈，边笑边把曾国藩拉出了大门……

是的，金银财宝——长毛的金银财宝，沅甫对它是如何处置的呢？到金陵这些天来，一直没有工夫和他细谈这事。"荆七！"曾国藩喊。王荆七过来了。"你去请九爷过来。"

"老九，李秀成的供词，我看完了大部分，你抽空也看看。"待国荃坐下后，曾国藩将李秀成的自述扬了扬说。

"这会子哪有这个闲工夫。"曾国荃以一种鄙夷的态度说，"一个不通文墨的绿林草寇，能写个什么东西出来！"

"老九，李秀成虽读书不多，但条理清楚，识见有大过人之处，就是你我兄弟，论个人的才情，也未必能超过他。"

"大哥你把他抬得过高了。"曾国荃冷笑道。

对于这个亲弟弟,做大哥的是再清楚不过了。漫说一个被他打败的长毛头领,就是当今公认的高才左宗棠、彭玉麟、李鸿章等人,他也不放在眼里。现在立此大功,更是洋洋自得目空一切了。这一点令曾国藩深为忧虑。他知道不可说服,便指着刚才那段话说:"你看李秀成说的什么。"

曾国荃将这页纸拿过来看了看,脸色有点不自在:"什么圣库、宝库,我们都没有见到。"说着将纸往桌上一甩。

"老九,这几天忙得昏头涨脑,我忘记问你了,城破前,你有没有对将士们说过,不准将金银财宝据为私有?城破后,有没有采取些必要措施来保护?"

"没有。"曾国荃答得干脆。

曾国藩心里很不是味道。要在先前,他马上会黑下脸来重重地说几句,现在,他从心里感谢弟弟为他挣了这样大的脸面,也怜悯弟弟攻城辛苦。略停一下,他仍以和悦的态度问:"老九,外间早已哄传金陵城里金银财宝是如何如何地多,城破后那几天虽没来得及保护,现在还可以下令封存。"

"大哥,你来金陵前我就下过令了。"曾国荃懒洋洋地说,一副不大乐意的样子。

"那就好,那就好!"曾国藩忙赞扬。

"但各营都来报告,说并没有看见长毛的什么财产,小天堂啦,金银如海啦,都是假的。"

"假的?"曾国藩大吃一惊,"如山如海,当然过头了,完全没有是不可能的,我担心的是刚进城的那几天一片混乱,金银都入了各自的腰包。"

"大哥说得有道理。"曾国荃的态度开始认真起来,"长毛经营了十几年的伪都,要说它全没有金银财宝,鬼都不相信,这些营官的话还能瞒得过我吗?我心里明白,一定是他们入了私房。不过我没有讲他们,说声'没有就算了'!"

"不追查不行,你要知道,朝野内外多少人在盯着这笔财产,户部早就传下话来,要靠这笔钱来发欠饷。就是我,也等这笔钱来给鲍超、张运兰、萧启江他们发欠饷,都欠了好几个月了。鲍超霆字营有五个月没发饷了,那天我要他沿伪幼主南逃路线跟踪追击,他还不情愿,想守着金陵这座金库分钱,我答应他就这个月补齐,他才走。"曾国藩说的都是实情。

"户部等金陵的钱来发欠饷！"曾国荃冷笑一声，"他们那些大人老爷们自己为何不来打？"

"老九，你这话过头了！"曾国荃盛气凌人的态度，使得曾国藩忍不住有点生气了。

"怎么是过头呢？大哥。"曾国荃不以为然地说，"户部大人老爷们坐在京师安享清福，他们哪里知道我们的苦啊！"曾国荃说着激动起来，"弟兄们舍生忘死打金陵，到底图的什么？说是为光复皇上的疆土，皇上也应该领情，论功行赏才是！大哥，这些年皇上是怎样赏我们的呢？我吉字营五万将士，积功而保记名提督的有三百多人，记名总兵的八百多人，记名副将的一千多人，其余准保参将、游击、都司、守备、千、把的加在一起总有万多，实缺有几个呢？全部加起来总共只有五人。大哥，只有五人呀！"曾国荃两只眼睛像不甘瞑目的死人一样，直瞪瞪地望着大哥。曾国藩觉得这两道目光如此阴冷，如此凄厉，使他身处三伏之中，直觉通体冰凉。"没有实缺，空衔顶屁用！一万多人排队轮着等缺，只怕是排到虱孙灰孙都排不到，至于没有得到保举的弟兄们，连这个想头都没有。大哥，吉字营并不比霆字营好多少，弟兄们也有两三个月没有发饷了，大家眼瞪瞪地就望着这个小天堂，才那样拼着老命去打呀！朝廷对我们这般薄情，现在弟兄们自己打下金陵，从战利品中取点东西，有什么不可以呢？我这个统帅还忍心去追查吗？那天朱洪章营房箱子里全是金银珠宝，我明明知道，也只能装作不知，让他们去分了。"

这番话，说得曾国藩竟无言以对，停了好长一会，曾国荃才缓过气来，以平和的口气说，"户部要钱我不理睬，心安理得，大哥要钱不能给，我心里不安。不过，大哥你也别太心软了，鲍超、张运兰、萧启江他们各有各的路子，哪一个不是打下一城就大抢大掠的，把个城池弄得像笸子箩过一样？大哥不要听他们叫苦，鲍超那家伙我知道，霆字营再有五个月不发饷也饿不死人。以后朝廷来问也好，别人来问也好，大哥只管说金陵城空荡如洗，吉字营一两银子也没得到。"

"要我说金陵城无金银可以。"曾国藩虽不赞同弟弟这番话，但他觉得没有更多的理由可以说服他，那些廉洁、报国等大道理，眼下对这个吉字营统帅来说，都是不起任何作用的空话废话，而对于五万吉字营将士来说，更简直如同放屁一般，不但不会激发他们的忠心，反而促使他们对朝廷的更加愤慨。"但李秀成已说了，金陵城有圣库、宝库。"

"他说他的，他说有什么用！"曾国荃似乎从来没有把李秀成当个什么角色。

"怎么没有用？他若当面对朝廷说起这话，不就坏了大事！"

"怎能让他去瞎说呢，给他一刀，不就完事了。"

"没有这么简单，沅甫。"曾国藩望着弟弟，微微摇了摇头，"朝廷已知抓了李秀成、洪仁达，我想十之八九会要将他们押到北京去，由刑部鞫讯。"

曾国荃感到事情严重了，尤其是洪仁达，他不但会讲出圣库、宝库的事，还一定会讲出御林苑的珍宝事。那一夜，曾国荃带了几个心腹，偷偷地在御林苑牡丹园挖出三坛子奇珍异宝，这些珍宝若换成银子，曾氏家族十辈八辈子都用不完。

"明天就将李秀成、洪仁达凌迟处死！"曾国荃坚决地说。

"怕不行吧！"曾国藩轻轻地说，"上次奏折上说，是献俘还是就地处决，等圣旨决定。"

"大哥！"曾国荃刷地站了起来，以不容分说的强硬口气说，"决不能因这两个跳梁小丑坏了我吉字营五万将士的大事，我曾国荃宁肯冒天下之大不韪，也不能授人以口实。李秀成、洪仁达是我提的，明天由我下令处决。今后有天大的干系，大哥你只管往我身上推就是了！"说罢，也不跟大哥打招呼便出了门。曾国藩在心里叹了一口气，以无声表示同意他的处置。

不献俘，今后可以用李秀成并非元凶，援陈玉成、石达开的成例，还可用怕途中绝食或被抢夺等话来搪塞。但李秀成的供词是一定要上报的，类似这样的文字，怎能让朝廷看见呢？曾国藩拿起笔来，把"圣库"那段话涂掉了。

经这番折腾，曾国藩的审阅更仔细了，才看了几页，不对头的话又出来了："心有私忌，两家并争，因此我而藏不住，是以被两个奸民获拿，解送前来。"这怎么行呢？曾国藩记得在给朝廷的报捷折里写的是："伪忠王一犯，城破受伤，匿于山内民房，十九夜萧孚泗亲自搜出。"倘若李秀成这几句供词让朝廷知道了，不仅萧孚泗的功劳没有了，自己也犯了欺骗朝廷、贪功为己有的大罪，他提笔将"是以被两个奸民获拿"九个字改为"遂被曾帅追兵拿获"。再读下去，曾国藩不由得惊呆了，只见李秀成赫然写道："罪将谢中堂大人不杀厚恩，愿招集大江南北数十万旧部归中堂统率，为光复我汉家河山效力。"这个该死的囚徒，这不是教唆我去造反吗？哪里是感激我的厚恩，分明是送我上断头台！他将这一句话狠狠地涂掉了。过一会又觉不妥，干脆用剪刀剪下来，放在灯火上烧了。随着字条化为飞灰，曾国藩全身都酸软起来，两眼昏花发痛。这才意识到天已快明了，遂将几十页供词叠好，郑重锁在竹箱里，决定明天再仔细地一字一句地从头看一遍，凡不合适之处都要涂掉，有的干脆整页烧掉算了！

曾国藩疲惫不堪地躺在床上，却又不能入睡，一时忽然想起逃走在外的洪天贵福，心中很觉不安。没有抓住这个长毛幼天王，毕竟是老九的最大疏漏，他一定是南逃了，会去江西找李世贤，沿途必将经过李鸿章、左宗棠、沈葆桢的地盘，若是半途死亡，倒也罢了，倘若被李、左、沈等人抓住，岂不白白让他们捡了一个大功！老九呀，老九，你是被打下金陵城的胜利冲昏了头脑，还是被小天堂的财宝迷花了心性，当时为何不将缺口守住？得知主犯逃走后，为何不派得力人马去追赶？而现在，这一切都晚了！

七　争夺幼天王

事情果如曾国藩所料，就在金陵城内审讯李秀成的同时，从苏南到赣北，一场争夺幼天王的激烈战斗正在进行。

李秀成被捕几天后，萧孚泗部下一个什长，将这个惊人的消息告诉了驻扎在湖熟镇的一个淮军酒肉朋友，又根据自己的揣摩对这个朋友说，随同李秀成出城的人中，必定有许多长毛大官，还有大批金银财宝。这个淮军是个有心计的人，他连夜将这一重要情况禀报统领李昭庆。正对吉字营眼红得要命的李昭庆一听，喜得心花怒放，随手赏给他一锭七两多重的银子，叮嘱他千万不能再说出去。第二天，李昭庆快马加鞭到了常州。李鸿章住在城内原太平军护王陈坤书的府里。

"二哥，这可是一批漏网的大鱼呀！你说怎么办？"报告情况后，李昭庆兴奋地问。

"是的，说不定中间还混有鱼王哩！"李鸿章也按捺不住内心的喜悦，站起来,在屋里快步来回走着。

"二哥,你是说,长毛的小天王有可能夹在这批人里?"

"很有可能!"李鸿章摸着下巴答道,两眼射出光彩。

"你怎么知道?"李昭庆颇为奇怪。

"老三派在金陵城里的细作传出信来,说曾老九没有抓到小天王,连洪仁玕都没抓到。看来,他们是混在这批人中间逃出了城。"李鸿章边说边走到大挂图边,凝神端望。

"哦!"李昭庆点点头,心想:原来金陵城里还有淮军的细作,这事怎么从不见二哥三哥说起?

"老六,你过来一下。"

待李昭庆走到挂图边,李鸿章以手指画着图纸说:"现在的情况是,苏南已被我淮军肃清,浙江大部地方也由左季高的楚军收复,苏浙一带虽有长毛的零星部队,但不可能成气候,能构成影响的是麇集在赣东北的伪侍王李世贤和伪来王陆顺德,据说他们拥有十多万人马。"

"这样说来,逃出金陵的这批长毛,很可能会去江西与他们会合。"李昭庆不待他的二哥说完,就急忙发表自己的看法。

"是的。"李鸿章的语气极为肯定。

"我带弟兄们去拦截!"李昭庆迫不及待。他心里想,若是有幸抓到小天王,那自己顷刻之间便名扬天下了。

"应立即去拦截,去晚了,这批大鱼就会落到左季高、沈幼丹他们的手里。"李鸿章眯起眼睛盯着挂图,"不过,由方山南逃去江西,有两条大道,一是往西走秣陵镇,一是往东走隆都。你带八百弟兄,轻装疾行,迅速赶到安徽太平府,从那里将长毛截住,东边一路,叫老三去堵。"

"好,我即刻回湖熟调人。"李昭庆说完就要转身。

"慢点。"李鸿章拍着六弟的肩膀,郑重地说,"若是发现了小天王,要千方百计抓活的。抓到后,就押送到常州来,我再为你上一道奏章,请求在京师举行隆重的献俘仪式。"

"但愿这个幸运落到我的头上!"李昭庆说完出了门,跨马扬鞭,向北飞奔。

从太平门缺口侥幸逃出的这支太平军，自从失去李秀成后，便由干王洪仁玕负起指挥全军的担子。危境中的洪仁玕头脑异常冷静，他深知这支军队决不能打仗，它的任务是尽快护送幼天王到江西，与李世贤会合。这样，分散在赣、浙、闽一带的太平军，就有了名正言顺的领袖，就会再团结起来，天国的旗帜也就不会倒下。眼下人员虽有两千出头，但受伤生病的过半，严重地拖住了全军的速度，若不迅速赶到江西，则随时都有可能被追兵或沿途官军抓获，且两千人的队伍，寻找食物也是一个很大的问题，必须将伤病员留下。洪仁玕与林绍璋等人商议，大家都有同样的看法。经过一番苦劝之后，伤病员被说服了，又留下一些无伤病的人，以便照顾。这样，部队只剩下五百人了。

干王将这五百人重新做了一番整顿组织，安排二十个本事高强的年轻人专门保护幼天王，又安排十个人看护两个小王娘，再安排五十人负责寻找食物。又叫大家统统脱掉官军衣帽，换上百姓衣服，只是头上的长发一时无法剃，便都用各色布裹着。为确保安全，都改作夜行晓宿。如此，居然平平安安走了几百里，李昭庆也并没有追上。

李昭庆不死心，带着人马继续翻山越岭追赶。他每走一天，便留下二三十个人，为的是怕走快了，超过了太平军，让留下的人回过头再慢慢搜索。一旦发现情况，就立即飞马报告。李昭庆相信自己已布下天罗地网，从曾老九手中逃出的小天王，决不会再从自己的眼皮底下溜走。

这一天，李昭庆的追兵来到皖浙赣交界之地婺源县屠家寨，当夜宿在乡绅屠光之家中。屠光之是这一带的土皇帝，手下有一百多个团丁，方圆三四十里地方，稍有风吹草动，都在他的掌握中。吃早饭的时候，团练头领向他报告，凌晨有一队四五百号人来到松木岭山脚，不知是干什么的。屠光之警惕起来，他怕强人来打劫山寨，于是一面叫团练严加监视，一面吩咐山寨坚壁清野。一天下来，不见任何动静，屠光之怀疑这批人会长期住下来，心中甚是不安宁。恰好傍晚时分，李昭庆带着五六百号人来。屠光之要借官军的力量保卫山寨，遂将这一情况告诉李昭庆。李昭庆心想：冲出金陵城的长毛有两千多人，这批人只有四五百号，是不是太平军，还不能肯定。他又累又饿，不愿亲自去，命令手下一个哨长带三十多个弟兄，打着灯笼火把去松木岭看情况。

半个时辰后，哨长回来报告，松木岭山脚下的人无影无踪了，只捡来几张废纸。李昭庆把废纸抹平，一一细看，发现有一张是一道布告的残片，那上面有"天父天兄""清妖"等字。

"这正是我们追的那伙长毛！"追赶半个月之久，终于发现了踪迹，李昭庆惊喜万分，立即下令，"马上出发，四处追寻！"

李昭庆招来几个屠家寨的团练带队，在树林草丛中转了一夜，直到天明，都没有看到这队人的影子。正在沮丧之时，一个勇丁远远地看到对面山里的小道上，有十几个人在奔跑。

"六帅，那边有人！"他慌忙报告李昭庆。

李昭庆举起挂在胸前的千里镜，向对面山上看去，只见树林中隐隐约约有上百号人正在往深山中钻去。

"快追！"李昭庆大声下令。

淮军官勇们顾不得疲劳，鼓起劲头向前奔跑。约跑了三里多路，忽然从另一道山坡上杀出一支甲胄鲜明、荷枪实弹的人马来，将李昭庆的淮军半路拦住。

"你们是什么人？"李昭庆喝道。

"我们是楚军！"一个剽悍的汉子答话，并指着身边的一个中年汉子说，"这是我们的总兵王开琳大人。"

"原来是王军门。"王开琳是左宗棠手下的大将，李昭庆早闻其名，只是从未见过面。

"你叫什么名字？"王开琳威严地立着，冷冷地问。

"卑职乃淮军分统李昭庆。"

"哦，原来是李六爷！"王开琳立刻换上满脸笑容，客气地抱拳，"久仰，久仰！请问为何事到这里来？"

"我奉二哥之命，前来追捕从金陵城里逃出的长毛。"

"从金陵城里逃出的长毛？"王开琳惊道，"这些人在哪里？"

"就在前面那座山林里。"李昭庆用马鞭指了指前方说。林子里早已不见人影了，他心里焦急不已。

"噢，你说的是刚才那一伙人？"王开琳轻松地笑道，"那不是从金陵城里逃出的，那是长毛汪海洋手下的一批人，被我们追赶几天几夜了。这不正

319

是要去抓他们！"王开琳转过脸，望了望他身后的人马，右手将腰间的佩刀抽出两三寸。

"不是金陵城逃出的？"李昭庆将信将疑，略停一会说，"王军门，不管他们是哪里的，反正是一伙真长毛，我们一起去抓吧！"

"不烦六爷了，这班家伙早已成了我们的猎物。"王开琳说着，伸开双手，做了一个阻拦的姿势。

李昭庆起了疑心。有人来帮忙，是大好事，为什么要阻拦呢？"王军门，长毛是困兽犹斗，凶狠得很，你的人手少，我帮你一网打尽！"

"不用了。"王开琳收起笑容，认真地说，"你刚才说追赶从金陵逃出的长毛，倒使我想起来，昨天有一个老头告诉我，有一大队留满脑长头发的长毛朝黄沙镇方向去了。"

"真的！有多少人？"李昭庆问。他心里想：莫非那伙人才是真的从金陵逃出来的。

"老头说不清，总有好几百吧！"王开琳指着前面说，"六爷，你回头走，穿过屠家寨，往南投大道，再过鬼面岩，就到了黄沙镇。快去吧，不要误了大事。"

"好！王军门，我们回头见。"李昭庆抱了抱拳。

"回头见，李六爷，祝你交好运。"王开琳也抱了抱拳。

待李昭庆走远后，王开琳哈哈大笑一声，对部属们一挥手，说："弟兄们，我们进山抓小天王去！谁亲手活捉了小天王，左制军赏他三百两银子！"

楚军欢呼雀跃，一齐向山岭没命地奔去。

这是怎么回事呢？王开琳如何知道洪天贵福在这里？原来，早两天王开琳的部下抓到两个满脑头发的汉子送来。王开琳一看便知道是太平军，遂亲自审问。那两个人恰恰是幼天王身边的卫兵，因脚受了伤，跟不上队伍被抓了。开始他们死不承认，当后来从一个人的身上搜出了一顶绣龙黄软缎帽时，才不得不招供了自己的身份。王开琳这一惊非同小可，于是花言巧语哄着这两个卫兵，又给他们吃饭、敷药。就这样，把一切都套了出来。真是从天上突然掉下一份富贵！王开琳暗暗感激老天爷的保佑，立即点起一千多人沿途追来。到手的鸿运岂能让给别人？王开琳随随便便扯一个谎，便把李昭庆支走了。

当王开琳进山来时，却不见幼天王人马的踪迹，气得跺脚大骂李昭庆误了他的事。王开琳哪里肯罢休，命令兵士们漫山遍野放铳敲锣，高声呼喊。他认定这伙长毛已成惊弓之鸟，只要把气势造得足足的，内中总有胆小沉不住气的会蹦出来。

王开琳这一着也真是有效。就在几里之外，被林木遮掩的太平军将士们清清楚楚地听到四处的响声、喊闹声，十六岁的小天王早吓得全无主张，连连对洪仁玕说："干王叔，怎么办呢？看来今天是死在这里了。"

洪仁玕把幼天王搂在怀里，安慰说："陛下不要急，天父天兄会保佑我们的。"

林绍璋等人也急了，都围在干王周围，请他拿主意。这种时候，干王能拿得出什么主意呢？他只有下令：朝没有响声的地方走！又走了三四里，谁知来到悬崖边，没路了！这下大家都傻了眼。这是一批天国最忠诚的将士，几乎无人想到投降，许多人都在无声地做最后安排。洪仁玕紧紧地拉着幼天王的手，心里头也做了最坏的准备：万一被清妖包围了，则效法陆秀夫，抱着幼天王从悬崖上跳下去，一道以身殉国。

正在这千钧一发之际，忽然，侧面密林深处走出一个白发老叟。老叟手拿一把小锄头，背后背一个长竹篓，篓子里装满了草药。洪仁玕似乎看见了一线希望，赶忙迎着老叟走去。

"请问老伯，此处前面可有路否？"洪仁玕向老叟深深鞠了一躬，十分谦恭地问。

"客官难道没看见吗？前面是悬崖陡壁，哪来的路！要寻路，只得回头去。"老叟从从容容地答道。

这时，从后面又传来一阵阵喊杀声，眼看追兵就要发现他们了。

洪仁玕无法，只得再次对老叟说："老伯是本地人，一定熟悉这里的地形，恳请老伯指示道路。我们都是好人，被强盗追逼到此。倘若蒙老伯指引，能绝处逢生，日后老伯不论有任何要求，我们都能满足。"

老叟将洪仁玕细细看了一眼，又向四周的人环视一通，然后严肃地问："你们究竟是什么人，准备到哪里去，实话告诉我！"

事到如今，也没有隐瞒的必要了。洪仁玕痛快地说："老伯，我们都是太平天国的将士，从天京城里逃出来的，准备去江西与大队人马会合，再树天国大旗，与清妖决战到底！"

老叟一听，脸色顿时阴沉下来，轻声问："照你说来，天京已被湘军破了？"

"正是。老伯，我们已实话对你说了，你能帮我们的忙吗？"

"既然是逃难的天国将士，老夫给你们指一条路。"

幼天王和两个王娘一听，忙说："请老爷爷指路！"

老叟带着洪仁玕来到悬崖边，指着下面离顶部七八丈远的一棵老松树说："好汉们请看，这棵百年松树之下，有一个千年古洞，穿过这个古洞，就到了德兴县，那已是江西省的地面了。"

"洞的出口，离此地有多远？"洪仁玕问。

"如果从此地沿着山路走，两天到不了。"老叟不经意地回答。

洪仁玕默默地感谢天父天兄及老天王在天之灵的保佑。

林绍璋问："怎么下去呢？"

"搓青藤滑下去。"老叟说，"三十年前我下过一次，洞口处像一个大厅，可容纳上百人。"

洪仁玕立即命令将士们砍青藤编绳子，很快编成了一根十丈长的藤绳。老叟将它的一头系在山顶一棵大樟树上，另一头则顺着悬崖甩下去，恰好到松树边。林绍璋说："我第一个下！成功后，我站在洞口向上射一支箭。"

说完，林绍璋像一只敏捷的猿猴，顺着藤绳滑了下去。一会儿，从松树下射出一支箭来。

成功了！干王双手抱着老叟的双肩，感激不已。于是又编了两根藤绳，照刚才的样，一头系在山顶树上，一头甩下去。大家都学林绍璋的样，一个接一个地从山顶进了古洞，连幼天王和王娘也都壮起胆子下去了。山顶上，只剩下干王和老叟两个人。

"好汉，你也快下去，我在上面替你把藤绳扔掉。"

洪仁玕满眼含泪，激动地对老叟说："老伯伯，你的救命大恩，我们无以为报，请受我一拜。"

说罢双膝跪下，对着老叟磕了一个头。老叟忙扶起，说："快下去吧！"

洪仁玕握紧青藤，正要下滑，老叟突然说："好汉，你能给我点东西留作纪念吗？"

洪仁玕如同大梦初醒似的，说："哎呀，是我的不是，老伯伯这大的恩德，我居然没有想到要送您老人家一点金银。现在他们都下去了，我身上却没有银两，如何办呢？"

"老夫是山野中人，要银两干什么？你能不能在你随身带的东西里，挑一件给老夫，以便作个永久纪念。"

洪仁玕摸摸身上，什么也没有，只有腰间绣袋里藏着的一颗长方形玉印。这是他随身携带须臾不离的宝物，这时也顾不得了，忙取下，双手捧起，递给老叟，庄重地说："老伯伯，你好生保存它，说不定三年五载，我天国将士就会重新杀回来的，那时你带着这颗印来找我。"

老叟将玉印接过，看着，只见上面端端正正刻着两行仿宋字：钦定文衡正总裁精忠军师干王洪仁玕。

"你就是干王殿下！"老叟大惊。

"是的。"洪仁玕平静地说，"实不相瞒，刚才下去的那个少年，就是我们的幼天王。"

老叟颇为激动地望着洪仁玕，说："干王，有你在，我相信太平天国一定会复兴。你们千万要记住，再不可闹内讧了。天国前段的失败，根子就在丙辰六年的内讧上！"

"老伯，我们一定会记住！"洪仁玕边说边顺着青藤溜了下去。

老叟不慌不忙地砍断青藤，将它们扔在百丈悬崖下，然后背起竹篓，很快隐没在林木中。

半个钟头后，王开琳带着追兵来到悬崖边，低头望下去，但见谷底深不可测，一股冷风从脚下吹来，浑身不自在。他摇了摇头，对部属们说："前面无路了，分散到左右两边去搜查吧！"

王开琳在这一带搜寻了三天三夜，再也见不到幼天王的踪迹了，这才扫兴地来到杭州，将这一情况报告了闽浙总督、楚军统帅左宗棠。

"长毛的小天王真的逃到浙江来了？"左宗棠问。他放下公文，两手兴奋地搓着。

"一点不假。"王开琳从袖口里掏出洪天贵福的绣龙帽递了过去，"左帅，你看看这个。"

左宗棠接过，略微看了一下，便甩在案桌上，右手用力拍了一下桌面，大声嚷道："这个曾涤生，他居然敢欺蒙太后、皇上！"

"他对太后、皇上说什么啦？"王开琳问。

"他的报捷折里说：'伪幼主积薪宫殿，举火自焚。'亏他说得出口。"左宗棠顺手抓起一沓纸扔了过来，说，"这是昨天收到的从安庆发来的咨文，你看看吧？"

当时，长江南北与太平军作战的清廷军队，无论是湘军内部，还是淮军、楚军，以及绿营各部，每有重大战役的奏报，拜折之后，都以咨文形式互相通报，以利彼此了解情况。左宗棠收到这份江宁攻克的咨文时，心中的感情甚为复杂。江宁破了，无疑是太平天国彻底覆灭的象征，作为一个与太平军周旋十多年的朝廷官员，左宗棠当然很高兴，因为这胜利中有他的一份不可磨灭的功劳。另一方面，对于一个渴望建天下第一奇功的"今亮"来说，左宗棠心里也颇觉泛酸。他一向认为自己的才能举世无双，攻下江宁的喜讯，应当出自以他的名义上报的奏章，而不是别人。他从心里瞧不起不学无术的曾国荃及其军纪腐败的吉字营。他觉得曾国藩将围攻江宁的大事不交给他，而交给曾国荃，是曾国藩最大的谋私利。这个一向标榜以诚待人的曾老大，在这件事上终于暴露了他的虚伪、他的自私、他的乖巧。而这份奏折，貌似谦虚，骨子里却大肆夸耀他曾家的成绩。尤其令左宗棠不能容忍的是，这样一份报告整个太平天国灭亡的大奏章，居然不提楚军这些年转战江西、浙江的劳苦战绩。若没有楚军收复浙江、拖住大批太平军的先决条件，曾老九那个混小子能有今天的成功吗？反过来，却又把毫不相干的官文拉来领衔，且不说官文是左宗棠的死对头，就从公这一方面来说，官文够得上受此崇誉吗？

"左帅，这份奏章有欺君之罪！"王开琳愤愤地说。他对曾国藩一直有着隐隐的怨恨。他的二哥王鑫是公认的第一流将才，曾国藩就是不重用。咸丰四年，他和四弟开化在湘乡募勇，人马即将募齐了，却不料王鑫被遣还湖南，原定计划破产了。如果曾国藩对待王鑫，也和对待曾国华、曾国荃一样的话，他王氏家族也必定会有今天曾氏家族、李氏家族的荣耀。

"左帅，你给太后、皇上上个折子，参他们一本！"王开琳怂恿道。

"对，应当上个折子。"左宗棠心里想。首先，洪天贵福并没有死在金陵城，而是出逃在外，至今尚未抓住。这件大事必须告诉太后、皇上。由太后、皇上下旨，命各省各地严密搜索捉拿。擒贼须擒王，斩草须除根，现在王未抓获，根未斩除，难保不再萌生祸乱。作为一个肩负重任的总督，一贯办事认真的左宗棠，认为自己责无旁贷地要向朝廷报告。

另外，他也对曾氏兄弟在这样一件大事上公然欺骗太后、皇上感到气愤。曾氏兄弟蒙受朝廷大恩，理应在各方面为全国将帅的榜样，现在打下一座金陵城，就如此欺上瞒下、目无天下，发展下去，岂不会谋反篡位？这一点，对曾国藩来说，通过修改神鼎山联语一事，左宗棠相信他或许不至于，但对于曾老九及其手下那批虎狼将士，左宗棠敢断死，若不示以天威，十之八九会被胜利冲得昏头昏脑，飘飘然不知自己为何许人！是的，要上一道措辞强硬的奏折，敲敲他们发热的脑子，让他们知道这天底下有的是人，并不是他曾家兄弟一手所能遮盖得了的！

"王开琳！"左宗棠一声高喊，把身边的王开琳吓了一大跳。

"末将在！"

"伪幼天王很可能是逃往江西与侍逆会合去了，你再点两千人马，将西去的各条道路严密堵住，务必将伪幼天王擒来见我！"

"是！"王开琳答道。

当王开琳离开杭州时，洪仁玕已将这批人马安全带到江西，正要与李世贤接头时，却不料又走漏了风声，江西巡抚沈葆桢派出候补知府席保田率兵追堵。后终因寡不敌众，幼天王洪天贵福在江西石城被席的部下抓住。消息传出，王开琳垂头丧气，左宗棠也大为失望。

第八章　殊荣奇忧

一　李臣典不光彩地死去

奉命监斩李秀成、洪仁达的是记名提督归德镇总兵信字营营官李臣典。围观的老百姓有好几百人。邢金桥、邢玉桥兄弟也夹杂在中间。那天夜里，邢金桥趁着湘军只管李秀成不管他的空子，半路上逃走了。前两天兄弟俩带着些中草药和狗皮膏药，在金陵城里摆个地摊糊口，看到城门上的告示后，他们特地赶到清凉山来为忠王送行。当他们看到素日敬仰的忠王口吟绝命词从容就义的时候，心里难受极了。得知李臣典肆无忌惮恣行淫乐的事后，兄弟俩对这个监斩的刽子手更为痛恨，决定弄死他为忠王报仇。

第二天，邢氏兄弟将不久前在方山捉到的一只十年雄蝶螈焙干磨成灰，用祖传下来的秘方，配制了十多粒药丸，又取出一个百年老葫芦来盛着，走到神策门外信字营的驻地，有意将地摊摆在营房旁边。邢金桥拿出一块布来，铺在地上，把各色中草药一小堆一小堆地放好，又拿出一块浅黄色绸帘来，悬挂在一株老槐树权上，绸帘上有四个黑字：悲天悯人。就将那只百年老葫芦挂在绸帘旁边，取的是古人悬壶济世的典故。就在这个时候，邢玉桥已敲响手中的小铜锣，一面高声嚷道："为祝贺金陵光复，邢家老药店散药行医，消灾弭难，救死扶伤，市民求药，收取半价，若是攻克金陵城的英雄们要药，本药号仗义奉送，分文不取。"

一时间，小小药摊边便围满了人，大部分是信字营的官勇。这些官勇几乎人人都有外伤，又加之天气炎热，酒肉吃得过多，肚泻腹胀的也不少，于是趁着好机会，这个要膏药，那个要草药，乱糟糟地挤作一团。人越围越多，喊闹声越来越大，正在屋里和女人们调笑的李臣典也被吸引出来了。敲锣的邢玉桥一见李臣典，铜锣敲得更响了。他站在一条借来的长凳上，猛力敲了几声锣后，对着站在圈外的李臣典高喊："本药号还有用祖传秘方配制的特效强身药，因用料稀罕，采集艰难，不得已收点本钱。"

"好多钱一服？"围观中有人高声发问。

"实不相瞒，十两银子一粒。"玉桥笑着答。

"什么珍贵的药，卖这么贵！"

"卖药的，这强身药有哪些好处，要价这高？"

"这强身药么，"玉桥笑容可掬地说，"它的好处真是妙不可言，只是有一条，不见真佛不烧香，不是买主，小的也不随便说出。"

"讲不出便是假的！""骗子！""拿出来看看吧！"人群中七嘴八舌地嚷嚷，都对这十两银子一粒的强身药产生了浓厚的兴趣，撩拨得李臣典心里痒痒的。他终于忍不住了，分开众人走了进来。大家见是李臣典，便纷纷让开，有人讨好地说："李镇台，您老也看热闹来了。"

"卖药的，十两银子买一粒丸子，你太欺负人了吧！"李臣典两手叉在腰间，一副十足的蛮横之态，玉桥恨不得一口把他吞掉。哥哥金桥忙笑着哈腰过来："听弟兄们说起，方知大人是赫赫有名的李镇台，小人失礼了。"李臣典鼻孔里哼了一声，并不回答他的话，仍旧叉腰挺腹。"大人是攻打金陵的头号英雄，我们景仰不已，故而特来大人营房边，为弟兄们义务散药行医，并不收取分文。只是这强身丸，因为用料昂贵，不得已而如此。"

"你的强身丸有哪些奇特地方，你要当着弟兄们的面说明白，否则老子对你不客气！"李臣典脸上的横肉鼓胀着，满嘴喷着酒气，凶神恶煞似的指着邢金桥的鼻子吼。

"李镇台说得好！""当着我们的面说明白！""说呀，不说是狗娘养的！"信字营的兵勇一齐起哄。

"李镇台！"金桥对着李臣典的耳朵小声说，"这强身丸的好处妙不可言，不能对众人说，我只能对大人你一人说。"

李臣典瞪了他一眼："好吧，带着药跟我来！"

邢金桥取下绸帘边的百年葫芦，跟着李臣典出了人圈。有几个勇丁跟在后面想听个究竟，李臣典回头恶狠狠地瞪了一眼，吓得他们赶忙站住。圈子里，玉桥仍在高声叫卖散药。

"快说吧！"一进屋，李臣典便不耐烦地催促。金桥把门关好，又去关窗户。"有话快说，有屁快放，鬼鬼祟祟地做什么？"李臣典鄙夷地呵斥。

"镇台大人，实不相瞒，这不是别的药，乃是春药。"金桥悄悄地说，样子很神秘。

"春药？"李臣典眼中射出惊喜的光彩，仿佛看到了一个绝色女子。"拿出来看看！"

金桥从葫芦里倒出两粒丸子放在手心，李臣典一把抓过来，仔细看了看，又放到鼻子边嗅了两嗅。丸子很普通，黑褐色的，无特别气味。"你这春药有什么效用？"李臣典今年二十七岁，十五岁投奔湘勇，充当曾国藩的亲兵，后来又跟着曾国荃，打起仗来勇猛不怕死，十余年来立下不少战功。此人最大的特点是贪女色。长期带兵在外，也没有在家乡讨老婆，他到处瞎来，每打胜一仗，占一城池，第一件事便是叫亲兵为他抓女人。营官如此，信字营的官勇个个效尤。信字营成为吉字大营中风气最坏的一个营，但打仗也厉害。曾国荃从不因此责备李臣典，李臣典也便有恃无恐。他早就听说江南女子娇美，打金陵城时便以此为诱饵，鼓励士气。打下城后，他身先士卒抢女人，连洪秀全身边的宫女也不放过。尽管李臣典年轻力壮，但毕竟经不住过分的戕伐，这些天来常觉精力不支，昏昏欲睡。他只听说过有春药，却从来没见过，更未吃过，这时候有人送来，真可谓饥中食、雪中炭，喜得李臣典抓耳搔首，心花怒放，恨不得就去试试。

"我这春药么，"邢金桥仍旧笑嘻嘻地悄悄地说，"吃了它，一夜睡三五个女人不要紧。"

"真有这事？"李臣典把手里两粒丸子攥得紧紧的，淫邪的目光毫不掩饰地射向邢金桥，射向他背的那只百年老葫芦。

"一点不假，镇台大人不妨试一试。"邢金桥见李臣典这副色中饿鬼相，心中暗暗高兴。李臣典把手中的两粒丸子送到嘴边，刚要吞进去，却又忽地停下来，盯了邢金桥一眼，大声嚷："你是个漏网的长毛，想用这两粒丸子来毒死老子！"

邢金桥吓了一跳，没有想到这个莽武夫粗中有细。他很快镇静下来，哈哈笑了几声，说："李镇台，你真不愧是一个百战百胜的将军，既有胆量，又有心计，小人钦佩不已，钦佩不已。眼下长毛虽已打败，但不识时务要报仇复国的人定然不少，大人存这份戒心完全必要，完全必要。不过，对于小人，大人或许不知道，小人家世代在朱雀桥边开药号，传至小人兄弟这一辈，已经是第五代，虽不能说医药世家，也可以说是一个本分的家族。提起朱雀桥邢家药店，金陵城里无人不知。大人不信，可以在城里随便找个人问问。小人不但不是长毛，小人家族男女二十余口，没有一人与长毛沾过边。小人因出自仰慕之心，才特地按祖辈传下来的秘方配制了十几粒丸药敬献给大人，感谢大人光复金陵，挽救了阖城百姓。大人既然有此疑心，我现在把葫芦里十几粒丸子全部倒出来，任大人挑一个，小人当着大人的面把它吞下去。"说罢，将葫芦里的丸子全部倒出。

李臣典见他如此说，怀疑之心大大消除，为防万一，仍从中挑了一粒递给邢金桥。邢金桥看都不看一下便吞了下去。

"好，义士！"李臣典竖起拇指称赞，"你这药如何吃法？"

"大人在睡觉前半个时辰，将此药化在白酒中，三粒丸子，一两白酒，一口服下。小人保大人夜里龙马精神，百战不衰。"

"好，义士！"李臣典又称赞一句，"今夜我试试，明天一早你到这儿来领银子，一粒十两，一钱不少。现在先给你五十两，奖赏你这份孝心。"进城后，李臣典掳来的金银财宝，少说也值十万两银子，办这种事，出手自然大方得很。

"不，不！"邢金桥直摇手，"小人刚才说了，这药是敬献给大人的，不收钱。"

"啰唆什么，拿去吧！"李臣典把一锭五十两的元宝往他面前一丢，邢金桥只得接过，说声"谢谢"出了门。

邢金桥前脚出门，李臣典后脚就把门关死了。他忙取出三颗丸子来，用上好的白酒化开，一口吞下，在营房外转了几圈，心里像有一把火在烧，浑身顿添千斤之力，看看还不到两刻钟，他实在按捺不住了，唤几个女人进来。李臣典如疯似狂地跟这几个女人鬼混了一通，果然觉得效果极佳。到了夜晚，他又取出三粒，用白酒化开喝了，心里盘算：明早邢金桥来，一定要他说出配方。若好说话，便用两三千两银子买来亦值得，若不好说话，便用刀架脖子来威胁。上半夜，李臣典仍精神抖擞，斗志旺盛，谁知到了下半夜，四肢便像散了架一样，一点力气都没有了，底下却流泄不止。第二天茶饭不思，病势越来越沉重，第三天全身形销骨立，已不成人样了。

原来，邢金桥送的药的确是春药，但正确的用法，是一次只能吃一粒，用白开水吞下。邢金桥有意害他，用酒调和吞下三粒，已使李臣典精气大损，谁知李臣典不到三个时辰连吃六粒，均用白酒咽下。这等于在肚子里烧了一把火，五脏六腑都烧烂了。李臣典知道上了大当，派人到朱雀桥去找邢家药号。药号早不存在，邢氏兄弟已逃之夭夭了。天下之大，到哪里去抓他们！

第三天下午，曾国荃闻讯赶来，李臣典已气息微薄了。曾国荃逼着他讲出实情。李臣典断断续续地说个大概，把个曾老九气得七窍生烟，看看是个要死的人了，又不忍指责他，心里恨恨地骂道："真是个不争气的下流坏子！"临时叫来两个随军医师看视，医师得知这个情况，随随便便摸了摸脉便摇头退出，吩咐赶紧备棺木办后事。李臣典亦自知死在旦夕，请求见曾国藩一面。

曾国藩听说李臣典病危，大出意外，匆匆赶到神策门外。曾国荃将李臣典的病因告诉大哥，曾国藩恨得半天作不得声。来到李臣典的床头，见几天前还是一个生气勃勃的战将，如今却病得如同骷髅一般，刚才的满脸怒气，一时化作无限悲哀。

"祥云，祥云！"曾国藩轻轻地呼唤，一边用手摸着李臣典的额头。一连呼叫几声，李臣典才缓缓睁开眼皮，两只眼睛已完全失神了。李臣典看了半天，终于认出曾国藩来："中堂大人，我不行了。"声音细得像一根游丝，曾国藩只得俯下身去倾听。李臣典说着，又艰难地抬了抬手，却举不起来。曾国藩帮他抬起手，只见他指了指站在一旁的胞弟李臣章。李臣章赶紧俯下身来："哥，你有什么事要吩咐？"

李臣典望着曾国藩，断断续续地说："臣章的猴伢子过继给我……日后朝廷……有赏下来……便由我的儿子……领取……"说着说着，头一歪便闭了眼。李臣章伏在哥哥的胸脯上放声痛哭。

曾国藩将弟弟拉向一边，严肃地说："祥云吃春药的事要严加封锁，绝对不准外传出去。倘若走漏风声，不仅大损祥云的英名，整个吉字营的脸上都被抹了黑。给朝廷上奏，只能说是因伤转病，医治无效而死。此次李臣典必有重赏，过几天圣旨下来以后，再按新的官衔给他办一个丧事，丧事要办得非常隆重，借此追悼所有为攻破金陵城而献身的有功将士。"

"大哥，按理说圣旨前天就应该到了，怎么今天还没来？"

"谁知道什么地方耽搁了。"曾国藩的脸阴沉沉的。攻克金陵，功勋盖世，但皇上酬赏的圣旨却至今未到，已够令人心焦了，而偏偏第一个进城的大功臣却又如此不光彩地死去。望着直挺挺的僵尸，听着满屋的痛哭声，曾国藩心里忽然涌出一股莫名其妙的忧郁和恐惧来。

二　皇恩浩荡，天威凛冽

不是因为李臣典的饰终，而使曾国荃忽然想起圣旨已过了三天未到。事实上，从六百里加紧红旗报捷折发出的那天起，上自曾国荃，下至普通兵勇，所有参与攻克金陵的人，无不在翘首盼望皇上的赏赐。大家都在计算上谕到达的日期：六月二十三日拜发奏折，一天行六百里，五天可以到达北京，皇太后、皇上接到这份捷报必定龙颜大喜，会立即下达上谕，再传回来，又是一天行六百里，到达金陵，也只有五天，朝廷的商量以及路上不可预计的耽搁，就打它费去三天时间，七月初六日也应该到了。今天已是初十了，上谕还没来，什么原因呢？七月初的金陵城本是一个名副其实的大火炉，热得使人甚至到了活亦无趣、死亦无惧的地步，而上谕迟迟未来，又给他们烦躁的心情增加几分焦虑。

原侍王府后花园有一大片竹林，枝叶婆娑，青翠欲滴，曾国藩很是喜欢。午后，他将竹凉床移至竹林里，旁边再放一个茶几，他便在这里写字看书，累了，就躺在竹床上略为休息。现在，他正躺在竹床上，心里也在想着这份上谕。皇太后、皇上会怎样酬赏呢？他凝视着头顶上墨绿色竹叶，默默自问。想起在田家镇和康福密谈的那个夜晚，由周寿昌传出的"攻克金陵的首功之人封王"的金口纶音。那时候这句话曾令他着迷了好长一段时期，联想到王世全赠剑时所说的那番话，以及武昌、田镇的顺利拿下，他觉得自己是最有希望成为攻克金陵的首功之人，也就是说，自己将有可能封王。不过，曾国藩也清楚，自从三藩之乱平定后，汉人不封王，已作为祖制传下来。文宗说那句话时，很可能只是一时的高兴，也可能想到的只是琦善、和春、都兴阿等满人，并没有把汉人算在内。真的是汉人最先攻克金陵，满蒙亲贵也会将祖制抬出来，到时文宗再有心也不能践约。后来，江西受困三年，百事不遂，他也就再没有心思去想这些事了。再后来，文宗驾崩，太后秉政，曾国藩对封王之事便不抱希望。即使最先攻克金陵，太后难道还会重提这个违背祖制的许诺吗？刚开始曾国藩觉得有点遗憾，尤其在攻下安庆，克金陵已成定局的时候，他也曾幻想过，假若文宗仍健在，说不定封王也还有一线可能。但后来他也释然了，老子说得好："不敢为天下先。"天公对名器甚为矜啬，这样一个人人艳羡个个眼红、近两百年来再没有汉人占有过的巍巍高爵，受之将如处炉火之上，又有何益！封王没有福分，那么封侯呢？曾国藩记得，自三藩之乱后，文职也没有人封过侯，自己是文职，并未直接带兵亲临城下，皇太后、皇上会不会破格赏赐？这些日子来，曾国藩一直为此担心。虽说他一再叮嘱自己要以老庄之道养心，把名利看得淡些，但到底不能做到淡忘的地步。

　　沅甫呢？沅甫又会是个什么样的赏赐呢？想过自己，曾国藩又为他的弟弟着想了。他从心里对这个弟弟感激不尽。因此甚至对二十多年前，沅甫在京师不欢而别的往事也感到内疚。他责备自己对当时年仅十八九岁的弟弟要求太苛严了，态度太冷淡了，临别赠诗，说"长是太平依日月，杖藜零涕说康衢"，对沅甫的希望，也仅仅是做个太平时代的本分读书人而已，真正把这个弟弟看轻了！沅甫历来功名之心甚重，自我期望也很高，倘若这次赏赐比大哥差得太远，他心里又会怎样想呢？以后兄弟情分会不会反而生疏呢？还有沅甫手下这一批骄悍的营官，论功劳都相差无几，若是恩赏差别过大，彼此不服气，难保不生意外。还有彭玉麟、杨岳斌，封锁江面，占据九洑洲要害，为攻克金陵立下了汗马功劳，但他们并没有直接进城，他们的赏赐又是如何呢？还有在江苏打仗的李鸿章，在浙江打仗的左宗棠，在江西打仗的沈葆桢，目前正在南下追杀逃兵的鲍超等等，他们或拖住了长毛各路兵力，或一道参与攻城，都为攻克金陵立下了不可磨灭的战功，皇太后、皇上又如何奖赏他们呢？这一系列问题，把曾国藩搅得心烦起来，他索性不去想它了，坐在竹床上继续批阅公文。

"大哥，上谕到了！"曾国藩被一声高喊惊得抬起头来，只见曾国荃大步流星走上来，脸上露出异样的喜悦。后面彭玉麟、杨岳斌、萧孚泗、刘连捷、朱洪章、彭毓橘等人簇拥着折差欢天喜地走过来。

"好，好！"曾国藩激动得一时不知说什么才好，停了好久才起身说，"大家都到大厅里去，待我换好衣后一起接旨。"

一会儿工夫，曾国藩便换好了朝服，端端正正地面北跪在大厅中间，身后是一大群文武官员。前面大案桌上香烟缭绕，正中供奉着由兵部六百里加紧递来的内阁所奉的上谕。曾国藩率领众人面对上谕行了三叩九拜大礼，然后展开诵读，大厅里响起他洪亮的湘乡官话：

"本日官文、曾国藩由六百里加紧红旗奏捷，克复金陵省城，逆首自焚，贼党悉数歼灭，并生擒李秀成、洪仁达等逆一折，览奏之余，实与天下臣民同深嘉悦。"

接下来曾国藩虽仍旧起劲地读着，但听者都不在意，因为它照例是复述原折的主要内容，大家注意的焦点是下文。

"钦差大臣协办大学士两江总督曾国藩。"这一句话提起了众人的心，上谕的核心到了，"自咸丰三年在湖南首倡团练，创立舟师，与塔齐布、罗泽南等屡建殊功，保全湖南郡县，克复武汉等城，肃清江西全境。东征以来，由宿松克潜山、太湖，进驻祁门，迭复徽州郡县，遂拔安庆省城以为根本，分檄水陆将士，规复下游州郡。兹幸大功告成，逆首诛锄，实由该大臣筹策无遗，谋勇兼备，知人善任，调度得宜。曾国藩着加恩赏加太子太保衔，锡封一等侯爵，世袭罔替，并赏戴双眼花翎。"

众人一齐看着曾国藩，只见他脸色平静，无任何表情，仿佛上谕嘉奖的是一个与己无关的人，大家不由得佩服他的超人涵养。

"浙江巡抚曾国荃。"大家立即转向曾国荃。只见他神情肃然，竖耳恭听。"以诸生从戎，随同曾国藩剿贼数省，功绩颇著。咸丰十年由湘募勇，克复安庆省城，同治元、二年连克巢县、含山、和州等处，率水陆各营进逼金陵，驻扎雨花台，攻拔伪城，贼众围营，苦守数月，奋力击退。本年正月克复钟山石垒，遂合江宁之围。督率将士鏖战，开挖地道，躬冒矢石半月之久未经撤队，克复全城，歼除首恶，实属坚忍耐劳，公忠体国。曾国荃着赏加太子少保衔，锡封一等伯爵，并赏戴双眼花翎。"众人艳羡不已，看曾国荃时，他不但面无喜色，反倒露出一副垂头丧气的神情，大家都觉诧异不解。

又接下去，曾国藩念道："记名提督李臣典，着加恩锡封一等子爵，并赏穿黄马褂，赏戴双眼花翎。"名列五等爵位，却无福享受，众人为李臣典叹惜不止。曾国藩又念：萧孚泗封一等男爵，并赏戴双眼花翎；朱洪章交军机处记名，无论提督、总兵缺出尽先提奏，并赏穿黄马褂，赏给骑都尉世职；刘连捷、彭毓橘等赏加头品顶戴，并赏给一等轻车都尉世职。接着又念了一长串受赏名单。

跪在大厅中的人都有重赏，唯独没有彭玉麟、杨岳斌的，二人心中正疑惑时，曾国藩又展开一道上谕念道：

"钦差大臣科尔沁博勒噶台亲王僧格林沁，已迭次加恩晋封亲王，世袭罔替，着加赏一贝勒，令其子布彦讷谟祜受封。钦差大学士湖广总督官文，加恩锡封一等伯爵，世袭罔替，并加恩将其本支毋庸仍隶内务府旗籍，着抬入正白旗满洲，赏戴双眼花翎。江苏巡抚李鸿章，着加恩锡封一等伯爵，并赏戴双眼花翎。长江水师提督杨岳斌，加恩赏加一等轻车都尉世职，并赏加太子少保衔。兵部右侍郎彭玉麟，着赏加一等轻车都尉世职，并赏加太子少保衔。四川总督骆秉章，着加恩赏给一等轻车都尉世职，并赏戴双眼花翎。署浙江提督鲍超，着加恩赏给一等轻车都尉世职。西安将军都兴阿、江宁将军富明阿均着加恩赏给骑都尉世职。闽浙总督署浙江巡抚左宗棠、江西巡抚沈葆桢均候浙、赣等省军务平定后再行加恩。"

人人有赏，个个不缺，真是皇恩浩荡，普天同庆。当曾国藩把这两道上谕诵读完毕后，文武大员共同山呼万岁，纷纷向曾国藩、曾国荃祝贺，都说兄弟同日封侯伯，不仅本朝绝无，也是旷古奇事！曾国藩也笑容可掬地向各位道贺。正当大厅里洋溢着弹冠相庆的喜悦时，亲兵在门外高喊："折差到！"大家正在纳闷，折差已大步踏进来。彭毓橘上前接过，双手将它安放在案桌上。行过礼后，曾国藩打开黄绫包封，从中取出一份上谕来，众人一齐低头听着：

"浙江巡抚曾国荃六月十六日攻破外城时，不乘胜攻克内城，率部返回孝陵卫大营，指挥失宜，遂使伪忠酋夹带伪幼主一千余人，从太平门缺口突出。据浙江方面奏，伪幼主洪福瑱即混杂于这股逸贼之中，内中尚有伪干酋、章酋等巨寇。浙闽赣等处尚有长毛数十万众，倘若拥立伪幼主与朝廷对抗，则东南大局，何时可得底定？曾国藩奏洪福瑱积薪自焚，自是听信谣言。现责令该督追查太平门缺口防守不力人员，严加惩处。金陵陷于贼中十余年，外间传闻金银如海，百货充盈，着曾国藩将金陵城内金银下落迅速查清，报明户部，以备拨用。李秀成、洪仁达二犯，着即槛送京师，讯明处决。"

大厅里一片死寂，鸦雀无声。曾国荃全身早已湿透，脑袋嗡嗡作响，两只手臂僵直撑在花砖上，曾国藩的声音也明显地低下来，中间还杂着颤音："曾国藩以儒臣从戎，历年最久，战功最多，自能慎终如始，永保勋名，惟所部诸将，自曾国荃以下，均应由该大臣随时申儆，勿使骤胜而骄，庶可长承恩眷。"

上谕宣读完毕，众人依旧呆呆地跪在那里，仿佛两宫太后的训话虽完，但仍板着冷峻的面孔，森严地审视这班战功赫赫的大臣，并没有下达起身的命令。

"诸位请起。"曾国藩收好上谕，强打着笑容对大家说，"今天是大喜日子，应当高高兴兴，明天本督略备薄宴，祝贺诸位荣升。圣旨英明洞达，望各位切实记住，勿使骤胜而骄，庶可长承恩眷。"

过了好一阵子，曾国荃才带头站起，阴森森地走进内室，众人也兴趣顿失，一言不发地各自回营去了。

三　荣封伯爵的次日，曾国荃病了

第二天一早，便传出曾国荃生病拒绝会客的话，曾国藩闻之大惊，急忙走进弟弟的卧房，果然见他睡在床上。原来，曾国荃听到上谕指名道姓地斥责他，心中窝了一肚子怨气，一夜未睡。到了后半夜，竟然浑身起了红色小斑点，左肩下还长了一个肉包，居然有铜钱大。

"老九，你这是湿毒，不要紧的，"曾国藩安慰道，"前几个月辛劳过度，日夜守在战场，毒气攻心，现在发出来最好。"

"大哥。"曾国荃抓住哥哥的手，手烫得厉害，"带兵杀贼，攻城略地，死尚且不怕，还怕癣疥之病吗？我是心里难受呀！"

"老九，你心里哪些事感到难受？"曾国藩慈爱地凝视着弟弟，其实他已知七八分。昨夜，曾国藩也一夜没睡好，对日里同时接到的两道上谕想得很多很深。这些年来，他服膺丑道人的高论，在孔孟程朱之学的基础上杂用老庄之道，以不求名利来保养恬淡之心，以柔退谦让来调和上下左右的关系，对于自己封侯、弟弟封伯，他已很为满足，不敢奢望更高的赏赐，倒是诸如"功高震主""大功不赏""兔死狗烹"等历史教训时常萦绕脑际。近来，他又把《史记·淮阴侯列传》《唐书·李德裕传》《明史·蓝玉传》等翻阅了一遍。历史上那些惨痛的故事使他心惊肉跳，他告诫自己此时更应百倍谨慎小心，不能授人以柄，可惜九弟和他的部属们没有把自己往日的规劝记在心中。金陵之捷并非十全十美，尤其是纵火烧天王宫，将金银财宝尽数掳掠，日后免不了要遭世间讥劾，难以向朝廷交代。但曾国藩没有料到，朝廷的指责竟会来得这样快，措辞竟会这样严厉，这道上谕的背后埋伏着什么，已经是非常明白的了。

前几天，欧阳兆熊来了一封信，信上说："大功成矣，意中事也，而可喜也。顾所以善其后者，于国何如？于民何如？于家何如？于身何如？必筹之已熟，图之已预矣。窃尝妄意：阁下所以为民者，欲以勤俭二字挽回风俗；所以为家为身者，欲以退让二字保全晚节。此诚忧盛危明之定识，持盈保泰之定议也。"这几句话曾国藩诵读再三，对老友的关心感激不尽，也决定采纳他的建议，以退让二字保全晚节。心高气傲、阅世不深的九弟却并没有意识到这一点，今天必须向他郑重指出。

"大哥，我曾听你说过，文宗亲口许诺，最先攻下金陵城的封王，皇太后、皇上应当遵循。"

曾国藩心中一惊，这个不识时务的老九，居然还有如此非分的想法！曾国荃见大哥愣住了，知话说得过急，忙补充道："大哥创建湘军，运筹帷幄，虽未带兵亲临金陵，论功劳还是大哥居第一。说封王，是说我和大哥都封王。"

曾国荃这一补充，反而使曾国藩心里凉了半截，为弟弟的狂妄无知而难受。他压住心头的不悦，仍以慈爱的口吻说："老九，你这个想法不应该。文宗那句话，是康福在北京听周荇农说的，是不是真的还很难说，即使是真的，那也是文宗的一时兴起，当不得真的，你为此难受太不应该了。"

"就如大哥所说，不封王，难道不可以封公爵吗？就是不封公，我也应当封侯呀！大哥封侯理所当然，我不是要和大哥抢这个侯爵。皇太后为何这等小气，舍不得封两个侯呢？"

"小声点，说话要有分寸。"曾国藩见弟弟居然指责起皇太后来，未免太放肆了，便正色道，"须知隔墙有耳。"

"攻打金陵是何等的艰苦，我敢说，随便换另外哪个人都不可能拿下！"曾国荃既感委屈又很自负。

"老九，"曾国藩严肃地说，"那天的席上我跟你们说过，古往今来，凡办大事，半由人力半由天命。攻克金陵这样一桩震烁古今的大事业，岂能全由人力？你纵然本事大，也要让一半与天才是。"

"官文坐在武昌安富尊荣，封伯爵，李鸿章只收复苏、常，也封伯爵，这个伯爵太不值钱了嘛！"曾国荃不理会大哥的苦心，依旧高喉大嗓地发泄愤恨。

"官中堂统辖两湖，为湘军筹饷补员，功劳甚伟。李少荃在苏南迭克名城，保全上海，使金陵贼匪进无援兵，退无窜路。两人封伯爵，亦无可厚非。"对弟弟的牢骚，曾国藩也有同感，但此时不能附和他，否则将火上加油。

"这些都不去谈它罢！"曾国荃霍地从床上坐起来，眼中射出咄咄逼人的光芒，"金陵只逃出一千多号长毛，就要严加惩办。杭州城破时，伪听王陈炳文带着十多万长毛全数冲出，左宗棠为何不受指责？上谕说据浙江方面奏，显然是左宗棠在进谗言。这左三矮子不是个好东西！"曾国荃气得骂起来。

说洪福瑱积薪自焚，是曾国藩据曾国荃信上的话上奏朝廷的，左宗棠借幼主出逃大做文章，明里攻击曾国荃，暗地里攻讦曾国藩。这件事使曾国藩对左宗棠最为恼火。他对这个相交三十年的老朋友，在这样的大事上不留情面甚是不解。是因为自己亦位居总督，眼里没他曾国藩呢？还是对他兄弟成了攻克金陵首功人员嫉妒呢？还是朝中有人授意左上这样的折子呢？不管怎样，在这种时候左宗棠上此绝情绝义的折子，两人三十年的友谊到此也就止步了。曾国藩微微点点头说："老九，你也不必为此事难受了，左宗棠那人你也知道。过几天大哥再给皇上上个折子，为你说话。"

"还有。"曾国荃说出心中的积愤后觉得舒服了点,"皇上要槛送李秀成、洪仁达进京,两犯早已成鬼了,这事如何办?"

"这个也由我去向皇上说清楚。"曾国藩安慰弟弟,心里却想:那天拍胸脯的气概到哪里去了!

"李秀成的事还好说,问题是银子,皇上要追查金陵城里的银子呀!"曾国荃压低了声音,"大哥,实话对你说吧,金陵城里的金银珠宝,再加上年轻的女人,都变成了湘军将官的财产,现在正一船一船地往湖南运哩!连我也有几十万。倘若按皇上的谕旨,再将金银从他们的腰包里掏出来,那金陵城就会闹翻天,我也弹压不了。"

曾国藩面无表情地听着,这些事他早已看得很清楚,一点都不感到意外。但这的确是一件棘手的事。这些首功将官们自恃功大,要价很高,朝廷的封赏既不能全部满足他们的欲望,又只是空衔而无实惠,现在要把他们围攻两三年,自以为靠性命换来的财产再掏出来,这无异于挖他们的心肝。真的闹起事来,后果不堪设想。"老九,你要说服他们顾全大局,不管多少都要拿出一些,一则好向朝廷交代,二则也要堵塞天下悠悠之口。"

"杀人放火,我可以指挥他们干,要他们拿出自己的性命钱,我做不到。况且我也不干,我的银子就已经运走了。"

"九帅,你一碗水没有端平!"

曾国荃正要说下去,门口突然传进一声雷似的吼叫,只见焕字营营官朱洪章喝得醉醺醺地满口吐着白沫,两眼红通通地睁得如铜铃般大,跌跌撞撞地冲了进来,后面跟着几个亲兵。

"焕文!"曾国藩拉长着脸,十分不快地对朱洪章说,"你看你醉成什么样子!"

"中堂大人。"朱洪章这时才发觉曾国藩也在,顿时清醒了点,"第一个冲进城的,不是李臣典,而是我朱某人!"

"这话怎讲?"曾国藩感到奇怪,都说康福死后,李臣典是第一个冲进金陵城的,为何又变成了朱洪章?

"中堂大人。"朱洪章用手抹去嘴边的白沫,两脚也站直了些,以略为恭顺的态度说,"六月十六日上午,龙脖子地道第二次挖成,点火前,九帅集合各营营官,议决谁为攻城先锋,大家都畏葸不敢领命,是我出队领下了先锋之命，并立了军令状，这事九帅应该还记得。后来我率焕字营一千五百兄弟从城墙缺口冲入，第一个进了金陵，九帅还称赞我有能耐。"

"照这样说，应当是焕文第一个进城了。"曾国藩问弟弟。

"是的。"曾国荃点头。

"那又为何是李臣典呢？"曾国藩大惑不解。

"中堂大人，事情是这样的。"朱洪章抢着说，"龙脖子地道是信字营挖的，李臣典虽未第一个进城，但却是最先打到天王宫，说李臣典是第一号功臣，我并不反对，但现在萧孚泗倒排在我的前面，抢得了男爵，这能使我服气吗？娘的，攻城时他向后退，领赏时他往前冲，他聪明，老子是蠢崽。"朱洪章又喷出白沫来，他死命地吐了一口痰，愤愤不平地嚷道，"九帅，你这样压我，难道因为我朱洪章是贵州人，不是湘乡人吗？"

"朱洪章，你在放狗屁！"曾国荃猛地从床上跳起，"哪个因你不是湘乡人压了你，我是把你列在萧孚泗前面的。"

"那又是谁把我的名字排到后头去了呢？这个狗日的，害得我得不到爵位。"朱洪章大叫起来，气焰更足了。

"明告诉你吧！那是中堂大人手下起草折子的彭寿颐改动的。"曾国荃说着，顺手将桌上一把腰刀甩到朱洪章的脚边。腰刀与砖相碰，发出刺耳的撞击声，"你用这把腰刀把他杀了吧！"

朱洪章被这个突如其来的举动弄得不知所措，一时呆住了。

"你去杀呀！"曾国荃冲到朱洪章面前，像一头狂怒的饿虎，要把朱洪章一口吞下，"还站在这里干什么？不敢杀，你就给老子滚出去，狗杂种！"曾国荃的暴怒把朱洪章的气焰压了下去。他耷拉着脑袋，嘴里嘟嘟囔囔地出了门。

"大哥，你看看，就是这班人进了城！"望着朱洪章的背影，曾国荃气仍未消，"若不是刚才这一手，他几乎要坐到我和大哥的头上拉屎拉尿。只有一个朱洪章还好对付，若是朝廷真的要追查金银，那就会有成千上万个朱洪章跳出来，你看怎么办？"

这个意外的插曲使得曾国藩又惊又恼。"湘军已经腐败了。"他在心里得出了结论。

"大哥。"曾国荃小声而神秘地呼唤，曾国藩觉得有点异样，"依我看，新的大乱就要到来，我们得先下手为强。"

"你说什么？"新侯爵已觉察到新伯爵的反常。

"我们学他。"曾国荃伸出左手掌，右手在掌心上画出一个字来。曾国藩顺着他的手势看着看着，不觉屏息静气，最后紧张得连大气都不敢出一口。

四　倚天照海花无数，流水高山心自知

原来，曾国荃在掌心上划出的是一个"赵"字。毫无疑问，这指的是陈桥兵变黄袍加身的宋朝开国皇帝赵匡胤。

"沅甫，你疯了！"曾国藩冷冷地看着因情绪激昂而红了脸的弟弟，生气地说。

"大哥。"曾国荃压低声音，焦急地说，"这桩事，打下安庆后我就想过了。我也晓得润芝、雪琴以及左宗棠都旁敲侧击试探过你，大哥那时不同意是对的，因为时机不到，而现在时机到了。吉字大营攻下长毛盘踞十多年的老巢，军威无敌于天下，所有八旗、绿营都不是我们的对手。现在朝廷要追查金银下落，吉字营上下怨声载道，正是我们利用的好时候。吉字大营五万，雪琴、厚庵水师两万，还有鲍春霆的两万，张运兰、萧启江的三万，这十二万人是大哥的心腹力量，再加上李少荃的淮军，只要大哥登台一呼，大家都会死心塌地跟着干。左宗棠要是不从，就干掉他！大哥，你把这支人马交给我，不出两年，我保证叫天下所有的人都向大哥拱手称臣。"曾国荃越说越得意忘形，曾国藩越听脸色越阴沉。曾国荃心想，大哥素来谨慎，这样的大事，他怎么会轻易做出决定，不作声，便是在心中盘算。他进一步撩拨，"大哥，大清立国以来，只有吴三桂、耿精忠几个汉人手里有过军队，这些军队一直是朝廷的眼中钉。后人都说吴三桂不安分造反，其实他们哪里知道，那是朝廷逼出来的。"

曾国藩心里猛一惊，觉得弟弟的话有道理，过去自己也是指责吴三桂的。也可能事实真的如沅甫所言，吴三桂造反是逼出来的。

"朝廷也在逼我们了。"曾国荃气得咬牙切齿，"走了一千多号人，与打下金陵相比算得了什么？如此声色俱厉地训斥，居心何在？口口声声追查长毛金银的下落，无非是说我们私吞了，好为将来抄家张本。大哥，这十二万

湘军在你的手里，朝廷是食不甘味、寝不安神呀！飞鸟尽，良弓藏，狡兔死，走狗烹，想不到今日轮到我们兄弟了。"曾国荃长叹一声粗气后，恶狠狠地对着曾国藩说，"大哥，我们这是何苦来！百战沙场，九死一生，难道就是要做别人砧板上的鱼肉吗？盛四昨日对我讲，家里起新屋上大梁时，木匠们都唱：两江总督太细哩，要到北京做皇帝。又说当年太公梦的不是蟒蛇，而是一条龙，因怕官府追查，才谎说是蟒蛇。大哥。"曾国荃扯着曾国藩的衣袖口，紧张得说不出话来，好一会才慢慢地吐出，"满人气数已尽，你才是真正的真龙天子呀！"

曾国藩坐在对面，听着弟弟这一番令人毛骨悚然的心里话，仿佛觉得阴风阵阵，浑身发冷。他突然意识到不能让他无休止地说下去，这里面只要有一句话被人告发，就可能立即招来灭族惨祸。此时自己已被搅得心烦意乱，难以说服他。办法只有一个，便是马上离开。

"老九，你今天情绪有点失常，可能是湿毒引起心里烦躁的缘故。你静下心来，好好躺着，我叫人来给你看看病。"说罢，不等曾国荃回答，便匆匆地走了。

回到房里，第一件事就是要荆七把盛四叫来。"盛四。"问明属实后，曾国藩气极了，"你也是三十多岁的人了，怎么这样蠢，这种话也是随便能说的？假若你不是我的亲外甥，我今天就一刀杀了你！"盛四一听，吓得忙跪在大舅的脚下叩头不止。"你明天一早就回荷叶塘去，警告那些胡说八道的人，若哪个敢再说半句做皇帝、真龙天子的话，就要四爷割他的舌头，听明白了吗？"

打发盛四后，曾国藩才略为定了定神。他燃起一支安魂香，盘腿坐在床上，将这两天来发生的一切细细地深深地思考着。老九的分析，很大部分都是对的，但要自己做赵匡胤，却万万不能接受。这种话，曾国藩已经是第五次听到了。第一次出自王闿运之口，他为之心跳血涌。第二次是彭、胡、左等人的劝说试探，他置之不理。第三次是王闿运为肃顺当说客，他视之为狂妄。第四次是王韬的无知妄言，他不客气地加以训斥。难道这一次就如沅甫所说的时机成熟了吗？曾国藩嘴角边露出一丝冷笑。时机，对于他来说，这一辈子都没有成熟的可能性。这一点，他比所有劝他问鼎的人都清醒得多。如果说，朝廷对于长毛的起事，对于吏治的腐败，对于民生的凋敝，对于洋人的欺凌，都是软弱无能、束手无策的话，对汉人的防范，尤其是对握有重兵的汉人的防范，却是老谋深算、戒备森严的。咸丰帝询问王世全赠剑，拟派布克慎掌管水师，衡州出兵前夕降二级处分，刚任命署鄂抚又急忙撤销，德音杭布由盛京派到军营，多隆阿从金陵来到武昌，这一件件、一桩桩往事，刻在曾国藩的脑海深处，并时常冒出来，刺痛他的心。眼下虽然湘军兵力在苏、浙、赣、皖南等处占着绝对优势，但官文、冯子材、都兴阿等环伺四周，尤其是僧格林沁的蒙古铁骑虎视眈眈。所有这一切，似乎早就为着防备湘军而部署的，只等湘军一有反叛端倪，便会四面包围。还有左宗棠、沈葆桢，位列督抚，战功赫赫，对曾国藩的不满情绪早已暴露，而朝廷竭力笼络，有意扩大内部裂缝，从而达到分化的目的。可以说，从曾国藩手中掌握几千团勇的那天起，朝廷便对他存有相当大的戒备之心，到现在不但没有减弱，反而随着他的名声和功劳的隆盛而加强。

倘若与朝廷分庭抗礼，第一个站出来坚决反对的便是湘军内部的人，而这人一定便是目空一切、睥睨天下的左宗棠。曾国藩心想，老九太简单了，论打仗，不但老九比不上他，眼下海内将才，没有一个人是他的对手。到那时，左宗棠处极有利之形势，集全国之粮饷兵力，消灭曾氏家族的湘军，要比打败长毛容易得多。

一支香燃完了，曾国藩下床来活动一下酸胀的双腿，又点燃一支，重又盘腿坐到床上，继续着刚才的思索。

即使侥幸黄袍在身上穿稳了，这个心高气傲、倔强狠恶的老九，既然可以把黄袍披在自己的肩上，就可以随时把黄袍取走。斧声烛影，千古之谜，老九不就是赵光义吗？一向对兄弟知之甚深的曾家老大，有一百个把握相信自己的判断不会错。曾国藩上下两排牙齿在嘴里左右错动，发出一阵阵轻微的摩擦声，两腮时紧时松，双目木然冷漠。让我背上个乱臣贼子的千古骂名，他却轻轻松松地子孙相传，稳坐江山，老九的算盘拨得太精了。如同安魂香的轻烟袅袅直上，越来越淡，直到淡得没有了，曾国藩对弟弟也越来越看清楚了，直到看穿他的五脏六腑、灵魂深处。

是的，曾国藩不能做董卓、曹操、王莽、赵匡胤那样无父无君、犯上作乱的叛臣逆子。三十年前，他还只是荷叶塘乡下一个农家子弟，卑微得像路边一根草，低贱得像桌下一条狗，如今贵为甲侯，权绾两江、声动四海、名重五岳，还不都是出自天恩，源于皇家吗？借助它给自己的一切，又来背叛它，反对它，良心何在？失败了，固然理所当然地要遗臭万年，猪狗不如；就算成功了，过去自己所说的那些忠诚敬上之类的话，不都是欺天瞒地的谎言假话？那些告诫子弟的谆谆家教，不都会成为后世训子的反面教材吗？一生抱负，千秋名节，都绝对不容许他曾国藩有丝毫不臣之念！

金陵攻下，举国都盼望早熄战火，铸剑为锄，若自己再树起反旗，岂不又把千千万万的人重新拖入血火之中？新建立一个王朝又如何呢？那无非也就是增加一个唐高祖、明太祖，豪杰事业是做到顶了，但平生追求的圣贤事业立刻灰飞烟灭。三千年史册，回过头看，究竟是秦皇汉武的豪杰事业伟大呢？还是周公孔孟的圣贤事业伟大，这个问题的答案应该是明白的。

笔直上升的烟柱忽地断掉，第二支香也已燃完，要细心思考的问题太多了，曾国藩下得床来，又点上一支。既然不按沅甫说的办，就必须更加事事小心谨慎，务必取得朝廷的充分信赖。曾国藩想，最使朝廷放心不下的，便是手下这十多万水陆湘军。数百个军营皆系将官私募，三千里长江无一船不挂曾字旗，这在本朝是从来没有过的事，怎不令太后、皇上心神不安？卧榻之侧，岂容旁人安睡？哪朝哪代的君王不是如此！况且进城后湘军的表现，也足使曾国藩失望。这样的军队，即使不撤，也不能打仗了。不如裁去五万八万，既令朝廷放心，也甩掉一个沉重的包袱。

再一个就是停解厘金。厘金一事最失人心，苦了亿万百姓，肥了数千局吏。现在金陵已经攻下，若再照解厘金，必然招致民怨沸腾，得罪地方。第一个先撤的是湖南东征局！做出这两个决定后，曾国藩的心头略觉宽松。他刚走下床，又想起一件大事：今年是乡试正科，要立即把贡院修复，务必赶上今科乡试。

清初时设江南省，包括安徽、江苏两地，康熙六年这两地分为两省，但乡试没有分闱，一直在一起，故录取名额较他省都多，又因人文荟萃，英杰辈出，一甲三鼎中数江南举子最多，故江南乡试，历来为天下注目。自从金陵落入太平军之手后，江南乡试已中断十多年了，这中间仅咸丰九年在杭州借闱开科一次，又因录取名额不足，失去了会试的机会。收复安庆后，曾国藩曾准备在安庆设一考棚，将安徽与江苏分开，先在安庆单行乡试，但后因皖北不靖、士子不齐而未果。那些急于仕进的江南读书子弟，眼巴巴地看着别省开科取士,新举人们肥马轻裘,自己满腹经纶而无法展示,心中躁急得不得了,早就盼望恢复江南乡试了。此事一公开,不知有多少人欢喜雀跃,破涕开颜!

如果说第一件事足以消除朝廷的戒备,第二件可堵天下百姓的口舌,那么这件事更是深得全国士子之心!曾国藩想到这里,终于摆脱压得透不过气来的负担,心情松快多了。

"大人,萧军门带着三十多位将领前来叩见,说有要事禀告。"荆七推门进来,说完后垂手站在一旁。

他们来干什么?曾国藩坐在椅子上,心里思考着,一只手慢慢地梳理胡须。上上下下地梳理几遍后,脸上露出一丝淡笑。

"更衣!"曾国藩起身,荆七随即捧来了朝服。除开跪接圣旨、重要会议及朔望朝贺外,曾国藩接见部属时通常只着便服:冬天是一件黑布棉袍,外罩一件酱色马褂,从不用皮货,更没有貂、狐、猞猁等珍贵皮袍。那年打下田家镇,咸丰帝赏赐了一件狐腿马褂,他只试穿了一下,表示对圣恩的祗受,第二天便派人送回荷叶塘珍藏起来。夏天永远是玄色或灰白色布长衫,也不穿丝绸衣裤。今天曾国藩一反常态,大热天气穿上严严实实的朝服,威严庄重地端坐在虎皮大帅椅上,两眼如电光般地平视前方。萧孚泗等人见此情景,心里先就有三分怯了。

"诸位找我有何贵干?"浓重的湘乡官话宽厚洪亮,在大厅里回响。

萧孚泗、朱洪章、刘连捷、彭毓橘、朱品隆等人坐在那里,你看着我,我看着你。谁也不敢先开口。萧孚泗轻轻地推了一下彭毓橘,小声说:"你是中堂的老表,你说吧!"彭毓橘见众人都拿眼睛望着他,分明也是推他出头的样子。他想,看来义不容辞了,便正了正衣冠,站起来说:"中堂大人,众位将军在营房里议论,说朝廷硬逼我们交银子,其实又没有,都不知如何办才是,特来请示大人。"说完,偷偷地望了曾国藩一眼。只见曾国藩两只榛色眸子正凝视着自己,就像两把尖刀向心脏刺来。彭毓橘一阵恐惧,忙坐下来,心不停地跳。

"彭毓橘!"

彭毓橘见曾国藩叫他,下意识地站起来。

"你是怎么想的呢?"

彭毓橘一时答不上来，四下望着众人，刘连捷对他努努嘴，示意他大胆说。

"大人，金陵城里的确没有金银，众位将军从哪里找得来？都想请大人给皇太后、皇上上个折子，免去这桩事算了。我也是这样想的。"彭毓橘鼓起勇气说完这番话后，觉得两腿发软，迫不及待地坐下来。

"都说金陵是长毛的小天堂，金银如海，财货如山，你们说什么都没有，皇太后、皇上会相信吗？"曾国藩仍旧梳理他的胡须，语气平缓。

"没有就没有，又变不出的！"刘连捷嘟嘟囔囔地说。

"莫把我们逼急了，狗急了还要跳墙哩！"朱洪章见曾国藩不作声，话说得放肆了些。

"中堂大人！"萧孚泗站起来大声说。他已经偷运两船财货回湘乡老家去了，倘若朝廷认真追查，不但这两船财货得不到，恐怕爵位也会注销，他因此很着急，"据说富明阿奉僧王之命，过些日子就要到金陵来了，我们不能等着他胡来。"

"你说怎么办？"江宁将军富明阿将来金陵视察满城，此事曾国藩已有所风闻，也在担心。他问萧孚泗。

"封锁十三门，不让他进来！"萧孚泗嚷起来。

"富明阿来金陵视察满城，你不让他进来，抗拒朝廷，岂不形同叛逆吗？"曾国藩依旧平和地问。

"叛逆就叛逆！"彭毓橘见曾国藩一直没有斥责他们，以为他心里支持，胆子大了，"大人，先下手为强，后下手遭殃，自古如此。无赖赌徒赵匡胤都能黄袍登基，大人功德巍巍，天下归心，何不趁此机会，光复汉家河山！"

"放肆！"曾国藩气得猛力拍打桌面，大喊，"来人啦，给我把这个胆大包天的乱臣贼子抓起来！"

立时出来两个亲兵，彭毓橘昂首站起，让亲兵捆绑，不争辩也不反抗。萧孚泗用眼睛瞟了一下众人，然后站起来，走到曾国藩座前，双膝跪下，同来的其他将官也学样跪下，一齐高喊："请大人宽恕！"

"请九帅！"曾国藩大声发令。一会儿，曾国荃匆匆赶来，见此情景大吃一惊，忙垂手站在大哥身旁问："杏南犯了何罪？"

"沅甫，彭毓橘口出狂言，无父无君，你说该如何处置？"

"大哥！"曾国荃抬头望了一眼彭毓橘，气势雄壮地说，"不要怪杏南，也不要怪诸位兄弟，都是我叫他们干的。大哥……"

"不要说了！"曾国藩愤怒地挥手制止，"荆七，纸笔伺候！"

王荆七一手拿着笔砚，一手拿着一叠白纸出来。

"不对，换大笔，大红砑笺！"

荆七进屋后再次出来了。曾国藩望着展开在桌面上的红底洒金云纹笺，凝神良久，然后挥笔写下一副联语。写完后把笔往砚台上一扔，目光威厉地向众人环视一周，头也不回地转身走了。

曾国荃等人呆呆地或站或跪，直到听不见脚步声，才纷纷走到案桌边，只见砑笺上写的是："倚天照海花无数，流水高山心自知。"

众人有的叹息，有的咋舌，有的感动，有的木然，有的细细品味而频频颔首，有的发出冷笑而摇头不止。曾国荃先是忿然，继则凛然，终于颓然地吩咐亲兵："放掉彭藩台。"然后冷冷地对众人说："今天的事谁也不准说出去，倘若哪个走漏了半点风声，九爷的刀要借他的血来磨洗！"

五　匕首和珊瑚树打发了富明阿

富明阿说到就到了。原来，僧格林沁对曾国藩奏报已就地处决李秀成、洪仁达和金陵城里无金银两件事甚为怀疑。他认为这是曾国藩在欺蒙朝廷，很有可能根本就没有抓到李秀成，而金陵城里的财产绝对被他们兄弟及湘军官勇们私吞了。他要富明阿借查看江宁满城破毁情形为由，将这两件事查个水落石出，狠狠地压一下曾氏兄弟和湘军的气焰，为满蒙旗兵出一口无名怨气。

关于李秀成之事，曾国藩不在意。李秀成在押达二十天之久，见者甚多，还有洋人戈登可以作证。临刑那天，沿途观者亦在万人以上，况且还有他写的亲笔供词。富明阿再刁，这个事实他否定不了，而金陵城里的财产一事，十之八九会出纰漏。

"不怕他，一个小小的富明阿算得什么！还不是狗仗人势，靠僧格林沁的势力。"曾国荃一副满不在乎的神态。"金陵城是吉字营的天下，岂容得他在这里兴风作浪。明天大哥到下关码头去接他，就说我卧病在床，不克亲迎，后天在伪侍王府里设宴为他洗尘。那时我给他点颜色看看。"

"老九，富明阿虽只一个江宁将军，但他可以通天，对他万万不可小觑。"曾国藩担心弟弟鲁莽坏事。

"大哥请放心，我要叫他高高兴兴离开金陵，安安稳稳平息这场风波。"有了这句话，曾国藩放心了。

第二天，曾国藩带着李秀成的亲笔供词，登上富明阿泊在下关江面的大船。富明阿将李秀成的供词翻了翻，曾国藩又把处决李秀成、洪仁达时的场面说了说，特地把戈登抬了出来，果然富明阿对抓获李秀成一事不再有怀疑。曾国藩和富明阿一起上岸，亲自陪着他查看了位于城东的满城。这里原本是前明故宫，后作为江宁旗兵的驻防地，经过这次血战，满城已荡然无存。曾国藩爽快地许诺富明阿，立刻拨巨款，先修复江宁满城，次修缮京口旗营，待房屋盖好后，再奏请朝廷从京师旗兵中调拨人员来，务必要恢复昔日旧制。富明阿对此甚为满意。次日晚上，曾国荃在原侍王府里设宴款待，富明阿欣然出席。

傍晚，富明阿穿上耀眼的麒麟补子袍褂，骑一匹高大的蒙古马，带着几个戈什哈，神气十足地来到原侍王府。但见门外冷冷清清，三扇大门关得紧紧的，没有一丝接待贵客的迹象。富明阿心中奇怪。戈什哈不客气地用拳头捶打大门，半天后才见一个老眼昏花的门房出来，穿着一件补丁叠补丁的粗布衣，又脏又黑，仿佛几十年没洗过一样。

"富将军来了，你们为何这般怠慢？"戈什哈不满地训斥着。老门房脸上笑嘻嘻地，并不生气。戈什哈知他没听清，又说了一遍。"总爷，请你再大声说一遍。"戈什哈不耐烦地又说了一遍。

"啊呀，是富大人来了，我全不记得九爷今晚请客这事了，真该死。"老门房恍然大悟。一口浓重的湘乡土话，自小在北京长大的富明阿几乎没有听懂一个字。接着忙跑进去通报，一会儿中门大开，曾国荃带着几个人在门后出现："富将军，得罪，得罪！门房误事，我已骂了他一顿。"

"九帅客气。"富明阿双手抱拳，面色不甚欢悦。

二人并肩进了大厅，分宾主坐下。曾国荃又道歉："门房糊涂，多多失礼。"

"九帅，我看你这门房也是该换一个了。"富明阿郑重建议。

"是呀，不过别的事他又干不了。"曾国荃表示出一种很大的遗憾。

"贵府何必要这种人呢？打发他两个钱，开销了事。"富明阿奇怪，一座金陵城都打下了，一个老门房却处置不了。

"富将军说得好轻巧！"曾国荃靠在椅背上，脸色黑而憔悴。"他从荷叶塘乡下带着两个儿子跑来投奔吉字营，跟着我先后打了几百仗，大大小小的战功可以堆满一屋子，积功保至副将衔。打安庆时炮火震聋了耳朵，打金陵时，石头砸断了三根肋骨。两个儿子，一个死在吉安，一个死在巢县。这样的有功之人，我能随便开销他？再说，他从把总保起，一直保到副将，没有多拿一个铜板，他的俸禄要全部算给他，总在四五千两银子以上，我哪里拿得出？故而明知他干不了事，也只能养着他。"

富明阿听了这番话，心里不是滋味，嘴里含含糊糊地应付："是这样的话，倒也不能随便开销。"

一个亲兵上前，附着曾国荃耳边说了两句话。曾国荃站起来，伸手做了一个请的姿势，对富明阿说："富将军请，西花厅的宴席已摆好了。"

富明阿在曾国荃的引导下来到西花厅。只见厅里已摆好了十桌酒席，主席上空了两个座位，另外九席都已坐满了人，见他们来，便一齐起立。曾国荃笑容满面地向富明阿介绍："这些都是攻打金陵城的有功将官，有幸陪同将军，是他们的光荣。"

富明阿笑着向站起的人打招呼，请他们坐下。见这些人个个脸上傻笑着，身上穿着陈旧不堪的衣服，大部分人的脚上套着草鞋，就像长途行军途中临时将他们招来开军事会一样，富明阿心想：这样一群土头土脑的乡巴佬，也是打金陵的首功将领？曾国荃请富明阿在主宾席上就座。富明阿见桌上摆的全是粗瓷泥碗，里面盛的也只是普通家常菜，并无半点山珍海味，不觉食欲大减。曾国荃刚举起酒杯，说声"请"，那九桌上的陪客便迫不及待地大吃大喝起来，仿佛饿了几天一样。富明阿勉强举起酒杯吮了一口，意外地发觉这杯中的酒倒是异常的清洌醇香，喝下去满腹舒畅，不禁脱口称赞："好酒！九帅，你这酒是哪里来的？"

"这酒可不比寻常。"曾国荃微笑着，眼里藏着诡谲神秘的色彩。"外间都说长毛天王宫里堆着无数金银财宝，其实什么都没有。但要说一点财富没得，倒也不是事实，我们也得到了两件宝贝。"富明阿的眼睛睁大了，露出极有兴趣的光彩。"头件宝贝便是一大坛子酒。"

"看来我喝的酒便是这个坛子里面的了。"富明阿笑着说。

"正是。将军可知这酒的来历?"

富明阿摇摇头。

"刚得到这坛酒时,大家都不知道它的贵重,打开坛子后,屋子里立刻充满了异香。李臣典命令赶紧把盖子盖好,谁也不准动。后来问了在洪酋身边十多年的黄三妹,才知酒的来历。"曾国荃神采飞扬地说到这里,忽地停住了,端起酒杯来,浅浅地喝了一口,细细地品味。富明阿也照样品了一口,眼睛望着曾国荃,示意他快点说。"原来,长毛初进金陵,在营造伪天王宫时,挖出了十坛酒,每坛酒上都加了一道封条,上书'弘光元年'四字。"

"这坛酒在土里埋了两百多年!"富明阿惊讶起来。

"洪酋最爱美酒,便把这十坛酒全部据为己有,十坛喝去了九坛,这是最后一坛了。"

"啊,怪不得酒味如此醇厚!"富明阿感叹。

"原本想封存献给皇上,今日见富将军来,干脆打开喝完算了。"曾国荃爽朗一笑。其他九席上的人高喊:"我们都托富将军的福!"

富明阿十分高兴,刚进府门时的不快和粗瓷泥碗引起的不悦,给这坛美酒全冲走了。他喜滋滋地举起酒杯,高声说:"本将军沾了各位攻克金陵的光,能饮此美酒,真是生平大快事!"

十桌酒席上的人一齐开怀大笑,豪饮猛嚼起来。富明阿笑着问曾国荃:"两件宝贝,九帅只说了一件,还有一件呢?"

"还有一件么,"曾国荃卖着关子,"吃完饭再说吧。来,先干了这一杯!"

两人举起酒杯碰得"哐啷"作响,一口喝了个底朝天。酒至半酣,彭毓橘离席来到富明阿跟前,鞠了一躬,说:"军中无乐伎,不能为将军助兴,在座的多为武夫,也不会行酒令,末将且为将军打一通拳,供将军一笑吧!"

富明阿快乐地说:"好!打拳舞剑是军人的本色。彭将军,鄙人要看看你的真本领!"

"末将献丑了!"彭毓橘在大厅中间摆开一个架势,手脚活动了几下,便在众人面前翻滚跳跃起来,时而金鸡独立,时而灵猿攀树,时而大海探珠,时而深山擒虎。打得兴起,他干脆脱掉上衣,露出一身墨牡丹文身来。

"好！""好！"大厅一片喝彩。富明阿端起一杯酒，离席走到彭毓橘身边，笑吟吟地说："将军拳术高超，鄙人大饱眼福，我敬将军这杯酒。"彭毓橘接过酒杯，二话不说，一饮而尽。

"杏南兄，一人打拳太孤单了，我跟你来个对打吧！"

"好！"满厅又是一片喝彩。刘连捷也脱去衣服，露出黑黝黝的一身肉来，与彭毓橘面对面地打了起来。刘连捷习的是巫家拳，柔中藏刚，绵里裹金，与彭毓橘的北拳恰成对比。二人在厅中一刚一柔，一攻一守，都拿出全身本事，互不相让。突然，彭毓橘脚跟一晃，朝天倒在地上，只见脸色惨白，口吐白沫，众人都感到意外。刘连捷正要弯腰去扶起他，猛然间彭毓橘飞起一脚，正踢在刘连捷的胸口上。刘连捷双手捧住胸口倒在地上，半晌不省人事。众人见二人打得认起真来，纷纷站起，有的说："算了，莫打了，原是打着玩的，怎么能出毒手呢？"一会儿，刘连捷从地上爬起，发疯似的冲向彭毓橘，双手紧抱他的腰，两排铁锯似的牙齿在他肩上狠命咬起来，痛得彭毓橘哇哇直叫。

"啪！"曾国荃一手打在桌子上，杯盘震得跳了起来："混账，你们要在富将军面前丢脸吗？都给我住手！"

彭、刘二人立时松了手。

"九帅，刘连捷不是人，他踢我的下身。"彭毓橘说着，用手捂住下身，厅里一片哄堂大笑，富明阿笑得酒都喷了出来。曾国荃止住笑，问刘连捷："你为何下此毒手？"

"我要教训教训他！"刘连捷傲气地说，"他四处造谣，恶毒攻击我，说我在天王宫捡了一颗珍珠没有上缴。其实，自从进城到今天，我连珍珠的影子都没见到。"

"杏南，你为何要诬蔑南云？"曾国荃厉声问彭毓橘。

"九帅！"彭毓橘叫道，"是他先诬蔑我，说我在天王宫里拾到一个二两重的金元宝。真他妈的血口喷人，老子至今没有见到过一钱金子。"

"啪！"曾国荃又是一掌打在桌子上，把身旁的富明阿吓了一跳，"都是你们这班下作东西，在互相造谣攻击，怪不得外间传说纷纷，都说金陵城里的金银珠宝都被我吉字营吞了。诸位，现在富明阿将军在这里，你们都当着富将军的面，坦白你们各人到底得了多少金银！"

"我一两银子都没捡到！"

"哪个私藏金子不是人是畜生！"

"哪个看到珠宝眼烂瞎！"

"哪个摸过珍宝手烂断！"

吉字营的近百名营官们，带着八分醉意，东倒西歪地大声吵嚷，厅里乱成一片。

"各位都不要吵啦！富将军也知道你们攻城辛苦，并没有得到一丝分外之财，这都是彭毓橘、刘连捷两个王八蛋自己在骂自己，害得大家都担了恶名，来人呀！"曾国荃扯起嗓门大叫，"给我把这两个狗杂种推出去斩了！"

众人都惊呆了。富明阿忙说："九帅，不必如此，不必如此！"萧孚泗等人也一齐喊："九帅息怒！"

"好吧，看在富将军的面子上暂时饶了你们的小命。"曾国荃回头对身旁的亲兵命令，"拿两把匕首，牵两条狗出来！"

众人都不解，这个杀人不眨眼的九帅要玩出什么新花招来。匕首和狗都到了。曾国荃站起来大声宣布："彭毓橘、刘连捷，你二人破坏吉字营的名声，本该处死，看在富将军分上饶你们死罪。现给你们一人一把匕首，一人一条狗，跟我到后门草坪上去，待狗跑过柳树后，你们各人将手中的匕首发出去。刺死狗者，本帅赏一杯酒；没有刺中者，本帅罚打二十军棍！"

这真是少见的赏罚！众人欢呼起来，富明阿也在心里称赞曾国荃的点子出得古怪有趣，不过他不大相信，这两个土将军能有如此本领。

大家都来到后草坪。彭、刘二人各持一把匕首，牵一条狗，站在离柳树五十步远的地方，每只狗后面跟着一个手拿鞭子的士兵。曾国荃一声令下，两个士兵举起鞭子朝狗身上用力一抽，两只狗狂叫着箭也似的向前飞奔。刚过柳树，彭毓橘眼明手快，匕首早已从手里飞出，不偏不斜，不前不后，正中狗头，那只狗在地上抽搐两下，不动了。正在这时，另一只却连脚都未蹬一下，便躺在血泊中，一把匕首牢牢地插在它的脑顶。众人鼓掌狂笑。

"狗日的，你再诬骂老子拿了珍珠，这只狗就是你的下场！"刘连捷侧过脸去，狠狠地骂道。

"婊子养的，你再讲老子拿了元宝，这只狗也是你的下场！"彭毓橘也侧过脸去，狠狠地回了一句。

站在一旁的富明阿猛然一惊，如同这两把匕首插在他的心上似的恐怖不已。

再次回到厅里，吉字营的将官们酒兴更浓，富明阿却心事重重，望着眼前的酒菜，再也吃喝不下去了。曾国荃看在眼里，心中暗喜。"富将军，另一件宝贝，你不想见识一下吗？"

"哦！哦！"富明阿仿佛醒过来了，"好哇，只要九帅肯拿出来，我当然乐意一开眼界。"

"来人，把宝贝抬出来！"

曾国荃的话音刚落，八个年轻的兵士抬出一座黄龙大轿来。

"这是长毛坐的轿吧？"富明阿问。

"是的。"曾国荃答，吩咐士兵："把轿罩揭开！"

四个兵士走上前，一人站一角，一声吆喝，把轿罩掀过头顶。富明阿的眼前忽现一片大红，定神看时，原来是一株特大罕见的珊瑚树。只见树高四五尺，枝柯交错，其大盈围，其红如血。睹此异物，富明阿好比置身龙宫，惊诧不已！

"富将军，这是在洪逆西花园里得到的，我本想自己留着，但家兄生性俭朴，不喜珍奇，定然不能容此物，故不敢留。富将军是城破后第一个进城慰劳的朝廷要员，这株珊瑚树，就算是我吉字营全体将士对将军的答谢吧！"

"如此珍宝，鄙人不敢受，不敢受！"富明阿吓得忙起身推辞。

"朱洪章！"曾国荃高喊。

"到！"朱洪章离席来到厅中。

"你带着焕字营一百个兄弟，将这株珊瑚树护送到富将军船上，不得有误！"

"是！"朱洪章转过脸下令，"弟兄们，抬到下关去！"

富明阿见此情景，也不作声了。

第二天一早，富明阿便带着这株红珊瑚树，悄悄地离开金陵城，兼程赶到山东济宁府，面见僧格林沁，十分诚恳地对他说："金陵城内金银如山、财货如海的话，纯系子虚乌有，卑职细心查访，询问故旧父老，都说并无此事。请王爷转告皇太后、皇上，不必再追查，以免激怒湘军，引起事端。"

六　御史参劾，霆军哗变，曾国藩的忧郁又加深了一层

富明阿好打发，但天下悠悠之口却难堵住，当曾国藩离开金陵，回安庆料理一个多月，将两江总督衙门正式迁入原太平天国英王府时，朝野上下已物议沸腾，纷纷指责湘军将金陵城洗劫一空，还送曾国荃一个极难听的绰号："老饕"。曾国荃闻之湿毒加重，肝病复发，曾国藩也忧心忡忡，时刻担心不测之祸临头。

这一天，曾国藩于兢兢之中又拿起《宋书·范泰传》。当读到范泰对司徒王弘说"天下务广而权要难居，卿兄弟盛满，当深存降挹"这句话时，就觉得这正是在对他和沅甫敲的警钟。他提起笔来，在这句话的旁边加了一长串小圆圈，然后又在天头上批下一句："处大位而兼享大名，自古能有几人深善末路者，总须设法将权位二字推让少许，减去几成，则晚节渐可以收场耳。"放下笔，他又想到沅甫向来心境狭窄，正宜用这些前人的故事去开导他。于是叫来王荆七，命他将此书送给九帅，为郑重起见，又作了一封短函：

> 沅弟左右：弟肝气不能平复，又怀抑郁，深为可虑。弟不必郁郁。从古有大勋劳者，不过本身是一爵耳，弟则本身既挣一爵，又赠送阿兄一爵。弟之赠送此礼，人或忽而不察，弟或谦而不居，而余深知之，顷已详告妻子知之，将来必遍告家人家族知之。而今以后，当与弟谋长保家族不衰之方。现遣荆七送来《范泰传》一篇，愿弟熟读深思之。古来成大功大名者，除千载一郭汾阳外，恒有多少风波，多少灾难，谈何容易！愿与吾弟兢兢业业，各怀临深履薄之惧，以冀免于大戾。

荆七刚走，折差便送来一叠咨文，这是军机处照例抄送给各地督抚、将军、都统的朝廷重要奏折。曾国藩小心打开，一共三份，他看着看着，心慌意乱，两眼模糊起来，最后竟冷汗透湿，面色发白，靠在椅背上，连站起的力气都没有了。原来，这是三个御史的参折，全是对着他曾氏兄弟和湘军而来的。

一是御史朱镇奏陈金陵善后事，谓兵勇宜遣散，田宅宜清还，难民宜抚

恤，商贾宜招徕，而曾国荃办善后，却先事扰民，毫无纲纪，遂使金陵城的善后越办越乱。奏请罢掉曾国荃的巡抚职务，另在朝中拣择干员前去办理。一份是御史廖世民奏曾国潢在湘乡仗其兄弟之势，要挟县令，干预公事，私设公堂，挟嫌报复，甚至以人头祭祖宗，致使县令每隔三五天便躲在屋里痛哭流泪，谓曾四爷又要借其手杀人了。奏请朝廷命湖南巡抚严惩劣绅曾国潢，以肃乡纪。一是御史蔡寿祺奏湘军种种不法情事，罗列曾国藩、曾国荃、李鸿章、李元度、刘蓉、鲍超等人纵容部属胡作非为，谓这些年来湘军攻城略地，朝廷所得者少，所损者大。此次攻克金陵，纯因长毛气数已尽，非战之功。湘军本流氓之众，乘时而起，不少人已占军政高位，实非国家之福，诚为不测之患。此辈只宜授以卑职，不能寄以重任。

"如此说来，湘军和我曾家兄弟，简直不是功臣而是罪魁了！"曾国藩在心里凄凉地叹息。过了好长时间，他才慢慢清醒过来。御史本是可以风闻言事，不必承担责任的，皇上对他们所言也并不都认真追究。三份奏折都仅以咨文形式抄阅，朝廷未有任何态度，所递送的对象也仅限于两江总督一人。这就意味着只是敲敲而已，并不想把它扩散开。想到这一层后，曾国藩心里略为开朗了一些。他把赵烈文、杨国栋、彭寿颐等人叫来，将咨文给他们传阅了一遍，大家的看法与他一致。

"中堂，这些咨文要不要给九帅看看？"赵烈文将咨文折好，准备存入柜中时问。

"沅甫近来心情不好，暂不给他看吧！"曾国藩想了想说。

"中堂，我们拟一个折子，把这些无事生非的乌鸦们痛驳一顿，不要让皇太后被他们的谎言欺骗了。"彭寿颐气愤地说。

"是要上个折子，跟皇太后讲清楚。"杨国栋附和。

"折子暂时不上。"曾国藩捋着长须，安静地坐着，他的心境已基本平息了，"只将蔡寿祺的那份折子再抄两份，以我的名义转给李少荃、刘孟容，由他们去向皇太后辩诬为好。"

"还是中堂想得周到。"赵烈文说，他从心里佩服曾国藩处事的老练。幕僚们刚走，一亲兵进来禀告："霆军营官滕绕树在衙门外求见。"

鲍超回四川省亲去了，霆军由记名提督宣化镇总兵宋国永统带，目前正在全力对付太平军康王汪海洋的人马。是战事危急，需调人救援，还是捉到了汪海洋，前来报捷。"叫他进来。"自从咸丰四年衡州出兵后，整整十年没有再见过滕绕树了。见当年这个瘦小得像一根小藤样的湘西勇丁，如今已是威风凛凛的将官，曾国藩心中一喜，含笑问："你现在官居何职？"

"回禀中堂大人，卑职现居记名副将霆军树字营营官。"滕绕树一板一眼地回答。

"有出息，居然是二品大员了！"曾国藩称赞。

"这个二品有什么用！"滕绕树不屑地回了一句。

"怎么没有用？"曾国藩觉得奇怪。

"听说要裁军了，像我们这种记名官一旦离开军营，便是老百姓了。莫说二品，就是一品也是空的。"

裁军的事，曾国藩还没有考虑成熟，他深知这中间的问题一定会很多。在给皇太后、皇上的奏折中，他提到了这件事，表示了坚决裁撤湘军的决心，为的是让朝廷放心，至于具体部署，还有待周密思考。在一次湘军高级将领会上，曾国藩把裁军的决定透露给他们，以便听听他们对此事的反应。看来，鲍超已将此事在霆军中传开了。滕绕树来，正好可以借此机会听听军营将士们的意见，也可以对他们作些解释。

"绕树呀！"曾国藩放下总督的架子，以长辈的身份和蔼地说，"你百战辛苦，为国家立了功劳，乡里族人谁不敬重？现在再拿些遣散费回去，买几十亩好水田，起几间大瓦屋，舒舒服服、自由自在地过下半辈子，岂不最好？何必当官争权呢？何况你们武官终年在军营，免不了要打仗流血，有性命之忧！"

"中堂大人的话固然很对。"滕绕树正正经经地说，"不过，买田起屋在家里过日子，再好也只是一个土财主，哪里抵得上大将军操生杀大权，八面威风呢？"

"这样说来，你们都不愿意遣散回籍了？"

"也有人愿意，但当官的大部分不愿意。"

"不愿意又怎样呢？"曾国藩想起前段时期吉字营的骚乱，已有一种不祥的预感。

"中堂大人，我这次正为此而来。"滕绕树神色严重地说，"霆军将近一半人哗变了。"

"有这样的事？"湘军中有逃兵，有骚乱，但尚无大批人哗变的先例。霆军一向纪律甚差，只有鲍超可以弹压得住。曾国藩也曾担心霆军内部会出乱子，但没有料到哗变。他气愤至极，"因何事哗变，谁领的头？"

"宋军门有一封信给您老。"滕绕树从背包里取出信来，双手递给曾国藩。

宋国永的信上说，哗变的部队达八千人之多，是在追赶汪海洋的途中，听到裁减湘军的消息后发生的。他们突然赖在金溪不走，向宋国永索取欠饷，为头的是庆字营营官申名标。这两年来申名标在霆军内暗中发展哥老会，这次哗变，就是哥老会在串联的。

这个可恶的申名标，悔不该当初没有杀掉他！曾国藩在心里骂道。那年撤了申名标的营官职务后，他在亲兵营待了半年，后被杨岳斌保释到外江水师，以后鲍超看他能打仗，便许他一个营官职务，将他从水师调到霆军。滕绕树退出后，曾国藩把霆军哗变事告诉了赵烈文，并带着他坐轿来到吉字营统帅部。

曾国荃在读了大哥的信和《范泰传》后，心情略为开朗了些，但神情仍然抑郁。见大哥一进门，便忙拉着他的手说："大哥，我想好了，我只有走一条路才可以使天下谤言中止。"

"老九，你又瞎想些什么啦？"曾国藩为弟弟的话害怕，怕他有意外之举。

"我要学王弘、王昙首兄弟，称疾引退。"

原来要走的是这条路，曾国藩松了一口气。这实际上是曾国藩自己心里的想法，处眼下情势，老九还是暂时回籍避一下为好，叫荆七送《范泰传》的背后，或许也含有这层意思。但现在由老九口里说出，他又觉意外，尤其是在看了《范泰传》后提出，他又担心老九会以为是阿兄逼他回籍，忙说："金陵诸务都离不开你，要称疾引退，也是大哥的事，待金陵善后诸事粗有头绪后，大哥我便向皇太后、皇上提出开缺回籍。"

"大哥怎么能走这条路！"曾国荃苦笑道，"况且我现在心身都有病，这金陵城嘈嘈杂杂的，也住不下去。吉字营的裁撤困难很多，我在这里，眼看他们泪淋淋地离别，心里难受。再说，我的大夫第、贞干的有恒堂，也要由我回去亲自督建。"

曾国藩见弟弟讲得恳切，便说："好吧，这事我们兄弟之间好商量，现在有件急事要听你的意见。"曾国藩拿出宋国永的信来。

"这批王八蛋，统统都要杀头！"曾国荃匆匆看完信，恨得牙齿上下咬得格格作响。

"老九，这可是给我们胸口上插了一刀子，比外间的议论要厉害得多啊！"曾国藩以求援的眼神望着弟弟，"你看此事如何平息？"又对赵烈文说，"惠甫，你也说说，我们三人来商量一个两全之策。"

"卑职一定为中堂和九帅分忧。"赵烈文怀着被信任的感激之情说。

"这好办，叫彭毓橘、刘连捷带五千人马去，缴他们的械，把申名标押来。"曾国荃不假思索地冲口而出。

"这不成了湘军内部的火并，更给别人提供攻击的口实？"曾国藩不同意这个简单的处理办法。

"这不是火并，是平叛！对这等叛逆之贼，只有彻底消灭，才能根绝效尤。"曾国荃强硬地坚持自己的意见。

"是倒是这样，不过八千哗变官兵，消灭亦不容易呀！"曾国藩背着手踱步，没有想出一个好主意，但他总觉得沅甫这个办法不妥。

"中堂，九帅。"赵烈文沉默半晌后终于开口了，"我揣摩中堂的意思，是想用较为稳妥的办法，不很露声色地来处理霆军的哗变。"

"是的。"曾国藩点点头。

"卑职也觉得中堂的想法更好些。九帅欲以武力消灭，虽干净彻底，但不易做到。卑职以为不露声色的处理办法，最好莫过于抚。"

"怎么个抚法？"曾国荃问。赵烈文这两年来为曾国荃攻金陵出过不少好主意，对他的才能谋算，曾国荃是佩服的。

"卑职想，申名标再蠢，这种时候，他率部哗变，也决不会去投靠长毛李世贤、汪海洋，其目的，大概是要在散伙之前多抢些金银财物，听说霆军欠饷很严重，有的营半年没开过饷了。中堂和九帅如果认为可以的话，派我到金溪去走一趟，暂且稳住这八千人的心，使他们不至于把场合闹得更大。"

"你用什么法子去稳定呢？"曾国藩欣赏赵烈文的主意。

"卑职有什么能耐，还不是要借中堂和九帅的威望。"赵烈文笑着说，"我去金溪，第一告诉他们裁军的事，目前还没有进行，大家不要听信谣传，乱了自己的军心。"

"噢。"曾国藩点点头说,"惠甫,你可以这样对他们说,关于裁军的事,曾某人正在等皇太后、皇上的御旨。湘军如何裁撤,目前还没有一个具体方案,有关这方面的一切传闻都是没有根据的。"

"是的哩,吉字营裁不裁,如何个裁法,我都还没有底。只有鲍超这个木脑壳,一听到风就是雨。"曾国荃气愤地说,曾国藩听了却不是味道。

"中堂这样明白地告诉我,我心里就有数了。我到金溪后就把中堂刚才这几句话原原本本地告诉他们。"

"惠甫呀!"曾国荃又开了腔,"我看,你干脆跟他们讲,就说裁军一事暂时不会动,过段时期再说。"

赵烈文望着曾国藩,等候指示。曾国藩不能同意老九的话,但想起他刚才说的学古人引退的那番话,觉得他已为自己做出了太大的牺牲,这件事再不能让他不高兴了,遂说:"你就照沅甫所说的,先哄他们一下也行。"

"再一条,"赵烈文继续说,"向中堂讨三十万银子,将霆军的欠饷一律还清。如此,大部分参加哗变的士兵都会回头的。"

曾国荃忙摇头:"使不得,使不得!你用三十万银子还清霆字营的欠饷,那其他营怎么办?哪有这多银子还债?"

"沅甫的话有道理。"曾国藩思索良久后说,"不过,霆军已经哗变,事非寻常,不撒点银子出去,看来难以平息。这样吧,先从上海关洋税中提出十五万银子,发放半饷。"

"发半饷也行。"赵烈文说,"第三,请中堂授权给我宣布:凡参加这次哗变的官兵一律不追究。"

"不能这样便宜他们。"曾国荃又反对,"大哥作一书急招春霆回来,将此事交给他,让他慢慢地一个个地算账。"

"沅甫说得对,必须赶快将春霆招回来,但不必个个清算,要清算的是申名标等头子和哥老会的人。将这些人处置后,严谕各军各营,今后再发现有哥老会,不论闹事没闹事,一概严惩,凡参加哗变者格杀勿论!惠甫这次去,我授特权给你,暂不追查,先平息下来再说,免得将他们逼上绝路。"

"谢中堂、九帅信任,卑职一定尽快将这次哗变悄无声息地处理好!"赵烈文站起来坚定地说。

七　恭王被罢，曾国藩跌入恐惧的深渊

赵烈文一哄二骗三收买的办法起了作用，哗变的八千人除一百多人跟着申名标逃走外，其余的都由赵烈文、滕绕树带回抚州老营。不久，鲍超由四川奉节日夜兼程赶回，将这些哗变的人狠狠地训骂了一顿，并以严刑拷打迫使他们供出了一百多个哥老会人。鲍超将他们一齐斩首示众。这场哗变终以惨败告终。曾国藩重赏赵烈文和鲍超，并将霆军哗变之事晓谕湘军水陆各营，严禁哥老会，一旦发现，格杀勿论；所有参与哗变的人，不论过去功劳高低，一概严惩不贷。从那以后，哗变不再出现，但索饷、闹事却时有发生。一时没有别的法子可想，曾国藩不得不实行老九的办法，向湘军将官们宣布：裁军之事暂时不提了，以后再说。这样，才逐渐平息了湘军的怒潮。

这时，曾国藩忙于部署修缮城垣，重建满城，并亲自监督江南贡院的修复。贡院开工的那天，曾国藩邀请金陵城内城外百多位德高望重的读书人，来到位于秦淮河畔贡院街上的贡院旧址边。这些读书人中，有汪增甫、钱密之等十人为宋学宿儒，在江南素有三圣七贤之称，曾国藩对他们很是礼遇。大家见偌大的江南贡院，除至公堂、衡鉴堂、明远楼未受大的损坏外，其他如监临、主考、房官、提调、监试各屋，眷录、对读、弥封、供给各所片瓦不见，一万六千间号房板荡然无存，这些耆儒们对此惨景莫不哀叹不已。曾国藩对他们说，不管工程量多大，都要抢在十一月前把贡院修好，不但举行本届乡试，还要补行戊午、辛酉、壬戌三科，都在今年一并录取，并增建号舍四千间，达两万整数。又考虑皖北尚在捻军控制之下，其应试秀才不能前来江宁，特为安徽省留下四成名额。

曾国藩的这些话引得老儒们万千感激，纷纷称赞此举是为江南读书人所做的第一人善事，功德无量。一个老头子颤巍巍地当众跪下，给曾国藩磕头，涕泪满面地说："中堂大人，你是活佛活菩萨，我为我祖孙三代人向你磕头祝福。我从咸丰三年起，整整盼了十三年，终于盼到了今天。十一月我要带着儿子、孙子祖孙三代前来应试。中堂大人，从明天起，我每天三炷香，对着你的长生牌位磕头行礼，托您老人家的福，我李老头子还能活着看到这一天的到来。"老头子趴在地上，唠唠叨叨地说了许多，说得曾国藩又欢喜又酸楚。

这百余个老儒们回去后四处传扬，把江南两省的举子们喜得心花怒放，感激的信件成百上千地飞向总督衙门，使久处忧郁之中的曾国藩略感一丝欣慰。这天上午，曾国藩照例来到签押房，审批案头上堆得高高的文书。首先打开昨夜送来的几份廷寄，刚读到第一句话，曾国藩就惊呆了，照例的"准兵部火票递到议政王军机大臣字寄"套话中赫然缺了"议政王"三字。他顿时诧异万分，连下文都无心看下去，便打开第二件，也没有"议政王"三字，再打开一份仍没有。昨夜收到的三份廷寄，均无"议政王"三字，他觉得此事非同小可，赶紧招来赵烈文、杨国栋、彭寿颐，三个心腹幕僚看后也深为不解。

曾国藩忧虑地说："自同治元年来，军机处发出的文件，从来没有出现过这样的事，即使恭王生病期间，'议政王'三字亦冠在前，这次若不是有生死大变，则一定有非常大事。"

"事情来得突然。"赵烈文沉思着说，"不过卑职早就听人说，蔡寿祺的那份劾折，原不是冲着中堂、九帅和其他湘军统帅来的，矛头指的是恭王，说恭王是湘军的靠背山、保护伞。"

"这话我也听说过。"杨国栋说。

"蔡寿祺一个小小的御史，哪会有这样大的胆子，必定有人在后面指使他。"彭寿颐托着腮帮子，深思熟虑地说出这句话来。

"长庚说得极有道理。"赵烈文说，"这个人八成是西边的太后。"

在曾国藩的密室里没有禁忌，上至皇太后、皇上，下至督抚两司都可以直言明说，但出门则不能妄说一句，而进得这个密室的也只有少数几个心腹幕僚。听着他们的分析，曾国藩觉得事情比自己所想的还要严重得多。假若恭王不是猝然去世，而是被罢黜的话，那最主要的一定是因为他和湘军的缘故。想到这一层，曾国藩心里恐惧起来。他端坐在太师椅上，右手不断地捋着长须，面色凝重，一言不发。

"中堂。"赵烈文轻轻叫了一声，"我们在这里议论，好比瞎子摸象。这样一件大事，震动中外，这两天必有京报来，我们看到京报后再说。"

正说话间，荆七捧来一大堆从京师来的函件，彭寿颐急忙从中挑选京报。找到了！京报在首要位置上登载明谕："谕在廷王大臣等同看：朕奉两宫皇太后懿旨，本日据蔡寿祺奏恭亲王办事徇情贪墨，骄盈揽权，多招物议，妄自尊大，诸多狂傲，倚仗爵高权重，目无君上，视朕冲龄，诸多挟制，往往暗使离间，不可细问，若不及早宣示，朕亲政之时，何以能用人行政。恭亲王着毋庸在军机处议政，革去一切差事，不准干预公事。特谕！"

曾国藩看完这道特谕，半晌作不得声，他轻轻挥手，示意赵烈文等人退出。自己独自坐着，怔怔然仿佛呆了似的。不知过了多久，荆七在他的耳边说："大人，天已黑了，要掌灯吗？"

"什么？天黑了，我坐了多久了？"曾国藩如同睡梦中醒过来一般。

"有一个时辰了。"荆七轻轻地说。

"好吧，掌了灯后，你告诉厨房，今晚不要送饭，叫他们煮一碗新鲜青菜汤，再打两个鸡蛋就行了。"待荆七出门后，曾国藩的脑子才开始转动过来。

宫闱事秘，详情莫知，但有一点已很清楚了，恭王的确是因蔡寿祺的弹劾而被罢黜的，且上谕写得明白，是奉两宫太后懿旨。所谓两宫太后，实际上是西太后的代名词，这点曾国藩早已知道。事情完全如赵烈文等人所分析的，西太后指使蔡寿祺上奏，又亲自下令革去恭王的一切差事，措词如此严厉："目无君上""诸多挟制""暗使离间"，竟类似三年前指责肃顺的口气。

天气尚只是初秋，曾国藩已觉冷得发抖。他叫荆七找出一件棉褂来，穿在身上，还冷不过，于是又要荆七干脆生一盆炭火。曾国藩深知，在他离开京师，创办湘军到现在十余年间，恭王一直是他在朝廷中最强大的支柱。文宗在日，恭王以皇弟之亲贵，力劝文宗信任他，重用他，尽管遇到多方掣肘，满蒙猜忌，甚至文宗本人亦不甚放心，只因有恭王这座大靠山在，曾国藩始终还是受到器重的；当然，那时还有肃顺的大力支撑。文宗归天后，肃顺被处决，但恭王拥戴功勋巨大，位居议政王，朝廷一切大事，皆出于恭王一手。恭王将曾国藩引为腹心，给予完全信任，直至节制四省兵力，成为三藩之乱后军权最大的第一个汉人。后来，曾国藩渐渐看出西太后叶赫那拉氏是一个权欲极强，心机极多，手段极狠的女人，她不甘于大权旁落，与恭王常有龃龉，太后与恭王之间的不合，使朝中有识之士为之担忧，处于军事最前线的曾国藩则更是忐忑不安。

现在，曾国藩终于明白了，攻克金陵后所遭遇的一切不愉快之事，如富明阿的暗访，三御史的参劾以及沸腾人口的物议，很可能都是西太后这条线上生的事。是不是西太后害怕恭王利用湘军这支军队，作为日后重演辛酉政变的工具？抑或是西太后讨厌恭王过于重用汉人，使湘军坐大，成为满人江山的最大隐患？不管怎样，恭王的被罢黜，在曾国藩看来，是这十余年间所受到的打击中最为致命的一次。

皇上的亲叔，在辛酉年起了旋转乾坤的作用，近年来外抚诸夷，内平战乱的议政王，无论从亲，从贵，从功，从哪方面来讲，都是当今天下第一臣。就是他，都被这个西太后弄了下去，此人之手腕心肠可想而知！曾国藩想起前朝的吕雉、武则天，莫非大清王朝也要女主临朝了？牝鸡司晨，国之不祥，恭王已被先行开刀，接下来大概是自己和自己的兄弟了。曾国藩由恐惧慢慢转到绝望，木然坐在椅子上，仿佛身子正在被人推向黑暗的深渊。

第二天一早，他把曾国荃、曾纪泽叫进内室，关起门窗，向他们谈了自己对时局的分析。叫儿子立即离开江宁回荷叶塘，取消原定全家迁居江宁的打算，并转告四叔要事事谨慎，勿再招惹是非。也要弟弟对奏请开缺一事做好心理准备。倘若太后温词慰留，当此时势，勿再固请，以保存实力；倘若太后同意开缺，要坦然接受，接旨后立即启程，在家养病读书，不涉及湖南官场丝毫。一向我行我素、不畏人言天命的曾国荃，对这场突如其来的变故也大为震惊，不免冒出一股灰溜溜的心绪来。

八　秦淮月夜，曾国藩强作欢颜，为开缺回籍的弟弟饯行

一连几天，曾国藩无心治事、读书，早早晚晚和赵烈文等人下围棋。下棋的时候，会偶尔想起康福来，心里无端冒出一种亏欠的疚意。京师再无重要消息传来，案桌堆积的事情又一桩桩压头，曾国藩自我嘲弄地作了一副对联：养活一团春意思，撑起两根穷骨头；无可奈何地打起精神来办事。

上午，汪增甫、钱密之等三圣七贤结伴来到总督衙门，对今年江南乡试事又提了许多建议：一是为隆重起见，今年甲子科乡试请总督大人亲自入闱监临；二是内帘十八房，请于科第出身实缺州县中考充，如实缺人数不敷，即于安徽、江苏两省候补之即用大挑拣发各班中挑选；三是咸丰九年借杭州乡试时，因实到考生少，曾留下四成三十六名，请奏准列入今年中试名额；四是重建被长毛破坏后又遭兵火焚毁的夫子庙。这些建议，除第一点曾国藩

表示要按旧章办事，两省巡抚轮流监临，今年由江苏巡抚李鸿章充任外，其他的都欣然采纳。三圣七贤满意告辞。临出门时，汪增甫将近日所作《不动心赋》交给曾国藩，说"请中堂赐教"，曾国藩连说两声"拜读拜读"，将它放在桌上。

下午，他又带着一班幕僚查看市面恢复情形，见四处都在兴建修缮房屋，街道已清理好，商贾也开始营业，城外的人都纷纷进城做生意，心中略感安慰。傍晚时回到书房，想起汪增甫日间所送的《不动心赋》还没看，便信手拿着读起来："使置吾于妙曼蛾眉之侧，问吾动好色之心否乎，曰不动。又使置于红蓝大顶之旁，问吾动厚禄之心否乎，曰不动。"曾国藩嘴角边泛起一丝微笑，正要继续读下去，猛然见旁边有人批了几行字："妙曼蛾眉侧，红蓝大顶旁，尔心都不动，只想见中堂。"这分明是赵烈文的笔迹。曾国藩生气了，吩咐亲兵火速将赵烈文叫来。四处找不到人，一直到深夜，赵烈文进来了。

"惠甫，这是你批的？"曾国藩扬起《不动心赋》，沉下脸问。

"是卑职一时兴起，胡乱写的。"赵烈文爽快地承认了。

"汪增甫是江南头号名士，你怎能在他的手迹边批上这样不客气的话？"曾国藩显然不高兴。

"中堂，我看这个头号名士是个口是心非的假道学，有意刺他一下。"赵烈文似乎不在乎。

"惠甫呀！"曾国藩的脸色稍霁，但神情依然是严肃的，"此辈皆虚声纯盗之流，言行不能坦白，我亦知之，还要你来提醒吗？汪先生几十年来周旋于官绅之间，靠的就是这种虚名假学。你如此不礼貌地揭穿他，坏了他的名声，损了他的形象，他不恨死了你？他有不少朋友、弟子，这些人都会成为你的对头。说不定日后的杀身之祸，就埋在今日这几句打油诗里。"

赵烈文听了悚然变色，知曾国藩这番教导用心深长，便恳切地说："是卑职不对，卑职阅世太浅，险些惹了祸，今后再不敢了。"

"明天他一定会做出一副讨教的样子，来接受我对他的称赞，然后再把我的话拿出去四处吹嘘。我早知他的用意，心中虽极不情愿，但又不能得罪他，我要靠这班人来争取江南士子呀！可惜，我明天不能在这页纸上批字了，只得另写。"

"都怪卑职见识浅陋。"赵烈文心中惭愧。

"惠甫。"过一会,曾国藩又问,"今下午四处寻你不见,你到哪里去了?"

"卑职访一个朋友去了。"赵烈文答,脸上不自觉地泛起一阵轻红。曾国藩盯着他的脸,看出了这一丝小小的变化,微笑道:"我看你不是去访友,而是寻欢去了吧!"

"中堂明察。"赵烈文忖度曾国藩已经知道,便红着脸承认,"卑职今下午跟一个朋友到秦淮河上听曲子去了。卑职今后再不去了。"说完低下头等着训斥,他知道曾国藩素来恨听曲狎妓的文人。

"秦淮河上又有人在唱曲子了?"

谁知曾国藩非但没有训斥,反而面有喜色。赵烈文很奇怪,答话的兴致提高了:"早就有了,近半个月来更热闹,老金陵人都说,只要再有半年安宁日子,秦淮歌舞就可以与咸丰二年之前相比了。"

"金陵人对此看法如何?"

"回大人,"赵烈文高兴起来,"金陵人都说,这秦淮歌舞是金陵城的象征,没有秦淮歌舞,金陵就不算金陵了。我的朋友也这样对我说。就冲他这句话,我犯了大人的禁忌,在秦淮河上听了半天曲子。"

"上秦淮河听曲子不算犯忌。"曾国藩捋着长须,若有所思,声音轻轻地,仿佛自言自语。

"什么?大人说不犯忌!"赵烈文简直怀疑耳朵听错了。

"惠甫,你大致说说,秦淮河两岸现在情形如何。"

"是。"赵烈文乐得手舞足蹈,兴致勃勃地说起来,"秦淮歌舞这十多年来,因长毛的禁止而绝迹了。又因这次攻城,战火猛烈,秦淮河两岸楼房也焚毁多半。刚进金陵的那半个月,秦淮河依旧是条死河,两岸黑灯瞎火,没有一点生气。慢慢地,过去操此业的人又回来了,在两岸修楼建房,造船漆桨,据说做的多是吉字营弟兄的生意。"赵烈文偷眼看了看曾国藩,只见他脸上并无反感之色,便又乘着兴致继续说下去,"这一个多月来,秦淮河两岸与河面上的生意是越做越红火了。从聚宝门到通济门一带,游客天天增多,房屋也三成恢复两成,尤其是桃叶渡更是热闹,酒楼妓馆一座接一座,卖小吃小玩意儿的叫声喧天。入夜则各色花灯、琉璃灯、纸灯、绢灯又都挑出门外，这一带的画舫，少说也有百把只，都雇了绝色女子、上等琴师，只只船上都坐满了听曲子的游客，一个个都听得如醉如痴，不知今夕何夕。"

秦淮河自通济门进城，西行五六里后，折转而南向聚宝门方向流去，转弯处有一个渡口。相传东晋大书法家王献之常在这里接爱妾桃叶，以后这个渡口便叫桃叶渡。如果说秦淮河是温柔富贵之乡、诗酒繁华之窟的金陵城的代表，那么桃叶渡便是胭脂花粉秦淮河的代表，怪不得赵烈文说到桃叶渡时，更是眉飞色舞，不觉得自己也迷迷糊糊了。

"你今下午就在桃叶渡？"曾国藩脸上微笑着，心想：看不出来，这赵惠甫还是一个风月场中的人物哩！

"卑职正是在桃叶渡听了两个时辰的曲子。卑职十多年没有听过这么美的吴曲了，真个是'此曲只应天上有，人间能得几回闻'！"赵烈文似乎还没有从桃叶渡画舫上解脱出来。

"惠甫，我请你办一件事。"曾国藩停住捋须的右手，一本正经地对赵烈文说。

赵烈文一听有事，脑子立刻冷静了："请问大人要叫卑职办件什么事？"

"你就负责秦淮河的修复事，抢在十一月乡试前，把聚宝门至通济门一带的秦淮河，恢复成咸丰二年前的模样。"

赵烈文又惊又喜，他做梦都没想到会有这样的美差落到自己的头上，乐不可支地说："谢中堂大人青睐，我明天就走马上任！"略停片刻又说，"离十一月乡试只有一个多月了，要把秦淮河完全恢复过来，时间太短了。"

"全部恢复过来，怕也是不行。"曾国藩换了左手捋胡须，思考一下说，"这样好了，你只把桃叶渡上下一带恢复过来就行了。古人说六朝金粉，十里秦淮，秦淮河最热闹之处也不过十里，我现在只要你建五里就行了。"

"卑职遵命，卑职一定把桃叶渡修建得比十多年前还要好。"赵烈文雄心勃勃，隔一会，他又说，"不过，卑职还要向大人借一件东西。"

"什么东西？"

"借大人一纸告示。"赵烈文说，"请大人出一张修复秦淮河的告示，鼓励酒肆茶馆、勾栏瓦舍、各行各业在秦淮河两岸兴建，三年不纳税，与历代鼓励开生荒的措施同。"

"亏你想得出，把修复秦淮河与开生荒相提并论。"曾国藩不无赞赏地说,"好吧,就依了你。"

曾国藩对恢复秦淮旧迹如此感兴趣,使赵烈文大为惊讶,他终于忍不住发问:"大人,这秦淮河素来被人贬为轻薄子弟的游玩之所,卑职不明白,大人为何对此事这般重视?"

"你要问这个么!"曾国藩微微一笑,"三十年前,我是心向往游冶而不敢游冶;三十年后,我是心不想游冶而不禁别人游冶。三十年前血气方刚,声色犬马,常令我心驰神往,但我求功名,求事业,不能沉湎其间。我痛自苛责,常不惜骂自己为禽兽,为粪土,而使自己警惕。经过十多年的诚、敬、静、谨、恒的立志与修养,终于做到了心如古井,不为所动。三十年后的今天,我身为两江总督,处理事情则不能凭一己之好恶。我要为金陵百姓恢复一个源远流长、大家喜爱的游乐场所,要为皇上重建一个人文荟萃、河山锦绣的江南名城。芸芸众生,碌碌黔首,有几个能立廊庙,能干大事业?他们辛苦赚钱,也要图个享受快乐。酒楼妓馆,画舫笙歌,能为他们消忧愁,添愉悦,也就有兴办的价值。我身为金陵之主,能不为这千千万万的凡夫俗子着想吗?且游览秦淮河,如同读一部六朝至前明的旧史,几度兴废,几多悲喜,亦足令读书君子观古鉴今,励志奋发,居安思危,为国分忧。夫子庙楹柱上曾有一副联语,道是:'都是圣人,且领略六朝烟水;暂留过客,莫辜负九曲风光。'我看这副楹联就不错,君子小人都可以一游秦淮。夫子庙重新修好后,还得把这副楹联刻上去才是。范文正公称赞滕子京治岳州时是'政通人和,百废俱兴',这话说得好!有政通人和,才有百废俱兴,而百废俱兴了,又体现出政通人和。秦淮河初具规模后,还要修复鸡鸣寺、莫愁湖、台城、胜棋楼、扫叶楼,乃至城外雨花台、孝陵卫、燕子矶等等,将六朝旧迹、前明文物一一恢复,使龙盘虎踞的石头城再放光彩。惠甫,你说对吗?"

这番话,说得赵烈文从心坎里折服,并于此对曾国藩的认识更深入一层。他发自内心地叹道:"大人器宇之广,见识之高,真常人万不及一。"

修城墙、造房屋、复满城、兴贡院,再加上重建夫子庙、恢复秦淮河,曾国藩一天到晚忙在善后处理与百废俱兴之中,暂时忘却了锥心的忧愁和恐惧。这天上午,一道圣旨又将他的忧愁和恐惧唤回,这便是皇太后、皇上批准曾国荃开缺回籍养病。当然，上谕还是客气的。先肯定他"迭克名城，勋德卓著，攻拔江宁，厥功尤伟"，又说他因办理军务心力交瘁，若不准其开缺养病，非体恤功臣之道，最后赏他人参六两，说朝廷正资倚畀，望加意调治，一俟病体痊愈，即行来京陛见。这些客气的表面话背后所包含的心思，曾国藩已洞若观火。要隐忍挺住！他不断地自我告诫。

就在曾国藩收到上谕的同时，浙江巡抚曾国荃也收到了这份开缺圣旨。他虽早有准备，但仍显得委屈痛苦，匆匆看了一遍后，便急急坐轿来到督署。

"大哥，我明天就离开金陵。"曾国荃说话之间，声音在微微颤抖。

"该做的事情都做了吗？"曾国藩温存地看着百战功高的弟弟，心里很难受，脸上却带着微笑，做出一副怡然的神态。

"请求开缺的折子拜发以后，我就开始做准备了。自恭王被罢以后，我知开缺只是早晚的事，该做的事都加紧做好了。"恭王被罢去议政王一事，给曾国荃震动极大，第一次真正领略到了君威凛冽，往日的骄狂性情有所收敛。

"我明天就走。"停了片刻，曾国荃又重复一句。

"也不要这样着急。"尽管"接旨启行"是他对弟弟说过的话，但真的这样，他又觉得太凄凉了。作为执行皇命的两江总督，他无疑要鼓励吉字营的统帅招之即来，挥之即去。但作为曾氏家族的兄长，他有义务要为给曾家立下光宗耀祖的巨大功劳的九弟隆重饯行。

"你这两天跟吉字营的弟兄们话话别，大后天是十五，晚上，我为你在秦淮河上置酒送行。"

赵烈文接到命令后不惜工本，日夜准备。两天过后，桃叶渡一带果真装点一新。

十五日下午，金陵城内吉字营全体湘勇如同过年似的，营营挂旗，队队摆酒，为他们的统帅太子少保一等伯爵原浙江巡抚曾国荃开缺回籍隆重饯行。吃过饭后，全体官兵换上新衣，一齐来到秦淮河畔。河里已停泊上百条画舫，所有什长以上的将官都被邀请上船，船上摆满了酒肉瓜果。普通勇丁则分散在桃叶渡数十家茶楼酒肆里。远远近近的百姓闻知湘军有此盛举，全都携幼扶老，纷至沓来，把桃叶渡一带的秦淮河两岸弄得万头攒动，热闹非凡。

河中一条特大号涂饰鲜艳的画舫上，盛会的主角曾国荃坐在这里，曾国藩带着吉字营和长江水师的高级将军们罗列四周，一个个与曾国荃殷勤叙谈。夸耀他的战功，赞扬他的军事才能，歌颂他对部下的仁爱，叙述他们之间鲜血凝成的情谊。总之，尽量把好听的话都搬出来，让凄然开缺的曾国荃开心。曾国荃也竭力装出一副无所谓的样子，同与他浴血奋战过来的袍泽们谈笑话别。

天色渐渐黑下来，河中画舫点起一色的大红蜡烛，船头船尾高悬各种形状的彩灯，有兔形灯、鱼形灯、鹿形灯、龟形灯等等，把一段绵延三五里长的秦淮河映得通亮。桃叶渡上的楼房更是争奇斗艳般点起千奇百怪的花灯来。秦淮花灯本是最有名的传统，这次是中断十多年后的第一次复兴，使人们欣喜万分。桃叶渡以及附近的店铺老板们，都要借此时机一展才能，招徕顾客，再加上赵烈文有心要在曾国藩面前显露办事的能力，这两天大肆鼓动宣传，竟使得桃叶渡今夜的花灯远胜咸丰二年元宵节的灯会，其花色之繁、品种之多、烛光之亮、出意之巧，真可以与史载六朝繁华时期媲美。河中岸上的灯火与天空中的一轮明月互相辉映，加上各处楼馆传出的袅袅丝弦声，竟然造出一个诗意盎然、韵味无穷的太平盛世的月夜来，仿佛时光已倒退到"烟笼寒水月笼沙，夜泊秦淮近酒家"的年代。

彭寿颐、杨国栋、汪增甫、钱密之等人坐在船尾，边喝酒边欣赏边畅谈。

"又到升平乐世了！"钱密之感叹。

"这都是托中堂大人、九帅和各位师爷将士们的福哇！"汪增甫望着彭寿颐、杨国栋讨好地说，并起身往彭寿颐杯里斟酒。彭寿颐忙起身说："不敢不敢！"坐下后，向四周环视一眼，无限陶醉地说："这秦淮夜月真妙不可言。"

"是呀，不然何以说秦淮夜月是金陵第一景哩！"钱密之以一个老金陵的身份加以肯定，又指着渡口矗立的一块约有丈把高的木牌说，"那上面'桃叶渡'三字是中堂亲笔题写的，既刚劲谨严，又婀娜多姿，这三个字真要和这个渡口一起流传千古了！"

"正是，正是。"汪增甫接言，"字如其人。中堂大人本来既是号令三军、威猛森严的制军,又是文采蕴藉、风流多情的翰林嘛!"

不愧是江南头号名士,这话说得好,满座都报以叹服的笑声。

"桃叶复桃叶,渡江不用楫,但渡无所苦,我自迎接汝。"在众人的笑声中,杨国栋轻轻地哼着。

"杨老爷好记性。"钱密之称赞道,"前明陈芹有首诗写桃叶渡,历来被人誉为咏桃叶渡诗之首,不知杨老爷记得不?"

"我于秦淮河的知识就只有刚才那几句,其余一概不知,请老先生念念,也好长我见识。"

"历朝历代的才子们咏桃叶渡的诗何止千百,老朽独喜陈芹的这首。"钱密之摇头晃脑地念了起来,"献之当年宠桃叶,桃叶渡江自迎接。云容难比美人衣,花艳争如美人颊。王令风流旧有声,千年古渡袭佳名。渡头春水年年绿,桃叶桃花伤客情。"

"果然作得好!"杨国栋称赞,"流韵圆转,婉丽动听,深得南朝宫体诗之美。"

"这次秦淮旧貌的修复,是惠甫兄的佳构,平素看不出,他还有这份才情。"彭寿颐笑着说,"我明日要向他建议,两岸还要栽一万株杨柳。"

"对!秦淮杨柳,是当年金陵又一绝。"汪增甫插话。

"前明旧院也要修复起来。"彭寿颐醉眼迷离地继续说,"还要把媚香楼和金陵另外七艳的楼院也按当时的样子修好。"

"好让今日的侯方域与李香君相会!"钱密之猛地插一句,引得大家一阵好笑。老头子自己更是笑得白胡子乱抖,缺了三颗门牙的嘴巴大开。

"你们看,金陵八艳真的来了!"汪增甫指着远处惊喜地叫了起来。

这时,赵烈文也正在得意地对曾国藩和曾国荃介绍:"中堂、九帅,卑职将前朝金陵八艳请来了。"

曾国藩等人顺着他的手势看去,果见一队红烛燃烧、彩灯高悬的画舫缓缓地向这边划过来,并传来一阵阵柔曼的江南丝竹。顿时,船上的湘军将领们如上天台,如登瑶池,都睁大眼睛,竖起耳朵,直欲饱餐吴越娇娃的秀色,咽下绕梁不绝的仙曲。第一只船头高挑一盏南瓜形红灯,上书"李香君"三字。第二只船头挂一盏方糕形黄灯,上书"顾横波"三字。第三只是一盏玉兔形白灯,上书"马婉容"三字。依次是柳如是、董小宛、郑妥娘、卞玉京、寇白门，果然八艳都到齐了。

"惠甫，你这个点子想绝了！"彭毓橘对着赵烈文竖起拇指称赞。

"好迷人的婊子们！"不知哪个粗野地迸出一句话，逗得满船大笑。

"先莫喊叫，且听听她们唱的什么曲子！"有人在提醒大家注意。笑声静下来，夜风送来一阵歌声：

秦淮夜月无新旧，脂香粉腻满东流，
夜夜春情散不收。江南花发水悠悠，
人到秦淮解尽愁。不管烽烟家万里，
五更怀里转歌喉。

歌声宛转温丽，在柔软的水面上飘曳。歌声中，李香君、顾横波、董小宛等人翩翩起舞，河上画舫、两岸酒楼以及站在岸边观望的人们一齐喝起彩来。过会儿，喝彩声停，歌声又起：

下楼台，游人尽，小舟停留一家春。
只怕花底难敲深夜门，月落烟浓路不真，
小楼红处是东邻。秦淮一里盈盈水，
夜半春风吹美人。

这时其他七艳都歇下来，只有李香君对月独舞。舞了一阵，又从舱中走出一位俊俏后生来，抱着李香君，做出种种依依情深的样子。千万双眼睛都转向这只画舫上来，仿佛在观看月里嫦娥与吴刚的相恋。

"惠甫，你今夜排的是孔聘之的《桃花扇》。"曾国藩对赵烈文说。

"不是全剧，选了几段。"赵烈文不无自得地回答，"秦淮月夜，桃叶渡头，画舫之上，演奏一曲《桃花扇》，不是最相宜了吗？"

"好是好。"曾国藩强打精神说，"只是哀怨了些。"

其实，赵烈文不知道，曾国藩此时并没有兴趣欣赏月夜歌舞，眼前这借男女情爱来怀念南明政权的《桃花扇》，反而使他心中更加伤感。的确，<u>丝竹声变调了，一个老汉在哀哀唱道：</u>

370

烽烟满郡州，南北从军走，叹朝秦暮楚，三载依刘。

归来谁念王孙瘦，重访秦淮帘下钩。

徘徊久，问桃李昔游，这江山，今年不似旧温柔。

"各位，惠甫给大家排的《桃花扇》折子的确精彩。不过，我们今夜是送沅甫还乡，还是要归到正题上来。"曾国藩越听越伤感。他不希望《桃花扇》再演下去，转脸问赵烈文，"我要的歌女来了吗？"

"来了，在小船上等候。"赵烈文略觉扫兴。

"叫她上来。"

赵烈文走到画舫舷边，对着停泊在旁边的一条小乌篷船招招手。乌篷船开过来了，一个十七八岁面容姣好的姑娘上来，后面还跟了两个男琴师。赵烈文传命那队金陵八艳划到下游去，让其他人去欣赏。

"九弟。"曾国藩亲切深情地对曾国荃说："你自从咸丰六年募勇组建吉字营，九年来攻克安福、吉安、景德镇、安庆、繁昌、南陵、巢县、含山、和州、芜湖，最后攻下长毛老巢金陵，为国家建立不朽功劳，九弟勋业将永勒金石，垂之万世，千秋万代都是我三湘子弟效法的榜样。今因积劳成疾，皇太后、皇上恩赏人参，赐回籍养疴，愿吾弟安心息养，为国珍重，早日康复，不负圣望，再担重任。"说到这里，曾国藩的喉嗓有点哽咽，满船为之一静。

杨岳斌见状，忙举杯道："祝九帅早日康复！"

大家都站起来，一齐举杯喊："祝九帅早日康复！"

曾国荃两眼湿润地起身举杯："谢谢各位！"

"九弟，过几天是你的四十一岁生日，大哥我无金银可送，无田宅可赠，只写了几首小歌子，现叫歌女唱来，算作送给你的寿礼！"

歌女清清喉嗓，琴师拨弄丝弦，委委婉婉地弹唱起来：

九载艰难下百城，漫天箕口复纵横。

今朝一酹黄花酒，始与阿连庆更生。

歌女嗓音清亮动听，酒席上的送行者和被送行者频频颔首。

　　　　陆云入洛正华年，访道寻师志颇坚。
　　　　惭愧庭阶春意薄，无风送汝上青天。

歌声把曾国藩和曾国荃带到了二十多年前的岁月，那时兄弟同寓京城，如陆机陆云一样，无奈为兄的力量有限，使得做弟弟的不能如意入仕。

　　　　几年橐笔逐辛酸，科第尼人寸寸难。
　　　　一刻须臾龙变化，谁能终古老泥蟠。

歌声变得激越高亢，唱出曾国荃组建吉字营的抱负。

　　　　庐陵城下总雄师，主将赤心万马知。
　　　　佳节中秋平剧寇，书生初试大功时。
　　　　楚尾吴头暗战尘，江干无土著生民。
　　　　多君戡定同安郡，上感三光下百神。

前首称赞克吉安，后首颂扬下安庆。曾国荃倍感安慰，萧孚泗、彭毓橘、刘连捷、朱洪章等人心中也高兴。

　　　　濡须已过历阳来，无数金汤一剪开。
　　　　提挈湖湘良子弟，随风直薄雨花台。
　　　　平吴捷奏入甘泉，正赋周宣六月篇。
　　　　生得名王归夜半，秦淮月畔有非烟。

曾国荃的眼前又浮现出攻打金陵的日日夜夜，千辛万苦打下金陵，却不料未及一百天，便被开缺回籍，蓦然间心中涌出一股苦水。

河山策命冠时髦，鲁卫同封异数叨。

刮骨箭瘢天鉴否？可怜叔子独贤劳。

曾国荃想起大哥一到金陵的当天夜晚，便叫他撩起衣服，轻轻摩挲他的背臂，含着眼泪，不厌其烦地询问每一处伤口。此情此景，随着歌声的腾起又上心头。个中甘苦，大哥知，太后、皇上却并不一定知，而那些无事生非的乌鸦们不但不知，还要诋毁咒骂，最后连太后、皇上也生了疑心，真正是"谗人高张，贤士无名"。曾国荃想着想着，满腹充满了委屈、痛苦。忽然，他放声大哭起来，越哭越凶，越哭越惨，弄得曾国藩和满船人手足失措，歌女和琴师吓得赶快停住。

"沅甫，你的辛劳，皇太后、皇上都知道，天地神灵也都知道，不要哭，不要哭了。"曾国藩说着说着，自己的眼睛也变得模糊起来。

四周画舫上的人全部停止作乐，无声地望着他们的统帅，各人心中都卷起复杂的思潮，由曾国荃的开缺想到了自己，由湘军的今日处境想到以后的艰难，人人心头上都罩上如同今夜月色似的轻纱，预感到前途的渺茫、迷惘、变化莫测、捉摸不定……

过了很久，曾国荃停止哭泣，曾国藩和画舫上所有人才放下心来。这时明月早已西坠，东方隐隐现出鱼肚白来，两岸观赏者们都已回家睡觉去了，一条装满货物的大船驶过来。曾国荃起身向众人拱手说："国荃就要回老家去了，望各位善自珍重，异日再得相见。"说完后，又拉着曾国藩的手说，"眼下阴晴未测，大哥你要多加注意。"

众皆怃然。曾国藩紧紧地抱着弟弟的肩，良久，才凄怆地说："大哥我早已置祸福毁誉于度外，坦然做去，见可而留，知难而退，但不得罪东家，好来好去就行了。"

兄弟二人互相紧紧地抱着，好半天，国荃先松手："大哥，我走了！"

"等等。"曾国藩转身喊道，"荆七，把送给九爷的东西拿来。"

荆七捧着一卷红纸走来。

"九弟，你的大夫第建好后，将大哥替你写的这副楹联贴上去。"

曾国荃将红纸展开，上面写着："千秋邈矣独留我，百战归来再读书。"他明白大哥的用意，重重地点点头，转身向货船走去……

船开出很远了，曾国藩仍凭窗远眺，他似乎忘记了满画舫上的湘军将领们，也忘记了自己身在秦淮河上。

"涤丈！"彭玉麟走到曾国藩身边，轻轻地叫了一声，"过几天，我也要请假回衡阳了。"

"为何事？"曾国藩转过脸来，看见彭玉麟脸色阴沉，不像是为了衣锦还乡，而是另有别故。

"国秀已病入膏肓了。"彭玉麟难过地说。

"什么病？"曾国藩这时才想起，近几天来彭玉麟一直心事重重，今天的饯行宴会上，他也一言未发，总以为是因沅甫开缺的缘故，却原来如此！

"医师至今未诊断出病因，有半年了，整日茶饭不思，日渐消瘦。"彭玉麟说着说着，眼圈都要红了。

"雪琴，这都怪我平素关心不够，依仗你为左右手，不让你回家休假，国秀这病是长期思念你的缘故。现在金陵已复，大功告成，你将军务安排一下，回去住三个月吧！要不要国栋和你一起去？"

"国栋跟我一道去衡阳看望妹子那更好。"曾国藩的真诚关怀使彭玉麟感动，犹豫片刻，他说，"不过，玉麟此番回去，就不再离开渣江了。"

"为什么？"曾国藩大为吃惊，九弟回籍，已使他不胜悲凉，彭玉麟又说出这样的话，更增一分怆恻。

"涤丈，玉麟出身贫寒，兼秉性耿介，当此乱世，本不宜出外做事。咸丰三年，一则激于义愤，二来感涤丈知遇，遂离家别母，随马后驱驰，幸托皇上洪福、涤丈大才，成此功劳。玉麟离开渣江时，曾对着小姑的坟头起过誓：功成之后，布衣回乡，长伴孤魂，永不分离。"彭玉麟说到此，已语声嘶哑，曾国藩也被这个奇男子的至情深义所感动。

"何况今日国秀又如此！看来她在世之日也不多了，我也不忍心再让她一人带着弱子在家受罪。涤丈，您老说得好：千秋邈矣独留我，百战归来再读书。十余年战事，湘军从将领到勇丁，死去的人总在三五万，留下我们这批人能亲眼看到攻下金陵，已是大幸了。玉麟天资鲁钝，于世事所知甚少，这些年来跟着涤丈转战东西，广结各色人等，眼界大开，此时再来追忆前哲遗训，似乎领悟更深。玉麟此生别无奢求，只愿回到渣江，粗茶淡饭，读书课子，对照先哲所言，细嚼十余年旧事，倘能于人生有一番深悟顿彻，则胜过蟒袍玉带多矣!"

彭玉麟这一番发自肺腑的话像一道流泉、一阵雨丝无声地注入、细细地滋润着曾国藩的心田。他很觉惭愧。自己天天讲黄老之术,却比从不谈黄老二字的彭玉麟相差十万八千里。他望着静静流淌的秦淮河水,由衷地说:"雪琴,你的这番志向,正是先贤遗风。我也时时想学着做,但可能做不到。金陵虽下,长毛还有二十余万,皖北河南一带捻军声势浩大,他们很有可能合为一股,战事即将由江南转向江北。君父尚在忧危之中,臣子岂能解甲归田,消受清福?雪琴,回去好好休养一段时期,照顾国秀。一旦国秀病情好转,还请大驾早返金陵。"

彭玉麟笑了笑说:"数年来玉麟虽迭授要职,然在军中,不敢以实缺人员自居,历任应领养廉俸银从未具领丝毫,诚以恩虽实授,官犹虚寄。目前军中需银孔亟,玉麟所存粮台两万两养廉银,请涤丈充作公用。"

曾国藩紧紧握住彭玉麟的手,激动地说:"贤弟这番心意,诚可钦服鬼神,但军中岂缺这两万两银子!你不领,我也会给你保存的。我只希望贤弟早点回来。"

彭玉麟不再作声了。天色已明,画舫正要返棹,却不料岸上一骑飞来。顷刻之间,新封一等男爵萧孚泗已哭倒在地。原来,湘乡送来了讣告,他的老父二十天前去世了。萧孚泗的悲痛哭声,使画舫上的湘军将领们想起了远在家乡的老父老母,不免心中凄然,曾国藩的心头也如同压上了一团沉重的阴霾。祥云暴卒,霆军哗变,恭王被黜,九弟开缺,雪琴辞归,孚泗丧父,上谕严责,谤讟四起,他万万没有料到,盼望了十多年,历尽千辛万苦所得来的大胜之后,竟是如此的凄凉冷落,使人伤心失意……

画舫无声地向桃叶渡划去,秦淮河水逐渐由黑变青,由青变蓝,终于泛起千万叠闪闪发亮的光波。它从昨夜神秘的睡梦中苏醒过来,宛如由仙境重返人世,脱掉迷乱心性的五彩轻纱,恢复其温和可亲的本来面目。头顶上,旭日高高地悬挂在金陵城的上空,将它的无穷光芒、无限生机送给宇宙。曾国藩走出舱房来到船头,立时被正在兴建中的江南贡院的宏大气魄所吸引:数以千计的人在那里忙忙碌碌,壮阔非凡的贡院已初具规模了。望着朝阳下的复兴场面,曾国藩的心情陡然开朗起来。他不禁自我责备道:为什么总要从险恶方面去想呢?眼下自己明摆着是大清朝的第一号功臣,谤讟再多,能抹掉攻克金陵的铁的事实吗？太后再有疑心，不是已上奏湘军要大规模裁撤吗？历史上这样断然自剪羽翼的功臣有几个？长毛扑灭了，两江乃至整个东南半壁河山亟待重建，江南贡院可以在自己的手中得到恢复，金陵城、两江三省也同样可以在自己的手中得到恢复。如果说战场厮杀、夺隘攻城要靠九弟、雪琴等人的话，那么安邦定国、经世济民则是自己的长处，无须假手他人。而这，又正是大乱平定后的第一要务！广阔富庶的两江大地，为自己才具的充分施展提供了良好的基础。"大厦正欲梁栋拄，灰心何事赋归田"？手无寸权的翰林院学士时代都能有如此胸襟，大功初建、权绾三省的协揆总督反而退缩了吗？

　　想到这里，曾国藩豪情顿生。当画舫轻轻靠近桃叶渡岸边时，他安慰萧孚泗几句后，又对着满船湘军将领高声笑道："诸位辛苦了，上岸好好休息吧。明年灯节，我再请各位来一次秦淮夜游！"

传
记
文
库

特立,不独行

曾国藩·黑雨

唐浩明 著

新星出版社 NEW STAR PRESS

目　录

第一章　裁撤湘军 /1

一　养心殿后阁里的叔嫂密谋……………………………………… 1

二　官文亲到江宁追查哥老会……………………………………… 13

三　男爵的座船在九江被查封……………………………………… 23

四　江湖窃贼泄露僧格林沁的军事部署…………………………… 32

五　借韦俊之头强行撤军…………………………………………… 37

六　英雄不可自剪羽翼……………………………………………… 49

七　恭亲王东山再起………………………………………………… 54

第二章　整饬两江 /66

一　甲子科江南乡试终于正常举行………………………………… 66

二　落选士子薛福成上了一道治理两江万言书…………………… 78

三　上治理两江条陈的美少年原来是故人之子…………………… 81

四　践诺开办金陵书局……………………………………………… 86

五　两张告示，三四万两银子就进了海州运判的腰包…………… 90

六　侯门娇姑爷被裕家派人绑了票………………………………… 96

七　看到另一本账簿，曾国藩不得不让步…………………………102

八　彭玉麟焦山还愿…………………………………………………108

九　慧明法师的启示…………………………………………………112

十　联合七省总督支持长江水师改制………………………………121

第三章　三辞江督 /127

一　北上征捻前夕，为家中妇女订下功课表………………………127

二　炮声为北征大壮行色，却惊死统帅唯一的小外孙……………134

三　国宝被陈国瑞抢去………………………………………………138

四　软硬兼施制服骄兵悍将…………………………………………143

1

五　把捻战胜负押在河防之策上…………………………149

　　六　叩谒嘉祥宗圣祖庙………………………………………157

　　七　武昌城里，巡抚和总督大开内战……………………166

　　八　若许当初亲骑射，河淮处处是高楼…………………170

第四章　名毁津门 /175

　　一　灵谷寺内，曾国藩传授古文秘诀……………………175

　　二　堂堂大清王朝，竟好比一座百年贾府………………187

　　三　初次陛见太后皇上，曾国藩大失所望………………196

　　四　终生荣耀到达极点的一天……………………………206

　　五　火烧望海楼教堂………………………………………211

　　六　给儿子留下遗嘱………………………………………227

　　七　轿队被拦在天津城外…………………………………230

　　八　老朽眩晕病发作，恕不能奉陪………………………240

　　九　关帝庙忽然闹起鬼来…………………………………246

　　十　委曲求全………………………………………………250

　　十一　外惭清议，内疚神明………………………………258

　　十二　萃六州之铁，不能铸此一错………………………262

第五章　马案疑云 /268

　　一　慈禧太后对马案的态度微妙…………………………268

　　二　张文祥校场刺马………………………………………274

　　三　江宁市民嘴里的马案离奇古怪………………………278

　　四　曾国藩审张文祥，用的是另一种方法………………287

　　五　张文祥招供……………………………………………292

　　六　马案又起迷雾…………………………………………304

第六章　东下巡视 /318

　　一　水师守备栽在扬州媒婆的手里………………………318

　　二　英国传教士傅兰雅送来一件时髦礼物………………329

　　三　桐花万里丹山路，雏凤清于老凤声…………………338

　　四　一个划时代的建议……………………………………343

第七章　黑雨滂沱／349

一　欧阳夫人择婿的标准与丈夫不同……………………………349
二　一个苦甜参半的怪梦…………………………………………355
三　看看我们湖南的湘妃竹吧……………………………………360
四　艺篁馆里，曾国藩纵论天下人物……………………………368
五　曾国荃他乡遇旧部……………………………………………373
六　前湘军哨长与前太平军师帅成了异姓兄弟…………………378
七　康福隐居东梁山………………………………………………385
八　左季高是真君子………………………………………………395
九　最后一局围棋…………………………………………………400
十　不信书，信运气………………………………………………409
十一　陈广敷三见曾国藩…………………………………………424
十二　遗嘱念完后，黑雨倾盆而下………………………………434

第一章　裁撤湘军

一　养心殿后阁里的叔嫂密谋

跟往常一样，三十岁的慈禧太后寅初时分就醒过来了。离天亮还有一个多时辰，这是她一天中最难度过的时刻。她通常是闭着眼睛，安卧在重帏叠幛遮掩的龙床上，在细软柔和的绣龙描凤的垫被和盖被之中，无边无际、无拘无束地胡思乱想。想得最多的，是她与咸丰帝恩恩爱爱的甜蜜岁月。

凭着绝代的美艳和绝顶的机敏，在小皇帝诞生前后的几年里，年轻的风流天子将对后宫的三千宠爱集于她一身。那个时候，她是普天之下最幸福的女人。可惜好景不长。后来咸丰帝把爱转了向，被四个有名的汉人美女：杏花春、武林春、牡丹春、海棠春缠得紧紧的。她遭到了冷落。但是，她有一个包括皇后在内，所有受到皇帝宠爱的女人所没有具备的优势，那就是，皇上唯一的儿子乃她所生。在咸丰帝身患重病，又不再专宠她一人的时候，她甚至暗暗地希望皇帝早日死去。不然的话，不知哪一天，哪个妃子的肚子里又拱出一个皇子来，皇上一时被她迷惑，把江山从自己儿子的手中轻易地拿走，送给他人。因而，当三年前，咸丰帝驾崩的时候，她表面上也悲痛欲绝，心里却暗暗得意：从此以后，这江山便是属于自己儿子的了，再不要担心别人来争夺。

但是，儿子继承的却是一片动荡的破碎的江山。皇宫内虽无人来争夺，但江南的长毛造反已达十年之久。在江宁，分明有一个太平天国，要与大清王朝分庭抗礼；有一个天王，要与自己的儿子平起平坐。她决不能容忍这种状况的存在。尽管她从小便从父亲那儿接受了汉人不可相信的家教，但时至今日，她不得不听从恭王奕䜣的劝告，重用曾国藩和他的湘军。她要利用汉人来打汉人，要利用汉人来收复、巩固儿子的江山。提心吊胆的日子终于过去了。三个多月前，当六百里红旗捷报从江宁送到紫禁城的时候，她兴奋得热泪直流，声音哽咽，紧紧抱着九岁的小皇帝，连连呼唤着爱子的乳名……

儿子的江山保住了，她的圣母皇太后的地位也保住了。虽然如此，作为一个年轻的女人，没有丈夫的岁月毕竟是孤苦的，尤其是在这个一日将至的清晨，人间所有的夫妻都在鸳鸯被中拥抱的时候，她却一人孤零零地躺着。她最怕这时醒过来，但偏偏每天这时她又都要醒过来。回忆以往的甜蜜日子，能够暂时给她以温馨，但很快，寡妇的烦恼郁闷便会占着上风。她想起这一辈子就要永远这样孤孤单单地生活下去的时候，龙凤绣被所象征的至高无上的地位权力，便再也不能填补她内心深处的寂寞空虚。每当这时，她甚至后悔当初不该费尽心思去招惹皇上的注意，去讨得他的欢心。

咸丰元年冬天，初登皇位的咸丰帝向全国下达选秀女的诏命：凡四品以上满蒙文武官员家中十五岁至十八岁之间的女孩子，全部入京候选。慈禧太后那拉氏那年十七岁，父亲惠征官居安徽皖南道员，正四品衔，各方面都在条件之内，家里只得打点行装，准备送她进京。正在这时，惠征得急病死了。那拉氏上无兄长，下无弟弟，仅仅有一个十三岁的妹妹，寡妇孤女哭得死去活来。当时官场的风气是，太太死了，吊丧的压断街；老爷死了，无人理睬。惠征居官还算清廉，家中并无多少积蓄，徽州城又无亲戚好友，一切都要靠太太出面，四处花钱张罗。待到把灵柩搬到回京的船上时，身上的银子已所剩无几了。

这天傍晚，灵舟停在江苏清江浦。正当暮冬，寒风怒号，江面冷清至极。舟中那拉氏母女三人眼看家道如此不幸，瞻视前途，更加艰难，遂一齐抚棺痛哭。凄惨的哭声在寒夜江面上传播开去，远远近近的人听了无不悯恻。突然，一个穿着整齐的男子站在岸上，对着灵舟高喊："这是运灵柩去京师的船吗？"

"是的。"船老大忙答话。

那人踏过跳板,对着身穿重孝的惠征太太鞠了一躬,说:"我家老爷是你家过世老爷的故人,今夜因有要客在府上,不能亲来吊唁,特为打发我送赙银三百两,以表故人之情,并请太太节哀。"

从徽州到清江浦,沿途数百里无任何人过问,不料在此遇到这样一个古道热肠的好人,惠征太太感激得不知如何答谢才是,忙拖过两个女儿,说:"跪下,给这位大爷磕头!"

那拉氏姐妹正要下跪,那人赶紧先弯腰,连声说:"不敢当,不敢当!我这就回去复命,请太太给我一张收据。"

惠征太太这时才想起,还不知丈夫生前的这个仗义之友是个什么人哩,遂问:"请问贵府老爷尊姓大名,官居何职?"

那人答:"我家老爷姓吴名棠字仲宣,现官居两淮盐运使司山阳分司运判。"

惠征太太心里纳闷:从没有听见丈夫说起过这个人。她一边道谢,一边提笔写字:"谨收吴老爷赙银三百两。大恩大德,容日后报答。惠征遗孀叩谢。"

那人收下字据回府复命。吴棠一见字据,大怒道:"混账东西,这赙银是送到殷老爷家里的,怎么冒出一个惠征来了!这惠征是谁?"

听差慌了:"老爷不是说送到运灵柩去京师的那只船吗?我听到哭声,又问是不是到京师去,说是的,我就送去了,她们也收了。"

吴棠冷笑道:"好个糊涂的东西,天下哪有不爱银子的人!你送她三百两白花花的银子,她还会不收吗?你问过她的姓没有?"

听差辩道:"小人想,世上哪有这等凑巧的事,都死了人,都运到京师,又都在这时停在清江浦。所以小人想,这不要问的,必定是殷家无疑。"

吴棠发火了,拍着桌子嚷道:"你这个没用的家伙,还敢这样狡辩?你赶快到江边去,把三百两银子追回来,再送到殷家的船上去!"

"去就是了!"听差答应着,心里仍不大服气。

"慢点!"侧门边走出一个师爷来,向听差招了招手,然后对吴棠说,"老爷,我刚从江边来,知道些情况。"

"你说吧。"

"收到银子的这一家是满人，主人原是安徽的一个道员。这次进京，一是运灵柩回籍安葬，一是送女儿进宫选秀女。老爷，"师爷凑到吴棠的耳边，小声说，"这进宫的秀女，日后的前途谁能料定得了？倘若被皇上看中，那就是贵妃娘娘了。到那时，只怕老爷想巴结都巴结不上哩！三百两银子，对老爷来说算不上一回事，但对这时的寡妇孤女来说，则是一个天大的人情。既然银子已经送了，老爷不如干脆做个全人情，以惠征故人的身份亲到船上去看望一下，为今后预留一个地步。"

吴棠想想也有道理。三百两银子，对一个盐运判来说，本也算不了什么。于是，他带着师爷连夜来到江边，登上灵舟，好言劝慰惠征太太，又鼓励那拉氏姐妹好自为之，今后前途无量。临走时，留下一个名刺。惠征太太一家千恩万谢。

那拉氏把这张名刺珍藏在妆奁里。父亲死后的凄冷，给她以强烈的刺激，使她深刻地意识到权势的重要。对着冷冰冰的运河水，她咬紧牙关，心里暗暗发誓：此次进京候选，一定要争取选上；进宫后，一定要想方设法引起皇上的注意；倘若今后发迹了，也一定要好好报答这位吴老爷。

她终于被选上了，安排在圆明园。后宫佳丽如云，淹没了她的美貌和才华。一年过去了，她依旧只是一个普普通通的秀女。但是，极有心计的她，也就在这一年时间里，把皇上的脾性爱好都打听到了。她知道，二十岁的皇帝，好热闹喜游玩，尤其爱看戏听曲子，还能够自度新曲，是一个有文采有情致的天子。她从小跟着父亲在江南长大，学到不少优美的江南曲调，这时便常常一个人偷偷地温习着。天生的好嗓子，又加上勤奋练习，一年过后，她的江南小曲已唱得非常好了。

这一天，咸丰帝来到圆明园游玩。将至桐荫深处时，忽然传来歌声，太监欲前去斥责，咸丰帝制止了。原来，咸丰帝生长在北京的深宫之中，平日里听的只是京剧、昆曲和北方的粗豪歌曲，从来没有听到过江南的小调。这江南小调，最是婉转曲折，绵软多情，又从一个十八岁的少女口中唱出，更加动听。文采风流的青年天子一下子就被吸引住了，他站在湖边，怔怔地听了好长一会儿。

"把唱歌的人带到烟波致爽殿来！"咸丰帝下令。

唱歌的人被带上来了，正是惠征的长女。咸丰帝盘坐在烟波致爽殿内西偏殿的炕上，望着圆明园里这个地位低下的宫女，惊讶得半天作不得声，心里想：宫中有这样美丽的女人，我竟然不知，真是辜负了自己，也委屈了她。

"刚才的歌是你唱的？"看了很久之后，咸丰帝好不容易才吐出一句话来。

"回万岁爷的话，是奴婢唱的。"回答的声音清清脆脆，如同银铃一般。

"你再唱一曲给朕听听。"

优美的子夜吴歌在空旷的烟波致爽殿内响起：

　　春气满林香，春游不可忘。落花吹欲尽，垂柳折还长。
　　桑女淮南曲，金鞍塞北装。行行小垂手，日暮渭川阳。

"好，唱得好！"咸丰帝以手轻轻地击着炕上的小几，凝视着容光焕发的宫女，他发现宫女手里拿着一枝兰花。

"你喜欢它？"咸丰帝指着兰花问。

"回万岁爷的话，奴婢最喜欢兰草兰花。"

咸丰帝笑道："我也不知你叫什么名字，我就叫你兰儿吧！"

"谢万岁爷赐名！"

"你过来，让我看看你的手。"

兰儿走过去，伸出一双十指纤纤、润如凝脂般的手来。咸丰帝摸着这双玉手，不觉春心荡漾起来，对一旁侍候的太监说："你们都出去！"

兰儿一听，羞得满脸通红，待太监刚出门，她已躺倒在皇帝的怀里了……

慈禧不忘旧恩。垂帘听政之始，便将吴棠擢升为两淮盐运使，一年后又升为漕运总督，最近两广总督出缺，她又寻思着把吴棠调升这个职位。

有仇能报，有恩能酬，这毕竟是人生的幸事。想到这里，她略觉一丝宽慰。

窗纸已发白，天亮了。慈禧是一个会保养的人。她每天坚持早晚两次散步，名曰遛圈子。早晨一次在起床之后，略为梳洗一下就出门；傍晚一次在太阳落山之前。

"小安子，咱们出去遛遛！"待心爱的太监安德海给她洗了脸，漱了口，拢了拢头发后，她起身，招呼安德海陪她出门在养心殿内散步。

养心殿位于紫禁城后半部分，在西一长街的西侧，它的前面是军机处，后面是西六宫。这座宫殿建于明朝，清雍正年间又重新修缮过一次。明朝各代帝王以及清朝顺治、康熙两代皇帝的寝宫是乾清宫，到雍正皇帝时，因其父康熙帝新死，他不愿再住到父亲住了六十多年的乾清宫去，遂住在养心殿守父丧。孝期满后，没有再搬动，养心殿就成为他的寝宫和处理政务的地方了。从那以后，各代皇帝都沿袭未改。慈禧原住在西六宫里的储秀宫，皇后慈安原住在东六宫里的钟粹宫。同治皇帝搬进养心殿后，为便于随时照料，与他共同治理国家的两宫太后也搬到养心殿来居住。

养心殿为工字形建筑，前殿后殿相连，四周廊庑环抱，结构紧凑。前殿为处理政事之所，后殿为寝居之地。当时，小皇帝住在后殿正间，慈安住后殿东阁，慈禧住后殿西阁。因为此，妃子们以及太监、宫女都称慈安为东边的太后，简称东太后，称慈禧为西边的太后，简称西太后。慈禧在安德海的陪同下，绕着碧瓦红墙、苍松古柏遛了两个圈子，凌晨醒过来后的那段苦涩心情已排遣得差不多了。吃过早饭后，她再次坐到梳妆台前，精心投入这一天的正式装扮。

和世间所有的女人一样，梳妆打扮，是慈禧最感兴趣的事。她有出众的美丽，也有出众的装扮技巧。她的美容材料中用得最多的是花。她的枕头里是空的，一年四季装满晒干的花朵。她认为这些晒干的花朵中的花蕊之气，可以使她永葆花容月貌。她要太监以新鲜红玫瑰做胭脂，以娇嫩的白牡丹做扑粉。她常常派梳头太监到北京城街头巷尾去仔细观察妇女们的发型，选好的梳给她看。她中意的，就作为一种发型定下来。每隔三天五天，她就换一种发型。每天早上，她让梳头太监梳好头后，再叫一个手脚极轻细的小太监，拿着一根两寸来长的玉棒，像擀面杖擀面一样，在她的脸上来来回回地滚动五十下。然后再敷上扑粉，擦上胭脂，戴上镶着三百零二颗珍珠的金凤朝冠，穿上明黄色的云水龙袍，罩上用三千五百粒珍珠编缀而成的披肩，踏着四寸多高的花盆底绣鞋。每当她这样妆扮停当，一摇一摆、袅袅婷婷地走出后殿西阁门槛时，养心殿里所有的宫女、太监，都会向她投来发自内心的赞叹的目光。就在这一片目光中，她获得极大的满足，寡妇的怨尤被驱散得一干二净，她以满腔的热情开始一天的军国大事的处理。

今天的梳妆，她比往日用的心思更多，花的时间更长，对侍候的太监要求更严，因为今天上午她要和慈安太后一起，与两位皇亲商量一件极为秘密的大事。这两个人，一个是咸丰帝的亲弟七爷醇郡王奕𫍯，一个是咸丰帝的表兄蒙古亲王僧格林沁。昨天两宫太后计议这件事时，不知出于何种心理，慈禧忽然建议：七爷、僧王都是自家亲人，明日召见时干脆去掉黄幔帐，这样更显得是家人聚会，气氛亲切些，谈得也会深入些。

原来，自从挫败以肃顺为首的辅政八大臣之后，两宫太后每天便和小皇帝一起召见臣下，处理国事。召见时，小皇帝坐在正中，两宫太后坐两侧。为严男女之防，前面挂一块薄薄的黄幔帐。这样，太后可以看得清奏事的臣工，而臣工却看不见太后。这就是近代史上有名的垂帘听政。慈安太后钮祜禄氏比慈禧还要小两岁，是个性格平和，对国事不感兴趣也缺乏这方面才干的女人。她思量着僧格林沁名义上是大行皇帝的表兄，实际上并没有血缘关系，且长年带兵在外，彼此并不亲密，到底比不上六爷、七爷这些亲骨肉，转念一想，示僧格林沁以亲切也有道理，犹豫一下，又同意了。因为有这个缘故，慈禧今天的梳妆更显得不同一般。

待四五个太监忙忙碌碌地侍候个把时辰后，慈禧起身来，自己对着西洋进口的大玻璃镜，前后左右地转了几圈，觉得满意了，这才对安德海说："小安子，你去东阁那边去看看，进行得怎么样了，再去前殿看他们都来了没有。"

"喳！"安德海转身出门。一会儿工夫，回来禀报："母后皇太后早已穿戴完毕，正在等这边的消息。七爷和僧王也在军机处朝房等候叫起。"

"行，咱们走吧！"慈禧边说边出了门。

平素垂帘听政之处都在前殿的东暖阁，今天特为安排在西暖阁。这里是前代皇帝批阅奏章的地方，从雍正朝设立军机处之后，便成为皇帝与军机大臣密谈的房子。乾隆皇帝在西头隔出一个极小的房间，将宫中珍藏的王羲之《快雪时晴帖》、王献之《中秋帖》、王珣《伯远帖》三件稀世墨宝悬挂在这间小房子里，并命名为三希堂。批阅奏章劳累的时候，他便走进三希堂，以欣赏三王的墨迹作为休息。他的子孙嘉庆、道光、咸丰都没有这个雅兴，很少光临。不过，三希堂仍一直完好地保存着。

慈禧踏进西暖阁时，慈安已端坐在那里了。慈禧向慈安行过礼后，就挨在她的身边坐下。因为今天属于非正式的会见，故未叫值班大臣传令，而是叫安德海到军机处朝房去传奕譞和僧格林沁。

奕譞的福晋是慈禧的亲妹妹。当年，慈禧依靠奕䜣的力量击败了肃顺一班辅政大臣，后来发现奕䜣本事大，不易控制，就寻机削掉了奕䜣"议政王"的封号，转而信任这个身兼小叔子、妹夫双重身份的奕譞。奕譞的为人行事与奕䜣大不相同。他谨守祖宗家法，心胸封闭狭窄，对内只信任满人蒙人，对汉人一贯不亲近；对外则夜郎自大，盲目轻视排斥洋人。

蒙古亲王僧格林沁剽悍勇猛，他率领的军队向来号称能征惯战，八旗兵、绿营他都看不上眼，更何况那些临时招募的练勇。可偏偏就是这些他眼中的乌合之众，这些年来在江南战果累累，最终攻下江宁，夺得对太平军作战的全胜。相反的，他的蒙古铁骑在与捻军的角逐中常常打败仗，相形之下，昔日的声威锐减。这个一代天骄的后裔，对曾氏兄弟和湘军窝着一肚皮无名怒火。

湘军进江宁后，打劫财富，屠城纵火，又放走幼天王，朝野谤议四起，物议沸腾，僧格林沁听了十分得意，赶紧打发富明阿以视察满城为由，去江宁实地了解。谁料曾国荃一吓一贿征服了富明阿，江宁将军回去后向僧格林沁作了假汇报。僧格林沁不相信，又派出几个有心眼的幕僚偷偷到了江宁城。他们秘密地查访了十天，掌握了湘军高级将领窃取金银财宝的铁证。僧格林沁据此向太后、皇上密奏一本，要求宣示湘军洗劫江宁的罪行，注销曾国藩的爵位，将曾国荃、萧孚泗、朱洪章等人押至刑部严讯，并立即全部解散湘军。这个为泄私愤而企图将湘军一网打尽的密奏，就连慈禧也觉得太过分了。

就在江宁打下后的几天里，慈禧收到十来封奏折。这些奏折用不同的文字表达一个共同的主题：莫忘载舟之水亦能覆舟的古训，湘军凶恶贪婪，曾国荃桀骜不驯，谨防意外。令慈禧惊讶的是，这些折子竟然大部分出自汉大臣之手。不久，曾国荃自请开缺回籍养病，曾国藩禀报即将大规模裁撤湘军。慈禧的心总算轻松了一些，她顺水推舟地批准曾国荃开缺回籍的请求，耐着性子等待曾国藩裁军的具体行动。她希望湘军这个隐患能消失在曾氏兄弟的自抑过程中，那样一则不会因朝廷的制裁而激发事情的恶化，二则也不会给后世留下容不得功臣的诟病。不料，关于裁军一事，曾国藩就那份奏报外再没有下文了。驻守镇江城的督办镇江军务广西提督冯子材，密奏江宁城内根本没有裁军的举动，索饷闹事的现象到处皆是，前不久鲍超的霆军公开哗变，而曾国藩并没有给哗变的官勇以处罚，甚至想遮掩过去。

接到冯子材的密奏之后，慈禧意识到对湘军再也不能掉以轻心，趁着僧格林沁回京休假的时候，她把这位大清朝的干城召来，并与七爷一起进宫密商。

僧格林沁和奕譞一前一后地进了西暖阁。僧格林沁见两位皇太后端坐在炕上，前面并没有黄幔帐，不觉大吃一惊，忙跪下磕头，不敢仰视。奕譞也跟着跪下。

"都请起来，今天是咱们自家人聚会，不要这多礼节。"慈禧对着两个跪倒在她脚下的须眉男子嫣然一笑，说："你们看，咱们姐妹也没有设帘子，都是自家手足，要这个帘子做什么！"

僧格林沁、奕譞周身滚过一阵暖流，坐到两宫皇太后的对面。慈安蔼然吩咐："给僧王和七爷敬茶。"

两个宫女用鎏金铜盘端上两杯茶来。摆在僧格林沁面前的是一个血红玛瑙杯，摆在奕譞面前的是一个松花翡翠杯，泡的都是福建巡抚徐宗干进贡的闽南乌龙茶。只见慈禧一挥手，所有太监、宫女都悄然无声地退出西暖阁。

"姊姊，你先说吧。"尽管慈安的年纪小于慈禧，但名分却在慈禧之上，慈禧不得不叫她姊姊，自称妹妹。和每次召见臣工一样，慈禧在说话之先，都要说上这样一句话。也和每次一样，慈安照例回答这样一句话："我们姊妹之间还讲什么客气，你就先说吧。"

"姊姊既然要我先说，我就先说几句。"慈禧说过这句套话后，以轻柔动听的女人声调开始她的正题，"弘德殿的师傅要皇帝背《书经》，皇帝就不来了。今儿个我们姊妹请僧王和七爷来，是要听听你们对南面湘军的看法。曾国藩的湘军立了大功，克复了江宁，这是大家都知道的事。不过，湘军进了江宁后，放火烧尽长毛的伪宫殿，长毛多年聚敛的财富都变成湘军将领的私产，朝野对此都很愤慨。我们姊妹也觉得曾国藩、曾国荃兄弟有负朝廷的厚望。前些日子，曾国藩说裁勇，但至今并无行动。两位王爷说说，朝廷对湘军应如何处置。"

慈禧的话刚一说完,僧格林沁便迫不及待地奏道:"太后,奴才早就看出湘军不是好东西。三年前打下安庆的时候,就有人向我禀报,说湘军把安庆城洗劫一空。这次攻打江宁更是疯狂,金银财宝掠夺光不说,连江南女子都给他们抢尽了。老百姓说,湘军都是强盗、畜生,比长毛坏多了。太后,奴才还是先前的那句话,削掉曾家兄弟的爵位,把曾国荃等人押到刑部审讯,强行解散湘军,派我八旗子弟兵进驻江宁城。"

慈安笑道:"僧王说的有道理,但曾国荃没有造反的迹象,若是把他押到刑部,别人会说朝廷亏待功臣。"

"怎么没有造反的迹象?湘军本是团练,仗打完了,就得解散。不想造反,为何迟迟不解散?"僧格林沁是满蒙亲贵中最能打仗的人,又是咸丰帝姑母的养子,咸丰帝生前对他很客气,更助长了他的骄横跋扈,即使在皇太后面前,他也显得放肆。两宫太后都知道他的脾气,相互对视了一眼,微微笑一下,都没有作声。

奕谟说:"太后,依奴才看,曾国藩是个最虚伪的人。打下安庆时,曾国荃把伪英王府的全部财产都运回他的湖南老家,用这笔钱给他的每个兄弟买了田起了屋。正因为这样,曾国藩明明知道,却不作声。他又得了财产,又得了廉洁的名声。这次打下江宁,他上奏说,所传金银如海、财货如山的话都是假的。这是连三岁小孩子也哄不过的。既然没有金银财货,为什么要放火把长毛的伪王宫王府都烧掉?为什么不学当年曹彬的样,封存府库,等待朝廷派人来验收呢?怪不得别人都说曾国藩是伪君子。上次说的裁撤湘军的话,太后决不要相信他。奴才看他是不会主动去解散湘军的。"

奕谟的话说完后,西暖阁里沉默了好一阵子。慈禧问:"依七爷的意思,也是要朝廷下令强行解散湘军了?"

奕谟想了一下,说:"奴才也不是说要朝廷下令强行解散,看是不是有别的法子,逼着曾国藩去履行他的诺言。"

"有一个法子可以逼他。"僧格林沁信心十足地说。

"僧王有什么好主意?"慈安转过脸问。

"将奴才的蒙古铁骑从山东开到江南去,驻扎在江宁城四周,用武力逼他解散湘军。"僧格林沁气势雄壮,仿佛他的骑兵就是一支能降百魔的天兵天将。

慈安轻轻地点头，像是赞许。慈禧在心里冷笑：你的铁骑能敌得过曾国荃的吉字营吗？嘴里说："僧王的主意好是好，只是太露形迹了。"

奕譞说："太后说的是。蒙古铁骑开过长江，驻扎在江宁城外，的确是太露形迹了，不撤湘军和造反毕竟有所不同。但僧王的主意仍然可用。打着剿安徽境内捻贼的旗号，将人马开到苏皖一带。这样，既对江宁城内的湘军是一个压力，又可以防备今后的风吹草动。"

"七爷的这个办法最稳妥。"慈安立即表态。

慈禧望着这个二十七岁的妹夫，不觉暗暗赞赏：这几年有长进，再磨炼磨炼，以后会是一个好帮手，遂微笑着说："七爷这个主意不错。不过这样一来，压力又变得不直接。还是如七爷所说的，要尽快逼得曾国藩履行裁军的诺言才好。不然，湘军总是朝廷的一块心病。"

西暖阁里又是一阵沉寂。四周摆设的几具西洋座钟发出咔嚓咔嚓的声音，愈发衬托出阁内阁外的宁静。人间第一家的叔嫂四人都在绞尽脑汁思考着，如何才能尽快尽好地去掉大清王朝的这块心腹之病。突然，僧格林沁猛地拍了一下大腿，两宫太后都吓了一跳。他意识到自己的失态，忙说："奴才失礼，请太后饶恕。"

慈禧笑着说："僧王心中一定有了好主意。"

慈安也笑着说："不要紧的，就像在自己家里一样，僧王不必介意。"

僧格林沁说："奴才打仗，常常采用诱敌进圈套的办法，远远地将敌人引过来，进了圈套后，他就不得不听奴才的摆布了。"

奕譞兴奋起来："奴才明白了僧王的意思，是要把湘军引进朝廷布置好的圈套，然后再来名正言顺地收拾它。好，真是好主意！不过，设一个什么好圈套呢？"

"是的呀，设个什么好圈套呢？曾国藩可是一个很有心计的人呀！"慈安面有难色，她于这方面是一点主意都没有的。

"有个最简单的办法。"僧格林沁说，"皇上下道谕旨，说要曾国藩进京陛见，太后当面嘉奖。奴才再派几个人在半途杀掉他，事后杀两个替死鬼了结。曾国荃已开缺了，曾国藩这一死，湘军群龙无首，自然就瓦解了。"

僧格林沁说完后看了两个太后一眼，自以为这是最好的主意。曾国藩本是他嫉恨已久的对头，现在却通过太后的手来除掉他，岂不太令人惬意了！他没有想到，慈禧自有她的想法。她还不想杀掉曾国藩，因为皖豫一带的捻军、陕甘一带的回民都闹得很厉害，她儿子的这座江山还未完全巩固，很可能还要依靠曾国藩去平捻、平回。但是，眼下他手里的这十几万湘军又必须大规模裁撤，方可保证江南不再出事。到时需要曾国藩重上前线，再让他去湖南招募新军好了。这就叫作招之即来，挥之即去。朝廷必须要建立这样的权威，才可以驾驭遍布全国的几十万团练。如果让建第一号功勋的曾国藩带头这样做，那么今后左宗棠的楚军、李鸿章的淮军就翘不起尾巴，只得乖乖地跟着学样。反之，若曾国藩不裁撤湘军，以后左、李也会跟着学。天下有了这几十万打过多年硬仗、立过大功的湘、楚、淮军存在，真好比在紫禁城里容下几个佩剑拿刀的强盗，随时都可能有不测之祸发生，养心殿里的宝座还能坐得安稳吗？所以，最好的办法，是不露声色地逼曾国藩自动裁军。

冥思苦想了半天，两位军国大臣都无计可施，倒是慈禧心里冒出一个主意来。她问僧格林沁："据说湘军里混有哥老会，僧王在山东听说过吗？"

"是的，湘军中有大批哥老会。前次鲍超的霆军哗变，有人说就是哥老会从中煽动的。"僧格林沁回答。他手下有一支汉人队伍，带兵的头领是前些年从太平军投降过来的陈国瑞。陈国瑞跟湘军不少将领有往来，湘军中有哥老会，就是他告诉僧格林沁的。

"说是哥老会反对朝廷，真有这事吗？"慈禧又问。

"据奴才所知，哥老会是湘军中一班流氓痞子结成的团伙，打着有福同享、有祸同当的旗号笼络人心，在湘军中拉帮结派。不过，还没有听说过哥老会反对朝廷的话，但也不能打包票。"僧格林沁说。

奕䜣说："奴才听说绿营中也有哥老会的人，这很可怕。"

慈禧皱了一下柳叶眉，一个设想在她的心里陡然成熟。她转眼对慈安说："姊姊，时候不早了，僧王和七爷也累了，今天就议到这里吧。您看呢？"

慈安说："是说了很久的话了，不过，逼曾国藩早点裁军的主意还没商量出来呀，是不是明儿个还请僧王和七爷进宫来呢？"

"过几天再说吧。"慈禧边说边起身，慈安也跟着起身。僧格林沁、奕䜣忙离开椅子，就要跪安。

"不用了。"慈禧轻柔的声调里显然带着几分刚气，秀美的丹凤眼专注地盯着两个堂堂男子汉，说："今儿个是咱们自家人在这里随便聊聊天，出去后，谁也不能再说起哦！"

"奴才明白。"僧格林沁说完后抬头又看了慈禧一眼。这是他第一次清楚地看见圣母皇太后。"太美了！"粗野的蒙古亲王在心里赞叹不已。就在这时，他发现慈禧也正盯着他，那眼神有点异样，他赶紧把头低下。

"在这里吃过饭再回去吧！"慈禧对着门外一招手，安德海立即又轻又快地走了过来。"你去前面御膳房招呼一下，给僧王和七爷备一桌好酒饭。"

回到后殿西阁，吃过点心，慈禧安安稳稳地睡了一个午觉，醒来后又想起上午的密谈。她有点失望，谈了半天，两位皇亲并没有给她出一个好主意，最后还是自己一时灵感上来，冒出了一个想法。她记起丈夫生前曾很有感慨地对她说过的一句话：真正能办事的还是汉人。她很想把几个老成持重的汉大臣，如大学士贾桢、周祖培等人找来，问问他们。但这样一个处置曾国藩和湘军的重大决策，是不能让他们知道的。她对自己的设想不十分满意，觉得还有欠缺，遂坐在梳妆台前，一边欣赏自己美丽的面容，一边继续思考着，力图构造得更完备些。

僧格林沁雄壮的身躯时常干扰年轻太后对国事的思索，好半天了，她的计划也没有多少进展。这时，安德海送来一大叠内奏事处呈递的奏折。她随手翻阅几份，看到了新封男爵福建陆路提督萧孚泗奏请回籍奔父丧的折子。她突然脑子一转，又有了一个新主意。

第二天一早，兵部两个年轻力壮的折差，背着两份绝密上谕，以每日五百里的速度，分别向武昌和南昌飞奔而去。

二 官文亲到江宁追查哥老会

五天后，湖广总督官文接到了慈禧的密谕，新近荣封伯爵的满洲大学士心里得意。他出身于世代特权阶层，有着浓厚的门第偏见。这些年来，他眼睁睁地看着先前卑微低贱的汉族穷书生、种田佬，一个个爬了上来，占据高位，心里很不是味道。出于这种心理，胡林翼任鄂抚初期，他常常掣肘。后来，精明的胡林翼为了大局，不得不卑容谦辞，处处让他，又玩起夫人外交的手腕，才维持住武昌城内督抚相安的和局。也同样出于这种心理，当李续宾、曾国华在三河被围的时候，他不但不发兵救援，反而加以奚落，结果害得湘军精锐大损。江宁攻克后，虽然晋封伯爵，但看到曾国藩封侯爵，曾国荃、李鸿章都封伯爵，他心里不舒服。尤其是不久前左宗棠也封了伯爵，他更气恼。他与左宗棠由樊燮一案结下的宿怨，并没有因左后来的战功突出而淡化，反而妒火中烧，愈煽愈烈。现在，皇太后密谕他去办一件打击汉人的大事，他如何不喜从中来，踊跃前往！

官文和府里的幕僚们议出了一个完美无缺的计划。于是，几个足智多谋的幕僚和有鸡鸣狗盗之技的侠士，乘坐一条火轮向下游驶去。火轮在离下关码头二十里远的绶带洲停下来。这里有一座庙宇，名叫先觉寺，是南朝刘宋时期建造的，已有一千余年的历史了。太平天国不信佛教，故这些年寺院冷清。寺里有十多间空房，住持见有远客来临，忙收拾五间干净的房子，让这一班人住下。

寺里的和尚们不知道这班人是什么身份，只见他们气概不俗，吃得好，又舍得多给房钱，料定是有钱的富商，招待得十分殷勤。夜里，侠士们换上青衣黑帽夜行服，潜入吉字大营的各个军营中，偷偷地从营官房里将该营花名册盗出，然后趁着天未亮回到先觉寺。白天，幕僚们关上房门，从每本花名册中抄出二三十、四五十不等的人名来，连同他们的籍贯、年龄、任职等情况都抄下。抄好后，这本花名册又在当天夜晚被送回原处。这样，在先觉寺住了三天三夜的督署幕僚们，已经从吉字大营中的节字营、信字营、焕字营等十多个军营的花名册上，抄下四百多名湘军官勇的名单及简历。第四天中午，官文亲自坐上豪华的英国造小火轮，风驰电掣般地来到绶带洲，将这一班人带上船，急速开到下关码头，上岸后坐进临时雇的轿子，来到由原侍王府改建的两江总督衙门。

当衙役将写着"文华殿大学士湖广总督一等伯官文"的名刺递上的时候，正在签押房批阅文件的曾国藩大吃一惊：这个一向十分讲究排场体面的满洲大员，怎么没有事先打个招呼，便直接投衙门而来？再说，官文此时来到江宁，又意欲何为呢？曾国藩来不及细想，便吩咐大开中门，迎接贵宾。

"官中堂光临江宁，怎么不通知下官？你是存心让我背一个失礼的罪名呀！"当曾国藩穿戴整齐走出二门时，白白胖胖的官文已进了大门。曾国藩老远便打着招呼，态度亲热，好像来的是一位知交挚友。

"哎呀呀，曾中堂，你看你说的，你是侯爷，我哪里敢屈你的驾来迎接。"官文的态度更亲热，满面春风地迎上前来，仿佛前面站的是他情同手足的旧雨。

坐定后，官文说："上岸后，从下关码头到总督衙门这一段，鄙人从轿窗口看到江宁城已趋平静，百业也正在复兴，曾中堂真正有经纬大才，不容易呀！"

曾国藩说："官中堂夸奖了，江宁城被围了三年，湘军进城时，长毛拼死抵抗，所有伪王宫王府，都纵火焚毁，一代繁华古都，几乎化为废墟，要恢复起来，至少要十年光阴。"

官文听后心想：好个狡猾的曾涤生，明明是湘军放火烧城，却偏要说是长毛干的，为他的兄弟和部下洗刷罪名。他笑着说："全部恢复当然不容易，眼下只有几个月，便能有这个样子，真了不起。听人说，秦淮河已修缮好了，规模和气魄都超过了咸丰初年。看来，曾中堂雅兴很高。过几天，也让鄙人去坐坐画舫，听听曲子，在胭脂花粉水面上享享人间艳福吧！"说罢，哈哈大笑起来。

曾国藩也笑着说："官中堂有这个兴致，下官一定奉陪，只是秦淮河并未全部复原，仅在桃叶渡建了几间房子，怕不能使官中堂满意。"

"九帅说是要回籍养病，离开江宁了吗？"笑了一阵后，官文转了一个话题。

"半个多月前就坐船走了。"

"这么快就走了？可惜，不知在哪段江面上失之交臂。"官文显得十分遗憾，"九帅现在可是普天之下人人仰慕的英雄啊！"

"官中堂太客气了。"曾国藩诚恳地说，"沅甫能有今天的成功，全仗官中堂的提携奖掖。当年沅甫初出山时隶属湖北，官中堂对他照顾甚优。这些年官中堂雄踞武昌上游，斩断长毛的气脉，沅甫才能侥幸克复江宁。若无官中堂，哪来今日的'九帅'呀！"

官文点点头，以一副上司长辈的口气说："事实虽如此，也要他自己争气。不过，也不要这么快就急着回家嘛。他一走，吉字营五万弟兄谁来统驭？"

"沅甫有病，还是早点回家休息为好。"曾国藩平静地说，"至于吉字营，不久就要全部解散，统统都叫他们回老家。"

"全部解散？"官文做出惊讶的神态，"长毛还未彻底消灭，北边还有捻军作乱，还得要依赖湘军保卫朝廷。"

"湘军已滋生暮气，难以担当重任，应以全部解散为好。只是目前还有些难处，故暂时未动。"曾国藩对官文的不速而至抱有极大的戒心，他从刚才的话里，已猜到官文是为朝廷来探询湘军的裁撤情况的，所以一提到湘军，他的态度相当鲜明，怕任何一丝的含糊而招致朝廷的疑心。

孰料官文听了这话，反倒加重对曾国藩的反感：什么"滋生暮气"，说得好听，其实都是假的；"暂时未动"才是实情，看你"暂时"到什么时候！

客厅里的闲聊，表面上轻轻松松，互相吹捧，骨子里你猜我忌，各怀鬼胎；厨房里的准备却是忙忙碌碌、扎扎实实的。花厅里的接风酒吃得欢畅。饭后，赵烈文奉命把官文一行送到莫愁湖畔的胜棋楼驿馆安歇。莫愁湖水面七百余亩，湖内荷叶满布，湖岸亭楼相接，号称金陵第一名湖。明洪武年间，朱元璋与中山王徐达在此下棋。朱元璋输了，顺手将莫愁湖送给徐达。徐达便在湖边建了一座楼房，取名"胜棋楼"。在这样名胜之地安歇，官文等人都很满意。赵烈文又打发人从桃叶渡招来几个绝色歌女侍候。当莫愁湖畔官文一行陶醉在"舞低杨柳楼心月、歌尽桃花扇底风"中的时候，两江督署书房里，曾国藩对着一盏油灯，独自枯坐了大半夜。

第二天上午，曾国藩坐轿来到莫愁湖回拜，官文不提正事，曾国藩也不问。夜晚，曾国藩提出陪官文去秦淮河。官文说："你忙，别去了，另外叫个人陪陪就行了。"他本无此兴趣，遂叫赵烈文陪着他们在秦淮河画舫上听了一夜的曲子，观赏一夜的两岸风光。官文眼界大开，兴致盎然。第三天下午，待官文睡足后，曾国藩亲自陪着他视察即将完工的江南贡院，兴致勃勃地谈起今科乡试的重大意义及各界对此事的热烈反响，然后又一同来到正在兴建中的满城。在查看的过程中，曾国藩郑重其事地请官文向朝廷建议：江宁乃江南重镇，且长毛盘踞多年，满城建好后，务必请从八旗子弟兵中挑选精锐者来此。从前驻在满城的旗兵为两千人，为重镇压，请朝廷加派三千，兴建中的满城就是按五千编制的规模设计的。又指着一处地方说，这里将建一座规模最高的祠堂，祭祀当年为国殉职的江宁将军祥厚以及死于国难中的所有旗兵。官文听了这番话后，心中默然。视察完后，官文以诚恳的态度对曾国藩说："今夜按理鄙人应亲来督府拜会侯爷，只是府内人多耳杂，多有不便，委屈侯爷来莫愁湖一趟，鄙人有要事相告。"

曾国藩知道官文要谈正事了，遂神情肃然地说："戌正时分，下官准时来莫愁湖趋谒。"

当薄暮降临古都的时候，一顶小轿载着身穿便服的两江总督，悄悄地进了莫愁湖，上了胜棋楼。

略事寒暄后，官文挥退幕僚和仆从，神色严峻地说："鄙人这次从武昌来江宁，特为核实一桩案子。"

曾国藩一怔，说："什么大案子，竟然劳动官中堂亲自来江宁？"

"这桩案子的确非比一般。"官文的脸色凝重，与画舫中的满洲权贵判若两人，"一个多月前，有人向湖督衙门告发，说驻扎在蕲州的军营里出了哥老会。侯爷十年前在长沙剿扑匪盗，一定知道哥老会是个什么团伙。"

其实，十年前曾国藩在长沙初办团练的时候，湖南境内的会党中并没有哥老会这个名目。那时在湖南闹得厉害的是天地会、串子会、一股香会、半边钱会等等，发源于四川的哥老会还没有传到湖南来，曾国藩知道有哥老会这个名字，还是在鲍超的霆军哗变之后。他不想把这些情况告诉官文，只得含含糊糊地点了一下头。

"那真是一班遭五雷轰顶，该千刀万剐的家伙！"文华殿大学士给哥老会冠上一连串的帽子，借以发泄他对这个会党的切齿痛恨。"他们当面是人，背后是鬼，在军营里吃皇粮，领皇饷，却干着反叛朝廷的勾当，他们企图学长毛的样，造反叛乱，自立王朝。"

"哦！"曾国藩知道哥老会是个拜把子的团伙，并不像官文说的这般严重。他不好说什么，只能吐出这样一个字来。

"鄙人得知军营里竟然出现这等危害国家的事，于是亲到蕲州，命令副将管威务必严办此事，顺藤摸瓜，一个不漏地把所有哥老会匪徒全部挖出来，严加审讯，把来龙去脉都弄清楚。结果在蕲州搜出了三十二个哥老会匪徒，为首的屈正良居然还是个把总。鄙人亲自审讯屈正良，要他从实招供，倘若认罪态度好，可以免除他的死刑。"

官文停了下来，端起茶杯，轻轻地抿了一口，望着抚须端坐的曾国藩，继续说下去："审来审去，谁知审到侯爷的湘军头上来了。"

官文又正视了一眼曾国藩，只见他仍然抚须端坐，并未因这一句话而有一丝变化。其实，自从踏进胜棋楼门槛的那一刻，曾国藩的心就没有安宁过。当官文提到哥老会的时候，他心里就有底了：一定是湖北的哥老会与霆军里的哥老会有什么瓜葛牵连。心里早有准备，故官文这句话没有收到他期待的效果。官文略觉失望，停了片刻，又说："屈正良说，哥老会在蕲州还只开始，大本营在湘军。为立功赎罪，他交出了一份湘军哥老会的名册。鄙人吓了一跳，竟有四百多号，又都是九帅吉字营的人！"

曾国藩抚须的手蓦地停了下来。湘军中竟有四百多号哥老会，且又不是鲍超的霆军，而是老九的吉字营，这两点出乎他的意外。

在曾国藩沉思的时候，官文取出早几天在先觉寺里抄的花名册，把它递过来。他接过花名册，一页一页翻开看着。花名册开得很详细：姓名、年龄、籍贯、属于何营、编于哥老会第几堂第几方，全写得清清楚楚。其中有个别人，曾国藩还认得。翻过一遍后，他合上花名册，放到茶几上，语调沉静地说："谢谢官中堂送来这个花名册。这些家伙是国家的祸害，也是湘军的败类，下官必将一一清查出来，严惩不贷。不过……"曾国藩拉下脸来，盯着官文看了一眼，"此事牵涉面广，关系重大，下官不能轻率动作，必须与各营官查实后再说。"

在曾国藩盯他的瞬间，官文觉得那眼光如同两道阴冷的电光，要把几天前他的鬼祟行动公之于世似的。他一阵心虚，脸上泛起不自然的笑容，忙说："侯爷说得有道理，当然要查实。鄙人之所以亲自将这本花名册带到江宁来，也就是为了让侯爷查实。屈正良既是哥老会头目，就决不是良善之辈，难保他不狗急跳墙，诬陷好人。何况九帅的吉字营，是一支人人景仰的英雄之师，鄙人更不会轻易相信。鄙人建议侯爷不露声色地将各营花名册调齐，然后委派几个最信得过的心腹——核对。倘若屈正良所供与事实有出入的话，鄙人断不会饶过那小子。当然也请侯爷放心，此事决不会张扬出去的，三天后我等侯爷的消息。"官文的态度是如此真诚，话说得如此恳切，曾国藩不能再讲什么了，说了一句"谢谢官中堂的好意"，便怀揣着花名册，离开莫愁湖，悄然回到督署。

进卧室后，曾国藩点燃两支大蜡烛，将花名册又一次翻开，一个个名字仔细审阅。他的心一阵阵紧缩，不由得暗暗地责备起九弟来："沅甫呀沅甫，你的吉字营混有这么多哥老会，你怎么一点都不知道呢？糊涂，真正是糊涂！"

深夜，他把赵烈文、彭寿颐召来商量。他们也大为惊讶，都说从来没有听到一点风声，怎么会一下子冒出这么多哥老会，不可轻信，先查核再说。

第二天，曾国藩以清查人数为名，将吉字大营各营的花名册收上来。又把那本花名册拆开，安排五个幕僚仔细核对。两天过后，五个幕僚都来禀报，说发下来的名单与营里的花名册所载的履历完全一致。

这一下，曾国藩被镇住了。他颓然靠在躺椅上，又是恼火，又是恐惧：湘军打下江宁，招致八旗、绿营带兵将领的嫉恨和朝廷的戒备；又因为隐瞒财货、放火烧城授四海之内以口实。现在再让这个面善心不善的满人大学士抓到如此重大的把柄，湘军今后的处境将是艰难的！尽快裁撤！曾国藩从躺椅上站起，本已打定的主意，此时更加坚定了。

三天过去了，官文按时来到两江总督衙门。不待官文发问，曾国藩先讲了实话："屈正良招供的名单，我已经全部查核，与花名册上的登记无异。我会叫各营官对这些不法之徒严加审讯，依法惩办的。"

"侯爷的命令下达了吗？"官文紧张地问。

"明早就发出。"

"那就好。"官文松了一口气，以关切的口吻说，"侯爷，依鄙人之见，这个命令可不必下达，审讯之事也可以免去。"

"为何？"曾国藩略觉奇怪。

"侯爷，你听鄙人慢慢地说。"官文整整膝上的发亮缎袍，将椅子稍稍向曾国藩的身边移动几寸，然后做出一副十分真诚的态度来，说："湘军打了十多年的仗，劳苦功高，天下共仰，里面混进几百号哥老会，也不是大不了的事。倘若要在各个军营里公开清查审讯，那事情就闹大了，势必传出去。一旦传出去，于侯爷、于湘军都很不利。何况这些哥老会都出自吉字营，九帅不在这里，也难免会引起他心中不快。"

官文这末了一句话，像一记重锤打在曾国藩的心坎上。是的，沅甫离江宁时，本已心情抑郁，若此时再在吉字营清查哥老会，不是在存心拆他的台吗？那样做，要么是害得他心情更痛苦，病更加重；要么是将他逼到悬崖边，不得已而使兄弟反目为仇。这两种结果，都是曾国藩所不愿看到的。

"难道就让他们逍遥法外，不受惩罚？"曾国藩的调子分明低下来。

"不是这样说，侯爷。"官文的态度益发恳切，"侯爷对太后、皇上的忠心，朝野某些人或许不太知，鄙人却深知。其他的不说，就说这几天我看到的侯爷对满城的修复，对祥厚将军和殉难旗兵的崇祀，就足以证明侯爷的耿耿忠心可昭日月。前一向，侯爷主动奏请太后、皇上裁撤湘军，大功之后，不居功要挟，反而自剪羽翼，古往今来，能有几人？太后、皇上甚是称赞，鄙人也钦佩不已。"

曾国藩侧耳倾听官文滔滔不绝的演讲，不时以微笑表示赞同。对这位与皇家关系极为密切的满大员的每一句话，他都要仔细地听进去，认真地去琢磨。此人来得不寻常，办的这桩事也不寻常，如今又说出这样一番不寻常的话来，他究竟要干什么呢？

"侯爷，依鄙人之见，此事宜不露声色地处理。侯爷不是要裁撤湘军吗，湘军既然都要裁撤，这些哥老会匪徒，不也就跟着解散了吗？一旦解散，他们还能有什么作为呢？好在他们目前尚未有大动作，这样消灭于无形之中，既为国家除去了隐患，又为湘军、为九帅顾及了脸面，两全其美，侯爷以为如何？"

原来，他是来劝我趁此机会赶快裁军！曾国藩终于明白了官文江宁之行的意图。裁撤湘军，本就是曾国藩自己的决定，只是因遭到反对以及欠饷的实际问题不能解决，才推迟下来。现在，官文为核实哥老会一事亲来江宁，并提出这样一个纯粹出于爱护之心的最好处理办法，一向对官文表面推崇心里深存隔阂的曾国藩，不觉为自己心胸的狭隘而惭愧起来。他出自内心地说："官中堂一片苦心为湘军和下官兄弟好，令我们感激不尽。撤湘军，早已是既定方针，现在又能起到消除哥老会于无形的作用，更促使下官早日办理此事。不过，下官纵然不在江宁城审讯他们，今后也要告诉地方官员暗中监视，以免他们再结伙纠团，为害国家。"

"侯爷老成谋国，考虑深远，是应该这样做。"官文说。心里想：只要现在不审讯，把戏就不会揭穿，以后分别监视也好，抓起坐牢也好，都怪那些倒霉鬼自己的命不好，与他无关。他知道曾国藩是个深具城府、工于心计的对手，为进一步消除怀疑，取得欢心，他说："侯爷，那天给你的那本名单呢？"

"在这里。"曾国藩将屈正良招供的名单递过去。

"侯爷，今夜我当着你的面，将这份名单烧掉。从今以后，就当没有这回事。蕲州的哥老会我也不再去审讯了，都将他们流放到伊犁去，叫他们今生永远与中原隔绝。"

说罢，将名单就着蜡烛点燃。很快，一叠令人心惊胆战的黄竹纸全部化作黑蝴蝶。

曾国藩不无激动地说："谢谢官中堂的成全。"

"哪里，哪里。古话说得好，官官相护，我这个'官'，今后还要靠侯爷你的庇护呀！"官文得意地笑着说。

"官中堂取笑了。今后只是下官依赖你的时候多，若是真要下官效力时，下官敢不从命吗？"曾国藩也笑起来。

"侯爷，鄙人明天就离江宁回武昌。"

"明天就走？"曾国藩显出舍不得离开的样子，"下官还准备陪中堂到汤山温泉去沐浴哩！"

"江宁刚收复，事情多得很，鄙人在这里多有吵烦，明年冬天再来，那时和侯爷到汤山安心去洗个温泉浴！"

"好！"曾国藩高兴地说，"就这样说定了。明年腊月派人到武昌来接，夫人、公子都一起来。"

"好，一起来！"官文快活地答应。

次日上午送走官文一行后，曾国藩回到督署，又陷入了沉思。他始终对此事不踏实：过去一点风声都没听到，何以吉字营一下子冒出这么多的哥老会？再说，屈正良又不是哥老会的总头目，他怎么会有湘军哥老会的全部名单？转念又想：如果说这个名单是捏造的话，为何又与实际情况完全吻合？

何况霆军中哥老会猖獗，也难保吉字营中没有哥老会。曾国藩不相信官文烧掉名单就意味着此事了结，他完全可以留下一个副本向朝廷密报，邀功请赏。与其让他去告密，不如干脆自己上个折子，把事情挑明白，说明湘军中已混有不法之徒，现即刻裁撤。

主意打定，他叫来彭寿颐，吩咐彭先拟个稿子。奏稿正在草拟的时候，赵烈文进来了，对曾国藩说："老中堂，今上午朱洪章悄悄对我说起一件事。"

"什么事？"曾国藩放下手中的公文，彭寿颐也停下笔。

"他说有天上午他要核对一个哨长的履历，却突然发现花名册不见了，到处找，找不到。他心里想：若说是出了贼，夜里被偷去，盗花名册做什么呢？别的东西都没丢，连放花名册的抽屉里摆的几锭银子一个也不少。焕文很奇怪。第二天早上，他无意间打开屉子，花名册赫然出现在眼前。焕文以为闹鬼了，把这当作件趣事告诉我。"

"真是出鬼了。"彭寿颐听得津津有味。

"哦？"曾国藩轻轻点头，脑子里一时冒出许多想法。

"老中堂，我当时听了焕文的话后，立即就联想到了官中堂带来的花名册。恰好这时焕字营的花名册丢了一天，这中间怕有些联系。"

"是有联系。"彭寿颐立即接过话头，"不瞒老中堂，门生对官中堂那个名单也始终有怀疑。"

"莫打岔，且听惠甫说完。"曾国藩心里已有数了。

"为了证实这个想法，我走访了好几个营，都说没有发现有花名册失而复得的事。最后我到了捷字营。南云告诉我，他营里的花名册也丢失过一整天，第二天又完好无损地摆在原地。其他营没发觉，并不奇怪，因为花名册不到用的时候，通常都不去管它。焕字营、捷字营两个营的情况就足以说明事情的真相：有人曾经在我湘军军营中有意盗窃花名册，先天夜里盗去，办完事后，又在第二天夜里归还。"

"惠甫分析得很有道理。"彭寿颐又忍不住插话了，"而这事又恰好发生在武昌来人的时候。老中堂，那个堂堂大学士带来的竟是一批鼓上蚤式的小人！"

"伪君子！"赵烈文骂道。

曾国藩没有作声。事情已经很清楚了，所谓屈正良招供的名单，其实都是从盗来的花名册上抄的，怪不得一丝不差。"这个卑鄙狠毒的鬼魅！"曾国藩在心里叫骂。

"老中堂，这个折子不拟了吧，门生再拟一个状子，向太后、皇上告官文用卑劣手段诬陷湘军。"彭寿颐气得推开已写了一半的奏稿，重新再拿出一张纸来。

"长庚说得好，不能容忍他们这样坑害九帅和吉字营。"赵烈文义愤填膺地嚷道，"打仗他们缩在后面，胜利了他们反而无端来陷害。他们这样做，天理不容！"

曾国藩心情异常痛苦，他呆坐在椅子上，脑子里反反复复地翻腾着一个巨大的疑问："官文为什么要这样做呢？"

突然，门外传来一声高叫："老中堂，我叔父在九江出事了！"

大家都一惊，只见门外喊的人是萧孚泗的侄儿都司衔哨长萧本道。

"怎么回事？"曾国藩喝道。

"老中堂！"萧本道一脚跨进门槛，冲着曾国藩说，"沈葆桢扣住了我叔父的座船。"

"沈幼丹为什么扣船，你坐下，详详细细地说清楚！"曾国藩满脸不高兴地说。

"老中堂，事情是这样的。"萧本道坐在曾国藩的身边，把事情的经过一五一十地讲了出来。

三　男爵的座船在九江被查封

十多天前，获得男爵殊荣的萧孚泗接到上谕，同意他回湘乡原籍奔父丧。早在围金陵的日子里，他就打听清楚了：城里金银财宝，第一数天王宫的多，其次便是天王的两个哥哥信王勇王了。那天，他带兵冲进金陵城内，首先便瞄准天王宫。但宫外激战厉害，一时进不去，他便转而打勇王府。七找八找，找到勇王府时，朱洪章的焕字营已经抢了先，他赶紧奔到信王府。捷字营的一部分人正在围攻，他的部属仗着人多势众，把捷字营赶走，将信王府里三层外三层地团团围住，再不许别人染指。信王府被打下了，果然金银如山，财货如海。萧孚泗将财富分成三份。他自己独占一份，剩下的两份，由手下的将官去分。将官们按官位高低，都得到不少财产。普通的勇丁，强悍的得到一些，弱的则捞不到，于是他们各自再四处打劫，凡能变换银钱的东西，都入了他们的腰包。

萧孚泗的那一份，少说也值四五十万两银子，跟随他身边的侄儿萧本道监督木匠做了一百个箱子，把这些财宝全部装了箱。前向已先行运走了两船。这次又在长江上雇了一只坚固的大船，把剩下的五十个装着金银珠宝的木箱悄悄地运到船上。萧本道又以重金在方山一带买了三个年轻漂亮的女子，自己留一个，送两个给叔父。接到上谕后，表面哀戚、内心庆幸的萧孚泗登上装着五十箱金银的大船，带着侄儿和三个美貌的江南娇娃以及几个随身亲兵，告别众人，起锚扬帆，溯江西上。

长江两岸素来盗匪极多，萧孚泗不敢大意，他把五十个木箱垒在后舱，上面用旧油布盖好，轻易发现不了。他和侄儿及亲兵一律作一般客商打扮。为使船走得快些，他给船老板双倍船钱，刺激船老板起早贪黑赶路，有时亲兵也帮忙摇橹。沿途停靠的都是大码头，船多人多，安全些。若实在没有遇到大码头，船一停下，萧本道就带着亲兵，衣藏利刃，在岸上通宵巡逻不睡。他们都是久经战场本事超群的汉子，一个能顶十个用。所以，从江宁开船以来一路顺利，虽是上水，一天也能走百二三十里，并不慢。这天上午，远远地看到九江城了。萧孚泗心中欢喜，长江水路，三成走了将近两成，再有七八天时间就到岳州府了；只要进入湖南，就可以放心了。

傍晚，船在九江码头停泊。萧本道带着两个亲兵上岸，买回了卤好的鸡鸭牛肉，扛一筐时鲜水果，捧一坛浔阳秋烈酒。船上的伙夫烧了两条长江大青鱼。满船十多条汉子围在一起，快快活活地喝酒吃肉，猜拳行令；三个江南女子也在一旁吃饭，看着他们取乐。

船上正吃得酒酣耳热，岸上不知何时聚集一支三四百人的队伍，个个穿着整齐的绿营军服，人人手里执枪拿刀，当中一个游击穿戴的骑一匹高头大马，横眉冷眼地望着停泊在岸边的上百条大小船只。一个兵士高喊："奉巡抚沈大人之命，所有停靠本码头的船舶，不论官船、民船、商船、货船，统统检查。若有抗拒者，一律拘捕法办，不得宽容。"

船上的人无不感到意外。萧本道紧张地望着叔叔，只见萧孚泗神色自若，并无半点恐慌，大声对众人说："来来来，我们喝我们的酒，他爱检查就让他检查去，天要下雨，娘要嫁人，我们也管他不着。"

萧本道见叔父这个神态，心里略微安定点，但仍忐忑不安。盗匪打劫他不怕，怕的就是这种冠冕堂皇的奉命检查，何况早就听说江西巡抚沈葆桢天地不怕，铁面无私，虽是曾国藩保荐上来的人，却不买曾国藩的账，上半年打金陵的关键时刻，他不但不扶一手，反而当面踢一脚，险些坏了大局。万一他们动真的，木箱里的东西露了馅，怎么办呢？他无心喝酒，把叔父拉到后舱，叔侄俩嘀嘀咕咕地商量了好一阵子。

"这条船是开到哪里去的？"一个千总模样的小官在岸上吆喝着，随即便有十多个全副武装的士兵，气势汹汹地踏过跳板上了船。

"老总，这船是开到岳州去的。"船老板慌忙出舱答话。说话间，千总也上了船。

"货主在船上吗？"千总问。

"在。"萧本道忙走过去，一副谦卑的态度。

"装的什么货？"千总绷紧着脸。

"没有什么，几十箱瓷泥。"萧本道爽快地回答。

"瓷泥？"千总奇怪地问，"是景德镇的瓷泥？"

"老总，是这样的。"萧本道弯下腰说，"我们是长沙铜官瓷器工场的。上个月，一个先前在朝廷当大官的老爷，要为老母庆九十大寿，向敝工场定做一百桌酒席的杯盘碗盏，每个器皿上都要烧上'恭贺慈母九秩大寿'八个字，只要做得好，价钱可以从优。敝工场老板为这个老爷的一片孝心所感动，下决心要烧制一百套最好的餐具来。铜官有手艺好的窑师，但泥不好。老板特为叫伙计们到贵省景德镇，买了五十箱上等瓷泥运回铜官。老总，箱子里装的都是泥巴。"

千总走进舱，抽出腰刀来，挑开旧油布，露出码得整整齐齐的五十只新木箱。他用腰刀在箱板上敲打着："都是泥巴？"

"不错，都是泥巴。"萧本道面色怡然。

"撬开来看看！"千总盯着萧本道，喝道。

"不懂事的小畜生，老总来了也不好好招待！"萧孚泗突然闯进舱房，对着侄儿骂道。

"这是家叔。"萧本道对千总介绍。

"老总，这边说两句话。"萧孚泗拉着千总的手，走到船舱后头。他从怀里掏出两条三寸长的蒜条金来，塞进千总的腰包里。"这点小意思，分给弟兄们买两杯酒喝，请高抬贵手，包涵包涵。"

千总摸了摸腰包里两根硬挺挺的金条，心里寻思着：这两根家伙怕有半斤重，若不分出去，自己下半世就足够了，就是分些出去，得到的也是一笔可观的财产。到手的横财不要，那才是真正的傻瓜，他箱子里装的什么东西，关我屁事！

"老板，这箱子里装的真是瓷泥？"千总缓下脸来，对着萧孚泗又问了一句。

"老总，我们都是讲义气的汉子，还会害你吗？放心交差去吧，箱子里装的全是上等景德镇瓷泥！"

萧孚泗敞开上衣，露出文了一头穿山豹的胸脯，哈哈大笑起来。千总一见，吓了一跳：这莫不是一个江洋大盗！木箱里装的是鸦片，还是洋枪？他正想吆喝一声，手指又碰上硬邦邦的金条，嗓门立刻哑了。他走出船舱，对着十九个士兵，手一挥："弟兄们，下船吧！木箱里装的是景德镇瓷泥，我都看过了！"

待千总把士兵们都带下船后，萧孚泗又和众人碰起杯来，高声吆五喝六，全然不把森严戒备的这支人马放在眼里。奉命搜查的人都回去交差去了，岸上安静下来，萧孚泗座船上的猜拳行令之声更加热火。半个时辰后，岸上又亮起一队灯笼火把，吵吵嚷嚷地沿着石磴而下，向江边走来。船舱里的人莫不感到奇怪：刚才检查过的，为何又来了？萧本道放下筷子，说："三叔，我上岸去看看。"萧孚泗点点头，心里也有点纳闷。

萧本道上得岸来，只见来的人不如刚才的多，但从他们身上鲜明的甲胄来看，身份似乎要高些，马也多了四五匹，为首的是一位参将。萧本道想：来头不小呀，一次又一次的，究竟要干什么？只见一个骑在马上的都司说话了："大家都不要惊慌，实话告诉你们，前向京师的王爷遭强盗打劫，丢失了大批金银珠宝。据侦察，这几天要路过九江。为不让强盗蒙混过关，苟将军带领弟兄们奉巡抚沈大人之命，再行搜查。这次只查大船，不查小船。"

说完，跳下马来，其他几个骑马的武官也随着跳下马，各自带着十几二十个人，分头向江边几条大船奔去，只有那个参将苟将军仍端坐在马背上，满脸杀气地监视着这场十分罕见的搜查。

萧本道赶快向船上跑去。还没有等他把所听到的话对叔父讲完，都司已带领二十多个兵士凶恶地踏过跳板，来到甲板上。

"管船的是哪个，还不给老子滚出来！"都司见满舱的人没有一个出来接他，勃然大怒。

船老大正要起身，萧孚泗一把按住。他站起来，整整衣服，大摇大摆走出舱。

"你是不是聋子？老子带了二十多个弟兄来到船上，你们没有听到声音？"都司喝道。

"老总息怒，我的确有点耳背。"萧孚泗满脸笑容回答。

"这是我们都司向老爷，你要放明白点！"一个士兵瞪了萧孚泗一眼。

前福建陆路提督心里禁不住好笑，口里说："哟，真的是有眼不识泰山，原来是向都司，怠慢了。"

"我没有工夫和你啰唆！你船上装的是什么东西，老实讲清楚！"都司依然是恶狠狠的。

"船上装的是瓷泥，刚才那位老总已经一一验看了。"

"瓷泥？"都司大为疑惑，"瓷泥是什么东西？"

连瓷泥都不知道，萧孚泗差点笑出声来。他强忍着笑，说："瓷泥，就是做瓷器的泥巴。"

"你把泥巴运到哪里去？"

"运回湖南。"

"混蛋，你们湖南连做碗盆的泥巴都没有，分明是在扯谎！"都司大声斥责。

萧孚泗吃了一惊，萧本道和满船男女也都吃了一惊。

"向都司。"萧孚泗边说边走前一步，"我们湖南虽有做瓷器的泥巴，但不如景德镇的好，所以到这里来装。"

"就是泥巴，老子也要看一看！"向都司转过脸去，对士兵们下令，"都进舱去，把箱子统统打开！"

萧本道一听，脸都白了，急着要上前去制止，但三叔在与他们打交道，又不便自作主张。

"慢点,向都司,进舱去说两句话吧。"萧孚泗伸出两只手臂来,做了个阻挡的姿势。他寻思着故伎重演,考虑到这个都司不好对付,蒜条金至少要加一根。

"有什么话,就在这里说吧!"

都司不吃这一套,倒是萧孚泗没有想到的。他愣了一下,又说:"我有一坛百年老酒,昨夜刚启的封,向都司赏脸进舱喝一口吧!"

"百年老酒?"都司又惊又喜,"行,尝尝它的味道究竟如何!"

原来这向都司是个酒鬼,一听说好酒,便口水流出,身不由己。萧孚泗暗自高兴,叫侄儿打开一坛从天京王府里抢来的好酒,满满地斟了一大碗。都司接过碗,还未喝,先已被浓烈的酒香刺激得嗓子哑哑的。灌下一口后,连声称赞:"好酒,好酒!"说着说着,一碗酒已全部进了他的大肚子。

"向都司,实不相瞒,这坛酒是我的高祖在乾隆二十年埋在土里的,至今有一百一十年了。今天是他老人家一百五十岁冥寿,我们多喝两碗。"

萧孚泗说话的时候,萧本道又倒了一碗,都司二话没说,咕噜咕噜地喝光了。萧本道要再倒,都司摆了摆手:"不喝了,老子要办公事。这样吧,不要弟兄们动手了,你们自己打开吧!"

都司说着,便觉得有点头晕,刚要坐下,被萧孚泗拦腰扶住,一只手从里衣口袋里摸出三根黄灿灿的金条来:"小意思,拿着吧!"

谁知那都司用手一推,说:"老子不要这个,你把那坛老酒给我吧!"

"行,酒也给,这点东西你也收下。"说着,便将金条朝都司身上硬塞。

"向开山,你这个龟孙子,钻到哪里去了!"一声喝问传来,随即走进一个高大的汉子。

向开山睁开醉眼一看,吓了一大跳:"苟、苟大人,卑职在这、这里搜、搜查哩!"

苟参将皱了皱眉头,一眼看见那只打开了盖子的酒坛子,恼火起来:"向开山,你居然在这里喝起酒来,老子砍了你!"

苟参将冲上前,一把揪住都司的上衣。突然,手被那几根硬金条碰着了。他松开手,从向开山的衣袋里搜出三根金条来。"这是什么?王八蛋,叫你带人搜查,你倒受起贿赂来了。来人啦!"立时从舱外进来三四个人,"给我把向开山绑起来!"

两个士兵拉着向开山出了舱。

"搜!给我翻箱倒柜地搜!"士兵们如狼似虎地乱搜起来。面对着这突如其来的变化,萧孚泗一点准备都没有,略为慌了一下,便很快镇定下来。

"苟大人,这只木箱里装的都是金子!"一个士兵惊呼起来。

"苟大人,这只箱子里装的都是珠宝!"又一个士兵高叫。

"这只也是一样,全是金器银器!"第三个也嚷起来。

苟参将过去,见打开的三只箱子里装的全是光彩夺目的金银财宝。他眯起眼睛,皮笑肉不笑地走到萧孚泗的面前,盯了好长一阵子后,猛地大喝道:"你们这伙无法无天的强盗,终于没逃脱我苟某的手心!"说罢狂笑起来。

萧本道冲过去高喊:"我们不是强盗!"

"不是强盗?"参将狞笑道,"赃物都在这里,你还要赖吗?"

"这不是赃物!"萧本道继续辩解。

"不要多说了!"萧孚泗制止侄儿,对参将说,"你带我去见沈葆桢吧,我有话当面对他说。"

"哼!好大的口气,沈大人的名字是你叫的?"苟参将两手叉腰,审视着萧孚泗,"好哇,沈大人现在就坐镇九江,你跟我上岸去见他吧!"

上岸后,萧孚泗被送进九江兵备道衙门的一间小屋子里,苟参将去禀报沈葆桢。一会儿工夫,便带回了沈葆桢的指示:"这是一桩打劫王府的要案,必须回南昌去亲自审理。所有赃物一律封好,连同船上男女,全部押到南昌去。"

萧孚泗大怒,对苟参将吼道:"你去告诉沈葆桢那小儿,我不是什么打劫王府的强盗,我是打金陵的首功大员!"

苟参将笑道:"我劝你还是老老实实到南昌去从实招供,好汉做事好汉当,不要冒充什么攻打金陵的首功大员了。退一万步说,你即使真的是打金陵的湘军,那班家伙我们也知道,放火烧城,打家劫舍,比强盗也好不了多少!"

这几句话,说得萧孚泗火冒三丈,真想割掉他的烂舌头,心里狠狠地说："到了南昌，见过沈葆桢后再与你算账！"

到了南昌的第二天，萧孚泗被押上了江西巡抚大堂。只见宽大的厅堂里气象森严，两旁肃立着十几个手执水火棍的衙役，正中大几后面，端坐着身穿从二品朝服的沈葆桢。这位林则徐的外甥兼女婿，素以不讲情面著称。此刻，他铁青着脸，对着下面喊道："所押何人，报上名来！"

萧孚泗抬起头来，盯着沈葆桢看了一眼，大声回答："沈大人，我是萧孚泗！"

"萧孚泗？"沈葆桢惊问："你就是曾九帅手下那个封了男爵的萧孚泗？"

"是的，我正是九帅手下节字营营官、前福建陆路提督萧孚泗。"

"那你为何不在江宁城里管带士兵，却跑到九江码头碰上了他们？"沈葆桢追问。

"老父上个月去世，我是回家奔丧的。"

"奔丧？那为什么船上还有女人？那五十箱金银又是怎么回事？"沈葆桢穷追不舍，并非因萧孚泗自报了姓名而改变态度。

萧孚泗急了，说："沈大人，请到内室，我把一切都对你明说了。"

沈葆桢犹豫一下，说："好吧，你随我到签押房来。"

沈、萧二人，从前并没有见过面。沈葆桢一待萧孚泗坐定，便问："你说你是萧孚泗，有证据吗？"

萧孚泗从衣袋里摸出一封信来，递过去说："这是我离开江宁前，曾中堂给我的一封亲笔信。曾中堂的字迹，想必沈大人认得。"

"他的字我当然认得。"沈葆桢边说边从信封里取出一张纸来。纸上写着：孚泗贤弟痛失严亲，谨备赙仪一百两，祭幛一段，挽联一副，以致哀痛。曾国藩泣拜。

沈葆桢忙把这封信重新插进信封，双手递给萧孚泗，起身，整整衣帽，对着萧孚泗作了一个揖，说："果然是萧军门，下官失礼了！"对着门口高喊，"给萧军门敬茶！"

立刻便有一个小童进来，在萧孚泗面前摆上一杯香气四溢的茶。萧孚泗端起茶杯喝了一口，说："沈大人，卑职回家守丧要紧，请放我走吧！"

"萧军门，休怪下官唐突，委实是事先不知。"沈葆桢摸了摸下巴，慢慢地说，"九江码头的搜查，原是为了捉拿钦命要犯。实不相瞒，苟参将把你带到九江衙门时，下官以为捉到了打劫王府的强盗，已把情况急奏太后、皇上了。"

"什么？你问都不问一下，就上奏太后、皇上，岂有此理！"萧孚泗愤怒起来。

"萧军门。"沈葆桢沉下脸来，"下官虽未审理，但五十箱货物都一一验看了，与朝廷下达的海捕文书相差无几，故对此事已有八成把握。"

"你这样做太荒唐了！"萧孚泗气愤已极，不是碍于国家律令，他真想把这个可恶的沈葆桢狠狠地打一顿。

"荒唐？"沈葆桢拉长着脸说，"真正荒唐的是你萧军门，而不是下官。下官问你，这五十箱金银财宝是哪里来的？"

"这不是我一个人的，这是节字营全体弟兄们的财产，由我带回湖南老家。"萧孚泗早已想好了答案。

"萧军门，你这样回答，自以为聪明，却骗不过世人。普天之下，都知道你们湘军打江宁，把长毛的财产洗劫一空，每个将领都发了大财，你这五十箱财宝，就是一个明证。"

"沈大人，请你不要误信传闻，这五十箱东西的确不是我萧某一个人的。"萧孚泗的语气已经降下来了。

"这件事，我也不和你争辩。我再问你，你既然是回家奔丧，为什么带着女人同船？"沈葆桢板起面孔问，签押房里的气氛，并不比公堂来得和缓。萧孚泗自知理亏，只好低下头不作声。

"老弟呀！"沈葆桢站起来，在屋子里踱步，做出一副语重心长的样子，"不要怪我责备，你委实做事太欠思量了。"

"好吧，就算我欠思量，你放我走吧！"萧孚泗说，语气中已带有几分求情的味道了。

"我怎么能放你呢？你要在南昌城里等候圣旨下来。"

"圣旨抓的是强盗，又不是我呀！"萧孚泗胆怯了。他担心事情再闹大，收不了场。

"我不能放你！"沈葆桢坚决地说，"你一个堂堂二品大员，赴丧途中，挟带女人和大批金银，大悖国家律令。不让我知道则罢，我既然知道了，就不得不上奏太后、皇上，听候太后、皇上的处置。萧军门，委屈你了，你就在南昌城里宽住半个月吧！我会好好款待你的。"

萧孚泗已听出了沈葆桢的话中之话，看来是有意冲他而来的，他有点失望了："你真的不放我了？"

"真的不放！"沈葆桢立即答道，"萧军门，你或许还不知我沈某的为人。我是一贯以舅父文忠公为榜样，办公事六亲不认。实话对你说，若不是你萧军门，而是江西地方文武的话，对不起，我早已将他撤职查办，关进大牢了。"

萧孚泗泄气了，好半天才说："既然如此，我就在南昌城里候圣旨吧。你放我的侄儿先回老家去报个信如何？"

"那可以。"沈葆桢爽快地答应，"有什么事，就交给你侄儿去办吧！"

于是萧孚泗把侄儿叫到身边，吩咐他火速赶到江宁城，把事情的全部经过告诉曾国藩，请他设法搭救。

第二天，萧本道背着一个小包袱离开南昌，兼程赶到九江，坐上东下的快船，恨不得船如飞箭，立即就飞到江宁。不料越急越出事，中途又遇到了麻烦。

四 江湖窃贼泄露僧格林沁的军事部署

下水船快，萧本道在船上心急火燎地过了五天五夜后，这天下午，船来到安徽和州境内的浮桥镇。浮桥镇是长江上一个不大不小的码头，有几个客人要下船，船老大把船泊在码头边。萧本道想到此去江宁只有二百多里的水路了，明天午后就可以赶到，紧张了几天的心绪略微放松。他打开船舱的木板窗门，把头伸出窗外，眺望浮桥镇的市井。

正看得起劲的时候，放在膝盖上用左手压着的包袱突然掉到船板上，发出沉重的响声。他赶紧扭过脸来，把包袱拾起，恰与一中年汉子打了个照面。那汉子是个离船上岸的客人，长得深目隆准，瘦高精干，脸上露出一种莫测的笑容，对他说了句"对不起"，便继续向前走，很快就踏过跳板，上岸去了。"看来是他不小心碰掉了我的包袱。"萧本道心里猜测。他没有多想，继续看窗外的风景。

过一会，船开动了。又走了五十多里，天黑下来，船在离和州城只有十里路的横江码头停泊。不少有钱的客人雇了车子，连夜赶到城里去花天酒地，吃喝玩乐，也有人邀萧本道。要是在往日，他必定会高高兴兴地去凑热闹，但眼下他没有这个闲情。喝了几杯寡酒，草草吃了夜饭后，便倒在铺位上睡着了。

不知什么时候，萧本道觉得自己身上似乎被触动了一下。他睁开眼，船舱里一片漆黑。他摸摸腰间，不好，包袱被人盗走了！他的这个包袱很贵重。原来，就在九江码头船上，士兵们已发现木箱里的秘密时，萧本道本能地意识到这些木箱要换主人了。他趁人不备，在一个放金元宝的箱子里悄悄地取出八个金元宝。这八个元宝大小不等，大的重半斤，小的也有二两。他把这八个金元宝放在包袱里，随身带着。这次去江宁，他也带上了。他懊恼了片刻，猛然想起贼一定走得不远，于是赶紧走出舱外。

空中挂着半个月亮，江面夜色迷蒙，什么也没有。他转过脸朝横江镇上看去，远远地好像有个黑影在移动。他擦擦眼角，睁大眼睛，仔细再看。那里的确是一个人，正在沿着石磴向镇上奔跑。"贼娘养的，竟敢偷到老子头上来了，真正是太岁头上动土！"萧本道狠狠地骂了起来，纵身一跳，从甲板跳到岸上，抬起两条飞毛腿追去。

萧本道十七岁投奔湘军，在军营里混了六年，练就一身武功，也练就一副胆量。追了一程，来到石磴脚下，那黑影已跑到石磴中部。萧本道的脚步声惊动了黑影，黑影回头一看，知包袱的主人来了，便加快了速度。待萧本道赶到石磴中部时，黑影已到顶部；萧本道赶到顶部，黑影已沿着江边的小路跑出一里之外了。

萧本道决不甘心这八个金元宝就这样眼睁睁地被人偷走。他运足气，咬紧牙，加快步伐。渐渐地，快要与黑影靠近了。这时，远处响起一声鸡鸣，天快要亮。萧本道想，若还不追上，天一大亮，就更难办了。他又死劲跑一阵，看看只有十多丈远了，便弯腰从路边拾起一个鸭蛋大的卵石，向前面的黑影用力一掷。只听得"哎哟"一声，黑影扑倒在地。萧本道快步跑过去，口里骂道："狗日的，把包袱还给我！"他正要上前夺包袱。只见那黑影突然飞起一脚，直向他的头踢来。他没有料到这一着，幸而久历沙场，反应快，头一偏躲了过去。就在这一瞬间，那人一个鹞子翻身，倏地从地上跃起，站立在他的对面，两手握拳，摆出一个架势来。

晨光熹微中，萧本道看出那人背后斜背着一个包袱，那包袱正是他的！他气得咬牙切齿，伸出拳头来朝那人心窝里打去。那人早有准备，身子一闪，机灵地出现在萧本道的左侧，对着他的左肩猛击一拳。萧本道没有防备，痛得钻心。他暗暗称赞此人拳术好，忍痛还击。两人你来我往，打了几十个回合。萧本道趁着对方一个空子，扬起右腿，向对方的胸脯猛踢过去。可惜萧本道近来耽于女色，腿脚无力，对方飞起一掌，向他的脚趾砍来。萧本道一阵疼痛，几乎站不住了。

连吃了两次亏，萧本道知对方武功很好，硬打硬拼敌不过，便使出他萧家的祖传绝招——点穴术来。他看看天色，尚未过寅时，遂盯着对方左胸上部的中府穴。那人见萧本道打不过他，两只拳越打越凶。萧本道佯作招架不住，步步后退。那人开始大意了，拳出手也变得慢了。萧本道瞄准他疏慢的瞬间，猛地竖起右手食指，直朝那人左肩下刺去。只听见那人哇地叫了一声，便仰天倒地昏迷过去。这时，东方已现出灰白色，天蒙蒙亮了。

萧本道骂了一句"贼娘养的"，便弯腰去解那人肩上背的包袱。借着晨光，他终于看清楚了，此人正是昨天下午在浮桥镇下船时碰掉他包袱的那个汉子。他突然明白，这是一个极有经验的江湖窃贼，凭着包袱掉在船板上发出的响声，就已经弄清包袱里的东西，再来半夜行窃。想到这里，他搬起一块石头，向此人的脑袋砸去，一看那人深目隆准，相貌不俗，且武功极好，他又不忍心了。

萧本道虽为湘军军官，其实本性与绿林好汉、江湖窃贼相差无几。在他的观念里，盗窃别人的财物并非可耻的行为。假若他身边无钱，又急需钱用的时候，他也可能做出拦路打劫、偷鸡摸狗的事来。现在，当这个窃贼倒在自己的面前，包袱已到手的时候，他又起怜恤之心。他丢掉石头，一眼瞥见那人上衣袋里有一块鼓鼓的东西。他将那东西掏出，原来是一块木牌。牌上用火烫出一行字：蒙古科尔沁亲王僧格林沁帐下都司衔守备云格。萧本道一惊：此人竟是僧王手下的一名军官！转而又想，僧王驻军山东，此人为何到江南来了，不如把他救醒，问个详细。他把木牌收起，在那人脐下关元穴上以手掌用力一推。一会儿，那人苏醒过来，想爬起，却浑身无力。萧本道把他扶到一棵树边,让他靠着树干坐定。那人说:"好汉本事高强,我瞎了眼,一时见财起意,不该偷好汉的包袱。"

萧本道说:"你的功夫也不错,我看你是个人才,不计较你,你叫什么名字?"

"我叫李云。"

"一向做些什么事?"

"也没有个定准,跑跑买卖,帮人做做杂事,只要有钱赚,什么事都干。"

"哈哈哈!"萧本道大笑起来,"你莫在我面前装傻了,你看看这个。"

说着,亮出了木牌。那人大惊,下意识地摸摸衣袋,衣袋空空的。

"好汉既然已知我的身份,木牌还是还给我吧。"

"还给你不难,不过,你得将一切从实告诉我。"

"好汉要我说什么?"云格为难地问。

"我问你,你是从哪里来的?如今要到哪里去?"

"我是从江西南昌来的,如今要到安徽滁州、泗州一带去会僧王。"

"我听说僧王驻在山东济宁,你怎么去滁州、泗州一带去找他?"萧本道觉得奇怪。

"好汉不知,僧王奉太后、皇上之命,已从山东南下了。"

萧本道心想:他南下做什么?近期并未闻安徽北部有大的军事行动。又问:"你这次到南昌做什么?"

"为僧王递一份紧急公文给江西巡抚沈葆桢。"

一提起沈葆桢,萧本道就恨意顿起。这几天在船上,萧本道天天思忖着在九江被查封的事。若真的是搜查打劫王爷府库的强盗,为什么沿途未听到一点风声,更未见哪个来码头查询?第一批人打发走后,又来第二批,停泊在码头上的上百条船,只有他家的这条船出了事。这不明明是冲着他家而来的吗?沈葆桢为什么要这样和他家过不去呢?背后是不是有人在支持、指使呢?当萧本道一听说僧格林沁有信给沈葆桢时,他马上把僧格林沁与此事联系起来了。作为湘军的一名军官,他知道僧格林沁一贯仇视湘军。如此看来,是那个蒙古亲王在指使沈葆桢查封他家的船了。萧本道决心趁此时机,把这桩事弄出个究竟来。

"大哥，你身为僧王帐下的守备，却来偷我的包袱，看来你是手头短缺。"萧本道解开包袱，从中取出一个二两重的金元宝递过去，"拿去用吧！"

"这是你辛苦积攒的财产，我不能要。"在萧本道豪爽的气度面前，云格为自己的偷窃行为而羞愧。

"大哥，你这就小家子气了。"萧本道把金元宝硬塞进云格的衣袋，"天下金银财宝，本没有固定的主人，说什么你的我的，这个元宝，先前不也是别人的吗？"

这两句痛快的话，说到云格的心窝里去了。他感动地说："我真是有眼无珠，不知兄弟你是这样一条轻财重义的好汉。我要如何赎回我的罪过呢？"

"不必言赎罪，你告诉我，僧王要你送的是件什么公文，他为何又要南下。"

云格望着萧本道的眼睛，没有回答。过一会儿，他反问道："兄弟，你是做什么的？"

"我嘛，实话对你讲吧！"萧本道咧开嘴巴，爽朗一笑："我比不上你，是堂堂朝廷武官，我是长江上的私盐贩子。不过，干的事虽不光明，为人却是磊落的，生性爱英雄事业，喜闻军国大事。"

"豪杰！"云格伸出大拇指称赞。他转了一下眼睛说，"僧王送给沈中丞的公文，我不知道，也不能问，更不敢拆开看。只是沈中丞接信的第二天，便亲自赶到九江，后来就听街头巷尾纷纷传说：沈中丞查封了湘军大将萧孚泗回籍奔丧的座船，在船上搜出几十箱金银财宝，还把萧孚泗一伙押到南昌。也不知僧王的公文与此事有没有联系。"

萧本道暗暗吃惊，忙问："你见过萧孚泗和他船上的那些人吗？"

"没有见过。我倒是想见见萧孚泗，听说他打金陵立了大功，又捉住长毛头子李秀成，封了男爵，可惜见不到。"

萧本道放心了，又问："僧王从山东南下，是不是捻子在淮北闹凶了？"

"不是。这点我倒是可以明白地告诉兄弟，僧王有次对江宁将军富明阿说过，湘军可能会造反，叫富明阿带三千人先南下，驻守扬州，他自己随后就带大兵去安徽滁州、泗州一带，湘军胆敢轻举妄动，他就充当统领，指挥驻镇江的冯子材，驻和州的德兴阿，驻扬州的富明阿，驻武昌的官文，东南西北团团包围，一鼓聚歼。"

萧本道的嘴角重重地抽搐了一下。这个自诩功臣的湘军年轻军官，做梦都没有想到湘军目前正处于这样的危险境地。必须把这一重要军情尽快告诉湘军的统帅！看看日头已出现在东方天边，他坐的船就要起锚了，遂起身道："大哥，时候不早了，船要开了，我与你就此告别，日后再相见。"

"兄弟，你留个名字吧，也让我以后好打听。"云格说。

萧本道略为思考一下，说："你要找我很容易。长江上下，只要遇到装盐的船，问声萧拐子，无人不知。大哥以后要是缺银子，尽管来长江码头找盐船。"说完，将木牌子还给云格。

结识了这位富有而慷慨的私盐贩子，云格很高兴，接过木牌后，又补充一句："兄弟日后若有用得着云格的时候，只管到僧王老营来找我。"

"行，后会有期！"萧本道说完，背起包袱，撒开两条长腿，朝长江码头飞奔而去。

五　借韦俊之头强行撤军

曾国藩、赵烈文、彭寿颐听完萧本道这番叙述后，一时都不知说什么好。过了好一阵子，彭寿颐才愤愤地吐出一句话："僧格林沁、沈葆桢欺人太甚！"

赵烈文托着腮帮子说："看来，官文来江宁城追查所谓的哥老会，与萧军门的座船无故被查封，以及僧格林沁的南下，三件事是连在一起的，矛头都是对准湘军，尤其是对准吉字营的。"

"惠甫想得深。"彭寿颐说，"不过，官文、沈葆桢都是封疆大吏，僧格林沁虽是亲王，也无权指挥他们呀！"

"是的。"赵烈文点点头说，"背后一定还有人在指挥他们。"

萧本道睁大着眼睛望着赵、彭，欲言又止。"惠甫不要瞎猜测。"曾国藩已明白赵烈文所指，但夹着萧本道在这里，不便再深谈下去，挥手道，"你们都出去，让我安静一下。"

"老中堂。"萧本道急着说，"我三叔还在南昌哩，沈葆桢那里，还求您老给他打个招呼。"

萧孚泗惹出的麻烦，不仅使他自身陷于困境，也给湘军招来祸端。全国都在说吉字营将金陵洗劫一空，放火焚烧是为了毁灭罪证，自己给太后、皇上上奏，为他们力辩其诬。可现在呢？五十箱金银，在新封男爵的座船里被当场拿获，尽管你说一百遍、一千遍这是节字营众人的财产，又有谁会相信呢？即便是众人的财产，先前不是说过金陵城里全无金银吗？这如何自圆其说呢？何况，重孝期间，携带江南女子同船，这中间的事情，能解释清楚吗？萧孚泗呀萧孚泗，你也真是糊涂到家了！幸而萧本道此来提供了僧格林沁的军事部署，若不看在这个份上，曾国藩真要狠狠地训斥一顿了。他冷冷地对萧本道说："你们这是自作自受，我有什么办法！"

萧本道哭丧着脸说："老中堂，您老若不管，那满船的东西都会叫沈葆桢夺去了！"

赵烈文安慰道："谅沈葆桢也不敢。你不要着急，老中堂会有办法的。"

"奏稿还拟下去吗？"彭寿颐问。

曾国藩思索片刻后，说："暂不要拟了。"

待赵、彭、萧退出后，曾国藩拿起笔来，蘸着朱砂，走到墙壁上的挂图边，在镇江、扬州、和州、滁州四个地方各自画了一个红圈，然后凝神呆望着。望着望着，他的眼睛渐渐模糊起来，眼前出现四张血盆大口，露出狰狞的獠牙，从东南西北四个方向向江宁猛扑过来；远处，武昌、南昌、杭州也亮起了阴绿的幽光，仿佛还听见了磨牙砺齿的声音。他觉得头在发晕，勉强移步来到案桌边，靠在椅背上，朱砂笔掉到地上，他也无力去拾起。笔尖周围浸出一圈红红的痕迹，他看着，像是自己呕出的一摊血。很长一阵子，他才清醒过来。

这些日子接二连三发生的一连串事，显然不是孤立的，赵烈文都看出来了，曾国藩能看不出来？他宁愿相信不是这么回事，但现实又充分证明赵烈文的推断是正确的。是的，僧格林沁不能指挥官文、沈葆桢，他自己的南下，也不是全由他个人做主的。那么，能指挥官文、沈葆桢和僧格林沁的是谁呢？答案没有必要挑明了。此时的曾国藩，不再像几个月前那样的恐惧。他细细地思考着：他们用的手段各有不同，官文是诬陷，沈葆桢是揭短，僧格林沁是威慑，三管齐下，意欲何为呢？有两种可能：一是借此将他兄弟和整个湘军打下去，历史上司空见惯的大功告成、功臣诛杀的悲剧再演一次；一是以此敲敲他的脑袋，让他意识到所处之环境对他并非有利，识相点，尽快撤掉湘军。两种可能性都有，孰大孰小？曾国藩陷入了沉思。

眼下江宁虽克，太平军余部尚有二十来万，安徽、河南的捻子势力很大，西北回民的骚乱多年不止，国家尚未太平。在这种情况下，将立有大功而并无造反事实的湘军全部打下去，岂不会令各地其他带兵将领有兔死狐悲之感？朝廷目前大概还不至于做出这般蠢事来。这是其一。其二，自从富明阿走后，朝廷再未派人到江宁来认真调查太平军所遗留下来的金银财宝的下落，似乎有不予追究、网开一面之意。其三，就在萧孚泗走的前些日子，曾国荃的座船也从九江驶过，他的船比萧的大，装的东西也比萧的多，沈葆桢没有借口查他的船，是否朝廷有意给曾家留点面子呢？分析了这三条后，曾国藩认为，打杀的可能性不大，借此逼迫他裁军则是主要的。想到这里，他心里升起一股极大的委屈感。

曾国藩早就明白地奏报要裁军，只不过暂时推迟一下而已，朝廷何以便如此急不可耐，视湘军为眼中钉、肉中刺，非欲拔之而后快呢？即便要这样做，堂堂皇皇地下道御旨不很好吗，为何要行此卑劣阴险的伎俩呢？他为朝中最高决策者这种有失君子风度的做法感到气闷。转而他又想，历史上所有号称有作为的君王，哪一个又没有阴一套、阳一套、君子一面、小人一面呢？对照自己，自从离开翰林院，进入六部衙门以来，尤其是这些年带兵打仗，在与各省督抚、各处统兵将领间的周旋之中，阴的一面、小人的一面干得还少吗？更何况，大清自立国以来，军队一直掌握在朝廷手中，现在一下子有十几万军队由私人招募组建，他们能征惯战、骄横跋扈，如山如海的财富可以隐瞒不报而据为己有，如锦如绣的六朝古都可以一炬焚之而弃之不惜，这样一支军队偏偏又掌握在汉人手中，朝廷能不担心吗？不撤掉它，太后、皇上能甘食安寝吗？这样一想，曾国藩释然了，心中的委屈感大大减弱。他决定以异常镇定的姿态，对官文、沈葆桢不采取任何行动，安安静静地在江宁城里等候着太后、皇上对萧孚泗一案的处理。他推测不至于给萧太大的难堪。万一事出意外，为了曾国荃和吉字营的声誉，也为了他自己的声誉，他将要为萧孚泗一辩！

曾国藩的态度，萧本道一无所知。想起拘押在南昌的三叔和那一船财产，他便惶惶不可终日，隔一两天便到督署来一次，请曾国藩接见他。每次照例都被门房阻挡，怏怏而回。如此过了十来天。这一天，萧本道又来到督署大门口，正徘徊不敢向前时，门房看见了他："萧都司，总督大人昨天关照过，说你今天可以进去。"

萧本道大喜，直奔签押房。曾国藩面露微笑地说："昨天来了上谕，你三叔没事了，你看看吧！"

说着递过来一个大信套。萧本道将上谕抽出，急忙展开，一目数行地拜读，他越看越高兴。原来，上谕写着：

前福建陆路提督男爵萧孚泗，系攻克江宁首功大员，此次因父逝回籍奔丧，顺带吉字营官勇历次所获战利品，系出自袍泽之谊，既在江宁娶妾，自应带回原籍奔丧，亦在情理之中。着毋庸追究，俾该前提督一行回籍成礼。江西巡抚沈葆桢办事秉公，执法严谨，其节可风，着交部优叙。并将此由五百里谕知钦差大臣协办大学士两江总督一等侯曾国藩。钦此。

萧本道想：这一定是曾大人为三叔上的求情折所起的作用，遂起身恭恭敬敬地向曾国藩磕了个头："谢老中堂的大恩大德！"

"不必谢。"曾国藩平淡地说，"回去后，告诉你三叔，就说是我讲的，规规矩矩在家守制，地方上一切事情都不要过问，若再招惹是非出来，我可再不管了。"

"是！"萧本道笔挺地站着，"卑职一定将老中堂的教导转告三叔。"

朝廷对萧孚泗一案如此宽容的态度，使曾国藩颇为惊奇。原先设想不至于太大的难堪，但多少会有点处罚，然而什么都没有，连哥老会的事也只字未提，前向的委屈顿时化作感激。

官文所谓追查哥老会一事，自然是闹剧一场，但湘军里既然有哥老会，且力量足以煽动闹事，难保吉字营和其他军营就没有。一旦他们成了气候，那湘军便真的成了叛军。萧孚泗虽未加处置，但吉字营掠夺了大批江宁城财宝的丑行，无疑已公告天下了。事态已把曾国藩逼到悬崖边，他再也没有别的选择了。裁撤湘军，而且必须尽快！只有这样，才能安太后、皇上之心，塞天下悠悠之口；也只有这样，才能消除哥老会赖以存在的基础，杜绝意外变故发生，保全湘军的大节；同时也只有这样，才能保住他本人以及整个曾氏家族和所有"功狗"们的富贵平安。

曾国藩命令彭寿颐赶紧重新拟奏稿，以明确的态度、坚决的口吻向太后、皇上表示：湘军水陆两支人马在三个月内十成撤去九成，驻守在江宁城内城外的吉字营一个不留，全部遣回原籍。

"老中堂，吉字营五万将士全部都撤掉吗？"彭寿颐发问。

"全部都撤。"

"老中堂，据说刘松山、张诗日治军严厉，松字营、诗字营的军纪要比其他营好些。战乱还没有完全平息，九帅的部属还得留一些才是。"

曾国藩以赞许的目光望了彭寿颐一眼，慢慢地说："折子还是按我刚才说的拟，至于吉字营以后如何撤留，我另有安排。"

话一出口，他立即想到，这不又是一桩心口不一的事情吗？不过，这仅仅只是一刹那间的念头，转瞬间他便忘记了。

拜折后的第二天，曾国藩将督署内参与军机赞画的幕僚们召集起来，向他们宣布立即大规模裁撤湘军的决定。幕僚们齐声赞同，都说这是一个极为重大的明智之举。有的说，江宁城军营里的官勇越闹越不像话了，不遣散，迟早会要出大乱子的。有的还拿当年川楚白莲教平息之后，团练相继解散的前事做例子，说明大乱平定后非经制之师只有自动消除，才能使朝野静谧、相安无事的道理。还有的说，当年平川楚白莲教的团练，是分散掌握在各省督抚手中，没有一支多达万人的大部队，而现在湘军主力有十多万，均听曾中堂一人调派，因而裁撤一事更显得急迫，而由此也更证明曾中堂示大公于天下的赤诚之心，将永远受到后世的景仰，为乱臣贼子所惧。幕僚们的称颂，使曾国藩欣慰，也使他的信心更加坚定了。不过，幕僚们也都谈到无银子付清欠饷，将是裁军所面临的第一大难题。

湘军自咸丰三年组建以来，十余年间，户部几乎没有直接拨过饷银，除个别省份协济小部分外，其余都由湖南一省承担。湖南素来商贾不发达，充全省岁入不及苏松间一大县,如何能负担十多万庞大的军队,应付十多年旷日持久的战争?于是湘军的军饷便常常不能及时如数发放,拖欠三五个月,支发三五成是常事。为了安定军心,鼓舞士气,恶劣的统领则公开煽动部下去掠夺百姓的钱物,去洗劫打下来的仓廪库房。稍有头脑的统领虽不煽动,但对部下的这些暴行也不加制止。这也是湘军日趋腐败的一个重要原因。即使是吉字营,虽说从上到下,都得到了多少不等的不义之财,但名义上他们的欠饷也达四个月之久,总数近一百万两。至于其他军营,也有四五个月的,也有六七个月的,都比吉字营严重。幕僚们都问:这个难题如何解决?曾国藩请他们献计献策,帮助解决这个难题。同时又表示,不管这个难题能否解决,裁军都要坚定不移地进行。

他分别给吉字大营、老湘营、果字营、霆军、正字营以及长江水师、宁国水师、太湖水师、淮扬水师统领们下达裁军的命令,限他们在十五天内到江宁城禀报本营裁撤步骤。又给李鸿章、左宗棠发出咨文,通报这个重要情况。

几天后,城内城外的吉字营五万陆军和从大胜关到草鞋峡的长江水面上的两万水师,无论将官和勇丁,几乎人人都在谈论裁军的事。从心情上来说,有不少人愿意早日脱下戎装,回籍与家人团聚。这些人中,有的是年岁大了,厌倦军旅生涯;有的是打金陵时发了大财,急于回家去做财东地主;也有的从军十多年,经事多了,阅历广了,对连年无休无止的战争的思考也逐渐深化起来,尤其是金龙殿前那场亘古未闻的自焚悲剧,更强烈地刺激了他们:都是骨肉同胞,为何要这样你死我活地互相残杀?他们不可能得出什么明确的答案、合理的解释,只有离开了事,如此,心里方可安静一些。

但也有相当多的人不想离开湘军回原籍。多年的军营生活养成了他们漂泊、冒险、嫖赌、斗殴、吃现成饭、用大把钱的习气,他们不屑于再做单调、贫寒、勤俭、规矩的乡下佬。这批人多为没有抢到大量钱财的普通勇丁。至于将官,则几乎无人赞同撤军。将官的威风,来源于他手下成百上千的勇丁。一旦撤离了军营,回到老家,昔日的威风便大半丢掉了,就连一个小小的什长,在军营里也管十个俯首帖耳的弟兄,回家后,哪来的这些人听他的支派?因为这些原因,撤军的命令下达十来天了,江宁城内外数百个营哨,没有一点执行命令的迹象。社会秩序反而更坏了。抢劫、群斗、杀人、放火、强奸、滥赌等恶性事件到处发生，全都是吉字营勇丁作的案。各级军官不但不管束，反而参与其事。

吉字营统帅曾国荃原本就不赞成大哥这种自剪羽翼的做法。这个从小就在荷叶塘出了名的犟九爷，一贯认为天地间是强者的世界，而乱世中的强者，就是握刀把子的人，有了刀把子就有了一切。当年，他就是凭着这个信念积极募勇建营，奔赴与太平军作战的前线，而且也用这个信念去教育他手下那批营官哨官。这些年来他已尝到了手握刀把子的甜头，岂愿轻易丢弃？况且大哥的自剪羽翼，第一刀便是要剪掉吉字营。眼下长毛未净，捻乱方炽，正可利用这个作为借口，加强湘军力量，拥兵自重，即使不想造反，也不能让别人欺侮自己呀！

曾国荃这个观点在吉字营中有着深厚的思想基础，正是代表了各营新贵们的想法。现在，尽管统帅已离开军营回籍，部属们仍奉行这种观念。死的死，走的走，吉字大营留在江宁城里受封职位最高的要算骑都尉朱洪章了。于是彭毓橘、刘连捷等人推举朱洪章到督署，抬出欠饷一项来与曾国藩摊牌：撤军可以，但先得拿出一百万两银子出来，把欠饷发下，否则，对不住提着脑袋血战多年的弟兄们。曾国藩明知吉字营官勇有的是钱，根本不在乎这点欠饷，但又不能点破。在朱洪章貌似充足的道理面前，曾国藩竟然一时语塞，因为他根本就筹集不出这笔巨款来。

朱洪章占了上风，回去一鼓动，吉字大营官勇们抗拒撤军的劲头更足了。他们借酒撒野，有的破口大骂朝廷忘恩负义、过河拆桥，有的甚至公开扬言要扯旗造反。曾国藩面对这种混乱局面，又恨又怕，心中烦躁不安。几天后，他收到了李鸿章的信和闽浙督署的公函。

李鸿章的信竭力恭维恩师此举为旷代奇闻，上合天心，下孚众望，务必排除万难坚决进行下去，以达到预期目的。又说淮军理应效法湘军大量裁撤，只是目前各营都在追杀长毛余部，还不到撤的时候，且恩师当年说过，要以淮民平淮捻，淮军作为淮民的团勇，不能须臾忘记自己的职志，待到天下义安，干戈化为玉帛之时，他一定要把全部淮军一个不留地撤掉。

湘军统帅的高足，与他的恩师既有相像之处，更有不同之处。他不畏人言，办事也没有太多的顾虑。他亲手创建的淮军，决不能在自己的手里撤除，也不容许别人插足。在他的眼里，淮军正好比丽日中天，兴旺已极，且今后还有大显身手的时候，如何能撤？至于以后全部撤掉云云，那不过是附和恩师心思的几句漂亮话而已，原不是他的本意。恭维撤军的背后，深藏着他自己的一套如意算盘：湘军撤除了，今后淮军便独步天下，再无抗衡的力量了；况且还可以趁着这个时机，把湘军中那些会打仗的将官吸引到淮军中来，千军易得，一将难求，这真是淮军壮大的良机！

闽浙总督衙门的公函说的全是左宗棠的话：楚军别是一军，受朝廷节制，与湘军无关，撤军是湘军的事，楚军不过问，亦不会仿效；撤与不撤，当以朝廷下达的圣旨为断。

曾国藩撤湘军，原本就不指望淮军和楚军效尤，这两封函札，并没有对他产生影响，倒是吉字营将官的反对和城里勇丁的胡作非为，引起他的严重不安。张运兰、萧启江来到江宁，诉说撤军的千难万难。老湘营、果字营的欠饷更为严重，官勇们扬言，朝廷若不补足饷银，他们就不离开军营。

鲍超从闽赣边界之地飞马来江宁。他对曾国藩说，前不久赵烈文奉命表示霆军暂不撤，现在忽然又要撤了，大家都没准备，而且还有一半的欠饷未发，如何向弟兄们交代？

淮扬水师统领黄翼升、宁国水师统领李朝斌也乘快艇前来禀报：水师官勇一贯清苦。长期在水上栖息，大部分都染上了风湿病，如今要裁撤回籍了，弟兄们提出两点要求：一是补足历年欠饷；二是发放一点伤病费，以便老了不能种田了，能有一口饭吃。曾国藩听了心里冷笑：欠饷都不能补齐，何谈伤病费！水师有伤病，陆军就没有伤病？

湘军的裁撤是如此艰难，两江总督一等侯又一次陷入困境。但无论从哪方面来说，裁撤一事都是势在必行，决不能有丝毫动摇，也再不能像前段时期那样暂缓了。曾国藩将各种阻挡裁军的因素一一做了分析，认为无银子补足欠饷固然是一个很重要的因素，但不是决定的因素。湘军各个军营都有欠饷，这是事实。不过，他心里有数：这些年来，有几个勇丁不发财的！将官就更不用说了。财路来自于抢掠和打胜仗时的战利品，几两银子一个月的薪水，对他们来说实在是很次要的。决定的因素在于各级将官情绪上的抵触，是他们本身不愿意撤。撤了，他们既失去了权柄，也失去了继续发财的机会。对于这批头脑简单的武夫，道理讲得再多都是空的，起作用的只能是严刑峻法。

严峻到哪层地步呢？曾国藩紧锁三角眉，在书房里踱步思索。突然，他想起十年前在王衙坪接受船山后裔赠剑的席上，老岳父送给他的那首古剑铭："轻用其芒，动即有伤，是为凶器；深藏若拙，临机取决，是为利器。"心里顿时有了主意。

湘军建军之初，为培植严肃的军纪，曾国藩忍痛杀了金松龄，在自己人的头上，毅然动了第一刀。此事在湘军中引起极其强烈的震动，曾为早期湘军军纪的维护起了重要作用。但同时，曾国藩本人的心灵也很长时期深为不安，后悔自责过多次，并暗地做出决定，这种杀戮不可多用。从那以后，在自己人的面前，他将这把统帅权力之剑便深藏若拙了。现在看来，不杀个把高级将领，裁军便会推行不下去，他要临机取决，动用第二次了。

拿谁的头颅来作号令呢？他在心里一个个排了队。反对最烈、闹得最凶的是吉字营的朱洪章、彭毓橘、刘连捷这些人，他们都是第一批冲进金陵城的大功之人，蒙受皇上天恩重赏的英雄，岂有杀他们的道理！霆军功震天下，刀也不能架在鲍超的脖子上。张运兰、萧启江都是复出初期的擎天之柱，且一向忠心耿耿，只有功劳没有过错。杀他们，等于砍自己的手脚。就这样排来排去之后，排出了一个人来，此人就是驻扎在庐州府、至今尚未来禀报的正字营统领韦俊。他觉得韦俊的头颅，是最适宜借来一用了。曾国藩并非完全是为了眼前的急需，实在地说，这些年来，他对韦俊的怀疑、戒备从来没有消除过。

韦俊献池州府投降湘军后，曾国藩把他派到安庆前线，暗地嘱咐曾国荃把他置于与太平军作战的前沿。曾国荃对韦俊是又疑又惧，便把他安排在安庆战场的北部，专用来打太平军援救安庆的部队。一个月前还是天国的左军主将，而现却对曾经同生死共患难的弟兄举起了屠刀，韦俊的良心受到了沉重的谴责。那一声声"叛徒""反草恶鬼"的咒骂声，不断从对方的营垒传来，扰得韦俊和他的一班子心腹们神魂不宁、羞愧难忍。终于，血气方刚的韦以德忍不住了，他背着韦俊，联络几个弟兄，愤恨地脱下湘军的衣帽，在一个漆黑的夜晚，骑着快马，扬鞭离开军营，企图西去湖北，再转道回广西老家，却不料被吉字营的哨兵发现了。曾国荃派出一支百人轻骑，将韦以德等人抓了回来。韦以德和他的弟兄们并不隐瞒自己的行径，曾国荃气得要以临阵脱逃的罪名斩首示众。慌得韦俊急忙派人去东流向曾国藩求情。见到大哥的亲笔信后，曾国荃才勉强放了人。

曾国藩洞悉个中缘故。恰好那时寿州练总苗沛霖与在籍办团之员外郎孙家泰构仇，围攻寿州城，他便把正字营调到寿州征讨苗沛霖。四年来，韦俊先是打苗，后来又打捻，虽未大败过，却也只是战功平平，全没有昔日两下武昌、雄踞池州府的气概了。韦以德的出逃，以及整个正字营这几年打仗的劲头，使曾国藩对韦俊更为怀疑。没有得到应有重视的韦俊，一直心情郁郁；正字营也便成了湘军中装备最差、欠饷最多的后娘崽。韦俊因此对曾国藩不满。接到裁军命令十天了，他仍按兵不动，也没有去江宁禀报。

这天，一封从江宁来的急件递到庐州府军营。韦俊拆开看时，正是曾国藩催他前去禀报，并关照他带上康福送的那副云子，晚上要和他围几局；又说江宁虽有上好的棋子，总不及那副的亲切，见它如见康福。曾国藩眷念故人之情使韦俊想起了当年劝他投降的康福。

这些年来，韦俊在湘军中过得并不顺心，他看出曾国藩始终没有真心待过他，表面上还算客气，骨子里却很冷淡。至于湘军其他将官，则连表面上的客气都没有。在军事会议上相遇时，他们都以一种鄙夷的眼光看着他，常常令他尴尬。只有康福例外。康福对他和以德总是很热情，这种热情出自真心，不是做作。康福甚至还专程去寿州看过他。韦俊对康福谈起自己的苦恼，并说程学启在李鸿章那里混得很好。康福说："如果实在不想在湘军待下去，我可以跟李鸿章说说，正字营干脆到淮军那里去算了。"韦俊感激康福够朋友。后来，听说康福战死在金龙殿前，他心里很伤感。裁撤湘军的命令下达后，他也不乐意裁军。他的心情与湘军其他营官的心情不同。除霆军外，湘军其他军营都由湖南人组成，回籍则回湖南。湖南是湘军的故乡，他们回籍将会受到英雄凯旋的待遇。他的原籍在广西。广西是太平军的故乡，那里的父老乡亲热爱的是太平军，对湘军有不共戴天之仇。他，一个太平军的叛徒、湘军的走狗，有何颜面回广西去？广西的城镇乡野，又哪里有他的一席安生之地？韦俊想到这里，心情很抑郁，暗中做了决定：一旦正字营解散，他就带着妻儿子女和侄儿远走他乡，从此隐姓埋名，了结一生。怀着一种复杂的心情，韦俊带上康家祖传云子，匆匆赶到江宁城。

"韦将军,裁军一事办得如何了?"几句寒暄后,曾国藩便进入了正题。

"回禀大人,此事尚未办。"韦俊回答。

"为什么?"曾国藩的语调显得严厉起来。

韦俊已觉气氛不善,说:"弟兄们有些事想不通,都不愿意就这样离开军营回籍。"

"韦将军,你可能不明白,湘军是团练,非朝廷经制之师,没有长期存在的道理。仗打完了,就应当解散回籍,哪有什么想得通想不通的!"曾国藩的面孔明显地冷下来,"你应该执行我的命令,立即做好全营撤除的安排。"

韦俊沉默着,没有作声。

"你说有些事想不通,是哪些事?"曾国藩似乎有点不耐烦地催问。

"大人。"韦俊鼓了鼓劲,说,"弟兄们都说,四五年来,正字营收复寿州,打败捻寇,立下的战功不少,但得到保举的则不多。大家请大人向朝廷上个折子,为那些积年苦战的老弟兄们求个职衔,今后回家去,脸上也风光些。"

韦俊这话说的是事实。正字营五千人中有一半是跟着韦俊投降过来的,每次打完仗后,韦俊都上报一个保举单,列上长长的一串名字,保的都是他那批从广西过来的老弟兄,韦俊想以此来笼络他们。但每次单子一到曾国藩的手里,便被卡住了。其他军营报来的保举单,曾国藩都原封不动地报到朝廷,唯独对正字营不同。曾国藩极不情愿让这些老长毛升官受赏,他只从中挑选二三成上报,而且还要把韦俊原拟的职衔都降一二等。正字营的将官们跟别的营一比,心里不服气,口里大出怨言。久而久之,韦俊终于看出了曾国藩的心思,一种屈辱感沉重地压着他。他不死心,企图最后一次为部属们争取。

"笑话!"曾国藩从鼻子里哼了一声,冷笑道,"正字营最近未立军功,如何能上报保举单?朝廷视名器极珍,岂能像你从前那个伪天王一样,滥封滥赏,毫无一点章程!"

韦俊听了这话,脑顶上如同击了一棒似的,嗡嗡作响,好久才清醒过来,说:"不上保举单可以,弟兄们说,正字营前前后后死了三百多人,伤了一千多，抚恤银三成未拿满一成，从今年春天开始就没有发饷银，至今整整欠了七个月。两项加起来，少说也欠了二十万两银子。弟兄们说，补足了银子就撤军，否则的话——"

"否则怎样？"曾国藩脖子上的青筋已一根根鼓起来了。

"否则他们不缴军装器械。"

"混账！"曾国藩一巴掌打在案桌上，把韦俊惊了一下。"不缴军装器械，岂不是蓄谋造反！韦俊，对这些混账东西，你是如何处置的？"

韦俊到底不是懦弱之辈，曾国藩凶横的态度，大大地刺伤他的自尊心，加之又长期心怀不满，他重重地顶了一句："卑职没有处置他们，卑职认为他们说的有道理！"

"你说什么？"曾国藩怒火中烧，瞪起两只发红的三角眼，吼道，"蓄谋造反还有道理？"

这是公然的歪曲！韦俊一时没有觉察出曾国藩说这话是有意引他上钩，果然怒不可遏，唰地站起来，嗓门也变了："他们没有造反，这是强加给他们的罪名。正字营备受歧视，弟兄们早已忍耐不住了！"

这一句话，把曾国藩蓄意杀韦俊的时刻推前了一大步。他心里想："'早已忍耐不住了'，这话明明是要出大乱子的信号，他们的确是贼心不死。事不宜迟，今天就要下手！"

曾国藩双手叉在腰间，把韦俊死死地盯着。韦俊并不害怕，平静地站在原地，头也不低下。曾国藩越看越觉得眼前这个谋勇兼备的原天国主将，浑身上下都长满了反骨。是的，这个人不能留下，不只是裁撤湘军要借他的头颅来儆众，尤其重要的是大清王朝的长治久安，也需要他身首异处。

"来人啦！"随着曾国藩一声高喊，立刻上来四个着戎装挂腰刀的武弁，"给我把这个破坏裁军、蓄意谋反的乱臣贼子拿下！"

韦俊直到此刻，才终于完全看清了曾国藩的真面目。他为自己当初的选择感到深深的悔恨。但事已至此，后悔已晚了，他只希望侄儿以德能逃脱曾剃头的魔掌。

韦俊的希望落空了。第二天，赵烈文带着百名全副武装的骑兵，从江宁出发赶到庐州，将韦以德骗到驿馆，立即拿下，并晓谕正字营全体官勇，此事与他们任何人都无关系，不要人人自危。

韦以德押到江宁城的第二天，全城便到处贴满了盖有"协办大学士两江总督一等侯"紫色长条关防的布告，上面赫然写着："原正字营统领韦俊、分统韦以德抗拒裁军，图谋造反，已奏明朝廷，予以正法。"在两江总督衙门的告示壁上，不仅贴了一张特大号告示，而且旁边还竖起了一根高高的旗杆，上面悬挂着韦氏叔侄的两颗怒目圆睁的头颅。至于那盒被韦俊带来的康氏祖传云子，曾国藩却将它珍藏起来。

曾国藩的这一绝招果然有用。从那天开始，吉字营、老湘营、果字营、霆字营以及长江水师、淮扬水师、宁国水师、太湖水师的将官们，都不敢公开反对裁军了，勇丁们的撒野胡来也有所收敛，各军营开始制定分批裁撤的具体部署。幕僚们也对欠饷的难题提出了许多解决的办法。曾国藩采用了其中的两条：一条是以票抵饷。奏请户部同意，发放分期兑现的银票，持此银票者二十年内可在本州县取回全部欠饷，并依年生息。这样，既安了勇丁们的心，也解决了国家一时拿不出大批银子的困难。二是以盐抵饷。那时湖南不产盐，百姓食用盐，正宗来路是淮盐，走私的是粤盐。无论是淮盐还是粤盐，在湖南出卖的价钱都很贵，普遍在产盐区的十倍之上，偏远山沟里甚至高达二十倍。以一两银子的盐抵七八两银子的欠饷，勇丁们把盐运回去，还可以有点赚头，他们也乐意。这样也缓解了银两不足的困难。

杀鸡给猴子看的血腥手段，再辅之以解决欠饷的具体可行办法，终于使得湘军的裁撤付之于行动了。江宁城内城外的吉字大营各个军营开始动作。下关码头江面上，舟船大量增加，那些本来就急于回家当财东、过安乐日子的官勇们，已有不少在起锚扬帆了。

六　英雄不可自剪羽翼

与此同时，曾国藩以传递攻克金陵捷报同样的速度，将裁撤湘军的情况奏报太后、皇上，并特意强调杀了抵制撤军、意欲不轨的正字营统领、投诚过来的前长毛将领韦俊，目前裁撤湘军一事正顺利进行，十二月底将全部完成，十五万湘军水陆两支人马，届时只剩下一万人，若朝廷还嫌多的话，连这一万人也可不留。

不久，鉴于西北回民的乱子越闹越凶，朝廷任命杨岳斌为陕甘总督，克日赴任。离江宁前夕，他特来向曾国藩辞行。

"厚庵，你这次由武职改授文职，真是异数。"这个由他一手提拔，十多年来统领长江水师，为湘军最后攻克江宁立下了汗马功劳的部下，今天居然能在刚过不惑之年便位为一方总督，曾国藩为杨岳斌的仕途顺遂而高兴，也为自己当年识英雄于风尘之中的眼力而欣慰。他注目看了看杨岳斌眉宇间那颗黑痣。黑痣圆润饱满，凭着曾国藩的相人理论，他相信这个年轻的总督正在好运之中。

"老中堂，当年若不是您老的指点，我哪有今天，我的一切都是您老栽培的结果。"杨岳斌书读得不多，是个性情厚实的人。曾国藩这些年来对自己的信赖、器重，他一直深深地感激。他统领外江水师，与太平军殊死拼搏，与其说是尽忠王事，不如说是对曾国藩个人的感恩。而这一点，曾国藩早在水师创建之初便已看出端倪，所以历次战役中对杨岳斌保举都从优，也因此而有他的今天。

"太祖以武功开创天下，八旗子弟向以刀马功夫定优劣。入关之后，采纳范文程的建议，推崇孔孟，开科取士，以艺文教化士民。自那时起，文职便高于武职。以武职改授文职的事极为罕见，在你之先，只有三例。"曾国藩右手缓慢地梳理垂在胸前的长须，以慈爱的眼光望着杨岳斌，"一例是顺治朝徐湛恩以侍卫改郎中，一例是乾隆朝黄廷桂以提督改总督，一例是嘉庆朝杨遇春以提督改总督。两百多年来，你是第四例由武职改任文职的人。厚庵呀，你可要好自为之。"

曾国藩父亲般的关怀使杨岳斌激动万分："卑职一定牢记老中堂的教诲，不负圣恩。"说着，打开随身带来的包袱，从中取出一个布包来，充满感情地说，"卑职此去陕甘，路途万里，不知何时再得相见。这里有一件护身坎肩，送给老中堂，就算是卑职离别时的一点小礼物。"

"厚庵，你这是做什么？"曾国藩停止抚须，但并没有伸手去接杨岳斌递过来的布包。

"老中堂，卑职知道您老平生不受礼，也不喜欢送礼的人，故卑职十多年来身受大恩，却一文礼物未送，但这次不同，请您老务必赏脸收下。"

见杨岳斌说得恳切，曾国藩这才接过包袱。打开布包看时，只见鹿皮坎肩上，鱼鳞般地布满了薄精钢片，银白色的光芒照得他几乎睁不开眼睛。"厚庵，你虽改文职，毕竟是武将出身，此去陕甘，仍要带兵打仗。这样好的护身坎肩，穿在你的身上作用大，送给我有什么用！你还是自己留着。"曾国藩把坎肩包好，递了回来。

"老中堂请听卑职说明。"杨岳斌忙以手拦住说，"卑职还有两件护身坎肩，足可在战场作防身之用。这件之所以送给大人，一来是它轻软，大人体弱，笨重的坎肩不宜；二来这件坎肩乃家父留下来的，意义不一般。大人，您老虽不上战场，但也要提防刺客。"

曾国藩想起几次遇刺的往事，深觉杨岳斌的话有道理，遂不再推辞："这是令尊的遗物，我收下心中有愧。"

"其实，这也不是先父的东西，先父给我这件坎肩时，说起了它的来历。"

"它的来历如何？"曾国藩很有兴趣地问。

"这件坎肩本是一个护排镖师的。"杨岳斌慢慢地说，"三四十年前，湘江上有一个很有名气的护排镖师。他武艺高强，为人耿介，手下有十个本领好的徒弟。镖师被湘江上第一富有的排主所雇请，多年来往返于衡州、长沙、汉口之间，从来没有出过事，沿途强盗都怕他。后来，老排主死了，少排主掌舵，不喜欢镖师的直爽脾气，加之镖师也老了，几次想辞掉他，只是见他手下徒弟都是好汉，防盗护排少不了他们，只得依旧高价雇用。镖师本人却没有看出这一点。他觉得徒弟们长期跟着他，不能自立门户，出息不大，于是把他们一个个都推荐出去。几年后，身旁的徒弟都走光了，少排主也便将他解雇了。镖师回家后不到一个月，便被仇人害了。临死前，先父去看他。他送给先父这件护身坎肩，沉痛地说：'英雄不可自剪羽翼！'"

曾国藩心里猛地一怔，两眼直直地望着杨岳斌。他一向将杨岳斌视为朴讷无文的周勃式的人物。杨岳斌不善言辞，也不喜言辞，偶有所论，必然是思之至深、非说不可的话。曾国藩喜欢这种性格，他讨厌夸夸其谈而又没有真知灼见的人，提倡讷于言而敏于行。杨岳斌可谓这方面的典型。因此，杨岳斌每有所言，曾国藩都极为重视。刚才这句"英雄不可自剪羽翼"的话，引起了他的强烈震动。尽管这句话在决定裁军之后，他不时听到人们说过，但都远远不及从杨岳斌口中说出的分量。

"厚庵，看来你送我这件坎肩的背后还另藏着别的内容。"曾国藩回过神来，又不自觉地抚摸胡须了。

"老中堂。"杨岳斌将上身倾斜过去，郑重地说，"目前陕甘回民骚乱，朝廷派卑职去的目的在于平乱。陕甘绿营不能当此大任，卑职还将请求随带一支湘军去；若朝廷允许，将从水师中抽调。水师官勇能打仗的多，且是卑职的老部属，刀光血火中过来的弟兄们，到底信得过些，所以请大人暂不要解散长江水师。大人要撤湘军，这当然是很英明的决定。江南的大仗已经结束，再养一支十多万的人马，既耗费粮饷，加重百姓负担，又让朝廷不放心，不是好事。何况仗打久了，军营暮气很重，腐败成风，若不裁撤，也会成事不足，败事有余，故卑职对裁军完全拥护。不过，卑职说句实话，据说大人要把湘军全部裁掉，卑职以为无论为朝廷着想，还是为大人着想，都不太妥当。这件事，卑职想了很久，请大人宽恕卑职的鲁莽，听卑职说几句心里话。"

"你说吧，厚庵。"曾国藩动情地说，"多年来，我一直想多听你说话，可是你总说得很少，以后更难听到你说话了。你今天就在我这里吃顿便饭，也算是我给你饯行，你也就在我这里久坐些时候。"

"谢谢老中堂，我也就不客气了。"杨岳斌说，"从保卫朝廷来说，长毛虽垮，但余部仍不少，江南还未到刀枪入库、马放南山的时候；淮河以北，捻军也日益坐大，虽有淮军，到底不如湘军的经验丰富。若把湘军全部撤了，缓急之间，如何应付？大清朝立国以来，从未有一支控制三千里长江的水师；有之，乃大人亲手创建的长江水师。我大清正因为水师薄弱，所以二十多年来，沿海一带备受洋人的欺凌，朝廷应吸取这个惨痛教训，大力发展海军，保卫我千里海疆。长江水师只要稍加整顿，再多配备些船炮，就可以成为我大清朝的第一支海军。"

"厚庵，你说得对！"曾国藩对杨岳斌将长江水师发展成为第一支海军的想法极为赞同。

"老中堂，这是为朝廷着想。至于为老中堂你个人着想嘛，"杨岳斌略停片刻后，坚定地说，"老镖师的临终遗言说出了一个共同的道理：不做英雄则罢，既做英雄，就不能自剪羽翼。老中堂自创建湘军以来，扫除了凶逆，也得罪了不少权贵。请恕卑职说句直话，老中堂今日的处境，正是二十多年前您老送给汤鹏那副挽联中所说的：名满天下，谤亦随之。嫉妒者、仇恨者，不满者，遍布朝野。老中堂已做了十多年的英雄，事到如今，就一定要把英雄做到底。倘若此时不顾一切地把全部湘军都裁撤，那么后果不堪设想。"

"你说说会有什么后果出现。"杨岳斌的话显然打动了曾国藩的心。

"依卑职看来，大仗还有可能会打。假如过两年太后、皇上叫老中堂重新带兵上战场，老中堂手下却无精兵强将，打不好仗，太后、皇上会如何看待老中堂呢？朝野官绅又会如何看待老中堂呢？"

曾国藩点点头。

"还有一点，卑职总有点担心，怕日后老中堂手下无一兵一卒了，有人会挟嫌诬陷老中堂，不提湘军的功劳，尽揭湘军的疮疤。那时皇上已长大，太后归政于他，他不知昔日的艰难，只看到眼前的太平，听信谗言，疏远了老中堂。"

曾国藩心里又是一怔。他很惊异这个文采不多的水师统领，竟然想得比自己还要深长。是的，这两三年来，曾国藩几乎还没有腾出时间来考虑皇上长大亲政的事，他总认为那还很遥远。经杨岳斌这一提醒，他猛然意识到，皇上今年已经九岁了，离亲政也只有几年了。真的，假若到那时自己已无实力，未曾亲历艰苦的少年天子，岂不将如同那个少排主一样，轻易地辞掉自己这个年老无用又结怨甚多的"镖师"吗？

"厚庵，你说说，湘军应当保留多少人为好？"实在地说，曾国藩也并不想把湘军一个不留地全部裁掉，他设想留下一万精锐。现在看来，这个数目少了。

"依卑职看，要留三到四万人，至少要三万人，不能再少了。"杨岳斌不假思索地回答，"正字营全部遣散，霆军也全部遣散，只留下鲍超和宋国永等一批战将，老湘营、果字营各留三千人，吉字营留四千，合起来一万人。太湖、淮扬、宁国三个水师全部撤掉，长江水师二万人都留下来。老中堂，"杨岳斌说到这里，显得很激动，他站起来大声说，"长江水师这几年尽管也沾染了军营习气，吸食鸦片、嫖赌懒散等现象在所难免，作为统带这支军队达十年之久的将领，有一点可以保证，那就是老中堂亲手创建的长江水师，对老中堂的忠诚是不用怀疑的，它永远是保护老中堂的一件牢不可破的坎肩。"

杨岳斌的激昂之言使曾国藩深受感动,他轻轻地挥手招呼:"厚庵,我从来就把你和雪琴带领的长江水师视为我的命根子,我对它的宠爱要胜过沅甫的吉字营。"

杨岳斌坐下来继续说:"我本来想借此裁撤的机会,好好整顿一下长江水师,可惜现在不行了。请老中堂务必尽快招回雪琴,让他做这件事。雪琴性格刚强,疾恶如仇,用他来整顿长江水师,比我要好。"

"是的,是要早点请雪琴回来。"在曾国藩的心里,已完全接受了杨岳斌的建议:至少留下三万人。

厨子端上晚餐。餐桌上,杨岳斌向曾国藩请教去陕甘后如何应付复杂的民事和军事。曾国藩尽平生阅识,一一作了详尽的回答。

杨岳斌告辞后,曾国藩卧室里的灯火亮了大半夜。擅长心计的两江总督在苦苦地思索着,如何将裁撤湘军一事办得既光彩照人,又于己无损;如何做一个既是至公无私的功臣,又是暗存精锐的枭雄。

七　恭亲王东山再起

"拜见圣母皇太后。"待太监打起黄缎棉胎门帘后,醇郡王福晋轻移莲步,跨进养心殿西暖阁,跪在棉垫上,向斜靠在躺椅上的慈禧太后请安。

"快起来,柳儿。"慈禧坐起来,脸上泛起亲热的笑容,指了指身旁铺着大红牡丹刺绣缎垫的瓷墩说,"坐到这边来。"

醇郡王福晋柳儿站起来,坐到慈禧身边的瓷墩上,笑吟吟地说:"姐姐这几天益发漂亮了。"

"死丫头,姐还有什么漂亮不漂亮的,该漂亮的是你。"慈禧笑着说,脸上现出两个浅浅的酒窝,微露两排雪白细密的牙齿。这两个迷人之处,正是她同样生得花容月貌的妹妹所欠缺的。慈禧娘家只有这个比她小四岁的胞妹,她因为自己喜爱兰草兰花而被咸丰帝取名兰儿,便依此将喜爱柳枝柳叶的妹妹取个小名叫柳儿。柳儿十七岁那年,慈禧刚生下后来的同治皇帝。本来就受到宠爱,这下更加专宠了。一天,咸丰帝跟她谈起七弟奕谭的婚事,她就趁势提出自己的妹妹。出于对她的爱,咸丰帝连柳儿的面都没见,就定下了这门亲事。这样,柳儿进了醇王府,成了醇王的正室夫人,满语称为福晋。慈禧姐妹的际遇，引起社会上的轰动。人们谈起历史上杨贵妃姐妹的故事，再次生起"遂令天下父母心，不重生男重生女"的感叹！

柳儿虽不及姐姐机敏干练，却也比一般女人有主见，能办事。三年前，在热河行宫那段惊心动魄的日子里，肃顺为独揽大权，曾严密地监视两宫太后的行迹，柳儿以特殊的身份出入宫中，为两宫太后传递信息。终于通过醇王奕譞，联络在京中主持外交的恭王奕䜣，叔嫂合谋，废除了辅政八大臣，实行两宫垂帘听政。柳儿实为这段历史中一个神秘而重要的人物。也因为有这个功劳，慈禧对自己的胞妹更加刮目相看。丈夫死了，儿子还小，不谙世事，在这个世界上，慈禧最能推心置腹说话的人，便是妹妹柳儿了。这几年，她常常召柳儿进宫。谈话多为家事，也谈些与普通女人无异的养儿育女、穿着打扮等琐碎话题，间或也谈及奕譞。

慈禧对奕譞的感情，自然超过对咸丰帝其他几个兄弟，她很希望妹夫能成为她处理军国大事的得力帮手。三年来，她委任他很多职务，一为加重他的权力，二为多给他以磨炼的机会，尤其在罢黜恭王的职务后，慈禧对奕譞更寄予重任。孰料这个二十七岁的郡王与他的同父异母兄比起来，资质差得太远了。他既没有奕䜣过人的才识，更缺乏奕䜣闳阔的器局，颇使慈禧失望。上次召他与僧格林沁一起密谋如何对付湘军，奕譞虽出了一些主意，但终不能令慈禧满意，整个计划还是她自己拿出来的。这时，她就想起赋闲在家的奕䜣来。在处理军国大事上，奕䜣远比奕譞主意多而且稳重。前几天，她要奕譞到恭王府去一次。今天召妹妹进宫，主要是想问问妹夫所掌握的关于奕䜣的近况。

"六爷罢职以后，七爷一直想去看他，但又不敢去。后来姐姐说要他去瞧瞧，他很高兴，第二天便去了。"柳儿细声细语地说。

"对罢职一事，六爷说了些什么？"慈禧轻轻松松地问，顺手挑了一个精巧的西洋糖果给妹妹递过去。

"一提起这事，六爷就很痛悔，说自己年轻不懂事，辜负了太后的信赖，对不起先帝。说着说着，还掩面哭起来，七爷安慰了好一阵子。"柳儿慢慢剥开花花绿绿的玻璃纸，露出一枚鱼形粉红色透明糖果来，她仔仔细细地把糖果端详一眼后，才轻轻塞进嘴里。

"这些日子，有些什么人去过恭王府？"对奕䜣的态度，慈禧较为满意，她还要更多地了解小叔子居家反省的情况。

"六爷说,除几个自家兄弟外,旁人来恭王府,他一概不见,也不让他们进王府。据九爷讲,他也没有见过多少人来恭王府拜访他。"

孚郡王奕谟的王府离恭王府很近,他提供的情报应该是准确的。

"那么,六爷这段时期在家里做些什么呢?"慈禧偏着脸问。窗外温暖的阳光照在她两把头发式上,状如乌云般的秀发光亮可鉴。

"七爷问过他,六爷说惟闭门读书而已。七爷看到六爷案桌上摆的是圣祖爷的御批、乾隆爷的御制诗和先帝的诗文。"

柳儿的这些回答,都与她从别的途径上所了解的情况大致相合,慈禧很满意。她站起来,满面春风地对妹妹说:"跟我来,我带你看看前些日子他们送给我的贺礼。"

十月初十,是慈禧的生日。她是一个很讲脸面的人,又有贪财爱货的癖好。咸丰帝在世时,每到这一天都要亲自为她贺生,还要送她一点小东西,皇后也送她一两件礼品,妃子们就更不消说了,人人都送她礼物。她把这些礼物珍藏好,一有空闲,便一件一件拿出来欣赏。每到这时,她便沉浸在一种难以言喻的喜悦之中。这两年当了太后,地位高多了,生日期间,收到的礼物更多,但终因江南战事未结束,不敢太铺张奢侈。

今年可不同,江宁收复了,心腹大患摘除了,满蒙亲贵、文武百官,莫不异口同声称赞这是托了太后的如天洪福和英明调度的结果,且又逢三十大寿,应该热热闹闹庆贺一番。于是宫中上自慈安太后,下至有头面的宫女、太监、外官二品以上的大员及各省督抚、将军、提督,人人都备了一份厚厚的礼物。从初六开始,礼物便一担担、一盒盒地抬进养心殿后阁。慈禧先看一下礼单,她觉得稀奇的,便看一看实物,一般的便挥手让太监、宫女直接收起来。初八日起,宫中又唱起大戏,一连唱五天,初十为高潮。前前后后、宫内宫外紧张忙碌了十天,寿星自己也辛苦了十天。她的辛苦,是忙着看礼物,看戏,接受大家的祝贺。虽辛苦,但她异常兴奋。她想妹妹虽贵为郡王福晋,很多东西也未必能看得到,便兴致浓厚地带着妹妹到她的珍宝室去。

姐妹俩走出寝宫,进入一条狭长的巷子,走到巷子的尽头,又进了一座宫殿。宫殿不大,殿里摆着一个接一个的书柜。在一面绘着彩色山水图案的墙壁前，姐妹俩停了下来。慈禧叫随后跟着的太监对着壁端用力一推，居然推出一个门来。柳儿吃了一惊，想不到神圣的紫禁城内竟然有这等诡秘的暗室。慈禧带着柳儿进了门。这是一间不大的房子，四周再没有门窗，光线和空气都借助屋顶的通气孔而来。房子里摆满了一人多高的木架子。

"这是什么殿？"柳儿问，她终于忍不住了。

"这是前明留下来的密室。朝廷有什么机密大事，则在此殿内计谋。世祖爷、圣祖爷当年都用过，到乾隆爷时就再没有用过了。那年先帝一时高兴，领我到这间屋子里来玩，又把开启的暗号告诉了我。我现在就用它来珍藏珠宝。"

"姐姐，这太可怕了！"柳儿心惴惴的。

"知道了就不可怕。怕就怕皇宫里还有这样的密室，我们不知道，外人反而知道，那就可怕了。"走了几步，慈禧又说，"柳儿，我真不愿意长年待在这里，当年先帝每去圆明园，我就高兴得不得了。可惜，圆明园给洋鬼子烧掉了。"

"花点银子把它恢复起来吧！"柳儿建议。

"是要修复的，只是前些年要对付长毛，国库紧。现在长毛灭了，是到修园子的时候了。"

说着说着，姐妹俩走到屋中间。慈禧指着四壁木架说："这里面收藏着三千多盒珠宝首饰，全是他们这次送的，你今天也看不了这么多。这样吧，你信手到架子上拿下五盒来，这五盒就送给你。好不好，就看你的运气了。"

"姐姐的东西哪有不好的，任哪一盒都是稀世之宝。"

柳儿兴高采烈地看了好一阵子。只见每个盒子都是黄灿灿的，仅有大小之别，无精粗之分。柳儿随手拿了五盒中等大小的盒子，慈禧叫太监捧着，然后一道出了这间神秘的房子，重新来到寝宫。

太监把五个盒子放到案桌上。慈禧笑着说："看你的运气如何？"说罢，自己动手打开一个。

这个盒子里装的是一朵美丽的牡丹花。醇郡王福晋从来没有见过这么好看的首饰，比她后花园的真牡丹还要好看。她从姐姐手里接过，细细地欣赏。这朵牡丹的花瓣全用血红色的珊瑚薄片制成，四片绿叶子配的是碧绿的翡翠。那叶子雕得真好，对着窗户一照，里面细细的黯黑纹路都可以看得清楚。花瓣、叶片之间以头发丝般的细铜线连缀而成。柳儿越看越爱。

"把它别到发髻上看看。"慈禧含笑说。

柳儿把牡丹花插在左边发髻上，问姐姐："好看吗？"

"好看。"慈禧很高兴，仿佛仍是一个十六七岁在娘家做女的大姑娘。"你自己对着镜子照照。"

柳儿走到玻璃镜边。镜子里那位脸庞端正、身材窈窕的少妇，在牡丹花的衬托下更显得俏丽。

"插到右边去，可能会更好看些。"慈禧走到妹妹身边，把花插到她的右边鬓发上。柳儿看到玻璃镜里的形象更美了。

"姐姐，你真会打扮！"柳儿欢喜地问，"为什么插到右边要好看些呢？"

"傻丫头，你没看到你右边的头发梳得太紧了吗？"

真的，柳儿自己不觉得，经姐姐一提醒，果然发现右边是梳紧了一点，插上这朵牡丹花，就与左边显得很协调了。她不由得深深佩服姐姐目光的锐利。

柳儿打开第二盒。盒子里装了两只金钏，每个金钏上镶着八颗珍珠。金钏闪黄光，珍珠闪白光，交相辉映，甚是耀眼。柳儿很喜欢。打开第三盒，是一只纯金打成的凤簪。凤头镶以红珊瑚，凤眼里嵌两颗黑珍珠，凤嘴里叼一串光溜溜、紫莹莹的玉葡萄。柳儿爱极了。第四盒是一块花玉雕的蝴蝶佩饰。第五盒装的是一根珠缨。柳儿把珠缨提起来，立刻光彩四射。原来这是一根梅花珠缨，淡黄色的缨带上精细地结了五朵梅花，梅花的每个花瓣上镶一颗浅黄珍珠，正中是一颗直径半寸的白色明珠，两朵梅花之间以一个金环连接，环上镶着赤、橙、黄、绿、青、蓝、紫七颗玛瑙，整个珠缨近半人长。柳儿心想，这根珠缨的价值决不会低于两万两银子。柳儿拿在手里，不忍放进盒子里去。慈禧看出她的心思，拿过珠缨，亲手把它挂在外衣纽扣上："好啦，就这样挂着，不要取下来了。"

柳儿欢喜无尽，说："谢谢姐姐了！"

慈禧将眼前亭亭玉立的妹妹看了又看，说："这件外褂的花色不对，我再送你一件合适的。"转脸对一旁的宫女说，"去把僧王福晋送的那件褂子拿来。"

过一会儿，宫女捧出一件衣服来。柳儿接过，打开来。这是一件深紫色薄呢大褂，前胸后背各绣一朵很大的红牡丹，牡丹边飞着几只活泼的小蝴蝶。柳儿把自己的外褂脱下，换上这件。身上的牡丹花与头上的牡丹花恰好配合成一体，显得又娇艳又庄重。慈禧对妹妹说："我于穿着打扮上，就是细微处也不厌精详。戴牡丹花头饰，就要穿绣牡丹花的衣服。你不管国事，比我有时间，更要注意打扮。要知道，女人打扮，不仅是给男人看的，也给自己看。打扮得漂漂亮亮，自己看着也舒服。比如说我吧，我爱打扮，每天要花一个多时辰在打扮上，先帝大行了，我给谁看呢？还不是求得自己舒心。"

姐妹二人正说得兴起，安德海进来，低头禀报："六爷正在外面等候召见。"

"母后皇太后呢？"慈禧问。

安德海禀道："母后皇太后说，她今天有点不大舒服，六爷的事情，就由圣母皇太后一人做主。"

"你去请皇帝出来，我一会儿就去。"

"喳！"

待安德海出了门，柳儿吃惊地问："六爷进宫来了？"

"是的，我要重新起用他。你这就回府去吧，过几天，我们姊妹再好好聊聊。"

当恭亲王奕䜣跪在养心殿东暖阁正中软垫上时，东暖阁东面墙壁边的龙椅上，已坐着九岁的同治小皇帝。南北两边墙壁前悬挂着两幅薄薄的黄幔帐，黄幔帐后面也各有一张龙椅。往日，南边坐的是母后皇太后钮祜禄氏，也就是慈安太后。北边坐的是圣母皇太后叶赫那拉氏，即慈禧太后。今天，南边黄幔帐后的龙椅空着，慈安太后未到。她对政事兴趣不大，身体稍有不适，她便不参加，慈禧太后则从不缺席。小皇帝登基已三年了。三年来，无论召见任何人，他都一言不发，如同一座木雕似的坐在那里。慈安不来，今天就只有慈禧唱独角戏了。

"六爷。"黄幔帐后面传来慈禧清脆的声音。

"臣在。"奕䜣赶紧磕头答应。

黄幔帐后面的太后注目看着跪在垫子上的小叔子。有两个多月不见了，他显得消瘦了一点，然而正因为此，更加突出了他棱角分明的五官和儒雅开阔的气质。他极像先帝，却比先帝更添三分男子汉的气概。顿时，年轻太后又忘情地想起她早逝的丈夫来。略停片刻，她的声音变了，变得格外的柔和温馨，仿佛是当年与先帝对话的兰儿，而不是两个多月前那位用严厉措词指责军机处领班大臣的威不可犯的皇太后。

"近来过得还好吗？"

"这段日子里，臣闭门谢客，反省思过，所获良多。"奕䜣回答，声调里带着忏悔的味道。

"六爷，先帝龙驭上宾，将祖宗基业扔给我们孤儿寡母，外头洋人欺侮，内里贼匪又四处作乱，我们姊妹好难啦！要保住祖宗的江山，我们姊妹俩没别的能耐，只有内靠五爷、六爷、七爷你们这班亲叔子，外靠曾国藩、左宗棠、李鸿章这批文臣武将，才勉强把这几年支撑过来。现在虽说江宁收复了，但捻子、回民的气焰仍很凶，祖宗江山还在危难中。六爷，你要和我们母子一条心呀！"

奕䜣听出慈禧的话中之话，遂再次磕头奏道："臣年幼不懂事，前向对两位太后多有冒犯之处，心里十分悚惭。近日重温列祖列宗的教诲，深感祖宗创业之艰难，两百多年来，江山维系不易。当此内忧外患之时，臣办事不力，有负太后重托，理应谴责。臣处周公之位而不能行周公之志，不仅将来愧见列祖列宗于九泉之下，亦对不起臣僚百姓。臣心痛苦万分。"说到这里，奕䜣不觉失声痛哭起来。

奕䜣的表现使慈禧十分满意。究其实，她与奕䜣并没有多大的冲突，根本不是江宁城里的曾国藩想象的那样严重。

两宫垂帘听政后，奕䜣以皇室中的有功人员被封为议政王，食亲王禄双份，总领军机处，成为事实上的摄政王，权倾当朝。恭王府成了京城里除皇宫外的第一府第。一天到晚大门外车水马龙，冠盖如云，王府支出浩繁。这时，任过总督的岳丈桂良给女婿出了个主意：收门包。并说地方上的督抚衙门、两司衙门乃至府道衙门莫不都如此，否则，应酬的开支从哪里来？奕䜣接受了这个建议。这样一来，王府增加了一笔很大的收入。但时间一久，弊端也越来越大。大家都出门包，门包就有了数量大小之别。数量大的先得接见，数量小的往后挪。有的外官为了早得接见，不仅出门包，且贿赂门房，门房又乘机敲诈。到了后来，见一次奕䜣，甚至要交一千两银子的门包。这样一来，京师物议甚多。有次，安德海有要事要见奕䜣，门房不认识，开口便要他拿三百两银子出来。安德海说他是宫里的，门房说宫里的也要出。安德海不便说出慈禧的名字，只得打出三百两银票。过一会儿，门房出来说："恭王事多，安排在五天后接见。"

安德海急了："烦你再去通报一声，就说有要紧事，请恭王务必在百忙中见一下。"

门房笑嘻嘻地说："那好，既有要事，再拿两百两出来吧，作特急安排。"

没法子，安德海咬紧牙，又拿出二百两来。

就这样，安德海见一次奕䜣，用去了五百两银子。他气不过，将此事告诉了慈禧太后。慈禧心里颇为不悦。

御史蔡寿祺得知官员们对恭王府收门包一事普遍不满后，向太后、皇上告了一状。慈禧将折子给恭王看。恭王看后，追问是谁上的。慈禧告诉他是蔡寿祺。奕䜣脱口而出："蔡寿祺不是好人！"慈禧听后皱了皱眉头。

奕䜣既以摄政王自居，每议及军国大事时，便常常发表与慈禧观点不同的言论，而且侃侃高谈，引经据典，头头是道，慈禧辩不过他。她心里嫉妒，生怕自己被架空。平时在后殿议事，时间一久，太监除给两宫太后上茶外，也给奕䜣上一碗茶。有次太监忘记上茶了，奕䜣讲得口干，顺手端起慈禧的茶碗一饮而尽。喝完后，奕䜣才知拿错了，忙赔罪。慈禧一笑置之，然过后想起，心里不是味道。

后来，奕䜣鉴于军费支出大，提出裁抑宫中开支的建议，慈禧同意了。她想到裁抑的是别人，不会到自己的头上来。一次，安德海到内务府去领餐具。管事的太监说，奉恭王命，太后的餐具一个月发一次，早儿大才领过，这次不能发。安德海不作声。第二天御膳房给慈禧开餐，端上来的盘盘碗碗全是缺边裂口的。慈禧惊问是何缘故。安德海为泄私愤，添油加醋地说了一大堆恭王如何克扣等坏话。慈禧听了很生气。

就这样几件事情，慈禧把它联系起来，暗自思考了很久。她认为奕䜣为皇帝的亲叔叔，又在辛酉年起了扭转乾坤的作用，见识很高，才干超群，受到内外上下的普遍尊敬，且又这样胆大骄傲，不把她放在眼里，要不了多久，他会把他们母子当作傀儡，玩弄于股掌之中，到时候，甚至会把孤儿寡母赶下去，自己做起大清王朝的皇帝来。他是道光帝的亲儿子，当皇帝名正言顺，而自己弄的这一套垂帘听政，本是祖制所不容的。慈禧越想越觉得可怕，必须先下手为强！这个处事果决、心狠手辣的女人于是先动了手。她加给奕䜣的罪名是贪墨受贿、目无君上、诸多挟制、暗使离间。一纸诏命，将奕䜣所有的职务全部剥夺干净。

从本质上来说属于懦弱型性格的奕䜣，骤然遭此重大打击，措手不及。他想起三年前的那场大变动，想起肃顺、载垣、端华的被杀，想起执政三年来这位太后的手腕，他意识到自己不是她的对手，要保全权力地位，唯一的出路是真正彻底地跪倒在她的脚下，顺从她的旨意。趁着慈禧三十大寿的机会，他投其所好，送了一份重礼：一整套法国进口的妆具和一双绣花鞋。那双鞋子上每只都缀着一颗径长一寸的东珠。管事太监告诉慈禧，光这两颗珠子就不下于五十万两银子。慈禧对这份重礼满意。她今天就穿着这双举世无匹的绣花鞋，眼睛望着鞋尖上的珠子，一边欣赏，一边思索。

罢了奕䜣职务后不到几天，以惇亲王奕誴为首的满蒙亲贵，以军机大臣文祥为首的文武大臣便不断上折为奕䜣说情，认为他功大过小，不应受此严惩，且国步维艰，正赖他砥柱中流，罢掉他，于国家大不利。甚至慈安太后也来讲情了，说我们姊妹终究是女流，天下还得要靠爷们支撑着。慈禧对王公大臣的说情置之不顾，尤其对慈安的话气恼。她嘴里不说，心里鄙夷慈安没出息：女流又怎么样？女流就不能做事业吗？武则天不是女流吗，有几个爷们赶得上她？我就是要让他们看看圣母皇太后的本事！

心里虽有这个雄心壮志，但两个多月下来，御政不久的慈禧太后深觉自己的能力不济。首先是她的书读得太少了。她亲手拟的那篇罢恭王的诏命，短短的两百来字，错字白字就有十多处，她自己不知。半个月后，妹夫悄悄告诉她，她羞得满脸通红。臣子们上的奏折，只要一涉及冷僻一点的历史典故，她便不懂，又不好意思下问军机处，许多奏折她常常似懂非懂。再就是对六部官员，对地方上的督、抚、两司、将军、都统等重要官吏的出身资历、才学品性，她都缺乏了解，对于他们的迁升处置，她常常拿不定主意。尤其令她难堪的是，凡有关军事方面的奏报，她几乎不能置一字可否。她深深感觉到，作为一国之主，她欠缺的太多了，她的细嫩的肩膀远不能挑起这副破烂而沉重的担子。这么多人对恭王罢职不满，也使她意识到自己目前的威望，还不到使臣僚们诚惶诚恐、畏之懔之的地步。三十岁的慈禧比后来的老佛爷幼稚得多，但也明智得多。她清楚地看到：自己还需要学习，还需要培植党羽，树立权威，而在这个过程中，是要有人替她把这副担子挑起来的。环视皇室四周，先帝的兄弟们，惇王奕誴愚憨、醇王奕谭浅薄、锺王奕诒放荡、孚王奕譓年纪还小。再看近支王族中，也无一才干突出之人。比来比去，再无人超过奕䜣了。

慈禧太后近来的心绪很好。这是因为，一来她对曾国藩所施加的一诬二揭三逼，旨在促使其加速裁撤湘军的手腕，完全收到了预期的效果。曾国藩自己的奏折报告湘军正在一批批地遣散，富明阿、德兴阿的奏报也予以证实。她放心了。二是沈葆桢报告，他的部下席宝田活捉了小天王洪天贵福，请求押来北京献俘。这两桩喜事都为她的三十大寿大壮颜色。再加上奕䜣自己的表现，诸多因素的综合，使得慈禧决定宽免奕䜣的过失，重新起用。

"六爷，先帝在日，常常在我面前称赞你的忠心和才干，我们姊妹对你是完全相信的。先前的过失，既然已经知道，今后不再犯就行了。皇帝年幼，我们姊妹阅历也不够，往后还要靠六爷多多辅佐。"

这分明是要再起用的话，奕䜣又惊又喜，连连磕头，说："太后宽宏大量，臣肝脑涂地，不足以报。"

"自家手足，不必说这样的话。"慈禧的话很恳切，声调也恢复了过去的亲热，"有几件事，六爷帮我们姊妹拿个主意。"

"请太后示下。"

"江南方面，最近有两件大事。一是曾国藩裁湘军。他折子上说要裁去九成，甚至可以一个不留。二是沈葆桢抓了伪幼天王，他说要押来献俘。这两件事，六爷谈谈你的看法。"

"太后，"奕䜣思索片刻后禀道，"江宁攻下不久，曾国藩便立即着手裁军，足见曾国藩对太后、皇上忠心耿耿。此人乃宣宗爷特意为先帝破格简拔的重臣。宣宗爷和先帝都看重他既有才干又有血性，故而畀以重任。他果然不负所望，创建湘军，历尽十余年艰难，平江南巨憝。现在他又不居功自傲、拥兵自重，主动裁军，正是千古少见的忠贞之士，人臣之楷模。太后、皇上宜大力表彰，以培风气。倘若所有带兵的将帅都效法曾国藩，则祖宗江山将固若金汤。"

"喔！"慈禧点头赞同。奕䜣真不愧是曾国藩的知己，短短几句话，句句说到点子上。慈禧想起与奕谡、僧格林沁的合谋，心中不免有点惭愧。是的，奕䜣说得好，假若带兵的将领都像曾国藩这样，那真可高枕无忧了，应该大力表彰他！

奕䜣接着说："为了表示太后对曾国藩忠心的酬劳，应当降旨让湘军保留一部分。这一方面表示朝廷对曾国藩的充分相信，同时也是形势所必需。因为长毛尚有余部，淮河两岸还有捻寇，湘军不能全撤。"

"你看要保留多少人呢？"慈禧问，她觉得奕䜣的话有道理。

"我看至少要保留三万人左右，太少了不起作用。"

"好吧，就让曾国藩保留三万。"

"基于这一点，臣建议伪幼天王不必押来京师献俘。"

"为什么？"慈禧一时不明白这二者之间的关系。

"伪幼天王是从江宁城里逃出来的。前些日子，左宗棠、沈葆桢等人为此弹劾曾国荃。现在若把伪幼天王押来京师，弄得沸沸扬扬，这不是让沈葆桢大添光彩，而令曾国荃大失脸面吗？太后既然要表彰曾国藩的忠心，同时也就要宽谅他的弟弟的疏失。伪幼天王毕竟只是个小顽童，不能和伪天王相比，可以援石达开、陈玉成、李秀成均未献俘的先例，命沈葆桢在南昌就地处决算了。"

"就依你的意见办。"慈禧明白了个中关系，爽快地答应了。

"还有一件事，户部奏请按旗兵、绿营例，命湘军将十余年的军费开支情况逐项禀报，以凭审核。六爷看如何办理为好？"

"太后，户部这是无事生事。"奕䜣断然答道，"湘军既不是朝廷经制之师，就不能按旗兵、绿营成例。十多年来，湘军军费大部分都是自筹，朝廷所拨有限。自筹的经费，何必去管它的开支！且这些湘军将领，起自闾里，从未受过朝廷的正规训练，说不定过去的那些往来账目根本就没有保留。这么多年过去了，现在一时叫他们逐年逐项申报，这不是给他们出难题吗？再说，湘军正在裁撤之时，裁则一了百了，还提这些事做什么！朝廷只希望他们早点裁掉为好。倘若他们借此拖延时日，或干脆不裁，岂不因小失大！"

"六爷说得对！"慈禧由衷赞同奕䜣的见解，为了追回几个钱而误了裁军大事，真是得不偿失！她由此更感到奕䜣人才难得，遂郑重宣布："六爷，从即日起，你仍回军机大臣本任，总理军机处。"

奕䜣先是一喜，忙磕头："臣奕䜣谢太后圣恩。"继而又想："议政王"头衔为什么不还给我呢？是无意疏忽，还是有意扣留？正在乱想时，慈禧已下令了："你跪安吧！"

奕䜣颇为失望地磕头，托起三眼花翎大帽，面对着黄幔帐后退。刚走到门帘边，正要转身出门时，又传来慈禧的声音："六爷。"奕䜣连忙站住，心想：一定是太后记起了我的"议政王"，要还给我了。忙跪下，答道："臣在。"

"曾国藩奏江南贡院即将建好，定于十一月初举行甲子科乡试。江南乡试中断了十多年，今年恢复，是一桩大事，主考、副主考放何人，你与贾桢、倭仁等人商量一下，看着办吧。"

"是！"奕䜣怅然答道。

第二章 整饬两江

一 甲子科江南乡试终于正常举行

在江宁城百废待兴的时候，曾国藩压下两江总督衙门、江宁布政使衙门、江宁知府衙门等官衙的兴建，将经费用在两项建设上：一是满城，一是江南贡院。修复满城是为了讨得朝廷的欢喜，恢复江南贡院，则为的是笼络两江士子的心。满城建得慢点不要紧，贡院的兴建则一刻也不能缓。今年是甲子年，为例行的大比之年，其他各省都按规定期限，于八月中旬结束了秋闱，唯独安徽、江苏例外。安徽、江苏两省在康熙六年以前还是一个省，名曰江南省（它与江西省同属一个总督的管辖，所谓两江，即江南与江西的简称），省垣江宁。后来虽分成两省，但乡试并未分开。安徽省的士子，每到大比之年仍到江宁来参加乡试。自从咸丰二年底，太平天国将都城定在此以后，苏、皖两省的乡试便中断了。咸丰十一年，曾国藩想在安庆设立一个上江考棚，专考安徽士子，但因为皖北仍在太平军之手，遂未果。这样，十二年多时间里，安徽、江苏两省士子便眼睁睁地失去三次飞黄腾达的机会。一到江宁重回朝廷之手，要求立即开科取士的呼声，便雷鸣般地灌进曾国藩的耳中。

曾国藩本人的急迫心情并不亚于这些士子。在当年出师前夕昭告天下的檄文里，他竭力谴责的就是太平军"举中国数千年礼义人伦、诗书典则，一旦扫地以尽"的行为，号召所有读书识字者起来捍卫孔孟名教。这些年来，他的确也以"卫道"的口号争取了大部分读书人的拥护、支持，这正是他成为胜利者的主要原因之一。现在，到了他为这些读书人酬谢的时候了。更何况作为恢复中断十二年之久的乡试最高主持人，历史将会以怎样令人炫目的文字予以记载啊！曾国藩每想到这些便激动万分。这个凭借着府试、乡试、会试才有今天地位的荷叶塘农家子弟，深深地理解贫寒士子盼望出头的苦心，也深深地以执掌文衡而感到无比的荣耀。他每隔几天便要亲临江南贡院工地，督促他们务必在十月底全部竣工，决不能耽误定于十一月初八日的甲子科乡试。前几天，江南贡院终于如期完工，曾国藩和所有苏皖官员们都觉得肩头上轻松了许多。

近日里，来自江淮大地、苏南苏北的两万士子，络绎不绝地涌进江宁城，给正处在由废墟重建的千年古都带来一股新鲜的机趣。这些士子中有白发苍苍的老者，也有不及弱冠的青年，有肥马轻裘、呼奴喝仆的富家子弟，也有独自一人挑着书箱、布衣旧衫的清贫寒士。他们走在街上，出入逆旅酒肆，一个个头上扎着长长的发辫，满嘴里子曰诗云，令金陵遗老们真有重睹汉官威仪之感！

江南乡试，向为全国瞩目，不仅录取人数仅次于直隶而居第二，更因为殿试一甲人员之多，令各省羡慕。清代自顺治三年丙戌开科取士，到咸丰二年壬子科后金陵落入太平天国为止，共九十一科，江南出状元五十名，榜眼三十二名，探花四十二名，居全国第一，远在其他各省之上。这样一个重要的地方，又是金陵克复后的首科，主考官放的何人，士子们都在互相打听。绝大部分人都不知道，只有极个别有亲戚在北京做大官的人心里有数，但他们都不讲。被猜到的正副主考官有好几十个，众人都拿不准，唯一拿得准的是：今科江南乡试的正主考官一定是一位德高望重、才学优长的翰苑老前辈。

这一点果真被猜中了，临到考试的前十天，两江总督曾国藩才接到部文，得知正主考官放的是刘昆，副主考官放的是平步青。刘昆字玉昆，号韫斋，道光二十一年翰林。咸丰元年由翰林院编修调任湖南学政，咸丰四年迁内阁学士，不久迁工部右侍郎。咸丰十一年因过革职，两年后复职任鸿胪寺少卿，今年年初升为太仆寺少卿。如今即以堂堂九卿的身份主持江南乡试，为参加是科乡试的士子们增色不少。平步青字景孙，今年三十二岁，时为翰苑编修，是个官运正好的俊逸才子。说是今天申正可抵金陵，申初，曾国藩便带着江苏巡抚李鸿章、学政宜振甫和安徽巡抚乔松年、学政朱兰以及江宁藩司万启琛等高级官员亲到下关接官厅迎候。

湘军在裁撤过程中接到上谕：为着长远考虑，不必全部裁尽，可以保留三万左右的兵力。曾国藩正为此事而忧虑，这道上谕出乎意外，令他欣喜异常，立即决定长江水师暂不动，吉字大营保留十六个营八千人，霆军留下八个营四千人，其余张运兰的老湘营、萧启江的果字营、正字营，还有李续宜旧部全部裁撤，淮扬、宁国、太湖三个水师各留一千人，其余也统统回原籍。这段时期，下关码头日日夜夜人如潮，货如山，吉字营被裁撤的官勇们正携带从金陵城里抢劫的金银财宝、美女少奴，坐上西行船舶，怀着各式各样的想法，做着形形色色的美梦，由长江换船进洞庭湖，由洞庭湖进湘资沅澧，而后再换船进小河小港，或换骡马车担踏上大道小路，进入原本闭塞贫穷的山谷边壤。他们以及后来从各个军营撤回的十几万湘勇，拿了这笔钱起屋买田，送子读书，经商跑大码头，出门会阔朋友，开湖南一代新风，遂使历来号称天荒之地的三湘四水，从此眼界大开，风气大变，人才辈出，灿若群星，成为近代中国最有名气、最有影响的一个省份。

该走的已走得差不多了，留下来的遵照曾国藩的命令，陆军全部撤到城外，长江水师的船只也一律停泊在大胜关以上等候处理。这样，江宁城里的战争气氛大大消除，老百姓心理上的压力也减轻许多，眼前的下关码头显得平静，恰如曾国藩近来的心绪。

这是他多年来少有的平静。湘军大规模地裁撤，使他获得了太后、皇上的嘉奖。恭亲王又复职了，他的靠山没有倒。洪天贵福并没有押去京师献俘，这无疑是朝廷给沈葆桢以冷淡，而给他们兄弟以脸面。曾国藩很感激，然而他更感激的还是朝廷对军费报销一事的宽容。

当金陵刚刚收复，全体官勇都沉浸在胜利的喜悦之中时，署过兵部侍郎的曾国藩，便已想到今后如何向兵部报销军费开支一事了。这是一件十分重大又十分棘手的事，尤其是在关于金陵财货下落的谤讟四起之时，他更为此事忧心忡忡。

从咸丰三年募勇开始，曾国藩便对往来银钱一丝不苟，各项开支都记载得清清楚楚。衡州出师时，他专门建立内外两个银钱所，所有收支银钱皆有明细账目。他提出"不怕死，不爱钱"的口号来教育湘军官勇，自己又以身作则，从不私用一文军款。湘军建立之初的那几年，账目清爽，军费开支的报销不难。到了后来，湘军人员大大扩充，先是胡林翼一支人马独立了，后来罗泽南和李续宾、李续宜兄弟也独树一帜，再接着老湘营、吉字营、贞字营、平江勇、水师内湖外江，又加上一个左宗棠的楚军，他们都各自独立，打仗还可以服从统一调配，至于银钱开支，曾国藩则无力控制，也不想控制了。这些独立出去的湘军，绝大部分的开支是一本糊涂账。朝廷给的饷银极少，都靠他们自己募集，甚或掳掠。这些统帅们，压根儿就没有想到打完仗后，还有个向兵部汇报开支一事。待到部文下达后，曾国藩向他们传达命令时，他们仍不以为然，曾国藩拿他们一点办法都没有。不报吧，无法向朝廷交代，报吧，又会激起主将领们的反感，弄得不好还怕发生意外。正在他急得焦头烂额时，一道上谕救了他："所有同治三年六月以前各处办理军务未经报销之案，准将收支款目总数分年分起开具简明清单，奏明存案，免其造册报销。"真个是圣量宽宏！

曾国藩想，所有这些，可能都是皇太后对裁撤湘军的回报。他为自己以稳重、抑让的态度顺利渡过难关而庆幸。

"少荃，今科江南乡试，你是主人，韫斋、景孙远道而来，你打算如何招待？"曾国藩微笑着对坐在身旁的李鸿章说。江南乡试照例由江苏、安徽两省巡抚轮流充当监临，甲子科的监临轮到了苏抚。

"两主考的公馆，门生安排在旱西门外妙香庵。半个月前，已将庵内庵外粉刷一新，卧房、书房、客厅都换了全套洋式摆设，看过的人都说很好，想必两主考会满意。"李鸿章答道。

这几年李鸿章一洗过去在家乡的晦气，处境顺利得很。淮军接连攻下苏州、常州、镇江几大名城，声名鹊起，几与湘军相埒。淮军统帅李鸿章知道，这中间的诀窍，全在于洋人的枪炮子弹。李鸿章充分利用上海富甲天下的有利条件，用大把大把的黄金白银换来洋人的军火装备。当时令湘军、绿营将官们眼红的连发短枪，在淮军中甚为普遍，连哨长、哨官都有。他们将尺把长的乌黑发亮的英国造新式短枪，用宽宽的牛皮带吊在屁股上，神气活现地出没于市井酒楼之中，令百姓畏若天神。淮军军官们吃过酒饭，把嘴一抹，拔腿就走；看到好的货物，口一张，对卫兵说声"带上"，主人不但不敢问他们要钱，还得亲自送出门外，点头哈腰，谢谢赏光。待背影都看不见后，才吐一口痰，狠狠地骂一声："强盗！土匪！"新近荣封伯爵的李鸿章十分懂得淮军对他的重要，在恩师起劲裁撤湘军的时候，他的淮军，除遣散老弱病残者外一概未动，并暗暗地吩咐各营营官，将湘军中那些已被裁撤而又凶悍能战的官勇搜罗过来。淮军的力量愈发强大了。志大才高的李鸿章仗着权位功勋，已不把当时的人物放在眼里，唯一对恩师曾国藩，仍存有三分恭敬、七分畏惧。

"少荃啦，我看你近来要洋化了。妙香庵里的洋式摆设，景孙年少，或许追求时髦，韫斋是个老头子，不一定喜欢。"曾国藩依旧是笑笑的，习惯地用手缓缓地梳理着花白的长胡须，虽不太赞成李鸿章的这种安排，但口气并不是指责的意思。对这个亲手栽培的门生，他基本上是满意的。尤其是他已看清了湘军衰落、淮军当旺的形势，一方面对自己当年的决策深感欣慰，一方面又对这个气概不凡的门生寄托着七成厚望、三成倚重。

"洋人最善巧思，造出的东西莫不尽惬人意，我想昆老一定会喜欢的。"李鸿章自信地说。

"准备了什么好的特产款待吗？"曾国藩不想就这件事争论下去，换了一个轻松的话题。

"吴下好吃的东西多得很，门生特地从苏州带了几个名厨来，要他们变换花样，把吴下好菜让两位主考都尝尝，尤其要他们将吴下三道最负盛名的菜烧好。"李鸿章颇为自得地说。

"最负盛名！是哪三道菜？"彭寿颐对吃最有兴趣。自从咸丰四年追随曾国藩以来，他从未在幕府吃过什么稀奇的菜。曾国藩生活俭朴，幕僚饮食与寻常百姓没有多大差别，他自己天天都和大家一起吃饭，幕僚们虽有意见，也不好意思提了。记得那年王闿运远道到祁门来，厨房晚餐于照例的冷菜外加了一个肉末豆腐汤，曾国藩见了，摇头说："何须如此奢侈！"从那以后，幕僚们连客人的光也沾不到了。这次能沾主考的光，吃上苏州名厨烹调的吴下名菜，真令他太兴奋了。

"惠甫是阳湖人，他清楚，你问问他吧！"李鸿章有意卖关子。

"李中丞，你这不是有意难我吗！我哪里知道你肚子里的名堂呀！"赵烈文搔了搔头，想了一会，说，"是不是菰菜、莼羹、鲈鱼脍呢？"

"正是，正是！惠甫不愧是吴下才子。"李鸿章快活地笑起来了。

"少荃，眼下正是西风肃杀之际，你端出这几道菜来，是想把我们这些人都赶回老家去吗？"

曾国藩的话刚一出口，接官厅里便响起一片笑声，他自己却不笑，依旧缓缓梳理他的胡须。在座的都是饱学之士，知道他说的典故。晋代吴郡张翰被齐王司马冏招为大司马东曹掾。张翰见政局混乱，为避祸，托辞秋风起，思故乡菰菜、莼羹、鲈鱼脍，遂辞官归吴。从此，这三种食品便成为吴人引以自豪的名菜。

"真是太美了！古人说松江鲈鱼金齑玉脍，看来以后可以沾主考大人的光，遍尝东南美味了。"彭寿颐情不自禁地流露出一种难耐的欲望。

"少荃，听说松江鲈鱼以四鳃著名，真有这事吗？"曾国藩虽然一向喜欢吃鱼，但这几个月在金陵既忙又忧，还没有想起要品尝一下名扬海内的四鳃松江鲈鱼。

"的确是四鳃。"李鸿章以行家的口气答道。他比老师会生活，既要事业，也要享受。"只是有两个鳃大点，有两个鳃小点。明日门生叫人送几尾到衙门去，恩师可亲眼验看。"

"要得，明日多送几尾，叫衙门里的师爷都尝尝。"向来不受馈赠的曾国藩，难得有这样爽快的时候。

"不过，李中丞，我倒是听说，松江鲈鱼要出美味，还得靠蜀中姜不可。你备了蜀姜吗？"赵烈文向李鸿章发难。

"这个我就不懂了，不知厨子备了没有。倘若没有蜀姜，还请惠甫多多包涵，勿在两位主考面前点破哟！"李鸿章的话又引起一片笑声。

"少荃，今科乡试士子年纪最大的是多少岁？"笑过之后，曾国藩问。

"一万九千八百六十九名士子中，年纪最大的是江苏如皋籍的鲁光羲，今年七十八岁了。"李鸿章答。

众人一片赞叹声。

"难得！如此高龄，尚能临场应试。"曾国藩想起自己才五十四岁，便眼花齿落，已近老态，不禁对这个老士子发出由衷的赞叹。"三场完毕之后，我们都去看看他，以示鼓励。倘若真的中了，让他戴着大红花，在闹市中接受大家对他的恭贺，耀一耀几十年来寒窗苦读、老来遂志的光荣。"

众人都点头称是。

万启琛说："七十八岁应乡试，诚难能可贵，但也还不是最老的。乾隆丙辰科，刘起振七十九中乡举，八十入翰苑。嘉庆丙辰科，王严八十六中乡举，未及次年会试便死了。这都是士林美谈。"

赵烈文说："你说的还不算老。乾隆己未科，广东番禺王健寒九十九岁尚应乡试，握笔为文，挥洒自如。翁方纲曾以诗记之。"

大家都惊诧不已。

"那么，最小的多大年纪呢？"曾国藩又问。

"最小的十七岁。"李鸿章答。

"哦。"曾国藩点点头，说，"据说朱文正公也是十七岁中的乡举，座师阿文勤公夸他年虽少，魄力大。"

万启琛说："诸位听清了吗？爵相方才用的是'也是'两个字，这可是个吉兆，小家伙今科定然会中举。李中丞，你记得他的名字吗？"

"他叫陆宇安。"李鸿章说，"因为是敝同邑，所以记得。"

众人都说："好，我们都记住了，放榜时注意看，想必这陆宇安今科必中无疑。"

曾国藩高兴地说："随便说说的，哪里就算得数！"

曾国藩记起前几个月决定兴建贡院时，有个李老头子说要带着儿子、孙子，祖孙三代一起应试的事，遂问李鸿章："有父子、祖孙一起来的吗？"

"有。"李鸿章回答，"父子结伴而来的，有两百多家，祖孙三代来的，也有八家。刚才说的鲁光羲，就是祖孙三代一起来的，孙子也有二十多岁了。"

"好！"曾国藩高兴地说："这真是自古以来少见的场面。少荃，你这个监临荣耀得很啦！"

"这还不都是沾了恩师您的光！"李鸿章开怀大笑，大家也都跟着笑起来。

正在大家兴致浓厚地闲谈时，一艘华丽的大官船从下游慢慢驶来，船上坐的正是甲子科江南乡试正主考官刘昆、副主考官平步青。

"一路辛苦啦，昆老！"当刘昆刚走出舱门时，曾国藩便带着李鸿章一班人踏过跳板上了船，向他问候致意，站在刘昆背后的平步青也笑着接受众人对他的热烈欢迎。

"中堂以爵相之尊亲来迎接，令老朽何以心安！"

刘昆功名比曾国藩晚一届，年龄却比曾国藩大几岁，须发雪白透亮，精神很好。那年在湖南学政任上，为杀林明光一事，很与曾国藩闹了一阵子。现在曾国藩勋名盖天下，远在刘昆之上，且乡试监临是李鸿章，曾国藩完全可以不来迎接。他不计前嫌，降尊纡贵，这的确使在官场混了半辈子的刘昆感动。在过跳板的时候，刘昆一定要让曾国藩走在最前面。曾国藩高低不肯，说是皇上钦派的主考大人，理应走在前。推推让让一阵子后，刘昆终于拗不过，第一个上了跳板。曾国藩又要推平步青走第二。平步青虽少年气盛，毕竟不敢僭越，死命不肯。

刘昆说："爵相不要再难为他了。虽是皇上钦命，到底是晚辈，我就擅自做个主，让他走第三罢！"

于是，刘昆第一，曾国藩第二，平步青第三，李鸿章第四，乔松年第五，余下的人便依次跟在乔松年的后面，走过跳板上了岸，进了张灯挂彩的接官厅。

接官厅正中临时搭起了一座龙亭。曾国藩率领众人，对着龙亭中的牌位跪请圣安："敬祝皇太后、皇上圣体安康，万岁万万岁！"

刘昆在一旁恭敬回答："皇太后、皇上圣体安康，诸位请起。"

然后大家都依次上了早已备好的大轿。一行二十多乘绿蓝呢轿，气势磅礴地将两位主考大人护送到旱西门外妙香庵。

李鸿章的才能再次得到验证。全套洋式陈设，不仅使平步青喜得抓耳挠腮，就连老头子刘昆也很满意。下午，丰盛的接风筵席上，吴下名菜使得客人赞不绝口，尤其是茈菜、莼羹、四鳃松江鲈鱼脍，更是令满堂叫绝，连曾国藩也觉得味道不错。

妙香庵大门外插起两块大木牌，每个牌上写着方方正正两个大字：回避。除东厢一扇耳门外，所有的门上都贴上两条左右交叉的封条，上面赫然盖着"钦命江南乡试正主考"紫花大印。刘昆、平步青在妙香庵里安静地休息了两天。第三天上午，妙香庵各门上的封条扯了，正主考官刘昆穿朝服乘亮轿、副主考官平步青乘普通蓝呢轿出庵，由旱西门进城来。

亮轿亦名显舆，四周无围幛，里面安放大宝座，蒙上虎皮，左右踏足置木狮，轿杠裹彩绸，由八人抬着，前后吹吹打打，坐在轿中的人可以毫无遮拦地俯视围观的百姓，最是威风得很。这种亮轿平素不用，遇到大比之年，也只是正主考官一人乘坐，为的是突出其威仪。

亮轿一直抬进位于城南府东大街的江宁府衙门。这里已由江宁知府出面，摆下了十五桌入帘上马宴。待刘昆、平步青望北跪叩谢过皇恩入席端坐后，同考官、监临、提调、监试等各执事官才一一入席。这种入帘上马宴虽是宴席，其实主要是一种仪式。酒菜并不丰盛，大家也只略为尝尝而止。席间每隔半个钟头献一道茶，唱一段折子戏。一连三道茶，三段折子戏，全演的科举功名的内容，诸如商辂三元及第、梁灏八十二岁点状元之类。

第三段戏演毕，刘昆起身，众人跟着起身，走到门外上轿，径直前往贡院入闱。赴宴者刚出大门，久在门外围观的百姓便破门蜂拥而入，将宴席上的杯盘果蔬一抢而空，然后将桌子凳子一齐掀翻，再乐呵呵地扬长出门。衙门的差役并不干涉，都在一旁站着观看。前来抢食的人大半不是因为饥饿，这有个名目，叫作抢宴，为自己，或为亲朋在科举考试中抢个吉利。

当刘昆带着百余名闱中官员进了秦淮河畔的江南贡院后，立即便有三千余名淮军开了进来。进入闱中的有两千人，叫作号军，负责近两万名应试士子的试卷发放、送饭送水、号房的开关打扫以及一切服务性事项。外面有一千余人，担负着警戒、巡逻等任务。从这一刻起，往日可以随意参观的贡院，立即变得戒备森严了。金陵全城无论士农工商，都在谈论着这件非同寻常的大事：中断十二年之久的江南乡试终于恢复了！

同治三年十一月初八日，一清早便彤云密布，寒气逼人。昨夜刮了一个通宵的西北风，气温骤然下降，金陵城提前进入隆冬季节了，近两万名士子要在今天全部点名入闱。

乡试定例在八月举行，以八月初九为第一场正场，十二日为第二场正场，十五日为第三场正场。先一日（初八、十一、十四）点名入场，后一日（初十、十三、十六）交卷出场。一二两场非到时不开，惟第三场提前于十五日下午放牌，有才思敏捷，或对功名不甚经意的人，这时便交卷出场，好在中秋佳节之夜赏月。每场寅正点名，日落终止。甲子科江南乡试因为推迟了整整三个月，已是冬季，天亮得晚，点名时刻也因此推迟一个时辰。卯正时刻，贡院外大坪里人山人海，士子们背着被包，提着考篮，照着先天发下的《贡院坐号便览》，按省府县分站在各道门口等候入场。

江南贡院有东西两道辕门。东辕门牌坊上写着"明经取士"四个大字，西辕门牌坊上写着"为国求贤"四个大字。安徽籍士子分在东辕门，江苏籍士子分在西辕门。每个辕门左右又各有两道较小点的门。这样，一共有十道入闱的门。门虽多，但士子近两万，每道门口仍有近两千号人围在旁边。每点齐五十名以后，由差役执高脚牌在前引导，士子们跟着牌子鱼贯入闱。因为要一一点名验看，颇费时间，入闱速度很慢。

开始还算安静。天气虽冷，士子们因早有准备，都还耐着性子等待。到了巳初时分，突然下起雨来，雨中还夹杂着雪粒。这下可把站在露天坪里的士子们弄苦了。虽有雨伞斗笠，到底挡不住长时间的雨雪。没有多久，便一个个身上铺满了雪粒子，肩头、袖口、裤管都渐渐地湿了。尤其可怜的是那些年老体弱和衣衫单薄的人，他们更是冷得瑟瑟发抖，缩头缩脑地站在辕门外，在寒风欺凌、雨雪敲打之下，再不是一过龙门便身价百倍的士子，仿佛是一群正在遭受惩罚的罪犯。

人群混乱了。咒骂天老爷的，吆喝着快点名的，互相拍打雪粒的，各种声音嘈嘈杂杂，吵得连点名声都听不见了，入闱速度越来越慢。忽然，从西辕门外传来一阵撕心裂肺的惨叫："爹爹，您老醒醒，您老醒醒呀！""爷爷，爷爷！"人们都围了过去。只见一个年逾古稀的老士子直挺挺地躺在泥地上，紧闭双眼，脸色灰白，已被活活地冻死了。旁边两个士子跪在一旁失声痛哭。有心肠好的士子便过来关照劝慰，有急公仗义的士子便忙着去叫巡逻兵。四周都在悄悄议论：

"这老头子是谁，这一大把年纪了还来赴试？"

"据说是如皋来的，快八十了，一旁是他的儿子和孙子，儿子都有五十多岁了，孙子也二十多了。"

"老头子发病几天了，儿孙劝他莫入闱，他非要进不可，说等了十多年才等到,死都要死在号房里,这不就应了这句话!"

"哪里应了?还没进号房哩!"

"这是冻死的。这个鬼天老爷!主考官行行好,莫点名就好了。"

"哪有这样的好事!"

说话间过来两个兵士,将老头子的尸体抬走了,儿子孙子哭着跟在后面。士子们望着这个惨景,摇头叹息道:"可怜呀可怜!客死异乡,儿子孙子也进不了考场,一家三代都白等了十多年。"

昨夜西北风刚起,曾国藩便醒过来了,为天气的骤冷担忧。他是经历过一科乡试、三科会试,在号房里度过四九三十六天的人,深知闱中之苦。今科乡试,大不同于一般,天公如此不作美,太使人气闷了。谁知后来竟下起雨夹雪来,他为应点士子叫苦不迭。大半天来无心治事看书,不断打发人到贡院门外去探听情况。

"大人,如皋籍士子鲁光羲冻死在西辕门外。"奉命了解情况的赵烈文进来报告。

"啊!"正凝眸呆望窗外雨雪的曾国藩大吃一惊。他回过头来问,"是不是那个七十八岁的老头子?"

"正是。现在遗体已被送往清凉寺。他的儿子、孙子和他同来应试,有两个淮军士兵帮他们一起料理后事。"

"可惜!"很久后,曾国藩才吐出两个字来。这个消息使他甚为不快。七十八岁带着儿孙赴乡试,大清立国以来凤毛麟角。那天听了李鸿章的禀报后,他便思考着要围绕这个题目做一系列好文章。首先该向皇太后、皇上奏报:耄耋老人携子孙应试,这是皇太后、皇上圣德感化的体现,是孔孟儒学深入人心的生动说明,是长毛灭后国家中兴的祥瑞之象。他要借此为两江三省读书人树个榜样,鼓励年轻人奋发努力,慰勉老年人好学不息。他还想到朝野都会广泛谈论这件罕见的奇事,正史野史都会感兴趣地记载下来,为本就天下瞩目的甲子科江南乡试增添异彩,自己作为这科乡试的总策划人,将会更显得不同凡响。可是,现在一切都倒过来了:光彩将变为阴影,美谈将变作笑柄!

"惠甫,你代我到清凉寺去看看鲁光羲的儿子和孙子,并从库房里取出四十两银子送给他们，叫他们买副棺木，早点将老人入棺，护送回籍，不要在城里待久了。"

"好，我就去。"赵烈文答应着，犹豫了一下，又说，"大人，现在雨雪交加，气候严寒，士子们都站在露天坪里，许多人都受不了，希望不点名，先放他们进去，在号房里毕竟可以躲避风雨。"

不点名就径直入闱，这可是乡试中从未有过的事情，倘若因此乱了考场，将来谁负这个责任？

"大人，士子们都在雨雪中冷得发抖，且六十岁以上的老人有一两百，若是再出几个鲁光羲这样的人，那就不好收场了。"见曾国藩阴沉着脸不作声，赵烈文又补了一句。这话果然起了作用。

"惠甫，你先不到清凉寺去了，立即持我的名刺入闱见刘大人，请他下令停止点名，先让他们都进号，然后再叫点名官挨号一一查验，发现有混进场者，杖责一百棍，赶出贡院。今后倘若朝廷追究下来，一切责任由我负！"

正在为因雨雪严寒而点名进展太慢发愁的刘昆，听了赵烈文的转告后，和平步青一商量，立即下令，大开闱门，不必点名，一律凭《贡院坐号便览》纸牌赶快入闱进号。这个命令一传达，尚在辕门外候点的一万多名士子莫不感激涕零，纷纷高喊："谢主考大人恩典！"他们自动整队，举起纸牌，不到一个时辰，便全部进场完毕。

士子入场后，曾国藩仍放心不下。他自己出身寒素，知道士子中有不少穷苦力学之辈，家境贫寒，衣衫必不厚实，经此雨雪一淋，定然湿了。号房中冷如冰窟，又要冥思苦想作文章，如何耐得了；倘再冻死几个，如何向皇上交代！他将彭毓橘、刘连捷叫来，要他们立即从湘军粮台处借调五千件衣服，棉的夹的单的都行，赶快送到贡院，好叫衣衫单薄的士子将湿衣换下。又吩咐闱中厨房速熬姜汤，每个士子发一大碗，以便消寒去湿。到了傍晚，曾国藩又亲自乘轿来到贡院，在刘昆陪同下，顺着狭窄的小巷，查看了部分号房。见所有的士子都已开始安心应考，生病的也有号军单独照顾，一切安谧，这才放下心来。

二　落选士子薛福成上了一道治理两江万言书

　　经过三场九天的苦战，又经过主考官、同考官以及弥封、誊录等闱中执事人员一个月的紧张封抄、审阅、评定，甲子科江南乡试就要揭晓了。刘昆、平步青、李鸿章、乔松年一致恭请曾国藩写榜。为乡试写榜，历来是一种崇高的礼遇，须年高德劭又是翰林出身才行。今科乡试写榜人，自然非曾国藩莫属。所有中式的举人，也以自己的名字，被这位由文人而建非常武功的三藩之乱后第一汉人书写，而感到莫大的光荣。尽管这是一桩辛苦的差事，但曾国藩乐意干。

　　写榜这一天，是大比之年最热闹的喜庆日子。一大早，贡院外便挤满了打听消息和看热闹的人。应试的士子本人一般都不去，派仆人去听，没有仆人的，就送几个钱给下榻旅店的伙计，叫他们去听。仆人和伙计得信后再来报告。这一方面固然是想摆摆士子的架子，更重要的是怕经受不了骤喜或骤悲的巨大刺激，在大庭广众中出乖现丑。贡院内大门有一队乐工，备齐锣鼓唢呐。至公堂大厅里，写榜人每写出一个名字，立即便有人一声接一声地递了出来，乐工便马上敲响锣鼓、吹起唢呐，以示祝贺。名字传到外面，人群中即刻响起一阵鼓掌欢呼，仆人或伙计便飞马奔向旅店报信领赏，用不着第二天张榜，新举人的名字便已传开了。

　　今天，至公堂大厅布置一新，正中一张宽大发亮的条案，案桌边是一把铺着虎皮的大太师椅。五张洒金大红纸上，早有执事人员将今科正榜二百七十三名举人、副榜四十七名副贡每人所占的位置，用细墨画好了，单等曾国藩一一填上。

　　曾国藩青壮年时能写出很端秀的楷书，只因多年不写了，且目力昏花，精神不支，今天作起正楷来颇觉吃力。榜上的名字是错不得涂不得的，他每写十个名字，便停下笔，揉揉眼睛，甩甩手，休息一下。便这样写写停停，到了午刻尚未写到一半。吃了午饭，睡了半个时辰的觉，他又拿起笔来。天色渐渐暗下来，大厅里红烛高烧，笑语喧哗，四周围观的人却越来越兴奋起来。

　　原来，乡试和会试一样，榜上的名字都是从最后一名写起的。越写到后来，中式的名次就越在前面，故写榜的和围观的兴致也越大。贡院外也是这样。虽然天已黑，又冷，看热闹的不但不减少，反倒越来越多了。辕门外挂起了十条由十五盏灯笼连接而成的灯链，把贡院外大坪照得如同白昼。卖各种吃食的小贩也从四面八方涌到这里来，一边看热闹，一边也赚几个钱。

当锣鼓唢呐响过二百二十一次后，曾国藩为一个名字惊喜不已。这人便是今科最年少的士子陆宇安！万启琛叫了起来："爵相大人真是天上的星宿，说话百灵百验。各位还记得吗？那天在接官厅里谈论的陆宇安，这不真的中了！"

李鸿章等人都拍手大笑起来，说："果然不错，这陆宇安今后定有大出息！"

曾国藩心里分外得意，疲劳完全消失，一连写下去，再也不揉眼甩手休息了。时间已到半夜，正榜已写到二百六十八名，刘昆过来悄悄提醒，曾国藩忙停住笔。

大厅里又忙碌起来，差役搬出十几对大红蜡烛，都把它点燃了；又捧出几十挂万字号鞭炮。乐工们从贡院大门边撤回大厅外坪里，至公堂厢房里走出五名形貌丑陋的人来。他们被化装成大头凸额、眼深颔长的怪样子，脸上一律涂满朱砂，挂上满口红胡须，头上戴着乌纱帽，身穿紫红袍。这是舞台上的魁星装扮。最热闹最好看的闹五魁就要开始了。

这是一个相沿几百年的旧习。明代科举分五经取士，每经以第一名为经魁，每科第一名至第五名必须是一经的经魁。后来五经取士的制度废除了，但乡试中仍习惯把前五名称为五魁。从第五名写起，最后一名则为今科乡试的榜头，即为解元。解元名字现出后，鞭炮齐鸣，鼓乐喧天，五魁在大厅里翻滚跳跃。这就是闹五魁。就在五魁欢闹之中，金榜被郑重张贴于贡院大门外。本科乡试到此，便以最热闹的形式结束了。

一切准备就绪，曾国藩重振精神，饱蘸浓墨，写出五魁的姓名来。清代会试鼎甲中，十之六七必有江南乡试五魁中的人，所以分外引人注目。

"刘文虎！"人们扯起喉咙嚷着第五名的名字。这声音立即传出辕门外，看热闹的人群中响起雷鸣般的掌声。

"周祖盛""王铎""许殿鸣"，接下来三个名字的报出，又激起阵阵轰鸣。今科解元是谁？大厅里上百双眼睛一齐盯着曾国藩手中的兼毫玉管笔，辕门外几千双耳朵一齐竖起聆听传出的大名。

"江璧"！所有的人都以万分激动的情绪，呼喊着甲子科解元的名字，尽管这个名字与他们绝无任何关系。这正是人类一种可贵的情感：对杰出人物发自内心的敬重与崇拜！

　　鞭炮响起来了，鼓乐奏起来了，五魁舞起来了，金榜张贴出去了！虽然有点名那天小小的不快，甲子科江南乡试，毕竟圆满结束了。大厅里的人们在互相道贺，庆祝金陵光复后首科乡试的成功。曾国藩满斟两杯酒，笑吟吟地走到刘昆、平步青的面前，代表两江父老、两万应试士子，特别是中式的新举人们，向两位主考官表示深深的谢意。刘昆、平步青坦然接过酒杯，说了几句客套话后一饮而尽。

　　"爵相，这是号军们打扫号房时，从设字号房里拾来的一封给您的禀帖。"饮完酒后，刘昆从袖口里摸出一封封闭严实的信来。封面上端端正正地写着：呈两江总督曾大人亲启。

　　"好，我带回署去看看。"曾国藩接过信，又笑容满面地往同考官面前走去。

　　好久没有睡过这样香甜安稳的觉了。临近丑时回署后，曾国藩倒床便睡着了，一直睡到巳初才醒过来，闹五魁的热闹场面仍在眼前不时浮现。他想起十一年前打起卫道的旗号在衡州出兵，现在，由自己奏请在金陵恢复了江南乡试，以孔孟诗书取士选贤，又亲自为这科举人写榜题名。想到这里，他心中升腾起一股壮志已酬的自豪感，觉得这件事情的意义，比收复金陵城的意义更大。他由此而意识到应该以主要的精力履行总督的职责了，过去一再幻想做夔、皋、周公的事业，现在虽不能大行于全国，总可以在两江施展吧！

　　两江素来在全国占有极为重要的位置，把两江治理好了，便为全国树立了一个样板，也培育了一批好官种子，待捻乱平息、长毛残余清除后，全国便都可以仿照两江的样子整饬。如此，国家岂不中兴了？自己岂不就是当今的夔、皋、周公？曾国藩觉得仿佛年轻了十岁，全身重新奔流着建功立业的热血。他猛地记起昨夜刘昆递给他的那封信，连忙找来，拆开读着。

　　打头一行低几格写着："江苏无锡籍士子薛福成。"曾国藩回忆昨夜写的榜上举人的名字，无论正榜副榜都没有"薛福成"三个字。是个落选的士子。他心里想。第二行写着："恭呈太老夫子元侯中堂节下两江治理八条。"正思考着治理一个新两江出来，便有人自献方略，曾国藩心中欢喜，仔细地看了下去。

薛福成在简单的几句歌颂曾国藩平定长毛收复两江的话之后，随即提出了养人才、广垦田、兴屯政、治捻寇、清吏治、厚民生、筹海防、挽时变八项建议。每项建议中又都有具体实行措施，并非书生泛泛空谈，而其中兴屯政、筹海防二策，曾国藩整饬两江的计划中还没考虑过。全篇呈词，条理精密，文词清通，洋洋洒洒达万余言，结尾几句尤使曾国藩击掌叫好：

> 窃惟天下之将治，必有大人者出而经纬之。十余年来，节下廓清东南、安静寰宇之勋，磊磊轩天地，海内抵掌高谈之士，岂能诵说万一？晚生以为，节下戡乱之业，实已过唐之汾阳王、明之新建伯，而今日治理两江之初，更已见三代贤臣之伟略。节下所处之势，天子依之，海内信之，建一议，行一政，举世将视为转移，不独两江父老，普天之下，莫不以伊、傅、周、召以期节下，而节下亦必孚天下之望。大清中兴，其翘首可待之事也。

这样的人才，居然没有中式，可惜！他决定见见这个薛福成。

三　上治理两江条陈的美少年原来是故人之子

下午，薛福成来了。曾国藩初以为必是一位老成持重的宿儒，谁知竟是一个翩翩美少年！他叫薛福成不必拘礼，随便坐下，然后用惯于相人的目光将这个后生仔细打量一番。但见此人额高而宽，眉宇疏朗，两个黑白分明的眼睛里射出英气逼人的光芒。令器美才！曾国藩在心里称赞。

"足下在号房里写的条陈，老夫已看过了。今科乡试，士子如云，大家都抓紧这几天难得的机会，按题做好时艺策论，力求精益求精，锦上添花，以便得个功名富贵。足下放开正事不去用心，费如许心思写此条陈，不觉得得不偿失吗？"曾国藩靠在椅背上，以手梳理花白长须，面带微笑地问薛福成。

"回大人话，晚生一向不乐举业，此番应考，亦不过慰老母之心罢了。晚生想这读书识字，其目的在于求取治国治民的大学问，故所乐于思考的在民生国计。这篇条陈，晚生思之甚久，意欲备大人洗刷两江时作参考，故宁可放弃正题策论不做，也要写好这篇两江父老为晚生所出的论题。"

曾国藩虽是从科举正途出身的大官僚，却早在三十岁时，便对科举考试有些看法，一进北京入翰苑，从一批有真才实学的朋友身上，很快发现自己学问上的浅陋。他毅然从八股文中走出来，一心从事于先辈大家之文，留意时务经济。并把自己的这个体会详告在家诸弟，希望诸弟不要役役于考卷截搭小题之中，并沉痛地指出：科举误人终身多矣。他一贯认为，考试能够选拔出人才，但中式的不一定都是人才，落选的也不都是庸才，这中间或有天命在起作用，即所谓功名富贵乃天数。

小小年纪就能有如此闳通的见识，确实难得。曾国藩心里夸奖，嘴上却说，"民生国计要考虑，八股文也要做好，莫负圣上明经取士为国求贤的苦心。"

"晚生听从大人的教导，这次回去后刻苦攻读，争取下科中式。"薛福成态度诚恳地回答。

"这就对了。"曾国藩又凝视一眼薛福成，问，"足下所献治理江南八条，有的放矢，切中时弊，足见足下平素留心民瘼，长于思考。读圣贤书的目的，内则修身于一己，外则造福于天下。足下以一生员身份，能将两江整治纳于自己的功课之中，看来圣贤书已初步读懂。今两江初平，疮痍满目，老夫正思整饬，亟欲听取各方意见。邀请足下来，还想当面听听足下对屯政、海防两策的详论，足下不妨把胸中所有的都说出来。"

一个功德震世的长者，对晚辈的建议这等奖掖，已使初出茅庐的薛福成十分感动，何况态度如此谦和，语气如此恳切，更使薛福成大出意外。他略为思考一下，说："晚生年轻学浅，在老大人面前一如蒙童牧夫，故也不怕出丑。差错之处，请老大人多加指教。"

"你说吧！"曾国藩的眼睛里流露出和蔼温暖的光芒，停了片刻的手又开始在胡须上缓缓地梳理起来。

"屯政始于汉代，有军屯、民屯。汉武帝在西域屯田，宣帝时赵充国在边郡屯田，都使用驻军，此为军屯。建安元年，曹操在许下屯田，得谷百万斛，后推广到各州郡，由典农官募民耕种，此为民屯。曹操的民屯不仅使曹魏强盛，也为日后晋统一全国奠定了雄厚的基础。这是因为实行民屯，一则使大批荒田得以开垦，二则又便于推广先进的耕作技术，获得高产。一直到唐宋，民屯仍存在。明末屯政废弛。我朝除有漕运地方的屯田仍隶卫所外，其余卫所的屯田改隶州县，名为民屯，其实屯田已变民田。长毛扰乱江南达十余年之久，其苏皖赣一带所受蹂躏最多，人口大批逃散死亡，目前这几省荒田极多，无人耕种，有的甚至几十里内外不见人烟，这就为今日实行屯政准备了条件。如果老大人采用当年邓艾在淮上屯田的成法，由官府出面组织百姓耕种，发牛发种，推广区田法区，晚生以为，苏皖赣的荒田，不出几年，就能五谷丰登，为两江储备吃不完的粮食。眼下有一批散员亟须早为之安定，他们就是一部分裁撤的湘军。"

薛福成说到这里停下来，看了一眼曾国藩。曾国藩灼热的目光也正盯着他。他赶紧说下去："老大人，晚生听说，被裁撤的湘军中，有些人至今仍留在长江两岸，并未回湖南。原因是这些人湖南原籍本无根基，且久在军中，不惯家居。有识之士认为，倘若不将滞留大江两岸的撤勇妥善处置，这些人贪财嗜杀，必生祸患。有人说哥老会正在联络他们，实在可怕得很。"

曾国藩梳理胡须的手轻轻抖了一下。有两三万湘军裁撤人员滞留沿途各省，没有回到湖南原籍，此事曾国藩知道，这的确是个隐患。一旦出乱子，不但危害国家，自己作为湘军统帅，也难逃咎责，且听薛福成的处置意见吧。

"晚生建议老大人速派湘军中有威望的将官，到皖赣等省招集滞留官勇，依过去的哨队重新组织起来，带到荒田较多之地实行屯政，并给他们以最优惠的待遇。往日的袍泽依旧在一起，使他们有不散伙之感，有田可耕，有事可做，又使他们不生邪恶之念，而大人得军饷之利，两江有富庶之望。"

"这是个好办法！"曾国藩点点头，轻轻地说，"既消患于无形，又获利于实在。关于海防，足下有什么好设想吗？"

受到鼓励的薛福成情绪高涨起来："晚生以为，我大清日后真正的敌手乃海外夷人。夷人凭着坚船利炮藐视天朝，倘若我们不加强海备，挫败夷人凶焰，不是晚生危言耸听，我大清总有一天会亡国灭种！"

曾国藩脸上的肌肉抽搐着，想起胡林翼在安庆江边留下的遗言。心里念着,中国的官员和士人若都有胡林翼、薛福成这样的明识,这样的忧患感的话,大清就决不会亡国灭种。

"老大人,我们也要造铁船、制利炮,非如此,则不能守御海疆,则不能保国保种!"薛福成几乎用呼喊的口气说出这几句话,这一腔赤子热血使曾国藩颇受感染。"晚生以为,老大人前几年在安庆创办的内军械所,可以将它迁移到上海去,并且把它十倍百倍扩大。上海地处海隅,便于铁船试航;民智开发,人才亦易求。这件事办好了,影响甚为巨大,说不定我大清自强将肇基于此。"

薛福成这个建议正合曾国藩的心意。半个月前,他收到容闳从美国来的信,说机器已全部买好,即将雇船运回。容闳也建议就在上海建厂,各方面都方便些。曾国藩筹建安庆内军械所时就想到要在上海建厂,现在条件已具备,当然同意。薛福成也提出这个建议,可见此子有眼力。

"足下这个建议与老夫所想正合。"曾国藩慈祥地望着薛福成,问,"关于整顿江南,足下还有别的什么想法吗?"

薛福成想了一下说:"晚生认为,江南政务的整顿,首在盐政的整顿,盐政乃江南第一政务,且弊病最多,朝野都亟盼整治。晚生有志探求,但目前情况还不甚明了,亦拿不出什么好的主意,故不敢妄陈。"

"哦!"曾国藩的两只眼睛低垂下来,梳理胡须的左手也不自觉地停止了。他陷入回忆之中,耳边响起一个江南故人舒缓的吴音来。

"两江有三大难治之事:一漕运、二河工、三盐政,尤其是盐政,简直如一团乱麻,但盐政又是两江第一大政务。三十年前,陶文毅公总督两江,花大力气改革盐政,一时收效显著,可惜陶文毅公一死,后继者无力,新政不能畅行。待到长毛乱起,一切又复旧了。今大人亦为湖南人,两江一直不忘湖南人的恩泽,大人一定能超过陶文毅公,把两江治理得更好。"

那是五年前,还在祁门的时候,曾国藩刚实授江督。一个从未谋面却有过书信往来的老者来祁门求见。见面之后,彼此都非常兴奋。在祁门山中昏暗的油灯下,那人与曾国藩纵谈通宵,特别对江南的政事、吏事、民事谈得透彻。曾国藩从他的谈话中对两江风尚了解甚多,执意请他留下,但那人思家心切,不愿留在幕府。曾国藩很是遗憾。当时战事紧迫,无暇整饬江南政务，遂与之相约，待金陵攻下后再请相助。那人欣然答应，在祁门住了五天后告辞回家。临走前，曾国藩送他两百两银子。曾国藩记得，那人姓薛名湘，字晓帆，无锡人。道光二十五年中进士后分发湖南安福县。上任不久，就给曾国藩写了一封信，极力称赞他的诗文。曾国藩给他回了信，并附上两首诗。后来不知什么原因失去联系。薛湘的仕途不是很顺，一直沉沦下僚。六十刚过便辞官回乡，得知曾国藩在祁门，便绕道来见。想到这里，他又看了看眼前的美少年，觉得眉宇之间与薛湘很有点相像。他也姓薛，也是无锡人，难道是薛湘的儿子？

"有一个人，不知足下认识不认识？"曾国藩和气地问薛福成。

"不知大人问的谁？"薛福成似有所意识，眼中流出喜悦的光彩。

"薛湘薛晓帆先生，足下可曾听说过？"曾国藩盯着薛福成的眼睛。

"他是晚生的父亲。"薛福成浅浅地笑了一下。

"你真的是晓帆先生的公子？我就猜着了！"曾国藩高兴起来，"令尊大人还好吗？"

"先父已在去年病故。"薛福成轻声回答。

"哦！"曾国藩长叹一声，露出无限惋惜的神情来。薛福成见了，心里很感动。

"足下是否知道，令尊大人是老夫的朋友？老夫和他有约在先。"问罢，又自言自语地叹息，"唉，晓帆兄，你怎能失约先行呢？"

这句话，说得薛福成心里既冷凄凄的，又热乎乎的，不觉泪水盈眶，仿佛对面坐的不再是八面威风的爵相，而是自己的亲叔叔。薛福成深情地说："先父那年从祁门回家后，时常谈起大人对他的厚待，说朝廷又为两江放了一位好总督，并将老大人多年前送给他的诗拿给我们兄弟看。"

"这诗你能记得吗？"曾国藩问。是借此温习一下自己的旧作，还是测一测薛福成对它的重视程度，以及他的记诵能力？曾国藩一时自己也弄不清是哪种想法占主要成分。

"记得，记得。老大人当年赠先父两首五言古风，先父裱挂在中堂，时常诵读，称赞大人五言诗深得汉魏精髓，气逼班氏，情追苏李，并世无第二人。这第一首是，"薛福成不假思索地背道，"风骚难可熄，推激惟建安。参军信能事，声裂才亦殚。寂寞杜陵老，苦为忧患干。上承柔澹思，下启碧海澜。茫茫望前哲，自立良独难。君今抱古调，倾情为我弹。虚名播九野，内美常不完。相期蓄令德，各护凌风翰。第二首是……"

"好了，不要背下去了。"曾国藩含笑打断薛福成，语气换成了对子侄辈的亲切随便，"我问你，你既然知道我是你父亲的朋友，为什么不直接来见我，要在号房里写这样的条陈呢？"

"老大人，我这次是应试而来，无论试前试后拜谒，都有打通关节之嫌。晚生不想利用那层关系引起老大人的重视，要凭自己的真才实学来获得信任。"

"有志气！"曾国藩脱口称赞，"你母亲身体还好吗？你有几兄弟？"

"家母身体还硬朗。兄弟六人，大哥福辰近年在京行医，其余都在无锡家中，最小的六弟也有十二岁了。"

"好！"曾国藩轻轻点头，"我想留你在幕府做点事，你愿意吗？"

能参与号称人才渊薮的两江总督幕府，在当时有胜过中进士入翰苑的荣耀，薛福成还有不乐意的吗？他立即答道："谢大人栽培！"

曾国藩正要对薛福成勉励一番，忽然门外响起一阵噼噼啪啪的鞭炮声，王荆七笑逐颜开地推门进来。

四　践诺开办金陵书局

"大人，恭喜了，三姑娘生了位公子，大人您老做外公了！"王荆七笑着对曾国藩打拱。

曾国藩忙站起，满脸喜气地问："母子都还平安吗？"

"平安，平安！"荆七说，"太太说论月份还差两个月，怕是旅途辛苦早产了，幸而大小平安，太太喜得直念：菩萨保佑，菩萨保佑！"

曾国藩开心地笑起来。

半个月前，曾纪泽遵父命，护理全家来到江宁。曾国藩二子五女，除大女随丈夫住湘潭、二女随丈夫住长沙外，夫人欧阳氏、长子纪泽夫妇、次子纪鸿、三女纪琛与丈夫罗允吉、四女纪纯、五女纪芬，还有王荆七的妻子和十岁的儿子，再加上一起前来做客的内兄欧阳秉铨、友人欧阳兆熊一行十二人，兴高采烈地抵达江宁督署，空旷冷清的总督衙门顿时热闹起来了。

欧阳秉铨从衡阳来，带来了老父沧溟先生的亲笔信。老人今年八十整，与夫人同庚，两老在一起生活整整六十年了。沧溟先生一生读书授徒，课子教孙，家境清贫，人品端方。夫人贤惠能干，相夫教子。欧阳家夫唱妇随，儿孙满堂，早为远远近近的乡邻友朋羡慕叹美。更兼女婿拜相封侯，二老同蒙圣恩，诰封奉直大夫、宜夫人，又老来喜庆结缡六十春秋，这两桩事更是世之难得。故为老人夫妇庆贺的那些日子，不仅欧阳一家，远近几十里的乡亲们都沉浸在喜庆之中。大家自带酒菜前来祝福，喜酒一连三天摆了五百桌。老人以异常欣喜的心情，向女婿女儿畅叙这件一生中最为快慰的事，并叹道："此中之乐，乃世间之真乐也，人生如此，夫复何求！"功名事业已到极顶的曾国藩，不但对老岳父的话从心底深处赞同，并对老人的一生倾慕不已，感慨道："这或许才是真正的人生！"

老人信中还对女婿提起另一件事：

> 十二年前，贤婿在船山公故居许下的诺言，可否记得？罗山壮烈殉国，贞干马革裹尸，觉庵、世全亦相继谢世，所健在者，惟贤婿与老朽也。老朽深恐贤婿军政繁忙而忘记，故特为旧事重提。

这样一件大事，怎么会忘记呢！尽管王世全赠的那把古剑曾引起咸丰帝的怀疑，几乎招致不测之祸，尽管它也并没有如王世全所说的每到子夜便长鸣一声，但这把古剑的确曾对曾国藩起了鼓舞的作用，增加他克敌制胜的信心。后来，这把剑又激励曾国荃攻克金陵的勇气，果然仗剑进城，成了名垂后世的首功之人。这把古剑真的是吉祥之物。

且不说船山公的学问文章为曾国藩倾心悦服，就凭这把剑，他也要践诺答谢世全先生的厚谊。将两江总督衙门迁到江宁的那一天，曾国藩便想到在此设立一个印书局，先把船山遗集全部刻印出来，然后再将安庆内军械所华蘅芳、李善兰等人这些年来翻译洋人的书陆续印出，这是一桩嘉惠世人、贻泽后代的大好事，何乐而不为呢？只是追切需要兴办的事太多，再加上经费支绌，暂且往后推一下。

欧阳秉铨笑着说："涤生，这次在大夫第，我跟沅甫谈起赠剑刻书的往事。沅甫大惊说：'这里面还有这样的故事！大哥送剑给我的时候，并没有说起王家的交换条件。如此说来，这事该由我来办，但我现在有病在身，不能如愿。这样吧，我捐银两万，请欧阳小岑先生具体经办，在南京设局，由大哥出面召集海内名儒编辑校雠，如何？'因此，小岑先生也一道来了。"

欧阳兆熊也笑着说："九帅仗义行此不朽盛事，使我欲辞不能！"

"哎呀呀，沅甫真是豪杰之士！"曾国藩高兴地大声称赞。他心里清楚，老九本意，是想用两万银子买来一个重儒尚文的清名，用以替代老饕的恶谑。虽然不一定能完全如愿，但这的确是个聪明的举动。"小岑兄能慨然应请，也是豪杰之士。道光十九年，小岑兄独力出资刻印船山公十余种书，士林交口称誉，至今不忘。现在可是今非昔比了，有沅甫的两万银子，想必费用已无虞，我再发函邀请些耆望宿儒，他们大概也会给我面子，就在城内正式筹建一个书局，名字就叫——"曾国藩停了片刻，接着说，"就叫金陵书局吧！由小岑兄董理其事，世全先生的儿子中也请一个到江宁来。"

"就叫觉庵师的女婿来吧，他在兄弟中最有乃祖之风。"秉铨插话。

"最好，就叫他来，家眷也带来，住在书局里。小岑兄，你就花上三年五载，把船山公存世的所有著作，包括道光十九年已刻而后毁于兵火的那十余种，全都刻出来，每种印四五百部，广赠天下，让船山公的学问文章传遍海内，播我三湘俊士才学超众之令名，育我百代子孙知书识礼之人格。"曾国藩越说越激动起来，情绪亢奋、神采飞扬，瞬时间，协揆、制军的官僚气习不见了，坐在亲友面前的，仿佛仍是当年那个赤诚无邪的书生！

"涤生，我行年六十，再也没有什么别的奢望了，能仗你的声望和九帅的厚资，将道光十九年未竟的事业完成，此生之愿足矣。令我高兴的是，你尽管官居一品，戎马十年，仍不失书生本色，就凭着老朋友这一点，我也要尽心尽力把这件事办好。"

"小岑兄，过几天就开始动手，你先去城内各处踏勘地址，选一个好地方，先把金陵书局的牌子挂起来。"

作为一个酷爱书籍有志于名山事业的读书人，能以自己的力量，将一个自小就受其熏陶、仰其学问的前辈大儒的著作全部刊印行世，实现其后裔盼望多少年而无力完成的夙愿，曾国藩觉得这是人生一大快事；作为以移风易俗、陶铸世人为己任的宰相疆吏，能凭借自己的权势将一个终生研究孔孟礼制、力求平物我之情息天下之争,而本身又冰清玉洁节操可风的学者的著述大力推广,深入人心,曾国藩觉得这又是一番治国要举。他为此而兴奋而激动,甚至觉得年轻了许多,当年在长沙与绿营一争高低的盛气又回来了。加上身旁增加了夫人的体贴照顾,儿女的晨昏定省,长期孤寂的心灵得到慰藉。尤其是十四岁的满女纪芬,长相憨厚,心灵剔透,每天爹爹前爹爹后地喊着,问字请安,端茶递水,在父亲面前既稚嫩可爱,又略知几分关心,更深得曾国藩的欢心。

在温馨的家庭生活中,曾国藩也偶尔会想起陈春燕。尽管她与他生活不到两年,且未留下一男半女,在曾氏家族中,她不过一缕轻烟,一阵微风,很快便飘逝了,没有留下任何痕迹。但曾国藩还是想念她。他也曾动过心将春燕的灵柩迁回荷叶塘,以满足她临终前的最大愿望。但曾家从竟希公起,就无人置妾。曾国华那年讨小老婆,做大哥的还从京城写信规劝,结果自己也违背了家教。曾国藩想来想去,还是觉得不迁为好,多多少少可以在乡亲后辈面前有所遮掩。

夫人贤德,儿子上进,女儿孝顺。对于这个家庭,曾国藩应该是很满意了,但近两年来,他却有两点感到不足。一是岁月流逝,老境渐浸,与天下所有老人一样,曾被骂作"曾剃头"的湘军统帅,也羡慕含饴弄孙的天伦之乐。纪泽结婚多年,原配贺氏死于难产,第一个孙子还未出世便与母亲一道走了。续配刘氏,结婚五年,生过一子一女,均未及半岁便夭殇。大女二女都未生育,所以他至今还没有看到第三代,有时想起父亲四十一岁做外公,四十九岁做爷爷,比他小十一岁的四弟也做了爷爷时,心里不免有点惆怅。二是三个女婿都不甚理想。大女婿袁秉桢才不及父,风流则过之,又性情暴戾,女儿在夫家受欺负。欧阳夫人一说起就流泪。二女婿陈远济人不蠢,也肯用功,但功名不遂,连个举人都未中。三女婿罗兆升是罗泽南的次子。罗泽南死时他才十岁,朝廷给罗泽南的饰终很隆重,按巡抚阵亡例赐恤,又赏给罗兆升及其兄罗兆做举人,一体会试。罗兆升为庶出,其母把全部希望都寄托在这个恩赏举人的身上,自小宠爱无比,把罗兆升惯养成一个纨绔子弟。曾国藩不喜欢这个女婿,但早已定好,不能反悔;又看在罗泽南的分上,见他年轻,可以教化,遂在前年为他们办了婚事。这次要他们夫妇同来,也想借此教诲教诲。

听说三女儿生了个儿子，曾国藩喜不自胜，三步并作两步来到后院。

后院内眷们忙忙碌碌的，一个个喜气洋洋。过一会儿，欧阳夫人笑容满面地抱了外孙子出来，请外公看。曾国藩见包在小棉被里的婴儿乌青的头发，红粉粉的脸，心中高兴，伸出手来，轻轻地摸了一下小脸蛋。

"岳父大人，您老为孩子取个名字吧！"站在岳母身后的罗兆升，刚满十八岁，自己还是个孩子，在岳父面前，他显得腼腆。

曾国藩望着襁褓中的婴儿，认真地想了想，说："他的祖父罗山先生学养深厚，谋略优长，一生为国为民，功勋卓著，要让他踵武其后，继承祖业才是。我看就以绍祖为名，以继业为字吧！"

"罗绍祖，罗继业，我的乖乖崽！"罗兆升冲着岳母怀中的儿子大声喊叫，蹦蹦跳跳的，一时得意忘形起来。曾国藩的扫帚眉渐渐皱拢。"允吉。"他轻声叫着女婿的表字。

罗兆升好像没有听见似的，笑嘻嘻地继续逗弄着儿子。

"允吉！"调门加高，显然是不耐烦了。罗兆升见岳父面色严肃，这才停止嬉笑，垂手恭立。"你父亲临死时，把你兄弟两个托付给我。我因战事繁忙，疏于照看，常觉有负所托。你今日身为人父，应当时时想到肩上责任的重大，要自身有所成立，日后才好教子。今冬好好在督署用功，明春进京参加会试。"

明春会试一事，罗兆升想都没想过，在他的日程安排中，这应该是十年以后的事。但他不敢违背岳父大人的意志，只得硬着头皮答应。

五　两张告示，三四万两银子就进了海州运判的腰包

这两个月来，曾国藩集中精力钻研盐政，把陶澍当年在江南实行盐政改革的文书档案都查看了一遍。还为此事专门写了一封长信给左宗棠，请他谈谈文毅公本人对盐务新政的评价，也请左宗棠自己发表意见。左宗棠没有回信。

当时朝廷最大的税收便是盐课。食盐按其产地分为淮盐、长芦盐、山东盐、河东盐、浙盐、闽盐、粤盐、川盐、滇盐。其中以淮盐销路最大，包括江苏、安徽、江西、湖北、湖南、河南（部分）六省。故盐课的大宗是淮

课，朝廷对淮盐的收入极为重视。嘉道年间，江南疲惫，亏空严重。淮盐每年应行纲盐一百六十余万引，上缴税银五百万两，实则行销不足一百万引，上缴盐课二百万两。道光十年，陶澍任两江总督，在整顿河工、漕务、吏治的同时，又得旷代逸才魏源、包世臣等人的襄助，以横扫一切的魄力，扭转盐务的弊端。陶澍首先请准将两淮盐务改归两江总督兼管，以统一事权，然后从成本、手续、运输、销售、人事几个方面加以改进，又在淮北改行票法。即在淮北交通不便、大盐引商不肯前往贩运的地方，允许资本较小的商人赴分司纳课，出给官票，凭票买盐贩卖。陶澍盐政改革很快收到实效，方便了民众，又为国家增加了收入。但它打击了盐官和盐商，引起他们的怨恨。当时，扬州的牌叶因而新增两张。一张画一株桃树，喻陶澍。得到这张牌的，虽全胜亦全负。故人凡拈此牌，无不痛诉。另一张画一美女，喻陶澍之女。谁得到这张牌，虽全负亦全胜。故人拈此牌辄喜，并加以戏谑。待到陶澍一死，盐务新政便衰落下来。太平军占领两江之后，陶澍的改革便荡然无存了。

  陶澍死的那年，曾国藩正散馆进京，刚入仕途的年轻翰林从那时起，就对这个同乡前辈钦佩不已，引为榜样。第一步，先把陶澍当年的盐政旧制恢复过来！曾国藩做出了这个决定。就在同时，他抽出一批得力的幕僚，包括彭寿颐、黎庶昌、吴汝纶、张裕钊、薛福成在内，分派到苏北、淮北、江西、湖广一带去调查淮盐行销的现况。他没有忘记那年对黄廷瓒的许诺，特邀黄廷瓒来江宁佐幕，并由黄负责这次整顿盐政的具体事务。

  这些天，黄廷瓒召集从各处调查回来的幕僚们开会，汇报情况，商量治理措施，并将详情向曾国藩作了禀报。

  两江盐务弊病极多，甚至可以说是一片黑暗。归纳起来，主要在五个方面：

  一为欠课严重。十年来，淮课每年三成只收到一成，朝廷损失大批收入，两江总督衙门也损失一项大的收入。

  二是走私猖獗。走私的手段有夹带、跑风、整轮、淹补、放生、过笼蒸糕等等，五花八门，挖空心思。

  三为盐吏腐败。上自扬州的盐运使，中到泰州、海州、通州的运判，下至各检查关卡的吏员们，无不贪污中饱，敲诈勒索，聚敛的财富多达二三百万两银子，少的也有数万两。两淮盐运使司所在地扬州的楼阁园林，大半为发了财的盐商所建。其中康山草堂最为豪华，为一个外号叫张大麻子的人建造。此人原为一寒士，五十岁后始补通州运判，十年间便拥资百余万，在瘦西湖旁买下五十亩地建了这个草堂。草堂主楼高三层，可俯瞰长江，有专门花园赏梅、赏荷、赏桂、赏菊，仿照大内气派演剧宴客。更为淫靡的是，堂内建有套房三十间，回环曲折，外人不辨其路，房内金玉锦绣堆满其间。每套房间里住一个美姬，卧床下有通道相连，张大麻子常常夜间宿一房，早起又在另一个房间里。扬州有个学子仿照刘禹锡的《陋室铭》，写了一篇《陋吏铭》，辛辣地讽刺这些盐官："官不在高，有场则名。才不在深，有盐则灵。斯虽陋吏，惟利是馨。丝圆堆案白，色减入枰青。谈笑有场商，往来皆灶丁。无须调鹤琴，不离经。无刑钱之聒耳，有酒色之劳形。或借远公庐，或醉竹西亭。孔子云：'何陋之有？'"当黄廷瓒念出这篇《陋吏铭》时，满座幕僚都笑了，唯独曾国藩不笑，他的心在为两江吏治的腐败而震栗，榛色眸子里迅速聚起两道凶光。

四为盐价高昂。盐商在沿海盐场买盐，每斤不过十余文，在汉口镇上岸时，每斤就要卖百来文，在淮北、鄂西、湘西等偏僻地带，淮盐售价竟高达每斤一百五十文。许多穷苦百姓买不起盐，不得不吃淡食，十天半月不沾盐味是常事。百姓怨声载道。

五为邻私侵夺。正因为偏僻之地淮盐售价高，邻盐便以路近价廉乘虚而入，侵占淮盐的销地，影响淮盐的销售。如长芦盐侵夺淮北，川盐侵夺鄂西、湘西，粤盐侵夺湘南。

面临着两江盐务如此严峻的状况，曾国藩苦苦地思索着治理的办法。白天与幕僚们反复商讨，夜晚又一个人在书房里独自考虑。曾国藩认为，造成盐务这样混乱的原因很多，最主要的原因出在吏治不严上。不管是恢复陶澍的改革，还是进一步整顿盐务，首先都要整饬吏治。而整饬吏治既必须打击那些民愤极大的贪官污吏，又要制定新的盐务章程。现在官场中清正有为的人太少，贪劣昏庸者到处皆是。曾国藩想起上个月处理的一桩小事。

一天，江宁藩司送来一份禀报。报告说二月十四日上元县粮船三艘在距江宁江面三十里处遇大风倾翻，九万斤粮食全部沉入江底，请免予追究押运人某某的责任。上元县令说禀报属实，江宁藩司也照此批复："此事属实，同意免予追究。"曾国藩想，风掀翻粮船，这场风就一定很大，在他的记忆中，二月中旬没有刮过这样的风。查当天日记，果然无风雨记载。曾国藩断定此中有诈，把上元县和江宁藩司找来训斥一顿，令他们仔细查访。后来查实，九万斤粮食根本没有沉江，全部私分了，县丞分得一万斤。县令糊涂，听信县丞的话，藩司也不调查，就径直批了。曾国藩记得，道光三十年他曾上疏，指出官场的现状是京官退缩、琐屑，外官敷衍、颟顸，想不到时隔十五年，吏治更坏了，外官除敷衍、颟顸外，还要加四个字：贪劣、卑污。

曾国藩将章程的制定委托给黄廷瓒去办，叮嘱他多多吸取陶澍当年行之有效的经验。至于惩治贪官一事，他要亲自主持。将幕僚们禀报的典型例子作了排比后，他决定先把海州运判裕祺抓起来。

裕祺是个蒙古人，捐纳出身，在海州分司做了八年的运判。此人完全置国法于不顾，凡能谋财之路，他一条都不放过，仅仅八年，便在海州盐务中捞取了六七十万两银子。裕祺有一绝招，为其他盐官所不及。每年开春时，他便借引商之口，以滞销为由，压低食盐收购价，弄得池商惶惶不安，只得大家一起凑集三四万两银子给他，千求万求，他才再出一张告示，借池商之口，以怜恤灶丁为由，将盐价恢复过来。就这样前后两张告示，几万两银子便入了他的腰包。引商、池商无不对他恨之入骨。他是科尔沁左翼后旗人，与僧格林沁有点瓜葛关系，便自称僧王是他的表哥。僧王是当今皇上的表叔，既是他的表哥，那他岂不也是皇上的表叔？商人们虽不清楚他的底细，见他说得有根有叶，哪个不怕他三分！便都乖乖地听任他的盘剥。

今年他故技重演。池商们早已做好准备，凑了三万两银子给他，他不收，无奈又加一万，他仍不收。原来，裕祺看中了一个池商以八千两银子从南洋带回来的一串真琪楠朝珠。这挂朝珠以碧犀翡翠为配件，腻软如泥，润不留手，香闻半里之外。裕祺的仆人将这个消息透露后，池商们只好又凑集八千两银子买下这串朝珠送给他。他这才贴出第二张告示：盐价照旧。

曾国藩想，裕祺贪婪如虎，就是杀头亦不过分，先惩办他不会错；大不了他真是僧格林沁的什么亲戚，抬出僧王来做威胁。曾国藩早就与僧格林沁结下了无名积怨，还正好可借此敲一敲这个自以为不可一世的亲王哩！

曾国藩先派薛福成悄悄地到海州去，将情况查实，要他联络几个池商，以他们的名义写一份状子告上来。海州池商们听说曾大人要整裕祺，个个踊跃，将裕祺的罪行统统揭了出来。年少气盛的薛福成对这个贪官恨不得食肉寝皮，他把平生做文章的本事都拿出来，花了三天三夜，扎扎实实地写出一份状子。曾国藩看了这份状子后，立即派巡捕拿着令牌前去海州，将裕祺拘捕归案。又派彭寿颐暂署海州运判，清查海州分司历年账目，把裕祺贪污数目查清后再抄家。

当彭寿颐和督署巡捕来到海州，宣布两江总督的命令，锁拿裕祺，查封裕公馆时，海州盐场无论引商、池商、灶丁以及附近百姓无不拍手称快。这件事很快传遍两江三省，官场为之一震。

裕祺事先毫无准备，临上路时，把弟弟裕祥叫到一边，暗中盼咐：不惜耗费巨资，也要设法打赢这场官司，万不得已的时候，将他平日所记的另一本账拿出来，进京找僧王府，请僧王出面，与曾国藩见个高低。

裕祺押到江宁后，曾国藩亲自审讯了一次。裕祺不承认他有受贿贪污的事，至于压价复价，原是为了打击池商的嚣张气焰，逼他们出血，而这笔款子全部用在浚通运河、修缮盐场上去了，他并没有贪污。曾国藩不与他争辩，将他暂且拘押起来，等彭寿颐清查后的结果再说。

与此同时，裕祺的弟弟裕祥也在紧张地活动。裕祥首先打点了一包珍宝，来到扬州找都转盐运使司运使忠廉，求他在曾国藩面前说情。

忠廉是裕祺的顶头上司，两人关系非比一般。忠廉是满人，平生最好的是吃。来扬州后，看中了春末夏初扬子江的鲜鲥鱼，常以市场上买的不够鲜美为憾。裕祺于是在江上雇了几个打鱼的老手，专门划着小船在焦山附近急流中张网，船上架一座小火炉，炉上置一只银锅。网上鲥鱼后，就在船上剖杀，然后置于银锅内用温火炖，同时猛划双桨，直奔扬州城。银锅到达都转衙门时，鱼也恰好熟了，香气四溢。裕祺这个马屁正好拍到点子上，忠廉十分欣赏，虽知裕祺为官贪墨，民怨甚大，也不理不睬，任其所为。

忠廉接到裕祥送的礼物后，打量着如何为他说情。忠廉心里清楚，裕祺虽贪婪聚敛，但还不是第一号的。两淮盐场共有二十三场，属于淮南者，通州分司辖有九场，泰州分司辖有十一场，海州分司所辖的只有淮北三场。与通州、泰州相比，海州分司辖地最小，能够勒索的对象自然也最少。裕祺曾亲口对他说过这样一桩委屈事——

那年裕祺到通州运判阿克桂处做客。阿克桂摆阔,从裕祺停舟处起到公馆这段路全铺上猩红哈喇呢,长达五里,夹道架设灯棚,夜行不秉烛。公馆雕梁画栋,丽如仙阙。一连三天,天天以山珍海味、歌舞大戏招待。席上,阿克桂问裕祺:"你看我这里还有哪些不如你的意?"裕祺想了很久,找不出瑕疵来,最后鸡蛋里挑刺似的说了两句:"都好,就是花厅地砖纵横数尺,类行宫之物,恐招致非议;另书房外池塘鱼游水清,若再添满塘荷芰则更美。"阿克桂不作声。两个时辰后,再邀裕祺在他公馆内外走一圈。但见花厅全部换成一尺见方的水磨青砖,池塘里满目荷花盛开。裕祺既惊讶不已,又觉得阿克桂太在他面前逞强了。他有一种被奚落感。

现在曾国藩整顿盐务,先不整阿克桂,却拿裕祺来祭旗,他为裕祺抱不平;同时,他压根儿就反对整理盐务,因为整来整去,势必要整到他的头上。不过他也知道,这个前湘军统帅是一个典型的湖南蛮子,要他放弃自己的想法屈从别人,确乎是一件非常困难的事。忠廉在扬州衙门里想了几天后,还是乘船来到了江宁城,他素知曾国藩不受苞苴,故一文钱的礼物也没敢带。

"大人,裕祺以压价复价的手腕,从池商手里敲银子,当然做法不妥当,但这不是他的发明,历任海州运判都是这样干的呀!"

忠廉年纪与曾国藩不相上下,高高瘦瘦的,背微微有点弯曲。曾国藩通过幕僚们的调查,知道忠廉并不廉,不过比起前任来还算有点节制。两淮盐运使,论品级虽只是从三品,论职守却是天底下头号肥缺,不是一般人所能捞得到的,凡当过几年运使的,没有不发大财的。忠廉当了三年两淮盐运使,聚敛的财富还不算太多,手段也不太刻毒,官声尚可,曾国藩对他也还客气。

"忠盐司,鄙人也知历任海州运判都有些劣迹,但咸丰十年之前,鄙人不任江督,管不着,进江宁城之前,忙于削平长毛,无暇管,现在我有工夫来办这事了,难道我能眼看他如此胡作非为而不过问吗?"曾国藩靠在太师椅上,两只手松松地握着扶手,神态安详地说。对忠廉的说情,他是早有准备的。

"鉴于这个背景,我想请大人对裕祺的处罚予以从宽;且他把这笔银子用于维修运河,有利盐船航行也是实情。我作为他的上峰,这个情况我清楚。"

"他拿出多少银子修运河？"曾国藩问，两眼逼视忠廉。

忠廉事先没有与裕祥商量好，一时答不出来，眼珠转了两下，说："总在二十五万左右吧！"

"他自己说有五十万，你这个上峰隐瞒了他的功劳啊！"曾国藩嘿嘿冷笑两声，忠廉的背脊骨被他笑得发麻。"裕祺口里总是喊着修运河，也的确修过两次，但这些钱都是引商们出的。他的任上前前后后引商们出了五十万两银子修河，其实用于河工的不足三十万，其他的都进了他的腰包，而海州段运河至今没有修好。忠盐司，你看看这个吧！"

曾国藩从抽屉里抽出一大叠信函来递给忠廉，冷冷地说："这些都是引商们告的状子，你带到驿馆里去细细看吧！"

这一大叠信函，犹如一排开花炮弹，把忠廉打得败下阵来。他喘了一口气，说："看在裕祺这些年辛苦操劳，每年为国家收了近百万两盐课的分上，酌情让他赔几万银子，给个革职处分算了，再莫交部严议抄家了。"

"忠盐司，像裕祺这样的人，仅仅革职，赔几万银子，处罚太轻了。法不重，则奸猾者必怀侥幸之心。忠盐司为官多年，这个道理想必明白，鄙人也无须多说。他究竟贪污了多少，我正在派人查核，不会冤枉他。忠盐司盐务繁忙，也不必在江宁待得过久，明天就请回扬州去吧！"

这道冷冰冰的逐客令，逼得忠廉再不能多说话，只得讪讪退出。当他将此事告诉专在扬州候信的裕祥时，前海州运判的弟弟对求情一着失望了。

六　侯门娇姑爷被裕家派人绑了票

这是忠廉回扬州几天后的一个傍晚，同往常一样，夫子庙迎来它一天中最热闹的时刻。秦淮歌舞，素以夜晚为盛。灯火璀璨，月色朦胧，在灯月之中，这条注满酒和脂粉的河被一袭五色轻纱所笼罩，歌女画舫比白日更显得艳丽媚人，河水变得愈加温柔，就连那袅袅丝弦声也格外动听。一到黄昏，人们从四面八方涌过来，位于河边的夫子庙更是游人驻足观赏的好地方。

夫子庙还正在修复之中，赵烈文有一个压倒前人的宏伟计划，完全实现这个计划要一段时间。旧址上到处搭起了临时营业的简易棚子，以卖茶、卖酒、卖小吃食的居多。空坪上常常有一圈圈的人围着，那多半是走江湖跑码头的人在卖艺卖药，骗几个钱糊口。更多的像狗窝似的棚子里，住着的是从苏北、皖北逃荒来的流浪者。此处人多店多，比起别处来，混口饭吃容易些。这里正是所谓重新回到朝廷手中的江宁城的缩影：表面上看起来热热闹闹、百业复兴，其实是污泥浊水混乱驳杂，绝大部分人饥饿贫困，如处水火，极少数人纸醉金迷，荒淫享乐。歌舞场中隐血泪，繁华窟里藏污垢，当时各大都市皆如此，从剧变中刚趋稳定的江宁城，这个特点更为显著。

夫子庙西侧丝瓜巷里有一处小小的鸟市，几个半百老头盘腿坐在地上，每人面前摆几个竹编笼子，笼子里关着四五只鸟儿。这些鸟有的羽毛鲜美，啼声嘹亮，上上下下地跳个不停；也有的毛色暗淡，呆头呆脑的，并不起眼。一个柳条编的笼子里，一只浑身乌黑发亮、无一根杂毛的凤头八哥，对着眼前一位佩玉戴金的富家公子，用生硬的人声呼叫："少爷，少爷！"

少爷伸出一个手指插进笼中，逗着八哥，笑着说："叫罗二爷，罗二爷！"

那凤头八哥转了转黑黄色的小眼珠，张开口试了几下，忽然叫道："罗二爷！"

罗二爷高兴得就像那只关在笼中的雀儿一样，连蹦带跳地问："老头儿，这只八哥卖多少钱？"

老头子知道这是一个难得遇到的买主，一时还想不出合适的价来，于是随便伸出两根手指，试探着说："少爷，这个价。"

"二百文？"罗二爷不知这只八哥究竟值多少钱，随口问。

"二百文？少爷，你也太贱看了我老头子，这样的会说人话的凤头八哥，到哪里去找！"老头子的大圆头摇得像拨浪鼓似的。

"二两？"罗二爷自觉失言，忙改口。

老头子又摇摇头，样子颇神秘。

罗二爷摸了摸发光的瓜皮帽，睁大着眼睛，自言自语："总不是二十两吧！"

"正是二十两，少爷！"老头子不急不躁地说，一边笨手笨脚地往烟锅里填着枯烟叶。

"这么贵！"罗二爷一只手已伸进了口袋，摸着袋子里的银子。

"少爷，你不知这只八哥的妙处。"老头子掏出两片麻石，用力敲打。火星溅到夹在左手指缝中的纸捻上，敲打五六下后，纸捻燃着了。他将纸捻放在烟锅上，口里冒出一股浓烟来。他抽了两口后，拿开烟杆，咧开粗糙的大嘴巴笑道，"这只八哥产自琉球岛，去年我用了十二两银子从一个洋商那里买来。每天用切细的精肉喂养，用胭脂井的水给它喝，用紫金山的泉水给它洗澡，上午带它到鼓楼听大戏，下午我亲自教它说话。经过大半年调教，它现在可以见人打招呼，什么话一听就学得出，还会背唐诗哩！"

"真的，背一首给二爷听听！"罗二爷兴致越发高了。

"好，少爷您听着！"老头儿丢掉黑不溜秋的烟杆，蹲到柳条笼面前，对着八哥亲亲热热地说："好乖乖，背一首'春眠不觉晓'给少爷听！"

说着，递进一条细长的小蚯蚓。那八哥一口夺去蚯蚓，颈脖子噎了两噎，死劲地把它吞了下去。好一会儿，才转了转小眼珠，口张了几下，哑哑地叫了起来。

"春眠不觉晓。"经老头子在一旁念着，罗二爷觉得刚才的哑哑声，也好像是叫的这五个字。

"再背！"老头子命令八哥。那鸟儿又哑哑了几声。"处处闻啼鸟。"老头子又在一旁念着。罗二爷细细品味，不错！是这样的。那鸟儿又连续叫了几声，老头子给它配了音："'夜来风雨声，花落知多少。'怎么样，背得不错吧！不是我吹牛，少爷，你就是走遍金陵全城，再也找不出第二只来。"老头子笑着说，又拿起那根老烟杆。

"不错，不错，我买了。"罗二爷边说边向口袋里掏钱。一会儿，他涨红着脸说："老头子，我今天带的钱不够，你明天这个时候在这里等我。"

"你说话算数？"

"你说什么？"罗二爷像受了侮辱似的嚷起来，"我罗二爷有的是银子，二十两算得了什么！明天不来的，就是乌龟王八蛋！"

"少爷身上带了多少银子？"老头子站起来，凑过脸轻声问。

罗二爷正要答话，不料耳朵给旁边两人的对话吸过去了。

"八叔，今天花中蝶号画舫里来了一个仙女，我敢担保，全金陵城里的美人没有一个比得上她，就连古代的西施、昭君也不一定超得过。"

"有这样绝色的女子吗？那八叔我今晚非得去会会不可，多少银子一个座位？"

"价就不低，足足五两！"

"真的有西施、昭君那样美，花五两银子值得，只怕你小子诳我。"

"八叔，侄儿什么时候诳过你？若你不满意，那五两银子归我出，明天我在艳春馆请花酒，向你赔罪！"

"这样说来，八叔我非去不可了。"

这正是罗二爷最感兴趣的事！他也顾不得答老头子的话，手一挥："莫啰唆了，明天见！"说罢，便跟在那一叔一侄的后面，向秦淮河走去。

后面，鸟市上的老头儿们在笑哈哈地谈论：

"牛老头，你也太贪心了，你那只赖头鸟五百钱都不值，还要卖二十两哩！"

"老弟，你莫眼红，这就是我的运气。我看这个花花公子定然家财万贯，二十两银子在他来说算不了什么！"

"牛老头，我哪里眼红，我是为你好！你不应该让他走，他口袋里有几两，你就收他几两，何必一定要二十两？"

"我哪里非要卖二十两不可。其实他只要拿出二两来，我就卖了。那两个该死的，早不来晚不来，偏偏他掏银子时来了。东不说西不说，偏偏要说婊子，硬把这个罗二爷给迷走了，但愿他明天能够来。若真的卖了二十两，我请老弟上水天楼醉一场。"

这罗二爷不是别人，正是两江总督衙门、一等侯府里的娇姑爷恩赏举人罗兆升。罗兆升跟着那两人走到桃叶渡口，只见一条画舫装饰得分外明艳，舱里传出悦耳的琵琶声和动听的女人歌喉。罗兆升想：绝代美人一定在这条船上。那叔侄俩踏着跳板，径向船舱走去，罗兆升紧紧跟上。当罗兆升的脚刚一踏上跳板，走在前面的八叔便高声喊道："来啦！"

舱里立即走出两条大汉，应声道："来啦！"

罗兆升一进舱，画舫便飞也似的向下游划去。他正在惊疑时，舱口边那两条大汉走过来，一个人向他嘴里猛塞一条汗巾，另一个拿出一块黑布，将他的双眼蒙上。罗兆升眼一黑，还没有明白过来，双手双脚便被牢牢地捆住了。

自鸣钟已指到子正，丈夫还不见回来，三姑娘纪琛坐立不安了。招呼她的老妈子安慰道："不要紧的，姑说不定今夜酒醉了，在朋友家歇息，明天一早就会回来的。"

纪琛坐在床上，一直等到天明，又等了一上午，还是不见丈夫的面，止不住眼泪双流，告诉了母亲。欧阳夫人劝道："你在坐月子，千万哭不得，我打发人到他平日常去的朋友家问问。"

罗兆升来江宁不久，朋友少，平素也只有几家湖南同乡可走走。到了吃晚饭时，各处都打听遍了，全不见姑爷的影子。这下欧阳夫人也着急了，晚上将此事告诉丈夫。曾国藩听了很生气，说："都是魏姨太娇惯坏的，十八九岁做父亲的人了，还这样不懂事，外出冶游两天两夜不归家。纪泽、纪鸿幸而不像他这样，若是这个样子，我早打断他们的腿了。明天上午再多派几个人到城外几个朋友家去问问，待回来后，我要好好教训他一顿！"

又找了整整一天，罗兆升仍杳无音讯。不但纪琛哭得泪人儿似的，欧阳夫人也哭肿了眼睛，纪纯、纪芬都垂泪。总督衙门后院人心不安，都在悄悄议论姑爷。有的说，怕是迷上了哪个青楼女子，不想回家了；有的说，怕是掉到河里塘里淹死了。

"夫子，你叫人写几百张寻人帖子，四处张贴，兴许有作用。"万般无奈后，欧阳夫人终于向丈夫提出了这个建议。

曾国藩瞪起眼睛呵斥："真是妇人之见，哪里有总督贴告示寻姑爷的，你是怕百姓没有谈笑的话柄啊！"

"那怎么办呢？你看三妹子哭成那个样。她是个坐月子的人，身子虚弱，得了病，害她一世！这两天，伢儿都没有奶了。"欧阳夫人心疼女儿外孙，说着说着，竟放声大哭起来。

"莫哭了，莫哭了！"曾国藩烦躁起来，"你去劝劝纪琛，快不要哭了，哭有什么用！我再多派些人四处去找就行了。"

第二天，曾国藩加派几个戈什哈，到城内城外到处打探消息；同时悄悄通知江宁县和上元县，凡遇到有被人谋害、跌死、淹死之类的无名尸身时，即速报告总督衙门。

就这样哭哭啼啼、折腾不安地度过了四天。第五天一清早,打扫院子的仆人在石凳上拾到一张无头帖子。仆人不识字,把它交给巡捕。巡捕一看,吓得脸都白了,忙呈递给总督。曾国藩接过看时,那帖子上写着这样几句话:"裕老爷为官清廉,无辜被锁,神人共愤。罗兆升现已被抓获。放裕老爷回海州,官复原职,则放罗兆升。三日不答复,撕票!有话传递,写在纸上,放到水西门外黑松林口歪脖子松树权上。"

曾国藩气得脸色铁青,狠狠地骂道:"无耻!"对巡捕说,"这个无头帖子不准对任何人说起,谁捡到的?"

"扫院子的吴结巴。"

"你去告诉他,若把此事告诉第二人,我割了他的舌头!"

巡捕走后,曾国藩独自坐在签押房里,陷入紧张的思索中。原来,罗兆升是被裕祺家买通的人绑票绑走了,这使得曾国藩十分恼火。他先是痛恨裕家的卑污可耻,竟然到了如此恶劣的地步。这哪里是朝廷的命官家所能干出的事,分明是绿林响马的勾当!曾国藩性格中刚烈倔强的一面被激怒了:你裕祺这样做,我偏要跟你干一场。不怕你有僧格林沁做后台,你总是我手下的属员。当初鲍起豹、陈启迈那样不可一世,都参下去了,你一个小小的盐运判算得了什么!接着他又恨罗兆升不争气,假若规规矩矩在督署读书,与士人们谈诗论文,何来被绑架之事?继则后悔不该叫他们夫妇来江宁,真正是成事不足,败事有余!

曾国藩平生最恨江湖习气。他想来想去,决定对这些人不能手软,只有以硬对硬,才能镇服他们。他拿出纸来,愤怒地写着:

放了罗兆升,本督对你们考虑宽大处理,若胆敢撕票,你们将被斩尽杀绝,裕祺也逃不掉法网制裁!协办大学士两江总督曾国藩亲笔。

写完后,把刘松山叫进来,悄悄地盼咐了一番。

当天下午,刘松山带着三个武功高强的哨官,都做仆人打扮,一起来到水西门外黑松林,果然见林子口有一株显眼的歪脖子老松树。刘松山将曾国藩的亲笔字条插在树杈中，转身回去，走了几十步，招呼那三个哨官一起猫着腰，从小道上又来到歪脖子树边，埋伏在草丛中，眼睛死死地盯着。只等有人出现，便猛扑过去，将来人抓获，就此顺藤摸瓜，逮住这伙歹徒。

刘松山等人在草丛中趴了半个时辰之久，不见一个人走近歪脖子树，正在失望之际，黑松林里飞出一只凶恶的苍鹰。那苍鹰在歪脖子树上空盘旋了几圈，忽然，箭一般地冲下来，一个爪子抓起那张字条，哇哇叫了两声，又飞上天去。刘松山等人看着，连呼"糟糕"，却毫无办法，只得眼睁睁地看着它向林子里飞去。

第二天早上，吴结巴又拾着一张无头帖子，上面写着："票未撕，裕老爷须从宽处理，否则不客气！"曾国藩看后冷笑一声，甩在一边。他进后院告诉夫人和女儿，罗兆升被强人绑架了，正在设法营救，不要着急，一定可以救得回来的。

曾国藩一面派人盯住黑松林不放，要他们务必寻出个蛛丝马迹来，同时心里也开始犯难了。对于裕祺这种败坏吏治、蠹害盐务的贪官污吏，不严惩，何以肃国纪平民愤？且这是整饬两江吏治盐务的第一炮。第一炮若打不响，威信何在？今后的事情如何办？倘若认认真真地从严惩处，罗兆升的性命就有可能保不了。像罗兆升这样的轻佻公子，若是换成别人，就是死一百个一千个，曾国藩也不怜惜。可这个罗兆升，是罗泽南的儿子，自己的女婿，小外孙的父亲！他若有个三长两短，怎么对得起为国捐躯的老友？又怎能忍心让二十一岁的女儿变成寡妇，刚出世的外孙成为孤儿？

曾国藩的心在苦苦地承受着煎熬。真个是左也为难，右也不是！赵烈文天天来禀报，说裕祺打死只认贪污三万五千两银子。纪琛天天来哭诉，求爹爹救救自己的丈夫。整饬盐务的第一步便进行得如此窝囊，使一心想做伊尹、周公事业的曾国藩倍感气沮。

就在这个时候，裕祥的第三场戏又紧锣密鼓地开演了。

七　看到另一本账簿，曾国藩不得不让步

裕祥按哥哥临上路时交代的，将另一本账目搬了出来。这是一本专记湘军长江水师、淮扬水师、宁国水师、太湖水师利用炮船夹带私盐的记

录。裕祺用心深远，早就准备了这一手，以防不测，现在果然派上大用场了。

从同治二年九洑洲被攻破后，长江便全部被湘军水师所控制。水师将领们借口军饷无着，明目张胆地从盐场低价购盐，池商不敢阻挡，海州分司运判裕祺也奈何不了，只得另具一账本，将某年某月某日某人购盐若干盐价几何一一登记造册，并要押船的将领签字。还有一些水师头头为了个人发财，也利用运军粮的机会夹带私盐，有的被查获了，分司不敢没收，便也做了登记。裕祺这样做，一方面为防备日后朝廷查询，另一方面也偷偷记下湘军水师一笔劣迹，好交给僧格林沁备作他用。这时，裕祥叫人按原样誊抄一份，把底本转移公馆外，妥善保存起来。裕祥多方打听，得知彭寿颐在赣北办厘局时人言啧啧，断定他是一个在金钱上过不了关的人。

这天深夜，裕祥怀揣了几张银票，影子般地闪进彭寿颐下榻的淮海客栈。

"谁？"已睡下尚未睡着的彭寿颐警觉地跃起。

"我。"裕祥低声答道。

"你是谁？"

"裕祺的弟弟裕祥。"

"你来干什么？"彭寿颐预感来者不善，冷冷地责问，欲先来个下马威。

"彭师爷。"裕祥大大咧咧地走过去，不用招呼，自己在一条凳子上坐了下来，彭寿颐也坐在床沿上，两人恰好面对面。彭寿颐那年被林启容割去了右耳，为了遮丑，他的帽子后檐做得特别长，把耳朵全部盖住了，让人看不出。现在刚从被窝里爬出，头上光光的，失去了右耳的头脸格外丑。裕祥强压住心中的厌恶，满脸笑容地说，"家兄之事，实是小人陷害，请彭师爷明裁。"

彭寿颐冷笑道："陷害不陷害，我自会查清，用不着你来讲。再说，我看你也像个读书知礼之辈，裕祺是你的胞兄，你这样夤夜来访，就不怕犯打通关节之嫌吗？"

裕祥并不介意，仍旧笑嘻嘻地说："兄长被害，我这个做弟弟的不为他申诉，谁来替他讲话呢？彭师爷，常言说得好，与人方便，自己方便，得放手时且放手呀!"

"你这是什么意思?"彭寿颐怒视裕祥,"你是想要我为你哥哥隐瞒罪情吗?"

"彭师爷,您莫生气,我只想求您在曾大人面前说句公道话。"裕祥点头哈腰的,一副谦卑之态。

"说什么话?"

"求您对曾大人说,裕祺的账都已查清,没有发现贪污情事。"

"嘿嘿!"彭寿颐又冷笑两声,"你说得好轻巧,世上有这样便宜的事?"

"不会很便宜。"裕祥从靴页里掏出一张银票来,"这是五千两银子,只买您这一句话。"

彭寿颐吃了一惊,心想:"这裕家出手倒不小气,但这五千两银子,不就买去了自己的操守了吗?不能要!"彭寿颐手一推,银票从桌面上飘下。裕祥忙弯腰拾起,想了想,又掏出一张来。

"这是一张一万的,连那一张一共一万五,如何?"

彭寿颐心一动。一万五,这可是个不小的数字,师爷当一辈子也积不了这个数目。自己留一万,将五千分给其他人,封住他们的口,再在账面上做点手脚,曾大人即使不相信,派人复查,也不一定查得出。刚一这样盘算,他又立即意识到不对。这裕祺是曾大人要惩办的要犯,状子告得扎实,民愤也很大,怎么能掩盖得过呢?一旦暴露,这一万五千两银子,不就把自己的命给卖了!

彭寿颐心里的活动,全让裕祥看在眼里。他慢慢地从衣袖口袋里掏出早已准备好的账簿来,递给彭寿颐:"彭师爷,我不会为难您的,请您把这本账簿转呈给曾大人过目。若他不认账,我们也对不起,进京送给僧王府,烦僧王送给皇上看。"

彭寿颐感到奇怪。他接过账簿,翻开一页,只见上面赫然记载着一笔笔湘军水师夹带私盐的账。再翻几页,页页如此。彭寿颐全部明白,心里也踏实了。他故意把账簿推开:"就一万五银子,我给你送?老实告诉你,账已查清,你哥哥贪污的银子近百万,你就等着抄家验尸吧!"

裕祥咬了咬牙,终于将靴页子里最后一张银票拿出来:"这里还有一万五,一共三万,我们裕家的全部家当都来了。"

"实话跟你说吧,你要我跟曾大人说,你哥哥完全没有贪污之事,你就是拿三十万银子来,我也不会说,我要不要脑袋吃饭?"老辣的彭寿颐知道这案子要全部翻过来是不行的,他不敢拿性命开玩笑。

哥哥究竟贪污了多少,裕祥并没有底,见彭寿颐这样强硬,他反而气馁了:"彭师爷,您看我哥这案子要如何了结?"

"看在你的这番心意上,我去跟曾大人说情,不抄家不充军,看做得到不。还想依旧当他的海州运判,那是决不可能的事,你掂量着办吧!同意就这样,不同意,银子和账簿你都拿走。"彭寿颐将银票和账簿往裕祥那边推过去。

裕祥呆了半天,最后说:"彭师爷,就这样吧,最好不革职,若实在不能保,则千万请保个不抄家充军。"

"那好!"彭寿颐皮笑肉不笑地说,"裕二爷,你要想把事情办成功,今夜这里发生的一切,你不能透出半个字,懂吗?"

把裕祥提供的账簿仔细看了一遍后,深知曾国藩弱点的彭寿颐心中暗暗得意,连那五千两银子他都不愿分出去了。倒不全是出于心疼,多一人知道便多一分麻烦,况且现在用不着在账目上做过多手脚,他已有打动曾国藩的足够力量了。

彭寿颐匆匆从海州赶回江宁,在书房里单独面见曾国藩。

"海州分司的账清得怎样了?"曾国藩期望获得重大进展,在铁的事实面前逼得裕祺不得不认罪,然后再将给他的惩罚减轻一等,以此为条件求得放票,留下罗兆升一条小命。这些天来,女儿不断地哀求,夫人不停地劝说,曾国藩看在眼里,也实在不忍,他在心里做出了这样一个折中的处理设想。

"裕祺的确为官不廉,这几年用压价复价的花招,共敲诈池商银子二十七万多两。不过,他也的确拿出了二十万用来修浚运河,自己得了七万多。又从引商那里索取贿赂八九万。这两项加起来,大约有十五六万两银子。比起前任几届来,裕祺不算最贪的。海州的百姓讲,哪个运判不是混个三四年,弄二三十万银子后再走的!"

"十几万两?"曾国藩有点怀疑,他望着彭寿颐的眼睛问,"状子上告的他至少聚敛了八十万两，怎么相差这样远？"

"大人，盐商们都恨盐官，夸大其辞是可以理解的。"彭寿颐坦然地接受曾国藩的审视。他知道，这时如果自己的目光稍有回避，就会引起曾国藩更大的怀疑。在曾国藩身旁十年的江西举人，对老师洞悉一切的眼力既佩服又畏惧。回江宁的途中，他自我训练了很多遍，今天临场表演时幸而没有慌乱。

"噢！"曾国藩有点失望，略停一下说，"只当了八年的运判，便贪污十五六万银子，也可恨得很。两江的官吏都像他这样，百姓还有日子过吗？"

"大人！"彭寿颐把凳子挪近曾国藩，压低声音说："裕祺虽然可恨，但也有可爱之处。"

"可爱之处？"曾国藩颇觉意外。

"大人有所不知。这三年来，我湘军长江水师、淮扬水师、宁国水师、太湖水师，因军饷不足，都在海州盐场以低价买盐，再以高价出卖，另外还有不少将官也利用装粮之便夹带私盐。所有这些，裕祺都没有为难。他的弟弟裕祥说，湘军打长毛功劳大，以此换军饷，或是换点零花钱，我们都支持。卑职将裕祺所记的账粗算了一下，这几年湘军水师公私共在海州盐场买盐四万引，没有纳一文盐课。也就是说，裕祺利用这批盐，支援了湘军水师约一百万两银子。"说着，把裕祥提供的账簿恭恭敬敬地递上去。

"没有这样的事！长庚，这账簿是裕祺捏造的，你不要上他的当。"曾国藩随便翻了几页，便将它扔到桌子上。

"大人，卑职已过不惑之年，且在大人幕中这么多年，岂不知世上多有伪造账簿欺蒙上峰的事。"彭寿颐不慌不忙地说，"不过，这本账不是假的。现在大人看的是誊钞本，我看过裕祥保存的原本，有当时运盐的将领们的亲笔签名，黄翼升、李朝斌的名字都出现过几次，我认得他们的字，那不是假的。卑职也曾经暗访过海州盐场的其他盐吏，他们都说有这个事。"

"你当时为何不把那个原本要过来？"曾国藩逼视着彭寿颐。

彭寿颐被问得冷汗直流，心里叫道：好厉害的曾中堂！他很快镇定下来，答道："裕祥那天将原本给我看过后，我就要他把账簿留下。他说他要誊抄一份，我同意了。谁知以后送来的不是原本，而是这个钞本。我要他交出原本。他说原本已送到京师去了，倘若曾中堂不能体谅的话，他将请僧王出来说几句话。"

曾国藩一听，气势低下来了。湘军水师的这些行径，他过去虽听说过，但屡次关于军饷的奏报，只字未涉及这个方面，尤其是大批水师将领夹带走私，其性质更为严重。想不到这些事，居然有人一笔一笔全部记下来了。这些丑闻若经过僧格林沁之口上达天听，岂不招致皇太后、皇上的震怒！事关他个人和整个湘军的名声，不能等闲视之。况且对于长江水师，曾国藩近来有一个异常重要的计划，这个计划决不能因这本账簿而遭到破坏。他已经发信给在渣江休养的彭玉麟，估计彭玉麟就在这几天内会抵达江宁。

"长庚，你说裕祺这个案子该如何处置更为妥当。"曾国藩想，看来裕祺的处罚还得减一等，他先套套经办人的口气。

"大人，裕祺身为朝廷命官，掌管海州分司要缺，利用职权，贪污勒索十多万两银子，罪恶很大。论国法，当革职永不叙用，查抄家产，本人流放军台。以此为贪墨者戒。"彭寿颐神态凛然，执法甚严，与曾国藩的初衷完全吻合。"但是，裕祺有功于我湘军水师，也即有功于国家，其功可抵去一部分罪。卑职的意思是，革职赔款，遣回原籍，其他可不予追究。"

"这样处置可以是可以，但得有一个条件。"曾国藩慢慢梳理着胡须，说，"你得要他家交出那个原本来，回海州后，你立即派人送给我。"

彭寿颐心想：裕家的财产少说也有五六十万，裕祥只花了三万银子，我就给他保住了这笔财产，他还有什么话说的！他若硬要保存这个账本再苛求，我也不怕他，就对他说："曾大人不怕僧王，你到京师去找僧王吧！"谅他也不会再闹下去。这样一想，便壮着胆子说："卑职一定要他交出原本。"

"还有一个条件。"曾国藩想起姑爷还在裕家人的手中，不能不提出，但又不能明提，想了想说："你去告诉裕祥，他的哥哥贪赃枉法，民愤极大，本督只给了最轻的处分，要他明白本督有心保护之意，凡是与本案有关的其他一切非法活动都要停止。否则，本督决不宽容！"

彭寿颐不明白话中的具体所指，但这个条件无疑在理，便说："卑职一定正告裕祥，谅他们兄弟一定会对大人感恩戴德，不敢再有别的妄想。"

曾国藩指示赵烈文，不必再逼裕祺，就以他所承认的三万五千两银子定谳，给他一个革职赔款遣回原籍的处分，并按此奏报朝廷。裕祺放出的第二天，罗兆升也被刘松山从黑松林口接了回来。这个养尊处优的罗二爷，受此折磨,早已瘦得不成人样了。

裕祺虽未被抄家充军,但革职赔款的处分也并不轻。这个号称僧王老表的蒙古盐官的被惩罚,震动了两淮盐场,也震动了两江三省,各级官吏见风色不对,都开始收敛了。黄廷瓒带着一班子人制定了几十个关于盐务管理的章程,也一一通过颁发,淮北重新推广票盐制。两江各引地盐价也作了明文限制。曾国藩裁汰了一批不法盐吏,从甲子科新举人中选了几十个操守较好、年岁较大的人去管理各处盐卡,盐务有了起色。同时,又奏请蠲免安徽州县钱粮杂税及江苏金坛等五县的两年钱漕,百姓算是得了一些实惠。

这时,太子少保、一等轻车都尉、长江水师统领彭玉麟,从渣江老家布衣戚容地来到了江宁。

八 彭玉麟焦山还愿

彭玉麟回渣江后,国秀的病短期内有所好转,但不久又加重了。他百般温存,延请名医,不惜重金购买名贵药材,却始终不能治愈。国秀终于跟小姑一样,年纪轻轻地便抛开玉麟,一个人先走了,不同的是,她给玉麟留下了一个儿子。彭玉麟叹息自己的命苦,对世事看得更淡了。他将国秀安葬在小姑墓旁,每隔三四天便去看望她们一次。他要履行当年离家前夕对小姑亡灵所说的话,在大功告成之后,不恋富贵,重过旧日的清贫生活。于是在斗笠岭下筑一个茅棚,取名退省庵。他住在退省庵里读书课子画梅花,天天依伴着小姑和国秀的怨魂。彭玉麟奏请皇上开缺,让他在籍养疴。皇上不允,改授他漕运总督,他坚辞不受。皇上只得作罢,依旧将兵部侍郎职还给他,温旨慰勉安心养病,再膺重任。如果不是曾国藩一连两封情致深厚的信打动了他的怀旧之心,如果不是信中一再说有关水师的重大事情相商,彭玉麟就将带着儿子永钊,再也不离开小姑和国秀的坟墓,再也不离开渣江了。他要在退省庵里退世反省,打发余生。

曾国藩见彭玉麟心情忧郁,暂且不跟他谈长江水师的事。每天公余,则邀他品茗下棋,并从江宁城名门望族中借来不少前代丹青名手的真迹,与他共同欣赏,借以为他排忧解愁。正好这时戴熙的弟弟戴照致仕回原籍钱塘,路过江宁,曾国藩盛情款留。

当年戴熙以翰林三值南书房，官至兵部侍郎，以长于绘事闻名京师。那年就是他为孙鼎臣画了一幅《苍筤谷图》，后来引得曾国藩和左宗棠都爱不释手，各人都题了一篇七言古风于其上，成了文坛一段佳话。咸丰十年，戴熙死于战事。戴照以优贡身份长期在礼部做小吏，也同样精于丹青，与曾国藩关系密切。戴照久慕彭玉麟大名，且又同为画坛高手，二人一见如故。谈诗文、谈绘画、谈兵事，谈得甚为投机。临别时，戴照送给彭玉麟一幅《钱塘潮涌图》，彭玉麟回赠一幅《南岳迎客松》。彭玉麟与戴照相见恨晚，自觉长期拘守渣江，也未免过于孤陋，遂与戴照约：十年后在杭州西子湖畔也筑一个退省庵，一年以一半时间住渣江退省庵，陪小姑、国秀之坟，以一半时间住杭州退省庵，与戴照等两浙名士品画说诗。

彭玉麟心情开朗了，曾国藩欢喜无尽，便将长江水师走私食盐以及杨岳斌临去陕甘前夕说的那番话告诉了彭玉麟。彭玉麟疾恶如仇，听说水师走私，极为愤慨，非要一一查明严办不可。对杨岳斌的一席话，自然心有灵犀一点通。他对朝廷和官场的看法，比杨岳斌更深一层，对曾国藩和自己的处境也洞若观火。他是属于那种大智大勇、大彻大悟一类的人，当年劝曾国藩蓄势自立，以及后来自己的功成身退，都不是常人所能想得到做得出的。几天后，彭玉麟对曾国藩说：

"涤丈，我们明天到镇江焦山寺去一趟吧！"

"好哇，你有游山玩水的兴致，我奉陪。"曾国藩想，彭玉麟一定是要借游焦山的机会谈谈关于水师的事。

"国秀临终前对我说，那年她和母亲、兄长由浙江投奔在黄州谋食的舅舅，船过镇江时，长江陡起风浪。风急浪高，船在江上左右颠簸，眼看就要倾覆，母亲吓得哭起来，兄长亦无主意。国秀则面对着高耸江面的焦山寺跪下祈祷：求菩萨保佑，若能使风浪平息，将来为菩萨再塑金身。国秀念过二遍后，果然风平浪静了，母亲喜得直叫：菩萨有灵，菩萨有灵！国秀说，她生前未能还此愿，心中不安，要我代她还了这个愿，并请菩萨保佑永钊无灾无病，长大成人。"

"我明天陪你去还愿。"曾国藩望着彭玉麟凝重中略带凄凉的面色，心头飘过一丝悲天悯人的意念。他自我感觉到，这种意念从前似乎没有过。

镇江城真是一个气势磅礴、山水形胜之地。长江从城北穿过，江面宽阔，奔流激湍，江中矗立着金山、北固山、焦山，山势不高但陡峭，林木不深而清幽。一年四季，江浪拍打山崖，溅起冲天水花，它们犹如三座铁打的金刚，岿然不动。年年月月，江风抚摸着山腰山顶，芳草青翠，百鸟丛集，它们又好比三个浣纱的少女，娇美婀娜。尤其是那些与它们有关的美丽动人的神怪传说、历史故事，诸如水漫金山寺、甘露寺招亲、孙刘刹石卜天下、康熙乾隆南巡题诗等等，更使它们显得神秘莫测，如同三位年高德劭俯视沧桑的历史老人，帮助后辈缅怀过往，启迪未来。

曾国藩、彭玉麟，加上另外两名随身戈什哈，都做普通百姓装束，乘坐安庆内军械所制造的那艘小火轮，清早从江宁出发，一路劈波斩浪，顺水而下，已正到了镇江城。先登上金山、北固山观赏一番，在甘露寺吃了斋饭后，便来到了焦山。

一上山，曾国藩立即被眼前的景致所迷住，笑着对彭玉麟说："雪琴，先莫忙着还愿，一还愿就脱不了身，我们先四处看看再说，好吗？"

"涤丈能陪着我来还愿，已是天大的面子了，这点小要求，我能不答应吗？"说完，也舒心地一笑。

焦山因东汉焦光隐居于此而得名，又因山上松竹苍翠，宛如碧玉浮江，故又名浮玉山。山之东北有两座巨石雄峙，名为大小松寥山，古人称之为海门。它最高处离海面只有四十多丈，绕山走一周，也只有六百来丈。但这座小岛却琳琅满目，美不胜收。且不说登山眺望长江的白浪滔天、雄伟开阔的壮观之景，也不说满山起伏的桑林，犹如一条宽广迷人的生命之被覆盖在它的四周，单是焦山上俯首可拾的前贤遗迹，便足使人沉浸陶醉、流连忘返。

曾国藩和彭玉麟兴致勃勃地观赏主干半枯、枝干遒劲的六朝古柏，树身粗壮、绿叶满枝的南宋老槐，高耸入云、挺拔傲岸的明代永乐银杏。接着，二人又携手游览吸江楼、华严阁、壮观亭、观澜阁，这里分别为观日出、赏月色、送夕照、听涛声的最佳处。楼阁建筑得别出心裁，地址选择得又富诗情画意，前向忙于盐务整顿的两江总督和留恋于亡妻故土的水师统领，身心一时都暂获宽松。

看罢三诏古洞后，他们又在别峰庵郑板桥读书处徜徉一阵，只见板桥为别峰庵题的名联至今仍在，道是：山光扑面经新雨，江水回头为晚晴。彭玉麟赞道："不愧出自板桥之笔，真是别具一格！"

二人又来到宝墨轩，这是焦山文物的精粹所在。宝墨轩四壁镶嵌了自六朝至本朝道光年间的著名碑刻二百多处，珍品极多。这里有魏法师碑、澄鉴堂法帖、畜狸说碑、苏东坡游招隐寺唱和诗碑，还有陶澍所立印心石屋碑，尤为珍贵的是刻于南朝的上皇山樵所书《瘗鹤铭》。此碑笔力浑穆、结构谨严，乃大字之祖，向为书界推重。曾国藩一生写字经历过三次大改变，从柳诚悬到黄山谷到李北海。早年学柳体字时，也曾将《瘗鹤铭》认真地临摹过数百遍，今日在此见到原碑，如何不欢喜！曾国藩将此碑格外仔细地看了一遍，又见旁边一块小碑上刻了几百字，介绍它失而复得的过程。

原来，《瘗鹤铭》刻好后，一直竖立在焦山上。唐代宗大历年间，它失落长江中，在水底躺了三百年，直到北宋熙宁年间，才从江中捞出一块断石。一百年后，南宋淳熙年间又打捞出三块。不料到了明洪武年间，这四块断石复又坠江。康熙时，镇江知府陈鹏年是个金石专家，他不惜巨资募船民打捞，终于在距焦山下游三里处，将这四块残石捞了出来。《瘗鹤铭》的坎坷遭遇，令两位湘中名士嗟叹不已。

看看天上的红日将要贴近江面，彭玉麟说："涤丈，该是我还愿的时候了。"

曾国藩笑着说："看我们玩的，差点误了你的正事。"

二人并肩来到焦山上的主体建筑群定慧寺。定慧寺原名普济庵，始建于东汉兴平年间，是佛教传入中国后最早兴建的一批寺庙中的一个。宋时改名为普济禅寺，元代又改名为焦山寺。康熙南巡驻跸于此，赐名定慧寺。寺内建筑宏伟，殿堂众多，一向为江南佛教圣地之一。

二人穿过前殿，来到大雄宝殿，迎面而来的两行大字楹联甚是发人深思：四大皆空明佛性，六根清净证菩提。宝殿里塑着佛祖金像，右边是有求必应坚毅严肃身骑白象的普贤菩萨，左边是聪明睿智笑容可掬跨着雄狮的文殊菩萨。大殿两侧是瞠目龇牙、舞拳踢腿的四大天王。正中供桌上青灯长明，鲜花不谢，香烟缭绕，烛光摇曳。空旷的殿堂庄严肃穆、气象森凛，无一闲杂人员往来，无一轻妄语声响起。只有大殿一角坐着一个垂老僧人，双眼微闭，左手伸掌，右手时不时地敲打着木鱼。清脆的木鱼声在高旷的大殿空间回荡，越发给它增添一种神圣不可亵渎的威严感。

曾国藩置身其间，顿时感到自己渺小极了。在高不可攀的如来佛面前，一等侯、协办大学士、太子太保、两江总督等等令世人目眩的官爵，通通失去了它的光彩。佛法广大，宇宙无垠，他一个苦海中的俗人，好比大千世界里的一粒灰尘，漠漠天河中的一颗水珠，微不足道，卑不足称。与佛祖相比，人的生命太短促了。佛是永恒的。他审视过去、现在、未来三世，他已不知存在了多少年，他还将如天地山川一样永远地存在下去，而人生不过是夜空中的闪电，稍纵即逝，如白驹之过隙，转瞬则非。一时间，曾国藩心中顿起一股无可奈何的悲哀。

遵循祖训，曾国藩一向不崇佛，但也不排佛，佛教中的重要经典他也涉猎过，尤其是《心经》，他读过多遍，对其中的一些议论也颇为心许。今天，在浩浩长江中这个岛山的寺庙里，在经历过大功殊荣、剧痛奇忧之后，色空幻灭之感，竟隐隐地向他袭来。看着彭玉麟虔诚地跪在蒲垫上，他也身不由己地跟着跪下，拜倒在至高无上普度众生的佛祖脚下，耳边是彭玉麟喃喃的祷告声："弟子衡阳信士彭玉麟跪拜在我佛脚下。十五年前，弟子亡妻杨国秀在江上偶遇飓风，船几倾覆，幸赖我佛无边法力，使风息浪平，一家安然无恙。亡妻当时曾许下誓愿，为谢我佛恩德，将重塑金身，后因戎马战乱未果。今亡妻长辞人世，玉麟代其前来还愿。弟子涉千里远途，具一瓣诚心，谨奉白银五百两于桌前。"

说罢站起，从袖口里抽出一张银票，恭恭敬敬地放在案桌上，又退下来，重新跪在蒲垫上，对着佛祖顶礼膜拜。曾国藩一直半低着头，眯着眼睛不说话，他被彭玉麟的虔诚所感染，对佛生发出一种敬意。

"二位居士请起，小寺住持芥航法师在方丈室里恭候。"不知什么时候，曾国藩、彭玉麟的身后来了一位五十余岁气宇不俗的和尚。那和尚合十微笑说："贫僧乃小寺知客，请二位居士随贫僧到后院去。"

二位宫保大人顺从地起身，尾随着定慧寺的知客僧，从后门走出大雄宝殿。

九　慧明法师的启示

定慧寺的后院屋宇众多，有藏经楼、念佛堂、高堂、大寮、方丈室等等。二人随着知客僧来到方丈室,一眼看见禅床上盘腿坐着一个极老的和尚,面孔像风干的柚子皮,三绺长须如漂白的苎麻,身躯瘦小得就像一个十四五岁的孩童。曾国藩忽然想起钱起的诗:"只疑云雾窟,犹有六朝僧。"又想起传说中识破白蛇精的法海。正在胡思乱想的时候,芥航法师睁开眼睛,面无表情地指着对面的两张椅子,口齿清楚地说:"二位居士请坐。"

刚落座,一个小沙弥就过来献茶,随即又端来几碟鲜果。焦山上的游客不多,尤其是坐小火轮来的中国游客还从来没有过。当曾、彭上山不久,知客僧便把这一情况报告了芥航法师。芥航法师多年不离禅床了,这次他叫几个年轻和尚抬着到了藏经楼三楼。这是焦山上的最高点,山上所发生的一切,都在这间房子的监视中。芥航看了半天,后来又看到他们来到大雄宝殿,这下看清楚了。他吩咐知客,待他们拜佛完毕,即请来方丈室叙话。

"两位居士远道而来,光临此地,为荒岛寒寺增辉不少,又广结善缘,捐银五百两,老衲代表阖寺僧众,谢二位居士厚意。不知二位居士为何赠此巨款?"

彭玉麟将来此还愿的事说了一遍。

"善哉,善哉!"芥航左手伸掌,右手捏着胸前的念珠。那念珠棕黑色,光亮鉴人,比一般和尚的念珠要小。"敢问二位居士尊姓,从何处来?"

"鄙人姓江,他是我的表弟,姓王,从江宁城里来。"曾国藩抢着回答,他不想说出真实身份,免得多添麻烦。

"听江居士的口音,像是湖南人?"芥航法师柚子皮似的脸上微露一丝笑意。

"法师明鉴,鄙人正是湖南人。法师缘何对湖南口音如此熟悉?"曾国藩在北京生活过十四年,学得些北京话,平素在湘军官勇中,他讲湘乡土话,对外则带一点北京口音,为的是让别人听得懂。

"居士有所不知,老衲俗籍也是湖南。"

"没有想到,我们与法师竟是乡亲!"彭玉麟高兴地用衡阳话说,"请问法师是湖南哪县人,为何又到了此地?"

"那是很久以前的事了。"芥航的左手垂下来,右手仍在数念珠,"老衲出生在九嶷山下,降世不久,父亲即出外谋食。十一岁那年,父亲回家,接老衲的母亲到扬州去,原来父亲在扬州盐运使司做了一个小吏。船到镇江时，天色已晚。父亲说天明后再过江上岸进扬州。谁知就在那天半夜，一群强盗上得船来，砍杀了老衲的父母，抢走了船上的银钱。老衲幸而抱着一块木板跳下长江，才免于一死。江水把老衲漂送到焦山边，定慧寺方丈智重长老见老衲可怜，便收留下来。岁月流逝，八十年过去了。"

曾国藩心里一惊，如此说来，这位法师已高龄九十一岁了。他生在乾隆爷年代，正好与六朝柏、南宋松、永乐银杏般配，合称焦山四老。曾国藩再细细地看了老法师一眼。他已看出眼前的这个古董，不仅仅是一个脱离尘世八十年，静观涛生云灭的老和尚，更是一个佛学精深、世事通达的智者。

"法师来此八十年了，仍对乡音分辨得如此清楚，真不容易。"曾国藩感叹着。

"老衲对世俗一切都已淡薄，唯独对生我育我之家乡怀念不已，近年来此心尤切，这或许就是世俗所说的叶落归根吧。老衲修身养性八十年，看来仍未脱凡俗。"芥航又露出一丝浅浅的笑容。

这时天色已暗，法师吩咐在方丈室里摆桌开席，又对曾、彭说："老衲已经二十多年不与人吃饭了，今日在此遇乡亲，老衲破例陪二位居士吃一顿夜饭。"

曾、彭连声称谢。一会儿摆出一桌斋席，虽无鱼肉鸡鸭，但用豆制品以及各种蔬菜烧烹的斋菜，却更清香可口，还有那用山上泉水酿的素酒，也很爽洁甜美。芥航法师略微吃了几片青菜，便不动筷了。

方丈室里的油灯时明时灭，窗外江水拍打着礁石，发出澎澎湃湃的声响。风吹着满山松竹，与江涛合鸣。一切都是天籁，无半点尘世的喧嚣。面对着这位银须高僧，彭玉麟恍若置身蓬莱仙岛。他忍不住对芥航说："弟子有一事不明，请法师赐示。"

"居士有何不解之事？"芥航慈祥地问。

"弟子早有皈依我佛之心，但又抛不开尘务。请问法师，弟子是了却尘务，再皈我佛，还是抛却尘务，即皈我佛呢？"

"尘务未了，凡心不净，即便皈依，亦难成正果。以老衲之见，居士不如了却尘务之后，再皈佛门，日后一定可成正果。"芥航平静地回答。

彭玉麟点点头，似有所悟。曾国藩想：老法师之言合情合理，也正合自己之心；倘若劝他即刻皈依佛门的话，我靠谁来整顿水师？他对这位同乡高僧忽生感激之情了，便也问道："弟子生性褊激，容不得半点邪恶，生平好为掀天揭地之想，虽亦有些小成，但不顺心事居多。请问法师，弟子应奉何法持身？"

"阿弥陀佛！"芥航正色道，"居士疾恶如仇，正是佛性的表现。去恶即是为善，除暴方能安良。佛法讲大慈大悲，并不宽容残杀众生之妖魔。不过，老衲看居士一生鼎盛之期已过，眉宇间阳刚劲气已趋衰退，有生之年难再有大作为了。故老衲奉劝居士一句直言：今后总要从波平浪静处安身，莫从掀天揭地处着想为好。"

曾国藩听了，默不作声。

芥航又说："老衲观居士气概，有我佛普度众生之志，但我佛如此宏愿，亦非一蹴而就，要靠世世代代众比丘、比丘尼弘扬佛法，晓谕众生，方可使世界脱离苦海，同登乐土。方今尘世妖孽猖獗，正气不张，在此污泥浊水之中，居士能有成功，亦属大不易。天下事，岂能由我一人做完？愿居士能理解老衲之心，方不致被适才直言所烦恼。"

曾国藩听这几句话大有道理，遂转忧为喜，合十谢道："法师之言，大开弟子胸襟，弟子当谨记不忘。"

彭玉麟见法师果然智慧圆通、道行高深，又请教道："请问法师，这世界近些年内可有承平之日复来？"

芥航摇了摇头，说："道光末造，蚩尤作乱，天遣应龙，降妖伏魔。今蚩尤虽灭，然纲纪大乱、世道大坏、人心大变，此决非一应龙所能了耳。天下承平，短期内不可复见，至少老衲看不到了。"

曾国藩虽觉悲哀，但不能不佩服法师非凡的眼力。他想，这样一个年近百岁，身历五朝，又深明佛理，冷静睿智的老和尚，大概人世间的一切疑难，他都可以有办法解决。他目前正为水师的事作难，虽蒙圣旨宽容，长江水师暂时保留下来了，但今后战事稍一减少，就有可能再下令撤销。能有一个什么妥善的办法，将它长久地保留下来就好了。那样，既可以成为自己终生的"护身坎肩"，又可以作为湘军的代表长存于世。在这一点上，他颇为类似历史上那些开基创业的帝王，想把自己亲手创造的业绩千秋万代地传下去。如何发问呢？明说不宜，转弯子说又怕讲不清。想了好久，想不出好办法，不如干脆打土语算了："弟子有一为难之事，恳请法师莫嫌俗陋，帮弟子解开难题。"

"居士有何难事，不妨说与老衲听听。"芥航停止数念珠，聚精会神地听曾国藩发问。

"弟子老家所在地，前向风气极坏，白日抢劫、半夜行盗之事甚多。弟子遂在家中喂养了三十条狗，用来防守家门。现在安静多了，守门狗无事可做，便欺负邻里鸡鸭，弄得四邻不安。请问法师，弟子应如何处置这些狗？"

芥航听罢，嘴角边浮起一缕极淡的冷笑，说："居士可三宰其二。"

曾国藩点点头，又问："弟子本意想全部宰掉，可否？"

"不可！"芥航断然回答，眼睛里射出两道与龙钟老态极不相称的光芒来，"狗多坏事，无狗亦坏事。居士此举当慎重。"

曾国藩重重地点了两下头，十分赞同法师的高论。他叹了一口气，说："然则弟子亦感为难，一家豢养十条看门狗，岂不多哉？"

芥航笑而不答，吩咐小沙弥添烛加灯，并对知客说："取镇寺之宝来，请二位居士欣赏。"

曾、彭一听定慧寺还有镇寺之宝，甚觉意外，心想：这或许是前代帝王所赐的金玉菩萨，或许是从天竺国取来的贝叶真经之类的东西。

少顷，知客僧捧着一个用青布包的条形物件进来。芥航亲手打开青布，露出黑漆木匣。他从身上掏出一把小小的铜钥匙来，将木匣上的铜锁打开，里面平放着两卷发黄了的纸。芥航拿出一幅递给曾国藩，又拿出一幅递给彭玉麟，说："二位居士请展开看一看。"

曾、彭怀着庄严的心情，小心翼翼地将纸展开，不觉惊了。这纸上既不是写的佛经，亦不是绘的佛像，一卷是明代杨继盛上的反对与俺答开放马市之疏，另一卷也是杨继盛的奏疏——参劾严嵩。清代读书人，几乎无人不崇敬杨继盛，也无人没有读过他的这两篇正气凛然的奏疏。但所有人都是从史书上读到的第二手材料，谁都无幸一睹这两篇名奏的原件。曾国藩那年在翰林院奉旨清查明代旧档案，曾很留心这两件奏疏，可惜没见到。今夜在这个荒凉的岛山寺庙里见到它，正应得上一句老话：踏破铁鞋无觅处，得来全不费工夫。他感到很奇怪，问芥航："敢问法师，杨忠愍公的这两篇奏疏，是真迹吗？"

"不是真迹，何能称之为镇寺之宝？"芥航微笑道。

彭玉麟也惊讶不已,说:"弟子少时最好读忠愍公参权奸严嵩疏。'盖嵩好利,天下皆尚贪;嵩好谀,天下皆尚谄。源之弗洁,流何以澄?是敝天下之风俗,大罪十也。'每读至此,常击节抚叹。然世人皆说,忠愍公此两疏早已不存于世,何以能存于宝刹呢?"

"二位居士且莫惊诧,容老衲慢慢说来。"芥航法师两只布满鱼尾纹的眼睛里再次射出光芒来,曾国藩突然觉悟到,这高僧原来并非超凡脱俗,他的胸中充溢着与世人一样的善善恶恶的情感,只不过这种情感因他八十年的修行而深深地埋了下去。

芥航法师深情地回忆:"杨忠愍上参劾严嵩疏后,蒙冤下诏狱,自知此番没有出狱的可能了,便暗中打发人叫他的独生子伯远赶快离家出逃。伯远公逃至扬州时,闻父亲被严嵩杀害在菜市口,悲愤填膺,立志报仇。他素知严嵩心肠歹毒,决不会放过他,海捕文书立即就会下到全国各地,自己将插翅难逃。这天夜里,伯远公雇了一只小船从江北划过来,一直划到焦山边,悄悄地上了岸。他径直来到定慧寺——当时叫作焦山寺,找到了住持宏济法师,表示愿意皈依佛门。宏济法师见伯远公仪表堂堂,知非常人,便收留了他,给他取个法名叫心一。就这样,伯远公逃脱了天罗地网般的搜索。十年后,嘉靖皇帝惩办奸相严嵩父子,天下额手称庆,伯远公这才向宏济法师说出自己的身份。宏济法师劝他脱去袈裟,还俗进京,继承父业,为天下苍生做点有益的事。伯远公先是不肯。宏济长老正色道:'佛家最高宗旨,在使众生脱离苦海,不重在一身修行。所谓众生超脱我超脱,说的就是这个意思。普通百姓,无力为众生办事,故投我佛门。我佛慈悲,收一人即度一人。你乃大忠臣之后,万民景仰,遇此君主贤明之际,何不承父志济天下苍生,而在此作一身之修行,岂不愧对乃父忠魂?亦不合我佛之本意。'伯远公被说服了,含泪离开焦山寺。回京后,嘉靖皇帝将忠愍公生前所任的兵部员外郎一职赏给了他,并赐还互市、劾严两篇名疏。伯远公一则报焦山寺救命之恩,二则也怕父亲的这两篇奏疏日后湮灭,遂将它用木匣装起来,送给宏济长老,请焦山寺代为保管。宏济法师将它定为镇寺之宝。从此便一代代传了下来,一直传到老衲手中。"

芥航说到这里停住了。曾国藩边听边想:刚才说芥航法师未脱俗,实际上,定慧寺这座江南名刹、佛家圣地也未脱俗。它把杨继盛的奏疏作为护寺之宝,这里面包含着对忠臣义士多大的尊崇!对人世的正义与邪恶有着多么强烈的是非褒贬!可敬的芥航法师,可敬的定慧寺。曾国藩心里默默念道。

彭玉麟问:"法师,杨忠愍公的真迹保存于宝刹三百年,这中间也曾给外人观赏过吗?"

芥航答:"三百年来,这件镇寺之宝只对三个人开启过。一是前明史阁部史可法守扬州时,有次来焦山巡视,住持圆鉴法师请他看过。二是康熙帝南巡至焦山,为寒寺御笔亲赐定慧寺三字,为报圣恩,住持慧明法师请皇上观赏过。三是乾隆爷南巡,御赐一万两银子重修寺院,那年我已在定慧寺出家,亲眼见智重长老打开木匣,请乾隆爷过目。今夜为二位居士,第四次打开了木匣。"

芥航法师给他们以史可法、康熙帝和乾隆帝一样的礼遇,使彭玉麟、曾国藩很感动。感动之余,曾国藩又觉奇怪,这礼遇,决不是彭玉麟的五百两银子所能换来的。难道说,自己的身份被这个菩萨似的老法师窥视出来了吗?他问:"请问法师,杨忠愍公的奏疏既然让人看过,就必然会传出去,宝刹不怕它被人盗走吗?"

"居士问得甚好。"芥航又数起念珠来,一边说,"康熙爷南巡那次,人多眼杂,慧明法师担心被歹人得知,于是聘请了十名武林高手做护寺卫士,以防不测。过了些日子,慧明法师又犯起难来,寺庙清静无为之地,怎能容得武师?且这样明目张胆地聘武师,岂不告诉别人,寺里有宝吗?慧明法师想了很久,终于想出了一个办法。"

芥航法师停下来,用眼扫了一下曾国藩,然后又继续数着念珠说:"慧明法师将这十名武师一律削发为僧,填了度牒,成为定慧寺的正式比丘。从那时起,定慧寺便仿照少林寺,在寺内练拳习武。有武艺出众的,便让他充当寺院的保镖;没有,则从外面雇请,雇请的人都一律作僧人打扮。以后方法灵活些了,不再填度牒,想留则留下,不想留了,随时可以离寺还俗。就这样保存了护寺力量,镇寺之宝也就没有丢了。"

说罢,芥航又拿眼扫了他们一下。曾国藩觉察到老法师的话是专门对他而说的。他略觉有一种启发,但一时又联系不上来。于是又拿起杨继盛的奏疏欣赏着,脑子里慢慢浮现出那位明朝忠臣从容就义时的悲壮情景:拖着脚镣,披着长发,慷慨走向菜市口,口里吟着:"浩气还太虚,丹心照千古。

生平未报恩,留作忠魂补。"

"居士!"芥航法师把曾国藩的思绪从历史烟云中唤回。"杨忠愍公的奏疏真迹存于寒寺三百年,今日才只是第四次开启,居士能不题个字,为寒寺留作纪念吗?"

曾国藩笑着说:"老法师给弟子这样高的礼遇,使我们既感激又惭愧。只是仓促之间,题什么是好呢?"

芥航说:"居士不必过于谨慎,随便写几个字吧!"

曾国藩对彭玉麟说:"要么你先写。"

彭玉麟忙摆手推让。曾国藩想了想,说:"二十年前,弟子读《明史》,深为忠愍公两疏所感动,认为乃天地间至情之文,一时心血来潮,写了几句四言古风。若法师不嫌鄙陋,弟子就把这篇旧作抄一遍吧!"

芥航说:"最好!"

小沙弥送来纸笔,拨亮灯芯,曾国藩挥笔写道:"古孰无死,曾不可班。轻者鸿毛,重者泰山。杨公正气,充塞两间。遗文妙墨,深播人寰。马市一疏,声振溥海;更击贼臣,五奸十罪。心追逄比,身甘菹醢。取义须臾,归仁千载。翩翩谏草,犹存手稿。古柏挐空,似枯弥好。郁此英风,辅以文藻。长有白虹,烛兹瑰宝。"

他仅仅只将原作的"欲睹手稿"改为"犹存手稿",其余一概照旧。写罢笑道:"年轻时的涂鸦之作,实不堪入法眼!"

芥航说:"居士之诗可与杨公之疏并为不朽,请居士落款吧!"

这下把曾国藩难住了。干脆一瞒到底吧!他心里想,于是提笔写道:"同治四年仲夏,洞庭湖俗子江子城敬题于杨忠愍公二疏手迹之后。"

"哈哈哈!"芥航忽然大笑起来,声音之爽朗,气概之豪放,竟像一个五六十岁的壮健将军,曾国藩、彭玉麟相顾失色。"曾大人,不必再在老衲面前自抑了,还是实实在在落下你的大名吧!老衲刚才说过,诗与疏并为不朽,但它要借曾大人的声威,可不能凭'江子城'三字呀!"

曾国藩惊问:"老法师何以知我不是江子城而是曾国藩?"

芥航笑道:"二位居士来方丈室之前,老衲已观察多时了。虽是布衣小帽,举止之间却充满豪气,老衲心中已知二位非等闲之辈。老衲虽平生未睹大人尊容,但耳畔也曾听过香客们谈论大人的仪表。刚一晤面,便与素日脑中的形象对上了。言谈之中，又知从江宁来，湖南人，问的事也不一般，老衲心里已明白。只不过这位居士，老衲一时还猜不着。"

曾国藩见法师道破真情，便不再瞒了，指着彭玉麟说："这位是衡阳彭雪琴先生！"

"啊，你就是善画梅花的水师统领！老衲久仰了。"

彭玉麟忙起身致意。

"刚才大人所问之事，老衲已猜着三分，现在干脆明说了吧！"芥航不再数念珠，端坐在禅床上，对曾、彭说，"老衲虽枯坐定慧寺，不出焦山已三十年了，但发生在江南一带的事，老衲毕竟有所风闻。老衲吃的农夫所种的稻米，穿的村妇所织的袈裟，要说完全脱离红尘，岂非自欺欺人！故老衲教诫寺中僧众，既一心礼佛，又关心世事，只不干预耳。自江宁克复后，大人所做的几桩大事，均合世人之意，老衲从香客的谈论中早有所闻。至于裁军，正所谓看门犬三成已去其二，余下一成的保存，何不效慧明法师的成法呢？"

曾国藩明白了，芥航是在指点他，要他仿效慧明法师的做法。这样说来，长江水师也可以换装，脱下团练服，穿上绿营衣？也就是说，将长江水师由临时招募的团练改为国家的经制之师。这一层，曾国藩不是没有想过，但是他觉得可能性太小了。且听听这位活菩萨的意见。

"老法师，您看这学慧明长老的办法，让湘军换装行得通吗？"

"行得通！"芥航坚定地说，"以老衲冷眼观看，当今人主尚有依靠大人之处，且湘军水师改装自有它的合法理由。这些理由，大人随便都可以说出几条。大人不妨去掉顾虑，试一试看。"

"谢谢法师点拨！"曾国藩突然增强了信心。

"不必言谢。"芥航法师又数起念珠来，恢复先前平静祥和的神态，"老衲细看两位大人骨相，知彭大人阳刚劲气充旺，非阴邪之气所能侵袭，且享高寿，古稀之年再建非常之功。曾大人积劳积忧过重，气血亏损，日后望少从奇险处着想，多向平易处用力。然治家有方，余庆不绝，子子孙孙，代有美才，足令世人羡慕称颂。"

曾、彭再次合十鞠躬。

夜更深沉了，窗外一片漆黑，宇宙间仿佛只有江浪松涛的响声以及定慧寺方丈室里的灯光。曾国藩和彭玉麟似乎觉得这是一盏智慧的明灯，它能烛照人间的疑惑，洞悉世俗的虞诈。今夜，他们这两个不幸卷入蜗角之争的俗客心灵，也不知不觉地感受到了它的光芒的照耀！

十　联合七省总督支持长江水师改制

回到江宁后，曾国藩和彭玉麟、黄翼升、李朝斌等人进一步商量长江水师的永久保留问题。曾国藩的最大顾虑是：将团练改为经制之师，这是没有先例的事，不知朝廷能否同意。芥航法师的所谓"以老衲冷眼观之"的话，毕竟只是他的看法，是不是朝廷的意思，实在显得很玄虚。黄翼升、李朝斌说，不管怎样，先上个折子再说。彭玉麟思考良久，说出一套完整的设想来："团练改为经制之师，没有前例可援，若是陆军，此事万万不可提，但现在是水师，却可望获得准许。一则朝廷鉴于从宣宗爷开始，海疆屡受夷人侵凌，需要建一支海防水师。二则长江水师组建十余年，有一个现成的规模，有良好的西洋装备，最有改为海防水师的条件。三则这些年长江水师的名声毕竟比陆军要好些，朝廷对它的猜忌少。"

由长江水师分统出身后任淮扬水师、太湖水师统领的黄翼升、李朝斌完全赞同彭玉麟的分析。黄翼升说："这么好的一支水师队伍，想必朝廷也舍不得把它长期当团练看待。"

李朝斌说："把长江水师改为海防水师，真的让朝廷捡了大便宜。"

曾国藩想：雪琴前两条有道理，至于第三条，那是出于他的偏爱，长江水师的名声比吉字营、霆字营也好不了多少。便笑着说："依雪琴看来，长江水师改为经制之师是有十成把握咯！"

彭玉麟说："十成把握说不上，五成可以打包票。"

黄翼升说："不只五成，少说也有八成。"

曾国藩摇摇头说："八成？我看未必有，还是雪琴估计得稳当，大概五成左右。"

彭玉麟说："不再走别的途径，便只有五成把握；若再走一条路，就有可能达到八成。"

"再走哪条路？"李朝斌急着问。

"有一个人，向来支持涤丈和湘军，找他，一定行。"彭玉麟慢悠悠地说。

"哪一个？"李朝斌脱口问道。

黄翼升说："你是说找武英殿大学士贾桢？"

曾国藩心里明白，但不作声。

"找恭王。"彭玉麟自己回答了。"恭王东山再起，虽失去了议政王的头衔，但仍是军机处领班大臣。这说明太后对他既有隔阂，但又不能缺少。湘军能建大功，一向仰仗恭王的鼎力支持；且恭王在与洋人的交涉中，倍感国势柔弱的耻辱，多次提出要建海军、办工厂，徐图自强。他一定会全力支持将长江水师改为国家的海防之师。"

"雪琴，你刚才说恭王和太后仍有隔阂，何况又失去了议政王的头衔。这样一件大事，太后会让他一人做主吗？"曾国藩问。

"是的，我为此想了很久。"彭玉麟说，"恭王经前次挫折，处事的顾虑会多一些，很可能不会一人独自决定。我有一个替恭王着想的主意：请恭王对太后说，长江水师改经制之师，是一件很大的事，可援朝廷处理大事的旧章，由军机处发文征求各省总督意见，然后再做决定。"

"假若各省总督意见不一怎么办，岂不反而误了大事？"黄翼升说。

彭玉麟笑着说："昌歧顾虑得有道理，但没有具体分析。两江之外的其他七省总督，我都一一作了揣测。直隶总督刘长佑出于我们湘军，有利于湘军的事，他决不会反对。陕甘的杨岳斌就更不用说了，两广的毛鸿宾是涤丈的同年，云贵的劳崇光，我们湖南的乡贤、涤丈的老友，四川的骆秉章，多年来为长江水师筹过上百万两饷银，他们三个都不会反对，稍有点麻烦的是湖广的官文和闽浙的左宗棠。"

这的确是两个关键人物。大家都注意听彭玉麟的分析："官文这个人很复杂。他既仇视湘军，又沾了湘军的光。不是湘军的胜利，哪有他的一等伯爵？他是个聪明人。据涤丈说，他上次来江宁，背地里行陷害，表面上对涤丈恭敬，还要说湘军的好话。此人的特点是贪名贪利，无定识，无风骨，你给他点好处，他就会站在你这边。我想给太后、皇上的折子里，干脆建议改制后的长江水师统领让他官文做，我们都做他的副手，他一定会乐意。"

曾国藩想起他创办湘勇以来，便一贯采取推出一个满人来领头的做法，对彭玉麟此计甚为赞许："雪琴，你的这个办法很高明。"

彭玉麟快活地笑道："这是向您老学来的。"

李朝斌说："官文那家伙对水师狗屁不通，弟兄们哪里会服他！"

黄翼升说："你不要急，他只是挂个空衔的。"

李朝斌说："万一他要乱干涉呢？"

彭玉麟说："他这个人聪明就聪明在这里。知道自己不懂水师，只要有这个空名他就高兴了，不会具体插手的。他岂止不懂水师，陆军他也不懂，钱粮刑谷他样样不懂，但他偏偏就当了十多年的湖广总督，还升了大学士。你说他是草包？他的聪明之处，恰恰表现在他什么都不管，只管吃喝玩乐、图享受、讨姨太太。凡他挂名的职分内，有了功劳，他是头一份；出了差错，都是具体办事人的。这正是官文做官的诀窍。"

一番话说得这样的一针见血，大家都开心地笑起来。

"至于左季高，以他的脾性，很可能会反对此举。不过，左季高毕竟不是官文之流。他识大局，有远见，懂得建海防水师的重要性。我想，只要跟他说清楚，他也不会盲目反对的。万一他硬要说我们是私心，也不怕，大家都同意，他一人的力量究竟有限。"

"雪琴的想法很好，不过，这个折子我不能上。我提出裁撤湘军，还说一个人都可不留，现在又说要把长江水师改为经制之师，难以自圆其说，还是请雪琴给太后、皇上上个折子。"曾国藩望着彭玉麟说，"你看如何？"

"好，我直接向太后奏请。"彭玉麟答得很痛快。

"恭王府那里最好派一个人去为好，有些话不便明写。"隔一会，曾国藩又想起一件事。他脑子里浮现当年派康福进京的往事，叹息康福已死，身边缺少这样一个文武双全的人才。

"大人，可以派薛福成去。"黄翼升说，"这个人聪明灵活，兄长又是专给王公大臣看病的名医，派他去最合适。"

是的，薛福成是个合适的人选，他虽然缺少康福的武功，但在京师，靠着兄长的特殊身份，他又比当年康福有利得多。

"左季高那里是写信，还是派人去？"曾国藩自言自语道，那神态看似颇有点为难。

"左季高目前正在杭州，我自己去走一趟。"彭玉麟自告奋勇，"好几年没见面了，我还蛮想他哩！"

"太好了！其他几位总督那里，就由我写信。长江水师的事有雪琴料理，真比我强多了。"曾国藩放下心来，他佩服彭玉麟的经纬之才，又感激他的仗义之情。

彭玉麟亲自为长江水师的改制写了一份折子。先简述长江水师自组建到壮大的过程，历数它十多年来的重大战功；然后转笔写自道光中叶以来海疆不宁，屡遭侵袭的惨痛历史，从中得出建立强大海防之师的重要性；继则写长江水师组织严密，将才众多，装备精良，战斗力强，已初具海军规模；最后讲自己本拟终老退省庵，现在决心为建设大清王朝自己的海军不辞辛苦，再度出山，鞠躬尽瘁，死而后已。通篇奏折立论光明磊落，无懈可击，洋溢着为国远虑、为君分忧的耿耿志士忠心，全无半点要保存一支属于自己的武装的私心杂念。曾国藩看后击节赞叹。他觉得这篇奏折是如此的卓尔不群，简直为自己所有的奏章所不可及。有这样一份折子奏上去，谁还能有理由阻止长江水师的改制呢？他对着奏章沉吟良久，始终不能从两种推测中把握一种：究竟是彭玉麟聪明绝顶，善于以最冠冕堂皇的理由掩盖自己的私人目的呢，还是他的确胸中充塞着忧国忧民的浩然正气，至情所激而发为至文呢？不过，有一点是曾国藩最后所确认的，那就是无论是出于前者还是出于后者，他都自叹不如！

曾国藩由彭玉麟这篇奏疏得到启发：如果将道光中叶以来，洋人与我们海上接仗的历史如实地排列出来，把它作为这个奏疏的附件的话，它将会以惨重的教训使阅读此奏者，更为清醒地认识到建立海军的必要性，而不得不从心里赞同长江水师的改制。

两江总督幕府有的是这方面的人才，以汪士铎为首的编纂处立即组成。他们苦干了七日七夜，终于编成一篇四万字的《华夷海战三十年大事记》，并誊抄两份。一份存底，一份连同彭玉麟的奏疏，由薛福成亲自送到北京恭王府。

果然如曾、彭所料，这篇奏疏连同附件引起了恭王奕䜣、军机大臣文祥等人的高度重视，连两宫太后也为之动容。恭王建议，为慎重起见，命军机处将彭奏和《大事记》一并发给直隶、陕甘、四川、闽浙、湖广、两广、云贵各省总督，要他们就此事各抒己见。这时，彭玉麟也亲赴杭州游说左宗棠。出乎彭玉麟的意料,左宗棠听完他的陈述后立即表态:完全赞成长江水师改编为朝廷的经制之师。至于建海军一事,左宗棠劝彭玉麟不必着急。第一步要借此良机将长江水师整顿好,把不称职者尽行汰去,宁缺毋滥。第二步再做好长江两岸的巡守,保卫内河商船、民船的航行,并认真训练人才。第三步则以狼山镇为基地,筹备外海水师,保卫海疆、抵御外寇。现在先行第一步,并说他将以此复奏军机处。彭玉麟为左宗棠光风霁月般的胸襟所感动,临别时紧握老朋友的手说:"今后长江水师的整顿、建制等方面,还请你多多指导。"左宗棠当仁不让地点头应允。

官文也给曾国藩、彭玉麟来了信,说我大清王朝早就应该建海军了,长江水师已是海军雏形,理应改为经制之师,永远存在下去。又说自己于水师不懂,假若今后真的兼了海军统领,那是无比荣幸的事,还请曾、彭多多辅佐,共创伟业。曾国藩、彭玉麟阅后,会心一笑。

杨岳斌接到军机处的咨文后十分激动,连夜命幕僚起草,以最坚定的态度支持此事,说它将是我中国千古未有之大事,必会使宣宗爷、先帝含笑于九泉。又说自己宁可不当陕甘总督,愿去改制后的水师充当一个偏裨将校。

刘长佑、骆秉章、毛鸿宾都明确表示赞成此事。只有年迈的劳崇光态度比较含糊,既表示同意,又说要慎重,读完全篇,也不知他究竟是赞成还是不赞成。不过,劳崇光在七位总督中的地位,只与毛鸿宾相上下,都是属于没有战功一类的,远不如左、杨、官、刘、骆,何况他也没有明白反对。长江水师改为经制之师,就这样顺顺当当地通过了。皇太后接受左宗棠的建议,筹建海军一事暂缓,先把水师整顿好,以巡守长江为主要职务。更令他们兴奋的是,朝廷任命彭玉麟为统领,并没有官文的名字,那个好名的大学士空欢喜了一场。

彭玉麟日夜与黄翼升、李朝斌等人计议,拟出了一个章程:统领之下设提督两员,由黄、李分任;建岳州、汉阳、湖口、瓜洲、狼山五镇,设总兵五人;立营二十四个,战船七百七十四号,营官二十四员,哨官七百七十四员,兵士一万二千人。鉴于水师中受赏大衔的很多,而实际营哨官只有八百来名,僧多粥少,不够分配,彭玉麟又想出一个点子:以大衔借补小缺。按衔高低排,同衔的按资历排。这样排下去,许多衔位高达参将、游击的,也只能当千总、把总。虽略觉委屈，他们也乐意。衔是空的，职务才是实的，千总、把总虽低，总比那些有衔无职的要强多了。长江水师原有两万人，彭玉麟对这支人马做了整顿。没有战功的、疲沓的、走私的、吸食鸦片的、有结党嫌疑的，统统予以裁撤。长江水师开始有了新气象。曾国藩对彭玉麟的整顿完全放心，他自己则把主要精力放在吏治上。

他素来服膺王阳明的"破山中贼易，破心中贼难"的观点，认为正人心、厚风俗、扭转世风要比破长毛下金陵更难，而世风的好坏主要系于当政者。最高当政者以自己的人格和才能为表率，默运于渊深微漠之中，慢慢地引起身边人效法，再向全国各级官吏推广，这样就可以形成一种强大的势力。凭着这股势力，人心可正派，风俗可淳厚。因而，他自己尽量做到以身作则，试图以此来感染身边的幕僚们，把他们培养成好的种子，撒到两江三省去，影响各府州县的官吏，从而逐渐把两江的风气扭转过来。他把自己的这个愿望撰成联语，刻在督署的楹柱上，昭告两江官场："虽贤哲难免过差，愿诸君谠论忠言，常攻吾短；凡堂属略同师弟，使寮友行修名立，方尽我心。"为达此目的，他自己办事比先前更加勤勉。州县凡命案都要由他最后裁决，又经常派幕僚们下去查访吏治民情。继裕祺之后，又革掉了几个民愤很大的贪官，代之以幕僚中德才兼备者。

这时容闳从海外回来，大批从英美购来的机器母机也运到吴淞口。曾国藩大力表彰了容闳的忠心和才干，并安排他和杨国栋、徐寿、华蘅芳、李善兰等人，在上海筹办机器制造总局，把安庆内军械所的大部分机器迁过去，小部分留下，作为上海总局的分局。

皇上念及功臣，特为降旨，为曾国藩的一等侯之上褒加"毅勇"二字，曾国荃的一等伯之上褒加"威毅"二字，李鸿章的一等伯之上褒加"肃毅"二字。曾国藩等心中欢喜。

正当曾国藩为两江的振兴而努力的时候，清军与捻军交战的前线传来令人震惊的消息。这个消息打乱了他的全盘计划，逼迫他不得不重上战场，最终使他由一个胜利者变为失败者。

第三章 三辞江督

一 北上征捻前夕，为家中妇女订下功课表

原来，僧格林沁的部队在山东曹州中了捻军的埋伏，全军覆没，他本人也被捻军砍下了头颅。噩耗震动朝野，两宫太后下令辍朝三日，为满蒙亲贵眼中巨星的陨落致哀。

僧格林沁与曾国藩同为带兵与太平军作战的大员，本应和衷共济、联合对敌，但实际上他们则形同水火、势不两立。僧格林沁自以为了不起，瞧不起湘军。湘军打下金陵，他又眼红，又不服输：堂堂大清国戚、蒙古亲王怎能不如汉族书生？他发誓要在两年内剿平活跃在皖、豫、鲁一带的捻军，企望以此来压倒江南汉人的功勋声望。僧格林沁求胜心切，驱使着马队昼夜不息地跟在捻军后面追赶。

捻，是北方人对社团组织的称谓。捻即捏，将分散的力量捏合起来，形成一股势力。入捻有一定的手续与仪式，其成员都是社会底层的人，诸如贫苦农民、船夫、渔夫、饥民、无业游民、小手工业者以及破产失业的人等等。捻众的斗争，表现在以联合的力量抗粮抗差，吃大户，护送走私盐贩，有时大股外出打劫财物，侧重在经济方面。后来太平天国起义，逐渐吸引捻众的斗争转向政治方面，并与太平军取得了联系。

咸丰五年，各路捻军首领百余人聚会安徽蒙城县雉河集。会议决定成立联盟，推张乐行为盟主，号称大汉永王，下设军师、司马、先锋等职，祭告

天地，宣布以推翻清朝廷为目的，在安徽、河南、山东等地风风火火地闹开了，给太平军以有力的支持。后来，天京被湘军攻下，太平军大势已去，捻军也受到极大的挫折。遵王赖文光、扶王陈得才、首王范汝增等太平军将领率领一部分人和捻军结成一股，并对捻军进行整顿改编，沿用太平天国的年号、历法、封号和印信，以复兴太平天国为自己的战斗目标。这支新捻军的主要领袖有遵王赖文光、梁王张宗禹、鲁王任化邦和荆王牛宏。四王共同商议，定下一条引鱼上钩的计策，将僧格林沁的队伍诱到山东曹州高楼寨包围圈里，在这里全歼僧部，写下捻军史的辉煌一页。

对于僧格林沁覆没的下场，曾国藩早有所料。他一向厌恶这个骄横暴虐的亲王。金陵攻下不久，僧格林沁的部下在湖北被围，朝廷急调曾国藩赴鄂皖交界处救援，曾国藩不去。后朝廷又命湘军派部赴河南接受僧格林沁的调遣，他也借故不派。他要坐看这个虚骄的亲王的失败。现在，僧格林沁真的失败了，而且败得如此之惨，曾国藩得讯之初，着实有点天理昭彰、报应不爽的感觉。但很快他就意识到，这其实对他是很不利的，因为僧格林沁一死，与捻作战的主帅很可能就会是他。

果然，僧格林沁死后不到十天，曾国藩便接到命其星夜出省前赴山东督剿的上谕。上谕并命李鸿章暂行署理两江总督，刘郇膏暂行署理江苏巡抚。

曾国藩极不情愿再上战场。湘军陆师裁撤得差不多了，名将星散，人员锐减。金陵只有五千人，此外就是驻宁国的刘松山部、驻太平的张诗日部，加起来不过八千。捻军马队强大，湘军无骑兵。长江水师不能北上守黄河。这三个基本情况，决定了湘军不能与捻军作战，至少不能星夜出省。他对朝廷明知这些情况而严旨催促感到不满。此外，捻军活动的范围达湖北、河南、安徽、山东、江苏五省，要与五省督抚协同作战，在如此广阔的地方与捻军周旋，都不是易事。更何况芥航法师"一生鼎盛时期已过""莫从掀天揭地处着想，要在风平浪静处安身"的话，对曾国藩也影响至深。于是他上奏皇太后、皇上："臣精力日衰，不任艰巨，更事愈久，心胆愈小，恳恩另简知兵大员督办北路军务，稍宽臣之责任，臣仍当以闲散人员效力行间。"

曾国藩知朝廷最虑京畿之安全，以及僧格林沁残部的安顿，他与李鸿章商量后，决定调潘鼎新率淮军五千人赴天津以卫畿辅，调刘铭传率部赴济宁，借以安定济宁僧部老营的军心。李鸿章最喜任事，他看准湘军元气已竭，剿捻非得淮军不可，他要在捻战中把淮军的声威大大提高，最后将湘军比下去，他自己也便青出于蓝而胜于蓝了。李鸿章重施当年淮军下上海的气概，用轮船将潘鼎新部五千人由海运赴天津，又命刘铭传带领所部速赴济宁。

曾国藩的奏请不但未得到朝廷的批准，反而给他一个节制直隶、山东、河南三省旗绿各营及地方文武员弁的大权。曾国藩一面上疏推辞节制三省之命，一面知君命不能违抗，开始调兵遣将，准备北上。

留在金陵的湘军，有不愿北去的，曾国藩准予他们回籍，命张诗日回湖南再招募。鲍超新近得一等子爵的荣誉，劲头很足，主动请缨，曾国藩叫他再招募四千，将霆军扩大到八千人。又调淮军张树声、周盛波部。考虑到淮军是李鸿章兄弟的部队，于是又请旨调甘凉道李鹤章办理行营营务，又要李鸿章派满弟李昭庆赴营。这一次过江与捻军作战，曾国藩总觉凶多吉少，想起年已五十五岁，身体日渐衰弱，说不定会死在这次战役中，将公事料理得差不多后，曾国藩又将家事做了布置。

谈起家事，欧阳夫人第一关心的是剩下的一子二女的婚事。次子纪鸿今年满十八岁了，还没完婚，她要丈夫离江宁前办了这场喜事。曾国藩不主张早婚，他自己二十三岁才结婚。当年纪泽完婚时，他原本不同意，嫌早了，但拗不过父命，只得照办。现在夫人援引先例，他自己也变成了纯老人心态，巴望子女早日完婚，自己能多添几个孙儿孙女，也便欣然同意了。纪鸿刚满一岁时，曾国藩就与翰苑同僚郭霈霖结下儿女亲家。郭家女儿长纪鸿一岁，据说而今已长成一个娴雅幽静、知书识礼的大家闺秀。郭霈霖在咸丰九年死去，女儿跟着母亲住在湖北黄州府老家。一个月前，郭家还来信说，女儿已十九岁了，希望曾家能早点定下婚期。曾国藩择了一个吉日，由纪泽出面，代表男家乘船前往郭府迎亲。

四女纪纯，早定了郭嵩焘的次子郭刚基。眼下郭嵩焘在广东做巡抚，几次来信催送媳妇过门，他将派火轮船来接，取道海上赴广州。对这个方案，曾国藩不同意。他认为嘉礼尽可安和中度，何必冒大洋风涛之险，不如选择郭氏老家湘阴为宜。既然去年郭嵩焘嫁女可以在湘阴，由郭　焘主持，为什么今年娶妇不可以这样办呢？郭嵩焘的意思还是在广州好，到时可以由他做父亲的亲自主持，婚事办得更隆重些。

郭嵩焘这几年在广州得罪了乡绅，又与总督毛鸿宾不太融洽，心情不甚舒畅，有辞官回籍之念，想趁在任时，热热闹闹为儿子办了婚事。去年，郭嵩焘以老朋友的身份向左宗棠指出，不应该借洪天贵福的事大肆指责曾国荃，并说曾国藩在他最困难的时候有大恩于他，希望他主动与曾国藩和好如初。谁知反倒惹得左宗棠勃然大怒。他决不同意郭嵩焘把公私混为一谈的说法，不能因曾国藩有恩于己就不指责其弟放走洪天贵福的大错。要说恩德，左宗棠说，他对曾国藩的恩德更大，于是列举了好几条：一、曾国藩的出山是因本督的推荐；二、曾国藩在长沙办团练，受鲍起豹、陶恩培等人的欺侮，是本督予以保护；三、靖港之败，是本督力劝曾国藩不要自杀；四、咸丰六年到八年，曾国藩在江西期间，本督为湘军提供饷银二百九十一万五千两。左宗棠气愤地说，这些大恩大德，曾国藩成功后只字不提，反而说本督不应该指责老九，是曾国藩先不对，除非曾氏兄弟先向本督道歉，否则，"本督将终生不理睬"。

　　接到这封信后，郭嵩焘哭笑不得。心里想：当年若不是我在京师找潘祖荫等人为你左宗棠上疏求情，你的头早就没有了，哪还有今天"本督""本督"的神气？我以老朋友、救命恩人的身份规劝几句，你都这样摆架子，何况别人！你左宗棠哪怕真的就是当今的诸葛亮，我也不和你交往了。郭嵩焘一气，从那时起便和左宗棠断了交，逢人便说左宗棠忘恩负义，居功自傲，不是君子。由此，他更相信自己的挚友、亲家受了伤害，心中大为不平。他理解曾国藩不愿将女儿送到广州的苦衷，同意女家送三千里，男家迎两千里的方案，定今年冬天在湘阴老家举行仪式。四女的婚事算是妥了。

　　至于满女的婚事，他决定再缓一下。已结婚的三个女婿，曾国藩都不太满意，尤其是罗兆升的事发生后，他心里更是恼火：倘若不是夹杂着这个花花公子在内，怎么可能会受裕祺的挟制？这个事情早晚都会传出去的，必将是一生中的盛德之累。他把女儿、女婿叫到跟前，告诉他们做好准备回湘乡。纪琛不愿意离开娘，婆母刁悍，她有点畏惧。罗兆升则巴不得离开江宁，那次把他吓怕了，他怕哪天会不明不白地被人抛尸荒郊。

　　也许出于爹娘疼满崽的心理，曾国藩特别喜欢这个满女。他看满女长得一脸宽厚平和的福相，愈加感到要慎重地为她选一个有出息、靠得住的夫婿，以弥补她几乎自生下来就缺乏父爱的不足。

曾国藩又亲手为媳妇和女儿们订了一个功课表，分为四事。一食事：早饭后做小菜、点心、酒酱之类；二衣事：巳午刻，纺花或绩麻；三细工：中饭后，做针黹刺绣之类；四粗工：酉刻后做鞋或缝衣，一直到二更收工。他怕自己离家后，女儿媳妇们不能切实执行，于是又在功课后写上一段话：

> 吾家男子于看读写作四字缺一不可，妇女于衣食粗细四字缺一不可。吾已教训数年，总未做出一定规矩。吾即将北上剿捻，特定此日课，请夫人督促，亲自验功。食则每日验一次，衣事则三日验一次，粗工则每月验一次。每月须做成男鞋一双、女鞋一只。吾回江宁后，当做一总验。家勤则兴，人勤则健。既勤且健，永不贫贱。

还有一件大事没有完成。

老九回籍后，曾国藩勉励他百战归来再读书，而他从小就对读书缺乏兴趣，这点，做大哥的自然清楚。眼下老九虽处境不利，但他毕竟立了大功，又以巡抚之高位开缺，且年富力强，今后必有再起之时。翰林出身的大哥有责任帮助兄弟在学识文章方面提高一步。这半年来，曾国藩从前代著名奏疏中选了匡衡、贾谊、刘向、诸葛亮、陆贽、苏轼、朱熹、王守仁等人的十七篇，模仿经筵官给皇上讲经的形式，对每篇疏从内容到行文分段予以详细批解，最后又给一个总评，并针对此篇再阐述一段为文之道。曾国藩自信，当今天下，上自帝师、下至乡塾，能对历代名奏疏分析得如此深刻精细的人不多。他从心里乐于做这件事。他要以此作为酬谢九弟的礼物。

从咸丰三年在长沙办团练算起，到现在整整十四年过去了。十四年的战火生涯使他深深地懂得，在战事上自己实际上是不行的，不要说沙场上的挥戈驰马、身先士卒，他一个文弱书生根本望尘莫及。这一点，当然不能苛求于带兵的统帅，但如果具备了，如像岳飞、戚继光那样，就能在士卒中更有威信，这且不说了。统帅最应具备的熟读兵书、洞悉全局、知己知彼、多谋善断、上知天文、下识地理、审时度势、出奇制胜等等才能，历次的失败已反复证明自己或不具备，或尚欠缺。过去在翰林院，常觉得自己可以做诸葛亮、李泌一类的人物，现在看来，那真是文人的孟浪。正好比李太白一样，诗文中的豪言壮语横扫一切，古今英杰都不在他的眼里，其实并没有处理世事的能力，以至于卷入永王造反的漩涡，险些丢了性命。曾国藩常常想，倘若自己有诸葛亮、李泌、裴度、王守仁那样的统帅之才，金陵早就攻下了，长毛也早就平定了，用不着等到同治三年。要说自己在这方面还有点长处的话，那就是尚有自知之明，注意网罗将才，并放手让他们去干。前期靠的是塔齐布、罗泽南、李续宾、胡林翼，后期靠的是彭玉麟、杨岳斌、鲍超、左宗棠、李鸿章、曾国荃，尤其功劳巨大的就是自己的这个胞弟老九！他真感谢父母送给他这样一个争气的好兄弟！正因为老九的不可磨灭的功勋，使得他这个统帅在世人面前维持住了应有的体面。出于感激，在汪海洋等残部消灭后，朝廷要曾国藩再报一个儿子的履历给予荫封时，他没有报纪鸿，却报了曾国荃的长子纪瑞。也是出于感激，他要辅导弟弟读书作文。这半年来，不管事情如何多，精力如何不济，曾国藩对此丝毫不怠。

他原想先批奏疏，再批古文，再批诗词，他甚至还想为九弟批几部小说。当时带兵的将领大多喜欢读《三国演义》。曾国藩讨厌这部书，他认为书中讲的打仗的事纯粹是胡扯。他看重的是《红楼梦》《水浒传》和《阅微草堂笔记》。尤其是《红楼梦》，把人情世态写得那样入木三分，常令他拍案叫绝。他知道曹霑是前江南织造曹頫的儿子，还特地到江宁织造局去仔细地查看过署中的花园，寻觅大观园的旧迹，并兴致勃勃地向织造春年询问曹家旧事和五次接驾的盛况。关于这三部书，曾国藩有不少感想，他也想与弟弟笔谈。现在又要出征了，只得搁下。为表示对这件事的重视，他要纪泽将已完成的奏疏批解部分，工工整整地用小楷誊抄好，命人送回荷叶塘。

曾国藩对儿子的学问文章都不太满意，令他满意的是儿子的书法。纪泽从小好写字，他也便有意在这方面加以引导。十四岁离京时，纪泽已打下扎实的基础。后几年虽不能当面一一指点，曾国藩也常在家信中耐心地向儿子传授写字的要诀，并时常要儿子寄字来由他批。儿子的字深得二王阃奥，端秀飘逸，时下大官员家里的子弟，很少有几个写得出这样好的字来。只是笔力不足，秀逸中缺乏刚劲之气，正如他的为人一样，这大概秉于母亲的天性。这点曾国藩知道无法改变。因此，他不希望儿子今后当大官，尤其不能插手兵事，倘若能中进士点翰林，谋一个校书衡文的清闲之职，做父亲的就感到满足了。经过十天的日夜苦抄，纪泽把父亲半年来的成果抄好了，又细心地装订成一册。

"父亲大人，儿子边抄边学，受益极大。儿子心想，这本稿子，不但对九叔极有用，而且对后世学者都很有启迪，可以单独成一本书。您老干脆给他取个名字吧！"纪泽送上抄本时，郑重向父亲建议。

"好哇！"曾国藩翻阅着儿子的抄本，见字字俊秀，页页清爽，很是高兴。他望着儿子问，"取个什么名字呢？"

"这要由父亲定了，儿子岂敢妄议。"纪泽兄弟一向对父亲敬之如神、畏之如虎，刚才的建议能被父亲欣然采纳，已使他大喜过望了，哪里还敢得陇望蜀！

"好，你回书房去，我想想看。"

曾国藩背手在屋子里踱了几个来回，然后坐在案桌边磨墨援笔，在抄本的扉页上题下了几行字：

《棠棣》为燕兄弟之作，《小宛》为兄弟相戒以免祸之诗，而皆以脊令起兴。盖脊令之性最急，其用情最切。故《棠棣》以喻急难之谊，而《小宛》以喻征迈努力之忱。余久困兵间，温甫沅甫两弟之从军，其初皆因急难而来。沅甫坚忍果挚，遂成大功，余用是获免于戾。因与沅弟常以暇逸相诫，期于夙兴夜寐，无忝所生。爰取两诗脊令之旨，名其堂曰鸣原堂，名斯稿为《鸣原堂论文》。曾国藩记。

"大人，李中丞已来江宁，现住在妙香庵里，他等候大人的接见。"孔巡捕推门进来报告。

"他这么着急，就来接篆了？"曾国藩心里顿时不舒服起来，他挥手对孔巡捕说，"知道了，你出去吧！"

以这种态度对待自己的得意门生、江苏巡抚、一等肃毅伯李鸿章，使孔巡捕大出意外。他不敢再问，悄悄退了下来。刚出门，又被曾国藩喊回："你到妙香庵去禀告李中丞，就说我今下午去拜访他。"

转瞬之间的突然变化，更使孔巡捕摸不着头脑。他答应一声，便飞马奔出总督衙门。孔巡捕哪里知道，就在这转瞬之间，曾国藩的脑子里想了很多很多。

二　炮声为北征大壮行色，却惊死统帅唯一的小外孙

曾国藩不情愿再上战场，当然也就不情愿交出两江总督的关防。去年十月，朝廷命他带兵赴皖鄂一带协助僧格林沁平捻，当时也叫李鸿章署理江督。李鸿章兴冲冲地从苏州赶到江宁，恩师却满脸阴云，绝口不提交印之事。李鸿章何等乖觉！见此情景，便也只字不提此事，只是说来看看恩师，问问何时启程。过几天又一道上谕下来，安徽战事有起色，曾国藩不必离江宁。李鸿章空喜一场，扫兴回到苏州。曾国藩从中看出李鸿章官瘾太重，权欲太重，又联系到他杀降的往事和贪财好货的传闻，对这几年来把他作为自己的传人有意栽培，觉得有些不妥。

曾国藩观人用人，一向主张德才兼备，而更偏重于德。认为德若水之源，才若水之波；德若木之根，才若木之枝。德而无才，则近于愚人；才而无德，则近于小人。二者不可兼时，与其无德而近于小人，毋宁无才而近于愚人。李鸿章不患无才，曾国藩甚至认为他的临机应变以及与洋人交往等方面的才干要强过自己，李鸿章所患正在德上。自己一贯的这个用人准则，恰恰在选定传人替手这个最重要的关头上失误了，曾国藩为此隐隐心痛。而这次，他居然又迫不及待地赶来接印，曾国藩真想不见他，让他在城外冷落几天后再说。然而这个想法刚一露头，又立即改变了。

李鸿章已被扶植起来了，现在爵高位显，手里有五万用洋枪洋炮武装起来的强悍淮军，正所谓"羽翮已就，横绝四海"，今后继承自己名位事业的，已非李鸿章莫属了。德再差，只要不走到起兵谋反的地步，就不可能动摇现有的地位。曾国藩已不能开罪于自己的门生了，更何况这次是必定要离江宁交督篆的，剿捻的主力还得要靠淮军，怎么能凭意气办事呢？不但不能冷落他，还要示之以破格之礼！

下午，曾国藩正准备更衣出署，孔巡捕来报："李中丞来了！"

"请！"

一会儿，李鸿章大步走进签押房。几个月不见，四十三岁的淮军统领似乎更显得神采焕发，对照自己日益衰瘦的身体，曾国藩更觉得昔日的门生，有一股咄咄逼人的气势向他压来。他笑着打招呼："少荃近来可好？"

"托恩师洪福，门生贱躯尚可。"李鸿章仍然是以往一样的谦恭，他暗

喜老师这次的态度与上次大不相同了,但他仍然不敢说出自己的真正来意。"这两天在镇江查看城防,想起多日不见恩师,放心不下,特来看望。"

"少荃,你来得正好。"李鸿章这几句假话当然瞒不过曾国藩,但现在他不计较这些了。"明天就在这里举行交接督篆的仪式吧!"

"明天?恩师一切都准备好了?"李鸿章按捺不住心中的惊喜。

"准不准备好,都容不得我再待在江宁了,催行的上谕昨天又来了一道。"曾国藩苦笑着,一副无可奈何的神态。

"僧王新殒,捻战无主帅,圣虑焦灼,中外倚恩师为砥柱。恩师受命誓师,天下人心方可安定。"李鸿章说,态度是诚恳的。

"少荃,我这根砥柱是建在你和你的淮军之上,有你和淮军作为基础,砥柱方可立于中流。"曾国藩目视李鸿章,右手已习惯地抬起来,在胡须上来回梳理着。

"恩师言重了。"李鸿章诚惶诚恐地说,"当初恩师让门生招募淮军,就已预见了这一步。如今淮军能够供恩师驱驰,这不只是门生个人的荣幸,更是整个淮军的荣幸。"李鸿章说到这里,似乎动了真情,眼角有点红了。

这几句话使曾国藩感到欣慰。是的,自己当年的选择是不错的,李鸿章毕竟争了气,把淮军训练出来了。这就是他的大过人之处,眼下这个世界,要的正是这样的人才。

"少荃,我跟你说句真心话,你千万不要误会。"曾国藩安详地望着英俊豪迈的门生,平静地说。

"不知恩师有何赐教?"李鸿章却不安起来。心想:一定是有什么把柄落到了老头子的手里,少不了有一顿严厉的训斥。他做好准备,现在这个时候,不管老头子说什么,哪怕完全不是事实,也要全部接受过来,决不还嘴,决不分辩。

"少荃,我要趁这个机会向太后、皇上辞去两江总督的职务,由你来正式担任。"

曾国藩的眼光分明昏花多了,但在李鸿章的眼里,这昏花的眼光背后依然埋藏着昔日的犀利、阴冷!他不由自主地打了一个寒战,不明白老师的弦外之音,赶紧说:"恩师,门生奉圣命暂且护理督篆,两江一切举措,悉遵恩师旧章。待恩师凯旋,门生跪迎郊外,恭还督篆。若有自作主张之处,那时当听任恩师杖责。"

李鸿章毕竟是聪明人,这番对话,虽没道中窾要,却也的确消除了曾国藩心中的某些顾虑。他微笑着说:"少荃,你领会错了,我不是怕你在署理期间改变我的章程。我有哪些不妥当的地方,你尽可修改。长江后浪推前浪。我忝为令尊同年,又曾和你一起探讨过为文之道,你能超过我,我岂不高兴!"曾国藩端起茶杯,轻轻地呷了一口,郑重地说,"此事我已考虑很久了。我近来精力越来越不济,舌端蹇涩,见客不能久谈,公事常有废搁。右目一到夜晚,如同瞎了一般。左目视物,亦如雾里看花。两江重地,朝廷期望甚大,不能由我这样的老朽尸位,江督一职迟早要让贤。我带兵前敌,粮草军饷都出自两江,且两江乃淮军的家乡,让别人来接这个位子,你说我如何能放得心?我环视天下督抚,只有你才是最为合适的人选。"

李鸿章终于明白老师的意思了,他以坚决的口气说:"恩师只管放心前去,切勿存后顾之忧。粮糈银钱,门生自会源源不断地提供,决不会使恩师再有当年客寄虚悬的局面出现。至于刘铭传、潘鼎新、张树声、周盛波,门生已严厉训诫过他们,要他们恭恭敬敬地服从恩师的调遣。若有不服之处,请恩师以军纪国法处置,门生决不会有丝毫异议。老三、老四一向敬恩师如同父亲一般,将代我监视淮军。军中情况,他们都会随时向我禀报。淮军就是湘军,就是恩师的子弟,恩师尽可驱使。两江重地,非恩师不可镇压。漫说恩师精力过人,就是真的累了病了,凭恩师的威望,两江亦可以坐而治之。前代有汲黯卧榻而治。汲黯算得什么,他都可以做到这种地步,何况恩师!"

李鸿章真会说话,说得曾国藩舒心起来,顾虑也去掉了,上午的不快,早已烟消云散。

"少荃,明天上午交印仪式如期举行,后天一早我登舟北上!"

第二天,隆重的交接督篆的仪式过后,曾国藩又与江宁藩司以及其他高级官员将公事作了最后交代。下午,又与幕府人员作了长谈。一直忙到深夜,才昏昏沉沉地倒在床上睡着了。不知什么时候,他发觉自己划着一只木船在登山,弄得浑身大汗淋漓,船却一步未动,急得双腿乱蹬。

"夫子,你怎么啦!"欧阳夫人吓得忙挑灯照看,曾国藩这才醒过来,全身衣裤已湿透了。看看钟,还只是寅初。换过衣服后,曾国藩再也不能入睡。再过两个时辰就要坐船出征了，乘舟登山之梦，岂不是预示着此次北上征捻将会极为不顺？曾国藩想到这里，心情又沉重起来。

刘松山、易开俊、张诗日等人统率的八千湘军陆师，潘鼎新、张树声、周盛波统率的三万淮军都已先后开赴前线，约定六月上旬在徐州会合，等待曾国藩来后再做军事部署。鲍超新建的霆军，则还要过几个月才能上战场。曾国藩的老营由黄翼升亲自统率三千长江水师护送，这三千水师今后就作为亲兵留在曾国藩身边。对于湘军，曾国藩最信得过的便是他亲手创建的水师，而保留下来的水师现在又起大作用了。

一清早，李鸿章在督署举行盛大的饯行宴会。李鸿章的性格与乃师大为不同。他爱讲排场，出手阔绰，喜欢热热闹闹、如火如荼。他永远记得在安庆怀宁酒楼，恩师为他东下上海所举行的酒会，以及在那次酒会上所作的非同寻常的谈话。今天，由他来做主人为恩师北上饯行，李鸿章踌躇满志，心里充满了自豪感。他要以加倍的隆重来报答恩师的大恩大德，也要以豪迈的姿态向众人表示：从他今天正式坐定这把交椅起，这里的一切都会更有声有色。生性俭朴的曾国藩不习惯这种豪华的场面，何况他心底深处抑郁不乐，他只动了几筷子，喝了两口酒后便离席了。

此时，下关码头已按李鸿章的布置，摆开异乎寻常的送行仪仗队。这里彩旗飘舞，鼓乐齐备，临时扎起的牌坊一座接一座，手执刀枪、盔甲鲜明的卫队一排挨一排。最为起眼的是一字儿安放在江边的百门西洋大炮，一律炮口指着江面。西起九洑洲，东至草鞋峡的江面上已不见一只民船。装饰一新的水师战舰雄赳赳地等待出发，那只特大号的"长江王船"的桅杆上，高高飘扬着硕大无朋的帅字旗，猩红哈拉呢上那个黑绣"曾"字，两里外都可以看得清楚。

曾国藩带着黄翼升、赵烈文、薛福成等文武僚属，在李鸿章、彭玉麟等人陪同下来到码头边。纪泽、纪鸿兄弟也来为父亲送行。罗兆升、纪琛夫妇带着不到半岁的幼子也来了，他们遵父命回湖南原籍。今天是大大吉日，又有许多人送行，罗兆升觉得这时和岳父一道离开江宁最是风光。他们夫妇受全家人所托，代表家人送父亲大人到扬州，然后再转船西上。

在一片热闹的鼓乐声中，曾国藩向送行者频频挥手致意，然后踏过跳板，上了王船。就在水手缓缓起锚的时候，只见江边指挥楼一面红旗对空挥舞一下，顷刻间，百门西洋大炮齐鸣，江面上腾起无数朵冲天浪花。那响声，直欲震破碧空；那波浪，如同要翻卷长江。北上的官兵们为此壮观场面激动地鼓起掌来，曾国藩也为门生的精心杰作而感动，却不料王船舱中那个幼小的生命，被这震天撼地的响声吓得大哭大闹起来。三姑娘纪琛急得从奶妈手里接过来，自己拍打着儿子，口里喃喃地念道："好崽，不要怕，娘在这里！"

炮声接连不断，越来越响，婴儿越哭越厉害。罗兆升气得直跺脚，心里骂道："该死的大炮，还不早点停下来！"

曾国藩在一旁也急了。他很喜欢这个小外孙。每天回到后院，他都要逗逗亲亲，而过去，他的众多的儿女，一个也没有得到父亲这样的慈爱。直到最近半年来他才体会到：含饴弄孙，自有人生真乐趣！眼看着小外孙哭得气绝而止，又转而手脚抽搐，他心里害怕了："纪琛，你赶快抱孩子上岸去！"立时便有两个亲兵过来招呼。纪琛一家连同奶妈匆匆出舱，上了跳板。曾国藩忽然想起了什么，对着跳板大喊："让孩子全好后再回湖南，听见了吗？"

炮声终于停住了，王船缓缓地向下游驶去。曾国藩坐在船舱里，脑子里乱哄哄的。"小儿惊风，九死一生"，好不容易盼来一个可爱的小外孙，难道就这样被礼炮声送回去了吗？北上督师的两江总督，一如荷叶塘的普通田舍翁，为小外孙的不幸焦虑万分。他哪里知道，此刻，他所钟爱的，并对之寄予莫大期望的外孙子，已在母亲的怀抱里慢慢僵硬了。

三　国宝被陈国瑞抢去

曾国藩到达徐州后，各路将官早已在此恭候。他将出发前与彭玉麟、李鸿章等人仔细磋商，出发后在舟中又与黄翼升、赵烈文等人反复斟酌后所制定的剿捻计划做了布置。这个计划，曾国藩称之为"文武结合"。

武的方面，他改变僧格林沁以动制动、节节尾追的被动局面，建立以静为主、动静配合的战术。他重点防守五镇：江苏徐州，由他本人亲自坐镇；山东济宁，由刘铭传驻防；安徽临淮，由刘松山驻防；河南周家口、归德两镇，分别由张树声、周盛波驻防。另有四支游军：潘鼎新、易开俊、张诗日统率的三支陆师，再加上李昭庆率领的一支马队，负责短距离追剿，救援急难之处。曾国藩又令山东巡抚阎敬铭、河南巡抚吴昌寿、安徽巡抚乔松年、江苏巡抚李鸿章各以本省绿营防守兖州、沂州、曹州、陈州、庐州、凤阳、颍州、泗州、淮安、海州等地。这些地区素来是捻军活动频繁的区域，在军事上有很重要的地位。这个战术，曾国藩以一句话概括，即变尾追之局为拦头之师，以有定之兵制无定之寇。

文的方面，主要在查修圩寨。曾国藩责令各省巡抚在捻军经常出没之地修筑圩寨，设立圩长。遇捻军来时，须将所有人丁、牲畜、粮草都集中到圩寨中，由民团把守，实行坚壁清野，使捻军得不到一点给养。又制定查圩法，对圩寨进行彻底清查。把与捻军关系深的人列入莠民册，按册稽捕捉拿正法。其他的列入良民册。五家具保结于圩长，有事则五家连坐。圩长具保结于州县，有事则圩长连坐。以此来切断捻军与百姓的联系。曾国藩派薛福成代他巡视各处，监督州县执行。薛福成临走之时，曾国藩向他交底："你生在书香之家，长期受诗礼熏陶，我怕的是你姑息纵容，执法不严，不怕你专擅自主。当年胡文忠公送给九帅一副对联：以霹雳手段，显菩萨心肠。把严慈之间的关系说得最是恰当。乱世当用重典，除暴才能安良，此治国不易之法。我授予你生杀予夺之大权，你尽管放心去用。"

薛福成受此器重，气血大涨。他带着一批像他一样的年轻书生，在捻军的家乡蒙县、亳县一带，雷厉风行地清查圩寨，大开杀戒，有的一个寨一次就杀十多人。薛福成这一手的确厉害。蒙、亳一带百姓人人自危，再也不敢与捻军有联系了。从此，捻军不能回家乡，变成东奔西闯的流亡大军。

文的方面收获甚大，武的方面却不如人意。几个月来，湘淮军与捻军交战四五十次，基本上无胜仗可言，而济宁城外刘铭传与陈国瑞的械斗，又更使曾国藩气愤不已。

陈国瑞是僧格林沁手下第一员大将，十五岁在家乡湖北应城投太平军，后又投降清军，被总兵黄开榜看中，收为义子，先后隶属于袁甲三、吴棠部，后归僧格林沁。陈国瑞身长不及中人，然勇悍冠绿营旗兵，打仗时常着红盔红甲，被人称之为红孩儿。苗沛霖叛乱时，他率部围剿，连战连胜。苗沛霖退寨固守，陈国瑞扎营于外。营外炮子如雨，营中陈国瑞饮酒如常。忽然，一发炮子将他手中酒杯击碎，士卒劝他避一避。他抓起一把椅子，端坐营房外，高声大叫："我是陈国瑞，有种的向我开炮吧！"寨里连放数十炮都不中，吓得不敢再打。从此，陈国瑞的名声更大了。

僧格林沁死后，他以处州镇总兵身份护理钦差大臣关防，驻扎济宁。僧格林沁虽败，但他并不认为自己不行，对于刘铭传的进驻济宁，怀着不满情绪。而这个淮军将领刘铭传，也不是一个好惹的人。

刘铭传生长在民风强悍的淮北平原，自小便养成一种天不怕、地不怕的豪霸之气。十八岁那年，附近一个土豪到他家里敲诈勒索，他父亲一时拿不出钱来，跪在土豪面前求情。土豪踢了他父亲一脚，又臭骂了一顿，限他三天交齐。临出门时，又狠狠地抽了几鞭子。他父亲和两个兄长倚门哭泣。刘铭传回家得知情况后，气得大声训斥两个哥哥是孬种："岂有父受辱而子不报仇之理！"说罢跨马外出寻找那个土豪。

在一条大街上，刘铭传遇到了仇人。他指着骑在马上的仇人痛骂。刘铭传个头不高，那人欺负他是一个未成年的大孩子，对他的责骂毫不在意，从腰间抽出一把刀来，对他说："你也不要骂了，敢用这把刀来杀我，就算有种。"说完，对着身后十多个爪牙哈哈大笑。刘铭传听了，二话不说，拍马向前，冷不防从那土豪手里抢过刀，顺势一刀，将他砍下马来，然后从从容容下马割了首级，再上马，扬起仇人的头颅，高喊："我已为父亲报了大仇，也不要这条命了，有本事的，上来跟我比试比试！"

刘铭传的气概把土豪的爪牙们全都镇住了，谁也不敢上前，吓得四处奔逃。那时淮北已大乱，强者聚众纠徒，据寨为王，大家见刘铭传年纪轻轻，便有这样的胆量和本领，便都来投奔他。就这样，他很快拉起一支人马。李鹤章、李昭庆在家乡办团练，与刘铭传往来密切。李鸿章回籍招募淮军，第一个便看中了他。

刘铭传一贯以老子天下第一自居，根本不把败军之将陈国瑞放在眼里，完全以一派接管大员的身份，神气十足地将五千铭军驻扎在城外长沟集，传话叫陈国瑞来见他。骄暴成性的陈国瑞怎会吃他这一套，不仅拒不相见，且存心要给刘铭传来个下马威。

陈国瑞早已垂涎于铭军的洋枪。这天半夜，他趁着刘铭传不在营房的机会，亲自指挥五百个弟兄突入长沟集，杀死二十多个淮勇，抢走了三百多条新式洋枪。陈国瑞还溜进刘铭传的卧房，取走挂在墙上那支价值二百五十两银子的法国造特制长枪。又见案桌上摆着一个特大的古色古香的铜盘，他从来没有见过这种东西,很稀奇,也把它扛在肩上,兴冲冲地带走了。

第二天一早,长沟集的铭军怒火冲天,刘铭传不仅为死人丢枪而愤恨,更为丢失古盘而痛心。这个古盘不是寻常之物,它是一件真正的国宝,刘铭传在一个偶然的机会传奇般地得到它。

那是同治三年四月,刘铭传攻下苏南重镇常州,住进原太平军护王府。这天后半夜,刘铭传从西大街妓院远香楼回来。嫖妓晚归,毕竟不太体面,他不叫醒门房,绕着围墙,选了个冷僻之处翻墙而进。跳下墙后,发现这里是马厩。几匹高大骏马正在吃夜草,一盏昏黄的马灯悬挂在柱子上,马夫不知到哪里睡觉去了。他走过马厩边,突然听见一个悦耳的金属撞击声传过来。他好奇地停住脚步,仔细一听,又是一声。这下他听清楚了,是从马厩里传出的。他径直向马厩走去。他惯常骑的黑旋风见主人进来,吃得更欢快了,头一摇,又发出一个悦耳的声音。刘铭传看清楚了,这声音正是黑旋风嘴上的铁笼头,撞击槽子里的金属物品而发出的。槽子里会有什么东西呢?他伸手摸去,在草料中摸出一块黑黑的铁盘来。这铁盘相当大:长约四尺,宽二尺多,高一尺多,呈长方形状。用手摸摸,盘底部还铸着几行字。他觉得有趣,便把它扛回房间。

次日,刘铭传把铁盘洗干净,盘底部露出几行字。文字古奥,他认不出来。恰好潘鼎新来,刘铭传请举人出身的潘鼎新鉴别。潘鼎新将铁盘左看看,右瞧瞧,又把盘底上的字细细琢磨了半天,突然拍着刘铭传的肩膀叫道:"省三,这是一件了不起的宝贝!"

刘铭传吓了一跳,笑着说:"琴轩大哥,你不是逗我吧!"

"谁逗你?"潘鼎新正色道,"你这个愣头青,你是捧着个金菩萨,还把它当作黄泥巴人哩!"

"真的?"刘铭传大乐起来,"琴轩大哥,这家伙宝在哪里?"

"这个盘子,你若是问别人,哪怕他是博学通人,也不一定知道。今天算是你走运,碰上我了。"潘鼎新得意地说,"道光三十年,我在国史馆承修大臣传,偶尔看到道光十七年的大事记上载有这样一件事:三月陕西宝鸡虢川司出土一件青铜古盘,盘底有铭文一百一十一字,记叙虢季子白奉周王命征伐猃狁,大胜,在周庙受赏等事。此盘是迄今为止出土的最大的西周青铜器皿,正拟送入大内珍藏,却突然被人所盗,下落不明。"

"丢了？"刘铭传听得发呆，不觉惋惜地叫了一声。

"你这个傻瓜！"潘鼎新笑道，"不丢，哪有你小子的运气！"

"嘿嘿！"刘铭传又傻笑起来。

"自那以后，这个虢盘便杳无音讯了，不想被你得到，你好大的福气呀！是长毛陈坤书收藏的？"

刘铭传胡乱点点头，再补充一句："琴轩大哥，你凭什么断定它就是那个古盘呢？"

"你这个不开窍的家伙！"潘鼎新将盘底翻过来，以手指敲打着那几行刘铭传不认识的钟鼎文，说，"这上面不是说得一清二楚了吗？"

刘铭传算是全服了，暗暗地感谢苍天赐宝。他当即捧出二百两银子来，笑嘻嘻地对潘鼎新说："琴轩大哥，这点银子权且作为小弟的谢礼，你可千万别将此事说出去了。"

刘铭传对此盘爱不释手，随身携带。淮军将官多不读书，谁也不知道它的价值。刘铭传当然不会说出，心里盘算着：打完捻军后，把它运回庐州老家珍藏起来，作为传家之宝留给子孙。谁知昨天半夜竟被该死的陈国瑞窃走了，他如何不愤怒！真恨不得将陈国瑞抓来抽筋剥皮。

刘铭传点起二千淮军，以复仇的疯狂向济宁城冲去。陈国瑞遭前次惨败，元气尚未恢复，抢来的三百多杆洋枪又不会用，如何能敌得过淮军如雨点般的枪子？不到一个时辰，济宁城里四五十名绿营兵倒在血泊中，淮军的三百多杆洋枪失而复得，陈国瑞也被生擒，但虢季子白盘却不知到哪里去了。

刘铭传气得狠狠地抽了陈国瑞两个耳光，逼他交出盘子来。陈国瑞并不识这个宝，拿回去看看后，就叫人丢到杂屋里去了。一向骄横不法的陈国瑞被这两个耳光打得七窍生烟，知道刘铭传看得重，他就偏不说。刘铭传骂道："你这贼性不改的老长毛，不交出盘子，老子活活饿死你！"

陈国瑞被锁在屋子里，整整一天过去了，粒米滴水未进。这家伙素来食量甚大，照例一餐一壶烧酒，两斤猪肉，一升白米饭。一天下来，饿得他头昏眼花。第二天又是如此，他已饿得恨不得把木板啃碎吞下去了。到了第三天，陈国瑞实在不能忍受，便对看守的卫兵说，他愿意交出那个盘子。刘铭传听后想：洋枪夺回了，被害的弟兄，绿营以加倍的人数赔偿了，又打了陈国瑞两耳光，饿了他两天，仇已报了，淮军没有吃亏。当陈国瑞的亲兵扛来饷盘时，刘铭传便放了这个曾被僧格林沁倚为左右手的处州镇总兵。

陈国瑞从未受过这等奇耻大辱，回城后，心里愈发不好过。可惜僧王已死，无人替他做主，据说督师的统帅曾国藩处事公正，陈国瑞带了两个亲信，三匹快骑从济宁赶到徐州，当面向曾国藩控告刘铭传。

四　软硬兼施制服骄兵悍将

曾国藩身着玄色夹布长袍，头戴无任何镶嵌的黑色瓜皮软布帽，端坐在太师椅上，冷静威严地听着陈国瑞的控诉，两只眼皮已经松弛的三角眼，一刻也未离开过陈国瑞那张凶恶而丑陋的四方脸。

陈国瑞唾沫四溅地谈着事件的经过，把起因归咎于刘铭传的傲慢无礼和淮军的耀武扬威，而他的部属只是忍无可忍之下的自卫。陈国瑞从未读过书，平日开口便是粗言脏语，今日在这位满腹诗书的总督面前，竭力装得斯文点，但依然时不时地蹦出两句难听的粗鄙话来。曾国藩一直不作声，只是在这种时候，才将两道扫帚眉拧成一根粗绳，而陈国瑞立时便觉得头上被狠狠地敲了一棍，忙缩住嘴，稍停片刻，方能继续说下去。

陈国瑞在僧格林沁帐下多年，那个蒙古亲王是个异常可怕的奴隶主。他暴虐、狂躁、喜怒无常、嗜杀成性。他从没有安静地听部属汇报的时候，听了三五句话后，便离开座椅，四处走动。赞赏的时候，他大笑，用粗鲁的话夸奖，用腰刀戳一大块肉递过来，用大碗盛酒逼着汇报的人一口喝下去。恼怒的时候，他大骂，拍案甩碗，凶神恶煞地冲到对方面前，拧脸上的肉，扯头上的辫子，狂怒时甚至用马鞭抽打。部属们与他谈话，常常心惊胆战，无论说得好坏，他的反应都使人难以接受。陈国瑞却不怕他，哪怕他用马鞭死劲地抽打时也不怕。陈国瑞掌握了僧格林沁的特点，有办法使他很快转怒为喜。可是今天，陈国瑞第一次坐在这个手无缚鸡之力的总督面前，心里却有点发毛了。这种冷峻的阴森的气氛，把他的心压得沉沉的，他不知道这个始终纹丝不动、一言不发的曾大人，心里究竟在想些什么。

发生在长沟集和济宁城内刘、陈两军的两次大械斗，在陈国瑞来徐州之前，刘铭传便已经抢先派人禀告曾国藩了。对这场内部械斗的处置，曾国藩已有初步考虑。他在听陈国瑞诉说的同时,便在将双方的状词予以比较、对照、核实、鉴别,心里已基本明朗了。

刘铭传为人倨傲,自恃淮军有洋枪洋炮装备,目中无人。这些事实,曾国藩是清楚的。但淮军与他关系亲密,又是这次剿捻的主力,且刘铭传谋勇兼备,在淮军将领中堪称第一,何况又是陈国瑞先带兵杀人抢枪,曾国藩不能过多指责刘铭传。作为由太平军投诚过来的僧格林沁的部下,曾国藩对陈国瑞早抱有成见,又亲眼见他人物鄙陋,举止粗野,遂从心里厌恶,接见时的阴冷表情,便是有意给他以压力。曾国藩极想痛斥陈国瑞一顿,甚至将陈杖责一百棍,赶出徐州,但他没有这样做。陈国瑞毕竟是个不可多得的战将,他手下的人马亦能征惯战。现在正是要他出死力的时候,岂能让他太下不了台!何况自己奉命节制直隶、山东、河南三省兵力,这三省的兵力不是绿营,就是旗兵,相对于湘军淮军来说,都不是自己的嫡系,心中已存戒备,倘若过分偏袒刘铭传而指责陈国瑞,会让他们产生兔死狐悲之感,不利于剿捻大局,若再由哪个心怀敌意的御史借此大做文章,那就更糟了。想来想去,曾国藩决定先对陈国瑞采取以安抚为主的策略,不过他知道,对这种人的安抚,必定要在敲打之后才能起作用。

"陈将军!"待到陈国瑞说完后,曾国藩不冷不热地叫了一声,"贵军跟铭军械斗之事,本部堂早已知道。刘铭传那里,我已严厉训斥了,并命他立即撤出长沟集,到皖北去剿捻。"

陈国瑞正在暗自得意的时候,却不料曾国藩的语气变了:"不过,本部堂要对陈将军说句直话,这次械斗是你挑起的,你要负主要责任。"陈国瑞张口欲辩,曾国藩伸出右手来,威严地制止了。"本部堂早在驻节安庆时,就已听到不少人说你劣迹甚多。这次督师北上,沿途处处留心查访,大约毁你者十之七,誉你者十之三。"

"那些龟孙子都烂嘴烂舌地胡说些什么?"陈国瑞气了,一时忘了分寸,露出往日对待部下的态度来。

"陈将军,与本部堂说话,你要放稳重些!"曾国藩轻蔑地盯了陈国瑞一眼,处州镇总兵的气焰立即矮了下去。

"你耐着性子听我说完。"曾国藩左手梳理着长须,右手的中指和食指轻轻地敲了两下桌面。"毁你者,则说你忘恩负义。当初黄开榜将军于你有收养之恩。袁帅欲拿你正法时，黄将军夫妇极力营救，才保下你一命。但你不以为德，反以为仇。"

陈国瑞背叛太平军投靠清军之初，被黄开榜所收养，改名黄国瑞。后来他脱离黄开榜，改换门庭，便恢复原姓，并根本否认曾做过义子一事。曾国藩一开口便抓住他这段旧事，弦外之音在指出他是个降人。这是陈国瑞发迹后竭力掩饰的疮疤。他心里很不好受，但又不能分辩，只得涨红着脸听着。

"毁你的人，还说你性好私斗。"

"这是诬蔑！"陈国瑞终于找到发作的突破口。

"诬蔑不诬蔑，你先不要大喊大叫，本部堂重的是事实。在寿州时，你与李世忠部下大打一场，杀死人家两个记名提督，有这事吗？"

陈国瑞不作声。

"在正阳关，你捆绑李显安，抢盐五万包。在氾水时，你与运米船队口角争吵，便调两千人来，大打出手。若不是知县叩头苦求，那一天不知要死多少船商。这些事都有吗？"

陈国瑞暗暗吃惊：这些陈芝麻烂谷子怎么都给他捡到了？陈国瑞不敢否认，只能无力地自我辩解："抢盐是为了发饷，调军队原就是为着吓吓那些不法船商的。"

"苏北州县向我诉苦者甚多，告你骚扰百姓，凌虐州县，苛派钱物，蛮不讲理。在泗州时，你当众殴辱知州、藩司，同知张光第吓得躲到床底，第二天告病回籍。在高邮，你又勒索水脚，率部闹至内署抢掠，合署眷属，跳墙逃避，知州叩头请罪方才罢休。"

"老子，"话刚一出口，陈国瑞见曾国藩三角眼中凶光毕露，立即改口，"卑职在前线打仗，弟兄们流血卖命，州县出些军装号衣还不应该吗？那些老滑头，你不给他点厉害瞧瞧，他就装聋卖傻不出！大人，你不要听信他们的一面之词。"陈国瑞见曾国藩放开正题不谈，专揭他的短处，早已恼羞成怒，便顾不得礼仪叫嚷起来。

"陈将军不得放肆！"曾国藩右手中指食指重重地敲了两下桌面，威严地呵斥，"你打过几天仗？有几多战功？敢在本部堂前表功逞能？你不仅凌虐州县，还藐视各路将帅，信口讥评，每每梗令，不听调遣，稍不如意，则高呼'老子要造反'。看来，你虽投诚多年，当年的劣性还未根除。"

陈国瑞头上的疮疤又被重重地揭了一下，心中自认晦气，原想到徐州来告状咬一口，却不料招来如此之辱，还不如打马回济宁去算了。他正欲寻一个空当起身告辞，曾国藩又换了一个口气："陈将军，毁你者不少，誉你者也有。你骁勇绝伦。清江、白莲池、蒙城之役，皆能以少胜多，临阵决战，多中机宜。又说你至情过人，闻人说古来忠臣孝子，倾听不倦。还说你不好色，也不甚贪财。陈将军，本部堂听到这些称誉之辞后，为你高兴。你的这些长处，正是名将之才。"

陈国瑞听了这几句话后，心中略觉舒服一点：是非到底有公论。

"称誉你的人，有漕督吴帅，有河南苏藩司、宝应王编修、山阳丁封君。这些人都是不妄言的君子，你要记住他们对你的好处。诋毁你的人，也都是不妄言的君子，我就不说出他们的名字了，免得你记恨。陈将军啦，"曾国藩起身离开太师椅，顺手拖来一张方凳，靠着陈国瑞的身边坐下，陈国瑞顿时觉得心头一热。

"陈将军，本部堂知你有良将之质，十分爱你惜你。你今年只有三十多岁，论年龄，你是本部堂的子侄辈，论职位，你是本部堂的下属。本部堂今日以父辈之身份、上宪之地位，跟你说几句贴心话，望陈将军能体会本部堂之良苦用心，不为习俗所坏，猛省过来，日后成为一名人人爱重的良将。"

陈国瑞不知说什么好，一时紧张，头上沁出汗珠来。

"来人！"曾国藩对着内室喊。喊声刚落，便出现一个身着戎装的戈什哈。"给陈将军拿一条热毛巾来。"

"本部堂只告诫将军三件事。"待陈国瑞擦好汗后，曾国藩轻言细语地娓娓而谈，"一不扰民，二不私斗，三不梗令。凡设官所以养民，用兵所以卫民。官吏不爱民，是民蠹也；兵将不爱民，是民贼也。既欲爱民，则不得不兼爱州县，若苛派州县，则州县只得转嫁于百姓。本部堂统兵多年，深知爱民之道，必先顾惜州县。就一家比之。皇上譬如父母，带兵大员譬如管事之子，百姓譬如幼孩，州县譬如乳抱幼孩之仆媪。若日日鞭挞仆媪，何以保幼孩？何以慰父母？昔杨素百战百胜，官至宰相，朱温百战百胜，位至天子，然二人皆惨杀军士，残害百姓，千古骂之如猪如犬。关帝、岳王，争城夺地之功不多，然二人皆忠主爱民，千古敬之如天如神。愿陈将军学关帝、岳王，念念不忘百姓，必有鬼神佑助。此不扰民之说也。"

陈国瑞平日最崇敬关羽、岳飞，见曾国藩以此二人勉励他，颇为感动，说："卑职并不想扰民害民，只是恨州县滑头。经大人如此指明，卑职懂得了。"

"懂得就好。陈将军你请喝茶。"曾国藩指着陈国瑞面前的茶杯说。因为当时官场有主人端起茶杯，便意味着驱赶客人的陋习，曾国藩不得不说明两句，"本部堂近年来患口干舌涩之病，不能久谈，多说两句话就得喝水，请莫见怪。"说完，端起茶杯抿了一口。

陈国瑞也喝了一口茶，说："请大人教导。"

"至于私相争斗，乃匹夫之小忿，岂有大将而为之者？本部堂久闻陈将军有好私斗之名。前次之事，刘铭传固然有错，亦由将军平日好斗之名召之。起初，实由贵部理曲，其后铭军又太甚。若陈将军再图私斗以泄愤，则祸在一身而患在大局。若陈将军以立大功成大名来雪此耻，则弱在一时而强在千秋。昔韩信受胯下之辱，以后功成身贵，不但不报当初辱己者之仇，反召而授之以官。此豪杰之举动也。郭汾阳之祖坟被人发掘，不但不追究挖坟者，反而引咎自责。此名臣之度量。陈将军受捆饿之辱，比起下胯掘坟来差远了，望能坦然置之，今后以大功大勋来使铭军自愧。"

这些话，陈国瑞虽不能接受，但亦不好抗争，何况韩信、郭子仪也是他顶佩服的人，便只有不作声。曾国藩今天说话太多，已感到很吃力了。他连饮两口茶，略停一会，打起精神继续说下去："国家定制，以兵权付之封疆将帅，而提督概受其节制，相沿二百余年了。封疆将帅虽未必皆贤，然文武皆敬而尊之，所以尊朝命也。陈将军好讥评各路将帅，亦有伤大体。当此寇乱未平，全仗统兵大员心存敬畏。上则畏君，下则畏民，中则畏尊长，畏清议，如此则世乱而纪纲不乱。陈将军今后务须恪恭听命。凡添募勇丁，支应粮饷，均须禀命而行，不可擅自专主，渐渐养成名将之气度，挽回昔日之恶名。"

说着说着，曾国藩已觉胸中气提不上来了，背上满是虚汗。他只得又停下来，喝一口水，尽快结束这次长谈："以上三条，望陈将军细心体会，牢记于心，必能有益于将军本人，亦有益于剿捻大局。大丈夫襟怀坦白，光明磊落，不护短，不饰非，改了就好。本部堂向以培育人才为己任，玉成将军为一名将，亦本部堂一大功劳。望保天生谋勇兼优之本质，改后来傲虐自是之恶习,本部堂对将军寄予厚望。回去之后,将所部撤离济宁,前往清江浦,再听本部堂将令。"

陈国瑞刚一出门,曾国藩便已疲乏得瘫倒在太师椅上,浑身衣裤全都湿透了。

几天后,刘铭传奉命撤离长沟集。开拔的那天早上,他以五百长枪队为前道,有意绕道穿城而过。路过陈国瑞军营时,边走边对天鸣射,吓得城内鸡飞狗跳,行人避之唯恐不及,气得陈军官兵一个个破口大骂:"这些狗日的!""神气个乱耙!"

陈国瑞这些天来,想着曾国藩虽然态度严厉,但对自己还是有着爱护之心的。部属中有人鼓动对铭军回击报仇,陈国瑞制止了。现在经铭军这一撩拨,大家的怨气又都发作了,陈国瑞也觉得有道理。铭军出了气,自己损失惨重,曾国藩骨子里是偏袒淮军的。他有意不执行曾国藩的军令,赖在济宁城内不走。一连两道军令,陈国瑞都置之不理,曾国藩火了。他想:这样的败军之将都制服不了,其他绿营、旗兵还能指挥吗?但若以械斗之事从重处罚陈国瑞,别的绿旗将领会不服气;若以不遵调令处罚,清江浦并非战事紧迫,陈国瑞会找出借口赖账,且即使处罚,亦不会太重,达不到抑制的目的。曾国藩思来想去,找不到一个合适的理由。

"大人,高楼寨一仗,陈国瑞与郭宝昌分统左右两翼。僧王阵亡后,郭宝昌奉旨革职拿问,后翼翼长成宝等也降革有差,就连山东巡抚阎敬铭、藩司丁宝桢也都交部严议,唯独陈国瑞不但未受处罚,还护理钦差大臣关防。陈国瑞敢于梗大人之令不行,也就是仗着这点。不如釜底抽薪,就从这里参他一本,打下他的气焰。"赵烈文见曾国藩左右为难,给他出了一个主意。

"惠甫,你提醒得及时,就按刚才所说的,请你代拟一个密折。"

半个月后,赵烈文代表曾国藩到济宁城,对着陈国瑞宣读上谕:"浙江处州镇总兵陈国瑞,随同亲王僧格林沁带兵剿捻,与郭宝昌分统两翼。僧格林沁追贼阵亡,郭宝昌等救援不力,均经降旨分别惩处。朝廷因陈国瑞向来打仗尚属奋勇,且彼时身受重伤,从宽暂免置议。兹据曾国藩查明,陈国瑞与郭宝昌均充翼长,不应同罪异罚。唯念其接仗受伤,尚可稍从末减。陈国瑞着撤去帮办军务,褫去黄马褂,责令戴罪立功,以示薄惩而观后效。"

陈国瑞跪在地上,气得不能站起,他没想到曾国藩竟然使出这样一招来，弄得他有口难辩。他在心里骂道："好一个心肠歹毒的曾剃头！"

"陈将军，曾大人爱惜你是一个将才，只建议给你薄惩。他要我转告你，立即率部前赴清江浦；倘若再梗令不行，新账老账一齐算，革去总兵之职，发配军台效力。"赵烈文声色俱厉地训道。

这一招立见效用。要是没有总兵职务，他陈国瑞还有什么可以神气的？发配军台，连饭都吃不饱，哪里有鸡鸭酒肉？那两天被刘铭传锁在屋子里，真把他饿怕了。这便是陈国瑞：在弱者面前如狼似虎，在强者面前如兔似鼠；打仗时能够冲锋陷阵，谋事时却露出腹中茅草一堆。曾国藩这一套软硬兼施，把他彻底制服了。他连连给赵烈文叩头："请赵师爷回去禀告曾大人，就说卑职立即遵命率部赶赴清江浦，今后切切实实按曾大人所提出的三条要求办，戴罪立功。"

五　把捻战胜负押在河防之策上

曾国藩调陈国瑞驻防清江浦，其目的在于建立运河防线，阻击捻军渡河。但捻军这时并不急于过河向东，他们在豫鲁苏皖一带广阔的天地里，与湘淮军和这几个省的防兵周旋。捻军最擅长骑战和平原旷野之战，他们往来奔驰，飘狂如风，常常引得驻守在周家口、临淮、归德等地的张树声、周盛波、刘松山等部与他们接战。交锋不久，只见锣号一响，战旗一指，瞬时间便全军跑了。潘鼎新等游军跟在屁股后面穷追，追过一两天后，往往踪影全无，弄得垂头丧气。李昭庆的马队因买不到口外好马，始终建不起来。就这样，曾国藩受命北上整整一年了，除消耗大量粮饷外，无一战功可言。朝野开始有闲言了。先是金陵克复首次保举后的六个保举单均遭部驳斥，这在过去是没有过的事。继则豫鲁地方官吏、乡绅牢骚不满多起来，粮草供应敷衍马虎。再是廷寄责备、御史参劾。曾国藩既感委屈，亦无良方扭转局面，心中焦躁不已。

这时，朝廷任命正在荷叶塘养病的曾国荃为湖北巡抚。上谕到达曾国藩手里，给愤懑多时的他略添一分欣喜。半年前，曾国荃被授山西巡抚。那时捻战进展不顺利，曾国藩心情抑郁，已萌退志。他幻想兄弟优游林泉、畅忆往事的日子早点来到，遂阻止老九出山。曾国荃自己也不想到贫瘠苦寒的山西去，于是借口病体未愈推辞了。这次任鄂抚，正好从南面为捻战助力，曾国藩求之不得，去信给老九传达上谕，并要他立即募勇赴任。曾国荃也不再犹豫，召集旧部彭毓橘、伍维寿、熊登武、郭松林等人新募湘勇六千人，浩浩荡荡开赴武昌。当年官文拒不派兵救援李续宾、曾国华的旧恨，曾国荃一直记在心。他循例冷冷淡淡地见了一次官文后，便不再理睬。他擅自做主，全部淘汰湖北绿营，日夜训练新湘军，并将鄂省总粮台改为军需总局，将盐厘各项归厘金局核收。官文心中不快，他知道这位九爷的脾气，暂且隐忍不发。

将湘淮军拖得精疲力竭的捻军，分别由张宗禹和赖文光统率，先后进入河南，聚于许州、禹州一带稍事休息。刘铭传见有机可乘，急驰徐州，面见曾国藩。

"中堂，眼下捻匪撤离鲁皖，麇集豫中，正是该匪自取灭亡之时。"刘铭传虽是无赖出身，却长得白净挺拔，颇有儒将风度。北上督军前夕，曾国藩在江宁召见他，仔仔细细地将他端详了一番，然后对他说："省三，我看你五岳丰盈，三停匀称，威严近于自然，肃杀藏于宁静，今后事业，断非淮军其他将领可比。只是你文采尚不足。望军务暇时，多浏览前朝典籍，以备日后之用。"刘铭传知曾国藩最长于相术，遂牢记这番话，有空则读诗书，钻研兵法，这一年来大有长进。见捻军西去，他有了一个新想法。

"省三，此话怎讲？"曾国藩以欣赏的口气鼓励他说下去。

"捻军长在骑马，鲁西豫东旷野平坦，正是施展其长之处，豫西山岭重叠，豫南、鄂北则水田相连，都不利骑兵。我军如果能将他们锁住在这一带，捻军失其所长，则将为我所擒了。"

"你这个想法很好！"曾国藩右手梳理着胡须，左手轻轻地拍打着桌面。

"至于如何锁住，中堂已开了头在先。"刘铭传以深思熟虑的神态继续说，"派陈国瑞守清江浦，即在运河边布下了一根铁链。现在，卑职想把这根铁链向南挪动。"

"省三，你随我到书房来。"曾国藩打断刘铭传的话，将他带到大书房。

一脚迈进门，就看到正面墙壁上挂了一幅罕见的大地图。当年在建昌军营，李鸿章以安徽八府五州地图作为拜谒恩师的见面礼，极受曾国藩重视。后来，那幅地图果然在曾国荃手里，为攻下安庆立了大功。进了江宁城后，曾国藩命江苏、江西两省各州府，仿照安徽地图的形式，详细测绘，对原图做了很大的补充纠误。驻节徐州后，他又叫豫、鲁、直隶三省也照样绘制，然后由擅长舆地的汪士铎将这三省与苏、皖两省的地图拼起来，画了一张特大的地图。刘铭传见到这张图惊羡不已，他迅速走到图边看起来。

"省三，你用它指着地图说。"曾国藩随手递给刘铭传一根三尺来长的细竹条。刘铭传立即兴致大增，挺直身子侧立在地图边，右手拿着细竹条，在图纸上面上上下下移动，俨然奔驰着他的千军万马。

"卑职的意思是，以中堂锁运河的办法锁住捻匪。西面以沙河、贾鲁河为防线，北起河南中牟，南至安徽颍州府；南面以淮河为防线；北面以朱仙镇至开封府和黄河南岸为防线。挖深河床，构筑长墙和堡垒，沿这三条防线派重兵驻扎。然后出游军追剿，将捻匪逼到豫西鄂北，在那里一鼓聚歼。"刘铭传手中的细竹条指到豫鄂交界处。

曾国藩听着听着，脸上的笑意渐渐消去了。

"不过，防线太长，兵力不足，实行这个方略也大大不易。"刘铭传已窥视到曾国藩脸上的变化，自己先点出其中的最大难处。

"省三，你暂且到驿馆去住两天，容我好好想想。"

刘铭传走后，曾国藩坐在椅子上，对着地图沉思起来。他将一年多来与捻军作战的大小方略认真地反省了一遍：僧格林沁尾追不舍，疲惫交加，最后兵败人死。自己北上以来，改为以静制动的办法，只是守住一些重要城镇，保护了京畿安全，但捻军的有生力量并未遭到挫折。刘铭传建议以线取代点，采用长围之策来封锁，将捻军逼死在豫西鄂北一带。用心很好，但这样长的防线，哪来这么多的兵呢？曾国藩站起，走到地图边，用尺从中牟量到颍州府，又从亳州量到凤阳府，光西南两道防线就长达千余里，且不少地带河道淤塞，需要开挖。这个工程量又有多大！民工倒叫招募，粮饷从哪里出？千里防线，决不可能一律牢固，倘若有一处失守，便会全盘落空。成功了，有可能彻底平息捻乱；不成功，则会招致各方非议，有可能使英名毁于一旦。

日头西坠了，月亮升起了，油灯熬干了，天色放明了。从白天到傍晚，从深夜到黎明，曾国藩像一段枯木似的兀坐在大书房里，反反复复地思考着河防之策。

第二天下午，他又召集徐州老营的文武僚属磋商。有赞成的，有反对的，有拿不定主意的，意见纷纭，莫衷一是。吃晚饭时，赵烈文对曾国藩说："听说陈国瑞现在新安镇巡查防守工事，离徐州只有百把里，我向大人告个假，连夜到那里去一下，明下午赶回来。"

"你如此急着见陈国瑞有什么事？"曾国藩放下手中的筷子问。

"明天我再告诉大人。"赵烈文诡笑着说。

"好哇，惠甫，你有什么事还瞒着我！"曾国藩说，脸上带着笑容。赵烈文知道这是同意了。

"我还能瞒得大人多久，明天下午回来一定详细禀报。"

翌日黄昏，赵烈文人和马汗水涔涔地赶回徐州军营。稍事休息后，他走进了曾国藩的书房。

"惠甫，你这一天到宿迁干了好大事？"曾国藩又正对着地图发呆，见赵烈文进来，心中一喜。他已预料到赵烈文匆匆去来，一定与河防大事有关，但为何要去见陈国瑞呢？难道这个鲁莽武夫的腹中还藏有妙计吗？

曾国藩亲自给赵烈文倒了一杯用夏枯草熬的凉茶。他用的是荷叶塘农民的土办法，连叶带根全草一起熬，虽苦，但清肝火、散郁结。年年夏天，曾国藩都喝这种茶，每天晚饭后，他在散步时自己采回来。厨房里特为他备好的冰糖莲子羹他不喝，他就喜欢这种从小喝惯的苦凉茶，说是又节省又有作用。有一次他还在晚餐桌上对着全体幕僚，大谈夏枯草凉茶的好处，语重心长地告诫他们：树立勤俭朴厚的风气，要靠为政者从自己做起，且要从小事做起，小事易为难坚持，坚持下去就能起到大作用。从此，两江总督衙门的厨房，夏天再不做冰糖莲子羹，人人都喝夏枯草凉茶，远方来客亦不例外。

"我到宿迁去见陈国瑞，是去跟他核实两桩事。"赵烈文喝了一大口苦涩的凉茶后，向曾国藩详细汇报，"我先前隐隐约约听说，僧王咸丰三年在天津附近破长毛北征军时，就是用长围法取得成功的。又听说僧王临死时对身边人说，悔不该，未将长围法坚持下去。我为这两桩事特为去询问陈国瑞。"

"哦，有这样的事？"曾国藩端着茶杯，出神地望着赵烈文。

两江总督幕府的众多幕僚，个个都不是流俗之辈。曾国藩以古人折节问教、礼贤下士的气度对他们优容相待。在长时期的相处中，曾国藩看出赵烈文是这群幕僚中的翘楚，在德、才、学、识、度等方面都要胜人一等，故而十分器重，一有机会就保举他，但又不让他去上任就职，始终留在身边，以备咨问。

"据陈国瑞说，这两桩事的确都有。咸丰三年冬天，天津县一个七十多岁的老童生闯进僧王营房，自荐奇计。僧王打仗，从来都是独断专行，不听旁人的话，那天不知怎的，破例接待了老童生。老童生说：'今之计，宜用远围长困法。王所恃者马队，而长毛亦善走，击东则走西，击南则走北，难以获胜。不如改用远围，在百里地外坚筑土墙，四面包围。墙筑成功后，长毛则被围在其中。为什么要这么远呢？因为远则不易察觉，近则易为长毛所知。长毛有十多万人，每月需粮五六万石，没有多久，圈中的粮食就会吃尽。我军只须严兵分守，不必与之战，不出数月，粮尽援绝，内乱自起，再乘机一鼓聚歼。'当时僧王部下不少人讥笑这个老童生的主意迂拙，说一辈子连个秀才也考不中的人，还能有什么好主意！僧王却偏偏在那老童生的肩上猛拍一巴掌，说：'就用你这个计策，先给你十两银子，成功后再到我这里领重赏！'后来果然成功了。僧王足足赏了老童生三百两银子。这件事，陈国瑞虽未亲眼见过，但僧王部属们都这样说，可能不是假的。至于僧王临死时说的那句话，则为陈国瑞亲耳所闻。"

"惠甫，证实了这两桩事后，你是不是就赞成省三提出的防沙河、贾鲁河的方略呢？"曾国藩审视着赵烈文。

"是的。"赵烈文坚定地说，"我原本就赞成刘军门这个主意，这次从宿迁回来后，我更坚定了这个看法。跟踪追击不成，重点防卫也不成，我们当思改弦易辙。当年孙传庭就是用围堵的办法对付流寇的，僧王又有成功的战例在先，大人不必再犹豫。九帅复出，新湘军已练成，形势更为有利。大人的湘淮军以及豫军皖军负责守沙河、贾鲁河、淮河、黄河防线，九帅的新湘军从鄂北出兵进剿，合围之势一成，就是捻军的灭亡之日。"

当赵烈文把最后一口夏枯草茶喝完时，曾国藩也最终打定了主意。兵力不足，启用河南、安徽两省的绿营，尽管他们不中用，也要严厉责成他们守住。

这是一个重大的战略部署。曾国藩经过反复周密的思考，又有前明将领孙传庭和当今僧格林沁的胜例在先，他坚信这个方案是正确的。但它毕竟牵涉面太大，动用的力量太多，且在短期内不易见效。为昭郑重，他将河南、安徽两省巡抚及湘淮军的带兵大员召到徐州，面授机宜。

河南巡抚李鹤年、安徽巡抚乔松年和湘军大将刘松山、张诗日以及最近奉调驻扎济宁城的鲍超，还有淮军大将刘铭传、潘鼎新、张树声、周盛波，再加上陈国瑞，一齐端坐在剿捻钦差大臣的白虎节堂（一年前，它是徐州知府衙门大堂），恭听新的军事部署。曾国藩将一年来的剿捻之战做了回顾，归纳为"进展缓慢，战绩不佳"八个字。他没有把责任推给带兵的统领，坦率地承认自己指挥欠方，有负重任。在此基础上，将河防之策托出来，并将此计划的可行之处做了具体阐述。他不再征求大家的意见，拿起细竹条，指着墙壁上悬挂的地图，以干脆利落的语言布置分段防守任务。

"刘军门！"

刘铭传应声站起。

"河防之策始创于贵军门，捻匪灭后，当记首功。现在本部堂命贵军门率所部前往河南，防守中牟至尉氏一段贾鲁河。只准成功，不许失败。"

"遵令！"刘铭传接受任务后坐下。

"潘军门！"

潘鼎新立即肃立。

"贵军门率鼎军接着刘军门之后，防守贾鲁河尉氏至扶沟一段。此段淤沙较多，开挖工程量大。贵军门务须督部疏浚淤塞，严加守卫，不得放走捻匪一骑一兵。"

潘鼎新痛快地接受军令。

接着，曾国藩命刘松山率部守扶沟至周家口一段的贾鲁河，张诗日部防守自周家口至槐店一段的沙河，槐店以下责成安徽皖军防守，朱仙镇至开封一段，则由河南豫军防守。淮河水面由黄翼升水师负责。开封至考城一段由张树声、周盛波防卫。陈国瑞仍驻守清江浦运河。鲍超霆军随曾国藩左右以护老营。各路人马调遣完毕，刘铭传发言："今日中堂调兵遣将，防守沙河、贾鲁河，将捻匪困死在豫西一带，用心深远，但不是一天两天可以奏效的，恐怕众人不一定都能理解。卑职就听说官中堂讲这是守株待兔，最迂最笨的办法。今后怕的是浮议四起，军心动摇，日久松懈。"

刘铭传的意思分明是叫曾国藩再坚定大家的信心。曾国藩笑着说："防守沙河、贾鲁河之策，从前无有以此议相告者，刘军门创建之，本部堂主持之。凡发一谋举一事，必有风波磨折，必有浮议摇撼。从前水师之事，创议于江忠烈公，安庆之围，创议于胡文忠公。其后本部堂率水师，一败于靖港，再败于湖口，将弁皆不愿留水师而要上岸，靠的是坚忍维持，才有日后之振。安庆未合围之际，祁门危急，湖北糜烂，群议皆谓撤安庆之围援救武昌，也是靠坚忍力争而后有济。至于金陵百里之城，孤军合围，群议皆恐蹈和、张覆辙，本部堂不以为然。厥后坚忍支撑，竟以地道成功。办捻之法，既然尾追、守城都不得力，现在唯一可行的便是河防。诸位只要有本部堂刚才所说的坚忍之志，必可收得成效。"

安徽巡抚乔松年不赞成这个办法。他认为防守是被动的，乃下策，上策是追击歼灭，追击的关键在训练好马队。应严责李昭庆渎职之罪，用重金到口外购得好马，训练出好骑兵，有五千强劲的骑兵，再配备目前的陆师兵力，一定可置捻军于死地。他不明白曾国藩为何要出此劳而无功的下策，莫非年迈力衰，失去了往日强打硬拼的斗志？他本欲从根本上否定这个蠢主意，但终究没有开口。朝廷将剿捻之事责之于曾国藩，办不成自然由他负责，与己何干？再说皖军防守的这段，河宽水急，天堑一道，只要稍稍留心，捻军便插翅难逃，何苦去顶撞老头子？何况他带兵多年，老于谋算，此策说不定也有可能成功。乔松年以悫诚的态度说："中堂所说的坚忍二字，确是我辈为官打仗的要诀，不独河防一事须如此。卑职当以此二字训诫皖军，定要将槐店到颍州府这段防线，把守得如同铁桶一般。"

曾国藩满意地点了点头。

"中堂，防河拒捻诚为良策，不过，豫军所防的这段并非河流，全是沙土。沙土挖壕，随挖随塌，不能成形。眼下天气热，又不能以冻土筑墙。从朱仙镇到开封虽只七十里，但卑职实无把握守住。"说话的是满头白发的衰朽老者、河南巡抚李鹤年。他从湖北巡抚任上接替原巡抚吴昌寿还不到半年。李鹤年心力衰竭，不想多任事，深知由于吴昌寿的软弱无能，使得豫军跋扈不能控制，因此顾虑很多。这几天伤风，说不了几句话就咳嗽起来。咳了几声后，他捂住胸口说，"中堂先前有令，捻匪在哪省，哪省应负剿灭之主任。目前，捻匪麇集河南，豫军理应主动出击，现在以大量人马防守朱仙镇至开封府，任贼匪在境内嚣张，今后若言路责备卑职株守一隅，不顾全局，卑职亦难当此责。"

去年，御史刘毓楠参劾河南巡抚吴昌寿纵容豫军骚扰百姓，吏治昏庸，朝廷命曾国藩查访。曾国藩派员暗查，证明情况属实，朝廷革了吴昌寿的职，将李鹤年从武昌调了过来。谁知李鹤年比吴昌寿好不了许多，且豫军欺侮他年老不知兵，更不听约束。曾国藩在心里叹息：偌大的中国，要找几个真正能胜任的督抚都不容易，人才缺乏到了何等严重的地步！他本想用较为严厉的口气敦促李鹤年，但转念一想：这样气衰胆小的人，你再凶他，他不更虚怯？再说，咸丰七年自己在荷叶塘守父丧，就出山之事与朝廷讨价还价时，时任都察院给事中的李鹤年上奏，请朝廷即命夺情出山，仍赴江西及时图报。在困难的时候，李鹤年给予了他重要的支持。

因为有这层关系在内，曾国藩的话完全是另一种语气："李中丞，开封府附近的地理，本部堂都细细查勘过，诚如贵部院所说的，沙土覆盖，挖壕筑墙都有困难，但也得委屈弟兄们了。至于其他，中丞可不必多虑。今后无论何等风波，何等浮议，本部堂当一力承担，不与建此议的刘军门相干。即使有人指责豫军应该出击，不应株守，本部堂也一力承担，不与贵部院相干。这是本部堂一贯的作风。"

见大家都不再作声，曾国藩以其惯常的沉毅坚定的语气，给全体执行河防重任的文武大员们鼓劲："诸位不要以为河防汛地太长，且其中又有极难守之处，便先存畏难情绪。其实，河防之策正是去年本部堂所制定的，以静制动的剿捻根本大策的一种形式上的变化。以静制动，从本质说，是累于贼而逸于我，是打仗中取巧的一途。"

湘淮军将领中有人在偷偷地笑了。

"诸位不要讪笑，本部堂一向提倡拙诚，最恶取巧，亦不是存心让各位取巧，此为据剿捻形势而制定的大计，只有走这条路才是制胜之途。本部堂可以告诉各位，曾国荃统率的新湘军，不久就会出鄂省进入河南，从西与南两面逼使捻匪东窜。那时，各位只须张网捕获就是了。张宗禹、赖文光、牛宏、任化邦四大匪首，随便捉到哪一个，都可以与当年捉陈玉成、石达开、李秀成、洪天贵福的功劳相等！"

这句话对在座的文武大员们鼓舞很大，除苗沛霖后来又叛变被诛外，其他几个抓住石、李、洪的人都封了五等爵位。席宝田原是湘军中一个不起眼的小角色，就是因为抓到了洪天贵福而封男爵，令天下带兵的将领们垂涎。

封爵的机遇再次普降，他们如何不摩拳擦掌，跃跃欲试！

六　叩谒嘉祥宗圣祖庙

河防战略部署后，曾国藩将钦差大臣行营由徐州迁到济宁。在赴济宁途中，他查看了利国驿煤矿、运河、微山湖。在邹县，拜谒亚圣孟子庙，接见孟氏宗子孟广钧。在曲阜，拜谒至圣先师庙，会见衍圣公孔祥珂。

孔祥珂陪同曾国藩参观了金丝堂所藏各种古乐器，又把他领进了金丝堂旁一座建筑坚固的房子里，这里珍藏着孔府的重宝。那是乾隆皇帝当年亲来曲阜祭孔时，赐给孔府的十件周朝青铜器：木鼎、亚尊、牺尊、伯彝、册卣、蟠夔敦、宝簋、夔凤豆、饕餮甗、四足鬲。这些东西，曾国藩过去当京官时，也只有在大祭仪式上才能远远地窥视，今天能在自己的手里抚摸，作为一个对古礼十分尊敬的前礼部侍郎，曾国藩心中甚为欢欣。他愉快地应衍圣公所请，提笔赠联："学绍二南，群伦宗主；道传一贯，累世通家。"

为报答钦差大臣的厚意，孔祥珂又将孔府宝藏的画圣吴道子所画的至圣像、赵子昂所画的至圣像，还有一册前明君臣画像集，集中绘有太祖、成祖、世宗、宪宗、徐达、常遇春、汤和、刘基、宋濂、方孝孺、杨士奇、于谦、王守仁、李东阳等人像，另有大轴元世祖、明太祖像二幅，以及元、明两朝衍圣公及孔氏达官所遗留之冠带衣履，拿出来让曾国藩看。这些东西全都保存得色彩如新。曾国藩大开了眼界。他还在曲阜城拜谒了复圣颜子庙。然后恋恋不舍地离开曲阜，住进了济宁城。

曾国藩准备在济宁州住两三个月后，再到河南归德府，估计那时河防工事也建得差不多了。以后再由归德府到周家口，在那里召开河防成功的祝捷大会，犒劳有功文武。

这天上午，曾国藩在行营里忙着批阅文件。这几天的文件很使他不快。朝廷寄来的明谕中有杨岳斌在陕甘平回无功，具疏自请治罪，另简贤能的话。他为杨岳斌的处境担忧。刘松山来信，禀告捻军近来在南阳大败新湘军郭松林部，豫军有两营也参与这场战争，丢盔卸甲逃许州。偏偏总兵宋庆又来函，说豫军近日在南阳获胜，已向皇上请赏。曾国藩对照这两封来函，心里很不安，既为九弟出师不利而焦虑，又为宋庆冒功请赏而激愤。他本想在宋庆信上狠狠地批几句退回去,又怕宋庆因此而生怨恨,误了河防大事,落笔时语气又变得和缓,批驳变成了询问。

正在这时,亲兵来报:"大人,门外有一贫苦读书人模样的,自称是大人的本家,请求接见。"

他觉得奇怪,此地哪来的本家?难道是湘乡有人长途跋涉来山东找?吩咐亲兵:"你叫他在门房里坐一坐,过会儿再来见我。"

亲兵答应一声出去了,曾国藩继续批阅文件。批到一半时,他猛然想起:"是不是嘉祥县里来的人呢?若真是的话,那就怠慢了。"他忙停住笔,起身向门房走去。

刚走出几步,只见一个人从门房里走出,急急忙忙迎面向他走来。在离他还有十多步远的地方便跪了下来,口里念道:"嘉祥县宗圣宗子五经博士曾广莆拜见中堂大人。"

果然是宗圣的后人,得罪,得罪!曾国藩心里想着,迅速走前几步,双手扶起那人,说:"国藩早就想到嘉祥县叩谒先祖宗圣庙,只因军务太忙,一时不能抽身。今先生不责我不敬祖之罪,亲来城里相见,令国藩惭愧,请到书房叙话。"

曾广莆抬起头,曾国藩细看了一眼,只见此人五十多岁年纪,面容黄瘦,精神萎靡,全不像宗圣之后的样子,颇令他失望。他拉起曾广莆的手,一道走进书房。亲兵献茶,曾广莆拘泥地接过,站着不动,不知坐在哪里是好。曾国藩笑容可掬地指着对面一张雕花枣木靠背椅说:"请这里坐。"待曾广莆告谢,小心翼翼地坐下后,他又说,"广莆先生,你到我这里来,就是在自己的家里,我们以家人相称,千万不要拘谨才是。"

一听这话,曾广莆的心里轻松了许多,恭敬地问:"大人尊讳不用派号,在下不知如何称呼才是。"

"国藩为传字辈,派名为传豫。"曾国藩微笑着说。

"叔祖在上,孙儿不知,罪该万死!"曾广莆说着,慌忙离开座席,端端正正地站在曾国藩面前,整肃衣帽,然后行一跪三叩礼。

曾国藩端坐不动,任他跪拜。待曾广莆拜毕,曾国藩依旧笑着说:"论辈分,我是你的祖父辈,你要讲究家法,行跪拜大礼,我也受了。论年纪,你我差不多,用不着太客气,请问你的表字?"

"叔祖虽然这般说,孙儿岂敢坏了家规!"曾广莆诚惶诚恐地说,"回叔祖的话,孙儿贱字伯仕。"

"伯仕,你是广字辈,从宗圣传到你这一代,应是七十二代了。"

"是的,是的。"曾广莆连连点头。

"在嘉祥,现在见到哪一代了?"

"孙子昨天从嘉祥启程,驼八爷纪霖说,他的孙媳妇生了个儿子,要我求大人给他取个名。纪、广、昭、宪,"曾广莆扳着指头数,"现在到了宪字辈。驼八爷好福气,刚好碰上叔祖驻节济宁州,请叔祖开恩,赐个名字给他吧!"

"好哇!"曾国藩高兴地说,"我们奉命北上剿捻,图的是天下得安宁,这孩子的名字就叫宪宁吧!"

"孙子代驼八爷谢谢叔祖。过几年,孙子还要亲自训诫宪宁,告诉他,这名字是他的老祖宗宫保大人给取的,要他好生念书,日后光宗耀祖,莫负宫保大人的期待。"

"你说得好。"曾国藩心里很高兴,"邹县孟氏宗子也是广字派,曲阜孔氏的衍圣公已到祥字派了,不知颜氏宗子到了哪个字派?"

"颜氏宗子是纪字派,宗子名叫颜纪清。"曾广莆答。

曾国藩笑着说:"还是孔老夫子的后人发达得快呀!"

"是的。"曾广莆说,"孙子有一事不明白,今天特为来济宁州面问大人,求大人赐教。"

"什么事,你说吧!"

"我曾氏族谱已有三代没有修了。大家都说,如今我们曾家出了一位顶天立地的伟人,不仅是宗圣之后无第二人可比,就是由宗圣上溯到轩辕黄帝那六十八代中,也只有黄帝、颛顼、大禹等几位先祖可以比得。这样一位使我曾家列祖列宗大增光辉的功臣未上族谱,怎么行?嘉祥曾氏家族几个头面人物会议,要重修一次族谱。众人说,过去的族谱只载明宗圣之后第十五代曾据生于西汉末造,封关内侯,王莽篡位时因耻事新莽,于庚午年十一月十一日挈家迁庐陵之吉阳乡,曾氏一族自此南迁。叔祖这一支一定是这次南迁的,但南迁后的派系就不清楚了。孙子这次来,就想问问这个事。"

"哦,你问的这个事,我可以答复你。"曾广莆刚才的颂扬使曾国藩满腹兴奋，嘉祥的族人竟然把他与黄帝、颛顼、大禹、曾参来相比，作为曾氏后人，还能有什么比得上这种荣耀！"道光十九年，我从京师回家，湘乡曾氏正在重修家谱，族里公推我为主持人，因此我对湘乡曾氏的来龙去脉比较清楚。南迁的曾氏始祖为曾据。据公有二子，二房名阐。阐公传二十七世到孟鲁公。孟鲁公这一支在北宋庆历年间，由江西吉安始迁湖南茶陵。再传四代到南宋绍兴年间，由茶陵迁到衡阳唐福。再传十八代到了孟学公手里，先由衡阳迁衡山白果，继迁湘乡荷叶塘。孟学公之后第四代元吉公，定居于荷叶塘大界。荷叶塘曾氏奉元吉公为始祖，建有专祠。元吉公之后为辅臣公，辅臣公之后为竟希公，竟希公之后为星冈公，星冈公之后为竹亭公，竹亭公生我兄弟五人。"

"经叔祖这一细说，曾氏南迁以后这一千八百多年代代相传的历史，我们就大致清楚了。下半年，孙子派人到叔祖家乡荷叶塘去，把这份族谱抄下来。"

"伯仕，我也正要问问你嘉祥宗圣庙的情况。"曾国藩望着显得寒碜的宗圣宗子，和蔼地说，"我这次由徐州来济宁，沿途叩谒了至圣、亚圣和复圣三庙，了却了生平一大心愿。至圣庙气宇辉煌，令人直欲不敢仰视。亚圣庙虽不及至圣庙之气概，但庙宇整肃，古柏森森，亚圣及其父母之墓都保护完好，孟氏后人在墓旁筑室读书。书声琅琅，传诗礼家风，也令人敬仰。复圣庙规模比亚圣庙又略小一点，清静安谧。陋巷井旁唐人植的大桧，仍枝叶苍翠，两庑所配享的颜歆、颜子推、颜真卿兄弟的塑像也都完好。兵火年代，三圣庙都能保持到这个样子，已足令天下读书人欣慰了。昨天阎抚台、丁藩台来，我还着实赞扬了他们一番。我心里一直在牵挂着嘉祥的宗圣庙，不知它现在保存得怎样了，总想抽空叩谒，只是军务太忙，抽不出身来。伯仕，你先对我讲讲吧！"

曾广莆来济宁城拜见曾国藩，明里说是问曾氏一族南迁后的派系，其实质就是为着先祖宗圣庙而来的，但听了曾国藩刚才的话，他又有点紧张起来：宗圣庙那个样子，说出来会不会引起这位大人物的恼怒呢？片刻之间，曾广莆脑中浮起了嘉祥曾氏族人的一再叮嘱："你一定要把这个财神菩萨接到嘉祥县来住两天！""若能求得他施舍几万两银子，把宗圣庙修理得堂堂皇皇，超过亚圣庙复圣庙，你就是我们曾氏家族的大功臣！"

曾广莆定定神，说："回禀叔祖，嘉祥的宗圣庙也保护完好。孙子这次来，就是受嘉祥所有宗圣后人的委托，恭请叔祖大人回老家住两天，聊表曾氏族人对叔祖的敬意，同时也请叔祖看看宗圣庙。"

"嘉祥曾氏族人的厚意，国藩深为感谢。"曾国藩想了想说，"不过现在实在太忙，过一段时期军务稍闲时再去如何？"

曾广莆急了，忙说："叔祖肩负剿捻重任，被皇上倚为长城。要说空闲，孙子想一年四季都可能没有，不如干脆把公务暂搁一下，到宗圣庙去烧烧香，求宗圣在天之灵保佑叔祖早平捻乱，国家早得安宁，孙子以为其作用会比办两天公务大得多。"

这番话说到曾国藩的心坎里去了。早在安庆时，曾国荃围攻金陵，曾国藩一颗心天天挂念着金陵战事。每天傍晚时，他便独自一人跪在衙门三楼的小房间里，默默地对天祈祷，呼喊着他最崇拜的英雄——祖父星冈公，向祖父的在天之灵诉说着心中的忧愁。说来也真有灵，每经过一番祈祷诉说之后，再走下楼来，曾国藩的心里舒坦得多了。他仿佛在冥冥之中得到了祖父的指示，信心增强了，主意增多了。曾国荃围金陵整整两年，在那些提心吊胆的日子里，曾国藩就靠这种办法维持了心灵上的平衡。曾国藩由此相信，只要心诚，就可以与祖先相沟通，就可以得到他们的庇护。他想，为什么几千年来人们都要虔诚地祭奠祖宗，其原因大概就在于此吧。

"好吧，你明天在济宁州玩一天，我把手上的事处理好，后天一早，你带我去叩谒宗圣庙。"

济宁州到嘉祥县只有四十八里。午正时分，曾广莆以及随行护卫队员簇拥着一顶简单布轿停在嘉祥书院。曾国藩青衣布履走出轿门，进了书院。嘉祥书院为着接待曾国藩，特为放了几天假，书院里冷冷清清的，只有一个老者伫立在门口。曾广莆介绍："这是在书院里教书的曾老先生，也是宗圣的后人。他是兴字辈的。"

"老先生是我的叔辈了。"曾国藩和气地说。

"岂敢，岂敢！"曾老先生慌得忙打躬作揖。

曾国藩看这老先生约有六七十岁年纪，头顶已基本秃光，几根细长的白头发松松垮垮地扭在一起，用一根旧黑布条扎住，身上一件蓝不蓝、白不白的长衫,大大小小有七八个补丁,脚上的布鞋破旧,鞋梁用草绳代替,左脚还露出一只黑瘦的光脚趾。他在心里叹了一口气,抬头打量着四周。这里号称嘉祥书院,是县城里唯一一个读书之处,其实只是一间正屋,供学生们上课用。另有一间低矮的偏房,是曾老先生的卧房兼厨房。墙脚边开出一块两丈长、一丈宽的菜土,种了些青菜瓜豆之类。

曾国藩刚刚坐定,嘉祥县令程绳武带着县衙门的官吏和曾氏家族有点头脸的人物便赶来了。程县令一再道歉未能远迎。曾国藩说他是回嘉祥谒祖庙,并非办公事,事先未通知,不怪他。少顷,从县衙门抬来两桌酒菜。程县令和曾广莆一左一右地陪着,殷勤相劝。吃完饭,稍为休息片刻,众人簇拥着曾国藩前往宗圣庙。

一到嘉祥县,见到嘉祥书院和书院里的教书先生之后,曾国藩就开始对宗圣庙担心起来。走了一会,曾广莆指着前面一座小屋说:"这就是宗圣庙。"

曾国藩先是一怔,不敢相信,继而是一股凄凉悲哀的情绪涌出。这是一栋鲁西南常见的庄稼人的住宅。正面一扇矮檐木门,四周围着一道一人高的土墙,墙顶糊着用来挡雨水的高粱秆,墙上大大小小的窟窿随处可见。推开大门,现出一间年久失修的旧瓦房。瓦隙里长着高高低低的茅草,鸟雀在草丛中飞来飞去。左右两个窗户,窗棂残缺不全。大门两边的楹柱似乎漆过油漆,但已剥落得差不多了,露出黑黑的干裂的柱身。倘若不是门顶上挂着一块"宗圣庙"的竖匾,怎么也不可能令人想起这便是建于曾参老家的圣庙。不要说远远不如孔庙,就是比起孟庙、颜庙来也相差得太远了。但这毕竟是祭祀先祖的庙宇,曾国藩仍整肃衣冠,对着正面那座色彩斑驳、通体不成比例的泥塑曾参像,恭恭敬敬地行了三跪九叩大礼。曾广莆带着族人跟在后面跪满一大片。

心绪苍凉的曾国藩本想对着宗圣说:"曾氏后裔式微,致使祖先蒙尘,与孔、孟、颜族相比,羞愧难容,拟捐银两万两,重建圣庙、书院,振兴曾氏家族。"转念一想,两万两银子从何处拿出?自己的养廉费大部分都分寄给了那些阵亡将领的遗孤,剩余部分也周济给各地书院,供那些穷民小户的士子膏火之资。大半生的积蓄也最多不过两万余两银子,还有许多必不可少的开销,不能都用在这里。军饷虽多,但那是绝对不能用来修曾氏一族祖先庙宇的。再说,宗圣诞生之地贫困到如此地步,宗圣后人衰敝到这等模样,也是天数，非人力所能遏振。曾国藩在曾参塑像前沉思多时，最后祝道："宗圣在天之灵安妥，七十代不肖孙国藩虔诚祷告，愿我圣祖保佑剿捻军事顺利，捻乱早日平息，百姓早得安乐，国家早得升平，待海晏河清、国泰民安之时，不肖孙再来叩谒我圣祖，率合族人重修庙宇，扩建书院，让圣祖道德文章世代相传，永不中断。"

祷完起立，曾广莆打开后门。后面还有一间屋，名曰启圣庙。传说当年曾参在这里"吾日三省吾身"，并为之取名曰养志楼。曾国藩见启圣庙更不如宗圣庙，半边墙已倒塌，未倒的部分也朽敝不庇风雨。他在院中站了站便出来了。曾广莆说："孙子家就在庙边不远，已备下凉茶，请叔祖赏脸，到孙子屋里坐坐。"

曾国藩也想见见宗子家的情况，便点头同意。

出宗圣庙向左拐，走过百来步，便到了五经博士的家。住宅占地面积倒不小，但只有两间旧屋，从地面上保存的痕迹可以看出当年鼎盛时期的概貌：高大的头门、二门，宽广的堂屋、回廊，以及约有百把丈长的围墙。可是现在一概颓毁无存。曾广莆在空坪上摆了两张桌子，上面放了些茶水、果点。曾国藩略坐一坐，站在门口看了一眼宗子的内室。

内室窄小阴暗，摆设简陋不堪，就连雍正皇帝亲赐的"省身念祖"匾也无悬挂之处，只庋置于一张旧桌上。曾国藩在心里叹息不已；宗子家尚且如此，宗圣后裔的状况可想而知了。他不想再在嘉祥县待下去，拟明早就回济宁州，经不住曾广莆和另外几个曾氏长者的苦劝，第二天只好又来到嘉祥城外四十里的南武山曾参的墓地。

此处也有一个宗圣庙，比起县城里那个庙来要强多了。庙在南武山下，周围一带全是顽石，不生草木，因而庙内外二百多株嘉庆年间所植的柏树，显得特别珍贵，衬托出一派森森古柏绕圣庙的肃穆气氛，令曾国藩稍觉欣慰。庙宇保管得还算是完好，曾参的塑像无损坏，两庑还有弟子阳肤、乐正、子春等人的塑像，中有宗圣门，前有石坊三座，还有两座碑亭。一座是明万历年间太仆少卿刘不息的《重修宗圣庙记》，一座是乾隆皇帝亲撰的《宗圣赞》。从庙里走出来，曾国藩又去看了看曾参的墓。

墓道两旁竖立着几个石马、翁仲，但享堂已片瓦无存，长着乱草的圆坟前有一块石碑，碑上刻着"郕国公宗圣曾子之墓"九个字。曾国藩对着墓碑又一次恭行三跪九叩大礼。曾广莆带着一批人在墓旁摆上供果，焚化钱纸。礼毕，曾国藩围着墓走了一圈。

曾广莆对他说："因为年代久远，宗圣公墓早已佚亡，不知葬在何处。前明成化初，南武山有个打渔的老头子，一次走路不小心，掉进了一个千年古洞，意外地在古洞中发现一具悬棺。悬棺边的石壁上刻着'曾参之墓'四个字。渔翁爬出洞后，立即把这一发现告诉了曾氏后人，并由山东守臣上奏朝廷。曾氏后人把悬棺取出来，就在古洞边为宗圣公建了一座坟墓，同时把古洞填塞了。弘治十八年，山东巡抚金洪奏请建享堂、石坊，一直到道光年间，都还保存得很好。这些年来逐渐败坏，也无人再修了。"

说罢，连连叹气。

曾国藩问："南武山一带住着多少宗圣后人？"

"三百来户。"曾广莆答。

"都做些什么事？"

"过去都种庄稼，从道光末开始，不种庄稼，改种鸦片了。"

"种鸦片？"曾国藩摇了摇头，"获利大吗？"

"虽然有些收益，但县里官吏勒索太多，比种庄稼强不了多少。"曾广莆说，"不过要清闲点。"

曾国藩不再问话了。他登上一个小山坡，纵目望去，只见周围山石顽犷，地势散漫，全无一点山水环抱、气势团聚之象，对墓里葬的是不是真正的宗圣遗骸甚表怀疑，但他没有说出来。

回到嘉祥书院，曾国藩只是和县令程绳武谈嘉祥的经济民生以及前两年捻军在这里的活动情况，再不问及宗圣的事。曾广莆急了，他和族人们商议着。好不容易挨到县令告辞，曾广莆忙进来，对曾国藩说："叔祖这两天回籍朝祖，曾氏阖族倍感荣幸，大家在一起计议，都说这次重修族谱，非请叔祖出面不可。"

曾国藩道："我虽是宗圣后人，但我家这一支迁到南面已近两千年了，再由我出面修嘉祥境内曾氏族谱不太合适，且我军务在身，也无暇办这个事。"

一开头就碰了个钉子，曾广莆大为失望，他仍不甘心："叔祖一族虽说早已南迁，但毕竟我们是宗圣一脉所传，骨肉之亲是改不了的。倘若叔祖过忙，何不叫两位叔父中的一位来担任呢！"

曾国藩笑道:"他们年纪轻轻,懂得什么!"

曾广莆本是个木讷而无主见的人,被曾国藩这两下一堵,就不知如何说下去了,嘴里嗫嚅半天,也没有说出个所以然来。曾国藩又是气恼,又是怜悯,说:"伯仕,嘉祥县曾氏重修族谱,我们湘乡曾氏就不参与了,还是由你为头,把族谱修好。日后国家承平,我也还没死的话,我倒有个心愿,弄清楚宗圣公的后裔,目前除嘉祥、吉安、湘乡外,还族居在哪些地方,再邀请他们一起来合修一个曾氏全族谱。如果那时族人看得起我,推我出来主办此事,我也乐意。你看呢?"

曾广莆心里怏怏地,口里只得说:"那当然是我们曾家的大庆。"

曾国藩说:"这两天看了嘉祥和南武山两处宗圣庙和墓地,为宗圣后裔的衰微深感痛心。这固然是国家不安定、嘉祥贫瘠所致,更因曾氏族人淡忘了宗圣公的教诲,也忘了雍正爷'省身念祖'的圣谕。宗庙不修,祖宗不祀,还有什么曾氏家族可言?更不必去指望它兴旺发达、人才辈出了。根本之事不办好,汲汲皇皇去修族谱,族谱修得再完备,又有什么用呢?"

曾广莆听到这里,才恍然大悟,这才是曾国藩不主持修族谱的原因,后悔不该请他来嘉祥。先以为他看到宗庙凋敝,会动心而捐巨资,谁知分文未给,还招来一顿教训。事已至此,曾广莆只得说:"叔祖教训的是,孙子作为宗子,未把全族人团结好,愧为宗圣后人。"

"当然,这不能怪你一人。"曾国藩叹了一口气,说,"嘉祥曾姓阖族人都有责任。曲阜的孔庙诚然不可去高攀,但邹县孟庙那样的规模,是可以做得到的。邹县并不比嘉祥富裕,但孟氏后人对先祖恭敬之心,远远超过我们曾家。我们难道不觉得惭愧吗?"

曾广莆的脸通红通红的,低下头,无言可答。隔了很久,曾国藩才说:"我虽通籍二十多年,官居一品,带兵这些年里,几百万两银子在手头过是常事。说来你可能不信,我所积的银子也不过就只两万来两,有心资助你们重建宗圣庙和书院,也无力做到。我只能捐祭产银千两,你们用它去买点田地,养活几个管理庙宇的人,一年四季给宗圣公上几道祭菜。再有点剩余,则资助给嘉祥书院,培养几个举人、进士出来,光大嘉祥曾氏门第。伯仕,你作为嘉祥曾氏宗子,所居也太简陋了,雍正爷的赐匾都不能悬挂,未免使人太酸楚。我再送你四十两银子,你把房子修缮一下,再添一套新衣服,平时也好体面地会见外来的客人。"

先以为一点希望都没有了,现在又得到一千零四十两银子,五经博士在大失望之后得了一点小满足。

这一夜,曾国藩在嘉祥书院里想了很多很多:嘉祥县曾氏后裔如此衰微,宗圣公在天之灵何能心安!湘乡曾氏现在虽说有天下臣民第一家之称,但世人哪里知道,这"第一家"其实是空的。且不说个中的辛酸苦辣,就说目前的剿捻战局,前途未卜,倘若河防之策再不能取胜,这第一家便要立即中落了。杀人攻城得来的荣耀毕竟是短暂的,这中间有着许多偶然性,家族传之长久的兴旺,靠的是礼义诗书!

曾国藩这样想着想着,便更加挂念武昌城里的九弟。河防的成败,很大程度取决于新湘军在鄂北豫西对捻军的作战。然而,曾国藩此时做梦都未想到,正是这个曾经给他带来巨大荣耀的九弟,眼下与湖广总督官文彻底闹翻了,终于导致河防之捷成为画饼一张。

七 武昌城里,巡抚和总督大开内战

三个月前复出的湖北巡抚曾国荃,与他的大哥截然不同。皇家刻薄寡恩的本性,功臣鲜有善终的历史教训,以及四哥反复讲述的白云观丑道人的恳切规劝,都不能使他大彻大悟。他依然是目空一切,我行我素,不把称雄皖豫多年的捻军放在眼里,也没有把朝廷的宠臣官文放在眼里。新湘军的失败使他愤懑,不久又传出彭毓橘被肢解、悬首示众的消息,更使他暴戾失常了。

彭毓橘是他的表弟,年纪相仿佛,性格也相投,攻打金陵时出力最多。当萧孚泗、朱洪章、刘连捷等人都不愿再赴战场的时候,彭毓橘慨然应邀为他组建新湘军。现在遭此下场,曾国荃怎能不伤心,不暴怒?就连奉父母之命暂回湘乡料理家务,路过武昌住在抚署的曾纪泽,也为表叔的惨死而伤心。

这天深夜,粮道丁守存悄悄走进抚台衙门,秘密会见了曾国荃。

"九帅,彭将军之死,是由于断粮的缘故。"丁守存向曾国荃透露一个重要情报。

"粮台为什么不供应军粮？"曾国荃顿时怒火冲天，对着粮道吼道。

"九帅息怒。"长着一副黄瘦马脸的丁守存轻轻地说，"粮台本来贮存一百万斤粮食，只因官中堂原招募的五千鄂勇被九帅撤了，欠饷一时无银兑现，官中堂命卑职将粮台所有粮米调出来，按每勇两百斤发放了。彭将军出兵前，粮台想方设法为他筹集四万斤粮，先想随后就运去，谁知粮路给捻匪断了，假若彭将军再多带两万斤，都不至于军心涣散而招此败。"

"你说的这事有根据吗？"曾国荃两眼恶狠狠地盯着丁守存。

"卑职这里有官中堂的亲笔批示。"丁守存从靴页里抽出一张纸来，双手递给曾国荃。丁守存并不是曾国荃提拔的人，他为何对曾国荃如此忠心呢？

原来，他不是为了讨好曾国荃，而是要报复官文。两年前，丁守存利用职权贪污一万两银子，被人告发，官文将他臭骂一顿，声言立即参劾。丁守存吓得磕了几百个头，求朋告友，凑集了一万银子赎罪。官文仍不松口。无奈，丁守存变卖了部分家产，给官文送了一万银子的礼，官文才许他一个暂不参劾、戴罪效力的机会。因此，丁守存恨死了官文。正因新湘军初战失利恼羞成怒，又找不到借口推诿责任的曾国荃，这下子抓到了一个大把柄。待丁守存走后，叔侄俩计议半天，决定先不作声，派人分头搜集官文这些年在湖广的劣迹，然后再重重地参他一本，以报今日之仇，以雪当年不救援三河之恨！

曾国荃的举动瞒不了官文的耳目。他不敢明目张胆得罪这位杀人如麻的曾九帅，便使出一个法子，给朝廷上了一道折子，说鄂北捻情严重，请赏曾国荃以帮办军务的名义带兵离开武昌，驻扎襄阳。谕旨很快下来，如官文所请。

曾国荃过去一直带兵在前线打仗，对官场了无所知，又不熟悉本朝掌故，不知帮办军务一衔究竟有多大，应不应该专折谢恩。于是写信给大哥。曾国藩来信告诉九弟，不必疏谢。又解释说，近年如李世忠、陈国瑞等降将皆得帮办，刘典以臬司、吴棠以道员亦得之，本属极不足珍之目，本朝以来亦无此等名目，以后公牍上都不要署此衔。曾国荃接到大哥这封信，犹如一点火星掉进油锅，立即燃起了熊熊怒火。他恨官文不但要把他排挤出武昌，并且把他列为道员、降将一类人来奚落。他气得一剑砍掉了书案一角，高叫："我堂堂炎黄子孙，岂能仰鼻息于傀儡膻腥之辈！"

吓得曾纪泽忙说:"九叔,隔墙有耳!"

"怕什么!"曾国荃怒斥侄儿,"老子早就想和他们干一场了。你给九叔我草拟一篇参折,也让他们知道曾九爷是不好欺侮的!"

曾纪泽的文章做得好,在父亲的指导下,也有意识地读过不少名奏章,但自己独立拟稿,这还是第一次。他关起门来咬了几天笔杆子,冥思苦想,写了一篇近三千字的长奏,列举官文几大罪状:贪庸骄蹇、欺罔徇私、宠任家丁、贻误军政、笼络军机、肃党遗孽。最后这一条虽证据不充分,但性质严重,便也加上去了。曾纪泽写好后,自己觉得有点惴惴不安,拿给九叔看。曾国荃却非常满意:"写得好!看来你这几年在父亲身边长进不小。就这样吧,叫文案房安排誊抄,明日拜发。"

"九叔,官文是太后、皇上的亲信,且官居大学士,非一般人可比。为慎重起见,先抄一份送到济宁州,让父亲看看后再拜发如何?"

"你父亲自从咸丰八年复出后,胆子是越来越小,顾虑则越来越多,事事谨慎、处处小心。这篇奏疏如给他知道,那一定发不出去,不如不告诉他,今后即使有麻烦事,也省得牵连到他的头上,由我一人负责算了。"

奏疏拜发了。曾纪泽仍不放心,他自己誊抄一份,派人送往济宁州。

曾国荃这份弹劾大学士的奏章,立即在朝廷和各省督抚中引起轩然大波。官文做官的诀窍,除先前彭玉麟所指出的不管实事外,还有一个,那便是善于笼络京官。京官地位重要,但俸禄并不高,因无地方实权,额外收入很少,全靠地方大员接济。官文自咸丰五年出任湖广总督以来,就十分重视对京官的联络。每年入夏的冰敬,入冬的炭敬,比哪省督抚都要丰盛,而且送的面广,上上下下都满意,遇到端阳、中秋、重阳、年关这些佳节,他则有选择地分送各部要津。朝廷派下的大小钦差来到武昌,他的礼数最周、招待最好。官文哪来的这多钱?还不是两湖的民脂民膏!所以尽管民怨沸腾,官文的位子却是铁打的,湖督一席,一坐便是十三年。曾国荃拼死拼活打下金陵,只挣个伯爵,他在武昌悠闲自在,也得了个果威伯的美名。这便是官文的本事!

朝廷各部对曾国荃一到武昌,便参劾总督的行为普遍不满,尤以军机处为甚,因为奏折中有"军机处故意与鄂抚为难,凡有寄谕,从不径寄,而由督署转递"的字样，触到军机处的痛处。军机大臣胡家玉面禀太后，说曾国荃将军事失利的责任推给官文，居心不良，所奏情事多有不合，宜驳回。慈禧太后命兵部派员到武昌密查核实。

济宁州里，曾国藩接到曾纪泽的禀帖，将奏疏仔仔细细地读了一遍。老九的使气任性，办事孟浪，使他深为痛心。他顿足叹息，预感此事将招致严重的后果。必须给老九明确地指出：不能走得太远！他提笔作函：

> 官秀峰一事业已奏出，但望内召不甚着迹，替换者不甚掣肘，即为至幸。弟谓命运做主，余素所深信；谓自强者每胜一筹，则余不甚深信。凡国之强，必须多得贤臣工；家之强，必须多出贤子弟；一身之强，当效曾、孟修身之法与孔子告仲由之强，可久可常。此外斗智斗力之强，则有强而大兴，亦有因强而大败。吾辈在自修处求强则可，在胜人处求强则不可。

又给纪泽写了一封信，严责儿子不但不去劝止九叔，反而拟此言辞尖刻的奏疏，为之推波助澜，太不懂事了。

刚好这时李鸿章来徐州视察军务，曾国藩打发赵烈文到徐州去跟李鸿章商量。李鸿章一听，也觉得老九莽撞了。他沉思良久，对赵烈文说："现在只有一个办法，由恩师出面打圆场，密保官秀峰，并以兄长的身份批评九帅做事草率，尽量把事情化小。不知恩师意下如何。"

赵烈文回济宁后，向曾国藩转述了李鸿章的主意，并认为这是个可行的办法。曾国藩从心里来说并不愿意这样抑荃扬官，但考虑到老九非官文的对手，倘若官司打败，调离湖北，新湘军便不再存在，全盘计划将会打乱。为了河防之策的顺利执行，从剿捻大局出发，只得出此下策。几天后，一封密保官文的奏折由济宁州发出了。

接到大哥的信后，曾国荃的头脑开始冷静了点，原拟的第二份参折暂时搁下未发。曾纪泽则遵父命离开武昌南下，跳出这个是非圈子。

不久，来武昌调查督抚纠纷的钦差回到京师，将曾国荃所列官文各条一一驳回。都察院的御史上书，奏官文为肃党余孽事既不成立，曾国荃则为诬陷，例应反坐。其他各省督抚中也有人上奏，说曾国荃恃功傲物，打仗失败,应予惩治。慈禧太后对此事颇感为难。她既需要官文这样忠实的家奴,也需要曾国荃这样能斗的鹰犬。眼下捻军势力强大,国事未安,曾氏兄弟和湘淮军是她依赖的柱石。但官文无过受辱,朝野物议甚烈,不压一压曾国荃也难平众怒。她想给曾国荃一个"降二级处分",犹如当年曾国藩为杨健请入乡贤祠所得的结果一样。

这时,接替杨岳斌任陕甘总督的左宗棠,给朝廷寄来一份词气亢厉的奏疏,称赞曾国荃劾官文一疏,是当今天下第一篇好文章,第一等好事,人心大快,正气大张,并以自己在湖南抚幕多年的身份为证,指责官文贪劣庸碌,不堪封疆重寄,请求太后、皇上撤官文之职,以昭朝廷公正之心。左宗棠正处在平回民之乱的前线,他这封奏折的分量,远胜他省督抚和都察院的御史。曾国藩密保官文的奏折此时也到了慈禧的手中。慈禧是个精明的人,她深知曾国藩不早不迟,恰好这时来封保官的折子,无疑是在为弟弟弥缝,希望这件事不要水火不容地闹下去。曾国藩的这个态度很使慈禧欣慰。她想:倘若曾国藩和弟弟站在一边,坚决与官文为敌,那就更麻烦了;曾国藩的面子还是要给的。慈禧决定按督抚不和的处置成例来个和稀泥。于是将官文内调京师,以大学士掌管刑部,兼正白旗蒙古都统,调李鸿章为湖广总督。因苏抚一职暂不能离开,遂调湖南巡抚李瀚章暂署湖督,由刘昆接替李瀚章。对曾国荃则未加任何指责。一场大风波就这样平息了。

正当曾国藩为九弟平安度过险境,湖督一职落入湘淮军手中而欣喜的时候,赖文光、张宗禹趁着清廷官场这场内耗的大好时机,在禹州大败郭松林部,然后挥师北上,率领五万铁骑,轻而易举地突破由豫军守卫的朱仙镇至开封府一带的防线,昼夜急驰,挺进鲁西。苦心经营半年之久的河防大计,一夜之间便付之东流。消息传来,曾国藩在济宁州一病不起。

八 若许当初亲骑射,河淮处处是高楼

新湘军的再次大败和河防之策的彻底破产,给官文抓到了报复的把柄。官文现在处于极为有利的形势:京师本来就有一大批曾氏兄弟的反对派,他们之中一部分出于正统观念,认为一家兄弟两人手握重兵,位居督抚,且功盖天下,不是国家之福,尽管有裁军自抑之举,仍是隐患。这中间有满人、

蒙人，也有不少汉人。一部分是嫉妒眼红。这中间多为满蒙亲贵，自己无能，却又不让别人发挥才干，便以汉人宜防的祖训，不断地提醒规劝太后、皇上。现在曾氏兄弟军事失败了，这两部分人自觉地结合起来，要求朝廷乘机制裁他们一下，以示天威而杜异心。官文本人位高权重，钱多势大，他并不买曾国藩密保的账，指使、收买一批言官上书弹劾，要求朝廷收回钦差大臣之命，罢曾国藩的两江总督之职。就这样，短短的半个月内，曾国藩一连接到军机处寄来的两道严责上谕和御史穆辑香阿、阿凌阿等五人措词强硬的参劾抄件，面临着带兵十多年以来，直接针对他而来的最险恶的政治形势。五十六岁的曾国藩，在经历过一番极度的痛苦之后，头脑异乎寻常地冷静下来。

他反复对河防之策进行自我检讨，又重新翻阅《明史》，细心研究明末官军对付高迎祥、李自成的办法。高、李的部队是继黄巢之后，最有成就的流动作战的军队，明朝官军将领们，包括能干的杨嗣昌都无法对付，大明王朝最终就栽在李自成的手里。这中间只有一个人最有本事，那就是孙传庭，而孙传庭的制胜之策便是围堵。捻军也是流寇，而自己所采取的沙河、贾鲁河、淮河沿线包围的战略，与孙传庭的办法是一致的。曾国藩坚信河防之策是正确的，决不能因一次失利而予以否定。但现在朝野一片聒噪，似不给他以总结教训再决胜负的机会。对于这个现象背后的一切，曾国藩洞若观火。他不再像咸丰初年初出茅庐时的一味蛮干，硬拼到底，也不再像打下金陵后成天如同履薄临深，为防功高震主而不顾一切地自我裁抑，他这次要跟朝廷软顶一场。

曾国藩用的依然是老子以退为进的办法。他借病重难速瘥为由，上疏太后、皇上，请开协办大学士、两江总督之缺，并请另简钦差大臣接办军务，自己以散员留营效力，不主调度。又附片奏河防失败，剿捻无效，请将一等毅勇侯封爵注销，以明自贬之义。

奏疏拟好后，赵烈文、汪士铎、薛福成等人都劝他不必如此。担心朝廷会像咸丰八年那样顺水推舟，全部接受。曾国藩执意拜发。他并非意气办事，他有自己的深沉思考。

捻军势力仍很强大，一日不平息，太后、皇上就一日不会安宁。自从僧格林沁死后，绿营、旗兵再没有一支部队可以独任此事，平捻，非湘淮军莫属。淮军五万精兵，天下无出其右，湘军陆师力量虽弱些，而两万长江水师却仍然是一支强大的力量。所有这些军事力量，其实就是他和李鸿章的私家武装。因此，朝廷目前要完全抛开他是不可能的。即便起用李鸿章为钦差大臣，湘军水陆两支人马也不会服服帖帖听李鸿章的话，还得他点头才是。这便是曾国藩对自己力量的信心所在。即使退一万步讲，朝廷绝情绝义，不顾后果将他开缺，他也不再留恋，立即挈眷回荷叶塘。他甚至后悔，早知有今日，不如当初打下金陵就与老九一起辞官回家为好。

中国封建社会的最后一位女主，毕竟不是等闲之辈。她主持朝政已逾六年，比起"叔嫂合谋"的三年前来，显然要成熟多了。她曾经下过大力气对朝中的大学士、六部尚书侍郎、军机大臣，以及各省的督抚一个个地作过深入的研究。其中，对曾国藩所下的功夫最多。自道光十八年点翰林以来，三十年间曾国藩每年做的事情及年终考评密语，宫中都完整地保存着。慈禧全部调来审阅。再加上这几年的直接交道，尽管从来没有见过面，对于这个为保卫她儿子的江山，立下汗马功劳书生出身的汉大臣的一切长处短处，心性品行，她已有了一个基本认识。她知道，曾国藩要求开缺江督、注销侯爵云云，都不过是对朝廷的批评和御史的参劾表示不满而已。在慈禧的心目中，这个年老的湘军统帅和他所统辖的湘军一样，已经暮气深重，不能再留在前线了，希望只能寄托在年富力强的李鸿章和方兴未艾的淮军身上。按慈禧的意思，军机处拟了一道上谕：

  年余以来，曾国藩所派将领驰驱东、豫、楚、皖等省，不遗余力，歼贼亦颇不少，虽未能遽蒇全功，亦非贻误军情者可比。御史穆辑香阿等人之疏着毋庸议。曾国藩着回两江总督本位。湖广总督、暂署两江总督李鸿章着授为钦差大臣，专办剿捻事宜。朝廷赏功之典具有权衡，该大臣援古人自贬之义，请暂注销侯爵，着毋庸议。

上谕到了曾国藩手里，他心中甚为不快。太后、皇上虽作安抚，实际上仍认为他剿捻无能，逼令他离开前线。他不服气，又上一折：

钦差大臣关防已赍送徐州交李鸿章祗领。钦奉谕旨，饬臣回本位。臣自度病体不能胜两江总督之任，若离营回署，又恐不免畏难取巧之讥。请仍在军营照料一切，维系湘淮军心，庶不乖古人尽瘁之义。

为表示自己的决心，曾国藩将朝廷颁发的两江总督和一等毅勇侯两颗铜印封起来，另刻木质关防一颗：协办大学士两江总督一等侯行营关防。并将此事附片上奏。

慈禧太后看完这道奏折后微微一笑，命军机处再拟旨：

曾国藩请以散员仍在军营自效之处，具征奋勉图功，不避艰险之意。惟两江总督责任綦重，湘淮军饷，尤须曾国藩筹办接济，与前敌督军同为朝廷倚赖。该督忠勤素著，且系朝廷特简，正不必以避劳就逸为嫌，致多顾虑。

这道上谕，肯定了他的功绩，表示了对他的倚重，曾国藩看后略觉心舒。但他意犹未足，于是三上奏折，请开两江总督、协办大学士之缺。

十天后，上谕以日递五百里的速度送到济宁州曾国藩行营：

曾国藩当体仰朝廷之意，为国分忧，岂可稍涉嫌虑，固执己见！着即懔遵前旨，克期回任，俾李鸿章专意剿贼，迅奏肤功。

显然，慈禧为曾国藩三请开缺的举动而愤怒了。双方都未在原定的基调上后退一步。赵烈文、汪士铎等人都来劝说，就此罢休算了。曾国藩也觉得骑虎难下。最后，他下了狠心，与其这样以失败之员重回江宁，赧颜见江东父老，不如干脆让她全部开缺，回荷叶塘做老农算了。辞职毕竟不是谋反，再有人从中挑唆、搬弄，也不至于到达杀头灭门前功尽毁的地步；只要不到这一步，他就不怕。正拟第四次再辞江督时，内阁又递来一道上谕："曾国藩着补授大学士，仍留两江总督之任。"

慈禧太后终于让步，曾国藩也就不再固请了。他收拾行李，带着幕僚们打马重回江宁。一路上心事重重，很少说话。在徐州城外，路过有名的折柳长亭时，曾国藩在轿中隐隐见长亭粉壁上题满了诗，打头的一行字大些，写的像是"中兴将帅咏"几个字，他吩咐停轿。

曾国藩走出轿门步入亭中，抬头细看，粉壁上写的是十首七绝，总题叫"中兴将帅咏"，每首咏的是一个带兵将领。他一首首看着，前八首像是咏的赛尚阿、乌兰泰、吴文镕、江忠源、何桂清、胡林翼、胜保、僧格林沁，看到第九首时，他的心跳了起来，那诗写道：

古今无两庆封侯，北进惜乎无善谋。
若许当初亲骑射，河淮处处是高楼。

这不正是咏的他自己吗？曾国藩满面羞惭。薛福成吩咐亲兵："村野俚语，无礼之甚，还不赶快涂掉它！"

"让它留着吧，也好作面镜子照照。"曾国藩有气无力地挥了挥手，蹒跚地走进绿呢大轿。

正在这时，前来徐州接钦差大臣关防的李鸿章带着一班文武大员亲到城外郊迎，将曾国藩一行前呼后拥地迎进知府衙门。李鸿章恭恭敬敬地向恩师请教治捻之策，曾国藩抚须沉思良久，什么话也没说。李鸿章再三恳求，他仍只字不言，只挥笔在纸上写了几个字。李鸿章接过看时，纸上写的是："捻乱止于河防。"

望着恩师坚毅的面孔，李鸿章重重地点了一下头，将这张纸细心折好，放进衣袖里。

第四章　名毁津门

一　灵谷寺内，曾国藩传授古文秘诀

曾国藩郁郁回到江宁，自觉精力更衰弱，原先一番整饬两江的宏图大愿，被捻战失利减去了大半。幕僚们纷纷反映，李鸿章一手荐拔的江苏巡抚丁日昌受贿严重，甚至公开索贿。去年苏松太道出缺，丁日昌通过仆人透出消息，谁送他端砚两方，即可补授。有个多年候补道专门托人从端州买得两块好砚送上门。丁日昌看了看，笑着说："端砚以斧柯山出的为好，你这个还不行。"待那人真的从斧柯山再弄两方砚来时，苏松太道已放了他人。走运的这个人脑子灵活，他知道所谓"端砚两方"，其实就是"白银两万"。幕僚们很气愤：这样公开卖官鬻爵的人，还能当巡抚？

曾国藩知丁日昌最受李鸿章赏识，而李鸿章赏识的又正是他的生财有道这一点。参劾丁日昌，就等于打击李鸿章。此时正要李鸿章把河防之策坚持下去，取得捻战胜利，为自己洗去羞辱，还能去得罪他吗？

苏南豪门巨绅很多，经常抗租不交，历任江督、苏抚对他们都没有办法。前两年，曾国藩挟削平太平天国之威，对豪门巨绅做了些限制，抗租气焰有所收敛。这次回来后，又发现一切依旧。

卖官的巡抚不能参劾，还谈什么惩治贪污的州县？豪门不能压制，还谈什么减漕均赋？这些都不能办，还谈什么整饬两江？曾国藩真是心灰意懒了。接着，刘蓉、郭嵩焘、曾国荃次第去位，刘长佑的直隶总督又被官文取代，海内纷传湘系人物当权的鼎盛时期已过，曾国藩愈加失意了。两江之事本可责之于三省巡抚，于是，他除督促粮饷，支援捻战前线外，其他的时间大部分用来读书作文，不多过问政事。使他略感欣慰的是，在他的身边有一批勤学上进、古文做得好的才子，其中尤以张裕钊、黎庶昌、吴汝纶、薛福成最为突出。除张裕钊稍大些外，其他三人都只二十多岁，是正堪造就的璞玉浑金。孟子说得天下一英才而教之，是人生一大乐事，曾国藩也曾把它与高声读书、劳作而后憩息三者合称为人生三乐。他想，把这几块璞玉浑金琢冶为令器美具，亦是一大成绩。

曾国藩悉心指导他们，将自己古文写作的心得传授给他们。他曾经感于桐城古文的衰落，有志于振兴，后来厕身戎间，无暇作为，现在又老境渐侵，身心交瘁，看来靠自己的一人之力，是不能担此重任的。正如捻战的胜利要靠门生李鸿章一样，桐城古文的复兴也要靠门生辈了。昨天，他欣然读到张裕钊送来的习作《北山独游记》，精神为之一振。

张裕钊不为山势险峻所动，独身登上北山，发出"天下辽远殊绝之境，非克葆志而独决于一往，不以倦而惑且惧而止者，有能诣其极者乎"的感叹。曾国藩读后联想到自己这大半年来不求锐意进取的精神状态，也觉有愧。后生可畏！他心里想。

正是初夏天气，江宁郊外风景宜人。孝陵初步修复后尚未视察过，曾国藩决定明天带着张裕钊、黎庶昌等人一同察看孝陵，同时借游山玩水的机会，给他们谈谈为文之道。

孝陵是明太祖朱元璋和皇后马氏的陵墓，在朝阳门外钟山南麓。前几年围城时，这里是激烈的战场，陵寝周围的建筑毁损得很厉害。爱新觉罗氏从朱氏手里夺取了皇位，表面上又对朱氏以礼遇。入北京后，顺治为崇祯举行国葬。康熙、乾隆南巡时，都亲往孝陵叩谒，还特设守陵监二员、四十陵户，拨给司香田百亩。康熙还手书"治隆唐宋"四字，交与织造曹寅制匾悬于贡殿上。江宁城刚一收复，朝廷便命曾国荃亲往孝陵致祭，并令尽快修复原貌。当时因经费支绌，孝陵修复工程只得往后挪。奉命北上前夕，曾国藩将此事交给了李鸿章。

李鸿章真是能干。一年多的时间里，孝陵也算恢复得不错了。因为总督亲来视察，今天的游客都被远远地拦开。曾国藩带着张、黎、吴、薛等人来到孝陵进口处，迎面而来的是一座高大的石坊，上刻"诸司官员下马"六个大字。这就是俗称的下马坊。原已破碎成七八截，经过石工巧妙地修补，现在又竖起来了。粗粗看去，跟原貌差不多。曾国藩出了轿，张、黎、吴、薛等人也下了马，步行在通往陵墓的神道上。

神道两旁的石兽、翁仲已全找齐，并修复完好。这一路石狮、石獬豸、石橐驼、石麒麟、石马、石武将、石文臣绵延二三里，气势极为壮观，再加上松柏掩映，道路整洁，一种开国帝王雍容伟壮的气派充塞天地之间。曾国藩以及随行者们无形间也受到感染，生出一股崇敬畏惧的情绪来。

神道的尽头是享殿。这本是孝陵的主要建筑之一。重檐九楹，殿前两侧原有廊庑数十间。另有神宫监和具服殿、宰牲亭、燎炉、雀池、水井等，大殿内有四十五间房子，奉有朱元璋和马氏的神主。可惜这座堂皇的建筑全部毁于兵火，仅存五十六个石柱础。现在四周已堆积了许多木石沙灰。陪同一旁的负责修复陵墓的官员告诉曾国藩，这是为重建享殿准备的，拟仿照长陵的模样再建，现已派人去北京摹绘。最大的困难不在缺钱，而在于缺人才，没有人敢承担这个任务。曾国藩笑着说："我的幕府中人才很多，就是没有鲁班。你们可以出个招贤榜，向普天下招贤，总会有今日鲁班出来的。"那官员点头称是。

在享殿废墟上站了一会，曾国藩一行穿过方城隧道，来到钟山独龙阜。这里便是明太祖的地宫所在。尽管战火弥漫，周围的古树烧毁不少，但独龙阜上依旧树林茂盛，草木葳蕤。曾国藩伫立良久，叹道："到底是圣天子葬地，自有神灵庇佑！"张、黎等人也深以为然。

曾国藩站在独龙阜上，极目远眺。但见钟山气势飞腾，紫雾蒸蔚，四周地形既开阔又壮美，田园葱绿，水光潋滟，一派胜景尽收眼底。心情抑郁很久的两江总督，顿生一种俯视天下的气概，心里再一次发出感慨：这么好的墓地，可谓天下无双，朱洪武好眼力呀！

孝陵的修复，曾国藩基本上是满意的，他对监修的官员夸奖了两句。那官员很是高兴，讨好地对曾国藩说："大人，灵谷寺也已基本修好，请大人到那里去视察一下，还可在寺内略为休息休息。卑职即刻通知灵谷寺住持，叫他安排茶水伺候。"

察看孝陵半日，曾国藩已觉劳累，且要谈文，灵谷寺也的确是个好地方,便同意了。

当曾国藩一行坐轿乘马来到寺门时,灵谷寺住持远通法师已带领阖寺五十余僧众在山门外迎接。稍稍歇息后,远通法师便陪着曾国藩查看修复后的寺院,并一路滔滔不绝地向总督大人介绍。

灵谷寺建于梁天监十三年,原名开善寺,唐代改称宝公院,北宋大中祥符年间改称太平兴国寺,明初改为蒋山寺,寺址在独龙阜。那时江宁的蒋山寺与杭州中天竺的永祚寺、湖州的万寿寺、苏州的报恩光孝寺、奉化雪窦资圣寺、温州的龙翔寺、福州雪峰崇圣寺、金华的宝林寺、苏州虎丘灵岩寺、天台的国清寺,并称为江南十大名刹。洪武十四年,明太祖亲来钟山选皇陵,看准了独龙阜这块风水宝地,遂命蒋山寺东迁。又将皇陵圈中的定林寺、宋熙寺、竹园寺、悟真庵统统迁于此,合并为灵谷寺。

远通像一个破落户夸耀富贵的先祖一样,津津有味地告诉曾国藩,合并后的灵谷寺规模之宏大,使得江南无一寺庙可以与之相比。寺内的殿庑规制仿照大内修造,自山门至梵宫长达五里路。当中的主道,行人走在上面,能发出一种类似琵琶弹奏的响声,鼓掌都可以使人隐约听到琵琶弦在震动,故僧众将它称之为琵琶街。

张裕钊听了很觉稀奇。吴汝纶则悄悄地对薛福成说:"这老家伙在吹牛皮。"

黎庶昌问远通:"法师,你说的是真的吗?"

远通立即双手合十,念道:"阿弥陀佛,老衲明年就六十岁了,还能像年轻时那样打诳语吗?"

吴汝纶听了,忍不住发笑,心想:这老和尚倒也直爽,一句话就露出他年轻时好说假话的毛病,便问道:"老法师,这琵琶街现在还弹琵琶吗?"

"早已不弹了。"

"为何不弹了呢?"

"早在天启年间,有一个临产的妇人来到灵谷寺烧香,求菩萨保佑她生产顺利。祷告完毕,她沿着琵琶街走出寺院,谁知走到半路就发作了,痛得在琵琶街上打滚。打了三个滚后,那妇人就在街上生下一个又白又胖的男孩。菩萨保佑她生产顺利,但把琵琶街污坏了。从那以后,琵琶街就再也听不到琵琶声了。"

众人听了这话，都哈哈大笑起来。曾国藩也微笑着，心里说："果然是个会打诳语的老和尚，不过倒也诳得可爱。"

见大家兴致高，远通越说越有劲。他又说，灵谷寺原有一个广阔无边的放生池，是明初一万个民工整整凿了一个月才凿成，故又叫万工池。还有无量殿、梅花坞、八功德水诸景。当时殿宇如云，浮屠矗立，最盛时有一千个僧人。寺内万松参天，一径幽深，故又有灵谷深松之美称。远通非常得意地说，当年康熙爷、乾隆爷谒完孝陵后，都驻跸灵谷寺，并留下宸翰。

"老法师，你刚才说八功德水是一种什么水？"黎庶昌问。

"这八功德水有个来由。"远通神气活现地数着家珍，"梁天监十七年，有个西域胡僧来到钟山紫霞洞修行。紫霞洞缺水，胡僧只得靠接天雨止渴。有一天，洞边来了一个长须老叟，向胡僧讨水喝。胡僧将水罐子递给他。水罐子里那半罐水还是胡僧在春天时接的，要靠它过炎热三伏。老叟一口气把半罐子水喝干了，问胡僧心疼不。胡僧说：'接水有缘，喝水有缘。今日有缘，得遇山仙。'老叟惊问：'你怎么知我是山仙？'胡僧说：'紫霞洞口有恶虎一只，毒蛇一条，凡人岂可来到此地？'老叟笑道：'既然让你识破，我当赔给你水。'老叟说罢，对着洞壁用手指猛力一钻，钻出一个小窟窿。霎时，小窟窿里流出一条细细的水丝来。胡僧问：'山仙，你这水有什么好处？'老叟说：'我这泉水有八德：一清，二冷，三香，四柔，五甘，六净，七不，八蠲疴。'说罢化作一道轻烟去了。灵谷寺的僧人听说，便劈开楠竹，铺成竹管道，将水引到寺里来。"

"好哇，法师，你寺里有这么好的水，何不烧壶好茶招待我们！"吴汝纶高兴地嚷道。

"老衲早已准备好了。"远通笑眯眯地指着前方说，"就摆在无量殿里。"

无量殿因供奉无量寿佛而得名，但一般人都叫它无梁殿。因为这座建于明洪武十四年的长十五丈、宽九丈的大殿无梁无柱，无尺寸木头，全是巨砖垒砌而成，实为我国佛寺中罕见的建筑。远通法师将曾国藩一行引到无量殿，殿中已摆好一桌茶点。楠木桌面上是一套精致的茶具。远通介绍，这是前代景德镇官窑烧制的贡品，虽历四百余载，仍然胎白如雪，草青如生。大家拿在手里细细观摩。曾国藩想：这个号称现在已不打诳语的老和尚，半日来都在打诳语，只有这一句话是真的，这的确是一套不可多见的好茶具。

桌面当中摆上几碟时鲜果品。远通说，这些都是本寺的土产，尤其是青皮红心萝卜，更是难得吃到。远通边说边用小刀切开一个，果然萝卜心红得鲜艳。远通笑着说："金陵红心萝卜在江南数第一，灵谷寺的红心萝卜在金陵数第一，这一碟又是灵谷寺里萝卜中最好的。"

"那真是天下第一咯！"吴汝纶笑着打趣。

"老衲想应当算得上天下第一。"远通乐呵呵地笑道，精光的头皮上泛起青亮的光彩。曾国藩突然发现，这法师其实长得一表人才，如果让他穿上一品官服，会比自己更像一个大学士！

桌子旁边立着一个小火炉，一把古色古香的宜兴紫砂壶里冒出缕缕水汽。远通亲自给每人斟了一杯茶。给吴汝纶斟茶时，特地郑重对他说："小先生，这是真正的八功德水烧出来的。"又回过头来笑着对曾国藩说："大人在这里宽坐，贫僧叫厨头准备一顿好斋席，请大人尝尝。"

众人品了一口茶，似乎觉得的确比城里的茶水好喝些。真是个会享清福的和尚！望着走远了的灵谷寺住持，曾国藩从内心里发出羡慕。

"你们说，我今天为什么要带你们出来查看孝陵？"很久没有离开督署了，今天到郊外走动走动，看了修缮一新的明孝陵，见了爱打诨语却讨人喜欢的和尚，又坐在如此清静的寺院里喝着闲茶，曾国藩心里涌出一股多年未有的舒畅感，他笑着问正在专心品茶的年轻幕僚们，私下里已经认张、黎、吴、薛为及门弟子了。

四子面面相觑一阵，不知如何回答。吴汝纶一向活跃，他忍不住答道："大人是叫我们休息一天，到钟山来玩玩。"

曾国藩笑着摇摇头。黎庶昌想了想说："我知道了，大人布置我们下旬的作文题目是明孝陵论。"

"不对，应该是以孝治天下论。"薛福成忙纠正。

曾国藩笑着说："算了，你们都猜不中，我今天请诸位出来，原是想来个钟山谈文，现在做了远通和尚的客人，变成灵谷寺谈文了。"

吴汝纶拍手笑道："大人此举太高雅了，今后一定是段文坛佳话。"

其他三子也都很兴奋。

"昨天，廉卿送来一篇《北山独游记》，老夫读了很觉有启发。不独文笔洗练，且用意高远，真正是一篇好文章。"

曾国藩从衣袖里掏出张裕钊的作文,递给黎庶昌。"你们每人先读一遍,然后我们就从廉卿这篇文章谈起。"

在黎庶昌等人阅读的时候,曾国藩对张裕钊说:"我曾经说过,足下的文章近于柔,望多读扬、韩之文,参以两汉古赋而救其短。这篇游记已不见往昔之柔弱,足下近来大有长进。"

"这都是大人指教的结果。"张裕钊恭敬回答。他生就一副厚重谨悫的模样,加上花白的头发,四十三四岁的年纪,看起来像是过了五十的人一样。曾国藩最看重的就是他的谨厚,知道即使这样着意表扬他,他也不会骄傲,若是对吴汝纶、薛福成,便不能这样称赞了。

张裕钊的文章不到三百字,片刻光景,三人都浏览了一遍。黎庶昌诚恳地赞扬他写得好,吴、薛也说好,但心里并不太服气。

"作文当以意为主,辞副其意,气举其辞。廉卿这篇游记,好就好在通过登山越岭的记叙,阐述天下辽远之境的获得,只属于不以倦而惑且惧而止者。这正是程朱所讲的格物致知。"曾国藩习惯地梳着长须,意味深长地说,"岂止是登山览胜,学问、文章、事业,哪样不是这样啊!"

望着总督大人由一篇小文章生发出如此庄重的人生感叹,不止是张裕钊、黎庶昌,就是心高气傲的吴汝纶、薛福成也被感慑了。佛殿里顿时安静下来。

"当年老夫初进京师,侥幸入金马门,然于学问文章,懵然不知。偶闻京师有工为古文诗者,就而审之,乃桐城郎中姚鼐之绪论,其言诚有可取。遂展司马迁、班固、杜甫、韩愈、欧阳修、曾巩、王安石及方苞之作,悉心诵读,其他六代之能诗文者及李白、苏轼、黄庭坚之徒,亦皆泛其流而究其归,然后开始为诗古文。尔来三十年了。"无梁殿里回荡着曾国藩的湘乡官话,其音色之洪亮,声调之悦耳,张裕钊等人似乎从没有听到过。"三十年来,只要军务政务稍有空暇,老夫便究心古文之道,直到过天命之年,才颇识古人文章门径。近来常有将心得写出之意,然握管之时,不克殚精竭思,作成后总不称意。安得屏去万事,酣睡旬日,神完意适,然后作文一篇,以摅胸中奇趣。今日与诸位偷得一日之闲,聚会于清静无为之地,老夫欲学古之孔孟墨荀当年与门徒讲学的形式,无拘无束地与诸位纵谈为文之道如何?"

这真是太好了!张裕钊等人想:从曾大人学习古文多年,胸中堆积着许多问题,总没有机会一问究竟,难得他今天有这样的雅兴。

"请问大人,文章以何为最先?"当大家都在紧张思考时,吴汝纶率先提出第一个问题。

"文章以行气为第一义。"曾国藩以肯定的语气回答,"韩昌黎说气盛则言之短长与声之高下皆宜。老夫平生最爱文章有雄奇瑰伟之气,古人有此气者,以昌黎为第一,子云次之。二公之行气,本之天授,后人难以企及,然可揣摩而学之。"

"请问大人,用字造句,以达到何种境地为最佳?"黎庶昌问。

"无论古今大家,其下笔造句,总以珠圆玉润四字为主。"曾国藩应声而答,略为思考一下,他又作了补充,"世人论文字之说,圆而藻丽者莫如徐陵、庾信,而不知江淹、鲍照则更圆,进之沈约、任昉则亦圆,进之潘岳、陆机则亦圆,又进而溯之东汉之班固、张衡、崔骃、蔡邕则亦圆,又进而溯之西汉之贾谊、晁错、匡衡、刘向则亦圆,至于司马子长、司马相如、扬子云三人,可谓力趋险奥不求圆适,而细读之,亦未始不圆,至于韩昌黎,其志意直欲凌驾长卿、子云之上,戛戛独造,力避圆熟,而久读之,实无一字不圆,无一句不圆。于古人之文,若能从鲍、江、徐、庾四人之圆步步上溯,直窥卿、云、马、韩,则无不可读之古文,也无不可通之经史。"

四子大受启发,一齐点头称是。

"刚才讲的是句子的圆润,还有遣字的准确传神。古人十分讲究炼字,有许多一字师的故事。比如齐己早梅诗'前村深雪里,昨夜数枝开',郑谷改'数'为'一'。张咏'独恨太平无一事,江南闲杀老尚书',萧楚才改'恨'为'幸'。程风衣'满头白发来偏早,到手黄金去已多',周白民改'到'作'信'。这些都是有名的一字师。另外如范文正公《严先生祠堂记》'先生之德,山高水长',李泰伯改'德'为'风'。苏东坡《富韩公神道碑》'公之勋在史官,德在生民,天子虚己听公,西戎北狄,视公进退以为轻重,然一赵济能摇之',张文潜改'能'为'敢'。张虞山'南楼楚雨三更远,春水吴江一夜增',陈香泉'斜日一川汧水上,秋峰万点益门西',王渔洋分别改'增'为'生',改'峰'为'山'。改的都是大家名家的字,都改得好。可见即使是大手笔,也有个千锤百炼提高的过程,何况一般人呢?除一字师外,还有半字师的故事,你们听说过没有?"

"没有。"四子齐摇头。

"昔乾隆龚炜,为东海一闺秀改咏菊诗。诗云:'为爱南山青翠色,东篱别染一枝花。'龚炜嫌'别'字硬,改为'另'。人称半字师。"

"大人,当年靖毅公病逝时,唐鹤九送的挽联,大人为他改了两处,大家都说改得极好。"张裕钊插话。

"我改的倒也寻常,其实是唐鹤九的联语写得好。"曾国藩平淡地说。

"廉卿兄,你把这段掌故说给我们听听吧!"薛福成入幕最晚,不知道这件事。

张裕钊望着曾国藩请示:"大人,卑职可以说吗?"

"你说吧!"曾国藩轻轻点了一下头。

"同治元年十一月,靖毅公染时疫,为国殉职于金陵城下,当时挽联极多,也不乏佳者。唐鹤九先生有一联是这样写的:'秀才肩半壁东南,方期一战成功,挽回劫运;当世号满门忠义,岂料三河洒泪,又陨台星。'大人看后说,写得好是好,只是美中不足。大人提起笔来,将'成功'二字乙转,又改'洒泪'为'痛定'。顿时,大家都轻轻地叫好。"

"秀才肩半壁东南,方期一战功成,挽回劫运;当世号满门忠义,岂料三河痛定,又陨台星。"薛福成慢慢重复一遍,说,"果真改得好极了!"

曾国藩平静地听着,无任何表示。

薛福成接着说:"请大人谈谈文章的布局。"

曾国藩喝了两口茶,上下梳过几次胡须后,慢慢地说:"谋篇布局是作文一段最大功夫。《书经》《左传》,每一篇空处较多,实处较少,旁面较多,正面较少。譬如精神注于眉宇目光,不可周身皆眉,四处皆目。文中线索如同蛛丝马迹,丝不可过粗,迹不可太密。这是一种。古人文笔有云属波委、官止而神行之象,其布局则有十岩万壑、重峦复嶂之观。此等文章以《庄子》为最,将《庄子》好好读上二三十遍,自然熟悉了。"

薛福成听了这话,有一种茅塞顿开而豁然爽朗、聪明大张之感,深深佩服总督大人学问汪洋浩大,自己在他的面前,直有潺潺细流与长江大河之别。

"请问大人。"张裕钊在认真思考之后,恭谨地问:"常见古人诗话中谈到诗的气象。卑职想,古文应该也有气象,而究以何种气象为好呢?"

"这个问题提得好,说明廉卿这段时期来对古文的钻研进入了一个较高的境界,即从字、句、段的思考上升到对全篇的思考。"曾国藩日渐昏花的三角眼里射出赞赏的目光。

"古人以'气象'二字来评诗,较早的可见于南宋初期周紫芝所著《竹坡诗话》。竹坡居士的'江上晚来堪画处,渔人披得一蓑归'之句,别人皆以为奇绝,他以为其气象浅俗。后来《沧浪诗话》里多次提到'气象',说唐人诗与宋人诗,先不谈工拙,真是气象不同;又说建安之作全在气象,不可寻枝摘叶。其实不只是诗,文、书、画莫不如此。气象,就是指面貌、神志。老夫以为,文章之道,以气象光明俊伟为最难能可贵,如久雨而晴,登高山而望旷野;如登高楼俯视大江,独坐明窗净几之下而远眺;又如英雄侠士褐裘而来,绝无龌龊猥鄙之态。此三者,皆光明俊伟之貌。文中有此气象者,大抵得于天授,不尽关乎学术。自孟子、庄子、韩子而外,惟贾生及陆敬舆、苏子瞻得此气象最多,近世如王阳明亦殊磊,但文辞不如孟、庄、韩三子之跌宕。老夫以为文章要达到这种地步,乃是最高的境界,很不容易做到,但应成为我辈力求达到的目标。"

这一大段宏论,说得四子皆低头不言,心中自觉惭愧。隔了好久,黎庶昌想起那年吴敏树要跟曾国藩打官司的事,不知曾国藩心里对这事究竟怎样看,有没有芥蒂,平时没有机会问,今天可是个好机会。他笑着问:"关于桐城文派的事,吴南屏后来捐钱请大人给他除名了吗?"

"南屏那人你还不知道!"曾国藩爽快地笑起来,"他是打死都不认输的。后来的信中,他干脆将姚鼐比之于吕居仁。这是他的性格,我也不计较。南屏不愿在桐城诸君子灶下讨饭吃,也称得上我们湖南人中的豪杰。不过,以姚氏为吕居仁之比,也贬之太甚了。老夫粗解文章,实由姚先生启之。姚先生为知言君子,只是才力薄弱,不足以发之耳。他的《古文辞类纂》一书,虽滥收刘海峰之文,稍涉私好,而大体上是站得住的。其序跋类渊源于《易·系辞》,辞赋类仿刘歆《七略》,则为不刊之典。老夫鉴于姚先生所编不选六经、诸子、史传之文,虽另编《经史百家杂钞》,但平心而论,姚先生之《类纂》要比老夫的《杂钞》流传得久远。"

黎庶昌深以此言为持平之论,并对曾国藩的心胸气度看得更清楚了。他正要请曾国藩再谈谈对桐城三祖的看法,吴汝纶又发问了:"大人,听说您要写一篇文章，提出古文的八字诀和四象说，能让我们先知一二吗？"

"你们四人，最数挚甫不安本分，不知又从哪里刺探了老夫的机密。"就像老父亲亲昵地指责聪明灵泛的小儿子一样，其实心里很高兴，他乐于向弟子们透露所探得的古文之骊珠。"老夫思考得尚不成熟，就大致说说吧。八字诀，即以雄、直、怪、丽为古文阳刚美之特征，以茹、远、洁、适为古文阴柔美之特征。我还要仿照司空表圣的办法，每个字下再给它以八个字的详述。四象，即太阳为气势，气势中又分喷薄之势、跌宕之势；少阳为趣味，趣味中又有诙诡之趣、闲适之趣；太阴为识度，识度有闳阔之度、含蓄之度；少阴为情韵，情韵有沉雄之韵、凄恻之韵。若精力好，下个月老夫将这篇文章完工，那时再听听诸位的意见。"

张裕钊说："大人对古文的这个发现，将可与沈休文的四声说相比！"

"你们看，对面有个家伙在偷听大人的天机！"吴汝纶神秘地指了指无梁殿外的小松树林。

"谁？好大的狗胆，我去看看。"薛福成立即起身，冲出殿外刚走几步，只见一只两尺多长的金毛松鼠，从松树枝上跳跃着逃走了。

"原来是它！"黎庶昌、张裕钊大笑起来。曾国藩一时兴起，笑道："你们谁有本事逮住它，老夫放他一年假不作文章！"

张裕钊等人见曾国藩兴趣这样好，明知抓不到，都一齐向小松林冲去。

曾国藩背着双手，情趣极高地看着他们在松树林里奔跑，口里念道："鹔鹴已翔乎九仞兮，罗者犹倚乎泽薮。"

"大人。"耳畔突然响起一个谦卑的声音。曾国藩回头看时，远通法师已站在一旁，他的身后跟着一个十三四岁的小和尚。那小僧人两眼怯生生地望着江宁城里的头号人物，双手托着一个黑漆发亮的木盘，木盘上摆着一支大号羊毫、一方刷丝歙砚、两卷水印碑笺。

"大人学问渊博，尤其联语精妙，久为贫僧钦敬，早就想求大人为寒寺题一联语，只是无缘。今日万幸，贫僧恭请大人赐墨宝。"远通说罢，双手在胸口合十，深深一鞠躬。

曾国藩笑着说："今日受法师款待，不容我不写了。不过鄙人对佛法素无所知，题什么好呢？"

曾国藩在无梁殿里慢慢踱步。殿堂里异常安静，水汽冲着紫砂壶盖轻轻

地上下跳动,他凝视着茶壶,瞬时间有了。遂提起笔,吩咐小和尚把砗笺展开。一会儿,水印纸上现出一个个劲崛的字来:

万里神通,渡海遥分功德水;六朝都会,环山长护吉祥云。

"见笑,见笑。"曾国藩把笔放回木盘,谦逊地说。

"贫僧深谢了!"远通再次合十鞠躬。

"曾大人,总督衙门来了一位老爷,说是有急事要面禀。"灵谷寺的知客僧急急忙忙走过来,边施礼边说。

"什么事?叫他进来。"

来的是督署武巡捕。他走到曾国藩身边,悄悄地说:"李制军遣弟昭庆来江宁,要向大人禀报……"

"备轿!"不待巡捕说完,曾国藩便下令。

"大人,斋饭已备好,吃了再走吧!"远通慌忙挽留。

"打扰了,下次再来吃吧!"曾国藩边说边急步走出无梁殿。他知道,李鸿章一定是遇到了难以独自做主的大事难事。

原来,李鸿章督师以来,采取诱敌于绝地然后合围的战略和离间之计,大大地挫伤了捻军的元气,把赖文光、任化邦的东捻军引诱到山东烟台一带。李鸿章认为东捻已到山重水复的地步,准备以胶莱河为防线,将他们困死在登莱半岛。李昭庆奉命来到江宁,一来请教此法是否可行,二来求援二十万饷银。

从灵谷寺到城里的一路上,曾国藩心里就一直在揣度着李昭庆要谈的事。前方战事时有反复,令曾国藩提心吊胆,只有李鸿章用河防之策将捻军最终平息下去,方可洗去他打捻无功的耻辱。如果李鸿章也失败了,后果则不堪设想。他的这种心情,就和当年在安庆挂念老九打金陵一样。听了李昭庆的禀报后,曾国藩在心里长长地舒了一口气。他没有马上表示态度,而是离开座位走到挂图边,拧紧两道扫帚眉,眼睛死死地盯着山东省。

大约过两刻钟之后,曾国藩重新回到座位上,对李昭庆说:"幼泉,回去告诉你二哥,就说我完全赞同他的这个设想,只是要提醒他注意一点:丁宝桢是山东巡抚,他的职责只是守山东,灭不灭捻寇不是他的事,防守胶莱尽量用刘省三部,而不用鲁军,前年赖文光就是冲破豫军朱仙镇防线的,丁宝桢和李鹤年是一样的思想。因此,为防万一,还要在运河设第二道防线,以潘鼎新扼守,在江苏六塘河设第三道防线,就近调鲍超、陈国瑞部防守。你今天休息一下,明天一早就回去。告诉少荃,鳖虽进瓮中,但并未到手,还有可能逃出去,不可存丝毫虚骄。至于二十万饷银,我分文不少。"

事情正如曾国藩所估计。同治六年八月十九日,东捻军在赖文光、任化邦率领下,在海庙口以北十几里海滩地方突破鲁军防线,过潍河、潍县、昌乐,拟再渡运河,进入豫陕,与张宗禹的西捻会师。但在运河遇到了潘鼎新部的顽强阻挡,又加上大雨连绵,河水盛涨,东捻军心大乱,叛徒潘贵升乘机杀害了鲁王任化邦。赖文光率残部重上山东,结果一败于潍县,再败于寿光,两万将士战死,首王范汝增亦阵亡。赖文光率六千人苦战逃出,准备下江苏,在六塘河又遇到鲍超的阻挡,后来虽从陈国瑞部的缺口突破六塘河,但终于大势已去,人少力弱。赖文光被捕杀,东捻军全军覆没。

捷报传到江宁,一洗曾国藩两年多来的屈辱。朝廷论功行赏,李鸿章授以协办大学士,刘铭传首倡河防之策,封一等男爵,并念记曾国藩的决策之功及转战一年多的辛劳,加恩加赏一云骑尉世职,接着又从体仁阁大学士调任武英殿大学士。不久,李鸿章、左宗棠、刘松山等会剿西捻成功,梁王张宗禹战死徒骇河边。闹腾十多年的捻军被完全镇压下去了。曾国藩精神重又振作起来,正准备把整饬两江的事继续办下去时,官文却因阻击西捻失败之罪,被撤除直隶总督之职,慈禧太后调曾国藩接任,并着晋京陛见,两江总督一职,则由浙江巡抚马新贻升任。

曾国藩这次欣然受命。其原因,不仅因捻乱平息,朝廷没有忘记他的功劳,更因他多年的明友暗敌官文彻底垮台,他今后的仕途上少了一块绊脚石,曾国荃、郭嵩焘、刘蓉、刘长佑等人东山复起也少了一重障碍。放眼今日之域中,又是湘淮军的天下!他能不兴奋吗?

二 堂堂大清王朝,竟好比一座百年贾府

两江治内的大小政事,曾国藩都可以移交给马新贻,唯有两件事他放心

不下，要亲自交代一番。

第一是江南机器制造总局的事，他拟亲赴上海一行。容闳得到消息，自己驾驶新制的火轮船由沪赴宁来了。曾国藩十分高兴。他兴致勃勃地登船观赏，并命容闳向采石矶开去。容闳开足马力，船在江面飞也似的前进，近两百里水路，不到两个时辰便到了。曾国藩坐在船舱里，颇有点意气风发之感。到了采石矶后，容闳又掉过船头，开回江宁。因为是下水，更快，一个半时辰便回到下关码头。曾国藩兴奋地说："纯甫，这艘船比起安庆内军械所造的黄鹄号要强多了，简直与洋人的船不相上下。"

容闳说："与前些年洋人的船相比，速度是差不多了，但洋人这两年造的船又快多了。洋人的东西日新月异，学不胜学。"

"我们中国人并不蠢，只要有志气，今后总可以超过洋人的。"曾国藩坚定地说，又问，"这艘船取的什么名字？"

"还没有名字哩，正等着大人为它命名。"

曾国藩站在甲板上，望着滚滚东去的长江水，凝神良久，说："就叫它恬吉号吧！取四海波恬、公务安吉之意。你看如何？"

"最好！"容闳欢喜地说。

"纯甫，我此去直隶，最令我挂系的就是上海机器制造总局，它还刚上轨道，并不成熟。在中国建机器制造局，是我曾某人办的一桩破天荒的事，它也可能成功，也可能不成功，说不定今后还会招致众多非议。不过，依老夫之愚见，这个事业非要办成功不可。中国的徐图自强，只能肇基于此。纯甫，我看重你，主要还不是因为你留过洋，与洋人熟悉，而是看重你的能吃苦、性格坚毅。你千万不要辜负我的期望，今后不管有千难万难，你都要把这件事坚持办下去。你尚年轻，今后的日子还长，是可以看到成功的一天的，老夫却不一定看得到了。"

"卑职感大人知遇之恩，也深知此事重大，卑职一定尽力办好。"容闳办机器制造业已经五六年了，先前是满腔赤子之心，恨不得两年三年就把美国英国的全套机器搬到中国来，让国家立即强盛。这些年来，他在办事过程中，深感处处棘手、步步难行，多少次都想甩手不干，但最后还是挺下来了。他本想向曾国藩吐一肚子苦水，听曾国藩这一说，便不敢再讲了，硬着头皮把总督交给的担子担起来。

"纯甫,我知道你有难处。"曾国藩从"尽力办好"四字中,已知容闳的艰难。"老夫活了五十多岁,经事不少,知天下事有所激有所逼而成者居其半。困难之处,正可看作是激励和逼迫。你拿张纸来,我送你两个字,作为暂时分别的留念。"

容闳忙拿出一张随身携带的棉料呈文纸,曾国藩写下两个大字:"患难。"又在旁边写了一行小字:"余将赴直隶,书此二字送纯甫,以志相交于患难之时也。"写罢,亲手把纸递了过去。容闳激动万分,打开从美国带回的牛皮箱,将它珍藏于箱中。后来容闳定居美国,西方友人愿以十万美金买下这幅字,容闳毅然拒绝。这当然是后话了。

第二件是金陵书局的事。船山遗书的印装即将蒇事。道光十九年刻的《书经稗疏》《春秋家说序》因错讹较多,而稿本王家又已不慎被烧,曾国藩便托刘昆在京师文渊阁抄出,前几天也已送到江宁来。他又挤出时间,亲自为《船山遗书》的刷印作了一篇序,现在都一并交给书局赶紧雕版,不用他操心了。只是还有一大批洋人的译书和国内耆儒的书稿,还在等待着刊刻。曾国藩亲到书局去了一趟,见设备简陋的书局里堆放着一叠叠刻印俱佳的《船山遗书》,他欣喜地翻阅着,把书凑近鼻子边,贪婪地闻着,觉得油墨喷出的气味真香。陪同一旁的欧阳兆熊笑道:"前人说唐诗可以佐酒,你也真像要把这本书吞吃掉似的!"

"小岑兄,不瞒你说,我现在最大的心愿,便是摒去一切世事,学当年李邺侯那样,到深山老林里去筑一间茅屋,读尽天下书。"曾国藩说,那神情极为虔诚。

"那真是一种绝大享受,可惜你没有这个福分。"欧阳兆熊大笑,曾国藩也笑了。

离开书局时,曾国藩拉着老友的手,语重心长地说:"船山公的书印得差不多了,这是一大工程,你我都实现了夙愿。其他存局的译稿也都要刻印出来。洋人机巧之心,造炮制船的奥妙都在这些书里,要想使中国富强起来,就非要读这些书不可。至于那些耆儒们的著作,也是一生心血所在。他们大多清贫,无力付梓,我们不印,他们将抱恨终生,学术成果也就会湮灭,所以也得刻印出来。马榖山若是不支持,你就写信给我,我给你汇银子来。"

欧阳兆熊感动地说:"涤生,我和你的心是相通的。你才大,干大事,我力小，办小事，总之都要为世人做有益之事。你放心去直隶吧，我之余生便在此书局了。只要有我在，金陵书局就不会关门，马縠山不给钱，我卖田产店铺也要把存局的这批书稿刻印出来！"

两双已变苍老的手紧紧地握在一起！

从书局回到衙门不久，赵烈文便引着一个汉子进门来。那汉子挑着两只大木箱。

"大人，欧阳先生给你送了一担礼物。"赵烈文笑嘻嘻地说。

"哪个欧阳先生？"曾国藩皱起眉头说，"你叫他挑回去，什么礼我都不收！"

"还有哪个欧阳先生，就是书局的小岑老丈呀！"赵烈文边说，边擅自叫那汉子放下担子。

"他送我什么礼物？我刚从他那里来。"曾国藩疑惑不解。

那汉子拿袖子抹了抹脸上的汗，说："大人刚走，欧阳先生便说，你们看我现在呆成什么样子了，曾大人奉调直隶，一走几千里，今后捎带东西十分不便，船山公的遗书就差两本没完工了，我们何不把先印好的送他一套呢！大家都说应该。于是就装满了两箱子，派我送来。"说着打开木箱，露出叠得整整齐齐的几十函书来。曾国藩满面笑容地说："好，好！这个礼物我收下。你辛苦了，到大厨房里吃过饭再走。"

那汉子出门后，赵烈文帮助曾国藩将书一函一函地拿出来，放到书桌上，几乎把整个书案摆满了。

"船山先生处饥寒交迫之境地，孜孜不倦，写出这么多好书来，真正不容易呀！"曾国藩望着眼前的书感叹起来。

赵烈文顺手翻着《读通鉴论》。这本书在书局刻印过程中，他便零零星星地借来读过一遍，十分佩服船山的见事高明、议论深刻。此时看看这部被装订成十大本的五十余万言巨著，真是爱不释手，心里油然生出一股对船山的由衷崇拜。"大人，船山公议论戞戞独造，破自古悠谬之谈。卑职想，若使其得位乘时，必将大有康济之效。"

"不见得。"曾国藩轻轻地摇了摇头。

"为何？"赵烈文颇感意外。他深知曾国藩一向尊崇王夫之，但为什么并不赞同这个观点呢？

"船山之学确实宏深精至，但有的则嫌偏刻。比如对人的评价，求全责备的多，宽容体谅的少。若让船山处置国事，天下则无可用之人了。"曾国藩离开座位，在书案前走了几步后又说，"作文与做官并不是一回事。作文以见深识闳为佳，立论即使尖刻、偏颇点亦无妨，因为不至于伤害到某一个人，也不去指望它立即收到实效，只要自圆其说，便是理论，运笔为斤，自成大匠。做官则不同，世事纷繁，人心不一，官场复杂，尤为微妙，识见固要闳深，行事更需委婉，曲曲折折，迂回而进，当行则行，当止则止，万不可逞才使气，只求一时痛快。历来有文坛上之泰山北斗，官场上却毫无建树，甚至一败涂地者，盖因不识此中差别耳！"

赵烈文不断点头称是。过一会，曾国藩感慨地说："世上之人，其聪明才力相差都不太远，此暗则彼明，此长则彼短，在用人者审量其宜而已。山不能为大匠别生奇木，天亦不能为贤主更生异人。"

"大哉，宰相之论也！"赵烈文不由得高声赞叹。

"惠甫，你怎么可以出其不意，攻其不备呀！"曾国藩哈哈大笑起来，心情十分快活。

"卑职跟随大人多年，素日里听大人谈经谈史谈人物，所获甚多。有时想，若是把大人这些谈话都整理出来，刻印成书，必然对世人大有启发。"赵烈文真挚地说，他其实已悄悄地这样做了。每次和曾国藩谈话之后，他就赶紧记在当天的日记上，尽量做到不漏一句，不走一丝样，把它们原原本本地留在纸上。曾国藩多次和他谈"静"的意义。从春秋的诸子百家，谈到宋明的程朱陆王，把"静"的学问阐发得淋漓尽致，说得赵烈文如醉如痴。他于是自号"能静"，将书斋命名为"能静居"，其每天的日记也随之叫作《能静居日记》。这部《能静居日记》已记了二十年了，其中有不少曾国藩的言论。

"惠甫，我本是一个读书做诗文的料子，谁知后来走错了路。"曾国藩今天的谈兴很高，他喝了一口茶，饶有兴致地谈起往事。"我初服官京师，与诸名士接游，时梅伯言以古文、何子贞以学问书法皆负重名。我时时察其造诣，心独不肯下之。顾自视无所蓄积，唯有多读书而已，心中则以为异日梅、何之辈不足以相伯仲。岂料学未成而官已达，从此与簿书为伍，置诗文于高阁。咸丰二年后奉命讨贼，驰驱戎马，益发无暇为学。今日回过头来再读梅伯言之文，自觉其有过人之处，往者之见，实为少年偏激。不过，我至今心里仍不服输，若让我有时间读书，我一定要与梅伯言争个高低。"

说罢，一副愤愤不平的认真样子。赵烈文鼓掌大笑起来，说："人之性度不可测识，世有薄天子而好为臣下之称号者，汉之富平侯、明之镇国公也。大人事业凌铄千古，唐宋以下几无其伦，仍斤斤计较，要与寒儒一争高下，岂不与汉成帝、明武宗为一类的人！"

曾国藩笑着说："我讲的是实话。"

赵烈文说："我于此看出大人年轻时的英发雄姿，定然不可一世，后来与洪、杨争胜负，大概也出于此好胜之心。"

"真给你说对了，惠甫。"曾国藩说，"起兵之初，亦有激而成，不仅要与洪、杨争高下，也要与湖南官场争高下。初得旨为团练大臣，借居抚署，为惩办几个斗殴的兵痞，长沙绿营竟全军鼓噪入署，几为所戕。因此发愤到衡州募勇万众。那时也不过为争口气而已，不意遂有今日，真可为一笑。"说到这里，曾国藩停住了，继而又喟然叹息道："可惜捻战无功，国家亦未中兴，平长毛这点功劳，实不足道。"

"李中堂剿捻成功，用的就是大人的河防之策。他的胜利，就是大人的胜利。"赵烈文安慰道，"卑职想，大人募湘军，后来李中堂募淮军，与北宋韩世忠、岳飞等人募军有相似之处。当年韩、岳自成军自求饷，湘淮军的成功，实基于此。"

"是的。"曾国藩松开握须的手，支在扶手上，将身子挺直，"大抵用兵而利权不在手，决无人应之。故我起义师以来，力求自强之道，粗能有成。"

赵烈文笑道："大人成则成矣，而风气则大辟蹊径。依卑职看来，大人历年辛苦，与贼战者不过十之三四，与世俗文法战者不啻十之五六。今大人一胜而天下靡然从之，恐数百年不能改此局面。一统既久，剖分之象盖已滥觞，虽是人事，亦是天意。"

曾国藩默然良久，徐徐叹道："我始意岂及此！成败皆气运，今日之局面，亦同系气运所致。"

这时，一个仆人进来，递给曾国藩一张纸条。曾国藩看过后问赵烈文："这是何物，你能猜得着吗？"

赵烈文摇摇头。

"这是老夫的晚餐菜单。"

多年来，曾国藩一直与幕僚一起就餐。欧阳夫人率儿女到江宁后，一家人在一起吃饭的时候多了，不过，他也还时常到大厨房和幕僚们边吃饭边聊天。近一年来，他常常喜欢一个人在书房里吃饭，偶尔欧阳夫人也到书房来陪他吃。

"菜单？"出于好奇，赵烈文将纸条拿过来看了看，只见上面写着："鱼片煮白豆腐一小碗，香葱萝卜丝一小碗，菠菜汤一中碗，辣椒豆豉一小碟，米饭一小碗。"

赵烈文叹息："大人还是吃得省俭！听说升州板鸭店常常给江宁各大衙门送板鸭，大人不妨切点吃。"

"我这里没有升州店的板鸭！"曾国藩断然说，"以前他们送过几次，每送一次，我便叫人退回一次，以后他们也就不再送了。我的厨房里没有多少鸡鸭鱼肉，连绍酒都是论斤零沽。"

"大清二百年，不可无此总督！"赵烈文深有所悟地叹息。

曾国藩说："那好，足下他日为老夫撰写墓志铭，这便是材料！"

说着，两人都大笑起来。

"江六，今晚有客人吃饭，你加一碗腊肉、一碗腊鱼、一碟火腿，再去打三斤绍酒来。"曾国藩吩咐仆人。江六应声出门，赵烈文起身告辞。"不要走，我已经留你吃饭了。"

"客人就是我！"赵烈文受宠若惊，与曾国藩单独在一起吃饭，这还是第一次，过去虽然也一起吃过饭，但那是和众人一道在大餐厅里就餐。

"过一会欧阳小岑也来。今晚我做东，请你们二位。"曾国藩很难得请客，今晚这餐饭既是与欧阳小岑话别，又是为了答谢他送了这套《船山遗书》。赵烈文则被拉来作陪。

赵烈文重新坐下，一眼瞥见书架上摆着一叠《红楼梦》，遂笑道："想不到两江总督衙门也有私盐，今天被我拿着了！"说罢，起身向书架边走去。

曾国藩先是一怔，后恍然大悟，说："日前御史王大经奏禁淫书，《红楼梦》赫然列第一，真可笑得很。这是一部奇书，你读过吗？"

"五年前匆匆读过一遍，的确写得好，真想再读一遍。"

"《红楼梦》要多读几遍，才能摸到曹雪芹的真意。不瞒你说，我这是读第三遍了。"曾国藩也走到书架边，拿起堆在上面的第一本，顺手翻了几页。忽然，从书中飘下一帧照片，赵烈文忙弯腰拾起。照片上是一幅精美的园林图：远处为小桥假山、楼阁回廊，近处是一座水榭，一个俊美的贵公子坐在瓷墩上，对水吹箫，神态优雅恬适。

赵烈文凝视许久，问："大人，这吹箫的少年是谁？"

"你看看照片的背后。"曾国藩说，手中的书已合拢，重新放到书架上去了。

赵烈文把照片翻过身来，看到一行字"老中堂惠存。鉴园主人赠"。

"他是恭王？"赵烈文颇为怀疑地问。

"正是。"

曾国藩重新坐到太师椅上，端起茶碗呷了一口。赵烈文又把照片翻过去，再细细谛视着，说："真是个英俊美少年。"隔一会，又自言自语："美则美矣，然非尊彝重器，不足以镇压百僚。"

曾国藩随口答道："貌虽不厚重，聪明则过人。"

"聪明诚然聪明，不过小智慧耳。"赵烈文将照片置于茶几上，毫无顾忌地说，"见时局之不得不仰仗于外，即曲为弥缝。前向与倭相相争，无转身之地，忽而又解释。这都是恭王聪明之处。然此则为随事称量轻重、揣度形势之才，至于己为何人，所居何地，应如何立志，似乎全无理会。凡人有所成就，皆志气做主，恭王身当姬旦之地，无卓然自立之心，位尊势极而虑不出庭户，恐不能无覆悚之虑，怕不是浅智薄慧之技所能幸免。"

赵烈文这番议论，曾国藩在心里也有些同感，但他不忍心指责恭王。恭王毕竟有大恩于他，且其亦有自身的难处，不是局外人所能知道的。他避开对恭王的议论，转向另一个话题："本朝君德甚厚。就拿勤政来说，事无大小，当日必办。即此一端，便可以跨越前代。前明嘉靖帝在位四十五年，前前后后加起来，临朝之日不会超过三年。本朝历代皇帝，非重病不缺一天，真是前朝少有。又如大乱之后而议减征，饷竭之日而免报销。数者皆非亡国举动，足下以为何如？"

"数者皆非亡国举动"一句话，使赵烈文颇觉意外，他于此窥视出曾国藩对国事蜩螗的忧虑不满的心理，试探着说："大人问卑职对本朝君德的看法，请恕卑职不知天高地厚的狂肆。"

"这里没有外人，你只管放心说。"曾国藩微微一笑。

得到鼓励，赵烈文的胆子更大了，遂痛快陈词："天道穷远难知，不敢妄对。卑职以为，自三代以后，论强弱不论仁暴，论形势不论德泽。比如诸葛亮辅蜀，尽忠尽力，民心拥护，而卒不能复已绝之炎刘；金哀宗在汴，求治颇切，而终不能抗方张之强鞑。人之所见不能甚远，既未可以一言而决其必昌，亦不得以一事而许其不覆。议减征，说来是仁政，但创自外臣，本非朝廷旨意；免报销，当然显得宽容，但饷项原就是各省自筹，无可认真，不如做个顺水人情。这些都是取巧的手腕。至于勤政，的确为前世所罕见，但小事以速办而见长，大事则往往以草率而致误。以君德卜国之盛衰，固然不错，但中兴气象，第一贵得人。卑职看今日中枢之地，实未有房、杜、姚、宋之辈，若仅以勤政之形式而求中兴，恐未能如所愿。"

赵烈文这些论点，曾国藩深以为然。恭王聪明而不能镇百僚，文祥正派而规模狭隘，宝鋆灵活但不满人口，有节操的仅倭仁一人，却又才薄识浅。时局尽在军机，而军机这班要员就是这样，国事如何能指望？心里虽这样想，嘴上却不能赞同赵烈文的不恭之言。他要再听听这位见事深细的幕僚对朝政的看法，遂含笑道："本朝乾纲独揽，亦前世所无。凡奏折，事无大小，径达御前，毫无壅蔽。即如沅甫参官秀峰折传到御座前，皇太后传胡家玉面问，仅指折中一节与看，不令睹全文。稍后放谭廷襄、绵森二人去湖北查办，而军机处尚不知始末。一女主临御而威断如此，亦古来罕见。"

赵烈文冷笑道："当今太后处事，确如大人所言，其诡秘之程度，连军机大臣都无法知晓，太后亦矜矜自喜此中手腕。然女流之辈毕竟不懂得，威断在俄顷，而蒙蔽在日后。当面都唯唯诺诺，谨遵照办，一出外则恣肆欺蔽，毫无忌惮。一部《红楼梦》，把这种面目都写绝了。卑职有时想，堂堂大清王朝，竟如同一座百年贾府，外面的架子虽未甚倒，内囊却也尽上来了。不久就会有'忽喇喇似大厦倾，昏惨惨似灯将尽'的一天到来。卑职斗胆预测，根本颠仆、中原陆沉、方州无主、人自为政这种局面，大概要不了五十年就会出现。"

赵烈文的话说得如此明白可怕，令曾国藩忧郁不安，正想为太后申辩两句，欧阳兆熊应邀来了。他赶紧中断这番谈话，吩咐摆菜吃饭。本来兴致很浓的一餐告别晚宴，却因此而吃得不甚畅快，待欧阳兆熊和赵烈文告辞回家后，曾国藩的心潮仍不能平静。

这时欧阳夫人正患咳喘，不能长途跋涉。曾国藩留下纪泽夫妇在江宁照料，带着纪鸿和众幕僚们，冒着严冬酷寒，顶着北风，匆匆离开两江，他要赶在同治八年元旦前进入京师。

三　初次陛见太后皇上，曾国藩大失所望

曾国藩离开北京已整整十七年了。当绿呢车轿进入彰义门洞时，他不觉心头一热，无声念道：京师啊，京师，今天总算又见到你了！车轿穿过广安门，在一条狭长的街道上缓缓行驶。这一带是原金朝的中都城，繁华的往昔早已随着历史烟云过去，剩下的只是一些破旧低矮的民房和窄陋的街巷胡同。出了宣曜门，很快便进入正阳门大街。远远地可以望见闪耀着明黄色彩的宫殿群了，辇毂重地雍容尊贵的非凡气派终于出现在眼帘。曾国藩看着看着，视线渐渐模糊，心底思潮翻卷。十七年了，多么不平凡的十七年啊！当年雄壮轩昂的礼部右侍郎，已被常人不可想象的艰难险阻、忧伤恐惧、委屈打击、苦心思虑，打磨得两鬓如霜，两颊如削，疲弱得似经受不起轿窗外扬起的风沙。这十七年间的腥风血雨，究竟靠什么挺过来了呢？是靠青年时代立下的雄心壮志？靠镜海师所传授的理学修养？还是靠对三朝皇恩的报答之心？这十七年来所做的一切，究竟又是图的什么呢？为名标青史、流芳百世？为维护名教、拯民水火？还是为了眼前这座京城，以及住在这里的大大小小的官吏和他们的主子？

曾国藩的身旁坐着昨天特地出城迎接的周寿昌。往日的风流才子，而今也是五十四五岁的人了，现官居翰林院侍读学士。他身穿深紫色汉瓦团花库缎驼毛长袍，罩一件麂皮军机坎，因为清闲，加之又会保养，他的气色很好，与仅大三岁的同乡好友相比，宛若有两个辈分之差。昨夜在驿馆里两人谈了大半夜，周寿昌还有许多话要说，见曾国藩入城来气宇凝重，沉默不言，也不便开口。

车轿经过天桥，来到珠市大街口。这里商贾云集、车水马龙，板章巷口有一个临时搭起的木棚子，棚子里的灶台上有一口龙头大锅在冒着热气，棚子四周聚集着上千个乞丐。时已三九隆冬，这群乞丐无一人有件完整的衣

裤，好些人的上身挂着松柏树枝，企望靠它来抵御风沙。他们满身污垢，抖抖颤颤地。围在锅边的在吵吵闹闹，老远便把手中的破碗递过去。后边的乱七八糟地排着长队，破碗烂钵不是拿在手上，而是覆扣在头顶。曾国藩心中恻然，不忍看下去，将脸掉向左边轿窗。这时，一辆围着红障泥的大鞍车飞也似的从窗边闪过，一阵尘土飞扬，老远还听得见马脖子上的银铃响声。

"应甫，你看清了吗，刚才过去的是哪个衙门里的堂官？"曾国藩皱着眉头问。

"不是堂官，是近日一个跑红的优童。"周寿昌淡淡一笑。

"优童？"曾国藩惊讶不已，"一个优童敢坐红障泥大鞍车？"

"涤翁，你这是二十年前的老皇历了。"周寿昌笑起来，"现在京师最看重的就是优童，比我们这些翰林学士的身价都高。达官贵人、豪门公子挟带一个色艺俱佳的优童赴酒楼，一桌酒花二三百两银子，这种事在京师不算新闻。优童之居，拟于豪门贵族。其厅堂陈设光耀夺目，锦幕纱橱，琼筵玉几，结翠凝珠，如临春阁，如结绮楼，神仙见了都要吃惊。"

"京师风气，竟然败坏到了这等地步！"曾国藩很愤慨。

车轿进入拉冰胡同，一座大官府第门前车马堵塞，贺客络绎，鞭炮声不断。曾国藩依稀记得，这是前工部尚书寿元的家。

"寿元还健在吗？他家今天是祝寿还是娶媳妇？"曾国藩小声地问周寿昌。

"寿元活得很硬朗。他家今天的喜庆我知道，不是祝寿，也非娶亲。"周寿昌是个几十年的京师通，他什么都知道。

"那又是干什么？"

"这件喜事，你是无论如何都想不到的。寿元已蒙喇嘛高僧开恩，答应在他死后，把他的额骨琢为念珠。"周寿昌神秘地笑了笑。

"什么？"曾国藩惊得几乎要从车轿里站起来。他好歹也在京师待过十三四年，过去从未听过有这等怪事。

"涤翁，你刚进京，还不清楚，这些年京师的怪事多得出奇。好比这件事，我怎么也不能理解。信喇嘛教的人都说，若死后额骨琢成念珠，为高僧佩戴，其魂便长依佛门。高僧从不答应世人的要求，一旦答应，求者就好比乍膺九锡，人人祝贺。寿元因做过尚书，又加之对喇嘛礼之甚恭，才能得此殊荣。"

"京中的大官们怎么都这样糊涂了?"

"涤翁,我念几首《一剪梅》给你听听,据说是个江南才子写的,专为中外大官们画像。"

周寿昌摇头晃脑地吟了起来——

仕途钻刺要精工,京信常通,炭敬常丰。莫谈时事逞英雄,一味圆融,一味谦恭。

大臣经济在从容,莫显奇功,莫说精忠。万般人事要朦胧,驳也毋庸,议也毋庸。

八方无事岁年丰,国运方隆,官运方通。大家襄赞要和衷,好也弥缝,歹也弥缝。

无灾无难到三公,妻受荣封,子荫郎中。流芳身后更无穷,不谥文忠,便谥文恭。

车轮在泥土路上辗过,留下两行浅浅深深的辙印,将绿呢车轿拉向前进,京师惯常的臭气臊气一阵阵袭来。曾国藩只觉得胸中作呕、头脑发涨,进京途中重新振作的精神,被眼前的景象打得七零八落。他痛苦地自问:辛辛苦苦与长毛、捻军搏斗了十七年,难道保下来的竟是这样一座江河日下的京城?这样一批庸碌荒唐的官吏?

穿过繁华而杂乱的大街小巷,曾国藩一行寓居东安门外金鱼胡同贤良寺。早有吏部官员禀报两宫太后。傍晚,吏部侍郎胡肇智亲来贤良寺传旨:"赏曾国藩紫禁城骑马,明日养心殿召见。"

这一夜,曾国藩通宵不眠。赏紫禁城骑马,这是皇家给予年高德劭大臣的一种极高礼遇,且一进城便召见,也说明两宫太后的渴念之情。皇家恩德深重啊!深受程朱理学熏陶的武英殿大学士在心里反反复复地念叨着,进城时的不快心绪已经消失,十七年来的辛苦委屈,仿佛都让这道圣旨给酬谢了。

自从道光二十年散馆后得见天颜，这已是第三代圣主了。皇上尚不到十四岁，少年天子是个什么模样，他想清楚地看一眼。两宫太后都还年轻，西太后聪明过人，据说有当年则天女皇之风，对国事处理的才能究竟如何，他也想亲自掂量一下。明天召见，皇上和两位太后会提出些什么问题呢？他设想许多可能问到的事，又一一在心里作了回答。就这样想来想去，自鸣钟当当响了四下，窗外仍然漆黑一团。曾国藩起床，盥洗完毕，盘腿在床上静坐片刻，然后吃饭。

卯初二刻，曾国藩乘轿来到景运门外，内廷官员在门边恭迎。他下轿进了门，这里已是一片辉煌灯火。景运门的右边是乾清门，这是内廷的正门。清朝从顺治到道光，这里是历代皇帝御门听政的地方，咸丰以后则多改在养心殿。乾清门的右边一直到隆宗门，有一排矮小的连房。连房西头是内务府大臣办事处，东头是侍卫值宿房，中间是军机处。此刻，这里已端坐几位当朝核心人物。他们在等候早朝，并预知曾国藩今日陛见，都想趁此机会先睹这位名震寰宇的一等侯爷，和他说上几句话。

曾国藩尚未走到乾清门，军机大臣文祥、宝鋆、沈桂芬、李鸿藻便闻声而出，一同把他迎进军机处。咸丰二年曾国藩离京时，文祥任工部主事，宝鋆任翰林院侍读学士，沈桂芬任翰林院编修，李鸿藻刚在这一年点翰林。论职务，都在曾国藩之下；论科名，除宝鋆与之同年外，其他也都是晚辈。四个军机大臣在曾国藩的面前甚是谦恭。

正说得投机，外面报恭王到。曾国藩等一齐走出门外。只见恭王正在几个贴身侍从的陪伴下，大步流星地向前走来。曾国藩想起这些年来恭王对自己的推荐、信赖、依畀，心中感激不尽。他赶紧趋前两步，口里念道："草莽曾国藩叩见王爷。"说着便要下跪。

奕䜣忙跨上一步，双手扶住，说："老中堂免礼！"携起曾国藩的手，一起进了军机处。

坐下后，奕䜣把曾国藩细细端详一番，轻声说："中堂苍老多了！"一句话，说得曾国藩热泪盈眶，哽着喉咙答："十七年前草莽离京时，王爷尚是英迈少年，不想今日重见，王爷也已步入中年了。"

奕䜣说："这些年来，老中堂转战沙场，备尝艰险，祖宗江山，实赖保卫，阖朝文武，咸对老中堂崇敬感激！"

曾国藩听了这几句贴心话，一时血液沸腾，哽咽着说："全仗皇太后、皇上齐天洪福，靠王爷庙谟硕画，草莽何功之有！但愿从今以后，四海安夷，国运隆盛。"

众军机一齐说："这一切全赖老中堂的经纬大才！"

过一会儿，惇亲王奕誴、醇郡王奕譞、锺郡王奕诒、孚郡王奕譓以及六部九卿都陆续来到，大家犹如众星捧月般地簇拥着曾国藩，往日肃穆安静的军机处变得热闹起来。

看看已近巳正，还不见叫起，曾国藩有点急了。正在这时，年近八十的镇国将军奕山走进来传旨。鸦片战争期间，奕山在广州挂起白旗，向英国侵略者义律投降，辱国丧权，激起众怒，被锁拿京城，拟处以大辟。只因是道光帝的侄子，才免于一死。后来又放出，予以重用。为国家赢得声威的英雄林则徐死去已近二十年，给祖宗丢脸的懦夫却仍然硬硬朗朗地活着。天道不公！曾国藩的脑子里瞬间闪过这一念头。即将面圣的非常时刻不容他多想，他赶紧回过神来，跟在奕山的后面，左转进了西长街，然后跨进遵义门，养心殿便出现在眼前了。

奕山把曾国藩领到东暖阁门边，自己先进去了。立刻，里面传出一句清亮动听的女人声音："叫他进来吧！"

曾国藩知道这是皇太后开的金口，他下意识地正了正衣冠，挺直身躯。奕山走到门边，嘶哑着喉咙喊："传曾国藩！"

两个太监打起明黄缎棉帘，曾国藩弯腰进门，走前两步，双腿跪下，叫道："臣曾国藩恭请圣安！"

"曾国藩免礼。"又是一句好听的女人京腔，只是音色比先前一句柔和些。曾国藩心里在猜测：前一句或许是慈禧太后的决定，刚才这一句可能是慈安太后的客气。慈安太后待人宽厚，这一点他早有所闻。曾国藩摘下插着双眼花翎的珊瑚红顶帽，将它放在右手边，低下头去，高声说："臣曾国藩叩谢天恩！"然后一连叩了三个头，青砖地发出三下沉厚的响声。叩完后，他站起来，右手托着大帽子，向前走数步，在正中一块软缎垫子上跪了下来，恭听天语。

片刻之间，养心殿东暖阁里阒寂无声。曾国藩额头上沁出细细的汗珠。

"曾国藩，你在江南的事都办完了？"说第一句话的那个女人终于开腔了。

"是的。"曾国藩趁此机会抬起头来，向前面迅速扫了一眼，然后赶紧垂下，答，"臣在江南的事都办完了。"

就这一眼，他已将面前的布局看清楚了。皇上端坐在正面宝座上，身材似乎较瘦弱，面孔苍白，一脸稚气，眼睛望着远远的门帘子，并不看他。刚才说话的太后坐在北面，南面也坐着一位，两位太后的前面都放着一层薄薄的黄幔帐。曾国藩已从军机处得知，召见时慈安太后坐南，慈禧太后坐北。因此，刚才的问话出自慈禧太后之口。

"勇都撤完了吗？"慈禧太后又问。

"捻寇灭后不久都撤了。"曾国藩答。他神情紧张，背上已渐渐发热。

"撤的几多勇？"又是慈禧太后的声音。

"撤的两万人，留的三万人。"不是讲都撤了吗，怎么还留有三万，比撤的还多？曾国藩自己已发觉这中间的矛盾，心里一急，背上的热气立即变成汗水。

"何处人多？"

"撤的以安徽人最多，湖南也有一些。"见慈禧太后并没有就两万三万的数字查问下去，曾国藩略松了一口气。

"你一路上来也还安静吗？"这是慈安太后在发问了。

"路上很安静。"曾国藩答，"起先恐怕有游勇滋事，结果一路倒也平安。"

"你出京多少年了。"慈安太后再问。

"臣出京十七年了。"

"你带兵多少年？"还是慈安太后的声音。

"从前总是带兵，这两年蒙皇上恩典，在江南做官。"答到这里，曾国藩的紧张心情开始松弛下来。

"你以前在礼部？"

慈安太后的问话虽多，但最好回答，曾国藩不要作任何思考。他答道："臣前在礼部当差。"

"曾国荃是你的胞弟？"慈安太后又换了一个话题。

"是臣胞弟。"

"你兄弟几个？"

"臣兄弟五个，有两个在军营死的，皆蒙皇上非常天恩。"曾国藩说到这里，心里微微一颤，他想起了庐山黄叶观里的温甫。温甫走后的最初几年，曾国藩时时提心吊胆，以后见无声无息的，也就慢慢心安了。常常想到要去看看，又觉得不妥，一直也没有去成。去年到江西查访，他下了最大决心，要去看望孤身学道十年的六弟。他借口休息几天，住到庐山脚下一个小旅店，把陪同的江西官员打发走后，在一个漆黑的夜里，陈广敷带着温甫下山来到旅店，兄弟会面，谈了一个多时辰。所幸温甫在广敷的开导下，心境倒还安宁，给曾国藩很大的安慰。温甫希望见见妻妾和儿子，他也答应了，只是一再叮嘱不要泄露出去。还好，温甫家眷在庐山住了半年，外人也不晓得。尽管如此，当着太后的面再次扯谎，他仍觉心虚。

"你从前在京，直隶的事自然知道。"问话的换成慈禧太后。

他不知如何回答这个问题，稍停一下，说："直隶的事，臣也晓得些。"

"直隶甚是空虚，你须好好练兵。"慈禧太后继续说。

曾国藩明白了，原来调任直隶总督的目的，是要他来练兵。直隶能练出什么好兵来呢？天下的好兵源只有湖南，湖南人却又耐不了北方的苦寒和面食。曾国藩不能接受这个任务，但又不能顶撞，只得委婉地说："臣的才力弱，且精力日衰，恐怕办不好。"

一语奏上去，许久不见回音，曾国藩的背又开始湿了。

"你跪安吧，明天再递牌子。"慈禧太后终于说话了。

曾国藩赶紧叩头跪安，托着帽子起身，一步步后退，直退到门帘边，才慢慢转身出门。

曾国藩走出养心殿，来到乾清门时，只见丹墀上下和两旁回廊里，早已聚集着上百名大小官员、太监，他们全都以惊异的目光远远地望着他，悄悄地交头接耳，直到他走出景运门。

第二天又是巳正时，由当年辅政八大臣之一的六额驸景寿带领，走进养心殿东暖阁。皇太后、皇上再次召见，问了问他的病情及造洋船的事。第三天，由僧格林沁之子袭亲王伯彦讷拉祜带领，在养心殿东暖阁第三次接受召见。慈禧太后询问这些年来有哪些好的带兵将领，又谈起直隶练兵的事，要他实心实意去办。

三次召见完毕,曾国藩感慨良多。皇上自始至终沉默不语,未出一字纶音。虽说年纪小,有母后做主,也可以不讲话,但到底当了八年的皇帝,几句套话总可以说得上的。曾国藩想起先前在翰苑供职时,老辈翰林谈起圣祖康熙爷来,人人崇拜不已。九岁登基,十二岁就亲自裁决政事,十七岁除鳌拜集团,二十岁定削藩大计。正因为有如此雄才大略的皇上,才有超迈汉唐的丰功伟绩。而今国家多难,人心涣散,正需要一个能用强力扭转乾坤的帝王,看来,十四岁的孱弱天子不是那号人物。

慈安太后问的话,全是闺阁中妇人的闲聊家常,可有可无,不着痛痒。慈禧太后号称厉害,有关大事纯系她一人发问,曾国藩认真地把她三次召见所问的每句话都重新回忆了一遍,慈禧关心的是三件事:江南撤勇、湘军将领及直隶练兵。他细细地琢磨着这三件事,将它贯穿起来,看出了慈禧的心思:把江南的勇都撤光,能打仗的将领带到直隶,在直隶练出一支精兵来拱卫京师。至于召见之前,他所设想的主要事情,诸如江南的吏治盐政、百姓的生活、人才的保举以及捻乱平息后皖、豫、鲁省的恢复,还有机器局的建设、如何抵御洋人等等长治久安之策,几乎无一句涉及。是慈禧自私,心中只有她和她儿子的宝位?还是她的才具其实平常,不足以虑及到这些迫不及待的民生国计?曾国藩的脑子里突然浮起李商隐的诗来:"宣室求贤访逐臣,贾生才调更无伦。可怜夜半虚前席,不问苍生问鬼神。"慈禧虽未问及鬼神,但也不问及苍生。国家就掌握在这样的太后、皇上手里,能指望它四海安夷、国运隆盛吗?他暗自摇了摇头。

作为大学士,既已到京师,表面上也得做出个到职视事的样子。召见结束后的次日,曾国藩便至内阁到大学士任。他先到诰敕房更衣,然后在武英殿大学士公案前坐一下,又到满本房里看了一看,再进大堂。大堂里横列六张大书案。东面三张为满大学士的座位,西面三张为汉大学士的座位。曾国藩在西面第一张书案边坐下。立时便有内阁学士、侍读学士、中书等数十人前来拜见。当值的侍读学士送来两个文件,曾国藩略为浏览一下便签了字。内阁名为正一品衙门,位在六部之上,表率百僚,其实没有大权,只在皇帝授意下处置一些日常政务。雍正时设立军机处,又分出内阁大部分要事,于是内阁之权更轻,只办理一些例行事务。正因为这样,内阁大学士和协办大学士便可以成为一种加衔，不必到任。

清承明制，大学士办事的地方设在翰林院，于是曾国藩又到翰苑去了一趟。先在典簿厅更衣，次至大堂一坐，到圣庙行礼。再到典簿厅更衣后，到昌黎庙行礼，又到清秘堂一坐。翰林院学士、编修等分批前来叩见。曾国藩一一含笑作答。想起初进翰苑时未到而立，而今已近花甲了。岁月悠悠，时不我待，去日已多，来日苦短。当他走出翰林院时，心中涌起的是一股莫名的怅惘。

他回到贤良寺，案桌上的请帖已经堆了一尺多高。要在往常，他会基本上不予理睬，但这次不同。一来此为京师重地，邀请者的地位大都显赫重要，且京师最讲应酬，又是势利之薮，不能轻易回绝别人的邀请。二来离京多年，他也想借此机会与故旧见面，叙叙云树之思。他将相邀的帖子一一摆开，大致排了个日程，并吩咐纪鸿注意到时提醒。

这以后，他便是按日程所排去赴宴。有各科门生公请，有甲午、戊戌两科同年公请，有直隶籍京官公请，有江苏通省公请，有湖南京官公请，有倭仁、朱凤标、瑞常三相同请，有文祥、宝鋆、李鸿藻、沈桂芬合请，有恭亲王专请，还有周寿昌、吴廷栋、潘祖荫、许仙屏等旧友的私请等等。每宴后必有戏，每天回寓所时都要到二更三更，弄得他疲倦不堪。

这天深夜，身上癣疾又发作了，痒得醒过来。他猛然想起，天天在权贵红火中酬酢，冷落了一批已经衰败下去的昔日师友，于心说不过去。其中尤有两户人家，至今未去拜访，更是太不应该！

第二天，原定皖籍京官公请，曾国藩借病推脱。他换了布衣小帽，偷偷地来到当年的恩师权相穆彰阿旧宅。

穆彰阿自咸丰帝登基不久罢相后，便一直生病蜗居，直到咸丰六年去世。昔日相府煊赫一时的声势早已荡然无存。儿子虽多，却无一个成器，空荡荡的宅院里冷冷清清，杂草丛生。宅子里现住着第七子萨善、九子萨廉，一见到曾国藩，两兄弟百感交集、涕泪滂沱，将他紧紧抱住。曾国藩问他们生活有无困难。萨善说："蒙先父留下的微薄遗产，度日尚不难，只是近日完稿的先父年谱，则无资付剞。"

说话间，萨廉拿出一叠墨稿递过来，说："中堂大人如有空审阅修改，我们兄弟感激不尽。"

曾国藩接过墨稿翻了几页，心中愀然，恳切地说："当年不是恩师提携，国藩哪有今日！稿子我带回去细细拜读。若有商榷之处，我自会提出来，尤其是关于罢林文忠公和咸丰爷降旨这两件事，文字上都要仔细斟酌才是。"

萨善说："我们兄弟学识浅薄，这些地方文字上若有不妥，请中堂大人干脆删去重写。"

曾国藩点点头，问："你们商量一下，恩师年谱要刻多少部。"

萨廉说："我们兄弟合计过，光自家人就有三百余口，先父生前门生甚多，至少要一千部才发得开。"

曾国藩无可奈何地笑了笑，说："自家人保存不在话下，令尊生前的门生，至今尚有几人与尊府往来？"

萨善、萨廉哑了口。

"两位世兄真不懂世故，你好心送给他们，只怕他们还不想接哩！"曾国藩脸色凄然地说，"稿子我先带到保定去，看后再送来，二位就在本宅雇人刻印五百部，一切费用，都由我出。"

萨善、萨廉感谢不迭。两兄弟又陪着曾国藩到院子里各处走了走。这些熟悉的房屋草木，勾起曾国藩心中万缕怅意。繁华已矣，人去楼空，此情可待成追忆，只是当时已惘然。他终于受不了情感的沉重压力，匆匆与萨善兄弟告辞。

走出穆府，他又雇了一辆骡车，悄悄来到丝线胡同塔齐布家。塔齐布兄弟三人，三弟先他死于咸丰四年，次弟又不幸在今年八月病逝。三兄弟皆无子，只存四女。塔母已八十岁。听说曾中堂亲自登门拜访，老太婆拄着拐杖，颤巍巍地亲到大门迎接，身后跟着一群寡妇弱女。曾国藩一见，心里甚是凄怆。他亲自扶着塔母来到大堂，然后向老人家行子侄辈大礼，吓得老太婆忙站起还礼。曾国藩深情地谈起塔齐布和他一起创办湘军的艰难，称赞他是难得的将才，勾起塔母对亡儿绵绵不绝的思念和家道中落的伤心，老泪纵横，紧紧抓住曾国藩的手，一句话都说不出来。曾国藩很难过，安慰道："老人家，国藩就好比您的儿子，待我安顿好后，再派人接您老人家去保定住。"

塔母使劲摇摇头，终于开了口："有你这句话，我死也心安了。只怪我儿子命薄福薄，不能长随你这样的好人。"

旗人妇女本来大方，塔齐布的夫人也不回避曾国藩，这时拉着女儿跪在他的面前，泣声说："老大人，可怜塔齐布一生只有这点骨血，她一个女儿家自然做不了什么，小时她父亲为她订了一门亲事，明年就要过门，求老大人看在她父亲的分上，给小女夫婿谋一个差事。"说罢，想起丈夫来，不觉失声痛哭，语不成声地诉说着。

曾国藩实在不忍心听她说下去，想了一下说："一个月后，叫令婿到保定来找我。"

塔齐布夫人和女儿叩头不止。见曾国藩如此慨然应诺，塔齐布次弟阿凌布夫人也忙过来，求道："老大人开恩，苦命女人的大女儿后年也要过门，求老大人也给她的夫婿一碗饭吃吧！"

曾国藩颇觉为难。多少湘乡人，包括像南五舅儿子那样的至亲跑到安庆，跑到江宁，千求万求，求他收留，他都没有答应，为塔齐布女婿谋个差事已是大大破例，这下又来一个，往哪里安插呢？见曾国藩不开口，阿凌布的女人磕头如捣蒜。塔母说："曾大人，老身给您下跪了。"

说着就要起身。慌得曾国藩忙扶住，连声说："行，行，下个月一同来保定吧！"

塔母吩咐备饭招待，曾国藩说："老伯母，国藩杂事多，不能久坐了。"说着从靴页里抽出一张硬纸来，双手递上去，"这是一千两银票，您老人家收下，就算是国藩的一点孝敬。"

塔母又流下泪来，推辞几下后收了。

从塔齐布家里出来，曾国藩心头沉重：曾任提督的满人塔齐布身后尚且如此萧条，那两万多名阵亡的中下级军官和普通湘勇的遗孤不是更可怜吗？

四　终生荣耀到达极点的一天

转眼年关到了。内廷太监送来慈禧太后亲自写的"福"字十张，又有各色绢笺四十张、湖笔三十支。这有个名目，叫作春帖子赏，只有内廷王大臣、军机大臣、弘德殿、上书房、南书房、大学士才有资格得到。受赏的大臣每人都有十张"福"字，名为两宫太后亲笔，实际上慈安太后从来不握笔写字，慈禧太后也没有这么多精力每张都写，绝大部分都是请翰林院或上书房的学士代笔。颁赏的大太监对曾国藩说：西太后讲，送给别人的可以请人代笔，送给曾国藩的必须亲写。曾国藩忙命纪鸿端出一百两银子酬谢大太监，并请他转达对西太后格外鸿恩的感激。

元旦这天，曾国藩早早地进了紫禁城，和百官一起，先随同皇上行庆贺皇太后礼。皇上在慈宁门行礼，曾国藩和其他一二品大臣在长信门外行礼。然后在太和殿朝贺皇上。到了灯节这天，曾国藩又随皇上宴请蒙古、高丽各藩王。正月十六日，才是皇上宴请廷臣的日子。这是曾国藩一生荣耀到达极点的一天。

布置一新的乾清宫比往日更加庄严堂皇。在清朝历史上，这里曾举行过两次名宴。第一次是康熙六十一年，中国自有皇帝以来在位最久的康熙大帝办的千叟宴，宴请六十岁以上的老人一千多位。第二次在乾隆五十年，号称十全老人的乾隆爷已七十六岁。他雅兴特高，办的千叟宴，出席者竟达三千多人，除大臣、中小官员外，还有平头百姓，甚至还有匠役参加。宴会后，每人还被赐拐杖一根。虽耗资巨大，却也为两朝皇帝赢得敬老尊贤、与民同乐的美誉，同时也使得乾清宫的宴席身份大大提高。每年的元旦、元宵、端午、中秋、重阳、冬至、除夕、万寿等节日，乾清宫照例有大宴会，参加者都感到很荣幸。咸丰以来，国家多事，宫中的大宴大多取消，仅保留灯节和万寿节两次。因而正月十六日的大宴廷臣，便越发显得隆重。乾清宫的宴会，曾国藩过去出席过多次，但那时他只是侍郎，聊陪末座而已。今天，他作为汉大学士的领班出席盛宴，这是有清一代人臣所能享受到的最高礼遇。尽管曾国藩早已告诫自己要将功名利禄看淡，但他仍抑制不住激动，因为这毕竟是千千万万人所羡慕不已的殊荣，也是他自己几十年来梦寐以求的地位。

午正二刻，皇上出来了，韶乐高奏，百官一齐跪下，山呼万岁。待皇上在一大群宫女簇拥下从正门走进乾清宫，升上宝座后，执事太监出来导引百官。满员由倭仁带领，从左门进；汉员由曾国藩带领，从右门进。左门进的满员一律坐在东边，面向西。倭仁坐第一位，文祥第二位，宝鋆第三位，全庆第四位，载龄第五位，存诚第六位，崇伦第七位。倭仁之后的六人均为六部满尚书，尚书之后坐的是各部满侍郎。从右门进的汉员一律坐在西边，面向东。曾国藩坐第一位，朱凤标第二位，单懋谦第三位，罗惇衍第四位，万青黎第五位，董恂第六位，谭廷襄第七位。曾国藩以下六人，皆为六部汉尚书，尚书以下为各部汉侍郎。桌为一长条形几案，高一尺二寸，入席者先按预先指定的次序升垫，然后转过身去对着皇上叩首，再转过身盘腿坐好。

太监开始上菜了。先是给皇上上。一长串太监一人捧着一碗菜，恭恭敬敬地走上来，轻轻地放到桌面上，然后再蹑手蹑脚地离开。一道道菜光彩夺目，弄得大家眼花缭乱，都不敢细看。直到硕大的桌面上摆得满满的才停止，一共一百零八碗。再给臣子们上，这些菜大家都看得清楚，最先上的是四个高脚掐丝珐琅龙纹大碗，碗内装着四样珍稀：长白山熊掌、思茅厅孔雀肉、打箭炉牦牛肉、敦煌驼峰。接下来是八大碗，一色的黄釉双龙牡丹纹碗，分装鸡、鸭、鱼、肉、燕窝、海参、方饽、山楂糕。然后是每人一小碗白米饭，一碗杂烩。杂烩里有荷包蛋、猪内脏、粉条等。待到这些上齐之后，倭仁和曾国藩各自在东西两边侧转过身，面对着皇上。这时，乾清宫内所有领宴的官员也一律侧转过身子，先叩一个头，再一齐高呼："谢皇上圣恩，祝皇上万岁万岁万万岁。"小皇帝在宝座上略为点点头。大家的身子又转回来，开始吃着分发给每人的一小碗饭和杂烩，至于摆在眼前的那十二大碗菜，人人都知道是做样子的，谁都不去动它。这时，四喜班的戏子登堂演出了。在丝竹歌舞中，皇上毫无表情地端坐着，桌上的玉箸金碗未曾动一下；东西两边盘坐的满汉官员诚惶诚恐地低头嚼饭喝汤，尽量不发出一丝声响来。这便是天子与百官共度元宵佳节。虽然紧张乏味至极，远不如在自己家里与妻妾儿女共享天伦的快乐，但有幸与天子共餐，乾清宫里所有领宴者，莫不感到无上荣耀，无上光彩！

太监们开始进来换菜了。八个大太监走上台，来到皇上身边，把一百零八碗原封未动的菜轮流撤下，再换上一百零八个碟子，碟子上放着数不出名目的菜肴果品。在百官面前，则是每两个太监一组，把长几抬出，又换过一条同样的长几。几上放着果碟五个、菜碟十个。曾国藩定睛看了一下，碟子里的东西很普通，无非是梨枣橘饼、熏烤焖炒之类。两旁廊庑里重又奏起庙堂音乐，戏子们下去，领班大学士要向皇上领酒了。

往常都是由首座满大学士祗领，今日破例，慈禧太后钦命曾国藩祗领。曾国藩起身脱去外褂，左手拿着一把银制小酒壶，右手端着一只碧玉酒爵，毕恭毕敬地走到皇上面前，把壶与爵放在桌上，然后退下去，走到殿中央，跪下来。皇上身边一个地位很高的大太监代替皇上向银壶倒酒，再端起银壶注酒于玉爵，随后提着银壶和玉爵走到曾国藩身边。曾国藩站起，双手从太监手里接过玉爵，小饮一口，再跪下，叩首，高声念道："谢皇上赐酒！"于是起身，端起银壶玉爵回到座位。就在同时，东西两边长几上每个官员的面前都摆上了一个小酒壶和一个注满酒的小酒杯。

曾国藩来到座位上，转身面对皇上，率领百官又一次念着："谢皇上赐酒！"各人把杯中的酒都喝了一口。四喜班的戏子又上来了。大家一边看戏，一边饮酒。太监们陆续给每人上奶茶一碗、汤圆一碗、山茶饮一碗。

宫门外，皇上的赏赐已分堆摆在桌上。每一堆上都有一张红纸条，写着受赏者的名字。这便意味着宴会将要结束。倭仁和曾国藩对望一眼，遂一齐起身，率领东西满汉官员鱼贯而出。太监将赏物送来，各人接过赏物后，又面对着皇上宝座跪下，叩三个响头。曾国藩领的赏物是：如意一柄、瓷瓶一个、蟒袍一件、鼻烟一瓶、江绸袍褂料二幅，与倭仁以及其他满汉尚书的赐物一个样。

回到贤良寺，他全身都散了，瘫坐在椅子上久久不能起身。做汉大学士领班出席乾清宫宴，诚然是至高的荣誉，不过这种荣誉所带来的激动，在宴会进行到一半时便消失殆尽，令他深深不安的是皇上的表情。皇上仍然是一语不发，冷漠呆板。在送酒爵到皇上身边时，他趁机仔细地看了一眼。这次他看得非常清楚：皇上不仅瘦弱，且两眼忧郁乏神。当时不能多想，现在回忆起来，他心里冒出一股冷意：这决不是一个天纵睿智的圣贤之主，且很可能不得永年。他想起则天女皇卵翼下的几个天子均懦弱无能，国政一决于女主，最终弄得天下不安的历史教训，心中悲凉地叹息：大清王朝这条在风雨中侥幸免于倾覆的破船，今后将要被贪权而无才具的太后、孱弱而不谙世事的皇帝驶向何处呢？

元宵节后不久，曾国藩便来到保定任所。

直隶最大的民事在永定河水患。二十多年前唐鉴送的《畿辅水利》起了作用，曾国藩按图索骥，对境内的主要山川做了一番实地查勘，严督河道清淤筑堤。又调长江水师总兵彭楚汉来直隶训练新兵。

夏初，曾纪泽奉母亲及全家来到保定。曾国藩见夫人两只眼睛变得昏蒙蒙的，大白天都几乎看不见东西，关切地问："半年不见，你的眼睛如何坏得这样厉害？"

欧阳夫人流下泪来，抽抽泣泣地告诉丈夫："纪静春间在湘潭病故了，这眼睛是哭她哭坏的。"

"大妹子她……"曾国藩惊得手中的书掉到地上。他怎能相信这事是真的，未满三十岁的女儿怎么能先于父母而走？他颓然坐着，心里满是内疚。对于女儿的早逝，做父亲的有责任。

纪静不满三岁时，便由父亲做主，许给翰林院编修湘潭袁芳瑛的长子袁秉桢。袁秉桢那年五岁，长得活泼可爱。刚进京不久的欧阳夫人正苦于京师没有亲戚，便也欣然答应。纪静二十一岁上完的婚，嫁过去后才知道，袁秉桢早已在家娶了妾，纪静哭得死去活来。未婚而先娶妾，这意味着袁家没有把他这个两江总督的姻亲放在眼里，曾国藩虽然愤怒，但也无法挽回。回门时，纪静高低不肯再去袁家了，欧阳夫人怜恤女儿，也不催她走。曾国藩知道后，一连几封家信写回去，催女儿回婆家，说讨妾也不是一件很坏的事，今后只要妾能知礼就行了，应速回婆家侍姑尽孝；还说每见世上有贪恋娘家富贵而忘其翁姑者，其后必无好处。纪静无奈，只得回湘潭。袁秉桢恼羞成怒，索性成天和妾在一起，把纪静冷落在一边。

后来，欧阳夫人见他们夫妇不和，心里着急，趁曾国藩在外与捻军打仗的时候，将女儿和女婿接到江宁城。谁知袁秉桢恶劣成性，不思悔改，以总督女婿的名义在江宁到处借钱骗钱，又嫖娼聚赌。为不受监督，又在外租房，不住督署内，甚至过年时也不进署向岳母拜年。曾国藩得知后，一封家书写来，将袁秉桢狠狠地训斥一顿，令巡捕将他赶出江宁，不再承认这个女婿。欧阳夫人对丈夫的决定没有意见，只是希望女儿不再走了，和她一起住江宁。对于这个要求，曾国藩坚决不同意。他要女儿遵循三从四德的古训，嫁夫则随夫，夫不好则规劝，规劝不过来也只得认命苦，哪有长住娘家的道理！硬是逼着女儿哭着离开江宁到湘潭袁家去住。纪静生性软弱，又加之以后袁秉桢有意虐待，可怜一个侯门之女，便这样活活地被袁家折磨死了，留下一个三岁的女儿无人爱抚！

曾国藩想到这里，伤心地流下泪来，后悔那年不该逼女儿走，是自己横蛮地把女儿推到了绝路。为表示对女儿的忏悔，曾国藩当即作书给袁芳瑛，要他派人将外孙女送到保定来。外祖父要以加倍的慈爱，抚养失去母亲的小外孙女，以弥补往昔的亏欠。

从这以后，曾国藩右目完全失明了，左目也仅剩微光，精力更衰弱，常常白日打瞌睡，脑子无缘无故地会突然出现一阵眩晕。江苏巡抚丁日昌得知后托人送来一样东西，专为治眼病的，名曰空青。是一枚鸡蛋大小的黑色石头，摇摇可听见里面的水响，取出里面的水来点眼睛，只要眼未全封闭均可复明。曾国藩和夫人每日用此水点目，却并不见效果。无奈，他上奏请假一个月，以便安心吃药养病。朝廷同意。就在这个时候，天津城里爆发了一场震惊中外的大事。

五　火烧望海楼教堂

同治九年，天津府遇到多年未有的大旱。过年之后，天老爷就再未下过一滴雨雪，地里的庄稼瓜菜都被干得蔫蔫奄奄的。农民们累死累活，挑水抗旱，靠近河边的地方，还能够捞得四五成，缺水处只能捡得一二成，不少村庄几乎颗粒无收。本就贫困艰难的百姓，遭遇到这样的年景，日子过得更加悲惨。成千成万的人背井离乡，出外讨吃，许多人涌进了天津城。干旱使得物价腾涨，米珠薪桂，再加上饥民蜂拥，城内愈发人心嚣浮，到处都是动乱不安，抢劫闹事斗殴死人每天都有发生。入夏以来，又奇热无比。一个古老的天津城，仿佛成了一座一触即爆的火药库。

海河北岸，从威远码头至柔遥码头，近几年来矗立许多古怪的房子，它们都是洋人在这里兴建的，有俄国的，美国的，英国的，比利时的，其中尤以法国在狮子林桥旁边建造的天主教堂更为引人注目。这座教堂是去年建成的，法国人叫它圣母得胜堂，当地老百姓则叫它望海楼教堂。教堂有三层楼房，青砖木结构，前面配有三座塔楼，呈笔架形，内部并列庭柱两排，内窗券为尖顶拱形，嵌着组成几何图案的五彩玻璃，地面砌着瓷花砖。整个天津城，再也找不出第二栋这样华丽的建筑。旁边是教堂办的育婴堂，专门收养些无父无母的孤儿。离教堂不远处是法国领事馆。一年四季，法国教堂和育婴堂的大门都紧紧地关着，偶尔进出的几个人，则从小门通过，样子显得既神秘又鬼祟。除礼拜天可以听到从里面发出的唱诗声和祈祷声外，平素安静得出奇。天津百姓对这座阴森的教堂既恐惧又厌恶。往常，人们只是怀着复杂的心情远远地观望，不敢靠近。入夏以来天津城里流民骤增，到处都是闲得无聊的人群。听说洋人有钱，又爱施舍，便有不少人涌向这处洋人居住地，企望得到些意外的好处。

这天半夜，睡在威远码头河堤的静海农民冯瘸子被蚊子咬醒，加之肚子又饿，再也睡不着了。他掏出别在腰带上的烟杆，往烟锅里塞了一点老烟叶，又摸出两片火石敲着，抽起闷烟来。他今年三十出头，小时害病无钱医治，弄得瘸了一条腿。体力差，干不了农活，便学了一门箍桶修桶的手艺勉强糊口。家贫也娶不起媳妇，至今单身一人。家乡闹旱灾，无人请他做手艺，他就来到天津城。冯瘸子为人正直，他并不想从洋人那里得到什么恩赐，他对洋人有一种说不出名目的本能的仇恨。他来到这里，是被表弟田老二拉的。田老二也住海河北岸，虽是庄稼人，却不务正业，一年到头靠贩一点、骗一点、偷一点过日子，今年二十五六岁了，也没有婆娘。田老二把表兄拉到教堂边，让表兄开开眼界，自己却有个小打算：兴许能碰巧，从洋人那里弄点分外财。田老二有个朋友，姓王，没有名字，也没有父母，十八九岁了，却长得像小孩子样，成天跟着别人瞎混，大家叫他小混混。这一个多月来跟着田老二混，田老二叫他做什么，他就做什么。田老二得到点好处，也分他一点。这时他们俩睡在冯瘸子旁边，呼噜打得山响。

忽然，冯瘸子发现育婴堂的大门开了，里面点着上百支小白蜡烛。借着烛光，可以看见地上整整齐齐摆着三排用白布包裹着的物体。那物体长长短短不一，都在三至四尺之间，宽约一尺左右，每排约有十几件。一个洋牧师在这些白布包的物体面前走了一圈，右手在胸前画着十字。一会儿，走出三个人来，每人背一个白物体走出大门，把那白物体一件一件地往停在坪里的马车上扔。冯瘸子猛地一惊：育婴堂里住的是小孩子，这白布包的是不是小孩尸体呢？他忙推醒田老二和小混混，二人坐起，揉着惺忪的眼睛，呆呆地看了很久。

"不错，白布里包的是小孩。"田老二肯定地说。

"洋人要把这些小孩尸体运到哪里去？"小混混问。

"还不是运到义冢去。"田老二懒洋洋地答了一句，又重新躺下。

冯瘸子抽着烟，愤慨地说："我早就听人说过，洋人把我们中国小孩子骗进育婴堂，再活活地把他们弄死，挖下他们的眼睛，剖开他们的胸膛，取出五脏六腑出来做药引子，这些小孩子肯定是被这些狗强盗弄死的。妈的，这些吃人肉的魔鬼！"

冯瘸子把烟锅狠狠地往石头上敲。小混混说："冯大哥说的对，洋人半夜三更运尸，这中间一定有鬼！"

"算了吧，关你屁事，睡觉吧！"田老二打了一个呵欠，转过身去，又睡着了。

小混混又看了一会儿，也躺下睡着了。冯瘸子两眼死盯着前方。半个钟头后，全部白布包件都运到马车上，大门重新关闭，马车走了，一切又恢复原来的寂静。他心里默默记下了，那白布包一共有三十五件。

冯瘸子再也不能安睡了，他心里充满着对洋人火一般的仇恨。怎能容许他们如此宰割中国人？怎能容许他们在中国的土地上如此胡作非为？他想明早一定要去府县衙门告一状。转眼又想：当官的都怕洋人，也不把百姓的性命放在心上，告也无用。他想起早两天结识的朋友刘矮子，据说是水火会的。水火会有好几百人，专打抱不平，为民除害，明天何不去告诉刘矮子呢！

第二天，冯瘸子对刘矮子揭露了育婴堂的秘密。刘矮子气得哇哇大叫："这些狗日的洋鬼子，老子要踏平教堂，把他们全部杀光宰绝！走，咱们先去见徐大哥。"

徐大哥就是水火会的首领徐汉龙。徐汉龙祖籍天津，三代都是海河边的铁匠，人长得膀大腰粗，又从小跟父亲学了一身好武艺。父亲死后，他接替父亲成了水火会的头领。水火会是以海河边的贫苦手艺人、脚夫为主要成员的民间帮会，以互帮互助、济危扶困为宗旨。穷人最需要的就是帮助，加之徐汉龙豪爽仗义，故水火会在天津深得人心，除脚夫、匠人外，不少人力车夫、小摊贩以及流落津门的年轻汉子也都加入水火会。今年来社会上哄传法国教堂拐骗小孩、挖眼剖心，徐汉龙和水火会的人听了大为愤怒，扬言官府若不管，水火会则要替百姓报仇了。

近几天，不断有妇女哭哭啼啼来找徐大哥，说她们的孩子丢了，八成是被教堂拐骗去了，向徐大哥磕头作揖，求他设法找找孩子。昨天几个百姓扭送一个名叫武兰珍的人来水火会，徐汉龙刚要亲自审讯，刘矮子带着冯瘸子进来了。

听完冯瘸子的控诉，徐汉龙这个血性汉子再也按捺不住了，高声叫道："平日苦于没有罪证，昨夜的事就是最好的罪证。待我审了武兰珍，一同去见张知府。"

武兰珍被押上来了。此人约莫四十上下，又高又瘦，极像一根豆角。

"武兰珍，老子问你，你要从实招供！"徐汉龙粗大的巴掌往桌上猛力一击，对着武兰珍大吼。武兰珍吓得直打哆嗦。"武兰珍，你是哪里人？"

"我是天津人，家住杨柳青。"武兰珍脸色煞白。

"你在城里住了多少年，一向做的什么事？"

"我是今年开春才进城的。遭旱，地里没有收的，只得到城里来混口饭吃。没有别的事可做，熬点红薯糖卖。"

"武兰珍！"徐汉龙又起高腔，"你为什么要在红薯糖里放迷魂药，坑害小孩？"

武兰珍两条腿打起战来，脸色白里泛青，本来就长得难看的五官，愈加显得丑陋。他呆在那里，好一阵子没有开口。突然，双膝一跪，号啕大哭："大龙头，我没有放迷魂药。我从实招供，我那制糖的红薯有的发烂发霉了，小孩吃了，头晕拉肚子是有的，不过我没放迷魂药。我哪来的迷魂药呀！"

徐汉龙愤怒地望着他，骂道："你这个该油炸火烧的汉奸鬼，都说你被洋人买通，放迷魂药在糖里，坑害小孩子。你还要为洋人掩盖罪行吗？老子警告你，你若老老实实交代，我免你一死；你若再这样赖下去，老子立刻乱棒打死你去喂狗！"

门外，早已里三层外三层围满了人，乱七八糟地高喊："打死这个狗东西！""没人心的汉奸鬼！""该千刀万剐！"

武兰珍吓得瘫倒在地，胡乱地朝徐汉龙、又朝门外的人群磕头，叫道："大龙头，三老四少，爷们哥们姑奶奶们，请饶命，饶命，我家里还有瞎了眼的八十岁老娘，有老婆孩子一大堆，饶了我这条小命吧！"磕了一阵子头后，又边哭边叫，"我招，我从实招供，是天主堂的人要我放迷药到糖里，小孩子吃了，就会自动投到育婴堂。"

门外的人一齐起哄，嚷道："洋鬼子可恨，咱们宰了他！"

徐汉龙又问："武兰珍，天主堂哪个给你的药？"

武兰珍摸着头，想了半天，说："王三。"

"王三在哪里给你的？"

"在教堂左边铁门前给我的。"

门外又有人喊："把王三那狗日的抓起来剥皮抽筋！"

"武兰珍，你和我一起去见知府张老爷，对张老爷再讲一遍。"

"大龙头，我不去。"武兰珍心虚起来。

"你为何不去？"徐汉龙鼓起眼睛望着他。

"我怕见官老爷。"

"你这个没用的癞皮狗！"徐汉龙踢了武兰珍一脚，喝道："起来，跟老子走。有老子在，你怕个屁！"

"徐大哥，不要去见姓张的，他跟洋鬼子穿一条裤子。"刘矮子过来，一把抓住徐汉龙，说："知府衙门的门房就是教民。上次一教民与百姓争吵，门房对姓张的说百姓无礼，姓张的就马上将百姓枷号示众，教民没一点事。这样的知府找他做甚！"

徐汉龙说："不管怎样，他总是这里的父母官，先跟他说，他不理，咱们再行动也不迟，免得日后让他钻空子。"

"徐大哥，我跟你一起去见张知府。"门外看热闹的人中走出一个驼背青年人。他姓罗，大家叫他罗驼子。罗驼子走到徐汉龙面前，说："我昨天下午路过义冢，见一群狗围在那里。我抄起一根棍子把狗赶开，看到那里躺着三个小孩尸身，胸膛全是开的，心肝肚肺都没有了。哪里去了，肯定是洋鬼子挖去了！我和你一起去见张知府作证。"

"好！你这是亲眼所见，铁证如山。"

在门外数百人的跟随下，徐汉龙、刘矮子、冯瘸子、罗驼子，再加上武兰珍，一齐来到大津知府衙门。

近一段时期来，关于法国天主教堂迷拐小孩、挖眼剖心的传闻越来越厉害，越来越离奇。有的说教堂里有几大缸眼珠子，都是用来化银子的，有的说洋人用小儿心肝蒸鸡吃，为的是求长生不老等等。知府张光藻早有所知，僚属们也劝他过问过问，他却装聋作哑，不闻不问。

张光藻有他的苦衷。十多年来，全国各地教案迭起，开始闹得轰轰烈烈，惩办了作恶多端的传教士和教民，有的还砸了教堂。结果呢，无一处不以中国人的失败而告终。洋人凭借武力恐吓中国，朝廷怕事情闹大，吃更大的亏，总是偏袒洋人，道歉赔钱，杀自己的同胞，处理自己的官员，才换得洋人的宽恕。前些年，贵州百姓与法国传教会发生冲突，巡抚、提督因参与其事，结果巡抚交部严议，提督革职发配新疆。这大的官，在法国人的要挟下，朝廷都保不住，何况一个区区五品知府？张光藻年近花甲，从衙吏做起，整整在官场混了三十八年，费了多少心机，赔了多少小心，才升到如今的职位。只要不出事，过两年就可以荣归故里，安度晚年，这一辈子也可以过得去了。倘若因得罪洋人而丢官，划得来吗？当然也可以采取另一种态度，那就是跟洋人一个鼻孔出气，狼狈为奸。张光藻也不愿如此。一来遭人唾骂，二来作为一个中国人，他多多少少也对洋人的作为有所不满，太昧良心的事他不干。因此，他有意雇请一个教民做门房，借教民与洋人拉上关系，津民骂教会、仇洋人的事，一般他也不理睬。他脚踏两只船，只求不出乱子，平平安安到致仕。

衙役进来报告，说有人前来告教堂的状。张光藻忙挥手说不见，后听说是水火会的头领徐汉龙，他有点怕了。水火会势力大，徐汉龙更是一个豪杰，得罪他们也不好办，只得勉强出来接见。听了冯瘸子、罗驼子的禀告和武兰珍的供词，张光藻心里想：冯瘸子是夜里远远看见白布包，即使是真的小孩尸体，他也未见那些尸体有无眼珠心肝。至于义冢堆里的小孩尸体无内脏，也有可能让狗吃掉了。倒是武兰珍说的教民王三亲给他药的事，可以对证一下。衙门外已围了上千人，若这次再不出面，会引起公愤，不如随他们到教堂去一下，也可以搪塞人口。刚要起身，又想，自己虽是知府，上面还有道员，若拉着周道台一起去，今后不管出了何事，自己的责任就小多了。

张知府主意已定，对徐汉龙等人说："天津士民纷传法国教堂迷拐小孩，本府一直记挂在心，已派多人四处查访。现在武兰珍供出迷药系教民王三所给，抓住王三后，事情就可以弄得水落石出了。但事涉法国，非同小可，稍有不慎，便要出大乱子。四川酉阳百姓与法国传教士发生冲突，百姓已死一百四十多人，伤六七百多人，至今尚未结案，可为前车之鉴。现在本府和你们一起去见道台周大人，也请他放驾和我们一起到教堂去对证。"

徐汉龙觉得张光藻的话也有道理，便和冯瘸子等人跟着知府蓝呢轿后一同到了天津道衙门。张光藻吩咐徐汉龙等人在门房等候，自己单独进去会见周道台。

天津道员周家勋听完张光藻的陈述后，摸着尖下巴沉吟半天，说："张太守，此事太重大了，弄不好，你我都担当不起，现在有三口通商大臣崇侍郎在这里，他是满员，又与洋人打交道多年，我们何不请他出面？"

"大人高明！"张光藻从心里佩服周家勋的老成持重，"那我们现在就去请崇侍郎。"

"慢！"周家勋说，"眼下衙门外人情汹汹，最易出事，怎么能请崇侍郎到教堂去？你要徐汉龙等人回去，单留下武兰珍。今晚我们两人一起去见崇侍郎，明天再带武兰珍去教堂对证。另外，你告诉百姓，叫他们各安本分，官府正在调查，不要传谣信谣。"

到底是进士出身的道台，虑事处事又要周到稳妥几分，张光藻完全同意周家勋的安排。

三口通商大臣崇厚是个官运亨通的人，三十五岁便以兵部左侍郎的身份出任此职，在这个宝座上一坐十年。他与洋人关系极为深厚，在国人与洋人的纠纷冲突中，他一贯站在洋人的立场上。他决不相信法国教堂有挖眼剖心的事，他愿意亲眼观看武兰珍与王三的当面对质。

徐汉龙回去后，立即通知水火会的人，明天都到教堂去，若洋人不认罪，则使点颜色给他们看看。水火会的人早就憋了一肚子怒火，一听这话，人人欢喜雀跃。冯瘸子也把此事告诉田老二。田老二暗自高兴：明天可以趁火打劫。他又连夜通知他的一班朋友小混混、项五、张国顺、段起发，要他们都做好准备。

第二天，三乘大轿抬到天主教堂大坪，后面跟着几个兵弁，押着武兰珍。教堂牧师夏福音开大门迎接。夏福音笑容满面地说："诸位大人老爷们来此有何贵干？"

张光藻说明了来意。

碧眼金发的夏福音大笑，操着流利的中国话说："这位武兄弟想必是弄错了，我们教堂里没有一个叫王三的教民。教堂里有四位法国传教士，十三位中国教民，另有三个中国工役，连我在内一共二十人。现在都可叫齐，这位武兄弟当面来认，看哪个是给你迷魂药的王三。"

夏福音泰然自若的神态，使张光藻暗暗吃惊。他瞟了一眼武兰珍，只见那家伙脸红一阵白一阵，紧张极了。一会儿，教堂里的二十个人都到齐了。夏福音依然笑容可掬地说："武兄弟，你来认吧！"

武兰珍战战兢兢地走过去，从第一个看到最后一个，又从最后一个看到第一个。最后，颓丧地摇摇头。

夏福音又笑道："诸位大人老爷，我们法兰西帝国的传教士到贵国来，是为了传播上帝的福音，拯救世人的灵魂，在贵国建育婴堂、医院、讲书堂，全都是为贵国人民做好事。主对我们说，全世界的人，不分国家，不分民族，不分贵贱，不分男女，都是兄弟姐妹，应该相亲相爱。我们既是传播福音、为贵国造福的人，又怎么会做那种伤天害理的事呢？贵国的圣人孔老夫子说得好：'己所不欲，勿施于人。'我们自己的眼睛不愿被人挖，胸膛不愿被人剖，又怎么会去挖别人的眼、剖别人的胸呢？且武兄弟说的教堂左边的铁门这句话也不对。教堂左边根本没有门，右边的小门也是木的。教堂没有铁门。这位武兄弟可能中了妖魔的邪。"夏福音说着，走到惊恐万状的武兰珍面前，念念有词："万能的主呀，你消除他心中的邪恶，救救他的灵魂吧！啊，主，阿门！"

夏福音这番话，弄得几位大人老爷目瞪口呆，再也说不出一句话来。崇厚气得拂袖而起，以手指着武兰珍的额头，骂道："王八羔子，回去再跟你算账！"转脸对夏福音拱拱手，"对不起，打扰了。"说罢，也不同周家勋、张光藻打声招呼，便气冲冲地从教堂里走出来，钻进轿中。周家勋、张光藻也只得讪讪告别。

这时，教堂外围观的百姓已成千上万，吆喝声、呼叫声、咒骂声汇成一片。徐汉龙从人群中冲出来，抓住张光藻的轿杠问："张太守，洋人认罪了吗？"

张光藻苦笑着说："大家都散开回去吧，武兰珍认错了人，教堂里没有王三。"

他边说边进轿，吩咐赶快回衙门。徐汉龙气得大骂："这班无用的软骨头，昏官！"

这时教堂里走出一个中国教民来，双手叉腰，对众人高喊："武兰珍诬陷好人，败坏教堂名誉，不得好死，你们还围在这里干什么？"

徐汉龙冲过去，伸手打了他一巴掌，怒骂："你这条洋人的哈巴狗，白披了一张中国人的皮！"

那人捂着脸，叫道："你打人！"

"打你又怎么样？你这个炎黄子孙的败类，老子还要宰了你！"徐汉龙威严地站在那个教民的面前，犹如一个正义在握的审判官。

刘矮子带着水火会的人高喊："恶狗！""奴才！""打死这个汉奸狗！"

那教民吓得忙逃进教堂，把大门紧紧关上。围观的人们纷纷向教堂和育婴堂丢石头，丢垃圾。看热闹的人越来越多，兴趣也越来越大，人们都希望把事情闹大。大部分人是想借此煞一下洋鬼子的气焰，出一口多年积压在胸中的不平之气。也有不少人活得百无聊赖，欲借此寻点刺激，让生活增加些花色。还有些青皮无赖，最怕的是天下不乱，他们就得规规矩矩，最盼的就是社会混乱不堪，他们好来个乱中得利。

教堂外人群的喧闹早已惊动离此不远的法国领事馆，领事丰大业像一头受伤的野兽，在大厅里咆哮狂怒。这个对拿破仑崇拜得五体投地的法国外交官，自以为是上帝的高等子民，仗着背后强大的军事力量，在中国的土地上有恃无恐。在他的眼里，中国贫穷落后，中国人愚昧野蛮，他对各地反法国教会的民众斗争恨之入骨，一向主张血腥镇压，以维护法兰西帝国的威严，保证天主教在中国的传播畅通无阻。此刻，他见教堂外的人群越来越多，吵闹声愈来愈大，暴怒已极。

"天津的地方官呢？他们都躲到哪里去了？"他指着身边的秘书西蒙喝问。那神情，仿佛他就是节制天津道府的直隶总督。

"刚才接到报告，知府张光藻、知县刘杰都已派兵出来弹压了。"身穿笔挺西装的西蒙回答。

"派了多少兵？"

"一百多。"

"猪猡！"丰大业粗鲁地骂道，"天津府县都是一批猪猡。教堂外闹事的有几万人，百多兵起什么作用！何况中国的兵都是无能的胆小鬼。"

"是的。"西蒙应声，"不过，他们在自己的老百姓面前，胆子并不小。"

"崇厚这个滑头，为何不出面？他的洋枪队为何不派出来？"

"崇厚先到过教堂，现在回署去了。"

"备车!"丰大业命令,"你和我一起,立即到三口通商衙门去见崇厚!"

崇厚穿一件月白亮纱衣,拿着一把精美的湘妃扇,正在他的珍藏室里欣赏他的宠儿——西洋钟表。崇厚的珍藏室,几乎就是一个钟表店,各色各样的西洋钟表摆满了一屋子,精光耀眼,琳琅满目。崇厚一有空,就会来到这间屋子里,这个钟看看,那个表摸摸,心里喜洋洋的。看到得意处,他会对着钟表哼几句京剧。此时的崇厚,就完全沉浸在一片愉悦之中。上个月,一个比利时商人送给他一座特别的自鸣钟。这座钟有半人高,通身以珐琅装饰,且镶金嵌玉,显得十分的珠光宝气。这还在其次。最妙的是下半部分有四个全裸金发西洋女郎,那些女郎形体造得千娇百媚,就像几个缩小了的真人。每到整点时,钟里发出当当的响声,四个女郎便在原地翩翩起舞,把个崇厚乐得心痒痒的,恨不得把这些洋菩萨都搂在怀里。崇厚没有亏待那个商人,给他以最优惠的待遇:凡他的船进天津港时不予检查。崇厚将这座钟放在珍藏室的正中。每到整点时,他便扔掉手中的公务,急匆匆地跑进珍藏室,兴致盎然地看洋女子跳舞。

崇厚正看得出神,一个服饰鲜美的家人走到他的身边:"大人,法国领事丰大业和秘书西蒙来访,已进了客厅。"

崇厚一惊,手中的纸扇掉到地上,暗暗叫苦:麻烦事来了!急匆匆换上长袍马褂迎了出去。

"领事先生,秘书先生,哪阵好风把你们吹来了?"崇厚一脸媚笑地向丰大业、西蒙打躬作揖。

丰大业打心里瞧不起这个贪图享乐、圆滑庸碌的清国大官僚,他没有吃崇厚这一套,板起脸孔,开门见山地问:"侍郎先生,天主教堂无故遭围,这事你知道吗?"

"知道,知道!"崇厚亲自剥了一个南丰贡橘递给丰大业,笑着说:"张知府、刘县令都已派兵前去弹压了,领事先生放心,事情马上就会平息。"

"我不能放心,侍郎先生。"丰大业并不接崇厚递过来的贡橘,一脸冰霜,"几万百姓的骚乱,一百来个兵就平息了?你的洋枪队呢?调你的洋枪队去!"

丰大业这样直接地命令他,兵部侍郎、三口通商大臣崇厚觉得有失脸面。他压下心中的不快,依然笑道:"领事先生,派洋枪队出来弹压百姓,恐不合适。"

"什么话！"丰大业霍地站起，"侍郎先生，你要明白，你的洋枪队是我们大法兰西帝国和大英帝国帮你建的，保护大法兰西的教堂，是它应尽的职责，你必须马上把它调派出来！"

丰大业如此横蛮不讲理，崇厚一时恼火起来，不过他不敢发作，只略为冷淡地回一句："洋枪队不能调动。"

"你真的不调？"丰大业气得怒不可遏，从腰里拔出一支乌亮的手枪来，对着崇厚的胸脯就是两枪。"叭叭"，崇厚身后那只一人多高的明宣德宝石红大花瓶被打得粉碎。其实，丰大业只是吓吓崇厚而已，开枪的时候，他将手挪偏了两寸。这两声枪响，吓破了崇厚的胆，他赶紧逃出客厅，躲进内室。衙门里的官吏、兵役们不知出了何事，都围了过来，西蒙一把拖过丰大业，说："我们走吧！"

丰大业对着内室高喊："崇厚，我正告你，若不迅速平息骚乱，由此而产生的一切后果都要由你们负责！"

说完，大摇大摆地走出三口通商衙门，又气呼呼地奔回河东，在狮子林浮桥上不期与知县刘杰猝然相遇。刘杰带着几十号兵弁，在教堂周围已待了两个多时辰。他东窜西跑，南奔北突，喊得舌燥口哑，力劝百姓散开，但无一点效果，反招来一声声呵责痛骂。夫人怕他出事，打发家人刘七来叫他回去，扯谎说他的独根苗突然发病了。刘杰四十多岁了，仅这个五岁的独生子，平日看得比自己的命还重。他对带队的把总招呼两句，便急急忙忙带着刘七回衙门。

"站住！"丰大业极不礼貌地下令，"刘县令，你到哪里去？"

"我回衙门去一下。"刘杰冷淡地回了一句。

"刘县令，你身为大津的父母官，这个时候，你能离开教堂吗？"丰大业怒火又生，严厉训斥着天津知县。

刘杰不便说回衙门看儿子的病，一时又急得找不出其他借口，居然张口结舌，不知所措。

"你这个猪猡！"丰大业破口大骂，"你们清国的官员都是猪猡！"

"你敢骂人？"刘杰毕竟比崇厚血性足一点，他不能接受一个外国人在百姓的面前对他这般侮辱，气得冲口而出，"你这个没有教养的洋鬼子！"

"你?"丰大业没有想到刘杰居然敢回骂他,他立时拔出手枪来。刘杰的家人刘七是他的远房侄子,一向对堂叔忠心耿耿,见势头不对,忙跨前一步,以身挡住刘杰。就在这时,丰大业手中的枪响了,一颗子弹正中刘七的左胸,血流如注。浮桥头的百姓见状,顿时狂怒到了极点,刘矮子大叫:"洋鬼子开枪打死人啦!"

这一声喊叫,如同一个火把扔进堆放着千万斤火药的库房,愤怒的火焰冲天燃烧;又如一颗开花炮弹击破海河上的闸门,千百里而来积蓄在这里的怒涛汹涌奔腾了。天津卫在震怒!人心在震怒!刘矮子一句"宰了狗日的洋鬼子"的话还未喊完,几百个百姓便冲上浮桥。丰大业、西蒙见势不妙,忙折回向桥西跑。哪里走得脱!桥西也上来几十个大汉,把回路截断了。刘矮子飞跑过来,扬起一脚,丰大业扑倒在桥上,一阵铁拳如雨点,不过三五秒钟,丰大业和西蒙都已成肉酱了。

这时,从浮桥边一艘官船舱里走出一个高级武官来,那人对着桥上喊:"打得好!"刘矮子朝着喊声望过去。哎呀,这不是总兵陈国瑞吗?去年,也是在海河边口,刘矮子给陈部扛军粮上船,曾经见过这位人称"大帅"的陈国瑞。这时他见陈国瑞支持,情绪更高昂了,对着众人大喊:"乡亲们,陈大帅说我们打得好,咱们冲到教堂去,干脆,把那几个洋教士也宰掉!"

"对,咱们到教堂算总账去!"

浮桥上的百姓一齐呐喊着冲向人山人海的教堂。

教堂边,徐汉龙跳上一个土墩子,向周围的百姓们喊道:"父老乡亲们,洋鬼子和信教的欺侮俺们,残杀俺们的孩子,现在又开枪打死刘县令的家人,俺们能甘心受他们的宰割吗?"

"不能!"水火会的几百个兄弟一齐高吼。

"俺们报仇吧!"徐汉龙说完,跳下土墩,带头向教堂冲去,上万百姓一齐行动起来,教堂的门被冲开了,夏福音被抓了出来。徐汉龙说:"把他押起来。"立即就有人猛烈反对。"打死他!"十多个人一声喊,夏福音的小命瞬刻上了天堂。另外三个法国传教士一个都没跑脱,全部死在乱拳之中。中国教民也有五六个被抓住打死了,另外几个赶紧扯下胸前的十字架,脱下黑色教袍,换上平时家居衣服,居然混在人群中躲过了。有人从厨房里抱来一桶油,向耶稣像泼过去,马上就有人点火,蒙难耶稣像在火中很快化为灰烬。那火越烧越旺，从一楼到二楼，从二楼到三楼，又从三楼烧到塔楼。转眼之间，一座巍峨壮观的望海楼教堂，便被熊熊大火所吞没。这是一腔不平的怒火，一团复仇的烈火，也是一把自发的野火！

这火从教堂烧到育婴堂，一百多个中国小孩子从里面惊恐万状地跑了出来，还有七八个重病在床的婴儿无人顾及，活活地被烟呛死，被火烧焦。三个法国修女被拖了出来。她们被这愤怒的场面吓蒙了，嘴里叽里哇啦地说着，没有人懂得她们说的什么。有个头发花白的老头走过来，对拉她们的人说："这是修女，就像我们中国的尼姑，她们也是可怜人，放开她们吧！"

一个满脸横肉的中年人冲着花白头发吼："什么可怜人，都是妖婆，放了给你做老婆？"

老头子讨了个没趣，低着头挤出了人群。有人高喊："挖眼剖心都是她们下的手，烧死这几个巫婆！"

一个腰围一片破布的小子，忽地抱拳，向四周一拱手，说："各位叔伯兄弟们，我们哥儿几个都没有婆娘，求大家行行好，把这几个妖婆赏给我们哥儿们吧，由我们来折磨，替大伙儿出气！"

"呸，下流混子！滚开，别在这里给咱们中国人丢脸！"冯瘸子冲过去，一挥手，将围破布的小子打倒在地，对着人群喊："谁家有被拐的孩子，都来报仇吧！"

立时便有二三十个披头散发的妇女从人堆里挤出来。这些妇人一边痛哭，喊着自己儿女的名字，一边用牙齿撕咬着修女。片刻光景，三个修女都血肉模糊，不成人形了。

人群中又有人喊："祸根在法国领事馆！""捣毁它！"随即就有千百人呼应。于是人流一齐涌向领事馆。领事馆里的人早已逃散一空。大家扯碎大门上的法国国旗，将里面的东西打得稀巴烂。领事馆旁边的公馆、洋行、美国和英国的几处讲书堂也统统被砸得一塌糊涂。人们还不解恨，仍情绪激昂地在那里谈论着，笑骂着，互相庆贺胜利。大家都觉得，这一辈子就数今天活得痛快！

离天主教堂三里路远的关帝庙里，田老二带着小混混等一班青皮兄弟在这里蹲着，他们另有打算。就在大家撕毁法国国旗的时候，远远地过来三乘轿子。田老二喜道："到底来了！"说着冲出关帝庙，小混混等紧紧跟上。

"停住，停住！"田老二扬起手中切西瓜的刀，对着轿夫的脸晃了几晃，轿夫们吓得魂飞魄散，立即停下。田老二掀起轿帘，里面坐了一个白皮肤、黄头发、蓝眼睛的洋婆子。田老二一眼看见了她脖子上戴着一串发光的金项链，两只手上各戴一只宝石戒指，心中暗喜。他一只手伸进轿里，将那洋婆子拖出轿外，口里骂道："你这个妖婆，爷们报仇来了！"说罢，手中的西瓜刀便向那女人的头上砍去。女人尖叫一声，倒在地上。

这时，从第二顶轿里跑出一个男洋人，正赶上项五走过来，二话没说，挺起长枪，向他的腿上戳去。张国顺、段起发跑过来，各自用刀用棍将这个洋人打死。三人在洋人身上乱摸一气，一样值钱的东西也没有。

"后面那个跑了！"小混混眼尖，见第三顶轿里跑出一个足有六尺高的洋大汉，小混混不及他的肩膀高。他也不知哪来的胆量，追上去，一拳打在那人的腰上，洋大汉扑倒在地，爬不起来，小混混骑在他的身上，抡起两个拳头一顿乱捶。他仿佛觉得自己就是景阳冈上的打虎英雄武松，在围观人群的面前出尽了风头，口里一个劲地骂："打死你这个洋鬼子！谁叫你欺侮咱哥们。"

田老二迅速从女洋人的脖子上扯下金项链，又从她的左手指上褪下一只蓝宝石戒指，右手指的红宝石戒指却被项五捋下了。段起发什么也没得到，不服气，在她身上胡摸起来，意外地在口袋里发现一块金表。众人见小混混正在打另一个洋人，便都赶来帮忙，几刀砍下，那洋人就不再动弹了。段起发吸取刚才的教训，先下手，洋人左手上的金戒指被他死劲取下。张国顺在他的上衣袋里掏出几张花花绿绿的票子。再摸，没有了。项五没捞到油水，气得憋紧腮帮，用力将死洋人翻了个身，伸手掏他屁股上的小口袋。口袋是空的。项五恨得吐了一口痰，骂道："这个穷鬼！比咱哥们好不了多少！"

轿夫早已吓得不知去向，轿旁也围了上百人，田老二等正要走，围观者中有人说："你们这几个小子，打死了洋人，抢走了东西，把尸体丢在这里不管，岂不苦了住在这里的百姓！"

小混混听了，对田老二说："二哥，把这几个洋鬼子扔到河里去吧！"

田老二点头。于是五人一齐动手，将两男一女三具洋尸全扔进海河。末了，连西瓜刀、长枪也丢进河里。田老二等四人都得到了好处，唯独小混混一点东西也没得到。他不觉遗憾，他很快乐。田老二他们身上藏有金链金表，怕遭人打劫，赶紧回了家。小混混无所顾忌，听到领事馆那边吼声震天，又跑过去，挤到人堆里看热闹。

望海楼教堂的大火一直烧到深夜才渐渐熄灭，闹腾一整天的人群，尽管亢奋异常，欢快异常，到底太疲倦，凌晨之前也渐渐地散开了。

消息传到京师，总理各国事务衙门震惊万分，主管大臣、三十八岁的皇叔恭王奕䜣心中恐惧不已。奕䜣这些年办洋务，用他自己的话来说，好比江湖上走绳索的卖艺人，步步都须格外的小心谨慎，即便如此，也常常出乱子，招致朝野不少人反对。

奕䜣在与洋人打交道的过程中，深知洋人的目标不在中国的江山社稷，而在攫取中国的财富。作为皇室中最重要的成员，奕䜣因此对洋人放下心来，至于银子，那毕竟好商量。基于此，奕䜣办洋务的态度，说得好听点就是"抚"，说得直爽点就是"媚"。他与洋人保持亲密的关系，恪遵与洋人订立的各项条约，并常常做些让步，满足他们贪婪的索取，以求保得相安无事的局面。同时，奕䜣也注意学习洋人的长处，试图把它用之于中国，使中国徐图自强。这方面的想法，他与曾国藩的观点完全一致，在朝中，在各省也不乏支持者，比如文祥、左宗棠、李鸿章、郭嵩焘、沈葆桢、丁日昌等人，就都是他的追随者。但奕䜣的这番苦心，并不能得到天下的谅解。

首先是大学士倭仁就看不惯。这个理学泰斗一心要维护中国传统礼教的纯洁性和至高无上的统治地位，对奕䜣与洋人的拉拉扯扯很觉不顺眼。同治五年，当奕䜣提出选用科甲官员入同文馆学习天文、算学的主张时，倭仁就坚决反对。他抗词驳斥奕䜣的观点："立国之道，尚礼义不尚权谋，根本之图，在人心不在技艺。古往今来，未闻有恃术数而能起衰振弱者也。"倭仁这么一带头，就有一批所谓忠贞之士激昂慷慨地附和，声称如果这样下去，大清非亡国灭种不可。后虽经慈禧太后支持，事情总算进行下去了，但已闹得举国不靖。这还罢了，最令奕䜣头痛的是遍及全国的教案，把他弄得焦头烂额，举止无措。而这些教案中，又以与法国天主教的冲突最大。奕䜣记得，咸丰十年的南昌教案、同治元年的衡阳湘潭教案、同治四年七年的酉阳教案等等，都是与法国天主教发生的流血冲突。酉阳教案因打死一个法国传教士，激起教堂报复，居然死了一百四十五个中国百姓。这场惨案，至今尚未了结，眼下法国的损失比哪次都要大，他们怎会善罢甘休！这场乱子如何结局呢？奕訢不敢想象。他只得立即给三口通商大臣崇厚下令，要他迅速查明事件的原委和后果，并对受影响的外国领事馆致以歉意。

消息更使法国和其他几个在天津驻有本国人员的西方国家震惊，他们纷纷派员前往天津。

崇厚奉命查明，这次事件中，包括丰大业在内，共打死法国人九名、俄国人三名、比利时人二名、英国美国人各一名，另有无名尸十具，烧毁法国教堂一座，毁坏法国领事馆一处、育婴堂一处、洋行一处、英国讲书堂四处、美国讲书堂两处。法国驻京公使馆公使罗淑亚认为蒙受了空前未有的奇耻大辱，他联合英、美、俄、比利时等六国，向清廷提出严重抗议。法国政府停泊在远东的三艘军舰也集结于天津、烟台一带，扬言要把天津化为焦土。刚刚出了一口怨气的天津士民，头顶上正压着一块沉重的战争乌云。

这块战争乌云，尤使慈禧、奕訢害怕。在崇厚的"愚民无知，莠民趁势为乱，地方官失职"的奏折上，慈禧批令严厉处治肇事匪徒，将天津地方官员先行交部分别议处，并将派崇厚出使法国赔礼道歉。总理衙门向各国驻京使馆发出照会，重申遵守各项条约，保护各国在华利益，严惩肇事凶手，公正处理天津事件。

但各国公使，尤其是法国公使对清廷态度的诚意表示怀疑，罗淑亚警告奕訢：法兰西帝国的舰队正在升火待发，随时都可以越过重洋，进入天津。当奕訢把外国人的态度禀报给慈禧时，年轻的西太后沉默了很长一段时间，然后慢慢地说："得派一个压得住台面又顾全大局的重臣前去天津迅速处理，以宽洋人之心。"

"太后的决定英明。"奕訢期望的正是这个决定，他心里已想好人选，只是太后未问，他不便轻易先提出。自从罢去"议政王"头衔后，他处事谨慎多了。

"六爷。"慈禧客气地叫了一声奕訢，"你看派谁去为好呢？"

"臣看曾国藩去比较适宜。"奕訢装着思考一下后再回答，"不过，曾国藩现正在病假中。"

"这也是没有法子的事，只得麻烦他了，别人谁去都不济。况且他是直督，也是他分内的责任。"慈禧说。奕訢的奏对与她的想法不谋而合。

"是的。臣也相信曾国藩一向不畏艰难，以国事为重，是不会推辞的。"奕䜣心口压着的石头落了地，仿佛曾国藩一去，战争阴云就会立即被驱散。

"六爷，你去叫内阁拟旨来。"慈禧也心宽了，她把右手举起，极有兴致地欣赏无名指上的金指套。这指套昨天才打好，金光灿灿的，足有三寸半长，她很满意。

"是。"

奕䜣正要跪安，西太后又以悦耳的声音补充："要内阁把朝廷的旨意拟明白些，语气要坚决些，好让曾国藩到天津后，办起事来有所依凭，不致因百姓和地方官的情绪乱了方寸。"

六　给儿子留下遗嘱

保定城总督衙门口，今上午忽然变得热闹起来。大公子曾纪泽正在忙忙碌碌地张罗着，一根丈把高的竹竿上悬挂着一挂长长的鞭炮，鞭炮下面站着一排吹鼓手。过一会儿，二公子曾纪鸿也走了出来，身后跟着一队府里的听差。四周的百姓感到奇怪：看这架势，总督衙门今天像是有喜事，但又不见张灯结彩、披红挂绿；若是办丧事哩，又不见戴白系麻的，门前也没有招魂幡。只见老家人荆七从前面大路上小跑过来，对纪泽说："大公子，马车就要到了！"说完后，又走到吹鼓手队跟前，吩咐做好准备。

正说话间，一辆三匹马拉着的大马车停在门前大坪中，纪泽忙拉着纪鸿走过去，跪在马车前。车里走出李鸿章的幼弟李昭庆。他刚一下车，荆七便挥挥手，早已准备好的一群听差都走了过去，七手八脚地从马车上卸下二十四根长八尺、径长一尺二寸的大圆木来，每根圆木的腰间系一根红布条。这时鞭炮骤响，鼓乐齐鸣，纪泽兄弟对着圆木叩头不止。荆七一声吆喝，四十八个听差，抬起二十四根圆木，鱼贯踏上台阶，走进衙门。纪泽、纪鸿低着头走在最后。

原来，这二十四根圆木，是两副棺材的用料。去年，曾国藩离开江宁前夕，李鸿章赶来送行，轻声问恩师在江南尚有何未了私事。曾国藩悄悄对他说，已在江西建昌定下两副棺木料，方便时，请他带到保定来。李鸿章谨记在心，赴西北前夕，他将此事交给昭庆，要弟弟亲到建昌去督办。他要把这两副棺木作为自己的礼物送给恩师，尽一点做门生的孝心。

曾国藩在书房里亲热地接见李昭庆，并验看了千里运来的建昌木。但见根根光亮笔直，纹理细密，仔细嗅一嗅，还有一股淡淡的清香。建昌木身上常见白色波澜条纹，故又叫建昌花板。这建昌花板号称制棺材的上等佳料，又经李昭庆从上万根木料中亲自选出，岂有不好之理！正在谈论下一步如何制造的时候，巡捕报："圣旨到！"

曾国藩慌忙换上朝服来到公堂，刚升为吏部侍郎的周寿昌亲自赍旨来到，朗声诵读：

> 崇厚奏津郡民人与天主教起衅，现在设法弹压，请派大员来津查办一折。曾国藩病尚未痊，近日已再行赏假一月，惟此案关系紧要，曾国藩精神如可支持，着前赴天津，与崇厚会商办理。匪徒迷拐人口、挖眼剖心，实属罪无可逭。既据供称牵连教堂之人，如查有实据，自应与洋人指证明确，将匪犯按律惩办，以除地方之害。至百姓聚众将该领事殴死，并焚毁教堂，拆毁育婴堂等处，此风亦不可长。着将为首滋事之人查拿惩办，俾昭公允。地方官如有办理未协之处，亦应一并查明，毋稍回护。曾国藩务当体察情形，迅速持平办理，以顺舆情而维大局。钦此。

天津事起之后，作为直隶总督，曾国藩早已做好到天津查办的准备，他对这道圣旨不感到意外，对圣旨中所提到的惩办迷拐人口及为首滋事人员的决定，他也深表同意。但这件事办起来，必有千难万难，曾国藩心中也非常清楚。不过，他却不能推辞，只得答道："臣曾国藩遵旨。"

周寿昌念过上谕之后，随即走过来，双手扶起病体衰弱的曾国藩，心里涌起一股怜悯之情。

"涤生兄，这是件极难措手的事，京中议论甚多。"周寿昌关心地说。

"我知道。"曾国藩的情绪十分低落，"但我身为直隶总督，天津闹事，我能不管吗？"

"要么这样，"周寿昌望着曾国藩满是皱纹又略带浮肿的长脸，以及两只上下眼皮几乎完全靠拢的眼睛，诚恳地说，"我去回复皇太后，说你重病在床,不能起身,请太后另择别人。"

对老朋友的这番情义,曾国藩深为感谢。一瞬间,他也觉得可以接受,本来自己就已告假在先,并非临事推诿。但他转念一想,又觉不妥。此事关系太大了,处理得好不好,都直接牵连到整个国家的命运。自古忠臣遇到国家危难之事,即使重病在床也要力疾受命,当年林文忠公就是这样死在前赴广西的路上,赢得了千古忠贞的美名。苟利国家生死以,岂因祸福避趋之。林则徐悲壮的诗句在他的脑子里浮起,他决心向这位文忠公学习:力疾受命。

"应甫,你回去禀报皇太后、皇上,就说我过两天就出发,一定要把天津的事情处理好,请圣上放心。"

送走周寿昌后,曾国藩一直一个人怔怔地枯坐在书房里,不吃不动,仿佛老僧入定一般。夜晚,欧阳夫人亲自送来一碗参汤,劝他喝下,又劝他为国为家保重身体,早点躺下休息。他谢了夫人的好意,答应立即就睡。待夫人走后,他关好门,拨亮灯,拿出纸笔来,思量着要写点东西。

建昌花板和赴津办教案的上谕同一天到达,明明白白地预示着他此次津门之行是有去无回了。对自己这衰病之身,他无甚留恋;官居一品,封侯拜相,已位极人臣,也无甚遗憾了。他最牵挂的就是两个儿子,担心他们今后不能好好地立身处世,担心曾氏家族会有一天突然败落。这样的事,对于大家世族来说,几乎不可避免。他希望曾家能够避免,至少能推迟几代出现。要写的话,多少年来烂熟于胸,用不着多想,他笔不停挥,文不加点,一直写到鸡叫头遍才住手。写完后他又从头至尾诵读一遍,一种惆怅落寞之情油然袭来,不能自已

  余即日前赴天津,查办殴毙洋人焚毁教堂一案。外国性情凶悍,津民习气浮嚣,俱难和叶,将来构怨兴兵,恐致激成大变。余此行反复筹思,殊无良策。余自咸丰三年募勇以来,即自誓效命疆场,今老年病躯,危难之际,断不肯吝于一死,以自负其初心。恐邂逅及难,而尔等诸事无所禀承,兹略示一二,以备不虞。

  余若长逝,灵柩自以由运河搬回江南归湘为便。沿途谢绝一切,概不收礼,但水陆略求兵勇护送而已。

余历年奏折，抄毕后存之家中，留予子孙观览，不可发刻送人，以其间可存者绝少。所作古文，尤不可发刻送人，不特篇帙太少，且少壮不克努力，志亢而才不足以副之，刻出适以彰其陋耳。如有知旧劝刻余集者，婉言谢之可也。切嘱切嘱。

余生平略涉儒先之书，见圣贤教人修身，千言万语，而要以不忮不求为重。忮者嫉贤害能，妒功争宠，所谓怠者不能修，忌者畏人修之类也。求者贪利贪名，怀土怀惠，所谓未得患得，既得患失之类也。忮不常见，每发露于名业相侔、势位相埒之人，求不常见，每发露于货财相接、仕进相妨之际。将欲造福，先去忮心；将欲立品，先去求心。忮不去，满怀皆是荆棘；求不去，满腔日即卑污。余于此二者常加克治，恨未能扫除净尽。尔等欲心地干净，宜于此二者痛下功夫，并愿子孙世世戒之。

历览有国有家之兴，皆由克勤克俭所致；其衰也，则反是。余生平亦颇以勤字自励，而实不能勤，亦好以俭字教人，而自问实不能俭。尔辈以后居家，要痛改衙门奢侈之习，力崇勤俭之德。

孝友为家庭之祥瑞。吾早岁久宦京师，于孝养之道多疏，后来辗转兵间，多获诸弟之助，而吾毫无裨益于诸弟。余兄弟妹妹各家，均有田宅之安，大抵皆九弟扶助之力。我身殁之后，尔等当视叔如父，视叔母如母，视堂兄弟如手足。诸弟渐老，余此生不审能否相见，尔辈若能从孝友二字切实讲求，亦足为我弥缝缺憾耳。

七　轿队被拦在天津城外

曾国藩带着赵烈文、吴汝纶、薛福成和几个兵弁，冒着六月酷暑，扶病上轿。彭楚汉建议："大人身为直隶制军，天津又处动乱之中，此行宜以兵马壮声威。卑职愿带一千人随大人进津门。"

"不行。"曾国藩断然拒绝，"上谕说持平办理，以顺舆情而维大局。维护大局，则不能开仗。我带兵前行，不正好给洋人动刀兵以借口吗？"

彭楚汉默然退下。

"彭军门。"曾国藩又把他叫住。"洋人猖狂无礼，后果难以预料，直隶军队有捍卫京畿之责任。你要训饬部属，决不能掉以轻心，随时准备，以防不测。"

彭楚汉领命，作为一个有十几年戎马生涯的总兵，他懂得目前形势的严峻。

绿呢大轿启行了，后面赵、吴、薛等骑马相随，沿着通往天津卫的古道缓缓前进。一望无边的京津平原在烈日暴晒下，一切生命都变得疲软懒散。两旁庄稼地里，稀稀落落地种着些高粱、玉米、西瓜、红薯，叶片低垂，藤儿干枯，全无一点生气。地里死一般地寂静。偶尔可见一两个人从高粱丛中钻出来，大口大口地喘气，然后又钻进去。这些人浑身上下一丝不挂，生长在南方的赵烈文、吴汝纶等人看着直摇头。古道上很少见到来往行人，偶尔所见的，也只是一些居住在附近的百姓，个个面如菜色，身如干柴。进入静海地面时，路上行人渐渐多起来，他们拖儿带女，背着大布包，神色忧伤。曾国藩叫兵弁过去打听。原来是永定河在葛渔城一带又决口了，冲毁农田庄舍无数，受灾的百姓只得背井离乡去逃难。老百姓刻骨咒骂河道河吏，骂他们将河工的款子贪污了，偷工减料，敷衍草率，欺蒙上司，贻祸百姓，是一班该千刀万剐的贪官污吏。

曾国藩坐在轿里，一颗心沉重得如同千斤铁锤。眼里所看到的已令他怆然，听到的又令他愤然，而即将面临的更令他颓然。

西洋天主教早在明末就在中国传播，到康熙年间大盛，一时有信徒好几十万。后来，因天主教不准中国信徒祭祀祖先，引起朝廷不满，而神父穆经运又参与胤禩等夺嫡之争，故雍正、乾隆之后，天主教遭到严禁。鸦片战争之后，朝廷又允许外国人传教，随之而来的便是不少纠纷。

曾国藩对天主教素来反感。天主教独尊上帝，不敬祖宗，不分男女，与他心目中的礼义伦常大相径庭，他视之为扰乱中华数千年文明的异教。在他看来，长毛就是把这一套学了过来，结果造成十多年的大乱。至于洋人贩来的鸦片，他更是深恶痛绝。但对洋人的坚船利炮以及诸如千里镜、自鸣钟、机器等，他又由衷地佩服。三十年前惨败于洋人的教训，他记忆犹新。十多年来亲历戎间，对外国与中国在军事上的悬殊他看得很清楚。一个基本认识已在他心中深深地扎下了根：与洋人相争，不在于一时一事的输赢，而在于长远的胜负。中国目前不如洋人，一旦开仗，只有失败。要靠"打脱牙和血吞"的精神，忍辱发愤，徐图自强。他以这个认识为基础，利用晚上住宿的空隙，拟了一篇《谕天津士民示》，告诫天津士民要将好义刚强之气引入正道，对教堂传闻要查访确实，不可以忿报忿、以乱招乱。十载讲和，得来不易，一朝激变，荼毒百姓。并公告奉命而来，一以宣布圣主怀柔外国、息事安民之意，一以劝谕津郡士民，必先明理而后言好义，先有远虑而后行其刚气。曾国藩准备一进津门，就将这张告示交衙门刻版，刷印几百份，遍贴大街小巷。

远远地看到天津城绵延的城墙和高大的城门了，绿呢大轿在稍子口停下。这里离城尚有七里地。天津道员周家勋、天津知府张光藻、天津知县刘杰已在此等候多时。众人将曾国藩迎进屋里。刚一落座，便见周道台在前，张知府、刘县令在后，一齐跪在地上，高喊："求老中堂给卑职们做主。"

说罢，对着曾国藩叩了三个响头，抬起头时，三个人都满脸是泪。曾国藩心中甚是凄楚，说："都起来，这是什么地方！你们都是镇守天津的朝廷命官，如此哭哭啼啼的，让百姓传扬出去，岂不丢朝廷的脸？"

周家勋等人起来，不敢坐，都垂手站在曾国藩的两旁，等待他的训示。

"城里现在安定下来了吗？"

"回老中堂的话。"周家勋低头答道，"大规模的闹事起哄是没有了，但百姓心里都大不服气，许多人都在骂崇侍郎。"

"骂他什么？"曾国藩对此颇为关心。

"骂他是讨好洋人的汉奸。"刘杰插话。

曾国藩两腮的肌肉轻轻地抽搐了一下，说："胡说八道。"

不知是中气不足，还是并不十分愤怒，这四个字显得轻飘飘的。刘杰听出了其中的味道。这次事件由围攻咒骂，发展到烧楼毙人，实由丰大业开枪的缘故。堂侄当天抬到家里后便气绝，他悲痛不已。倘若不是这个忠心的侄儿，气绝的便是他本人。他恨强盗土匪般的法国佬，因而对百姓的举动能够理解，也予以同情。他把自己的观点亮给崇厚听时，谁知也遭到丰大业枪击的崇厚非但不支持他，反而说他糊涂。刘杰觉察出曾国藩与崇厚的口气大有不同，于是壮起胆子说："中堂大人，丰大业身为法国领事，两次枪击我朝廷命官，公然侮辱我大清帝国的尊严，且打死卑职的家人。百姓奋然而起，捍卫朝廷尊严，伸张正义，虽然做得过头了些，但事出有因，情可宽恕。"

"刘明府，你说如何宽恕法？"曾国藩苦笑一声，"丰大业无理，可以由朝廷出面，与法国公使交涉处理，如何能就因此放火烧屋，杀死那样多与丰大业毫不相干的洋人？现在退一万步来说，即使朝廷采取宽恕的态度，不再追究，但洋人会答应吗？设身处地想一想，假若我大清国在别的国家里遭到这样的袭击，我们又会怎样想呢？我们难道就会宽恕吗？"

刘杰一时语塞。周家勋想陈述教堂迷拐幼童、挖眼剖心，百姓积怨甚深等情况，但话到嘴边又咽下去了。这些事不是一两句话就能说清楚的，需要等总督大人到署后详细禀报，张光藻本想诉诉对"交部议处"的委屈，见周、刘都不再说话，也就不作声了。曾国藩喝了两口茶后，吩咐起轿。

曾国藩的绿呢大轿领头，后面跟着周家勋等人的蓝呢大轿，平日的全副执事都免去了，轿队冷冷清清的，似乎坐的都是一些受审遭贬的官员。轿队悄没声息地前进三四里路远时，忽见前面大道上黑压压地跪下一片人。走在轿队前面的戈什哈吓得忙回头禀告曾国藩，请示进止。曾国藩眉头一皱，面色不悦地说："叫张太守、刘明府去问问，这些人是干什么的。"

张光藻、刘杰下了轿。过一会儿，张光藻返回，对曾国藩说："前面跪的是天津各界士民，他们要面见中堂大人。"

"叫他们都散开！有事以后到衙门里说去！"曾国藩不耐烦地挥挥手。

张光藻很快又转回来，哭丧着脸说："非请大人下轿接见他们不可，否则他们决不散开。"

"这是什么话！"曾国藩气愤地说。他知道天津百姓不好对付，极不情愿地下了轿。跪在道上的士民见曾国藩走过来，立即乱哄哄地喊："曾大人！""老中堂！""青天大老爷！"

曾国藩挺直腰板，两手义腰，尽量做出昔日那种凛不可犯的风度来。无奈右眼已眯成一根线，左眼也只能睁开一点点，没有过去的如电目光，也就没有过去令人战栗的威严。天津士民们发现，站在他们面前的曾国藩，与他们所想象的湘军统帅完全对不上号，若没有那身吓人的一品官服，他与俺们普通老头子有什么差别！

"父老兄弟们！"曾国藩干咳一声，大起喉咙喊道，"鄙人奉太后、皇上之命，前来处理津民与洋人斗殴之事。各位请放心，鄙人一定会遵循国法，秉公办理。"

话音刚落，人群中立即腾起一片乱糟糟的喊声："曾大人，您要为咱们百姓撑腰！""中堂大人，洋人是恶鬼，您可不能像崇厚那样偏袒他们！""老中堂，您要明察秋毫呀！"

曾国藩心里烦躁起来。他强压着厌烦情绪，高声说："父老士民们，请你们让开一条路，好让鄙人进城。"

前面跪着的几个百姓挪动了膝盖，让出一条四五尺宽的路来。曾国藩正准备上轿，人群中突然站起一个身着长衫的青年，大声说："老中堂，津门各书院士子公推晚生出来说几句话，请老中堂赏脸听一听。"

曾国藩见说话的士子长得眉目清秀、斯斯文文，脸上流出一丝浅笑。他平生从不怠慢读书人，尤其喜欢那些长得挺拔的年轻士子，他认为人才大都藏在这批人中。一个戈什哈从附近人家中搬来条木凳，他坐在凳子上，习惯地抬起右手梳理胡须，微微点点头。

青年士子会意，大着胆子说："去年，老中堂由两江来到直隶，我津门全体士子人人欢喜雀跃，咸谓有老中堂这样清正廉明、治国有方的总督，直隶从此将可从疲沓中振兴起来。老中堂督直不久，便刊布《劝学篇示直隶士子》，鼓励我直隶士子以旁侠之质入圣人之道，又告诫以义理为先，以立志为本，取乡先达杨、赵、鹿、孙诸君子为表率。老中堂的教导，我津门士子都铭记在心。"

说到这里，青年士子偷眼看了一下坐在板凳上的总督，见他注意在听，气更壮了："这次听说太后、皇上派老中堂前来处理上月的事件，津门学子比去年欢迎的心情更为强烈。上月之事，明摆着是洋人所逼，欺人太甚。往日洋人欺侮老百姓，士子们已愤愤不平，现在他们竟然公开侮辱我津郡父母官，眼中已无我大清帝国，士子们无不义愤填膺。这等洋鬼子，杀之应该。老中堂，我们都记得十多年前，您的那篇震撼天下的《讨粤匪檄》。檄文说，长毛别有所谓耶稣之说，《新约》之书，以此来取代我孔孟之教。此为开辟以来名教之奇变。并号召所有血性男子共同征剿。洋人和长毛是一丘之貉，他们妄图以耶稣、《新约》来迷惑我炎黄子孙，乱我孔孟名教，津门父老奋起反抗，和当年湖湘子弟抗击长毛如出一辙。津门士子表示支持，也正是遵循老中堂之教诲，以旁侠之质入圣人之道的体现。故全体士子公推晚生出

234

面，恳请老中堂明察士民爱国卫道的苦心。"

那士子说完又跪下去，他周围的人一齐喊："请老中堂明察！"

曾国藩面无表情地听着，心里对这番话是欣赏的。尤其使他快慰的是，十多年前的那篇檄文，在远离湖南数千里的天津至今尚深入读书人之心。他觉得刚才这位士子很会讲话。清晰的语言，说明他有清晰的头脑，既然被全体士子所推出，一定在他们之中享有威望。这是个人才，应该破格提拔！

"大人，我也说几句！"人群中唰地站起一个粗大的黑汉子，他是水火会的头领徐汉龙。

"你是什么人？"曾国藩见那人样子有点凶猛，遂打断他的话问。

"我是海河岸边的铁匠。"徐汉龙不理睬曾国藩眼中流露的鄙夷神色，豪放直率地说，"天津百姓放火烧教堂，捣毁育婴堂，完全是正义的行动。大人您或许不清楚这里的底细，听我拣几件事说说。"

"你说吧！"曾国藩一向倡导实事求是，捕风捉影的话他听得太多了，重要的在于具体的事实，所以他鼓励徐汉龙说下去。

"第一，"徐汉龙没有通常见曾国藩的人那样恭顺多礼，他开门见山地说，"天主教堂终年紧闭，行动诡秘，教堂和育婴堂底下都挖有地窖。这地窖都从外地请人修建，不让津民参与其中，百姓普遍怀疑这地窖中大有名堂。第二，中国有到育婴堂治病的人，往往只见其进，不见其出。前任江西进贤知县魏席珍的女儿贺魏氏，带女入堂治病，久住不归，她父亲多次劝说也无效，家里人都说她吃了育婴堂的迷魂药。第三，将死的幼孩，育婴堂也收进去，以水浇头洗目，令人诧异。又常见从外地用车船送来数十上百幼童，也只见进的，不见出的。还有最重要的一点，育婴堂、教堂里这半年来死人很多，但都在夜晚埋葬，很令人可疑。上个月百姓们在义冢里挖出几具新尸验看，见这几具尸都是由外向里腐烂，尤其腹胸都全部烂坏，肠子肚子外流。大人您知道，死人都是由里烂出的，哪有从外面烂进的道理？这几件事，难道还不能证明天主教堂、育婴堂是披着教会慈善的外衣，干着挖眼剖心的恶鬼勾当吗？"

徐汉龙说完也跪下，他身边的人怒极高喊："天主堂、育婴堂是恶鬼窝！"

曾国藩心想，这个铁匠也不简单，敢在朝廷大员的面前理直气壮地陈说，若这几桩事情都是真的，也怪不得百姓不疑不气了。

正思忖间，冯瘸子也站起来，对着曾国藩嚷道："总督大人，刚才徐大哥说的半夜埋人，就是我亲眼所见的。他们这些洋人把我们中国人不当人看，还不如他们喂养的狗。他们残杀我们成百上千个幼童，我们为什么不能杀他们？实话告诉你吧，那天烧天主堂就是我放的火，洋人我也杀了一个。你要抓凶手，就抓我吧！"

冯瘸子话还没说完，刘矮子也跳起来叫道："我也杀了洋人，抓我吧！"

立时就有六七个人一齐站起，大叫大嚷："我们都是凶手，官府要抓就抓吧！""为杀洋人而砍头，值得！""来世长大，还要杀洋人！"

曾国藩心里惊道："看来这烧教堂、杀洋人的人，一定令百姓视为英雄，不然他们怎会这样争着承认？"他站起来，极力以威严的神态说："都不要嚷叫了！刚才那位士子和铁匠的话，是不是都代表各位的意思？"

"是的。"跪在地上的士民们齐声答道。

曾国藩的两道扫帚眉紧紧地拧了起来，过了好长一阵时间才说："现在请各位父老先让鄙人进城去，有事以后还可以再来找。"

众人都纷纷站起散开。轿子重新抬起时，曾国藩吩咐加快速度，赶紧进城。

进城后，他谢绝道、府、县的殷勤相邀，带着赵烈文、吴汝纶、薛福成等人住进文庙。刚刚吃过晚饭，三口通商大臣崇厚便前来拜访。曾国藩顾不得劳累，忙以礼相见。在曾国藩的面前，崇厚是一个地地道道的晚辈，而崇厚对这个文才武功并世无出其右的武英殿大学士，也从心里崇拜。他本是个乖觉伶俐的人，此刻在曾国藩面前，益发显得恭敬。

"老中堂，晚辈是盼星星盼月亮，盼望您来。天津这个烂摊子，眼下是乱哄哄、稀糟糟的，道、府、县都交部议处，他们都不管事了，等候革职发配，全部担子都压在晚辈一人肩上，我崇厚哪有能力管得下？不是晚辈眼里无王公贵族，现在就是恭王爷亲来，也不一定弹压得住。阖朝文武，只有老中堂大人您一人可以镇得住这个局面。"

崇厚以十二分的诚恳说着，这的确也是他的心里话。他目前在天津的日子很难过。舆论都说他没有骨气，骂他是汉奸，法国人又不断地给他施加压力，过几天，公使罗淑亚要亲到天津来找他当面算账。他好比钻在风箱里的老鼠,两头受气。这下好了,以曾国藩的地位和声望,足以构成一堵坚实的挡风墙。

崇厚的诚恳态度,颇使曾国藩感动。他说:"老夫已是衰朽,实不能荷此重任,只是职分所在,不能推辞罢了。侍郎这些年来在天津为朝廷办三口通商,与洋人打交道,也是件不容易的事。老夫这些年来与洋人直接接触不多,天津之事,与洋人构成大隙,如何处置妥帖,还要多仰仗侍郎的经验和才干。"

"哪里,哪里!老中堂这一来,一切事情都可迎刃而解。太后已命晚辈去法国说明津案的缘由,过几天晚辈便进京陛辞,起航远行了。"崇厚早就巴望着曾国藩来,他好脱身,跳出火坑。

"不,不,侍郎你不能走。"曾国藩忙制止。他既然决定力保和局,不开兵衅,崇厚与洋人相处密切的关系,便是一个最可利用的好条件。"你在天津再留几个月吧,老夫与你谤则同分,祸则同当。明天,老夫亲为你上一道奏请如何?"

曾国藩这样恳切地挽留,崇厚不能推辞。再说,协助曾国藩完满地处理好这起事件,今后无论在朝廷,还是在洋人面前,他都可以挣得脸面。崇厚同意了。"老中堂这样信任晚辈,晚辈一定尽力协助老中堂处理好这件事。晚辈今天特来向老中堂禀报这件事的前前后后。"

关于天津教案,曾国藩在保定时就已知大概,周寿昌传旨后,又将京中的传闻告诉了他,今天从城外天津官员和士民的口中,他又听到不少有关事情的真相,但所有这些,都不能代替崇厚的当面禀告。这不仅因为崇厚是这个事件的主要当事人,还因为崇厚坐镇天津十年,他对包括法国人在内的洋人的熟悉,是别人远远不可比的。正是在这个基础上,曾国藩建立起对崇厚的信任。

崇厚能说会道,把上个月发生的这件事的全过程说得清楚细致、有条有理,使曾国藩听了一个多时辰,也不觉厌倦。他心里想:许多人说崇厚是个不学无术的花花公子,看来不完全正确。八旗子弟,只要不是家道完全败落,哪个不是花花公子!能像崇厚这样就不错了。曾国藩含笑听着崇厚的叙述,不时插几句问话,气氛很融洽。事情的经过讲完后,崇厚说:"老中堂,晚辈对这件事有几点想法。"

"你说吧！"曾国藩欣赏下属对事情有自己的看法，他讨厌那种人云亦云、糊涂颟顸的人。

"第一，事情的起因，完全肇于百姓的愚昧无知。所谓迷拐幼童、挖眼剖心，纯粹是无稽之谈。天主教的教义最是仁慈，街上讨食的乞儿、流浪的孤儿，育婴堂都收留，让他们住在那里，有饭吃，有衣穿，还教他们识字唱歌。这种事，我们自己的衙门都做不到啊！"

曾国藩想到自己所到之处，眼见不少弃婴乞儿，心中虽是怜悯，也未曾想到过要收容。这么多，如何收容得了？别的官员们也未见有育婴堂这样的义举。他觉得惭愧。

"愚民但说洋人挖眼剖心，也不追问，这挖眼剖心到底是做什么用途呢？"崇厚继续说下去，"洋人医道最是发达，许多病我们束手无策，他们的医生一来，便可手到病除。我有一次问过夏福音，有人说吃人的眼睛目明，吃人的心肝长寿，是这样的吗？夏福音听后哈哈大笑，说这是天方夜谭，还说人若吃人肉，就要中毒，非但不能长寿，有可能即刻毙命。这次勘查被烧毁的圣母得胜堂、育婴堂时，我特意吩咐几十个亲兵注意搜寻，结果他们禀报，根本不见一只眼珠，一颗人心。老中堂，这吃人心肝的事，过去书上说的也只是极少数的绿林强盗的作为，现在虽野番都不这样，何况英、美、法这些西洋大邦呢？"

崇厚的话很有道理。曾国藩过去也听说各地闹教案，都讲洋人吃人心、挖眼珠，结果并无一处查实。他分析，这是因为教堂有仗势欺人的其他罪行，人们愤恨，有人便编排这些离奇的事来激起大家的义愤。有些老百姓愚昧，也便真的相信了。

崇厚又说："老中堂，还有一个极重要的事，晚辈一直未对任何人说，连皇太后、皇上都没有说。"

"什么事？"崇厚的神态既严肃又神秘，引起曾国藩的极大兴趣。

"事件发生后，皇太后、皇上命晚辈查实洋人损失情况，晚辈派出亲信认真调查。第二天他们来报告，说靠近关帝庙的海河上浮出三具洋人尸体，二男一女。他们验尸后，发现这三个洋人都是刀砍死的，女尸脖子上、手指上都留有戴项链、戒指的痕迹，而项链、戒指都不见了。"崇厚说到这里，把声音压低，"老中堂，晚辈估计这三具洋尸是死于歹人的趁火打劫，谋财害命。"

"他们是哪个国家的?"曾国藩问,他的扫帚眉抽动了一下。

"后俄国公使来天津认出了,说是他们俄国来中国的旅游者,其中两个是一对夫妻。"

曾国藩轻轻地点了两下头。

"晚辈现在各处布下暗哨,严密打探。眼下尽管许多人骂晚辈,暂且由他们骂去,是非总会分明的。"

崇厚的态度使曾国藩感动。他鼓励道:"崇侍郎,你刚才讲的事都很重要,对老夫也很有启发。朝廷既然派我们处理这件事,我们自然就坐到一条船上来了,自当同舟共济,不分彼此。你认为该做的事,就只管去做,老夫支持你。"

崇厚走后,曾国藩想了很多,许多事情在等待他去办:明天大清早,得趁着人少的时候去踏勘闹事的现场;被福土庵暂时收留的那一百多个从育婴堂里逃出的孤儿,得派人一一询问,问他们是否亲眼见过挖眼剖心?武兰珍接受迷魂药一事甚为蹊跷,务必严饬武兰珍讲出实话,若真是王三送的,一定要武兰珍找出王三来。对付这种人,必须以死来威胁,方可起作用。海河洋尸事,是个重要的发现,要派十分精明能干的人去办,查出结果,抓到凶手,不仅可以名正言顺地正法,且可以此教育士民:这样大规模的骚乱是没有好处的,它只能使坏人乱中取利。津案应从这里打开缺口,事情方可望得到各方面都满意的较好解决。派谁去呢?他想起了赵烈文。是的,这事就交给惠甫!道、府、县都无人管事,干脆叫周家勋等人暂时停职,在近期内物色几个人接替。社会秩序的维持,日常事务的处理,都还得靠地方官。另外,还有一件顶要紧的事,那就是如何应付过几天就要到天津来的法国公使罗淑亚。据说此人很不好对付。事情太多太多了,曾国藩想着想着,忽然一阵头晕,眼前发黑。他赶紧摸到床边躺下,直到半个时辰后才慢慢恢复正常。刚一清醒过来,他又想起一件更重要的事。

这次骚乱,法国损失严重,自然与他们结下怨仇,这不消说了。俄国、比利时、美国和英国这几个国家也是因城门失火而殃及的池鱼。法国已经利用这一点与他们结成同盟,共同施加压力,而实际上这次事件的起因和他们毫无关系。若是诚心诚意地与他们讲清楚,说明是误伤,答应赔偿一切损失，想必他们也可理解。这样便可拆散法国的同盟，削弱敌对力量，腾出精力来，集中对付法国。对！这是一个重要的策略，曾国藩后悔没有早一点想起。此事叫崇厚去办，天津城里只有他最适宜了。

心思用过度了，又是一阵眩晕，他赶紧闭上眼睛，不再想事，口里悲哀地喃喃自语："我真的老朽不中用了！"

八　老朽眩晕病发作，恕不能奉陪

罗淑亚很快就到天津来了。这个法兰西帝国驻中国全权公使，是个受过训练的职业外交官。他和丰大业一样，自以为是贫穷落后的中国的主宰，眼角里根本就没有这个国家的平等位置。但他的外表却显得比丰大业文雅，举止谈吐也不像丰大业那样的粗鲁。在法国时，他听说中国好比一只绵羊，对洋人俯首帖耳地顺从；又好比一团泥巴，任洋人随意捏。来到中国当公使的这几年，他才发现情况并不完全如此。就在官场中，也并不是所有的官员都如绵羊泥团，而广大的中国百姓则更有雄狮猛虎般的气概，对天主教堂和传教士似乎有一种本能的仇恨，迭起的教案，多是冲着法国而来。前几年爆发的酉阳教案，至今没有得到满意的处理。他不得不亲自坐轮船去四川，沿途恐吓中国地方官。刚回到使馆不久，更大的天津教案令他又光火又心怯。先是崇厚在处理，他知道只要他在北京几个照会过去，崇厚便会一一照办；后得知清廷派曾国藩去了天津，这个老头子不会像崇厚那样容易对付。他决定亲去天津一会。

"午安，曾中堂！"在崇厚陪同下的罗淑亚一进大门，便看到身穿朝服的曾国藩，他主动地先打招呼。

"幸会，公使先生。"曾国藩想到自己乃正一品大学士，不能在洋人面前过于谦卑，他有意不出大门，只在接见厅的门口等候。

分宾主坐下，献茶毕，寒暄几句后，曾国藩便不再说话。罗淑亚见他端坐在太师椅上，不停地以手抚须，面色安详，气宇凝重，隐然有一种泰山崩于前而不动容、惊雷响于后而不变色的气概，不禁暗自诧异。他见过清朝的官员成百上千，上自王公大臣，下至州县官吏，未有第二个人可与之相比。本想等曾国藩发问，见此情景，罗淑亚心想，若自己不先开口，老头子便很可能这样稳坐抚须下去，直到端茶送客为止，叫你莫测高深，最后两手空空而去，哭笑不得。

"曾中堂，贵国暴民作乱，敝国领事被戕杀，国旗被焚毁，教堂被烧，使馆、育婴堂、讲书堂被捣，死难者达九人之多。这是敝国建国以来，在外国从未遭受过的变乱。敝国上下震怒万分，世界各国也同声指责，不知曾中堂如何看待这事？又打算如何处置？"罗淑亚操着熟练的华语说。

"公使先生。"曾国藩停下梳理胡须的右手，语气缓慢厚重地说，"对于在上个月的骚乱中，贵国所蒙受到的损失，尤其是领事先生及其他几位贵国国民的遇害，鄙人深感悲痛，并将遵照敝国皇太后、皇上的旨意，认真查办，严肃处理。不过，公使先生，事情的起因，来自于贵国教堂挖眼剖心的传闻，而领事先生向我朝廷命官开枪，打死县令家人，则更是事态激变的导火线。这两点，鄙人也想提醒公使先生注意。"

正是这两点，击中了天津教案的要害，罗淑亚心里暗惊：老家伙果然厉害。但罗淑亚有恃无恐，他要把这两个要害抹掉："曾中堂，挖眼剖心之说，纯是对敝国的恶意中伤。贵国各地都如此哄传，但无一处实证。这能作为围攻教堂的理由吗？恕我说句不客气的话，这恰恰说明贵国百姓的愚昧无知。丰大业鸣枪，乃是为了吓唬包围他的歹徒，刘县令家人致死，纯系误中。贵国百姓以此为借口，肆行当今文明世界中已绝迹的暴行，太令敝国君臣遗憾了。"

"公使先生。"曾国藩的脸色开始严峻起来，"在桥上放枪，说是驱赶围攻的人，或可勉强说得过去，在崇侍郎家放枪，又作何解释呢？嗯？"

崇厚听出这一声"嗯"中的阴冷气味，他生怕罗淑亚恼羞成怒，忙笑着解围："那天晚辈也是态度不好，跟丰领事大声争吵，兵役都围了过来，丰领事在那种情况下开枪也可谅解。"

崇厚自知这话会使曾国藩气恼，忙又对罗淑亚说："曾中堂一向对贵国持友好态度，坚持守定和约，不愿引起兵端，目前正在严令缉拿凶手，以正国法。"

曾国藩先是对崇厚的媚态颇为不满，后转念一想，也不宜与罗淑亚闹翻，真的闹翻了，对国家大为不利，于是顺着崇厚的话说："公使先生不是问鄙人的态度吗？我可以告诉先生，敝国朝廷的态度就是鄙人的态度。具体说来，一是捉拿迷拐人口、挖眼剖心的匪徒，二是严办杀人越货的凶手，三是训诫办事不力的地方官员，四是对贵国的损失表示歉意，并酌量赔偿。"

罗淑亚见曾国藩谈话的态度正在改变，暗思就是这个号称中国中兴第一臣的曾国藩，也不敢与法兰西帝国对抗到底，他的胆气充足了："我注意到刚才贵中堂说的迷拐人口、挖眼剖心的匪徒时，并没有涉及敝国。对这个态度，本人表示欣赏。敝国教堂、育婴堂没有迷拐人口、挖眼剖心的人，但不保证贵国也没有这样的人。对这种匪徒的惩办，本人和敝国政府是坚决支持的。对另外几条，本人也很欣赏。不过，这些话都太空洞了。敝国大皇帝陛下通知本人郑重向贵中堂及贵侍郎提出四条要求，请考虑。"

"哪四条，请公使先生提吧！"崇厚立即接话，曾国藩仍面色安宁、神态端庄，不断以手抚须。

"第一，将圣母得胜堂按原样修复。"罗淑亚的态度明显地一步一步强硬了，"第二，礼葬丰大业领事。第三，查办地方官。关于这一点，我还要说明一下，地方官不仅指在背后煽风点火的天津道、府、县三级官员，还包括那天在浮桥边指挥百姓闹事的浙江处州镇总兵陈国瑞。第四，所有参与残害敝国公民的凶手，要一一缉拿归案，杀头示众。"

崇厚本欲表示一一照办，瞥眼见曾国藩脸色阴沉下来，遂不敢开口。曾国藩在心里盘算着：重建教堂，惩办凶手，已在考虑中；礼葬丰大业，虽然感情上有点别扭，但作为一个领事，下葬时礼仪稍隆重点，也还可以说得过去；唯有这查办地方官，尤其还包括陈国瑞在内，这却难以接受。沉默了很长一段时间，曾国藩脸色略显平和地对罗淑亚说："公使先生，这四条要求，鄙人尚无权给你以明确的答复，待请示皇太后、皇上以后再说。"一见罗淑亚还有话要说的样子，他又转过脸对崇厚说，"崇侍郎，你陪公使先生到驿馆去休息吧，老夫眩晕病又发作了，需要躺一躺。"说罢，以手扶着额头。

罗淑亚起身时脸色悻悻，但一时又找不到借口发作，曾国藩对罗淑亚做了一个抱拳的架势，现出无可奈何的模样："请公使先生原谅，老朽近年已是日薄西山，实不堪此烦剧。公使先生正当盛年，老朽羡慕不止。"

罗淑亚心里狠狠地骂道："这个老奸巨猾的政客！"嘴上只得说两句客套话告辞，和崇厚一起离开文庙。

两天后，吴汝纶、薛福成走进文庙，曾国藩急切地问："这两天查访的情况如何？"

吴汝纶说："福土庵的一百几十个孩子，我一个个地问遍了，都是无父无母、流浪街头的孤儿，或在天津，或在静海、宝坻等地，被教堂、育婴堂收留。问洋人待他们怎样，都说很好，有饭吃，有衣穿，比在街上流浪强十倍百倍，唯一不好的就是强迫他们念圣经、做礼拜，爱法国人，不爱中国人，若稍有反抗，就会挨打。"

"他们当中有人见到挖眼剖心的吗？"曾国藩问。

"没有，谁都没见过，只是见到人快要死的时候，传教士们以水洗其目，用手将其眼皮合上。这些，孩子们讲，传教士们说能使死者灵魂安宁地上天堂。"桐城才子吴汝纶本对教堂持强烈反对的态度，经过这两天的亲自查访，他也对挖眼剖心之说表示怀疑。

"这样看来，那的确是无稽之谈。"曾国藩背着手在房里踱步，对这一看法，他已是坚定地确立不变了。

"叔耘，武兰珍将王三找到没有？"

"找到了。武兰珍先不肯找，我明白告诉他，事情闹得这样大，完全是他引起的，若不找到王三，讲清这中间的关系，就要杀他的头来平息众怒。这下武兰珍害怕了，第二天就把王三找来了。"

"王三是个怎样的人？"

"据卑职看，这王三纯是一个市井无赖。卑职审过他两次。第一次他招供是教堂夏福音给他的迷药。第二次又翻供，说迷药是他自己制的，迷拐小孩的目的，是为了把小孩卖给别人做儿子，赚几个钱用，与教堂无关。真正是个反复无常的小人。"

"把他押起来，过几天再审！"曾国藩命令，"还有武兰珍，也押起来，但要与王三分开。"

曾国藩心里很烦躁，背手踱步的速度越来越快。一会儿，他戛然停止，转脸问吴、薛："这两天，你们在街头巷尾听到什么议论没有？"

吴、薛对望了一眼，都不吭声。

"难道一点都没有听到？"曾国藩又一次追问。

"大人，不是没有，是多得很，天津满城都在议论。"吴汝纶向来藏不住话，见曾国藩再问，便打破了与薛福成的默契。

"我晓得一定是议论很多，你们拣几条主要的说说，尤其是关于我们来后的情况。"多走了几步，曾国藩便觉得累，他坐下，眼皮也无力地垂下来。

"百姓谈得最多的是崇厚，说他是洋奴，是卖国贼。崇厚四处讲，大人在他面前亲口说的，谤则同分，祸则同当。他说大人完全支持他，故而无知愚民也迁怒于大人。说大人与崇厚穿一条裤子。"吴汝纶性格直爽，有什么说什么，他知道曾国藩清楚他的性格，说话也不遮挡。

曾国藩对崇厚不满起来。谤则同分，祸则同当，这话是说过，但不应当四处乱讲。他是要把我拉出来做他的挡箭牌？那天在罗淑亚面前的媚态，已使人看不顺眼，难道他与洋人在背后有什么交易吗？今后得警惕点！

"还议论些什么？"

"罗淑亚那天在大人面前提的四点要求也传出去了。"薛福成答，"天津士民们都说，这四条一条都不能接受。他们说还是醇王爱国。醇王说的，要趁这机会，杀尽中国的洋人，烧尽他们的房屋，永远不许洋人踏进我大清国门，可惜曾中堂没有这样做。"

薛福成自己与醇郡王奕譞是一个观点，"可惜"下面那句话，是他本人的心里话。曾国藩张开眼皮看了薛福成一眼，他已从这几句话里窥视出薛福成的心思，而且他也知道，吴汝纶也跟薛福成一个观点。只有赵烈文稳重，目光远，在赴津路上，赵烈文用"委曲求全"四字来概括这次办案的方针，与他的想法完全一致。

昨天，曾国藩从塘报上看到醇郡王、内阁学士宋晋、翰林院侍讲学士袁保恒、内阁中书李如松等人向朝廷上的奏折，他们都认为津案乃义举，洋人是犬羊，不能谕之以理，应采取强硬态度。言辞最激烈的是醇王，他说要杀尽洋人，雪庚申先皇之辱。曾国藩看完塘报后心中很不安。这些清议，只讲情理，全不顾国势，貌似最忠君爱国，实则将君国置于危险之中。他们不负实际责任，只凭着一张嘴巴，一旦惹出祸来，他们都会躲得远远的，还得要做事的文武们去收拾局面。对这些空谈，本可完全不理睬，但可恼的是他们能哗众取宠，博得舆论的支持，对局中人掣肘甚剧；尤其是那个于世事一窍不通的醇王，偏偏要以王叔之尊来妄发议论，博取美名，令人批驳都不好下笔。清议误国！曾国藩想，这四个字真是千古不刊的真理。

"凶手缉拿得如何了？"曾国藩不想再听市井议论了，他决定不理睬这些浮议，按自己已定的方针办。

"凶手还没有抓到一个，士民们也不来揭发。"吴汝纶说，"水火会的人暗中传出话，谁告密，谁就是汉奸卖国贼，先杀掉他。"

"反了，这不是公开与朝廷唱对台戏吗？"曾国藩气得敲打扶手，"谁是水火会的头子？"

薛、吴对望了一眼，都不作声。

"你们知不知道？"曾国藩厉声问。

"禀告大人，我们都不知。"薛福成答。

"叫张光藻来！"

周家勋、张光藻、刘杰撤职的上谕已在早几天下达，奏请以布政使衔记名臬司丁启睿为署理天津道员、三品衔道员用晋州知州马绳武署理天津知府、知州衔试用知县萧世本署理天津知县，太后也已同意。周、张、刘等人搬出衙门，另赁屋居留天津，等候处理。张光藻闻讯赶忙来到文庙。

"水火会是个什么团伙？"曾国藩一见张光藻进屋，便劈头质问。

"回大人的话，天津水火会由来已久，向以手艺人及海河脚夫为其主要成员。"

"为何不取缔？"曾国藩最恨民众结伙成团，他认为这都是些不安本分者所为，只要有团伙，社会就不会安宁。

"回大人的话，水火会的人向来安分守己，没有不轨情事，故未曾取缔。"张光藻弯腰低头回答，因恐惧，头上脸上尽是虚汗。

"安分守己？"曾国藩冷笑一声，"安分守己的人决不会结帮成派。这点都不明白，你如何能做百姓的父母官，怪不得天津闹出这样大的事来。"

"是，是！"张光藻更加害怕了，汗如雨下。"卑职失职，卑职失职。"

"我问你，谁是水火会的头目？"

"大人进城的那天，跪着迎接的人群中，第二个站起说话的人，便是水火会头目徐汉龙。"

曾国藩想起来了，那是个粗黑的中年汉子，讲了几点对教堂的怀疑，当时心里还称赞他说得有几分道理。"这是个很可怕的人！"曾国藩立时想起湖南的串子会、半边钱会、红黑会、一股香会以及湘军中的哥老会，必须借这个机会取缔它！

"当时那人讲完后，身边站起几个人，自己承认杀了洋人，那几个也是水火会的人吗？"

张光藻想起刘矮子、冯瘸子和徐汉龙一起来知府衙门找过他，料定他们一定是一伙的，便说："那几个人也是水火会的。"

"冀巡捕！"曾国藩对着后门喊，冀巡捕应声出来。"速到知府衙门传本督之命，立即将水火会头目徐汉龙及该会打死洋人的歹徒抓起来，取缔水火会！"

冀巡捕答应一声，转身便走。"慢！"曾国藩叫住。"再叫马绳武悬赏：有前来检举凶手的，不论是否属实，赏银五两；依检举后拿到正凶者，赏银五十两！"

曾国藩想：取缔了蛊惑人心的水火会，抓起他们的头目，又悬重赏奖励，总会有贪利之徒出来告发，那时再顺藤摸瓜，一定可以拿到一批凶手。他为自己断然处理这事感到满意。现在，他期待的是海河三具洋尸的案子，能被赵烈文破获。

九　关帝庙忽然闹起鬼来

关帝庙一带住的都是贫穷的小百姓：有做零头生意的，有帮人佣工的，有捡破烂的，有捞鱼摸虾的，有沿门乞食的，有小偷小摸的，是天津城里贫民区的一个缩影。这两夜，好端端的关帝庙忽然闹起鬼来。一早起来，人们便三五成堆，惶恐不安地议论着。

"五姥姥，您昨夜听到了吗？有个女人在河边哭了大半夜哩！"

"听到了，听到了，我家姑爷胆子大，还偷偷地跑出门看了。那鬼人高马大，一头黄发披在肩上，边哭边诉。姑爷回来说，那女鬼八成是被砍死的洋婆子，都诉的洋话，他一句也没听懂。"

"五姥姥，三婶子。"一个缺了条胳膊的男人开了腔，"不只是昨夜，前夜那个女鬼也在哭，哭的时间短些，我听得清清楚楚。"

"这可怎么得了！"五姥姥叹息说，"那洋女鬼冤魂不散，夜夜都会哭下去的。"

"光哭哭还好对付，就怕她找替身哩！"缺胳膊男人对着三婶说，"据说鬼找替身，都找和她差不多的人。那女鬼三十多岁，她兴许要找一个三十多岁的女人。"

"你莫乱扯！"三婶子刚好三十多岁，她很害怕。"她是洋人，总不能找中国人做替身吧！"

"找不到洋人，就只得找中国人了。"缺胳膊男人一本正经地说。三婶子吓得更厉害了。

"我看那天砍死这几个洋人的不是好人，八成是瓦刀脸那号的恶棍。"五姥姥低声地说，一边用手指了指前面的那个小棚子。

"我看也不是好人，好人就不会抢洋人身上的金器。"三婶子附和。"喂，他四叔，听说衙门出了告示，告发一个赏五十两银子哩！那天有五个人，你何不去领了这二百五十两银子来，发笔大财呢！"

"我哪里不想啊！"缺胳膊男人说，"不敢呀，水火会的人知道了，我吃饭的家伙就搬家了。再说，那五个人我也不认得。"

"唉！"五姥姥长叹了一口气。"杀洋人，也要杀坏洋人，过路的洋人无缘无故地被杀，也是冤枉，难怪她要哭，也不知要哭到哪时去，以后没有安宁日子过啦。"

"老奶奶，抓住凶手，为她报了仇，她就不再哭了，地方也就会安宁了。"一个生人插了话。

五姥姥回头一看，身后站了一个白白净净的中年男子，腰间挂了一个大葫芦。五姥姥大喜："您是郎中先生吧！我的外孙子肚子痛两天了，昨夜又哭了一夜，早一会子才合上眼，劳您驾瞧瞧。"

"行哇，您带路吧！"

郎中跟着五姥姥走了十几步路，来到一间用破板烂树皮拼凑的屋门前，五姥姥刚一推开门，床上的小外孙就张口大哭起来。五姥姥忙走到床边，揉着孩子的小肚皮，心疼地说："好乖乖，别哭，姥姥给你请来了郎中，吃药就好了。"

郎中走到床前，摸了摸小孩的肚子，又摸摸额头，叫他伸出舌头看看，笑着说："姥姥，不要紧的，孩子肚子里有蛔虫。我这里有现成的丸子，您倒碗水来，哄孩子吃两粒，就会好。"

说着从袖口里取出一个纸包来，从纸包里拿出两粒白色丸子递给五姥姥。五姥姥哄着孩子就水吞下。果然，孩子不喊肚子痛了。五姥姥轻轻揉着孩子的小肚皮，孩子在姥姥的怀里慢慢睡着了。

郎中说："我再给您四粒，您中午、傍晚还给孩子吃两次，每次两粒，肚子里的虫就会都打下来，再也不会闹肚子痛了。"

五姥姥感激地说："太谢谢您了，您要多少钱？"说着，从床上席子底下摸出一个黑布包来。

"老奶奶，这药值不了几个钱，送给您吧！"

"这怎么行呢，您真是好人呀！"五姥姥很感动。"我烧碗茶给您喝吧！"

"老奶奶，别忙，我坐坐就走。"

五姥姥拿起一只未完工的鞋底，陪着郎中坐在门边。

"请问老奶奶，你们刚才说的女鬼哭的事，真有吗？怪吓人的。"郎中问。

"怎么没有呢？"五姥姥严肃地说，"教堂那边打死的洋人不冤，那些洋鬼子该死。这几个洋人，说良心话，是冤枉；人死了，身上的金链子、金戒指都被抢了。"

"老奶奶，打死洋人的那几个人，是什么样的人？"郎中问。

"都是些混小子，十几二十岁的人，不是附近的，我们都没见过。"五姥姥一边纳鞋底，一边回忆着。

"老奶奶，这附近有人认得他们吗？"

"我估计那几个人不是好东西，正经人都不会认得他们，我们这里有几个青皮，看他们认识不。"

"这几个青皮叫什么名字？"

"我也不知他们叫什么名字，一个外号叫瓦刀脸，就住前面那间屋。"五姥姥用鞋底指了指前方。"还有一个叫二杆子，就住在瓦刀脸的对面。还有一个叫小太岁，住二杆子家的后面。这三个青皮都和不正经的人往来，兴许他们知道。"

郎中和五姥姥又扯了些闲话，嘱咐她不要误了给小外孙吃药，然后告辞了。

这郎中就是赵烈文，昨夜和前夜坐在河边啼哭的女鬼就是他装的。他今天一早已从三处议论的人堆里得知那天是五个年轻人用刀砍、用枪戳，把三个洋人弄死的，抢走了一块金表、一条金项链、三只戒指。关帝庙周围的人都说这几个人不是好人。他把这些情况详细地报告了曾国藩。

"今夜出动三十个士兵，把瓦刀脸、二杆子、小太岁一齐抓来，我亲自审讯。"曾国藩指示。

半夜时，三个青皮都被带上灯火通亮的明伦堂。坐在至圣先师画像下的曾国藩睁开左眼看去，一个脸又长又窄，一个又高又瘦，一个头又尖又小。都是些不三不四的东西！他心里想，猛地一拍惊堂木，喝道："跪下！"

三个青皮一惊，双腿不由地软了，齐齐地跪下来。

"有人揭发，上个月在关帝庙杀洋人的五个歹徒与你们有关系，你们在本督面前从实招来！"

三个青皮都吓呆了。瓦刀脸将双膝向前挪动一步，哭丧着脸说："大老爷，小的实在不认得那些人！"

小太岁也直磕头，说："小的不认得。"

二杆子低着头不作声。曾国藩看在眼里，明白了几分，将惊堂木又一拍："本督给你们讲清楚，水火会的头目徐汉龙已被抓起来了，水火会也已明文取缔，你们不要害怕水火会报复。若讲出来，抓到了凶手，本督有重赏。"

"大老爷，小的讲。"曾国藩的话刚说完，二杆子开腔了，"那五个人中，小的认得一个，他叫田老二。"

"住在哪里？"

"河东田家庄。"

"他是个什么人？"

"二十几岁年纪，家里务农，不过他从不种庄稼，只在外面混。"

"你没认错？"

"不会错。田老二烧成灰，小的都认得。"

"下去吧，先赏你五两银子，待抓到凶手后，你再来本督处领赏。"

田老二抓来了。惊堂木一拍，他便吓得全部招供了。小混混、项五、张国顺、段起发也全部缉拿归案。

在这同时，也有些为贪图五两银子来文庙举报的，于是又捉拿了三十余人。这些人一个也不承认杀了洋人,又无什么东西可以作为旁证,曾国藩无法给他们定案。不过,他还是满意的,至少有徐汉龙、刘矮子、冯瘸子及田老二这批共八人,自己都供认不讳,可以作为凶手正法。他打算将案子做这样的处理:重建教堂,礼葬丰大业,斩首八名凶手。他将这个设想奏报朝廷。为防止意外,又密请朝廷调正在陕甘的李鸿章带兵来直隶,以及将驻扎在直隶的铭军九千人东移张秋。

奏折很快转回来。上谕同意直隶兵力的部署,但对他只杀八人很不满意,质问:洋人死了近二十人,中国只杀八人,如何向各国交代?严令他不得稍涉宽纵。曾国藩甚感为难:洋人虽说死了近二十人,但有的死于乱拳,有的死于火烧,被捉拿的这三十余人即使都动了手,又能指出谁打出了致死的那一拳呢?总不能把这三十多号人都拿去杀了吧!

上谕已使他够为难了,却不料更令他为难的事接踵而来。

十　委曲求全

"老中堂,法国公使罗淑亚、英国公使威妥玛联名来了一份照会。"这天午后,崇厚持着一个硕大的信套,坐一辆装饰豪华的轻便马车来到文庙。这些天来,崇厚每日必来一次,每次都要大谈洋人如何在秘密调兵遣将、准备报复的事,使得曾国藩又厌恶又担心,整天如坐针毡。曾国藩打开大信套,一张厚实光亮的白道林纸飘了下来。拿起一看傻了眼:一行行洋文赫然出现在他微弱的目光前。他饱读中国诗书,却不识一个洋文字母。正是痛感于此,前几年他重金聘请一个懂中文的英国人教纪泽、纪鸿读英文法文,所幸两个儿子都学得很不错,尤其是纪鸿天资更高,现在已能流利地与洋人谈话了。可惜,他们没来天津。

"老中堂,晚辈已叫人用汉文翻译了。"崇厚从靴页子里抽出一张纸,曾国藩见那上面写着:

法兰西帝国公使罗淑亚、大英帝国公使威妥玛,致清国大学士、直隶总督曾:

为照会事。上月贵国天津莠民由迷拐人口、挖眼剖心无稽传闻而酿成血腥暴乱，我法兰西帝国、大英帝国蒙受惨重损失，举国为之震怒，陆海两军向皇帝、女王陛下宣誓：不报此仇，誓不为军人。法兰西帝国海雄号、骑士号、霸王号炮舰，早已集结在大沽，之所以未挺进天津者，盖有所待也。时至今日，一个多月已过去，贵大学士来津亦达两旬，贵国所作所为，实令我等遗憾至极。罗淑亚公使代表法兰西帝国所提出的四项要求，未见一项作明确答复。为此，我等受皇帝、女王陛下之命，特向贵大学士严正提出：贵国必须赔偿损失费五十万两白银，所有凶手立即正法。天津道员周家勋、知府张光藻、知县刘杰实系暴乱之主使者，乃罪魁祸首，不杀不足以平我法英两国之民愤，不足以慰无辜死难教士、贞女之灵魂。为此，特敦促贵大学士在十日内斩杀三员之头以表诚意。另，贵国总兵陈国瑞亦为指挥莠民作乱之头领，陈国瑞应以命相抵。

法兰西帝国第三舰队目前已航至红海，它配有当世最精良之炮火，大英帝国驻加尔各答的第五舰队亦已起航。两舰队十天后将相会于大沽。贵大学士若不照办，到时两帝国舰队将炸平天津，轰倒紫禁城。一切后果将由贵大学士承担，勿谓言之不预也！特此正告。

"岂有此理！"曾国藩愤然作色，将照会往地上一甩。这种毫无遮掩的无耻恫吓，这种主子指使奴才式的命令口气，这种出格的无理要求，深深地刺激他的人格，无情地凌辱他的尊严，勃然诱发他的好胜心。同时，作为汉大学士的领班，奉命处理津案的中国代表，他也感到国家的尊严、太后皇上的尊严受到了侮辱。

"崇侍郎，烦你先去转告罗淑亚、威妥玛，这个照会不能接受，尤其是以天津地方官员及陈国瑞抵命一节，简直无理之极。我大清帝国的官员，纵然犯法，该由我太后、皇上处置，他们无权提出这种霸道要求，何况地方官只有失职之错，决无抵命之罪。你先去口头转达，这两天，本大学士会有正式函件回复。"

曾国藩突然而发的强硬态度，使崇厚大出意外。他不是早就说过，以委曲求全的宗旨来办津案吗？这老头子今天怎么啦，火气这样大？崇厚拾起被曾国藩掷落在地的法英照会，又匆匆浏览一遍。语气是生硬了些，但条件也并非不可接受。崇厚一心要将津案和平解决。他认为只要不开仗，什么条件都可以接受。多赔点银子算什么，又不要自己出！多杀几个人算什么，中国百姓有的是！杀道府也无所谓，直隶等着候缺的官员一大串！若一旦打起仗来，他崇厚就脱不了干系。第一，三口通商大臣本负有天津地面洋务责任，这一起由洋务引起的战争，他要首当其罪。第二，丰大业最先放枪是在他的衙门，他是津案的主要当事人。第三，曾国藩未到天津之前，他是处理津案的最高官员。平平静静地度过这个风浪，他向法国道歉回来，依旧可以做他的通商大臣；若兵衅一启，中国失败，他重则杀头，轻则充军，此外别无选择，必须说服这个倔硬的老头子。要说服曾国藩这样的人，崇厚自有一套办法。

"老中堂，罗淑亚、威妥玛这个照会，的确太过分了，就是晚辈看了也觉气愤。他们在老中堂面前算得什么？老中堂是泰山昆仑，是万里长城，他们有什么资格'正告'，真是放狗屁！"

崇厚说到这里，完全是一副义愤填膺的神态，曾国藩的火气开始消了一点。他未能免俗，他和所有青壮年时立过大功的老人一样，这两年来，越来越爱听恭维话、奉承话，全然不记得十年前对左宗棠喜听出格颂扬毛病的批评了。

"不过，老中堂，他们是有所依仗呀！"崇厚换成一副无可奈何的样子。"他们依仗的是炮舰，是世界第一流的武器。我的衙门里有好几个法国英国佬，我暗地问过他们。法国佬说他们的第三舰队有十艘兵舰，全部装的是六十四磅重炮，并可一次装十个连发，任什么坚固的石城都不可挡住。炮兵的盔甲全由精钢制造，一般铁子都不能穿过，更何况刀枪了。英国佬说，驻在加尔各答的舰队是英国远东王牌舰队，曾经征服过世界三十几个国家，舰队司令是英国第一号杀人不眨眼的魔王。他们说，这两支舰队只要开进天津港一放炮，不到一个时辰，天津就会变成一片废墟，五十万天津百姓将化为一堆枯骨，京师将再次沦为战场，太后、皇上又要仓皇北狩。"

崇厚说到这里，看了一眼曾国藩。只见刚才怒气冲冲的毅勇侯无力地倒在椅子上，双目微闭，数不清的皱纹深深地刻在蜡黄的长脸上，犹如一个处于弥留状态中的病人！他已知这几句话，打中了老头子的要害，于是移过身子，对着曾国藩的耳朵轻轻地说："老中堂，晚辈还要禀告您一个不好的消息。"

"什么事？"曾国藩的左目睁开，背部离开了椅子。

"俄国、比利时、美国都已放出风声，他们将全力支持法国、英国的军事行动，要船出船，要炮出炮，要人出人，不达目的，决不罢休。"

三口通商衙门对洋人的信息一向最为灵通，而曾国藩自己根本没有这一套班子，他不得不依赖，也不得不相信崇厚所提供的情报。"看来对法国以外的那些国家的安抚，并没有起到作用。"曾国藩心想。他的左目又闭上了，重新瘫倒在椅子上，嘴唇动了几下，似要说话，但终于没有说出声来。

崇厚站起来，走到曾国藩的身后，完全以晚辈后生的谦卑态度，弯下腰，轻声说："老中堂，晚辈知道您是一个顶天立地的英雄，宁折不弯、宁死不屈。但老中堂今天一身系江山社稷之安危，系中国数万万百姓之安危，系皇太后、皇上之安危。己身可折，江山社稷不可折；己身可死，中国数万万百姓不可死；己身可辱，太后、皇上不可辱。老中堂，您就来一次委曲求全、忍辱负重吧！"

崇厚这时已语声哽咽，几乎要掉下眼泪来。曾国藩的思绪乱极了，体力也衰弱极了："崇侍郎，你先回去，让我好好考虑一下，晚上你再来！"

崇厚走后，曾国藩走进卧室，他按多年养成的习惯，关紧门窗，点上一炷香，开始冷静地前前后后地仔细思考。过去他盘腿坐在床上，现在已无这份体力了。他睡在躺椅上，腹部盖一件旧马褂，袅袅升起的轻烟，使他的思绪渐渐宁静。

来天津二十天，津案的眉目已完全清楚了。发生在天津的这一桩教案，与发生在江西、四川、贵州、湖南等地的教案一个样，是中国百姓长期对洋人愤激而成的大变。自从允许洋教在内地传播以来，教堂到处滋事。凡教中犯案，教士不问是非，曲庇教民，领事不问曲直，一概庇护教士。遇有民教争斗，平民恒屈，教民恒胜，教民势焰愈横，平民愤郁愈甚，郁极必发，则聚众而思一逞。天津教案之所以闹得这样大，洋人死得这样多，完全是因为丰大业先开枪打死刘杰家人的缘故。从这两方面来看，曲在洋人，理在国人。曾国藩从这个方面想了以后，又换了一个角度想。

其他教案的直接起因，都由于教民的无理，中国人占了理，天津这场教案的情况就复杂了。围攻教堂，原因是教堂有迷拐人口、挖眼剖心的罪行，但此事查来查去都无确证。于情于理来说洋人都没有必要这样做，因听信无端谣传而来围攻教堂，理又在哪里呢？丰大业先开枪打死人固然有罪，但顶多殴毙他，以命抵命而已，怎能借此打死二十多人，烧国旗、教堂，毁领事馆、育婴堂、讲书堂呢？死人中有多半又不是法国人，他们是受害者。更令人气沮的是，这中间还有像田老二那样的歹徒。就事论事，到底是曲在洋人，还是曲在国人呢？想到这里，曾国藩不觉心寒起来。他离开躺椅，来回活动几下，又坐到书案边的藤椅上继续想着。

尽管这样，洋人毕竟是可恨的。中国人不欢迎他们，讨厌他们的教会，他们为什么要死皮赖脸地待在中国呢？为什么要强行在中国传播他们的教义呢？他们究竟意欲何为：是为了掠夺中国的财富，还是要迷惑中国人的良心？清议也不是全然没有道理的，我们应该借此机会，将一切外国人统统赶出国门，从此以后，不与他们往来，关起门来办自己的事。你的船坚，我们不稀罕；你的炮利，我们不需要；你的千里镜看得远，我们自古以来没有这东西，也照样行军打仗，善用兵者亦能取胜。清议毕竟代表中国的民情、民气、民风。假若他曾国藩这时站在天津，如此振臂一呼，天下人都会竖起大拇指，称赞他为爱国英雄。而如今他却要奉太后、皇上之命，代表中国向洋人低声下气赔不是，驱使工匠去修复百姓怒火焚烧的教堂，用隆重的礼节去安葬枪杀中国人的凶手，拿数十万白银去抚恤被人们恨之入骨的洋人，杀中国百姓的头去平洋人的怨愤。他曾国藩哪怕功勋再大，地位再高，道理再充足，他的举动也是逆民心拂众望，损国格坠君威的，他也会受千夫所指、遭万人唾骂，像张邦昌、秦桧那样，作为一个汉奸卖国贼而遗臭万年。

曾国藩想到这里，浑身颤抖，不能自已。他叹息自己命苦，不料老来遭此大难。如果这时仍在两江，或调在除直隶外的任何一省，这种倒霉的事也不会轮到他的头上来。说不定还可以讲几句体面话，犹如二十多年前的家信中所写的那样，称赞姚莹斩杀英夷为大快人心之事，还送诗给前往福建做官的金竺虔，鼓励他："海隅氛正恶，看汝斫长鲸。"

当然，现在也可以急速给太后、皇上上书，历数洋人之罪，力申民气可用，向洋人宣战，以自己的声望，说不定太后、皇上也会采纳，但后果会怎样呢？十年前，朝廷与洋人接仗，大大小小也打了不下百场，但几乎无一仗占上风，有时候看起来是胜利，旋踵而来的便是更大的惨败。三十年前的那次烧鸦片烟的战争，给刚刚进入仕途的曾国藩以深刻的刺激，直到今天，他仍然清楚记得。当年道光帝派林则徐到广东去禁烟，又同意他以武力回击英国人的武装侵略，但后来仗打败了，道光帝又把责任全部推到林则徐的身上，将他革职充军。道光帝号称圣明，颇思有所作为，尚且如此出尔反尔。太后乃妇道人家，皇上为未成年的童稚，更不能指望他们承受开仗后的巨大风险。到头来，自己就会变成把国家推进灾难中的罪魁祸首，而国家必定也在人力、财力上蒙受着大百倍千倍的损失。

"大人，大沽口水师总兵送来急报，洋人又开来六艘炮舰，连前次三艘在内共有九艘，全部荷枪实弹。"赵烈文心急火燎地推门进来。

"哪个国家的？"

"法国的。"

曾国藩大吃一惊。照会上说，法国的炮舰还在红海，这六艘战舰又是从哪里开过来的呢？这些可鄙的洋人，又凶恶又狡诈！

"你代我写个便笺，告诉水师吕镇，叫他不要惊慌，做好战争准备，我正调集大军前往大沽口援助。"

"好，我就写。"

"你还代我给省三写封信，叫他立即从张秋出发，前来天津听命！"

"是。"

曾国藩长吁一口气，说："省三这封信，本应我亲笔，但我今天太忙，不能分心。你信上说明一下，写好后，我签个名。"

赵烈文转身出去，然后再把门轻轻带上。

这个意外的军情，迫使曾国藩立即把思路转到对待罗淑亚、威妥玛的照会上来。兵端决不能自我而开！这个赴津前夕便已定下的决策，此时更加坚定了，那么，剩下的便只有委曲求全一条路！人在矮檐下，不得不低头呀！屈辱的选择，使曾国藩痛苦莫名！修复教堂和惩办凶手，都还好办，五十万银子虽然多了些，也忍痛拿出来算了，礼葬丰大业虽不情愿，也忍受一下就过去了，只有官员抵命一事是万万不可接受的，这不仅大损朝廷尊严，也于国法不合。仅这一条不同意，大概也不至于使得和局决裂。

傍晚，崇厚一进文庙，就将大沽口新增六艘法国兵舰事，作为一条大新闻告诉曾国藩，又一次劝他全部接受法英两国的照会。

"崇侍郎，你明天代表我去回复罗淑亚、威妥玛，就说除官员抵命一节不能接受外，其余几条都接受。"

"老中堂，何必为这几个人坏了和局大事呢？"崇厚面有难色地说。

"崇侍郎，你身为朝廷要员多年，当知维护我大清帝国的尊严。"曾国藩一脸正色地说，"这四个官员绝对不能抵命，宁可冒开仗之大不韪，老夫在这一条上也不会让步。如果洋人硬要坚持，你可告诉他，我九千铭军正在向天津靠拢，李中堂的平回淮军也已奉调来直隶，我即使落得个当年林文忠公充军伊犁的下场，也在所不惜。"

在曾国藩毫无商量余地的态度面前，崇厚只得软下来。他立即又换成满脸媚笑，说："老中堂的骨气，晚辈万分钦佩，只是我奉老中堂之命前去与洋人谈判，还请老中堂给我一个转圜的余地。"

"如何转圜？"曾国藩皱起两条扫帚眉。

"我想，对周道、陈镇等人，老中堂坚持只予撤职处分，洋人坚持要抵命，双方都各持一端，事情就僵住了。这时候需要采取一个折中的办法来解决。"崇厚摆出一副老练外交家的姿态。"晚辈长期来与法、英两国关系都还可以，也适合充当一个调和居中的人。晚辈到时提出这样一个方案，即以严重失职，给国家造成重大损失为由，将周道等交刑部严议。老中堂看如何呢？"

"不合适，太重了。"曾国藩摇头。

"老中堂！"崇厚急了。"这看来是我们向洋人让了一步，其实只是做做样子而已。周道等人的处分再重，亦只发军台效力。在我们自己国家里，这话还不好讲吗？待事态平息，洋人出了口气后，老中堂再一纸保奏，他们不又回来了？照旧当他们的道员、总兵。晚辈还可以私下对他们讲，老中堂这样做，也是没有法子的事，老中堂为国家委曲求全，请他们也为国家暂时委屈一下。"

巧舌如簧的崇厚这番话，终于打动了曾国藩，他授权崇厚做这样的折中。

过几天，新上任的署天津知府马绳武，为答谢曾国藩的重用之恩，送来一个绝妙的点子，帮曾国藩从另一困境中解脱出来。

前些日子，青县红柳庄吴姓和陆姓发生械斗。陆姓吃了亏，死了六个人，上告县令，县衙门出兵抓了吴姓七个凶手。案子报到知府衙门。一个老书吏悄悄对马知府说："太后要曾中堂多杀几个凶手，曾中堂以证据不足而发愁，青县这七个凶手横竖是死，不如将他们算作杀洋人的凶手，这不帮了曾中堂的大忙？"

马绳武听了大喜，连声夸奖书吏脑子活。他正愁没有什么来报答曾国藩，这可真是大礼一件！不过，他转念一想，又觉不妥："这些犯人，都要对他们宣布罪状，还要他们签字画押的，他们会肯吗？再说，陆姓要借此雪恨，他们也不会同意的。"

"哎呀呀，我的好老爷，这事您就交给我办好了，您批一千两银子给我，我保证把事情办得熨熨帖帖！"

老书吏支出一千两银子，自己留下二百两，然后将八百两分作两半，陆姓四百两，吴姓四百两。吴姓七个凶手家里，每家分四十两，族长也分四十两，剩下八十两，阖族每户摊了二两多。陆姓也是这样，他们族户少，每户摊了三两多。这下皆大欢喜。吴姓的族长和家属就来劝凶手，叫他们以国家大局为重，在烧教堂、杀洋人的案子上签字画押，保证死后给他们埋上等棺木，建上等坟墓，年年族里公祭。陆姓的族长就来劝死者的家属，叫他们顾全大局，千万不要再上告了，仇人已经杀了，管他死于什么名目，何况每户都得到了抚恤金！

"马太守，你真聪明能干！"曾国藩从心里赞赏，从心里感激。这个主意真是太好了，既可向朝廷作交代，又可堵塞洋人之口，自己的良心也不受谴责。

"老中堂，若朝廷嫌少，还可以照这个办法多杀几个。"马绳武得意地说，"牢房里囚禁着七八个死刑犯，反正都是一死，到时给点银子给他们，叫他们画个押就行了。"

世上也有如此会偷梁换柱的人！曾国藩真的觉得自己脑子太笨了。他当夜就给太后、皇上上折：正法的凶手增加七名，若嫌少，可由总理衙门去探询法国公使的态度，他们希望杀几个，把数字报来。

崇厚也兴冲冲地前来禀报，说罗淑亚、威妥玛答应折中处理，并提出释放武兰珍、王三，为着和局的早日实现，他也代表曾国藩同意了。罗淑亚、威妥玛表示满意，连夜回北京去了。曾国藩和崇厚都不知道，法国公使罗淑亚接受这个折中方案并匆匆赶回北京，是因为他的国家正面临着严重的局面。原来，法国皇帝拿破仑三世正酝酿着与它的邻邦普鲁士打仗，他要将全副力量用在欧洲，远东的麻烦事需尽早结束。没有几天，法国向普鲁士宣战。一个多月后，法军败于普军，拿破仑三世宣布投降。当时，只要清廷和曾国藩与罗淑亚再僵持一段短时期，事情就会起大变化，然而他们太昧于世界大势了，竟然一点不知。曾国藩听了崇厚的禀报，虽嫌他擅自做主，但事到如今，也只得认可了。

正当曾国藩庆幸国家和百姓免除了一场深重灾难的时候，他自己却坠入人生耻辱的深渊，不仅使他生前悔恨莫及，甚至身后也得不到后人的谅解。

十一　外惭清议，内疚神明

曾国藩决定将天津地方官交刑部严议以及与洋人订定抵命人数的奏折由塘报传出去后，京师及各通都大邑一片哗然，"卖国贼"的骂声四方腾起，国子监里一批热血青年，愤怒地奔到虎坊桥长郡会馆，将会馆楹柱上曾国藩的亲笔联语："同科十进士，庆榜三名元"，狠狠地用刀刮去。

这副联语是曾国藩在道光二十五年时题写的。先年顺天乡试，周寿昌高中南元。次年会试，萧锦忠赫然中了状元，孙鼎臣朝考第一。这一科湖南八进士全是长沙府人，又贵州进士黄辅相、黄彭年叔侄，原籍亦属长沙府。这下子，在京的湖南人沸腾了。恭贺长沙府人才荟萃、群星灿烂，尤其是萧锦忠的状元，更令万目艳羡。清代的状元大半出自两江，湖南在此之前，仅只一个衡山人彭浚得此殊荣。萧锦忠独占鳌头，实为湖南省、为长沙府挣得莫大的脸面。于是在京长沙籍官员合资在长郡会馆摆酒演戏，隆重庆贺。刚迁升为詹事府右春坊右庶子的曾国藩，是公认的长沙府后起俊秀，大家推他撰一副联语作纪念。那时的曾国藩正是才华锦绣、仕途得意的时候，他灵感顿起，大笔挥就："同科十进士，庆榜三名元。"盛事佳联，一时在京中士大夫中传为美谈。曾国藩一生对此联也甚为满意。这副即兴而作的联语，后来便被工匠刻在长郡会馆的楹柱上，作为长沙府光荣历史的最好记录而永久保留。这些年来，随着曾国藩名声的显赫，它的名气也越来越大了。

守会馆的老头子无法拦阻，只有跌足叹息。刮掉联语后，又有人喊："湖南会馆的匾也是那个老卖国贼写的。"

砸掉它！众人立即做出决议，监生们又一窝蜂跑到教子胡同湖南会馆。一阵痛骂后，将高悬在大门口的蓝地金字大匾取下来，用脚踩，用石头砸，直把这块匾破坏得粉身碎骨，方扬长而去。

连远在兰州指挥楚军与回民作战的陕甘总督左宗棠也愤愤不平。从同治三年来，左宗棠一直不与曾国藩通书信。那年曾国藩主动修书与之言和，因信中未有道歉认错之语，左宗棠便负气不复。曾国藩也没有再给他去信。后来他意识到自己的负气不对，但他一贯好强，即使错了也不认错，彼此之间便这样绝了私人书信。不过公务往来依然频繁，双方都不苟且，每有拜疏，即录稿咨送，完全是一派锄去陵谷、绝无城府的光明气象。曾国藩要将长江水师改为经制之师，左宗棠支持。左宗棠在陕甘打仗，分派给两江的粮饷，曾国藩总是按量按期地运去，又主动将后期湘军中德才兼备的名将刘松山推荐给左宗棠。刘松山及其统率的老湘营成为左宗棠的精锐。今年正月，刘松山战死，其侄刘锦堂接统其军，智勇不在乃叔之下。左宗棠为此甚感曾国藩之德。一次两江总督衙门会议上，有人称赞左宗棠为西北第一人，曾国藩接话："岂止是西北，实为当今天下第一人。"这话传到陕甘前线，左宗棠心里又喜又愧。喜的是他的劳绩为全国所瞩目，愧的是自己的胸襟远不如曾国藩的宽广。在这种心情下，左宗棠在奏报刘松山战死时，将曾国藩诚恳地赞扬了一番。不过，这次他又大为不满了。心里虽然对老朋友已无芥蒂，面子上却拉不下，他不直接给曾国藩来信，要总理衙门转达他的态度："津郡事变由迷拐激起，义愤所形，非乱民可比。索赔似可通融，索命则不能轻允，惩办地方官员亦非明智之举，正宜养民锋锐，修我戈矛，示以凛然不可侵犯之态，方可挫夷人凶焰而长我中华之志气！"

在湘潭设帐讲学，弟子众多，俨然有一代宗师之称的王闿运也通过湖南巡抚衙门，给曾国藩寄来一封恳切的长信：

官太保爵中堂乃当代山斗之望,九重所倚重,万姓所瞻依,兼之十余年之战功,十余年之德政,史册焕其勋业,而华夷悼其威望者也。且津民之性悍而鸷,倘因夷人而加辜于津之守令,必致触怒于闾阎,其患有不可胜言也。《书》不言顾畏民岩乎?《传》不云众怒难犯乎?愿熟思而详虑。国体不可亏,民心不可失,先皇帝之仇不可忘,而吾中堂之威望不可挫!宗社之奠安,皇图之巩固,华夷之畏服,臣民之欢感,在此一举矣。昔王禹偁曰一国之政,万民之命,悬于宰相,可不慎欤!倘中堂不能保昔日之威,立今日之谟,何以报大恩于先皇,何以辅翼皇上,何以表率乎臣工,何以惩乎天下后进之人!

类似于王闿运这样的信,一日数十封,从京师,从江宁,从武昌,从安庆,从长沙,从两广,从川贵源源不断地投寄天津,犹如一支支利箭,一齐向他的心窝射来,直欲把那颗衰竭的心脏穿烂,化成肉酱。

天津城内,周家勋、张光藻、刘杰的家门口,这些天来,慰问的人络绎不断,怜悯之泪不绝于面。本来官声平平,却突然都成为勤政爱民的清官贤吏了。街头巷尾,不知谁编的童谣在四处传唱:升平歌舞和局开,宰相登场亦快哉。知否西陲绝域路,满天风雪逐臣来。

曾国藩这时方才明白轻听崇厚之言,将周家勋等人交刑部严议是一个绝大的错误。他心里痛苦万分,悔恨不已。他恨自己不能坚持定见,更恨崇厚事事图悦洋人,将他推到国人唾骂,皆曰可杀的悲惨境地。奏疏已经拜发,犹如泼水不可复收,他每天夜里默默地向神灵祷告,求太后、皇上能宽容这几个可怜的地方官,莫让自己的过错造成事实,使良心稍得安宁。

谁料几天后上谕下达,速将天津地方官押来刑部归案,重申杀十五人不足以平洋人之怨,务必严加审讯在押犯人,不可宽贷,但又对"订定人数,如数执行"的提法予以驳斥:"衡情定罪,惟当以供证为凭,期无枉纵,岂能预为悬拟,强行就案?"

曾国藩有苦说不出,真的到了上下指责、左右为难、千夫所指、百口莫辩的地步了。眩晕病再次发作,左目愈加昏花,大白天眼前的人和物都如同在雾里。他自知不久人世,也愿速死,致书儿子,叫他们将棺材早日做好,以免临时措手不及。

丁启睿、马绳武、萧世本、赵烈文、吴汝纶、薛福成等人整日守在床边，服侍劝慰。曾国藩身心已完全憔悴，不能多说话了，只是反反复复地重复着八个字：外惭清议，内疚神明！

时至今日，别的办法已没有了，唯一可行的，是用银子来弥补，但曾国藩又犯难了。他一贯于财产看得很淡，也不打算给儿女留一大笔钱。祖父星冈公有一句话，他信奉一辈子："命里有饭吃，再无钱财也不得挨饿；命里挨饿的，先人留下的钱财再多也没有饭吃。"多年来，他在养廉费里只存得两万两银子，以作养老用。可以从中拿一部分出来，但不能全拿，总得留一些。他将必须开支的部分做了仔细考虑后，决定拿出七千两。三人分，每人只得到两千多，少了。实在无法可想时，他把此意透露给赵烈文。赵烈文一听，立即慷慨表示："大人此举，惊人世而泣鬼神，古今中外无先例。烈文受大人栽培多年，粗知大义，岂不受感动？督署幕僚，虽不能说人人都持烈文之想，但亦十占八九，我明日快马回保定，三日后来津复命。"

三天后赵烈文带回一万三千两银票，全是直隶总督衙门幕僚们凑的，没有惊动一个地方官员。曾国藩很是感激。赵烈文劝曾国藩自己不必再拿钱了。他如何肯依！这样，连同他的七千，共有两万两银子。周道、张守、刘令每人各五千两，剩下的五千两，他反复思考后，决定给徐汉龙、刘矮子、冯瘸子每人五百两，红柳村的七个人每人一百两，田老二等五人每人也发六十两。

这种事，不要说以往，就是几天前曾国藩都不会做。伤人者赔钱，杀人者抵命，这是自古以来最基本的法律，何况杀了外国人，险些引起一场浩大的灾难。现在，全国各地的舆论终于使他清醒了：这毕竟是长期积怨引起的冲突，从根本上讲，理亏的是洋人而不是津民，不能简单地就事论事。尤其是徐汉龙、刘矮子、冯瘸子，他们是出自爱国敬官长的义愤，杀他们的头的确有些冤屈；田老二等人固然是趁火打劫的歹徒，但在这样一场复杂的案件中，杀他们的头，也间接刺伤了百姓的爱国之心，权且以这点银子来做补偿吧！

听说红柳庄打死人命的凶手，只因承认是为杀洋人而死，就每人得一百两银子，监狱里几个家贫的杀人犯在亲属的劝说下，也表示愿意在杀洋人的认罪书上画押，临死前得一百两银子，作为对家庭的报答。于是，曾国藩勾出五个杀人犯来，每人也发他一百两银子。剩下的两千两银子，则用来周济育婴堂里逃出的孤儿以及那天误伤的中国人和附近受损的百姓民房。经过这样一番安排，曾国藩心灵深处似觉好过了些。

十二　萃六州之铁，不能铸此一错

这天上午，周家勋、张光藻、刘杰就要上路了。京津古道接官厅里，曾国藩带着丁启睿、马绳武、赵烈文等人摆了一桌简单的酒菜，他要亲自为代百姓受过的天津地方官员敬酒钱行。

与一般的犯官不同，周家勋等人并没有套上枷锁，只是摘掉顶翎，褪去官服，一个个满脸阴晦，萎靡不振，穿着便服的曾国藩亲出厅外，将三人迎进内室，然后恭请他们上座。周家勋忙说："老中堂亲来送行，已使犯官感激不尽，岂敢再曾僭越上座。"

张光藻、刘杰也说："犯官不敢！"

"今日事与一般不同，你们权且坐一回，老夫尚有几句话要说。"

看着骨瘦如柴的总督那副恳挚的模样，周家勋等人只得告罪坐下。戈什哈上来，给每人斟了一杯酒。曾国藩端起酒杯颤巍巍地站起，慌得座上的人全部起立。

"今天是三位进京受审的日子，大家的心里都不好过，也无心喝酒，老夫借这个形式，不过说几句话而已。我敬各位三杯酒，各位都不要推辞，且听我说说心里话。我先请大家都把手中的这杯酒喝了。"

众人都不敢推辞，只得喝下。丁启睿说："老中堂，您坐下说吧！"

大家都说："请老中堂坐下。"

"都坐下吧！"曾国藩坐下，也招呼大家坐下，然后沉重地说，"老夫奉太后、皇上之命，来天津处理民教之案，感慨良多，教训良多，悔恨良多。"

说到这里，曾国藩停下，拿起手绢揉了揉昏花的眼睛。昔日那两只给人印象极深的三角眼，因为眼皮的松弛、眼角的多皱，更因右目无光、左目视力微弱，而变得如同两只干死的小泥鳅。他现在手绢已不能须臾离手，过一会儿便得擦擦，否则眼角黏糊，人物莫辨了。不要说离职的前任，就是在职的现任也都心事重重的，大家静静地听着曾国藩嘶哑苍老的心曲。

"民教冲突，各地都有，但后果无一处有津郡的严重，事情弄成这样，是太令人痛心了。"曾国藩的酒量向来不大，去年以来，因身体日坏，他几乎滴酒不沾，刚才那杯酒，也只是象征性地呡了一小口。现在，戈什哈给他上了一杯热茶，他喝了一口。"民教仇杀，从根本上说，是洋人理亏，这是没有话说的了，但挖眼剖心的传闻竟然有那么多人相信，使人费解；还有的说洋人拿眼珠子熬银，这不是愚蠢透顶吗？居然也有人相信。哎！愚民无知尚可说，周道、张守、刘令，你们都是读书明理的聪明人，不是老夫指责你们，你们早就应该和洋人联系，与他们一起出来澄清这些无稽谣传呀！"

"老中堂训斥的对，卑职等是疏于职守。不过，洋人也是蛮不讲理的，他们拒绝合作。"周家勋插话。

张光藻接过话头说："五月初，育婴堂里的小孩子大量发病，死了不少。百姓得知后，要求育婴堂把这些孩子都放出来。那次围的人也很多，修女怕出事，提议公举五个代表进堂检查。人推选出来了，正要进堂，丰大业来了，不准中国百姓进，还破口大骂。这事也是百姓质疑的一点。"

曾国藩点点头，说："丰大业是个横蛮已极的人，这点我知道。但关于挖眼剖心的事，跟教堂的夏福音等人讲清楚，我想他们应会合作的，他们也要辟谣呀！再一点，发现有百姓围教堂，不要等丰大业出来，各位就要设法早点疏散。常言说鱼龙混杂、泥沙俱下，那么多的人里面，能保证没有莠民歹徒吗？他们就希望乱，乱则对他们有大利。我们为父母官的，第一大职责就在于维持地方安静，倘若那天早点驱散人群，也就不会有后来的一切了。"

众人都点头，心里想：是的，早点驱散就没事了，现在后悔已晚了。

说到这里，曾国藩又举起酒杯："这些都已过去，不说了，请诸位喝下这第二杯酒。"

大家都遵命喝下。曾国藩望着周家勋等人，接着说："雷霆雨露，皆是春风。诸位都是国家的美才良吏，这年把两年暂时受点委屈，不久必当起复，再肩重任。古人说，天下兴亡，匹夫有责，何况你我？我们都要于此事吸取教训。这教训是什么？就是我大清国必须自强。三十多年来，我们与洋人之间的冲突，都是我理直，彼理曲，但恒以我吃亏彼沾光而告终。这原因便是我弱彼强。洋人不讲道理，只论强弱，我们如果不自强，便永远会受洋人的欺侮。"

接官厅一片寂静,桌子上摆的几个菜早已凉了,大家都不想去动它,几颗苦涩的心在困惑:老中堂的话说出了与洋人相交的要害,但我们大清国这样一盘散沙,它何时才能够自立自强呢?

"各位再履任时,一定要在自己的辖地内注重洋务,办起一两个工厂,多造一些机器出来,如果各县各府都这样,慢慢地,我们也就和洋人一样地富强起来了,这是我们自强的根本。毁教堂、杀洋人,是达不到这个目的的。"

"老中堂,办机器厂,一无人才,二无母机,如何办呢?"刘杰问。他今年只有四十几岁,还很有一番雄心,他相信曾国藩的话,暂委屈一两年后必会起复,今后的仕途还长得很哩!这次事件对他的刺激太深了。他好歹也是一个正七品县太爷,却连自己的侄儿都不能保护,到头来,还得抛妻别子,远戍军台。说来说去,还不是自己的国家太弱了吗?他暗地发了狠心,一旦起复,即谋自强!

"刘明府!"曾国藩这一声称呼,已撤职的刘杰听了十分感激。"只要你办机器厂,人员、母机,老夫全部负责提供。"

刘杰重重地点头,两眼充盈着泪水。

"另外,为杜绝今后民教再起纠纷,我已给太后、皇上上了一个折子。"曾国藩转脸对丁启睿等人说,"折子中对洋人的传教提出了几条限制。比如说,今后天主堂也好,育婴堂也好,都归地方官管辖。堂内收一人或病故一人,一定要报名注册,由地方官随时入堂查考。如有被拐入堂,或由转卖而来,听本家查认,按价赎取。教民与平民争讼,教士不得干预相帮。"

"这就好了。"丁启睿忙说,"早这样的话,哪里还有民教纠纷发生!"

"如果先有这样的章程出来,再有百姓闹事,那就是我们的责任。朝廷处罚,我也心甘情愿。"张光藻说。他是委屈极了,算计得好好的,平平安安过几年后就回籍享清福,安度晚年。偏偏就在船要靠岸时,却遇倾覆之祸。他没有刘杰的自信,他很悲观,他总觉得这条老命会死在谪戍的路上。

"老中堂想得周到,只怕洋人不会同意。"署知县萧世本说了一句泄气话。

"萧明府的担心不是多余的,我也只是尽我的职责罢了。"曾国藩并不对这句话生气。他又一次举起酒杯，对周家勋等人说，"这是第三杯酒，请诸位赏脸喝下，我还有一件重要的事要说。"

大家都喝下，肃然聆听。

"这次三位进京受审，老夫心里深感对不起。只是法国公使罗淑亚坚持要你们抵命，并出动大批兵舰，扬言将天津炸成焦土，还要轰倒紫禁城。也是老夫一时失了主见，让你们遭此不应有的委屈。这些日子，老夫惭愧清议，负疚神明，后悔万分。"

曾国藩又掏出手绢来擦拭眼睛。手绢在眼皮上停留着，许久没有拿开。周家勋等人都流出了眼泪，丁启睿等人也很伤感。赵烈文劝道："大人不必过于悲伤。大人的苦心，周观察他们都是能够体谅的。"

"这都是卑职等咎由自取，老中堂不必难过。"周家勋说。

"中堂也莫难受了，这都怪我们的命不好。"张光藻说。

"大人还不是和我们一样，也受尽了委屈。"刘杰说。

"三位能够如此体谅，对老夫是个很大的安慰。"曾国藩终于拿开蒙在眼皮上的手绢，嗓音愈加嘶哑苍老了，"你们且先宽心前去。按刑部法律，三位一定会受充军处分。我已写信给恭王，请他给刑部打个招呼，尽量不去伊犁，到东北去。白山黑水之间，是我大清发祥地，你们去看看体验一下也好。只要老夫不死，两年后，我一定为诸位上个保折，请太后、皇上将诸位官复原职。"

周家勋等人十分感动，一齐说："多谢老中堂关照。"

"另外，督署衙门诸公一起凑了点银子，虽不多，却是他们的一点心意，将来到戍后收赎及路费均可敷用。惠甫，你拿给他们吧！"

赵烈文从靴页子里掏出三张银票来，每张五千两，分送给周、张、刘一人一张，说："老中堂一人拿了七千两，幕府众人受老中堂感动，也凑了一点。"

周家勋等人再也忍不住，拿银票的手抖个不停，泪水夺眶而出，终于一齐跪在曾国藩面前："谢老中堂天高地厚之恩！"

"起来，时候不早了，上路吧！一路上多多珍重，家里有放心不下的事，写封信来告诉老夫。"

三个革职的官员犹如远行的游子流泪告别父母似的，对着曾国藩磕了三个响头，然后起身走出接官厅。出大门一看，众人都惊呆了。京津古道两旁，已跪下数百津郡百姓，有的面前摆着小几，上面插着红烛线香，有的前面摆着一只煮熟的母鸡，有的提着酒壶，端着酒杯，尤其是那三把杏黄软绸万民伞，格外令人瞩目。见周家勋等出来，人群中一声声高喊："老公祖委屈了！""老父台，你们是青天大老爷呀！""老爷，你们不能走哇！"场面甚是酸楚。周家勋等刚抹去的泪水又滔滔不绝地滚了下来。持万民伞的三人走出队列，来到他们面前，双手将伞献上。周、张、刘一人接了一把，哽咽着说："谢谢父老乡亲！"几个头发花白的老太太走出来，每人手里都拿着一件东西：熟鸡、煮肉、鸡蛋、煎饼等等，硬要他们收下。周家勋等人也只得接了一点。

曾国藩把这一切都看在眼里，惭愧、羞赧、悔恨、悲哀一齐在心头奔涌，如同眼前浑浊急湍的海河水，撞击着他的心灵，震撼着他的魂魄，啮咬着他的肢体，抽打着他的双颊。他不敢走出门外，只是倚着门框，呆呆地凝望眼前这一幅极为罕见的令人揪心的送别图。

忽然，一个十六七岁的读书人装束的小青年冲出人群，手中捧着一张大白纸，直向接官厅奔来。赵烈文怕是刺客，忙上前拦住。那小青年高喊："天津满城都贴满了讣告，我怕曾大人看不到，特为送他一张。"

"惠甫，放他过来。"曾国藩有气无力地招了一下手。

小青年大步走过来，把纸塞给曾国藩，立即转身跑了。曾国藩看时，那上面写着：

不孝男曾国藩罪孽深重，不自陨灭，祸延显考徐汉龙、刘尊夏、冯护华，痛于同治九年八月谷旦舍身殉难而亡。凡属孝弟忠信、礼义廉耻之士，莫不哀此讣闻。孤哀子曾国藩泣血稽颡、期服侄崇厚痛心顿首、护丧功服弟赵烈文、吴汝纶、薛福成等拭泪拜。

曾国藩只觉得眼前一片黑暗，身子早已瘫倒在门槛上。赵烈文、丁启睿等忙将他扶起。好半天，他才徐徐睁开左目，只见周家勋、张光藻、刘杰还在与送行的百姓涕泪话别。他从心底里长长地叹出一口气，无限哀伤地说：

萃六州之铁，不能铸此一错！

曾国藩在接官厅里对周家勋等人说的话及赠送一万五千两银票的事，很快便被崇厚知道了。他生怕曾国藩改变态度，已成定局的事又起变化，便借探病为由，试探地提出，请朝廷增派大员前来天津，以便曾国藩有空养病。曾国藩也正感自己负疚太深，希望有人来与他分担责任，便立即同意。于是崇厚上折，说曾国藩旧疾复发，病势沉重，请增派大员速来天津。西太后即谕号称洋务能员的江苏巡抚丁日昌来津会办。又因丁日昌坐海轮由苏州北上，需要十日之后方可到达，遂又派工部尚书毛昶熙先行赴津。不久，崇厚奉命出使法国，毛昶熙便署理三口通商大臣，留在天津。这时丁日昌也到了。

丁日昌在途中便给朝廷上折，奏报："自古以来，局外之议论不谅局中之艰难，然一唱百和，亦足以荧视听而挠大计，卒之事势决裂，国家受无穷之累，而局外不与其祸，反得力持清议之名。臣每读书至此，不禁痛哭流涕。"他一到天津，便大张旗鼓地重建教堂，修缮育婴堂，严刑审讯在押人员，好言抚慰洋人，全然不顾清议舆论，大刀阔斧地推行自己的意图。天津士民人人骂他"丁鬼子""丁小人"。又四处张贴无头告示，揭发他在苏抚任上贪污受贿的不法情事。丁日昌全不在乎，一笑置之。他对身边的人说："做官的谁不被人骂？官越大，骂的人越多。宰相肚里能撑船，他骂他的，我行我的。"他又为曾国藩请来两个洋医生，给他治眩晕，治目疾，劝慰他安心养病，天塌下来都不要管，一切事都由他顶着，杀头充军他不怕。

曾国藩本因丁日昌为官不廉而对他印象不佳，这一下子，反倒为他的力排众议敢作敢为的气概所慑服，自己也不知不觉地胆气壮了起来。他不再自怨自艾，过分自我谴责了。书信言谈之间，也常说些"宁得罪于清议，不敢贻祸于君父"一类的话。心胸一宽，身体也好多了。这时他才明白李鸿章赏识丁日昌，明知其操守不严也要重用的缘故。曾国藩觉得李鸿章、丁日昌的身上有着另外一些特点，而这些特点又正是他自己所不具备的。

正当轰动海内外的天津教案就要接近尾声的时候，江宁城又爆出一桩离奇大案——两江总督马新贻在光天化日之下被人刺死！消息传出，朝野震惊，慈禧太后速命曾国藩重任江督，并负责查办这桩奇案；同时，将李鸿章由湖广总督任上调任直隶总督。

第五章　马案疑云

一　慈禧太后对马案的态度微妙

曾国藩接到这道上谕，心中十分不安。随同上谕而来的还有一个大包封，里面包着近日京报。京报登载了署两江总督江宁将军魁玉奏报案件的简单情况：马新贻检阅武生月课后回署，在箭道上遇一男子，被此人用短刀刺死。刺客当场抓获，名叫张文祥，河南人，该犯供词支离游移。读罢京报，曾国藩陷于沉思。

刺杀总督，大清朝立国以来，这还是破天荒的第一次，而被刺的马新贻，又是近世官场上一个精明强干的角色。马新贻曾是曾国藩的属员，他对此人颇为了解。

马新贻字穀山，山东曹州府菏泽县人，道光二十七年进士，与李鸿章、郭嵩焘同年，他未入翰苑，以知县分发安徽，任建平县令。从咸丰三年起开始带兵，先是与太平军，后又与捻军转战在安徽战场，因军功不断迁升。同治二年授按察使，旋迁布政使。这段时期，曾国藩坐镇安庆，与马新贻多有接触，他对这个官运亨通的僚属的评语是：精明、勤快、城府深。同治三年，布政使尚未做满一年的马新贻便接替开缺回籍的曾国荃，当起浙江巡抚来了。迁升之快，令人眼红，连曾国藩也暗觉惊讶。他不明白，此人究竟有什么背景，以至于圣眷如此隆盛，那时，曾国藩已迁到江宁。这天，前去杭州赴任的马新贻来到总督衙门拜谒。

本就长得英俊匀称的马新贻，高就途中，益发显得神采奕奕，与曾国藩纵情畅谈，神态甚是轩朗。曾国藩微笑着说："阁下在安徽任职多年，此去又将巡抚浙江，听说过桐城一家三人当浙抚的佳话吗？"

"这倒没听说过。"马新贻欣悦地说，"请中堂见示。"

"桐城方姓，是当地有名的大族。"曾国藩抚着长须，兴致盎然地说，"乾隆时，方恪敏公观承由直隶藩司升任浙抚，他在抚署二门上题了一联：'湖上剧清吟，吏亦称仙，始信昔人才大；海边销霸气，民还喻水，愿看此日潮平。'二十年后，其侄方受畴亦由直隶藩司升浙抚。再过八年，其子方维甸以闽浙总督暂护浙抚篆。方维甸想起三十年间，父、兄和他三持使节，真是他们方家的殊遇，于是在父亲当年题联的楹柱旁边的墙上书写一联：'两浙再停骖，有守无偏，敬奉丹豪遵宝训；一门三秉节，新猷旧政，勉期素志绍家声。'又在联后写了一段长跋，记述这桩家门幸事。"

"真是浙江巡抚史上的一段佳话。"马新贻击掌赞叹。"谢谢中堂在我抚浙前夕讲了一段这么有趣的故事。"

"今阁下亦以藩司升任浙抚，但愿马府亦和方家一样，后世再出浙抚。"曾国藩笑道。

"那就要托中堂的洪福了。"马新贻兴奋异常地说。

谈完这段趣事后，马新贻谦虚地向曾国藩请教治民之方，曾国藩也以一番诚意谈了他准备在两江实行减免赋税，以苏民困的计划。二人谈得很是投机。

马新贻一到杭州，便学习曾国藩的做法，奏蠲因战争而拖欠未交的赋税，又奏减杭、嘉、湖、金、衢、严、处七府浮收钱漕，又请罢漕运诸无名之费，朝廷都一一允准。他又亲自带兵沿海岸肃清海盗。到了同治六年，他便升为闽浙总督，成了一位年轻的制军。第二年，曾国藩调直隶，马新贻便到江宁来接任。

那次，当曾国藩看到年不满五十，并无殊勋特绩，又与湘淮两系都无渊源的马新贻时，心中陡起不快。两江重地，向来非老成宿望、大德大功者不能轻授，让马新贻来接替，不是有意降低两江总督的规格吗？是不是朝廷中有人存心以此来压一压湘淮诸将帅呢？这样想过以后，他又觉得自己的怀疑没有根据，心胸太狭窄了，转而依然对马新贻以礼相待。这两年听说马新贻在两江干得不错,何以忽遭这等惨变?张文祥一江湖流浪者,他为何要谋刺总督?此人敢于在刀兵林立的校场之中行刺,又居然一刀刺杀成功,其人之胆量、本事必然非比等闲。凭着曾国藩的阅历,他也想到此人背后,很可能有非同一般的复杂网络,一旦涉足其间,后果难以预料。

当年不避艰险、锐意进取,以夔、皋、伊尹为榜样,欲做一番陶铸世风、振兴天下大业的礼部侍郎,今天位居宰辅、功高震世,却因捻战无功,津案受辱,且体力衰弱,疾病缠身,更兼这十多年来经历太多的险风恶浪,洞悉权力巅峰上的倾轧虞诈,反而变得越来越谨言慎行,越来越悲观失望了。他上疏给太后、皇上,说自己右眼久已无光,左眼亦目力昏眵,江南庶政殷繁,若以病躯承乏,将来贻误必多。再四筹思,唯有避位让贤,乞回成命,吁恳圣恩另简贤能,畀以两江重任。目前津案未就绪,李鸿章到津接篆以后,仍当再留津郡,会同办理,一俟津事奏结,再行请开大学士之缺,专心调理。

奏折很快被批转回来,上谕命曾国藩即赴江督之任,毋再固辞。词气坚决,无再商余地,曾国藩只得抱病遵命。

"大人,卑职想马制台这事真是蹊跷。"得知曾国藩决定赴两江履任后,赵烈文提醒道,"天津之案发生后,朝廷一日一旨,急如星火,命从速从严办理。马制台被刺有一个多月了,京报只有魁玉的简单奏报,未见就此事所下的谕旨。又刑部尚书郑敦谨奉命去江宁调查此案,据说才离京几天。虽然马制台之案不能与津案相比,但此事亦非同小可。大人还记得十多年前邓子久中丞被刺之案吗?那时咸丰爷避难热河,闻讯后一连下了数道谕旨,对滇抚徐之铭的奏报逐条批驳,而那事最后还是由太后和今上手里结的案。邓子久乃一刚从藩司升任的巡抚,且在旅途中被杀,马毂山为一现任总督,又在校场被刺,事情严重得多,朝廷反应并不太强烈。此事令人甚为疑惑。"

赵烈文所说的邓子久被刺一案,曾国藩当然知道。咸丰十年,云南布政使邓尔恒(字子久)擢贵州巡抚,赴任途中,改换陕西巡抚。云南巡抚徐之铭为官不正,害怕邓尔恒进京陛见时揭其阴私,遂指使副将何有保在曲靖县将邓谋杀。事后上奏朝廷,说盗匪行刺,已将凶手正法云云。咸丰帝严厉斥责徐之铭,又命云贵总督刘源灏密速访查,据实具奏,务期水落石出,不准稍存徇隐消弭之见。后来,刘源灏风闻其中之故,竟然不敢赴滇,迁延半年，中途乞病归。不久，咸丰帝病死，西太后执政，立即撤了徐之铭职务，命张亮基速赴云南办理，又起复潘铎专办此案。最后因何有保等人内部起讧，案情大白。邓尔恒被杀后的几个月，全国议论纷纷，京报天天登载有关消息，一时官场瞩目云南。相形之下，马案是冷清多了。难道是朝廷有意冷落？赵烈文的提醒有道理！

"依卑职愚见，大人不妨再上个折子，请求陛见，听听两宫太后对此事的看法。"

曾国藩采纳了赵烈文的建议，上折请晋京陛见。同时发函给纪泽，要儿子安排家眷先行南下，不必等他。

奉旨允许进京陛见。于是曾国藩待李鸿章来津，交接直隶总督印信后，便启程入京。

这时正逢曾国藩六十大寿在即，一到京师，军机处便奉旨赐寿：御书"勋高柱石"匾额一面，御书"福""寿"字各一方，梵铜像一尊，紫檀嵌玉如意一柄，蟒袍一件，吉绸十件，线绉十件。前来法源寺送寿礼的小军机特为告诉曾国藩："勋高柱石"匾额乃皇上亲笔所书，这四个字也是他自己想出来的，两宫皇太后为这四个字，把十六岁的小皇上着实夸奖了一番。皇上亲笔书赠大臣，这还是第一次，真个是旷代鸿恩。过去一句泛泛褒扬天语，能使曾国藩内心激动几天几夜，成为他奋发前行的强大动力，可是而今这些破格的崇隆圣眷，都不会再引起他的激情了。他是一株枯干的老树，春风已不能再吹出绿叶了。

由周寿昌发起，湖广同乡在湖南会馆设盛宴为之祝寿，虽然他亲笔题写的匾额已照原样又制了一块，仍旧高悬在会馆大门上，但砸匾的往事毕竟令他感到锥心痛苦，他只应酬性地略坐一坐，便借口身体不适告辞。当年庆贺同科十进士的豪兴，早已风流云散了。

寿筵摆过后，两宫太后、皇上在养心殿接见两次。皇上照例缄默，东太后也未开口，两次接见加在一起，西太后总共只问了他十几句话，他最关心的马新贻被刺事，仅仅只两句。一句："马新贻这事岂不甚奇？"他摸不透这话的意思，只得含糊答道："这事很奇。"西太后略停一会，又说出一句："马新贻办事很好。"这句话总算是点到了实质，他赶紧顺着她的话回答："他办事和平精细。"尖起耳朵欲听下文时，没有了，叫他跪安退出。第二天，干脆连马新贻的名字都没提了。西太后只问他何时启程，要他到江南后练兵。

十月初十日，是西太后的万寿节，曾国藩随班朝贺。第二天，正是他晋六十岁的生日，为表示公而忘私，这天一早，他便离京南下了。

途中，曾国藩反复地咀嚼西太后的两句话，细细地揣摩朝廷对马案的态度，慢慢地有了些较明确的认识。西太后对此事并不太热心，印证了赵烈文的分析。朝廷对马新贻的看法尚好，这是一方面；另一方面，又没有要将此案追查个水落石出的意思。对于这样一桩大案奇案，朝廷的态度显得颇为难以理解。

一路上，他把这些想法与赵烈文、薛福成、吴汝纶等人商讨，他们也都觉得奇怪。这些离奇的迹象倒刺激了赵、薛、吴这班热血幕僚的好奇心。他们极力怂恿曾国藩把这事查个水落石出，并猜测弄清之后必有许多意外的收获。曾国藩淡淡地笑了一笑。他不指望什么意外之获，但既然已受命重回江督任上，查明此事乃职分所在。他于是写了一封密信，派急足送给正在江宁附近整顿长江水师的兵部侍郎彭玉麟，要他先行秘密查访。

两江总督衙门正在重建之中，尚未完工，马新贻当总督时，衙门设在江宁府署。曾国藩不愿与马新贻冤魂做伴，而先前住的原太平军英王府已作他用，于是暂借盐道衙门办事。一连几天，江宁城里上自将军魁玉，下至过去的平民旧识，川流不息地前来拜谒。除魁玉、藩司梅启照以及郑敦谨未到之前代为审案的漕运总督张之万外，曾国藩一律谢绝。忙过这些应酬后，他又亲到江宁府去吊唁马新贻，送上一副挽联：范希文先天下而忧，曾无半时逸豫；来君叔为何人所贼，足令百世悲哀。

这天傍晚，彭玉麟悄悄进城来访。

"涤丈，你见老多了！"仅仅两年不见，曾国藩便衰老得如同古稀老人，大出彭玉麟的意外。

"雪琴，你两鬓也增了些白发。"彭玉麟比曾国藩小五岁，这几年因国秀病故，世事多艰，心情不畅，身体也大不如昔了。

"都老了！上月厚庵来江宁，他还不到五十，便弯背了。还有春霆，早几个月大病一场，差点把命都丢了。"

"春霆害的什么病？"曾国藩的脑子里很快闪过二十年前长沙城里，鲍超被锁拿，当街向他求救的情景，想不到那样一个雷打不倒的汉子也垮下来了。

"还不是过去的那些刀伤箭伤发作!"

曾国藩摇头叹息。

"还有次青,前几天一个平江勇哨官来水师看望过去的弟兄们,说次青在关门著书,绝口不谈过去的事,好像有满腹牢骚。"

"早年在长沙、衡州投靠我的朋友,我自信都没亏待他们,一个个也都还说得过去。授文职的,大都在道贡以上,授武职的起码也是个游击、参将,不愿做官的回到家里,也都是富翁财主。唯独次青至今向隅,我于他有亏欠。过些日子,我要专门为他上个折子,请朝廷起复。"

曾国藩这种出自内心的沉重情绪,使彭玉麟深受感动,他觉得气氛太灰暗了点,遂将语调一转,说:"有一个人倒是越活越洒脱了。"

"哪一个?"曾国藩从对李元度的歉疚中走出来,生发了几分兴趣。

"郭筠仙。我听厚庵说,刚基去世,他悲伤过一段时期后便很快释怀了,这两年读了很多洋人的书报,常说洋人超过我们的地方很多,不只是船炮器械,他们的法律国制都值得我们效法。世道变了,礼失而求诸野。他很想出洋去看看,总未遇到机会。"

郭嵩焘的儿子郭刚基是曾国藩的四女婿,聪慧好学,只是天不假年,二十一岁便病逝,留下娇妻幼子,害得父亲、岳父伤心不已。

"筠仙的这个心思十年前便有了,我总觉得他今后会在这方面有一番事业出来。是该多有一些大臣到外面去看看,现在夜郎侯太多了,总以为自己了不起。"曾国藩想起了几个月前,以醇王为首的清议派对处理天津教案的掣肘,至今仍感委屈。"我曾经答应过筠仙,向皇上保奏他出洋考察,这两年内只要我没死,就一定践诺。"

自从办津案以来,曾国藩常常想到死,他有一种预感,而这种预感又使他多次梦见死去的祖父和母亲,他于是更相信死期不远了,心中常默念着哪件事该了而未了,应如何了结。每当这时,他的一颗心,便会如同脱离躯体似的飞回了荷叶塘。不知为什么,荷叶塘那块贫瘠僻冷的土地,那条小小的浅浅的涓水河,那座荒芜的高嵋山,还有长年累月辛苦生活在那里的父老乡亲,总是勾起他绵绵不绝的思念。当年那个寒素的耕读子,是怎样急切地盼望走出去,干一番惊天动地的事业啊!今天,这个勋高柱石的大学士,却又魂牵梦绕般地想回到它宁静的怀抱。这究竟是什么原因呢?曾国藩为此而迷惘，而困惑，而苦涩。此中答案的确难以寻求。

相见的气氛居然这般令人伤感，这是彭玉麟进城之前所没有想到的。渣江的退省庵早已建好，杭州的退省庵也正在筹建中，彭玉麟向来对名望事业看得淡薄，内心的痛苦也就不如曾国藩的深重，谈过几个老朋友的近况后，他转入了正题："涤丈，马穀山这事，好使人惊诧！"

"是这样的。"曾国藩点点头，说，"雪琴，你把马穀山被刺那天的详情说说吧！"

"好。"彭玉麟端起茶杯，轻轻地呷了一口，似有所思地说，"这真是一件怪事——"

二　张文祥校场刺马

江宁城内驻有绿营兵两千多人，棚长以上的大小头目有两百余人。这些头目，每月由记名总兵署督标中军副将喻吉三考核一次，称为月课。月课的内容主要为弓、刀、石、马四大项，成绩分优、甲、乙、丙四等，是武职迁升黜降的一个重要依据，向为军营所重视。七月初，喻吉三便下达命令，二十五日在校场大考，届时总督马新贻亲自检阅。应考者早早地做准备，人人都想在总督面前博得个好印象。不巧，二十五日那天下起雨来，大考便推迟到第二天。

二十六日清早，天还未大亮。江宁校场就热闹起来。大大小小的头目跨着骏马，穿好紧身战甲，一进校场，便各自活动起来。校场规矩很严，就连中上级武官所带的随身仆从，都不得进场，只能在栅栏外观看。

卯正，两江总督马新贻在喻吉三等人簇拥下来到校场。他身穿从一品锦鸡蟒袍，头戴起花红珊瑚顶帽，脚踏雪底乌缎朝靴，神色庄严地走上检阅台。一声号炮响后，考核开始。喻吉三宣布，马制台特为准备了十二朵大红绸花，每个项目的前三名，都可以得到制台大人亲授的红花。应考者无不踊跃。

先考弓术。弓以力为单位，一力十斤。从八力起开弓，连续开满三次者为合格。八力开后再加至十力，合格后再加至十二力。十二力合格者为甲等，超过十五力者为优秀。开弓完毕，再考平地射。每人发六支箭，在三十步远外对准靶子射，六箭皆中靶心者为优。接下来考刀术。刀有八十斤、一百斤、一百二十斤、一百三十斤之分，能将一百三十斤重的大刀舞得娴熟者为优等。石分二百斤、二百五十斤、二百八十斤、三百斤四等，将石拔地一尺，再上膝，再上胸，将三百斤的石头举过胸脯者为优。

武职人员的考试远比文职人员咬笔杆做文章有趣。开考后，栅栏外便围满了看热闹的百姓，而且越来越多。大家以高昂的兴致观看，并以喊声、掌声为应考者呐喊鼓劲助威。

最精彩的是马术。校场马术的考核为马上射靶。这时已到午初时分，校场四周早已是人山人海，热气腾腾。尽管卫兵一再阻挡，围观的百姓还是拼命地向栅栏靠近，栅栏旁边的几株大树上都爬满了人，好几株枝干被压断了，从树上掉下并跌断手脚的事时有发生。

校场的一头有三个离地四尺高的土墩，土墩上插一根六尺长的竹竿，竹竿上挂一块宽三尺、长四尺，用布做成的牌牌，叫作布侯。布侯上画着三个圆圈，离布侯三十丈远处有一道白石灰线。人骑在马上，打马在校场上飞跑三圈后，再对着布侯射箭。一共射四箭，四箭全中布侯内圈者为优秀。栅栏外，成千上万名观众的眼睛跟着校场上的跑马转，随着一箭箭射出，报以喝彩和惋惜声。场内的应考者和素不相识的场外围观者，几乎达到息息相通的地步。最后，一百多名武官全部跑马射箭完毕，居然无一人四箭全中布侯内圈的，在一片遗憾声中，也根据高下定出了前三名。

到了未正时刻，四大项目中十二名优胜者神气十足地走上检阅台，马新贻给他们一一戴上大红绸花，又说了几句勉励话。恰在这时，有一处栅栏被拥挤不堪的百姓冲垮十多丈宽的缺口，两三百名胆大者从缺口中潮水般涌进校场，卫兵们来不及拦阻，挤进来的人都朝箭道跑去。因为箭道的那一端是总督衙门的后门，马新贻将要从这里回署。马新贻平时外出，总是坐在遮盖严密、前呼后拥的八抬大轿里，百姓哪能见到！今日能有这样的好机会，大家都想一睹制台大人的威仪。

"大人，箭道两边挤满了百姓，让卫兵驱散后您再下去吧。"见马新贻正要走下检阅台，喻吉三弯腰劝阻。

"不必了，百姓们想见见我，就让他们见见又有何妨！"志得意满的马新贻也想借此机会，给江宁百姓一个好形象。他边说边整整衣冠，扬起头走下检阅台。

栅栏外的百姓见卫兵并不驱赶阑入者，便纷纷从缺口处挤了进来。一时间，箭道两旁聚集着近千人。马新贻在巡捕及贴身卫士的保护下敛容正色，大摇大摆地穿过校场，走进箭道。头上的红顶，胸前的朝珠，身上的彩色绣线，在阳光照耀下闪烁着五色光毫，照得百姓们眼花迷乱，艳羡惊叹：

"好神气的马大人！"

"比以前的曾大人精神多了！"

"当然咯，还不到五十岁，又没有吃过曾大人那多苦，当然精神。"

"平常人哪有这福气，做督抚的都是天上的星宿下凡。"

马新贻边走边听到这些赞叹之辞，心中洋洋自得，脚步迈得更加威武。这时，一个年轻的武弁从箭道边人群中冲出来，高喊一声："表舅！"然后跪下。

马新贻一听，脚步停下来。看时，原来是他堂姐的儿子王成镇。去年，马新贻将他从山东原籍召来，安排在督标中军当个外委把总。这王成镇不成器，最好赌博，有点钱便去赌场赌了，直到输尽为止。早向，王成镇输得身无分文，以母亲病重，回家探望无川资为由，向马新贻要了十两银子。他拿着这笔银子，没有半个月又输光了，到马新贻那里扯谎，说被人偷去了。马新贻见他哭哭啼啼的，便又给了他十两。谁知不久又输了，还倒欠赌房五两银子。马新贻得知后气得大骂，吩咐仆人，再不准他进督署。王成镇无法，便借这个机会向表舅面求。

马新贻见是他，喝道："你这个混账东西，还有脸来见我！"说罢，扭转脸继续往前走。

王成镇跪着高喊："表舅，表舅！"马新贻不理，只顾朝前走。王成镇见状，忙站起，跑到马新贻前面，又是一跪，哭道："表舅，求你再宽容外甥一次。外甥委实欠了别人的银子，无法归还，只得如此！"

"你给我滚开！"马新贻抬起右脚，猛地向王成镇踢去。

"大人，冤枉啦，冤枉！"马新贻的脚尚未收回，忽地从人群中又冲出一个高大壮实的汉子来。他飞奔向前，走到马新贻的面前，弯腰打千。

"你是谁？"马新贻停步喝问。

"大人！"那汉子边说边向前走一步。猛然间，他从腰中抽出一把发亮的腰刀来，用尽全力，向马新贻身上扎去。马新贻被这突如其来的行动吓蒙了，正在慌乱之际，那腰刀已插进他的右肋之下。马新贻惨叫一声，随即倒在箭道上，血如泉水般地喷涌出来。箭道两旁的百姓高喊："总督被杀了！""抓刺客！"

走在离马新贻身后丈多远的喻吉三闻讯赶上前来，马新贻的贴身侍卫也都纷纷赶上，只见那刺客并不逃跑，站在那里，对着青天狂笑道："你们来抓吧！老子大事已成，高兴得很，我跟你们走。"

卫兵拥上来，拿一根绳子将刺客绑住。喻吉三高喊："先前跪的那人是他的同伙，不要放了他！"

卫兵们又把王成镇抓住。王成镇吓得脸色灰白，话都说不出一句来。刺客又笑了起来，说："你们放了他，杀人的只有我一个，我一人做事一人当，并无同伙！"

喻吉三哪里听他的，吩咐将两人一起押进总督衙门。倒在血泊中的马新贻已人事不省，被众人抬进卧室，一边飞马去请医生。

校场内外上万名围观的百姓，眼见得出了这样一件百年难遇的稀奇事，情绪一下子高涨起来，惊讶之余，全都奔向总督衙门，怀着巨大的好奇心，打听事情的究竟。

总督衙门一时大乱，也无人出来维持秩序，大堂外看热闹的人密密匝匝地围了不知多少圈。过一会，江宁藩司梅启照带着江宁知府及江宁、上元两县县令等人升堂开审。刺客被五花大绑地押了上来。

梅启照敲打着惊堂木，喝问："大胆狂徒，你叫什么名字？何处人氏？干什么的？从实招来！"

那刺客面不改色，昂然站立在大堂之中，从容笑道："我叫张文祥，河南汝阳县人，无业。"

"你为何要谋刺马制台？"梅启照又厉声发问。

"有人叫我干的。"

"此人是谁？"

"此人是将军。"

大堂上审讯的官员们面面相觑，无不惊愕失色，他们立即想到江宁将军魁玉。梅启照的心怦怦直跳，不知如何审下去，好一阵才问：

"将军在哪里,你认识他吗?"

张文祥坦然回答:"将军就在我家旁边,我并不认识他。"

官员们被弄得莫名其妙。

梅启照问:"你不认识将军,将军怎么叫你干?"

"我今天清早在将军面前抽了一签,上上大吉,故知将军同意我去干。"

陪审的官员们有的已大致猜到了,有的还不明白,梅启照已知将军决非魁玉,心中有了数,遂又猛拍一下惊堂木,大叫:"大胆狂徒,您老实招来,这将军到底是谁?"

"它是我家门旁边石将军庙里的将军。"

这下,所有会审的官员们一齐放下心来。

正在这个时候,魁玉急急忙忙赶来,对梅启照说:"此事非比一般,恐有意外,现在外面百姓众多,一字一句都听得清楚,哄传出去,不利审查。"

梅启照依了魁玉的意见,将张文祥押下收审。直到天黑下来,总督衙门围观的百姓才渐渐散去。到了第二天上午,马新贻因流血过多死了。当天晚上,总督衙门里又传出新闻,马新贻的姨太太悬梁自尽。过几天又报王成镇疯癫。事情愈加复杂了。

三　江宁市民嘴里的马案离奇古怪

"张文祥到石将军庙求签一事,魁玉、梅启照都没有说起。"曾国藩听完彭玉麟的叙述后,拧起眉头说。彭玉麟所叙的校场刺马的情节,与魁、梅等官员们讲的大致相同,但他们都没有说起求签一事。

"可能因'将军'二字牵涉到魁玉的缘故。"彭玉麟淡淡一笑。"几天后,张之万从清江浦来到江宁,与魁玉合作办案,衙门里便传出张文祥是漏网捻贼前来报仇的话。不过,"彭玉麟压低了声音,"江宁城里关于这件案子却传说纷纭,与衙门里所说的大不相同。但水师因无人驻扎城里,所知不详,涤丈不如叫一些人扮作寻常百姓,下到茶楼酒肆、街头巷尾去听听,可以听到不少传闻。"

曾国藩轻轻地点点头,心想:江宁城里会有些什么传闻呢? 夜深了,彭玉麟起身告辞。曾国藩亲送到门外,关心地问:"永钊多大了,在渣江,还是跟随在你的身边？"

"过年就十七岁了，跟着叔父婶母在渣江。"

"定亲了吗？"

"还没有。"

"雪琴，续个弦吧，身边得有人照顾呀！"曾国藩亲切地劝道。

"今生已没有这个念头了，一等长江水师规模整齐后，我便坚决请求开缺，先回渣江守三年母丧后，再到杭州退省庵住两年，以后便渣江、杭州两个退省庵一处住半年，以此了结残生。"彭玉麟苦笑着，曾国藩无言以对。

"去年我在九江偶遇广敷先生，他说我前生是南岳老僧。难怪我喜欢独居，喜欢庵寺。"彭玉麟伸开双手，做出一个无可奈何的样子。

"你见到广敷了，他还好吗？"曾国藩立时想起了温甫，又有两三年不见了，不知他近况如何。

"广敷先生真是个得道真人，跟十年前一个样。"

曾国藩真想把温甫的事告诉彭玉麟，话到嘴边又咽下去了。

"雪琴，永钊正处在一生学问的关键时刻，渣江虽有叔父照料，毕竟缺乏良师。你要他到江宁来，和纪鸿一起读书，我为他们请一个好先生。"

"好。"彭玉麟感激地点点头。

几天后，奉命在市井搜集关于马案传闻的赵烈文、薛福成、吴汝纶、黎庶昌等人，向曾国藩禀报了这个案件的各种离奇之说。

赵烈文讲述了流传最广的一种——

咸丰五年，马新贻署理合肥知县，因县城失守而革职。时福济任安徽巡抚，委托马在庐州办团练。一日，马新贻的团练与捻军作战，大败，马新贻也被活捉。这支捻军的头目即张文祥。张文祥有两个结拜兄弟：二弟曹二虎、三弟石锦标。曹二虎精于相术。他看到马新贻后，悄悄对张文祥说："大哥，这个姓马的面相骨相均极好，将来有一品大官的福分，捻子内部四分五裂，不是成气候的样子，我们何不借姓马的改换门庭。"

张文祥说："姓马的被我们所捉，恨死了我们，如何可以借他的力？"

"大哥，先优礼相待，看他反应如何。"石锦标也赞同曹二虎的意见。

张文祥松了马新贻的绑，设酒席款待他。马为人聪明，看出了其中的变化，劝张文祥归顺朝廷。张文祥说："我们兄弟早有归顺之意，只是无人引荐。"

"这事包在我身上！"马新贻大喜。"福中丞与我私交极好，你们又有武功，只要肯投诚，定会得到重用。今后升官发财，我们共享富贵。"

"我们跟着你投奔朝廷，你日后会看得起我们吗？"石锦标稳重，考虑得深远些。

"石三爷，看你说到哪里去了！"马新贻立即接话，"你们都是义士，我姓马的今后还要仰仗各位杀敌立功，只有敬重爱戴的道理，决不会看不起的！"

"那你要当着我们众位兄弟的面起个誓！"张文祥正色道。

"行！"马新贻爽快地答应。他这时一条命都攥在张文祥的手里，不杀已感恩不尽，何况还要带着一批投降的捻军回去，这时叫他做什么，他会不同意？恰好酒席桌下正有一条狗在啃骨头，马新贻从张文祥腰间猛地抽出一把短刀，朝着狗身上狠狠一刺，那狗惨叫一声，狂奔逃去。"我马新贻今后若亏待兄弟们，你们可以像刚才这样，把我当一条狗一样戳死！"

张文祥答应了。第二天，这支捻军随马新贻投降。马新贻在福济面前将自己如何劝降之事，大大地渲染了一番。福济称赞他能干，并将这支捻军改编成练勇。因马新贻字穀山，这个营便取名山字营，张文祥做了营官。曹、石二人做了哨官。马新贻仗着山字营，屡立战功，迁升频繁。到了同治四年，乔松年巡抚安徽，马新贻已升为布政使了。那时山字营裁撤，石锦标回家当财主，张文祥、曹二虎仍留在马新贻身边，马果然待他们亲如兄弟。

不久，曹二虎将妻子郑氏接来安庆，马新贻和他的太太在藩司衙门设宴招待。曹二虎带着打扮得漂漂亮亮的妻子欣然领宴。谁知马一见郑氏生得美貌，顿起歹心。这马新贻原是个渔色之徒，家有一妻两妾仍不满足。从此，他便常常变些花样，将郑氏骗进藩署。郑氏见马新贻高官厚禄，又长得一表人才，于是也情愿。以后马便常常支使曹二虎到外地办事。曹一走，郑氏便住进藩署。马的妻妾都怕他，由他胡来。张文祥把这一切都看在眼里，对马新贻奸占朋友之妻的丑行大为不满，便悄悄地告诉二虎。二虎一听，怒不可遏，恨不得一刀杀了郑氏。

张文祥劝道："罪魁祸首是马新贻，你不杀他，反而先杀自己的妻子，于理不当。且捉奸不见双，杀妻无据，到头来你还得抵命。"

曹二虎低头想了半天，说："若不捉双，杀马亦无理由；若捉奸，藩署警戒森严，我如何捉得到！"

张文祥说："既然如此，不如干脆把郑氏送给马新贻，你再娶一个算了。"

夜里，曹二虎对郑氏说，现在市井有传闻，说你与马藩台有染。郑氏听了又哭又闹，矢口否认。二虎于是对张文祥的话起了怀疑。过几天，马新贻对曹二虎说："二虎，我与你情同兄弟，你怎能听信外人的挑唆？你外出时，郑氏冷清，间或进署与娘儿们叙叙话，有什么不可以的！快莫胡乱怀疑自己的妻子。"

曹二虎想想也有道理。张文祥得知后，心知二虎大祸不远了。

半个月后，马打发曹赴寿春镇总兵徐处领军火，允诺事成后有重赏。曹欣然答应。张文祥对他说："徐驻兵寿州，离安庆六七百里，途中恐有意外，我陪你一道去吧！"

曹二虎不以为然，但感激张文祥的厚意，二人结伴同去寿州。一路无事，二人顺利到达。第二天，二虎前去总兵衙门办事。刚投文，寿春镇中军官手持令箭出来，喝道："把曹二虎绑起来！"

曹二虎惊问何故。中军官说："你贼性不改，暗通捻匪，领军火实为接济他们。有人在马藩台那里告发了你，我们奉马藩台之命，即以军法从事。"

说罢，也不容曹二虎分辩，便把他绑到市曹去杀了。张文祥得讯赶到市曹时，二虎已死。他埋葬了二虎，哭道："二弟，是大哥害了你，大哥为你报仇！"

从此，张文祥远离安徽隐居下来。他以精钢特制两把腰刀，用毒药淬之，只要用刀尖划破一点皮肉，人必死无救。每到夜深人静之时，张文祥便发奋练习。他以牛皮蒙一个靶子，执刀刺靶。刚开始只能贯穿两张牛皮，两年后，一刀刺下去，五张牛皮立即洞穿。张文祥自觉功夫已到家了，便怀揣这两把腰刀跟踪马新贻。马新贻调浙抚，他也到浙江；调闽督，他又去福建；调江督，他又随之来到江宁；只是都苦于找不到好机会。这次马新贻考核武弁月课，喻吉三二十天前就下了通知，给了张文祥以充分的准备时间，终于实现夙愿，故他引颈就戮，毫无悔意。

赵烈文转述的这个传闻使大家听得入了迷,暗中赞叹刺客是个义气深重的好汉,对马新贻正人君子表面后的丑恶行径都很愤慨。曾国藩也暗思,此种事只可见于古代,今天几乎绝迹。接着,吴汝纶又讲述了一个传闻,更令人不可思议。

马新贻是回族人,从小信天方教。天方教即伊斯兰教。明代人称阿拉伯为天方,伊斯兰教创于阿拉伯,故称之为天方教。清代沿袭明代的旧称。马父为菏泽县回人的头领,与新疆回民素来关系密切。马在安徽为官期间,在与太平军、捻军作战的时候,其军火饷银多得新疆回民之助,故而屡立战功,很快由一县令而升至布政使。后来马调任浙抚,在剿灭浙江沿海匪盗的过程中,又得到新疆回部的资助。故马对新疆回部一直感恩戴德。

马的身边有一个卫兵,名叫徐义,也是山东菏泽人,武艺很好,马很器重他。这徐义原是太平天国侍王李世贤的部下,与一河南人张文祥为至交。徐义与张文祥在太平军中日久,洞悉其中之弊,久思投降朝廷。同治二年,徐义、张文祥跟着李世贤守宁波。宁波城破时,二人卷带一些钱财逃走,到杭州后分了手。徐义后来投靠马新贻,张文祥辗转多处后又回到宁波,并在那里住了下来。同治四年,张文祥打听到老友随马新贻来到浙江,便专程去杭州拜访。徐义热情款待张文祥,两人喝得醉醺醺的。当张又要举杯和徐干的时候,徐摇摇头,喷着满嘴酒气问:"张哥,你说世上的人心可测不?"

张歪着头,脸上紫红紫红的,手中的杯子仍高高地举着,眯起眼睛答道:"如何不可测?好比你我兄弟之间,彼此的心思都明明白白的,你想什么我知道,我要做什么也告诉你。"

徐又摇摇头:"张哥,你我之间当然没得话说,当官的人心就难以猜测,尤其是大官,更是心眼儿比我们兄弟多几十个。好比马中丞吧,他的行事,就是我们兄弟不能想象的。"

见张文祥醉眼蒙眬地望着他,徐义将嘴巴凑过去,对着张的脸说:"张哥,我告诉你一件绝密的怪事,你听后莫对别人说。"

张文祥胡乱点点头。

"前天,马中丞收到新疆回王的一封诏书。诏书上说,回部大兵已定新疆,不日东下,浙江一带征讨事宜,委卿就便料理。马中丞得书后回报,东南数省,全部交给我马某人。"

张文祥一听，把手中的酒杯往桌上狠狠一放，骂道："这不是叛贼逆臣吗，我要杀掉他！"

"小声点！"徐忙用手捂住张的嘴。"你说，这人心可测吗？马中丞当了这样大的官，还要背叛朝廷，投降回部，真不可想象。"

说罢，二人又接着喝酒。张文祥在杭州住了几天后，回了宁波，在宁波城里开起了一家小押店来。

小押店是做什么的？其实就是小当铺。附近人家有一时银钱周转不过来的，拿样实物来抵押，换些钱去。到还钱时，一千文加一百二百利息，比大当铺高得多。但大当铺不押小物件，贫寒之家便只能求助于小押店。张文祥带着老婆孩子开个小押店，日子过得很艰难，心里已经很不痛快了，岂料马新贻又宣布取缔小押店，简直不让他活下去了。张文祥这一气非同小可，记起徐义说的私通回部、蓄谋造反的话，便起心要杀掉马新贻，既为国家除害，又为自己泄愤。就这样，一等数年，才遇到校场阅课的机会，一刀刺死了仇人。藩司梅启照审讯，他大模大样地坐在地上，叫他跪，他不肯，问堂上坐的是何官。衙役告他是藩台，他笑着说："藩台，小官，不足以审我。我有绝密大事相告，非将军来不说。"

梅启照被弄得很尴尬，无法，只得请魁玉。魁玉来后，张文祥说："请发兵将总督衙门围起来，命令家属统统出去，我再对你说。"

魁玉怒了，骂道："这是个疯子，不要睬他！"

张文祥大笑："我是个疯子，你们不必审了，快杀吧！"

梅启照把魁玉拉到一边说："将军请勿发怒，即算是疯子，也听听他说些什么。"

于是，所有无关人员全部退出，仅留下魁玉、梅启照、张文祥三人。这时张文祥才将为国除一大回匪之事说出。魁、梅听后目瞪口呆。过了好一阵子，魁玉才拍着桌子嚷道："你这是诬蔑！"

"将军先不要骂我。"张文祥平静地说，"你亲自带人去搜查马新贻的卧室，若不得回王伪诏，将我五马分尸都行。"

魁玉、梅启照四目相对，唬得不知如何是好，结果到底不敢去搜查马新贻的卧室。

吴汝纶这段传闻说得绘声绘色，听的人惊异不已。曾国藩浅浅一笑："这真是海外奇谈，马毂山死后还要背上一个通回谋反的黑锅，可怜可悯！"说罢问薛福成、黎庶昌，"你们还听到些别的没有？"

黎庶昌说："我听到的又是一种说法。"他也不慌不忙地说出一段故事来。

刺客张文祥为河南汝阳人。道光二十九年，张文祥变卖家产买了一批毡帽，到浙江宁波去贩卖。在宁波结识了同乡罗法善，后又娶罗之女为妻，生有一子二女。子名长福，长女名宝珍，次女名秀珍。咸丰年间，张文祥开起小押店来，并雇了一个帮工叫陈养和。咸丰十一年十一月，太平军将来宁波，张文祥将家里的衣服、银两和几百洋钱装箱，交给妻子罗氏，要她带子女出城避难，张文祥则和陈养和在店看守。

恰好张文祥有一同乡陈世隆在太平军中充后营护军。太平军攻下宁波时，陈世隆便派几个兵士保护张文祥的小押店，又在门口插太平天国旗帜一面，贴告示一张，张文祥的店铺因而无事。不久，陈世隆撤离宁波，将张文祥、陈养带在军中。在打诸暨县沙家村时，陈世隆战死，张文祥、陈养和仓皇逃出，投奔侍王李世贤部，后又随李世贤转战各地。同治三年九月，张文祥在漳州抓到一个清廷的把总，名叫时金彪。时金彪也是河南人，张文祥见太平军大势已去，便和时金彪一起逃走了。后来时金彪经人荐至马新贻署中当差，张文祥乘海轮回到宁波。这时其妻罗氏已跟一个名叫吴炳燮的男人同居了，那一箱银钱也归吴所有。张文祥报官，县官将罗氏断回给张，银钱则断给吴。

张文祥心怀不满，又无钱，转而求助于昔日的狐朋狗友王老四等人。王老四又介绍张认识龙启云。龙启云与海盗有联系，他给一笔钱与张文祥，张又重开小押店，并代龙销赃图利。

同治五年正月，浙江巡抚马新贻巡视到了宁波。张文祥欲借巡抚威力压服吴炳燮，迫他交出银钱，遂拦舆喊控。马新贻见是这点芝麻小事，将状子向轿外一扔，吩咐起轿，任张在后面呼喊，不理不睬。吴炳燮得知后十分得意，四处讥笑张无能，乘此机会，又将罗氏勾引走了。张再向县衙门告状。告准后将罗氏追回，逼罗氏自尽。过几天，龙启云、王老四请张文祥喝酒。几杯酒下肚后，张文祥心中的怨怒发作了，将告状而巡抚不理睬，遭吴炳燮欺辱，弄得家破人亡的痛苦心情，对龙、王发泄了一番。

"张大哥！"龙启云拍着张文祥的肩膀，煽动性地说，"男子汉大丈夫再没有比妻子被人霸占更耻辱的事了，暗中支持吴炳燮的就是那个马新贻。他掷状不理，让你当场出丑，长了吴炳燮的气焰。"

"马新贻真不是个东西！"王老四也乘着酒兴骂起来。"前向捕捉龙三哥，虽说没抓到，但一笔三万两银子的买卖给吹了，还死了几个兄弟。"

"我真恨不得杀了那个杂种！"龙启云气愤极了。"只是我功夫差了些，久闻张大哥武功好，又是最讲义气的江湖好汉，你替我们报了仇如何？"

"行，这事就包在我身上！"张文祥刷地撕开衣衫，露出满是黑毛的胸脯，右手掌在胸口上重重地拍了两下。"老子反正是山穷水尽的人了，拼上这条命不要，为我自己，也为兄弟们出这口怨气，宰掉姓马的！"

龙启云大喜："张大哥果然是个义烈好汉，我们也不亏待你，明天我拿三千两银子来，你把家安顿好，无牵无挂地去办事。"

第二天，龙启云真的交来三千两银子。张文祥请来罗氏的寡嫂罗王氏代他照料未成年的一子二女，三千两银子他自己一两都不留，全部交给了罗王氏，又向罗王氏作了一个揖，然后离家而去，颇有点"风萧萧兮易水寒，壮士一去兮不复还"的味道。

张文祥为使行刺确有把握，便隐居一个山村里，每天半夜起来，燃香于数步之外，将匕首朝香火掷去，火灭为度。一年后，香火在十步内百发百中。两年后，香火在二十步内百发百中。三年后，香火在三十步内百发百中。张文祥自知功夫到家了，便出山找马新贻。这时马调任江督，又访得时金彪在马的身边做事，在与时金彪晤谈中，得知七月二十五日马新贻要在校场考试武课，于是便选定在校场下手。出事后第五天，时金彪因丧母告假回老家去了。

黎庶昌说完后，曾国藩轻轻颔首："莼斋说的这个故事有几分可信。"又问薛福成："你还听到什么好的故事，说出来大家听听吧！"

薛福成笑笑说："现在江宁城里，百姓头号感兴趣的事便是刺马——张文祥刺杀马新贻，连来江宁参加乡试的秀才们都无心读书作文了。各种传说沸沸扬扬，有的有板有眼，有的荒诞不经。前面三位说的，我也断断续续听到过，也还有其他说法的。有的说马制军逼死了张文祥的妻子，张文祥蓄意报仇；也有的说马制军幼时与盗首四人相交，张文祥为其中之一，马制军发迹后，张文祥等人投营自效，马制军怕少时事暴露，密谋杀张文祥等四人。张侥幸逃出，另外三人被杀，张为朋友报仇。还有一种说法，说张文祥为捻贼头目，所部八百人皆能战，屡败马制军。马遭人说降，言辞恳切，张信以为真，与马歃血盟誓。谁知降后八百部下全被马所杀，张侥幸逃走，遂与马制军结下血海深仇。还有说张是漏网长毛，要为他已覆灭的天国报仇。

"昨天，我去夫子庙闲逛。升州茶楼赫然挂出一块粉牌，上书：苏州第一金嗓岳美娥演唱长篇评弹《金陵杀马》。我一看奇了：案子还正在审，怎么评弹倒就出来了？我进茶楼一看，所有茶座全部坐得满满的，生意比以前兴隆十倍还不止。茶博士带着我转了多时，才找到一个位子。一个十八九岁的姑娘在边弹边唱，我足足听了一个时辰，都给它迷住了。弹词里说，张文祥的妻子被马制军奸污逼死，他立誓报仇雪恨，从杭州追到福州，又从福州追到江宁，前后六次都未成功，这次是第七次了，老天保佑，有志竟成。那写弹词的完全站在张文祥一边说话，把马制军说得一无是处，百姓也借机发泄对官府的怨愤，都说张文祥是条好汉。还有人当场出面为张文祥募捐，要为他修墓刻石碑，居然不少人捐了钱。真正是怪事！"

"大人，叔耘说得好，这是件怪事。"赵烈文经过一番深思后说，"依卑职看来，怪在两点：一是张刺马这件事的本身，二是为何传闻这样多，这样离奇。这到底说明了什么呢？"

赵烈文的提问引起众人的共鸣，曾国藩也在深思：不久前的津案和眼前的马案，是两个截然不同的案子。一个卷入的人达数万名之多，凶手不易抓到，看似很复杂，但案件的起因、性质、是非，却是明朗清楚的，它的棘手，在于涉及洋人。一个卷入的人只有两个，凶手当场捕获，表面很简单，但它背后的原委却深不可测，今后不知在什么地方一步失足，便会跌落在万丈深渊中，不仅粉身碎骨，甚至也可能会像马新贻这样，背上许多洗不掉、辩不清的秽名恶声。正思忖间，亲兵进来禀报："张大人来访。"

"请！"曾国藩边说边起身向门外走去。

四　曾国藩审张文祥，用的是另一种方法

前来拜访的张大人乃漕运总督张之万。他是马新贻的同年、道光丁未科的状元公，是个天下读书郎人人羡慕个个称道的人物。他的堂弟张之洞十六岁中解元、二十六岁殿试又得了个探花。这下可把朝野轰动了。一时间，南皮张氏兄弟成了新闻人物，官场士林莫不津津乐道。张之万本坐镇在清江浦督办漕运，马新贻被刺后才来到江宁。

张之万书读得好，学问优长，但胆子小，办事不够干练。其堂弟张之洞有其长而无其短，故后来所成就的事业也比乃兄大。接奉上谕后，张之万深知这不是件好差事，论他本人的意愿是决不想插手，但圣命难违，只得硬着头皮上任，在路上便做好了打算：暂时应付一下，等郑敦谨和曾国藩来后，由他们去处理。一应付，他就发觉这个案子果然难办。那一天，他和魁玉提审张文祥。问张基本情况时，他答得很爽快。当问到有没有人指使的时候，他笑了一下，说："养兵千日，用在一朝，要杀要剐由你们的便，你们也不必再问了，我也不会回答。"再问，便紧闭嘴唇不作声，任动刑拷打亦不说。这明摆着是有人在背后指使，但打死不说，也拿他无法。张之万无计可施，魁玉也想不出好办法。后听说曾国藩要来接任江督，便都懒得再审了，且听大学士的主意。

"张大人，刺客的确说过养兵千日，用在一时的话？"曾国藩认为这是一句关键性的话。

"老中堂，张文祥的的确确这样说过。"张之万聪慧的眉眼中流露出疑虑的神色。

"外间传说，在审讯张犯时，他说过，马榖山与新疆回部有联系，你听说过吗？"曾国藩想起吴汝纶说的传闻。

"我没听说过。"张之万断然否定。"现在江宁城里谣诼纷纷，回民多姓马，有人就附会马榖山是回人，信天方教，进而说他通回部。这纯是瞎扯，是对马榖山的诬蔑。"

"到底是同年，在大是大非上对马新贻的维护毫不含糊。"曾国藩想。他以恳切的态度对张之万说，"张大人，这件案子你已审过多次了，如何定案，你拿个主意吧！"

"不，不，主意要由老中堂拿！"张之万急了，他以为曾国藩是要将他推出来。"我和魁将军虽然审过张文祥，但他要害之处始终没有透露过一句，不能定案。"

"我看这张文祥多半是个无赖，马穀山要整顿社会秩序，无意间在哪里伤害了他，他便起了杀人之心。张大人，你说是不是？"曾国藩望着张之万。他没有和张之万共过事，对这个漕运总督充满钦佩之情。年轻时曾国藩也曾日思夜想中个状元，一举轰动海内，谁知殿试列入三甲，虽说后来得力于劳崇光进了翰林院，但终生对同进士出身都感到遗憾，因而对于状元，他从心里尊敬。他的这种心理，与左宗棠截然相反。官场上广为流传一个故事。

左宗棠初为闽浙总督，巡视海疆，来到温州府。温州城内大小官员一个个具名刺等候接见。按通例，当由大到小。左宗棠先拿来温处台道道员名刺一看，见上面写着"道光乙巳科进士前翰林院侍读"字样，眉头一皱，将名刺掷于一边，再拿起温州府知府名刺，见上面写着"咸丰壬子科进士"字样，他不作声，又把名刺放到一边。第三次拿起的是永嘉县令的名刺，又是一个进士，他连名字都不看，又换了一张，这下脸上露出了笑容。这张名刺是永嘉县丞黄惟清的，他的履历上写着举人出身。左宗棠放着道员、知府、县令不见，却先召见县丞黄惟清。黄惟清进来时，一向傲慢的左宗棠显得很客气。问他官员中是进士出身的好，还是举人出身的好。黄惟清答，举人比进士好。左问何故。黄说："大凡人在做秀才时，整个心思都在经营八股试帖上，此外无暇顾及。待到中进士，则即刻授官，成天忙于应酬簿书之中，亦无心钻研学问。最好是乡榜告捷，胸襟始展，志气甫宏，经世文章、政治沿革都有充分的时间潜心研究，到时出仕及膺任显要，可从容施展胸中抱负，极少尸位素餐之徒。"

左宗棠听后拍案叫绝，连声称赞："好，这真是一篇好议论，我今天有幸听到，足下在晚近中真不愧为佼佼者。"送黄惟清出去后，又对左右说："此间好官，仅一黄县丞。可惜，这样有见识人竟屈抑下僚。"

这番话传出去后，令两浙官场哑然失笑。

这时张之万听曾国藩这么一说，正与他的思想相合。他为人较厚道，笃信"己所不欲，勿施于人"的圣教，这桩案子，他自己不想多插手，也就不怂恿别人深究。"老中堂分析得有道理。马穀山为官多年，岂无仇人？有时结怨于人，自己还不知道。世间群氓中心肠歹毒者大有人在，他拼却自己一死，什么事干不出来？我想老中堂审几次后若实在不能突破，以后就这样上报朝廷，也说得过去。"

"真是个胆小的笃诚君子。"当张之万起身告辞的时候，曾国藩目送他的背影，无声地说。

曾国藩不是张之万，哪怕今后再以含混的语言上奏朝廷，而他自己对此事的了解，却要做到一清如水。估计郑敦谨就要抵达江宁了，他决定在郑到来之前单独提审张文祥，把事情弄清楚。对于一个早已将生死置之度外的刺客，严刑拷打算得了什么！曾国藩暗自讥笑魁玉、张之万的缺乏见识，他要以另外一种方式来处理。

第二天，张文祥由江宁府监狱转移到盐巡道衙门。盐巡道衙门无监狱，临时以一间小空房代替。下午，曾国藩叫身边的万巡捕带路，他要亲自去见见张文祥。万巡捕说："一个死囚，何劳大人亲去牢房见他，叫个人押来就是了。"

"你不懂，此人非比一般死囚。"

万巡捕在前面带路，穿过两栋正房后，现出一个豪华精致的后花园。花园中有一座太湖石堆成的高大假山，山边筑有楼阁亭台，环绕着青苔流泉，四周是古柏苍松，花圃草坪。时已深秋，野外早已草木凋零，此处却姹紫嫣红，春色仍浓。那一条九曲蜿蜒的小河中，画舫轻浮，游鱼戏水。曾国藩路过此地，竟如同到了蓬莱仙境。他感到奇怪，走近花园细细一看，原来那红花绿草全是彩绢所扎。他不禁叹道："人家都说盐官是小天子，此话果真不假。这不就是一个小御花园吗？自己住进来半个月了，也没有发现，惭愧！"花园的左角有一排低矮的房子，张文祥就关在这里。

"张文祥，你转过身来！"万巡捕凶恶地对着面壁呆坐的刺客吼道。

张文祥转过身子，抬眼看了看曾国藩，眼中微露出一丝惊讶的神色，很快又低下了头。曾国藩看清楚了。这是一个四十岁左右的汉子，宽脸大眼，浓眉密须，两唇紧闭，面皮瘦削硬绷，有一股剽悍顽梗之气充溢于五官之间。手和脚都套上沉重的铁镣。似乎是身上痒，他抬起双手来，两肩紧缩了几下，立时发出一阵铁镣相碰的撞击声来。牢房阴暗潮湿，一角杂乱地铺了一层干稻草，上面蜷缩着一条薄薄的黑土布被。

"万巡捕!"曾国藩喊道。

"卑职在。大人有何吩咐?"万巡捕走过来,弯腰聆听。

"你给张文祥换一间好房子,摆一张床,铺上棉絮。叫一个剃头匠来,给他剃头刮须,让他洗个澡,拿两身干净衣服给他换,再招呼厨房,饭要给他吃饱。"

万巡捕惊奇地望着总督。

"还有一件事。"曾国藩不理睬万巡捕的神态。"从明天起,去掉他的镣铐。"

"大人?"万巡捕的眼睛睁得更大了。

此刻,张文祥也瞪起双眼看着曾国藩,满腹惊疑。

"你去办吧!"说罢走了。

三天后,万巡捕遵命将张文祥带到后花园。曾国藩端坐在虎皮太师椅上,两边站着两个腰插洋短枪的戈什哈。比起三天前来,刺客的容貌大为改观:精神旺盛、气概粗豪。他站在曾国藩面前,头微微下偏,不作声。

"张文祥。"曾国藩以惯常缓慢稳重的语调问,"本督听说你可以一刀戳穿五张牛皮,有这事吗?"

张文祥点点头。

"把牛皮靶抬过来。"

两个戈什哈从太湖石假山后抬出一个靶子来,那上面蒙着五张黑黄色的水牛皮。

"把刀给他。"曾国藩命令万巡捕。

万巡捕从靴子里抽出一把短刀来,递给张文祥。张文祥接过刀,冷笑道:"把刀给我,你不怕我刺死你?"

"冤有头,债有主,想必你不会无缘无故地刺杀我。当着我的面,你试一刀吧!"

张文祥轻轻地点下头,似对这句话满意。他右手握刀把,左手在刀尖上触摸几下,转过身去,面对着牛皮靶子。然后双手张开,与肩膀形成一直线,敛容吸气,再吐气,如此三次。突然,他猛地大叫一声,双手在眼前抡了几个圆圈,双眼紧闭,纵身一跳,落地后,一阵飓风似的向前冲去。只见握刀的右手用力向靶子一戳,刀尖从背面露出两寸来,五张牛皮一齐破了!

"好！"两个戈什哈失声喊道。

张文祥松开手，让刀留在靶子上，然后走到曾国藩面前，若无其事地垂手站立。曾国藩以手抚须，面无表情地看着张文祥，心里暗暗称赞。

"万巡捕，你去通知厨房，从今天晚餐起，每餐给张文祥加一斤猪肉，半斤白酒！"

张文祥一听大喜，忙弯腰说："多谢了！"

又过了三天，被带到曾国藩会客间的张文祥，已红光满面、器宇昂扬了。曾国藩着黑布便长袍，套上那件穿了二十多年的石青哈拉呢马褂，安详和蔼，面带微笑，那神情，完全不像审讯谋刺总督的钦命要犯，而是与一个多年老友相会。

"你坐下吧！"他指了指对面的一条长板凳，对张文祥说。又对万巡捕挥了挥手，"你出去，我不喊，你莫进来。"

待万巡捕出去并关上门后，曾国藩和气地说："张文祥，你是一个犯了死罪的人，本该受尽折磨后再服大刑。本督看你行刺后并不逃走，亦不辩解，一人做事一人当，知你是个光明义烈的汉子。你年富力强，又有本事，哪里不可以混碗饭吃，本督想你若无深仇大恨，必不会走此杀人毁己的绝路。以前魁将军、张漕台、梅藩台多次审讯你，你都闭口不谈，本督对你这种态度不能理解。大清朝开国两百多年来，光天化日之下谋刺总督，你是第一人，十年二十年，百年二百年，后人都会记得这桩案子。你此举或是为自己、或是为朋友，既然人都敢杀，还有什么话不敢说呢？何必留下一团疑云，让后人去胡猜乱想呢？其后果，很有可能让你永远背一个恶名。"

这番话，居然出自一个审讯他的人之口，令张文祥既意外又感动，他沉默良久。几次看曾国藩，见其眼光都是和善的，脸上都带着笑容，像是在耐心等待，并不催他。说不说呢？张文祥的心里两种念头在激烈地争斗。最后，他咬了咬牙说："你帮我办成一桩事，我就和盘托出，都告诉你。"

"什么事，你说吧！"曾国藩的语气仍然和缓。

"你帮我杀一个人。"

"杀谁？"曾国藩微觉吃惊。

"他叫申名标。"

"申名标！"曾国藩差点惊叫起来。这个他痛恨已极、追捕多年未得的人,怎么又会成为这个刺客的仇人?真是匪夷所思。

"申名标在哪里?"

"他现在浙江省临安县东天目山法华寺当住持,法名悟非。"

"行!"曾国藩立即答应。他早就想杀申名标了,只是一直不知他的去向,现在正好来个顺水推舟,一举两得。

"我要验看首级。"

"可以。"

十天后,当申名标血淋淋的头颅出现在张文祥面前时,他脸上露出畅意的表情,不待曾国藩催促,便把刺杀马新贻的前因后果原原本本地招供出来了。

五 张文祥招供

张文祥是河南汝阳人,自小家境贫寒,十五岁上死了父亲,十七岁上死了母亲,剩下他孤零零的一个人四处流浪、八方为家。苦难漂泊的生涯,养成了他倔强凶顽、不惧生死的亡命之徒的性格,也使他零零碎碎地剽学了一些拳脚功夫。他有钱则嫖赌鬼混,无钱也能忍受饥饿寒冷。他残暴横蛮,却很讲江湖义气,为朋友敢赴汤蹈火、两肋插刀,是一个标准的江湖浪人。二十岁时,他从河南流落到安徽,很快加入皖北淮盐走私集团。不久,又在龚得树部下做一名捻军小头目。咸丰十一年,龚得树率部南下救援安庆,被鲍超几发瞎炮轰跑。张文祥没有北撤,他率领一百余名兄弟归并到陈玉成部,颇受器重,升了个师帅。安庆攻破后,张文祥受了重伤,他躲在一个老百姓家里养伤。见太平军势衰,湘军气旺,便在伤好后剃了头发,投入鲍超的霆军,在申名标的庆字营里当了一名勇丁。

申名标在庆字营里发展哥老会,张文祥是他的骨干。打青阳时,张文祥偶得一个紫金罗汉。申名标很喜爱,借口哥老会经费缺乏,把紫金罗汉骗了去。张文祥心眼直,不计较此事。后来,江宁打下了,吉字营把小天堂的金银财宝洗劫一空,最后连天王宫也一把火烧了。霆军却没有发到财,从将官到勇丁,个个既眼红又恼火。以后又叫他们去福建追杀汪海洋部,恰好鲍超回四川探亲,申名标鼓动兵丁索欠饷,霆军哗变了。赵烈文带着十五万饷银前来安抚，大部分人稳定下来，申名标、张文祥等人见机不妙，匆匆逃走。在途中，张文祥想起那个紫金罗汉，要申名标把它卖掉，大家分点银子谋生。申名标扯谎说罗汉被人偷走了，他气得和申名标分了手。张文祥再次流浪。

这一天，他又饥又渴地来到东天目山脚，忽听见山坳里传出阵阵钟声，钟声中还夹杂着含混不清的梵音。他心中一喜：前面不远处必定有座寺庙，不如权借此地住几天再说。他跟着声音盘山转岭，在一片参天古木中果然看见一处寺庙。这寺庙极为壮观，红墙中围着大大小小数十间殿堂僧舍。它就是东天目山有名的法华寺，里面有僧众二百号人。

张文祥来到山门，请求在庙里住两天。也是他的机缘好，恰遇住持圆灯法师送一个贵客出门。圆灯法师对张文祥注目良久，慈祥地问："施主从何处而来？因何事要在敝寺借宿？"

张文祥想了想说："我叫张文祥，因经商破产，又让伙伴拐走了剩余银钱，现在一文钱都没有了，想在这里赊两餐饭吃。"

"我佛慈悲，救苦救难，吃两餐饭不难。但施主折本破产，今后如何生活？家里可有父母妻儿？"

"我上无父母，下无妻小，今后如何过活，我也没有多考虑，不知你这里要不要人做事，我有一身力气，砍柴担水都行。"

圆灯法师眯起双眼又细细地看了他一眼，问："你可会使枪弄棒？"

"略懂一点。"

"好！"法师高兴起来，"你就在这里住下来，你愿否皈依佛门？"

"佛门好是好，"张文祥笑了笑，说，"只是我喝酒吃肉惯了，耐不得清淡。"

"那也好，你就不削发吧！"法师无半点反感，说，"我这寺院外三里处有一大片枣林，每年打下的枣子是寺里的一项大收入。到了枣熟时节，总有人来偷，守林的百了和尚孱弱，你帮他一起守如何？"

"太好了！"张文祥喜出望外，对法师鞠了一躬，"多谢法师收留！"

圆灯法师为何对张文祥这样好，这是有缘故的。原来这个法师并不是安分守己的吃斋念佛人，而是个欲借佛门成大事的有志者。他本是闽南天地会的首领之一，名叫郑南漳，是郑成功九世孙，智勇兼备，手下兄弟众多。他暗中打造兵器，绘制旗帜，并与洪秀全联络，准备在闽南起事，与太平天国遥相呼应。事尚未成熟，却不料走漏风声，给福建巡抚吕佺孙破获了。仓促之间，郑南漳的部下大部分被抓被杀，他仅带着几十个弟兄连夜逃走，北上金陵会见天王。谁知走到天目山下，便听到天京内讧的噩耗：先是北王杀东王，后是天王杀北王，再后是翼王出走，天京城里杀气弥漫，尸积如山，一片锦绣前程上忽罩满天乌云，太平天国元气大伤，前景暗淡。本已心情沉痛的郑南漳，顿时对天国心灰意冷，一气之下，在法华寺里削发为僧，改名圆灯。随行的弟兄多半星散，也有几个跟他一起遁入空门。不想法华寺方丈慈静长老也是个隐身空门的热血志士，得知圆灯的情况，便竭力怂恿他借佛门办大事。圆灯精神重振，将法华寺办成了个少林寺，僧众都习拳练刀，又暗暗地通过弟弟与闽浙一带的天地会取得了联系。后来天京陷落，他们也未消沉，欲伺机再起。圆灯以他武功师的眼力，看出张文祥非寻常百姓，法华寺亟需这样的人。

张文祥在枣林住下来。几天后，圆灯来看望他，又叫他当场演练了几套拳脚，果然不错。圆灯便请张文祥做个教师，教习寺内僧众武功。张文祥在法华寺安下心来，日子也还过得平静。三个月后，他突发伤寒，全身发烧，大便屙血，整天昏迷不醒，脉搏一天天弱下去，眼看人世渐远，黄泉路近，医师们皆束手无策。

这天，圆灯法师在大雄宝殿对着佛祖祈祷之后，吩咐医师尽一切力量保住三天不出事。然后脱去袈裟，换上短衣，带着一把钢刀，几斤干粮，背一个竹篓，只身进了天目山。第三天傍晚，圆灯回来了，竹篓里关一条极毒的七步小青蛇，篓盖上绑一簇各色草药。圆灯把草药剁碎，又榨出浆来，然后从竹篓里拖出那条七步蛇，一手掐腰，一手掐头，那蛇痛得张开口，毒液顺着舌头流进药浆。他亲手撬开张文祥紧闭的牙关，将药浆灌下去。到后半夜，烧渐退了。第二天上午又灌一剂，两个时辰后脉搏正常，临黑时张文祥已能自己开口吃药了。这一夜他呼呼酣睡，到了天亮时，便能起身吃饭了。当张文祥得知圆灯冒着生命危险闯进深山，为他捉七步蛇时，这个刚倔寡情的硬汉子第一次流下感激的泪水。

他跪在圆灯面前，请求收他为佛门弟子。圆灯双手扶起，说："佛法广大，无所不在，其宗旨乃除恶为善，与世人造福。至于削发不削发，穿袈裟不穿袈裟，实无大区别。你若有心跟着我除恶为善的话，可否听得进我一番劝告。"

"我这条小命全是法师给的，今生今世，法师说什么，我都听从。"

于是圆灯把张文祥带进方丈室，将天地会反清复明及他自己所悟出的驱逐洋人、保卫中华的各种道理，给张文祥讲了一通。张文祥这时才将自己参加过捻子、太平军和湘军的复杂经历全部倒了出来，并说自己在湘军中是哥老会的二大爷。圆灯说："湘军虽然可恶，为虎作伥、助纣为虐，但哥老会与天地会是一家人，你我早就是兄弟了，我对你完全相信。你吃惯了酒肉，也飘荡成性，受不了佛门清规的禁约，你也不必受戒。我的胞弟组织了一些人在浙江沿海劫富济贫，并接济法华寺，你今后就为我办一件事：每月去一趟海边，与我的胞弟接头，带一些金银回来。"

张文祥久静思动，正想外出闯荡，听了这话，欢天喜地。从那以后，便为圆灯和其胞弟当起联络员来。张文祥讲义气，重然诺，胆子大武功好，几次往来后，受到了圆灯兄弟的格外器重。圆灯又为张文祥在附近觅了一房妻室。第二年，妻子为他生了个儿子。漂泊半生的张文祥，而今有了延续香火的亲生骨肉，真个是对圆灯感恩不尽，发誓要以身相报。

几年后，张文祥在一次从海边回天目山的路上，偶尔遇见了开小押店的申名标。故人相见，分外亲切。谈起分别后的情景，申名标连连叹气，张文祥却喜满眉梢。申名标听说圆灯出家前也是天地会的头人，便决定关闭小押店，与张文祥一起去投奔圆灯法师，张文祥自然同意。在法师面前，张文祥将申名标的武艺大大称赞了一番。圆灯见申曾是关天培手下的把总，曾国藩手下的营官，毫不犹豫地接纳了。申名标表示要做一个完完全全的僧人，圆灯也立即同意，亲自给他剃发，取了个法名叫悟非。申名标已是五十岁的人了，圆灯见他阅历丰富，本事高，不久又提拔他做监院，地位仅次于方丈，在法华寺里坐了第二把交椅。有一天，张文祥偶尔在申名标的禅房里发现了那尊紫金罗汉，心里很不痛快，想想自己不缺钱用，何必为此事再伤感情，遂不作声，心里却开始鄙薄申名标的为人。这一年，浙江巡抚马新贻在宁波、台州沿海大破走私海盗，圆灯的胞弟也被马新贻所获，处以极刑。消息传到法华寺，圆灯悲痛欲绝，张文祥也怒火万丈，法华寺为圆灯之弟的亡灵念了七天七夜的超度经。张文祥在佛祖面前立下海誓：今生不杀马新贻，为圆灯兄弟报仇，则不为世上一男子！

张文祥从此在法华寺里苦练功夫。白天他用短刀戳牛皮，夜晚他飞刀断香火，为的是今后无论远近无论冬夏，只要遇到马新贻，便叫他不能从刀下躲过。整整练习两年，他练就了一刀贯五张牛皮的力气和三十步内灭香头的绝技。他要下山办大事了。

临走前一夜，他搂着三岁的儿子亲了又亲，妻子觉得奇怪。他终于忍不住了，把下山的目的告诉妻子。听说要谋杀总督大人，妻子惊呆了，哭着求他看在儿子分上，不要这样。张文祥安慰说："我受法师大恩，不容不报，刺杀之后，我会有办法脱身的，你不要替我担心。"

妻子仍痛哭不已："总督身边有许多卫兵，你如何脱身得了？"

"我会远远地掷刀。"

张文祥说完，要妻子点燃一炷香，插到三十步远的一棵树上。他把腰刀平放在右手掌上，对着它吹了一下，又深深地吸了一口长气，然后运足气力，身子微微向前，右手在前胸打了一个圆圈，口里叫一声"去"，只见一道白光从手掌里飞出，一眨眼工夫，树上发出"喳"一声响，香头不见了，腰刀直挺挺地插在树干上。妻子只得含泪为他收拾行装。

次日清早，圆灯交给他两把用毒药淬过的精制钢腰刀，此刀见血封喉，立死无救。圆灯双手在胸前合十，庄严地说："施主仗义勇为、侠胆豪肠，今之荆轲、聂政也。贫僧代表苦海苍生，也为我自己，敬施主一杯酒，愿菩萨保佑你大功告就。"

说罢，从身旁小沙弥的手里端过一杯酒来。张文祥双手接过，激动地说："法师放心，不达目的，我张文祥再不回天目山见老婆孩子！"

圆灯和申名标把张文祥送到半山腰。张文祥托付申名标照看妻儿。申名标拍着他的肩膀说："你我是兵火中的兄弟，生死之交，不用托付，你家里的事我都包了！"

张文祥离开天目山，一口气奔到江宁，在两江总督衙门附近寻了一个小旅店安下身来，天天密切注视着衙门里的动静。马新贻通常不出衙门，偶尔一出，也坐在大轿里，前后左右有上百个荷枪实弹的士兵保护。张文祥一住三个月，找不到下手的机会。这一日马新贻出门了，照例是坐在绿呢大轿里，警卫森严，张文祥腰插短刀，远远地跟随着轿队。

因为原先的两江总督衙门还在修建之中，马新贻将督署暂设在江宁知府衙门内。轿队出了府东大街后，进了卢妃巷，再穿过堂子巷，就开始过一座座石板桥了：先是虹桥，再是莲花桥、莲花第五桥，接着是严家桥、红板桥，踏过石桥、两仓桥后，进了鼓楼大街。过了鼓楼，绿呢大轿在紫竹林中一座高耸着铁十字架的教堂门前停下来。轿门掀开，白白胖胖、仪表非俗的马新贻迈进了教堂大门。原来，他这是对法国天主教江南教区主教郎怀仁的回拜。几天前，郎怀仁拜会了马新贻。那时天津教案已经爆发，江宁城里人心浮动，砸天主教堂的呼声不断。郎怀仁心里恐慌。拜会马新贻后的第二天，紫竹林便新增了三百名清兵。江宁大街小巷到处贴满了盖有"钦差大臣办理江南通商事务两江总督马"大印的告示，告示上赫然写着："天主教以劝人行善为本，凡传教之士，本督厚待保护，中国习教之人听其自便，本督亦不干涉。民教相处，务须和睦，彼此恭敬。若有不法之徒胆敢效法天津莠民，聚众滋事，焚堂毁教，则国法森然，断难曲贷。士民人等，共各凛遵。特示。"百姓们看了告示后，都骂马新贻偏袒洋人，没有良心。马新贻不在乎，为了讨好郎怀仁，他今天又来回拜。

张文祥跟着轿队也来到了紫竹林，混在围观的人群中。教堂大门口布满了卫兵，他无法靠近。张文祥把四周环境细细打量了一番，见离教堂大门口约一百步远的地方，另有一片小小的竹丛，那里长着十几根大楠竹，叶片繁密，竹干很粗，似可隐藏。遗憾的是距大门远了点，倘若在五六十步之内，腰刀飞去，插入胸脯不成问题，百步之外则无绝对把握。他犹豫很久，还是走进了竹丛。看看比比，仍觉不理想，正要走出竹丛时，教堂大门开了。头戴黑帽，身穿黑长袍，颈脖子上挂一个白色十字架的江南主教郎怀仁，满脸笑容地陪着马新贻走了出来。不凑巧，郎怀仁所处的位置正好在竹丛这一边，这个高大魁梧的洋人将马新贻给保护了。张文祥的右手一直摸着藏在内裤口袋里的腰刀，却不能把它抽出来。他眼睁睁地看着，一眨也不眨地企图抓住瞬间良机。

机会到了！在临近轿门时，郎怀仁站着不动了。马新贻走前两步，在轿帘前站住，又转过脸向郎怀仁抱拳。张文祥猛地摸出腰刀，扬起右手，就要将刀投过去。忽然，他的手臂被人轻轻地拍了一下。张文祥这一惊非同小可！他转过脸去，只见身后站着一个三十余岁的文弱书生。那人微笑着对他说:"大哥,你太莽撞了,相距这样远,你有把握吗?"

张文祥恼怒地说:"不要你管!"

说罢又要举刀,谁知这时马新贻已踏进轿门。"晚了!"张文祥脱口而出。

"大哥,我请你喝两杯如何?"那人越发笑得亲切了。

张文祥见他无恶意,便随他走出竹丛。二人进了一家偏僻的酒店里,选了一个单间坐下。那人吩咐酒保摆上几盘大鱼大肉,又要了一斤古泉大曲,对酒保说:"酒菜都够了,不叫你,不要进来打扰。"

酒保答应一声出去了。

"大哥,你为何要谋刺马制台?"那人压低声音问。

"你如何知我要杀马制台,我是要杀洋人。"张文祥面不改色地说。当时人们都恨洋人,尤其恨传教的洋人。敢杀洋人的人被视为英雄。

"真人面前不要说假话。"那人冷笑一声,"若杀洋人,洋人一直站在那里,为何说'晚了'?"

张文祥想起自己是说了这两个字,不作声了。

"大哥,我和你一样的心思,要干掉他!"那人将酒杯往桌上一磕。

"你叫什么名字?"张文祥十分惊疑。"干什么的,你为何要干掉他?"

那人提壶给张文祥斟上酒,也将自己的杯子倒满:"大哥,干了这杯,我告诉你。"

两个酒杯相碰,各人一饮而尽。

"我姓乔,排行老三,你就叫我乔三吧!"乔三靠在墙壁上,款款地说,"刚才送马新贻出来的那个法国主教郎怀仁,他跟马新贻的关系非同一般。你知道他们之间的往事吗?"

张文祥摇摇头。

"咸丰四年,马新贻奉命带兵到上海打小刀会,战争中受了伤,被送到法国人办的董家渡医院,郎怀仁当时是这家医院的院长,马新贻伤好后,在郎怀仁的引诱下受洗礼入了天主教。从那以后,法国人就时常在咸丰爷面前,以后又在两宫太后面前竭力吹捧马新贻,说他精明能干,是中国官员中罕见的人才。就这样,马新贻步步高升,以一庸才居然接替曾中堂坐镇两江,朝廷中以醇王为首的亲贵大臣甚为不满,怎奈马新贻深得太后和恭王的信任，奈何他不得。马新贻感激洋人的帮忙，遂一心投靠洋人。去年安庆发生教案，法国公使罗淑亚跑到江宁，提出赔偿损失、在城内划地为教会建堂、惩办激于义愤而砸教堂的百姓，马新贻一一照办，还出告示威胁百姓，魁将军、梅藩台都颇不以为然。前些日子天津百姓放火烧教堂、诛洋人，本是一件大快人心的好事，马新贻这个卖国贼居然上书太后，要求严惩义民，向洋人赔礼道歉。他的这副奴才嘴脸，使醇王、魁将军、梅藩台等恨得咬牙，醇王给魁将军的信上说，必欲杀马而后快。"

"你到底是什么人？"张文祥听了半天，仍未见此人暴露身份，不耐烦了。"你是京师醇王派来的人？"

乔三摇摇头。

"你是魁将军派的人？"

乔三又摇摇头。

"那你是梅藩台的人？"

乔三摇摇头，笑着说："大哥不必问我是什么人，告诉你，我和你一样，也要杀马就行了。"

"你弄错了，我不杀马。"张文祥见他不露身份，心中甚是怀疑，冷冷地说。

"哈哈哈！"那人大笑起来，说，"大哥，你听说过螳螂捕蝉、黄雀在后的故事吗？"

"你说什么？"张文祥大惊。

"大哥，两个月来，你天天在总督衙门四周转来转去，你瞒得过别人，还能瞒得过我吗？你如果真的要杀马，我会帮助你，而且我也会感谢你。"

"好吧，我对你实说吧，我是要杀马，为朋友报仇，并在佛祖面前许了愿，不达目的，誓不罢休。你如何帮助，又如何感谢？"张文祥瞪起眼睛望着乔三，那眼神是冷漠而怀疑的。

"大哥，我告诉你，七月二十五日那天，马新贻会在校场检阅武职月课。"

"真的？"张文祥大喜。"这是个好机会。"

"校场上武弁数百，刀枪如林，且围观的百姓都只能在栅栏外，你如何下手？"

是的，校场重地，岂容刺客逞能？张文祥的心凉了。

"不过不要紧，大哥。"乔三见张文祥的脸阴下来，遂笑道，"校场箭道通督署后门，马新贻通常检阅完毕，步行由箭道入署，你可以在箭道上行事。"

"我如何能靠近箭道呢？"张文祥为难起来，"且马新贻在路上走，也不一定能保证腰刀飞中要害。"

"大哥，这正是小弟能帮忙之处。"乔三得意地说，"到时我会叫你顺着人群进入校场，到时我也会有法子叫马新贻停下来。"

"好，若这样，我可以面对面地扎死他！"张文祥狠狠地说。又问，"你拿什么来感谢我呢？"

"我送你三千两银子。"乔三扬起右手，伸手三个指头。

"一旦行刺，我即被抓，要三千两银子何用？"张文祥摇了摇头。

"大哥，你难道就没有父母妻儿？"

一句话说得张文祥猛醒：是的，自己若是死了，妻儿怎么办？离家时，并没有留下几两银子，她们母子今后如何安身立命！

"行啦，麻烦你先将银子送给我的妻子，并顺便将我常用的两根绑带捎来。"

"嫂子住在何处？"

"浙江东天目山法华寺。"

八天后，乔三回来了。他将两根黑丝带递给张文祥，并告诉他一件意外的事：申名标毒死了圆灯法师，当上法华寺的住持，妻子要他回去杀申名标，为圆灯法师报仇。张文祥悲愤已极，恨不能立即宰掉狼心狗肺的申名标，但想到后天便是七月二十五日，这个绝好的机会不能错过；且已收下乔三的银子，也不能失信，于是只好忍下。

"兄弟。"张文祥对乔三说，"圆灯法师是我的救命恩人，害死他的人，我是不会容忍的。我这次杀掉马新贻，料定不能脱身，我死之后，求你办一件事。"

"什么事？"

"代我杀掉申名标。"

乔三犹豫了一下，说："你放心吧，我会去办。"

"你如不办，我的鬼魂不会放过你的！"张文祥死劲瞪了乔三一眼。

"你讲的这些都是实话？"待张文祥讲完后，曾国藩的两道眉毛已拧得紧紧的了。

"我张文祥是条硬汉子，生平从来不说假话，信不信由你。"张文祥并不分辩。

"你说你曾在鲍超部下当过哨长，你知道我是谁吗？"曾国藩靠在椅背上，习惯地捋起长须。

"认识。第一次见到你，我就认出来了。你是曾大人，不过从前精神多了，完全不是现在这副衰老的样子。"张文祥答。他已抱定必死之心，不想讨好曾国藩，心里怎么想的，他就怎么说。

"以前魁将军、张漕台问你时，你为何不说呢？"

"我不愿意言及圆灯法师，免得法华寺的僧众受牵累。"

"那你为何又对我说呢？"曾国藩将双眼眯成一条缝，以极不信任的态度审问。

"因为我和你有约在先。"对曾国藩这种态度，张文祥甚是鄙夷。他轻蔑地说，"我谅你也不会说出去，更不敢上奏皇上。"

"为什么？"曾国藩充满恨意地问。

"因为我曾经是湘军的小头目，湘军小头目谋刺总督大人，你这个湘军统帅脸上有光吗？"

曾国藩颓然了，他无力地挥挥手，示意张文祥离开这里。

张文祥的这个招供，曾国藩不听还罢了，听后弄得惶惑不安，甚至有点束手无策了。幕僚们汇报江宁城里的传闻时，他对一个现象很是怀疑：为什么关于这桩案子的说法如此多而离奇呢？街头巷尾议论之外，茶楼酒肆居然还编起了曲文演唱。张文祥的招供可以为解释此疑提供答案，即背后有强有力的人物与马有大仇，制造各种流言蜚语损坏他的名声，而且还要借此去掩盖张文祥刺马的真正意图。

这人物是谁呢？抓起乔三当然可以审讯清楚，但乔三往哪里去抓？这是一个极精明老练的家伙，他与张文祥的交往并没有留下一丝痕迹。张文祥至今不知道他是干什么的，不知道他的真实姓名。乔者，假也。没有读过书的

301

张文祥不懂，曾国藩一听便知道。张文祥被他骗了，但又未骗。教堂门口的制止是对的；提供情报是准确的；关键时刻栅栏挤倒，正好让张文祥混进校场，王成镇的乞贷，目的在于让马停步，这些也可能是他暗中安排的；三千两银子也的确送到了张妻的手里。乔三到底是个什么人呢？他也是一个要杀马的人，这点无可怀疑。他是为自己，还是为别人呢？他在衙门外盯张文祥的梢，又在教堂门口观看马，又与张在小酒铺里喝酒，这一系列举动证明他身份不高。身份不高的人不可能在江宁掀起满城风雨。这样看来，乔三背后有人，他也是在为别人卖命。这个人出手很阔，势力很大，他是谁呢？是京师里的醇王？还是江宁城里的魁玉？他们恨他投靠洋人，欲杀之而泄愤？曾国藩知道醇郡王奕谭最恨洋人。这几年来，在民教冲突中，他是清议派的靠山，俨然成了百姓和国家利益的维护者。他痛恨保护洋人洋教的马新贻，又无权罢黜，便不惜以重金通过魁玉派人刺杀马，这不是不可能的。但这是推测，并无依据，即使有依据，他曾国藩敢在奏章中触及到皇上的亲叔、西太后的妹婿吗？当年曾国藩血气方刚、手握重兵，尚且不敢与皇家较量，何况今日！

曾国藩转念又想，也可能整个招供，都是张文祥为自己脸上贴金而胡编乱造的。这个家伙很可能是一个既在捻军、长毛里混过，又在湘军里混过的无赖流氓、亡命之徒，他为自己的私仇，或为不可告人的目的受人指使，刺杀了马新贻，而马却是一个无辜的以身殉职的官员。曾国藩想起自己为官几十年，尤其是办湘军、为地方官以来，与他构成怨仇的人何止千百！其中也不乏拼却一死、与之同亡的大仇人。将心比心，能不可怜马新贻吗？更使曾国藩不安的是，这个可恨的张文祥，居然曾充当过湘军的哨长。这件事传扬出去，岂不给湘军脸上大大抹黑！湘军中有恶棍歹徒，有痞子盗寇，有杀人越货之辈，有奸淫掳掠之人，这都不要紧。这些人，当兵吃粮的军营里，何处没有？绿营里有的是，八旗兵里有的是。曾国藩不怕。但大清立国二百多年来，史无前例的谋刺总督案，是一个曾在湘军中当过哨长的人所为。这事传进太后、皇上之耳，播在万人之口，今后写在史册上，留在案卷里，却是一件给前湘军统帅大大丢脸的事情！天津教案已使他声名大减，再加上这么一下，他以后尚有多少功绩留给后人？这桩疑云四起、扑朔迷离的刺马大案，又一次将曾国藩推到身心俱悴的苦难漩涡中。

一个半月后，刑部尚书郑敦谨姗姗来到江宁。这个奉旨查办马案的钦差大臣，从京师出发，居然走了四个月！从北京到江宁只有两千四百里驿程，也就是说，他每天只走二十里！下关码头接官厅里，郑敦谨一落座，便连连对曾国藩说："卑职年老体弱，一路上水土不服，遭了三场大病，因而来迟了，尚望老中堂海谅。"

"大司寇辛苦了！现在身体复原了吗？"曾国藩见眼前这位高大健壮、气色好得很的同乡星使，公然在他面前扯着大谎，心里一阵好笑。其实，曾国藩不仅对他可以原谅，而且希望他不来更好。

"这两天略微好点了，但还是头昏眼花、浑身无力。"郑敦谨懒洋洋地说，完全是一副大病初愈的样子。

"进城后好好休息两天，要不要再唤个好医生号号脉？"

"多谢老中堂！卑职于医道略懂一点，医生不必叫了，我休息几天就行了。老中堂和魁将军、张漕台这几个月辛苦了。在路上我看到京报上登的老中堂的奏章，说刺客拒不招供，估计是个报仇的漏网发逆。老中堂分析得对极了。我看完全就是这回事。马穀山杀长毛何止千百，定然与他们结下了大仇。张文祥这个王八蛋舍掉自己的命，拖马穀山一道上黄泉。你们看呢？"郑敦谨转过脸，对前来迎接的魁玉、张之万、梅启照等人打了两下哈哈，"我看你们各位呀，今后都得小心点，当官的谁没有几个仇人呀！"说罢，自个儿哈哈大笑起来。

张之万说："我于审案一事无经验，还要靠刑部大老爷您来定案。"

"哪里，哪里！"郑敦谨忙摆手。"老中堂二十多年前就当过刑部侍郎，这世上哪个人的花招，能瞒得过老中堂的法眼？这个案子要我定什么案，老中堂奏章中的分析就是定案。"

郑敦谨的这几句话，说得曾国藩大为放心。这分明意味着，他不会再认真地审讯张文祥，他不过是做做样子而已；且一路走了四个月，既不是生病，也大概不是因游山玩水而疏懒渎职，说不定这个精明的刑部尚书早已窥视了某些内幕。曾国藩又想起陛见时太后对此事的冷淡，莫非杀掉马新贻正是出自醇王的意思而得到太后的默许？这个三十多岁的年轻太后秉政十年了，治国的大本领寥寥，整人的手腕却异常的高明阴毒，她是完全可以做得出蜜糖里下砒霜的事来的。

第二天一早，张之万便来告辞，如同跳出火坑似的匆匆离江宁回清江浦。自此以后，魁玉、梅启照等人也都不再过问此事了。郑敦谨传见一次张文祥，问了几句无关紧要的话后，便到栖霞山去休养，一住半个月过去了，毫无返回江宁的意思。看来，他们都不想染指此事，最后如何结案，都指望着曾国藩一人拿出主意。曾国藩和赵烈文等人细细商量着，如何写一份足以使人相信的结案材料，既能够向太后、皇上作交代，又能顾及马新贻，也就是说顾及整个官场的体面，且不能丝毫牵涉到湘军，同时又可以自圆其说，堵住天下悠悠之口。正在冥思苦想之际，却不料马案又出现了新的情况。

六　马案又起迷雾

这一天，总督衙门接到一封无头禀帖。禀帖上说，前两江总督马新贻，为江苏巡抚丁日昌的儿子候补道丁蕙蘅派人所杀。事情是这样的——

丁日昌的独生子丁蕙蘅是个花花公子，读书不长进，成天吃喝嫖赌，二十岁了，还没考中秀才。丁日昌急了，给他捐了个生员，指望他能考中举人。考了三次，文章做得狗屁不通，他自己也不想考了。丁日昌九十岁的老母亲疼爱孙子，便对儿子说："你当了巡抚，荣华富贵，就不替儿子着想？我丁家做官就做到你这一代为止了？"

丁日昌是个孝子，又是个慈父，也是个敛财有方的贪官，他有的是贪污来的大量银子，于是又给儿子捐了个监生。因为当时的规定，捐纳者必须具有监生的资格。接着，他又兑上两万两银子，给儿子买了一个候补道。一般人要通过十年寒窗苦读，中举中进士点翰林，当了几年翰苑编修，遇到格外天恩，放出到地方任个知府，再要小心翼翼，加上不断向上司讨好献殷勤，才能指望升个道员。这丁蕙蘅诗书不通，世事不懂，凭着老子来路不清白的银子，轻而易举地就得到一个候补道的官职，只待哪处道员出缺，他便走马上任，戴起正四品青金石顶戴，穿起八蟒五爪雪雁补子袍服来，升堂理事，颐指气使了。

丁蕙蘅虽然随时都有可能当个正式中级官员，却仍不知修性养德，他嫌住苏州在父亲管束下不方便，便带着妻妾和几个家人在江宁城南秦淮河边金谷塘买了一栋宽敞的带花园的楼房住下来，每天除在家里与妻妾调笑、打牌赌博外，便在酒楼歌场听曲饮酒，在花街柳巷寻欢作乐。

　　这一天，他来到秦淮河边，踱进重建不久的媚香楼。这媚香楼是晚明秦淮名妓李香君的住所，清兵打金陵时毁于兵火，后又恢复。咸丰二年底，太平军进入小天堂，媚香楼再次被烧。同治三年，赵烈文奉曾国藩命整修秦淮河，媚香楼便又应运重建。眼下的媚香楼，比咸丰二年前的旧楼还要华丽数倍，几乎赶上李香君时代的水平——艳领群芳之首。

　　丁公子一登楼，鸨母便安排他平日最喜欢的姑娘香玉来陪伴。香玉弹着曲子，陪着丁蕙蘅吃着花酒。正在惬意之时，丁蕙蘅一眼看见一个十七八岁的丽人依偎着一个翩翩少年，从他身边走过去，一股浓烈的香味直呛他的鼻子。丁蕙蘅魂销魄散，忙喊鸨母过来，指着背影问："那姑娘是谁？"

　　"新来的香碧。"鸨母谄笑道，"丁公子喜欢她？"

　　"嗯。"丁蕙蘅还在贪婪地呼吸香碧留下的余香，痴痴地望着衣裙摆动的倩影。"你去叫她过来，陪陪我丁大爷吧！"

　　"丁公子。"鸨母亲自给丁蕙蘅斟了一杯酒，满脸堆笑地说，"你喜欢她，那还不好说吗！以后叫她来陪你，只是这几天不行。"

　　"为什么？"丁公子恼怒起来。

　　"丁公子。"鸨母紧挨着丁蕙蘅的身边坐下来，媚态十足地说，"你莫生气，这五天里香碧被一个扬州来的富商公子包了，五天后他一走，香碧就是你的人。"

　　"不行，你要大爷等五天，大爷会要等死的。"丁蕙蘅心急火燎，恨不得马上就将香碧搂入怀中。"什么富商公子，叫他识相点，早点让出来，否则丁大爷不客气！"

　　鸨母奈何不了丁蕙蘅，只得跟那巨商之子商量。那年轻人也是财大气粗、血气方刚，正跟香碧热乎得一刻都不能离，准备以巨资赎身长期相聚，岂肯让出！便气呼呼地冲出房门，指着丁蕙蘅的脸骂他无理取闹。这下可惹怒了这个衙内。他一挥手，几个恶奴一拥而上，乱拳打了起来。那富商之子酒色过度掏虚了身体，受不了几下便一命呜呼了。丁蕙蘅知道闯下祸了，塞给鸨母二百两银子，要她收殓送回扬州，自己拍拍屁股，偷偷地溜出了江宁。

　　那扬州富商也只这一个宝贝儿子，虽知死于巡抚公子之手，仗着有钱，他也不肯罢休，一面状告两江总督衙门，一面又暗中送给马新贻五千两银子。马新贻拿着此事为难了：不理嘛，人命关天，富商交接又甚广，江宁不受，他可以上告都察院、大理寺，最后还得追查自己的责任，且五千两银子也得不到；受理嘛，事关丁日昌，这情面如何打得开呢？思来想去，还是受理了。

马新贻叫丁日昌到江宁来，与他商量此事如何办。丁日昌对儿子的作为十分恼恨，他到底要顾及巡抚的体面，不能不做些姿态。最后两人商定：那天打死人的几个家丁各打一百板，选一个充军，赔偿银子一万两，革去丁蕙蘅的候补道之职。扬州富商勉强同意，一场人命案就这样了结了。事平之后，丁蕙蘅回到苏州，丁日昌气得将他狠狠地打了一顿，锁在府里，不准外出。丁日昌奉旨到天津办案后，丁老太太见孙子可怜，便放他出来。丁蕙蘅把一腔仇恨都集中到马新贻身上，于是用重金蓄死士杀马报仇，张文祥就是用三千两银子买下的刺客。

这是马案中又生发出的一团迷雾。曾国藩拿着这张无名禀帖，心头再添一层烦恼。说所告毫无根据吗？丁蕙蘅的家丁在妓院闹事打死人，丁蕙蘅也因此丢了候补道，这是事实。丁日昌也并不隐瞒此事，还专折上奏太后、皇上，承认自己教子不严，请求处分。说张文祥是丁蕙蘅买通的刺客，证据何在？且张文祥的招供中无丝毫涉及此事。丁日昌深受太后器重，在天津办案时对自己支持甚力，这样一桩谋刺总督的大案，没有铁证，怎能轻易牵连到他的头上！

曾国藩不置可否，将无头禀帖依旧封好，派人送到栖霞山，请郑敦谨处理。第二天，禀帖又回到曾国藩手中，郑敦谨批道："此事须慎而又慎，请老中堂定夺。"

"这个滑头！"曾国藩苦笑着在心里说。尽管郑敦谨将担子又推了回来，但他的意思还是清楚的，不希望此案涉及丁日昌头上。这点与曾国藩的想法一致。

如何结束？曾国藩为此苦苦地思索着。特地从山东赶来的马新贻的弟弟马四，天天来督署纠缠，哭着要曾国藩查出主谋。大概是马四在背后又进行了一些活动，这段时期《京报》接连刊出几封御史的奏折，声言要将此案查个水落石出。山东籍京官联名上疏，振振有词地说，既然刺客说过"养兵千日，用在一朝"的话，显然背后有主使，不查出主谋，无以告慰亡督在天之灵。更令朝廷担忧的是，洋人也在议论此事了。恭王奕䜣来了密函，说洋人嘲笑中国政府无能，案子发生五个多月了，凶手也当场抓获，却迟迟定不了案，令人遗憾。奕䜣敦促曾国藩早日了结马案，免得中外议论纷纷。

曾国藩很为难。有时他想，既然太后放了郑敦谨专程来宁处理此事，不如把千斤担子都推到他身上去。回过头一想又不妥。倘若郑敦谨认真过问此案，他也可能诱出张文祥的招供来，张文祥仍会说自己是湘军的哨长、哥老会的二大爷。湘军中有哥老会，哥老会情形复杂，这些内幕外人并不十分清楚。如果张文祥把这些内幕都掀出来，甚或再添油加醋，捏造些莫须有情节来讨好钦差大臣，保得自身的性命，那就坏了大事。湘军过去攻城略地、消灭长毛的功绩将会蒙上一层浓黑的阴影不说，连湘军唯一留下的人马——长江水师也可能会被解散，自己也可能会遭到意料不到的祸灾。不能把此案的终审推给郑敦谨，要在自己手里尽快结案。

"大人，彭大人、黄军门来访。"傍晚，当曾国藩兀自对着蜡烛枯坐时，亲兵进来禀告。

"请。"话音刚落，彭玉麟、黄翼升一先一后地迈进了门槛。

"涤丈，还在办理公务？"彭玉麟笑着问。

"没有，这一年多来，我夜晚是一点都不能治事了，只能呆坐着，真的是尸位素餐，问心有愧。"曾国藩边说边招呼他们坐下，亲兵献茶毕，退出。

"听说丁中丞送给您老一个水晶墨石，用里面的水点眼睛可使瞎眼复明，真有此事吗？"黄翼升问。

"若真有此事，我的右目不早就复明了？"曾国藩淡淡地笑着，说："不过丁中丞倒是一片好心，那石头里的水虽不能使瞎眼复明，但一滴到眼中便觉清凉舒服。说不定还是靠了这种水，不然左目现在可能也失明了。"

"我去请两个洋医生来看看如何？"彭玉麟说。

"算了。我的眼睛就是华佗再世也治不好了，让它去。瞎了也好，瞎了什么都看不到了，眼不见心不烦。"曾国藩苦笑着说。彭、黄二人也苦笑着摇摇头。过一会，他问："水师近来操练如何？当兵的不打仗，麻烦事更多，只有每日把操练安排紧凑，才可勉强把他们的心拴住。"

彭玉麟说："长江水师违纪犯法的事，近两年来屡禁不绝，吸食鸦片成风,打架斗殴还算是小事一桩,炮船挟带私盐、鸦片时有发生,有的营十天半月难得操练一次。"

"那个强抢民女,打死发妻的副将抓起来了吗?"曾国藩插话。

"早已抓起来了。"彭玉麟答,"这种事,若不是百姓拦舆告状,他长年驻黄石矶,一手遮天,我们哪里知道!"

"对这种人决不能手软讲情。雪琴疾恶如仇,果断强硬,我很赞同。有人说你是彭打铁,其实带兵的人要的就是这种打铁的性格。昌歧,你在这方面软了点。"曾国藩望着黄翼升说,"欧阳平抢民女,这不是第一次了,有人向你告发过,你没有认真过问。"

"老中堂指教的是。"黄翼升诚恳地说,"我看欧阳打仗也还行,只轻描淡写地说了几句,他也没当一回事。若是上次说重点,他或许也不至于下毒手打死多年共患难的妻子。"

"是的呀,先是宽容,结果反而害了他。我们带兵的将领,就好比管子弟的父兄,只宜严,不能宽,这就是爱之以其道。"曾国藩说,又问:"欧阳平如何处置?"

"看来不杀不足以平民愤。"彭玉麟坚决地说。

"我也同意,但他是副将,非比寻常武职人员,各项证据都要充分,还要他自己签字画押。"曾国藩说。稍停一会,他以沉重的心情感叹,"历史上任何一种军队,不怕他组建之初是如何的纪律森严,以后又是如何的战功辉煌,时间一久,必定滋生暮气,直到腐烂败坏。前代不说,本朝的八旗兵、绿营,当初都是英勇善战的军队,入关统一全国以及平定三藩叛乱,都是靠的他们,后来不行了,但他们的威风至少还维持过几十年。我在衡州练勇之初,曾希望湘军不蹈八旗兵和绿营的覆辙,谁知打下江宁后就不能再用了,不得已十成裁去八成,留下水师这支军队,我寄予很大希望,愿他们成为抵御外侮的柱石长城,不想它也不争气。"

彭玉麟、黄翼升一齐说:"是我们辜负厚望,没有把水师整顿好。"

"这是气数使然,不能怪你们。"曾国藩轻轻地缓慢地说着,心中似有满腹苦恼要倒出来,但终于没有吐出。"二位今夜来有何事?"

"涤丈,长江水师发现了哥老会。"

"水师也有哥老会!"曾国藩惊讶地打断彭玉麟的话,他最担心的就是此事，最怕的也是此事。申名标当年哗变，险成大祸，就是有哥老会在暗中串通唆使。审讯中还得知哥老会组织严密，更令他又怒又惧，所以霆军查出来的一百多个哥老会成员全被处以斩首。总以为如此严厉的镇压，能收到斩草除根的效果，岂料它竟在水师中复出。

"黄军门，你把详细情况对涤丈谈谈。"

"前些日子瓜州总兵孙昌国在仪征巡视。一天傍晚，他微服到附近村镇散步，见一家小酒店坐着三个水师官兵，边喝酒边交头接耳，行为鬼祟。他于是也要了一杯酒，坐在一旁装着喝酒的样子仔细听。说的什么大半没听清楚，只听到说申名标被杀，张文祥眼看要剐，我们袍哥又要倒霉了。还说我们袍哥杀不尽斩不绝，到时我们劫法场。孙昌国一听，肯定他们是哥老会的，大怒，当时就派人将这三人抓了起来。一问，都是军官，一个千总，一个把总，一个外委把总。"

"他们要劫法场？"曾国藩惊问，"是要劫杀张文祥的法场？"

"审讯他们时，他们先不承认，后熬不过棍棒承认了，是劫张文祥的法场。不过，他们又说喝醉了酒，胡说八道的。"黄翼升答。

彭玉麟说："这是一件很大的事，它比欧阳平杀妻要严重得多，故特来禀报，请示如何处理。"

"这三个人呢？现关在哪里？"

"关在瓜州总兵衙门。"黄翼升答。

"明天全部押到我这里来，我要亲自审讯！"

真是山火未熄，宅火又起，而这把火烧的又是他一生心血经营的宅院。

这不是一般的案子，决不能张扬出去，曾国藩决定采取单个隔离的方式审讯。

先押进来的是一个把总，他的双手被绑在背后，进门后低头站着，面孔冷漠，一声不吭。

"跪下！"一旁的戈什哈喝道，说着便是一脚扫去，那把总面朝地倒了下去，额头磕在砖地上，发出沉重的响声。戈什哈跨前一步，将他衣后领猛地一提，那人被抓了起来，木头似的立着，面孔依旧漠然。戈什哈又猛地将他肩膀一压，他身不由己地跪了下来。刚才戈什哈这一扫一抓一压的三个连贯动作，便是清末衙门通行的给犯人的见面礼。

"你叫什么名字？"曾国藩板起脸，声音喑哑，跟昔日声震屋瓦的洪亮嗓音相比，已判若两人。

"文兼武。"文把总瓮声瓮气地回答，像是不服气。

"你是哥老会的？"曾国藩单刀直入。

"不是。"回答很干脆。

"既不是哥老会的，为何自称袍哥？"曾国藩抓住要害逼问。

文兼武愣了一下，说"弟兄们都是这么互相称呼的，大家都以为这样亲切。"

"你认识申名标？"

"不认识。"

"认识张文祥？"

"也不认识。"

"那你为何要劫法场？"曾国藩心想：莫非孙昌国真的抓错了人？

"卑职喝多了酒，说话失了分寸。弟兄们都对张文祥佩服，说他是条好汉。既然是好汉，就会有别的好汉劫法场。《水浒传》里讲蔡九知府冤杀宋公明，便有梁山好汉来劫法场。"

"胡说八道！"曾国藩拍了一下案桌，"这张文祥是个死有余辜的罪犯，你们为何佩服他？"

文兼武并没有被这一声拍吓倒，他稍停一会，居然回答说："弟兄们一佩服他的胆量。想那马制军乃一品大员，八面威风，张文祥敢在校场之中，万目之下公然行刺，这要多大的胆量才行！二佩服他一人做事一人当，既不逃命，又不牵连别人。这样的好汉，当兵的谁不佩服？"

曾国藩为官三十年，为湘勇统帅十余年，一个小小的犯罪把总，竟然敢在他面前面不改色，从容辩解，这还是第一次遇到。他也不由得暗中佩服文兼武的胆量。"怪不得他口口声声称赞张文祥，这小子看来也是一个不要命的。"他心里想。

"带下去！"曾国藩对着门口高喊。一个戈什哈进来，将文兼武押了下去。

第二个押上来的是千总任高升。他刚一迈进门槛，便双膝跪地，痛哭流涕地高喊："老中堂，你饶了我吧！我什么都说出来，只求你不杀头。"

"我不杀你，你说吧！"曾国藩鄙夷地望了他一眼，冷冷地说。

"老中堂说话算数？"任高升抹去眼泪问。

"你这是什么意思！本督一生从不说假话。"曾国藩扬起头，摆起大学士、总督大人的款式来。

"老中堂能给我写个字据吗？"任高升仰起脸，试探着问。

"这是一个老练油滑的兵痞！"曾国藩心想。他突然作色道："你好大的狗胆，竟然敢要本督给你立字据。你不招供，本督不勉强，给我拉出去！"

立刻就有一个戈什哈横眉冷眼地过来，抓起跪在地上的任高升就要往外拖。

"老中堂大人，卑职该死，卑职狗胆包天，求老中堂大人饶恕，卑职全都招供。"任高升死劲将头向砖块上磕去，磕得鲜血直流，高低不肯起身。

"好吧，你从实招来。"曾国藩挥手。戈什哈出去了，门被重新关上。

任高升用前袖抹去满脸的血泪，带着哭腔说："我们三人都参加了哥老会，我们那天喝多了酒，说的话都是放狗屁。说什么劫法场之类，都是让两杯酒给灌晕了头，互相吹牛皮逞好汉，其实都是假的。老中堂杀刺客，我们哪里敢去劫法场！"

"你这个千总管多少人？"

"管二百五十人。"

"有多少人参加了哥老会，你知道吗？"

任高升想了想，说："有五六十个人。"

曾国藩吃了一惊，二百五十人中就有五六十个，四成占一成，这还了得！如果每个营都这样，两万水师中不就有五千哥老会！

"你们与申名标有什么联系？"

"我和申名标从前都是鲍提督手下庆字营的人，申名标当营官，我当哨官。霆军中有一部分人是从四川来的，哥老会在四川很盛行。这些四川人有的早加入了哥老会，后来申名标也参加了。他有本事，大家推他为大哥，他把我也拉进去了。后来闹饷，很多弟兄被杀，我和申名标等十几个弟兄逃了出来。我无处谋生，就改了个名字投了水师。申名标后来上了天目山，在法华寺削了发，以和尚的身份继续哥老会的活动。一年之中，也要打发人与我们联系两三次，还要我们动员弟兄们参加。前不久有个小兄弟偷偷对我说，申名标被人杀了，怀疑法华寺的哥老会破获了，但为何又只杀他一人，其他人都未动，弟兄们都很奇怪。"

"你认识张文祥吗？"曾国藩问。

"不认识。"任高升摇摇头。曾国藩疑惑了：这张文祥到底是不是哥老会的？若是，为何任高升不认识他；若不是，他说的申名标在庆字营发展哥老会众一事，又与任说相同。曾国藩摇摇头，这里面的事情真太难思议了。

第三个押上来的是外委把总焦开积。曾国藩见此人长得有几分清秀斯文，像是读过书的样子。焦开积进门后，在曾国藩的面前跪下来，头低着，只是不说话。

"来人！"曾国藩喊。戈什哈应声而进。

"给他松绑。"

焦开积惊奇地抬起头来。戈什哈拿刀将他手上的粗麻绳割断。

"起来。"曾国藩语气和缓地命令，指了指面前的条凳，"坐到那里去。"

焦开积愈加惊奇，忙说："卑职有罪，卑职不敢。"

"坐下！"曾国藩的语气生硬起来，"坐下好好招供。"

焦开积只得遵命坐下。

"焦开积！"曾国藩以左目一线余光，再一次将这个外委把总细细打量一番。焦开积挺拔瘦劲的身材使他满意：是一个武官的料子！

"卑职在！"焦开积又站起。

"坐下吧！今年多大年纪了？娶妻了吗？"曾国藩问，犹如一个和气的长者在关怀着晚辈。

"回老中堂的话，卑职今年二十八岁，未曾娶妻。"焦开积坐在条凳上，音色洪亮地回答，他十分感激总督大人对他破格的以礼相待。进门之前，他知今番必死无疑，横竖都是一死，不如死得英雄，决不牵连别人。现在，他见曾国藩的态度完全不是他所设想的，他又改变了主意，不如干脆把心中的话，趁此机会，向这位前湘军统帅一吐为快，倘若能得到他的谅解，也是为弟兄们造一大福。

"听你的口音，像是湖南人。"曾国藩问，脸上有一丝浅浅的笑容。

"卑职是道州人。"

"你读过书吗？"

"小时候读过两年私塾。"

"你既读过私塾，当知你们道州出了一位很了不起的人物。"曾国藩说，犹如塾师在考问学生。

"大人说的是濂溪先生吗？"焦开积对自己的回答没有十分把握。

"正是。"曾国藩高兴地说，"他写过一篇有名的文章，叫作《爱莲说》，你读过吗？"

"读过。"焦开积轻松地回答。

"《爱莲说》称赞莲花出淤泥而不染，濯清涟而不妖，你理解这两句话吗？"曾国藩盯着这个年轻的外委把总，右手又习惯地梳理起白多黑少的长须。

"我记得小时听先生讲过，这是莲花的可贵品格，它生在淤泥之中而身骨清白，不受污染。濂溪先生要世人都向莲花这种品格学习，卑职自小起也知自爱。"

"好，知道就好。"曾国藩放下抚须的手，头微微向前倾斜，问："莲花出淤泥而不受污染，你身为堂堂长江水师的军官，身处清白之地，为何不自爱而要参加哥老会？本督见你略知诗书，是个人才，不忍心看着你自己毁了自己。你现在不要把本督看成上司，看成是在审判你的两江总督，你把本督看作是你的叔伯，你的发蒙塾师，把你为何要加入哥老会的想法都说出来，说得好，本督不治你的罪，还可免去你那些加入哥老会的袍哥们的罪，如何？"

焦开积听了这番话，心中感到温暖，对于坐在对面的这个大人物，焦开积只在同治元年刚投水师时，一次偶然的机会，在船上远远地见过。那时曾国藩驻节安庆，水师奉命东下打江宁，他亲自到南门码头为彭玉麟、杨岳斌送行。十八岁的焦开积当时不仅把曾国藩当成神灵，也把湘军水师看成是了不得的英雄军队。焦开积认真操练，奋勇打仗，头脑灵活，又识得字，很快便由普通勇丁升为什长、哨长，到了打下江宁时，他已是参将衔花翎即补游击，奉旨以游击不论推题、缺出先行补授。不久，湘军大批裁减，陆师裁去十之八九，多少记名提督、记名总兵以及提督衔、总兵衔、副将衔的人都裁撤回家当老百姓，湘军一片混乱。水师还算好，只裁去十之二三，大部分都留了下来，后来又被朝廷列为经制之师。水师定制一万两千人，实际人数近两万。官员有限，彭玉麟大衔借补小缺的主意恩准后，焦开积便以参将衔即补游击，授了个外委把总，虽然降了五级，还算是个幸运者，许多人都眼红他。

在水师日久，焦开积逐渐看出，随着战功的扩大，水师内部日渐腐败起来，军营里一切坏的习气，水师不仅全兼足备，而且大有发展。当官的欺压当兵的，强者凌辱弱者，比比皆是。当兵的最怕打仗输了同伴不救援，绿营此风甚烈。曾国藩建湘军之初，鉴于绿营这种恶习，曾以斩金松龄之首来力矫弊病。湘军初建的那几年，的确败不相救的情形较少。尤其是水师，在彭、杨率领下，更注意互相帮助。到了咸丰末年，湘军中这种好风气已所存不多了，见死不救，临阵各顾各则成为普遍现象。这时，哥老会在湘军中应运发展。刚开始时都是一些处于低下地位的勇丁参加，他们在营哨中拜把结兄弟，提出"有福同享，有祸同当"的口号，并以此作为严格的会规。这种团结起来的力量维护了弱者的利益。尤其是在打仗时，凡是哥老会的人都结成一伙，胜则挽手向前，败则抵死相救。

在一次战斗中，焦开积驾着一条小舢板冲进太平军船队，结果被团团包围，眼看就要面临灭顶之灾。正在这时，他的一个朋友赶紧驾了一条舢板冲了进来，紧接着有十几条舢板也冲了进来，拼死拼活地把焦开积抢出。死里逃生，焦开积分外感激那个朋友。朋友告诉他，是哥老会的袍哥们帮的忙。从那以后，焦开积参加了哥老会。在以后的战斗中，他靠着袍哥们的帮助，几次逢凶化吉。哥老会的力量逐渐强大，当官的也必须依靠哥老会才能站得住脚，不少将领也入了会。后来湘军陆师裁撤，不少袍哥在外流浪惯了，不愿回原籍，便以哥老会为组织，成团成伙地流落各地。在这种形势下，水师里的哥老会很快发展起来。大家说："在江湖上混，朝廷靠不住，要靠我们自己捏合起来。"

曾国藩听了焦开积这段陈述，心中甚是不快。哥老会在他亲手创建的湘军中活动如此猖獗，这是他所没有料到的。

"焦开积，你刚才说也有不少军官加入了哥老会，你听说过最大的官职是多大？"

"老中堂，我也只是道听途说，不一定准确，说出来您老莫见怪。"

"你说吧，不管是谁都不要紧。"

"我听说哥老会后来在吉字营中人数最多,萧孚泗、李臣典、朱南桂、熊登武等人都入过,只是瞒着九帅一人。"

曾国藩大吃一惊。萧孚泗等人都参加过哥老会,这怎么可能呢?见曾国藩满脸惊愕怀疑,焦开积索性把这个秘密全部揭露:"老中堂,你可能还不知道,萧军门现在虽家居湘乡,他手里仍控制着几千哥老会。袍哥们都说:国家多事,洋人强梁,皇上又年幼,老中堂又体弱,说不定不久天下又要大乱,那时还要我们哥老会出来收拾危局。"

"一派胡言乱语!"曾国藩骂道,不过声音微弱,显得有气无力。

焦开积被戈什哈带走了。曾国藩心里有一种大不祥的预感:这些星散各地的湘军旧部,很有可能会在某一天重新聚集在一起,昔日保护朝廷渡过难关的功臣,将翻脸成为反抗朝廷的叛逆!这是多么可怕的事情。当然,曾国藩想,在他活着的时候,这种事情绝不会发生,只能在他的死后出现,但即使是死后,他也决不能容忍。真的发生那种事,他的子孙都会被斩尽杀绝,他和他的父、祖的坟墓都会被挖掘,尸体将会被鞭挞焚毁,一切称颂他的文字都得改写,他将永远遭后世唾骂,遗臭万年。而现在其人已众多,其势已蔓延,既无法劝告他们改邪归正,更不能公开镇压。哎,这或许是气数使然!他重重地叹了一口气,重复这一句他近来常想起的话。

他草草结束这场对哥老会劫法场大案的审讯,并吩咐彭玉麟、黄翼升不要给他们任何处置,今后在水师中也不要再提起哥老会的事。

通过这次审讯,曾国藩愈加看出张文祥这个神秘人物的背景非比一般,必须从速判决,否则随时都有不测之变发生。

钦差大臣郑敦谨也从栖霞山回到江宁城内。这个以精于岐黄著称的刑部尚书,历官三十余年,对世事人情的洞明毫不逊于他的医术。他从慈禧太后并不急着催他出京,窥视出朝廷对此事的微妙态度,又从沿途以及到江宁后所听到的各种传闻中,隐约察觉到此案的复杂棘手。提审张文祥后,他一眼就看出刺客是个少见的顽梗之徒,此种人极不易对付。因此,他借口病未痊愈,每天只在江宁藩司衙门读书写字,修身养性。关于马案的一切,他都以曾国藩的意见为意见,用极为恳切谦虚的态度,将处理这桩奇案的担子完全压在曾国藩一人的肩上,为应付日后的麻烦,狡猾地留下一条退路。

曾国藩对郑敦谨的用心洞若观火，但这对他有利。他开始构思结案的奏报。张文祥的供词无疑不能上奏，涉及马新贻的言辞也须小心，至于勾通回部的传闻，更是牵涉到朝廷大计，丁蕙蘅谋杀一说，又与丁日昌搅在一起。所有这些，都不能触及一字，否则将遗患无穷。如何措词呢？他亲拟的奏章成百上千，唯独这篇难以下手。

"大人，我和叔耘商量，决定把马制军这个案子查个水落石出。"吴汝纶推门进来，后面跟着薛福成。

"你们有新发现？"曾国藩问，并招呼他们坐下。

"没有。"吴汝纶答。

"你们有什么法子可以查个水落石出？"

"我们两人想好了，决定微服私访。"薛福成说。案子的重大、案情的迷离、牵涉面的深广，吸引着这两个涉世不深又正直有事业心的热血青年。他们极为敬佩铁面无私的包公，想学习他的品格，模仿他的方式来侦破马案，不管此案涉及何人的头上，哪怕真的是醇郡王主谋也不在乎！

"微服私访？"曾国藩的嘴角边露出微微一笑。"你们打算从哪里访起？"

"大人，这个案子目前暴露的疑点很多，只要认真查，自有下手之处。"心直口快的吴汝纶立即接话，"张文祥的'养兵千日，用在一朝'的话已说得很明白，他是受人指使的，而且此话已由魁将军上奏太后、皇上，又公之于《京报》，普天下都知道。倘若这背后的指使者不查出，如何向世人作交代？"

曾国藩沉吟不语。这几句话的确打中了要害，没有查出幕后指派人，能叫结案吗？

"卑职想，从现在所得到的线索来看，幕后的人不外乎这几个。"吴汝纶扳起指头数着，"浙江海盗龙启云，法华寺的和尚圆灯，丁中丞的公子丁蕙蘅。"

"还有，"薛福成补充，"京师的醇郡王！"

曾国藩微微一怔，随即在心里做出决定：必须制止他们的荒唐之举！

"不必你们再去微服私访，马制军这个案子我已经查清楚了。"曾国藩严肃地指出。

"查清楚了？"吴汝纶惊奇地睁大眼睛。

"幕后指使者是谁？"薛福成忙问。

"指派张文祥谋刺马毂山的人，就是十恶不赦的江洋大盗龙启云！"

"真的是他！证据呢？"吴汝纶觉得奇怪，他以为张文祥多半是丁蕙蘅重金买通的死士。

"还要什么别的证据呢？证据就是张文祥自己的招供。"曾国藩显然被这个问题问得不悦，他以斩钉截铁的口气公布，"张文祥乃漏网长毛，与马毂山既有前仇，又有新怨，复受海盗龙启云收买，遂以死行刺。案情就是这样清清楚楚的，你们不必再节外生枝了。"

吴、薛二人扫兴退出。屋子里，曾国藩倒大大地松了一口气：刚才还迟疑不能落笔的奏报，被他们这么一逼，不就逼出来了吗？他很快草拟了一份奏稿，派人送给郑敦谨过目。郑敦谨看完后没有改动一个字，当夜便送回来。第二天，这份奏章便以刑部尚书和两江总督会衔的名义拜发。

半个月后上谕下达，张文祥凌迟处死。临刑前，马新贻的弟弟马四买通刽子手，要他们在张文祥的身上割三百六十刀，才让他断气。杀张文祥的那一天，围观的百姓达数万之多，两个刽子手像剔鱼鳞似的从张文祥的全身取下一块块血淋淋的肉来，张文祥至死没有哼过一声。这真是个天底下独一无二的硬汉子！围观的百姓无一不在心里为之惋惜，发出赞叹。刽子手行刑后，马四又操起一把牛耳尖刀，划开张文祥的胸膛，取出心脏来，在马新贻的灵前祭奠。

马四的这个举动引起曾国藩的深思：马家对张文祥有着深仇大恨，这幕后操纵者实际上并没有查出来，倘若今后遇到什么机会，马家对此案提出疑问，那又多出一些麻烦。再说，马新贻的先世也很可能是回民，目前陕甘新疆回民正在闹事，如果让他们抓住马案做借口要挟朝廷，于国家安定亦大不利，必须给马新贻身后以破格之荣，方可堵住西北回民之口。曾国藩想到这里，又给朝廷拟一奏稿，请赠马新贻太子太保，予骑都尉兼云骑尉世职，并请在原籍菏泽及江宁、安庆、杭州、海塘等立功之地建专祠。郑敦谨照例同意，于是又会衔上报，朝廷一概照准。

有清一代空前绝后的谋刺总督案，就这样宣告了结。

第六章　东下巡视

一　水师守备栽在扬州媒婆的手里

刺杀马新贻一案办得完美无缺，朝廷甚是满意，上谕嘉奖：曾国藩、魁玉、郑敦谨、张之万、梅启照等人都交部优叙。郑敦谨打马回朝，江宁藩库又拿出两千两银子来作为程仪奉送，马家也来道乏，众人都很高兴，唯独曾国藩心里总觉不踏实。

曾国藩不再多过问两江庶务，不仅是因为他身体实在太衰弱，力不从心，更主要的是教案给他的刺激太深了，他心里非常清楚，津案以赔款杀同胞为结局，名义上是他的委曲求全，是他的拼却声名，以顾大局，其实是朝廷，是整个中国的委曲求全，是为了求得暂时的安宁而不惜丢掉了国家和民族的尊严，汉唐强国大邦的形象已在世界各国面前荡然无存了。之所以弄到这般地步，就是因为国势颓弱。中国在与洋人打交道的过程中，能做到不受委屈，平等相处，不只是靠道理的充足，关键在于国力的强盛。要徐图自强！曾国藩立誓以自己的余生致力于早在十年前便已开创的"师夷智以制夷"的事业。这既是中国走上强盛的必经之路，同时，他也要以自己的实在有效的行动，在国人面前证明他不是卖国者，而是目光远大、脚踏实地为国为民的实干家，使那些自诩爱国，其实不负责任，未有任何实际作为的清议派羞愧！

这些年来，除曾国藩外，朝廷大臣如奕䜣、文祥，地方上的督抚如李鸿章、左宗棠、沈葆桢、丁日昌等人，都对"师夷制夷"之事感兴趣，相继办起了上海炸弹三局、苏州机器局、金陵机器局、福州船政局、天津机器局、兰州机器局等军用工厂，费饷浩大，成效均不甚显著，引起了以奕谞、倭仁为代表的亲贵和元老重臣的反对，双方论争时都言辞激烈，态度强硬。西太后倾向于自办洋务，故奕䜣、文祥这一派略占上风。

李鸿章是在封疆大吏中倡导洋务最力者。他精力充沛、办事精明，与洋人关系密切。他在办洋务中成绩最显著。金陵制造局是他一手办起的，天津制造局是在他的倡导下办的，福州船政局遇到阻力时，他竭力为之说话。由安庆迁到上海的江南机器制造总局，在李鸿章任江督期间得到了很大的发展，他亲手批准将厂址由狭窄的虹口迁到开阔的城南高昌庙镇。现在的江南机器制造总局为全国最大的军火轮船生产之地，不愧它的总局称号，的确起了总领天津、江宁、福州、兰州各局的作用。这些，都使该局的督办人容闳、杨国栋分外感激。曾国藩决定先到上海去视察江南机器制造总局，给他们以鼓励推动，并帮助他们解决一些实际困难。

这是一个秋高气爽的艳阳天，曾国藩带着他的心腹幕僚赵烈文和得意门生黎庶昌、薛福成、吴汝纶等人，兴致很好地踏上停泊在下关码头江面上的威靖号轮船，杨国栋、徐寿、华蘅芳、李善兰等人在船上恭迎。五十多岁的杨国栋精神旺盛。这些年来，他是容闳的得力助手，聪明才智得到充分的发挥。徐寿、华蘅芳更是找到了一个足以施展本事的大舞台。他们与容闳合作得很是融洽，彼此都有一种崇高的使命感，都意识到自己所从事的是一个能使中国走上徐图自强的前无古人的伟业。

"雪村，我这是第三次坐你造的船了，真是一次比一次舒服。"威靖号劈波斩浪，在宽阔的江面上飞速前进，曾国藩坐在临窗铺着雪白洋布的小桌边，笑着对徐寿说。第一次是同治三年六月，曾国荃攻下江宁后几天，曾国藩由安庆坐黄鹄号前去江宁。"黄鹄"二字由曾国藩亲自命名，他把它比作一只健翮凌空的黄鹄，这是中国人造的第一艘以蒸汽机发动的轮船。第二次在同治七年赴直隶前夕，容闳驾驶江南制造局造的恬吉号来到江宁，曾国藩坐着它从江宁到采石矶，又从采石矶返回江宁。一年来，江南局又陆续新造四艘轮船，曾国藩分别给它们命名为威靖、惠吉、操江、测海。

"我记得老中堂第一次坐黄鹄号时，热得中途换民船，故造恬吉号时，特别考虑到通风设施。第二次，老中堂坐恬吉号时说，不热了，也快了，就是颠簸太厉害。这次造威靖号、惠吉号时，又特别注意行驶的平稳。"徐寿高兴地回忆曾国藩三次坐船的感受，作为这几艘船的主要设计者，他实际上是在欣赏自己造船技术的一步步提高。

黎庶昌有意打趣说："雪村兄，你忘记了，第二次老中堂是冬天坐恬吉号的，当然不热了！"

"哪里的话！"徐寿一本正经地说，"老中堂九月十六日登上恬吉号，那天天气反常地热，大家都只穿一件单长衫，二公子给老中堂带了一件坎肩，老中堂都没穿，怎么变成冬天了？"

看着徐寿这副认真的神态，大家都哈哈大笑起来。薛福成说："雪村记得好清楚呀！"

"怎么能不记得呢！"徐寿将眼镜取下来，用绒布擦着镜片，满怀感情地说，"人的一生，能有几个这样的好日子？不怕大家见笑，我三个儿子的生日我一个都记不得，但由安庆到上海所造的六艘船，哪一艘哪天下水试航，我都记得清清楚楚。我想国栋、壬叔、若汀他们的心情也跟我差不多。"

"我比你强些。"华蘅芳豪放地说，"我儿子的生日我也记得。"

吴汝纶调皮地说："还有你太太的生日你也记得。"

说得大家都大笑起来。

"当然记得。"华蘅芳爽快地承认，"不过，你们都不知道，我太太跟我同月同日生。"

"难怪！"好几个人异口同声地说。

威靖号上洋溢着欢快的气氛。船工摆上满桌中西两式点心，又给每人冲了一杯咖啡。曾国藩不喝咖啡，船工给他另泡了一碗茶。船上的客厅宽敞明亮，船行快速平稳，碗里的茶水时时变换着直线或曲线波纹，却没有一滴溅出碗外。远处，田舍村庄转瞬即逝；近处，张挂着巨大风帆的木船被远远地挤在两旁，头上包着青布的船老大们，望着滚滚扬起的江浪，无可奈何地摇头叹气。曾国藩猛然想起那年九江南门码头上，胡林翼被洋船气得吐血的惨景，心里又酸楚又欣慰。"润芝，假若你能活到今天就好了！"他在心里轻轻地说。

"雪村。"曾国藩对徐寿说，"你带着我们从头到尾看看吧！"

"好哇！"徐寿高兴地说，"只是甲板上风大，怕中堂大人受不了。"

"风大不要紧，加件衣服就行了。"曾国藩边说边走出船舱，大家都跟在他后面。

威靖号全身刷着白漆，在阳光的照耀和江水的映照下熠熠发光，威风十足，犹如一个银袍白马将军在奔驰向前。曾国藩披上一件杨国栋带来的暗红色哈拉呢洋装大衣，靠着一尊黝黑大炮，问杨国栋："船上一共安了多少座炮？"

"共配火炮二十六尊。"杨国栋答，"船头安放了十尊，船尾安放了六尊，两边各安放了五尊，都是六十四磅的重炮。"

"操江、测海、惠吉的炮力是如何配备的？"曾国藩又问。

"那三艘要比威靖号小些，炮也配得少些。"杨国栋摸着傲视蓝天的炮身，如数家珍地汇报，"操江配了二十四尊，船头十尊，船尾六尊，两边各四尊。测海配了二十尊，船头八尊，船尾六尊，两边各三尊。惠吉配了二十二尊，船头比测海多了两尊，其他一样。"

曾国藩听完后起身，扶着船舷边的铁链，迈着大步向船尾走去，一直不说话，大家都默默地跟着，到了船尾，他抬头问徐寿："雪村，威靖号大概有二十丈长吧！"

"哎呀，老中堂，你真是神人，猜得很准，威靖号的精确长度是二十丈五尺。"徐寿兴奋地说。

"哪里是猜！"曾国藩微笑着说，"我是用脚步量出来的，我走六步为九尺，走了一百三十二步，估计在二十丈左右。"

大家听了很觉惊奇。华蘅芳问："老中堂，你平时走路都这样吗？"

"我从道光二十三年跟着镜海先生读《朱子全书》以来，便为自己的行坐起居制定一套规矩，二十多年里，只要不生病，都基本遵守了。"

众人都佩服不已。曾国藩又问身边的李善兰："这艘船有多大的马力？"

"六百零五匹。"李善兰答。

"能载得起多重的货物？"

"二百万斤。"

"抵得上四五十条民船了。"曾国藩轻轻地说。

江风越来越大，大家都劝曾国藩进舱休息。曾国藩笑着对徐寿说："我坐了你三次船，一次比一次好。这点我要表扬你们。不过，你三条船有一点都是一样的，没有变化，又使我不满意。"

"老中堂是说哪一点没有长进？"徐寿挺认真地问。

"你看，"曾国藩用脚点了点舱板。"黄鹄号也好，恬吉号也好，这个威靖号也好，都是用木板制的。打起仗来，木板到底挡不住铁炮弹，而洋人的炮舰全用铁板制成。明年这时候，假若我还在世的话，我再坐一次你们造的船，但要是铁壳船。你们造得出吗？"

"我们一定努力造出，不辜负老中堂的期望。"徐寿思考一下后坚定地说。

申正时分威靖号来到镇江城外。长江水师瓜洲镇总兵孙昌国带着一批武官，早在江边恭候，对岸镇江知府丁田耕也早早地带着一班僚属在江边等着，都要请曾国藩一行到自己的衙门休息。曾国藩打发赵烈文坐小划子告诉丁田耕："这次巡访，一为查看机器制造，一为检阅沿途军事部署，暂不惊动府县，请丁太守多多原谅。"于是，孙昌国高高兴兴地将威靖号上所有人员都请进了总兵衙门。

孙昌国和弟弟孙昌凯原是衡州城里的铁匠，与彭玉麟颇为相得。后彭玉麟办水师，孙昌国兄弟挑起洪炉入了水师，一直在后营中打造兵器。田家镇一役火烧横江铁锁，这对铁匠兄弟立了大功，双双得到提拔，以后步步迁升。到了打下江宁后，兄弟二人分别被保至记名提督、记名总兵。整顿水师时，孙昌国被实授瓜洲镇总兵，孙昌凯在岳州镇也当上了副将。孙昌国十分感激曾国藩、彭玉麟，难得有如此献殷勤的机会，当天的接风酒席办得极为隆重丰盛，又连夜下令，所辖的镇标四营，明早集合在江面上，接受曾国藩的检阅。

吃完饭后，孙昌国又请曾国藩到他的小客厅里喝茶，两人叙谈起衡州练军、打武昌、打田家镇的往事，都感慨不已。正说得兴起，一个亲兵走到孙昌国身边说："大人，前几天那个人又来了，哭哭啼啼地求大人为他做主，请卜守备放人，让他夫妻团圆，还带了一班子人为他说话。"

"出去！这事以后再说，没看见我在陪中堂大人说话吗？"孙昌国沉下脸挥斥亲兵。

"这是怎么回事？说出来给我听听。"曾国藩却不放松。他心里想，这一定又是一起强占民女的案子。军容要检阅，军纪尤其要过问。没有严肃的军纪，哪来的军队战斗力？而长江水师这些年来，恰恰就是纪律松弛，平时一再叮嘱彭玉麟、黄翼升严加整饬，今天这事碰到头上，怎能不管？

"老中堂，吃梨子。"孙昌国递来一只亲手削的水汪汪的砀山梨。"事情是这样的。十天前，三营守备卜福元从扬州买了一个小妾。卜福元这人打仗勇敢，功劳立过不少。下江宁那年，皇上赏他副将衔，重建水师时补了个守备。这人事事都好，就是一点不好：喜贪女色。平时积的几千两银子，女人身上花去了多半。老家宁乡有个原配，他嫌人长得丑，年纪又大了，在这里讨了一个妾。这倒罢了。去年，他又看上一个比他小二十岁的女子，死缠活赖着那女子不放。那女子的父母贪财，硬是以五百两银子把女儿卖给他了。这女子原来是有主的，她过门后，总牵念未成亲的夫婿，吵吵闹闹折腾半年后跳河自杀了。卜福元人财两空。这次又买了一个十八九岁的小妾，说是只用了三百两银子。卜福元占了便宜，心里得意。谁知还不满半个月，就有十来个人跑到三营驻地，向参将牛虎告状，说卜福元拐骗人妻，内中一个出来证明，那女子原是他的妻子。牛虎把卜福元带到我这里，我训了他一顿。卜福元一再申明他是花三百两银子买来的，一文钱都不短欠，决不是拐骗的，还说可以到扬州去找到那个媒婆。我说，好吧，快去把媒婆找来。今天他来赴宴，我忘记问他了，不料这伙人又来吵了。这个卜福元真是多事。"

"你打发人去把卜福元叫来。"曾国藩说。

一会儿，四十余岁、矮矮胖胖的守备卜福元进来了。他对曾国藩、孙昌国鞠了一躬，问："老中堂和孙军门叫卑职来有何吩咐？"

"卜胖子。"孙昌国一脸不高兴。"那一伙子人又来了，你晓得不？"

"又来了？"卜福元脸上流露出一丝惊慌，"卑职不知道。"

"我问你，你昨天去扬州找到那个媒婆没有？"孙昌国板着脸问。

"没有。"卜福元的回答很轻，满脸沮丧。

"我说卜胖子呀！"孙昌国站起来，走到卜福元身边，拍拍他的肩膀，两眼笑成一条缝。"你我都是多年的老兄弟了，曾中堂也不是外人，你说实话，那个小女人是如何拐骗来的？说清楚了，还给她丈夫，我也不责怪你，想必曾中堂也会原谅。"

曾国藩听了很不好受：这孙昌国就是这样带兵管部下的？难怪这几年朝

野上下对长江水师啧有烦言。他绷紧脸严肃地问:"卜福元,你要在本督面前讲清楚,倘若扯谎,军法不容!"

"曾中堂,孙军门,冤枉啦,冤枉!"卜福元双膝跪下,委屈地分辩:"卑职的确是用三百两银子买来的,在扬州张甲桥一个房子里,一手交钱,一手牵人。媒婆是个五十多岁的老妇人,我记得她脸上还有几点白麻子。"

"人没找到,那间房子应当可以找到。"曾国藩追问。

"说来也怪。"卜福元摸摸秃了一半的脑袋顶,惶惑地说,"我明明记得那间房子是空的,谁知昨天去的时候,却变成一个纸马店了。附近的人都说,这里从来没有一个长白麻子的老妇人,这间纸马店已开六十年了,父传子,子传孙,这是第三代。卑职奈何不得,但卑职可以在老中堂和孙军门面前赌个咒,倘若有半句假话,雷打火烧,活不到五十岁!"说罢居然流出几滴眼泪来。

"你看你,还像个堂堂男子汉不?"孙昌国走上前,一把将卜福元拉起,说,"孙哥我相信你,叫几个兄弟把那伙子人轰走算了。"

"慢点。"曾国藩制止道,"他说你拐了他的婆娘,你说你用三百两银子买的,他有许多人为他说话,你无人替你作证,单单凭刀枪轰走,他是不会甘心的。"

"老中堂,那你说怎么办?要么,卜胖子,你把那女人给他算了。"孙昌国没主意了。

正在这时,薛福成走了进来,说:"刚才听亲兵说起卜守备的事,我想,卜守备莫不是给放鹰的人骗了?"

"什么是放鹰?"卜福元和孙昌国惊得两眼发呆,曾国藩也从没听说过。

薛福成说:"我小时听父亲说过,扬州城里有专门放鹰的人,男女结合坑害人。他们从外地用低价买来贫苦人家的女子,调教一番,然后高价卖给有钱人做妾。待买主交了钱,带走人后,多则十天半月,少则三五天,便有一男子带着一伙人寻上门来,声言此女子是他的婆娘,被拐骗了,那女子也就又哭又闹,说来的人是她的丈夫,要跟着走。买主说有字据有媒人,但媒人再也找不到了,字据也便成了废纸。跟着来的人都证明这女人是某某的妻子,并扬言扭之送官。买主无法,只得放人;有胆小的,还另送一笔钱,以求息事。这就叫作放鹰。前些年闹长毛,这事绝迹了,想不到又死灰复燃。"

曾国藩听后，心里很觉惭愧。自己身为两江总督，对江宁不到二百里地的这种怪事一无所闻，真正是尸位素餐。从这件事上，他又想到两江境内一定还有许多弊病陋习，自己一点都不知道。"唉，说什么整顿两江，移风易俗，竟是空话一句！"他在心里对先前的雄心壮志自我嘲弄着。

"好哇，这批狗娘养的，放鹰竟敢放到老子水师的头上来了，来人！"孙昌国气得大发雷霆，"给老子把那几个龟孙子抓起来，交给扬州府发落，叫他们顺藤摸瓜，把扬州城里放鹰的狗男女全部杀掉！"

进来的亲兵答应一声，立即就要出去抓人。

"孙镇台！"曾国藩客气地叫了一声。他对孙昌国办事的果断干脆，以及顺藤摸瓜的主意很是赞赏，但他很快想到，放鹰者敲诈的对象只能是普通百姓，到长江水师的军营重地来撒野，能有这样大的胆量吗？他叫孙昌国坐下，说："先莫忙着抓人，把事情弄清楚再说。"转过脸对亲兵说，"你去把那个找妻子的男人叫进来，态度要和气点，莫吓着他了。"又吩咐跪在地上的卜福元也出去。

那人被带进来了，他见上面坐的除总兵外，还有一位须发斑白的老头子，心知是一个比总兵还大的官，便双膝跪下，说："求两位大人替小的做主，把小的女人还给小的带回去。"

"抬起头来！"曾国藩命令。

那人顺从地抬起头。曾国藩仔细地看了一眼，和蔼地说："卜守备买的妾，为何是你的女人？你细细地说出来，不可说假话，懂吗？"

"是。"那人不敢正眼看大官，又低下头来，眼睛望着地面说，"小的是江都人，在一个饭庄里当伙计，名叫蒯兴家。三个月前，我带着妻子杜氏到仙女庙进香。杜氏过门两年了还没生育，老母着急，催我们夫妻求仙女保佑。那天仙女庙的人很多，进完香后已是午时，我叫杜氏坐在一棵樟树下休息，我去买几个火烧来充饥。待我买来火烧时，樟树下却不见了我的妻子。我急得四处寻找喊叫，把整个仙女庙都找遍了，再也找不到她。我回家后向老板请了长假，背起包袱雨伞四方访寻，下定决心，今生不寻着杜氏，宁死也不回家。半个月前我来到瓜州镇，落在一个小伙铺里，向伙铺老板打听，问见没见到一个二十岁左右的外地女子在附近出没。店老板说，此地水师一个守备，前些日子在扬州买了一个小妾，那女子买来后成天哭哭啼啼的，不肯依从。小的一听,心想这一定是我的妻子,她被人拐卖了。我在守备家转了两天,偶尔一次在小窗口看到一个梳头的年轻女子。我又喜又悲:这正是我苦命的妻子。"

说到这里,蒯兴家禁不住哭了起来,停了片刻,又说:"我当时想马上就去找守备要人,转而一想,他是军官,又是花钱买的,我一个普通老百姓,怎能拗得过他?于是回家和叔伯兄弟们一起商量。他们说,哪有眼睁睁看着自己的老婆做人妾的道理,不管怎样也要弄回来。他们为了给我壮胆,都一起来了。先找到卜守备,卜守备说他是花了三百两银子从扬州媒婆那里买来的,高低不肯放人。无法,我们只得向孙大人告状。孙大人要卜守备到扬州城里把那媒婆找来,不知现在找到没有。请青天大老爷给小的做主,把小的老婆断回给小的。"

说完,蒯兴家用衣袖抹去眼泪,又连连磕头。曾国藩察言观色,见蒯兴家模样长得也还忠厚,说话合情理又恳切,心想:这大概不是放鹰的人。便说:"这好办,我问你一句,你答一句,是不是你的妻子,我自然从你的回答中可以看出。"

蒯兴家忙说:"求青天大老爷发问。"

"你妻子是哪地方人?何年何月何时生?在娘家唤个什么名字?谁做的媒?"

"我妻子也是江都人,小杜家村的,咸丰二年十月二十一日子时生,在娘家小名叫翠叶。翠叶的娘舅是我的表叔,大媒便是他。"

"好吧,你下去!"曾国藩挥挥手,又对亲兵说,"叫卜守备进来。"

"卜福元,你买妾时,知道她的生庚八字吗?"曾国藩问进门来的卜守备。

"媒婆说是咸丰四年六月初一日卯时所生,今年十八岁。"卜福元答。

"妾买回来后,你再问过她吗?"

"我问过,她不肯讲。"

"孙镇台,你派辆马车去,赶快把卜守备的如夫人接来,我要亲自问她。"曾国藩对孙昌国说。

"好,我这就去派人。"看得出,孙昌国对审理此事兴趣很大。

半个时辰后,一个瘦弱憔悴的青年女子被带了进来,她羞涩地跪下低头，不作声。

"卜姨太，我问你几句话，你不要害怕，如实回答。"曾国藩以素日少见的温婉语气轻柔地说。他对这女子充满着同情心，不管是不是那饭庄伙计的妻子，她都是不幸的可怜的。

"卜守备将你从扬州城里买来，有这事吗？"

那女子点点头，依旧不作声。

"你要开口说话，慢慢讲，讲不好不要紧，我不怪你。"曾国藩给她鼓气。"我再问你，你是哪地方人，为何遭媒婆所卖？"

那女子未曾开口，先已双泪直流，过一会儿，索性嘤嘤哭了起来，似有满腹委屈，满腹辛酸。

"哭什么，有话好好说。"孙昌国烦起来，"妇道人家就是这样讨厌！"

曾国藩劝道："不要哭，你按我所问的回答。"

那女子抽抽搭搭地哭了半天才止住泪，轻声细语地说："小女子是江都县小杜家村人，两年前出嫁，丈夫叫蒯兴家。三个月前，我和丈夫在仙女庙进香。后来丈夫去买吃食，我在树下坐着等他。过会儿，一个男子匆匆忙忙走到我身边，说：'你丈夫在路上被马车压断了脚，现在被抬在一个医师家里，他要我来叫你去。'我一听，急得晕了头，忙说：'好心的大哥，烦你带我去看他。'那男子说：'我带你去。'我当时来不及细想，糊里糊涂上了车，就这样被拉到扬州城，方知受骗了。我哭干了眼泪，喊哑了嗓子，在里屋关了几天后，一个长着白麻子的老妇人把我接出来。那麻妇人对我很关心，说是替我慢慢找丈夫。在她那里住了两个月后，谁料把我卖到这里来了。"

曾国藩听后心里有了八成，于是又问："你今年多大了？什么时辰生的？在娘家唤个什么小名？"

那女子答："小女子今年整整二十岁，咸丰二年十月二十一日子时生，娘家姓杜，小名唤作翠叶。"

一切都真相大白！杜翠叶被放鹰的人拐骗卖出，但买主是水师的守备，他们不敢来寻事生非，寻上门来的是她的真正丈夫。

翠叶被带出去后，曾国藩把卜福元又叫了进来，对他说："本督已审问清楚了，你买的姨太太的确是蒯兴家的妻子，你放了她回去，让他们夫妻团聚吧！"

卜福元鼓着腮帮，鼻孔一扇一扇地出粗气。

"老弟！"孙昌国拍了一下卜福元的光脑门。"她不肯从你，成天哭哭闹闹的，有何趣味！放了她，以后再买一个依从的，只是要注意，再莫上放鹰人的当。"

说完，自个儿哈哈大笑起来。卜福元又鼓了两下腮帮，半天才说："放了那个小婆娘我不心疼，只是我三百两银子丢到水里去了。"

"嗨！男子汉大丈夫，有脸说这个话！"孙昌国一拳打在卜福元的肩上。"三百两银子算什么，以后看上了哪个，孙哥我替你买！"

卜福元这才松开嘴巴，露出两颗大虎牙笑了。

蒯兴家带着妻子杜翠叶进来，对着曾国藩、孙昌国行大礼，千恩万谢，说来世变牛变马，报答今生大恩。曾国藩说："蒯兴家，你也不用谢我，你给我办一件事，你办好了，就算感谢了。"

"什么事，大人只管吩咐，哪怕是取虎胆，我都会拼着命去干！"

"不要你取虎胆。"曾国藩微笑着说，"你去扬州城秘密调查，三个月内把那个卖你妻子的麻脸媒婆查出来，然后到江宁城里两江总督衙门来找我。本督要把她抓起来，替你们夫妻报仇。"

"啊，您就是两江总督曾大人！"蒯兴家忙又磕头。"小的真是三生有幸得遇大人，小的一定要把那个害人的妖精婆找出来，为小的夫妻，也为所有被害人报仇。"

一种多年未曾有过的喜悦之情涌上曾国藩的心头，他觉得唯有今天自己才像个两江总督的样子。他设想在抓到媒婆后，也要亲自审讯，就像当年在长沙审讯匪盗一样，从这个人身上打开缺口，再将扬州城里所有放鹰的贼男女全部捕获，为首的剐目凌迟，胁从的一律杖责三百大板，充军伊犁，并借此事来一场雷厉风行的大扫荡，将两江三省内的所有污浊荡除干净。这一夜，曾国藩睡得很甜很美。

第二天，在孙昌国的陪同下，曾国藩检阅了瓜洲镇标四营。只见战船摆列得整整齐齐，甲胄也还鲜明，在令旗导引下，水手们驾驶着战船列出各种阵式来。炮子打在水面上，激起冲天水花，喊杀之声，惊得江鸥远远逃走。看起来还蛮像个样子。曾国藩称赞了几句，孙昌国得意至极。威靖号鸣笛起航时，他叫人匆匆抬了十筐砀山梨送到船上，说是送给各位沿途解渴，曾国藩想制止也来不及了。

二　英国传教士傅兰雅送来一件时髦礼物

威靖号一路顺风到了上海。下船后，曾国藩一行在杨国栋等人带领下，避开上海官场的应酬，径直来到高昌庙江南机器制造总局。会办容闳率领一班高级职员在大门口恭迎，当晚下榻在总局驿馆里。

第二天上午，当上海道台兼制造局总办秦世泰急急赶来的时候，曾国藩已在容闳、杨国栋、徐寿、华蘅芳等人陪同下，登上停泊在轮船厂船坞的测海号。在测海号船上走走看看以后，又上了操江号，然后又登上惠吉号。曾国藩对这几艘战船的兴趣最大，再次勉励容闳尽快造出铁壳战船来，又说中国若有五十艘铁甲战船，就敢于在江海上与洋人一争高下，国力也就强盛了。几句话，说得众人心里暖呼呼的。曾国藩又问容闳："造铁甲船有困难吗？经费够不够？"

容闳答："铁甲船需要大量钢板，我们自己的炼钢厂还没有建起来，要从洋人手里买。技术上也会有相当大的困难。我们打算先从小的造起，有经验后再造大的。"

"好！"曾国藩打断他的话。"制造局今后自己建一个炼钢厂，目前先买些钢板来。"

"我们也是这样想的。"容闳说，"至于经费，眼下尚可应付。前年老中堂奏请在拨留洋税二成中，以一成为专造轮船之用，从那以后轮船厂有了一笔专款。蒸汽机由机器厂制造，锅炉由锅炉厂制造，我想明年造一个小铁甲船出来，虽有困难，咬紧牙关或许可以做到。"

"要有这个志气。"曾国藩赞许道，"从前儿帅打江宁时，艰难困苦比你们造铁甲船要大多了。我那时鼓励他，天下事有所逼有所激而成者居其半。洋人欺侮我们，这就是在逼我们激我们，我们一定要赶快造出坚船利炮，自强自兴，把这口气争过来！"

看完轮船厂后，曾国藩来到机器厂。这里的大部分工作母机是容闳从美国买回来的。这两年依靠这些母机，又制造了许多专造枪炮的机器。容闳兴致勃勃地指着各种机器，向曾国藩一一介绍，又如数家珍地向他禀报：五年来，机器厂制造了车床三十八台、刨床七台、钻床五台、锯床一台、抽水机三台、滚炮弹机一台、绞螺丝机一台、汽炉五台、拌药机一台、碾药机一台……

"好啦，好啦。"曾国藩笑着截断容闳滔滔不绝的介绍。"这个机，那个机，说得我满脑子乱糟糟的，也记不得这么多，你干脆写个帖子，把这些年来江南机器制造局做了哪些事，一一写明，交给惠甫。"

从机器厂出来后，容闳把曾国藩一行带进了枪炮装配厂。从各个分厂里造出的枪炮零部件，在这里装配成型。看到这里堆积了数千支洋枪、数十座铁炮和上万颗炮弹时，曾国藩大为兴奋。他一会儿摸摸炮筒，一会儿又拿起一支洋枪。

"这几年造了多少枪炮？"曾国藩问身边的容闳。

"一共造了六千四百多支枪，七十八座炮，二十万颗炮弹。"

"成绩不小哇，纯甫。"曾国藩禁不住大声赞扬起来。"都供应了哪些军队？"

"枪支南运江督标亲兵营、苏抚标护军营、吴淞外海水师、长江水师、北运神机营、山海关行营等等。炮供应各炮台所需，如江阴、象山、焦山、都天庙、吴淞、下关、威海卫等地。还有一个重要的去处，老中堂猜猜。"容闳说得高兴起来，仿佛如小时候得了一次意外的好处，喜得要母亲和他共享愉快一样，居然叫曾国藩来猜谜了。

曾国藩也让他说得很兴奋，随口答道："我猜不出。"

"老中堂，我告诉您！"容闳咧开大嘴笑道，"威靖、惠吉两艘船上四十八门大炮全是敝局所造！"

"不错，不错！"曾国藩连声赞道，"再造出几十门好炮来，把操江、测海两船上的炮也全部换成贵局的。到时我去请恭王、文大人他们南下上海来检阅，看看从船到炮都是我们中国造的战舰。"

"那太好了，明年就可以改装。"容闳激动地说。

"纯甫！"停了一会，曾国藩语重心长地说，"中国有座古长城，是用砖石建造的，历史上它起着抵御夷狄侵犯的重大作用。现在，砖石长城已不起作用了，需要建一座新的长城，它要靠枪炮战船来建造。江南机器局便是建造这座长城的总工厂。纯甫，你想想看，你身上的担子有多重！"

"是的，老中堂说得对，未来中国的长城，要靠枪炮战船来建造，卑职能为国家造船制炮，无比自豪，无比光荣。卑职一定尽职尽忠，决不负太后、皇上和老中堂的重托！"

曾国藩满意地点点头，突然瞥见窗外匆匆走过一位碧眼金发的外国人，遂问容闳："机器局里雇了几个洋匠？"

"目前负责技术指导的有八位洋匠，为头的是美国人科尔和史蒂文生。"

"科尔就是原来旗记铁厂的老板吗？"曾国藩问。

"正是。"容闳答，"当年买下科尔的铁厂，共用去六万两银子，其中四万两是海关通事唐国华出的，他借此报效赎罪，另两万两由海关道筹借。"

曾国藩感叹地说："买下这个铁厂，并将局址由虹口移到高昌庙，这的确是机器局兴旺发达的一个转折点，这是少荃为今日中国所立的一大功劳。"

"除开高昌庙外，还买下了陈家巷、龙华两处地皮。李中堂说，今后还要建炼钢厂，建大仓库，要地方。"

"少荃是个当家办事的人，他想得远。"对于李鸿章任江督期间所给予江南机器局的强有力的支持，无论从个人私情，还是从国家利益上，曾国藩对他都是感激的，也由此看出他远远高于一般疆吏的识见和才干。

"机器厂、造船厂、锅炉厂、翻译馆，都是在李中堂手里建成的，共花去六十万两银子，有一半是李中堂从军费里开支。故有人说，李中堂今后会把机器局变为淮军的军火厂，否则他不会下这大的本钱。"容闳对李鸿章的敢作敢为一向佩服，但对他聚敛财富、任用私人一套又很反感，而对眼前这位年高德劭的老中堂，他则是钦敬得五体投地。在容闳的眼里，曾国藩是一座巍巍昆仑，独立于这个时代，任何其他人都不能和他比拟。

曾国藩淡淡一笑："把淮军装备好也是好事，平息捻乱还不是靠的淮军做主力？"

容闳没有作声。这时杨国栋带着一批工匠过来，笑嘻嘻地对曾国藩说："大人，这些人是我从广东请来的匠师，他们从未见过您，硬吵着要我带来见见。"

"拜见中堂大人！"杨国栋身边十几个匠师们一齐喊道。

"各位先生免礼。"曾国藩满脸笑容地对工匠们说，"我是一个糟老头子，没有什么看头。你们都是机器局的功臣，为国家做出了很大的贡献，我是特来看你们的。"

"曾中堂伟大！"一个在香港多年的中年匠师跷起大拇指，模仿洋人的口气称赞。更多的匠师在曾国藩的面前都显得又激动又局促，感到手足无处放。一个黑发蓝眼白皮肤的青年匠师大胆地冲出来，伸出双手握起曾国藩的手，唬得赵烈文、吴汝纶以及一旁的戈什哈忙围过来。曾国藩毫不介意地与青年匠师拉起手，和蔼地问："你是中国人还是外国人？"

青年匠师脸唰地红起来，不好意思地说："我父亲是广东人，母亲是英国人。"

"怪不得你的眼睛是蓝色的。"曾国藩快活地说。

杨国栋走过来说："大人，他前年才回国，在英国生活十多年，养成了洋人的习气，见人就拉手，请大人原谅他不懂礼仪。"

"拉拉手也好，还显得亲切些。"曾国藩又转脸对青年匠师说，"你在英国生活十多年，英文一定很好，你要把英文教给他们！"说着，用手指了指四周的匠师们。

青年匠师高兴地点了点头。曾国藩环顾四周，大声说："各位先生，明天中午由我做东，请大家来驿馆里共饮几杯，我们好好叙谈叙谈如何？"

"谢谢老中堂！"众人大出意外，纷纷向曾国藩鞠躬致谢。

待匠师们走后，曾国藩对容闳说："明天中午宴请中国匠师，晚上，你代我把科尔、史蒂文生等洋匠，还有翻译馆里的傅兰雅先生都请来，叫驿馆准备两桌好苏菜，我借花献佛，也请他们一次。"

"太好了！"容闳欢喜雀跃。

晚上，容闳陪着科尔、史蒂文生、傅兰雅以及另外几名洋匠喜气洋洋地走进了机器局驿馆。曾国藩特地换了一件绀色寿字团花夹缎长袍，头戴一顶黑呢嵌蓝宝石瓜皮帽，郑重其事地在客厅里接见他们。当容闳介绍到傅兰雅的时候，曾国藩特地将这位蓝眼栗发、高大魁梧的翻译家仔细地看了一眼，然后微笑着说："久仰！先生所译的书对中国船炮制造起了很大的作用。原以为先生总在五十岁上下，想不到竟这样年轻。有三十岁吗？"

傅兰雅以流利的中国话说："谢谢中堂的夸奖，我不年轻了，今年三十二足岁了。"

"年轻，年轻，还是旭日方升的年华。"曾国藩一边笑着与傅兰雅谈话，一边招呼客人们坐下。

侍役献茶毕，曾国藩端起茶碗对客人们说："这是敝人家乡的洞庭君山毛尖，各位请尝尝。"

说罢自己先喝一口。众人都轻轻地端起茶托，学中国士大夫的样子，将碗盖略微移开一点点，右手捂着盖子，浅浅地抿了一口，然后将茶碗连托一起轻轻放回原处，异口同声赞扬："好！"傅兰雅又补充一句："中国的茶比咖啡、可可都要好喝！"

曾国藩一一询问客人们，什么时候来中国的，生活习惯不，薪水够不够花。这些洋人的中国话大半都说得不流畅，有的只简单答了几个字，有的用英语回答，再由容闳翻译，只有傅兰雅可以应答如流。他于是代表众人说："老中堂能于万几之暇来江南机器局视察，并特为接见在局任职的外籍匠师，各人都感受到了中国政府的关怀。机器局对我们很照顾，建有专门公馆，薪水在中国匠师的十倍以上，生活也还习惯，这里有做西餐的厨师。不过，大家都说中国的饭菜更好吃。"

一句话，说得众人都笑了起来。曾国藩起身，伸出右手说："那好，今天就请各位尝尝苏州名厨的手艺！"

以讲究色泽艳丽、用料甜软出名的苏菜，早已令外国人垂涎，而今晚这两桌酒席更是琳琅满目，美不胜收。如果说中国的科学技术在当时已远远落后于欧美各国的话，那么积数千年聪明又会享受者的才智所创造出来的华夏饮食文化，却当之无愧地名列世界之首，令洋人们在满桌珍馐面前自愧不如，给一向以万邦来仪自诩的天朝士大夫们赢得脸上的光彩，似乎可以抵消一部分来自战场和谈判桌上的耻辱。

桌上的每道菜都有一个极富中华文化色彩的名字，如八戒遇难——红烧猪肉、鲤跃龙门——清蒸鲤鱼、苏武牧羊——炖羊肉、众星捧月——肉丸蒸蛋、孙猴出世——油焖猴头、西施浣纱——菠菜粉条汤、哪吒闹海——炒鳝丝、丹凤朝阳——清蒸全鸡、雄狮酣睡——清蒸瘦肉团，等等。当容闳一一为洋朋友介绍菜谱时，这些远方的客人无不为中国的烹调艺术惊叹不已，他们仿佛已经看到五千年古老文化的大略。

"这道汤叫作仙姑逢旧友。"最后，容闳指着正中一个白胎青花鼓形瓷碗说。

"仙姑逢旧友？"洋人们对这道菜的命名感到莫名其妙。

"请问容会办。"傅兰雅代表大家问，"这是什么意思，你能详细告诉我们吗？"

"好！"容闳微笑着说，"这是我国江浙一带一道有名的素汤，它的主要用料为蘑菇和香菇。两种菇子混合用，汤味便格外的清香爽口。蘑菇取新鲜的，又叫鲜菇。香菇用的是干货。因为它们属同纲同科，本是同类，于是鲜菇在这里遇到了去年的老朋友，这不是仙姑逢旧友了吗？"

众人似乎尚未明白过来，中国通傅兰雅已听懂了，他兴奋地说："中国的语言真妙不可言。'鲜'与'仙'音相近，'菇'与'姑'音相同，而'仙姑'却比'鲜菇'更讨人喜欢。妙，妙极了！"

洋人们遂一齐笑起来。

曾国藩举杯笑道："诸位先生为中国军火轮船的建造立下了汗马功劳，鄙人借这杯薄酒略表谢意，并恳切希望诸位先生把自己的智慧才能都发挥出来，造出更多更好的枪炮兵舰，大清国的历史丰碑将会铭刻各位的英名和功绩。"

客人们全都举杯，一饮而尽。

容闳频频向长期与他共事的洋匠们劝菜，大家吃得津津有味，赞不绝口。坐在曾国藩右手边的傅兰雅说："曾中堂，您知道吗，我是一个英国传教士。"

"我知道。"曾国藩一直很少吃喝，只是象征性地动动筷子。这时拿起手边的餐巾，慢慢地擦着嘴唇，他对这个传教士闻名已久，很想与他谈谈。

"曾中堂，去年在天津发生的事件，无论对贵国而言，还是对法国、英国、俄国等欧洲各国来说，都是一件不愉快的事。您奉贵国政府之命，处理这样一件棘手的事情，的确很不容易。今天有这样一个好机会，使我们能够面对面交谈，我很荣幸。恕我冒昧，能向中堂请教一些问题吗？"学贯中西、举止文雅的傅兰雅身上，典型地体现了英国绅士的翩翩风度。他今年虽只三十多岁，却翻译了好几部重要的科学著作，在西学东渐的过程中作出了卓越的贡献，深受东西方学术界的推崇。

曾国藩对这位有真才实学的洋人很是赏识。他点点头，诚恳地说："傅兰雅先生，与您谈话是一件很愉快的事情，您有什么问题都可以提出来，我们一起商量。"

"谢谢。"傅兰雅彬彬有礼地说,"请问曾中堂,您对教会是怎么看的?"

曾国藩说:"去年天津发生的事情,至今仍使我心头上如压重石,诚如傅兰雅先生所言,那的确是一件令中外都不愉快的事。"说到这里,他停了下来,满桌客人全都放下杯筷,倾耳聆听。"耶稣教、天主教信奉上帝,犹如释教普度众生、道教羽化登仙一样,都以劝人为善作为宗旨,故可为世人所接受。敝国对待教会的态度,傅兰雅先生和诸位在座的一定都清楚,是采取包容态度的。早在世祖爷、圣祖爷时期,汤若望、南怀仁等传教士便受到破格隆遇,到圣祖爷晚年时,全国已建教堂近三百座,受洗教徒近三十万人。传教士把先进的历法引进我国,还协助朝廷测绘《皇舆全览图》,做了不少好事。他们也尊重中国人的礼仪习俗,敬天法祖,彼此相处还算融洽。但可惜,后来教廷粗暴地干涉耶稣会在中国的传教方式,而传教士又极不应该插手皇嗣继统大事,遂使得朝廷下决心明文禁教。近几十年来,朝廷解除教禁,教会在中国内地大量传播,中国信教的人也与日俱增。遗憾的是,不少传教士仗着本国强大的军事力量,在中国境内惹是生非。他们不遵中国法度,强占土地,欺压中国百姓。这样,引起了中国人的普遍反感,不仅仅老百姓,连官吏士人也极不满。去年天津发生的事情,直接导火线在迷拐幼童、挖眼剖心的传闻,当然,这是荒唐无稽的,但真正的原因,是长期蕴藏在中国百姓心中的不满情绪。鄙人的态度,想必诸位都清楚,对天津一部分莠民那种杀人毁堂,以致捣毁法国领事馆、焚烧法国国旗的野蛮做法是坚决反对的,故而处决了十多个杀人凶手,赔偿了五十万两银子。于是鄙人便成了全国攻击的目标,被骂为汉奸卖国贼。鄙人现在已是声名狼藉的人了。"

说到这里,曾国藩苦笑了一声,侍役递上茶来,他喝了一小口,继续说:"刚才傅兰雅先生问鄙人对教会的态度。鄙人可以明确地说,那些仗势欺人的传教士,不能代表耶稣教、天主教,因为耶稣教、天主教要人做善人,不做恶人。真正的传教士只会帮助中国人,而不会欺压中国人。"

傅兰雅的脸上露出欣喜的笑容,他带头鼓起掌来,科尔、史蒂文生等人也鼓掌,表示赞同。曾国藩微笑点头致谢,又说下去:"好比傅兰雅先生是英国的传教士,他到我们中国来以后,帮助我们翻译许多关于造炮制船的技术书籍,又把自己的学问传授给中国人,我以为这才是真正信守教规、与人友善的传教士。因而当去年津案发生后,对于不少人主张关闭教会,驱赶外国人出境的偏激言论,我是决不同意的。外国人中也有我们的好朋友,像科尔先生、史蒂文生先生,以及在座的各位先生,不辞辛苦,帮助机器局造了这么多的枪炮子弹,又为我们造的五艘战舰出了很大的力,你们就是中国人的好朋友!"

又是一阵掌声。科尔举杯起身,用生硬的中国话说:"让我们一起为曾中堂干杯!"

曾国藩站起,将杯子与大家的酒杯碰了一下。傅兰雅情绪激动地说:"曾大人,您是中国了不起的人物,您对教会和传教士的看法与我们完全一致,尤其是您能开明大度地接受西方的科学技术,胸怀博大地容纳西方专家,脚踏实地地为贵国的自强兴办工厂,制造船炮,您比那些顽固死硬的守旧派和夸夸其谈的清议者高明百倍千倍。"

对于这个英国传教士、学者的友好讲话,曾国藩报之以真诚的笑容。眼前的傅兰雅以及科尔、史蒂文生,与丰大业、罗淑亚都是洋人,对待中国的态度,却有天壤之别。是的,人与人是不同的,中国人中有尧舜禹汤,也有共工蚩尤,有周公孔孟,也有管蔡盗跖。洋人也是人。他们中间理所当然地有善恶之别,有良莠之分!

"诸位先生,我昨天对容闳办下了死命令,要他在明年内造出一艘铁甲兵舰来,这有很大的困难,还要仰仗诸位献智献力,攻克难关。"曾国藩说着起身,举起酒杯说,"我在这里预先向各位先生敬一杯谢酒!"

史蒂文生说:"一定尽力。"

科尔说:"轮船厂可以造得出。"

"这我就放心了。"曾国藩再次把酒杯举了举,"大家一起喝了吧。祝各位与容闳办他们精诚合作,让鄙人有生之年能看到中国人造的铁甲船航行在江海上!"

喝完杯中酒后,满脸通红的傅兰雅兴冲冲地说:"谢中堂款待美意,我们几个人也备了一件礼物,请中堂笑纳。"说完对着门外喊,"仲芳,叫他们把东西抬进来!"

喊声刚落,一个十八九岁的俊少年,迈着坚定有力的步伐从门外进来,对着曾国藩一鞠躬:"卑职叩见老中堂大人!"

然后伸手向门口一招，只见四个工役抬着一个硕大无朋的圆球进来，圆球当中穿插一根铁棒，铁棒下端是一个大铁板。圆球用白布做成，上面画着许多弯弯曲曲的线条和圈圈点点。曾国藩的眼力已不济事，他看了很久，没有看出个名堂来。傅兰雅说："仲芳，你给曾中堂说说。"

仲芳走到圆球旁边，对曾国藩说："老中堂大人，这是制造局全体洋人朋友送给您的一件礼品，它叫地球仪。"边说边用手轻轻一拨，那球绕着铁棒转了起来。

地球仪！这真是一件新鲜把戏，曾国藩过去没有听说过。

"洋人朋友听说老中堂要来视察制造局，忙了几天，由傅兰雅先生指导，做成这个地球仪，全世界各国各地都在这个球上。"

曾国藩背手来到圆球旁，问："中国在哪里？"

"在这里。老中堂请看。"仲芳把地球仪转了半圈，熟练地找到了中国。

"上海呢？"曾国藩又问。

"这儿。"仲芳用手指在一个小黑点上。"这边就是海了。"他边说边旋转圆球，手指画出了一条横线。"穿过大海，就到了科尔先生和史蒂文生先生的家乡——美国。"

曾国藩凑过脸去看了一眼。仲芳又用手指画了一条线，落在一个曲线圈圈内，说："老中堂请看，这就是傅兰雅先生的家乡——英国。"

曾国藩边看心里边想："好聪明的洋人，用一个球就把世界各国都包括进来了，要不了半天，各国的地理位置就会记得一清二楚。"本欲大大地称赞一番，想一想，又把话噎了下去，只是浅浅地一笑，说："谢谢各位，我收下了。"

仲芳指挥工役抬下去。正要出门时，傅兰雅叫住了他。傅兰雅走过来，笑吟吟地对曾国藩说："曾中堂，我要向您推荐一个人才，这位聂仲芳先生今后一定可以成为贵国一位大企业家，他很有经营管理的才干。"

聂仲芳进门的举止就已博得曾国藩的注意，这时又听傅兰雅如此称赞，便和气地问："聂仲芳，你这样轻的年纪，就受到傅兰雅先生的赏识，不简单呀！"

聂仲芳谦虚地回答："这是傅兰雅先生对年轻人的偏爱，我其实什么能力都没有，只是喜欢向傅兰雅先生和其他各位洋先生请教。"

"年轻人好学好问，就是最大的优点，凭这一点，今后就前途可观。"曾国藩望着这个年轻人，亲切地问，"你是哪里人，父亲做什么事？"

"卑职名叫聂缉椝，贱字仲芳，湖南衡山人，父亲聂亦峰，在广东高州做知府。"

"你是聂亦峰的公子？"曾国藩颇为惊喜。

"老中堂认识家父？"聂仲芳吃了一惊。

"岂止认得，"曾国藩开朗地笑道，"你的父亲和我是多年的老朋友了！"

"真的？"聂仲芳乖觉地双膝跪下，叩头，"老伯受侄儿一拜。"

"起来，起来。"曾国藩笑道，"傅兰雅先生说你有经营管理之才，我这个做老伯的心里也高兴，明天上午你到我这里来聊聊，我要看看你跟着容会办和各位洋先生学得怎样？"

三　桐花万里丹山路，雏凤清于老凤声

次日上午，聂缉椝来到驿馆拜谒曾国藩。他知道老伯是位严谨的理学名臣，便脱去素日常穿的西服，换上一套簇新的长袍马褂，将备用的数据单从西式皮公文包里取出，放进袖口夹层里。这一身打扮果然使曾国藩见了更觉顺眼。他自己则随随便便穿了一件旧布薄棉袍，斜斜地靠在松软的藤椅上，完全是一副长者见晚辈的随和姿态。

"你父亲身体还好吗？"曾国藩端起茶碗，慢慢地吹了一口气。

"家父这两年也常生病，精神还不如老伯您健旺。"聂缉椝端坐在对面一张绒布沙发上，茶几上放着一个精致的白底蓝花景德镇瓷杯，他没有想到要去动它。

"你父亲比我小几岁，功名不算太顺遂。"曾国藩像是沉湎在对往事的回忆中，"他的诗做得比我好。人也长得清秀，有南岳才子之称，为人豪放洒脱，大家都喜欢和他交往。谁知科场蹭蹬，道光乙巳、丁未、庚戌一连三科都告罢，朋友们都为他叫屈，他自己倒无事一样。咸丰二年壬子科，他高中二甲第八名，众人都以为他必入翰林院无疑。朝考下来，他喜气洋洋地把诗拿给我看。诗写得真好，既有太白之才气，又有馆阁之庄重，场中诗少有做得这样好的。谁料榜一公布，翰林竟没有他的名。我为他惋惜。他却笑

着说,当县官也好,天高皇帝远,我就是百里诸侯,平生才学都可以由我展布。仍旧是笑嘻嘻的,满不在乎。仲芳,这就是你父亲年轻时的性格。"

曾国藩近来喜欢回忆往事,也喜欢跟年轻人谈往事。今天坐在对面的年轻人是个俊秀人才,而所谈的又是他的父亲、自己的同乡老友,如此叙谈往事,不啻人生一种享受!

"家父可能正因为自恃才高,又对世事不在乎,才弄得做了二十年的官,至今仍只是一个从四品知府。"聂缉椝想到同是年龄相仿佛的老乡,曾国藩已贵为大学士,而自己的父亲却屈沉下僚,心中很不是滋味。他本想奚落父亲两句,但那将有失人子之道,必会招致老伯的反感,便改为这样两句自认得体的话。

"你说对了一部分,但要害没有抓住。"曾国藩缓慢地抚摸胡须,心里想说,人生的贫富穷通、吉凶寿夭,皆由命定,不由人力做主。转念一想,这些话不能对后生晚辈讲,那样将会使他们失去上进之心,安于现状,不思奋发。天命和人力之间的关系太复杂了,一个弱冠少年如何吃得深透!这必须在经历过数十年风风雨雨、遭受过多少次失败与成功之后,再回过头来作一番细细的咀嚼,才可能有切身的体会。父兄教子弟,上司饬部属,只能鼓励其充分发挥人力的作用,知难而进,遇险不退,功可强成,名可强立,方可指望其有所造就。

"老伯,家父官运不济的要害在哪里?"聂缉椝是个要强的人,深为父亲的宦途多艰而惋惜,却不知其中缘故何在。曾国藩是个成功者的典范,又是父亲的老友,他的一两句指点,也可能是自己甚至包括父亲几年几十年冥思苦想都悟不到的。

"你还年轻,说出来你一时也理解不了,哪年我跟你父亲见面时,我们两个老家伙再去谈吧!"曾国藩又端起茶碗。略一说话便舌端蹇涩的毛病,不但未见好转,近来反而更甚了。

"仲芳,你为何一人来到此地,干起洋务来了?"这是曾国藩很感兴趣的问题,他对聂亦峰异于常人的教子之方感到奇怪。自己虽然请人教纪泽、纪鸿的英文,也对纪鸿钻研数学很支持,前几年右目未失明时,夏夜里常指着星空教儿女们识星座,但要把纪泽、纪鸿送到机器局来专攻洋务,这个决心总下不了,到底还是走中举中进士点翰林的正途光彩得多。

"我是跟着姐丈来的。"

"你姐丈叫什么名字?"

"他叫陈顺发,广东人,在造船厂当匠师,杨提调把他聘请来的,我于是也跟着姐丈到了机器局。"

"你父亲同意吗?"曾国藩的背离开藤椅,身子向前倾了几寸。

"家父开始也不同意,说我刚中的秀才,要在家操习制艺,好考举人进士,继承家业。姐丈从小在香港长大,对世界局势看得清楚,便来劝家父,说洋务是当今的新事业,最有前途,造炮制船是中国的必需,既为国家做贡献,自己又学到真本领,一辈子不愁没饭吃。家母思想最开通,她也劝家父不要把中进士点翰林看得高于一切。还对家父说,你也是进士出身,至今不过一知府,若丢掉乌纱帽,什么事都干不了。仲芳学造枪炮轮船,今后为国家立了大功,说不定皇上会赏他一个大官。家父见姐丈在广东备受抚藩臬的器重,年薪比他高得多,又见我对举业不感兴趣,一心想干洋务,于是也同意了。我家兄弟多,继承父业的人有的是。今日中国不缺官,当官的人多得很,我真不愿意去凑热闹。"聂缉椝说到这里笑了一下,露出两排雪白整齐的牙齿来,满脸稚气可掬,心地单纯可爱。

曾国藩很喜欢,夸道:"你的选择是对的,中国不缺翰林,也不缺官员,中国缺的是造炮制船的人才。好好干,前途光明得很!"

聂缉椝受宠若惊,喜得脸孔红彤彤的,灿若朝霞。

桐花万里丹山路,雏凤清于老凤声。曾国藩心里默默地念着,他已从心里喜欢眼前这个少年了。他一向认为凡办大事,以识为主,以才为辅,先不论其才具如何,单就这份见识来说,此人将来便有办大事的可能。

"仲芳,傅兰雅先生说你有经营管理之才,你对机器局的经营管理有些什么看法,跟老伯我说说吧!"曾国藩慈爱地望着聂缉椝,似对他寄予极大的希望。

"老伯亲手创办的江南机器制造总局,是中国最大的船炮制造之地,它的地位和影响远远不是上海炸弹局、苏州机器局、金陵机器局以及其他机器局所能比拟的。江南总局这些年来在老伯、李中堂以及容会办、杨提调等人的领导下,取得了令人瞩目的成就,填补了中国船炮制造的空白。它的丰功伟绩,永远彪炳史册。"

聂缉椝滔滔不绝的恭维话，使曾国藩很满意。擅长言辞，头脑敏捷。他在心里这样估评着。

"江南总局本可以取得更大的成就，但诸多原因限制了它不能长足发展，其中最大的问题在经营管理方面。老伯，不是侄儿危言耸听，这方面若无得力的改进措施，江南总局将不会越来越兴旺，不久的一天，就有可能挡不住朝野内外的风言风语而停办。"

曾国藩的眉头微微一皱。这一瞬间，他想起赵家祠堂指出檄文瑕漏的王闿运，想起寄居弘毅寺献攻安庆之策的赵烈文，想起上整饬江南八策的薛福成。初生牛犊不怕虎。这种朝气锐气是极其难能可贵的。不幸的是，古往今来，许许多多富有天才的少年，他们卓越的见识，常常被居高位掌大权的老资格们，轻易地以"狂妄""浅薄"而加以否定，得不到应有的重视，导致数不清的天才埋没、卓识冷落的人才悲剧。曾国藩经常以此自诫。他深知天下之大，事变至殷，决非一手一足所能维持，必须举天下之才会于一，乃可平天下兴国家的道理，因而把发现人才、奖掖人才、培育人才、重用人才作为自己的分内任务。曾国藩于是以更加和悦的颜色对聂缉椝说："江南总局有不少弊端，我也听到一些风言风语，你能有心观察到，又能坦率地指出，这便是对总局的一大贡献，我自会很重视。你不要有任何顾虑，什么话都可以敞开说出来。"

得到鼓励的聂缉椝勇气更足了："江南总局完全靠朝廷拨款，不能独立经营。这几年来，江海关拨出洋税以及筹拨一百九十八万两银子，而各省送来总局轮船、枪炮修造费仅只二万一千两，总局生产出来的所有军火船只，都直接调军营炮台，没有收回一文钱。这在我们中国人看来，好像是天经地义的，在傅兰雅先生他们看来，这完全不是办厂的路子。"

曾国藩也觉新奇，朝廷出钱办工厂，造出的枪炮调往朝廷管的军营炮台，当然不能再收他们的钱，这不是明摆着的道理吗，为什么不是办厂的路子呢？他问聂缉椝："你讲讲不对之处在哪里？"

"傅兰雅先生他们常说，西方人办工厂，要靠工厂以自己的力量来支持来发展，这样，办工厂的人才有兴致。也就是说，造出的枪炮子弹、轮船机器，都应该按价出售，工厂扣除成本后要有所盈利。江南总局是靠海关税提成，税收多，提成多，税收少，提成少，造出的东西，不管好坏优劣，亦不在乎多少，都可交代。如此，接踵而来的是另外两大弊病：一是质量差，数量少，式样陈旧，二是浪费严重。"

聂缉椝讲的办厂的路子，曾国藩认为不能改变，像洋人那样要各军营炮台用银子来买军火，目前在中国根本不可实行，但质量差数量少和浪费严重两大毛病，却是必须纠正的。不过，在此之先，曾国藩决没有想到，这种现象竟然来源于所谓的办厂的路子不对。

"以枪支为例，科尔和傅兰雅说，江南总局拥有工役一千余人，造枪的人数有三成，设备也较齐全，经费不愁，西方这样的军火厂，每天可造二十支，而我们每天只能造三支。三支中必有一支调到军营后，只能吓吓老百姓，不能开火射击。现在西方各国都在大造后膛枪，我们仍在造老式的前膛枪，上月开始试造林明敦式后膛枪，而这种枪英、美等国已废弃不用，他们在造毛瑟枪、必利枪和黎竞枪。至于说到江南总局的浪费，那更是惊人。容会办、杨提调很心疼，但无力扭转过来。我们造一支枪，需要工料成本十七两四钱银子，而从英、美军火厂直接定购一支同样的枪，只要十两银子就够了。威靖号用去十二万两银子，据傅兰雅先生翻译的外国报纸来看，造这样大小的木板船，英国只需要十万两，美国只要九万两就行了。所以我担心，有朝一日会有人提议，停办江南总局，干脆向洋人去买军火兵舰算了。"

这些天来，曾国藩的头脑被徐图自强的美妙远景弄得热烘烘的，经聂缉椝这股冷风一吹，清醒了不少。他郑重地说："仲芳，你提出的这两大弊病确实是大问题，若不设法解决，真的会有停办的一天。不过，江南总局决不能停办，它是中国自强的希望所在。我们不能靠买洋人的军火轮船过日子，一旦他们翻脸不卖怎么办？他们要挟勒索怎么办？何况，我们就只能永远不如别人，永远造不出比别人更好的枪炮兵船、炸药子弹吗？仲芳，你平时与傅兰雅先生他们谈过如何克服的办法吗？"

"他们说，若办厂的根本路子不改变，这两大弊病就不能指望克服。"聂缉椝低声说。

曾国藩的脸色陡然阴沉下来。办厂的根本路子，决不是他曾国藩能够改变的，如此说来，江南机器制造总局就只能坐待它的停办关闭吗？中国徐图自强的道路就走不通吗？

"老伯不必忧郁，事情是人办的，解决的办法总可以想得出来。"聂缉槐心中并无任何主意，他只是凭着一种少年不识愁滋味的心态进出这样两句话。

然而，就是这样两句普普通通的话，使曾国藩大为感叹起来。他再一次意识到自己老了，不行了，顾虑多，忧愁多，当年那种不顾一切拼命向前的勇气少了，胆量也小了，而办大事正是需要聂缉槐这样不畏艰难的后生辈，中兴、自强靠的是他们！想到这里，曾国藩将眼前这位年轻有为的故人之子，上上下下地仔细打量了一番，猛然间，一个念头在心中泛起。他慈爱地问："仲芳，你父母给你定了亲吗？"

"没有。"聂缉槐略带羞容地摇了摇头。

"哦！"曾国藩兴奋地站起来，快活地在客厅里踱了几步，欲言又止。

聂缉槐莫名其妙地望着这位以威严凝重著称的老伯，不明白自己没有定亲这件小事，何以给他带来如此喜悦！这时，容闳推门进来了。

四 一个划时代的建议

"纯甫，你来得正好。"曾国藩招呼容闳，"仲芳跟我谈了半天，关于机器局的管理方面，他有些很好的看法。我走之后，你们两人还可以再谈谈，然后和国栋、雪村、若汀他们一起商量商量，也听听科尔、史蒂文生、傅兰雅等人的意见。下个月，你到江宁来一趟，把商量的结果告诉我。"

"机器局管理方面的问题，仲芳跟我谈过多次，有些问题正在想办法解决，但根本性的问题我们无能为力。"容闳摊开双手，显出一种无可奈何的神态。"我今天一早到瑞生洋行去了。"

"瑞生洋行是哪个国家开的？"曾国藩问。

"德国商人办的。"容闳答，"我告诉他们，明年的煤炭、木材不要他们代买了。"

"你们煤炭、木材也由外国买来？"曾国藩不悦地说，"进口钢铁、铜、铅说得过去，中国的煤炭、木材还少吗？为何要买洋人的？"

"以前都用自己的，这是在马制台手里改的。他说，我们要求洋人卖机器卖钢铁，洋人要我们搭买煤炭、木材也不过分，做生意嘛，总要让别人有些赚头。秦道台满口答应，就这样定下来了。这几年因洋煤洋木这两宗，就多支付了二十五万两银子。拿这笔钱造船的话，可以造出两艘威靖号。我想从明年起不再买了，不料瑞生洋行说，秦道台早已签了合同，明年照旧，不能更改。"

"秦道台当然帮德国商人说话。"聂缉椝插话，"据说洋人赚一万两银子，要分两千两给他。他这几年利用江南局总办的职权赚饱了。银子究竟得了多少，我们弄不清楚，光西洋自鸣钟，瑞生洋行就送给他七八座，客厅里摆满了洋货。"

"也有人说，以前马制台硬要我们买瑞生洋行的煤炭、木材，也是因为瑞生给了他的好处。"容闳说。

"纯甫，你去告诉瑞生洋行，就说我讲的，秦世泰签的合同不算数，我是江南局的督办，以后与洋人的大宗买卖要由我签字才行。"曾国藩气愤地说。

"大人，这不合适。"容闳说，"以往都是由秦道台出面签的，他签字就算定了。洋人最讲合同，我们现在提出废除，他会叫我们赔偿损失，那我们会更吃亏。"

曾国藩听了作不得声，心里骂道："好个以权谋私的秦世泰，非要撤他的职不可！"

"容会办，瑞生洋行的事，话又得说回来。"聂缉椝说，"不买他的煤炭和木料，他就不会卖钢铁，转而只得向英、美洋行去买。英、美的钢铁贵，质量还不如德国的好，两相抵消也省不了多少钱，关键是我们自己要开矿，要办炼钢厂，不过，这事怕也要在七八年之后了。"

这是没有办法的事。曾国藩心想，所有这一切，都是因为我们自己太落后了，家底太薄了，眼下只有吃些亏，忍辱负重，十年二十年后就好办了。

想到这一层，曾国藩略觉宽慰。他对容闳说："瑞生洋行的买卖，我们再仔细权衡一下，我现在要跟你提另一件事。"

"什么事？请大人指教。"容闳说。

"你要利用机器局的有利条件办一个学校。"曾国藩严肃地说，"世上一切事都是人做出来的，有人才，才会有事业。国家要中兴、要自强，就要开局办厂，造机器，造军火，造轮船，而这些都要人来做，要靠有血性有本事的人来做。人才不是天生的，靠的是教育培养。机器局有这么多好匠师，又有翻译馆，译了许多外国书报，具备了办学校的良好条件。你这个当会办的要把这事摆在第一位，选拔一些聪明好学的年轻人，聘请傅兰雅教洋文，科尔、史蒂文生以及仲芳的姐丈等中国匠师教技术，雪村、壬叔、若汀教数学、化学，再要惠甫、叔耘讲操守，讲礼义廉耻，经过十年八年的教育，机器局就会有一大批品学兼优的专家，机器局岂有不兴旺的道理！"

"老伯的指教太好了，学校开办起来，我第一个报名。"聂缉椝喜形于色。

"你既当学生，又当先生，有些课也可以由你讲。"曾国藩笑着说。

"学校一定办。抓紧时间筹备，还要建几间房子做校舍，力争明年下半年办起来，到时第一堂课请老中堂讲。"容闳坚定地表态。

"行！"曾国藩兴奋地说，"我的第一堂课就讲卧薪尝胆，徐图自强。"

"大人，还有一件事，卑职心里想了很久，因为兹事体大，一直不敢轻易提出。"容闳神色庄重，看来是要谈一件十分重要的大事。

"你说吧，我替你谋划谋划。"曾国藩鼓励他。

"刚才老中堂提的开办学校，培养人才，的确是大清王朝中兴自强的百年大计。这是一个方面，即在国内造就人才。另一方面，我们还要派人去国外，向洋人学习。"

"纯甫，你这个想法很好，很有价值。"曾国藩的左目射出多年来少见的灼灼神采，"很久前，我便有这个想法，只是这些年来先是忙于打长毛，打捻子，后来又是办教案，办马案，就没有再提这件事了。"

"是的。卑职记得十年前在安庆初次谒见老中堂时，您就说过这个话，卑职一直记在心里。只是看到老中堂实在是忙得分不过身来，且又再未提起这事，恐怕老中堂又有别的想法，所以这些年不敢提。"

"你估计我会有些什么别的想法呢？"曾国藩笑着问，他对容闳这句话很有兴趣。

"因为我自己有顾虑，也就怕老中堂有顾虑。"容闳坦率地说，"历史上只有四夷遣使来华寻师请教，不见中国派人出去求学问道。如果提出派人出国拜洋人为师，很可能便会有人以华夷有别、尊华攘夷等大道理来斥责，结果事情没办成，反倒招来恶名。卑职想老中堂后来之所以没有再提，是不是也出自于这个顾虑。"

"你这个想法不是没有道理的。"曾国藩严肃地说,"同治六年,恭王奏请在同文馆里增设天文算学馆,聘请洋人执教,倭艮峰就坚决反对,责问恭王何必师事夷人。后来又有人因天旱上奏撤同文馆,以弭天变而顺人心。请洋人当教师都不同意,何况派人出国留学!顾虑有人反对,自然是一个原因,但也不是主要的,还有别的一些原因。"

曾国藩说着,端起茶碗轻轻地抿了一口,又说:"其实,我看那些人都是枉读了圣人书。孔子云三人行必有我师,又说入太庙每事问。圣人虚心求教,原不以对方的身份地位为转移。洋人也是人,他有长处,我们就要学习;学到手后再超过他,制服他。魏默深'师夷长技以制夷'的话说得很深刻,我在咸丰十年就对皇上说过要师夷智以造炮制船。"

"既然老中堂没有这个顾虑,卑职想派人出国,现在是时候了。派人出去,最好是派幼童。"

"派幼童?"曾国藩放下手中的茶碗,前倾着身子问,"你讲讲,为什么要派幼童?"

"卑职这个想法,是从我自己的切身经历体会出来的。"容闳说,黝黑的脸庞上光彩照人。"派幼童出国,卑职以为有这样几点好处。第一,人在小时最易学语言。我的英文流利,就得力于我七八岁时就跟着英国人学话,我到江宁也有六七年了,却一句本地话都未学会。第二,在外国学习,与在国内学习大不相同。国内学的总是第二手的知识,在国外则可以系统地接受他们一整套关于天文、历算、理化方面的教育,潜移默化,就能得其学问之精髓。第三,这批幼童在国外日久,眼界大开,并有可能接触到他们造炮制船的各种现场,能看到他们所造出的最先进的船炮。那样,我们就有可能迎头赶上,而不至于年复一年地跟在别人屁股后面。第四,我对科尔、史蒂文生,甚至对傅兰雅先生都始终抱有戒备心。我怀疑他们不会把最优秀的技术、最先进的器械介绍给我们。好比说,现在西方都在大量造黎竞新枪和必利新枪,而他们一直封锁,瑞生洋行也不帮我们买。这个消息还是过去的友人来函告诉我的。老中堂,古人说,非我族类,其心必异。对洋人,尤其是对机器局的洋人固然要友好,但也不能完全依赖,尽管他们个人也可能想实心实意帮助我们发展军火造船业,但他们的政府很可能在背地里限制他们,害怕我们强盛。我们强盛得和他们一样了,他们就赚不到我们的钱了。好比说,我们的矿产开发了,我们的钢厂炼钢了,瑞生洋行同机器局的大批生意就做不成了。我们的铁甲舰队建成了,我们的大炮威力比法国强了,罗淑亚就不可能威胁我们了,津案就完全可以听任老中堂办理了。"

容闳这段出自肺腑的话说到曾国藩的心坎里,也刺中了他心灵深处的最大隐痛。他抚摸胡须的右手微微颤抖起来,嗓音也变得嘶哑:"纯甫,不要再说下去了,这些我比你更清楚。派幼童出国之事,我会奏请,不过具体办起来又有不少困难。第一个便是这人员如何选派。你要知道,现在真正的书香之家都巴望子弟走科举正途,有几个愿去异域跟洋人读书的?"

容闳沉思良久,说:"老中堂说得很对,目前风气未开,要在内地,尤其是在京师官宦人家中寻觅合适人选,还是一件难事。不过在广东,又特别是卑职的家乡一带则可以找得出。好比仲芳出身官宦之家,因为父亲长期在广东为官,他才能到机器局来。这就是风气的影响。待老中堂奏请朝廷同意后,卑职将回广东去亲自考试选拔。"

"纯甫,派幼童出洋留学,学成后回来报效国家,这是一个具有开创意义的建议,我将会尽全力支持,使它付诸实现。你看挑选多大年岁的幼童为宜?"

"八九岁左右。"

"小了。"曾国藩说,"年纪太小,没有自制能力,成天想父母想家,管理人员很麻烦。这尚是其次。关键是年纪过小,在外国住上十年八年后,就会数典忘祖,忘记了自己是一个中国人。没有对君父的深厚感情,怎么谈得上今后的回国报效?"

"老伯顾虑的是。"聂缉椝插话。

"我看十四岁到十七岁之间的孩子最合适。"曾国藩拈须思考着,"到了这种年岁,既有独立生活的能力,又把华夏学问精华基本掌握了,是一个定了型的中国人,不管走到哪里,不管在异域待多久,他都不会忘记自己是大清臣民……"

正说得兴起,曾国藩忽觉一阵眩晕,接着便是张口结舌,不能完整地说出一句话来,再下去便是什么都不知道了。慌得容闳、聂缉椝忙将他抬到床上,又派急足去请德国医师。

德国医师给曾国藩打针吃药，一连忙了三天，才慢慢清醒过来。曾国藩记得，这种突然发作的眩晕病，已经是第二次出现了，而这次又超过前次。他心里很忧郁。十四年前，他的父亲就是死于此病。第二次发病时倒在禾坪里，抬回家后昏迷一天便过世了，也没有给后人留下一句话。

曾国藩不能这样。他深知自己肩负的担子沉重，以及一身对世人的影响，许多事情需要他在生时交代清楚。他心里有不少话，大至对国家兴亡的看法，小到对往年在某人面前一次失礼的追悔，他都想跟自己的心腹僚属、得意门生，以及三个弟弟两个儿子作一番细细的详谈。六十年的人生岁月，三十年的宦海生涯，二十年的惊涛骇浪，将他锻炼得对人世的一切洞若观火，对天地沧桑了然在心，他觉得自己似乎已经进入昔贤先哲所达到的超人境界。但可惜，在世之日却不久了！他有一种油尽灯干的感觉，他为此很悲哀，于是匆匆结束对江南机器制造总局的视察，乘测海号回到江宁，搬进刚刚复建完毕的两江总督衙门。

第七章　黑雨滂沱

一　欧阳夫人择婿的标准与丈夫不同

重建的两江总督衙门，在李鸿章、马新贻的规划监督下，经过五年的经营，造得规模宏阔，气派壮大。受礼制所限，它当然不可能与先前的天王宫相比，但比起咸丰二年时的总督衙门来，扩大了三倍，豪华了十倍。尤其是西花园，基本上保持了洪秀全御花园的规格。为了投曾国藩所好，新近又从紫金山移来数百株大大小小的竹子。竹枝秀劲，竹叶青翠，给满是亭台楼阁、曲径假山的花园平添无限生机，无限雅趣。

王荆七悄悄对监造总管说："老中堂爱竹，尤爱洞庭湖君山上的斑竹。那年游君山时，他抚摸着满是黑点的斑竹，出神了半天。"

总管听后，赶忙派人去湖南采购，并吩咐装一船君山泥土来，以便斑竹能更顺利地在西花园里成活扎根。

碧波荡漾的人工湖面上，停泊着当年天王最喜爱的石舫。湖面大为拓宽，石舫也就自然地被移到湖中。于是从岸边到石舫之间，又架起一座九曲桥，桥的栏杆上饰满彩绘。桥上有顶，顶上盖着天蓝色琉璃瓦。阳光照在瓦片上，反射出清清亮亮的光彩来，与蓝天碧水融为一色，和谐壮美，显示出建筑师的匠心。

曾国藩不止一次地感叹："太机巧了，太奢华了！天道忌巧，天道忌奢，还是朴实的好，世间唯有朴实最能长久。"他要总管在督署东面花圃边开出几块菜地来，明春再种上青菜、辣椒、茄子、豆角等农家菜蔬，借以抵消几分奢靡，又向僚属示以不忘稼穑之本。

夫人欧阳氏卧病已三个月了，她素来体气虚弱。从同治八年起与丈夫得了同样的病：右目失明，左目仅见微光。天气冷，搬进督署半个月了，她未走出门外一步。今天太阳出来了，天气和暖，在满女纪芬的陪同下，两个同病相怜的老人一起来到西花园，沿着九曲桥慢慢地向石舫走去。

"满姑，你今年二十岁了，我和你娘还未给你定下婆家，你心里有怨气吗？"一家三口在石舫里的木凳上坐下后，曾国藩望着长得厚厚墩墩、酷肖其母的满女，怜爱地问。

"父亲，看您老说的！我这一辈子不嫁人，在家伺候两位老人。"纪芬羞得满脸通红，扭过脸去，望着石舫外枯干的黑黄色的荷叶秆。其实，纪芬心里怎会不着急？但急有什么用，总不能自己去找婆家吧！她生性开朗，又会体贴人，说愿意在家伺候父母，也并非假话。她见父亲今天心里舒畅，主动谈起她的婚事，高兴极了。

从她懂事起，就从来没有看见父亲空闲过、舒畅过。几个姐姐的婚事，她从来没有听见父亲提起过，就那样一个一个地嫁出去了。别的大官家嫁女，吹吹打打、热热闹闹，酒席摆几百桌，装嫁妆的抬盒连绵一两里路长。都说自己的父亲是湖南最大的官，在纪芬的眼里，几个姐姐的出嫁，不仅从没风光过，反而寒碜得很，送亲那天的娘家人中，又照例没有父亲到场！父亲一生太忙太累了，好不容易才有这么一刻家人闲聊的光阴。女儿都有这样一番感慨，做妻子的感慨就更多了。

结缡三十六年来，欧阳夫人一直对丈夫敬重爱戴。过去在京师，丈夫忙是忙，但一家人没有分开。自生下纪芬后，这二十年来一家拆散，夫妻在一起的时间少，分别的日子多。欧阳夫人既为丈夫的功业自豪，又对夫妻长期不能团聚而深有触望。今天丈夫能有这样的兴致，她又高兴又微觉诧异。

"傻丫头，哪有一辈子不出嫁的道理！我们两个老的归天了呢？"欧阳夫人笑着对女儿说，"满姑，你不知道，你父亲为你的婚事着急得很哩！他五年前就在留意了，一直想着要给你寻一个最好的郎君。"

纪芬羞得低下头。欧阳夫人摸着女儿柔软的黑发，满腹疼爱地说："公婆爱头孙，爹娘疼满崽。你是父母的满娇娇，七个兄妹中，我看你父亲最疼

350

的就是你,常说你长得一副阿弥陀佛相,将来福寿最好,所以要替你找一个人品好、学问好、家境好、公婆好、体质好的五好夫婿。"

"这样事事都好的人,到哪里去找呀!"纪芬扑哧一声笑了起来,娇甜地望着母亲。

知夫莫如妻。欧阳夫人说的正是曾国藩的心思。这些年来,他为已嫁的四个女儿的婚事负疚深重。四个女婿都是他做主定的,四个女儿的家庭都不美满。大女婿袁秉桢放荡凶暴,致使大女儿三十岁便去世,活生生又添一个白发人送黑发人的惨例。二女婿陈远济幼时聪明,长大后却变得平庸,毫无上进心,二女儿纪耀终年郁郁寡欢。三女婿罗允吉是个花花公子,不务正业,其母又刁悍刻薄,三女纪琛一年到头总想住娘家。四女婿郭刚基人品学问都不错,却体质羸弱,二十一岁便病死,留下纪纯拖着两个儿子守空房。鉴于四个女儿的不幸,曾国藩总结出"五好"的择婿标准。正因为"五好"夫婿难找,故而让二十岁的满女尚待字闺中。这次视察江南机器制造局,却意外地看到一只雏凤,一匹千里驹。自己是看准了,不过这一次他要好好征求夫人和女儿的意见,过去的教训实在把他吓怕了。他想:即使夫人同意,女儿自己不同意的话,这件事也决不勉强。

"人倒是发现了一个,就不知你娘俩的看法如何?"曾国藩边说边注意看夫人和女儿的反应:娘眉开眼笑,女儿的脸涨得通红。

"是个什么样的人?"欧阳夫人忙接言。

"聂亦峰这个人你还记得吗?"曾国藩问夫人。

"你是说衡山聂长子,几次会试都未中的那个?"欧阳夫人的记性十分好,尤其是寓居京师时,她作为一个贤惠的夫人,对来过她家的丈夫的朋友都记得清清楚楚。那个聂亦峰,又是湖南同乡,又在她家前前后后住过半年之久,印象就更深刻了。

"正是的。"

"那是个好人,学问好,人也好,就是考场运气不好,我记得他连考了三届都名落孙山。"欧阳夫人仰起头,慢悠悠地说,似乎在回忆往日京师甜蜜的生活。

"咸丰二年考中了,又因写错一个字未点得翰林,结果分到广东去当知县,现在是高州知府。"

"你说的人是亦峰的儿子？"夫人已猜到了。

"他的老五，现在江南机器制造局当委员，今年十九岁。"接着又把聂缉椝来上海的过程说了一遍。

"今后还可以考进士点翰林吗？"丈夫出身翰林，欧阳夫人巴望两个儿子、四个女婿都点翰林，却偏偏就没有第二人了。她有时下了狠心，一定要给满女找个金马门中人。纪芬撇开父母，独自一人走到船头，静静地观看石舫边来来去去的游鱼，耳朵却没有放过舱里二老的每一句话。

"当然可以去考。"曾国藩肯定地答复了夫人的提问。"不过，也不一定非要中进士点翰林才有出息。年轻时我便告诉过澄侯、沅甫他们，不要沉湎于科举之中，那里面误人甚多，关键是要有真学问真本领。现在造炮制船便是国家顶重要的事，聂家老五有这方面的才能，你还愁他今后没有出息？他的娘说得好，今后说不定也可当藩臬抚台哩！我看那孩子器宇庄重，谈吐不俗，今后或许真有封疆的福气。"

"夫子你见多识广，我一向都听你的，可是从大姑到四姑，四个女婿你自己也都不满意，故我不得不多问两句。"女儿是娘身上的肉，欧阳夫人对五个女儿的疼爱，又比丈夫更深一层，背地里她不知为早逝的大女、守寡的四女、受气的三女流过多少眼泪，两只眼睛就是这样哭坏的。

"四个女婿都没选好，这是真的。别人都说我会看人，女婿都没选好，还谈得上什么会看人，我心里惭愧。"曾国藩沉重地低下头，好一阵又说，"我想清楚了，过去选女婿，其实不是选本人，而是选父亲。父亲好，并不能保证儿子就一定好。还有，过去选的是小孩子，没有长大成人。小时聪明可爱，长大后不一定成器。这次不同，聂家老五已定型了，今后只会越来越懂事，越变越好。我相信，满姑的命要比四个姐姐好得多。"

"我相信夫子看人是不错的，但还是要让我们娘女俩见一见他，我也要小小地考试一下。"

"你也要考试！怎么个考法？"曾国藩觉得有趣。

"我有法子。满姑！"欧阳夫人对着坐在船头的女儿喊，"你说要得吗？"

纪芬转过脸，对着母亲忸怩地笑笑。

欧阳夫人自有测试女婿的办法，与丈夫不同。当聂缉椝奉命来到两江总督衙门时，曾家已做了精心的安排。客厅里，曾国藩与聂缉椝就江南机器制造总局的管理话题继续谈下去；屏风后面，欧阳夫人带着女儿尖起耳朵在偷听，并通过屏风的缝隙，将聂缉椝从头到脚看了个仔细。从外表到谈吐，欧阳夫人满意了，问问女儿，纪芬轻轻地点了点头。

傍晚时，曾国藩留下聂缉椝，请他共进晚餐。破格的礼遇，使聂缉椝颇为意外。他想起老中堂曾问过他定亲没有。"是不是要为我作伐，真有这样的好命吗？"江南总局的年轻委员想到这里，情绪顿时高涨起来。他知道老中堂不大喜欢多喝酒的文人，遂滴酒不沾，放开胆子津津有味地吃了三大碗饭。屏风后的欧阳夫人看了正中下怀。贪杯坏事的袁秉桢、罗允吉伤透她的心，体质羸弱的郭刚基更令她痛苦不已。客厅里的这个青年不喝酒，能吃饭，正是欧阳夫人眼中正派、身体好的象征。吃完饭，喝过茶后，聂缉椝起身告辞。家人捧出十段各种颜色花纹的洋布放到几上。曾国藩指着洋布说："纪泽娘过去与你母亲熟，也见过你的两个姐姐，她要给她们三人各送一段衣料，不知她们喜欢什么花色，你给她们各挑一段吧！"

聂缉椝听了，心里乐不可支，他将十段布料，一段一段细细地看着摸着，最先挑出一段黑呢，说："我母亲素来不喜欢花花草草，平时家居爱做男子装。这段黑呢给她做衣服好。"又挑起一段米色起小花的格子绒洋布，说："我大姐三十岁了，生了两个孩子，她爱美，又颇稳重，这段布给她最好。"最后挑了一段黄底绿叶粉红桃花亮闪闪的缎子，咧开嘴唇笑道："二姐明年出嫁，她又爱俏，这匹缎子给她做嫁妆最合适。"

当曾国藩把聂缉椝选布的情形告诉夫人时，欧阳氏彻底放心了：这孩子心眼细，对女人关心，今后一定会对妻子体贴照顾。这样的女婿打起灯笼也难找啊！她催丈夫即刻给聂亦峰发信，定下这门亲事，明年就嫁女。过了二十岁的姑娘，再不能留在娘家了。

"你这是一厢情愿。我们相中了他的儿子，万一他看不上我们的满姑呢？"曾国藩乐呵呵地笑道。

"哪有这个事！"欧阳夫人像受了委屈似的，"我的满姑又漂亮又能干，谁见了谁爱，还有看不上的？没有这个道理！"

正说着，纪芬进来对父亲说："折差送来一个大包封，请父亲去大堂祗领。"

曾国藩穿上朝服,来到大堂,焚香望北跪拜后,接过包封。打开一看,原来是太后、皇上赏赐的年礼。自从同治年间来每年如此,不论他在前线指挥打仗,还是在安庆、江宁、保定等处衙门当太平总督,每到十二月初便有一大包礼物寄给他,而且每年都是同样的物品,今年亦不例外:藕粉三斤半、白莲子三斤半、百合粉一斤半、南枣三斤半、橘饼一斤半、奶饼五斤、挂面十把。每年接到这包礼物,也同时接到一份温暖,他从心里感激太后、皇上的厘注。今天,这份心情似乎没有过去的浓烈,只是在心里默默地念着:又要过年了!

这是搬进新督署的第一个年节,阖署上下喜气洋洋,商议着张灯结彩、披红挂绿,给新衙门锦上添花。欧阳夫人这些天精神也好多了。纪鸿夫妇带着三子一女由长沙来到江宁,同船的还有纪琛和她的两个儿子,纪耀和她的丈夫陈远济。纪鸿还告诉父亲,九叔也会来江宁过年。空旷的衙门一下子变得热闹起来。

曾国藩夫妇见到一船晚辈,心中又喜又悲。喜的是儿孙满堂,悲的是早逝的大女和新寡的三女。曾国藩最感欣慰的是二房人丁兴旺。纪鸿成家尚只七年,便为他添了三个孙子,相比起来,长房就冷清多了。纪泽与刘蓉的女儿成亲十三年,先后生了两个儿子,均不满周岁便夭折,现在只有两个女儿。纪泽今年三十三岁了,心里很着急,曾国藩夫妇也很着急。

郭氏会做人,一进衙门,见嫂子脸色不悦,知她心里妒忌,便和丈夫商量,请兄嫂于他们的三子中任择一人暂为抚养,等日后生子再退还。因为曾国藩的一等侯是世袭罔替的,明摆着今后是纪泽的长子承袭,纪鸿夫妇为怕兄嫂误会,以为是为了抢袭侯权,故先行讲明,不以小宗乱大宗。纪泽夫妇见弟弟、弟媳如此贤惠,甚是感激,便选中了将满周岁的广铨。曾国藩对此事大加赞赏,亲自为孙子的过房举办隆重的仪式,并对儿子们说:"过房是好事,若作活动的,今后便容易生麻烦,当年中和公出嗣添梓坪,因活动而生讼端。你们兄弟要学少荃抚幼荃之子的样子,不作活动作呆笔。今后纪泽不管再生几个儿子,广铨总在长房,不再回二房,这样方可杜绝日后的啰唆事。你们兄弟同意不同意?"

"同意。"纪泽、纪鸿异口同声道。

"那你们兄弟一起,在祖宗牌位面前订个约吧!"

纪泽、纪鸿在曾祖星冈、祖父竹亭牌位下跪定,共约谨遵父命,过房之事永不变更。

二 一个苦甜参半的怪梦

办完这件家中大事,曾国藩一阵轻松,回房稍作休憩。他一躺上床,便忽然见到久别的祖父和父亲,心中十分惊讶。张眼四处一看,这不到了荷叶塘吗!那绕山蜿蜒的流水,恰是魂牵梦绕的涓水河;那苍苍翠翠的峰岭,正是日思夜想的高嵋山。啊,生我育我的家乡,我又回到了你的怀抱!曾国藩心里有说不出的痛快,呼着喊着,孩子似的奔向涓水河,奔向高嵋山。

他沿着涓水河畔走,仿佛正是一个提着竹篮子,刚从祠堂告别雁门师回家的小学生,对草丛中惊飞的翠鸟、水边吓跑的游鱼充满着兴趣。驼背五爹还坐在那株古柳树下,悠悠闲闲地含着一杆三尺长的烟管。他起身拉绳,那把传了几代的百年老罾扳起来了,小鱼小虾在网中活蹦乱跳。看着放学的孩童贪婪地站在一旁,驼背五爹选了一条小小的红鲫鱼递过来。小学生如获至宝,双手捧着,撒开腿向家中跑去。背后五爹高喊:"伢子,你的竹篮子不要了?"

跑着跑着,红鲫鱼不见了,小学生上了高嵋山,一刹那间就变成了十六七岁的少年,手里握一把柴刀,沿着山间小路走进一片竹林。多好看的竹枝啊,清幽劲节,他真不忍心举刀。但无法,他要砍下竹子,用它来编织篮子,然后拿到蒋市街上去卖,换回几个买纸笔的零钱,读书郎的家境并不宽裕呀!他不以此为苦。林中小道送给他生趣盎然的情致,一只只从自己手里成型的青皮白心的竹篮子,又给他带来成功的喜悦……

忽然,山脚下响起震耳欲聋的鞭炮声,他快步跑下去。"哐哐当当"的锣声里,走出一个帽子左边插着红花的差役,在家门口高喊:"恭喜恭喜,贵府公子高中第三十六名举人!"祖父、父亲笑盈盈地走出来,接过喜报,屋门口围满了四乡八村前来看热闹的老老少少。一会儿,围得水泄不通的人群让开一条路,一乘大红花轿抬进门来,老岳父欧阳凝祉先生笑吟吟地骑马跟在轿后,夫人来了!曾国藩双喜临门,乐得眉开眼笑,情不自已。夜深了,闹洞房的亲友都走了，夫人头罩红绸，羞涩地坐在床沿上。新郎官举着龙凤红烛，心怀惴惴地走过来，他不知新娘子长得如何。迟疑了很久，终于轻轻地揭开红绸。新郎官惊呆了：烛光下，新娘子粉面桃腮，含情脉脉。一种从未有过的幸福感涌上心头，他醉醺醺、眼迷迷地把新娘子抱了起来。慢慢地他睁开眼睛，抱在怀里的夫人已眇一目，额头上尽是皱纹，头发斑白，他扫兴地松开手，猛然间从镜子里看到一个衰朽老头。那正是他自己！

他沮丧地走出屋门。外面车水马龙，人声鼎沸。这不到了长沙城吗？当他看到熟悉的火宫殿时，心里说道。火宫殿里里外外乱糟糟的，他正要转身走开，一个肩膀上搭着抹布的伙计满面堆笑地说："要寻清静的地方吗？楼上雅座请。"曾国藩停步，见这伙计十分面熟，这不是岳阳楼上那个很会说话的店小二吗？他怎么到这里来了！再定睛一看又不是。啊！对了，他是稽茄山下小饭铺里那个忠厚的老板。老板撩起围裙，一边擦手一边说："您老放心，再也不会看到长毛了，长毛已叫您老消灭了。雅座里没有外人，都是您老久别的朋友。"

曾国藩觉得奇怪，上得楼来，掀开帘子看时，唬得心跳不已。雅座里的八仙桌旁坐着三个人，正在开怀畅饮，高谈阔论。上首坐的江忠源，右边坐的胡林翼，左边坐的罗泽南。他忙进去，作揖打招呼："多时不见了，原来你们都在这里！"怪哉，三人都没有发现他，继续谈着他们的话。他很丧气，便讪讪地靠着下手坐着，借此休息下。只听得江忠源爽朗地笑道："现在好了，天下安静了，正是当年康节先生所说的：'人乐太平无事日，莺花无限日高眠。'我辈可以痛痛快快地饮酒赋诗了。"

"是呀。想当初我们创建湘勇，是何等的艰难困苦，那年就在这个火宫殿里闹出了人命案，逼得湘勇无法在长沙安身，不得不躲到衡州去。"罗泽南插话。

"难得涤生忍辱负重，终于在衡州练就水陆大军，奠定了日后湘军胜利的根本。"胡林翼感叹道。

曾国藩在一旁听了略觉宽慰，心里想："幸好他们没有看见我，且多坐一会，听他们是如何议论的。"

"要说涤生忍辱负重，真我辈不及，镇筸兵的欺侮、湖南官场的势力不消说了，后来在江西，新老巡抚都跟他过不去，不给粮饷都罢了，还要说他运了大批金银回荷叶塘,说他打仗无能,聚敛有方,你看气人不气人!"罗泽南取下眼镜,用手绢擦着眼睛,不知是眼睛昏花了,还是因过于激动而流了泪水。对亲家的这个举动,曾国藩很是感激。

"这都可以理解,其原因一是愚蠢,二是妒忌,最让人心里过不去的是,打发德音杭布来军营窥探,调多隆阿跟随左右。涤生是满腔热血,一片忠心,朝廷却如此猜忌,岂不让人心寒!"胡林翼用手来回重重地抹着桌面,似乎在发泄胸中郁愤,一向蜡黄的两颊上泛起红潮。

曾国藩呆呆地望着他们,感慨万千。

"算了,都不去说它了,好在涤生兄壮志已成大业,如今功成名就,我大清朝自三藩以后,还没有哪个汉人有涤生兄的荣耀,我们也都仰仗他的忍辱负重而名登凌烟阁。"这是江忠源的洪亮豪放的嗓音,说罢满饮了一口酒。

"长毛、捻子都好对付,难办的是洋人。我总担心涤生会栽在洋人手里,毁了半世英名。"胡林翼没有喝酒,情绪忽然低落下来。曾国藩偷眼看时,两颊上的红潮不见了,正是安庆南门码头上呕血昏迷时的样子:干瘦灰白,两眼微闭。

"洋人怕什么,又不是三头六臂,若撞在我手里,定叫他有来无回。"江忠源怒道,仍是当年战裹衣渡、守长沙城的气概。

三人正说得起劲,忽然帘子又被掀开,昂首进来一长须老儒。此人衣衫破旧,精神矍铄。一进来,便用手杖指着八仙桌边的人说:"你们在这里喝得痛快,怎么不叫我?"三人忙起身,赔着笑脸说:"不知吴举人驾到,有失远迎。"

曾国藩定睛一看,方知来的是岳州怪才吴南屏,二十多年不见了,不料在此相遇。正要起身打招呼,又想,他们看不见我,我也不惊动他们了,且一旁坐听算了。

吴南屏一屁股坐下来,喝了几口酒后,便旧习不改,牢骚满腹,怪话连篇:"我在外面听得多时了,你们都是湘军大头目,称赞湘军的功劳,说长毛是你们湘军灭的,大清是你们湘军保的,真正是老王卖瓜,自卖自夸!其实,长毛是自生自灭。倘若没有内讧,这天下洪、杨坐定多年了。"

真是一语惊四座,大家都洗耳恭听。曾国藩心想:"说他是怪才,恰如其分。"

"我还劝你们且慢表保大清的功劳。叫我看，湘军不但不是功臣，它正是挖大清江山基脚的罪魁！"

江、胡、罗都瞪大眼睛望着他，曾国藩更是惶惶不安。

"你们想想看，大清二百年来，兵都是朝廷掌握的，钱粮皆归之于户部，藩臬听命于中枢。这些年来，因军功而升至督抚的多达二十余人，至今还占据十八省的近半数。他们仗着功劳，不把朝廷放在眼里，兵员成了家丁，钱粮变为私产，藩臬惟听命办事，不敢稍有异议。后起的淮军将领的骄横更为过之，简直达到为所欲为的地步。今日形势，外重而内轻，督抚之权大于朝廷，只怕唐末藩镇割据的局面不久就会重演了。曾涤生说，二十年来与长毛、捻贼之战，其力费十之二三，与旧时文法之战，其力费十之七八。好吧，你们看看，这就是他与祖宗成法开战取胜后的功劳！大清亡在湘淮军之手，总在这几十年间便可证实。"

曾国藩听到这里，吓得浑身冷汗淋漓，心里狠狠地骂道："这个吴南屏，我把你列作桐城文派在湖南的传人，没有事先征求你的意见固然不妥，但你也不能这样挟嫌报复我呀！"

"吴夫子，你说得好！"帘外传进一句异常洪亮的话，把大家的注意力都吸引过去了。帘子掀开，走进一个四十余岁的学者。但见他器宇爽阔，风度倜傥，众人看时，进来的原来是风流才子王闿运。他不待招呼，径坐在八仙桌上首江忠源的旁边。一落座，就旁若无人地夸夸其谈："吴夫子的见解我完全赞同，世人非但为湘军惋惜，也为涤翁惋惜。涤翁之才，原在经学文章上，他若一心致力于此，可为今日之郑康成、韩退之。但他功名心太重，清清闲闲的翰苑学士当不久，便去当礼部堂官，做学问的时间已是不够了，后又建湘军战长毛，更无暇著书立说。长处没有得到充分发挥，短处却拼死力去硬干，结果徒给史册留一遗憾。"

"壬秋，你太刻薄了！"胡林翼大为不满地打断他的话。

"我这话看似刻薄，其实不刻薄。我当面都对涤翁说过。"王闿运仍然不知忌讳地大放厥词，"涤翁百年后，颂他夸他的人自然千千万万，我王闿运偏要唱唱反调。我也拟好了一副挽联，将来凭吊时要亲手交给纪泽。"

"念给我们听听！"吴南屏催道。两个怪才虽然平时互相瞧不起，在这点上却又声气相投。

王闿运饮了一口酒,抑扬顿挫地念道:"平生以霍子孟张叔大自期,异代不同功,勘定仅传方面略;经学在纪河间阮仪征之上,致身何太早,龙蛇遗憾礼堂书。"

"雄深超卓,评价得当!"吴南屏拈须称赞,"壬秋,你可是冷眼旁观,所见深刻,不过,我料定曾纪泽不会收下。"

"他当然不会收。这副挽联只能记在我的《湘绮楼日记》中,传诸子孙后世。"

曾国藩心中不怪。奇怪的是,江忠源、胡林翼、罗泽南都未表示异议。他愤然退出雅座,走出火宫殿,瞬时便回到荷叶塘。怪事!涓水河怎么干涸了?往昔清亮的河水都到哪里去了?他坐在船上,船却走不动。他居然费力地用双手扒着船两边的黄土,寻找高嵋山的竹林,好不容易上得山来,他被吓懵了!犹如遭受一场大劫般,高嵋山黛青色的美景荡然无存,漫山遍野都是光秃秃的树干,枯黄的败叶在树干间飘摇,然后无声无息地撒在山坡上、沟涧里,乱糟糟的,昏惨惨的,令人悲哀而愁肠千结。"哎呀,荷叶塘,你怎么变成这个样子了!"曾国藩终于忍不住高喊起来,突然听见自鸣钟响了。原来竟是大梦一场!他侧身看了看钟,时针和分针恰好并在一起:刚交子正。

这是个好生稀奇的怪梦!曾国藩心想。他生平所做之梦极多,尤其是咸丰七、八两年家居时,心境苍凉,百忧交集,几乎一合眼便是梦,而且又是一色的噩梦。但像今夜这样有头有尾、从小到老、先甜后苦、先美后丑的梦,却从来没有做过。他冷静地想想,也不奇怪。美好的荷叶塘,只是他散馆进京前脑中的印象,它与纯真的与世无争的年华紧密相连。后来就不行了。到了守父丧的年代,高嵋山、涓水河再也不能引起他如醉如痴的迷恋。对湘军,对他个人的微词,他已从京师和家乡那些宦海不得意,或隐居不仕的朋友书信、交谈里看到听到多次。前几天,欧阳兆熊将吴南屏的一封信给他看,梦中吴举人所言的正是信里的话。去年从天津南下,在清江浦偶遇王闿运。这个平生信奉帝王之术的俊才,对曾国藩总不重用他,不免有些怨恨,他现在已著作等身,以一学术大师而饮誉海内。他送给曾国藩近年所著的五本书:《周易燕说》《禹贡笺》《穀梁申义》《庄子七篇注》《湘绮楼文》。就在送书的时候,王闿运不无自得地说,中堂本是著述之才,惜不得闲暇,又说他最近戏拟了一副联语,但不敢相送。曾国藩催他念,谁知竟变成梦中的挽联……

今夜,这些杂七杂八的东西都翻出来,胡乱地拼凑了这个苦甜参半的梦。至于高嵋山的落叶,曾国藩倒认为正是自身现在的真实写照:精疲神散,欲自振而不能,好比深秋季节,败叶满山,全无收拾。"唉!"他重重地叹了一口气,想起李鸿章已从直隶赶来江宁,上午就要来衙门拜谒,他强迫自己闭目息念,期望能再睡上个把时辰,养养精神。他有许多话要对这个阔门生说。

三　看看我们湖南的湘妃竹吧

接到恩师手谕后,直隶总督李鸿章不顾年关已近、百事丛杂,冒着严寒,长途跋涉,由保定来到江宁。去年他从湖广总督任上调到直隶,接替恩师的职位,同时接手天津教案的扫尾。那些日子里,师生二人就津案、洋务以及国家形势作了多次推心置腹的深谈。在这些方面,李鸿章完全赞同曾国藩的看法,尤其对兴办洋务,李鸿章表现出比恩师更大的热情,而且脚踏实地干实事。在苏抚任内,他筹建了上海炸弹局、苏州机器局。在署江督任内,不仅大大扩展江南机器制造总局,又独力开办了金陵制造局。李鸿章利用这些军火工厂大批生产枪炮子弹,装备淮军,使淮军成为当时武器最为精良的军队。他不顾人言,在捻军被镇压后坚持不撤淮军,并把刘铭传、潘鼎新、张树声、吴长庆、周盛波、周盛传,以及弟弟李鹤章、李昭庆都一一安置在掌管兵权的高位上,形成了他的强大羽翼。其兄李瀚章又最会做官,弟弟一调走,湖督一职就落到他的手中。汉人同胞兄弟俩并世为总督,清朝开国以来尚无先例。朝野内外,都说李家已取代曾家,成为天下臣民第一家了。曾国藩听了,心里有时也难免泛酸,但更多的是欣慰,甚至还有些感激。

学生胜过老师,不正是体现了老师识才育才的本事吗?欧阳兆熊讲过这样一件事:那年左宗棠在闽浙总督任上,他去福州看望老朋友,左宗棠放言曾国藩不如自己。他对左宗棠说,带兵打仗,涤生或许不如你,但识人用人却强过你多倍。涤生门下人才济济,你的楚军除开你这个统帅外再无第二人。谁不如谁，后世自有公论。欧阳兆熊这番直爽的批评，说得左宗棠哑口无言，面有赧色。

就凭左宗棠的面有赧色，曾国藩也就得到很大的安慰，何况李鸿章的事业对他来说血肉相连、息息相关！他清楚地知道，有李鸿章的兴盛和强大，就能确保他的事业后继有人，他的声名不会因人死而灭。纵观数千年历史，几多人在生时声势煊赫，炙手可热，人一死，尸骨未寒便遭唾骂鞭挞，一生名望扫地以尽。曾国藩知道自己在对待洋务和津案的处理上结怨甚多，倘若没有一个强有力的人物将自己的思想贯彻下去，并取得成就的话，一旦倒下，便也很可能逃不脱鞭尸扬灰的结局。现在有了李鸿章，有了他的不可动摇的权势和一班子占据要津的部属兄弟，估计二三十年内自己还不至于身败名裂。曾国藩对自己十年前选定李鸿章作为传人的决策很为庆幸，并感激这个争气的门生，且佩服他心理上的坚强胜过自己。由此，曾国藩也宽容了李鸿章宠荣利禄计较太深的毛病，师生之间的关系进入一个水乳交融的新阶段。

李鸿章在天津期间，亲眼看见恩师在清议的指责、津民的愤恨和内心的愧疚交织下，如处水火、如坐针毡的艰难处境，望着恩师每况愈下的病躯，他已预感到恩师来日无多了。当读到这次手谕中"此次晤面后或将永诀，当以大事相托"的话时，李鸿章遂不顾一切南下江宁。

师生见面之后，曾国藩把容闳选拔幼童出国留学的建议提了出来，李鸿章立即欣然赞同，并认为这是徐图自强的根本措施。为保证此事达到预期的效果，李鸿章还提出许多具体意见，使这个被后人誉之为中华创始之举、古来未有之业的大胆设想臻于完善。曾国藩这几天很兴奋，反反复复和李鸿章讨论各项细节。最后决定由李鸿章拟稿，二人会衔上奏。

李鸿章的奏章本写得好。入幕之初，曾国藩叫他掌书记文案，几个月后便称赞说："少荃天资于公牍最相近，所拟奏咨函批，皆有大过人处，将来建树非凡，或竟青出于蓝亦未可知。"现在经过十年督抚生涯的历练，他的奏章更显精当老辣。李奏的最大特点是条理缜密、文笔洗练，一件破天荒的大事，他用两千余字便将缘起、必要性、如何进行、预期达到的效果，以及十二条具体事项，叙述得要而不烦，面面俱到。主要之点为：选年在十三四岁至二十岁之间的聪颖子弟到美国去学习十五年，每年选三十名，连续派四年，共一百二十名，朝廷派正副委员管理，估计一切费用总和在一百二十万两左右，首尾二十年，每年拨款六万。

曾国藩看后很满意，只是在批驳"不必出国，可就在国内学习"的言论时，他添了一句话："古人谓学齐语者，须引而置之庄岳之间，又曰百闻不如一见，可见亲历其境之重要。"在读到要立足现在，着眼长远的培育人才方针时，他添了两个比喻："成山始于一篑，蓄艾期于三年。"古文家曾国藩认为，一篇上乘奏章，文字上除清晰简洁外，还要适当地加点文采。这样读起来才不感到枯燥，并可传之久远，所谓"言之无文，行而不远"，就是讲的这个道理。他给沅甫选的奏章范本，就十分注意言文兼顾。全篇都妥帖无误后，他把草稿交给文房缮写，好让李鸿章亲自带到京师去呈递。

李鸿章明天就要启程了。中午，曾国藩在督署内设宴为他钱行。官场要员和故旧好友聚于一堂，给这位年富力强、功大位显的协办大学士敬献一杯杯美酒，填塞满耳的奉承话。李鸿章甚是高兴，但也微感纳闷：恩师说有大事相托，这些天来除谈遣派幼童出洋留学外，并没有说上几句心腹话。大事，难道就是指的这件事吗？

午后，满天阴云裂开一道缝隙，一缕多日不见的冬阳射进两江督署，好比一幅淡墨画就的大观园图，突然加上红绿五彩，眼前的一切顿时光华四耀、富丽堂皇起来。正在书斋里饮茶闲聊的曾国藩见此，情趣大增，笑着对一旁的门生说："少荃，去看看我们湖南的湘妃竹吧！"

"上哪里去看？"李鸿章显然被恩师的话弄蒙了。

"你随我来。"

曾国藩起身，李鸿章随后跟着。在李鸿章的眼里，恩师是明显地老了：臃肿的皮袍里裹着干瘦的身躯，脖颈细长多皱，毫无光泽，就像一截脱水的老苦瓜；背弯着，两个肩膀一高一低，从皮帽里垂下来的花白辫子，稀疏尖细，犹如一只沾了白粉的老鼠尾巴。与二十七年前初次在京师见面时相比，简直是天壤之别，只有稳健沉重的步伐，仍保留着昔日的气概。

曾国藩将李鸿章带到了西花园。这西花园本是李鸿章设计的。当年一把大火把天王宫烧得变成瓦砾场，什么都毁坏了，唯独那艘石舫却不曾受到丝毫影响，依旧好好地停泊在原处。同治四年曾国藩赴捻战前线，李鸿章署理江督，开始筹划重新修建督署。有人建议将石舫炸掉，李鸿章制止了。今天，当他看到浮游在碧波中的石舫时，顿生亲切之感。他兴致勃勃地穿过九曲桥，在石舫上细细地端详了好一阵子，才尾随恩师来到湖岸边的竹林旁。

好一片令人喜爱的竹林！时至隆冬，草木凋零，惟有这竹枝依然保留着满身青翠，真不愧岁寒三友之一。就在这一片大竹林左边，一条曲曲折折的鹅卵石铺成的小路，把曾国藩和李鸿章导向一片小竹林。小竹林前面有一座按荷叶塘农舍形式建造的小房间，专门为赏竹休憩之用，曾国藩给它取个名字叫艺篁馆。艺篁馆里陈设简朴。正中墙壁上悬挂一幅郑板桥的墨竹图，但那不是郑氏的真迹。曾国藩从郑板桥后人手中借来，请彭玉麟临摹一张。板桥的画上还有一首他自题的七言绝句："衙斋卧听萧萧竹，疑是民间疾苦声。些小吾曹州县吏，一枝一叶总关情。"曾国藩对这首诗赞赏不已。彭玉麟写不出板桥体来，曾国藩也写不出，无奈，只得以自己的行草体录下这首诗。裱好挂上后，曾国藩笑着对彭玉麟说："我们俩人合伙打劫了板桥的珍宝，今后九泉之下如何见他！"

彭玉麟也笑着说："剽窃者是我。涤丈虽录了他的诗，但没有用他的体。传播他的诗，他还会设宴款待您老哩！"

曾国藩开心地大笑了一阵，他觉得很久以来没有这样快活过了。

曾国藩将门生领进艺篁馆，在中间一张小方桌边坐下。桌面铺了一块白布，上面摆了几样糕点，房子里早已生好木炭火，暖融融的，仆人过来斟好两碗热茶。

"少荃，这就是从洞庭湖君山移来的湘妃竹。"曾国藩靠在棉垫椅背上，指着窗外的小竹林，对李鸿章说，"你以前见过这种竹子吗？"

"没有。"李鸿章答应一声，对着窗外看了一眼，然后走出艺篁馆，进到竹丛中，他要细细欣赏这一片有着神奇色彩的罕见竹林。

对湘妃竹，李鸿章闻名已久。用湘妃竹作骨做成的湘妃扇，是文人墨客普遍爱携带的雅物。他虽不是那种诗酒名士式的人，但也是翰林出身，夏天也爱摇一把湘妃扇。前两年做过一任湖广总督，不过大部分时间不在任上而在战场，故他未去湖南见过活生生的湘妃竹，想不到今天能在江宁城里见到它！

"少荃，你要好好地看一看，这可是从君山上连土一起运来的真正的湘妃竹呀！"曾国藩对着窗外大声说，他似乎很得意，一个人在屋子里吟起刘禹锡的《秦娘曲》来，"山城人少江水碧，断雁哀猿风雨夕。朱弦已绝为知音，云鬟未秋私自惜。举目风烟非旧时，梦寻归路多参差。如何将此千行泪，更洒湘江斑竹枝！"

是的，这的确是湘江边上真正的斑竹！只见略带黄色的青皮竹竿上，布满着大大小小的黑色斑点，那黑点极像溅在宣纸上慢慢浸渍的墨痕。把它比作人的眼泪，女人的眼泪，尤其又是舜王的后妃——美丽忠贞的娥皇、女英的眼泪，真是妙极美极！李鸿章轻轻地抚摸着竹竿，感叹着苍筤中竟有如斯稀品，更感叹着人群中竟有如斯富于幻想的楚人，而楚人的代表，又正是屋子里那位已成衰弱的恩师。他一向崇敬老师宏阔的气魄、坚毅的意志，今天他看出了老师的心灵中还深藏着才子般的绵绵情致。

李鸿章一连看了几十根竹子，在竹林中眷恋半个钟点之久，才依依不舍地回到艺篁馆，坐在老师的对面。他喝了一口热茶，兴趣浓烈地问："恩师，这竹子移来多久了？"

"还不到一个月，眼下长得还可以，假若能在这里世世代代扎下根，那就真是一件好事。"曾国藩笑意盈盈。

李鸿章突然觉得，老师对斑竹移到西花园的成功的喜悦，甚至超过了当年的夺取江宁。

"恩师，您送几根给我吧，让老四把它种到庐州李家寨去！"李鸿章说，那庄重的神态也与当年请求筹建淮军相当。

"行！"曾国藩爽快地答应，"如果明年这批斑竹还能如此枝繁叶茂的话，我一定送六十根给你。你六兄弟一人十根，这里还留五十根，我五兄弟也一人十根。"

这句看似随随便便的话中，包含着怎样的情谊，李鸿章一听就揣出来了。他十分激动地说："谢恩师！"

"喝口热茶吧！"当仆人来到石桌边，将原先的冷茶泼去，换上热茶时，曾国藩对李鸿章说，"少荃，你知道我为何如此喜爱湘妃竹吗？"

"因为此竹是恩师家乡的特产，恩师看着它，犹如回到了家乡。"李鸿章不假思索地回答。

"你说得对，但还不只这一层意思。"曾国藩抚须微笑着说。

"还因为此竹有一个美丽动人的传说，使得它比别的竹子更逗人喜爱。"

李鸿章立刻加以补充。

"说得好，但还不完全。"

"那……"李鸿章略停片刻，嬉笑着说，"门生愚陋，实在想不出了。"

以李鸿章的敏捷，莫说两层原因，他一口气说上十层八层都不要紧，但他有意不说了。一来他素知恩师城府极深，恩师心中的意念不是他能轻易道得出的；二来他要在恩师面前保持着虚心求教的晚辈形象，宁可不再猜下去，请恩师赐教，也不要逞强显能，使乖卖巧。这也是李鸿章磨炼出来了，恃才自负的淮军领袖，过去对这一点是想都不愿去想的。

"湘人爱斑竹，老朽尤重之，物以稀为贵，且又有舜王南巡，客死苍梧，娥皇、女英寻夫不见，泪洒竹林自投湘江的那一段传说，这的确是斑竹受人喜爱的原因。老朽看重斑竹，主要是从斑竹的身上联想到了一种血性。娥皇、女英明知舜王已死，不可再见，却偏要南下寻找，寻不着，则投水自尽，以身相殉。这是什么血性呢？是知其不可而为之的血性，是以死报答知遇之恩的血性，是对目标的追求至死不渝的血性！"

李鸿章听着听着，不禁肃然起敬。他的脑子里渐渐浮现出二十七年前的碾儿胡同书房，恩师在给他讲《诗经》中的借物喻志，讲先贤的品德节操……身为太子太保、协办大学士、一等肃毅伯的李鸿章，在恩师的面前，仍有一种当年做学生时的凛然崇敬之感。他在细细地咀嚼恩师今日说这番话的深远含义。

"少荃，这次我们师弟在江宁晤面，说不定是今生今世的最后一面了。"曾国藩的声调突然变了，风卷松涛、浪掀战舰的激昂慷慨被无可奈何花落去的情绪所替代。

"恩师精力如昔，门生今后求教的日子还长哩！"李鸿章心中怆然，脸上仍泰然无事地微笑着，似不把这话当作一回事。

"你不知道，我的脚已浮肿好几个月了。"曾国藩把脚伸前一步，"俗话说男怕穿靴，女怕戴帽，这脚发肿是一个极坏的预兆。"

"不要紧的。我回保定后，为恩师寻一个专治此病的良医来。"李鸿章用手捏了捏曾国藩伸过来的脚，安慰道。

"不必了。"曾国藩恢复了常态，"这二十年来，我已死过几次了。死，对我来说，不值得害怕。把你从保定请来，是想在死前跟你说几句重要的话。少荃，时势把我们师徒绑到了一起，塞进了一条航船中。"

天空上的裂云渐渐缝合，温暖灿烂的冬日又被阴霾所掩盖，富丽斋皇的两江总督衙门重新变为一幅灰蒙蒙的水墨画卷。李鸿章感觉到胸口有点堵塞，身上添了一分寒意。他肃然答道："这些年来，门生追随恩师身后做了一点事，虽是时势所促成，但恩师奖掖提携之大恩，门生岂能须臾淡忘！"

"当年在京师初见贤弟之面，老夫便将贤弟许为伟器。丁未年贤弟打马进玉堂，我视你与郭筠仙、帅远燡、陈作梅为丁未四君子。安庆攻下后，我请贤弟招募淮勇，东下上海，后又以苏抚一职密荐。我一生庸碌，无所建树，唯一可安慰的就是看准了贤弟是个可寄重任的大才，要说报答皇恩，留声后世，也仅此一桩而已。"

曾国藩一往情深地追忆着往事，至高至重的由衷赞许，把李鸿章的心情推向激动莫名的峰巅。他以近于哽咽的声音说："门生微薄之劳，与恩师巍巍功德相比，如燩火之比日月、沙丘之比泰岳，何况这点劳绩，也只存在于恩师一生的勋业之中。"

"十年来，湘淮两军、曾李两家为世所瞩目。前人说峣峣者易折，皦皦者易污，又说木秀于林，风必摧之，老朽近年来常有忧谗畏讥之患，时存履薄临深之感，这是老朽与生俱来的胆气薄弱、遇事瞻顾的本性，所喜贤弟豪迈坚强，敢作敢为，在心性上胜我多多矣，这是老朽最堪欣慰之处。"

"门生也经常有空虚怯弱的时候，尤当事机不顺、夜阑更深之时更是如此。"李鸿章向以铁腕强硬著称，这是他在人前第一次表示自己也有虚弱的一面。

"我想再硬再强的人，这点灵府深处的怯弱感总是难免的。苏长公说，寄蜉蝣于天地，渺沧海之一粟。人在天地沧海之间是何等短暂渺小，能不怯弱吗？"曾国藩淡淡一笑。仆人过来换上热茶，曾国藩喝了两大口，李鸿章也浅浅地呷了一口。

偏西的太阳被阴云压抑多时，终于又挣扎出来了。它的金黄色的光辉照在洪秀全留下的画舫上，也照在从君山移过来的湘妃竹上；它照在曾国藩灰黄多皱的长脸上，也照在李鸿章丰满厚实的双肩上。人有好恶，它无偏倚；人有寿夭，它将永恒。

"我自知来日苦短，死在旦夕，贤弟正如丽日中天，方兴未艾，前途极宜珍重，我有几句心腹话要对贤弟说。"曾国藩凝重地对凛然端坐的门生说，"湘淮军自创建以来，平长毛灭捻寇，杀人不计其数，仇敌遍于天下，这自然不消说了。还有一层，不知贤弟可曾注意到，湘淮军之所以取得胜利，乃因破除祖宗成法、世俗习见。"

"门生知道。"李鸿章点头说，"我朝兵权握在中枢，从不下移。过去川楚白莲教造反，各地建起团练，参与镇反，然事毕团练即全部解散。湘淮军一反成例，为平定长毛捻寇之主力。长毛平后，恩师遵成法，湘勇陆师撤去十之八九，但水师仍基本保留，并转为经制之师。捻寇平后，淮军撤去不过十之二三罢了。这些都与世俗文法大不相合。"

"对！你见事明白。"对李鸿章的回答，曾国藩十分满意。"湘淮军不反世俗文法，则不可成事；湘淮军一反成法，则又贻下无穷后患。有人说，将启唐之藩镇、晋之八王之先声，非危言耸听，实见微知著也。我生性顾虑甚多，慑于各种压力，同治三年江宁收复后，强行大撤湘军，虽一时免去了不少口舌，但终究缺乏远见，后之捻乱幸赖贤弟淮军以成大功。贤弟气度恢廓，近年来不但不撤淮军，反而大量用洋枪洋炮装备，成为当今天下第一劲旅。对于此事，朝野议论颇多，甚至有人以董卓、曹操视之，疑有非常之举。"

说到这里，曾国藩又端起茶杯喝水，并注意看了下李鸿章的反应。只见他神态自若，并不因世有董、曹之讥而动容。曾国藩心里叹道："这就是李少荃，他到底与我大不相同。"

"这当然是无识者浅见。"曾国藩接下去说，"当今内乱虽平，外患不已，大清江山时有被蹂躏之虞，八旗、绿营不能做依靠，前事已见，保太后皇上之安，卫神州华夏之固，日后全仗贤弟之淮军。另外，维护我湘淮军十多年来破世俗文法之成果，亦只有指望强大的淮军的存在。这就是我要跟你说的第一点，今后不管有多大的风波兴起，淮军只可加强而不可削弱，这点决不能动摇。"

"请恩师放心，只要门生一息尚存，这一点一定谨守不渝！"李鸿章语气坚定地表示。他没有保君卫国的强烈神圣使命感，也并非有维护湘淮军破除世俗文法战果的深远认识，他只有一个明确的观点：乱世之中手里的刀把子不能松，这是一切赖以存在的基础。不过，曾国藩的这些话也给他以启示，他今后可以保君卫国的响亮口号来从多方面提高淮军的战斗力，而一旦淮军真的成了天下独一无二的劲旅，便任是谁人也不敢说撤销一类的混账话了！

"长毛平后，我曾期望国家即刻中兴，谁知捻乱又起；捻乱平后，可以措手了，不料又发生津案。在处理津案时，我已力尽神散，自知不能再有任何作为了，而朝野又对津案的处置分歧甚大，一时尚难望弥缝。中兴何时到来，看目前形势，实难预卜。然天生我辈异于流俗者，就在于以天下兴亡为己任，知难而进，甚至知其不可为而强为之。数十年来，我知办事之难，在人心不正，风俗不厚，而正人心厚风俗，其始实赖一二人默运于渊深微莫之中，而其后人亦为之和，天亦为之应。我与贤弟，正是属于这一二人之列。我力求先正己身，同时亦大力培养一批人才，造就一批好官，将他们当作种子，期待他们开花结果，实现天下应和的局面。可惜此事办得并不成功，尔后尚须贤弟时时自觉一身处天下表率的地位，并且还要多多培植人才，援引好官，到了普天之下都来应和的时候，风俗自然改变，康乾盛世当可重睹。这是我要与贤弟谈的第二点。"

说到人才，李鸿章一向最服曾国藩的知人善任，于是趁机问："恩师，门生阅历有限，又常带兵打仗，无暇深究，对当今一些重要人物都乏真知灼见。恩师向以识人精微著称，是否可将他们略加品评，以便门生心中有数？"

曾国藩听后沉默着，很久不作声。

四　艺篁馆里，曾国藩纵论天下人物

曾国藩上上下下地梳理着长须，沉思良久，才慢慢地说："月旦人物，从来非易，身处高位之人，一言可定人终生，故对这类话尤须谨慎。我向来不轻易议论别人，即因为此。今日晤谈，非比寻常，有些话再不说，恐日后永无机会了。不过，我也只是随便说说，你听后记在心里就行了，不必把它作为定评，更不要对旁人说起。当今海内第一号人物，当属在西北的左季高。此人雄才大略，用兵打仗，自是第一好手；待人耿直，廉洁自守，亦不失为一良友贤吏。但喜出格恭维，自负偏激，这些毛病害得他往往吃亏，而他自己并不明白。金陵收复后，他不与我通往来，后人也许以为我们凶终隙末。其实我们所争的在兵略国事，不在私情。我一直认为他是大清开国以来少见之将才。我想,他若平心静气地谈起我,大概也不会把我说得一无是处。"

李鸿章说:"门生听杨昌浚说,浙江的饷糈只要晚到几天,左季高便会火速函催,不管青红皂白,开口便严厉责问:你的官是谁给你的?误了我的大事,我立即参掉你的巡抚!"

"这就是左季高!"曾国藩笑道,"这话只有他说得出。左宗棠之下当数彭玉麟。此人极富血性,光明磊落,疾恶如仇,且淡泊名利,重情重义,我常说他是天下一奇男子。他每次都跟我说起要回到他的退省庵去。"

"他曾对我讲过,陈广敷先生有次仔细看了他的骨相,说他前世是南岳一老僧。"李鸿章插话。

"这或许是真的。"曾国藩正色道,"广敷先生的相是看得很准的。他要回退省庵,我也不再强难他了。今后小事,你也不要再去惊动他。倘若洋人与我有战事,你用忠义二字一激,我料他哪怕七十八十岁,也会像老廉颇一样勇赴前线。"

李鸿章点头应允。

"此外还有郭筠仙。前几年在粤与寄云闹得不可开交,衡情衡理,自是筠仙不对。早年在都中,寄云见筠仙之文采,便极欲纳交,央我从中介绍。后任湘抚,又屡思延之入幕。比任粤督,廷寄问黄辛农能否胜粤抚之任,寄云即疏劾黄及藩司文格,而保郭堪任粤抚,令兄堪任藩司。寄云才具固然不如筠仙,但毕竟有德于筠仙,而筠仙与寄云争权,弄得督抚不和。筠仙自己亦不检点。先是弃钱氏夫人,后迎钱氏入门,其老妾命服相见。住房,夫人居下首,妾居上首,进抚署则与夫人、如夫人三乘绿呢大轿一齐抬入大门。你看,舆论怎不鼎沸?而筠仙竟悍然不顾。"

"怪不得粤抚做不下去了。"这些趣闻,李鸿章听得甚是有味。

"不过话要说回来,筠仙之才,海内罕有其匹,然其才不在封疆重寄上。他才子气重,不堪繁剧。他只能出主意、献计谋,运筹于帷幕之中。他对洋务极有见解,明年合适的时候,我拟保荐他出洋考查一次,他的所见必定会比志刚、斌春要深刻得多。我观他的气色,决不是老于长沙城南书院的样子,说不定晚年还有一番惊人之举,从而达到他一生事业的顶峰。"

"我对这个同年多少有点了解,他最适宜与洋人交往。去年津案发生,举国主张强硬，反对柔让，筠仙力排众议，痛斥不负责任的清议，真正难能可贵。"

"是呀，他在这方面的见识远胜流俗，也胜过孟容。"曾国藩说，"另外，刘印渠长厚谦下，心地亦端正，性能下人，是有福之相。官秀峰城府甚深，与人相交不诚，然止容身保位，尚无险陂。沈幼丹胸次窄狭而本事不小。杨厚庵不料病重得卧床不起，他学问不足，事业怕就只做到这一步了。黄翼升人极老实廉洁，但本事不及，长江水师提督一职，今后遇到合适人再更换。丁日昌精明能干，办洋务是一把好手，但操守方面欠检点，物议颇多。"

"关于丁日昌的议论我也听说过，天津有人骂他丁鬼子。此人有点像门生，做事太不留后路。"李鸿章自嘲似的笑了笑。

"近日户部有一折，言减漕事，据说是王文韶所作。你认识此人吗？"

"没见过。"

"这道折子写得好，其人有宰相之才，今后要注意接纳。"

"噢。"李鸿章在心里记下了这个名字。

"至于令兄筱荃，血性不如你，但深稳又过之。"

"恩师，你看门生最大的不足在哪里？"

李鸿章突然心智大开，冷不防向曾国藩提出这个问题。凭他多年与老师相处的经验，知道用这种突然发问的方式，往往可以得到老师心中最直率的真言。果然奏效。曾国藩随口答道："你的不足在欠容忍。我一生无他长处，就在这点上比你强。还是在京师时，邵位西便看出来了，他说我死后当谥文韧公，虽是一句笑话，却真说到了点子上。我那年给你讲的《挺经》的第一条，你还记得吗？"

"记得，记得。"李鸿章连声答。那年曾国藩说的两个乡下人在田塍上互不相让的故事，给他极深的印象。他曾经认真地思考过很长一段时间，也体味出了这个小故事中所包含着的许多内容，但他把握不准老师本人的意思。"恩师，门生和其他幕僚当时都猜不透那个故事中的含义，您启发我们一下吧！"

望着李鸿章这副虔诚的态度，曾国藩笑了："其实也没有什么很深的含义，一桩乡下时常可以看到的小事罢了。都是两个犟人，在那里挺着，看哪个挺得久，不能坚持下去的人就自然输了。我这个人年轻时就喜欢与人挺着干,现在老了,不挺了,也就无任何业绩了,看来还要挺,所以提醒你注意,世间事谁胜谁负,有时就看能挺不能挺。"

李鸿章似有所悟地点头。隔了一会儿,他说:"门生当时想,恩师讲这个故事,是要告诫我们:天下之事,在局外呐喊议论总是无益,必须躬身入局,挺膺负责,如同那个老头子样,乃有成事之望。好比后来发生的天津教案,主战者全是局外之人,他们不负责任,徒尚意气,倘若让他们入局负责,也不会喊得那么起劲了。门生这个理解,不知也有道理否?"

"有道理。"曾国藩会心一笑。心里想:这个聪明过人的年家子,真的能见人之所不能见,发人之所不能发,你看他把那个争过田塍的小故事,与津案舆论联系得真是天衣无缝!

"第三件大事,是希望贤弟把徐图自强的事业进行到底。这一两年先要把选派幼童出洋一事办好。贤弟于此成绩斐然,我最为放心。"

说起办洋务,李鸿章兴趣最大,也自认为研究最深,他不觉高谈阔论起来:"洋务非办不可!欧洲各国百十年来,由印度而南洋,由南洋而东北,闯入我边界腹地。凡前史之所未载,亘古之所未通,无不款关而求互市。我皇上以如天之度,一概与之立约通商,合地球东西南北九万里之遥皆聚于中国,这的确为三千年一大变局。中国之弓矛、抬枪、土炮,不能敌洋人之来复枪炮;中国之舟楫艇船,不能敌洋人之轮机兵船,故而受制于洋人。处今日之局势而侈言攘夷、驱逐出境等等,固虚妄之论,即欲保和局、守疆土,若无枪炮船舰,亦是空话。门生以为,自强之道在师其所能,夺其所恃,故不能不办机器局,办造船厂。门生想,洋人之枪炮舰船,也不过创制于百数十年间,就能持之而侵凌我中国。若我们果能深通其法,也就能造出如洋人一样的船炮,说不定还可超过他们,那时就不愁攘夷自立了。所以门生极为赞成派幼童出国留洋之事,并竭尽全力协助恩师办好。"

曾国藩握须凝神听完李鸿章这番宏论,对他所提出的"三千年一大变局"的论点激赏不已。这是一句振聋发聩的呼喊,但愿太后、皇上、中枢诸大臣,以及各省督、抚、将军、提督都能听到这声呼喊!

"少荃,你以'三千年一大变局'这句话来概括今日形势,非常简明动听。你回保定后,就以这句话为宗旨,把刚才说的这些内容,给太后、皇上上一个折子,让天下人都能受到震动。"

"好，我回去就写。"李鸿章也早有这个想法了，他要给醇王和前不久去世的倭仁一类的人敲敲警钟。

"少荃，有一点我要提醒你，无论办洋务也好，引用洋人的好办法好制度也好，还是派人留洋也好，有一个基本之点要时刻记住，那就是必须以我中华名教为本。这个意思，你的幕僚冯桂芬早在十年前便用最明确的语言表达了：'以中国之伦常名教为原本，辅以诸国富强之术。'这句话，我很赞赏。"

"这也是门生的意思。景亭老先生《校邠庐抗议》一书中许多观点，都与门生磋商过。刻印时，门生还资助他二百两银子。"李鸿章笑道。

"那就好。"曾国藩满意地颔首。"洋人的长处要学，老祖宗的衣钵更不能丢！"

稍停片刻，他又问："少荃，直隶是外交第一要冲，这一年多来，你与洋人交涉，抱定一个何等样的态度？"

李鸿章思索一会，说："门生与洋人交往，也无一个固定的态度。洋人狡诈，门生只同他们打痞子腔。"

说完，眼睛看着曾国藩。曾国藩以五指捋须，久久不语。李鸿章知此话说得不得体，便不再说下去了。

"啊，痞子腔，痞子腔！我不懂你的痞子腔是何打法，你打两句给我听听。"曾国藩的手在花白的胡须上一上一下地移动了好几个来回，才慢慢地说出这两句话来。

李鸿章忙说："门生这是信口胡说的，究竟应以何种态度与洋人打交道，还求恩师指点。"

曾国藩的手仍未离开胡须，将李鸿章谛视良久，说："那年在安庆酒楼为你饯行时，我对你说的忠信笃敬的话，你忘记了？依我看，还是一个诚字适当，诚能动人。洋人亦是人，中国人可以诚动之，洋人岂能例外？圣人言忠信可行于蛮貊，这是断不会错的。我们眼下既无实在力量，尽你如何虚强造作，他是看得明明白白，都是不中用的。不如老老实实，推诚相见，与他平情讲理，虽不能占到便宜，也或不至过于吃亏。无论如何，我的诚信身份，总是靠得住的。脚踏实地，蹉跌亦不至过重，想来比痞子腔靠得住些，你说是吗？"

"是，是。"李鸿章点头不已，"这就是恩师一贯奉行的拙诚。门生今后一定遵循恩师的教诲办理，与洋人推诚相见。"

斑竹林边，艺篁馆里，师生俩推心置腹地畅谈着。西边天空渐由明朗而转成绯红，最后，夕阳终于顽强地冲出云层，在即将坠入西山的最后一瞬间，露出它火红的一角。余晖将两江总督衙门照得通明透亮，预示着明天将是一个晴朗的日子。曾国藩对着窗外的仆人招招手。那人进来，双手捧着一个约七寸长三寸宽，以暗红织锦饰面的小木盒。曾国藩接过小盒，打开盒盖，露出两个墨绿色的精美玉球来。他指着玉球对李鸿章说："这两个和阗玉球，原是穆中堂的爱物，在他的手心里转过二十余年。咸丰四年穆相病重期间，托康福送给了我。从那时起，在我的手心里又转过十七八年了。现在，我也不需要用它了。贤弟目前虽精力充沛，然亦需早加保养。明天是个晴天，正好启程，我一生无奇珍异宝，穆中堂的这两个玉球，就转送给你，权作我留给你的一点纪念吧，愿贤弟为国珍重！"

李鸿章举起双手，郑重地接过木盒，一时不知说什么是好。这时，曾纪泽拿了一件丝绵斗篷走了进来，对父亲说："刚才收到九叔从武昌发来的信，已于初二日起锚来江宁，这两天内怕要到了。"

"哦，沅甫是该到了。少荃，我们回上房吃夜饭去吧！"

五 曾国荃他乡遇旧部

曾国荃在弹劾官文之后，日子过得很不舒心。前向与捻军打仗，新湘军败得溃不成军。官场对劾官一案一片嘲讽，都说他心胸狭窄，居功自傲；朝廷也觉得他做得过分了。曾国荃处在内外夹攻之中，遂借口伤疾复发，辞官回里了。回到荷叶塘之后，他用从安庆、江宁得来的金银广置庄田，大兴土木，大夫第建筑得庞大复杂，耗去近十万银子，令湘乡士绅闻之咋舌。平素家居挥金如土，一切都讲究豪华、气派。他嫌湖南的信笺不好，派人带八百两银子进京，将琉璃厂的名贵信笺一扫而空，惊得那些老板们瞠目结舌。他自己也觉得有点太鹤立鸡群了，怕招致兄弟侄儿们的怨恨，于是瞒着大哥，拿出大把银子来资助大嫂，在离黄金堂五里外的地方建起一组名曰富厚堂的楼房。又建一座房子，取名有恒堂，送给国葆的嗣子。又将黄金堂予以改建,更名万年堂,安置国潢一家子。国华的妻妾住白玉堂,不想再动,于是他又送两万银子给纪寿。这样,兄弟侄儿们同声赞扬九爷的手足情深。但方圆数十里的百姓则怨声四起。因为曾府兴建如此多的高楼大厦,需要大量的合抱老树,而这些老树大都长在坟山上,主人家都不愿砍伐。曾国荃把四乡头面人物请来,要他们帮忙。这些人谁不想讨好?便硬逼着老百姓砍掉从祖父辈、曾祖父辈传下来的坟山大树孝敬曾府。百姓们敢怒不敢言,私下里无不恨得要命,都巴望新建的楼房遭雷打火烧。这尚在其次,最使曾国荃头痛的是两件事。

一是原吉字营阵亡将领们的子弟,三天两日来找他诉苦。他们也有自己的苦恼。抚恤银有限,一两年就用光了。眼看着别人风风光光地回到家里,带来的财宝用船装,用车载,自家的亲人赔上一条命不算,一点分外财也没得到,他们何能不气恼,不眼红!这是一层。还有一层,死去将领们原来的部下有混得不好的,也常常跑上门来大哭大闹,说是先前欠了他的饷未发,都私吞运回家,逼着要其子弟补欠饷。这些子弟们又烦恼又气愤,无处发泄,便都找上原吉字营的统帅。有些妇道人家还因此想起死去的丈夫、儿子,能在大夫第披头散发地哭上几天几夜不罢休,弄得曾国荃一家不得安宁。有些实在不能对付的旧亲旧谊,还只得拿出几十百把两银子来,才能勉强打发走。

第二件头痛的事,是原吉字营官勇在湖南、在湘乡境内的惹是生非,其中尤以哥老会闹得最凶。哥老会的成员大半部分是那些在前线掠财不多的下级军官和勇丁。仗打久了,农民的勤劳俭朴的本性也丢尽了,又仗着有点本事,有几次战功,见过场面,胆子大得很,有的甚至无法无天,胡作非为,再加之结成会党,使得地方官都不敢正视,老实的百姓们更是远远躲开。这些为害乡里的湘军旧部,远胜过当年的串子会、红黑会、一股香会,令过去的抢王盗贼们望尘莫及。百姓们的怨骂,官绅们的指责,都辗转传到原吉字营统帅的耳中,他无可奈何。而且还隐隐约约地听说罗泽南、李续宾家也有人卷入了哥老会,又说是萧孚泗当了哥老会的总头目。没有真凭实据,曾国荃不好处理他们,何况这个对朝廷满肚皮牢骚的一等威毅伯,压根儿就不想处理这些事。

一个月前,他接到大哥的信。信写得很凄凉,说旦夕之间都有可能到九泉与星冈公、竹亭公聚会，请他和澄侯到江宁来小住一段时期，兄弟们最后见见面。家里的摊子铺得太大了，简直不可须臾离当家人，澄侯无法远行，只得由沅甫做代表，前赴江宁看望大哥。

这天午后，曾国荃豪华的座船停泊在长江南岸繁昌县境的荻港码头。曾国荃记得，十年前，他率勇乘攻克安庆之威，一举拿下了繁昌县城。旧地重游，兴趣顿生，遂带着长子纪瑞及仆人王勇、熊强，离船上了岸。

当年那个威风凛凛、不可一世的九帅，而今没有前呼后拥的卫队，虽身穿价值千金的火狐皮袍，头戴名贵的紫貂暖帽，也并没有引起人们的普遍注意。主仆四人在荻港镇上四处走走望望，只见田地荒芜，市井萧条，人们穿着单薄的旧衣烂袄，在寒风中抖抖索索地无所事事。看来"温饱"二字对荻港镇上大多数的百姓来说，还有一段遥远的距离。曾国荃的心像压着一块石头似的沉重，这就是他从长毛手里光复十年之久的城镇！他信步走进一家小酒店，在那里喝了几杯酒。百姓手里都没有钱，农产品便宜得惊人。王勇、熊强两人手里满满地提着鱼肉鸡鸭，跟在主人背后回到船上。

吃了晚饭后，江面上已是黑漆漆的一片。江风吹打着浪涛，发出一阵阵浑浊的巨响，座船在水面上下浮动。曾国荃在船舱里就着灯光，拥被读书。时已深夜，船上所有人都已进入梦乡，劳累一天的船工发出粗鲁的鼾声。看看灯油将尽，曾国荃伸了个懒腰，预备脱衣睡觉。

突然，他从窗口看到岸上一列火把正向船边走来。多年的军旅生涯养成了他高度的警惕性。他立即掀被下床，穿好裤和鞋，注视着岸上。火把队越来越近了，约有四五十人，中间夹杂着几匹马，还有一顶两人抬的小轿。再走近十多丈的时候，曾国荃看清了：他们人人腰上都吊着一把长长的刀！"糟了，莫不是遇到打劫的土匪！"他暗自叫苦，立即把船上的人叫醒，大家都吓得全无主张。年过二十三岁，已娶妻生子的大公子纪瑞，从小就生活在富贵安宁之中，何曾见过这等场面，早已唬得躲进深舱，脸色发白，两腿发抖。终于，举火把的人都在船边停下来，一个个头上包着黑布，腰里扎着黑布带，在那里七嘴八舌地乱喊乱叫。一个大汉从马上跳下来，向前跨了几步，四五个火把紧跟在他的身后。大汉对着船喊："船老大，这是曾九帅的座船吗？"

一连喊了几声，船老大不敢搭腔，吩咐伙计们都准备好棍棒刀枪。曾国荃从窗口里将大汉看了又看，似觉眼熟，便对船老大轻轻地说了几句。

"你是什么人？报上名来！"船老大走到甲板上，手握一根丈把长的楠竹篙，厉声喝问。

"老大，烦你告诉九帅，我是原信字营营官李臣典的胞弟李臣章，多年不见九帅了，知九帅今夜船停在这里，特为来拜访。"那汉子高门大嗓地回答。

他真的就是荣封子爵、还未来得及接奉圣旨便不光彩地死去的李臣典的弟弟吗？曾国荃把船老大叫进舱来，又对他指示一句。

"你说你是九帅的部下，有什么凭据吗？"船老大丢开楠竹篙，两手卷起了一个喇叭筒，嘴巴对着喇叭筒喊。

"有！"回答很痛快，"老大，你躲开点！"

话音刚落，一道尺把长的黑影像条飞天蜈蚣一样飞来，掉在甲板上，发出"嘣"的一声响。船老大走过去拾起，原来是一把插在刀鞘中的腰刀。他走进船舱，把腰刀递给曾国荃。一看刀鞘，曾国荃就知道，这是经过自己手发下去的腰刀。抽出刀来，雪亮的刀面上刻有两行字："殄灭丑类，尽忠王事。涤生曾国藩赠。"旁边刻着编号：第壹万柒千贰佰陆拾肆号。的确是吉字营旧部无误！

原来，曾国荃打下安庆后，从大哥那里将从壹万号起的腰刀铸造、发放权要了过来，由他一手支配。他的腰刀发放极滥，到了金陵攻下时，五万吉字营官勇，几乎有一万人得了这种刻字腰刀，遂把一个极高的荣誉弄得很不值钱，大大违背了曾国藩的初衷。

为防止意外，曾国荃只放李臣章一人上船来。灯笼、蜡烛一齐点燃了，船舱里灯火通明。李臣章上得船来，一眼见曾国荃威严地端坐在椅子上，忙趋前两步，纳头便拜："前吉字后营左哨哨长李臣章叩见九帅大人！"

"抬起头来！"曾国荃命令。

李臣章把头抬起。曾国荃这下看清楚了，果然是吉字营撤散前夕已授参将衔的哨长李臣章！在这里见到旧部，也可谓他乡遇故知了。曾国荃心里高兴，丢掉刚才摆出来的威严表情，恢复了不拘礼仪的本色："起来，让九帅我好好看看你这个龟孙子！"

李臣章听到这熟悉的带着亲昵色彩的漫骂声，满心高兴，立即从船板上一跃而起，走到曾国荃面前，笑容满面地说："九帅，七八年没有见到您老了，我们想死了。"

"你怎么知道我在这里？"

"午后有几个兄弟在荻港镇上见到您老。我听到这个消息，就立即来了。"

"不错，你还没有多大变化，有三十了吧！"曾国荃抓着李臣章两只结实的肩膀，笑着问。

"已满三十二岁，现在吃三十三岁的饭了。"李臣章的嘴巴咧得大大的，两颗大虎牙很刺眼。

曾国荃又盯着他看了一眼，然后死劲地摇他的双肩，见摇不动，便抽回右手，握紧拳头，冷不防一拳打过去。李臣章微微晃动一下，立即又站得笔直。"好小子，还是当年吉字营的样子！"

"九帅，您老的拳头可没有当年的力量了。"李臣章乐起来，"第一次我哥带我见您老的时候，一拳就把我打倒在地，半天爬不起来。"

"还记得那些陈谷子烂芝麻？"曾国荃哈哈大笑起来。"坐下，坐下好好聊聊，这几年混得还不错吧！"

李臣章挨着曾国荃身边坐下。王勇端来两杯茶。

"拿下去，不懂事的东西！"曾国荃大声呵斥，"吉字营的勇士没有喝茶的习惯，上酒！"

当王勇换上酒菜时，后面跟着惊魂刚定的纪瑞。

"科四，你来见见李哨长。"曾国荃抬起手来，指了指儿子。

李臣章见他穿着考究，试探着问："是少爷，还是侄少爷？"

"这是老大纪瑞。"

"哦，大少爷。"李臣章忙站起行礼，曾纪瑞也弯了弯腰。

"李老二。"喝了几口酒后，曾国荃以过去军营中的称呼叫李臣章，"岸上是些什么人，要不要送点水给他们喝？"

"不要了。九帅，"李臣章凑过脸去，嬉笑着说，"卑职特为恭请您老到我家里去住两天，我有好多话要对您老说。"

"你家离这里有多远？"

"不远，只二十多里。卑职为九帅抬来了一顶空轿，先不知大少爷也来了，没有多预备一顶轿，好在有几匹马，腾出一匹来让大少爷坐。"

"好哇，到你家去看看。"这一路来船坐得太乏味了，换两天口味也好。"纪瑞不会骑马，就让他坐轿，我骑马吧！"

"那怎么行？"李臣章忙说，"我到镇上再叫一顶轿来。"

"算了，我有四五年没有骑马了，也想骑骑。"曾国荃挥了挥手，"走吧，你带路，今夜上李府作客！"

六　前湘军哨长与前太平军师帅成了异姓兄弟

火把队逶迤向南走去，李臣章和曾国荃并马前进。路上，他把这些年来的经历详详细细地告诉了老上司。

打下金陵没有几天，李臣典暴卒。他抢来的大量金银财宝分别由几个心腹保管着，也没有来得及当面把这几个人叫到跟前来，与弟弟作个交代。李臣章问他们要钱时，他们都矢口否认。这些钱财本不是李家的私产，几天前还是长毛的，谁抢到手就归谁，李臣章也不好大肆声张，更不能告状诉讼，只好忍气吞声算了。过几天圣旨下来，李臣典封一等子爵，李臣章满心欢喜找到曾国藩，说哥哥临死前把他的儿子猴伢子过继了，现在应由猴伢子承袭一等子爵。由继子领赏的事，李臣典死前当面求过曾国藩，曾国藩也很怜悯，答应奏请。谁知李臣典的爵位不是世袭罔替的，朝廷不允。李臣章又空喜一场。

没有多久吉字营裁撤，发了财的都急于回家当财主。李臣章的银子被别人夺去了，哥哥吃春药暴死的丑闻也渐渐传开，他不想回原籍受约束，便拉了一帮子弟兄在江湖上闯荡。虽说太平天国亡了，但长江两岸这些年一直没有安宁过，李臣章这班子兄弟在乱世中混得甚是得意。

这一天，他们来到繁昌县境猛虎山。只见这里人烟稀少，峻岭连绵，林恶水冷，烟笼雾障。李臣章的弟兄们都怂恿他说："不走了，就在这里长期住下来，把它当作梁山泊，李二哥做山寨之主，我们都做个山寨头领。"

正说着，山道上冲出一队强人来，约有五六十人。内中走出一个黑脸大汉，抢起一把金背大砍刀，凶神恶煞地高喊："识相的，留下买路钱！"

李臣章对弟兄们笑道："你们看看，这黑鬼倒问起我们的买路钱来了，岂不笑话！我们收拾他，占山为王吧！"

说罢，两支队伍便在猛虎山下打了起来。双方势均力敌，打了半个时辰不分胜负。李臣章住手，说："黑汉子，我好像认识你，你原是四眼狗的部下吧！"

黑汉子也停下，说："我好像也认识你，你是曾铁桶的部下吧！"

原来，在安庆攻守的一年多时间里，李臣章和黑汉子多次交过手，故而认识，只是互不知姓名。李臣章说："你眼力不错，我正是曾九帅手下的哨长李臣章。"

那黑汉子也说："我原是英王部下师帅瞿荣光。"

"我跟你打个商量吧。"李臣章突然换上笑脸说，"我现在不是湘军了，曾九帅也开缺回老家了；你现在也不是太平军了，你们的英王也早死了。我们做对头的日子已经过去，现在都是流落江湖的好汉。人生就只有这几十年，何苦结仇一世呢，我们干脆交个朋友如何？"

瞿荣光是安徽人，咸丰七年投的太平军，那时正是天京内讧之后，拜上帝会的信仰已在太平天国内普遍失去，打仗的目的已变为单纯的升官发财求生存。瞿荣光虽在太平军中达四年之久，且当上了中级军官，却并没有多少革故鼎新的思想。安庆失守前夕，他卷带一批金银逃出城，后来纠集几十个逃散弟兄，在猛虎山落了草。这时见李臣章武艺高强，一班子弟能打善斗，山寨正需要这样的人，于是和李臣章各自捐弃前嫌，对天盟誓，结成异姓兄弟。又给山寨重新取一个名字，叫作双义堂，即两支人马双双结义的意思。瞿荣光先到，当了大哥，李臣章坐了第二把交椅。学梁山好汉的样子，也来个英雄排座次。只是实在英雄太少，勉强排了十八个。后来，人员渐渐增加。这些人中有遭灾逃荒的农民、破产的小商贩、失业的匠人，更多的是打斗成性的丘八。丘八中有被裁撤的湘军，有开缺的绿营，也有逃散的太平军、捻军。人员增加到二百多个，头领也排到了二十六名。

"糟糕！"听完李臣章的介绍，曾国荃心里叫起苦来："这小子当了绿林响马，我怎能跟他进山？再说那个长毛出身的山大王，万一要加害怎么办呢？"但事已至此，半途返回，又会失去昔日吉字营统帅的威风。曾国荃颇觉为难。

"李老二，你这个龟孙子，早不说清楚，你要把我骗进强盗窝？"曾国荃沉下脸来训斥道。

"九帅，您老莫误会，我们不是强盗。"李臣章笑着解释，"我们这两百号人在猛虎山，依靠自己的本事是可以生活下去的。我们既不与官府为敌，也不与乡绅作对，只是遇到有走私的大盐商和其他不义之财，才偶尔下下手，且手脚干净，外人都不知底细。何况您老是半夜进山，下次再半夜出山，谁个知道！"

"你那个拜把子大哥，他靠得住吗？"曾国荃问。他不自觉地按了按藏在皮袍子里面那把德国造自动连发手枪。

"九帅，这个瞿大哥，您老就放一百个心。今天他听说我请您老，满口答应。他称赞您老是个英雄，又说我们要好好巴结您老，日后万一打起官司来也有个后台。下山时，他已吩咐杀牛宰猪，这会子怕早已准备好了。"

曾国荃心里冷笑着，不再作声。又走了几里路，李臣章指着半空中几堆篝火，对曾国荃说："九帅，双义堂里燃起了欢迎的火堆，我们上山吧！"

山道上每隔几十步，就有一个小喽啰持着火把在那里照明。来到半山腰时，瞿荣光带着十来个小头领，正在那里列队恭候。李臣章老远就喊起来："瞿大哥，曾九帅来了！"

瞿荣光对着前面的轿子便要行礼，李臣章乐得哈哈大笑："错了，轿里坐的是大少爷，九帅在这里哩！"边说边扶着曾国荃下马。

瞿荣光走上前来，说："叩见曾九帅大人！"

一边就要下跪。曾国荃忙扶起："瞿大哥不必客气。"

曾纪瑞走出轿，见四周都是黑黝黝的高山，风吹着树木发出怪叫，火把下的汉子们个个面目狰狞，他又害怕起来，便瑟瑟地紧靠着父亲身边站着。众人簇拥着曾国荃父子进了聚义馆。大厅里的柱子上到处插着火把，火把底下有五六张八仙桌，桌上堆满用海碗装的鸡鸭鱼肉，喝酒的杯子有饭碗大，桌边的酒坛子有人的肩膀高。

瞿荣光请贵宾上坐。曾国荃骑了二十多里的马，肚子也饿了，眼前的情景又使他想起当年吉字营夜宴的壮观，不觉豪兴大发，竟然和这些当今的梁山好汉们一起，大碗喝酒，大块吃肉。吃得兴起，他干脆和瞿、李等人划拳赌输赢。天将放亮时，双义堂的人个个喝得酩酊大醉，曾国荃也被人扶进里屋睡觉。只是大少爷曾纪瑞不习惯这种气氛，不能多饮多喝，因过于疲劳，也倒床睡着了。

这一觉直睡到未初，曾国荃才醒过来，瞿荣光、李臣章早已恭候多时了。盥洗完毕，便陪着他观看山寨。

昨天半夜上山看得不清楚，这下方才看明白，原来这猛虎山果真是山高林密，形势险峻。通向双义堂的仅一条小路，被几道木栅石磙把守得万夫莫开。间或在林木之间可见几栋全是木头树皮盖就的房子。瞿荣光说，那是弟兄们住的地方。远远地看见几个女人在房子边晒衣服，曾国荃奇怪地问："山上有百姓住？"

"没有。"李臣章答。

"那何来的女人？"

"弟兄们的妻室。"瞿荣光答。

"这些女人也愿意到深山里来？"

李臣章望了瞿荣光一眼，不好意思地说："大半部分都是掳来的。开始我们不准，后来想没有婆娘拴不住弟兄们的心，也就算了，只是叫他们不要抢有夫之妇，拆散别人的家庭。"

李臣章等着曾国荃的教训，谁知九帅笑着说："没有婆娘，如何传宗接代？不掳，又哪来的婆娘！"

李臣章想，过去九帅带兵只问打仗，不问其他，现在依然这样的通情达理。他觉得九帅这样的统帅实在是好。瞿荣光见曾国荃如此态度，更是大出意外，不禁从心里喜欢起来，说："九帅英明！"

"砰，砰！"三人正说得高兴，不远处突然传来两声枪响。曾国荃惊问："这是什么事？"

瞿荣光笑着说："不要紧，这是弟兄们在围猎，兴许是遇见了老虎、豹子什么的，一般的野羊、野兔，都射箭，不打枪。"

话音刚落，林子里传出一片欢呼声。李臣章说："刚才这两枪打中了。"

三人沿着山道边走边看。前面一个小亭子里，喽啰们已摆好了酒菜。瞿荣光说："请九帅在这里小酌两杯，大少爷那里，我已安排人侍候了。"

"好，好。"曾国荃高兴地答应。面对着崇山峻岭喝酒谈天，是他最惬意的事。

三人进了亭子，在木凳子上坐下来。曾国荃在二人陪劝下，开怀畅饮，谈笑风生。瞿荣光看在眼里，心想："这个宫保伯爷的身上，书生气只有两分，绿林味道倒占了八分，与传说中的他的大哥相差得太远了！"瞿荣光就喜欢这样的人。他满斟一杯酒递给曾国荃，说："我瞿荣光今天能在猛虎山与九帅相会，真是三生有幸。日后九帅若有急难之事，只要一纸书来，我决没有二话！"

曾国荃听了高兴，说："你们也都是豪杰之士，九爷喜欢与你们这样的人交往。"

大家都喝得四五分醉了。曾国荃问："你们就在这里一辈子了？"

李臣章红着眼睛答："除非今后九帅要我们下山，不然，我们就在这里快活一辈子。"

"你们两百多人有刀有枪的，啸聚山林，总不是好事，难道就不怕今后官府找你们的麻烦？"曾国荃毕竟不是绿林好汉，他从爱护的角度提出这个十分重要的问题。

"九帅，你可能还不知道：光安徽一省境内，像我们猛虎山这样的人马，少说也有十起八起的，我们还只算小买卖，多的有五六百！"瞿荣光边嚼鸡腿边说。

"官府也不要紧，有这个给他们！"李臣章笑着放下筷子，右手的拇指和食指合成一个圆圈。"繁昌县衙门上上下下我们都打点了，光县太爷一人就给了五千两银子，他何苦得罪我这个财神菩萨。"

瞿、李的答话使曾国荃大为吃惊：安徽的混乱一点不亚于湖南，大哥的吏治，看来也并没有收到成效。湖南、安徽如此，其他省也好不了多少。官场上下成天喊什么中兴、中兴，真是笑话！

这时，一个喽啰走进亭子禀报："大头领、二头领，白眼狼回来了，事情办得很顺利。"

"知道了。过两天，老子赏他个满意！"瞿荣光挥挥手，喽啰走了。

"你们又干了什么好事？"曾国荃笑着问。

"小事一桩。"瞿荣光给曾国荃递来一条羚羊腿，说，"庆丰村有一个大户，为富不仁，乡民们都恨他。白眼狼带几个弟兄绑了他一票，捞了一万两银子，为百姓出了口气，又为山寨捞了一笔钱。"

"你们也要知道收敛一下，一味干下去，闹大了，不是繁昌县令能遮掩得了的！"曾国荃啃着羚羊腿说。

"九帅，您老不是别人，我跟您老说实话吧！"李臣章右手抓起左手衣袖往嘴巴上来回擦着，弄得袖口油晃晃的。他正正经经地说，"九帅，这满人的气数已尽，江山坐不久了，我们不怕它了！"

"你有什么根据？"接话的曾国荃的态度是那样的平静随和，仿佛他与血战长毛，拼死保卫皇上江山的往事毫无联系，而是那种来自飞鹰岭、蝙蝠洞、仙女峰上的好汉强人。瞿荣光颇觉意外。

"早两个月前山上来了一个做生意折了本的小商人，他在北京做过半年生意，亲耳听人说，太后年轻，守不住寡，后宫里常可听见婴儿啼哭，那是太后的私生子。又说小皇帝人还没变全，就由太监带着，偷偷溜出宫外逛八大胡同。九帅，您老看，这样的太后皇上，还不是亡国的象征！"

"不要乱说。"这些话，曾国荃早就听说过，但由李臣章的口中说出，他仍感惊讶：如此偏僻山坳里都传说这种新闻，可见全国会有多少人知道！出于多年养成的习惯，他需要在一般人的面前维护朝廷的尊严。

"不是乱说，九帅。"瞿荣光嘻嘻地笑着，"那个兄弟讲，北京的老百姓都知道。娘偷人，儿嫖娼，这样的皇家还有什么脸面，他的江山还能坐得久长吗？弟兄们都说，更大的内乱马上就要到来，天下大乱，我们就好过！"

"暂且不讲京师的事。"李臣章说，"眼下明摆着的两件事，就足可证明满人混不长久。一是繁昌县太爷，我们用五千两银子就买通了，这样的贪官稳坐衙门。二是九帅这样劳苦功高的大臣，却受人排挤，开缺回籍。世界如此不公平，这难道不是亡国的预兆！"

这后一句正说到曾国荃的心坎上，他愤愤地骂起来："这天底下尽是他娘的坏人当道，好人受气！"

"正是这话！"李臣章忙点头，"卑职想天下大乱后，一定是九帅和老中堂出来收拾残局，到那时我们猛虎山全体弟兄都听九帅和老中堂的。"

"我们都听九帅的调遣。"瞿荣光立即接着说。

这时，曾国荃才明白李臣章深夜请他上山的真正目的。他毕竟不是想与朝廷作对的绿林响马，心中隐隐担心起来。他曼声应道："行呀，一旦有事，我一定派人来猛虎山找你们。"

"弟兄们都仰仗九帅大人的提携！"瞿荣光、李臣章一齐说。

三人又一起喝了一阵子酒，便起身离开亭子，又到一些关卡之地看了看。瞿荣光请曾国荃赐教，曾国荃也随时指点一二。待到天黑时，曾国荃告辞，瞿、李苦苦相留。曾国荃说："我有要事去江宁见大哥，二位情谊已领了，以后再相会。"

见实在留不住，瞿荣光捧出百两黄金相赠，曾国荃谢绝了。于是李臣章捧出一个大布包来，说："九帅不收黄金也罢，这包土产，请您老一定收下。"

"什么土产？"

"布包里有两张虎皮，连头到尾没有损坏一点，是这几年打得的两只老虎身上剥下的。原是留着我和瞿大哥用，现送给九帅一张，另一张请转送给老中堂。还有一张灰狐皮送给大少爷，做一件坎肩。"

曾国荃打开布包，只见烛光下两张金毛虎皮闪闪发光，心里十分喜爱，笑着说："谢谢你们的重礼，我和老中堂收下了！"

双义堂大坪中停着两乘轿子，前前后后簇拥着百多个手执火把的大汉，跟昨天夜晚一个样。曾纪瑞见此情景，又胆怯起来，忙钻进后面的轿子。曾国荃走到轿边，对瞿荣光说："只留四个弟兄举火把照明，另请李老二陪同，其余的人全部不要下山。"

"这怎么行，太冷清了。"瞿荣光不同意。

"瞿大哥，你是要把我上猛虎山的事，让繁昌县官场都知道吗？"曾国荃沉下脸来。

"不是这个意思，九帅！"瞿荣光急着分辩。

"既然如此，那么请李老二带路，我们下山吧。"曾国荃说着，掀帘进了轿子。

李臣章和四个小喽啰把曾国荃父子送到江边，天尚未亮。正要抱拳告别时，李臣章突然对他的老上司说："九帅，我告诉您老一件意外事。"

"什么事？"看着前吉字营哨长那副神秘的样子，曾国荃兴趣顿生。

"九帅，您老绝对想不到，康福没有死，他还活在世上。"

"你说什么？"曾国荃惊讶起来，"康福没有死？你听谁说的？"

"前不久，他还和您老一样，在我们猛虎山做了几天客。"

李臣章十分得意，一不小心就露出了曾国荃夜上猛虎山的事，令这个九帅大不快，好在船上的人都睡着了，听不见。他沉下脸来训道："你这个龟孙子，九爷到你府上的事，以后若再对人提起，当心你的舌头！"

李臣章下意识地伸伸舌头，忙说："一时忘记了，回去后就用线把这个鸟嘴巴锁起来。"说着又做了个鬼脸。

"不要油腔滑调了，康福现在哪里，你知道吗？"

"他就住在东梁山脚下。"

"东梁山就在江边，我去找他。"说完转身上了跳板。

曾国荃与康福的关系，虽不能和他的大哥相比，但也是很密切的。他感激康福几次救大哥的性命，也看重康福的才干，在打金陵的关键时刻，他甚得力于康福的帮助，何况他知大哥对康福之死惋惜不已，现在得知康福没有死，且就住在长江边，他怎能不去寻找！

"康福现已改名叫康伏，就住在玉溪桥，好找！"当曾国荃踏上甲板时，李臣章又大声作了补充。

七　康福隐居东梁山

康福的确没有死，他还活在这个世界上。近乎传奇般的故事，还得从他中弹倒下时说起。

原来，李臣典的枪法并不好，又加之心怀鬼胎，开枪的瞬间手抖了一下，从胸部移到了肩膀，康福的右肩胛骨被打断，血浸透了他的上衣。就在他昏迷不醒的时候，李臣典指挥湘军如虎似狼般地冲向金龙殿。在他们的眼里，金龙殿里堆满了黄金白银、珍珠玛瑙，甚至宫殿中的一切皆是金玉所制，包括日常的用具，还有那些镂花窗棂和刻龙楹柱……他们的心中涌出一股疯狂的亢奋，毫无任何顾忌地将所有拿得动的、值钱的东西劫为己有。殿外的烈火仍在冲天燃烧，殿里则混乱得昏天黑地：无价之玉被魔掌打碎，艺术珍品遭铁蹄践踏，为了争夺一颗珍珠、一个元宝，刚才还是弟兄，此刻却刀刃相见，砍断的手臂、戳死的尸体遍地皆是，狼藉相枕。这些年来，以战功震慑天下的湘军，在这里演出它组建以来最丑恶的一幕，同时也将他们的真实追求暴露无遗！看看抢得差不多了，李臣典命令每人向殿堂里扔一个火把，他要把这座已打劫一空的金龙殿干脆烧掉，不给他们的行为留下痕迹。

从金龙殿里涌出的巨大热浪把康福烤醒了，但他爬不起来。他眼睁睁地看着这样一座壮丽非凡的宫殿毁于烈火之中，眼睁睁地看着自己的弟兄抢夺战利品的丑态，脑子里又浮起李臣典手拿短枪脸露狞笑的凶相，他的心如刀绞剑剁般的痛苦。正在这时，一个扛了只鎏金马桶的湘勇，喜气洋洋地从他的面前走来，一只脚恰好踩在他的伤口上，一阵锥心的剧痛又使他晕死过去。

康福再次醒来的时候已近凌晨。中旬的月亮大而明亮，月亮下的人间世界，却是一片惨不忍睹的场景：金龙殿的大火仍未熄灭，远远近近到处是尸体、刀矛，被大火烧焦的尸骨发出令人窒息的臭气，喧闹声已经过去，活着的人都困乏得睡觉了，人世死一般的寂静。康福觉得伤口的血已经凝固，痛楚减轻了些，他试图挣扎着起来，刚一动，右腿便出现一阵剧痛。原来，就在他昏迷倒地的时候，后面的湘勇不但无人扶起他，反而有好几个人踩着他的身躯冲向金龙殿，右腿便是这时被人踩断的。康福气得用手捶打大地。捶打一阵后，他平静下来，心想：等天亮后再说吧！他艰难地转动着身子，将俯卧换成侧躺，觉得舒服点。他的脸朝着月亮，微微地闭着眼睛。

不知什么时候，有一只手触着他的鼻孔。他睁开眼睛，发现身旁蹲着一个人。那人问："大哥，你是不是姓康？"

"我是姓康。"康福很高兴，他猜想这一定是一位湘军弟兄。

"你叫康福吗？"

"对，我就是康福！兄弟，你是哪位？"康福想：这下好了！

"你伤在哪里？"

康福指了指左肩膀，又指了指右腿。

"我背你。"

那汉子背起康福，走到旱西门时，正好遇见一匹嚼草料的骠壮战马，旁边一个军官模样的人仰天躺在地上呼呼大睡。汉子暗喜，解开缰绳，先把康福扶上马背，然后自己再跳上去，使劲在马屁股后面一拍，战马奋起四蹄，向前飞奔，一眨眼便穿过旱西门。那人策马向西，沿着长江边的古道，扬起一路黄尘。

"兄弟，你要把我带到哪里去？"康福在前面惊问。

"大哥，你放心，我不会害你，到一个合适的地方就停下来。"那人在后面回答。

眼看离江宁城越来越远，康福并不留恋。就在第一次苏醒时，眼前的一切重重地压抑着他的胸膛，脑子里响起了那夜弟弟的叮嘱："哥哥，打完仗后你就解甲归田吧！"他断然作出决定：一旦伤好后便立即离开湘军。现在正好借这位兄弟的力量去达到目的。

这真是一匹难得的骏马，它驮着两条汉子，并不感到沉重。将到黄昏时，眼前出现一座层峦叠嶂的大山。康福认出，这是安徽当涂县内的东梁山。他对那汉子说："兄弟，我们不走了，就在这里停下来吧，我曾经在此地住过一段时期，山里有许多好草药，我要在这里养伤。"

"行。"

那汉子跳下马，牵着缰绳，向山中慢慢走去。山风吹来，被热汗浸了整整一天的他们感到通体舒服。一路访查，最后看中了一户封姓人家。封老汉今年七十二岁，老伴六十五岁，无儿无女。老头一世行医，慈面佛心、悲天悯人。一圈竹篱笆围住五间茅草房，后园一半种蔬菜，一半种草药。那汉子对老汉说，他们是表兄弟俩，外出做生意，不幸遇着歹人，打伤了表兄的肩骨和腿，请求老大爷收留住下来，并帮表兄治骨养伤。说完又从黄包袱里拿出一锭五十两银子的大元宝来。封老汉没有收银子，却满口答应他们的要求。当夜，老两口治蔬具酒，像对老友一样的款待他们。吃完饭后，用草药给康福洗净伤口，又给他的左肩和右腿敷上两个厚厚的药包。康福躺在床上，伤痛似觉消失殆尽。"兄弟，你叫什么名字，是哪营哪哨的？为什么要带我离开江宁？"康福问那汉子。这一天来，他一直想问，只是一则坐在马背上奔跑，谈话不便，二来自己气力不济，不能多说话。现在，他不能不问了。

"康大哥，我是什么人，你是绝对想不到的。"那汉子坐在他的床边，笑笑地说，"我不是你的湘军弟兄，我是你的对手，一名太平军军官。"

"这是真的？"康福大惊，若不是腿已断，他会从床上一跃而起。

"是真的。"那人早有所备，对康福的惊讶一点不介意，"康大哥，你听我慢慢讲。"

原来，救出康福的这个汉子，正是当年在宁乡小饭铺看曾国藩写字的那群太平军中的一个，后来奉韦卒长之命送狗肉给曾国藩、荆七吃，又拿纸笔来要曾国藩誊抄告示的那个细脚仔。他当时只有十五六岁，是太平军中数千名童子军的一名。康福因去看望表姐，错过了与他见面的机会，但他的弟弟康禄投靠太平军时，恰恰投的便是韦卒长的部队，编在细脚仔一个伍里。细脚仔从懂事起就不知他的父母是谁，他是在乞丐堆里长大的。太平军埋锅做饭，他到大铁锅前讨锅巴吃。韦卒长见了可怜，收他当了名童子军，问他叫什么名字，他答不出。大家见他两只脚长得比别人的手臂还细，都叫他细脚仔。

　　细脚仔投军三个月后，遇到了康禄。小家伙最是单纯热情，对康禄很关照。一路行军过程中，又将三个月来在太平军中所学到的关于拜上帝会、均贫富等理论，以及民族大义等等讲给康禄听。虽然细脚仔的知识肤浅，但他对太平军的感情深厚，那些肤浅的道理出自于他的带有浓厚感情色彩的嘴中，给刚投太平军的康禄以深刻的印象。康禄比细脚仔大几岁，又武艺高强，细脚仔对他很尊敬。后来，康禄不断迁升，细脚仔一直跟在他身边。直到康禄当了楚王，细脚仔还是以总制的官衔充当他的亲兵。关于康福的一切，细脚仔都知道。天京失落的前夕，康福进楚王府劝弟弟，隔壁窗外，细脚仔把康福看得清清楚楚，兄弟俩的对话也听得清清楚楚，他从心里对楚王崇仰不已。天京外城攻破后，细脚仔没有重伤，本可以逃出城，但他没有这样做。他要和楚王一起，与受伤的五千烈士自焚殉国，用一死表达他对信仰对友谊的忠诚。但康禄想得更远。就在康福带领湘军冲进太阳城的前一刻，康禄把细脚仔叫到跟前，交给他一个黄缎子包袱，沉重地说："兄弟，你年纪轻轻，又没有重伤，不要走这条路，往后还有更重的担子要你承担。"

　　"王爷有何吩咐？"望着已瘦成骷髅似的楚王，细脚仔心情异常沉痛。

　　"你带上这个包袱，趁着清妖抢金龙殿财物的混乱时刻，冲出天王宫，逃出天京城，然后设法回到广西去。"

　　"王爷，我不逃走，我要跟你和弟兄们一起殉国。"细脚仔嘶哑着喉咙说。

　　"兄弟，你听我说。"康禄把手搭在细脚仔的肩上，饥饿和劳累已把这条铁汉子折磨得有气无力了。他深深地吸了一口气，低沉地说："天王宫马上就要落到清妖的手里，天京城即将全部陷落。忠王保护幼天王出城，看来凶多吉少。各地虽说还有二十万弟兄，但依我看，凭他们来复兴天国，指望不大。我冷静地想过，天国的失败，不在人少兵少，而在人心已失。为何会失去人心，我曾经和你说过多少次了，今日事情危急，不能再细说了。天国后来的发展虽令人痛心，但老天王起义之初，对兄弟姐妹们讲的道理却是对的；正因为对，才会有我天国初期的人心归向，红红火火。天国暂时是失败了，天国的理想在两广仍然深入人心。古人说得好：野火烧不尽，春风吹又生。只要时机成熟，天国的大旗又会在两广树起。莫看清妖现在得手，它的气数已尽，撑持不了多久。你还只有二十几岁，人生还刚刚起步，又在军中十多年，太平军的一切都已洞悉，正是今后办大事的丰富历练。包袱里有老天王早期传道的几本书，还有《天朝田亩制度》和《资政新篇》，这些都是我天国最重要的文献。另外还有我给老天王写的一个条陈，里面讲了十多年来天国的一些重大失误，不料刚抄好，老天王就升天了。兄弟，你回到广西后，要认真读通这些文献，以老天王当年传道的精神，宣传天国的崇高理想，吸取这次失败的教训，重新把父老乡亲团结起来，把清妖推翻掉，实现老天王的愿望。"

"王爷，我听从你的命令！"细脚仔意识到这个使命的伟大，他决心挑起这副异乎寻常的重担。

"好，你是我的好兄弟！"康禄将脚下砖缝里的一根细草扯出，放在口里嚼了几下，咽了下去，又说，"包袱里有十个大元宝，供你沿途和回去使用，还有我剩下的三枚飞镖，你替我收藏，今后若有机会，你把它交给我的哥哥。"

"王爷的哥哥就在清妖军营里，我一定能找到。"

"不，你暂时不要去找他。我的哥哥是个好人，我相信他不会在清妖军营里待得很久，他总有一天会觉醒回家。过了七八年后，你再到我的老家去找他就行了，你现在重要的是赶快离开天京，离得越远越好。"康禄又拔起一根细草嚼着，振作精神说，"我无妻无儿，哥哥的儿子就是我的儿子。你对我哥哥说，待侄儿长大后，把这三枚飞镖送给他，让他知道在这个世界上，他曾经有一个叔叔。"

康禄说到这里，不觉眼圈红了，他赶紧停住："情形危急，不能多说了，你赶快去剃头换衣。"

细脚仔剃去满头长发，只留一条辫子，又穿上一件普通百姓的长褂。当他背起包袱，再次来到楚王身边时，湘军已冲进太阳城内，将金龙殿团团包围了。正在这时，康禄惊奇地发现带兵的将领，正是他的胞兄！他远远地指着康福对细脚仔说："我的哥哥就在那里。"

细脚仔顺着手势看去，不错，正是那夜潜入楚王府的汉子。柴堆点火后，细脚仔含着眼泪，偷偷地钻出火圈。很快，他看到康福中弹倒下了。出于对楚王的敬仰和对楚王嘱托的忠诚，细脚仔决定：只要康福没有死，就要救起他，把他远远地带出天京城！太平军的忠贞总制，不愿自己上司的哥哥长久充当清妖的走狗！

"你把飞镖给我看看。"当细脚仔说完这段经历后，康福感动地说。

细脚仔打开黄缎包袱，将康禄留下的三枚飞镖郑重交出。康福看着这三枚刻有"禄"字的精钢飞镖，不觉泪眼模糊了。

飞镖是康门绝技。一般飞镖都是一枚枚地发，康家的飞镖是三枚一组，可以三枚同时发出，也可以一枚接一枚地单发。康福兄弟俩自五岁起，识字之余，父亲就教他们练拳脚，八岁开始练刀棍，十岁开始练飞镖、下围棋。康福十五岁时，父亲去世，弟弟那年刚好十岁，因此弟弟的飞镖和围棋全是哥哥传授的。那一年，下河桥来了个手艺精巧的铁匠，康福请他为兄弟俩各打五组飞镖：柳叶镖、梅花镖、蒜条镖、铜钱镖、三角镖，每枚飞镖上都分别刻上"福""禄"二字，兄弟相约，不到万不得已时不使出飞镖。十多年过去了，康福仅用去两组，康禄就只剩下这一组了。这是一组梅花镖。当年打造飞镖的情景仍历历在目，而弟弟却永远见不到了。

从那以后，康福和细脚仔就在封老汉家住下来。老汉三头两日进东梁山为康福采药，老太太则常常炖鸡熬鱼汤给他补养身子。平时，细脚仔时常谈他的天国理想，封老汉则时常骂朝廷和官府。康福对自己十多年来的经历，暗自作过多次反省，慢慢地他的认识越来越深刻了。

受父亲和环境的影响，青年时期的康福抱定的人生宗旨，是忠君敬上，依靠自己的本领正正经经地走一条出人头地、光宗耀祖的道路。正因为这样，他才追随曾国藩，希望在曾国藩的提携下重振康氏家风。太平军反抗朝廷，他认为有悖纲常，毁孔孟像烧诗书，他更不能接受，因而他全力支持曾国藩建湘军，并成为湘军中的重要人物。他以为他走的是一条建功立业、为祖宗争光的康庄大道，并无数次地为弟弟失身于太平军而惋惜。那夜弟弟的一番宏论，真使他有振聋发聩之感。他第一次发现，弟弟才是真正的英雄，相形之下，自己的确猥琐。不久前那一幕史无前例的画面，将他的心灵震荡得如同山在摇动、海在翻滚，世上居然能有如此众多至死不悔、视死如归的人杰！如果不是有一种崇高的信仰在支持，如果不是坚信自己的事业是正大光明的，如果不是对敌方有着不共戴天的深仇大恨，怎么可能会有这样惨烈的场面出现！

作为一个正直的读书人，康福由此产生对太平军的重新认识，并由此怀疑自己所作所为的正确性。他始终不能明白在胜利得来的最后一刻，李臣典为什么要置他于死地。后来，他听到李臣典因第一个冲进天王宫的功劳荣封子爵，才恍然大悟。人人都有赏赐，唯独没有他康福的份，纵算是真的死了，也应当有抚恤呀！康福心里第一次产生了不满。他开始觉察到，多年来他所崇拜的偶像其实是一个薄情寡义的人。不久后传来的消息，则又将这具偶像在他的心中彻底击碎了。

那是在康福的右腿基本康复后，一天他散步来到长江边，正遇到一大批从江宁城裁撤回籍的湘军。这些湘军不认识他，他却有心和他们闲聊。被裁的湘军中有一个恰是跟着赵烈文去庐州擒拿韦以德的人，他将曾国藩如何强加韦俊叔侄谋反罪名，借他们的头强行裁军的过程，详详细细地告诉了康福。康福听后心里难受了好多天。韦俊投降，是康福去劝的；当韦俊对投降后的处境有顾虑时，又是康福以自身的人格担保，并拿出曾国藩的诗来为证。曾国藩的诗写得有多诚恳：只要韦俊投诚，朝廷会像当年汉高祖对待韩信、唐太宗对待尉迟敬德那样对待他，今后在凌烟阁上为他绘像留名。后来，曾国藩又当着康福和韦俊叔侄的面，再次表明这个态度。四五年来，韦俊叔侄一直为朝廷出死力，打硬仗，想不到江宁打下后，不但没有为他们请功求赏，反而要用杀他们来达到威胁别人的目的。康福记得有一次，韦俊不安地对他说，韩信最终还是被吕后设计杀了，"汉祖曾闻韩信勇"这句诗有点不祥。康福安慰说，不要多疑，韩信后来被杀，乃是由于他策划陈豨谋反，咎由自取。从刘邦的角度而言，他对韩信是重用不疑的。话虽是这样说，但韦俊心里总不踏实。难道说，曾国藩当初就对韦俊埋下了杀机吗？这个理学名臣一向标榜诚与信，而他的内心，实在是深不可测，至少对韦俊叔侄来说，用"背信弃义、残忍刻毒"来评价他，是毫不苛刻的。

康福怀着对韦俊、韦以德的深重愧疚，在东梁山下哭泣祭奠。冥纸在火中焚化，十多年来对曾国藩的情谊，也同时化为飞灰。他想起送给韦俊的康氏传家之宝——田妃娘娘的围棋子，现在不知下落如何，很可能就这样不明不白地永远丢失了。他很痛心，觉得对不起列祖列宗。

这年冬天，康福左肩和右腿两处重伤全部好了。他和细脚仔向封家老两口道谢辞别，并捧出一百五十两银子酬谢。封老汉坚辞不受，并说："半年来，我看出你们俩都非等闲之辈，我们交个忘年朋友吧！"封老汉的高谊，令两条汉子感动。

在西上的船舱里，细脚仔多次劝说康福和他同去广西，为天国的复兴培养人才。康福一再婉言谢绝了。他改变了对太平军的看法，也改变了对曾国藩的看法，但他还是不愿意走上背叛朝廷、扯旗造反的道路。他对细脚仔说，下半生再也不参与世事了，要把康氏家风传给儿子康重，让康重兼祧叔父。到了沅江后，康福留细脚仔在家中住下。他自思在沅江住久了，必会为旧时袍泽所知，要不参与世事是不可能的，最妥当的办法就是卖掉田产，携眷外出。他想起封家的深恩厚德，又怜他们年老无后，遂决定迁居东梁山下，和封家老两口住一起。

康福卖掉房产田地，共得五千两银子。为答谢细脚仔的救命和护理之恩，他送三千两给细脚仔。细脚仔思量回家后要办大事，便爽快地收下告辞了。

在一个漆黑的深夜，康福带着妻子田氏和七岁的儿子康重，悄悄离开沅江下河桥。一路摇橹张帆来到东梁山封家，封氏老两口接着康福全家，又惊又喜。康福将一切都告诉了封老汉，说从此定居这里，改名康伏，以示隐伏之意，并承担老两口的养老送终。老两口欢喜无尽。康福在玉溪桥建了十间草房。从此，他跟封老汉学医采药，教子读书、练武功、下围棋，日子倒也过得安闲。有一天在长江边，被路过的李臣章认出，硬拉着他到猛虎山玩了两天。康福叫李臣章千万不要对人说起，李臣章谨遵诺言，只是在曾国荃面前，他再也保不住这个秘密了。

曾国荃在东梁山码头，带着儿子纪瑞和仆人王勇上了岸，问了一个行人后，便很容易地找到了玉溪桥康家。

这是一处环境优美的地方。连绵高耸的东梁山，以它巨大的体魄挡住外部世界的红尘喧嚣，将一片宁馨幽静的气氛送给这一带的农舍田庄。蜿蜒细长的玉溪从山谷间流出，溪水清澈见底，犹如玉液琼浆一般令人可爱。一座半圆形拱桥横跨其上，桥墩上时见野藤蔓枝，益发衬托出石拱桥的苍劲与高龄。一个牧童倒骑在牛背上，从桥顶款款而下，为静谧的氛围增添几分生趣。就在拱桥旁边，一道矮矮的竹篱笆墙围着十来间茅瓦交错的房子。后院里，冬日温暖的阳光下，一个须发银白的老者和一个十四五岁的少年，面对面在屏息静气地对弈。曾国荃要王勇暂勿敲门，他们一行在墙外偷偷观看。只听见一个清脆的棋子落盘声响过后，老者哈哈大笑起来："你又输了，这次总没得话讲了吧！"

那少年站起来，眼睛盯着棋盘看了许久，终于扔下手里的几个白子，说："封爷爷，这次我真的认输了。"

"好哇，终于说出'认输了'三个字，不容易呀，太阳从西边出来啦！"老汉仍然乐呵呵地笑着说。

"封爷爷，我要再跟您下三盘。"看来那少年往日的犟脾气又发了。

"再下三盘可以，不过你说的话要算数，输了要玩个把戏给封爷爷看，玩过把戏后再和你下。"

"好，玩就玩！"

少年说完，从旁边一株小树枝上取下一个鸟笼来，放在棋盘上，笼子里装着三只灰色野鹁鸪，他把笼门打开。

"小重子，快把门关好，鹁鸪会飞走的。"封老汉在一旁急道。

"我就是要它飞走！"

说话间，三只灰鹁鸪都钻出笼外，展翅高飞起来。只见那少年不慌不忙，从口袋里取出三枚梅花镖来，在手心里排列了一下，然后叫一声"去"，三枚镖一枚接一枚地从手心里飞出，直向鹁鸪追去。眨眼工夫，三只鹁鸪一只接一只地坠落下来，身上都插着一枚小小的梅花镖。

"好镖法！"篱笆墙外的曾国荃不禁脱口叫起来。

"谁在外面偷看？"在老者俯身拾鹁鸪的时候，少年循声来到围墙边。

"小英雄，你让我们进来一下好吗？"怀着一股极大的赞赏之情，曾国荃满脸堆笑地问。这样的笑容，通常在这个"铁桶"九帅的脸上很难见到。

"你是什么人，为什么要进来？"少年似乎不受他这脸笑容的影响，高声责问。

"我们是从很远的地方来的，想向你们打听一个人。"

"封爷爷，你说开门让他们进来吗？"少年拿不定主意，转脸问老者。

"既是远方来的客人，就让他们进来吧！"老者和善地说。

"那你们就进来吧。"少年说完，跑到门边，把竹制的大门打开了。

老者请曾国荃一行进客厅里坐，又亲手给他们一一斟上茶。

"客官刚才说要打听一个人，他叫什么名字？"老者问。少年站在他的身后。

"他叫康福。"

"你们找康福？他是我爹爹！"少年忙欢喜地搭腔。

"你就是康福的儿子？"曾国荃欣喜地望着少年，很是高兴，又问老者，"老伯伯，您是……"

"他是封爷爷，我爹爹的大恩人。"少年又抢着说。

老者慈爱地说："他叫康重，康福的儿子，机灵的调皮鬼。"

"我爹爹不在家，到武当山找朋友去了。"康重又大声说起来。

"不在家？"曾国荃颇觉遗憾，"几时回来？"

"说不定，少则半个月，多则二十天。"封爷爷答，"请问先生，你找康福有事吗？"

"我是康福的朋友，有好几年没有见面了。找他也没有什么大事，路过这里，上岸见见他，随便聊聊。"曾国荃说，"封老伯，康福这些年还好吗？"

"好，好！"封老汉笑着说，"康福一年四季都住在这里，不大出门，读读书，下下棋，教育儿子，也天天与老汉天南海北地瞎聊。"

曾国荃想康福既然不在，且自己又必须尽快赶到江宁，遂道："封老伯，借你一张纸和一支笔，我给康福留几个字如何？"

"行。"封老汉刚开口，康重便一溜烟跑进屋，一会儿拿出全套笔墨纸砚来。曾国荃展开纸写道：

康福仁兄：

欣闻你尚活在人世，拜访不遇，当谋下次再会。大哥病重，我特为由湖南去江宁看望。韦俊伏法后，康氏祖传之棋已由大哥珍藏。能与仁兄再来一场饮酒围棋，真人生快事一件！沅甫顿首于玉溪桥康府

尽管这个赫赫九帅名满天下，东梁山下的封老汉和康重却并不知沅甫为何人。老汉叫康重将纸折好收下，待爹爹回来后即交给他。曾国荃看着这个聪敏的少年，心里欢喜不已，想着要送件东西给他作个纪念。在身上摸了摸，又找不出一件合适的物品，正引以为憾时，猛然见胸前垂下的围巾，他立即取下来。这是一条用二十只火狐狸腋毛皮制成的大围巾，当年以九百两银子派人从京师购得。他毫不犹豫地将围巾递给康重："小重子，伯伯送给你，你收下吧！"

康重伸过手接着。那围巾异乎寻常的柔软，仿佛里面藏着一个火源似的，不断地发出温暖的热气来。康重从来没有见过这么好的东西，刚要收下，又记起父亲一再告诫的话，于是把围巾递过去："我爹爹讲的，不能要别人的东西。"

曾国荃哈哈笑起来，说："别人的东西可以不要，我这个伯伯的东西，你非收下不可。待你爹爹回来后，他会告诉你的。"

康重又转脸看着封爷爷。老汉说："客人既然这样说，想必是你爹的至交好友，你先收下，以后交给你爹。"

封老汉竭力挽留曾国荃一行在家吃饭，他哪里肯留下，遂告辞返回船上。

八　左季高是真君子

曾国荃父子一行到达水西门码头时，江宁城已沉浸在一片震耳欲聋的鞭炮声中了。各大衙门、商号，以及有钱人家的大门口，早已张灯结彩，装点一新。从他们那高高的围墙里传出的不只是爆竹的鸣响，还有各种诱人的香味和悦耳的管弦之声，以及能使满天雪花融化的热气！同治十年即将过去，

楹柱上的旧桃要换新符了。人们在祭神祭祖祭天地，祈祷着新的一年里，在祖宗神祇的保佑下升官发财，阖家吉祥，平安顺畅，事事如意。

乍看起来，江宁城是繁华的、安宁的，尤其是那秦淮河的画舫丝竹，夫子庙的百业杂耍，胭脂巷的红男绿女，贡院街的肥马轻裘，更把这个六朝古都点缀得温柔富贵、风流旖旎。细看却不然。不用说城外那些烧砖的破窑里，低矮的土地庙中，城墙边一个接一个用旧席烂板搭成的小窝棚里，就在城里的屋檐下、桥墩下，以及那些形形色色的破烂棚子里，不知蜷缩着多少奄奄一息的饥民乞丐、逃荒流浪者。他们面黄肌瘦的脸孔，深凹失神的眼睛，用麻袋树皮裹着的身躯，还有那就在他们不远处躺着的一具具冻僵的饿殍，撕毁了江南第一城的繁华表象，戳穿了同治中兴的神话！

江宁城里地位最高的衙门——两江督署，迎来了它复建之后的第一个新年，本该盛装浓抹、热热闹闹地庆贺一番，但由于它的主人素来俭朴，更因他在年前到城里城外巡视了一遍，亲眼见到"朱门酒肉臭，路有冻死骨"的情景展现在他的治下，心情异常沉重。他吩咐家人只在大年三十夜晚和初一早上放两次鞭炮，其他日子一概不放，酒肉果品不可过丰，全家老老少少一律不做新衣，略比平日干净整齐点就行了。大门口除悬挂四个大红灯笼表示吉庆外，所有一切与往日无异。

因九弟的到来，曾国藩的心情异常兴奋，接连长谈了两个夜晚。曾国荃将在猛虎山上做客的一节暂时不提，先告诉他康福的消息。

"康福还活着？"曾国藩惊喜万分，接着又喃喃自语，"那年打扫战场，一直不见他的尸身，我便存着一线希望：莫非康福没有死？果然还健在，真是天佑善人！"

曾国荃把去东梁山访康福不遇，见到其子，留下字条一事简略地说了一下，又将康重着实夸奖了一番。

"你怎么会知道康福隐居在东梁山呢？"康福还活着，给重病中的曾国藩很大的安慰。

"我在荻港码头上偶遇吉字营一旧部，听他说起的。"

"哦！"曾国藩没有再追问下去了，他两眼望着烛光出神，好似在回忆与康福相处的岁月，好长时间才轻轻地说了一句，"不知康福什么时候从武当山回来，我真想有生之日再见他一面，我亏欠他的太多了！"

"这个容易。"曾国荃说,"过段时间派人把他接到江宁城来就行了。"

也许是兴奋过度的缘故,曾国藩的旧病又犯了:头昏眼花,右脚麻木,耳鸣不止,一连几天不能开口说话。同治十一年大年初一,曾国藩在仆人搀扶下,勉强出面,接受江宁文武的祝贺,并率领大家望北向太后、皇上叩拜。仪式刚一结束,便又卧倒床上。江宁官场新年互拜的闲聊中,都免不了一个重要话题:宫保曾侯病情严重。大家叹息着,说过去的军营太艰苦了,这些年的公务又如此繁重,任是铁人都难以支撑。也有人悄悄议论:老中堂的病主要来源于前年的津案,"外惭清议,内疚神明",这种心灵深处的悔恨所造成的痛苦,要比劳累给人的伤害强过百倍。

两江总督衙门更是笼罩着一片阴云。欧阳夫人夜夜对着祖宗牌位默默祷告,祈求祖宗在天之灵保佑夫子早日康复。欧阳兆熊带着几个名医天天进府诊视。前年曾国藩在天津时写信要儿子做棺材,纪泽兄弟不忍心做。眼见这次情形严重,纪泽悄悄地跟九叔商量,要不要把寿器先做好,并说有现成的建昌花板在。曾国荃想了一下,说:"迟早要做的,现在就做吧。"于是督署东侧几间杂房里,三个木匠开始敲敲打打了。

到了初七后,曾国藩病势渐有好转,头不晕了,能吃点稀饭了,便挣扎着起来,把前几天的日记一一补上。刚写上几页字,又觉得累了,只好闭着眼休息。略歇一会,感觉到好了一点,便又拿出一本《理学宗传》来阅读。

"大哥,我给你一样好东西!"曾国荃走了进来,一只手放在背后,脸上洋溢着欣喜的光彩。这一瞬间,使曾国藩想起三十年前,跟着他在京师读书的那个十七八岁九弟的神情。"有人给你寄来一封信,你猜猜是谁?"

"给我写信的人成百上千,我哪里猜得出!"看着九弟这副高兴的模样,做大哥的也受到了感染,干枯多皱的脸上略露一丝浅笑。

"你绝对想不到,是左老三从西北寄来的。"曾国荃藏在背后的手高扬起来,两个手指夹住一个长大的信封。

"是左季高的信?"突然之间似乎顿生力量,曾国藩竟然站了起来。"快给我看!"

不能怪曾国藩太激动。这个在西北战场上建立赫赫战功的老友,自金陵攻克之后,已整整八年没有来信了。尽管曾国藩曾主动给他写信表示友好,尽管有关西北的粮饷,曾国藩一粒不缺、一文不少地准时发出,尽管应他之请,将湘军的后起之秀刘松山派出支援,左宗棠始终没有一纸亲笔信给曾国藩,寄来的函件全部是冷冰冰的公文。这些年来,每当想起湘军创建之初,左宗棠所给予的大力支助,尤其是靖港败后欲再度自杀的那个夜晚,左宗棠一席与众不同的责骂所起的巨大作用,曾国藩就觉得对左宗棠有所亏欠,甚至连左宗棠骂他虚伪——这对一向以诚自命的曾国藩来说,是伤透了他的心——他也能予以体谅宽容。不过,左宗棠的倔脾气,曾国藩是知道的,实在要犟到一头去,自己也无能耐拉回来。现在,这个英雄盖世的今亮居然万里迢迢地寄来了私函,信封上端正地写着"曾涤生仁兄亲启",跟道光、咸丰年间一个样,曾国藩不觉油然而生亲切感。

他拿起剪刀,小心翼翼地剪开信套,里面跳出左宗棠劲秀兼备的字迹。他擦了擦眼睛,然后抖开纸,聚精会神地看起来。曾国荃站在一旁,只见大哥脸在微微抽搐,手里的纸在轻轻地颤动。曾国藩看着看着,终于双眼一闭,身子向椅背一仰,长长地舒了一口气,叹道:"左季高毕竟是我辈中人!他是个真君子!"

说话间,信纸从手指缝间飘落下来。曾国荃拾起一看,信上写着:

涤翁尊兄大人阁下:

  寿卿壮烈殉国,其侄锦堂求弟为之写墓志铭。弟于寿卿,只有役使之往事,而无识拔之旧恩,不堪为之铭墓。可安寿卿忠魂者,惟尊兄心声也。

  八年不通音问,世上议论者何止千百!然皆以己度人,漫不着边际。君子之所争者国事,与私情之厚薄无关也;而弟素喜意气用事,亦不怪世人之妄猜臆测。寿卿先去,弟泫然自惭。弟与兄均年过花甲,垂垂老矣,今生来日有几何!尚仍以小儿意气用事,后辈当哂之。前事如烟,何须问孰是孰非,余日苦短,惟互勉自珍自爱。戏作一联相赠,三十余年交情,尽在此中:知人之明,谋国之忠,自愧不如元辅;同心若金,攻错若石,相期无负平生。

"大哥,季高向你赔罪了。"曾国荃也很激动。

"不是赔罪,这正是季高的心地光明之处。"曾国藩缓缓站起,握着扶手立着，然后离开靠椅，在屋子里慢慢走了两步。"知人之明，谋国之忠，自愧不如元辅"，他在心里默默地念着，想起处理天津教案期间，总理衙门转来的左宗棠的信。那封信以激烈的态度、尖锐的言辞，指责津案办理的错误，赞扬津民的爱国热情，就差没有明骂他是卖国贼了。以左宗棠的名望地位，当时这封信给曾国藩的压力和痛苦可想而知。而今这"谋国之忠，自愧不如"的话，岂不是委婉地表明左宗棠对曾国藩处置津案的肯定？因津案而身心受到巨大刺激的前湘军统帅，是多么需要别人在这件事情上对他的理解，尤其是像左宗棠这样的人的理解！曾国藩不仅因此而化除与左宗棠的多年嫌猜，甚至于对老友生发出感激之情来。他突然停下脚步，重新坐在靠椅上，右手习惯性地摸着胡须，笑着对弟弟说："沅甫，我给你讲一个关于季高的最新故事。"

"左季高的故事最多，今后可以编一部书。不知大哥又听到了什么好故事。"

"左季高在兰州当陕甘总督，当年他隐居的东山白水洞几个邻居想去看看他，当然也想借此出去观光观光，于是写封信寄到兰州。左季高回信邀请他们去，并且寄来三个人的盘缠，白水洞三个老农夫结伴同行，跋山涉水到了西北。左季高见到这三个老乡，比见到朝廷派去慰劳的钦差大臣还高兴。一连三天跟他们在一起吃饭，与他们共一个铜水烟壶吸烟，畅谈在东山耕作的往事。左季高待微时乡邻的真情实意，令部属们感慨不已。

"这天晚饭后，季高又与三个乡邻随便聊天。天气热，他干脆脱去衣褂，露出一个大腹便便的肚子，躺在靠椅上。他摇着大蒲扇，问乡邻：'你们看，今日左三爹爹与昔日左三爹爹有什么不同没有？'一个说：'您老跟二十年前一个样，还是那样随和没架子。'另一个说：'也没有显老，跟先前一样健健壮壮的。'第三个说：'就是一点不同，先前的肚子没有现在这样大。'季高很得意，拿蒲扇拍了拍大肚子，问：'你们可知道这里装的是什么？'一个说：'装的是鱼肉鸡鸭。'另一个说：'左三爹爹在西北吃不到猪肉鲜鱼，我看里面装的是牛肉羊肉。'第三个说，'不对，是海参、燕窝。'季高哈哈大笑起来，说：'你们都猜错了，这里面装的是绝大经纶。'三个乡邻都惊呆了。一个说：'左三爹爹，你把金子做的轮子吞到肚子里不可惜了吗？'另一个说：'而且是绝大的，怎么吞得进呢？'左季高听了，笑得手中的蒲扇都掉到

399

地上去了。"

曾国荃也大笑起来，问："这是谁说出来的？"

"还有谁？白水洞的三个乡邻一回到湘阴，逢人便说，怪不得左三爹爹本事大，原来他肚子里有一只会转的金轮子！"曾国藩说到这里，自己也忍不住笑起来。

"大哥，你大安了？"曾国荃见他笑得开心，欢喜地问。

"大安了！"曾国藩快活地回答。

九　最后一局围棋

左宗棠这封短信的确远胜欧阳夫人的祈祷和名医的诊治，曾国藩仿佛痊愈，精神又重新兴旺起来。要办的事情太多了：年前，湖广总督李瀚章送来的淮盐运往楚境章程修改的咨文要回复，两江境内知府以上的官员同治十年政绩密考要向朝廷呈报，狼山镇总兵关于加强外洋船舰装备的呈文要批复，岳州镇总兵报来的几处兵民斗殴的事件要处理，每年春秋两季巡视一遍长江水师的军容军纪，此事亦需专折奏请，还有不少琐事也要做些交代。右目失明之前，诸如这些重要的奏折批文，以及给老朋友的信函，他都亲笔书写，不假手幕僚，这几年不行了。一会儿，黎庶昌、薛福成、吴汝纶等人奉命进来。曾国藩分别对他们口述大意，叫他们拟好草稿后再念给他听。

黎庶昌等人受命出去后，巡捕送来一大叠各省各府的拜年信。他看了看信封，知道是谁寄来的后，便随手扔在一边。最后一封是容闳寄的，他特为拆开。信的开头竟是一串长长的头衔："太子太保武英殿大学士一等毅勇侯兵部尚书衔两江总督南洋通商大臣兼两淮盐政总办江南机器制造总局督办夫子大人勋鉴"。曾国藩不觉失声笑了起来，略为思忖，他提笔在旁边写了四句打油诗："官儿尽大有何荣，字数太多看不清，减除几行重写过，留教他日作铭旌。"接下来又批一句："由莼斋拟一信，问出洋留学幼童选派事进展如何。"

因为曾国藩的康复，两江总督衙门的紧张气氛松弛下来，曾纪鸿带着纪瑞、纪芬等弟妹子侄们，兴高采烈地到桃叶渡看花灯。欧阳夫人指挥仆役们宰鸡杀鸭，丈夫不请客摆酒，她还是要办几桌，将江宁城里几个大衙门的夫人太太们请来热闹一天。一年到头，不知接过别人多少请柬，虽大部分没有应请，但到底别人的礼数在，得趁着新年期间回回礼。来江宁十多天了，曾国荃一直没有出过大门，这时也开始外出拜访应酬。

冬天的江南，夜色来得早，刚吃完晚饭，两江督署的各处房间便相继点起了蜡烛、油灯，西花园、湘妃竹林和晚间无人住的艺篁馆，则全部被浓重的漆黑所吞没。这时，一个身穿黑色皮衣紧腿裤的中年男子，以矫健的身手跃上督署高大的围墙，四处张望一眼后，再轻轻跳下，然后穿过斑竹林，踏过九曲桥，躲过侍卫的眼睛，径直向总督的书房走来。

门吱的一声开了，正躺在软椅上闭目养神的曾国藩并没有睁开眼睛来，只是轻轻地问了一句："谁进来了？"

灯光下，躺椅上的前湘军统帅竟是如此的衰老孱弱，使中年汉子不由得倒抽一口冷气，心里很是悲凉。见无人搭腔，曾国藩睁开余光不多的左眼。眼前的汉子壮健威武，并不是时常进出书房的兄弟子侄和卫士仆役，昏昏花花的目光看不清来者是谁，但又觉得眼熟。

"曾大人，你不认识我了？"中年汉子走前一步。

好像是康福，但他怎么可能没有经过任何通报，便只身来到书房呢？他揉了揉眼睛，虽然七年没有见面了，虽然灯光不亮，人影朦胧，曾国藩还是认出来了："价人！"刚喊了一声，又连忙补一句，"真的是你来了吗？"

"是我呀，大人，是我康福来了。"康福也激动起来。

"价人，你走过来，靠着我身边坐下，让我好好看看你。"康福走过去，在曾国藩躺椅边的凳子上坐下来。

曾国藩将康福仔仔细细地端详了很久，又握着他的手，慢慢地说："价人，自从沅甫来江宁，告诉我，说你在东梁山下生活得很好，儿子聪慧，镖艺惊人，我心里喜慰极了。价人啦，想不到今天还能见到你，这下我放心了，可以闭着眼睛去了。"

说着说着，脸上竟然滚动起泪水来。康福望着动了真情的老上司，久久说不出一句话来，只是用双手将那只干枯少热气的手紧紧地握着。

十天前，康福从武当山回来，儿子把曾国荃留下的字条给他看，又说那人还送了一条很暖和的毛围巾。看了字条，摸着围巾，康福整整半夜未合眼。七年来，康福虽然有心远离人世，但普天之下莫非王土，他仍然是大清王朝的一个子民。周围的一切，他不能闭目不视，外出访友问道，他不能不接触人和事，所有他看到的、听到的一切，莫不令他气愤至极、灰心至极。咸丰二年，他之所以投靠到曾国藩的门下，一方面固然出自于对曾的崇敬，希望在曾的提携下出人头地，光大康氏门第；另一方面，在康氏传统家风的熏陶下，他也巴望着跟随曾国藩做一些对国家对百姓有利的事情。后来，曾国藩在创办湘军，与太平军转战东西的过程中，多次跟他谈到打败长毛后，要做一番伊尹、周公的事业，使国家中兴，百姓安居乐业。那时康福相信曾国藩的这番抱负是真诚的，也是可以实现的。以后，目睹湘军从将官到兵士的日益腐败，他开始产生失望的情绪：这样一批人能真心实意为国家和百姓办事吗？现在，长毛被镇压下去六七年了，捻军也平息了，按理，朝廷的太后、皇上，两江的总督都应当把整饬吏治、谋利民生，作为第一等重要的事情来办，官场应当清廉了一些，百姓的生活应当好转一些，但事实并非如此，有些地方甚至比十多年前还要糟糕。

"这样一个奄奄待毙的王朝，为什么一定要拼死拼活地保卫它呢？"出身经历与曾国藩有很大差异的康福，这些年常常思考这个问题。从盘古开天地以来，改朝换代屡见不鲜，历代史家也并没有说哪个朝代是绝对不能推翻的，哪个朝代又是绝对不能建立的。康福记得小时听父亲讲汤武革命的故事，对商汤、周武的革命行动赞扬备至。商汤可以伐桀，周武可以伐纣，今天为什么不可以讨伐无仁无义的满人朝廷呢？康福想清楚这一层后，由对弟弟人格的尊敬进而到对其所献身的事业的理解了。在玉溪桥康宅里，康福为从康慎开始的历代先祖都树了一个牌位，最后也为弟弟康禄立了一个木主。逢年过节，他要儿子康重对着这个木主磕头，并把由细脚仔转来的三枚梅花镖，郑重其事地交给儿子。并告诉儿子，叔叔是个大英雄，这三枚镖是叔叔临终前送给你的，不要辜负叔叔的期望，练好这门康家绝技。康福甚至还决定，当儿子长到十八岁那年，就把自己的这些认识都讲给儿子听，自己不愿背叛朝廷走弟弟的道路，儿子则完全可以继承叔叔的未竟大业。

追随曾国藩十二年，对其人品的认识，康福也逐渐地在改变。曾国藩并不是他先前头脑中偶像式的人物，此人的手腕权术、巧诈诡变，也决非一般人可比。如果说，那是因为在斗智斗勇的战争环境，不得不如此的话，康福可以理解，但金陵攻下后，却要杀韦俊叔侄，这一点康福无论如何不能接受。大功告成，韦俊叔侄也是与湘军一道打了四五年硬仗的人，不予重赏已是背信弃义了，还要强加罪名，杀头示众，以此来恫吓别人，强行裁撤湘军，这种手段，与历史上那些遭后人唾骂的背信弃义、过河拆桥的小人有何区别？何况，韦俊是康福劝降的。九泉之下韦氏叔侄对他恨之入骨，自是不消说的了，就是整个正字营的人也莫不会仇恨他。他也要为此事顶一个骂名，被一切有良心的人所唾弃。康福本拟就这样悄没声息地与曾国藩和湘军脱离关系，他永远不想再见曾国藩。但曾国荃的一纸字条改变了他的主意，他要在曾国藩死之前去见一面，更重要的是，他已得知康氏祖传围棋在曾的手里，他要把它收回来，传给自己的儿子。

"价人啦，你曾两次救过我的命，我不曾报答你的大恩；你为湘军立过不少奇功，又是第一个冲进伪天王宫的功臣，朝廷也没有给你相应的酬庸。这些年来，我一直为此内疚不已，派人到沅江去看望你的夫人和儿子，也找不到他们。我是一个快要死的人了，今夜能再次见到你，我满足了，只是不知你需要些什么，我要尽我的力量补救我的过失。"

曾国藩的诚恳态度，使得早已心如死灰的前亲兵营营官为难起来，沉吟良久后说："曾大人，您老自己多保重，过去的一切都不要提了，我也什么都不需要。"

"不，价人。"曾国藩似乎突然被注入了一股生气，说话的声音洪亮干脆起来，"你隐居在东梁山这多年，一直不来见我，这说明你对我有隔阂。你心里有不满之处，我完全能体谅。你既然还健在，我就有义务向朝廷禀报，向太后、皇上为你讨赏。李臣典、萧孚泗都能有五等之爵，你也可以受这份殊荣。"

康福冷笑道："我不稀罕朝廷的五等之爵，大人也犯不着再为我请赏。"

康福的冷淡令曾国藩气沮，稍停片刻，他又说："你若是不需要朝廷的爵位之赏，我可以荐你去做一镇总兵。"

"我无此才干，也无此心情。"康福的态度依旧是冷冷的。

"那么，我给你一万两银票。"

"我吃穿不愁，要这银子做什么？"

"价人，这不是我送你的银子。"曾国藩的声音又变得低缓起来，"这是你分内应得的，是补给你的欠饷。"

"曾大人，请你不要误会了。我今夜来，决不是为了向大人你索取什么。实话说，现在就是把一座金陵城送给我，我都不要。"

康福的话里带着几分恼怒，也充满了几分气概，使得曾国藩点头不已："这我知道，我刚才也不过是为了表示我的一点心意罢了。既然官爵禄利你都不要，过会我送你一件我个人的东西，留给你做个纪念，想必你不会太不顾我的面子。"

曾国藩平生不喜奇珍异宝。做翰林时，只偶尔到琉璃厂去买点前贤字画。古董他最喜爱，但太贵，买不起。后来做军事统帅，为杜绝别人行苞苴，他连这点兴趣都抛弃了。因而除皇上所赐外，他几乎无一件珍稀。四个月前，一位从京师来的旧友带来一件礼物。去年年初，周寿昌为头联络一批湘籍京官，为祝贺曾国藩六十一岁大寿，用重金在王府井珠宝店里买下一块二十斤重的昆冈玉，请一名为宫中琢玉五十年的老匠师来鉴定，并由他视这块玉的外表琢一件器具。老匠师对这块玉仔细鉴别了三天，证明是一块真正的蓝田玉即古书上所称的昆冈玉。这块昆冈玉最大的特点是正中有一块巴掌大的胭脂红。老匠师有心要恰当地利用它，琢磨来琢磨去，最后决定雕一个南极老寿星，那块胭脂红就雕作寿星手中所捧的寿桃。三个月过后，一个形神兼备的老寿星栩栩如生地展现在大家的面前，尤其是手中那颗鲜红欲滴的蟠桃，真是安排得天衣无缝，赢得所有观者的一致喝彩，当下便有人愿出三千两银子买下这尊玉雕。老匠师含笑谢绝了。玉寿星送到两江总督衙门时，曾国藩喜得开怀大笑，十分痛快地收下了。这也是他一生中接受别人所赠的唯一一份重礼。现在，他打定主意，要把这个礼物转送给康福。

这时，一个衙役进来，曾国藩吩咐他做几个精致的菜，提一壶好酒来。

"曾大人，你不必送什么东西给我做纪念，我只想收回我自己的东西，你把那副围棋子还给我吧！"

曾国藩怔怔地望着康福，好半天，才凄然地说："那副围棋是你们康家的传家之宝，我把它从韦俊那里要来，其目的也是不能让这个宝贝长久地失落在贼人之手，今后访到你的儿子时，再归还给你们康家。现在你自己来了，那正好当面给你。"

说完，曾国藩颤巍巍地站起，走到柜子边，拿出一个黑色哈拉呢包包来。打开包包，眼前现出了那个离别多年的紫檀香木云龙盒子。康福的心一阵跳动。曾国藩双手捧起盒子，郑重地说："价人，这盒围棋终于又回到了你的手里，我也了却了一桩心愿。"

康福接过这盒棋子，酸甜苦辣一齐涌上心头，一时不知说什么是好。

曾国藩重新坐到躺椅上，心绪苍凉地说："自从听李臣典说你阵亡后，这些年来，我一直很少下围棋。偶尔下一两局，也从不用你的这一副。每当下棋时，脑子里就想起了你，尤其是那年洞庭湖上下的几局棋，记忆最深，就好比发生在昨天一样。围棋应当还给你，但今天一旦还给你，我心里又感到丢失什么似的。价人，我害怕你今夜亲来督署索回棋子，其实是从此断掉你我十几年的情谊。价人，你说是不是呀！"

面前的这位衰朽老头，竟完全应了那句"人之将死，其言也善"的老话，他怎么会有这样一副婆婆心肠！昔日那个杀金松龄、参陈启迈、劾翁同书、斗何桂清的不可一世的湘军统帅的威凛之气到哪里去了？康福想着想着，不觉生发出一种怜悯之情来：这个老头子真的怕离死期不远了。他本想就韦俊一事与曾国藩辩个是非，听到这番话后，打消了这个念头，言不由衷地说："曾大人，你说哪里话来，大人对我的情分，我一辈子都忘不了。"

"好，你能这样，太令我安慰了！"曾国藩竟然大为感动起来。恰好衙役将酒菜端了进来，他忙说，"价人，你一定饿了，快吃吧，吃完饭后，我和你再下一局如何？"

康福的心一下子变得沉重起来。往日间喝一两斤烈酒他不在乎，今夜一杯酒下肚，脑子里便觉得晕晕乎乎的。他放下酒杯，随便吃了几口菜，便把杯盘推到一边。

"吃饱了？"曾国藩问，纯是一个普通老头子的口气。

康福点点头。衙役进来收拾碗筷，曾国藩吩咐点起两盏洋油灯。这是史帝义生去年回国探亲特为曾国藩带来的礼物。为了爱惜洋油，他通常不用。洋油灯点燃后，总督的书房明亮多了，康福浏览了一下：靠窗边是一张特大的案桌，桌上一头堆着两叠尺多高的文件，另一头放着几本书，当年汤鹏送的那个荷叶古砚摆在其间；右边墙站着几个高脚木柜，漆着暗红色的油漆，柜门上都有一把三寸长的大铜锁；柜子边码着几排木箱。康福认得，这些简陋的箱子，还是在祁门时做的。

曾国藩刚任两江总督，文书信报大量增加，祁门县令包人杰为讨好总督，送来十个崭新的梓木大红柜子。康福见正是用得着的东西，没有请示曾国藩就收下了。第二天曾国藩发现了，责令他退回去，另叫他监制十二只大木箱。曾国藩说："祁门山中樟木好，又便宜，用樟木做箱子，装书装报最好，不生虫。战争时期，经常迁徙，比起柜子来，箱子也便于搬动。"又亲自画了一个样子，定下尺寸。康福受命监造了十二个大木箱。当时没有油漆，至今这些木箱仍未上漆，黑黑的，显得很寒酸粗糙。左边墙摆着一张简易木床，床上蓝底印花被依旧是当年陈春燕缝的。除开一张躺椅、一个茶几、几条木凳外，宽大的书房里再也没有任何其他摆设和装饰。康福对这一切太熟悉了。两江总督书房的简朴，与总督衙门的奢华极不协调，而与总督整个一生的立身却是完全一致的。康福在心里深深地叹了一口气，这些年来对曾国藩本人所滋生的不满，被眼前的这些熟悉的旧物冲去了不少。

"价人，把棋子拿出来吧！"

康福见茶几上已摆好一个棋枰，便打开云龙盒盖，将棋子分置两边。

"还是按惯例，我持黑，你持白。"曾国藩说，脸上露出一丝极浅的笑容，同时举起一枚黑子来，在空中停了好长一段时间，才慢慢按下。康福看出那只手在微微颤抖。十余年间，康福与曾国藩也不知下过多少局棋了。在康福的指点下，曾国藩的棋艺虽有提高，但始终没有跳出他几十年来所形成的格局。他的棋下得平实，很少有意外之着出现，但他很沉稳，从不心粗气浮，不管处于怎样的劣势，他都不慌不忙，冷静应付，康福为数不多的败局，又恰恰几乎全部是败在这种时候。令康福印象最深的是，曾国藩的棋德很好，从不悔子，败后也从不发脾气。有时一边下棋，一边谈古论今，康福从中学到不少知识。他记得，曾国藩在棋枰前曾两次对他说过围棋赌墅的典故，他因而知道，谢安是这个湘军统帅心中极为钦佩的人物。

黑白棋子一个个地落在棋枰上，往事也在康福的脑中一件件地浮出。他始终记得，在前往池州劝说韦俊投降的头天晚上，面对着棋枰，曾国藩和他的一番对话。

"价人，你这副祖传围棋就要送给别人了，你不心疼吗？"当康福把棋子一枚枚地放进盒子里时，曾国藩问。

"传了九代的棋子要送给别人，我当然心里不安。不过，假使真的能为朝廷招降一批悍贼，换回一座城池，那我也就不心疼了。"康福说的完全是心里话。

"你真是一个顾大局、识大体的人。"曾国藩赞扬,"不过,这副棋子我今后还得设法把它要回来的。"

"怎么个要法?"康福不解,"送出的东西还能再要回来吗?"

"我会跟韦俊讲明白,再用东西把它换回来。"

康福很感激。

待康福把全部棋子都收好后,曾国藩突然说:"价人,你想过没有,世界上的人,其实就是棋枰上的子,无论是我们还是长毛都如此。我常常这样想,每当想起这点,便很灰心,不知你想过没有?"

"我也想过。不过我想,只有我们这些人才是棋子,大人您老不是,您老是执子的人。"康福笑着说。

"不是的。"曾国藩摇摇头,凝重地说,"包括我在内都是棋子,都是身不由己任别人摆布的黑白之子。"

"别人是谁呢?"康福睁大眼睛问,"是皇上吗?"

"皇上有时是执子的人,有时又是被执的子,说到底皇上也是棋子。"曾国藩两眼望着空空的纹枰,似在深思。

"那么这个'别人'究竟是谁呢?"康福追问。

"冥冥上苍!"曾国藩苦笑着回答。

康福很想再听下去,听听这个学识渊博、与众不同的大人物对人生的看法,他估计这中间一定会有些精辟的论述,但是他失望了。只见曾国藩站了起来,说:"今天很晚了,你明天还要启程办大事,等你把韦俊劝说过来后,我们再来好好聊聊。"

韦俊投降后,曾国藩再也没有继续这个话题。不过,康福也从中看出了湘军统帅灵府深处的另一面——怯弱!

"价人,该你走了。"曾国藩轻轻地提醒。康福从往事的回忆中醒过来,赶紧投下一子。这个子投得不是地方,本来有利的局面变得不利了。

康福今夜实在没有心思下棋,他勉力下了几个子,逐渐地把局面挽回来了。刚刚松一口气,曾国藩又开口了:"价人,我知道我活不久了,这局棋是我今生最后一局棋。虽然我很想再留你在我身边,实际上也没有这个必要了。价人,我和你二十年前以围棋相识,二十年后又以最后一局围棋结束，说起来，这也是一段缘分。你还记得那年我跟你说过，我们都是棋子的话吗？"

"记得。"康福沉重地应了一声。

"我这一生，尤其是这二十年来，做了许多身不由己的事，今夜想起来，仿佛如梦境一般；还有许多事，我想做又不能做到，更使我痛心。我正好比一枚棋子，被人放到这里或放到那里，自己竟然都做不得主。"

当年去池州的前夜，亲兵营营官康福对湘军统帅的"我们都是棋子"的话，有着一听究竟的兴趣。今夜，东梁山的隐士康福对大学士两江总督一等毅勇侯的这句话，却顿生反感。康福想：为什么他要提起这话呢？是不是要推卸杀害韦俊叔侄的责任呢？康福终于忍不住了："曾大人，你说你好比棋子，身不由己，难道说杀韦俊、韦以德也是身不由己吗？"

康福的严厉责问，使曾国藩颇为难堪，他无力地回答："你说得对，杀韦俊、韦以德，也是身不由己的事。我知道这件事对你有刺激，因为你对他们许过诺言。但价人，你想过没有，此事对我自己就没有刺激了吗？我不但对他们许过诺言，我还为他们亲笔题过诗，答应凌烟阁上为他们绘像铭功。为保全整个湘军的名声，为大清王朝的长治久安，我不得不那样做呀！"

曾国藩说到这里长叹了一口气，显得十分委屈。

"怪不得世人都说他虚伪。"康福在心里说，他实在不愿意再下了，遂有意将袖口套在纹枰一角上，然后猛地站起。袖口带动纹枰，哗啦一声，一局棋全乱了。康福满以为曾国藩会感到遗憾，谁知他竟然高兴起来，说："棋局和了，最好。最好，分不出输赢，就等于和了。我一生下了几千局棋，最后以和局终止，真是大幸！"他用昏花的眼光望着康福，稍停片刻，又说，"价人，这人世间还是应该以和为贵，以和为贵呀！"

"是的，应该以和为贵。"康福出自内心赞同这句话，"那我就把棋子收起了？"

"收吧，收吧！"曾国藩点头，"价人，你今夜就睡在我这里。沅甫去藩司衙门去了，明天会回来，你和他叙谈叙谈。前次他听说你还活着，专程去东梁山找你哩！"

康福面无表情。他从随身包袱中取出曾国荃送的那条狐腋围巾，放到棋枰上，说："往事如烟，早在我的脑子里消失了，我也不想再见九爷了。这条围巾是他上次在东梁山留下来的，山野逸人，用不上这么贵重的东西。明天九爷回来时，请大人代我送还给他。"

康福将檀香木盒放进包袱中，一旁的那块黑色哈拉呢包布，他连看都没有看一下。他把包袱背在背后，向曾国藩一抱拳："棋子我带回去了，就此告辞，大人珍重！"

曾国藩怔怔地呆坐在躺椅上，望着被送回的狐腋围巾，再也没有勇气提出送玉雕的话来。康福匆匆而来，又匆匆而去，曾国藩的心绪更加悲凉了。事情明白地告诉他，康福此次来督署，正是以收回围棋的方式表示断绝他们过去十多年之间的关系，他心里有一股巨大的落寞之感，好久才挤出一句话来："价人，你多多保重。"而这时，康福的身影早已消失在茫茫夜色中。

离开江宁后，康福又回到东梁山隐居。十多年后，他不幸得急病辞世。那时，封家老两口早已先后逝去，康重带着老母妻儿回到沅江下河桥老家。清王朝的腐败，全国人民的反抗，使从小就有侠义心肠的康重，彻底与康氏先辈忠君敬上、光宗耀祖的传统道德决裂，以叔叔为榜样，走上了驱除鞑房、恢复中华的革命道路。他成为湖南有名的武术教师，弟子遍及三湘四水。这些弟子中有不少热血志士，其中最为杰出的便是大名鼎鼎的黄兴。辛亥革命时，黄兴在武昌登台拜将，成为革命军总司令，年过半百的康重充当他的作战参谋。辛亥革命成功后，康重郑重地将那三枚梅花镖供在康禄的牌位下，激动万分地说："叔父大人，你和你的弟兄们的大愿终于实现了！"

这些，当然都是后话了。

十　不信书，信运气

正月十四日，是道光帝宾天的日子，曾国藩为感谢道光帝的知遇之恩，每年这一天都要在道光帝的神主面前插上几炷香，再行三跪九叩大礼。今天，他勉强行完大礼后，觉得十分疲倦，刚一坐下，脑子里便浮现二十三年前那一天的情景来。

明天就是元宵节了，三十九岁的礼部右侍郎曾国藩正在修须刮面，准备出席明晚穆相的盛宴。穆彰阿每年正月十五日都要将自己门生中的显宦们邀来府中聚会一次，借以联络感情，而被邀请者亦倍感荣幸。他们都早早地准备了奇珍异宝，好在这一天孝敬座师。曾国藩与众不同。他在这一天送给恩师的总是一幅字。这幅字选的是他一年中最得意的一篇古文或几首诗，用大内珍藏、其厚如钱的淳化笺书就。他关起门来，凝神敛气、一笔不苟地写上三四天。写好后，再送到大栅栏一家专为王府裱糊字画的百年老店——海麻子装裱铺，由海麻子的五世孙海老板亲自装裱。待到一切都弄得熨帖了，曾国藩便在大年初二这天，给穆彰阿拜年的时候，亲手送给恩师。穆彰阿每年接到这份礼物后，照例都是乐呵呵地夸奖他的字又进步了，诗文也比去年的好。到了十五日这一天，这幅字被悬挂在客厅的显眼处，于是大家都来观摩，交口称赞。这时，穆彰阿则坐在厅中的太师椅上，手中滚动着两颗墨绿色和阗玉球，笑微微地望着他。而此刻的曾国藩，也是他一年中最为得意的一天。

面刮好，胡须修好了，剃头匠拿来一面玻璃镜。镜中的二品大员年轻儒雅，气色旺盛，是一副前途无量的气象。剃头匠在一旁恭维不止，曾国藩给他双倍的工钱，忽然荆七进来，神色慌忙地说："大人，刚才部里匡老爷派人来，请大人速去园子里，说是皇上要立太子了！"曾国藩大吃一惊，吩咐备车，一面赶紧穿靴戴帽，上车直奔圆明园。

道光帝今年六十九岁，患病两年多了。半个月前，宫中就传出病危的消息。大变的心理准备早已有了，但出于对皇上的情感，曾国藩仍不愿意这件事发生。清代自雍正之后，鉴于康熙朝因先立太子引起诸皇子争夺帝位的弊病，改为秘密建储。皇帝一旦在心里定下继位者后，便将他的名字写两份，一份藏在身上，一份密封于建储匣内，此匣放在乾清宫"正大光明"匾后。皇上病危之时，由亲贵王大臣共同打开身边密藏的一份，并将建储匣从"正大光明"匾后取出启封，会同廷臣一同验看，无误后再公之于世。

道光帝的皇位继承人，两年前便定下来了。那年春天在南苑射猎，皇四子奕詝一矢未发，道光帝问他为何不射猎，他说不忍伤生而干天和。道光帝一时高兴，竟忘了祖制，当着臣下之面亲口说要立奕詝为太子，而且从那以后对奕詝也另眼相看。但毕竟没有履行过祖宗传下来的正式手续，也可能发生万一。谁来继大统，这可是天上人间第一件大事。国家的前途、个人的命运，都寄托在他一人的身上。曾国藩催马伕快马加鞭，生怕迟到了，赶不上见最后一面。

马夫使劲抽打着鞭子，两匹蒙古大青马像疯了似的向西奔跑，鼻孔里呼出的气，立刻被严寒化作一团白雾。还是晚了！马车刚到园门口，便听到一片山摇地动似的哭喊声。道光帝驾崩了！曾国藩一听，立刻晕倒在马车里，好半天才苏醒过来。道光帝对他的圣恩太重了。他的尊荣，他的富贵，以及他的家族的荣耀，全部出自于道光帝的浩荡皇恩。年轻的礼部侍郎擦干泪水，立即投入耗资巨大、礼仪繁琐的大丧筹备之中。他奉献的不仅仅是尽责尽力、任劳任怨，更重要的是他和他的家族对皇家的一片耿耿忠心。大丧结束，他捧着颁发的遗念衣物，悲从中来。

随之而来的是咸丰帝罢黜穆彰阿，清除穆党，意料不到的变故使他目瞪口呆，他算是亲身领略到了官场荣耀后面的险恶。从那以后，曾国藩更加兢兢业业，谨小慎微，同时，也更加深化了对道光帝的思念。后来，每当事机不顺，与咸丰帝、慈禧不协的时候，这种思念便愈显得强烈⋯⋯

"唉，想不到一晃二十三年过去了！"曾国藩从往事的回忆里走出来，进入了现实，一眼看见穿衣镜中那个佝偻衰朽的老头，顿时凉到背脊，万念俱灰！这一夜，他又失眠了，天快亮的时候才蒙蒙眬眬睡去。刚一合眼，便看到道光帝正坐在养心殿东暖阁里批阅奏章，见他来，便以手相招。他走过去，跪着。道光帝一反平时的不测天威，竟然和颜悦色地与他拉起家常来。说着说着，道光帝头一偏，碰到龙案上，曾国藩吓得大叫一声。醒来时，才发现全身衣裤都已汗湿了。

"道光爷想我了，他老人家要我去陪伴了！"曾国藩心里想，头又晕起来，伴随着肝部一阵阵疼痛。他再次明白地意识到在世之日不会太久了，他要趁着头脑还清醒的时候，将自己心里常常思考的事情告诉九弟和儿子。

听说大哥好了几天又病倒，曾国荃已知不妙，为了给大哥添几分喜悦，他终于决定将李臣章送的金毛全虎皮今天就转送给大哥。

"你哪有这种东西？"当曾国荃把这张虎皮展开时，曾国藩甚为惊喜。他抚摸着又长又软的金黄色起黑条花纹的江南虎皮，爱不释手，对九弟的这份厚礼十分满意。只颇为遗憾的是，十多年前没有得到它，那时衬托湘军统帅威风的，只是一张仿制的假虎皮。

"这是祥云的弟弟送给你的，他还送给了我一张。"见大哥喜欢，曾国荃心里高兴，他后悔进府的当天没有送上。

"祥云的兄弟？他现在哪里，他怎么会有这样好的虎皮？"李臣典死后，李臣章找过曾国藩多次，故记忆深。

"我这次在荻港码头上偶尔遇着了他，还在那里做了一天的客。"曾国荃两眼闪着亮光，将他在猛虎山一天的情形，绘声绘色地告诉了大哥。最后，他怀着一种极大的新鲜感说，"大哥，你大概没有想到吧，当年的湘军会与它的死对头长毛结伙成股，走出一条既不拥戴朝廷，又不与百姓作对的第三条路来。这世上事情的变化真令人不可思议！"

说完，他凝神望着大哥，急切地等待着回答。曾国藩没有搭腔，只是不断地缓慢地梳理着他的花白长须，两眼微微闭着。就这样，兄弟俩相对沉默了整整一刻钟。前吉字营统领，不明白前湘军统帅在长时间的沉默中究竟想些什么。

"沅甫。"曾国藩终于开口了，亲切地叫了一声弟弟，并以充满着仁爱、友悌的目光望着他。"今早宣宗爷已向我招手，我也早就应该回到他老人家身边去了。今夜，我们兄弟俩好好地将心里话聊聊，说不定这是最后一次话别了。"

没有想到猛虎山的经历竟然引起大哥这么长的沉默，而沉默之后的语言竟是这么凄怆，曾国荃神色沮丧，说："大哥，你莫说这样的话，你才刚过六十岁，祖父祖母都享高寿，父母也都年近古稀，你为国家建了大功勋，为家族立了大功劳，祖宗神灵会保佑你长寿的。"

"我无德无才，不敢与父祖辈相比，至于说我是国家的功臣，这是你和一部分好心人的看法。"对于胞弟这番出自衷情的安慰，曾国藩周身感到温暖。他苦笑着说，"在另一些人的眼中，我也可能是国家的罪魁祸首。"

"大哥，你怎么能说这样的话？"原吉字营统帅一贯以拯救朝廷的特大功臣自居，他和他身边的一批荣获重赏的将领们从来也没有去想过，大功后面竟然还潜伏着大过。正因为如此，金陵攻下后，他觉得伯爵之赏不足以酬劳；鄂抚任上他目无官文，就连新湘军的失败，他也认为无损他的英名。相反地，他在荷叶塘买田起屋，都是理所当然的。

"沅甫，你以为长毛的灭亡是因为湘军的缘故吗？"曾国藩注视着九弟，目光虽然没有往昔的威厉，但仍使人不敢逼视。

"旗兵、绿营虽然也参与了一些战事，但他们不起主要作用，打败长毛的功劳，应当属于湘军。"曾国荃本想在后面再添上几个字——首先属于湘军中的吉字营，话到嘴边，又没有吐出。

"错了，沅甫。"曾国藩轻轻地摇了摇头，"这一切都是气数使然。"

曾国荃睁大眼睛望着大哥。这位贡生出身的九帅，自小就不愿意按着大哥的指教把书本深究。他崇尚的是刀兵武力，注重的是眼前的实利，从不善于做抽象的深远的哲理思考，也不大相信种田人常说的八字命运。他认为前者失之于迂腐空泛，后者又失之于懦弱无能，他要做英雄强者，要做命运的主人。

"沅甫，大哥实话对你说，以你的吉字营为主的湘军，根本就不是成就伟业的军队。当然，听这话，作为吉字营的统领，你心里是不会舒服的，但大哥是湘军的创建人，是最多时人数达二十万的湘军水陆两支人马的统帅，若不是真正的实情，大哥我会这样说吗？"曾国藩端起茶杯喝了两口茶。十年前，他可以一连说上两个时辰不喝一口水，现在他的舌干口燥的毛病越来越严重了。

"湘军或许不能与商汤周武之师相比，但论功绩，我看也不在岳家军、戚家军之下，后期军纪固然不甚佳，岳、戚两家就一定如书上所说的那样好？我就不信！这一点，还是左季高看得透。一部二十四史，不知有几多左老三梦中斗水盗的杜撰！"

曾国荃对大哥的说法不服气。去年湘中士人公推王闿运撰《湘军志》。王闿运也扬言，为湘军修志一事非他莫属，他要秉董狐之笔，不溢美，不饰恶，为湘军存一信史。曾国荃一听急了，忙致书王闿运。告诉他不许给湘军抹黑，若不听警告，对湘军，尤其是对吉字营说长道短的话，即使雕了版，印成书，也要毁版焚书，不讲情面。同时，曾国荃又要原先的幕僚，现赋闲在家的湖北东湖人王定安执笔写一部湘军史，并预支给他三百两银子的润笔费。这些事情，曾国荃都没有对大哥提起，现在看来更不宜提了。

九弟的不服气，是曾国藩预料中的事。他不跟弟弟争辩，只是淡淡一笑，顺着自己的思路继续说下去："长毛的失败，乃至灭亡，主要的原因在他们自己身上。道光末年，从两广到两湖到两江，南方吏治甚为腐败，再加之灾情严重，民不聊生，洪、杨乘机以有田同耕、有饭同吃的口号蛊惑人心，聚众造反。那时地方官员颟顸昏聩，文不能守，武不能战，遂使洪、杨坐大，窃据江宁，公然另立伪朝。盘踞江宁后，洪、杨本性大暴露，所作所为与造反之初大不一样，于是人心丧失。到了咸丰六年的内讧，更加证明他们是一群争权夺利、残忍刻毒的强盗，当时有识之士已看到了他们的败灭定局。后来依靠诸如陈玉成、李秀成等枭悍之徒的垂死支撑，才又苟延了七八年。湘军是趁着这些空子才侥幸成功的。倘若那时不是你我兄弟筹建湘军，而由少荃兄弟早建淮军，甚或是鲍超建川军，朱洪章建黔军，沈葆桢建闽军，都有可能取湘军之功而代之。换一个侧面说，假若我们的对手洪、杨有中人之资，不急于在江宁建都称王，而是率叛卒直攻京师，那样也不容许有我湘军存在的一天。沅甫，你想想看，你的一等伯，我的一等侯，不都是靠运气好而捡来的吗？"

大哥的这番话有道理，但说侯伯之爵都是捡来的，未免贬已太甚。围安庆一年多，围金陵两年多的曾铁桶，无论如何不能接受这个观点。倘若这个话不是出自大哥之口，而是由其他人说出，他甚至会愤怒得一刀宰了此人。他凝神望着大哥，只见大哥脸色灰白，全身上下几无一丝活气，心想：大哥常说他胆气薄弱，是否他现在真的精神已尽，阳刚之气全无了呢？要不，何以如此压抑自己？曾国荃听家里人说，父亲临死前那半年，胆小得连小孩子都不如，在普通的作田人面前都谦让不已。人们都说老太爷的阳气不多了，活不长了。想到这里，曾国荃不觉对大哥生发出一股怜悯之情来。他不愤怒了，反而笑道："大哥说得也太过分了，五等爵位还有捡的？这么多人想，别人怎么捡不到？难道运气都在我们头上，别人就没有运气？"

"你信不信，我不勉强，总之我是相信的。"曾国藩再次端起茶杯来喝了两口水，右手又捋起长须来。"我给你讲几件事，你看是不是运气。咸丰四年出兵之初，我在靖港大败，长沙官场尽是白眼，我自己也对前景失望，没想到塔、罗在湘潭十战十胜，不仅抵消了我的失败之过，还赢得了湘军的彻底翻身。这是一个例子。第二个例子，咸丰五年在江西，石达开把我舢板全部引进鄱阳湖，然后全力围攻我水师，逼得我跳长江自杀，虽被救不死，但全军已溃败，正在垂手待擒之际，鲍春霆却突然率打粮之军归来，冲乱了长毛的阵脚，使我死里逃生。第三个例子，咸丰六年从樟树镇败回南昌，石达开将南昌城团团包围，炮声火光昼夜不息，南昌指日即破。做梦也没想到，长毛竟然在一夜之间撤走得干干净净。第四个例子，咸丰十年在祁门，李秀成率数万大军已杀到我的眼皮底下。祁门总共不到三千人，幕僚们几乎逃光，连李少荃都吓走了。我已写了遗嘱，枕剑而卧，随时准备自尽。结果又是让鲍春霆冲进祁门大山来救了。可奇怪的是，李秀成居然不再进攻，率部西去了。倘若他不走，继续打下去，霆军很可能也挡不住。沅甫，你看看，我之能有今天，到底是靠我的本事呢？还是靠运气呢？周荇农、潘伯寅客气，称赞我是大经济从大学问中来，还说慈禧太后有次对身边的大臣说，曾某人乱极时沉得住气，全是靠的理学功夫。我给荇农、伯寅写信说，我是不信书，信运气，而且要公之言，告万世。"

说完嘿嘿笑了两声。曾国荃听得有味，也笑了起来。

"沅甫，所以我先前对你说过，你本事虽大，但不能居全功，要让一半与天。这'天'就是指的运气。这样看，这样想，就可以免去许多烦恼，少生许多闷气，这不仅是处世之道，也是养生之方。"

说到这里，曾国荃才第一次点了点头。

"现在来谈谈李臣章与瞿荣光结合一股的事。沅甫，你是怎样看的呢？"曾国藩问九弟。

"我看这也没有什么。"曾国荃想了想，说，"这也是一种谋生手段。至于瞿荣光，过去当过长毛，现在不是的了，也不必算老账。"

"沅甫，你把这事看得太简单太肤浅了。"曾国藩紧锁双眉，看着自己这个爵高秩隆的九弟，心中为他的见识浅薄而深深担忧。"胜利者的湘军和失败者的长毛结拜兄弟，共同谋事，在失败者的眼里，胜利者究竟还有几多分量？在胜利者看来，失败者又有几成罪孽？猛虎山这两支人马的组合，岂不意味着把湘军和长毛扯成了一条平线？"

前吉字营统帅压根儿没有做过这样的深思，一时间，他简直不能分辨大哥的联想究竟是精辟的见解，还是无稽之谈。他瞠目结舌，无言以对。

"这是其一，要害还不在这里，要害在于这实际上已经泯灭了大是大非的界线。我们湘军是保君父、卫孔孟的王师，行的是救国救民的光明正大的事业，而长毛干的是伤天害理、倒行逆施的勾当。这中间是非善恶泾渭分明。我们与长毛势不两立，不共戴天，怎么能够称兄道弟、平起平坐呢？哎，这班子糊涂虫！"

曾国荃听了这话，脸不觉红了起来。

"李臣章这班家伙，敢公然藐视太后、皇上，心怀不臣之心，一有风吹草动，就会重做长毛的事。湘勇战死的不算，活着的至少有二十万之多，十成中只要有一成李臣章这样的人，就有可能使天下大乱。而现在滞留安徽、江西、湖北不回原籍的湘勇还不只两万，且大部分都被哥老会所拉拢，成帮成派的，他们胆子大，手里有枪，这些人实际上就是埋在长江两岸引火待发的炸药！沅甫，你看到这一点吗？"

"有这样严重吗？大哥，你过虑了。"曾国荃不同意大哥对李臣章这批人的苛责。"他们说到底，只是一班兵油子而已，轻松饭吃惯了，不愿再做风吹雨打日头晒的农夫罢了。再说，大乱方平，你我兄弟，还有雪琴、季高、少荃都还在，谁还敢再冒天下之大不韪，重蹈长毛覆辙？"

"你说得有道理。"曾国藩轻轻颔首，"我们兄弟在，雪琴、季高、少荃等人在，有异志者不能不存戒备之心，眼见得到的这十年八年或许不会有大乱。季高精力虽过人，也已年过花甲，雪琴五十多了，你和少荃也都到五十边上了，而散布在大江南北的湘勇中许多人还只有李臣章那样的年纪，难保十年二十年，老成凋谢后他们不会目中无人。当然，倘若朝廷力量强大，也能镇住四方，但现在恰恰是女主临朝，皇上孱弱。"

这里是警戒森严的江督衙门的后院，且时已深夜，绝无人迹，出于多年谨慎过度的习性，曾国藩在说到太后、皇上时，仍把声音压得很低很低："恭王被疑，中枢无干练之才，而十八省督抚中，凭军功起家者已过其半，他们手中至今仍掌握着属于自己的军队。我朝开基两百多年来，外重内轻之局面无有甚于今日，且洋人虎视眈眈，仗势欺凌。沅甫，你三十岁前便读完了二十四史，你仔细想想看，今日天下局势，与历代末世有何区别？我这两年来常常想，下次再乱，必定是湘军余孽起骨干作用，即或是本人老了，不上战场了，也会是他们在幕后操纵。所以我说，我们兄弟究竟是国家的功臣，还是朝廷的罪魁，现在尚不能定，甚至我死之后，盖棺亦不能定案。"说罢，曾国藩重重地叹了一口长气，又沉痛地说，"沅甫，你平素可能很少从这个方面想过吧！"

"大哥，即使如你所预测的，天下大乱，湘军有些人参与了反对朝廷的活动，但那也不是我们的责任，你何苦要这样自己给自己找烦恼呢？"曾国荃对大哥的用心还是不能理解。

"沅甫。"见九弟一直没有转过弯来,曾国藩正色道,"我何尝不知,天底下任多伟大的祖先都有不肖子孙,任多严密纪律的集团中都有不法之徒,湘军中混有朝廷的叛逆、社会的渣滓,自然难免,且你我兄弟以及死去的胡、塔、罗、李等人,对皇上的耿耿忠心可昭日月,可泣鬼神。但湘军中只要有一人叛逆,湘军就会蒙上一粒灰尘,若今后有成千上万人走上与朝廷对抗的道路,将会给湘军抹上一块多大的黑泥?江宁打下后,不上交一两银子,且纵火焚毁伪天王宫,这几年对此事的公开指责虽已平息,人们的腹诽岂可消除!我朝无论八旗兵还是绿营,从来都是世业制,没有出现过半年之间裁撤十多万军队的先例。且撤勇之时,欠巨额之饷,积无穷之弊,通通没有解决,潜伏了大量隐患。这些都是我们募勇之初所不可能想到的。倘若今后没有更大的乱子出来,朝廷和后人或不至于苛责;倘若湘军中的败类有朝一日举起反叛的旗帜,这些老账新账便会一齐算,史册上就会说曾某人建湘军是做了一件大坏事,连你曾沅甫打金陵,后人也会说你不是为了朝廷,而是冲着小天堂的金银如海、财货如山来的!"

"让他们说去吧,我不在乎。"曾国荃嘀嘀咕咕地嘟囔。

"这不是在乎不在乎的事。"曾国藩阴郁地说,"这是件可悲的事。而更可悲的,是我现在已清清楚楚看出它今后的结局,但无力扭转。前人说无可奈何花落去,明知花要落去,却不可能将春天挽留住,人世间真正的最大悲哀,莫过于此!"

曾国藩一时觉得五内隐痛、神志纷乱,他不得不停止说话。曾国荃脸色黯然,低首不语。督署书房死一般地沉寂。

过一会儿,曾国藩略觉心里平息一点,又坚持说下去:"我是活不久的人了,这次请你到江宁来,首先就是要提醒你,不要总以江山社稷人功臣自居。其次,世道乖乱,局势不稳,你最好的选择就是长保今日的处境,住在荷叶塘,当你的财主庄东,不要再出来做官。大哥我早在打下金陵时就想急流勇退,只是那时要让你先回去,不能两兄弟同时开缺,故而留了下来。后来捻战失利,名望大损,我三辞江督而不允,孰料又遇天津教案,致使一生清名扫地以尽。庄子说长寿多辱,确是实话。我若在金陵打下时就死去,哪有后来被人骂做汉奸卖国贼的耻辱。你也差不多。这几年做鄂抚,捻战无功,又与官秀峰不睦,上下左右都有闲言碎语,处境也不顺利。我有时想,天降我们兄弟,就是为了对付长毛。长毛一平,我辈职责已尽,就都要解甲归田。老子说'为而不恃,功成而不居',又说'功遂身退天之道',实在是很深刻很明哲的话,可惜当年还见不到这一层,自取侮辱。故大哥我死后,不希望你复出做官,只望你和澄侯一起守住父母之坟,保住曾氏家族的平安无事,就万幸了。"

曾国荃想,大哥这番话尽管说得悲观哀痛,但的确是实情,兄弟二人自大功告成之后,日子过得都不顺心。过去当统帅,冲锋陷阵,攻城略地,痛快极了,做起疆吏来,却处处掣肘,事事不顺,连指挥打仗的看家本领都不灵了。莫非真如大哥所揭示的:曾氏兄弟是为平长毛而生的?

"唔,唔。"曾国荃轻轻地哼着,点了几下头,表示记下了哥哥的话。

"沅甫,我这里有一首诗,你看看。"曾国藩抽出屉子,从一个大信套里拿出一张精美的梅花水印笺来,递给九弟。

曾国荃接过一看,水印笺上是一首七律。他轻轻念道:"祇将茶 代云觥,竹无尘水槛清。金紫满身皆外物,文章千古亦虚名。因逢淑景开佳宴,自趁新年贺太平。猛拍阑干思往事,一场春梦不分明。"

"你看看,这首诗像是什么人作的?"

曾国荃握纸沉思好半响,才慢慢地说:"'金紫满身',看来是个大官,'文章千古',又是一个擅长诗文的人。只是最后两句不好理解。'一场春梦',这是说的什么呢?难道说诗人对自己过去的作为有所悔恨吗?"

"你分析得很有道理,这是一个身居高位而心怀郁结的人写的。"曾国藩凝视着水印笺,右手无力地在胡须上抚弄了两下。

"他是谁,我想不出来。"曾国荃疑惑地望着大哥。

"恭王。"曾国藩淡淡地说。

"恭王?"曾国荃惊讶地重复一遍。

"这是昨天荇农给我寄来的。这首诗的要害就在最后两句:'猛拍阑干思往事,一场春梦不分明。'什么是恭王心中的春梦呢?"曾国藩问九弟,九弟直摇头。

"我看极有可能是指的十一年前的那桩事。"曾国藩自己作了回答。

"大哥是说恭王协助太后除掉肃顺的事?"曾国荃盯着大哥,心里有点紧张起来。

曾国藩点了点头。

"这么说来，恭王与太后隔阂甚深？"曾国荃说。

曾国藩仍未作声，只是又略为点了一下头。

"恭王与太后之间为何有这样深的隔阂呢？看来当年一罢一复的事，彼此的成见至今还未消除。"曾国荃喃喃自语。

"沅甫呀，这里的事情太复杂了。"经过一番很久的深思熟虑之后，曾国藩终于郑重地对弟弟说，"恭王器局开阔，重用汉人，这是恭王的长处；但恭王又过于聪明剔透，晃荡不能立足，这是恭王的短处。金陵初克，皇家内部便起矛盾，可以看出西边的太后容不得才大功高的叔子。而叔子又不甚检点，终于给嫂子抓住了把柄。一个回合下来，叔子败给了嫂子。同治八年，西太后派身边的大太监安德海南下办龙衣锦绣，被山东巡抚丁宝桢拿获。奏报到京时，恰逢西太后观剧。恭王与东太后商量后，杀了安德海。在恭王看来，以维护祖制来报当年的一箭之仇，甚是乖巧。他没有想到叔嫂的怨恨又深了一步。近来为修圆明园一事，恭王又与西太后意见不合。令人担心的是，这中间还夹杂一个醇王。醇王胸襟狭窄，才识浅陋。前年津案发生后，他甚至说出捣毁所有在京外国使馆，赶走所有洋人的糊涂话来，于此可见他的才具。可偏偏他又爱出风头，不满其兄的崇隆地位。他又是西太后的妹夫。我已预感到，恭王总有一天会彻底败下来，接替其位的必定就是那位七爷。而这一点，恭王自己似乎也有所意识，故有'一场春梦不分明'的感叹！皇家内部的争斗历来是国家祸乱的根源。李臣章那些人所说的娘偷人、崽嫖娼之类事情，或许没有，即使有，也远不能与此相比。这就是我刚才对你说的，不要再去想起复做官，安心落意守祖坟的原因所在。你明白吗？"

这番话说得一等威毅伯目瞪口呆，惊恐不安，好半天才回过神来，心里仍寒战不止。

"大哥还有一句老话要对你说，那就是散财求福。"曾国藩从弟弟的眼神中看出了他心灵深处的震动，知道自己这番话能被他接受，于是改以平和的口气说，"这一点，大哥我知道你受了很大的委屈。得老饕恶名，其实自己没有占多少非分之财，这也是这些年来你心情郁郁的一个大原因。"

"只有大哥你真正了解我。"听了大哥这句话，曾国荃很觉宽慰，过后又愤愤地说，"不知哪个绝子灭孙的家伙取了这个名字，流毒全国。"

"《春秋》责备贤者，这是人之常情。"曾国藩笑道，"你也不必去打听谁取的名字，既然能流毒全国，这就说明苛责你的人不止一个两个。再说你也是得了好处。眼红、妒忌，是人的通病，万年以后也消除不了，唯一的办法是散去一部分。散财分谤，这是古人常用的办法。我常对纪泽兄弟说，名之所在，当与人同分，利之所在，当与人共享，也是说的这个意思。"

"长沙建湘乡会馆，我捐了一万两千两银子。"

"好，这是一件积大功德的好事。星冈公在日，常说晓得下塘，还要晓得上岸。散财正是为了上岸。"曾国藩对弟弟这个举动非常满意。"今后湘乡县的公益之事，如修路架桥起凉亭，冬天发寒衣，青黄不接时施粥汤等等，这些事，我们曾家都要走在别人前头。弟出一份，我也出一份，还要叫澄侯也出一份。耗银不多，却可赢得乡民称颂，是件惠而不大费的事，何乐而不为！京师长郡会馆多年失修，我还想邀李家、萧家一起，合资重建一座。这事意义更大，影响也更大。这件事，就由你为头如何？"

"行！"曾国荃爽快地答应。他跟大哥的性格截然相反。大哥是慎入慎出，不要一丝分外之物，也不乱给别人一文钱。他是不择手段地大量攫入，同时亦毫不心疼地大把抛出，这正是他指挥的吉字营能打胜仗的原因。"我想在长沙建一个书局，就如大哥在江宁建金陵书局一样。书局建好后，先把大哥的诗文奏章书信等刻出来，尤其是大哥在京师期间写给我们兄弟的家书，当年对我们的教育很大，现在还可以用来教育子侄，刻印出来，定然有功于世。"

听了这话，曾国藩心中大为欣慰，十分高兴地说："你有在长沙办书局的想法，真是太令我欢喜了。金陵书局的许多现成设备都可以运到长沙去。小岑也老了，思乡之情日增，正好叫他回去办此事。弟成就这桩事，可谓有大恩于士林。但所说的第一刻我的文字，这万万不可。我的文字只可留给后世子孙观览，不可刊刻送人。"

"为什么？"曾国荃不解，多少比大哥官位低得多的、平庸无任何业绩的官吏们，一到晚年，唯一的大事便是四处张罗为自己刻集；又有多少比大哥才学差得远的读书人求人募款，甚至不惜像叫花子一样地八方化缘，为自己刻个某某馆主诗汇、某某斋文集等等。大哥究竟是怎么想的呢？

"我早年对自己的诗文很自负，见京师文坛称赞梅伯言，颇不服气，又常恨当世无韩退之、王安石辈可以谈论。我一生若孜孜矻矻，穷究不舍的话，或许也可以写出几部像样的书来，但可惜后来又不允许。对经史、对诗文，我都有不少与前人不同的看法，很想记下来，一吐胸中之块垒。军务政务太忙，无暇为此，我常为之惋惜不已，以为将成广陵之散。赵惠甫笑我有汉成帝、明武宗那样薄天子而好为臣下之癖，唉！"曾国藩叹了一口气，充满感情地说，"赵惠甫不理解我。我曾涤生出身翰林，长期埋首经丛史集，吟诗作赋、著书立说，才是我心中的帝王之业；带兵打仗，安营布寨，这是迫不得已才为之的事啊！惠甫与我天天在一起尚这样看待我，还不知后世子孙会怎样误解我哩！"

"这样的误解是好事。"曾国荃笑道。

"不管怎样，我是到死也没有一部书出来的翰林，我一生都为之不安。我不怪王壬秋讥讽我是一个没有理学著作的理学家，他说的是实话。我的诗文都是草草写成，未加细究，一时可以蒙混人，刻出来让后人一字一句来推敲，那岂不是把我推出来当一个靶子，让人射吗？"曾国藩自嘲似的笑了一下，喝了两口水，又说下去，"胡润芝死后，他家里刻了一部胡文忠公遗集，所选不当，我想若润芝九泉有知，一定会骂人的。他写给官秀峰的一些信，说了官许多好话，那是润芝的笼络手段，并非心里话。现在官秀峰就把它拿出来，作为其治鄂的政绩。"

"那老混蛋最会来这一手。"官文是曾国荃的死对头，一提起他就有气。

"这是给人戴高帽子，虽不合事实，尚不至于结怨。我没有胡润芝的涵养，书信中对人对事多偏激之词，倘若稍不注意伤了人，即使本人不在了，他的子弟也会来找麻烦。就拿同治五年，我们兄弟私下议论李少荃人品的那些话，如果刻出来，他不恨死才怪哩！"

"有的可以删节。"

"注意到了的可以作删节，没有注意到的呢？世上事不怕一万，只怕万一，还是不刻的好。我人死了倒无所谓，受牵累的是你和老四，以及纪泽兄弟。"

隔了一会，曾国藩又说："刚才说到刻书的事，我倒想起一件事来。荷叶塘还存了几份参劾李次青的副本。次青从我最早，在江西时功劳又很大，别人都高官厚赏,独他一人至今仍为长沙一教书先生,我觉得很对他不起。若以后你们刻什么遗集之类,参次青的那些奏稿就都会刻出来,这不仅益发加重了我的罪,甚至连我的魂魄都不得安宁,所以你们绝对不能去刻集刊印。"

"说起李次青,我记得四哥有次说过,他想退掉那门子亲事。"

"不行!"曾国藩打断九弟的话,不悦地说,"定下十多年的亲事,哪有反悔的道理。澄侯的满女多大了?"

"今年十八岁。"

"你回去对澄侯说,万不能退,端阳节完婚。我素来嫁女是二百两银子的嫁妆,侄女一百两。他的满女,我出二百两,跟纪芬的几个姐姐一样看待。"

"好吧,我回去就告诉他。书局的名字我想了一个,叫贤声书局,大哥你看要得不?"

"贤声,贤声。"曾国藩轻轻地念了两声。"我看不大合适。尽管我不同意刻我的书,我知道死后还是会刻的。你百年后,纪泽、纪瑞他们也会给你刻个集子,那不等于自吹自擂,传自己这个贤者之声了吗?我看不是传贤者之声,而是传忠贞之心。你看呢?"

"是的,大哥想得远!"曾国荃恍然大悟,"就叫传忠书局。"

"对,这个名字好。"曾国藩称赞。"沅甫,我叫你看地的事办得如何了?"

去年,曾国藩写信叫四弟、九弟代他在荷叶塘觅一块墓地。这次来时两兄弟商量好了,一到江宁,见大哥病势严重,曾国荃反而不好主动说了,怕引起大哥伤感。

"我和四哥请了十多个好地仙,在荷叶塘周围找了两个月,再也找不出一块好地来,最后两兄弟合计,只有将父母亲大人的棺木取出来,重新再调摆一下,就可以腾出一穴地来。"

那年被陈广敷称之为大鹏鸟嘴口的凹地,在曾国藩出山后不久,江氏老太太的棺木就葬在上面了。当时还有意留下一个穴位,让老太爷用。后来老太爷也葬下去了,那块凹地就不能再葬了。为了让大哥满意,曾国潢提出了这个主意。

"这万万使不得。"曾国藩连连摇头。"使父母亲大人的魂魄不得安宁,我何能心安！荷叶塘既然没有地，我死之后也不必把灵柩运回湘乡。那年在长沙办团练时，我在善化坪塘看上了一块地。一个小山包处两条山脉之中，远看犹如二龙戏珠，就将我葬在这个珠上吧？这虽不是上等好地，也可以算得个中平，能使后世子孙清吉。天道忌盛，三十多岁时我就领悟了这个道理，主张求阙，故而一向喜欢'花未全开月未圆'这句话。家在我们兄弟这一代出侯出伯，应该满足了，不要指望在三四代内再出将相，只要求得子孙读书明理、平平安安就行了。"

"大哥放心，这件事可以做得到。我回湖南后专门到坪塘去看一看，问问那个山包是谁家的，把它整个买过来，干脆就在长沙城外再添一座祖山好了。"

曾国藩满意了。闭目养了会神，他突然想起久未见面的六弟国华来。

"有五六年未去看温甫了，你这次回家，顺路去看看他，把纪寿这几年读书大有长进的事告诉他，也让他高兴。"

曾国荃没有作声。曾国藩觉得奇怪："我刚才说的话，你听见了吗？"

曾国荃还是不作声，许久，才徐徐说："六哥两年前便得归道山了。"

"你是说温甫，他早就仙逝了？"曾国藩惊讶莫名，心头怦怦乱跳不已，"你们怎么知道的，为什么瞒着我？"

"前年秋天广敷先生去宝庆访友，特地绕道来到荷叶塘，将这不幸的事告诉了我们，说温甫在牯岭采药时，不慎从悬崖上跌下来，摔死了。当时大哥正在办天津教案，心情抑郁。我和四哥商议，暂时瞒着。这次我见大哥身体不好，也不敢提起。"

"就准备瞒到底？"曾国藩问，眼眶四周已湿润润的了。

"嗯。"曾国荃轻轻地回答，声音只有他自己才听得见。

"我对不起温甫。"沉默一段很长时间后，曾国藩从心底里吐出一句话来。

"我这次回湖南时将在九江上岸，把六哥的遗骸带回去归葬祖茔，不能让他孤魂无依。"曾国荃说着说着，动起手足真情来，潸然泪下。

曾国藩的心情本来就够沉重了，九弟的这句哀伤的话又益发加重了负疚之心的重量，但他想到温甫的遗骸一旦运回家中，岂不多出许多麻烦来，说不定隐瞒了十多年之久的事又会因此而彻底暴露。不能！他狠了狠心，说：

"你到庐山去,给他的坟头培培土,磕三个头就算了。温甫在广敷先生的启迪下,已将人情生死都看透了,也不会有孤魂在外的哀怨,不必再归葬祖茔了。"

曾国藩茫然望着九弟,眼睛里慢慢流出几滴浑浊的泪水来。许久,他才自言自语似地说:"明天安排一条小火轮,叫叔耘到庐山去一趟,把广敷先生接到江宁,我要见他一面。"

十一　陈广敷三见曾国藩

十天过后,薛福成走进了督署书房。

"广敷先生呢?他不在庐山,还是不肯来?"见只有薛福成一人进来,曾国藩奇怪地问。

"广敷先生来了,他到鸡鸣寺去了。"薛福成笑着回答。

"他为何不到督署来见我,却要去鸡鸣寺?"曾国藩愈发奇怪了。

"他有一封信给大人,还有件小礼物。"薛福成取出一封信和一个野藤编织的小笼子来,放在书案上。

曾国藩打开信来,上面写着:

爵相大人钧鉴:

　　大人不忘旧情,派人来庐山相邀,令山人且喜且愧。然山人道装十余年,不习惯再着世人之衣冠,其貌又甚丑陋,见者皆以为钟馗复生,二者均不宜进督署。鸡鸣寺灵照长老智慧圆通,乃山人老友,山人不揣冒犯,恭请大人枉驾鸡鸣寺,一叙别情若何?

　　知大人近来不适,特托叔耘先生先呈小丸三粒。此乃山人采天地之精气,集山川之珍华,积数年之力而成。大人白天屏息思念,夜间临睡前吞服一粒。第四天上午,山人在鸡鸣山下敬候车驾。

　　　　　　　　　　　　　　江右陈敷顿首拜上

曾国荃在一旁看了,说:"广敷先生倒摆起款式来了!天气寒冷,大哥身体又这样弱,如何去得鸡鸣寺?明天夜晚,打发一乘轿子把他接进衙门来就行了。"

曾国藩说:"信中的潜台词你没看出来,道装、丑貌都是托词,广敷先生的本意是不愿进衙门,怕有损他的道家风骨;且信上还说鸡鸣寺的住持智慧圆通,也可能是想让我与灵照也见见面。他送来三粒丸子,话说得神奇,先吃了后再说。"

说完从藤笼子里掏出一个小油纸包。打开油纸,露出三粒褐黄色小药丸,书房里立刻香气四溢。曾国藩高兴地对九弟说:"广敷先生精于岐黄,说不定这是三粒仙丹哩!"

"若真的如广敷先生所说的,吃了这三粒丸子后可以上得鸡鸣山,那真是一件大好事,我们还得好好谢谢他。"一向对陈广敷很尊敬的曾国荃也乐了。

"叔耘,你明天去鸡鸣寺告诉广敷先生,就说我一切照他的话办。"

当天,曾国藩便遵照广敷所嘱,白天什么事都不想,也不看书看文件,晚间服下一粒丸子后便早早地睡了。第二天早上醒来,觉得精神好多了。纪泽扶着父亲走出房外,绕着屋子转了一圈,进屋后居然能吃下一碗红枣稀饭。三天下来,曾国藩精神大振。到了第四天早上,他仿佛觉得百病祛除,完全康复了。曾国荃赞道:"广敷先生真是神仙,我们向他多讨几粒来。"

一连晴了好些天,今天又是一个大晴天,初春的江宁城,比往年这个时候要和暖得多。吃过早饭后,两顶普通民轿抬出了总督衙门,后面跟着几个家人打扮的兵弁。

两江总督衙门与鸡鸣山相隔并不远,不到半个时辰,两顶轿子便停在山脚了。曾国藩、曾国荃兄弟刚走出轿门,老远便看见一僧一道正朝着他们走来。道人走在前面,穿一袭杏黄长棉袍,头上戴着空顶硬沿黄道冠,一束白发挽成一个圆髻露在外面,横插一根牛骨簪子,丑陋的面孔上绽开祥和的笑容,显然是广敷先生。稍后一点的和尚披一件色彩斑斓的大红销金袈裟,胸前挂一串黑亮发光的念珠,头上不戴帽子,脸上、头顶都焕发出一种奕奕神采。曾氏兄弟知道,这一定就是灵照长老。

"罪过,罪过!大冷天气,劳动大人和九帅。"广敷乐呵呵地迎上前去。

"两位大人大驾光临,寒寺生辉,请恕贫僧未能远迎。"灵照双手合十,腰微微弯曲。

"广敷先生,今天能与你重见,实为一大乐事。你还是这样健旺,真让我们羡慕。"曾国藩说完，又转脸对灵照说，"结识法师，荣幸之至，能借宝刹与故人相会，鄙人深致谢忱！"

曾国荃大声说："广敷先生，多谢你的仙丹，大哥病了两个多月，现在全好了。"又问灵照，"长老高龄？"

广敷答道："法师比我大五岁，今年七十八了。"

"见笑，见笑，贫僧一无所能，虚度岁月，徒增马齿，在两位大人面前无地自容。"灵照谦和地合掌叉手。

阳光下，灵照的大红袈裟闪闪发光，在曾国藩昏花的眼睛里，面前站立的仿佛一尊光芒四射的金罗汉。再看看自己这副病弱之躯，暗思：真正无地自容的，倒应该是我才对。寒暄一阵，准备上山了，广敷和灵照都坚请曾国藩再坐进轿去，以便抬着上山。曾国藩看看山不高，路也不陡，说："还是让他们搀扶着上去吧。登山游览，是我年轻时最爱做的事，这次怕是今生最后一次了。"

见曾国藩这样说，广敷和灵照都不便再坚持，遂由两个兵士一左一右地搀扶着，一步一步地走上山来。

鸡鸣山在江宁城北，山不高，风景却很秀美，是六朝旧都的一个名胜之处。远在三国时，这里便辟为孙吴王朝的后花园，西晋将廷尉署建于此。梁武帝萧衍笃信佛教，他在鸡鸣山上首建同泰寺。那时金陵城寺庙很多，杜牧诗曰："千里莺啼绿映红，水村山郭酒旗风。南朝四百八十寺，多少楼台烟雨中。"这就是武帝时代的真实写照。而同泰寺，则位居四百八十寺之首。不久侯景作乱，叛兵围台城时，该寺毁于兵火。以后鸡鸣山上相继建了千佛寺、净居寺、圆寂寺、法宝寺。明洪武二十年，朱元璋在紫金山看中了一块地，用它建皇陵，要将建于这块地上的灵谷寺志公墓迁走，遂在同泰寺旧址上建鸡鸣寺，志公遗骨则葬于寺前，建塔五级，塔旁建施食台。清初，施食台崩溃，近两百年间未修复。去年灵照向江宁知府禀请重建施食台，知府报告总督衙门，曾国藩同意重建，并批给二百两银子，不足部分由鸡鸣寺募捐弥补。

这时，一行正来到施食台旁，灵照竖起左手掌，对着曾国藩说："阿弥陀佛，此台全仗总督大人的力量建成。去年，得知总督大人亲自批给银两的消息后，十方善男信女无不踊跃捐助，半个月内便得银二千多两，不仅修好了施食台，连僧寮也做了翻修，众僧日日在佛祖面前祈祷，请佛祖保佑大人早日康复。"

曾国藩听后笑了笑，也未作声。客房里早已生好了炭火。进房后，兵弁侍候脱下了披风。几个和尚忙着端茶水果品，殷勤招呼。略坐片刻，曾国荃说："听得鸡鸣寺有一座好梅园，长老带我们去看看吧！"

灵照忙说："是的哩，不是九帅提起，险些忘记了。眼下腊梅开得正好，贫僧这就陪二位大人前去观赏。"

出了客房，穿过僧寮，来到鸡鸣寺的后院。眼前突然出现三四百株梅树，高高低低，疏枝交错，形成一片树海，古铜色的枝杈上没有叶片，只见星星点点的黄色小花朵，一股清清幽幽的暗香弥漫在鸡鸣山上，直沁人心脾。曾国藩不觉叹道："这么好的梅林，真是难得，千姿百态，斗霜傲雪，真个是一树梅花一首诗！不知雪琴来过没有，早知有这么一片梅树的话，一定要请他来观赏。"

广敷笑道："还是不让他知道为好，他若看到了，定然会赖在鸡鸣寺不走。误了水师的大事，灵照长老真还担当不起哩！"

说得众人都笑起来。

曾国藩又叹道："岁寒三友，我爱竹，雪琴爱梅，润芝向日爱松，松本最坚固，却不料润芝先凋谢。"

见曾国藩面露伤感，陈广敷忙岔开话题："曾大人，你知这座梅园的来历吗？"

"不知，今日倒要听你说说，以广见闻。"

"我也知之不详，还是请灵照长老讲它的典故吧！"

灵照说："据敝寺谱牒记载，明永乐年间，道衍法师佐成祖成就帝业后，复本姓姚氏，帝亲赐名广孝，遂回苏州祭祖。这天路过金陵，宿在鸡鸣寺。主持法深长老在后院大设斋宴款待，称赞道衍法师以空门而入廊庙，实为我佛家弟子的骄傲，也为佛祖脸上增添光彩。道衍听后心中甚喜，说：'太祖以和尚而为天子，才真正可以说为佛门大增光辉，我道衍不过卿相而已，所添光彩亦不大。不过，太祖是真龙天子，非常人可比，也不是常人所应当去攀比的，倒是我佛门若常出些卿相，辅佐英主安定天下，那才是功德无量了。'法深长老和众僧一齐说：'法师说得最好。'道衍带着几分酒醉：'《书经》上说：若作和羹，尔惟盐梅。这是殷高宗命傅说为相之辞。调羹不能离盐和梅，治国不能无宰相，我希望在今天摆筵席的这块土地上，种几百株梅树，以此祝贺鸡鸣寺日后能出治国安邦的宰相。'道衍的话赢得全寺僧人的由衷赞赏。第二年春天，法深长老便带着大家种了五百株梅树。从那以后到今天，四百多年过去了，代代僧人都爱护这片梅园，施肥锄草，从不间断，遇有老死病死之树，则换幼苗以补之。据说当年法深长老所栽的五百株树中，至今尚有三十多株活着，仍然年年开花，岁岁结子。"

众人一片赞叹。曾国荃说："古话说千年梅树开新枝，果然不假！"

曾国藩心想：都说佛门是清静无为之地，僧尼为出家离世之人，为何鸡鸣寺朝朝代代的和尚功名之心这等浓烈，一个背弃佛家宗旨的人一句醉后戏言，竟然当作圣旨似的供奉，一直被夸耀到今天！

灵照说："梅园右侧下去几步就是胭脂井，两位大人不妨也去看看。"

曾国藩一行又来到胭脂井。相传隋文帝的兵马打到金陵，后主陈叔宝带着宠妃张丽华、孔贵嫔逃到鸡鸣山，在一口水井边停下来。张丽华掏出手帕来擦拭围井的石栏杆，好让后主坐下歇息。手帕上的胭脂涂在石头上，居然被石头吸了进去，再也磨不掉了。以后，文人们便把这口井叫做胭脂井，并借此敷衍出不少风流故事来。

曾国藩对亡国的陈后主没有同情心，看了一眼后，便走到一个高处眺望四方，只见北边的玄武湖水光潋滟，东边的紫金山山色空蒙，他觉得这造物主所结构的湖光山色，才真正可以一洗胸怀万里尘。

曾国藩已觉得累了，于是大家都回到客房。张罗一阵后，灵照说："鸡鸣寺别无长处，只是幽静得好。你们老朋友在这里叙叙旧情，我去关照一下佛事，等会再来。"

灵照轻轻把门带上，出去了。

曾国藩说："温甫在庐山这些年，多蒙道长照看。仙逝后，又多亏道长料理后事。我曾氏一门感激不尽。"

曾国荃说："温甫去世的事，那年道长告诉我们，因大哥多病，一直瞒着没有告诉他，直到这次才说出。大哥伤悼不已，说务必请道长来江宁聊一聊。"

广敷脸色沉重起来，说："六爷盛年辞世，是我有负大人的重托，内心一直为此事疚愧。但好在六爷在黄叶观几年，已将世间人事洞悉，临走时心情坦然，也确实难得。"

"是的，道长说得好。"曾国藩平静地说，"人总归有一死，温甫能无恨意而去，也就足堪告慰祖宗了。"

广敷说："六爷坟头上草木茂盛，可卜后世一定发达。"

曾国荃说："正是道长所说的，温甫的儿子纪寿在子侄辈中格外聪明些，将来或许真的有大出息。"

陈广敷提起曾国华坟头长草的事，立即勾起曾国藩对二十一年前他来荷叶塘献地时情景的回忆。当年出山，虽不完全出自于广敷那番看相预卜之类的鼓动，但那番话的确起了重要的作用，增加取得胜利的信心；而对温甫、沅甫、贞干来说，则有着不可估量的影响。曾国藩又想起十五年前，他煞费苦心在碧云观等待，以"黄老可医心病"的妙语开导自己；这些年来，老庄柔道处世的学问，使他免去许多烦恼纠葛，保住了表面上的泰裕平安。

曾国藩想到这里，对陈广敷充满感激："广敷先生，今天是我们的第三次相会，岁月匆匆，不觉过去了二十一年。鄙人有幸能在人生转捩点上，两次得到先生的点拨，于迷茫时看到希望，在急流中躲过险滩。说句实在话，若没有先生，就没有鄙人下半生的事业。鄙人素知先生超凡脱俗，早已将人世的功名富贵看破，既不需要鄙人以爵位禄利来酬谢，也不需要鄙人命幕僚记事迹于史册，传英名于后世。今日将先生从千里之外请来，目的只是为了当面表达鄙人的谢忱。同时，先生之高明，二十余年来，一直为鄙人所倾心仰慕。不瞒先生说，鄙人从二十八岁离开家乡以来，三十多年里，结交的王公大臣、贤员干吏、英雄豪杰、俊士逸才，当以数百上千计之，而真正的睿智明达、倜傥潇洒者，却少有几人可比得上先生。鄙人虽小先生十几岁，然因终未得老庄养心之真谛，致使病入膏肓，自知在世之日不多，亟欲在死之前能聆听先生对鄙人一生的批评。这些年里，鄙人听奉承的假话多，得批评的真言少。圣人曰：朝闻道，夕死可矣。倘若得先生几句真言，鄙人即使明日就死，亦无憾矣！"

一等毅勇侯这番出自肺腑的话，使黄叶观老道士备受感动："山人早年浪迹江湖，所学所交，皆零乱驳杂，知命之年以后，方才收心学道，然所得至陋至浅，虽着道袍道冠，实未进得道家门槛。这一生能经筠仙绍介，得以结识大人及大人一家，又亲眼见大人昆仲功成名就，身为侯伯之荣，像绘凌烟之首，使山人二十一年前的预言没有成为荒谬，真是万幸。大人至诚之心，令山人感佩。二十余年来，大人一举一动，尽在世人关注之中，山人也在一旁冷眼观看，确有许多话想对大人说说，惜未遇其时耳。鸡鸣寺乃化外之地，九帅又是大人手足至亲，今日山人就姑妄言之吧！"

曾国藩说："正要听先生高论。"

曾国荃也说："先生料事如神，析事入微，什么话都可以直说不妨。"

广敷将曾国藩凝视一眼，然后端起茶碗抿了一口，放下碗说："大人一生功业非凡，这一面世上称颂的人已经太多了，山人也就不说了。山人要说的是另一面，那就是大人一生给自己，也给历史留下了一桩大憾事。说明白一点，即大人自己的企望和世人对大人的期望相距甚远；大人自己的期望不可能实现，而世人期望于大人的，大人又不愿意去做。这，便是憾事。"

出人意料，石破天惊，曾氏兄弟都为之愕然。

"三十年前，大人吟诗：'生世不能作夔皋，裁量帝载归甄陶，犹当下同郭与李，手提两京归天子。'那时山人已知大人的志向，郭、李之业，犹是等而下之之事，大人的目标是要像夔和皋陶那样教化世人，辅佐皇上复兴一个风俗淳厚的尧舜之邦。因此，灭长毛，镇捻寇，建盖世军功，取五等爵位尽管这是湘军千百个书生将官的最高愿望，然而却不是大人的极终目的。金陵收复后，大人力矫江南之弊，捻寇平复后，大人首倡洋务之举，山人知道，大人所做的，正是当年所理想的甄陶帝载的夔皋之举。"

曾国藩深深地叹息道："广敷先生，难得你对我的苦心知道得这样深切。高山流水，不足以喻你这个知音！"

"大人谬许了。其实大人所做的事，天下能理解者甚多，不独山人一人而已。"

"不然，以鄙人自己所见，天下知者甚少。"曾国藩想起深夜来访、取走围棋的康福，心里有着无限的委屈感。

"我看大哥的心曲，真正懂得的怕也不多。"曾国荃附和着说。

"不能这样讲。"广敷正色道，"只能说知之者不少，和之者甚少而已。"

"这究竟是什么缘故呢？""和之者甚少"一句道中了曾国藩的心病，他为此不知痛苦过多少年。作为一个时刻关心自己的老朋友，作为一个方外人，广敷先生一定能深知此中机奥，曾国藩愿向他虚心求教。

"这是因为大人之心甚善，而大人之为不可取。"陈广敷将声音稍稍压低，"满人的江山已经百孔千疮，腐烂朽败，它失去了建立尧舜之邦的基础。"

曾国藩发现这几天陡然兴起的精神已经不行了,如同海水落潮似的正在一寸一寸地向下跌落。曾国荃拾起一枚干梅子放在口里慢慢嚼着,这梅子又酸又涩。

"大人深受皇家恩泽,或许看不出这点,而许多人是看得很清楚的;也或许大人早已看出,但要知其不可而为之,竭尽全力扶起将倾的大厦。可是,许多人是宁愿看着它倒塌的。这便是知之者不少、和之者少的缘故。"

"广敷先生,鄙人倒要请教。"曾国藩强打起精神问,"鄙人幼读先贤之书,明白知其不可而为之乃圣人所肯定的血性,即使所为不成,亦是值得赞许的。鄙人的这种血性会不会得到后人的赞许呢?还有,既然这江山已百孔千疮,当年先生为何要劝我墨绖出山,血战长毛,匡护朝廷呢?"

广敷淡淡一笑:"知其不可而为之,圣人虽肯定过,但并非就是至理名言,这种血性也并非就一定会受到后人的赞许。比如忠桀纣之君,复暴秦之国,为人臣者,虽具血性,亦大不可取。至于山人先前劝大人出山,乃已知长毛决不可成事,且山人亦另有所期待也。"

"另有期待?"曾国藩问,"期待何事?"

"山人所期待的,也正是许多有识之士所期待于大人的,那就是希望大人借讨伐长毛之机会,锻炼出一支强大的汉家子弟兵,先剪灭长毛,次推翻满房,最后在我神州大地上重建尧之都,舜之壤,禹之封。正因为如此,咸丰八年,我在碧云观静候大人三个月之久,借治病为由,劝大人行黄老之术,以屈求伸,日后好建非常大业。"

曾国藩大惊,他惊的不是这番话的本身。劝他行非常之事的人已经太多,他对这话也不感到新鲜了,他惊的是一个方外之人,居然也存有这种光复汉家河山的强烈愿望,而且为了这个愿望的实现,费尽心机去点拨他,同时又将这个愿望压得深沉不露。一个如此奇特,如此高明,如此将个人名利视若敝屣的出世之人,也都希望自己行非常之事。自觉精神已散,死期已近的前湘军统帅、而今位极人臣的爵相,在心里暗暗地问自己:难道满人的朝廷真的已人心失尽,自己的抉择真的错了吗?

"广敷先生,可惜了,你为何不早说呢?"前吉字营统帅、现赋闲在家的一等威毅伯面露喜色地问。

"打下安庆时,我由庐山来到黄石矶,在紫荆观住了两个多月,本拟伺机进言，后在江边偶遇王壬秋。他说起大人连送他三个'狂妄'的事，我只得打消这个念头。打下金陵后，我又去了栖霞山，后来看到湘军几乎被裁尽，大失所望，从此不想再见大人了。"

"广敷先生，事情难道真的可为吗？"严守自己信仰的理学名臣不自觉地发出这个提问。

"怎么不可为？"陈广敷坚定地反问，"汤武革命，顺天倡义，三千年来史册赞不绝口。刘邦斩蛇起义，李渊起兵反隋，赵匡胤陈桥兵变，朱元璋驱赶鞑子，从来都认为是正义的行为，没有人指责他们是叛臣。自从满人入关以来，二百年间，汉人的反抗从未间断过，只因康乾所谓的盛世带给百姓以微利，才苟延至今。然自嘉庆朝以来，满人之腐败日见明显。到了道光末造，外辱于四夷，内烂于十八省，神人共愤，才有了洪、杨之乱。咸丰帝耽于酒色，荒废国事，女主垂帘十年来，举措倒置，普天之下，从南到北，从东到西，百姓莫不翘首盼望我汉家再出英雄，驱除膻腥，复我神州。大人手握十多万雄兵，本可挟灭长毛之威，一举而克北京。只可惜大人囿于忠君敬上之小节，无视拯国救民之大义，更加上大人禀赋拘谨怯弱，终于只为保己身及曾氏一门的安全而裁撤湘军，自剪羽翼，失去了大好时机，辜负了亿万百姓的热望，为史册留下一桩永不可挽回的遗憾！"

曾国藩听了目瞪口呆，想不到自己奉行几十年，一生沾沾自喜、以为可以流芳百世的忠君敬上，竟然被这个方外人讥为"小节"，难道说，读书千万卷，竟没有读通么？曾国藩茫然不解。曾国荃却说："先生所论，实在高明极了。"

"大人，到了今天这个时候，山人我不得不直说了。一家一姓，国家兆民，两者相比，孰重孰轻，孰大孰小？这对普通人来说，是个不难回答的问题。然而许多读书明理的大人君子却常常愚昧得很。他们之所以在这件事上表现出愚昧，并非识见不够，乃由于私心所充塞也。大人几十年来，孜孜矻矻苦读诗书，克己复礼砥砺品行，身先士卒统率湘军，夙夜匪懈以勤政事，但这一切，都被'忠君敬上'所匡限。若在盛世，此诚可以附骥尾而行千里，伴丽日而照后世，可是大人生不逢时。今者，爱新觉罗氏置国家于水火，令兆民遭涂炭，朝廷正可谓日薄西山，气息奄奄，朝不保夕，行将就木，大人欲灭长毛后而使满清中兴，岂不是缘木求鱼，又好比南辕北辙！孟子说得好：'民为贵，社稷次之，君为轻。'又说：'君之视臣如土芥，则臣视君如寇仇。'吊民伐罪，征讨寇仇，有何不可？大人要问山人对您一生的批评，批评就在这里：几十年来，一直囿于忠于一家一姓之小节，遗忘了拯救国家百姓之大义。千秋史册，或许会说大人是爱新觉罗氏的忠臣，但很可能不会认为大人是光照寰宇的伟丈夫。"

这一段话，说得曾国藩心中震惊。他想起自衡州出兵前夕王闿运的暗室密谈，到金陵打下后彭毓橘等人的大闹公堂，其间不知有多少人说出推翻满人、自立新朝的话，但所有人的立论角度都与陈广敷的不同。他们都是从不能受制于人、要自己做皇帝的角度出发，谁都没有像广敷先生这样，从天下百姓的利益着眼。是的，广敷先生所说的确是至大至公的道理，当然不能为一家一姓而牺牲国家兆民。但是，曾国藩心里有许多自己的想法，他真愿在广敷面前一吐心曲，可他已没有这个气力了。

只听得陈广敷又说出一番意外的话来："山人刚才所言颇为急切，其实，十年前，壬秋先生为大人所谋划的自请入觐，对大人来说，实在是一个两全其美的上上之策，可惜大人未及细究，便以'狂妄'斥之。不是山人做事后诸葛亮，倘若大人当年少考虑些一己得失，多想些国家长远利益，毅然率师进京，实行兵谏，抬出'祖制'这个尚方宝剑来，谅两宫太后不敢跋扈。肃相、恭王和大人内外携手，定可将国家置于磐石之上，决不会出现今日分崩离析之状。虽然依旧是满人坐江山，但百姓至少可过几天安宁日子；对大人来说，既是大清朝的忠臣，又是给百姓带来实惠的救星，日后在史册上的地位定然不低。"

曾国荃拊掌笑道："广敷先生，你这些议论，句句都与我的心思暗合，你为何不早一点到江宁来呢？"

广敷叹道："这都是天数。天数注定我华夏文明之邦要遭受劫难，这劫难大概在几十年内还不会消除……"

陈广敷正说得兴起，还想直言快语地议论一番，一眼看见曾国藩脸色灰白，额头上虚汗淋漓，头已歪倒在靠椅上，吓得赶忙停了嘴。曾国荃见状，惊呼："大哥！大哥！"

广敷过来，按住曾国藩的脉搏，又从包袱里掏出一根二寸多长的银针来，对着中指十宣穴位深扎了一针。一刻钟后，曾国藩慢慢醒过来了。曾国荃说:"广敷先生,你托叔耘带来的三粒丸子,家兄吃后精神大好了,你是不是还可以给几粒呢?"

广敷静下心来,给曾国藩探脉,发现脉息微弱,精气已散,知他顶多只有三个月的日子了,于是低沉地说:"药丸制造不易,须采春之花、夏之叶、秋之实、冬之根,至少历一整年方可成功。上次所送的三粒,乃集五年之功而成,用的花叶实根都是最好的。明年此时,山人再送三粒来,只是效果没有这次的好。"

这时,灵照法师进门,兴冲冲地拿着一卷发黄变黑的素绢来,对曾国藩说:"大人,历代主持都说这是当年道衍法师在寒寺的亲笔题词,请大人帮贫僧鉴定下。"

说着抖开素绢。曾国藩睁开乏神的眼睛看时,只见上面写着:

我太祖洪武皇帝在沙门中立定拯民水火之志,千辛万苦而后驱除鞑子,复我汉唐旧邦,实佛门之光彩,僧尼之荣耀。

曾国藩似乎觉得灵照是在借道衍的名义来谴责他,心里一时痛苦万状,头一晕,又昏迷过去了。

十二　遗嘱念完后,黑雨倾盆而下

曾国华的死耗给即将油尽灯干的曾国藩无疑是一个沉重的打击;陈广敷的直率批评,又造成他心灵深处新的痛苦。他反反复复念叨着"小节""大义"四个字,将它们翻来覆去地做了多次比较,他最终还是不能接受广敷的批评。即使从国家兆民的大义出发,他也不能做赵匡胤式的人物。

当时,湘军近二十万,又挟攻克金陵的声威,作为最高统帅,在众多贴心将领的请求下,他的心只要稍稍动一下,陈桥兵变的事就会重演,黄袍加身也不是不可能的。但是,接踵而来的,必然是更加残酷的流血搏斗,更加旷日持久的兵刃相争。说不定只要他在东南登基,立即就会有人在西北称王,在中原称帝,整个中国大地就从此更无一块安宁之土,亿万百姓更无喘息之日。劫后余生的百姓第一需要的便是和平。为了改朝换代,再次把他们推入战乱兵火之中，不正是对他们犯下滔天之罪吗？千秋史册，将又会如何评价这件事呢？这一点，广敷先生却没有想到。怕不成功声名全毁的怯弱之心固然有，不忍背叛皇家的忠贞之心自然也有，但一个孔孟信徒对天下苍生的责任感，所起的作用则更大。

广敷一家一姓与国家兆民孰重孰轻的尖刻指谪，尽管堂堂正正、至大至公。这些话说来容易，做起来何等难！何况，它也并非放之四海而皆准。一部二十四史，有多少打着为国为民旗号而行窃国之实的反叛者！即便自己一人可以无私，但那些从龙者有几个可以无私？从古以来，朝代在不断更替，而政权的腐败却一脉相承，甚至愈演愈烈。可见，改朝换代并不是造福国家兆民的唯一途径。

最令曾国藩伤心的是，他那一腔从翰林时代便蓄怀的与圣贤为邻的抱负，自从离开翰苑后，几十年来几乎无人问津，无人称道。难道真的如李白所说古来圣贤皆寂寞？但不管怎样，曾国藩要将自己的这份追求坚持到底。改朝换代即便成功，也不过是一个做到极致的豪杰而已，如何能与淳化风俗、陶铸人心的圣贤相比！虽然，今生是做不到与圣贤为邻了，但不背叛朝廷，不以最后的行为颠覆奉行一生的信念，这便是将诚字贯彻到底的最大体现。它至少可以证明自己是一直走在通向圣贤这条大道上的。世人不理解，广敷不理解，千秋万代，总会有人理解的。

这样想过后，曾国藩心里坦然多了。真正让他难受的，倒是六弟的形象这些日子来常常出现在他的脑中，挥之不去、驱之不散。特别是那天深夜，贞干把温甫从破窑里带到他的面前，当他冷冷地看着温甫，要温甫到庐山去隐居、一辈子不要出来时，温甫那惊恐的面容，那绝望的眼光，深深地尖利地刺痛了他的心，扰乱了他的神智。

"是我毁了他！"这些天来，曾国藩不止一次地在心里这样谴责自己，诅咒自己。他觉得自己死后将无颜见父母，见叔父，更无颜见温甫。曾国藩很觉奇怪，十三年前的他怎么会如此残忍绝情，会如此将名望事业看得重于一切。其实，只需一纸奏章，将温甫未死侥幸逃出的事实禀明就行了，"满门忠义"的匾取下来又有何妨呢？自己也不是存心欺君的呀！再说，温甫活着回来，难道就不是忠义吗？当时如果冒着被皇上责备的风险，将温甫留下，他何至于活生生地有家不能归，有妻儿不能团聚，青灯黄卷守古观，客死异乡成野鬼！说不定他也会封侯封伯，插花翎，披黄马褂，荣荣耀耀，风风光光。不能再对不起胞弟了！他把九弟唤到病榻边，沉痛地说："过些日子你到庐山去，把温甫的遗骸挖出来，在黄叶观火化，把骨灰妥善装好。我死之后，你把温甫的骨灰盒悄悄地放在我的头边，我要和他永远相伴左右。"

曾国荃含泪点了点头。

过两天，精神略觉好一点，他挣扎着下床，在庭院里散散步。又装出一副若无其事的样子告诉夫人，墓地已最后定在善化坪塘。并风趣地说，谁先去，谁就负责看守那颗宝珠，莫让别人抢去了，待后来的一到就合冢，前面只立一块碑。又长久地抚摸着夫人的手，约定来生再结美眷。那时，他一定老老实实地待在翰林院，天天厮守着她，做一个画眉的张敞、接案的梁鸿。说得夫人微笑着，心里又甜又苦。

他又记起左宗棠嘱托的事情还没办。他很感激左宗棠对自己的真心信赖和恰如其分的赞誉。多年来，曾国藩的耳朵里已听腻了门生幕僚下属的颂扬。他们把他比作方叔、召叔、诸葛亮、房玄龄，比作郭子仪、李光弼、李泌、裴度、王阳明，比作韩愈、欧阳修、柳宗元，甚至还有人将前贤的长处都集中到他一人身上，说他德近孔孟、文如韩欧、武比郭李、勋过裴王，是一代完人、后世楷模，不仅大清朝找不出第二个，就是古代也少有几人可以比得上。这些颂扬，他只是听而后哂之。

他有自知之明，知道自己的德行不能望孔孟之项背，勋业也不足以跟裴王相比，用兵打仗其实是外行，不仅不能比郭李，就连塔罗彭杨都不及。至于他最为自信的诗文，冷静地检讨一下，也没有几篇可以传得下去的。后世文人永远记得韩欧，不一定能记得还有一个曾国藩。他自己认为，二十年来，所以能成就一番事业，一靠对皇上的忠心，二靠别人的襄助。倘若没有众多杰出的军事人才的辅佐，他一介文弱书生，凭什么以武功名世？那些人，绝大部分是他或识之于风尘，或拔之于微末，或破格委之以重任，用之任之，不猜不疑，让他们大胆地充分地施展自己的才具。他有时私下里也曾很得意地想过，人世间有大大小小数不清的才能，识人用人则是一切才能中的最大才能，自己能清醒地看到这一点，并运用得自如，的确是一桩幸事。

现在，左宗棠以丰伟之功绩，处崇隆之地位，又兼目空一切之个性，加上不睦八年之特殊关系，从遥远的西北战场给他寄来情意真切的信，用"知人之明、谋国之忠"来概括自己一生的优长，又用"自愧不如"来加以衬垫，的确是不偏不倚，不吹不捧，深中肯綮，入木三分。他对左宗棠，能不钦佩感激吗？这八个字，他自认为可以受之无愧，也必定会得到当世的公认，后人的重视。不要说刘松山是自己派到西北援左的大将，就凭左宗棠这八个字，他也要不负老友所托，带病为刘松山写一篇文意俱佳的墓志铭。

他回忆着刘松山从一个毛头小伙子来长沙投团练的情景，回忆着湘勇裁撤之后，刘作为后期重要将领所起的作用，想象着在金积堡战役冒矢冲锋，终于马革裹尸的悲壮场面。一时间，又从刘松山想到彭毓橘，从彭毓橘想到满弟贞干，想到罗泽南，想到江忠源，他心旌摇动，情不能自已。墨汁磨好了又干，干了又磨，大半天，仅只写得三百余字。他干脆搁笔，待过几天心绪平静下来再写。略歇一会，他拿出前些日子写好的那张条幅来。

这是写给纪泽、纪鸿的。这几个月来，他一直想着要给两个儿子留下点永久性的东西。通常的父母都为儿女留下金银田地，曾国藩不以为然。他对子弟们说，子孙贤，没有先人的遗产也有饭吃；子孙不肖，再多的家业也会败掉，而过多的钱财又恰好助长了纨绔习气。也有的父母为儿女留下几件珍宝，平时作为簪缨之族的象征，急难时可以变卖换钱。曾国藩自己从未积蓄过珍宝，除那尊玉寿星外，他的几件珍贵的物品，都是三朝皇帝所赏赐的衣料、佩饰，但他不愿将它们送给纪泽、纪鸿，他已捐给家庙，作为五兄弟的共同财产留给后世。

曾国藩认为真正的珍宝，还不是皇上的赐物，而是使子孙后代知道哪些是经过千百年来的考验，证明是应当遵循的家教；子孙奉行这些家教，就可以成才成器，家族就可以长盛不衰。他认真地思考了很长一段时间，终于把要对儿子所说的千言万语归纳为四条，并把它端端正正地写下来，要儿子们悬挂于中堂，每天朗诵一遍，恪遵不易，并一代一代传下去。现在，他把这四条又从头至尾看了一遍，改动两个字，自己觉得满意了，于是郑重其事地卷起来。

二月初四日，一大早曾国藩就醒过来了。这天是他一生中的悲痛日子之一。十五年前的二月初四日，他的父亲去世了。今天，他像每年的这天一样，早早地起来，想在父亲的牌位面前磕三个头，但病躯已不容许他下跪了，只得改成低头默哀。站立一会，他也觉得难以支持，便匆匆结束祭奠仪式，叫人搀扶着来到签押房。他先握起笔来，颤颤抖抖地记下昨天的日记，然后开始办理公事。

桌上堆放着一大叠公文，正中摆着几份等候接见的名刺。他把名刺拿过来，一一看了看。这些名刺中有路过江宁的朝廷钦差，有奉调离开两江的高级官员，有专来江宁禀告公事的下级僚属，也有纯来见见面聊聊天的旧雨新知。因为精神不佳，那些纯粹的官场应酬、毫无目的的闲聊，他一概婉谢，谈正事的也只得向后推几天。

打开公文卷，随手批示几份后，看见江南机器制造总局报来的关于扩建铁厂的禀报，他对此很感兴趣。阅完全文后，立即批了四个字："同意所请。"他想，这是件很大的事，还应该向朝廷奏报才是，遂又添了几个字："等候皇太后、皇上谕旨。"

这时巡捕进来，抱着一大叠信，向曾国藩禀告这些信是谁寄来的，来自何方。

"大人，这封是容闳从广东香山寄来的。"

"快打开，念给我听。"一听说是容闳的，曾国藩顿生精神。

巡捕念着念着，曾国藩笑容渐露。容闳信上说，他已物色了近百名十五六岁的幼童，都资质聪颖，心地纯正，出身清白之家，拟通过考核后，从中录取四十名，作为第一批派出者；已和美国朋友商定好了，这批幼童都到美国去，大部分学天文、算学、制造之术，少部分专攻欧美医学、法律。容闳满怀信心地说，他们都将会成为大清国中兴的栋梁之材。他还特为提到一个名叫詹天佑的少年，称赞这孩子是个天资非凡的英才。

曾国藩对容闳措办的这一切十分满意。他微闭双目，浮想联翩。眼前仿佛出现汪洋大海，一艘大轮船上，容闳带着四十名天真活泼的幼童，站在甲板上，向他挥手告别。水波荡漾，海轮越驶越远。另一艘从天边开过来，渐渐靠近，容闳回来了，四十名幼童都已长大成人，胸前佩戴着光彩夺目的各色勋章。曾国藩的眼角眉梢都洋溢着笑意。

"甲三，扶我到西花园去看看斑竹。"早起祭奠父亲时的哀戚已经过去，徐图自强的美梦带给他以喜悦，见纪泽进来，他才发现大腿有点发胀，想到户外去走动走动。

天空堆积着乌云，虽是午后，却如同黄昏。江宁的仲春，气候通常还是冷的，今天更显得有点寒气逼人。

"父亲，外面冷，我扶着您老到花厅里走走吧！"纪泽劝阻道。

"好几天没有到竹林去了，想看看，你给我件披风吧！"

曾纪泽找了件旧披风披在父亲的肩上，搀扶着他踱出签押房，向西花园走去。冷风吹在脸上，曾国藩不觉得冷，反倒感到一丝湿润。"毕竟是春天的风，到底和冬天不一样。"他心里想。

"甲三，下个月你还是回户部去当差。"

"是。"儿子答应着。前年，曾纪泽以荫生资格应考，被取中分发户部陕西司，不久又升为员外郎，年前因父亲旧病加剧，特地由京师来江宁省视。

"京官清闲，若不思上进，最是容易混。有无出息，全看各人了。英文还常温习吗？"

"每天都坚持读一个时辰的英文书，读书报已不感到吃力了，只是说话不甚流畅。"曾纪泽兄弟跟着英国教师亚尔泰学英文已有三四年了，进步不算慢。

"科一前几年爱读兵书。我对他说，打仗是件最害人的事，造孽，我曾家后世再也不要出带兵打仗的人了。从那以后，他不读兵书了。近来又迷上祖冲之的圆周推算，弄得茶饭不思。学术数是好事，有实用，只是他体质不好，你要劝劝他，不要太用功了。"

"他前天很得意地对我说，他已推到小数点后一百位，大大超过了祖冲之。"

"真的吗？"曾国藩笑起来了，"只怕是半途上出了差错，往后的都是白算了。"

"我也这样笑过他。他说绝对不会错，并自吹走到洋人前面去了。"

曾国藩很觉安慰。两个儿子虽说不上是治国大才，也还算克家之子。有子如此，应该知足了。

"元七今年七岁了吧！"元七是曾纪鸿的儿子广钧的乳名，曾国藩最喜欢这个长孙。"这孩子很聪明，今后或许有出息。你这个做大伯的，还要多点拨指引。元十也长得清秀，现在不哭闹了吧！"

元十就是两个多月前过继给纪泽的广铨。他刚离开母亲时，对大伯妈认生，成天哭喊。

"现在好些了。"纪泽回答。

439

"慢慢就亲了。"曾国藩说,"我看那孩子是个福气相,今后会带出一路弟弟来的。"

对于盼子成疾的曾纪泽来说,这是一句极好的宽慰话。

父子俩这样谈着家常,不知不觉竹林就在眼前了。忽然,一阵大风吹来,曾国藩叫声"脚麻",便身子一倾,歪倒在儿子的身上。纪泽忙扶着,看看父亲时,不觉惊呆了:只见他张开着嘴,右手僵持在半空,已不能说话了。曾纪泽急得大叫:"来人啦!"

正在竹林里锄草的仆役闻讯赶来,忙着把曾国藩背进大厅。纪泽一面叫人赶快去请医生,一面吩咐铺床褥。过不多久,曾国藩醒过来了,嘴唇也已自然地闭好,只是不能再说话。他摇了摇手,指着大厅正中的太师椅。纪泽明白,让仆役把父亲背到椅子边,扶着他慢慢坐好。这时,欧阳夫人、曾国荃父子、纪鸿夫妇、纪琛、纪纯、纪芬姊妹都已慌慌张张地赶来,大厅里挤满了人。一会儿,欧阳兆熊也进了府,蹲在曾国藩身边,给他探脉诊视,又扎了几针。见仍不能开口说话,欧阳心里慌了,忙把曾国荃叫到一旁,悄悄地说:"老中堂病势危险,你把孙辈全部喊过来。"

曾国荃知道大事不妙,赶紧要侄媳妇各自带儿子上来;自己走到大哥面前,握着他的双手。那手已冰凉透骨了。

很快,郭氏一手牵广钧,一手牵广镕,女仆抱着女儿广珊,刘氏抱着广铨上来,一家人团团围在曾国藩的身边。欧阳夫人和三个女儿早已泣不成声了。曾国藩勉强抬起头来,将众人都望了一眼,又无力地垂下了头。良久,他将右手从九弟的双手中死劲挣出,对着签押房指了指,大家都不明白他指的什么。欧阳兆熊说:"老中堂不能说话,心里又着急,不如把他老人家连椅子一起抬到签押房去。"

欧阳夫人和曾国荃都认为这个办法好,于是大家簇拥着太师椅进了签押房。椅子放正后,曾国藩又抬起手来,指了指案桌。曾纪鸿立即把案桌上的公文卷捧过来,曾国藩摇了一下头。见不对,他又把那叠信搬过来,曾国藩又摇了一下头。案桌上只剩下一卷纸了。曾纪泽过去,把这卷纸拿到父亲面前,曾国藩点点头。

曾纪泽打开一看,纸上赫然现出一行字来:谕纪泽纪鸿。他捧着不知怎么办才是,大家也都眼睁睁地看着。只见曾国藩又艰难地抬起手,指了指口。曾纪芬忙说:"大哥,爹叫你念!"

室外早已阴云密布,寒风怒号,时辰还只酉初,却好比已到半夜,签押房里亮起蜡烛。荆七见光线不足,又忙将洋油灯找来点燃,屋内光亮多了。曾纪泽双手把纸展开,以颤抖的声音念道:

> 余通籍三十余年,官至极品,而学业一无所成,德行一无可许,老大徒伤,不胜悚惶惭赧。今将永别,特立四条以教汝兄弟。
>
> 一曰慎独则心安。自修之道,莫难于养心;养心之难,又在慎独。能慎独,则内省不疚,可以对天地、质鬼神。人无一内愧之事,则天君泰然,此心常快足宽平,是人生第一自强之道,第一寻乐之方,守身之先务也。
>
> 二曰主敬则身强。内而专静纯一,外而整齐严肃,敬之功夫也;出门如见大宾,使民如承大祭,敬之气象也;修己以安百姓,笃恭而天下平,敬之效验也。聪明睿智,皆由此出。庄敬日强,安肆日偷。若人无众寡,事无大小,一一恭敬,不敢懈慢,则身体之强健,又何疑乎?
>
> 三曰求仁则人悦。凡人之生,皆得天地之理以成性,得天地之气以成形,我与民物,其大本乃同出一源。若但知私己而不知仁民爱物,是于大本一源之道已悖而失之矣。至于尊官厚禄,高居人上,则有拯民溺救民饥之责。读书学古,粗知大义,即有觉后知觉后觉之责。孔门教人,莫大于求仁,而其最切者,莫要于欲立立人、欲达达人数语。立人达人之人,人有不悦而归之者乎?
>
> 四曰习劳则神钦。人一日所着之衣所进之食,与日所行之事所用之力相称,则旁人赞之,鬼神许之,以为彼自食其力也。若农夫织妇终岁勤动,以成数石之粟数尺之布,而富贵之家终岁逸乐,不营一业,而食必珍馐,衣必锦绣,酣豢高眠,一呼百诺,此天下最不平之事,鬼神所不许也,其能久乎?古之圣君贤相,盖无时不以勤劳自励。为一身计,则必操习技艺,磨炼筋骨,困知勉行,操心危虑,而后可以增智慧而长才识。为天下计,则必己饥己溺,一夫不获,引为余辜。大禹、墨子皆极俭以奉身而极勤以救民。勤则

寿，逸则夭，勤则有材而见用，逸则无劳而见弃，勤则博济斯民而神祇钦仰，逸则无补于人而神鬼不歆。

　　此四条为余数十年人世之得，汝兄弟记之行之，并传之于子子孙孙，则余曾家可长盛不衰，代有人才。

　　签押房乃至整个两江督署没有一丝声响，都在静静地聆听曾纪泽带哭腔的朗读。这一字一句如同药汤般流进众人的心田，辛辣苦甜，样样都有。待儿子念完，曾国藩又努力把手伸起，指了指自己的胸口。纪泽纪鸿一齐说："我们一定把父亲的教导牢记在心！"

　　曾国藩的脸上露出一丝浅浅的笑意，头一歪，倒在太师椅上，欧阳兆熊忙去扶时，脖颈已经僵硬了！

　　"老中堂！"

　　欧阳兆熊的一声哭喊，把签押房的人吓得面如土色，大家仿佛被惊醒似的，一齐放声大哭起来，森严的两江总督衙门，立时被浓重的悲痛所浸透。

　　就在这时，漆黑的天空滚过一阵轰鸣，同治十一年的第一声春雷在江宁城的头顶炸开，紧接着便是一连串的电闪雷鸣。风刮得更大更起劲了，寒风裹着倾盆大雨哗哗直下。

　　这雨好怪！它蒙蒙的、黑黑的，像一块广阔无垠的黑布，将天地都包围起来，使人分不出南北东西，辨不清房屋街衢。又像大风吹倒了玉皇爷的书案，将一砚墨汁倾泻宇宙，它要染黑洁白的石舫、乔皇的督署，污坏雄丽的钟山、秀媚的秦淮，它还要将活跃着万千生灵的人世间涂抹得昏昏惨惨、悲悲戚戚。

　　这可怕的黑雨，无情地鞭挞着西花园的斑竹林。那些历经千辛万苦从君山来到江宁的珍稀，遭遇了意外的浩劫。它苍翠的叶片被打落，修长的斜枝被扭折，洒满帝子泪珠的主干被连根拔出，七零八落地躺在地上呻吟，令人惨不忍睹。主人对它所寄予的无限希望，顷刻之间全部化为泡影！督署大门口所悬挂的四盏大红宫灯，被狂风吹得左右晃荡，虽有屋檐为它遮盖，仍然抵抗不住暴雨的侵袭，飞溅的雨花点点滴滴地浸在绸绢上。先是贴在灯笼上的"恭贺新禧"四字一笔一画地飘落，然后是红绸艳绢一片片地被剥落，最后只剩下几根嶙峋骨架，在风雨中显得格外瘦弱、寒碜。

　　绚丽的憧憬打碎了，美好的气象破坏了。

那黑雨似乎还不甘心，还不解恨，它下得更猛烈了，时时夹着呼呼的声音，变得格外的凶恶可怖。它像是要摧毁这座修复不久的衙门，动摇这根已成奄奄一息的国脉。万物在悲号，人心在战栗，撕心裂肺的哭喊声，哀哀欲绝的抽泣声，和着这罕见的黑雨惊雷，是如此的凄怆、如此的惊悸，如同天要裂溃、地要崩塌，如同山在发抖、水在呜咽。它使人们猛然预感到，立国二百多年的大清王朝，将要和眼前这个铁心保护它的人一道，坠入万劫不复的阴曹地府！

一九八六年十一月至一九九〇年七月
初稿于长沙强厚居
一九九二年三月
定稿于岳麓山下观弈园
二〇一六年三月
修改于静远楼